20世纪中国学术回顾

上卷

主　编　郏　正　邵汉明
本卷主编　于德钧

吉林人民出版社

顾 问

王慎荣　《社会科学战线》首任主编　研究员
关德富　《社会科学战线》二任主编　研究员
周惠泉　《社会科学战线》三任主编　研究员
赵鸣岐　《社会科学战线》四任主编　研究员

编委会

主　任：邵汉明
副主任：王　卓　于德钧
成　员：李　华　尚永琪　王玉华　王永平
　　　　朱志峰　马　妮　胡维革　尹峰文
　　　　马　捷　陈家威

目　录

20 世纪的中国学术
　——《20 世纪中国学术回顾》序 …………　邴　正　（1）
20 世纪十大哲学问题 ……………………　徐友渔　（1）
新时期人的问题研究的清理与总结……　韩庆祥　（18）
近二十年关于"天人关系"问题的研究
　…………………………………………　潘志锋　（42）
近十五年关于"生活世界"问题的研究
　…………………………………………　王晓丽　（55）
环境伦理学中的价值问题研究述评……　凡　清　（66）
道家思想比较研究的简要回顾…………　丁　一　（86）
西方学者关于孔子及儒学在现代世界中作
　用的研究……〔丹麦〕柏思德　刘世生 译（102）
现代新儒学研究十年回顾
　——方克立先生访谈录 …………………　邵汉明（118）
当代墨家思想研究述评 …………………　宋立民（130）
郭店楚简研究综述………………………　王永平（150）
20 世纪西方心理学发展的轨迹及其未来
　的走向 …………………………………　车文博（178）
20 世纪西方美学管窥 ……………………　滕守尧（208）

现代意境研究述评……………………… 古　风（221）
50 年回眸与前瞻：实践派美学与中国当代
　　文论的逻辑发展 ………………… 代　迅（234）
当代中国美与美感关系研究的回顾与分析
　　……………………………… 李志宏（254）

苏联科学中对传统的研究问题（上）
　　…… 〔苏联〕Л·С·贝列罗莫夫　郭燕顺 译（269）
苏联科学中对传统的研究问题（下）
　　…… 〔苏联〕Л·С·贝列罗莫夫　郭燕顺 译（281）
关于马克思主义与中国民族文化结合问题
　　的研究 …………………………… 史　野（296）
全球化问题研究综述 …………………… 丁志刚（317）

中国宏观经济学的理论构架与创新发展
　　………………………… 陈东琪　张亚斌（328）
什么是政治经济学？ …………………… 马春文（340）
论企业的边界与规模：近期文献的一个评述
　　………………………… 刘凤芹　谢适汀（356）
关于经济发展战略研究的文献回顾与最新
　　进展 ……………………… 汪　斌　江新宇（378）
农业与农村经济可持续发展理论研究述评
　　……………………………… 尚明瑞（391）

论当代中国政治学的发展 …… 王惠岩　王书君（408）
法家政治思想研究 20 年 ……………… 王贞年（423）
建国以来我国思想观念变革的价值及所反
　　映出的基本特点
　　…………… 蒋菊琴　李维丽　吴　进（435）
后记 ………………………………………… 编　者（449）

20 世纪的中国学术

——《20 世纪中国学术回顾》序

邴 正

20 世纪对于中国人来说，是一个翻天覆地的世纪。中国人民在这 100 年的艰辛跋涉中，经历了从帝制走向共和，从分裂走向统一，从贫穷走向富强的血与火的洗礼。20 世纪对于中国学术来说，也是一个开天辟地的世纪。中国学者在这 100 年的筚路蓝缕中，经历了从科举到现代教育，从西学东渐到走向世界，从清淡玄想到科学的脱胎换骨的再生。

中华文明的学术传统，历史悠久，源远流长。从春秋战国诸子百家，到魏晋玄学的浪漫主义；从宋明理学格物致知，到乾嘉学派训诂考据。中国的传统知识分子怀着殉道般的精神，一代又一代"为天地立心，为生民立命，为往圣继绝学，为万世开太平"（张载语）。他们在近 30 个世纪的漫长岁月中，薪火相传，传道、授业、解惑，为我们留下一笔宝贵的学术财富。

20 世纪的中国学术，经历了一个从无到有的创新与嬗变的过程。尽管我们有着悠久的学术传统，但是，现代意义的人文社会科学的研究，却开始于中国进入 20 世纪。学术的基本精神是科学与民主。学术追求的是真理，而真理的发现需要实事求是的科学精神。追求真理不能迷信权威，在真理面前必须人人平等。没有科学精神和民主精神，就没有真正意义的独立的学术研究。中国知识分子治学的 30 个世纪，之所以在近代落伍，重要的一点是"罢黜百家，独尊儒术"，是把孔子封王封圣，变成顶礼膜拜的偶像。保罗·肯尼迪在评价近代中国的衰落时指出："中国倒退的关键因素纯粹是信奉孔子学说的官吏们的保守性……在这种复辟气氛下，所有重要官吏都关心维护和恢复过去，而不是创造基于海外扩张和贸易的更光辉的未来。"（保罗·肯尼迪：《大国的兴衰》，求实出版社，1988年版，第9页）所以，虽然近代意义的学术研究随近代西方资本主义扩张，在19世纪末就传入了中国，但真正的学术复兴始于五四新文化运动。中国的学者终于举起了科学和民主的旗帜，告别了尊孔读经的迷信权威的时代，开始了现代意义上的学术跋涉。

20世纪的中国学术，经历了一个从传统人文精神到人文社会科学的学科分化的过程。恩格斯说："真正的自然科学只是从15世纪下半叶才开始，从这时起它就获得了日益迅速的进展。把自然界分解为各个部分，把各种自然过程和自然对象分成一定的门类，对有机体的内部按其多种多样的解剖形态进行研究，这是最近400年来在认识自然界方面获得巨大进展的基本条件。"（《马克思恩格斯选集》，第3卷，人民出版社，1995年版，第359—360页）中国的人文社会科学也是如此。在中国古代学术中，没有社会科学，只有人文学科，而且文史哲不分，强大的伦理哲学传统统摄了一切知识。只是到了19世纪末20世纪初，严复、梁启超等人开始翻译大量的西方人文社会科学学术著作，中国的人文社会科学研究才开始走出儒家偏重伦理哲学的片面性，进入了分门别类研究人文社会科学的时代。大多数的人文社会科学学科，是在清末民初，特别是五四新文化运动之后才如雨后春笋，破土而出的。

20世纪的中国学术是在中西文化不断碰撞中逐渐成长的。从现代意义的中国学术诞生之日起，中国的知识分子就始终在中西文化矛盾的纠缠中曲折前进。张之洞提出的中学西学"体用之争"，人们大约争吵了整整一个世纪。由于现代意义的人文社会科学大多是从西方引进，如何接继三千年的文化传统，如何对待舶来的学术？如何用西方的理论解释、改造中国的社会现实，这些问题不断袭扰着中国文人的心灵。只要我们沿着人文社会科学的大道走下去，我们一代一代中国文人就必须不断回应来自外来文化的挑战。

20世纪的中国学术，始终在时代大潮中起伏跌荡，在政治风云中呼啸呐喊。20世纪的中国，应了毛泽东的预言，大的时代风云的确"过七、八年来一次，这是个规律"。1900年义和团运动，1905年同盟会反清，1911年辛亥革命，1919年五四运动，1924年大革命，1927年国共开战，1937年抗日战争，1945年内战烽火，1949年新中国诞生，1957年反右悲剧，1966年"文革"灾难，1979年思想解放运动……每一次大的时代变革，都在中国文人身上心头留下了深深的烙印；每一次大的政治冲突，都有中国文人的锐利目光和浓墨飞笔。鲁迅说得好，在中国，动一动一张桌子，几乎都要流血。中国文人一次又一次从象牙塔中走出来，成为盗火者和殉道者，成为民族的脊梁和社会的良知。

20世纪的中国学术，经历了从幼稚走向成熟的发展过程。从抱残守缺，到全盘西化；从拿来主义，到自主创新，逐渐从传统文化、革命文化、外来文化的碰撞中，苦苦探索出一条在继承弘扬优秀传统文化、吸收摄取先进外来文化的基础上，有中国特色的现代化的中国学术发展之路，为中国当代社会的每一次重大转折，为中国当代社会的经济与社会协调发展诊断把脉，探索规律，寻找道路，指点迷津，开启民智，咨政谋略，发挥了学术独特的功能，取得了令人瞩目的研究成果，崛起了一代又一代文化风流。

20世纪的中国学术，虽然已是硕果满枝，但也多有遗憾。问题之一，是翻译介绍他山之石较多，自主创新的成果较少；文章论著虽汗牛充栋，但学术精品、振聋发聩的真知灼见较少；教授名人虽鹊声四起，巨匠大师还嫌太少；事后总结发挥较多，超前预测规划乾坤者较少；挖掘传统引进新知者较多，使之与当代中国特色有机结合者较少。学术尚待振兴，同仁仍需努力！

一个人的真正成熟是思想成熟，一个民族的真正成熟是精神成熟。民族的精神成熟的重要标志是从感性升华成理性，学术研究就是民族精神的理性表达。在中国学术研究的字里行间，凝结着日渐成熟的民族精神。中国文人肩负着探寻理性化了的民族精神的使命，学术的繁荣与兴旺，就是民族精神繁荣兴旺的直接证明。这应该是每一位进入21世纪的中国学人肩负的历史使命。

《社会科学战线》在近30年间，刊发了一批总结回顾人文社会科学各学科、专业、研究方向和专题的文章，从不同角度和侧面，展示了20世纪中国学术的心灵旅程。一个世纪的理论求索，几代人的思想交锋以及由此折射出的中华民族的文化理想，尽可以管中窥豹，略知一二。当然，20世纪的中国学术是一个说不尽的话题，这些文章也不可能使人一览无余。但一叶知秋，我们因此将之汇集成册，以供学界同仁参考。

2005年6月14日

20 世纪十大哲学问题

徐友渔

20 世纪行将过去,21 世纪即将来临。值此世纪之交的前夕,概括、反思、总结百年来人类思考和争论过的重大哲学问题,是有价值和意义的。对本世纪人类精神生活的历程和兴奋点有清晰的认识,有助于理解未来人类精神状态的发展。对世界思想潮流和总体框架的把握,有益于中华民族在世界文明之中的定位。

本世纪重大哲学问题的提出及发展深化,主要动因是科学的飞速发展,社会的猛烈动荡和急剧变革,对上世纪乃至几千年哲学发展的批判和继承,以及各哲学学派之间,哲学与其他社会、人文学科之间的影响和借鉴。本世纪哲学以新颖性和多元论为特征,阅读和理解现代哲学,比学习古典哲学要困难得多;康德、黑格尔的庞大体系一统天下的局面早已不复存在,各家各派都在一定范围内独领风骚。

本文不拟教科书式地罗列介绍各种流派和观点,而是论列最具普遍性和争议性的十大问题。显然,如何遴选是见仁见智的事,本文的考虑既包括问题在学理上的分量,也兼顾其在中国的影响和反应,以及对于解决中国当前及未来所面临的实际问题的启发意义。可以将此十大问题视为未成定论的坐标,考察中国哲学界对世界哲学研究熟悉和理解的程度,解决自己问题时借鉴利用外来资源的能力,以及参与共建人类精神文明最有希望的切入点。

一、反形而上学

这里所说的形而上学,是就西方哲学传统而言,不是机械观的对立面,而是超验玄想的同义语。除了新托马斯主义、新黑格尔主义等带"新"字号的哲学,几乎每家每派都以反形而上学相标榜,都以破除形而上学为开辟新说的前提。问题在于,对于不同派别而言,作为对立面的形而上学是大不相同的,甚至有这样的情况:某家某派所欲破除的形而上学,正是另一家另一派立论的精髓之所在。

最早亮出反形而上学旗号的,应属活跃于上一个世纪之交的尼采。他自称反形而上学家,宣称要向形而上学开战,他以自己的透视主义认识论为武器,抽去西方传统形而上学的两块基石——道德和逻辑,宣称传统形而上学自以为把握了世界的终极本质,实为一厢情愿。不过,当他用强力意志对世界的根源和本质作概括时,他开创了一种新的形而上学。

在二三十年代,分析哲学的开创者罗素和维也纳小组的石里克、卡尔纳普等人对形而上学展开了猛烈的攻击。他们的出发点是逻辑和语言分析。罗素批评说,黑格尔那庞大而堂皇的思想体系,不过是建立在传统的主谓词逻辑的基础上。卡尔纳普在题为"通过语言的逻辑分析清除形而上学"的论文中,指责与他同时代的存在主义大师海德格尔不顾语言的逻辑句法,发出了"这个'没有'本身没有着"的呓语。事实上,海德格尔肯定认为自己是与传统形而上学划清界限的,在他看来,卡尔纳普等逻辑实证主义者偏执于逻辑和科学标准,才是形而上学的表现。

当代法国解构主义哲学家德里达大力鼓吹消解"在场的形而上学",他认为自柏拉图以来,西方哲学的主流假定了一种外界的、客观的、绝对的参照物,用以衡量裁判观念、意识的真假对错,他认为根本不存在这种作为基础或标准的东西,他还认为尼采、弗洛伊德、海德格尔都曾致力于推翻这种在场的形而上学。

有些哲学家从反形而上学的立场出发,得出了取消哲学的结论。比如维特根斯坦认为哲学困惑是误用语言所致,治疗这种语言病的办法是让事物保持原样,不搞哲学。罗蒂的观点和德里达相似,他主张抛弃认识论哲学,转向一种以诗歌为典型的后哲学文化。

由于反形而上学的风潮,20世纪各派哲学很少以理论体系形式出现,有的极具方法论特色,有的以批判和否定为特征。对于我们来说,应该看到西方反形而上学倾向是哲学内部学理研究的结果,是大胆怀疑、勇于否定的精神的表现,否定形而上学之后往往有深刻的、新颖的东西出现。

二、语言的转向

20世纪哲学最突出的特征是高度重视语言,各家各派都通过对语言的论述来阐明自己的哲学观点。利科说:"当今各种哲学研究都涉及一个共同的研究领域,这个研究领域就是语言。"他还说:"今天,我们都在寻求一种包罗万象的语言哲学,来说明人类的表示行为的众多功能以及这些功能之间的相互关系。"伽达默尔也认为,语言是哲学思考的中心问题,它在本世纪哲学中处于中心地位。

英美分析派哲学家明确提出,本世纪初在哲学中发生了一个语言转向(linguistic turn)。在他们看来,西方哲学从古至今的发展经历了三部曲,在古代以本体论为中心,研究存在什么,世界的本质是什么;在近代以认识论为中心,研究思维与存在的关系,人的认识的来源、途径、能力、限制;在本世纪以语言的意义为中心,研究主体间的交流和传达问题。其中有人认为,只有通过研究语言才能研究思想、研究世界。罗素和早期维特根斯坦认为,语言和世界结构相同,可以从研究语言的结构推知世界的结构。艾耶尔、达梅达等人认为,在很大程度上,语言等同于思想。

古代和近代哲学家也重视语言,但有一个根本性的区别,他们认为语言是思想的载体,是交流的工具。许多分析哲学家认为,思想和语言的关系不是本源和派生、本体和表现的关系。海德格尔认为语言即逻各斯(logos),即世界,即规律,把语言仅仅当成思想交流的工具就贬低了语言的地位。伽达默尔也明确提出,语言不是纯粹的交流手段,不仅是人在世界上拥有的东西,人正是因为语言、通过语言,才拥有世界。以前,哲学家一致认为思想反映世界,语言表达思想,因此语言意义最终来源于世界,而本世纪的哲学家对此有不同意见。胡塞尔、弗雷格、罗素等人倒是就指称对象而言谈语言的意义,但后来不少人主张语言可以是一个自主、自足的领域。比如索绪尔认为语言系统中符号的意义仅由它们价与其他符号的联系和区别确定,德里达认为文本之外别无其他,说理解语言符号的意义要参照外部、客观的东西,是一种形而上学。利科不同意上述看法,他仍然认为语言是心灵和事物的中介。

弗雷格、罗素和前期维特根斯坦等人大力主张用逻辑的手段分析和改造日常语言,因为日常语言表面的语法形式常常遮蔽和歪曲语言本质性的逻辑形式,造成一系列哲学难题。在数学化、形式化的理想语言中,这些麻烦就消除了。日常语言学派的人坚决反对这种看法,他们认为日常语言本无错,是人们"哲学式地"使用导致谬误。海德格尔认为形式化了的语言根本不是语言,因为它不能表达存在的神秘性。伽达默尔也敌视数学化语言,因为语言决不会扭曲思想或世界,"世界本身就体现在语言之中","语言是理解本身得以实现的普遍媒介。"利科则以语言中一词多义的现象说明,日常语言有积极的一面(如对诗歌),但也有缺陷(对科学)。

分析哲学的观点和方法受到某些人的激烈批评,有人说,这种哲学用逻辑演算代替哲学思维,用琐屑无聊的词句分析取代对于人生意义、价值、上帝等重大问题的思考;有人认为并非任何问题都要上升到语言层面才解决得好,有时需要相反的下降过程;还有人证明,人不仅能把握语言,也能直接把握赤裸裸的思想。

三、主体性

主体性问题是本世纪哲学的一大热点,高扬主体性的人和竭力消解、摧毁主体性的人都在竭尽全力地宣传自己的主张。从这一点出发,可以将本世纪流行的各种哲学分为三类:主体哲学、无主体哲学和反主体哲学。

英美分析哲学属于无主体哲学,主要原因是,第一,休谟从极端经验主义立场出发,将人的自我消解为一系列凌乱、离散的经验,取消了认识主体,分析哲学在其初期继承了经验主义传统;第二,语言转向之后,认识问题被意义问题取代,思维的地位被语言取代,人们关注的是语言与对象的关系,作为认识和思维的主体从哲学视野中消失。在科学哲学中,相当长一段时间内只谈验证的逻辑,而绝口不提发现的心理学。在回避不了主体的地方,分析哲学家持反主体观点,具体表现在对笛卡尔和康德的批评上,其中最典型的是英国哲学家赖尔在《心的分析》一书中对他所谓的笛卡尔的"机器幽灵说"的无情攻击。

欧洲大陆哲学家中,利科和哈贝马斯最熟悉和重视语言分析哲学,但他们承认主体的地位。因为利科深受现象学和精神分析学的影响,而哈贝马斯深受马克思主义影响,他从交往角度从事社会文化批判,重视作为语言使用者人的主体性。

本世纪各种哲学中,胡塞尔的现象学是最典型的主体哲学。在这种哲学中,一种带逻辑意味而非心理意味的先验自我是首要的存在,是意向性的基础,而正是自我的意向作用,才使得杂乱的经验纯化,呈现其本质结构。也正是自我的意向作用,才使得作为物理记号的声音或文字具有意义。总之,自我是对象的依据,知识客观性的来源。

海德格尔的存在主义和胡塞尔的现象学有直接的渊源关系,但他学说已经表现出一种主体移心倾向。他的中心概念是此在,此在当然是"我的存在",但并不是自我。此外,他强调的在世存在也不仅是一种单纯个体的自我概念。相比而言,法国存在主义者萨特和梅洛—庞蒂的观点更接近胡塞尔,自我主体的色彩更浓。

与主体性哲学最格格不入的是结构主义和后结构主义,它们在主体移心的道路上走得最远,最后到了消解和摧毁主体的地步。在结构主义者看来,自我或主体既不是人自己的中心,也不是世界的中心。一切起源于结构及其功能,有思想,但没有思想者;有意义,但没有文本的作者。扩大了看,人类中心主义或人道主义不过是人类的自我幻想或神话。福柯、德里达等人大呼"人的终结",他们认为相比于尼采喊出"上帝死了",人的死亡是更带紧迫性的问题。

在解释学中,也有相当多的人只承认文本的意义而抹杀作者的作用,即使他们强调读者理解的作用,这些读者也不具主体性,而只是传统嬗变、历史社会变迁的承载体。

四、实在论和反实在论

实在论和反实在论的对立斗争贯穿本世纪的始终,尤其在近年,大批科学哲学家涉入此问题,成了科学哲学的核心争论。这种对立斗争以完全不同于古典时代的方式表现出来,不论实在论还是反实在论,都有名目繁多的派别和牌号。

在上一个世纪之交,罗素和摩尔背弃了德国唯心主义的影响,转到实在论立场,认为事实独立于经验存在,没有人的感觉经验,世界过去、现在和将来都存在着。紧接着,培里、蒙塔古等六位美国哲学家批评罗伊斯的绝对唯心主义,公开自己的新实在论立场。他们坚持被认识的对象独立于人的意识而存在,批驳认识对象与认识主体不可分的唯心主义观点。到了20年代,以桑塔亚那、德雷克、斯特朗为代表的一批美国哲学家自称为批判的实在论者,以别于新实在论立场,因为他们企图克服新实在论的诸多困难。当然,他们仍然坚持反对将经验等同于存在的唯心论立场。这批人中的R·W·塞拉斯在30年代转向唯物主义,在40年代表示赞成辩证唯物主义。

自30年代以来,实在论和反实在论的对立斗争日趋尖锐,量子力学中的某些发现使反实在论获得新的动力。海森堡宣称,基本粒子的客观现实性已不复存在,数学公式描述的不是基本粒子的行为,而是对其行为的认识。爱因斯坦和玻尔的实在论和反实在论观点之争,由于贝尔不等式被否定而有利于玻尔。有人把这一结果通俗地表述为:"月亮在无人看它时不存在。"反实在论常以工具主义的名称出现,它主张,科学理论不是在描述微观实体,它们不过是将一组可观察情况和另一组联系起来的方便手段或工具。

W·S·塞拉斯是60年代科学实在论的代表,他认为可以从科学理论的正确性中推出理论实体的存在。当代最有影响的实在论者可能要算普特南,他的名言是,实在论是不使科学的成功成为奇迹的唯一哲学。他和波义德一道主张一种逼真实在论,即认为成熟科学中的术语一定有指称,成熟科学中的理论定律近似地为真。他赞成真理符合论,并和克里普克一道主张指称的因果论。战斗力最强的实在论者是加拿大哲学家邦格,他称自己的学说是科学唯物主义,他认为这是一种精确化的、与现代自然科学一致的唯物主义。此外还有埃利斯的内在实在论,哈金的实体实在论,胡克的自然进化实在论,邱奇兰德的强实在论,夏皮尔和杰宁斯的中间路线实在论等。

近年来最令人瞩目的反实在论者是范弗拉森,他用建构经验论代替科学实在论,主张"科学旨在给予我们经验上合适的理论;而接受一理论所包含的信念只是其经验上的合适性。"劳丹认为,科学史不是证实了,而是明确地驳倒了科学实在论。法因大力驳斥各种实在论,宣告实在论已经死亡,鼓吹一种"自然的本体论态度",认为各种"论"都是科学的空洞外壳。

当代实在论和反实在论之争的另一个重要领域是意义理论,戴维森主张用语句的真来说明语句的意义,他采用了塔尔斯基的符合论的关于真理的形式定义。达梅特反驳说,这就假定了世界上一定存在某种东西,它使一个陈述要么为真,要么为假。达梅特的反实在论认为,这种实在论的假定并不成立,陈述的真假与我们的认识能力有关,有些语句无法判定其真假,古典的二值逻辑在有些情况下是无效的。

德里达的语言意义观也被人们认为是反实在论的,因为他认为语言并不代表或对应一个非语言的实在,符号不是从它们表示的对象那里获得意义,而是从其他符号处获得意义。

五、相对主义

相对主义曾在古希腊时期盛行,许多哲学家认为它是当代文化中的核心问题之一。当代相对主义的泛滥与各家各派攻击客观主义有关。

本世纪上半叶的科学哲学,从逻辑经验主义的证实论到波普的证伪论,都认为有一些客观的、共同的、不可否认的因素(如经验或事实),可用作评价理论对错的标准。但库恩认为,在科学革命时期,不同的科学家共同体的范式是不可通约的。这意味着,不存在相同的经验、公认的事实,没有永久、中立的观察语言。他们使用相同的概念和理论语词,但实际含义不同。各种理论的胜负消长不是由实验来决定,而取决于各集团的论辩策略和宣传技巧,逻辑、事实和理性在决定取舍时不起作用。费耶阿本德在相对主义的路上走得更远,他不但认为理论和范式是不可通约的(这已经意味着科学家们是"在不同的世界中实践",因此看到的是不同的东西),而且人的知觉、思想,不同的文化和传统也是不可通约的。不存在任何公共有效的方法,唯一行得通的原理是"怎么都行"。波普和夏皮尔反对上述相对主义,波普大力捍卫知识的客观性,夏皮尔主张存在合理性标准。

结构主义具有相对主义倾向,因为它强调结构的自主性。这意味着,不存在结构之外的参照物决定结构的价值与意义,各结构之间不可比较,具有等值性。

德里达的解构主义也是一种极端的相对主义。他把下列观点称为"在场的形而上学"而大加攻击:科学和哲学可以通过日常语言反映关于实在的本质或真理;语词或文本有确定不变的意义,真—假、观察—理论、事实—价值、客观—主观等词的意义对立是不可移易的,对文本的不同解释,可以有理由和论据来作出判断取舍。

伽达默尔等解释学家认为文本没有固定不变的意义,意义随传统的变迁和对读者的效果不同而不同。艺术品不是自在的存在物,观察者不仅以不同的方式看,而且看到了不同的东西,这显然导向了相对主义。

相对主义抽去了认识的共同基础和客观标准,使人们感到一种文化和精神危机。它导致否定绝对的道德律令,其道德后果是十分严重的。

六、"是"与"应当"的区分

是与应当的区分,又称事实—价值或实然—应然的区别,是道德哲学的核心问题,也是深深困扰当代伦理学的问题。它说的是,我们不能从事实判断推出价值判断、道德判断。比如从"这朵花很漂亮"推不出"我应当把它摘回家去"。又如,从"这个人学识渊博"推不出"你应该爱他",除非加上另一个前提"应该爱学识渊博的人",而这附加论断本身即是价值判断而非事实判断。是与应当的区分在哲学史上源远流长,从近代的休谟开始强调,经过康德的重申,它在本世纪伦理学中成为一个严峻的问题,而语言分析学派对于道德语词和道德判断性质的分析,使更多的人承认这种区分,同时吸引不少人致力于填平二者之间的鸿沟。

摩尔在著名的《伦理学原理》一书中强调是与应当的区别,认为大量伦理问题的混乱出于对二者的不加区分。他猛烈攻击所谓的"自然主义谬误"(naturalistic fallacy),即用自然客体的性质来说明"善"这个基本伦理概念。他的主张叫直觉主义,认为善就是善,它是不可定义的。逻辑经验主义者以自己的方式凸显了是与应当的区分,他们主张,价值判断(例如"杀人是罪恶的。")表面是陈述句,实质上是命令句("勿杀人!"),它不像真正的事实判断那样有真假对错之分。艾耶尔、斯蒂文森等人以"情感主义"的名目说明这种区别,在他们看来,道德判断不是对事实的陈述,而是表达讲话者的情感,即赞成或不赞成的态度,以自己的情感影响别人。例如"偷盗是错误的"相当于以厌恶的口气说:"他偷东西!"或相当于"我反对偷盗行为,你也反对吧!"赫尔把自己的有关观点称为指令主义,他认为道德语言是一种指令性语言。他提出了这种语言的逻辑推理原则,其中之一是:如果若干前提中一个命令句也没有,那么绝不能从它们之中推出命令句。

存在主义者萨特的主张和区别是与应当的观点有异曲同工之处，他认为人在作道德决断时是无法从现存事实等因素中找到支持的。确实，如果"是什么"不成其为"应当怎样"的理由，那么主体自主的程度加大了，个人责任也加重了。德国思想家马克斯·韦伯对理性和价值作出严格区分，也是本世纪伦理学中上述二分法普遍传播的动力之一。

美国语言哲学家塞尔提出证明，说规范语句可以从描述语句中推出。他认为，所谓自然主义谬误的说法，本身才是谬误。推演过程包括以下五个语句：一、琼斯说："史密斯，我答应给你五元。"二、琼斯答应给史密斯五元；三、琼斯承担了给史密斯五元的责任；四、琼斯有责任付给史密斯五元；五、琼斯应该付给史密斯五元。赫尔反驳了塞尔的证明，认为这不是从是推出应当，实质上是从应当推出应当。还有一些哲学家以不同于塞尔的方法企图消融是与应当之间的隔膜，但没有得到公认的成功。

不少哲学家认为，是与应当的对立是因为哲学家把伦理问题当成了理性认识问题，例如梅洛—庞蒂和阿多尔诺认为，理性主义的两难脱离了历史，脱离了人们在世界上的生活。显而易见，这种看法出自海德格尔"在世存在"的思想。而普特南从事实与合理性相互依赖这一点出发，证明存在价值事实，每一事实都渗透了价值，而每一价值也负载着某一事实。

七、意向

意向问题在本世纪许多著名哲学家的思想中占有重要地位，尽管他们对意向的解释有差异，意向在他们各自的哲学理论中起的作用也大不一样。对意向的重视起源于胡塞尔，意向性理论是他的现象学的基石。意向性指意识活动必定要指向某个意识对象，这是一种意向关系，它包括意向活动（noesis），也包括意向对象（noema），虽然意向性是人的心理活动所具有的特征,但它不是心理结构,而是纯意识的特性和结构。海德格尔对这种意向性理论既有继承,又有修正,他不是从意识与存在的区别着眼理解意向性,而是将其视为从在世存在引申出的概念。萨特比海德格尔更接近胡塞尔,认为意识的基本特征就是意向性,以及透明性。但他不同意胡塞尔把意向性当成构造性功能的观点,他认为意向性意味着意识无内容,本身是虚无。梅洛—庞蒂把意向性视为意识主体与对象联系的方式,他强调这种联系是没有中介的内在关系,并认为意向性有不同的程度,意向活动与意向对象的关系也不是截然分明的。利科对意向的研究有精神分析和解释学影响的痕迹,认为意志大致等同于意向。

胡塞尔的意向性理论和语言的意义问题有很大关系,他认为声音或墨迹本是一些无意义的物理现象,只是因为意向性赋义活动,才使语言符号具有意义。在现象学之外的其他派别中,不少人对语言意义的说明充分考虑到了意向这个因素。当然,这个概念在他们那里基本上等同于人的意图、打算、动机,与胡塞尔的意向性概念有差异。

解释学内部对于能否用作者的意向来说明文本的意义,有十分热烈的争论。早期的施莱尔马赫是赞成用意图说明的,后来,伽达默尔和许多人反对这一点,认为无法探知作者的意向,意义来自语言规则,或阅读者的解释。而赫施认为意义是一种意向意识的存在,还有许多人认为,在日常谈话中,讲述者的意义由其意图决定,诗人或作者的意向是解释学文学文本意义的天然基础。

在英美语言哲学家中,维特根斯坦曾认为,把意向成分排除于语言之外,就会使语言的整个功能不复存在。齐硕姆认为,应该用思想的意向性来解释语言的指称。格耐斯主张,讲话者的意向在意义中起关键作用,某个语言表达式的意义就是讲话者使用它来意谓某事。塞尔在《意向性》(1982)一书中发展意向性理论。认为意向是把语言、心灵和实在联系起来的中介。

八、整体论

20世纪的哲学家大多数都表现出整体论倾向,有的是在真理观方面,有的是在语言的意义方面,有的是在科学哲学的理论验证方面。

上世纪末和本世纪初,以布拉德雷为代表的新黑格尔主义者在本体论和真理观方面主张整体论。他们认为,世界是一个不可分割的整体,真理也是不可分割的整体。他们的依据是内在关系说,这种学说否定多元性和分析方法,认为多个事物一旦处于某种关系之中,在它们之上就存在一种高级的统一体,认为要充分认识一个关于部分的真理,必须首先认识全部关于其他部分的真理,即关于整体的真理。罗素和维特根斯坦的逻辑原子论与这种学说反其道而行之,主张世界是由彼此独立的原子事实构成,对它们的认识形成原子命题,这些独立命题由数理逻辑符号连接成人类的知识体系。

在科学哲学中,法国的杜恒,逻辑经验主义者中的纽拉特、卡尔纳普、亨普尔,当代美国哲学家蒯因都持整体论观点。他们认为,一个科学理论或科学假说并不是单个地面对观察实验的检验,而是和其他理论、假说以及辅助性条件(比如观察正确,实验仪器状况良好,其设计原理没有问题等假定)一起构成一个整体面对检验。如果检验的结果是否定的,这并不意味着必须抛弃待检验的理论,可以抛弃整体中其他部分以保存这个理论,也可以调整整体中各部分的内容和相互关系,以对付不利的观察报告。这种整体论以"杜恒—蒯因原理"著称。

当代整体论更多地表现在语言意义的承载单位这个问题上,即,是语词、语句、还是整个语言系统才谈得上具有意义。弗雷格最先提出意义的整体性原则:决不要单独地询问词的意义,而只能在命题的语境中询问它的意义。维特根斯坦在早期说过,只有命题才有意义,名称只有在命题语境中才有意义。他在后期主张,理解一个语句就是理解一种语言。戴维森认为,意义研究的方向是整体论,要给出词或句子的意义,就必须给出一种语言中每一个词或句子的意义。达梅特认为这种整体论太极端了,他主张,意义的最小承载单位是语句,为了充分理解其意义,必须理解这个语句所属的能够自成系统的语言体系,但不必是整个语言。

解释学的整体论以一种悖论的形式出现,这就是所谓的"解释的循环"。人们认为,在理解和解释过程中,我们只能从部分开始,但要理解一个局部的意义,必须对整体的意义有理解,但理解整体又只能从理解部分着手。

结构主义者特别强调整体的重要性,以及整体对于部分的优先性。他们认为,事物(人类、社会、神话、诗歌、语言等等)处于一个具有结构的整体中,只有通过认识整体中各要素之间的关系,才能充分认识某一要素。以德里达为代表的后结构主义者反对这种整体观,竭尽全力消解这种整体结构说。他们认为,一个整体结构意味着有限性,容纳不了具有无限性的东西,也意味着中心、等级、秩序,这是必须解构的形而上学观念。

九、因果性

因果问题或归纳问题,是休谟在二百多年前提出的:我们能从过去太阳从东方升起推出它以后也必然如此吗?我们能从理性上证明,从有限事例归纳出全称判断是合理的吗?康德明白休谟的问题不能从经验上和逻辑上予以证明,他把因果性划归先天范畴,说这是人脑为自然界立法。J·S·穆勒企图作出正面证明,他的证明依靠两个前提:每一事必有一原因,同因产生同果,这实际上是循环论证。

　　本世纪的哲学家决定不再重复康德和穆勒的老路,以另外的方式解决因果性或归纳问题。

　　凯恩斯的证明依赖下列原理:仅仅是时间空间中的位置不影响事物的其他属性、事件的其他特征,这一解答并不成功,因为时空中位置的变化意味着与其他事物的关系不同了。他和布罗德还提出了另一个原理"有限独立变化原理":物体种类有限,给定一物体某些属性,其他属性可以大致确定地推论出来。但这个原理的成立得自经验,因此构不成对归纳原理的独立证明。鉴于这种以及其他正面证明的明显失败,哲学家们另寻出路:在承认因果性或归纳原理不可证明的前提下给出另外的说明,主要是用概率统计方法解决从个别过渡到一般,以或然性代替必然性。

　　罗素提出科学研究最低限度需要的五个公设,它们是:准永久性公设,可以彼此分开的因果性公设,时空连续性公设,结构公设以及类推公设。这些公设不保证事情必然如此,但肯定在大多数情况下如此,它们说明一种不能达到必然性的期待在多大程度上具有合理的可信性。

　　在研究此问题的哲学家中,莱辛巴哈的态度最为积极,他认为可以用概率方法对休谟问题作出正面解决。他认为,归纳推理虽然不能在逻辑上找到合理根据,但并不是任意的,他的归纳推理的理论目的就在于在未来事物不确定的状态下在一种等级秩序中找到最优者。严格的因果陈述不过是概率为1的概率陈述的极限情况,科学陈述的概率在0和1之间,在这种意义上,归纳原则是科学陈述的正当的预设。

　　卡尔纳普对于归纳逻辑的基本原理下的功夫最多最深。他一方面承认休谟对于因果性的否定是无法反驳的,另一方面看到科学家和普通人每天都在使用归纳推理,他致力于对归纳原理进行适当的形式化,用合理的指标指出其有效性。他认为因果性意味着原则上的可预言性,而在对前件的完备描述和对后件的预言之间存在着逻辑关系。

波普走的是一条相反的路,他不是从必然性退缩到或然性,以一种弱的形式正面回答归纳问题。他从根本上否定科学定律是从经验观察归纳而来,他认为科学理论是大胆的猜测,其概率越高则内容越贫乏。但是,科学假说毕竟需要推出可观察结果,这就有一个观察在多大程度上支持假说的问题,衡量这种验证度还是需要对归纳逻辑的原理进行研究。

这里无法具体说明凯恩斯、莱辛巴哈、卡尔纳普、波普的归纳逻辑理论,但总的可以说,这些理论虽然对归纳逻辑的发展有其贡献,但基本上是有重大缺陷的,并不为人们普遍接受。

十、融会的可能和途径

当代哲学流派繁多,风格各异,使人困惑、不满,也使人产生期望。人们不愿在各持己见的学说面前莫衷一是,希望在当代文化和精神危机中在哲学里找到一种统一和指导力量。人们尤其盼望在重逻辑和科学的英美传统和重人文历史的欧洲大陆传统之间看到汇通融合的希望,目前正有一些哲学家从事这方面工作。

利科的哲学以解释学为主,继承和发挥了现象学和精神分析的重要思想。他特别重视研究和借鉴分析哲学的成果,尤其是奥斯汀、斯特劳森和塞尔的言语行为理论。他说,任何人想要使自己的研究跟上时代潮流,都必须把欧陆的话语和语言理论与英美的哲学语义学结合。

哈贝马斯继承了马克思学说中社会批判和社会改造的思想,同时注意借鉴现象学、存在主义和解释学的观点。他特别在研究和借鉴语言分析哲学方面下工夫,发展出一套普遍语义学和社会交往理论。他对当代西方工业社会的批判是以反对扭曲的伪交往为基础的,他利用奥斯汀关于以言行事行为的观点,将其转化为强调人际关系的语言交流学说。

另一位德国哲学家阿佩尔也对两种传统都有深入研究,并竭力促成对话、交流与综合。早在60年代,他就在《语言分析的哲学和人文科学》一书中调和分析哲学和解释学,主张应该超越这两种哲学。后来,他又大力挖掘维特根斯坦在《哲学研究》中关于意义、理解、语言游戏的思想,尤其是关于"生活形式"的观点,认为它们与解释学的主张,特别是与狄尔泰的主张是相通的,可以构成一些统一认识的基础。

在企图化解英美与欧陆传统对立,争取思想统一的哲学家中,罗蒂是工作最力者。他把后期维特根斯坦当作分析哲学的代表,认为维氏的观点可以和海德格尔、福柯、德里达、伽达默尔的思想贯通,达到一种伟大的综合。他认为,最后融会贯通的产物不再是传统意义的哲学,而是一种完全新型的东西,他将其称为后哲学文化。他认为,西方哲学的主流,从柏拉图以来,经笛卡尔和康德,一直到本世纪英美分析哲学,都是认识论中心主义,把哲学视为自然的镜子,把哲学的任务视为为人类知识打基础,这种认识主义已经开始破产,诗歌和其他文学形式将取代哲学的地位。

西方有位哲学家曾说,西方哲学两三千年的发展,不过是为柏拉图的思想加了一些脚注。综观以上十大问题,我们不但可以见到传承,亦能见到创新,甚至可以说本世纪哲学与传统西方哲学有某种断裂。看到这一点,不把西方古今哲学视为一体,对于我们的研究和借鉴是十分有益的。

(原载《社会科学战线》1995年第5期)

新时期人的问题研究的清理与总结

韩庆祥

改革开放以来,我国人的问题研究的一个基本特点,就是其研究进程始终紧随于我国社会主义现代化建设实践的发展,并反作用于社会实践。因而,我们应从社会主义现代化建设的社会实践出发,来考察和反思我国人的问题研究得以泛起的历史背景及其演变的内在逻辑,从中进一步弄清社会主义现代化建设与人的发展的内在联系,同时对我国人的问题研究加以清理和总结。

一、"伤痕文学"的崛起及哲学回应(1977~1980)

哲学离现实最远,它通过诸多中间环节干预现实,而现实也通过诸多中间环节影响哲学。其中最主要的中间环节,是文学和人学。可用下图表示:

现实⇌文学⇌人学⇌哲学

因为现实的东西首先是以形象(感性)思维的形态反映在文学作品里,人们也往往首先以文学形式对现实的东西进行描述和诉说,表达对人生体验的感悟,况且文学作品易被平民大众所接受;文学就是人学,它反映活生生的人生,描写人的日常生活,诉说人的内在情感,揭示人性;因此,文学所表现出的倾向必然影响作为抽象(理性)思维形态的哲学,引起哲学上的回应,而哲学既要以理性的形式分析综合文学所提供的人生事实,又要提供一种人性理论（人性观念框架）来影响文学，为文学提供理论基础从而以此干预现实。国外诺贝尔文学奖获得者之所以能获奖，既在于他们能反映现实中活生生的人生，又能体现出一种哲学上的人性理论。西方一些哲学家之所以能写出具有历史影响的传世之作，既在于他们能提供一种影响文学进而影响现实的理论，又在于能对文学所提供的人生事实进行哲学的思考分析。在中国，现实、文学、人学、哲学也具有这种内在联系。不过有时是自觉的，有时是不自觉的。

"文革"以后，人们所思考的事实，首先是"文革"十年那非人性的现实。思考的成果，是从1977至1980年发表一批被称之为"伤痕文学"的作品。其主要代表作有：刘心武的《班主任》，戴厚英的《人啊！人》，叶辛的《蹉跎岁月》，郑义的《枫》，陈建功的《萱草的眼泪》，蒋子龙的《赤橙黄绿青蓝紫》，卢新华的《伤痕》等。这些作品反映出一种共同的倾向，就是通过描述和诉说"文革"对人性的践踏及对人的精神伤害，通过谴责"文革"那人性沉沦的现实，来重新恢复人性和人道主义，恢复和确立人在社会主义社会中的地位。这种倾向显然具有两个基本特征：以人性沉沦为主题，来表现作家的人道主义价值观；文学作品的描述较多具有道义和情感评价色彩，缺乏哲学上的理性思考。

文学作品表现出的这种倾向，在意识形态领域引起了强烈反应，首先是哲学上的回应。"伤痕文学"涉及的主题，是人性和人道主义。它给哲学提出这样一些深层次的问题：什么是人性？有没有共同的人性？人性和阶级性是什么关系？社会主义社会是否应该弘扬人道主义？人性、异化、人道主义三者是什么关系？马克思主义和人道主义是什么关系？等等。现实和文学提出问题，哲学必须作出答复和回应。这种回应具体表现在：开始注重"伤痕文学"所揭露的事实，集中讨论人性、异化、人道主义及人的自我价值问题；运用人性、异化和人道主义的思想工具反思"文革"现实，总结我国历史经验教训；开始反思马克思主义、社会主义同人性、异化和人道主义的关系；力图为解决"伤痕文学"所提出的问题提供理论基础。这样，"伤痕文学"崛起的哲学意义就在于：由1977至1980年的"伤痕文学"作前导，促发了1980年哲学界关于人性、异化和人道主义的全国大讨论，使哲学在对现实的反思中提出和重视人的问题（当然，这场讨论还有其他背景）。这场讨论持续到1984年（以胡乔木发表讲话式论文《关于人道主义和异化问题》为标界）。

二、人性、异化和人道主义（1980～1984）

从1980年开始的关于人性、异化和人道主义的全国大讨论，主要是围绕以下几个重大问题展开的。

1. 人性、阶级性和共同人性

哲学界重视人的问题，当时首先表现在集中注意人性问题，把人性论作为反思我国"文革"现实和历史经验教训的理论工具。有些学者的反思和总结，主要是从以下几个方面展开的：人性是人之所以成其为人而具有的基本属性，在"文革"时期，人性受到了践踏，由此阻碍了社会发展；建国以来，我国社会主义建设之所以出现一些曲折，甚至犯"文化大革命"这样大的错误，一个根本原因，就是指导我们思想和行动的马克思主义哲学没有完全反映社会主义建设的需要，忽略人的问题；拨乱反正，正本清源，最重要的一条，就是恢复人在马克思主义哲学中的地位，确立人在社会主义建设中的地位；人是马克思主义的出发点、核心和目的，马克思主义把人类社会历史看作是人性异化和人性复归的历史，历史唯物主义就是关于人性形成、丧失和复归的规律和条件的科学；因此，任何轻视人、不尊重人和不关心人的做法都是必须克服的。

运用人性论反思现实，总结经验教训，使一些同志把批评矛头直接对准将人性等于阶级性并过分强调人的阶级性的观点。有一种观点认为，在阶级社会，人性就是阶级性，没有共同人性可言。这种观点过于注重人和人之间的阶级关系，因而主张用阶级分析来处理人和人之间的关系。不言而喻，这一观点实质上成为"文革"时期把阶级斗争扩大化的理论基础。针对这种倾向，有些学者重新对人性加以理解，指出人性是人之所以为人而区别于动物的、为人人所具有的类特性，因而它是一切人所共有的，既然如此，就没有阶级性可言；阶级性是阶级的属性，人性是人作为人的属性，人不同于阶级，人性不同于阶级性。

这种针锋相对的观点，引出了人性和阶级性的关系，人性、人的社会性和阶级性的关系，以及阶级性和共同人性的关系的颇多争论。在人性和阶级性的关系这一重要问题上，争论的焦点在于能否把人性等于阶级性，实质在于如何看待我国现实社会中人和人的关系以及人的地位。认为人性就是阶级性的同志，把现实社会中人和人的关系主要看作阶级关系，人是作为阶级成员参与一定阶级的，人和人之间没有共同人性可言，因而人的地位取决于该阶级的地位。认为人性不同于阶级性的同志，把现实社会中人和人的关系看作非阶级关系，人是作为人参与社会生活的，因而人在社会中应受到尊重，那种只强调阶级性而践踏人性的做法是非人道主义的。在人性、人的社会性和阶级性的关系问题上，争论的焦点在于如何看待人性的社会性。认为人性就是阶级性的同志强调，人性的本质在于人的社会性，而人的社会性在阶级社会只表现为阶级性。认为人性不同于阶级性的同志指出，人的社会性是人性之一，而不是人性的全部，人的社会性一定意义上表现为阶级性，但不完全等同于阶级性，因为人的社会性是多方面的。在阶级性和共同人性的关系问题上，争论的焦点在于阶级社会中是否存在"共同人性",争论的实质在于,在阶级社会,是否可以把人道主义作为一条基本原则确立下来。认为人性就是阶级性的同志根本否认有共同人性,因而否认阶级社会中不同阶级的人之间存在什么人道主义,对人与人之间的关系,只能采取阶级分析。认为人性不同于阶级性的同志指出,不同阶级的人之间存在着共同人性,因而一定意义上可以用人道主义原则来处理想人与人之间的关系,只对人和人的关系采取阶级分析是片面的。

在争论中,尽管歧见颇多,但并未形成明确不同的思想倾向,还能达成这样一种共识:共同人性和人的阶级性是不能割裂的,阶级性中存在着共同人性,但不存在抽象的共同人性,在阶级社会,共同人性存在于阶级性之中;因而,人道主义不是资产阶级的专利,它可以作为社会主义社会处理人和人之间关系的一个基本原则,只对社会主义社会中人和人的关系进行阶级分析是不对的。

2. 社会主义和异化

运用人性反思现实,总结历史经验教训,进一步提出异化问题。当时有些专家学者从人性出发衡量我国现实,认为在社会主义社会,人性存在着异化,而这种异化是社会主义社会一切弊端的集中表现,因而只有用异化才能对社会主义社会的消极现象给予科学说明。这种倾向实质上是运用"人性——人性异化——人性复归"这种人本主义的思维模式来说明分析和评判我国社会主义的现实和历史。

能否用"异化"分析说明我国社会主义的现实和历史?对这一问题的进一步研究,引出了对异化理论,尤其是对马克思异化理论的思考。在异化理论问题上,存在着两种截然不同的思想阵营。认为社会主义社会存在异化的同志,一般提出两个根据:一是马克思在晚年成熟著作中仍保留异化概念,并用"异化"来表达资本主义社会的非人性现象,社会主义社会只要存在非人性现象,当然就可以用"异化"来说明;二是马克思虽没有直接讲到社会主义社会的异化,但在成熟著作中还曾讲过社会分工是产生异化的根源,社会主义社会仍存在社会分工,因而异化及其根源也必然存在。反对用异化理论说明分析社会主义社会的消极现象的同志提出两个相反的理由:一是马克思晚年成熟著作抛弃了早期著作提出的不成熟的异化理论,用历史唯物主义取而代之,并用后者来说明社会历史,晚期著作虽有时使用异化概念,但只是偶然用它来批判资本主义制度下雇佣劳动和资本的关系;二是在马克思那里,异化是同私有制联系一起的,并主要用来描述资本主义私有制社会存在的非人性现象。

表面看来,人们是在异化问题上争论不休,就其深层实质看,争论的焦点在于:异化理论是一种什么性质的理论(是价值观还是历史观);应运用什么理论(异化论或唯物史观)来说明社会现实和社会历史(在当时,有些人却是在没有首先弄清楚这两个问题的情况下展开争论的)。这里实际上涉及到如何看待异化理论在马克思主义理论体系中的地位以及如何看待唯物史观这两个根本问题。所以,人性论、异化论和唯物史观之争,实质是主张把什么理论作为分析说明我国社会主义现实和历史的工具。异化问题的争论进一步引出了青年马克思和成年马克思的关系、异化论和唯物史观的关系的争论。这两个问题的争论基本是交织一起的。在对这两个问题的讨论中,人们取得了一定共识。这就是:异化理论就其性质和本质上是一种价值观,是人道主义的理论基础,其职能是对社会历史和现实中的非人性现象作价值评判,而不能用来对社会历史和现实作科学说明;青年马克思对异化理论的性质和职能缺乏真正认识,因而将其职能错用,用它来分析说明社会历史和现实,结果在历史领域走向唯心主义;成年马克思认识到异化理论本质上是一种价值观,不是历史观,因而要科学说明社会历史和现实,只能运用历史唯物主义,所以在说明分析社会历史问题上，马克思用历史唯物主义取代异化理论；成年马克思并没有抛弃异化理论，而是在历史唯物主义基础上，职复原位，把异化理论作为一种价值观保留下来，并将其职能严格规定为价值评判。这里，问题的关键，就是要从世界观和方法论高度，来重新认识异化理论和唯物史观的关系。

3. 马克思主义和人道主义的关系

人性、阶级性和共同人性关系的讨论，社会主义和异化关系问题的争论，人性论、异化论和唯物史观的关系的思考，上升到世界观和方法论高度，逻辑上必然引出对马克思主义和人道主义关系的讨论。因为如何看待人性和异化问题，从世界观和价值观高度，应当是如何看待人道主义问题，而如何看待社会主义和唯物史观问题，从世界观和方法论高度，就是如何看待马克思主义的问题。

马克思主义和人道主义关系问题讨论的焦点，在于如何看待人道主义。为此，许多专家学者首先研究了西方人道主义的历史、涵义、本质功能和性质等。基本上有三种代表性思想倾向：第一种倾向认为，人道主义的本质在于把人当人看，尊重人的地位和价值，关心人的命运，而马克思主义也关心人的存在、发展和自由，为人的解放和发展作论证，所以就其实质和核心来讲，马克思主义是科学的、彻底的人道主义；第二种倾向认为，存在着广义的人道主义，人道主义关注的是人，马克思主义不仅关注作为特殊存在形态的人——无产阶级的解放，关心作为另一种存在形态的人——个人的自由而全面的发展，而且还注重揭示和发现社会历史发展的一般规律，因而科学的人道主义只是马克思主义理论体系的一个组成部分；第三种倾向认为，人道主义在历史上属资产阶级意识形态，在历史观上从抽象人性和孤立个人出发，马克思主义属于无产阶级的意识形态，在历史观上从生产方式和经济关系出发，因此，马克思主义和人道主义是两种根本对立的思想体系，二者水火不容。这三种思想倾向对以后人的问题研究具有深远的影响。

争论比较激烈。但在一些问题上也达成共识。部分专家学者认为，资产阶级人道主义作为历史观，是应着重加以批判的，而作为一种价值观和伦理观，却有许多值得汲取的合理因素，通过改造、扬弃，可以纳入马克思主义理论体系之中；马克思主义在本质上不能归结为人道主义，但包含科学的人道主义；作为一种价值观和伦理观，社会主义比资本主义更注重人道主义——社会主义人道主义。

4. 人性、异化、人道主义讨论的实质、特征及得失

1980~1984年全国掀起的关于"人性、异化和人道主义"问题的大讨论，涉及面广，影响广泛而深远，所以，对这场讨论予以简要的分析总结是必要的。

这场讨论的特征是明显的。其一，兴趣热情高。这场讨论参与人多，论文数量多，时间持续长，声势大，反映出人们对人的问题的极大兴趣和热情。其二，感情评判色彩浓。由于"文革"对人的情感和精神的伤害，由于许多人对人性、异化和人道主义作感情色彩的理解，所以这场讨论主要从价值观、伦理学角度提出人的问题，多注重作为价值观、伦理学意义上的人，注重对社会现实和历史中的非人性现象作价值和道义的评判，而对我国历史和现实中人的状况缺乏一种较为客观、具体和深入的理性分析。其三，历史感强。这场讨论主要是对我国现实和历史中不尊重人和不关心人等贬低人的价值的现象的反思，这种反思虽离不开对人的问题作理论探讨，但更重要的是反思现实和历史，对人本身的基本理论问题没做更多、更深入系统的研究。其四，逐渐具有了政治色彩，同政治联系起来。其五，贬低中国传统文化、宣扬西方文化的倾向开始抬头。

这场讨论的实质意蕴，主要是从哲学人性论上反思我国社会

主义建设的现实和历史，总结历史经验教训，以确定人在马克思主义及社会主义建设中的地位，肯定人的价值。这种反思在认识、实践和人学方面取得了一定成果。

在认识上，这场讨论的集中成果，积淀并凝结为三个命题："把人当人看"；应注重从历史观和价值观关系上研究人；应现实地研究人。"把人当人看"，是说社会主义社会不应把人沦为动物，泯灭人性，不要轻视人、蔑视人，而应尊重人的价值。在我国社会主义建设过程中，在"文革"期间，之所以存在不把人当人看的现象，从理论认识上，是否认共同人性和人道主义的结果，是轻视人、蔑视人以及忽视人在社会主义建设中的地位和作用的结果。在人性、异化和人道主义讨论中，人们逐渐认识到，马克思主义并不完全抽象否认共同人性和人道主义，相反，它积极吸取人道主义的合理成果；社会主义制度不否认人的价值，相反更尊重人和关心人，把人当人看。"应注重从历史观和价值观的关系上研究人"，是说要正确区分和处理人的问题的历史观层面和价值观层面的关系，以通过对这一基本关系的解决来有效解决人的问题。对异化、人道主义问题的讨论之所以争论不休，关键在于没有正确认识和解决这一关系。在人学史上，主要是从历史观和价值观两个方面提出和研究人的问题的，关于异化和人道主义的讨论亦是如此。在讨论中，有些人多从历史观上看待人性、异化和人道主义，否定得多，有些人多从价值观上看待人性、异化和人道主义，肯定得多。在进一步讨论中人们逐渐认识到，正确认识和解决人的问题的历史观和价值观两个层面的辩证关系，是科学解决人性、异化和人道主义问题的一个关键，因而，不能离开这一关系来研究人的问题。"现实地研究人"，是针对"抽象地研究人"而言的。以往，人们常把人的问题看作资产阶级的专利，认为研究人的问题，难以同资产阶级划清界限。通过讨论和研究，人们认识到，人的问题完全可以纳入马克思主义的视野加以研究，问题不在于是否应该研究人，而在于如何研究人，马克思主义反对离开具体条件抽象地研究人，主张把人放到社会物质生活条件中加以具体研究。认识上的这三大成果，对以后人的问题研究有着重要影响。

在实践上，这场讨论的最大成果，一方面在于促使人们解放思想，敢于正视人的问题；另一方面告诫人们，社会主义建设应尊重人的价值，关心人的命运，把尊重人和关心人的原则贯彻到社会主义建设过程之中，以作为社会主义制度的一个基本原则，并且应在社会主义建设的战略目标中，确立人的地位。

在人学研究上，这场讨论的成果，是认为马克思主义哲学包含科学的人道主义，因而应对"人"这一曾被人们有所忽视的问题加强研究。由此，人们开始重视人的问题，为以后的人学研究埋下了伏笔。

这场讨论也显示诸多不足。其中，思想不够解放，许多来自"左"（看不到人应有的地位和意义）和"右"（过分抽象夸大人的作用和价值）的思想干扰和障碍并没有消除；许多人仍存有疑虑和模糊认识，怕研究人性、异化和人道主义会偏离马克思主义方向，动摇社会主义制度，难以同资产阶级划清界限，怕影响执行党的路线、方针和政策，怕在心理上增强人们的抵触情绪和批判情绪，在思想观念上纵容个人利己主义，引起人们思想混乱和社会不稳定，所以，许多讨论意犹未尽；许多人带着情绪参与讨论，彼此间互相指责，甚至互相攻击得多，平等对话和互相交流思想少；一些同志对人作抽象研究，较注重人的价值因素，如人的应当性、为我性和超越性等，对人的问题缺乏较充分的科学分析，离开经济基础，只在哲学领域研究人，明显受西方人本主义的影响。

三、文化变革与人的现代化（1985～1987）

"人性、异化和人道主义"讨论所取得的成果，蕴含着"把人当主体看"的思想。"把人当人看"，意味着要进一步揭示作为主体的人的价值，因为人作为人，本应被视为一切的主体，而且人要有价值，首先应成为主体，否则价值就难以真正实现，这就是说，只有把人当主体看，才有可能真正把人当人看；"社会主义建设应尊重人和关心人"意味着应进一步尊重和关心人在社会主义建设中的主体地位；"社会主义建设应正视人的问题"，"应现实地研究人"，意味着应进一步研究社会主义建设的主体即人适合社会主义现代化而使自身现代化的问题。把人当主体与把人当人看相比，在认识上并不是简单重复，而是一种进步。把人当人看，着眼的是区别于动物的人性及人作为人的价值，而把人当主体看，着眼的是人区别于被动物的主体地位和作用以及人作为主体的价值。

把人当作活动的主体，实际上就是要把人放到社会历史和现实中来，因为活动总是历史的和现实的。人只有有效发挥其主体的积极作用，其主体地位才有可能确立。这从逻辑上又必然促使人们进一步思考"人作为活动主体如何有效发挥其积极作用"这一重要问题。随着我国改革和现代化建设的问题突现出来，这一重要问题就被具体化"人作为现代化建设的主体如何有效发挥其积极作用"以及人的现代化这一现实问题。

人的现代化，在当时首要就是人格从传统向现代的转型问题。如果作为现代化建设的主体——人的价值观念、道德品格、能力水平、精神面貌、社会心理和思维方式还停留在传统范围内，人格没有向现代转型，如果没有赋予社会主义现代化以人的基础和人格支持，社会主义现代化是难以顺利实现的。

人格主要是由文化塑造的，人的活动和社会活动的深层基础是文化，所以，社会改革、人的现代化、人格转型都直接涉及到文化问题。或者说，文化问题从哲学上讲，实质是人格塑造问题。于是，传统文化与人的现代化问题或文化变革与人格转型问题就必须突出出来，从而成为人性、异化和人道主义问题讨论之后人们关注的一个主题。实际上，每当社会变革的转折关头，每当在社会变革全面展开时期，"文化与人"的问题总是必然地突出出来。

从1985年起，许多专家学者集中围绕人格转型问题，从作为主体的人及其人格的各个基本层面展开了讨论。归结起来，主要是从以下六个基本层面和重点展开的：一是人的价值观念。这就是关于"观念现代化"的热烈讨论。讨论的焦点在于：如何在文化变革中确定人的现代观念。二是人的道德品格。集中讨论了"商品经济与道德建设"、"道德主体"等问题。讨论的焦点在于现代人的道德观念是什么样的。三是人的能力水平。人们关注的焦点问题是："科学技术现代化与人的素质现代化的关系"，"人的能力的全面发展"等。四是人的精神状态。讨论的中心问题是"人的积极性、主动性和创造性的发挥"。五是人的社会心理。"健康人格"问题被提出来讨论。六是人的思维方式。集中讨论了"人的思维方式变革"问题。

概括来说，"传统文化与人的现代化"、"文化变革与人格转型"的讨论，表现出以下几个主要特点：其一，一定的深刻性和广泛性。由于人的现代化、人格转型直接与文化变革有关，所以，这一时期的讨论主要是从文化角度提出问题，多注重文化对人格塑造的意义，注重由以前反思社会现象转向反思人的活动和社会活动的深层文化基础以及人格，因而这种研究具有一定深刻性，易把人的问题研究引向深入。不仅如此，当时也广泛掀起文化问题研究的热潮，人们大量翻译、介绍、发表和出版有关文化方面的论著。其二，具有战略意义。这一时期的讨论具有批判和建设双重性质：它一方面批判地反思中国传统文化，另一方面又力图关注文化建设和人格塑造，突出人在社会主义现代化建设中的主体地位，因而这种讨论对我国现代化建设具有一定的战略意义。其三，"西化"倾向进一步抬头。在"文化"讨论中，西方文化引起学界的极大兴趣和关注，其影响呈进一步上升趋势，对学术界冲击很大，而中国传统文化遭到一些人的批判。其四，较注重人的价值因素。虽然有些专家学者注意考虑人的科学因素（人的现实性、自在性、受客观条件制约性和适应性），但相当一部分学者更注重人的价值因素。比如，在对现实的超越、对中国传统文化的批判、对西方人本主义文化的宣扬、对人格的转型等问题的讨论中，注重人的价值因素的倾向是较为突出的。可以说，问题分歧的焦点就在这里。

这一时期讨论的实质底蕴，是从现代化高度反思文化和人格，从"文化与人"关系上总结我国社会主义现代化建设的历史经验教训，确立现代化建设、文化建设的方向和新人塑造的目标，并确认新人在社会主义现代化建设的主体地位。这种反思，在认识、实践和人学方面也取得一定成就。

在认识上的成果，可凝缩为两大命题："把人当主体看"；"社会主义现代化关键在人的现代化"。讨论中人们逐渐认识到，人不仅是一切活动和一切关系的主体，而且是社会主义现代化建设的主体，人的一切活动和一切关系，社会主义现代化建设，都是通过人来实现的，因此，要实现社会主义现代化，首要在于实现人的现代化。

实践上取得的成果，既在于昭示人们，必须使社会主义现代化建设有效发挥主体的积极作用，应在社会主义现代化的发展战略中，包含对人的素质、人格、人才和新人的设计，把人格塑造看作社会主义现代化建设一项重点、基础工程，又在于促使人们注重文化建设和价值体系建设,把文化价值观建设作为社会主义现代化建设的一个重要组成部分。

人学研究方面取得的成果是,认为马克思主义哲学应把"人"相对独立出来加以专门深入研究,应对人本身进行深入的理论思考,从理论上说清人。这一成果是建立在如上"认识成果"基础之上的。由此,在1987年前后出现了"人学丛书"热。

当然,这一时期的讨论也存在一定局限。主要有两点:一是对中国传统文化和西方文化都缺乏深入细致和辩证的分析,批判和宣扬的盲目性较大;二是对社会主义现代化建设中的人的设计缺乏理论基础——即缺乏对人的正确理解,所以这种设计不免过于就事论事,缺乏严密性和全面性。

四、人的主体性与哲学主体性原则(1988~1991)

要真正解决人的主体作用发挥及人格转型问题,就必须进一步从哲学高度从根本上说清人,从理论上说清人作为主体的本质属性,说清人的主体属性发挥的合理方式,这实质上就是要说清"人的主体性"问题。马克思指出,要了解狗的效用,就必须知道狗的本性,同理,要了解人作为主体的效用,就必须知道人作为主体的属性。因此,把人当主体看,就必须进一步解决人的主体性的正确发挥问题。这是一项比人的现代化更具基础和根本意义的工作。因为人的主体性是相对于人的受动性、消极性而言的,只有正确发挥人的主体性,人的主体作用才能真正、顺利地实现,只有把人当作积极能动的主体,才有可能真正把人当作主体。随着改革开放的全面展开,所遇到的阻力会越来越大,其中最主要的,是一部分人不积极理解、支持和参与改革,缺乏积极性、主动性和创造性。为加快改革开放的步伐,便把"人的主体性"问题提了出来。

人的主体性问题的提出,实质上是解决现代化建设过程中如何尊重和正确发挥人的主体性(或人的主体作用)问题。围绕这一问题,从1988年起,哲学界集中从以下几个方面展开讨论:一是从哲学上说清人的主体性。为此,哲学界重点讨论了人的主体性的涵义和主体性原则等问题,由此进一步引出关于实践本体论、实践唯物主义的讨论,也出现了以实践唯物主义或主体性原则改造传统哲学体系、重建新的哲学体系的倾向,使"哲学体系改革"问题凸突出来。争论的焦点是如何正确理解主体性、主体性原则及对主体性的强调该不该有一个限度。二是必须使主体的实践活动既合对象的规律性,又合主体的目的性。对此,哲学界集中讨论了"人的自觉活动与社会历史规律"问题。三是正确解决主体活动的选择性和受制约性的关系。因此,哲学界主要讨论了"选择论与决定论的关系"问题。这里,人的主体性原则、实践唯物主义(哲学体系改革)、人的自觉活动与社会历史规律、历史决定论与历史选择论、个人及其个性,构成"人的主体性"问题讨论过程中的五大重点和难点问题。

人的主体性问题讨论的特征在于:第一,从历史观进而从本体论再从哲学体系的本质特征角度提出人及其主体性问题,人的问题引入了哲学本体论和哲学体系。人的自觉活动与社会历史规律、历史决定论与历史选择论问题的讨论,实际上主要是从历史观角度讨论个人及其实践主体性问题;人的主体性原则,实际上是从哲学本体论上提出的,因为人的主体原则提出者的意图之一,是把主体性作为人的根本存在方式,并进一步从主体的内在尺度出发,以主体的方式来对待和把握世界,使世界按照人的方式存在;实践唯物主义之争,实质上是从哲学体系的本质特征上讨论人及其主体性问题。第二,在研究方法上,虽然仍存有不同的思想倾向,但一部分学者已开始意识到并明确提出从人的价值观层面和科学观（历史观）层面的统一出发来研究人及其主体性问题。从价值观方面研究人，是说在人和外部世界的反映和改造关系中，集中注意作为主体的人及其价值因素（人的应当性、为我性、超越性和主体性），它从外部世界包孕的满足人们需要的意义上来评价一切。从科学观（历史观）方面研究人，是认为，人是受客观条件制约和决定的，人的现实状况是在客观现实世界中被说明的，人是现实世界和历史发展的结果和产物，人要按照外部世界的客观规律活动，由此，对人的研究，应力求在人和外部世界的关系中，集中指向外部客观世界及其对人的客观制约方面，应从外部世界对人的制约、决定方面研究人，其基础和着眼点是作为客观实在的人。这两方面本应该联系在一起。但在"人性、异化和人道主义"与"文化变革与人格转型"问题的探讨中，有些人着重从价值观方面研究人，忽视从科学观（历史观）方面研究人。在"人的主体性"问题讨论中，一部分学者注重人的主体性问题中的价值方面，把主体性原则视为马克思主义哲学的根本原则。另一部分学者则注重人的主体性问题中的科学方面，把客观性原则看作马克思主义的根本原则。在我看来，割裂人的价值观方面和科学观（历史观）方面的关系，正是人的问题得不到正确解决的主要方法论根源。由此，有些学者逐步认识到从价值方面和科学（历史）方面的统一出发来研究人的意义，所以在人的自觉活动和社会历史规律、历史选择论和历史决定论、人的主体性原则、实践唯物主义等问题的讨论中，力图把人的价值因素和人的科学因素统一起来，并贯彻这一方法论原则。第三，在文化倾向上，虽然西方文化、儒学和马克思主义都具一定的影响力，但在80年代末，儒学开始复兴，引起学界的关注，西方文化之影响力稍有削弱，马克思主义受到某些人的冷落，并且各种文化倾向的冲突明显存在。

人的主体性问题讨论的实质意蕴，是从哲学原则上反思作为主体的人之根本属性及其发挥状况，反思人的主体实践活动的原则和方式，并从人的主体性发挥状况方面总结我国社会主义现代化建设的历史经验教训，以启示人们尊重和正确发挥其主体性。这种反思取得一定的成果。

认识上的成果可用这样四个命题来表达："把人当积极能动的实践主体看"；"人的实践主体性有其原则和限度"；"关键在于正确发挥个人主体性"；"人的主体性问题本质上是人的问题"。尽管许多专家学者在主体性问题上存有较大分歧，但也取得一定共识。许多专家学者认为，人只有成为积极能动的实践主体，他才有可能真正把人当人看。把人当积极能动的实践主体看，意味着要从实践角度理解物（人以主体方式理解和改造客观世界，使客观世界变成属人的世界），从人的角度理解实践（人的实践主体性既应符合和体现人性及人道主义原则，也有其适用的范围和限度，它适用于"世界的属人性"这一层面），从主体性角度理解人（人的根本属性之一是人的实践主体性，或实践主体性是最根本的人性，是人性在人的主体上的表现，因而人的实践主体性问题可看作人的一个根本问题），从个人的角度理解主体性（主体不仅是人类、群体，更主要是个人，人类主体性、群体主体性都是通过个人主体性表现、实现出来的，只有把主体性主要理解为个人主体性，人类主体性、群体主体性才能成为现实的具体的主体性，离开个人主体性，它们就会陷入抽象）。因此，要说清人的主体性，必须先说清人本身（人的本性、人的本质、人性）的问题；要建设社会主义现代化，就必须重视对个人主体性问题的研究。

实践上的成果在于启示人们，社会主义现代化建设必须通过充分正确发挥每个人的主体性来实现，因而社会主义现代化建设应把充分正确发挥每个人的主体性，作为社会主义现代化建设的一项基本内容；现代化的建设主体即人，应采取合理的实践方式改造现实社会,以积极能动的主体心态参与对社会现实和经济体制的改造,既使自己的活动符合客观规律性,又合乎主体自身的目的性。

人学研究方面的成果,在于把人的主体性视作根本人性,是人作为主体的根本属性,是人的问题之实质和核心,因而要研究人性和人的主体,就不能不研究人的主体性,要坚持和发展马克思主义哲学,就不能不坚持主体性原则,要从理论上说清人,就不能不首先抓住人的问题的实质和核心。这里,人学研究已深入到人的问题的实质和核心层次。

问题也是存在的。有的学者对人及其主体性作抽象、逻辑研究,即概念、推理、演绎式研究,较少作现实性研究,较少研究社会主义现代化过程中建设者的主体性问题。有的学者对人及其主体性作片面研究,要么片面夸大主体性原则的适用范围,把人作为哲学唯一的本体,要么过于注重客观性原则,漠视主体性原则的意义。在主体性问题讨论中,思想干扰依然存在,认识上的疑虑并没有真正消除(如怕研究人及其主体性问题误入歧途),专家学者和意识形态部门的领导干部对人及其主体性问题的理解有较大差异,难以达成共识。由此,一些专家学者开始淡化对人的问题研究,一些原计划出版的人学研究丛书被取消。

五、人的问题研究的两大基本走向(1991~1996)

人的主体性问题研究的得失昭示人们,一方面,要克服对人的问题研究的抽象性、片面性之局限,真正全面准确理解人及其主体性问题,要全面系统总结改革开放以来我国人的问题研究的得失,就必须从理论上全面系统研究人本身的基本问题。为此,一些对人的问题感兴趣且有一定思考的专家学者感到有必要把"人"这一对象作为一门科学来研究,阐明关于人的基本理论,并建立一门相对独立的人学。另一方面，人的问题研究应面向我国改革开放和社会主义现代化实践，把人的问题拉到现实中来，研究社会主义现代化建设和市场经济体制建设提出的人的问题，为社会实践提供人的观念框架和基础。于是，从1991年开始，我国人的问题研究呈现出两大基本走向：有些专家学者纷纷从不同角度致力于人学基础理论研究，为建立马克思主义人学作准备，因而成立了人学研究中心和中国人学学会，发表学术研究成果，人学研究热潮蓬勃兴起；有些专家学者注重从我国现代化建设和市场经济的现实经济领域角度，致力于"社会主义市场经济与人"的现实性专题研究，把社会主义市场经济建设同人的问题现实地联系起来。

1. 人学基础理论与人学理论体系

"人学"一词来自西方，我国学术界首次引用了这一概念。在人学研究上，我国专家学者主要集中在三个问题上：一是人学研究对象。要建立人学，必须有其明确而独立的研究对象。在这一问题上尚未达成共识。有两种基本观点：一种观点认为，人学研究对象是完整的个人及其本质、存在和历史发展的一般规律。另一种观点指出，人学研究的对象是人的完整图景和本质。二是人学研究的角度。在这一问题上表现出几种不同的理论倾向：有的学者着重从马克思主义哲学的角度研究完整的个人及其本质、存在和发展的一般规律；有的学者从历史唯物主义角度研究人，把个人及其个性归结到社会关系上加以分析思考；有的学者着重从人的存在状况角度研究人及人的世界，存在主义倾向较为明显；有的注重从经济社会发展和人本身发生关系的角度研究人的存在和发展规律，力图揭示出人的问题的经济根源（基础）。这里涉及到哲学与人学的关系。三是人学理论体系。对此问题，人们比较关注，但尚未形成明确一致的意见。在人学研究对象、人学研究角度和人学理论体系问题上，人们之间分歧的焦点主要在于对人作何种理解：一是人指什么。是指人类、群体，还是指个人？二是人是什么。是从人的社会关系出发理解人，还是从人的实践活动出发理解人？是着眼于人的价值因素，还是着眼于人的科学因素？对近年我国人学研究状况加以总结便会发现，对人如何理解，往往直接影响人们对人学的看法以及人的问题的解决方式。

近年我国人学研究的特征是较为明显的。首先是多从人学理论建设的角度提出人的问题，既注重从总体上总结以往人的问题研究的成果及经验教训，在此基础上综合考虑人学建设的基础性问题，又注重分析人学基本理论及其之间的内在联系。其次是马克思主义哲学、西方文化、国学，有中国特色社会主义理论对人学建设都有影响，在人学研究中也各有市场。究竟哪一种文化形态成为人学研究的主导思想，在一些学者心目中不十分清楚。

人学研究的实质，在于从总体上反思人本身，形成完整系统的人学基础理论，克服以往人的问题研究的空白和局限，对人达到完整科学的认识，从而为社会主义现代化建设提供人学基础。这种研究也初步取得一些认识成果。用命题来表达就是："把人当完整的人看"；"人学可以成为一门相对独立的科学"。许多专家学者认为，要正确理解主体性问题，要克服以往人的问题研究的局限，在本质上首先要正确完整的理解人，要全面研究人的问题；而要完整地理解人，就必须建立一门人学，以综合各学科关于人的各侧面的知识。并且，人学完全可以把这一"完整的人及其存在、本质和发展规律"作为自己的研究对象。这里"完整的人"，是指人的各本质方面的统一体。即：他既是主体又是客体；既具有自然性又具有社会性；既是一种物质存在又是一种精神存在；既是理性存在又是非理性存在；既是个体存在又是类存在；既是一种价值存在又是一种客观存在，等等。

由于人学研究刚刚起步，其局限在所难免。简要说就是：思想认识不统一，在人学许多问题、尤其是人学研究对象等根本问题上，尚未达成共识，甚至有些人对人学不理解，存有疑虑；主体素质不适应，研究人员对人的各方面知识缺乏真正了解，缺乏综合能力，所以，人学研究还处于从不同侧面研究人学基本理论阶段，完整的人学基本理论尚未形成；分析研究无力度，人学研究基本上还存在对象不明、方法单一、缺乏规划和投入的状况，没有形成强劲有力的研究阵地以及人学流派；研究成果未系统总结吸收，在人道主义、人的能力、个人及个性等问题上所取得的成果，未引起人们高度普遍的重视，甚至有所忽视。

人学研究，是人道主义、人的现代化、人的主体性问题研究之合乎逻辑发展的结果。根据人的问题及人学研究的内在逻辑，人学研究将以建立一门相对独立的人学科学为基本趋向。为此，当务之急的任务，是明确弄清建立人学应思考的根本问题。这些根本问题以及我的基本观点是（这些观点需另文专作论证，这里只是陈述）：（1）人学研究对象。人学要成为一门科学，必须有自己独立的研究对象。与研究人的问题的相近学科不同，人学可把"人以自己的存在实现其完整本质的历史过程及其规律"作为独立的研究对象，人的完整本质、人的普遍存在和人的历史发展三者的关系是人学研究对象的核心内容。（2）人学的基本问题。作为人学研究对象核心内容的人的本质和人的存在的价值关系和历史关系及其二者的关系，是人学的基本问题，对这一关系的不同回答，决定着人学的不同流派，决定着人们对"人"的其他问题的不同回答，而且这一问题贯穿于整个人学发展史，是任何研究人的问题的思想家都必须首先加以思考的中心问题，从而是他们认识和理解人的问题的出发点。（3）人学的性质。人的本质是人的哲学研究的对象，人的存在是关于人的各门具体科学研究的对象，人学既不单纯研究人的本质，所以它不单纯是哲学，也不单纯研究人的存在，所以它也不单纯是具体科学，它研究的是人以自己的存在表现和实现人的本质的历史过程及其规律，因而它既是一门综合科学，又具有哲学性质。(4) 人学研究方法。人是一种完整的综合体，人学是对各门关于人的知识的科学综合的结果，所以，要建立一门相对独立的人学，就必须对人进行综合研究。(5) 人学研究的指导思想。我们应在多种文化形态中确定一种主导形态，以作为人学研究的指导思想，同时兼收并蓄其他文化形态中的积极因素。但在哲学上，应从历史观和价值观统一的角度研究人学，把关于人的价值观置于关于人的历史观中来思考。这方面还有大量工作要做。(6) 人学研究的思路。以对人的现实问题研究带动和促进人的基础理论研究，是应倡导的一种思路。(7) 人学理论体系框架。根据人学研究的对象、基本问题以及性质，人学理论体系的基本框架大致为：第一部分是人的本质论（从本体上研究人的完整本质）；第二部分是人的存在论（综合各门具体科学关于人的知识，研究人在空间上的普遍存在）；第三部分是人的发展论（研究人的本质在时间上的历史发展，揭示人的历史发展的根据、内容、方式、规律和目标，质言之，研究人的本质和人的存在的历史关系）；第四部分是人的价值论（研究人的价值及相关问题）。以上这些根本问题，将会成为日后人学研究的重点和基本走向。

2. 社会主义市场经济与人

自我国建立社会主义市场经济体制以来，许多学者为使人的问题研究面向现实，具有时代色彩，便开始从市场经济角度提出和研究"社会主义市场经济与人"这一新的课题。这种研究主要集中在以下问题上：社会主义市场经济对人的发展的正负影响；社会主义市场经济与人的价值观、道德观的变革；社会主义市场经济建设的人的基础；社会主义市场经济与人的主体性；社会主义市场经济与人的塑造；社会主义市场经济与人的价值；经济体制转型与人格转型，等等。研究这些问题，焦点在于如何看待社会主义市场经济的本质和人本质,如何看待市场主体的发展及其塑造。

"社会主义市场经济与人"之问题的研究,在认识上的成果,是要"把市场人当经济人和道德人看",要视"人的塑造是社会主义市场经济体制建设的一项基础工程"。许多学者认为,人是社会主义市场经济体制建设的主体,人的素质如何,直接影响社会主义市场经济体制的建设状况。因此一定意义上可以说,人的塑造程度制约社会主义市场经济体制的发育程度,人格转型影响经济体制转型。人的塑造的目标是多方面的,但基本上有两个:一是把市场主体塑造成经济主体(人),按照经济法则行事;二是把市场主体塑造成道德主体(人),按道德法则行事。只有把市场主体塑造成经济主体和道德主体,社会主义市场经济体制建设才能顺利进行。

这种研究在实践上的成果,是社会主义市场经济体制建设既要尊重人又要规范人,既要完整看待人又要全面塑造人,把尊重人、关心人和塑造人当作社会主义市场经济体制建设的一个基本原则;我们的领导干部要有自觉的指导意识,以克服社会主义市场经济体制建设中只见纲领、方案、计划、措施不见人,以及只见物不见人的倾向,正确处理社会主义市场经济体制建设和人的塑造的关系。

这种研究刚刚开始,许多应着重加以研究的问题还未加以充分讨论。如从历史观和价值观统一的角度研究市场经济体制建设中的人的问题等。

"社会主义市场经济与人"的问题的研究,一方面会吸收以往人的问题的研究成果,另一方面会按照社会主义市场经济发展的内在必然要求向前发展。可以预料,在相当长一段时期,以下问题将会成为人们研究的重点:一是对社会主义市场经济提出而对我们来说还是空白或研究不够的问题加以研究,涉足新的问题领域。这些问题主要有：社会主义市场经济与人的主体性的关系；社会主义市场经济发展的人的基础、文化支持和评价尺度；社会主义市场经济发展与人本身发展的关系；社会主义市场经济与人道主义的关系；理性；独立个人的形成；自由和平等；人的个性；人的能力发展；科学技术发展、生产力发展和人本身发展的关系。二是对西方人道（人本）主义思想家提出、马克思曾加以阐述、并且具有当代现实意义、但未引起我们注意的问题加以研究。西方人道（人本）主义提出的问题（如人的异化），大都反映着资本主义商品（市场）经济发展的内在要求，它的研究，对当今我国社会主义市场经济体制建设具有借鉴意义。马克思著作中有丰富的人学思想，这些思想体现着对资本主义商品经济社会的分析和批判，而且具有普遍意义。认真领会和理解马克思的人学思想，对社会主义市场经济体制建设具有一定的指导意义。因此可以预料，深入系统挖掘和整理西方人道主义和马克思著述中的人学思想，并对此加以借鉴和说明发挥，将成为人的问题研究的重要内容。三是经济体制转型与人格转型问题。每到社会主义历史转型期，人格转型问题总是必然地被提出来。四是经济人、文化人、价值人、道德人的塑造及其四者的关系，更会引起人们的关注。社会主义市场经济体制建设能否取得成功，关键取决于市场主体的塑造，取决于能否把市场主体即市场人塑造成经济人、文化人、价值人和道德人相统一的完整的人。只有把市场主体当作经济人、文化人、价值人和道德人相统一的完整人来理解，市场主体的经济行为才不至于误入歧途，社会主义市场经济体制建设才能健康发展。因此，"人的塑造"将成为人的问题研究的重中之重。

（原载《社会科学战线》1996年第3期）

近二十年关于"天人关系"问题的研究

潘志锋

20世纪的最后20年是中国哲学研究极其繁荣的时期,研究成果成批涌现,研究热点不断变换,但对"天人关系"问题的讨论一直未间断。这20年间在我国发表的关于"天人关系"的论文据不完全统计有近300篇,书名中含有"天人合一"或"天人之际"的专著就有10部①。现从"天人关系"问题内涵及实质、"天人关系"思想的历史发展、历史影响及现实意义等方面对这些研究成果作一概述。

一、关于"天人关系"问题内涵及实质的研究

学术界一般把中国哲学中的"天人关系"概括为"天人合一",丁守和则明确地把"天人关系"划分为三种:天人相分、天人合一、

---

① 王生平:《天人合一与神人合一:中西美学的宏观比较》,河北人民出版社,1989年版;张世英:《天人之际——中西哲学的困惑与选择》,人民出版社,1995年版;张云飞:《天人合一:儒学与生态环境》,四川人民出版社,1995年版;陈江风:《天人合一观念与华夏文化传统》,三联书店,1996年版;任继愈:《天人之际》,上海文艺出版社,1998年版;朱立元主编:《天人合一:中华审美文化之魂》,上海文艺出版社,1998年版;傅纪钢:《天人合一养生观》,甘肃人民出版社,1998年版;钱世明:《说天人合一》,京华出版社,1999年版;黄朴民:《天人合一:董仲舒与汉代儒学》,岳麓书社,1999年版;江晓原、田卫星:《天人之际——中国星占文化》,上海古籍出版社,1994年版。

天人感应①。冯禹则把"天人感应"归入"天人合一",认为"天人关系"应区分为二:天人合一和天人相分②。雷庆翼反对这一观点,认为"天人感应"之"天"指有意志的天,所谓"感应"即人事能感知于"天",天则相应地作出奖励或惩罚,而"天人合一"之"天"是自然之天,天和人同属于自然,具有相通相合之处,故此二命题不同③。从整个中国哲学史实际来看,诸多天人思想不外乎"合"与"分"两大类。

关于"天"的涵义,学术界分歧较大,其观点大致可归纳为以下六种:1. 一义说,以季羡林为代表,认为"天"即大自然④。2. 二义说,以王明为代表,认为"天"一指有意志的天神,一指自然的天体⑤。3. 三义说,以张岱年、宋志明为代表,张岱年认为"天"一指最高主宰,二指广大自然,三指最高原理⑥。宋志明说"天有主宰、自然、义理三种涵义"⑦。4. 四义说,以康中乾为代表,认为"天"指意志之天、无为之天、道德之天、自然之天⑧。5. 五义说,以冯友兰、任继愈为代表。冯友兰认为天有五义:物质之天、主宰之天、运命之天、自然之天、义理之天⑨。任继愈也主张天有五义:主宰之天、运命之天、义理之天、自然之天、人格之天⑩。6. 混沌说,以刘泽华为代表,认为"天"是一个混沌概念,神、本体、本原、自然、必

---

① 丁守和:《"天""人"关系的思考》,《传统文化与现代化》1997年第1期。
② 冯禹:《天与人——中国历史上的天人关系》,重庆出版社,1990年版。
③ 雷庆翼:《"天人合一"新考》,南宁《学术论坛》1997年第1期。
④ 季羡林:《"天人合一"新解》,《传统文化与现代化》1993年第1期。
⑤ 王明:《论先秦天人关系》,《中国哲学史研究》1985年第4期。
⑥ 张岱年:《中国哲学中的"天人合一"思想剖析》,《北京大学学报》1985年第1期。
⑦ 宋志明:《论天人合一》,《学习与探索》1998年第4期。
⑧ 康中乾:《论"天人合一"之"合"》,《人文杂志》1995年第4期。
⑨ 冯友兰:《中国哲学史》(上册),中华书局,1984年版。
⑩ 任继愈:《试论"天人合一"》,《传统文化与现代化》1996年第1期。

然、命运、心性等等均在其中①。总括来看,"天"的三义说似乎较能得到更多的认同。

关于"人"的涵义学界意见比较一致,一般都认为"人"即人类,是自然存在的人。"天"涵义的复杂性带来了"天人合一"命题涵义的多样性。张岱年认为"天人合一"有二义:天人相通和天人相类,前者发端于孟子,大成于宋代道学,后者则是宋代董仲舒的思想②。耿云志认为"天人合一"有两方面涵义:一是本体论意义,即表述人与自然,或者说人与天的统一性;二是认识论意义,即人的精神与自然相交涉,在认识上达到"天人合一"境界③。钱逊认为"天人合一"至少有三层涵义:天命与人事的关系;天道与人道、性与道的关系;天地万物与人的关系,即自然界与人的关系④。刘泽华说"天人合一"的侧重点不外三种:天与人的社会性合一,以儒家为代表;天与人的自然性合一,以道家为代表;天人相分、天人互动⑤。周桂钿把"天人合一"分为四类:天人合德、天人同类、天人共性、天人一本⑥。与这些复杂的区别相反,季羡林和金景芳都认为"天人合一"的涵义很简单,实际上是讲自然与人的关系⑦。

关于天人哲学的实质,杨维中认为,天人合一并非一般意义上的人与自然的同一,而是伦理意义上的形而上的合一,这是由中国文化的伦理本位所决定的⑧。惠吉兴认为,天人哲学是中国古代的人学——关于人的存在(本质确认)和发展(价值追求)的学说,

---

① 刘泽华:《天人合一与王权主义》,《天津社会科学》1996年第4期。
② 张岱年:《中国哲学大纲》,中国社会科学出版社,1985年版。
③ 耿云志:《"天人合一"别识》,《传统文化与现代化》1996年第4期。
④ 钱逊:《也谈对"天人合一"的认识》,《传统文化与现代化》1994年第3期。
⑤ 刘泽华:《天人合一与王权主义》,《天津社会科学》1996年第4期。
⑥ 参见庞朴主编:《中国儒学》(四),东方出版中心,1997年版,第118页。
⑦ 季羡林:《"天人合一"新解》,《传统文化与现代化》1993年第1期。金景芳:《论天和人的关系》,《传统文化与现代化》1994年第2期。
⑧ 杨维中:《论天人之辩的伦理意蕴》,《传统文化与现代化》1997年第2期。

在这一理论中,天是人理解自然的参照物和超越自身的中介物,只有从人出发来把握天及天人之间的关系,才能深入理解古代天人的哲学旨趣①。刘泽华认为,天人合一中渗透着王权主义,其实质是天王合一,天人合一的核心是讲天与社会秩序的关系,在中国古代,社会秩序不可能是别的,只能是君主专制体制②。

关于"天人关系"在中国哲学中的地位,20世纪50年代到80年代初学术界认为,"天人关系"既包含思维与存在、物质和精神谁是第一性谁是第二性的问题,也包含着思维与存在的同一性问题,即"天人关系"问题就是中国哲学的基本问题。任吾心批判了这一观点,他说,中国古代的天人之学阐发的不是世界本原与派生、精神和自然的关系问题,其"天"是指道德实体,"人"指的是自我意识或个体人格、天人关系反映着个体同普遍性道德的关系,即个人同社会道德,现实政治与政治理想的关系。天人学说的这一本质突出体现了中国哲学道德化、政治化的特点。如果不顾这一特点,以哲学基本问题这一模式来解释天人学说,必然会对中国古代哲学产生许多误解③。

尽管不能把天人关系在中国哲学中的地位等同于西方哲学中的基本问题的地位,但这一命题在中国文化中的重要性早已为学界所公认。张岱年把包括中国哲学在内的哲学称作"天人之学"④,丁守和视"天人关系"为中国哲学的中心问题⑤,朱立元说"天人合一"是中国文化之"潜质"⑥,杨建华把"天人关系"作为中国哲学的"中轴"⑦。总

---

① 惠吉兴:《荀子天人哲学的人本学特质》,《河北学刊》1988年第2期。
② 刘泽华:《天人合一与王权主义》,《天津社会科学》1996年第4期。
③ 任吾心:《天人关系是中国哲学的基本问题?》,《河北学刊》1990年第6期。
④ 张岱年:《张岱年文集》(三),清华大学出版社,1992年版,第209页。
⑤ 丁守和:《"天""人"关系的思考》,《传统文化与现代化》1997年第1期。
⑥ 朱立元主编:《天人合一:中华审美文化之魂》,上海文艺出版社,1998年版,第4页。
⑦ 杨建华:《天人合一:中国古代思想文化的中轴结构》,《浙江学刊》1998年第5期。

之,天人关系是中国哲学的首要内容。

二、对"天人关系"思想历史发展的研究

"天人关系"思想的历史几乎与人类自身的历史一样久远,人们早在石器时代就开始了这一关乎自身生存的思考,且这一哲学的沉思从古至今从未间断,这表现在历朝历代哲学家提出的丰富的天人关系思想中。学术界主要对先秦、两汉、中唐的天人思想进行了研究。

(一)关于先秦时期"天人关系"的研究。对这一时期的研究主要针对天人观的早期演进及儒家天人观。金景芳把天人观的早期演进划分为四个阶段:原始人群时期,人群还未能与自然分开,天和人还谈不到关系;母系氏族至文明社会前夜,天人关系表现为神和人的关系;自尧制新历至《周易》出,对天人关系的认识才达到完善的地步;此后时期,与天人合一相反,强调的是天人对立注①。滕复认为,中国传统天人哲学的思维样式起于原始社会早期图腾崇拜中表现出来的"天人自然"观念,后期图腾崇拜是一种"天人家族"观念,进入夏商周后,此观念发展为"天人宗教"观念,自发的、狂热的图腾巫术情感上升为人为的、冷峻的天帝宗教信仰②。吴锐从人类考古学的角度对天人关系作了研究,认为北方红山文化和南方良渚文化中,在颛顼以前人神杂糅,人人可以通天,通天的方式也多种多样。新石器时代至殷商,卜筮并行,以卜为主;到了西周,以筮为主。在天人不分的阶段,由"神"述历史;颛顼时代"绝地天通",由"巫"述历史;神巫衰落后,职业史家代兴。"神—巫—史"的演进过程表明人类世界观从天人之际转向

---

① 金景芳:《论天和人的关系》,《传统文化与现代化》1994年第2期。
② 滕复:《中国天人哲学的早期发生历程》,《人文杂志》1990年第5期。

人人之际①。

关于先秦诸子百家天人观的研究,学界普遍认为"天人合一"是诸子百家的共同思想。具体说来,各家思想差异在于:儒家从人道出发,在道德意义上"以天合人";道家由天道引出人道,在生命意义上"以人合天";墨家崇天非命,是一种带有宗教色彩的天人观;阴阳家将阴阳、五行配四方、四时,是一种素朴的自然主义天人观。

先秦儒家的天人观曾是学界研究的焦点,从孔子的天命观、孟子的"天人合一"到荀子的"天人相分",学界从多种角度进行了个案的或比较的研究。在 20 世纪 80 年代关于孔子天命观是唯物还是唯心的争论中,李宗桂通过对孔子"天"、"命"、"天命"等范畴涵义的详细考证,认为孔子关于"天"的议论有明显的唯物主义倾向,关于"命"、"天命"的思想有着较浓厚的唯心主义宿命论色彩,且他是不相信鬼神存的,因此说,孔子的天命观是动摇于唯物主义和唯心主义之间的矛盾的天命观②。这种研究思路和方法,其意义并不在其结论,而在其对此前 30 来年对孔子思想评价的简单否定的破除,以及对"唯物唯心"两军对战论的研究模式的超越,尽管这种超越在今天看来还远远不够。孟子曾因其"尽心、知性、知天"的所谓"唯心主义"天人观而遭到批判。80 年代中后期人学思潮兴起,孟子的民本思想和主体意识被重新审视,其天人思想的价值也得到充分肯定。宋志明、王长华等人把孟子天人思想概括为"天人相通"③,更多的学者沿袭传统的说法,称之为"天人合一",认为孟子是中国哲学史上第一个系统构建"天人合一"思想

---

① 吴锐:《我国天人关系起源与演变的历程》,《东岳论丛》1996 年第 3 期。
② 李宗桂:《动摇于唯物主义与唯心主义之间的天命观》,《四川师范学院学报》1984 年第 1 期。
③ 宋志明:《论天人合一》,《学习与探索》1998 年第 4 期;王长华:《天人思想的历史命运》,《河北师院学报》1991 年第 1 期。

体系的思想家。荀子可以称得上是中国哲学史上唯一的一位在中华人民共和国建国后一直备受学界青睐的思想家。建国的头30年,荀子因其"天人相分"思想中蕴涵着主客二分法,"制天命而用之"为"人定胜天"的政治口号作了理论论证,故被尊为唯物主义思想家的代表。80年代后,荀子的天人思想被重新评价,在其"天人相分"思想的独树一帜的地位被充分肯定的同时,其"制天命而用之"的"戡天说"因与环保意识相冲突而受到普遍的批判。方立天说,荀子重视人在胜天中的作用,这是正确的,但是,人对自然的改造是有限度的,人在改造自然的过程中,保持和自然的积极协调、和谐,也是十分重要的①。此外,荀子天人思想中对人的主体能动性的颂扬受到普遍关注。

(二)关于两汉时期"天人关系"的研究。这一时期的研究集中在董仲舒、王充两个人物上。80年代及以前,董仲舒的"天人感应"论被冠以"神学目的论"而定性为唯心主义的宗教迷信学说。进入90年代,董仲舒的天人思想在中国思想史上的地位逐渐被肯定,它对中国文化广泛而深远的影响得到学界普遍的肯定。李宗桂认为,董仲舒利用传统的神权观念,第一次使儒学与阴阳学说融合,创造性地将中国古代天人理论发展到一个高峰,具有重要的文化史意义:首先,它对中国文化基本形态的形成起了巨大的促进作用,他将"三纲五常"纳入天人系统中,融政治与伦理为一,将个体的内在道德修养外化为尊君事天的社会实践,形成了强大的趋善求治的社会心理态势,完善并拓展了中国文化的基本形态;其次,它对后来的天人思想起了思维导向作用,在一般群众中,"天人感应"成为一种不可移易的深层文化心理,而君主持中的天地人相参的思想也日渐渗透全社会;最后,它丰富了儒学以至于整个中国文化的兼容精神,使大一统观念真正确立,在民族心理的深层建构

---

① 方立天:《中国古代哲学问题发展史》(下),中华书局,1990年版,第441页。

了中国文化①。

王充因其对董仲舒"天人感应"论的批判曾被当作唯物主义无神论者加以颂扬。周桂钿认为,王充对董仲舒的天和人通过气产生感应的理论作了两个重要改造:董仲舒的天人感应是相互的,王充认为感应是单向的,只有天感人,而人却不能感天;董仲舒认为天人感应是一种精神感应,而王充认为天气对人和物的感应是物质的自然感应,不存在有意识的精神感应。这样,王充就把董仲舒的"天人感应"说改造成为唯物主义的气自然论②。陈静认为王充所批判的不是董仲舒的理论形态的天人感应论,而是流俗型的天人感应论,他之所以批判,并不是因为它不科学,而是因为其蕴涵了他所不能接受的价值观;他的批判目的也不是开拓一条更真实的认识自然的道路,而是表达他本人对社会和人生的理解。这样,王充与天人感应的对立就不是科学与迷信的对立,而是两种不同的社会人生观的冲突③。

此外学界还对司马迁、王符等人的天人观作了研究。

(三)关于中唐时期"天人关系"的研究。中唐时期,柳宗元和刘禹锡与韩愈之间展开了一场关于天人关系的争论。韩愈因个人际遇的坎坷而发出了咒天之语:天意是恶的,天的意志与人的意志截然对立,天总是奖赏那些残害人民的人,惩罚那些保护人民的人。针对这一观点,柳宗元做《天说》、《天对》,提出"天人不相预",刘禹锡又做《天论》上中下三篇"以极其辩",提出了"天人交相胜"的观点。传统观点认为,柳宗元、刘禹锡继承了荀况、王充等人的唯物主义天人观,为自古以来的天人关系之争作了一个较为圆满的总结。冯禹则认为,中唐天论的意义不仅在于它继承和

---

① 李宗桂:《论董仲舒的天人思想及其文化史意义》,《天津社会科学》1990年第5期。
② 周桂钿:《王充天论》,《求索》1983年第5期。
③ 陈静:《试论王充对"天人感应论"的批判》,《哲学研究》1993年第11期。

发展了先秦和两汉的天人关系论,而且起着扭转当时哲学思潮的重大作用,它是由魏晋到宋明哲学发展的一个不可少的中间环节,柳宗元、刘禹锡的天人论大体上是直接继承了三国时期的杨泉《物理论》中的思想,启发了宋代张载等思想家①。

此外,学界还对"天人关系"思想从古到今的发展脉络进行了纵向梳理,主要有以下几种观点:尹协理认为中国古代天人观经历了三个发展阶段:夏商周时期的原始天命论,秦汉时期的天人感应论和宋明时期的理天论②。耿云志认为从先秦到宋明,"天人合一"大体经历了三种发展形式:先秦朴素的"天人合一"论带有直观的性质,董仲舒的"天人感应"论带有宗教神秘主义色彩,宋明理学的"天人合一"论则带有思辨性质的认识论或人格修养论③。宋志明则按不同历史时期的不同思想家把"天人合一"观分为九种:1.天人玄同说——老子的天人观;2.无以人灭天说——庄子的天人观;3.天人相通说——孟子、《易传》中的天人观;4.天人相交说——荀子、柳宗元、刘禹锡的天人观;5.天人相与说——董仲舒的天人观;6.天人同体说——程颢的天人观;7.天人一气说——张载、王夫之的天人观;8.天人一理说——朱熹的天人观;9.天人一心说——陆王天人观④。冯禹对天人感应作了历史的追溯,认为从古到今共有四种类型的天人感应思想:第一种类型产生在西周,天人感应是人格神直接干预、决定人类的社会现象,而不是通过异常自然现象给人类以启示;第二种类型产生于西周末年流行于春秋战国,用自然化的天代替了人格神,用阴阳、气等来解释万物的发生和变化;第三种类型是由墨子最先提出、由董仲舒系统阐述

---

① 冯禹:《中唐天论新探》,《中国哲学史研究》1989年第4期。
② 尹协理:《"天人感应"论之兴衰》,《董仲舒哲学思想研究》,河北人民出版社,1987年版,第124页。
③ 耿云志:《"天人合一"别识》,《中国文化与现代化》1996年第4期。
④ 宋志明:《论天人合一》,《学习与探索》1998年第4期。

的,天是以自然为外貌的有意志的至上神,其感应方式是祥瑞和谴告;第四种类型是由程朱理学建立的,其基于理气的基本结构,借"气"的运动,使"理"能够上下交通,形成感应,使善有善报,恶有恶报,天理得以贯通①。丁守和把"天人关系"分为天人相分、天人合一、天人感应三种类型并作了历史探讨。他认为在天与人的关系中,人们首先看到的是"天人相分",《诗经》《国语》《左传》对这一思想都有记载,荀子、王充、柳宗元等详细阐发了这一思想。西周产生的天人合一思想在《周易》中得以体现,儒、道、管仲、杂家、黄老、宋明理学等均有阐述。天人感应思想是阴阳、儒、道诸家思想的融合,董仲舒对此作了完善的理论构建,其后各代的谴告说均是此思想的遗留②。

三、对"天人关系"思想的历史影响及现实意义的研究

"天人关系"思想在历史上对中国文化的影响极大,学界的探讨多集中在其对中医学、美学等方面的影响上。

1. 对中医学的影响。学界普遍认为"天人感应"思想是中医学的理论基础。李宗桂、格日乐详细比较了《黄帝内经》与《春秋繁露》,指出秦汉医学与董仲舒的天人感应论相同点有三:都从事物的联系入手,借事物的类同和类感而运用类比推理进行推导,构筑自己的理论体系;都以生理病理知识和自然感应现象为其理论根据,而且都包含有牵强比附的内容和方法;都利用阴阳五行说对事物进行分类,并借以揭示事物的发展动力和内在结构以及外在

---

① 冯禹:《论天人感应思想的四个类型》,《孔子研究》1989 年第 1 期。
② 丁守和:《"天""人"关系的思考》,《传统文化与现代化》1997 年第 1 期。

表现①。王前认为天人感应思想对中医学的影响主要体现在：中医强调养生和防治都应遵循顺应自然的原则；中医在诊脉、用药、针灸等方面都注意"天时"；中医诊病讲究以物象、病象、天象来确定病症性质②。

2. 对美学的影响。"天人合一"对中国美学思想的深刻影响已是学界的公认。朱立元主编的《天人合一：中国审美文化之魂》一书认为，"天人合一"是中国审美文化的"中坚思想"，它在历史长河中成为中华审美文化精神之发展的一种支配力量与文化底蕴，它渗透在中国文化各个方面的审美中，如音乐、诗歌、小说、书画、戏曲、建筑、饮食文化、服饰文化，乃至婚姻文化、礼仪等等中。姚君喜详细列举了董仲舒的天人感应思想对中国美学影响的四个方面：天人感应是一个天人合和的宇宙本体论系统，它是自然性的合一、道德性的合一、情感性的合一，具有审美意义；天人感应理论表明了人的情感与外界事物的感应关系，为审美和艺术创造提供了基本的理论依据，直接影响了刘勰、郭熙、沈灏等人的美学思想；董仲舒的"人——天"宇宙本体论体现了以人为核心的生命意识，对谢赫、石涛、宗白华等人的美学思想均有影响；天人感应强调人从自然中体悟变化产生情感，形成人与自然间独特的审美关系③。杨安仑不仅肯定了"天人合一"的美学意义，他还指出"天人相分"也直接或间接地影响了美学，它承认美的自然物客观的存在于人之外，不以审美主体的意志道德个性为转移，美感是由自然物的美而引起的④。

中国哲学中的"天人合一"这一源远流长、内容丰富的思想在

---

① 李宗桂、格日乐：《秦汉医学与董仲舒的天人感应论》，《哲学研究》1987年第9期。
② 王前：《天人感应观念对科技发展的影响》，《辽宁教育学院学报》1996年第2期。
③ 姚君喜：《董仲舒天人感应说的美学意义》，《甘肃社会科学》1999年第5期。
④ 杨安仑：《论天人合一与天人相分及其与美学的关系》，《湖南师大学报》1985年第2期。

当代社会有何价值?这是学界自90年代初期以来讨论的焦点。这场讨论基本上以《传统文化与现代化》和《中国文化》两刊为阵地,围绕着"天人合一"的生态意义而展开,兼涉中西哲学中天人关系的比较研究。1991年8月《中国文化》第4期刊出了钱穆先生辞世前不久口授的、由钱夫人笔录成文的《中国文化对人类未来可有的贡献》一文,文中说:"中国文化中,'天人合一'观……实是整个中国传统文化之归宿处。……我深信中国文化对世界人类未来求生存之贡献,主要亦即此。""中国文化则屡仆屡起……可以说,因于中国传统文化精神,自古以来既能注意不违天,不违背自然,又能与天命自然融合一体。我以为此下世界文化之归结,恐必以中国文化为宗主。"1993年,《传统文化与现代化》创刊号刊出了季羡林先生的《天人合一新解》一文,文中全文摘录了钱先生的文章。并且季先生在文中说:"天人合一命题正是东方综合思维模式的最高最完整的表现……挽救西方文化衰落的方法就是以东方文化的综合思维模式济西方的分析思维模式之穷。"季先生还在《东方》1993年创刊号上发表《"天人合一"方能拯救人类》一文明确了自己的观点。此后王毅、蔡仲德、杜维明等纷纷就此发表文章,争论就此开始。概括来看,这场争论分成两派:对天人思想的现代价值持肯定态度的赞成派有钱穆、季羡林等;持否定态度的反对派有蔡尚思等。赞成派普遍认为,天人合一思想强调自然与人类和谐相处,是救治现代文明带来的环境问题的一剂良药。反对派则指出,以天人和谐解释天人合一是对这一命题的一种误读。天人合一观的主流精神是天人一体,是以主客未分为前提的,其以人为本,以道德本原论和人生价值论为归宿;而天人和谐论则蕴涵着主客二分的逻辑前提,其以自然为本,力求建立的是人与自然之间的对立统一关系。

由"天人合一"生态意义的争论引申出了关于中西天人关系比较研究的讨论,这场讨论也可分为两派:一派以张世英、陈国谦等人为代表,认为中国哲学以天人合一为主导,西方哲学以主客二分为主导;主客二分能促进科技的发展,增强人类改造自然的能力,但可能导致人与自然关系的恶化;天人合一强调人与自然的统一和谐,是目前人类摆脱环境危机的出路。另一派以李存山、耿云志、李慎之等为代表。李存山提出四点疑问:1.在中西哲学史上,天人合一是否必然与主客二分相对立;2.近现代科学技术的产生和发展与否,是可以简单地归结为这种对立;3.所谓主体性的过度发展和科技的过度发展,是因何意义的主客二分造成的;4.仅仅是天人合一能否保护生态环境①。耿云志认为那种主张只有中国古代贤哲才懂得人与自然的和谐,而西方贤哲们只懂得人与自然对立,未免太武断了,与此相关地,由于中国古代有天人合一观念,所以中国有环保传统,而西方强调对立,所以造成环境破坏,这显然是纯主观的想法。李慎之更明白地说:"揆诸历史与现实,也很难说'愿意与大自然交朋友'的东方人对环境的破坏比一心'征服自然'的西方人好一点,很可能情况反而要更糟些"②。现在看来,后一派的观点越来越得到学界的认同。

由以上三方面的概述情况可看出,学术界对"天人关系"问题的内涵及历史发展研究得比较充分,而对以下两方面的研究还很缺乏:一是"天人关系"思想对中国文化方方面面的影响,二是"天人关系"思想的中外比较研究。"天人关系"研究的进一步深化尚有待于学界同仁的共同努力。

(原载《社会科学战线》2003年第4期)

---

① 李存山:《中国古代的天人观与主客关系》,《哲学研究》1998年第4期。
② 李慎之:《中国哲学的精神》,《传统文化与现代化》1993年第2期。

近十五年关于"生活世界"问题的研究

王晓丽

20世纪80年代末90年代初开始,"生活世界"问题逐渐成为国内学术界讨论的热点,哲学、教育学、文化学、社会学等领域纷纷转向"生活世界"问题的探讨。概括而言,近15年学术界对"生活世界"问题的研究基本围绕着以下三个问题逐层展开:首先对西方"生活世界"理论的介绍、评价,其次对马克思主义学说中的"生活世界"思想进行挖掘,在此基础上,形成了色彩纷呈的"生活世界"理论。这期间在大陆发表的关于"生活世界"的论文据不完全统计有近50篇,专著、译著近15部。现从"生活世界"概念的界定及性质、"生活世界"的结构、"生活世界"理论提出的价值及意义等方面对这些研究成果进行探讨。

一、"生活世界"概念的界定及性质

"生活世界"这一概念胡塞尔早在20世纪20年代之前就已提出,在他写于1935~1936年的著作《欧洲科学的危机与超越论的现象学》中对"生活世界"问题进行了集中论述,但是并未对"生活世界"概念作出明确界定。在此书中,"生活世界"经常与"周围世界"、"生活周围世界"等作为同一概念使用。倪梁康先生对胡塞尔的"生活世界"概念作了如下诠释:"生活世界"是"在自然态度中的世界",基本而言"生活世界"是指"我们个人或各个社会团体生活于其中的现实而又具体的环境"①。"生活世界"具有以下特征:第一,"生活世界"是一个非客体的世界。第二,"生活世界"是一个奠基性的世界。第三,"生活世界"是一个主观、相对的世界。第四,"生活世界"是一个直观的世界。"生活世界"具有两方面功能,一方面"生活世界"是与"客观——科学世界"相关联的世界,作为其意义基础而存在;另一方面,"生活世界"具有主观性,是通向"先验现象学"的通道,是"先验现象学"反思的对象。② 胡塞尔之后学术界对"生活世界"理论的研究基本上是以其"生活世界"功能中"生活世界"与"客观——科学世界"的关系为核心问题而展开的。

大致看来,学术界对"生活世界"概念的界定以"生活世界"的内容、本质为标准而分为两类:

(一)以"生活世界"的本质来进行界定的有四种:1."生活世界"是语言世界。维特根斯坦认为,"想像一种语言就意味着想像一种生活形式"③,而"'语言游戏'一词是为了强调一个事实,即讲语言是一种活动的组成部分,或者一种生活形式的组成部分"④。可见,维特根斯坦的"生活形式"即是"生活世界",是指语

---

① 倪梁康:《现象学及其效应》,生活·读书·新知三联书店,1996年版,第130—131页。三联书店2003年1月出版的《世界现象学》一书中,关于胡塞尔的"生活世界"特点的问题上,克劳斯·黑尔德与倪梁康持相同的观点([德]克劳斯·黑尔德著,孙周兴编,倪梁康等译:《世界现象学》,北京三联书店,2003年版,第97—114页)。

② 倪梁康:《现象学及其效应》,生活·读书·新知三联书店,1996年版,第131、132、138页。三联书店2003年1月出版的《世界现象学》一书中,关于胡塞尔的"生活世界"特点的问题上,克劳斯·黑尔德与倪梁康持相同的观点([德]克劳斯·黑尔德著,孙周兴编,倪梁康等译:《世界现象学》,北京三联书店,2003年版,第97—114页)。

③ [英]维特根斯坦著,陈嘉映译:《哲学研究》,上海人民出版社,2002年版,第19页。

④ [英]维特根斯坦著,陈嘉映译:《哲学研究》,上海人民出版社,2002年版,第23页。

言的意义基础。哈贝马斯也强调语言的重要性,他说:"批判理论的规范——理论性基础必须到人类水平上的、有特色的、到处渗透着的生活中介那里去寻求,这就是语言。"①但是与维特根斯坦不同的是,他认为语言是一种交往活动或交往过程,由语言构成的"生活世界"是交往行动的世界,"交往行动表达着生活世界的内容,生活世界组成交往行动的背景,交往行动深深植根于生活世界之中。"② 2. "生活世界"是实践世界。此观点大多是在挖掘马克思学说中的"生活世界"思想中形成的。马克思的著作中虽没明确提出"生活世界"概念,但是马克思的学说中蕴含了"生活世界"的实质内容,其"实践"概念与"生活世界"概念有内在的关联。持此种观点的学者们的分歧主要在于"实践"与"生活世界"的关联上。李文阁说,"实践其实是指人的现实生活"③;李龚君也持同样的观点,并且他认为感性活动是"生活世界"与实践的关节点,"只有建立在对感性世界的本体论描述之上的经济学、唯物史观才是可以理解的"④;贺来不认为实践就是"生活世界",他说,现实生活世界是由"实践活动所创造的功能统一性世界"⑤;庞立生、王艳华认为"生活世界的现实基础是人的实践活动","生活世界的实质就是人的生活,就是生活中的人本身"⑥。3. "生活世界"是实践和交往的世界。尹树广认为,"'生活世界'的本质在于人的经验活动才能的多样性和交往关系的全面性"⑦。同时,他指出:"历史、现实

---

① 哈贝马斯:《交往与社会进化》,重庆出版社,1993年版,第11页。
② 李文阁:《回归现实生活世界》,中国社会科学出版社,2002年版,第110页。
③ 李文阁:《回归现实生活世界》,中国社会科学出版社,2002年版,第11页。
④ 李龚君:《也谈马克思的"生活世界"》,《哲学动态》2002年第6期。
⑤ 贺来:《现实生活世界》,吉林教育出版社,1998年版,第74页。
⑥ 庞立生,王艳华:《哲学向生活世界的回归》,《东北师大学报》(哲学社会科学版) 2003第4期。
⑦ 尹树广:《生活世界的现实及其价值》,《哲学研究》2003年第1期。

和理想是交织在实际生活世界之中的三个基本维度,人所创造的生活世界并不是单纯主观性的意义世界,它也是在人的各种实践活动和交往关系中产生和发展起来的,因而实际生活世界的内在矛盾和冲突与这些活动和关系紧密相关。揭示生活世界的本质,进而改造日常生活模式和人的现实生活,离不开认识这些现实矛盾和冲突的特征和实质。"①孙正聿持相同的观点,他在进一步概括了实践和交往涵义的基础上指出:"'生活世界'是'有意义'的世界。'生活世界'的'意义',在于它是人类创造的、实现人类自身发展的世界。"②这里所说的"交往"不同于哈贝马斯的"交往",此"交往"是以实践为基础的交往,而不是以语言为内容的交往。

4."生活世界"是实体和关系的世界。郭元祥认为:"'生活世界'的概念,绝不是指'生活环境',也不是指'自然世界'和'社会世界',而是指对人生有意义的,且人生活在其中的世界,是人生的过程、生活着的心物统一的世界。'生活世界'既是一个实体的世界,又是一个关系的世界,在这个世界中,人的地位是至高无上的,人是能动的主体,人不依附于自然、社会、他人,或者其他某些外在力量。"③总括以上四种界定来看,学术界从本质上对"生活世界"进行界定都以"生活世界即是人的世界"为前提,其分歧点只是对人的活动本质的理解不同。

(二)以"生活世界"的内容来界定的有三种:1."生活世界"是人与自然的统一。海德格尔对"生活世界"的关注体现在"此在"思想中。他认为,现象学一开始就与"对存在的追问"联系在一起,而存在是存在者的存在,人的存在即"此在","在世界之中

---

① 尹树广:《生活世界的现实及其价值》,《哲学研究》2003 年第 1 期。
② 孙正聿:《寻找"意义":哲学的生活价值》,《中国社会科学》1996 年第 3 期。
③ 郭元祥:《生活与教育——回归生活世界的基础教育论纲》,华中师范大学出版社,2002 年版,第 113、118 页。

是此在生存的基本法理。所以,世界与人有独特的联系,只有人才有世界,世界即指"此在"与存在者整体的关系。人和世界的关系不是像水在杯子里或衣服在衣柜里那样,而是"融身"在世界之中,"依寓"于世界之中,繁忙在世界之中,生活于世界之中,生活世界是人与自然的统一。① 杨国荣认为:"生活世界可以理解为人存在于其间的这个世界。"他强调"生活世界"是"这个世界",以区别于维特根斯坦的形而上学的"那个世界",他认为"生活世界则使人化的自然与人的存在进一步沟通融和起来,二者从不同的方面展示了'这个世界'的具体内涵"②。2."生活世界"是科学精神与人文精神的统一。黄旭敏说:"生活世界是人类生活形式的历史展开图景。而生活形式作为人们日常活动的一般形式,是人类心性活动过程与物性活动过程的叠合展现形式。前者是一种精神过程,后者虽然也折射出某种精神性的东西,但它却越来越展示为一种技术化的过程。"③ 3."生活世界"是实有与应有的领域。肖川认为:"如果说,生活世界指的是生命的存在状态,那么,生活世界指的便是生活实有与应有的畛域。"④ 虽然有以上三类区分,但是从总体上来看,大部分学者提出"生活世界"的背景和目的在于克服"科学世界"对"生活世界"的奴役,克服主客二分的思维方式对人的片面化解读。因而,在对"生活世界"概念进行界定时强调科学精神和人文精神的统一、人和自然的统一、实有与应有的统一。

---

① [德]马丁·海德格尔著,陈嘉映、王庆节合译:《存在与时间》,北京三联书店,1987年版,第66—69页。
② 杨国荣:《现代化过程的科学向度与人文之维》,《中国社会科学》1998年第6期。
③ 黄旭敏:《深度技术化条件下生活世界的危机与重建》,《中山大学学报》(社会科学版)1997第2期。
④ 肖川:《教育的视界》,岳麓书社,2003年版,第126页。

二、"生活世界"的性质与结构

对于"生活世界"的性质这一问题,从以上对"生活世界"概念界定的概述中我们可以看出存在两种截然不同的观点:现实的生活世界和意识构造的生活世界。对于划分现实生活世界和意识构造的生活世界的标准问题,王南湜用"理论哲学"和"实践哲学"来区别这两种观点,他指出:"如果认为理论活动具有一种独立于实践活动的地位,能够在理论中把整个世界构造出来,这便是一种理论哲学的思路;而如果认为理论活动尽管有其巨大的作用,但它归根到底仍是生活实践的一个组成部分,并不能超越于实践活动而独立构建整个世界,这便是一种实践哲学的思路。这里的关键在于是否承认理论活动有一种能够独立于实践活动的地位。"① 尹树广提出了"意识哲学"来对应实践哲学,② 贺来提出"绝对意识"作为传统哲学的基本精神③。李文阁把这两种不同的生活世界用"马克思的"和"非马克思的"进行区别。④ 尽管用的概念名称有所区别,但是他们的思想实质与王南湜是一致的。从"生活世界"概念最早提出的背景来看,无论是胡塞尔的"生活世界"、维特根斯坦的"生活形式"、海德格尔的"去存在",还是哈贝马斯的"交往世界"都有一个共同的目的:克服"科学世界"僭越"生活世界",使现实的"生活世界"成为"虚幻世界"。但是,尹树广指出:"尽管胡塞尔首次提出了生活世界的科学,力图强调生活对科学非人化的校正能力,但是,他却把这种科学建立在纯粹意识内部的绝对构造

---

① 王南湜:《回归生活世界意味着什么》,《学术研究》2001 第 10 期。
② 尹树广:《人的问题与生活理论》,《求是学刊》1998 年第 3 期。
③ 贺来:《现实生活世界之遗忘——对传统哲学的理论批判》,《求是学刊》1997 年第 5 期。
④ 李文阁:《回归现实生活世界》,中国社会科学出版社,2002 年版,第 115 页。

能力之上。海德格尔、萨特、卢卡奇虽然都针对某种唯心主义哲学强调实际生活的经验性,但最终他们仍然局限于精神活动形式和分化机制的分析中。这种分析无疑构成了本世纪欧洲哲学思考的一个重要层面。"①庞立生和王艳华认为:"站在马克思哲学的立场上重新审视现代哲学的其他各种生活世界理论,可以看出,虽然其他生活世界理论也强调了生活世界的开放性、意义性以及与人关系的内在性,但是由于它们没有抓住生活世界的现实基础,把实践活动排除在生活世界的视野之外,这就使得它们在强调生活世界所具有的人文意蕴的同时也使生活世界失去了它应有的现实性。在马克思看来,'无论理想或语言都不能独自组成特殊的王国,它们只是现实生活的表现'……这样,现代西方哲学最终只能遁入'语言世界'之中去追思已经逝去的'生活世界',在力图超越传统哲学的努力中走上哲学的文学化道路。"②国内的学者都强调"生活世界"的现实性,这一点在学界已达成共识。

学界在讨论"生活世界"概念的同时,对其结构也进行了分析与论证,概括而言,共有四种观点:

(一)"生活世界"由"日常生活世界"和"非日常生活世界"构成。衣俊卿在我国最早提出这一观点,随之,受到学界普遍关注。衣俊卿认为,"所谓日常生活,总是同个体生命的延续即个体生存直接相关,它是旨在维持个体生存和再生产的各种活动的总称。……非日常活动总是同社会整体或人的类存在相关,它是旨在维持社会再生产或类的再生产的各种活动的总称"。在界定概念的基础上,他把日常生活世界划分为三个领域:日常消费活动、日常交往活动、日常观念活动;非日常生活世界划分为两个领域:非日

---

① 尹树广:《人的问题与生活理论》,《求是学刊》1998 年第 3 期。
② 庞立生,王艳华:《哲学向生活世界的回归》,《东北师大学报》(哲学社会科学版) 2003 第 4 期。

常的社会活动领域、非日常的精神生产领域。① 项贤明采纳了衣俊卿对生活世界的划分,用它来分析生活世界的教育问题。他认为"日常生活世界"与"非日常生活世界"的划分是以人的再生产为标准的,这正体现了教育的目的②。

(二)"生活世界"由"经济活动"、"文化活动"、"政治活动"领域整合构成。王南湜依据人的不同层次的需要,把生活世界划分为"经济活动"、"文化活动"、"政治活动"三个领域。③ 李淑梅从社会结构视角对这一思想进行了阐发,与需要的层次相匹配,社会结构划分为"社会活动结构、社会交往结构"④。

(三)"生活世界"由"社会生活"、"社会生产"、"社会交往"领域共同构成。从社会本体论的角度,刘远传认为社会活动可分为"社会生活"、"社会生产"、"社会交往"三种类型,它们共同构成"生活世界"⑤。

三、"生活世界"理论的价值及意义

就"生活世界"理论的价值及意义而言,学界的探讨多集中在理论和现实两方面。

(一)"生活世界"的理论意义及价值。哲学、教育学等学科都从不同角度对本学科引入"生活世界"理论所带来的学术转向进行了探讨。

1. 哲学中"生活世界"理论研究的价值及意义。哲学界对"生

---

① 衣俊卿:《回归生活世界的文化哲学》,黑龙江人民出版社,2000年版,第191、193、195页。
② 项贤明:《泛教育论》,山西教育出版社,2000年版,第273页。
③ 王南湜:《从领域合一到领域分离》,山西教育出版社,1998年版,第23—27页。
④ 李淑梅:《社会转型与人的现代重塑》,山西教育出版社,1998年版,第66—67页。
⑤ 刘远传:《社会本体论》,武汉大学出版社,1999年版,第283—286页。

活世界"理论的讨论尤为热烈,马克思主义哲学、文化哲学、人学、价值哲学等分支学科都纷纷关注"生活世界"理论。雷鸣把当代国内马克思主义哲学创新总结为"文本解读"、"比较对话"、"结合现实"三种方法,而其中"结合现实法"提出的"回归生活世界,回归人本身"是马克思主义哲学创新的根本方向①。王南湜也强调,回归"生活世界"是"马克思主义哲学新的生长点"②。学者们具体作了阐述:李文阁说,哲学的"生活世界"转向"不仅为现代的多元化哲学找到统一的论题和方法,而且恢复了马克思哲学的现代特质",从而为马克思哲学与西方哲学的平等对话提供了可能的平台③。衣俊卿指出,日常生活批判开拓了文化哲学的新领地④,它可以拓宽我们关于人类社会结构的认识、丰富我们对人类文明演进史的理解、加深我们对人类社会进步的内在机制的理解。⑤丁立群认为,"生活世界"理论的提出确立了生活认识论的地位,它的确立有助于我们走出实践观念的误区、解决当前认识论研究中的一些难题⑥。总之,学界普遍认为:"生活世界"的提出是近代哲学向现代哲学转折的标志,它体现了现代哲学的基本精神。

2. 教育学中"生活世界"理论研究的价值及意义。教育学界对此问题的讨论多集中在基础教育和道德教育领域。谭斌指出,"生活世界"话语带来了教育新面貌:在"生活世界"话语的基础上,教育的实质被认为是一种特殊的生活过程;教育过程被理解为是师生展开对话、理解而达成"我—你"师生关系的过程;"生活世

---

① 雷鸣:《回到生活世界,回到人本身—马克思主义哲学创新的基本方向》,《湖南社会科学》2003年第2期。
② 王南湜:《回归生活世界意味着什么》,《学术研究》2001第10期。
③ 李文阁:《回归现实生活世界》,中国社会科学出版社,2002年版,第11页。
④ 衣俊卿:《开拓文化哲学的新领地:日常生活批判》,《哲学动态》1995年第1期。
⑤ 衣俊卿:《理性向生活世界的回归》,《中国社会科学》1994年第2期。
⑥ 丁立群:《生活世界:一个非经典认识论领域》,《天津社会科学》1997年第4期。

界"话语也为学校德育带来了新理念①。具体到德育领域,缪兴秀从德育过程入手,认为"生活世界"理论的提出对德育具有十分重要的价值:德育是情境性的教育,只能在现实的生活世界中展开;学生的品德只能在现实的具体生活场景中养成;德育根本的价值追求人的自由幸福只有在生活世界中才能实现②。陈秋红以德育主体为视角,说明现代德育通过回归"生活世界"找回其"主体意识及意义基础"③。郭元祥着眼于基础教育说:教育理论引入'生活世界'的概念,第一确立人本意义和生命意义;第二注重人与世界的互动;第三注重人的生成的动态过程④。深入到基础教育的课程改革,孙伟霞认为新课程"面向生活",有利于实现我国教育向生活的回归、课程改革的成功、学生的全面发展⑤。

(二)"生活世界"理论的现实意义及价值。晏辉说:"生活世界现象学考察只是理解生活世界的理论前提,只有把这种考察还原为当下的生活过程,理论研究才有生命力。"而我们现在所面对的生活问题呈现为现代化条件下科学世界对生活世界的遮蔽、物质欲(特别是消费欲)的空前膨胀、生活结构的日益平面化⑥。"生活世界"理论的提出,恰恰是为了消解这些生活问题。尹树广认为,"生活世界理论或日常生活世界理论是由于对人的认识出现

---

① 谭斌:《论教育学关于"生活世界"的话语》,《南京师大学报》(社会科学版)2001年第1期。
② 缪兴秀:《德育应贴近生活世界》,《思想·理论·教育》2001年第2期。
③ 陈秋红:《重归故里——试论现代德育向生活世界回归》,《教育导刊》2002第2、3合刊(上)。
④ 郭元祥:《生活与教育——回归生活世界的基础教育论纲》,华中师范大学出版社,2002年版,第118页。
⑤ 孙伟霞:《生活世界理论与新课程改革的价值取向》,《思想·理论·教育》2003年第12期。
⑥ 晏辉:《生活世界:实践、意义促创与生命体验》,《河北学刊》2004年第2期。

了危机才产生的"①,通过"生活世界"的重建可以克服"对人性的单维度理解以及由此所导致的人类文明在物性面的单维度发展的危机"②,走出"主体性的黄昏",生成全面发展的人。针对我国现代化进程的实际情况,衣俊卿认为,"从本质上讲,现代化决不简单意味着财富的增长和技术的改进,它应当是人的生存模式的根本转变或重塑。这正是问题的关键,因为对于中国这样处于由农业文明向工业文明进程中的发展中国家而言,人们生存方式的本质特征既不是自由自觉性,也不是异化受动性,而是自在自发性。……在这种情况下,现代化理论与实践的主要任务不是揭露和扬弃普遍的、人们已自觉地体验到的异化,而是如何促使这些自在自发的活动主体走向自由和自觉",而"要扬弃人的自在自发的生存方式,即实现人自身的现代化,就要实现传统文化的转型;而传统文化的转型落到实处,应当是传统日常生活的批判重建"③。通过剖析学术界近15年关于"生活世界"的研究成果可以看出,厘定其概念、结构,强调其价值是目前讨论的焦点。笔者认为,"生活世界"理论的进一步深入研究有待于从以下两个方面展开:一是,增强"生活世界"的现实性研究,推动其研究从理论层面走向现实层面;二是,扩宽"生活世界"的研究视野,进行与其他问题结合的交叉研究,从而使"生活世界"的研究内容更为丰富。

(原载《社会科学战线》2004年第5期)

---

① 尹树广:《人的问题与生活理论》,《求是学刊》1998年第3期。
② 黄旭敏:《深度技术化条件下生活世界的危机与重建》,《中山大学学报》(社会科学版)1997第2期。
③ 衣俊卿:《开拓文化哲学的新领地:日常生活批判》,《哲学动态》1995年第1期。

环境伦理学中的价值问题研究述评

凡 清

环境伦理学(生态伦理学)研究自上个世纪后半叶以来,在国际学术界尤其是发达国家十分活跃。国内学界近10多年来也有越来越多的学者参与相关问题的研究与探讨。环境伦理学迄今仍是一个争议颇多的领域。其中人类中心主义与非人类中心主义在生态伦理观上的分歧是争论的焦点之一。双方争论的问题涉及不同的思想文化渊源及对人类思维方式、生存方式、发展模式的反思等,新近的讨论更多地集中于不同的理论观点在价值论基础方面的差异与对立。本文试图对后一方面的讨论进行梳理与评析。

一、关于价值的第一原则

在讨论环境问题时,以何种价值原则作为判别各种事物的价值的依据,以何种价值尺度作为评价人类行为合理与否的标准,是争论各方分歧最大的问题之一。

人类中心主义通常被认为源于古希腊普罗泰戈拉"人是万物的尺度"的论断。但事实上,普氏论断中的"人"并不是指人类,而是指个人,这一论断是以个人的感受和体验作为价值判断的标准的,它所蕴涵的问题不是"某物是什么",而是"某物对人有何用处"。"普罗泰戈拉的这个命题从社会历史观来说,就是将人看作是人和社会、人和自然、人和神的中心;用人的利益、需要和体验理解人们的社会历史活动。"①就此而言,可以认为在普氏论断"人是万物的尺度"与以人为人与自然关系轴心的人类中心主义存在某种思想渊源关系。但就普氏论断强调个体的感觉和体验而导致价值判断中的感觉主义、相对主义而言,与崇尚理性的人类中心主义相去甚远。今天,人们针对人类中心主义的全部批判,都是把它与近代以来的理性主义联系在一起的。的确,只是到了近代,随着人类实践水平的提高,科学技术的昌明,资本主义生产方式的确立和发展,人的理性力量才得到极大的释放,人的主体性才得到极大的张扬。康德的"人为自然的立法"命题从理论上集中反映出西方"以人为中心"的传统在何种程度上主导着人对自身与自然关系的理解,并在何种程度上范导着人对自然的态度与行为。历史地看,人类的确在创造辉煌的文明成就的同时,造成了生态环境的破坏,导致生态失衡并最终危及人类自身的生存与发展。人类面临的生存困境迫使人类对自己的思维方式、活动方式和生存方式进行反思。20世纪中叶以来,各种环境伦理理论的相继问世,正是人类对自身行为进行批判性反思的结果,是当代学术界面对危机的理论自觉。

从目标定向来看,各种环境伦理观应当说是基本一致的,它们都主张保护环境,都希望改善人与自然的紧张关系,扭转人类生存环境恶化的局面。只是在如何理解人与自然的关系,选择何种活动方式,以及为这种理解和选择提供怎样的理论依据时产生了分歧。大多赞同人类中心主义理论主张的人持以人为中心的原则,坚持在讨论环境问题时不放弃最终意义上的人的价值尺度。被称为弱的人类中心主义环境伦理者的诺顿就反对把"内在价值"向自然界其他物种出让,他的理论的价值论基础是人类中心主义的。同样,其理论被称为现代人类中心主义的默迪也明确主张,人就是

---

① 汪子嵩等:《希腊哲学史》,第二卷,人民出版社,1993年版,第261页。

以人类为中心的,所谓价值对人来说,就是他生活的质量和意义,就是真、善、美、公正等,就是他的创造性和自主性。这样的哲学将为面临困境的人类重新理解人与自然的关系,重新反省自己的生活方式提供一种智慧。① 国内学术界也有相当一部分学者持相同或相近的观点:"'人类中心主义'不仅作为一种理论选择具有现实的和策略的合理性,而且具有哲学伦理学或价值论上的合理性。"②"在价值观上,我们目前还无法克服,也许永远都不可能克服人类中心主义的伦理观。"③"我们既要关注人的利益,又要保护生态自然,既要注意利用自然的'工具性价值',又要注意保护自然的'生态价值',为了保护自然生态的稳定平衡,我们可以牺牲人的某些局部的暂时利益。……我们之所以这样做,最终是出于对人类全面的、长远的生存利益的终极关怀。"④"这里涉及的问题是,人是否应当以某种非人的存在及其发展作为自己全部行为的出发点和归宿? 是否应当用动物中心主义、植物中心主义、自然中心主义来取代人类中心主义? 这是不大可能的。……不是走出人类中心主义,而是要走出狭隘的人类中心主义,并通过反对狭隘的人类中心主义来确保正确的、合理的、必要的人类中心主义。"⑤上述观点无一例外地主张人的价值是本位价值,人类生存和发展的需要和利益是第一位的。

与上述观点不同,非人类中心主义环境伦理观主张凡有生命的自然物(某些极端者甚至认为包括无生命的自然物在内)应与

---

① 参见章建刚:《人类中心主义、内在价值和理性主义》,徐嵩龄主编:《环境伦理学新进展:评述与阐释》,社会科学文献出版社,1999年版,第125—132页。
② 参见章建刚:《人类中心主义、内在价值和理性主义》,徐嵩龄主编:《环境伦理学新进展:评述与阐释》,社会科学文献出版社,1999年版,第135页。
③ 王德彦:《为自然还是为自己》,《自然辩证法研究》2002年第10期。
④ 刘福森:《自然中心主义生态伦理观的理论困境》,《中国社会科学》1997年第3期。
⑤ 张理海:《"人类中心主义"问题研讨综述》,《武汉大学学报》1996年第6期。

人一样受到同等尊重,人并不比其他生物有机体更优越。他们普遍认为,以人的利益为惟一尺度的价值观与生态危机之间存在因果关系,传统的伦理学已不能适应人类今天面临的问题。他们或者要求把自由平等的原则扩展到人以外的其他动物中去,平等地关心所有动物的利益,如辛格的动物解放论和雷根的动物权利论;或者走得更远,试图把道德关怀的视野扩展至所有生命,如施韦泽的"尊重生命的伦理学"把敬畏生命作为伦理学的根本原则。泰勒的以生物中心论为核心的环境伦理观,把是否尊重大自然作为行为善恶的判断标准和评价尺度。莱奥波尔德的大地伦理学则要求,作为大地共同体普通成员的人不仅要尊重其他成员,还要尊重共同体本身,共同体本身的完整、稳定和美丽是最高的善。罗尔斯顿的自然价值论试图通过确立自然生态系统的价值,以此作为人类对自然生态系统负有义务的道德依据,来探索如何以自然(生态)规律引证出道德规范的途径。[①] 尤纳斯的责任伦理提出以责任为中心的道德标准,责任承担者是每个时代活着的人,责任对象包括自然界和未来人类。责任伦理的目标不是追求最大的"善",而是避免极端的"恶"。[②] 在赞同上述观点的国内学者中,有人表示:"我们就要承认不仅人是目的,而且其他生命也是目的;我们不仅要承认人的价值,而且要承认自然的价值。"[③]"即使没有人类,世界亦有其价值,各种生物也有其价值,非人类存在者所具有的独立于人类的价值也被称作它们的固有价值。"[④]还有学者从生命系统的"自我"特性论证其具有内在价值和工具价值的本体论

[①] 杨通进:《整合与超越:走向非人类中心主义的环境伦理学》,徐嵩龄主编:《环境伦理学进展:评述与阐释》,社会科学文献出版社,1999年版,第24—56页。
[②] 李文潮:《技术伦理与形而上学》,《自然辩证法研究》2003年第2期。
[③] 余谋昌:《生态人类中心主义是当代环保运动的惟一旗帜吗》,《自然辩证法研究》1997年第9期。
[④] 卢风:《论环境伦理学的哲学基础》,《学术界》2002年第4期。

根源,以此为基础提出一种新的价值论即广义价值论,试图协调生态伦理学与传统伦理学的价值冲突。①

仔细思考一下,我们发现在以人还是以自然为最终意义上的价值尺度这一问题的争论的背后,似乎隐藏着人类实践活动的一个悖论:坚持以人为最终意义上的价值尺度,则人类以改造自然、为自己创造新的生存条件为目的的实践活动,就必然导致对自然进程的干预;反之,坚持以自然的和谐、美妙为价值尺度,则人类的实践活动及其创造的生存方式,就必然遭到置疑。如果以问题的方式,这一争论还可以表述为:坚持人的价值尺度与生态环境的失衡是否存在某种必然的逻辑联系?这实际是从价值层面对人与自然关系的一种思考。问题的答案似应从一个更大的时间跨度中去寻找。

众所周知,达尔文的进化论已从自然进化史的角度证明了人类起源和发展的自然基础,证明了人与自然不可分割的统一性。但是,人并非单纯进化的产物。对于人类来说,达尔文所揭示的生命进化和发展的自然规律是与人的劳动(实践活动)共同发挥作用的。具体地说,"劳动为生物进化的自然规律开辟了和指引了起作用的道路与方向。"②人通过自己的活动形成了人类特有的生存方式,创造了人类自己的发展历史。这是一个漫长的过程,在这一过程的早期阶段,原始初民"还是半动物性的、野蛮的。在自然力量面前还无能为力,还意识不到自己的力量;所以他们像动物一样贫乏,而且在生产上也未必比动物高明。"③这时人与自然的区别只在于人的本能是被意识到的本能。④ 他们的思维就是与他们

---

① 张华夏:《广义价值论》,《中国社会科学》1998年第4期。
② 夏甄陶:《关于目的的哲学》,上海人民出版社,1982年版,第197页。
③ 《马克思恩格斯选集》,第3卷,第218页。
④ 《马克思恩格斯选集》,第3卷,第35页。

的直接行为联系在一起的。但是,只要人形成了他所特有的生命存在方式,人就已超越了对环境的消极适应,对自然的改造活动就不可避免地继续下去。于是,人在改变人之外的自然的同时,使"自身的在自然中沉睡的潜力发挥出来,并使这种力的活动受他自己的控制",①尤其是语言的产生和新工具的发明,使人与动物的差别越来越大,人对这种差别的意识也越来越自觉。人以自然为对象的改造活动,是历史地实现的,建立在这一活动基础上的人与自然的关系也是历史地形成的。一方面,人是从自然界分化出来的,他本身就属于自然界,他的任何活动都依赖于自然界,自然是其活动的前提和基础;另一方面,人因其独一无二的创造能力而能通过自己的活动改造自然,使自然服从自己的目的,满足自己的需要。人与自然关系的两个方面,使这种关系中的人的身份也具有两重性:既是主人也是仆人。在相当长的时期内,人类活动并没有对自然界造成太大的干预,人与自然的关系大体上维持平衡,即使有过冲突,发生过人类文明遭到破坏的情况,也只是局部的,并没有在整体上对人类文明形成威胁。人类今天所面临的生存状况具有历史的必然性。在一定意义上,这种必然性根源于人类理性能力的无限与有限的矛盾。理性就其本性而言,总表现出对自然奥秘无止境的追根问底的强烈冲动,而理性就其存在的前提和基础而言,它的界限和范围是受自然规定性制约的。理性任何试图摆脱自然限制而自我膨胀的冲动,即理性的"僭越"。理性的"僭越"意味着人遗忘了自己的双重身份,其实践活动的负面影响将迫使他为此付出沉重的代价。人类无法从根本上改变自己的生存方式,因为人类改造自然的实践活动"是不以一切社会形式为转移的人类生存条件,是人和自然之间的物质变换即人类生活得以

---

① 《马克思恩格斯选集》,第3卷,第43页。

实现的永恒的自然必然性。"[①]人也只存在于整个人类历史进程中的某一特定阶段,他的活动也只是他在这一特定阶段所认识的目的;他不可能超越他那个时代留给他的历史局限性。在人类认识能力所及的范围内,如果没有充足的迹象表明人类活动可能从整体上危及其自身的生存,那么,关于这种整体性危害的自觉意识就不可能形成。人与自然之间的关系在不同水平上的平衡与冲突,反映了人对自身、对自身之外的自然、对人与自然关系的认识的程度不同。人类理性的自我批判功能像一面镜子,"一照这面镜子,许多我们今晚视为'进步'的结果无疑将黯然失色。"[②]在这里,所谓的"进步"的结果是相对于人、相对于人的生存条件而言的。理性的自觉意识既能以"进步"的结果显示人在自然的必然性过程中打上的烙印,也能对"进步"的结果进行反省、批判,以校正自己的方向。然而,假如人类因其理性自身的内在矛盾,便放弃理性,放弃人的终极价值原则,那无异于放弃自己的生存。据此反观各种环境伦理观,非人类中心主义因从根本上否定以人为中心的原则,在理论上存在难以克服的困境(关于这一问题,后面将会论及),在实践中也不具备可操作性。因此,很难说是人类走出生存困境的最佳理论选择。人类中心主义因被推向极端而导致的理论局限性及其在实践中的负面影响,也需要对它重新理解,并合理规范其内涵。毫无疑问,环境问题是人类自身行为不当造成的,最终的解决仍需要人类依靠自己的智慧与力量。但是,人类保护环境,归根到底是为了人自身的生存与发展,而绝不是为了任何其他目的。对于人类而言,放弃人的价值尺度是不可思议的。因此,人类中心主义环境伦理观作为人类反思环境问题的理论取向,是一种更具合理性的选择。

---

① 《马克思恩格斯选集》,第23卷,第56页。
② [美]卡西勒:《启蒙哲学》,山东人民出版社,1988年版,第7页。

二、关于自然的道德资格

在上述关于环境伦理学中何为价值的第一原则的讨论中,我们从非人类中心主义对人类中心主义的诘难,以及人类中心主义的辩护中,不难发现争论双方因各自的理论取向不同而导致的在一些问题上的分歧。比如:自然是否是与人一样的"主体";所谓"内在价值"可不可以作为自然是道德主体的根据;将传统伦理学视野扩展至所有生物界的必要性和可能性是什么等等。而这些分歧的焦点乃在于自然是否有可能、是否有必要取得与人同样的"道德资格",从而成为环境伦理的终极价值和最终目的。

在绝大多数非人类中心主义者看来,造成环境恶化的根本原因在于人类无视自然的平等地位,只要人以外的其他生物有机体取得与人同样的道德资格,就可以使人对它们的地位、作用和价值形成一种新的看法和新的认识,就可以使传统的价值观有一个根本的转变,从而在人与自然之间建立一种平等关系,最终达到人与自然的和谐。因此,证明自然与人是平等的道德主体,对于各种非人类中心主义环境伦理观的理论建构都具有重要意义。

主张生物中心论的泰勒提出一种以物种平等原理为根据的尊重所有生命的终极性的道德态度。根据这一原理,人和其他物种一样,都是一个相互依赖的系统的有机构成要素,每一个生物拥有"好"的实体本身就意味着它拥有"内在价值",这与它是否具有某些禀赋无关。而一个生物一旦被视为拥有天赋价值,则无论它属于哪个物种,都应当获得同等的道德关怀,受到同样的尊重。[①] 这种突破传统伦理学界限的尝试,对于泰勒来说无疑是极为重要的,

---

[①] 杨通进:《整合与超越:走向非人类中心主义的环境伦理学》,徐嵩龄主编:《环境伦理学进展:评述与阐释》,社会科学文献出版社,1999年版,第37—38页。

它将为泰勒的人与自然关系提供一种新的道德支持;但在赞同人类中心主义的学者看来,这种尝试正表明在环境伦理学研究中存在着事实被理论所遮蔽,科学被伦理所代替的现象。生物学研究证明,自然界不存在平等权利。植物为动物而存在,动物为人类而存在,人利用它们作为食物、衣物和工具。这是自然规律。"当我们吃面嚼米时,是否想到我们是在吃植物的生殖细胞?当我们把一束束嫩竹喂大熊猫时,我们是否考虑过我们的行为是否道德?农民在田里锄草,就意味着种植的植物就比野草高贵吗?"①无独有偶,另一位赞同人类中心主义的学者也发出类似的疑问:"当虎豹扑食羊羔时,是根据自然生态平衡原则判定其为'善',还是根据其侵犯动物多元主体的平等原则判定其为'恶'?"②在这些质疑面前,泰勒的观点显得十分苍白。其实,只要一接触实际,泰勒理论的空想性质立刻暴露无遗。这也再一次提示我们,自然界既没有正义与非正义,也没有善与恶。如果硬要把适合于人类社会的道德强加于自然界,恐怕很难避免泰勒所遭遇的尴尬。其实,不仅赞同人类中心主义的学者对泰勒的观点提出质疑,即使某些赞同非人类中心主义的学者也认为他只看到了人与其他生命之间的同一性以及这种同一性的伦理意义,而没有看到这二者的差异性及这种差异性的实践意义,他对生物平等论所作的证明是不充分的。③

与泰勒一样,其他主张人以外的生物有机体的"道德资格"的非人类中心论者也提出了各自的观点和理论设计。奥尼尔认为,持一种环境伦理学的观点就是主张非人类的存在和自然界其他事

---

① 王德彦:《为自然还是为自己》,《自然辩证法研究》2002年第10期。
② 任平:《时尚与冲突》,东南大学出版社,2000年,第119页。
③ 杨通进:《整合与超越:走向非人类中心主义的环境伦理学》,徐嵩龄主编:《环境伦理学进展:评述与阐释》,社会科学文献出版社,1999年版,第43页。

物的状态具有内在价值。诺顿也提出,当且仅当环境伦理学建立在非人类自然实体具有独立于人的价值原则论断或前提下,它才可能是一种具有鲜明特色的伦理学。① 国内持相同观点的学者也认为:"生命系统存在着一种'自我':自我利益、自我目的。保护自己,实现自己的生存与繁殖,这个目的本身是生物所追求的,我们将它看作生物的内部的'善',或内在价值。"② 凡赞同非人类中心主义者均肯定人以外的生物有机体具有"内在价值"。因为,对于非人类中心主义来说,这是使非人生物有机体获得与人平等地位的根据。也就是说,任何生物有机体只要具有"内在价值",就有资格成为与人平等的"道德主体",就可以成为道德关怀的对象。因此,"内在价值"的重要性,正如一位赞同人类中心主义的学者所指出的:"在于它构成其所有者的'道德资格'。"③

那么,对于非人类中心主义如此重要的"内在价值",其内涵究竟指什么? 生物中心主义认为,所有生命均有其内在价值,是指它本身就有价值,这价值是内的,不依赖于任何外部因素,并且是生命非可供使用的特征。④ 大地伦理学所理解的"内在价值"是一种'善',即"当某事物倾向于保护整体性、稳定性及生物群体之美时,它就是善,是正确的,否则就是错误的。"⑤ 对于深生态学来说,作为其理论中的两个最终准则之一的"生物中心公平性",体现了深生态学伦理对这一问题的基本看法:所有的生物包括人,都是相互联系的整体中相互公平的成员,都有平等的生存和繁衍权、

---

① 章建刚:《人类中心主义、内在价值和理性》,徐嵩龄主编:《环境伦理学新进展》,第135页,第144页。
② 张华夏:《广义价值论》,《中国社会科学》1998年,第4期。
③ 章建刚:《人类中心主义、内在价值和理性》,徐嵩龄主编:《环境伦理学新进展》,第135页,第144页。
④ [美]戴斯·贾丁斯:《环境伦理学》,北京大学出版社,2002年版,第168—169页。
⑤ [美]戴斯·贾丁斯:《环境伦理学》,北京大学出版社,2002年版,第212页。

自我实现的权利等,因而有相同的内在价值。①

仔细考察一下上述非人类中心主义关于"内在价值"概念的种种解释,其核心内容概括起来有两点:其一,"内在价值"是其所有者自身固有的,它先于并独立于人类存在,人类所能做的无非是发现或认识它;其二,"内在价值"是以目的而非手段定向的,指的是其所有者本身就是一种善或目的,它的价值就在于它的涵义或它本身,而不是它的有用性,其所有者因此而取得与其主体身份相符的"道德资格"。

非人类中心主义从对生命价值的肯定,引出道德意义上的价值,进而把"善"赋予所有生命。这种观点及其论证方法遭到来自各方面的质疑和反驳,如贾丁斯教授提出:"自主的人能够形成并追求其目的和目标,他当然拥有自己独立的善。但是是否所有的生物都有独立的善呢?生命与随机的变化有什么区别呢?为什么对一个是伤害而对另一个却不构成伤害呢?似乎除非我们重新回到亚里士多德的目的论的生物学,那里认为生命运动自然地完善其自然目的和目标,否则看不出任生命自然而然就是善。"②沃特森批评深生态主义的生态中心平等思想,认为把物种利益凌驾于个体之上,是一种反人道主义,其哲学基础就是错误的。③ 国内也有一些学者对此提出批评:"抛开人类生存利益的尺度,单纯用自然事实即自然存在解释必须保护生态自然的道德要求,就必须把自然生态事实本身说成是有价值的,而且这种价值是离开人类评价者而'自存'、'自在'的。这种观点显然是把价值论和存在论等同起来了……按照这种观点,世界上一切存在物都是有价值的,只

---

① [美]戴斯·贾丁斯:《环境伦理学》,北京大学出版社,2002年版,第253页。
② [美]戴斯·贾丁斯:《环境伦理学》,北京大学出版社,2002年版,第116页。
③ [美]R·沃特森:《环境伦理学中的哲学问题》,《中国社会科学》1990年第9期。

有非存在才是没有价值的。这显然是难以说通的。"① "自然物具有两种价值,第一,自然物对人具有工具价值;第二,自然物在生态系统中具有不可替代的功能作用,我们可以叫它'生态价值'。"而这两种价值是不同的,前者指自然物直接对人的实践具有的意义,后者指自然物对生态系统的稳定平衡所具有的功能。后者虽然与人的需要无直接关系,但由于生态系统的稳定平衡是人类生存的必要前提,因此自然物的生态价值从终极意义上看并非自然界自身的价值,而是对人类生存的价值。离开人类评价者去寻求自然物固有的"内在价值"的论点是不合逻辑的。②

从学理上看,上述对非人类中心主义的种种批评与质疑的确指出了它在"内在价值"问题上的某些难以克服的理论困境。首先,如前述,非人类中心主义往往从生态学事实推出伦理学价值。但是,这种推理存在的问题是众所周知的,即事实陈述与价值判断之间不存在逻辑上的必然联系。生态学事实本身并没有证明它的整体性和稳定性在伦理上就是有价值的,前者并不是推出后者的充分条件。因为,自然生态系统的整体性、稳定性、自组织性或任何一生物机体的生命趋向,如果只是一种单纯的自然事实,与作为主体的人不发生任何价值关系,那么,对这一事实的认识即关于这一事实"是"什么的认识,并不能推出人"应当"如何的价值判断。只有当"是"所指的事实本身就是包含了价值的事实,或者虽然只是自然事实,但与人的需要和利益发生了联系,这时,从事实向价值过渡才是可能的。但是,需要指出的是,这时的"价值"是人以外的事物对主体人的意义而言的"工具价值"(或"外在价值"),而不是什么事物固有的、客观的、独立的"内在价值"。其次,"内

---

① 王德彦:《为自然还是为自己》,《自然辩证法研究》2002 年第 10 期。
② 刘福森:《自然中心主义生态伦理观的理论困境》,《中国社会科学》1997 年,第 3 期。

在价值"作为大多数非人类中心主义环境伦理观的核心概念,因缺少缜密的逻辑证明而导致其内涵的模糊性。非人类中心论者往往用它表示属于一个事物的本性或本质的东西,并且是作为一种永久性质存在于该事物中。如生物机体的生长、发育、繁衍等生命趋向,自然生态系统的整体性、稳定性、自组织性等性质。但这种解释并没有超出存在论的意义。不仅如此,事物的这种固有性质又被称为"善"。这样一来,"善"的概念与事物的性质概念就成了可以互换的东西。于是,在存在论与价值论之间划等号的嫌疑依然存在。其实,"'内在的'从这个意义上讲来只是单纯地断言一件在空时存在中的事情。"① 如果以它作为一种道德主张的依据,是需要论证作为支持的。此外,有"内在价值"概念引起的其他理论问题还有:如果生物(机体、系统)与人一样具有内在价值,为何只有人才有价值意识,而人以外的其他任何生物都没有表现出价值意识?② 如何解决承认生物(机体、系统)具有内在价值所导致的与弱肉强食的自然法则的矛盾?③ 显然,要将源于人的自觉意识和创造能力的"内在价值"拓展至人以外的自然物并非易事。因为,迄今为止只有人"不仅存在,而且知道他的存在。他完全有意识地研究他的世界、改造世界以适合自己的目的。"④ 于是,在环境问题的讨论中,"内在价值"作为非人类中心主义环境伦理观的道德主张的最主要的依据,成了一个不断被加以新的解释,同时又始终需要证明的问题。

与"内在价值"问题相关联的另一个问题是"权利"概念使用范围拓展的可能与否的问题。在环境问题的讨论中,很多人(包

---

① [美]约翰·杜威:《人的问题》,上海人民出版社,1986年版,第235页。
② 章建刚:《人类中心主义、内在价值和理性》,徐嵩龄主编:《环境伦理学新进展》,第135页,第144页。
③ 岩佐茂:《环境的思想》,中央编译出版社,1997年版,第103页。
④ [德]雅斯贝尔斯:《现时代的人》,社会科学文献出版社,1992年版,第3页。

括主张人类中心主义的学者)并没有对这一概念作必要的考察和充分的说明,就把它延伸到传统边界之外,赋予动物、荒野乃至整个自然界以权利。例如,所谓"动物的权利"、"大树的权利"、"生态系统的权利"等等。在这里,我们首先需要弄清楚的是"权利"指的是什么。与"内在价值"一样,权利(无论采取道德的,还是法的形式)的适用范围限于人类社会。"我们不应当把权利想作那种'就在那儿'等着发现和认识的东西,即使天赋权利(natural rights)也如此。权利是人的创造,其功用在于保护某些人的权益不至于太容易被伤害。"[1]权利对于人而言,不是被给予的东西,它是在社会中形成的。权利的拥有意味着其拥有者作为社会成员资格的获得及社会对其正当性的认可。一方面,人拥有一种权利就意味着他对某一行为进行选择的正当性、合法性与合理性,享有一种权利也就是享有社会应当保护权利享有者所拥有的东西。另一方面,权利也意味着主体行为选择的边际约束,即他人的权利构成对我的行为的约束,限定我能做什么,不能做什么。这种约束以责任和义务的形式规定我的行为的合理性与合法性界限。因此,权利概念是反映人与人、个人与社会之间关系的概念。权利作为人之为人并且能够像人那样生存的东西,是人通过自己的活动而获得并为社会所认可的。其中一些基本的权利是植根于人的本性的、与生俱来的。正因为权利不是被赋予的,权利的拥有以要求权利的主体的存在为必要前提,而能够自觉主张自己权利者显然只能是人;也正因为权利是需要得到社会认可的,亦即其拥有者之间需要相互承认与彼此尊重,而人以外的其他生物是不具备这种自觉意识、自律意志和自主行为的。尽管有学者提出了"代理人"概念,试图使自然拥有获得权利的资格,但这只不过是某些人的推测而已。因此,人类中心主义环境伦理学家帕斯摩阿说:"'权利'这

---

[1] [美]戴斯·贾丁斯:《环境伦理学》,北京大学出版社,2002年版,第114页。

观念说到底是无法适用于人以外的东西的。"①

总之,"权利"概念与"内在价值"概念一样,其使用范围的拓展不仅缺少理论依据,即其前提与结论之间的逻辑必然性缺少充分合理的证明;而且从实践上看,无论是在满足人的最起码的生存需求与保护生态环境的矛盾面前,还是在自然法则面前,这种拓展均显得十分荒唐,对于建立合乎理性的人与自然关系也缺少必要性证明。因此,环境问题并不能指望通过将"内在价值"、"权利"授予人以外的其他存在物,使之取得"道德资格"来解决,而只能依靠人的自觉意识和创造能力,找到一条切实可行的解决途径。非人类中心主义环境伦理观(抛开其理论的空想性质)的积极意义在于它所主张的对待自然的态度,有助于我们选择一种更为明智的生活方式,更有效地纠正自己在环境问题上的不当行为。

三、冲突与超越:环境伦理的基本走向

关于环境问题中的价值取向及其相关问题的争论还将继续下去,但是"理论冲突不是一种灾难而是一种幸运。"②它促使争论各方去深刻反思自己的理论关系和辩护模式,发现其存在的问题及片面性,同时认真考虑对方的观点和理论阐释的合理之处。理论冲突的一个必然结果是理论的整合与超越。从目前的状况来看,讨论呈现出这样的特征:各种观点均少了点偏狭和极端,多了点宽容和理解,它们都试图在坚持各自的基本立场的同时,汲取其他观点的合理因素,在整合中实现超越。

---

① 岩佐茂:《环境的思想》,中央编译出版社,1997年版,第99页。
② [德]怀特海:《科学与近代世界》,商务印书馆,1989年版,第177页。

一种基本的理论倾向为人类中心主义的观点[①]认为：当代生态伦理是由人类中心主义的传统伦理经过非人类中心主义的伦理论的过渡环节，而达到的对前二者的辩证的综合、否定与扬弃的高级阶段。由于人类中心主义环境伦理片面强调人的主体性的一面，只看到自然"为我"的一面，于是便过度扩张人的活动，抛弃了人对自然依赖的一面。由此造成了实践中人与自然关系的日益紧张及人类自身的生存困境，并导致了理论上的自我否定而进展到非人类中心主义伦理观。非人类中心主义伦理观的合理性在于：看到了人类中心主义的实践与思维的片面性，看到了人的主体活动所具有的负面性及其危害，看到了人对自然依存性的一面。它的片面性在于：它没有意识到便全盘抛弃了人类中心主义所内含的人类实践活动与认识活动的固有价值，否定了人之为人的本质力量——实践及其认识的合理性。这种观点正确地指出人类实践、认识活动及其后果，只能通过实践、认识活动加以调整、修正和解决。由于非人类中心主义伦理观并没有达到真理性，它只是人类中心主义传统的否定环节。经过这一环节，人类中心主义以当代生态伦理的形式在更高阶段上回归自我。在生态伦理中，人类中心主义传统得到了制约与限制，人类意识到人与自然的全面的共生存的关系，并凭借其实践与理论对自然采取了更为合理、更为人性的态度：既肯定了人自身的价值和能力，又尊重并融合自然，并继承了非人类中心主义的合理内容。

这一"生态伦理"的理论模式，将人对自身与自然的关系的认识置于思想的历史演进过程中加以省察，其合理之处是从事物内在的自我矛盾、自我否定的发展规律，去理解和把握环境伦理观的理论进展，看到了不同环境伦理观逻辑上相互依存、相互制约的内

[①] 聂文军：《人类中心主义的传统伦理及其当代发展》，《吉首大学学报》2002年第3期。

在联系,及其发展的否定之否定的辩证过程。从而使这种理解和把握更为准确和深刻。但这一模式也存在有待进一步证明的地方,比如"作为工具性、手段性的生态整体"是如何成为一种目的性存在的?它与同样作为目的性存在的人是怎样一种关系?人类道德在生态伦理的逻辑阶段为何要采取以及如何采取非人类的形式?等等。

另有基本理论倾向为非人类中心主义的环境伦理观[①]提出一种道德境界论的整合构架,试图将西方环境伦理学中的四种主要观点:人类中心主义、动物权利论、生物中心论和生态中心论各自的优势及合理性加以整合、超越,建构一种开放的环境伦理学。它的理论依据是,上述四种环境伦理观虽然存在理论分歧,但也有道德共识,这些道德共识即西方环境伦理学的普遍性因素,是整合、超越西方环境伦理学的基础。这一观点根据人把生活意义与何事物相联系,及其关心的事物的范围大小,将人的环境道德境界分为四个由低到高的层次,而各种不同的环境伦理观的合理性均可以在不同层次得到体现和说明。其中,人类中心境界是环境保护最基本的、可普遍化的境界,须用法律强制推行;动物福利境界要求把动物当作道德顾客对待,用道德约束人对动物的行为;生物平等境界则要求人理解并承认生命的内在价值,认可并承担起关心和保护其他生命的义务;生态整体境界可视为环境伦理的最高道德境界,从这一角度看,人应当成为地球的守护人而非占有者,人的价值和尊严应在保护地球、爱惜其他物种的"大慈大悲"中体现出来。人类中心境界是环境伦理学的基础美德,具有优先性;后三种境界是环境伦理学的高级美德,具有选择性。

"道德境界论"的环境伦理模式看到了在现实世界中人与人

[①] 杨通进:《整合与超越:走向非人类中心主义的环境伦理学》,徐嵩龄主编:《环境伦理学进展:评述与阐释》,社会科学文献出版社,1999年版,第57—68页。

之间的各种矛盾和冲突依然存在的情况下,前述的后三种境界并不具有现实性,因此主张把对人类中心境界的追求作为主要目标。尤其是它主张把对人与人之间关系的调整作为环境伦理学一以贯之的主线和解决人与自然关系的突破口,从而使自己与西方非人类中心论有所区别。但它又主张"人类的利益只是更大的生态乃至地球的利益的一部分。""人类对生态系统的保护必须从更大的生态系统和地球的利益出发",那么,所谓"更大的生态乃至地球的利益"如果不是相关于人的利益,还有意义吗?正如它自己所认为的,离开了人,"一切环保问题就变得毫无意义了"。就此而言,主张非人类中心主义的"道德境界论"最终也摆脱不了人的价值取向。看来,如何保持理论的一致性,仍是它面临的问题。

从上述两种具有代表性的观点中,我们看到无论是以人类中心主义为基本理论倾向的"生态伦理"模式,还是以非人类中心主义为基本理论倾向的"道德境界论"模式,都试图将"为人"与"为自然"这两种不同的价值尺度统一起来,但结果似乎都不尽如人意,都存在理论上需要证明的问题。除了这两种观点外,值得一提的是,"交往实践观"的环境伦理模式①。从学理上看,交往实践观的理路似乎更具合理性。根据这一模式,之前环境伦理学的全部问题的症结在于:人们将环境保护的实践结构理解为一个单一的"主体——客体"模式,这一模式存在着重大的缺陷:其一,单一主体性,即个体的简单放大,因排斥主体际关系而与伦理本性相分离;其二,偏狭的实践领域,即因忽视主体际关系而不能科学说明人与环境、人与人的总体关系;其三,片面的评价域,只涉及自我评价和对象评价而摒弃了主体际互评,等等。针对上述缺陷,交往实践观提出"以人为本的多极主体模式",认为只有人才是道德主体,环境只是道德受体,而不是主体,它缺乏与人相等的道德回应

---

① 任平:《时尚与冲突》,东南大学出版社,2000年版,第199—222页。

力。所谓争取所有生命的权利,是人向人的呼唤,是指向环境这一中介客体来进行的主体际对话。同时,它所突出的主体性并非指称主体的单一性,而是多极主体。这样,建立道德结构的是主体际关系,而且是包含了环境客体的主体际。自然环境是具有道德交往关系的中介客体,人对自然的关系因此而成为主体际关系的一部分。根据主体际相关原则,人通过保护环境和生态这一中介,来尊重和维护他者的平等利益。

在基本的价值取向上,交往实践观与人类中心主义环境伦理观是一致的,即都突出了人的主体性,肯定了人的价值、利益是第一位的。但同时,交往实践观对"主体性"范畴作了新的解释,以多极主体性和主体际性取代单一的主体性,使主体性范畴有了更加丰富的内涵,为克服传统的"主——客"模式的思维方式的局限,完善人类中心主义环境伦理观,缓和人类在发展实践中与自然的尖锐对立,提供了一种有价值的新思路。另一方面,也应指出,交往实践观同样存在若干需要从理论上澄清的问题。比如,"权利"范畴的宽泛使用,是否有其学理上的依据?与非人类中心主义环境伦理观将"内在价值"范畴拓展至动物、生物、乃至整个自然界一样,其理论的合法性是有待证明的。又如,无论是"道德受体"(亦即非人类中心主义所谓的"道德顾客"),还是"道德主体",均指称一种道德意义上的存在,将环境视为"道德受体"的承诺,同样存在一个需要提供其理论合法性证明的问题。

实际上,环境问题并非单纯的理论问题,在其现实意义上,更是一个实践问题。它与各国的经济社会发展水平、政策导向等有着直接联系,在经济全球一体化背景下,更与国家利益原则、国际贸易准则以及以此为基础的国际关系体系(政治、经济)有着密切关联。如果说,环境伦理学中有关价值及相关问题的论争,从根本上说,意味着人类对既往的思维方式、发展模式及生活方式的反思和批判,意味着人为选择一种更为符合人性的生存方式而进行的理论合法性证明;那么,现实的环境保护运动,则需要各国根据自己的经济社会发展水平和环境状况,选择既有科学合理性,又具有现实可能性的发展模式。尽管"可持续发展"观已为世界各国所接受。但要真正实现"可持续发展"的目标,国家之间,尤其是发达国家与发展中国家在环境问题上的协调与合作比接受某种共同的环境伦理价值观更具有现实性和紧迫性。

(原载《社会科学战线》2003年第5期)

道家思想比较研究的简要回顾

丁 一

20世纪80年代特别是90年代以来,道家文化研究一改先前"门庭冷落"的局面,受到海内外学界的普遍关注和重视,并在深度和广度两个方面皆取得显著的进展,成为中国文化研究中一个引人注目的亮点。在道家文化研究中,道家思想的比较研究构成其中一项十分重要的内容。道家思想的比较研究主要包括道家学派内部的比较研究、道家与其他学派的比较研究、道家与西方哲学的比较研究等三个方面。在新世纪之初,就20世纪80年代以来道家文化研究的基本情况尤其是道家思想比较研究的情况作一简要的历史回顾和总结,对于推动道学研究的深化、促进道家文化进一步走向世界,无疑是有意义的。

一、道家内部的比较研究

1. 老子与庄子

崔大华先生认为,庄子与老子思想在两个基本点上是相同的:第一,"道"为世界万物最后根源和具有超验性质的观念;第二,社会批判立场和返归自然的社会立场。又指出,庄子与老子思想的差异也是很明显的:在自然哲学即关于"道"的本体论性质的认识上,老子的"道"是具有某种实体性质(并不是"实体")的实在;庄子的"道"是某种既内孕于万物之中,又包容一切事物和状态的世界总体性实在。这是老庄思想差异的最深刻的一个理论因素。在人生哲学关于人生追求和处世态度方面,老子倾向于个人生命的健康和长久地存在,对驾驭世俗生活表现了极大的兴趣,时时显露着智慧和权谋;庄子追求一种高远的个人精神上的自由,以不同方式(超世、遁世、顺世)与世俗生活保持着距离。一个充盈着丰富深刻的生活智慧,一个显示出高远超脱的精神境界。在认识论方面,庄子对于感性知识不确定性引起的困惑,是用相对主义来加以解释的;老子不是用相对主义,而是用辩证法来消除这种感性认识棼然骰乱的差别所带来的困惑。[1]

王德有先生认为,庄子之道是从老子那里继承来的,就基本内涵而言,与老子之道并无多大差别,特别是在有关道的根本属性方面,在遵从自然无为的根本法则方面,基本上是沿着老子之道的内涵向前推进的。不过,庄子与老子所处的时代毕竟不同,所担负的历史使命毕竟不同,所要解决的问题毕竟不同,所以对道的描述,在侧重点上也就有所不同:老子重生,庄子重通;老子重柔,庄子重同;老子重反,庄子重真。[2]

周可真先生着重辨析了老庄思想之差异,并将这种差异归纳为:出发点——老子出于"治国",庄子本于"治身";宇宙观——老子以"气"为"道"之实体,庄子以"道"为"气"之本原;社会观——老子妄求"小国寡民",庄子梦想"至德之世";人生观——老子严肃认真,庄子玩世不恭;知行观——老子主张"不行而知",庄子主张"以无知知";自由观——老子追求行动上的"无不为",庄子追求精神上的"逍遥游"。[3]

---

[1] 崔大华:《庄学研究》,人民出版社,1992年版,第396—403页。
[2] 王德有:《以道观之——庄子哲学的视角》,人民出版社,1998年版,第40—50页。
[3] 周可真:《老庄思想同异辨》,《社会科学战线》1995年第3期。

顾文炳先生着重考察了老庄思维方式之同异,认为老庄虽然采用整体思维与形象体认法,但具体思辨方式与纯熟程度却有不同:首先,老庄都提倡"以不知而知之",但老子提倡渐损法以体道,庄子则较多采用跳跃式体道方法,以非常规性的突发思维达到对"道"的豁然贯通;其二,老庄都主张"抱一"、"守朴",然老子主"贵柔"、"守弱",庄子则主"两行并进之法";其三,老庄同尊"清虚之道"、"玄观之术",但老子主张"混同"之说:塞兑、闭门、和光、同尘,庄子则常以寓言方式说出一番"玄观"道理;其四,老庄均属辩证思维类型,但老子较多采用理论思维方式,常用"是以"、"故"、"则"、"乃"等逻辑推演递进性词汇,有层层推进之迹,庄子则较多采用形象思维方式,以"寓言"、"重言"、"卮言"来说明哲学道理。①

2. 老子与杨朱

詹剑峰先生曾就老子之学与杨朱之学作一比较,指出,老子之学要在忘记,而杨子则"贵己";老子之学,要在无私,而"扬子取为我";老子说,"上善若水,水善利万物而不争",又说,"圣人常善救人,故无弃人",而杨子则"拔一毛而利天下不为也。"可见杨子之学是极端的个人主义,而老子之学则是忘我的利他主义,两者如冰炭之不相容。其他方面,"老聃贵柔",而杨朱则"向疾强梁";老子主"绝圣弃智",而杨朱则喜"物彻疏明";老子说"绝学无忧",而杨朱则说"学道不倦,可比明王";老子说"善者不辩",而杨朱则"窜句游心,致力于坚白异同之辩"。可见二者大相径庭。只杨子所立"全性保真",尚与老子"返朴"之旨相合。②

3. 庄子与早期黄老之学

早期黄老之学指由慎到开启到战国后期、秦汉之际发展起来

---

① 顾文炳:《庄子思维模式新论》,上海社会科学院出版社,1993年版,第9—13页。
② 詹剑峰:《老子其人其书及其道论》,湖北人民出版社,1982年版,第115—116页。

的新道家,其思想特点在于以"道"为理论主体的观念体系中,吸取、融合了被老庄所否定的"法"、"礼"的观念。崔大华先生曾以《管子》四篇(《枢言》、《心术》上下、《白心》、《内业》)为代表,对早期黄老之学与庄子思想的异同进行了比较分析,指出《管子》四篇有两个基本观念和道家特别是庄子相通或相同,其一,"道"为万物根源并具有周遍、超验的性质;其二,清静无为的心性修养方法和目标。又有两个基本观念与庄子有深刻差异:其一,"道"与"气"的界限。在庄子思想中,"道"与"气"是两个属于不同层次、有不同内涵的、界限可清晰区分的哲学范畴,在《管子》四篇中,"道"、"气"的界限已经模糊,已经混同,出现可以"气"释"道"、以"道"释"气"的情况;其二,"天"与"人"的关系。"天人对立"是庄子所认识的人的生存环境的基本格局,而"天而不人"则是庄子思想的基调,在《管子》四篇中,人的生存环境的基本格局不再是"天"与"人"这两个基本方面、两类不同性质的事或物的对立,而是天、地、人这三个主体和谐一致的共存。《管子》四篇中反映的"道德"与"礼法"对立的消除、名与实(形)对立的消除,皆与此密切相关。①

4. 田骈与慎到

针对学术界将田骈、慎到合而论之,对二人学术不加区别的情况,白奚先生通过对《庄子·天下》篇关于田、慎学术要旨的材料的仔细甄别分析,并辅之以其他史料,对田、慎二人的学术思想作了比较研究,指出同宗道家、因任自然和弃私去已是二人共持的观点。但田骈重在对道家理论的阐发,并提出"齐万物"的方法发展了道家思想;慎到则援道入法,提出了系统的法治思想。田骈的"齐万物"思想为慎到所无,慎到的法治思想亦为田骈所无。这即

---

① 崔大华:《庄学研究》,人民出版社,1992年版,第409—415页。

是二人学术思想之重要区别。①

二、道家与其他学派的比较研究

1. 儒墨道的综合比较

朱哲先生曾就儒、墨、道的有无论、无人论、群己论、死亡观、语言观进行全面的综合比较分析。关于儒、墨、道之有无论,朱哲认为,三家都触及或直接论述到有无问题,这是其相同相似处。就相异处言,儒家注重实有,主张刚健有为,持肯定的思维方式,但他们对有无的理解是非常具体的;墨家既重实有,强调有为,但也认识到了虚空,亦讲无为,他们对有无的理解既是很具体的,但也有抽象的有无范畴;道家注重无为,以无为本,但也并不是不讲有为,他们持一种否定的思维方式,他们的有无范畴是真正哲学意义上的。关于儒、墨、道之天人论,朱哲指出,就其同者而言,"天人合一"是他们共同的宇宙观和伦理道德观。就其异者而言,儒家之天既是主宰之天,亦是德性之天,墨家之天纯然是主宰之天,道家之天则是自然之天。儒家之人是重仁义礼智之德性之人,是伦理关系中人,墨家之人是体现了"天志"的兼爱兼利之人,道家之人是自然之人、自由之人。儒家天人合一,一在心性,墨家天人合一,一在天志,道家天人合一,一在道也。儒家天人论多从仁义道德立论,墨家天人论是准宗教意义上的天人论,道家天人论则多从自然之道立论。关于儒、墨、道之群己论,朱哲认为,自其同者观之,三家都认识到个体和群体、我与他人之间密不可分的社会联系,都不同程度地意识到人、个人都有"类"特性如社会性,他们的群己人我观可以说都是他们救治社会的方案,尽管具体救治方案各不相同。

---

① 白奚:《论田骈、慎到学术之异同》,《道家文化研究》第八辑,上海古籍出版社1995年版。

自其异者视之，儒家的群体是君臣有分、夫妇有别的讲差等的群体；墨家的群体是"兼"而无"别"的群体；道家的群体是每一个人各自发展的全体。儒家的个人是为仁义而存在的个人；墨家的个人是为利他而存在的个人；道家的个人是为自己而存在的个人。儒家讲究社会秩序；墨家追求社会平等，道家爱好个人自由。关于儒、墨、道之死亡观，朱哲认为，三家都对人生中的死亡现象持一种自然、达观的态度；都从死亡这一角度反映了他们各自的思想主张和精神旨趣；都注重把生与死密切地联系起来理解死亡问题。从其相异处看，儒家观死，死中见礼；墨家观死，死中见利；道家观死，死中见道。儒家死而不休，死的是形体，不死的是道德精神；墨家死而不死，死的是形骸，不死的是"生人之利"；道家"死而不亡"，死的是自然之气散，不亡的是大道的永存。儒家尊鬼神，敬鬼神而远之；墨家重鬼神，敬鬼神以致福；道家无鬼神，鬼神亦自然。总之，儒家死亡观是伦理学意义上的死亡观；墨家死亡观是功利主义的死亡观；道家死亡观是死亡的形而上学。关于儒、墨、道之语言观，朱哲分析说，三家都肯定语言在通达人我、人与世界之间的媒介作用，都重视名实关系中实的一面，都不同程度地肯定语言的工具价值。其差别在于，儒家语言观是伦理学、政治学意义上的语言观；墨家语言观是功利主义和语言学意义上的语言观；道家语言观是语言哲学意义上的语言观。儒家重正名，正名救礼；墨家重予名，因名制实；道家重无名，无名名道。儒家慎言，质实无华，辞达而已；墨家重言，言必有利，言必立仪；道家善言，以言达道，义辞美富。儒家言传而身教；墨家上说下教；道家行不言之教。[①] 总的看，依笔者之见，朱先生的论述系统而准确，深刻而精辟。

[①] 朱哲：《先秦道家哲学研究》，上海人民出版社2000年版，第83—84页，第121—122页，第163—164页，第204—205页，第256页。

此外,曹锡仁先生比较分析了儒墨道人生哲学模式的异同。①丁为群先生考察讨论了儒墨道人的关怀观念的差异之处,②所论亦颇有见地。

2. 道家与儒家的比较研究

由于道家与儒家在中国文伦中的特殊位置,故二者的比较研究备受人们重视。

刘蔚华先生指出,儒家是以伦理道德哲学为核心在中国传统文化中占了主导地位的;而道家则以自然哲学为核心在中国传统文化中占了主导地位。换言之,中国的传统文化,在伦理道德观上主要是儒家的,在自然观上则主要是道家的。③ 刘先生的认识代表了学术界非常普遍的看法。

张运华先生认为,道家与儒家的对立是十分明显的,这种对立性不仅表现在两个学派的创始人老子和孔子那里,如老子崇尚人的自然性与自主性,抨击礼为"忠信之薄,而乱之首",孔子却卫护礼,信守礼,把礼作为社会的极则;老子主张"天"的自然性,认为"人法地,地法天,天法道,道法自然",消除了传统天命观的神秘性和欺骗性,而孔子却不否认天的神性,认为"死生有命,富贵在天","获罪于天,无所祷也"。老子喜言天道,而孔子却"罕言天道"等等;而且信奉、学习两家学说的学人也彼此诘难,互相对立。④

冯天瑜先生比较考察了儒道两家之"终极关怀"的不同走向,认为尽管两家皆不谋求彼岸的永生,表现了一种着意把握"生"而又视"死"如归的理智主义,但二家之差异却也是十分明显的:儒

---

① 曹锡仁:《先秦三家人生哲学模式的比较研究》,《江汉论坛》1983年第6期。
② 丁为群:《儒墨道人的关怀比较》,《学术月刊》1998年第7期。
③ 刘蔚华:《论道家的自然哲学》,《道家文化研究》第四辑,上海古籍出版社1994年版。
④ 张运华:《先秦两汉道家思想研究》吉林教育出版社1998年版,第58页。

家的"终极关怀"尤其体现在"三不朽"说,这是一种伦理至上的生死观,其基石便是个体生命价值与历史相融会的不朽观;道家则守持一种自然主义的终极关怀,老子认为复归自然方是"长生久视之道",庄子则把"死生存亡之一体"视作高妙境界,提倡"坐忘",使人与自然相融化。这是中国式终极关怀的两大路向。①

冯达文先生认为,儒学与道学在思维方式、思维结构与人生价值的追求上,都是对立的。从常规性的认知方式出发,在哲学上确认有限事物与无限本性的相衔性,在价值上肯定现生现世有限努力的无限意义从而追求内在超越,这是儒家哲学的基本特点;从反常规的认知方式出发,在哲学上强调有限事物与无限本体的分隔性,在价值上否定现生现世有限努力的无限意义从而最终求助于外在超越,这是道家哲学的基本特点。指出二者的对立,并不意味着两家没有任何相通相容性。冯先生指出,儒道的相通性主要是指中国历史上的知识分子在文化心态上,同时可以接受这两种对立的思想观念这种状况。②

王竞芬先生着重考察了儒道两家境界哲学之异同。指出,儒道两家都以提升心灵境界为哲学的根本任务,从这个意义上说,儒道两家都是境界哲学,但两家所追求的终极境界并不相同,儒家追求的是仁义境界、道德境界,道家追求的是道的境界、自然境界。作者又认为,儒道两家的境界哲学也有相通之处,表现为两家都把审美境界作为人生的理想境界,都具有深沉的宇宙意识和浓郁的生命情调,都强调超越自我而属于自我超越的哲学。③

周立升先生亦指出儒道思想有同有异。儒家注重人际协调,

---

① 冯天瑜:《"终极关怀"的儒道两走向》,《道家文化研究》第八辑,上海古籍出版社1995年版。
② 冯达文:《儒学与道学的思维方式、思维结构和价值追求比较》,《广东社会科学》1990年第2期。
③ 王竞芬:《略论儒道两家境界哲学的异同》,《安徽师范大学学报》1999年第1期。

用"仁"来调整人与人之间的关系,用"礼"来调整个人与社会之间的关系;道家用"道"来调整人和自然的关系,亦施及于社会。儒家要人尽心人事,"乐天知命",进而步入"上下与天地合流"的境界;道家究天人之际,把复归"自然"作为最终鹄的和要义,带有玄思的品格和自适的情趣。这是其异。其同在于两家都致力于论证天、地、人物息息相关,寻求整体的和谐与稳定。①

此外,还有不少论著比较考察了儒道两家的音乐美学传统,②,剖析了孔子和老子思想的异同③、《易传》与《老子》辩证法的异同④、孟子和庄子理想人格说之异同。⑤ 凡此探讨,对于促进道家思想研究的深化,都是非常有意义的。

3. 道家与法家的比较研究

韦感恩先生比较分析了老子和韩非的朴素矛盾观,认为老子和韩非都认识到事物矛盾存在的普遍性,但老子的朴素矛盾观建立在客观唯心主义的基础上,而韩非的朴素矛盾观的基础是唯物主义的;对矛盾的两种基本属性,老子和韩非都有所认识,但老子只重视矛盾的同一性,忽视矛盾斗争性,而韩非在看到矛盾同一性的同时,着重强调矛盾斗争性;老子和韩非都注意到矛盾的转化问题,但韩非更加强调矛盾转化的条件性,更加深刻论述矛盾转化的过程;老子和韩非的矛盾观虽然都具有辩证的因素,但特点截然相反,同时又在不同程度上都犯了形而上学的错误。⑥

---

① 周立升:《老子的智慧·前言》,河北人民出版社1997年版。
② 余树声:《儒道两家的音乐美学传统》,《中国社会科学》1990年第5期。
③ 陈鼓应:《老子与孔子思想比较研究》,《哲学研究》1988年第9期;张智彦:《老子与中国文化》,贵州人民出版社1996年版,第151—157页。
④ 余敦康:《论〈易传〉和老子辩证法思想的异同》,《哲学研究》1983年第7期;周秀光:《〈易传〉和〈老子〉辩证法之比较》,《福建论坛》1985年第5期。
⑤ 姚俭建:《孟子、庄子理想人格之比较》,《学术月刊》1988年第10期。
⑥ 韦感恩:《老子和韩非的朴素矛盾观之比较》,《汕头大学学报》1985年第1期。

4. 道家与兵家的比较研究

道家老子的许多论述具有很高的军事学价值,故历来有人视《老子》为一部兵书。唐代兵家学者说:"老子之言……未尝有一章不属意于兵也。"清代学者王夫之说:"言兵者师之。"现代学人唐尧也说:"下篇《德经》是直接论述军事战略战术并通过总结战争规律而引申出社会历史观和人生观的。其上篇《道经》则是对其兵略兵法思想给予理论上的概括并提高到宇宙观和世界观上给予论证。"[①]当代学人姜国柱先生说:"《老子》所论述的军事斗争的战略以及权谋思想,确实蕴涵了丰富的军事思想内容,成为兵家之师,并对中国后来的军事理论、军事实践的发展,都产生了很大的影响,就这个意义上来说,《老子》也是一部兵学著作。"[②]

《老子》思想有其兵学价值,然是否可以由此而将其归结为一部兵书呢?许多学者提出质疑。李泽厚先生说:"只能说,《老子》辩证法保存、吸取和发展了兵家的许多观念,而不能说,《老子》书的全部内容或主要论点就是讲军事斗争的。"[③]又有论者说:"尽管《老子》的某些论述与兵家的许多观念有某种相通或相似之处,并且对后世兵家理论的发展也确曾产生过一定的影响,但从总体上看,《老子》不能算是一部地道的兵书,《老子》的着眼点在其宇宙观和人生观,它关于用兵的一些论述与其自然无为的宇宙观和人生观是一以贯之的,换句话说,这些论述毋宁就是其宇宙观和人生观的直接注脚和说明。"[④]

还有论者着重考察分析《孙子兵法》与《老子》思想的相近相通之处,并从域中四大与军中五事、无道用兵与用兵保民、不争而

---

① 唐尧:《老子兵略概述》,《中国哲学史文集》,吉林人民出版社,1980年版,第32页。
② 葛荣晋主编:《道家文化与现代文明》,中国人民大学出版社,1991年版,第141页。
③ 李泽厚:《孙老韩合说》,《哲学研究》1984年第4期。
④ 张松如、邵汉明:《道家哲学智慧》,吉林人民出版社,1996年版,第63—64页。

胜与不战而胜、万物有对与敌我对立、以弱胜强与弱生于强、以水喻兵与兵无常势、以奇用兵与奇正相生、胜而不美与穷寇勿追等八个方面——比较,以证《孙子兵法》所受老子思想的影响。①

5. 道家与禅宗的比较研究

李霞先生对道家与佛家禅宗之思想观念进行了较为深入全面的比较考察,指出道禅之间的吻合性体现在其理论体系的方方面面。在基本宗旨上,道家主"道法自然",万物一齐;禅宗倡"儒家自然",心佛平等,均具有自然主义和平等主义之特色。在宇宙论上,道家建立了道本论,禅宗构造了心本论,其所谓"道"与"心"均属于精神范畴,同具有本原、本质、本体等含义,从而道、禅宇宙论均表现出唯心主义倾向。在认识论上,道家重视观"道",禅宗力倡悟"心",两者的认识方法"观"与"悟"同具直觉性;道家主张"得意忘言",禅宗宣扬"以心传心",两者的传授方式同具意会性;道家认为是非无定,禅宗主张以心印心,两者的真理观念同具主观相对性。在人生论上,道禅同具贵生重生倾向而与传统佛教的死亡哲学有别,两者共有涉世超世意向而与儒家的入世哲学相异。在修养论上,道家提倡寡欲坐忘,禅宗崇尚净心无住,两者修养原则相近。在解脱论上,道家追求无待逍遥,禅宗向往无累自由,两者均表现出超脱主义情怀。作者又指出,道禅之间虽具有理论上的渊源关系和观念上的吻合性,但禅宗毕竟是一个相对独立的佛教宗派,禅虽近于道、通于道,但并不等于道、同于道。道家作为一个思想流派,它有自己的中心范畴"道",有自己的理解体系和源流关系;禅宗作为一种宗教,它除有不同于道家的中心范畴"心"和有别于道家的宗教哲学体系以外,更有道家所没有的传法系统、教内规则、宗教实体和宗教活动,它虽接受了儒道思想的同化,但

---

① 姜国柱:《〈孙子兵法〉所受老子思想的影响》,《道家文化研究》第五辑,上海古籍出版社,1994年版。

并未从根本上失去佛教的特色。①

此外,许抗生先生也认为禅学与老庄思想基本一致,禅宗的"无念"解脱法即继承了庄子"坐忘"、"心斋"超脱法;但禅宗属宗教,老庄属哲学,两者的明显区别是佛禅主张出世,老庄则要在现实中实现超越。② 徐小跃先生从老庄思想与禅学源流的角度分析了两者的同异和承继关系。③

三、道家与西方哲学的比较研究

1. 道学与西方哲学的综合比较

朱哲先生较为全面地就道学与西方哲学的有无观、天人观、群己观、生死观及语言观进行了比较考察。关于二者的有无论,朱哲认为,从普罗提诺到耶柯比的神秘主义思想,似可看作是先秦道家哲学的西方古代版;而海德格尔的"无"超越"有"的思想则是先秦道家"有无论"的现代西方版。关于天人论,朱哲认为,二者大异中有小同,一方面,道家的天人合一论与西方的天人相分论大异其趣;另一方面,也应看到西方天人相分、天人对立的思想中亦有天人相合的因子,他们也并不是全不要天人合一,只不过他们的天人合一是以天合人罢了,道家力主天人合一,也并不是没有看到天人相分之处。关于群己论,朱哲认为,道家的贵己、存我、为我主张所彰显的"个人觉醒"虽然还不是本体论意义上的,而只是生存论意义上的,但却是可以和西方人本主义、个人主义觉醒相媲美的意义重大的个人觉醒。关于生死论,朱哲指出,先秦道家"生也死之徒,死也生之始"的思想虽然没有海德格尔"向死而在"的死亡哲

---

① 李霞:《道家与禅宗·前言》,安徽大学出版社,1996年版。
② 许抗生:《禅宗与老庄思想》,《庄子与中国文化》,安徽人民出版社,1990年版。
③ 徐小跃:《禅与老庄》,浙江人民出版社,1992年版。

学那样缜密,但从生死智慧来讲,先秦道家实更胜一筹:海德格尔的"向死而在"使人努力、积极地生;道家则真正让人无畏地活。而在海德格尔那里是使此在得以成为此在的死;死在先秦道家那里,死是化解小我、融入大我的死。关于语言观,朱哲指出,道家的道言观实与西方现代语言哲学有着深刻的契合之处,这具体地可以从语言批判、模糊语言、诗化语言、自然语言等方面得到证明。道家的道言观乃是语言哲学的中国形态。①

刘笑敢先生比较考察了道与基督教的上帝的异同,认为道的特点、功能或作用与基督教的上帝有很多相似之处,如上帝是不可言说的,道也是无法形容无法命名的;上帝只能用比喻或遮诠式的语言来描述,道也只能有比喻式的名称;上帝无所不在,内在于万物,道也是广大而普遍并贯通于万物的;上帝是唯一的,道也是独一无二的;上帝是绝对的,道也是无条件的;上帝是永恒的,道也是从天地之始以来就其名不去,等等。二者又有根本性的不同,基督教说上帝是宇宙的创造者、设计者,而道则只能说是宇宙的起源,却绝不能说是创造者和设计者,因为道的一切功能和作用都是自然的。总之,就世界的根源和根据来说,上帝的伟大之处,上帝的功能和作用与道都有类似之处,但一涉及人格问题或精神问题,上帝与道就毫无共性可言。可以说,道是非人格非精神的上帝,而上帝是人格化精神化的道。② 王树人先生则从中西超越理论之建构的角度,比较探讨了道与基督教之上帝的异同。③

宋志明先生就老庄与西方诗人哲学家的思想作了大跨度的比

---

① 朱哲:《先秦道家哲学研究》,上海人民出版社,2000年版,第84—90页,第122—134页,第164—172页,第205—215页,第257—267页。
② 刘笑敢:《老子之道:关于世界之统一性的解释》,《道家文化研究》第十五辑,生活·读书·新知三联书店,1999年版。
③ 王树人:《超越的思想理论之建构》,《道家文化研究》第二辑,上海古籍出版社,1992年版。

较,指出二者之间多有相通之处;在价值观方面,他们都批判地看待传统的价值评判系统,企图确立新的价值观念;在思维方式方面,他们都对理性加以限制或贬抑,高扬直觉;在本体论方面,他们都反对以知识论的或科学的眼光看待"存在",力求从存在的直接性入手解决本源性问题。他们思想不是个别观点的相似,而是包括价值观、思维方式、本体论在内的整个思想体系的相似。①

2. 老庄与西方思想家的具体比较

杨鸿儒先生探讨了老子与古希腊哲学家赫拉克利特哲学思想之异同,认为就相同方面而言,两位哲人都肯定事物运动、变化、发展的绝对性和普遍性,都认为一切现象都是对立统一规律制约着的,都认为事物的发展变化是一个循环的过程。就相异方面而言,赫拉克利特的辩证法是建立在唯物主义基础之上的,老子的辩证法是建构在一种特殊形态的本体论的基础之上的;赫拉克利特强调斗争,认为没有斗争便没有万物和宇宙,老子反对斗争,主张"守柔";赫拉克利特对事物的质量互变规律缺乏明确的认识,而老子在这一方面认识比较鲜明。②

陈鼓应先生探讨了庄子与尼采哲学思想之异同,认为两人的相似之处在于都是文学性的哲学家;都是敏锐的历史批评家,是传统价值的批判者;都有孤傲的思想性格,都反对权威主义和偶像主义;都反对守旧因袭,反对复古主义;都反对无创意的创作;都有个性解放的思想;都强调人的精神自由的重要性;在政治观点上尼采是个无政府主义者,庄子则是个无治主义者;都对于传统伦理施以强烈的批判;形而上学上尼采的"永恒重现"和老庄的循环往复也有相似之处。其不同之处有如下几项:(1)尼采哲学建立在希腊

---

① 葛荣晋主编:《道家文化与现代文明》,中国人民大学出版社,1991年版,第280—295页。
② 杨鸿儒:《重读老子》,四川人民出版社,1997年版,第169—172页。

悲剧精神的重建以及反基督教文化的基点上；庄子哲学则在于批判宗法制礼教文化对人性的束缚，扬弃市场价值对人的庸俗化，追求人的精神自由。(2)尼采"投入"人间的方式是时进时退、时退时进的，但基本上是一种积极入世的态度；庄子则常采取一种避世的态度。(3)尼采的思想很富有战斗性，庄子处世待物则取顺应自然的态度。(4)尼采的思想是不断地激发人的"冲创意志"；而庄子则将人的意志内收。(5)庄子的万物平等的观念在《齐物论》中有突出表现；而尼采则从反对基督教的立场出发反对平等说。①

刘笑敢先生着重探讨了庄子与萨特的自由观。指出两种自由观的重要区别在于：(1)庄子的自由是从命定论出发的自由；萨特的自由是排斥命定论的自由。(2)庄子的自由是绝对无为的自由；萨特的自由是反对无为的自由。(3)庄子的自由是否认偶然的自由；萨特的自由是否定必然的自由。(4)庄子的自由是有条件的自由；萨特的自由是无条件的自由。(5)庄子的自由是客观唯心主义者的自由；萨特的自由是主观唯心主义者的自由。又指出两种自由观的相同之处在于：都是纯个人的自由、抽象化的自由、绝对化的自由、乐观与悲观相交织的自由、虚假与真实的二重性的自由。②

此外，周春生先生比较分析了荣格的原型论与老子的道论，③陈绍燕先生比较考察了庄子的不可知论与古希腊罗马的怀疑派哲学，苏祖武先生就庄子与卢梭思想作了比较，戴冠青先生就庄子与海德格尔的美学思想作了比较，李向平先生就庄子与海德格尔的死亡哲学作了比较，④等等。凡此探讨，不仅于开阔人们的视野，

---

① 陈鼓应：《尼采哲学与庄子哲学的比较研究》，《老庄论集》，齐鲁书社，1987年版。
② 刘笑敢：《庄子与萨特的自由观》，《中国社会科学》1986年第2期。
③ 周春生：《荣格的原型论与老子的道论》，《学术月刊》1989年第6期。
④ 以上参见程潮：《建国以来庄子研究简述》，《庄子与中国文化》，安徽人民出版社，1990年版。

深化道家哲学的研究,而且于中西文化、中西哲学间的对话及融通,都是非常有益的。

(原载《社会科学战线》2002年第6期)

西方学者关于孔子及儒学在现代世界中作用的研究*

〔丹麦〕 柏思德
刘世生 译

一百多年来,以儒学为核心的传统中国文化的作用问题,引起了海内外的广泛争论。本世纪初,儒学在中国是强大的思想上和政治上的力量,曾经为一些著名的政治领导者如袁世凯和最主要的知识分子如康有为、梁启超等所倡导。"五四"运动期间,孔子及儒学遭到谴责,被认为同"进步、自由和民主"是不相容的。民国时期,儒学似有所复兴,国民政府曾试图制订出一套准则,把儒学的核心价值同现代化的要求结合起来。解放以后,儒学的命运可谓几经沉浮。而80年代的总体情况是把儒学作为中国文化传统不可分割的重要组成部分,儒学还被认为是中国现代化过程中的一种积极因素。

在西方的学术研究中,儒学也经受了称赞和谴责的考验。18世纪法国启蒙运动的哲学家们赞扬儒学是一种典型国家的伦理基础。但是在19世纪德国哲学家们(如黑格尔)的著作中,儒学被认为是表现了一种呆滞的文化。本世纪初,著名德国社会学家马克斯·韦伯宣称,与西方的新教相比,儒学对经济发展、对社会和政治的现代化都是不利的。这就是所谓的韦伯理论,它统治着西

---

* 本文刊发时,曾作一定删减——编者。

方的学术研究,尤其是美国对中国的历史研究曾达两代人之久。自 70 年代末以来,西方学者们根据台湾、香港、新加坡以及亚洲其他具有中国文化和历史背景的社会不寻常的经济发展,重新考虑了韦伯的理论。目前正在流行的看法是,工业化东亚的崛起,应归功于东亚所共有的儒家道德价值。

儒学与封建社会的中国

韦伯研究中国,无意于对其文化和宗教系统作全面的分析,而是为了找出西方的发展同中国之间的"比较点"。其总的目的是要解释:为什么只有西欧发展了某些宗教思想,这种宗教思想又进而形成了中产阶级合理的资本主义精神?韦伯在其名著《新教伦理与资本主义精神》中所展示的中心论点是:新教信仰与西欧 16~17 世纪资本主义的崛起之间,似乎有一种强大的联系。

新教伦理——尤其是加尔文派的新教伦理——来源于两条主要的教义:命定论和天职,按照其教义,人的命运是生前注定的,并且人在来世是否得到拯救也是由上帝决定的,不以人的意志为转移。然而,人的职业成功,包括获得财富,被看作是上帝恩惠的象征和人的灵魂最终获得拯救的预兆。据韦伯所说,新教伦理基于"处世的禁欲主义",它意味着艰苦的工作、自我的约束和理性的时间安排。这种禁欲行为的原则自然地导致了一种反对本能的生活享受,进而限制消费的生活作风。取而代之的是,强制性的节约和积累。而这种积累财产的倾向对发展资本主义的影响是很明显的。另一个重要方面是,苦行的新教徒(清教徒)憎恶封建的生活方式,不愿在土地上投资。因而,中产阶级的财产不是被贵族阶层所吸收,而是被保持在资本积累的过程中。总之,现代资本主义的根本特点如经济方面的理性主义和禁欲主义都来源于新教伦理。因此,据韦伯所说,这种新教伦理的出现是资本主义崛起的先决条件。

韦伯发现,同西方相比,中国因为下列因素而未能从自己的本源发展成为现代的理性的资本主义。第一,与西方不同的是,中国的城市从未得到政治上的自治权,因而从未获得依据某个"宪章"所确定的权力与自由。第二,亲族的束缚从来没有被打破,因而城市的市民对他们祖先的土地和村庄仍保持着密切的联系,并且对于多数城市人口来说,城市事实上仅是一个"故乡以外的地方"①。第三,中国的经济中缺少适合资本主义企业发展的法律形式和社会基础。第四,国家官员将其资产投资于占有土地而不是商业性企业。第五,这一点最为重要,企业家型资本主义的发展被统治集团所特有的一种特殊思想意识或曰民族精神所妨碍,这种思想意识就是儒家学说。

据韦伯所说,中国的儒家缺乏"古典清教徒所特有的那种来自内心的、主旨性的、虔诚决然的理性化生活方式"②。此外,典型的儒家人物消费其经济资产来取得文学教育以便能够通过国家的科举考试,他所追求的是一种"表示有教养、有身份的社会地位"③。

虽然新教伦理和儒家伦理都体现着理性主义,但韦伯认为,只有新教(清教)伦理使经济理性主义完善化。一言以蔽之,儒家的理性主义意味着理性地适应世界;而新教的理性主义则意味着理性地控制世界。

韦伯关于儒学与现代化不相容的论点,在中国研究领域发生过非常强大的影响,美国在现代中国历史研究方面早期的一些最重要的论著,都是依据韦伯的这一论点写成的。约翰·K·费尔

---

① 马克斯·韦伯:《中国的宗教》,伊利诺斯格伦科自由出版社,1951年版,第90页。
② 马克斯·韦伯:《中国的宗教》,伊利诺斯格伦科自由出版社,1951年版,第243页。
③ 马克斯·韦伯:《中国的宗教》,伊利诺斯格伦科自由出版社,1951年版,第246页。

班克和玛丽·赖特的早期著作可作为重要的例证。

费尔班克——赖特观点

约翰·K·费尔班克被认为是中国史研究中"冲击——反应"观点的鼻祖。这种观点认为,中国同西方接触之前所经历的仅仅是极微小的变化或曰"传统以内的变化",而不是"质变"。传统中国受害于农业的和官僚的儒家社会所导致的思想和制度方面的衰弱,19世纪同强有力的西方帝国主义的遭遇,才把中国带进了现代世界。

玛丽·赖特颇有影响的论著《中国保守主义的最后堡垒》也同意韦伯的论点,认为儒家中国没有能力产生同西方类似的资本主义和工业革命。据玛丽·赖特说,同治光复(1862—1874)时期,中国曾有过走上现代化的良好机会。其时,太平天国和其他的起义均被镇压下去,西方大国采取了合作态度,中国亦有了一个由特别有才能的领导人物组成的政府。然而,使中国走上现代化的企图却失败了。这是因为,事实证明"现代国家的要求同儒家社会秩序的要求是背道而驰的。"①玛丽·赖特接着宣称,在"儒家的社会环境中,人们的精力被引导到政治及与其有关的文学研究中去,流动资本被用于购买土地、捐助图书馆及建立诗词学会。"商人们限制了自己的商业投资,却代之以土地投资以便尽快地变成地主。尤为重要的是,儒家坚持自给自足和低消费,这就限制了社会的劳动分工;并且由于坚持家庭和村庄的自给自足,振兴地方纺织工业的努力也失败了。简言之,"因为经济发展在光复政府所追求恢复的道德、政治和社会秩序中并无任何地位,所以它对经济

---

① 玛丽·C·赖特:《中国保守主义的最后堡垒》,加利福尼亚斯坦福大学出版社,1957年版,第312页。

发展就不可能有兴趣。"①

理智的历史学家约瑟夫·利文森也相信,传统中国社会的重要特点与现代化是不相容的。他声称,在明清时代的中国,"科学受藐视,进步遭拒绝,实业被指责和限制";在学问方面,一种"反对职业教育的怀旧的人道主义"占统治地位②。特别是中国学者型官员的那种"业余思想"阻碍了社会的变革和现代化;在这种思想中,"艺术风格和对指定的古代经典著作所具有的修养知识"——而不是专门知识和专业能力——被看作是取得社会权力的关键。

在本世纪的60年代和70年代的大部分时间里,费尔班克——赖特观点在西方尤其在美国对现代中国史的学术研究中,是明显地占据支配地位的观点。

对儒家精神的重新考察

1957年,罗伯特·贝拉发表了他对日本现代化过程的文化基础所作的重要调查报告。他发现,宗教在日本建立其中心价值体系过程中起了重要作用;这一价值体系为有益于现代化和工业化的政治革新提供了动力并使之合法化。更为重要的是,日本宗教能够产生一种强调勤励和节约的发自内心的处世苦行伦理。这种非常有利于经济理性化的伦理,人们可以回想到,正是韦伯研究新教作用的主旨所在;进而通过辨别出这种伦理存在于江户时代的日本,贝拉为其日本宗教具有与新教伦理相等作用的论断提供了

---

① 玛丽·C·赖特:《中国保守主义的最后堡垒》,加利福尼亚斯坦福大学出版社,1957年版,第195页。
② 约瑟夫·利文森:《儒家中国及其现代命运三部曲》,加利福尼亚大学出版社,1965年版,第16页。

强有力的论据。

贝拉在儒家学说中找到了现代日本的文化基础。那么,为什么儒学在日本能够产生出有益于现代化和经济发展的理性主义形式和行为方式,而在中国却产生了相反的效果呢?据贝拉说,其原因在于,日本的儒学发展出了一套以达到目标为目的的占支配地位的道德价值;而中国的儒学则强调一种以维护制度的整体价值为首要内容的居中价值体系。中国儒学的整体价值统治着政治的或道德的价值,这一点具有重要的含义。一个被整体价值的首要性所支配的社会所关心的是维护制度而不是达到目标或适应性调节,是团结而不是生产率和财富。它所强调的是素养而不是才干,是美德而不是功绩。贝拉说,中国人依据"一套确实的人际关系来理解制度的维护,这套关系必须被保持在一种互相调整的状态中,以便产生一个和谐与平衡的社会制度。实际上,中国社会的理想境界就是一种适宜的不偏不倚"①。贝拉提到,也许中国的皇帝可能打算提高国民生产率,并采取了有目标的措施,但他们总是受到官僚制度的阻碍。这个官僚制度的"方向不是达到经济目标,而是维护该制度的眼前利益"②。

对于儒学在经济发展和现代化中的作用问题,贝拉展开的这种论点似乎有些勉强。但是他对于中国儒学和日本儒学的区分已在东亚研究中为人们所接受。所以,人们普遍相信,日本的情况构成了一种例外而不是一种主要模式。

然而到了70年代中期,费尔班克、赖特、利文森等在他们的论著中展示的老观点又开始受到重新检查。例如,德巴里反对认为

---

① 罗伯特·N·贝拉:《江户时代的宗教:现代日本的文化根源》,纽约自由出版社,1985年版,第189页。
② 罗伯特·N·贝拉:《江户时代的宗教:现代日本的文化根源》,纽约自由出版社,1985年版,第190页。

儒学是"一套僵死的道德价值"和不能使中国走上现代化的观点。他认为,"中国人民的新经历最终将在很重要的程度上被看作是来自于他们内部的发展,而绝对不是来自于一个由外部激发起来的革命。"①

托马斯·梅茨格在其重要著作《脱离困境》中又表示了进一步的异议;虽然他自称是一个新韦伯论者,但他展示的论据却摧毁了韦伯论点的理论基础。梅茨格的基本观点是:韦伯错误地理解了儒家共有的价值取向或儒学的民族精神。梅茨格强调说,对宋末新儒家思想家们尤其是朱熹作一更细致的考察,我们就会驳倒韦伯关于儒家思想无紧张感且固定不变这一论点。梅茨格进而争论说,中国人正在热烈地接受现代化,并以此作为实现新儒家精神的有意义的途径。西方的影响并不是注定中国同自己过去的彻底决裂,而是重新振作了"要求全面改革的传统热情"②。

总之,虽然梅茨格接受了韦伯关于儒家精神和社会变革之间有联系的总体设想,但是他却得出了不同的结论:韦伯所问的问题是:为什么17、18世纪时西方的自我发展导致了资本主义,而中国的自我发展却没有导致资本主义?他的结论是,中国的失败主要是儒家精神所致。……然而,我们现在居住的是这样的一个世界:那些主要社会的发展是以本土因素和世界性影响的混合为基础的。由此,我们提出的问题是:为什么在这种世界上有些社会能够比其他的社会更为有效地处理自己的问题并起而应付现代化的挑战?韦伯不得不解释中国的失败,而我们则不得不解释中国的成功。这一点虽然是互相矛盾的,但我们的答案却像韦伯的答案一

---

① 见威廉·西奥多·德巴里等编:《新儒学的发展》,哥伦比亚大学出版社,1975年版。
② 托马斯·A·梅茨格:《脱离困境》,哥伦比亚大学出版社,1977年版,第190页。

样,也强调本土精神的作用。① 韦伯及许多遵循其理论的学者们注重中国的弱点,讨论集中在中国为什么发展得如此之慢,为什么对西方的挑战反应得如此之不充分这样的问题。相对而言,梅茨格把我们的注意力吸引到中国的优点上来,说明了中国的现代发展比其他第三世界国家顺利。

儒家思想与工业东亚的崛起

50年代和60年代,日本的经济增长率大约为10%。这一现象并未从根本上改变儒学与经济增长是不相容的这一老观点,因为日本被认为是韦伯规则的例外情况。但在60年代和70年代期间,亚洲的新兴工业经济体制尤其是香港、新加坡、南朝鲜和台湾这儒家四小龙以实例说明了它们能够达到同西方相似甚至更高的经济增长率,这对于重新评价以前的设想起了很大作用。

日本、亚洲新兴工业经济和中国的经济进展情况可通过引用一些统计数据来说明。在1965至1988的23年中,四小龙在人均收入方面维持了6.3%(香港)到7.2%(新加坡)的年平均增长率。其结果是,南朝鲜和台湾进入了人均收入上中游水平的国家行列,而新加坡和香港现在已属高收入水平的国家。日本这条儒家大龙在1965—1988年间也维持了很高的经济增长率。日本的人均收入在1988年就超过了美国,只有瑞士的人均收入尚高于日本。在过去的两年中,因为日本的经济运行继续保持着很好的状态,所以日本可能已经超过瑞士而成为世界上最富的国家。

从70年代末以来,另外一条儒家大龙即中国也显示出较高的经济增长率。从1979到1988年间,中国的国民生产总值以9.7%

---

① 托马斯·A·梅茨格:《脱离困境》,哥伦比亚大学出版社,1977年版,第234—235页。

的年增长率增长,这一增长率高于大多数东亚及东南亚国家的同期增长率。中国的人均收入同其他亚洲国家相比固然仍是非常低的,但世界银行已经计算出,如果中国能够将其国民生产总值的年平均增长率维持在约5.5%到6%之间,那么中国经济到下个世纪中期将会达到工业化市场经济的国家。

未来学家赫尔曼·卡恩首先明确地依据儒家学说来解释东亚的经济成功。他声称,儒家社会强调的是协同而不是均等和交换。卡恩的结论是:"新儒家诸文化有着显著的优点。与早期的新教伦理相反,现代儒家伦理立意宏伟,要创造和培养忠诚、奉献、责任感和义务感,并且加强组织与个人在所起作用上的一致性。所有这一切使经济和社会更加顺利地运转。"①

卡恩把南朝鲜、台湾、香港、新加坡以及从某种程度上来说(因为下述国家中有很多的华裔种族集团成员)马来西亚、泰国、菲律宾等叫作"较小的新儒家文化"。这一称呼用以将这些国家同日本和大陆中国的"大的新儒家文化"区别开来。②

罗德里克·麦克法夸尔以类似的意向争论说,儒学"对东亚超速增长的经济之崛起的重要性,同西方的新教和资本主义之崛起之间的联系是一样的。"③麦克法夸尔用"后儒家"的术语来描述那些把工业主义和儒家学说结合在一起的社会。这些社会的后儒家特征是"自信、社会凝聚力、个人服从组织、学以致用、官僚政治的传统以及对道德感化作用的确信无疑——这些特征为着发展的

---

① 霍尔曼·卡恩:《世界经济发展:1979年与未来》,伦敦Croom Helm出版社,1979年版。
② 霍尔曼·卡恩:《世界经济发展:1979年与未来》,伦敦Croom Helm出版社,1979年版。
③ 罗德里克·麦克法夸尔:《后儒家的挑战》,载《经济学家》1980年2月9日,第67—72页。

目的而强有力地结合起来。"①麦克法夸尔指出,大陆中国将来会试图利用它与亚洲其他国家之间的文化联系。这样的话,"一个后儒家'区域'"可能会发展起来,因而"后儒家的挑战"对工业化西方来说将会成为一个重要的现实。

德巴里在最近的一本书中也使用了"后儒家时代"这一术语来作为东亚目前快速、持续的经济变化与传统文化模式相结合的特征②。他指出,儒家学说在传统时代曾有三个体制方面的堡垒:家庭、学校和国家。传统制度崩溃后,儒学已不能在学校和国家中维持自己。但是,家庭体制对于二十世纪初的解放运动却显示了令人吃惊的适应弹力。事实上,儒家思想通过对家庭的控制,竟能够在整个东亚范围之内,在经历了传统国家体制与政权的死亡以及西方教育取代了儒家学校之后,又存活下来。所以,在关于后儒家东亚的讨论中,有关家庭体制的儒家道德价值就成为中心的问题。据德巴里所说,这些价值包括:对群体的忠诚、俭朴、无私、遵从权威等。这些基本价值不仅打破了阶级的界限,而且适应于不同的社会、经济和政治制度。

儒家思想与家庭

卢西恩·派伊也同意德巴里强调东亚儒家国家中家庭的重要性的观点。派伊在他不朽的著作《亚洲的势力与政治》中指出,亚洲可划分成三个宽广的文化区域:儒家东亚社会、东南亚保护者与被保护者体制和南亚印度教文化。中国、日本、朝鲜、越南、台湾、新加坡和香港都属于亚洲儒家文化区域。按其家庭模式来说,在

---

① 罗德里克·麦克法夸尔:《后儒家的挑战》,载《经济学家》1980 年 2 月 9 日,第 71 页。
② 威廉·西奥多·德巴里:《东亚文明:漫话五大阶段》,哈佛大学出版社,1988 年版。

整个儒家文化区内,家庭在传统上都被看作是政府的好样板。因此,辨别出不同国家和地区中家庭体制的共同特点和区别之处是很重要的。派伊坚持认为,"不同的社会化过程在东亚导致了不同的政治权威模式和生活作风。这一因果关系中的决定性因素就是父亲的作用。父亲在中国具有无限的权力并且负全面的责任。在日本,父亲也是最高权威,但他可以要求母亲来分担他的责任。此外,家庭内部的关系在中国被看作是最为重要的,而日本更加注意家庭以外的社会化工作。朝鲜的父亲典范则是中国垄断型父权的观念与日本竞争型父权的实际相结合的形式。"[1]越南的父亲权威是受尊敬的,但父亲同时又是超脱、冷漠的,他把实际的琐事都交由母亲去处理。

派伊强调说,在这四个儒家文化各自的传统中,家庭权威的施行和政治权威的施行之间均有着惊人的相似之处。沿着这条思路,派伊不仅论证出日本政治制度的作用与中国政治制度的作用之不同,还进一步认为:日本儒学发展出了追求具体目标的社会准则,而没有像中国儒学那样发展出追求总体完整的社会准则;这同两个国家培养男孩子的方式不同有关。也就是说,其原因不在于宗教或哲学精神的不同,不在于国家政权所起的作用不同,而在于根源自父子之间的心理文化关系的不同。

派伊依据父子之间通过社会化过程来传递儒家道德价值的方式及其对政治权威的含义来讨论儒学价值,这种分析方法属于心理文化论。心理文化论是"政治文化论"的一种变异。另一位按照这种观点来分析中国政治的著名学者是理查德·所罗门。像派伊一样,所罗门也认为,对中国政治文化的基本了解可通过分析中国的社会实际来实现。所罗门认为,在传统的儒家文化秩序中,家庭是社会中政治和社会关系的发源地。个人的社会权威观念和上

---

[1] 卢西恩·W·派伊:《亚洲政权与政治》,哈佛大学出版社,1985年版,第75页。

下等级观念首先是在家庭内部学到的。因而,据所罗门说,中国的政治传统保持着牢固的家庭根源。

发展儒学和社团主义

奥斯卡·韦格尔在讨论儒家学说在中国的作用时,建议使用发展儒学这一概念而不用新儒学或后儒学的概念。其理由是,新儒学这一术语要留着称呼12世纪的朱熹学派;另一方面,后儒学这一术语具有儒学价值逐渐消失的含义;而发展儒学则是一个较为合适的概念,因为它是马克思主义不断发展这一意义的逻辑结果。韦格尔还提出了发展儒学的诸结构成分。这些成分包括:集体性、教育与学习、等级制、集权制与分权制的两重性、官僚制、工作与成就精神等等。

韦格尔试图在社团主义与儒家学说之间建立一种联系。社团主义指一种政治制度,在这种政治制度中发挥作用的主要利益集团由于强有力的政府而被结合到决策过程中。事实上,资本、管理、劳动力和技术都联结在一个互相协作的周密网络中。另一个关键特点是,官僚机构和群众组织(尤其是工会组织)在解决纠纷中不是互相对抗,而是彼此努力合作的。据韦格尔说,这些特点都存在于发展儒学的社会中,因而必须把这些社会归入社团主义体制的类别。

并非只有韦格尔一人看到了在今日东亚存在的社团主义迹象。齐格勒也争论说,亚洲的儒家政府具有社团主义政治体制的许多特点。与韦格尔不同的是,齐格勒区分了社会的社团主义和国家的社团主义。在社会的社团主义中,利益集团有自治权,不受官僚制度和国家的束缚。在国家的社团主义中,利益集团是隶属性辅助组织,其合法的利益范围是由政府单方面规定的。社会的社团主义是欧洲政治体制的翻版,而国家的社团主义则见于儒家东亚。

在儒家思想中可以发现社团主义的重要特点如:一致、和谐、稳定等等。这种社团主义论也特别提到了国家政权在儒家东亚中的重要地位。但是,关于儒家思想在现代东亚中的作用同社团主义之间有何可能的联系的研究尚处在初期阶段,还不能够证实任何概括性的结论或理论。

持怀疑论者

虽然目前的主要趋势是承认儒学在东亚的发展和在现代化过程中的重要性,但是有些学者似乎要人们提防把上述文化论者的解释作为一种解围的理论来使用,因为这种理论给一个还需要做更多研究工作的尚未解决的难题提供了一个过于容易的解答。例如,王贡五在他新近的一篇文章中指出:

"中国人自己(台湾的、香港的和新加坡的)喜欢这种联系,而朝鲜人也愿意接受这一联系。这种联系也确实使四小龙的人们对自己的传统感到相当自豪。因此也就很乐意找出儒家学说是怎样确切地为四小龙的成功提供了关键性的条件。"[①]王贡五接受所有的中国人都继承了一些基本的儒家道德价值这一论点。当然,这些价值的影响在中国人占多数的中国、台湾、香港和新加坡一定是非常大的。朝鲜人几百年以来就像中国人一样具有儒家特点,而日本和越南则已经受到儒家思想的强大影响。这些国家和地区组成了一个"儒家世界"。王贡五准备接受儒家道德价值使儒家世界在某种程度上具有一种共同的脉络这样的说法,但是他倡议人们要提防由此而作出概括性太强的结论。他说,"无论我们观察

---

① 王贡五:《贸易与文化价值:澳大利亚与四小龙》,载《澳大利亚论坛亚洲学会》1988年4月,第11卷第3号,第3页。

台湾、香港和新加坡,还是南朝鲜,我们毕竟不仅仅看到有儒教徒、道教徒和佛教徒,而且还有天主教徒、新教徒和穆斯林教徒"。①

威廉·麦科德进而对文化论者分析东亚现代化过程的主要论点提出了疑问。麦科德指出,一些具有很少中国传统的太平洋国家现在的经济进步可与日本和新兴工业化经济国家相比。泰国在最近两年中的经济增长速度大约为10%就是一个很恰当的例子。泰国的主要文化是佛教而不是儒学。事实上,把东亚的成功归于儒学就等于忽略了文化上极大的多样性。

关于这一点,麦科德同小罗伊·霍夫海因兹和肯特·考尔德是一致的。而查尔默斯·约翰逊对文化论者的观点的驳斥可能是最有影响的。在其很著名的研究论著《国际工贸部与日本的奇迹》中他争论说,日本的道德价值同西方的道德价值可能确实是不同的。但是,文化的解释只应该运用在最终分析中,因此,解释日本的经济奇迹不应该依据文化来分析,而应该着重分析国家政权在日本经济中的作用。约翰逊断定,日本的国家政权是发展的或计划合理的体制,其主要特点是制订社会的和经济的目标。这一观点把日本的国家体制同那种受规章限制的或曰市场合理的国家体制区分开来。后一种体制关心的是经济竞争的形式与过程而不是其实质。美国就是后一种国家体制的一个很好的例子。简言之,约翰逊赞成的观点是:东亚经济的高速增长与文化因素是没有联系的,除非从消极的意义上说,文化不是经济发展的障碍。他争论说,是富有革新精神的制度的建立和调整为日本和亚洲新兴工业化经济如南朝鲜和台湾奠定了经济成功的基础。

---

① 王贡五:《贸易与文化价值:澳大利亚与四小龙》,载《澳大利亚论坛亚洲学会》1988年4月第11卷第3号,第7页。

通俗儒学

彼德·伯杰区分出两种不同的儒家思想,一种是作为国家意识形态的儒家思想,即所谓"高雅儒学";另一种是作为普通人民日常工作伦理的儒家思想。据伯杰所说,韦伯设想高雅儒学太保守,不能产生出"理性化"的发展,因而它有着一种反现代化的作用,这种设想大概是相当正确的。但是,韦伯没有论述的另一种儒学,也就是作为日常工作伦理的儒家思想或通俗儒学,却已经证明是有益于经济发展和现代化的。这一种儒家思想才是人们讨论儒家思想在东亚现代化过程中的作用时所应该研究的。

通俗儒学是一套信仰和价值观念,包括的内容有:深深的等级意识,承担家庭的义务,承担整体的纪律准则的义务,简朴,对亲人的仁爱等。台湾、新加坡、香港和今日中国的企业家们所具有的生产能力,只有归功于这一种儒家思想才行。因此,对儒家思想衍生的道德价值在普通人民的日常生活中的作用进行实证研究,成为很重要的事情。这些普通人民中的许多人从未受到过儒家经典著作的薰淘,或者他们只受过很少的儒家思想或其他思想的教育。一言以蔽之,伯杰主张人们可以避开韦伯关于儒家思想具有反现代化作用的观点,认为中国古老的"高雅儒学"已经随着时间的推移而逐渐发展成一种称为世俗儒学或"通俗儒学"的新形式。

结 论

数十年来西方学术界一直认为儒家思想对现代化和经济发展起的是阻碍作用而不是激励作用。这一设想的理论基础是马克斯·韦伯奠定的,被称为韦伯理论。韦伯之后,两代美国学者,著名的有约翰·费尔班克、玛丽·赖特和约瑟夫·利文森,在韦伯理论的总体框架内又对这一问题进行了研究。罗伯特·贝拉在一部研究现代日本文化根源的论著中、托玛斯·梅茨格在一部关于新儒学的研究论著中首先对韦伯理论提出挑战,他们认为:儒家思想特别是新儒家思想同西方的新教伦理在经济现代化中所起的作用似乎是相同的。

从本世纪70年代末开始,儒家思想与东亚经济现代化之间的相互关系成为社会科学家和经济学家的主要研究课题。到70年代末,人们已经不可能再坚持只有日本是例外地成功地进入了可与工业化西方相比的持久性现代化过程这一论点。南朝鲜、台湾、新加坡和香港四小龙也已经取得了壮观的经济增长率。这导致许多学者提出了这样的问题:东亚共同的文化传统是否同该地区的经济运行有某种联系?

80年代期间,文化论解释的拥护者人数逐渐增加,目前的主要观点是:儒家思想为东亚的快速现代化作出了解释。但是在此过程中也出现一些新的理论问题。其中之一是定义问题,例如,是否有不同种类的儒家思想?如果有的话,什么类型的儒家思想在我们讨论儒学在现代世界中的作用问题时最为相关?应不应该把儒学理解成一种哲学派别?它是帝国时期的国家意识形态呢,还是普通人民的日常伦理(通俗儒学)?另外一个同样令人费解的问题是:儒家文化区以外的亚洲国家如泰国也开始展示出很快的经济增长速度,这一事实又该怎样解释?

虽然目前许多学人都把工业东亚的崛起归功于其共有的儒家道德价值,但另一些重要学者如查尔默斯·约翰逊仍认为,东亚经济的超速增长同文化因素的联系并不是首要的。显然,上述争端仍未得到解决。关于这个对儒家东亚的将来有着重要意义的引人兴趣的问题,人们还将继续辩论下去。

(原载《社会科学战线》1991年第3期)

现代新儒学研究十年回顾

——方克立先生访谈录

《社会科学战线》杂志社特约记者　邵汉明

著名学者方克立先生系中国社会科学院研究生院院长、博士生导师,国家"七五"、"八五"社会科学规划重点课题《现代新儒学思潮研究》的负责人。1996年底,方克立先生接受《社会科学战线》杂志社特约记者的采访,一方面回顾了新儒学研究十年来的进展,另一方面就近年来出现的一些值得注意的倾向发表了意见和看法。今将访谈的情况刊载于此,以飨读者。

记　者:现代新儒学研究始于1986年,它的标志是《现代新儒学思潮研究》课题的确立。屈指算来,到现在已整整十年了。十年来,这一研究取得了怎样的进展?您作为该课题的负责人,请谈谈课题组在这一研究中充当了什么角色?起了什么样的作用?

方先生:大陆的现代新儒学研究是在80年代中期的文化讨论中提出问题和开始起步的,由于一开始就得到国家社科基金的支持,所以它基本上是有计划有组织地开展起来的。1986年3月,我在国家教委召开的文科科研咨询会上作了"要重视对现代新儒家的研究"的发言,随后《天津社会科学》杂志要我将发言的内容整理成文,发表于该刊1986年第5期。同年11月,《现代新儒学思潮研究》被确立为国家社科基金"七五"规划重点课题(1992年初又被列为"八五"规划重点课题)。当时我们订的计划比较宏大,先系统地搜集整理资料,然后进行专人和专题研究,计划编写和出版《现代新儒家学案》和《现代新儒学研究丛书》,并将初步研究成果分别写成文章,编辑《现代新儒学研究论集》先行出版。现在看来,基本上完成了预期的构想,计划中的几套丛书均相继出版。其中,《现代新儒家学案》上、中、下三册已由中国社会科学出版社出版;《现代新儒学研究丛书》专题研究系列由辽宁大学出版社出版,已出8本;专人研究系列由天津人民出版社出版,已出4本;《现代新儒学研究论集》由中国社会科学出版社出版,已出2集;《现代新儒学辑要丛书》由中国广播电视出版社出版,已出11本。另外,课题组骨干成员20多人十年中还出版个人专著10多本,发表文章300余篇,约占这个时期大陆新儒学研究论文总数之一半。据初步估算,课题组成员计划内和计划外出版、发表论著总量在1 400万字以上。这是讲的成果数量。从质量上说,现代新儒学研究中的各种观点、论证已见诸我们发表的论著、论文之中,我在这里不作具体介绍,我只想指出一点,我们在方向的把握、观点的阐述上还是比较慎重、比较严肃认真、实事求是的,得到了海内外学者的普遍赞誉,有人用"客观、平实、公正、全面"几个字来加以评价。可以说,我们的研究至少在国内同仁中,乃至整个学术界得到了广泛的认同。

记　者:不难看出,课题组的工作的确很有成效,单就成果的数量而言,亦十分可观。我们想进一步了解的是,您所主持的研究工作在海内外特别是在港台都产生了怎样的影响?

方先生:我们的工作的一个重要方面,是将现代新儒学的基本资料整理出来,包括50年代以后港台、海外新儒学的资料,这就为大陆的知识界、学术界从对港台、海外新儒学的完全隔膜到有所了解提供了一些初步的分析、评判的条件,进而为进一步的研究打下了一个基础。另一方面,我们的研究从宏观到微观,从专人到专题,几乎涉猎到现代新儒学的所有领域。这样一种广泛而相对深入的研究在海内外是罕见的,有些工作在作为新儒学大本营的港台地区也没有做过,因此它在学术上所产生的积极影响是显而易见的。众所周知,从50年代到80年代中期以前,现代新儒学在大陆已成为"绝学"。解放前,新儒学作为一种重要的学术文化思潮曾有相当的势力和影响;1949年以后,其主要阵地转移到了港台、海外;"文革"期间,批林批孔,评法批儒,新儒学研究在中国大陆更不可能得到开展。然而经过短短十年的耕耘,现代新儒学已为大陆学人普遍认知,它已从"绝学"变成"显学",今天大凡搞人文科学研究的学者几乎没有不涉及新儒学的。同时,大陆的新儒学研究也刺激了港台、海外新儒学的发展,使其地位大大提高,成为被广泛研究的对象。本来,新儒学在港台并非思想界的主流,香港弥漫着殖民文化和西化思潮,新儒学不可能居于主导地位;而在台湾,新儒学的势力亦很小,甚至难以与天主教的新士林哲学比肩而立。台湾的中国哲学会实际上是控制在新士林哲学一派手中,辅仁大学是其主要阵地,近年来台湾大学、政治大学哲学系的学术领导权实际上也为新士林哲学家所掌握,如台大的邬昆如、傅佩荣,政大的项退结、沈清松等。新儒家过去在台湾既进不了中央研究院,也在台湾大学等重要高等学府站不住脚,而只能在二三流大学占有一席之位。用台湾学者自己的话来说,新儒学不是在庙堂,而是在山林;就是在民间,它的影响也远远赶不上天主教、佛教、道教等宗教势力。大陆开展现代新儒学研究以后,港台新儒学身价倍增,港台新儒家也空前活跃起来,尤其是在台湾,他们连续召开三次当代新儒学国际学术会议,并制定当代儒学主题研究计划,以大陆新儒学研究得到国家社科基金资助为由,游说当局,向台湾政府申请到了1500万新台币的研究经费,以推动新儒学的研究和进展。

记　者:新儒家"复兴儒学"的主张与台湾当局提倡的文化政策如中华文化复兴运动似乎并不矛盾,应该有它的市场。

方先生:台湾的中华文化复兴运动是官方倡导的,与新儒学的民间性质迥然不同。新儒学要生存发展,固然不能不依附于执政的国民党,但他们又有以德抗位、特立独行的一面,试图保持一种民间的姿态和所谓学术的"纯洁性"。因此,新儒学在台湾之不受当局重视乃是情理中事。不过就其实质而言,新儒家也是维护现代资本主义制度和台湾当局的政治统治与政治利益的,并不是台湾政治上的真正的反对派,否则它也不可能生存。大陆的新儒学研究不仅激活了港台新儒学,而且客观上也为他们在台湾谋求新的发展提供了某种契机。不仅如此,大陆的新儒学研究热也波及到海外,推动了世界范围内新儒学研究的开展,近十年来召开的多次国际学术会议,包括国际中国哲学会的第五、第六、第七、第八、第九届年会,现代新儒学都是一个十分重要的议题。现在,新儒学研究不只在大陆,在港台、新加坡、日本、美国乃至整个世界汉学界,都普遍受到重视。试想倒转到十年前,特别是在"文革"期间,这简直是不可想象的。

记　者: 依我看,通过新儒学课题研究的开展,不仅出了许多成果,更重要的是培养了一批学术新进,这是一个很大的收获。

方先生: 的确是这样。刚开展课题研究时,课题组中只有我和中山大学的李锦全教授等几个人比较年长,其余绝大多数成员都是青年讲师、助教乃至在读研究生。十年来,通过课题研究的实践和锻炼,这批青年学者迅速地成长起来,其中约有半数现在已成为教授,有的甚至已是博士生导师,如郭齐勇、李维武、李宗桂等;其他成员现在至少也是副教授了。当然,这还只是表面现象,重要的是通过课题研究的实践,使许多青年学者的学术责任心、理论素养和研究水准都得到了很大的提高,从而在各单位的教学、科研中大显身手、崭露锋芒。这一点似乎已有目共睹。我想,这样一个具有较高学养和素质的学术群体的出现,对于现代新儒学研究的进一步深化,甚至对于未来中国哲学和中国文化的发展,都将起到不容忽视的积极作用。

记　者: 新儒学研究何以能够取得如此巨大的成绩,产生如此广泛的影响呢?

方先生：一个重要原因是时代为该课题研究提供了十分有利的环境和条件。十一届三中全会以来，伴随着思想解放、实事求是思想路线的确立和改革开放政策的推行，文化讨论全面铺开，各家各派观点广泛提出，海内外学术交流日益频繁，这就为我们了解海外新儒学的进展和正式确立"现代新儒学思潮研究"课题提供了某种客观的可能。如前所说，此课题研究在十年前特别是"文革"时期是根本不可能的。另一个很重要的原因，是把握了正确的理论方向。我们自始至终强调要用马克思主义的立场、观点和方法来对现代新儒学进行实事求是的科学研究和一分为二的分析评价，首先详细占有资料，然后对新儒学的发展历程和理论观点作客观的认识和评析，既肯定其学术贡献，又批评其理论失误。我曾经提出这样三句话来概括我们研究新儒学的态度：同情地了解，客观地评价，批判地超越。从思想史的角度看，凡是在历史上曾经发生过较大影响的学术流派，都一定有其存在的理由，新儒学也不例外。因此，我们在研究它时尽可能予以同情地了解。不过，仅仅做到这一点，显然是不够的，否则就会不自觉地成为所研究对象的俘虏。新儒家没有也不可能把中国哲学和中国文化的所有问题都解决了。因此，客观地评价和批判地超越就是绝对必需的。因此，我们与港台新儒家之间，既有友好的交流，又有思想交锋和相互批评。就学术研讨而言，这是非常正常的现象。当然，课题组全体同志共同努力，勤奋工作，国家社科基金的支持，出版社、各地图书馆和各方面朋友的大力支持，也是课题研究能够顺利进行和取得较大成绩的重要原因。

记　者：您以为我们与新儒家之间的理论分歧主要体现在哪些方面呢？

方先生：概括起来，有这样三个方面：（一）在哲学上，新儒家坚持彻底唯心论的立场特别是唯心史观，而我们是辩证唯物主义者，对待历史文化问题必须坚持唯物史观，这是学术立场上的根本分歧;(二)在文化观上,新儒家是典型的中体西用("以儒家精神为体,以西洋文化为用")论者,而我们则主张"古为今用,洋为中用,批判继承,综合创新",以此来解决古今中西问题;(三)在中国现代化道路选择上,新儒家提倡"儒家资本主义",我们则要走一条有中国特色的社会主义现代化道路。我们与港台、海外新儒家学者虽有很多个人的交往和友好的关系,我们对他们中一些人的道德人格和学术成就也很钦佩,但基本观点、立场却有着明显的歧异。我们是把现代新儒学作为研究的对象,这与把它作为信仰的对象不是一回事。近十年来新儒学在大陆已成为"显学",但它是作为研究对象的显学,而不是作为信仰对象的显学;是作为知识学问意义上的一种学说,而不是作为生命形态意义上的一种学说。这是需要作出特别的说明的。

记　者:十年来的现代新儒学研究取得了很大的成绩,产生了广泛的积极影响,这是主流,是人们有目共睹的。但在这一课题研究中是否也存在一些不尽如人意的地方呢?

方先生:是的。现代新儒学研究过程中也曾出现一些值得注意的问题和倾向。研究工作上的前紧后松,致使有的《丛书》至今尚未出齐,这是遗憾,我们还要加紧工作,把预定的研究计划圆满完成。但更值得注意的问题是,尽管我们在研究过程中一再强调把握正确的学术理论方向,以保证课题的顺利开展和出高质量的成果,然事实上,课题组成员之间的认识也并非完全一致,并非所有的成员都能坚持既定的研究宗旨,个别成员对新儒学的认同感非常强,同情地了解有余而批判地超越不足,这是早就发现而一直未能很好地解决的问题。有的专著等出来后,其所反映的观点并不符合课题组的宗旨,因此就不能列入我们的《丛书》出版,大家注意到这些书有的已在台湾出版了。同样,有的文章也不适合在我们的《论集》中发表,它们也自有发表处。有的年轻学者,本来马克思主义理论功底就不深,读了新儒家的著作后,对其学问、人格推崇备至,以致陷入评价上的片面性。研究一个人就推崇一个人,这是一种"解释学上的偏见。"此外,在课题研究中,也有人自觉或不自觉地回避意识形态问题,对新儒家反共、反马克思主义、反"五四"新文化运动、反唯物史观的鲜明立场,在应该表现出马克思主义的批判性、战斗性的地方,反而表现出淡化意识形态的所谓"高姿态",以至有的台湾学者评论说,某某大陆学者的新儒学研究"已大体摆脱马列主义意识形态的纠缠。"在这方面走得更远的是上海社科院的罗义俊先生。罗先生在参加《现代新儒学思潮研究》课题组时,是认同我们的研究宗旨的,可是后来却完全站到港台新儒家的立场上去,公开批评"大陆马列派",反对用马克思主义观点和方法来研究现代新儒学。他提交1992年12月在台北召开的"第二届当代新儒学国际学术会议"的论文《近十余年当代新儒学的研究与所谓门户问题》,即体现了其全面认同新儒学、排斥和反对马列主义的立场和态度。理论立场的分歧,使得罗先生走到了我们的对立面,也于1993年初离开了我们课题组。再一个不足,即是我们有些同志在一些重要的理论问题上,分析研究还不够深入,说理不够透彻、中肯,比如对新儒家泛道德主义的研究和评论,有人指出我们的批评甚至没有超过西方自由主义者的批评的水平,因而也就不足以使新儒家真正信服。又如对新儒家的唯心史观,这应是要害问题,我们下的功夫也很不够,批评显得无力。特别是第二代新儒家的重镇牟宗三先生的唯心史观,本来是十分明显的,而我们的研究论著却对牟的理论肯定多,批评少,解剖也不够深刻。再如,对新儒家文化观上的保守主义立场,也缺少有力度的十分中肯的分析评论文章,以至大陆有的学者对其"中体西用"的态度还十分欣赏,要为其"正名"、"翻案"。有的学者自觉不自觉地回避对新儒家的理论作阶级分析和政治分析,回避尖锐的意识形态分歧。固然,我们现在搞对外开放,开展学术文化交流,不一定刻意把这一点突出出来,但我们的头脑必须清醒,新儒家决不可能认同马克思主义、社会主义的意识形态,而是要顽强地表现其固有的意识形态性,并力图在大陆学者中寻找"道友"和同路人。我们如果没有这样的认识和自觉,那是很危险的。

记　者:近几年,一些大陆学者欣赏、认同以至归宗现代新儒学,自称"大陆新儒家",和港台、海外新儒家形成联结、呼应之势,从而具有某种"学派"的性质。先生能否就此作出若干具体的说明?

方先生:和1958年的"港台新儒家宣言"相对应,时隔31年后,大陆学者蒋庆发表长篇专文《中国大陆复兴儒学的现实意义及其面临的问题》(载台湾《鹅湖》月刊第170、171期),明确提出在中国大陆推行新儒学的必要性和现实可能性问题。这篇文章提出要用儒学来取代马列主义作为"国教"的地位,否定无产阶级专政和社会主义公有制,是一篇旗帜鲜明的"大陆新儒家宣言"。此外,在大陆召开的一些学术会议上,"大陆新儒家"的呼声也时有所闻。如1992年6月,在四川德阳召开的"儒学及其现代意义"国际学术讨论会上,某大学的一位资深教授提交一篇题为《我的现代新儒学观》的论文,公开揭举"大陆新儒学"的旗帜,申明他"服膺现代新儒学",决心要"冒天下之大不韪"来在中国大陆复兴儒学。其后,首都某大学的一位青年法学家也著文说:"中国大陆新儒家的出现为势所必然。……没有大陆学人的传承和创新,没有在海外新儒家的薪火延续的基础上开出大陆新儒家,第三期儒学发展只能是半途失落的归鸟之梦"(参见《要注意研究90年代出现的文化保守主义思潮》一文,载《高校理论战线》1996年第2期)。1993年、1994年,上海书店出版社先后出版了罗义俊等编的《理性与生命——当代新儒学文萃》[1]、[2]两本书,从其《牟言》、《代序》及卷前文章可以看出,编者对当代新儒学是采取全盘肯定、完全认同的态度。他们不是从学术研究的需要出发来介绍新儒学,而是在竭力颂扬、宣传、推销新儒学;他们不仅要求人们高度肯认当代新儒家"壁立千仞的人格"和"崇高而内在的学术文化价值",更主要的,还要求人们全身心地"投入"和"契接"当代新儒学,从而达到在中国大陆"复兴儒学"的目的。在90年代出现的一股文化保守主义思潮中,大陆新儒家起了重要的推波助澜的作用。他们已有相当的势力和影响,并力争在中国大陆作为一个"学派"而存在。这就不能不引起人们的重视和思考,需要对其产生和形成的原因、背景及其理论特征、思想实质作出具体的剖析和说明,指出用儒学来解决中国现代化问题的非现实性,以克除它的消极影响。

记　者:那么,新儒学的发展前景是否乐观?我们应如何看待儒学、港台新儒学和大陆新儒学呢?

方先生:儒学是中国文化的一个重要组成部分,儒学中既有消极落后的成分,也有积极进步的因素,不能一概加以否定。新儒家试图通过复兴儒学来复兴中国文化,解决中国现代化过程碰到的一切问题,用心固然良苦,但是不切实际,前景亦不容乐观。现代新儒学特别是港台新儒学的发展,至去年牟宗三先生逝世以后,已经进入了一个没有权威的阶段。第三代新儒家大多十分推崇牟宗三,认为牟宗三先生把一切理论难题都解决了,剩下的问题只是要去具体落实,没有人能在理论上拿出什么像样的东西,举起一面新的旗帜来。其实指望用牟先生在唯心史观基础上提出的"良知自我坎陷"、"内圣开出新外王"等一套理论来解决中国的现实问题是很可笑的。牟宗三临死前夕似乎已经意识到了这一点,故而他曾表示,儒学未来的前途可能还是在大陆。大陆新儒家的出现及其努力似乎是在圆牟先生的梦。应当说,并非所有的大陆新儒家都无条件地认同港台新儒学,也有人呼唤在大陆形成"有异于港台地区的新儒家群体"(参见《李泽厚答问》,载《原道》第1辑)。还有人提出了建立"社会主义新儒学"的设想。这个"不同"或"异",在中国大陆,首先必须是在认同四项基本原则的前提下来谋求新儒学的发展。我个人认为,对马克思主义作僵化教条的理解,回到过去的老路上去,固然不行;全盘西化,走西方资本主义的道路,在中国也行不通;而企图将儒学上升到国家意识形态的高度,将其作为我国现代化实践的指导思想,也不是正确的出路。儒学在将来的正确定位,在于使它的一些有价值的文化内容得到积极有效的发挥,并融合、融化到我们的新文化中去。大陆新儒学如果成立的话,必须解决好儒学与马克思主义的关系即二者的相容性问题。现在有不少文章讲儒学与马克思主义的"结合",命题本身并无不妥,但就中实存在一个谁为主导的问题。这种"结合"可以是包含着儒学精华的马克思主义,也可以如某些人所说是"吸收了马克思主义的儒学",两种提法在立脚点上是根本不同的。事实上,中国的社会实践发展到今天,不可能以儒学为主导来建立现代新文化,这个态势已很清楚。因此,我主张吸取包括儒学在内的中国传统文化来丰富和发展中国化的马克思主义,而既不赞成全面认同港台新儒学的大陆新儒学,也很怀疑所谓"包含马克思主义的大陆新儒学"会有多么光明的前景。

记　者: 今后的新儒学研究应如何深化,注意哪些问题呢?

方先生: 我考虑到以下几个方面:首先,应注意从儒家思想史的角度来对现代新儒学的发展及其与传统儒学的关系作准确的定位。究而言之,汉以后的儒学都可以称之为"新儒学",每个时代的儒学都有自己的时代特点。汉代董仲舒的新儒学不同于先秦孔孟儒学,唐代韩愈的新儒学不同于汉代董仲舒的儒学,宋明朱熹、王阳明的新儒学不同于董仲舒、韩愈的儒学,近代康有为、梁启超的新儒学不同于朱熹、王阳明的儒学,现代新儒学又有异于近代康、梁的儒学,这是显而易见的。历代儒学之发展有其"同",也有时代之"异",现代新儒学本质上不过是现代条件下的儒家心性之学,是现代唯心主义的一种特殊形态。只要我们本着历史主义的态度,其间的承传、发展关系是不难说明的。其次,要从现代思想史的角度注意对不同思想派别之间的差异、对立及其联结关系进行研究。我过去曾论述过中国现代思想史上的三大思潮或三大派别：一是自由主义的西化派，二是以现代新儒家为代表的文化保守主义派，三是马克思主义派。"五四"以来的文化论争或学术论战，基本上是在这三派之间展开的，关系错综复杂。我们过去比较注意马克思主义与非马克思主义思想派别之间的关系，只强调二者的对立和区别，而看不到它们之间也存在互动联结的一面。事实上，在非马克思主义的两大派中，也有分歧和斗争，并非完全一致。我们对非马克思主义亦应作具体分析，非马克思主义与反马克思主义并不完全是一回事，对其学术贡献亦须进行实事求是的评估。故而在论述中国现代三大思潮时，我赞成"互动"这个概念，"互动"既包含正面的互补，又包含反面的刺激，是对立统一规律在学术思想发展史中的生动体现。正因为不同学术派别之间的相互联结、相互斗争、相互补充和相互刺激，才使中国现代思想文化呈现出一种多姿多彩的格局和面貌。其三，在现代新儒学研究中，如果只有"同情的了解"而没有"客观的评价"和"批判的超越"，就必然走错方向；而如果做到了"同情的了解"、"客观的评价"，却不能"批判的超越"，这一研究也没有什么意义。前两步工作乃是搞好新儒学研究的前提和基础，后一步工作则是此项研究的终极目的或目标。其实这是一个统一的认知过程，不能截然分开的。对于"批判的超越"，港台新儒家显然是难以接受的，而有的大陆学者也认为根本不可能对新儒学"批判地超越"，因为他们已经完全站到新儒家的立场上去。马克思主义辩证法是革命的批判的学说，它不承认有固定不变的绝对不可超越的东西。其实，"批判"、"超越"并不等于简单的否定，"批判地超越"乃是学术文化发展中的正常现象和普遍现象。现代新儒学本身对近代儒学来说就是一种超越，而有的大陆新儒家试图发展一种有异于港台新儒学的"大陆新儒学"，这种努力本身也正是企图超越港台新儒学的一种体现。现代新儒学并非已尽善尽美,它的基本理论和文化精神并不能代表中国未来文化发展的正确方向。因此,实现对现(当)代新儒学的超越乃是历史的必然。最后要指出的是,今后的新儒学研究要想深入下去,还须在一些重大的理论问题上作更加全面、更加深入细致的研究,力争有所突破,作出有深度的令人信服的回答。目前的研究成绩固然喜人,但总的看,还停留在介绍、评述、分别进行专人或专题研究等较浅的层次上,新儒学研究的真正高水平论著还没有出现。目前的缺点主要表现为理论水平不高,如前所说也存在理论方向的问题,但毕竟是少数人。多数大陆学者还是把握住了正确的学术理论方向的,不过研究水平有待提高。今后新儒学研究的进展主要依靠一代更年轻的学者,相信他们会在建设有中国特色社会主义的实践中,认准中国文化发展的正确方向,对包括新儒学在内的中国现代思想文化格局和各个派别,有一个全面的深刻的认识。

(原载《社会科学战线》1997年第2期)

当代墨家思想研究述评

宋立民

改革开放以来,我国的墨学研究呈现出一派繁荣景象。短短的20多年,就已经出版论著70余部,论文500余篇。1990年,在山东省滕州市成立了国际墨子研究中心。1991年,中国墨子学会也在滕州成立。山东、河南等省也相继成立了省一级的墨子学会。滕州木石镇还建立了墨子纪念馆。继1991年全国墨子学术研讨会之后,1992年在滕州又举办了首届国际墨学研讨会和隆重的墨子科技艺术节。迄今为止,国际墨学研讨会已召开四届,墨家学说已经在世界上产生了广泛的影响,墨家思想的研究前途似锦。对改革开放以来的墨家思想研究作一概括性的回顾,不仅是锦上添花,而且对其未来的发展,也会带来许多有益的启迪。

一、墨家政治思想研究

墨子的兼爱、尚同、尚贤三说一直是墨子政治思想研究的重心所在。

兼爱学说虽然引起人们的普遍关注,但对其在墨子思想中的地位却评价不一。邢兆良认为兼爱学说是墨子的理想社会蓝图;[①]谭家健则认为兼爱学说是墨子学说的总纲领,是"墨子思想

---

① 邢兆良:《墨子评传》,南京大学出版社,1993年版,第193页。

的核心和精华";①杨俊光把兼爱学说看作是"墨子伦理思想的核心";②徐希燕则把兼爱学说看作墨子对于人际交往所提出的一个重要原则;③蔡尚思将兼爱学说与非命学说并列,认为墨子的中心思想是以兼爱与非命为中心的大平等主义。④

在墨子兼爱学说与儒家仁学的比较方面,学界的看法也不统一。陈雪良认为儒家的仁爱是有差别的"别爱",墨家的兼爱是无差别的"国爱"。⑤李泽厚认为儒家的爱出自内在心理的"仁",墨家的爱基于外在互利的"义"。⑥谭家健认为墨子的兼爱是从"生"来看人性和社会,偏重于实用层次,儒家的仁义是从"理"来看人性和社会,偏重于精神追求,二者都是人类文明不可或缺的环节。⑦张斌峰则认为儒家仁爱与墨家兼爱有以下几方面区别:(1)在对人性的认识上,仁爱重视人的精神性,兼爱侧重人的自然属性。(2)仁爱侧重人类情感的发挥,兼爱采取的是理智的思辨方法。(3)兼爱重公德,仁爱重私德。(4)兼爱是无差别的爱,仁爱是有差别的爱。(5)儒家以为爱利对立,墨家认为爱利相容。(6)在论证方法上,仁爱没能以知识论、名辩学方法为基础,兼爱则相反。(7)仁爱学说不包含对人的主体性的承认,兼爱学说包含主体性的萌芽。(8)仁爱学说代表新兴地主阶级利益,兼爱学说代表小生产者利益。由此张斌峰认为墨家兼爱学说相对于儒家仁爱

---

① 谭家健:《墨子研究》,贵州教育出版社,1995年版,第25页。
② 杨俊光:《墨子新论》,江苏教育出版社,1992年版,第104页。
③ 徐希燕:《墨学研究》,商务印书馆,2001年版,第333页。
④ 蔡尚思:《墨子十大宗旨的主次问题》,收入《墨子研究论丛》第四辑,齐鲁书社,1998年版。
⑤ 陈雪良:《墨子答客问》,上海人民出版社,1997年版,第59页。
⑥ 李泽厚:《中国古代思想史论》,人民出版社,1986年版,第59页。
⑦ 谭家健:《墨子研究》,贵州教育出版社,1995年版,第33页。

学说"无疑是进步的"。①

此外对墨子兼爱学说是否是空想也存在着分歧。例如邢兆良认为墨子兼爱学说是"空想的政治理想","不合时宜"。② 谭家健则认为,理想不等于空想,因为理想有一定的根据,在一定条件下有可能实现。③

学界对于墨子尚同学说的认识也存在着不少分歧,主要有以下几种观点:(1)专制说。张永义认为尚同学说会使个人意见起决定作用,因而必然产生极端专制的局面。④ 丁为祥、雷社平认为,从尚同学说对天子绝对权利的规定来看,墨家确是独裁与暴君的始作俑者。⑤ 杨俊光把尚同学说看作是中央集权的专制主义封建国家理论的最早表述。⑥ 黄勃则把尚同学说称之为"有条件的君主专制主义"。⑦ (2)民选加王选说。徐希燕认为墨子的选举制是民选加王选,是禅让制,尚同的实质是强调君主中央集权。⑧ (3)民主说。谭风雷认为尚同是上同于贤者,与民主精神并不矛盾。⑨ 倪志云认为尚同学说是建立在充分民主基础上的政治思想上的统一。⑩ 陈雪良也指出:"墨家在中国历史上第一次明确提出

---

① 张斌峰:《"兼爱"学说的新透视》,收入《墨子研究论丛》第四辑,齐鲁书社,1998年版。
② 邢兆良:《墨子评传》,南京大学出版社,1993年版,第207—216页。
③ 谭家健:《墨子研究》,贵州教育出版社,1995年版,第38页。
④ 张永义:《墨——苦行与救世》,广东人民出版社,1996年版,第83页。
⑤ 丁为祥、雷社平:《自苦与追求——墨子的人生智慧》,武汉出版社,1998年版,第72页。
⑥ 杨俊光:《墨子新论》,江苏教育出版社,1992年版,第71页。
⑦ 黄勃:《论墨子政治思想的特征及意义》,《史学理论研究》1995年第4期。
⑧ 徐希燕:《墨学研究》,商务印书馆,2001年版,第117页。
⑨ 谭风雷:《墨子"尚同"思想中的民主意识》,收入《墨子研究论丛》第一辑,山东大学出版社,1991年版。
⑩ 倪志云:《"三表"与墨子的政治论》,收入《墨子研究论丛》第一辑,山东大学出版社,1991年版。

了天子的民主选举学说。"①此外,王长华认为尚同学说主观上追求平等,客观上提高了君主诸侯的威权,与上述诸说又有所不同。②

关于尚贤学说在墨子学说中的地位,有些人认为尚贤学说是从尚同学说中派生出来的,杨俊光、陈章发都持这种观点。③孙中原则与此相反,认为"'尚同'说是墨子'尚贤'论的延伸"。④徐希燕认为作为墨子政治思想主要内容的尚贤与尚同密切相关,其中尚贤是实现国家统一的必要手段,尚同是实现国家统一的理想境界。⑤张永义则将尚贤学说与兼爱学说置于同等地位,认为兼爱从个体道德的角度抨击儒家的"亲亲"原则,尚贤从社会伦理的角度批评儒家的"尊尊"制度,两者合在一起,有力证明了宗法制度的不合理。⑥

关于墨子尚贤的范围,普遍地认为包括所有的社会阶层。例如谭家健认为,墨子并不否定"富贵为贤",只是不偏富贵而已。墨子只是认为劳动者当中的贤者也可以当权,并没有规定只有劳动者当权或主要由劳动者当权。⑦但是也有个别不同的观点。如刘泽华认为,墨子尚贤的对象不是一般的老百姓,而是当时的知识阶层——士。⑧韩连琪甚至认为墨子首先把贤者的人选寄托在原来宗法贵族的身上。⑨

---

① 陈雪良:《墨子答客问》,上海人民出版社,1997年版,第197页。
② 王长华:《春秋战国士人与政治》,上海人民出版社,1997年版,第88页。
③ 杨俊光:《墨子新论》,江苏教育出版社,1992年版,第79页;陈章发:《试论墨子尚同与尚贤思想的民主性》,收入《中原墨学研究》,中州古籍出版社,2001年版。
④ 孙中原:《墨学通论》,辽宁教育出版社,1993年版,第27页。
⑤ 徐希燕:《墨学研究》,商务印书馆,2001年版,第132页。
⑥ 张永义:《墨——苦行与救世》,广东人民出版社,1996年版,第72页。
⑦ 谭家健:《墨子研究》,贵州教育出版社,1995年版,第83页。
⑧ 刘泽华:《先秦政治思想史》,南开大学出版社,1984年版,第587页。
⑨ 韩连琪:《先秦两汉思想论丛》,齐鲁书社,1986年版,第320页。

关于墨子尚贤的意义,绝大多数学者都给予肯定。如张永义称墨子尚贤学说"破天荒第一次道出了平民要求参政的呼声"。①陈朝晖认为,墨子尚贤学说彻底打破氏族血缘界限,"是前无古人的"。② 程有为则将其意义概括为三点:第一,与前人相比,墨子尚贤思想更为系统化,也更具理论性。第二,墨子明确提出尚贤是为政之本,从而把尚贤提到了新的高度。第三,完全打破旧的贵贱等级观念和传统的亲亲观念。③ 但是也有不同的评价。如刘泽华认为,尚贤在本质上不会是劳动人民的思想,剥削阶级占统治地位的社会中会束缚人民的行为。因为把社会问题归结为几个人的问题,把社会改革的希望寄托在几个贤人的身上,这会转移人民对统治阶级的斗争,"这显然是一种改良主义思想"。④

这一时期涌现出不少新的观点,如兼爱学说不是空想的观点,尚同学说即禅让制的观点等,生动体现了当前学界的旺盛活力,但是也存在一些问题。例如以内在的"仁"和外在的"义"来区别儒墨之爱,显然缺乏科学性,因为"义"也有内在的一面。将尚同学说等同于专制主义的观点也有望文生义之嫌。

二、墨家经济思想研究

墨家经济思想研究中的一个重点是对墨子节用学说的研究,大多数人对于墨子的节用学说给予充分的肯定。例如杨俊光认为墨子提出节用学说既是为了反对王公大人的奢侈浪费,也是为了

---

① 张永义:《墨——苦行与救世》,广东人民出版社,1996年版,第75页。
② 陈朝晖:《孔墨尚贤人才观之比较》,收入《墨子研究论丛》第二辑,山东大学出版社,1993年版。
③ 程有为:《墨子尚贤思想简论》,收入《中原墨学研究》,中州古籍出版社,2001年版。
④ 刘泽华:《先秦政治思想史》,南开大学出版社,1984年版,第589页。

发展生产,因此"是积极的而不是消极的"。① 杨宏伟也指出,在先秦这一生产力落后、物质财富有限的历史阶段,墨子提出的节俭标准能够限制统治者奢侈浪费,有助于合理利用社会物质财富,有助于社会稳定和发展,因此,"在诸子百家中,墨子的节俭观最能反映当时的社会状况,最深刻,也最进步。"② 徐希燕更进一步指出,"因为人类的消费是必须的,所以墨子实际上是提出了低度消耗资源与适度消费的原则。这两个原则也是可持续发展的核心内容。墨子事实上在二千多年前已提出了可持续发展的初步思想了。"③

但是也有一些人认为墨子的节用学说行不通。例如李泽厚认为,社会消费和社会需要的扩大是一种不可遏止的历史潮流,生产与消费互为因果,相互影响。"墨子企图极大地限制甚至取缔人们除基本生存需要之外的一切消费,实际上违反了社会发展的客观规律,是行不通和不会有什么结果的。而这,就正是小生产者的狭隘眼界的悲剧。"④ 陈绍闻、叶世昌和陈培华也指出,墨子的节俭标准没有区分不同的对象,似乎适用于一切人,事实上只能适用于某阶层。"广大劳动人民达不到这样的消费水平,而统治阶级的中上层又嫌这样的消费水平太低。"因此他们认为"墨翟的节用主张是根本不能实行的。"⑤ 舒大刚则认为,"墨子经济思想中还未涉及农业社会的根本问题——土地与劳动力如何结合,没有解决当时地荒而未垦,田废而不耕的现象,而是苦口婆心地劝说王公大人

---

① 杨俊光:《墨子新论》,江苏教育出版社,1992年版,第128页。
② 杨宏伟:《论墨子的经济思想对社会稳定与发展的意义》,收入《墨子研究论丛》第四辑,齐鲁出书社,1998年版。
③ 徐希燕:《墨学研究》,商务印书馆,2001年版,第147页。
④ 李泽厚:《中国古代思想史论》,人民出版社,1986年版,第56—57页。
⑤ 陈绍闻等:《墨翟的经济思想》,《思想研究》1978年第6期。

节用,这既是非常肤浅的,也不一定行得通。"①

李泽厚等人的观点受到了一些同志的批评。例如谭家健就曾反驳说:"墨子的消费标准主要是针对统治者而言,统治者不愿实行,那只能怪统治者,而不能责怪墨子。"②

谭家健的批评是对的。墨子时代的个体农民既不同于夏商周时期的集体生产、群居生活的宗法农民,也与封建社会后期处于超经济强制之下的农民有别。此时的地主经济尚不发达,相互独立的个体农民取代了先前互相依存的家族公社共同体,农民的个性与才能得到了空前的发挥,小商品生产者也得到了充分的发展。这一时期制约先进生产力发展的一个重要因素就是统治者为满足其奢侈生活的横征暴敛。墨子倡导节用,抨击贵族阶层的骄奢淫逸,目的就是要保护小生产者的利益,打破束缚生产力发展的桎梏,这是符合社会生产力的发展规律的。因此,说墨子眼界狭隘,违反了社会发展的客观规律,显然有失公允。

三、墨家哲学思想研究

墨家哲学体系的建构一直是墨家哲学思想研究的一个重点。改革开放以来,较早涉及这一问题的是詹剑峰。他在《墨子的哲学与科学》一书中所勾勒的墨子宇宙观和认识论的框架对学界产生了重要影响,唯一遗憾的是没有对墨子的哲学方法论进行总结。其后,杨俊光的《墨子新论》、孙中原的《墨学通论》在方法论方面弥补了这一缺失。但是由于杨、孙二人均认为《墨经》非墨子所撰,故他们的研究与詹剑峰有着不小的差异。徐希燕对于《墨经》的认识与詹剑峰相同。他的《墨学研究》充分吸收了当代的研究

---

① 舒大刚:《苦行与救世——墨子的智慧》,四川教育出版社,1996年版,第99页。
② 谭家健:《墨子研究》,贵州教育出版社,1995年版,第125页。

成果,在对墨子哲学本体论、认识论、方法论的研究方面走在了时代的前列。

关于墨子宇宙观、世界观的研究,因其有"天志"、"明鬼"之说,历来聚讼纷纭。近些年来,仍然难以统一认识。大体有两种观点。一种观点认为墨子的宇宙观、世界观是唯心的。例如童书业将墨子的宇宙观称作"宗教唯心论"。① 谭家健认为在哲学上墨子的天志说"无疑是唯心的,落后的",尽管其在政治上有进步的一面。② 孙中原也指出,"墨子拣起早已引起人们怀疑的宗教迷信的传统观念加以改头换面,作为其学说的一个组成部分进行兜售,这无疑是一种倒退。"同时孙中原又认为《墨经》体现的是后期墨家的无神论,"贯穿着无神式唯物主义一元论的世界观。"③另一种观点认为墨子的宇宙观、世界观是唯物的。例如詹剑峰认为墨子的宇宙论"属于唯物论阵营"。④ 徐希燕认为墨子的宇宙观是"彻底的科学的唯物主义一元论思想"。⑤ 朱传棨认为,从大的氛围和实际内容来看,墨子的"尊天""事鬼"说中体现的是"具有极为具体内容的'唯物'的思想观点。"⑥乔长路更是明确表示:墨子"把至高无上的天神贬低到墨子奴仆的地位,这显然是对天神的一种嘲弄与亵渎,是当时无神论的一种特殊表现形式。"⑦

墨子的三表法是墨子认识论中的一个要点,这方面的研究也存在着严重的分歧。方立天等人认为三表法的性质是唯物主义

---

① 童书业:《先秦七子研究》,齐鲁书社,1982年版,第47—54页。
② 谭家健:《墨子研究》,贵州教育出版社,1995年版,第220页。
③ 孙中原:《墨学通论》,辽宁教育出版社,1993年版,第49—58页。
④ 詹剑峰:《墨子的哲学与科学》,人民出版社,1981年版,第12—35页。
⑤ 徐希燕:《墨学研究》,商务印书馆,2001年版,第65页。
⑥ 朱传:《墨子哲学唯物主义思想刍议》,《墨子研究论丛》第一辑,山东大学出版社,1991年版。
⑦ 乔长路:《中国人生哲学》,中国人民大学出版社,1990年版,第94页。

的,①卢枫等人认为三表法的性质是唯心主义的②,陆建华的观点则介于上述两种观点之间。③

墨家哲学思想研究之所以会出现重大分歧,其中一个重要原因是对《墨经》是否为墨子所撰看法不同。因此,要想解决分歧,统一认识,就必须先弄清《墨经》的撰者问题。这方面目前有四种观点。一是认为《经上》和《经说上》为墨子所撰,《经下》、《经说下》及《大取》、《小取》成于墨家后学之手。此说最早由杨宽于20世纪40年代在《墨经哲学》中提出,90年代杨俊光仍认同此说。二是认为《经》上下为墨子所撰,《经说》上下及《大取》、《小取》为墨家后学所撰,陆建华坚持此说。三是认为《墨经》六篇全为墨子所撰,徐希燕、邢兆良、詹剑峰均持这种观点。四是认为此六篇均非墨子所撰,都是后期墨家的作品。陈雪良、陈孟麟认同此说。解决这些分歧将是未来墨学研究中的一项重要课题。

四、墨家逻辑思想研究

研究墨学逻辑的人都面临着一个共同的问题,即如何看待墨家辩学与逻辑学的关系问题。主要有以下几种观点。一是认为辩学即逻辑学。如詹剑峰在《墨子的哲学与科学》中说:"墨子所建立的逻辑本来叫做'辩'。"汪奠基在《中国逻辑思想史》中说:"墨家所谓'辩'就是逻辑。"周云之、刘培育在《先秦逻辑史》中把辩学等同于逻辑学。孙中原在《墨学通论》中也说:"辩学即逻辑学,其任务是研究辩论的形式、规律和方法。"徐希燕在《墨学研究》中亦云:"'辩学'或'名学'就是指逻辑学。"二是认为墨家辩学中包含

---

① 方立天:《再论墨子"三表"说的性质问题》,《教学与研究》1980年第1期。
② 卢枫:《墨子的"三表法"是唯物主义的吗?》,《湘潭大学学报》1980年第1期。
③ 陆建华:《墨子百问》,安徽人民出版社,1997年版,第160—161页。

有逻辑学的内容。如杨俊光在《墨子新论》中就认为"辩"中"包含有相当于'逻辑'的学问。"三是认为辩有内容和形式两个方面,只有形式部分才叫辩学即逻辑学。《墨辩逻辑学》的作者陈孟麟即持此论。

除了存在上面差异之外,众多墨家逻辑研究者在《墨经》是否为墨子所撰的问题上也有所差异,这就使在构建墨家逻辑思想体系上也有所不同。主要有以下几种观点:

1. 根据普通逻辑的内容,运用概念、判断、推理、反驳等范畴来构建墨家逻辑思想体系。例如詹剑峰在《墨子的哲学与科学》中以逻辑的对象、论思维的法则、论名(概念)、论辞(判断)、论说(推理)等六个方面大致勾勒出墨家逻辑思想体系的全貌。陈孟麟在《墨辩逻辑学》中设立了认识论、名、辞、说、思维规律等章。徐希燕在《墨子研究》中《墨子的逻辑思想》一章设立了本质论、概念论、判断论、推理论、规律论五节。孙中原在《墨学通论》中则从墨家逻辑的宗旨,论语词、概念和范畴,论语句和判断,论形式逻辑的基本规律,论推理、证明和反驳等方面对墨家逻辑思想体系进行了系统的论述。

2. 反对用形式逻辑的框架来套构墨家逻辑思想体系。例如汪奠基在《中国逻辑思想史》中认为,不能离开墨辩本身的历史对象和它的形式特征来构建墨家的逻辑思想体系,否则就会使墨辩失掉真正科学史上的作用。

3. 介于上述两种观点之间。例如邢兆良在《墨子评传》中认为,墨子的辩学已经自觉地将思维形式、方法、规律作为认识和研究的对象,那么,墨子关于思维形式、方法规律的认识成果应该是和西方的形式逻辑、印度的因明学相通的。另一方面,诸如文化环境、语言形式、现实需要的影响,墨家逻辑学有其本身的特点,如推理论证有自己的格式,对思维规律和悖论等逻辑形式有自己的认识和表述方式等,所以在论述墨家逻辑思想体系时必须兼顾这两个方面。

上述观点间的差异反映出一些人对于辩学与逻辑学的关系在认识上的模糊与混乱状态。其实辩学与逻辑学是有区别的。辩学是一种研究论辩问题的专门学问,所探讨的是论辩的一般性问题,即论辩的基本原则、方法、技巧及论辩过程中的谬误等。中国先秦时期盛行论辩之风,并由此逐渐形成辩学,其中集大成者就是墨家的辩学。近代以来,随着西学的涌入,出现了一股"据西释中"的思想潮流,于是产生了以"逻辑"一词解释辩学,把中国古代的辩学等同于西方形式逻辑的倾向。尽管墨辩中蕴含有丰富的逻辑思想,但是墨辩并非就是墨家逻辑学。所以,如何看待墨家辩学与墨家逻辑学的关系仍将是今后墨学研究所应关注的问题。

五、墨家美学思想研究

改革开放以来,随着美学热的流行,人们对于墨家美学思想的研究也逐渐开展起来,并形成两种对立的观点。一种观点对墨子美学思想持基本肯定的评价。如敏泽在《中国美学思想史》中认为,"墨子美学思想中最可宝贵的因素,就在于他对当时及历史上统治阶级不顾人民死活,贪求无度追求声色之美、犬马之乐的批判精神。"这种精神"有其积极、民主的历史意义。"①另一种观点则持基本否定的评价。如聂振斌认为,墨子"是从极端的物质实用观点出发,最终导致艺术——审美活动的取消主义,看不到艺术——审美活动对于提高文化修养、陶冶道德情操、巩固社会秩序方面的积极意义,""是狭隘的小生产者眼光的反映,"因而是一种"极端功利主义审美观点"。② 从总体上看,这一时期的研究状况并不十

---

① 敏泽:《中国美学思想史》,齐鲁书社,1987年版,第279页。
② 李泽厚、汝信主编:《美学百科全书》,社会科学文献出版社,1990年版,第342页。

分理想,有人将这种不理想的状况准确地概括为两句话:"(一)弱化其哲学基础和逻辑关系而加以摈弃。(二)肢解其系统性和完整性而缺乏整体观念。"①一些同志竭力想改变这种状况,朱怀江就是其中的一位。

朱怀江在《墨子实用主义美学的内核及其价值》②一文中认为,墨子美学属于实用主义美学,在墨子的四大审美标准中,尚用是墨子美学的核心所在,是墨子实用主义美学体系的哲学基础;互利是墨子实用主义美学的归结点,说明主体只有最完善地认识和创造功利价值才能成为美学意义的主体;兼爱是墨子人论美学的最为鲜明的目的论;非乐所体现的审美价值和功利价值的冲突凸现出墨子美学所关注的焦点是主体的实践理性。这样,朱怀江就在哲学批判与逻辑分析的基础上,通过对墨子美学中的尚用、互利、兼爱、非乐四大审美标准与其审美理论基础、审美主体、审美对象、审美目的的相互联系,有机地构筑一个富有逻辑性和哲理性的实用主义美学体系。这在墨子美学思想的研究中具有里程碑式的重要意义。

在墨子美学研究中,讨论最多的是墨子的音乐美学思想,其中争论的焦点集中在对墨子非乐论的评价上。对墨子非乐论持否定态度的有谭家健、舒大刚等人。谭家健在《墨子研究》一书中提出三点意见:第一,墨子没有认识到艺术对社会的教育感化功能,甚至连艺术可以使人们得到休息这样简单的道理也不予理会,却要求艺术去解决像衣食住行这样不可能解决的问题,其对艺术功能的理解是肤浅的,属于狭隘的实用主义。第二,墨子不了解艺术生产与欣赏中的直接消耗与间接的历史效益之间的辩证关系。在古代,一切文化艺术活动都以剥夺劳动者衣食之财为代价,否则就会

---

① 朱怀江:《墨子实用主义美学的内核及其价值》,《中国文化研究》1996年秋之卷。
② 朱怀江:《墨子实用主义美学的内核及其价值》,《中国文化研究》1996年秋之卷。

使整个社会处于粗野的无文化状态。这种历史进步过程中的矛盾性,墨子不能理解,只能发出简单的诅咒。第三,墨子由憎恨统治者追求奢侈赏乐的特权,进而否定人类有进行艺术审美活动的必要性,这只能使人类停止在与动物相差无几的状态。由此谭家健认为,"墨子的'非乐'是反动的,倒退的,是违反历史发展和人民根本利益的。"①舒大刚则是在《苦行与救世——墨子的智慧》一书中通过儒墨音乐思想的比较而得出否定结论的。②

谭、舒等人虽然对墨子非乐论持否定态度,但他们都有一个前提,就是认为墨子的主观愿望是好的,这与过去章炳麟、郭沫若、天华等人对之彻底否定的观点还是有所区别的。

从总体上看,近些年来对墨子非乐论持否定态度的毕竟是少数,持肯定评价的相对要多一些。吕思勉在《先秦学术概论》中认为,墨子"非乐"是为了"戒奢","特救一时之弊,并非穷极之谈。语其根本思想,与儒家实不相远。"③童书业着重于分析墨子非乐论的阶级性。他在《先秦七子思想研究》中认为,礼乐是贵族阶级的统治工具,墨子非乐是庶人阶级反对贵族阶级的思想代表,"有很大的进步意义",只是"非乐也非得过分些"。④吴晋生、黄历鸿和吴薇薇针对童书业的观点,在其合撰的《墨学与当代政治》中指出,"非乐"非得是否过分,要看当时的社会生产力水平和劳动人民生产的状况。他们认为,"为贵族统治阶级制造以享乐为目的的工艺美术品和乐器,任何工匠都能认识到这对于人民是有害而无利的,不管这些艺术、乐器和建筑技术多么精湛,创作多么伟

---

① 谭家健:《墨子研究》,贵州教育出版社,1995年版,第175页。
② 舒大刚:《苦行与救世——墨子的智慧》,四川教育出版社,1996年版,第117—121页。
③ 吕思勉:《先秦学术概论》,中国大百科全书出版社,1985年版,第121—124页。
④ 童书业:《先秦七子研究》,齐鲁书社,1982年版,第78—82页。

大。"①

在对墨子非乐论持肯定评价的人当中,李笑梅持论的角度别具一格。她在《墨子"非乐"辨》②一文中指出,墨子所非的"乐"不是"乐(yue)"而是"乐(le)",是指包括衣食住行诸方面的享乐,这是对王公大人奢侈生活的批判和对劳动者利益的维护,因此"具有积极进步意义"。李笑梅的立论实际上是对20世纪40年代周通旦所持观点的引申和发展。

除了上述两大派观点之外,还有一些人的观点介于上述二者之间,如蔡仲德在《中国音乐美学史》③中所提出的观点即是如此。因篇幅有限,此不具述。

六、墨家科学思想研究

对于墨家科学思想的评价,近些年来一直比较高。例如杨向奎曾经说过:"一部《墨经》无论在自然科学哪方面,都超过整个希腊,至少等于整个希腊。"④徐希燕也指出:"墨子是先秦时期的科学圣人,他在科学史上做出的贡献不但是划时代的,而且其所获得的成就可以说达到了当时世界范围内的最高水平。"⑤

对于墨家科学思想的来源,近年来也开始有所研究,其中以邢兆良的研究影响最为显著。他在《墨子评传》一书中详细考证了《墨经》与《考工记》之间的关系,最后得出结论:"其一,《墨经》和《考工记》所总结的手工业技术的经验和知识是墨子科学思想形成的来源之一。其二,墨子科学理论认识形成和当时手工业技术

---

① 吴晋生等:《墨学与当代政治》,中国书店,1997年版,第106—108页。
② 收入《墨子研究论丛》第一辑,山东大学出版社,1991年版。
③ 蔡仲德:《中国音乐美学史》,人民音乐出版社,1995年版,第121页。
④ 《杨向奎教授的讲话》,收入《墨子研究论丛》第一辑,山东大学出版社,1991年版。
⑤ 徐希燕:《墨学研究》,商务印书馆,2001年版,第151页。

实践的直接相关,体现了工匠和学者,科学理论和技术实践的结合。"①

对于墨子科学思想体系的研究,也有一些同志开始进行探索。例如孙中原在《墨家人文与科学精神概说》②一文中从"搴略万物之然:论科学认识的宗旨"、"过物与论物之知:论科学认识的途径"、"察名实,明同异:论科学认识的工具"、"求功效,谋利益:论科学认识的价值"等四个方面对墨家科学思想体系的建构进行了有益的尝试。邢兆良在《墨子评传》一书中则从墨子论科学对象、墨子论科学任务、墨子科学思想的基本特征等方面展开其对墨子科学思想体系的研究。

近些年来,对于墨子在科学方面的发现与成就,一直是人们关注的焦点,尤其是方孝博的《墨经中的数学和物理学》的问世,极大地推动了研究的发展。近年对墨子科学贡献的新发现(如在弹性力学方面的贡献)和现代科技手段的应用,表明研究正日益深化。

至于墨家科学思想与中国文化的关系,学界已形成的共识是,墨家科学思想的湮灭使中国文化向人伦教化的方面发展,使其无法赶上近代科学的发展进程。有人甚至认为中国民主意识的缺乏与墨家科学思想的湮灭也有着必然的联系。例如颜炳罡在《墨学与新文化建设》中指出:"墨学的衰微,使中国文化高度发展了道德理想主义,儒家的人文主义,而无法走向逻辑实证主义即科学主义,这是中国未能走向近代民主与科学的重要原因。"③还有一种观点认为,中国主流文化对科学思想的排斥早在墨家之前就存在了。例如汤炳正指出:"先秦乃至更早的文化思想就已经形成了

---

① 邢兆良:《墨子评传》,南京大学出版社,1993年版,第170页。
② 收入《墨子研究论丛》第四辑,齐鲁书社,1998年版。
③ 颜炳罡:《墨学与新文化建设》,中国书店,1997年版,第94页。

以人为中心而且有强大的内聚力、向心力的思维走向。"①秦彦士也认为,中国传统文化很早就有一种由外向朝内向方面转化的倾向,如《易》变成占卜人事之书,《尚书·洪范》提出的五行之说。这种普遍的思维兴趣加上先秦时代激烈的社会矛盾,迫使大多数学者将注意力投向政治社会问题,只有墨家仍保持了对自然科学的兴趣,其活动在当时就受到轻视和抵制。②

一些人还对墨家科学思想湮灭的原因进行了探讨。例如邢兆良在《传统文化结构与墨子科学思想兴衰》③一文中指出,传统文化是单一的社会政治伦理型文化,"修身齐家治国平天下"是传统文化的中心内容,从自然现象领悟人生哲理和治世方略成了认识自然的基本思路。传统文化的这一影响使传统科技体系显现出一种固有模式:天人感应式的哲学思辨与经验技术相混合,直观观察与直觉内省相混合,观察描述与朦胧概括相融合,从而导致科学理论和方法始终停留在简单、朴素和臆测的水平上。正是由于墨家科学思想为传统文化的内容和形式所不容,才最终导致了墨家科学思想的衰微。

七、墨家军事思想研究

墨家的军事思想主要体现在《墨子》城守十一篇当中,近些年来得到了比较高的评价。例如孙中原在《墨学通论》中就曾指出:"《墨子》城守各篇是中国古代难得的讨论积极防御战的经典,它跟主要讨论大国进攻战规律的《孙子兵法》,恰成古代军事学说中

---

① 汤炳正:《试论先秦文化思想的"内向"特征》,《江汉论坛》1989年第5期。
② 秦彦士:《略论〈墨经〉与中国自然科学》,收入《墨子研究论丛》第三辑,山东人民出版社,1995年版。
③ 《社会科学》,1989年第6期。

的双璧,二者相辅相成,互为补充,因此应该受到同等程度的重视。"①这种"双璧"说得到了陈雪良、徐希燕等人的赞同,张知寒与李继耐则采用了"双子星座"的提法。

自1958年岑仲勉的《墨子城守各篇简注》问世后,对墨子军事思想的系统研究有三十多年的时间陷于比较沉寂的状态。直到孙中原在《墨学通论》中设置专章《积极防御战的经典:墨家的军事学》,这种状况才有根本的改变。其后,一些专著如谭家健的《墨子研究》、陈雪良的《墨子答客问》、徐希燕的《墨学研究》等,均为墨家军事思想设置专章。尤其是李殿仁《墨学与当代军事》一书的出版,更是进一步推动了这方面研究的发展。

研究墨家的军事思想当然离不开对墨子战争观的研究。孙中原认为,"墨子的战争观,包括'非攻'和'救守'这两个相辅相成的方面,不容误解,不可偏废。"②李继耐则认为,墨子的战争观包括声讨"攻无罪"的不义战争和歌颂"诛无道"的正义战争两部分。而歌颂正义战争又包括三方面:一是墨子对战争的工具——兵器持肯定态度,二是墨子把国家防御看作是关系到国家安危祸福的战略问题,三是墨子直接颂扬"诛无道"的战争。③ 谭家健与李殿仁的研究不外上述内容,但论述的更为细密,谭家健还将墨子战争观与先秦其他诸子战争观进行了详细比较。

在对墨子战争观的研究中,人们普遍地认识到墨子兼爱学说与其战争观的密切关系。多数人认为兼爱学说是墨子战争观的哲学基础。例如李继耐指出:"墨子的战争观以'非攻'为中心,而

---

① 孙中原:《墨学通论》,辽宁教育出版社,1993年版,第254页。
② 孙中原:《墨学通论》,辽宁教育出版社,1993年版,第247—248页。
③ 李继耐:《论墨子的军事思想以及他对古代军事、科技的贡献》,收入《墨子研究论丛》第四辑,齐鲁书社,1998年版。

'非攻'思想又是建立在'兼爱'学说基础之上的。"①陈雪良也指出:"如果说兼爱是墨学之本的话,非攻就是从这个'本'上生长出来的一根树杈。"②也有个别人的观点有所不同。如冯友兰认为:"'兼爱'和'非攻'是一种思想的两面,这种思想就是非暴力论。'兼爱'是非暴力论在内政方面的表现,'非攻'是非暴力论在外交方面的表现。"③丁为祥、雷社平则指出,"墨子以广爱博施的兼爱情怀入世,但社会现实却是'国与国相攻,家与家相谋,人与人相贼',这样,兼爱的情怀便只能退求其次而落实于'非攻'的层面;或者说,'非攻'正是实现其'兼爱'世界的基本出发点。但是,当'非攻'也不能止攻时,作为墨者之心便只能再退一步而仅求防御自守了。"他们认为,"'守备'虽然是由墨家精神层层演进而来的,但当其仅仅流落为守备自存时,它就已经不再是'墨家'了。因为它已经丧失了墨家的救世情怀与担当精神,或者说它已经再也无法顾及、无法担当那种情怀与精神了。"④

积极防御是墨子军事思想的核心,因此也是研究的重点。李继耐指出,墨子的积极防御军事思想主要表现在四个方面:(1)有备无患是积极防御的基本前提。(2)全方位的防御思想。(3)建立赏罚严明、高效畅通的防御指挥系统。(4)全民皆兵的群众战争思想。⑤ 张知寒也指出,墨子对防御获胜的条件作了如下论述:(1)要有充分的准备。(2)要有优秀的军队。(3)要有先进的武器

---

① 李继耐:《论墨子的军事思想以及他对古代军事、科技的贡献》,收入《墨子研究论丛》第四辑,齐鲁书社,1998年版。
② 陈雪良:《墨子答客问》,上海人民出版社,1997年版,第90页。
③ 冯友兰:《中国哲学史新编》第一册,人民出版社,1995年版,第200页。
④ 丁为祥、雷社平:《自苦与追求——墨子的人生智慧》,武汉出版社,1998年版,第131—136页。
⑤ 李继耐:《论墨子的军事思想以及他对古代军事、科技的贡献》,收入《墨子研究论丛》第四辑,齐鲁书社,1998年版。

装备。(4)要善于团结人。(5)发动全民参战。(6)要强烈谴责那些"繁为攻战者"。(7)对守城军民进行安危教育。(8)要善于保存自己和消灭敌人。①

由于墨子与孙子年代相近,二人在先秦军事思想史上又都占有特殊的地位,所以近年来对二人进行比较研究也开始进入学界的视野。李继耐②、徐希燕③就是其中的佼佼者。

上述研究表明,当前的墨家军事思想研究确已取得了可喜的进步。但是也应看到,在这方面还有许多重要的领域需要开拓,如墨子军事思想在世界军事思想史中的地位,墨子军事思想与世界重要军事思想(包括印度甘地的非暴力论)的比较研究等。此外,自从岑仲勉的《墨子城守各篇简注》问世后,至今尚无较为系统的充分吸收了当代研究成果的校注本出现,这种状况亟待改变,这样才能为墨家军事思想的研究提供坚实的基础。

目前国内的墨学研究已经形成了两大中心,一在山东,一在河南,这两个中心为墨家思想的传播做出了突出的贡献。但是其他省份尤其是边远地区,墨学研究还没有得到充分的展开,省级墨家研究学会寥寥无几的状况与墨家思想的价值及其应有的地位极不相称。当然这种状况仅是暂时的。我们相信,在未来的岁月里,经过学界同仁的共同努力,这种状况迟早会有所改变。

当今的世界并非是一个和平的世界,战争的硝烟四处弥漫,战争的危机随时可见,与我国春秋战国时期诸侯间纷争不已的状况十分类似。所以产生于战国时代的墨家学说不仅是中国的宝贵财富,也是世界各国的共同财富,墨家的各项主张至今对世界各国的

---

① 张知寒:《略论墨子积极防御的军事学》,收入《墨子研究论丛》第三辑,山东人民出版社,1995年版。
② 李继耐:《论墨子的军事思想以及他对古代军事、科技的贡献》,收入《墨子研究论丛》第四辑,齐鲁书社,1998年版。
③ 徐希燕:《墨学研究》,商务印书馆,2001年版,第258—274页。

发展仍会有所启迪。正像英国历史学家汤因比所说:"把普遍的爱作为义务的墨子学说,对现代世界来说,更是恰当的主张。"①因此,推动墨家思想在全世界的传播将是我们墨学研究者义不容辞的责任。

(原载《社会科学战线》2003年第3期)

---

① 汤因比、池田大作:《展望二十一世纪——汤因比与池田大作对话录》,荀春生等译,国际文化出版公司,1985年版,第425页。

郭店楚简研究综述

王永平

一、研究概况

1993年10月湖北荆门郭店一号楚墓出土了一批竹简,经彭浩、刘祖信等编联、撰写释文与注释,由裘锡圭审定并加按语后,于1998年5月在文物出版社以《郭店楚墓竹简》为名出版。这批材料一经公布,立刻引起了学界的高度重视,各地纷纷举办学术研讨会、座谈会,就郭店楚简相关问题展开热烈讨论。1998年5月,美国达慕思大学举行了世界首次"郭店《老子》学术讨论会",来自中国海峡两岸、美国、日本、英国、德国、法国、比利时、加拿大的30多位学者参加了会议,分别从考古学、历史学、古文字学、文献学、哲学以及宗教等角度对郭店楚简进行了广泛而深入的讨论,会后编辑了《〈老子〉国际研讨会纪要》,作为"古代中国研究专刊"在美国出版。国际儒学联合会也从1998年5月开始,联合中国社会科学院、哈佛燕京学社等先后在北京召开多次会议,专门讨论郭店竹简。同年10月国际儒联决定成立国际简帛研究中心,联络全世界的简帛研究者,组织研究,搜集资料,交流信息,加强合作,共同推进学术研究,并编辑发行《国际简帛研究通讯》。1999年10月,由武汉大学中国文化研究院、哈佛燕京学社、国际儒学联合会、中国哲学史学会、湖北哲学史学会联合举办的"郭店楚简国际研讨会"

在武汉大学召开,来自世界各地的80多位学者齐聚在竹简的出土地,就简书的断代、文字的考释、简文的连缀、文本的对勘比较,以及儒家简、道家简诸篇的诠释等问题展开热烈的讨论。会议成果由武汉大学中国文化研究院集结为《郭店楚简国际学术研讨会论文集》,于2000年5月由湖北人民出版社出版。2001年1月,陕西师范大学组织召开了"郭店楚简与历史文化座谈会"。2003年12月,即郭店楚简出土十周年之际,荆门博物馆组织召开了一次"郭店楚简国际研讨会",来自中、日、韩等国40多位专家学者参加了会议。此外,1999年6月在日本东京召开的第44届国际东方学会议;9月在德国海德堡大学举办的简帛文献研讨会;10月在台湾辅仁大学主办的"本世纪出土思想文献与中国古典哲学两岸学术研讨会",都把郭店楚简作为讨论的焦点和重点。

到目前为止,已经发表的有关郭店楚简的学术论文就达上千篇。各种学术刊物,如《中国社会科学》、《哲学研究》、《历史研究》、《文物》、《中国哲学史》、《孔子研究》、《传统文化与现代化》、《复旦大学学报》、《武汉大学学报》、《湖北大学学报》、《江汉论坛》等都先后开辟专栏,发表有关郭店楚简的研究论文。《光明日报》理论版也经常发表此类文章。由《中国哲学》编辑部和国际儒学联合会学术委员会合编的《中国哲学》第二十辑和第二十一辑,由陈鼓应先生主编的《道家文化研究》第十七辑都被设为郭店楚简研究专辑,专门刊发和郭店楚简相关的论文。日本东京大学郭店楚简研究会编辑出版了《郭店楚简の思想史的研究》。

有关郭店楚简研究的专著业已出版了几十部,如崔仁义:《荆门郭店楚简〈老子〉研究》,科学出版社,1998年版;丁原植:《郭店竹简〈老子〉释析与研究》,台湾,万卷楼图书有限公司,1998年版;魏启鹏:《郭店老子柬释》,台湾,万卷楼图书有限公司,1999年版;刘信芳:《荆门郭店老子解诂》,台北艺文印书馆,1999年版;候才:《郭店楚墓竹简〈老子〉校读》,大连出版社,1999年版;张光裕主编,袁国华等合编:《郭店楚墓竹简研究文字编》,台北艺文印书馆,1999年版;庞朴:《竹帛〈五行〉篇校注及研究》,台湾,万卷楼图书有限公司,2000年版;魏启鹏:《简帛〈五行〉笺释》,台湾,万卷楼图书有限公司,2000年版;丁四新:《郭店楚墓竹简思想研究》,东方出版社,2000年版;彭浩:《郭店〈老子〉校读》,湖北人民出版社,2000年版;邹安华:《楚简与帛书老子》,民族出版社,2000年版;尹振环:《楚简老子辨析》,中华书局,2001年版;郭沂:《郭店竹简与先秦学术史》,上海教育出版社,2001年版;李零:《郭店楚简校读记》,北京大学出版社,2002年版;[美]艾兰、[英]魏克彬主编,邢文编译:《郭店老子——东西方学者的对话》,学苑出版社,2002年版;[美]韩禄伯:《简帛老子研究》,邢文改编,余瑾汉译,学苑出版社,2002年版;廖名春:《郭店楚简老子校释》,清华大学出版社,2003年版;欧阳祯人:《郭店儒简论略》,台湾古籍出版公司,2003年版;李若晖:《郭店竹书〈老子〉论考》,齐鲁书社,2004年版;聂庆中:《郭店楚简〈老子〉研究》,中华书局,2004年版;刘钊:《郭店楚简校释》,福建人民出版社,2005年版;邓各泉:《郭店楚简〈老子〉释读》,湖南人民出版社,2005年版,等等。此外尚有其他有关郭店楚简的专著,这里不再一一列举。

二、墓葬年代的推定

要讨论郭店楚简对中国学术史的意义,首先必须确定这批竹书的年代。而确定墓葬的年代是这一工作的第一步,确定了墓主人下葬的年代,也就确定了竹书形成的时间下限。郭店一号墓中没有任何记年的文字,因此,墓葬的年代就必须依赖葬俗及随葬器物与其他楚墓系列的类型学比较。荆门博物馆的发掘报告,根据此墓墓葬形制和随葬器物的特征推定其下葬年代约为"公元前四世纪中期至前三世纪初"。① 李学勤、李伯谦、彭浩和刘祖信等利用考古类型学方法,进一步推定此墓的下葬年代为公元前四世纪末。② 考古学界推定的思路基本有二:其一,此墓的随葬品与邻近的包山二号墓十分相似,故它们之间的年代也应相似。包山二号墓有绝对年代可考,基本可确定为公元前316年,从而推定郭店一号墓的下葬年代当在公元前四世纪末至三世纪初;其二,认为秦将白起拔郢之后,荆门或郢地的文化应深受秦文化的影响。而郭店一号墓有明显的楚文化特征,由此推定郭店一号墓下葬于白起拔郢之前。③ 但也有不同意见,王葆玹就认为,学界关于包山二号墓年代的推测,尚留有商榷的余地;至于战国晚期至末期楚郢地区所受秦文化的影响,也不如学人设想的那么严重。他推定郭店一号墓的下葬年代有可能较晚,其上限为公元前278年,下限为公元前227年。也就是说,郭店一号墓的下葬年代是在白起拔郢之后。④ 以上两种观点不免都有推测的成分,但前一种观点因有坚实的考古学基础,应该更可信。目前考古学家的观点被绝大多数学者所接受,学界也基本以此为基础展开讨论。

三、关于道家简的研究

道家简指《郭店楚墓竹简》的《老子》甲、乙、丙三篇和《太一生

---

① 参看《荆门郭店一号楚墓》,《文物》1997年第7期。
② 参看王博:《美国达慕思大学郭店〈老子〉国际学术研讨会纪要》,《道家文化研究》第十七辑,三联书店,1999年版。
③ 李学勤:《荆门郭店楚简中的〈子思子〉》,《文物天地》1998年2期;彭浩:《郭店一号墓的年代与简本〈老子〉的结构》,《道家文化研究》第十七辑,三联书店,1999年版;刘祖信:《郭店一号墓概述》,收入艾兰、魏克彬主编,刑文编译:《郭店老子——东西方学者的对话》,学苑出版社,2002年版。
④ 王葆玹:《试论郭店楚简各篇的撰写时代及其背景》,《中国哲学》第二十一辑,辽宁教育出版社,2000年版。

水》篇。

（一）楚简《老子》与今本《老子》的关系

在郭店楚墓竹简中，属于《老子》三组的简有七十一枚，总字数约为今本《老子》的三分之一。那么，简本《老子》和今本《老子》是什么关系呢？这个问题在学界尚有争论。在美国达慕思会议上，布朗大学的罗浩教授根据西方文献批评学的方法，提出分析这一问题的三个模型，也就是三种可能。第一种模型是"逻辑型"，即简本是八十一章本的摘抄；第二种模型是"来源型"，即简本是八十一章本的前身；第三种模型是"并行文本型"，即简本和八十一章本是并行的文本。罗浩认为为第一和第三种情况的可能性较大。① 罗浩的三种模型为后来关于这一问题的讨论提供了基本框架，学者对这一问题的观点基本都在这三种模型之中。

荆门市博物馆的崔仁义先生是最早主张简本《老子》是今本《老子》来源的，他的依据主要是简本《老子》的古老性。② 池田知久把简本《老子》和帛书《老子》作了一番比较，认为郭店楚简本《老子》并非后代定型的《老子》五千言的一部分，而是尚处于形成阶段的、目前所见最古的《老子》文本。修正整理郭店楚简本之后形成的东西才是帛书本和诸通行本，这个在郭店楚简本作为一个版本的古朴自然性、形成过程中的不确定性上体现得出来。③ 李泽厚认为，竹简《老子》当为古本，今本《老子》是在不断增益更改、历数百年始定型的结果，并非一人一时所作。④

以上观点属于罗浩所谓的"来源型"。另外，郭沂认为简本

---

① 罗浩：《郭店〈老子〉对文研究的方法论问题》，收入艾兰、魏克彬主编，邢文译：《郭店老子——东西方学者的对话》，学苑出版社，2002年版。
② 崔仁义：《荆门楚墓出土的竹简〈老子〉初探》，《荆门社会科学》1997年第5期。
③ 池田知久：《尚处于形成阶段的〈老子〉最古文本》，《道家文化研究》第十七辑，三联书店，1999年版。
④ 李泽厚：《初读郭店竹简纪要》，《道家文化研究》第十七辑，三联书店，1999年版。

《老子》优于今本，简本的语言、思想皆淳厚古朴，甚至连今本经常出现的"玄"、"奥"等令人难以把握的字眼都没有；"君人南面之术"是老子研究中争议较大的一个问题，但在简本中这个问题是不存在的；简本没有与儒家伦理观念针锋相对的文字，今本中那些明显否定儒家伦理观念的段落在简本中皆有异文或文字上的增减，说明简本是一个"原始传本"。同时出土的其他文献大多相当完整，说明简本《老子》也是一个"完整传本"。因而认定简本是今本中最原始的部分，今本是后人在简本的基础上进行改造、重编、增订而成的。并进而认为简本《老子》出自春秋末期与孔子同时的老聃；今本《老子》则出自战国中期与秦献公同时的太史儋。① 郭沂的观点得到了尹振环和解光宇的赞同。② 但这种观点遭到了高晨阳的反对。高晨阳认为，按郭沂的观点，简本所无、今本所有的内容，肯定不会在今本前出现。然而，从《论语》、《韩非子》、《文子》所引《老子》的情况来看，简本所无、今本所有的内容在郭沂所说的太史儋著《老子》之前已经出现。这说明早在太史儋之前就有今本《老子》或与其相近的本子流行。③

王博在达慕思研讨会上认为，甲组、乙组可能由不同的编者在不同的时间完成，但其内容又见于今传《老子》中，而且重复极少。这种情形说明，也许在此之前已经出现了一个几乎是五千余字的《老子》传本。郭店《老子》的甲组与乙组、丙组只是依照不同主题或需要，从中选辑的结果。④ 后来他更进一步指出，郭店《老子》实

---

① 郭沂：《楚简〈老子〉与老子公案》，《中国哲学》第二十辑，辽宁教育出版社，1999年版。
② 尹振环：《楚简与帛书〈老子〉的作者和时代印记考》，《学术月刊》2000年第4期；解光宇：《郭店楚简〈老子〉研究综述》，《学术界》1999年第5期。
③ 高晨阳：《郭店楚简〈老子〉的真相及其与今本〈老子〉的关系》，《中国哲学史》1999年第3期。
④ 王博：《郭店〈老子〉为什么有三组》，达慕思研讨会资料，1998年5月。

际上代表三种不同的《老子》传本,而且是这三种不同《老子》传本的摘抄本。① 裘锡圭赞同王博的看法,认为郭店《老子》的三组是精心筹划摘出来的,否则不会主题鲜明重复少,而且全见于今本。②

沈清松根据"一种抄本就是一种诠释"的观点,依简本《老子》不批儒家仁义思想,认为郭店竹简《老子》是一出自儒家或儒家同情者的抄本。但他又认为,简本虽说是最早的抄本,但既不是唯一的抄本,也很难说是最接近原本的抄本。③ 周凤五根据简的形状特征和简文的思想内容,推测郭店竹简三组《老子》明显有删节,都是儒家"援道入儒"的产物。④ 黄人二认为简本《老子》是邹齐儒家的改动节选本。⑤ 黄钊则从简本《老子》不批墨、不批法、不批儒的特点,以及《太一生水》"尚水"与《管子·地水篇》思想吻合等依据出发,认为简本《老子》极有可能是稷下道家的摘抄本。认为到了战国中期,《老子》至少有两种传本:一种是庄周学派所奉行的传本;另一种是稷下道家所奉行的传本。这两种传本经过战国末年的思想洗礼,可能又归于一统。帛书《老子》以及其他传世本的《老子》,可能是不同传本走向统一的产物。⑥ 以上观点基本可看作是罗浩所谓的"逻辑型"。

刑文认为,郭店《老子》与今本《老子》不属一系。以"一"论

---

① 王博:《关于郭店楚墓竹简〈老子〉的结构与性质》,《道家文化研究》第十七辑,三联书店,1999年版。
② 裘锡圭:《郭店〈老子简初探〉》,《道家文化研究》第十七辑,三联书店,1999年版。
③ 沈清松:《郭店竹简〈老子〉的道论与宇宙论》,《中国哲学》第二十一辑,辽宁教育出版社,2000年版。
④ 周凤五:《郭店竹简的形式特征及其分类意义》,《郭店楚简国际学术研讨会论文集》,湖北人民出版社,2000年5月版。
⑤ 黄人二:《读郭店老子并论其为邹齐儒家的版本》,《郭店楚简国际学术研讨会论文集》,湖北人民出版社,2000年5月版。
⑥ 黄钊:《竹简〈老子〉应为稷下道家传本的摘抄本》,《中州学刊》2000年第1期。

道与以"牝"、"母"、"婴儿"等喻道,都是今本《老子》之学最有代表意义的内容,却为郭店《老子》所不传。不论今本《老子》的以"一"论道是否在郭店《老子》中为"太一"之说所取代,郭店《老子》与今本《老子》不属一系。① 李若晖认为并不存在一个绝对的《老子》原本,我们必须将每一种本子都依其系统、年代编排序列,使每个本子都能说:我是我所是。② 这种观点大致可归于罗浩所谓的"并行文本型"。

以上种种观点,都是根据逻辑推理得出的,并没有坚实的证据。这样的逻辑推理有没有可信性,值得怀疑。正如李学勤先生所说,我们所认为理想的逻辑,未必合古人的逻辑。③ 总之,这还是一个没有定论的问题。

(二)关于儒道关系

按照传统的观点,儒道两家思想是根本对立的。但郭店楚简《老子》的出土,却提供了新的信息。简本《老子》有相当于今本《老子》的第十八、十九章的部分,但二者在文字上有差异。

今本第十八章:大道废,有仁义;智慧出,有大伪;六亲不和,有孝慈;国家昏乱,有忠臣。

简本(丙组):大道废,安有仁义;六亲不和,安有孝慈;邦家昏乱,安有正臣。

今本第十九章:绝圣弃智,民利百倍;绝仁弃义,民复孝慈;绝巧弃利,盗贼无有。

简本(甲组):绝智弃辩,民利百倍;绝巧弃利,盗贼无有;绝伪弃诈,民复孝慈。

---

① 邢文:《论郭店〈老子〉与今本〈老子〉不属一系》,《中国哲学》第二十辑,辽宁教育出版社,1999年版。
② 李若晖:《郭店竹书老子论考》,齐鲁书社,2004年版,第1页。
③ 参见艾兰、魏克彬主编,邢文编译:《郭店老子——东西方学者的对话》,学苑出版社,2002年版,第140页。

针对这些文字上的差异,庞朴先生认为,圣、仁、义这三个字关系着儒道两家的关系,马虎不得。谁都知道,圣和仁义,是儒家所推崇的德行……弃绝此三者,意味着儒道两家在价值观方面的彻底对立,如我们一向所认为的那样。令人惊讶的是,现在的竹书《老子》居然未弃绝这些,她所要弃绝的三者是——辩、为、作,以及无争议的另外三者,都是儒家也常鄙夷视之的。如果这里不是抄写上有误,那就是一个摇撼我们传统知识的大信息。①

至于如何理解这一新的信息,学界却有两种截然不同的意见。一种意见认为,这证明原始儒道两家在思想上并不冲突。如负责《郭店楚墓竹简》文字审定工作的裘锡圭先生认为,这说明老子原来既不"绝圣",也不"绝仁弃义"。显然是简本之后的时代某个或某些传授《老子》的人,出于反儒墨的要求,把"绝智弃辩"改为"绝圣弃智",把"绝伪弃诈"改为"绝仁弃义"。老子并不反对仁义这一点是千真万确的。② 陈鼓应先生认为,事实上儒道两家同中有异,异中有同。今本《老子》"绝圣弃智"、"绝仁弃义"这样的语义,是受到庄子后学影响所致。③ 任继愈先生认为,简本《老子》正确指出《老子》主旨在讲明无为、贵柔,而不反对仁义。道家和儒家相互敌对,势成水火,那是学派造成以后的事。④ 侯才更是明确指出,竹简《老子》的出土推翻了流传两千余年之久的"孔、老对立"的学案,证明了今本《老子》中"绝仁弃义"的观点是后人强加给老子的。与其说孔子与老子两者的思想存在着明显的差异,毋宁说他们之间的统一更是主要的和第一位的。⑤ 郭沂也说,人们

---

① 庞朴:《古墓新知》,《中国哲学》第二十辑,辽宁教育出版社,1999年版。
② 裘锡圭:《郭店〈老子简初探〉》,《道家文化研究》第十七辑,三联书店,1999年版。
③ 陈鼓应:《从郭店简本看〈老子〉尚仁及守中思想》,《道家文化研究》第十七辑,三联书店,1999年版。
④ 任继愈:《郭店竹简与楚文化》,《中国哲学史》2000年第1期。
⑤ 侯才:《郭店楚墓竹简〈老子〉的特色》,《中共中央党校学报》2000年第1期。

通常认为儒道对立,势若水火,竹简《老子》一出,方知两派本是同根生,志趣亦贯通。①

但也有不同意见。张岱年先生认为,从年代上看,"绝智弃辩"、"绝伪弃诈"应该是《老子》原来的说法,"绝圣弃智"、"绝仁弃义"是后人改动的。不过,竹简中也有"大道废,有仁义"这句话,说明老子对仁义还是反对的。② 许抗生也认为,不要因为竹简《老子》中无"绝圣弃智"、"绝仁弃义"之语就认为儒道两家在早期肯定是和平相处的,因为竹简《老子》中还有"故大道废,安有仁义"之说,这就是对仁义的贬抑;而且,简本中的"绝学无忧"、"绝为弃虑"等也是与孔子思想对立的。虽然简本《老子》没有明显的反儒思想词汇,但我们也应看到,简本《老子》的整个思想体系与孔子代表的儒家思想体系,是根本不同的两个思想路数。我们可以清楚地看到,简本《老子》有贬抑仁义,甚至否定儒家思想的倾向,庄子学派的反儒思想是老子思想的进一步发挥而已。③ 吕绍纲先生认为,其实《老子》讲"绝伪弃诈"的伪诈,指的就是儒家鼓吹的仁义,仁义在道家眼里与伪诈同义。④

冯国超认为,一定要注意讨论的前提,任何结论都是在一定前提下得出的,离开了这个前提,结论便会显得没有意义。他认为有的学者以竹简《老子》为依据,认为其中无反仁义的观点,所以认定庄子之前的儒道两家是和平共处的,是忽略了一个重要前提,就是楚简《老子》是原始《老子》的全本还是节抄本。若是节抄本,怎

---

① 郭沂:《郭店竹简与中国哲学(论纲)》,《郭店楚简国际学术研讨会论文集》,湖北人民出版社,2000年版。
② 王博:《张岱年先生谈荆门郭店竹简〈老子〉》,《道家文化研究》第十七辑,三联书店,1999年版。
③ 许抗生:《再读郭店竹简〈老子〉》,《中州学刊》2000年第5期。
④ 吕绍纲:《郭店楚墓竹简辨疑两题》,《史学集刊》2000年第1期。

么能知道未抄的部分是什么样子,并且一定不反仁义。① 冯先生的意见很重要,值得重视。如果再考虑到郭店《老子》有可能是儒家同情者改抄本,或是稷下道家的改抄本的可能性,问题就更复杂。

(三)《老子》的成书年代问题

长期以来,学界关于《老子》的成书年代一直存有争论,分别有春秋末期、战国中期、战国末期等观点。主张《老子》成书于战国末期说的学者的主要依据是《老子》书中有强烈批判仁义、圣贤的思想,他们认为,推崇仁义、圣贤是儒家和墨家的主张,早于孔子的老子绝对不可能有批判仁义、圣贤的思想,因为反对者总是晚于被反对者。这种观点影响极大,在西方学者中几成定论。尽管国内仍有学者坚持《老子》早出说,认为《老子》中反对仁义、圣贤的观点不是老子本人所有,是后人加进去的,但这只是一种推测,没有坚实的证据,缺乏说服力。现在,郭店《老子》的出土,给这一问题的解决提供了新的证据。

陈鼓应先生是《老子》早出说的坚定支持者,他根据简本《老子》不反仁义的特点,在比较竹简《老子》、帛书《老子》与今本《老子》的基础上,认为《老子》成书晚出说已不能成立。肯定《老子》成书于春秋末。② 王中江也认为,简本《老子》仍只是《老子》的一种传本,而老子所著的《老子》原本,在时间上不仅早于《孟子》、《庄子》,而且比战国初还要靠前,至少就像一种说法所认为的那样,是在春秋后期,它应该比《论语》和《墨子》还要早。③

相对于以上的大胆结论,李零和冯国超的观点就显得很小心。

---

① 冯国超:《郭店楚墓竹简研究述评》(下)《哲学研究》2001年第4期。
② 陈鼓应:《从郭店简本看〈老子〉尚仁及守中思想》,《道家文化研究》第十七辑,三联书店,1999年版。
③ 王中江:《郭店竹简〈老子〉说略》,《中国哲学》第二十辑,辽宁教育出版社,1999年版。

李零认为,郭店《老子》的发现,可以证明《老子》并不是公元前250年才出现,至少也是公元前300年左右的作品。但《老子》一书的出现到底有多早,这个问题还是没有解决。① 冯国超认为,由竹简《老子》直接证成《老子》成书于春秋末,还是带有许多猜测成分。且不说关于《老子》是否反仁义、如何看待竹简《老子》的性质上有不同理解,光从郭店楚墓下葬的时间来看,目前学界基本认定是战国偏晚,由此推导《老子》成书肯定不会晚于战国中期,当不会有误。这已经是竹简《老子》带给我们的十分有价值的信息了。②

(四)关于《老子》中的"无为而无不为"问题

今本《老子》第四十八章有"为学日益,为道日损,损之有损,以至于无为,无为而无不为。"第三十七章有"道常无为而无不为"。"无为而无不为"历来被看作是《老子》代表性的思想。但1973年长沙马王堆出土的帛书《老子》中却没有"无为无不为"的字样。高明先生根据此现象,结合《道德真经指归·为学日益篇》此段文字为"至于无为而无以为",并通过分析《老子》全书的思想,认为"无为而无不为"思想不出于《老子》,而是战国晚期或汉初黄老学派对"无为"思想加以改造后增入的。高明的观点当时得到不少学者的赞同。裘锡圭先生认为,郭店竹简中有与今本第四十八章前半相当的内容,其最关键的一句作"亡(无)为而亡(无)不为",与今本同。可见这种思想绝非战国晚期或汉初人窜入。高明之说恐难成立。③

(五)关于《老子》中的"有"、"无"的问题

今本《老子》第四十章"天下万物生于有,有生于无"句,简本

---

① 李零:《郭店老子校读记》,北京大学出版社,2002年版,第31页。
② 冯国超:《郭店楚墓竹简研究述评》(下)《哲学研究》2001年第4期。
③ 裘锡圭:《郭店〈老子简初探〉》,《道家文化研究》第十七辑,三联书店,1999年版。

为"天下万物生于有,生于无"。陈鼓应先生认为,此处虽一字之差,但在哲学解释上具有重大的意义差别。因为前者是属于万物生成论问题,而后者则属于本体论范畴。从《老子》整体思想来看,当以简本为是,而今本"有生于无"之说,显然与第一章"无名天地之始,有名万物之母"无法对应。第一章的"无"、"有"是"同出而异名"地指称道的,而第四十章衍出"有"字,遂导致学者在解释上的困扰。老子形而上学中的"有""无",历来都是中国哲学史上的重要范畴。历史上"崇无"和"崇有"的争论,都和《老子》的"有生于无"有关。"有"和"无"本是道体的一体两面,共同指称道体,二者原本无先后的问题,但今本"有生于无"导致了本末先后的判断,给老学体系带来了不一致的解释。不少学者在面对今本四十章"有生于无"的文句时,将"无"等同于"道",而将"有"具体化为"天地"、"阴阳"。但这种解释与第一章矛盾,因第一章的"有"绝不是等同于"天地"的。现在简本的出土,解决了我们长久以来的困惑。[①] 王中江也认为,从简本"天下之物生于有,生于无"的说法来看,"有""无"完全是对等的关系,"无"并不比"有"根本。这也与老子所说的"有无之相生也"(简本与各本同)相一致,并与通行本一章的"有无"不矛盾。[②]

沈清松不同意陈鼓应的看法,他认为,"天下之物生于有,生于无"并不能简单地理解为万物同时生于有,又生于无。因为若作此解,该句应表述为"天下之物,生于有无"。他认为不能排除竹简《老子》在"生于有"前少抄了一个"有"字的可能性。[③]

---

① 陈鼓应:《从郭店简本看〈老子〉尚仁及守中思想》,《道家文化研究》第十七辑,三联书店,1999年版。
② 王中江:《郭店竹简〈老子〉说略》,《中国哲学》第二十辑,辽宁教育出版社,1999年版。
③ 沈清松:《郭店竹简〈老子〉的道论与宇宙论》,《中国哲学》第二十一辑,辽宁教育出版社,2000年版。

(六)关于《太一生水》的讨论

《太一生水》在竹简形制上和《老子》丙相同。在整理竹简时,要不要把它们分开,当时就有争论。据《郭店楚墓竹简》的审稿人裘锡圭先生说,当他们对于一组在形制、字体相同的竹简是否属于一篇独立的文献有疑问时,所采取的总原则,是在发表时把材料分成小的单元,而不是把可能单独成篇的材料归并为一篇文献。① 谭朴森认为从研究的角度来看,在整理阶段对文献进行拆分,在研究阶段再进行合并,是可取的研究方法。② 现在大部分学者主张应该把二者分开研究,但也有人主张《太一生水》及丙组《老子》不是合抄的两篇文献,而是内容连贯的一篇文献。③

在《郭店楚墓竹简》中,"太一"被认为是"道"。然而李零认为,在汉代以前,太一不是简单的与道相当,而是有三种含义:作为哲学上的终极概念,它是"道"的别名;作为天文学上的概念,它是天极所在,是斗、岁游行的中心;作为祭祀崇拜的对象,它是天神中的至尊。④ 目前大部分学者把"太一"看作是哲学上的终极概念,从宇宙生成论的角度对《太一生水》进行解释。只有李学勤先生例外。

庞朴先生认为《太一生水》是与《周易》、《老子》所描述的宇宙生成论都不同的另一种有机的宇宙生成论,反辅之说是这个宇宙论的最大特色。《周易》和《老子》的宇宙论都由本原一路作用

---

① 参见艾兰、魏克彬主编,邢文编译:《郭店老子——东西方学者的对话》,学苑出版社,2002年版,第112页。
② 参见艾兰、魏克彬主编,邢文编译:《郭店老子——东西方学者的对话》,学苑出版社,2002年版,第112页。
③ 邢文:《论郭店〈老子〉与今本〈老子〉不属一系》,《中国哲学》第二十辑,辽宁教育出版社,1999年版。
④ 李零:《读郭店楚简〈太一生水〉》,《道家文化研究》第十七辑,三联书店,1999年版。

下去,是一种平滑的演化论。《太一生水》提出宇宙本原在创生世界时受到所生物的反辅,承认作用的同时有反作用的发生,在理论上,无疑是一种最为彻底的运动观,是视宇宙为有机体的可贵思想。①

许抗生认为,太一生水即是宇宙的本原"道"生"水"。《太一生水》所表达的宇宙生成思想在现在的先秦诸子百家中从未有过,是一种十分新颖的与众不同的思想。它发挥了老子的思想,又具有与老子不同的独创性,它与《管子·内业》等篇和《淮南子》有着不同的思想发展路向,同时又对《淮南子》产生了巨大影响。②

彭浩认为《太一生水》的宇宙生成论具有浓厚的数术和阴阳家色彩,应是经数术和阴阳家对道家学说充分改造的理论。③

美国的艾兰教授认为,在《太一生水》的宇宙论中,道作为以水为原型的抽象概念,被名作太一。太一是北极星与北极星之神,是一个作为水之来源的宇宙现象,而水则是此后万物的本源。④陈鼓应也认为《太一生水》是一篇有关宇宙生成论的古佚书,表述了中国古代除了以尚气为主的体系之外,另有以继承老子,以尚水为特点的完整系统。⑤

至于"太一生水"中"水"和"太一"之关系,庞朴认为,太一就是老大,不存在从何而来的问题。太一生水的"生",不是派生,而是化生。即太一化形为水,绝对物化为相对,抽象化为具体。太一

---

① 庞朴:《一种有机的宇宙生成图式》,《道家文化研究》第十七辑,三联书店,1999年版。
② 许抗生:《初读〈太一生水〉》,《道家文化研究》第十七辑,三联书店,1999年版。
③ 彭浩:《一种新的宇宙生成论》,《郭店楚简国际学术研讨会论文集》,湖北人民出版社,2000年版。
④ 艾兰:《太一·水·郭店〈老子〉》,《郭店楚简国际学术研讨会论文集》,湖北人民出版社,2000年版。
⑤ 陈鼓应:《〈太一生水〉与〈性自命出〉发微》,《道家文化研究》第十七辑,三联书店,1999年版。

生出水以后,水既非外在于太一,太一亦非外在于水,太一藏于水中,水就是活生生的太一。① 陈松长也同意庞朴的观点,认为水作为一个具有哲学意味的具象乃是太一化生所藏之物,而太一所生之对象并不是水,而是天地。只有如此理解,楚简上明言的"太一生水"、"水反辅太一"、"天地者,太一之所生也"、"是故太一藏于水,行于时"等都得到落实,前后也不再矛盾。②

李学勤先生从数术的角度对《太一生水》进行了解读,即从"太一行九宫"来解释问题。他认为太一是北辰之神的别名,太一之星常居北极,而在传统的数术之学中,北方是对应于五行中的水。"太一藏于水,行于时"是说太一从五行属水的北方始,斗柄旋转周行的运动。③ 李零对"太一生水"和"太一行九宫"进行了比较,认为《太一生水》是从宇宙生成的关系讲太一,即推天地、阴阳、四时、寒暑、湿燥之源为水为太一,终端是循环不已的"岁"。它是以生成链条的来描述这一过程,强调的是造化过程的起点。而"太一行九宫"则是一种圆圈,它更强调的是四时循环的过程和过程的结果,即"岁"。两者其实是对同一过程的不同描述。一个强调"因",一个强调"果",正好互为表里。④

四、关于儒家简的研究

根据学者较为一致的看法,郭店楚墓竹简中除《老子》和《太

---

① 庞朴:《一种有机的宇宙生成图式》,《道家文化研究》第十七辑,三联书店,1999年版。
② 陈松长:《〈太一生水〉考论》,《郭店楚简国际学术研讨会论文集》,湖北人民出版社,2000年版。
③ 李学勤:《太一生水的数术解释》,《道家文化研究》第十七辑,三联书店,1999年版。
④ 李零:《再读郭店楚简〈太一生水〉》,见《郭店老子校读记》,北京大学出版社,2002年版,第220页。

一生水》外,其他十四篇都属儒家简。但也有不同意见,李学勤认为《缁衣》、《五行》、《成之闻之》、《尊德义》、《性自命出》、《六德》、《鲁穆公问子思》、《穷达以时》可确定为儒家作品。此外尚有《唐虞之道》、《忠信之道》,虽带有儒家色彩,但专讲禅让,疑与苏代、厝毛寿之流纵横家有关。竹简的第三部分是所谓《语丛》四组,杂抄百家之说,应系教学用书。① 另外,庞朴、丁四新认为《语丛四》既非道家思想,亦非儒家思想,而可能是法家、纵横家的思想。② 李零则认为《语丛四》内容与阴谋游说、纵横长短之术有关,类于《太公》、《鬼谷》,据《汉书·诸子略》之界定,应归为道家文献。③

(一)简书属于儒家哪派

早在1973年,马王堆汉墓帛书出土,其中有《老子甲本卷后佚书》,篇首残缺。庞朴先生根据篇中内容题名为《五行》,认定其正是《荀子·非十二子》中所批判的子思、孟轲的"五行"。④ "二十年后它与子思其他著作相伴再次出土,并且自名《五行》,遂使此前的断案永毋庸议。"⑤

李学勤认为,《缁衣》取自《子思子》,见于《隋书·音乐志》;《五行》学说出自子思子,后为孟子发展,见于《荀子·非十二子》。长沙马王堆帛书《五行》有世子名硕,陈人,系七十子弟子,表明《五行》应为子思自作;贾谊《新书·六术》曾引据《五行》,也曾引据见于郭店简的《六德》,看来《六德》和《五行》同出一源;《成之

---

① 李学勤:《郭店楚墓文献的性质与年代》,收入艾兰、魏克彬主编,刑文编译:《郭店老子——东西方学者的对话》,学苑出版社,2002年版,第7页。
② 庞朴:《〈语丛〉臆说》,《中国哲学》第二十辑,辽宁教育出版社,1999年版;丁四新:《郭店楚墓竹简思想研究》,东方出版社,2000年版,第219—239页。
③ 李零:《郭店老子校读记》,北京大学出版社,2002年版,第31页。
④ 庞朴:《马王堆帛书解开了思孟五行说之谜》,《文物》1997年第10期。
⑤ 庞朴:《竹帛〈五行〉篇比较》,《中国哲学》第二十辑,辽宁教育出版社,1999年版。

闻之》多引《尚书》,篇末讲"六位",又和《六德》内容相通;《性自命出》论及"性自命出,命由天降",同《礼记·中庸》"天命之谓性,率性之谓道"一致。《史记·孔子世家》云"子思作《中庸》",沈约也说《中庸》取自《子思子》;《尊德义》语句或出于《论语》,或类于《礼记·曲礼》,体例和《中庸》等也颇相近似。断定《缁衣》、《五行》、《六德》、《成之闻之》、《性自命出》、《尊德义》六篇应归于《汉书·艺文志》著录的《子思子》。① 姜广辉提出考察郭店楚简儒家文献是否属《子思子》的四条标准:以《荀子·非十二子》之语为参照,审查《郭店楚墓竹简》的内容;以《中庸》为参照,审查《郭店楚墓竹简》内容;从子思"求己"的学术主旨出发,审查《郭店楚墓竹简》内容;透过子思的思想性格,审查《郭店楚墓竹简》内容。根据这四条标准,他断定《唐虞之道》、《缁衣》、《五行》、《性自命出》、《穷达以时》、《求己》、《鲁穆公问子思》、《六德》八篇当出子思或属于子思学派的作品。② 李景林也认为,思孟学派的形成有一个过程。除《语丛》之外,郭店简儒家类著作应为子思一系作品。抄录于同一形制竹简的四篇文字《性自命出》、《成之闻之》、《尊德义》、《六德》为儒家简的中坚部分,表现了子思一系的"性与天道"论,其余诸篇,有的较接近于孔子,当为子思绍述孔子思想之作,有的则接近于孟子,当为子思后学所述。③ 学界多赞同这一观点。

但这种看法遭到陈鼓应等反对。陈鼓应认为,这些儒简中未见孟子性善说的言论,却多次出现告子"仁内义外"的主张,与孟

---

① 李学勤:《先秦儒家著作的重大发现》,《中国哲学》第二十辑,辽宁教育出版社,1999年版。
② 姜广辉:《郭店楚简与〈子思子〉》,《中国哲学》第二十辑,辽宁教育出版社,1999年版。
③ 李景林:《从郭店简看思孟学派的性与天道论》,《郭店楚简国际学术研讨会论文集》,湖北人民出版社,2000年版。

子心性论对立,不属于所谓思孟学派甚明。① 李泽厚认为,这批竹简中虽有《缁衣》、《五行》、《鲁穆公问子思》诸篇,却并未显出所谓"思孟学派"的特色(究竟何为"思孟学派",其特色如何,并不清楚)。相反,竹简明显认为"仁内义外",与告子同,与孟子反。因之断定竹简属于"思孟学派",似显匆忙,未必准确。相反,他认为竹简更接近《礼记》和荀子,但与荀子也有重要出入。因此不能判其属于某派某子。②

陈来认为,设想十四篇是同一部子书,似不合情理。以现存文献与荆门竹简十四篇相比较,最接近者为《礼记》,在这个意义上,若径直称这部分竹简为荆门礼记,虽不中,亦不可全无理由。这十四篇在形式上似可归为孔门的记说,在内容上为孔门七十子及其后学的讨论。③ 彭林也认为,郭店楚简十四篇儒家简的性质,应该就是"古文《记》二百四篇"之属。④ 李学勤不同意这种看法,他说,竹简儒家著作如依《汉书·艺文志》的分类,当归于《诸子略》的儒家。有的见于今本《礼记》,则属于《别录》的"通论"。大家知道,《礼记》这种性质的各篇,每每和儒家的子书互见。至于《礼记》中具体讨论礼制的那种,郭店简内是没有的,所以这些竹简儒书不能称作《礼记》。⑤

王博认为将郭店儒家简断定为子思或子思氏之儒的作品是一

---

① 陈来:《荆门楚简〈性自命出〉篇初探》,《中国哲学》第二十辑,辽宁教育出版社,1999年版。
② 彭林:《郭店楚简与〈礼记〉的年代》,《中国哲学》第二十一辑,辽宁教育出版社,2000年版。
③ 李学勤:《先秦儒家著作的重大发现》,《中国哲学》第二十辑,辽宁教育出版社,1999年版。
④ 见胡治洪:《郭店楚简国际学术研讨会综述》,《郭店楚简国际学术研讨会论文集》,湖北人民出版社,2000年版。
⑤ 李存山:《读楚简〈忠信之道〉及其他》,《中国哲学》第二十辑,辽宁教育出版社,1999年版。

件很危险的事情。他基于地域特点和内容分析,认为郭店儒家简的作者是南方儒家,具体说是子张氏之儒的观点。①

李存山根据《韩非·显学》说孔子死后"儒分为八",其中有"仲良氏之儒",又根据梁启超把"仲良氏"等同于《孟子》所说的"陈良,楚产也,悦周公仲尼之道"的观点,推测郭店儒家简可能属于"仲良氏之儒"一派。②

廖明春认为,郭店楚简十种儒家的著述可分为三类:第一类是孔子之作,它们是《穷达以时》、《唐虞之道》、《尊德义》;第二类是孔子弟子之作,它们是《忠信》、《成之闻之》、《六德》、《性情》。其中《忠信》可能是子张之作,《性情》可能是子游之作,《成之闻之》、《六德》可能是县成之作;第三类是《子思子》,为子思及其弟子所作,它们是《缁衣》、《五行》、《鲁穆公问子思》。其中《缁衣》、《五行》可能为子思自作,《鲁穆公问子思》当成于子思弟子之手。③

如此多的观点,可见学者对此问题的重视。但考虑到我们对孔子之后儒家各派的知识的极度匮乏,以上这些观点就只能是种种假设,究竟有多少价值,值得怀疑。甚至还会对正确应用郭店简研究思想史产生负面影响。一些学者提出,不要把这些儒简看作是某一学派的资料,而是把它们看作是孔子及其后学的思想资料。这种处理方法在目前看来应该是明智之举,不但能在学者中达成共识,而且据此得出的结论也会更可靠。

(二)郭店简与儒家的心性说

郭店简的学术史意义,是不言而喻的。正如杜维明教授所说,

---

① 廖明春:《荆门郭店楚简与先秦儒学》,《中国哲学》第二十辑,辽宁教育出版社,1999年版。
② 杜维明:《郭店楚简与先秦儒道思想的重新定位》,《中国哲学》第二十辑,辽宁教育出版社,1999年版。
③ 庞朴:《孔孟之间》,《中国哲学》第二十一辑,辽宁教育出版社,2000年版。

郭店简的出土，可以帮助我们建立起先秦儒家传承的谱系和线索。通过这批材料，我们要对战国直至汉代的许多资料，重新进行定位，我们对孔孟之间先秦儒家资料的认识，会有质的飞跃，也会有许多新的发现。郭店楚墓竹简出土以后，整个中国哲学史、中国学术史都有需要重写。① 其中《性自命出》等和儒家的心性学说有关，引起了学者的特别关注，庞朴、李泽厚、欧阳祯人等都对此有专门论述。

庞朴认为，郭店简的价值，在于它填补了儒学史上的一段空白。楚简在孔子的"性相近"和孟子的性本善之间，提出了性自命出、命自天降、道始于情、情生于性、性一心殊等说法，为《中庸》所谓的"天命之谓性，率性之谓道，修道之谓教"命题的出场，做了充分的思想铺垫，也就补足了孔孟之间所曾失落的理论之环。这批楚简的儒书中，未见有讨论性善性不善的事。就是说，它所谓的性，既非食色自然之性，亦非善恶道德之性，而是存在于中、未及见于外的气，一些姑且名之曰"情气"的气。由于释性为情，关于性，便没有多少话好说了。情的价值得到如此高扬，情的领域达到如此宽广，都是别处很少见到的。这个居于核心地位的性，这个由天命生出的性，作为情与道之底蕴的性，还需要心来帮助。性是某种潜能，心是激活之的动力。可是心无既定的方向，以无定向的心去取性，其结果则应该是：可以为善可以为不善。②

郭齐勇认为，张岱年先生曾指出，孟子之前，孔、老、墨都很少谈"心"，孟子突然大肆谈"心"，似无依凭，乃孟子的大创造。现在看来，《性自命出》的心性论，恰恰为孟子作了铺垫。"生之谓性"、"仁内义外"的主张，以血气、爱欲、七情、好恶说性等，在此篇都有反映。"性自命出，命由天降"，"始者近情，终者近义"，"反善复

---

① 郭齐勇：《郭店儒家简与孟子心性论》，《武汉大学学报》1999年第5期。
② 欧阳祯人：《论〈性自命出〉对儒家仁学思想的转进》，《孔子研究》2000年第3期。

始"等,都可以视为是由《诗》、《书》、孔子走向孟子道德形而上学的桥梁,是孟子心性论的先导和基础。①

欧阳祯人指出《性自命出》可弥补孔子"仁学"的缺陷。他认为,孔子"与命与仁"的主体性架构是有缺陷的,这就是对人的"性"、"情",以及对人所具有的最初始的自在本质、本性,敬而远之,从而使"仁学"在实践层面上失去了主体性存在的个体支持。《性自命出》一文的卓越之处,就在于系统地论述了人的"性"、"情",证实了人的原初本质、本性,从主体的高度,为儒家哲学的理论框架奠定了一个坚实的基础,从而调节、补充和完善了上述孔子"仁学"思想。②

丁为祥认为,《性自命出》在儒家人性论上占有重要地位。在先秦儒家人性论的发展轨迹中,孔子代表了普遍人性论,《性自命出》代表着普遍人性向天命人性的提升和跃进,《中庸》代表着人性超越性原则的确立,《孟子》则是普遍性与超越性原则的统一者和实现者。《中庸》、《孟子》的人性论正是在《性自命出》的基础上形成的。③

李泽厚先生认为,"性自命出,命自天降"的"性",便是与物性相区别的自然人性。竹简非常详尽地描述喜、怒、爱、思、欲等均出于此自然之性,这里毫无"人性善"的道德说法,后儒直到今天的现代新儒家对"人性"和"天命"的道德形而上学的阐释,似乎值得重新考虑。《性自命出》强调对自然人性作各种分析、陶冶、塑建,如"动之""交之""厉之""养之""习之"等等作了文献中少见的强制和规范。这可以解释为什么原典儒学总是礼乐并提,强调治内

---

① 见韩旭辉:《〈郭店楚简〉与先秦儒家思想研究的新拓展》,《孔子研究》2000年第5期。
② 李泽厚:《初读郭店竹简纪要》,《道家文化研究》第十七辑,三联书店,1999年版。
③ 廖明春:《荆门郭店楚简与先秦儒学》,《中国哲学》第二十辑,辽宁教育出版社,2000年版;冯国超:《郭店楚墓竹简研究述评》(下)《哲学研究》2001年第4期。

(心)与治外(礼)同样重要,为什么儒家的"治国平天下"要置放在"修身""修己""内圣"的基础之上。竹简非常重"心",认为本然的心是虚设的,是需要学习和教导的,这和宋明理学的高头讲章式的心性理论颇不相同。竹简还重"情",以情为本是原典儒学的一个重要特征,却一直为后世所忽视。①

(三)关于"禅让"

先秦和汉代的典籍多有提到"禅让",但禅让制度是否真的存在过,历来就有争议。如《孟子》说:"唐虞禅,夏后殷周继,其意一也。"承认尧舜禅让是历史事实。但《竹书纪年》却有"舜囚尧"之说,《荀子》也认为:"夫曰尧舜禅让,是虚也。"法家的《韩非子》指斥舜代尧是"逼上弑君"。疑古学派的顾颉刚等更是认为禅让在战国之前的社会中不可能实现,尧舜禅让是后人编造出来的。郭店楚简中的《唐虞之道》有关于禅让的内容,引起了学者的注意。

廖明春和冯国超认为,楚简本《唐虞之道》的出土,证实了禅让确实在尧舜时期存在过的事实。② 郭店简《唐虞之道》的出土,只能说明先秦确实有人推崇"禅让"政治制度,证明疑古派关于禅让说晚出的说法是错误的,并不能证明尧舜的禅让确实是历史事实。廖和冯的结论现在看来还是值得重新考虑的。

另外,禅让说属于哪一家,学者的意见还不统一。李学勤认为,《唐虞之道》虽有近于儒家的语句,但过分强调禅让,疑与苏代、厝毛寿之流游说燕王哙禅位其相之事有关,或许应划归纵横家。③ 李存山不同意李学勤的观点,认为,《唐虞之道》显示了先秦

---

① 李学勤:《先秦儒家著作的重大发现》,《中国哲学》第二十辑,辽宁教育出版社,1999年版。
② 李存山:《先秦儒家政治伦理教科书》,《中国哲学》第二十辑,辽宁教育出版社,1999年版。
③ 廖明春:《荆门郭店楚简与先秦儒学》,《中国哲学》第二十辑,辽宁教育出版社,1999年版。

儒家在战国时期崇尚"禅让"政治思想,反对父子相传之"家天下"的昂扬思想风貌。实际上,崇尚"禅让"是先秦儒、墨、道、法等家一致的思想。以《唐虞之道》讲"禅让"而疑其出于纵横家,而非出于儒家,是根据不足的。①

顾颉刚认为禅让说起于墨家,廖明春依据郭店简对其进行了反驳。他认为顾颉刚的"尧舜禅让说起于墨家"说的逻辑前提就是以为"亲亲"与"尊贤"是非此即彼的关系,儒家主张"亲亲"就不可能提倡"尊贤",因此,只能将禅让说归于墨家。其实这是对儒家思想的误解。《唐虞之道》的核心思想是"禅而不传","禅"就是公天下,将天子之位传给贤能之人;"传"就是私天下,将天子之位传给自己的儿子。值得注意的是,简文主张禅让,却并不简单否定"爱亲",而是认为"爱亲"与"尊贤"、"孝"、"弟"与"忠"君、"长天下"、"为民主"有着同一性。所以以儒家主张"亲亲"就否定其主张禅让、主张"尊贤",只能是偏见。②

(四)郭店简与儒家经籍

《庄子·天下》记载:"孔子谓老聃曰:丘治《诗》、《书》、《礼》、《乐》、《易》、《春秋》六经,自以为久矣,孰知其故矣。"《庄子·天运》篇也有关于儒家"六经"的记载,所以一般以为秦代焚书以前儒家就有"六经"之说。但也有人对此表示怀疑,要么认为《天下》、《天运》篇晚出,是秦代以后的作品;要么认为《庄子》关于"六经"之说是古注杂入正文。总之,先秦没有"六经"之说。郭店简《六德》说:"观诸《诗》、《书》,则亦在矣;观诸《礼》、《乐》,则亦在矣;观诸《易》、《春秋》,则亦在矣。"李学勤认为,这里尽管没有

---

① 李学勤:《郭店楚简与儒家经籍》,《中国哲学》第二十辑,辽宁教育出版社,1999年版。
② 徐少华:《郭店楚简〈六德〉篇思想源流探析》,《郭店楚简国际学术研讨会论文集》,湖北人民出版社,2000年版。

提到"六经"一词,但经的次序与《天运》完全一致,看来战国中期儒家确实已有"六经"这种说法。① 徐少华也根据郭店简《六德》的记述,认为"六经"地位的确立,当在公元前300年之前。以前有些学者因《庄子》的《天下》、《天运》等篇有"六经"之说而认为其晚出的观点,似不能成立。② 廖明春和郭沂则依郭店简的记载,反驳了疑古派的孔子和《易》无关、孔子以《六经》教弟子是西汉才有的说法,认为早在先秦时代,《易》就已经入经。③

郭店简的出土,也影响到对《礼记》的看法。按《汉书·艺文志》,"《记》百三十一篇","七十子后学者所记也"。但不少学者认为,《礼记》的基本材料出于七十子之徒,但却经过了汉儒的加工和窜改。学者一般不敢轻易使用《礼记》作为研究先秦思想的材料,而是把其作为"秦汉之际的儒家"资料来运用。李学勤认为,郭店简中有许多地方与《礼记》若干篇章有关,说明《礼记》要比好多人所想像的年代更早。现在由郭店简印证了《礼记》若干片的真实性,就为研究早期儒家开辟了更广阔的境界。④ 彭林认为,郭店楚简中的十四篇的性质属于"古文《记》",《礼记》中传经诸篇和通论诸篇均作于战国。考虑到二百四篇古文《记》大致发现于同时,可以肯定《礼记》全书应该是先秦的作品。⑤ 陈来认为,

---

① 廖明春:《荆门郭店楚简与先秦儒学》,《中国哲学》第二十辑,辽宁教育出版社,2000年版。郭沂:《郭店竹简与中国哲学(论纲)》,《郭店楚简国际学术研讨会论文集》,湖北人民出版社,2000年版。
② 李学勤:《郭店楚简与儒家经籍》,《中国哲学》第二十辑,辽宁教育出版社,1999年版。
③ 彭林:《郭店楚简与〈礼记〉的年代》,《中国哲学》第二十一辑,辽宁教育出版社,2000年版。
④ 陈来:《儒家谱系之重建与史料困境之突破》,《郭店楚简国际学术研讨会论文集》,湖北人民出版社,2000年版。
⑤ 李学勤:《郭店楚简与儒家经籍》,《中国哲学》第二十辑,辽宁教育出版社,1999年版。

由于人们对《礼记》的怀疑，造成了先秦儒学研究的"史料困境"，包含有《礼记》中若干篇的荆门竹简儒书的发现，为我们摆脱先秦思想研究的"史料困境"，重建原始儒家的谱系，带来了令人兴奋的曙光。①

《尚书》今古文之争是中国学术史上一大悬案，郭店儒家简多引《书》，引起学者的主意。李学勤认为竹简《缁衣》所引包括《尹吉》、《君陈》、《太甲》、《兑命》、《君雅》等佚《书》。《成之闻之》所引一条为:《大禹》曰:"'余才在天心'，曷？此言也,言余之此而宅于天心也。"《大禹》无疑是佚《书》《大禹谟》,《大禹谟》在孔颖达《尚书正义》所述汉代孔壁所出佚《书》中,却不见于今传《大禹谟》中,证明今传本确实是有问题的。我们看《康诰》、《立政》都有"宅心",可见"宅心"是古语,但没有"天心"。"天心"见于今传伪古文的《咸有一德》,这很需要吟味。② 廖明春著有《郭店楚简引〈书〉论〈书〉考》一文,认为《逸周书》并非"孔子所论百篇之余"或"仲尼删《书》之余",它们也并非与《尚书》无关。与《逸周书》相对的并非先秦《尚书》,而是秦以后流传的《尚书》,《逸周书》诸篇本来就属于先秦《尚书》。后人的《尚书》研究在断句与理解上存在一些误解,所谓"晚书"实属后出,而真正的先秦《尚书》有许多篇今传《尚书》失收。③

(五) 郭店简与儒学史

"道统"说最早由韩愈提出,由朱熹完成其理论体系。姜广辉根据《郭店楚墓竹简》认为,历史上确实有儒家的"道统"存在,但并非是朱熹所谓的"十六字心传",而是由"大同"说的社会理想、

---

① 廖明春:《郭店楚简引〈书〉论〈书〉考》,《郭店楚简国际学术研讨会论文集》,湖北人民出版社,2000年版。
② 姜广辉:《郭店楚简与道统攸系》,《中国哲学》第二十一辑,辽宁教育出版社,2000年版。
③ 李泽厚:《初读郭店竹简纪要》,《道家文化研究》第十七辑,三联书店,1999年版。

"禅让"说的政治思想和贵"情"说的人生哲学所构成的思想体系。这一思想的传承者不是孔子、曾子、子思、孟子的系谱,而是孔子、子游、子思、孟子的系谱。"道统"说虽由朱熹完成其体系,但真正继承儒家"道统"的并不是朱熹乃至整个宋明理学,而是由黄宗羲、戴震、康有为等清儒继承。①

李泽厚认为《郭店楚墓竹简》代表了原典儒学,荀子可能是以讲礼乐为特征的原典儒学的忠实传人。在汉代,荀子的地位远在孟子之上。从荀子到董仲舒,先后吸收道家、法家、阴阳家等等,儒学已产生重大变易,构成了儒学第二期。孟子则是一千年后,由韩愈到理学所捧出来的。宋明理学吸取佛家,将儒家心性理论高度思辨化、形上化,成了说理充笸"极高明而道中庸"的道德学说,孟子也被抬高到"亚圣"地位。于是自汉至唐的周孔并称变而为孔孟并称,构成了儒学第三期。这一直延续到今日的"现代新儒家"。其实,这倒可能是"别子为宗",离竹简所代表的原典儒学相距甚远。今日诵读竹简,似应跳出宋明理学和现代新儒家的樊篱框架,并重孟荀,直溯魏晋,以情为本,"礼"(人文)"仁"(人性)合说,吸取近代西方思潮,用"自然人化""人化自然"释"天人合一",实行转化性创造,或可期望开出儒学第四期之新时代?②

但郭店竹简能不能代表原典儒学呢?罗新慧就认为,简文关于"气"、"性"等的论述显示出异于孔子学说的思想发展倾向;其内转修身的理论也较孔子所论为精致;但是,由于对"仁"学把握得不够,对君子精神高度的规定缺乏伟大之处,所以其思想发展中的缺失也是比较明显的。由此我们可以看出,儒家学说的发展,从孔子以后到孟子,实际上经历了一个"出于幽谷,迁于乔木"的阶

---

① 姜广辉:《郭店楚简与道统攸系》,《中国哲学》第二十一辑,辽宁教育出版社,2000年版。
② 李泽厚:《初读郭店竹简纪要》,《道家文化研究》第十七辑,三联书店,1999年版。

段。到孟子之时,儒学思想的精华才正式形成博大体系而凝固下来,成为中华民族传统文化的结晶。①

郭店简的出土,引起了传统思想文化的研究的有一个新高潮。但短短十几年的时间,对如此宝贵的资料来说,还只是刚刚开了一个头,我们还有许多工作要做。殷墟甲骨的出土已经过去一个世纪,时至今日,我们对其价值还没有完全了解。郭店楚简对中国传统思想文化研究的价值,也必将经历一个长期的过程才能被真正认识。

(原载《社会科学战线》2005年第3期)

---

① 罗新慧:《从郭店楚简看孔、孟之间的儒学变迁》,《中国哲学史》2000年第2期。

20世纪西方心理学发展的轨迹及其未来的走向

车文博

20世纪是西方现代心理学兴旺发达的时代,是西方心理学学派林立、多元取向的时代,也是西方心理学弊端严重、面临变革的时代。因此,研究20世纪西方心理学发展的轨迹及其今后的走向,不仅有助于把握现代西方心理学的内在思想逻辑,总结西方现代心理学发展的历史经验,而且还有助于明确今后心理学发展的方向,推进心理学的改革,为人类心理学的发展做出更大的贡献。

一、西方现代心理学发展的轨迹

西方现代心理学产生于19世纪70年代末的德国,以冯特(W. Wundt,1832~1920)创建实验心理学为开端,具有划时代的意义。冯特在心里学的独立、实验心理学的创立、国际心理学专业队伍的建立等三个方面做出了开创性的贡献。

心理学从哲学中分化出来成为一门独立科学以后,和任何一门新兴科学产生时一样,也围绕着这一科学的对象、任务、性质和方法展开了激烈的争论,出现了现代心理学十个学派:(1)内容心理学(content psychology);(2)意动心理学(act psychology);(3)构造心理学(structural psychology);(4)机能心理学(functional psychology);(5)精神分析(psychoanalysis);(6)完形心理学(或格式塔心理学)(Gestalt psychology);(7)行为主义(behaviorism);(8)日内瓦学派(Geneva school),又称皮亚杰学派(Piaget school);(9)人本主义心理学(humanisticpsychology);(10)认知心理学(或认识心理学)(congnitive psychology)。

应当指出,西方现代心理学的发展并不是杂乱无章的,而是有其内在思想逻辑线索的。它围绕着心理学究竟研究什么(对象)、应该怎样进行研究(方法)这样两大基本理论问题,反映着结构主义(或构造主义)(structuralism)与机能主义(或功能主义)(functionalism)的对立与论争展开的。

1. 19世纪80年代以后

与冯特同时代的奥国学派创始人布伦塔诺(F. Brentano,1938~1917)的意动心理学首先冲击了冯特内容心理学。坚持研究心理元素的构成,还是心理的整体?这是当时内容心理学与意动心理学争论的焦点。冯特内容心理学主张,心理学应采取实验内省法研究意识内容(直接经验)构成的元素及其复合体形成的规律。而意动心理学则主张,心理学的主要方法是观察而不是实验,应以意动或心理活动为心理学研究对象。例如,人看见颜色,颜色是心理内容,看见是意动或心理活动。它突出了心理学要以研究心理的动态活动、整体指向、活动机能为重点。

意动心理学与内容心理学的对立导致二重心理学(dual psychology)的产生。这是冯特的学生符茨堡学派的代表屈尔佩(O. Külpe,1865~1915)以及麦塞尔(A. Messer,1867~1937)所主张的。他们企图缓解这一对立,把内容、意动融合起来,认为意动心理学应有实验的必要,而实验心理学也应有意动的研究。这种调和结果趋于失败,受到批评。

由于内容心理学研究意识经验内容的元素及其构成,意动心理学研究意识活动的机能与整体指向,因而内容心理学即构造心理学、元素心理学,意动心理学即机能心理学、整体心理学。因此,19世纪末叶,内容心理学与意动心理学的对立,实质上就是现代心理学中结构主义与机能主义对立的开端。这一对立的远渊,在古代是以古希腊罗马原子论心理学思想与柏拉图理念论和亚里士多德生机论心理学思想的对立为胚胎形式,在近代则以英法两国经验主义心理学思想(联想主义与感觉主义)与荷德两国理性主义心理学思想(官能主义与统觉主义)的对立为表现形式

2. 20世纪30年代以前

从本世纪初至30年代,西方现代心理学处于学派林立、众说纷纭的状态,但结构主义与机能主义的对立仍然是西方各心理学派形成与发展的主线。下述的五个过渡,既体现了这一长期争论的思想实质和理论来源,又表明了西方现代心理学派发展的基本线索和主要趋势。

(1)由内向的研究向外向研究的过渡,即由封闭意识的结构、元素的研究,到开放机能、行为的研究。

以冯特为奠基者、铁钦纳(E. B. Titchener,1867~1927)为形成者的构造心理学,是用实验法第一个独立研究心理学问题的国际性学派。它促进了西方现代心理学派的兴起和美国心理学的发展,但属于内容心理学的范畴,最终陷入了元素主义和内省主义的境地。

意动心理学把内容心理学推进了一步,即心理内容是由心理活动提供的。到二重心理学的调和,又涉及到机能的研究。

机能主义心理学,以进化论为中介,以实用主义为哲学基础,以构造主义过渡到机能主义,即从对已形成的全部心理内容的分析,到开始强调人的意识对环境适应的研究。机能主义既是一个对意识从内部封闭式的研究到内外关系开放式的研究,又是一个从结构的研究到机能研究的过渡。它企图解决两个主要问题:(1)机能的功用,如芝加哥学派;(2)对心理现象做分割的整体化

的研究,如詹姆士(W. James,1842～1910)的意识流,哥伦比亚学派有关个体差异、学习心理学、心理测量的研究。当然,由于他们片面强调人与动物的连续性而忽视甚至否认两者之间的本质差别,又出现了生物学化的倾向。

新精神分析(neopsychoanalysis)、日内瓦学派都比较重视社会文化、家庭人际关系对人的心理的作用,如何德勒(A. Adler,1870～1937)对"生活风格"(life style)、"社会兴趣"(social interest)的研究,文化派和社会心理学对社会文化背景及人际关系的重视,都表明了这一特征。当然,他们并未完全摆脱生物主义和心理主义(psychologism)的羁绊。

(2)由分析性的研究向整体性研究的过渡,即由心理元素分析,到心理结构整体性的研究。

内容心理学与意动心理学的对立,反映着元素分析与整体研究的对立。这一对立,以德国形质学派(school of form - qualities)为中介而进一步发展的。这一学派是布伦塔诺的弟子厄伦费尔(C. Ehrenfels,1859～1932)、麦农(A. R. Meinong,1853～1920)于1890～1900年建立的。他们依据意动心理学的观点,主张形、形质的形成有赖于意动。这种观点在以后的十年中,通过麦农的弟子威塔塞克(S. Witasek,1870～1915),传给完形心理学。他们把通过知觉研究所发现的规律,推广到全部心理学之中。

整体性原则是心理学发展史上一个重要的里程碑,也是符合现代横向科学发展的规律。譬如,完形心理学派反对构造学派的元素主义,主张研究意识的完形或整体结构,强调整体的观点和各部分之间的动态联系,是合理的。但由于它否认过去经验的作用,未从历史观点看整个结构的性质,存在先验论的倾向。后来,日内瓦学派、认知心理学有所弥补。

(3)由表层的研究向深层研究的过渡,即由表层的心理现象和外显行为的研究,到需要、动机、情欲、人格的研究。

内容心理学与意动心理学的对立,以心理治疗为中介,以德国单子论、唯意志论和唯能论为哲学基础,形成精神分析学派(psychoanalytic school)。传统心理学基本上研究人的表层心理和外显行为,尽管这些也是值得研究的,但是它们并不能完全反映人的心理活动的全貌。由此弗洛伊德提出向人的内心世界的深处进军,揭示潜意识(unconsciousness)的奥秘。故精神分析又称深蕴心理学(depth psychology)。这样就改变了长期把心理学对象只局限于意识这一狭窄的层面,又开辟了一块心灵世界的新大陆——"潜意识王国",为研究完整的人格和多元化自我做出了贡献。当然,弗洛伊德贬低意识,夸大潜意识,鼓吹泛性论,其结果必然导致非理性主义的境地。

(4)由静态的研究向动态研究的过渡,即从心理静力学(psychostatics)的分析,到心理动力学(psychodynamics)的研究。

内容心理学是静态的研究,未做联结活动的探讨,而意动心理学则做了努力,但又只限于指向性的研究。

构造主义是静态的,机能主义是动态的。经过英国沃德(J. Ward,1842~1925)、司托特(G. Stout,1860~1944)强调动机的中心支配作用,又发展到麦独孤(W. Mc Dougall,1871~1938)的目的心理学(teleological psychology)和策动心理学(hormic psychology)。

动力观点和动机研究是现代心理学的共同取向。吴伟士(R. S. Woodworth,1869~1962)的动力心理学(dynamic psychology)、弗洛伊德(S. Freud,1856~1939)的精神分析、麦独孤的策动心理学、托尔曼(E. C. Tolman,1886~1959)的目的行为主义、勒温(K. Lewin,1890~1947)的场论、马斯洛(A. H. Maslow,1908~1970)的动机层级论、费斯廷格(L. Festinger,1919~)的认知失调论等就是明证。为此,美国著名心理学史家波林(E. G. Boring,1886~1968)在《实验心理学史》(1950年修订版)一书中,还设专章阐述了动力心理学的问题。

（5）由上到下的研究向由下到上研究的过渡，即由人的意识的研究到动物心理学的研究，再由动物心理的研究转向人的行为的研究。

构造主义与机能主义是内容心理学与意动心理学对立、斗争的继续和发展。内容心理学向构造主义心理学发展，铁钦纳坚持研究"是什么的心理学"，即内容是什么？不探求其意义和价值。而意动心理学则向机能心理学发展，主张研究意识的机能或功用。强调意识是有机体适应环境的产物，认知、行为是适应环境的手段。它同构造主义相对立，采用了发生学的观点和客观方法，促进了应用心理学的发展。但它陷入了生物学化的境地。这是美国心理学的主流和特色。

构造主义与机能主义的对立，以动物心理学为中介，如英国罗曼尼斯(G. J. Romanes，1848～1894)的"拟人说"与其对立的摩尔根(C. L. Morgan，1852～1936)的"节省律"，进一步过渡到行为主义，即从上到下的过程、到从下到上的过程的过渡。行为主义既厌弃构造主义那种把意识分解为感觉和感情两个主观元素，又厌弃机能主义那种保留一些模糊术语如情绪、意志、历程等不彻底性，极力把机体应付环境的一切行为统统归结为肌肉的收缩和腺体的分泌。从这一意义上说，机能主义只不过是进化论的假儿女，而行为主义才是"唯一彻底而合乎逻辑的机能主义。"①行为主义创始人华生(J. B. Watson，1878～1958)自称是彻底的机能主义者，指铁钦纳所要求的机能主义，这说明行为主义与机能主义的血缘关系。

现代心理学的产生到本世纪30年代以前的发展中，一般的倾向是由一个层面转到另一个层面，即由一个极端转到另一个极端。

---

① Watson, J. B. Behavior: An introduction to comparative psychdogy. New York: Holt. 1914, p.9.

如只讲意识不讲潜意识,或只讲潜意识不讲意识;只讲意识不讲行为,或只讲行为不讲意识;只讲元素分析不讲整体综合,或只讲整体综合不讲因素分析;只讲机能不讲结构,或只讲结构不讲机能;只讲人和动物的共性和连续性,不讲人和动物的本质区别,等等,各执一端,均有片面性。

3. 20 世纪 30 年代以后

20 世纪 30 年代以后,西方现代心理学派出现逐渐克服片面性、极端性,互相吸收、融合的趋势。主要表现在以下三个不同基础上的综合:

(1)托尔曼在行为主义基础上的综合。通过吸收完形学派、机能主义、精神分析及现代自然科学成果,行为主义由华生对分子行为(或小件行为)的研究发展为托尔曼对整体行为(或大件行为)的研究,并用"中介变量"(intervening variable)的形式复活了意识的作用,即 S - O - R 公式的产生。这就是说,托尔曼在行为的心理分析中,从自变量与因变量之间探索有机体的内部过程,以解答"为什么有这反应"的问题。

(2)勒温在完形心理学基础上的综合。勒温弥补了这一学派过去只研究知觉之不足,日益重视需求、动力、人格的研究,加强对心理生活空间、心理整个过程的研究,进而开创团体动力学(group dynamics)并扩展到社会心理学的领域。另外,在批判构造主义的静态分析的同时,又用真实部分的动态分析恢复了分析在心理学研究中的地位。

(3)文化派在精神分析基础上的综合。新精神分析注意克服弗洛伊德潜意识决定论和生物主义的极端片面性,不但不否认意识的作用,甚至开始注意意识的功能,特别是日益重视社会文化的因素,提出所谓"社会决定论"(弗罗姆)、"文化决定论"(卡丁纳)的原则,并把重心从人的内部心理过程转移到人际关系上。

4. 20 世纪 60 年代以后

在西方现代心理学的发展中,上述三种综合虽然做出了自己的贡献,但是还没有完全克服各自学派的局限。因而,到了60年代以后,在当代心理学的发展中,又出现了与现代哲学中的科学主义与人本主义两大思潮相适应的两种更大的综合取向。

(1)认知心理学的综合。广义的认知心理学,包括结构主义认知心理学(如皮亚杰的发生认识论)、心理主义认知心理学(如行为主义逐渐衰落期间主张研究心理、意识等内部过程的人)和信息加工心理学(information - processing psychology)三种。狭义的认知心理学,则专指信息加工心理学,即用信息加工观点来解释心理活动的历程,这就是现在通常使用此概念的内涵。

如果说新行为主义、完形心理学派和新精神分析的综合主要限于心理学派自身内部的综合,那么认知心理学则除了这一综合外,还包括同邻近科学之间的综合。皮亚杰的发生认识论,既吸收了机能主义、完形心理学、精神分析等心理学派关于认识发展和儿童思维的成果,又集合了各国著名哲学家、心理学家、教育学家、逻辑学家、数学家、语言学家和控制论学者的智慧,以我为主,创造性地综合成一个独特的理论体系。他们把人的认知结构放在历史发展中,认为人的不同时期有不同的心理结构,它们是整体性、转变性、自我调节(反馈)三者的统一体。其中,强调了认知在内外过程统一中的重要作用,并把有机体与外界环境之间的适应(平衡)视为主体认知发展的推动力。这种从历史进化、发展去研究人的智慧本质的观点,无疑是一大进步,并支持和丰富了科学认识论。当然,由于这一学派对人的社会性和实践活动重视不够,因而仍然属于欧洲机能主义的范畴。

20世纪70年代已成为西方心理学一种主要取向的认知心理学,主张用信息加工、综合整体的观点研究人的复杂认知过程。它有两个显著的特点:(1)强调在认知过程中,人总是利用过去的经验,使用一定的策略来获得和加工信息;(2)强调对人的认知过程要进行整体的综合分析。这样,不仅弥补了完形心理学派抹杀人的过去经验作用的弊端,而且促进了多水平、多角度的认知活动整体的综合分析的科学化。

(2)人本主义心理学的综合。50年代末和60年代初在美国兴起的人本主义心理学,是由马斯洛、罗杰斯(C. R. Rogers,1902~1987)等人所创立。主张研究人的本性、潜能、经验、价值、生命意义、创造力和自我实现,反对心理学中的"第一势力"行为主义的机械决定论和"第二势力"精神分析的生物还原论,故人本主义心理学被称为"第三势力"。它不仅把人的本性和价值提到心理学研究的首位具有重大的理论意义,而且对组织管理、教育改革、心理咨询和心理治疗具有重要的实用价值。但它仍存在过分强调自然因素在人性中的作用,忽视社会在发展人性与自我实现中的决定意义。[1]

到了20世纪60年代末,又从人本主义心理学中分化出来一个新学派,即超个人心理学(transpersonal psychology),以追求人生意义和超越自我为主旨,自称是心理学中的"第四势力"。[2] 如果说人本主义心理学是渴望以人为中心,崇尚自由和尊严的心理学,那么超个人心理学则是以宇宙为中心,超越人类和人性的心理学。

综上所述,西方现代心理学的基本思想线索是围绕机能主义与结构主义的对立与争论展开的。其中,机能主义在古代的胚胎形式是柏拉图的理念论和亚里士多德的生机论心理学思想,近代的表现形式是荷兰和德国的理性主义心理学思想(官能主义和统觉主义),现代的发展形式则以意动心理学为开端主要包括机能

---

[1] 车文博:《西方现代心理学发展的基本线索和趋势》,载《意识与无意识》,辽宁人民出版社,1987年版,第118—127页。

[2] Tageson, C. W. Humanistic psychology: A sythesis. Homewood, Illinois: Dersey. 1982, p. 23.

主义、行为主义、精神分析、日内瓦学派、人本主义心理学等。而结构主义在古代的胚胎形式是原子论心理学思想,近代表现形式是英法两国的经验主义心理学思想(联想主义和感觉主义),现代的发展形式则以冯德的内容心理学为开端主要包括构造主义、完形心理学、认知心理学等。

二、西方现代心理学发展的启示

1. 心理学的性质

在西方心理学史上,德国赫尔巴特(J. F. Herbart, 1776~1841)第一个宣称心理学是一门科学。冯特则使心理学从哲学中分化出来成为一门独立科学,并开拓了自然科学(个体心理学)和人文科学(民族心理学)两种心理学定向。科学心理学诞生后,其主流是机能主义心理学,包括被视为"唯一彻底而合乎逻辑的机能主义"的行为主义在内,都坚持心理学是自然科学(詹姆士),或生物科学(安吉尔),甚至华生断言心理学应该而且必须是自然科学,否则就无存在的价值。所以,传统主流心理学一直力图把心理学建设成为一门严格意义上的自然科学。正视心理学具有自然科学性质,对心理学走向客观、严谨和科学的道路有正面意义,但把心理学完全自然科学化则是极端的和有害的。

与传统主流心理学相对立的,德国理解心理学(或描述心理学)(understanding psychology)家狄尔泰(W. Dilthey, 1833~1911)则坚持心理学是人文科学。他认为,我们解释的是自然,而对精神生活则是理解。他指出,建立在解释的基础上,科学的实证主义和自然主义的范式对人类科学是不适用的,相反,心理学应该建立在理解的基础上,成为人类科学的基础科学。

人本主义心理学是对非人性化的行为主义的反动,极力弘扬人性和人的价值、尊严与潜能,把心理学视为一门人学。无疑,这种扬弃心理学史上的自然科学传统是有进步意义的。当然,人学是一个广泛的范畴,按照人的属性,可把人学分为三类:人的自然科学、人的社会科学和人的精神科学,合起来就是人的科学。尽管心理学基本上属于人的精神科学。但不宜简单地把心理学归入自然科学或社会科学,确切地说,心理学是一门介乎自然科学与社会科学之间的中间科学、边缘科学、交叉科学。关于心理学的分支,有的可作为社会科学如社会心理学,有的可作为自然科学如神经心理学。

20世纪70年代后,有些西方学者主张把心理学划入社会生物学(sociobiology)的范畴。所谓社会生物学是以自然选择的原则阐明动物社会行为进化的学科。它是在以进化论为指导的习性学(ethology)和遗传学(genetics)研究的基础上发展起来的一种学说。对用此种观点解释心理学,则褒贬不一。赞同者认为这将会引起心理学整个面貌的变化,恢复对人性的关注,重新研究人和自然环境的关系,重视人的生物性对文化的影响;不赞同者则认为这是社会达尔文主义(social-Darwinism)的翻版,它必然使心理学重蹈生物学化的覆辙。[①] 所以,我们还应坚持心理学是中间科学的定向。

2. 心理学的对象

回顾西方心理学史,哲学心理学时期(指19世纪80年代以前心理学思想寓于哲学的时期),基本上以灵魂(soul)或心灵(mind)为研究对象。科学心理学时期,各个心理学派的研究对象:(1)构造主义心理学的对象为意识(consciousness),其中冯特内容心理学提出研究直接经验,铁饮纳构造心理学提出研究从属经验。(2)意动心理学的对象为意动(act),即不是感觉、判断等的心理内容,而是感觉、判断等的心理活动。(3)机能主义心理学的

[①] 荆其诚:《现代心理学发展趋势》,人民出版社,1990年版,第81—86页。

对象为意识,主要是研究意识对机体适应环境的功效和作用。(4)行为主义的对象为行为,华生和斯金纳(B. F. Skinner,1904~1990)主张研究可以观察测量的分子性行为和外显反应或活动,而内隐性的心理结构、意识历程如心像、记忆等,均不视为心理学研究的对象。至于新行为主义者赫尔(C. L. Hull,1884~1952)、托尔曼则将行为的定义放宽,除可观察测量的外显行为外,还包括整体行为、内隐性的意识历程如中介变量。(5)完形心理学的对象为意识和行为的整体,主要研究意识和行为的完整结构和历程。(6)精神分析以患者或心理变态者为对象,专门研究潜意识,包括个体潜意识(弗洛伊德)、集体潜意识(荣格)、社会潜意识(弗洛姆)。当然,新精神分析已愈来重视意识的研究。(7)日内瓦学派的对象为儿童认知活动,主要研究智慧的性质及其结构和机能。认为智慧的本质就是适应,而适应依赖于有机体的同化与顺化(或顺应)两种机能的协调,使有机体与环境取得平衡。这就是一个人从出生到成年发展的逻辑。(8)人本主义心理学以精英、名人或心理健康者为对象,强调研究人的本性、体验、价值、潜能、创造力和自我实现。(9)超个人心理学(或称超现实心理学)改变传统心理学研究个体心理的架构,以超常的心理健康和超越自我的幸福为对象,重点研究超越个人中心、自我封闭和自我满足的意识状态。(10)认知心理学的对象为个体信息加工历程,专门研究人接受、编码、操作、提取和利用信息或知识的过程。包括感知、注意、记忆、心像、思维、言语等。

由上述可见,关于心理学对象的整体架构,起码应得出下述三点结论:(1)普通心理学不应以患者或天才为样本,而应以一般正常人为研究对象。这样才能发现人的普遍的心理规律,否则难以涵盖人的心理内容。(2)心理学既要研究个体心理、自我心理,又要研究群体心理、超自我心理。从而使心理学由狭小的个体研究范围扩展到广阔的社会心理的研究领域,由传统的追求心理适应的低层次的研究上升到提高人的精神境界和心理生活质量的高层次的研究。(3)心理学既要研究人的显意识(或意识)又要研究潜意识(或无意识),既要研究心理又要研究行为。这样我们才能吸收各种研究取向的长处,避免其片面性,收到全方位、多视角研究心理学的实效。因此,把心理学规定为研究心理(意识和潜意识)和行为规律的科学是完全合乎逻辑的。

3. 心身问题

心身问题是一个非常古老的问题,但一直到目前还在争论而没有得到完全明确的解决。对心身问题可从两种不同的视角考察。如从哲学视角来看,它属于心物范畴的问题;如从科学(心理学)的视角来看,它表现为心脑问题、心理与生理问题、心理与高级神经活动的关系的问题。

对心身问题的归类,有各种不同的见解。麦独孤把它们归纳为副现象论、心身并行论和心身一元论(或等同论)三种,而福多(Fodor)则把它们归纳为唯物论和二元论等两类。他们的归类基本上是 30 年代以前的情况,比较陈旧,也不完全。①

当代一些西方学者根据脑科学的研究成果,对心身关系问题提出创新性见解。著名美国神经生物学家斯佩里(Roger W. Sperry,1913~)反对还原论,主张意识是人脑的最高层次相关活动的"突现物"。他认为,意识与脑的神经事件不是一回事,"它必定不同于并超越组成它们的神经事件",而只是"在脑活动的最高层次突现出来的某些动力的整体的特性"。斯佩里首次用科学术语说明了大脑过程突现的精神事件如何超越神经事件而不能等同于或还原为神经事件的道理,从而与庸俗唯物论、机械唯物论划清了界限。

著名澳大利亚神经生理学家艾克尔斯(John C. Eccles,1903

---

① 潘菽:《潘菽心理学文选》,江苏教育出版社,1987 年版,第 320—362 页。

~)强调"自我意识精神"具有主动探索的特性,具有选择功能和综合功能,反对把意识置于消极被动的身心平行论,这是有积极意义的。但是,他的错误在于,反对唯物主义一元论,认为唯物主义只重视脑的状态,否定精神对脑的作用,说什么这是"不符合经验事实的",必须"摒弃这种浅薄的唯物主义教条"。他主张,精神和脑是两个独立的实体,公然宣称自己是二元论者。由此他否定人的意识经验的统一的客观物质来源,抹杀了神经元的整合作用,完全归结为"自我意识精神"的综合作用,这样最终就不能不陷入唯心主义的一元论。[①]

4. 心理的主观性与客观性

从西方心理学史来看,理性主义、官能主义和统觉主义心理学大多把心理看作主体的内在状态,强调意识的主观性、能动性和创造性,这一点在哲学心理学时期表现最为突出。但是,由于经验主义、联想主义主要是行为主义长期在现代心理学中占据统治地位,因而极力否定心理的主观性,排斥对人的内在意识过程的研究,存在着严重的客观主义和机械主义倾向。

20世纪50年代末60年代初,在行为主义进一步陷入困境和危机的情况下,许多心理学家纷纷抛弃行为主义的立场转而研究人的心理过程,于是认知心理学应运而生。这不仅是一些心理学家向早期冯特以意识经验为研究对象的实验心理学的回归,而且还是取代行为心理学的客观主义机械图式的一场"认知革命"。同时,人本主义心理学的兴起,突出人的自由与尊严、自主与选择、价值与潜能、创造力与自我实现,显然这既是对人的主体性的弘扬和心理主观性的肯定,又是对行为主义的外部机械决定论和生物还原论的否定。因此,人本主义心理学和认知心理学的产生,在很

[①] 车文博:《对当代脑科学成果的反思》,载《意识与无意识》,辽宁人民出版社,1987年版,第72—83页。

大程度上扭转了传统心理学由来已久的客观主义倾向。

应当明确,人的心理是客观现实的主观映象。这是心理反映的能动性和主客观之间的矛盾所决定的。因为在人的意识活动中,外部条件能否起作用,起什么样的作用,并不简单地决定于外部条件,而是决定于外部条件落在一个什么样的内部条件的基地上,决定于外部条件和内部条件矛盾统一的关系上。因此,我们既反对自生论,又反对机械论,主张人的心理是主观与客观的对立统一。

人的心理的客观性表现在:(1)人的心理的来源和根源是客观世界,即存在(主要是社会存在)决定意识。(2)心理的对象和内容是客观现实的反映,即反映者与被反映者具有同一性和相似性。(3)人的心理的使命是认识和改造客观世界,即客观世界是意识能动作用的物化对象。

人的心理的主观性表现在:(1)人的心理活动的承担者和体现者总是一定社会历史条件下的主体及其反映形式,即意识的过程始终是在主体内部来实现的。(2)人的心理个别差异的内部条件是主体的世界观、人生观、价值观、人格特征、知识经验、身体素质等,即人们对客观对象反映速度的快慢、数量的多少、程度的深浅、内容的正误等,都要受到人的主观世界的影响与制约。(3)人的心理对客观现实反映的性质与程度是客观实在的近似的复写和摄影,我们决不能把作为客观事物的映象的心理(模型)和客观事物本身(原型)等同起来。

人的心理的客观性与主观性的统一,关键在于活动,其中最根本的是社会实践活动。因为活动是实现主体同对象世界联系的中介和桥梁。一方面,心理反映产生和表现于活动之中,即在活动中客体才能变成主观映象;另一方面,人的活动也需要心理反映的指引、定向和调节,即在活动中主体才能向它的客观结果或产品转化。因此,活动是主客体相互联系图式中的一个中项,只能由它来实现二者的统一。① 所以,我们应当坚持主客观统一的图式,反对心理学中的客观主义图式和主观主义图式。

5. 心理学的方法论

心理学方法论就是心理学一般方法的基本理论和学说。它是一种方法学的体系,包括:

(1)哲学方法论是心理学最高层次的方法论。尽管各种心理学思想和心理学派都有自己特定的哲学基础,但总体来说,哲学心理学(philosophical psychology)多以经验论、前机械决定论和机械决定论为哲学方法论,而科学心理学则主要有两大哲学方法论:一是实证主义,如内容心理学、构造心理学、机能主义、行为主义、日内瓦学派和认知心理学等均以实证主义及其各种变式为哲学方法论;另一是现象学,如意动心理学、完形心理学、精神分析、人本主义心理学、存在主义心理学、超个人心理学等均以现象学及其变式为哲学方法论。

应当承认,实证主义对现代心理学摆脱一切不以经验为基础的哲学思辨而成为一门独立科学是有积极意义的。行为主义者接受实证主义的经验证实和严格的科学操作的原则,促进了心理学的客观化和确定性,使心理学朝向严谨的自然科学方向更迈进了一步。但从总体上讲。实证主义不但不是真正科学的哲学方法论,而且它已经给西方心理学带来了恶果。当心理学在实证主义的影响下追求严格与实证的同时,却转向了另一个极端,以致在冯特和铁钦纳那里心理学被牢牢束缚在"直接经验"上,难以摆脱简单内省法和描述主义的羁绊,诸如思维、想像等更高层次的心理活动却被拒之于研究大门之外,使得心理学研究长期停留在肤浅的水平上;而行为主义则为追求可观察的确实无疑的事实,完全排斥对主观心理现象的研究,使心理学成了一门无头脑、无心理的心理学,把人类的行为降低到动物的水平。

---

① 车文博主编:《心理学原理》,黑龙江人民出版社,1986年版,第13—15页。

还应看到,现象学在西方心理学史上引起了两次方法论的变革:第一次是完形心理学派以整体观取代构造心理学派的元素主义;第二次是人本主义心理学以人的尊严、价值观和内心体验等整个主观经验界取代行为心理学派的实证主义和唯科学主义。现象学的意义在于反传统,使心理学从简单模仿科学方法、疏远人性的危机中解脱出来,使心理学成为一门人的科学。因此,现象学最大的贡献是使心理学摆脱了极端化的科学教条的束缚,开辟了心理学研究人的经验的一种新的可能性。但是,现象学只相信直观不相信科学,不了解人的实践活动,片面强调从主观性出发,回避直观的客观来源。这样,现象学不但不能成为真正科学的哲学方法论,而且还会导致心理学研究中的模糊性和非确定性,难以具体而科学地揭示人的心理活动的规律。

西方现代心理学的成就不容忽视,我们应认真学习、研究和汲取。但是,缺少一个正确的哲学方法论则是它们致命的弱点。各种心理学派的片面性,充分说明唯心主义经验论、唯物主义机械论、二元论、形而上学等哲学方法论所造成的局限。

唯物辩证法是心理学唯一正确的哲学方法论,它既是科学心理学的理论基础,又是心理学研究中最普遍和最根本的方法。心理学只有坚持以唯物辩证法为其哲学方法论,才能正确地规定心理学的对象、任务和方法,才能科学地掌握人的心理发生和发展的规律。因此,我们既要反对把正确的哲学方法论视为"条条"、"框框"、"束缚",忽视哲学方法论指导意义的"取消论",又要防止把正确的哲学方法论等同于心理学的"代替论"。

(2)一般科学方法论是哲学方法论和各种具体科学方法技术之间的中介和桥梁,是现代科学(自然科学、社会科学、思维科学)共同适用的科学方法论。它是在已有学科相互渗透的基础上,用抽象方法研究物质的形式和形态而产生的一些新学科,如系统论、信息论和控制论等,属于横向或横断科学的范畴。作为一门中间科学的心理学,横向科学的一般科学方法论的意义就显得更为重要。譬如,一些心理学家用系统论、信息论、控制论来研究思维的结构和过程,即把思维结构看成是一个整体动态的开放系统,而把思维过程看成是一个信息的流通和自我调控的过程,这就摆脱了传统心理学研究的元素论和还原论的束缚,为研究人的高级心理现象提供了新的方法和新的途径。事实上,皮亚杰学派特别是现代认知心理学正是利用系统论、信息论、控制论和电子科学,才促进了信息加工心理学的产生和发展。

在运用一般科学方法论研究心理学时,起码要掌握下述一些要点:

第一,在人这个系统中,至少可以分三种水平不同的子系统:一是心理和外部世界(被反映者)的关系系统;一是心理和行为活动的关系系统(反映的调节作用);一是反映和其物质本体(生理、神经系统和脑)的关系系统。

第二,人的心理是多层次的。以人的心理结构、层次来说,又可以分为从高到低的四层结构:一是人的心理的社会实践结构(主体和客体关系中的心理起源和发展);二是每个人具有的人格心理结构;三是人的共同的心理过程结构;四是人的心理的物质本体(特别是脑)结构。

第三,人的心理处于不同的序列关系之上。它既是客观存在的反映,又是脑的功能,更是作为个体的人的行为活动的调节者。心理学只有正确认识这三者对立统一的复杂系统的序列关系,才能更好地理解和调控人的心理活动。

第四,人的心理又是动态的,运动发展的。人的心理是一个开放系统,因此,也是通过信息交换的、自控的、有组织的、自我调节的系统,是从无序到有序、再到无序,又从无序经过涨落到更高的有序状态的不断向前发展的过程。例如,在人的一生的不同心理发展阶段就会形成心理的质的不同系统。

第五,由于人的心理的多水平、多层次、多序列这种多测度性,就使人的心理发生、发展不是由单测度决定,不是服从线性决定论(linear determinism),而是服从于辩证决定论(dialectical determinism)。①

当然,我们既要反对贬低系统论、信息论、控制论对心理学研究的科学方法论的意义,以哲学方法论否定一般科学方法论的倾向,又要反对把系统论、信息论、控制论万能化,以一般科学方法论取代哲学方法论的倾向。

(3)具体方法是特定科学经常使用的研究方法技术。从西方心理学史来看,哲学心理学主要采用思辨法、推测和笼统直观。而科学心理学则按着两种不同的定向,有着两种不同的研究方法图式:一种是科学主义定向的主流心理学,把心理学看作自然科学,抛弃主体内在意识的研究而以行为为心理学的唯一研究对象,主张普遍采用实验法,形成心理学研究中的实验(客观)范式。它以行为主义为典型代表。另一种是人文主义定向的非主流心理学,把心理学看作人文科学,以主体的意识经验或内在体验为心理学的首要研究对象,主张普遍采用内省法、整体分析和现象学方法,形成心理学研究中的经验(主观)范式。

历史表明,在心理学研究中,应坚持不以方法为中心而以问题为中心,根据研究对象选择和确定研究方法;反对实验主义与现象主义,力争做到主观方法(内省自陈)与客观方法(实验观察)的统一、自然科学方法与社会科学方法的统一;静态研究与动态研究的统一、纵向研究与横向研究的统一、定量分析与定性分析的统一;接受一切可用的方法,力争进行多学科与跨学科的研究;既要注意克服"重具体方法轻方法论"的倾向,又要注意防止"脱离实际空谈方法论"的倾向。

---

① 朱智贤、林崇德、董奇、申继亮:《发展心理学研究方法》,北京师范大学出版社,1991年版,第1—31页。

三、西方现代心理学未来发展的走向

心理学的未来如何？一直是心理学家普遍关注、令人困惑的问题。主要有下述三种看法：

第一种看法是悲观论,认为心理学在西方发达国家已从兴盛进展的潮流中衰落和瓦解,未来心理学很可能被其他科学所融合或取代。美国心理学家乔因森(Joynson)提出心理学处于"体弱多病"的状态。美国实验心理学家吉布森(J. J. Gibson,1904~1979)在其《自传》中指出：心理学是"站不住脚的",它获得的"很少"。科克(Kock)认为心理学已经"解体"。布罗斯基(Broadsky)不无忧虑地说：也许心理学的"衰退"正是整个西方世界丧失神经的一部分。甚至有人惊呼："心理学是一门危机的科学"。[①]

对心理学的未来持悲观论者起码有一个值得反思的问题,即以什么标准判定心理学有无前途的问题？心理学本来并非自然科学,但自冯特创建科学心理学的一百多年来,许多人却沿循自然科学的模式,特别是按着物理学的规范来要求、设计、建构和考验心理学。其结果深感心理学和自然科学的模式相距甚远,对心理学难以成为自然科学式的科学而感到悲观。詹姆士早就说过一段关于心理学的话,他说："一系列简单的事实,一些漫谈和意见上的争吵,在简单描述水平上做一些归类和概括,但是没有一条规律足以够得上物理学意义上的规律。这不是科学,这只是成为一门科学的希望。目前心理学处于伽利略以前的物理学状态,处于拉瓦锡以前的化学状态"。[②] 今天看来,詹姆士的话一部分已不是事

[①] Leahey, T. H. A history of psychology: Main currents in psychological thought. (3rd. ed.). Englewood Cliffs, N. J.: Prentice-Hall. 1992, pp. 381,398—400.

[②] James, W. Psychology: Briefer course. New York: Henry Holt. 1892.

实,心理学在一百年中积累了大量的材料,远远超出了简单描述水平。但是许多人还认为心理学目前仍处于伽利略和拉瓦锡以前的状态。可见,这种悲观论的原因就在于:没有从把握心理学的中间科学的性质和特点去评价心理学的现在,预测心理学的未来,而是单纯按照自然科学的模式去观察心理学前途的结果。显然,用这种标准观察心理学的前途,既不合逻辑,又必然会得出悲观的结论。

第二种看法是乐观论,认为在当代科学急速进展的潮流中,心理学正朝着科学的方向演变,成绩巨大,终会成为一门真正的严密的科学。最近调停乔姆斯基派与斯金纳派的心理语言学的人就持这一主张。不少心理学家大声疾呼:心理学应着手理论综合,其中的乐观派以为今后一二十年是心理学综合各方面成就,成为统一体系的最佳时期。但悲观论者却学着当年华生的口吻说,心理学还得过二百年才能成熟。黎黑认为,心理学中一次又一次的危机证明乐观主义者是错误的。[1]

第三种看法是待观论(或不定论),认为在心理学目前状况下,究竟有无前途,一时还看不清楚,有待进一步观察、定论。持这一慎重态度者还为数不少。

应当承认,心理学是一门走向成熟的科学。就是说,心理学还未完全成熟,它还不是一门规范的科学。主要表现在:(1)至今还没有一个学派能成为心理学公认的范式。(2)心理学没有一个理论能贯穿人的整个心理活动。(3)心理学中的许多概念是从其他科学中转借过来的。[2]

据未来学(futurology)预测,心理学是大有可为、大有发展的,

---

[1] Leahey,T. H. A history of psychology: Main currents in psychological thought. (3rd. ed.). Englewood Cliffs, N. J.; Prentice - Hall. 1992, pp. 381,398—400.

[2] 荆其诚:《现代心理学发展趋势》,人民出版社,1990年版,第26—34页。

很可能成为21世纪前沿的带头学科之一。

我们知道,科学的发展是由生产决定的,但生产的发展又要以科学为条件。每个历史时期,总有带头的科学,促进生产的发展。如果说20世纪头50年已成为物理学、化学的黄金时代,那么从50年代起到本世纪末就是生物学全盛的时期。到了21世纪,对心理学、神经生理学的研究,很可能成为一个重点,甚至成为一个带头的科学。[①]

首先,这是由物质运动发展的规律决定的。无论是自然世界或属人世界的各种现象,都是物质运动的表现形式。它是一个由低级到高级的发展过程,如机械的、物理的、化学的、生物的和社会的运动形式。人的心理是社会运动形式与生命(生理)运动形式相互渗透、相互转化的过程,因此,在人类对较低级的物质运动形式有了相当认识以后,自然要把探索人类心灵的秘密提到主要日程上来。这是完全合乎逻辑的。

其次,这是由人类面临的科学技术革命决定的。以原子能利用、电子工业、宇航工业、海洋工程和遗传工程等为骨干的新的科学技术革命,必将使人类进入一个新的时代,即信息社会、知识或智力社会。在这一社会里,就是大量生产知识,并且知识的生产力已成为决定生产力、竞争力、经济成就的关键因素。因此,在未来社会对人的心理素质要求越来越高,把培养具有创新意识和开拓精神的能力型人才作为教育的重点的情况下,心理科学在整个社会生活中的作用必将越来越大。

最后,这是由人在社会实践中的作用决定的。心理学的发展

---

① 据原苏联哲学家凯德洛夫(Е. М. Кедров,1903~1985)的研究,近代科学发展的早期,力学是第一个带头学科,领先200年。以后是化学、物理学和生理学一组学科,领先100年。再往后是微观物理学,领先50年。到当代是控制论、原子能和航天学,领先25年。预计下一步将是以分子生物学为中心的一组新兴学科的大发展。进入21世纪,生物科学的领先地位又将由以心理科学为中心的一组学科所取代。

不取决于人的主观愿望,而决定于它对社会实践所起的作用。社会发展的一个显著标志是生产力的发展水平,而生产力中最活跃最起作用的是人的因素。科学的创造发明,生产技术的革新,劳动效率的提高,科学的组织管理等等,只有通过人的因素、人的主体心理活动的能动性才能实现。因此,随着人类社会实践活动的发展和有关人的科学的进步,以心理学为中心的许多软科学必将进入一个新的大发展的时期。①

那么,心理学的未来走向和发展趋势如何呢?

第一,树立大心理学观,开展心理学改革,是未来心理学发展必须彻底解决的一个重大课题。

目前,造成西方心理学的弊端、困境甚至危机虽然原因很多,但是和传统科学心理学长期的束缚在旧的小心理学观之中有直接关系。旧的小心理学观的主要特征:(1)崇尚科学主义,即一百多年来主流科学心理学一直沿循自然科学传统,力图建构物理主义的心理学理论模式。(2)崇尚生物主义,即坚持生物还原论,把人与动物相等同,极力用生物学法则与动物心理的研究来解释人的心理发展。(3)崇尚个体主义,即将个体或部分群体(病人或精英)视为研究本体或中心,忽视群体的现实性及其对个体的影响与制约。(4)崇尚客观主义,即宣扬环境决定论:把客观化研究推向极端,完全排斥对主观内在心理过程的研究。(5)崇尚实验主义,即过分强调实验室的实验和确定化的定量研究,完全否定主观经验研究的特殊价值。这种脱离人的现实社会生活的传统的小心理学观,以影响全世界的心理学中的第一势力的行为主义为典型代表,其客观主义与还原主义,使心理学变成了一门"无头脑"、"无心灵"的心理学,最终必然导致西方现代心理学的衰落和危

---

① 美国科学家把科学分为七大部类,即物理化学科学、数学科学、环境科学、技术科学、生命科学、社会经济学和心理学。

机。心理学中的第三势力人本主义心理学和认知心理学在心理学中的变革,都是在这一背景下产生的。

因此,开展心理学改革,改变旧的小心理学观,树立新的大心理学观,乃是给心理学带来新的生机,开创兴旺发达的心理学新局面的必由之路。新的大心理学观的基本特征:(1)坚持心理学的人学性质,强调现实社会中活生生的人的心理生活的整体研究,既要研究人的一般心理过程,更要把人性、人格、价值、潜能、创造力和自我实现提到心理学研究的重要地位,彻底克服心理学中的生物主义和还原主义倾向。(2)坚持心理学的中间科学定向,把心理学视为自然科学与社会科学之间的一门中间科学,但要突出心理学的人文科学和精神科学的特性,彻底克服传统心理学中的科学主义或自然科学主义的倾向。(3)坚持心理学的大研究对象观,心理学既要研究个体(自我和超自我)与群体,又要研究心理(意识与潜意识)与行为,特别强调在群体及其关系中研究个体的心理与行为,彻底克服传统心理学中的"心理与意识等同论"、"行为取代心理论"、"患者或精英涵盖全部心理学对象论"等各种小心理学对象观。(4)坚持心理学的大研究领域,在以科学心理学为主体和指导的原则下,既要努力升华和吸收常识心理学以丰富科学心理学的内涵,又要大力发掘和运用哲学心理学和心理学哲学来深化对科学心理学的理解,切实把三者有机地统一起来,彻底克服心理学中的实证主义和唯智主义的局限。(5)坚持心理学的大研究方法,在贯彻心理学方法服务于心理学对象的原则下,既要把客观实验法与主观内省法统一起来,又要把本学科方法与跨学科方法统一起来,特别要突出自然实验法和主观心理体验的研究,彻底克服实验决定一切的实验主义和否定实验的现象主义倾向。

第二,开展心理学本土化的研究,建立科学本土心理学(indigenous psychology),是未来心理学发展的一种重要走向。

本来任何心理学都是以本土文化圈中的心理文化来理解、解释和干预人的心理生活的。但是,在世界心理学系统中占有支配和权威性地位的西方心理学主要是美国心理学则依循自然科学传统,认为其研究成果是超越文化界限普遍适用的,是发展各国科学心理学的普遍模式,其他国家不但不能质疑和批评,只能全盘模仿和接受。其实,西方心理学包括其学派和理论均深深植根于西方文化之中,他们以西方人为研究对象,采取适用于西方人的研究方法和技术,特别是以个人主义价值取向和种族中心主义为核心的西方文化制约着心理学全部研究定向及其理论建构。因此,虽然没有人否认西方心理学在一个世纪短短的历史中所取得的进步和成就,以及传入非西方文化圈后对于发展世界心理学的重要正面作用,但是也必须看到它的适用范围是有局限性的。[①]

正因为对西方心理学的不满和批评,近十多年来不仅在亚非拉第三世界发展中的国家,就是在美国以外的一些欧亚西方发达国家也出现了心理学研究本土化的趋势,以建立不同于美国心理学的心理学。可见,现代心理学的本土化是西方心理学定向扭曲和超越文化的弊端所决定的,也是现代心理学的科学主义、人本主义和文化主义三种走向统合的历史必然性所决定的。有人把重新面向本土传统形态心理学称为科学心理学中的"回归革命"(retro-revolution)[②],甚至认为本土心理学是摆脱殖民地化的"被解放心理学"(liberated psychology)[③]。

心理学的本土化与世界化是相辅相成的,本土化是世界化的前提和母体,世界化则是本土化的升华和归宿。没有本土化,心理

---

① 葛鲁嘉:《中国本土的传统形态心理学与本土化的科学形态心理学》,《社会科学战线》,1994年第2期,第68—73页。
② Moscovici, S. Foreword. In P. Heelas, & A. Lock (Eds.), Indigenous psychology. New York: Academic Press. 1981.
③ Enviquez, V. G. Indigenous psychology and national consciousness. Tokyoc: Institute for the study of Languages and Cultures of Asia and Africa. 1989.

学就不可能在一个国家或地区（尤其是发展中国家）的社会文化结构中真正扎下根，并形成有关当地人的心理与行为的科学知识体系。而没有世界化，一国或一地区的心理学就无法参与该学科的全球性合作，无法改变在世界心理学中的非主流的边陲地位，同样也不能为揭示人类和行为的共同规律做出自己的贡献。因此，未来心理学将是呈现出本土化和世界化相统一的发展趋势。我们必须努力改变两种传统观念（"心理学无国界论"、"只研究心理历程论"），认清西方心理学的弊端，明确本土心理学的宗旨，大力发掘中国哲学心理学遗产，积极总结常识心理学的经验，认真开展对中国人心理的实证研究，努力改革和创造研究方法，防止盲目排外的虚无主义和妄自尊大的狭隘民族主义两种倾向。

第三，心理学研究取向的多元与综合，促进统一的心理学理论模式的建构，是未来心理学发展的一个极为重要的方向。

心理学研究对象是世界上最复杂的现象，它与许多科学所研究的现象具有复杂错综的联系，加上目前研究方法与手段的局限，对人脑内在的心理活动的研究还停留在黑箱（black box）至多刚刚进入灰箱（gray box）阶段，与直接研究脑的内部活动的白箱（white box）水平还相距甚远，因而一百多年来至今尚未形成一个统一的心理学研究取向。阿特金森（R. L. Atkinson, 1990）等在美国著名教科书《心理学导论》中指出，取向多元，日趋综合是当代世界心理学发展的一大趋向。作者根据当前心理学尚无统一的理论模式的情况，采取理论多元化的视角，主要从五种研究取向（神经生物学、行为主义、精神分析、人本主义心理学和认知心理学），尤其重在吸取各家之长，综合地运用几种观点，以解析人的心理及其行为形成的机制。例如，研究攻击行为时，神经生物学取向着重于揭示其脑机制，以电或化学方法刺激大脑深部特定区域来加以控制；行为主义取向致力于改变外界环境，提供新的学习经验，以产生无攻击性行为；精神分析取向专注于追求潜意识驱力和童年经验（情结),以帮助个人控制攻击性,或以社会允许的形式得到舒展;人本主义心理学取向集中于改进社会和人际关系,消除攻击性的根源,促进自我实现的进程;认知心理学取向则努力于研究个人的认知方式,以及接受不同信息时个人认知改变的可能、条件和走向。可见,今天学习心理学,不是同意或不同意某一流派,而是从各派的研究中得到最为有益的东西。这样才能使我们对人类心理历程的知识有所继承、有所发展。

20世纪以来,心理学出现两次较大的综合的趋势:第一次是30年代以来,学派林立、各执一端的局面有了改变,出现相互吸收、采长补短的趋势。例如,新行为主义者冲破了S-R这个简单公式,试图在二者之间引进中介变量,深入到认识过程的内部机制中,至少不再否认意识的研究;并受完形学派的影响而注意整体行为的研究。又如,完形学派也注意了行为的研究,勒温还提出了行为的公式:$B = f(PE)$。

第二次是50年代以来,西方心理学由众多学派形成两大系统(科学主义与人本主义)、五大取向或五大理论。[①] 其中,人本主义心理学属于在人本主义基础上的综合,形成了与行为主义(第一势力)和精神分析(第二势力)既有对立又有统一的第三势力。[②] 而认知心理学则属于在科学主义基础上的综合,包括各邻近学科之间的相互交叉、彼此渗透,呈现出心理学综合化、整体化的大科学的研究趋势。显然,第二次综合比第一次综合要广泛而深入得多。

不难看出,21世纪心理学在促进实验(客观)范式与经验(主观)范式的统合、科学主义研究取向与人本主义研究取向的统合,

[①] 阿特金森等著(孙名之等译、车文博审订):《心理学导论》,台湾晓园出版社,1994年版,vi。

[②] DeCarvalho, R. J. The founders of humanistic psychology. New York: Praeger. 1991.

建构一种统一的心理学理论模式方面将会做出重大的贡献。

第四,强化理论研究和理论建构,提高心理科学的理论水平,是未来心理学发展的重要走向之一。

以实证主义为哲学方法的传统心理学,特别是占统治地位半个多世纪的行为主义,给心理学带来两个明显的恶果:一是对理论建构的轻视,导致盲目的实证研究和严重的理论贫困。奥尔波特(G. W. Allport, 1897~1969)直截了当地指出:"由孔德倡导的实证主义的出现,已经导致了一种本质上非理论的倾向。结果,在报纸、杂志和教科书中塞满了特殊的和个别的调查研究,而理论的兴趣却降低到最低程度"。① 显然,在对方法和技术崇拜的同时,必然会出现排斥乃至抛弃理论的倾向。二是对其他心理学理论传统的排斥,使心理学的发展缺乏必要的高瞻远瞩和丰富的文化滋养。

西方心理学衰落和危机的主要原因之一,就是对已经取得的而且正在不断取得的大量的科学实验成果缺乏正确的科学方法论的指导。这一矛盾,使他们难以对积累的大量资料做出科学的概括,难以对心身关系这样一系列基本理论问题做出科学的回答,必然继续陷入实验主义和现象主义的境地。由于心理学缺乏一个坚实的理论基础,加上其他原因,所以心理学至今还没有形成一个统一的理论范式,没有一个理论能够贯穿人的整个心理活动,缺乏一套独创的公认的理论和范畴。

回顾西方心理学史,在理论研究和理论建构上已经历了两个历史阶段:第一阶段,从19世纪80年代至20世纪20年代,主要是建构学派或学科的大型理论(或大型体系)(majorsystem),各执一端,互相对抗。第二阶段,从20世纪30年代开始至现在,主要是建构小型理论(或微观体系)(miniature system),它只限于解释

---

① 周晓虹:《现代社会心理学的危机与后现代社会心理学的兴起》,《江苏社会科学》,1994年第4期,第128—132页。

一种心理事实的理论,而不用以解释一般现象的理论。此时各派对立有所缓和,出现相互吸收、取长补短的现象,特别是热衷于建构小型理论成为近来心理学发展的新趋势。

事物总是向对立面转化的。它由肯定达到对自身的否定,再由否定进到新的肯定,即否定之否定,使事物的运动变化发展呈现为螺旋式上升或波浪式前进的过程。有识之士预测,未来西方心理学的理论很可能按照如下的轨迹发展,即从否定大理论,肯定小理论,到否定小理论,肯定大理论,这正符合否定之否定的规律。因此,小理论的大综合,大理论的新建构,大小理论的和谐发展,不仅是心理学发展的历史必然,而且是未来心理学发展的新趋势。

第五,面向社会,深入生活,大力加强应用心理学的研究,是未来心理学发展的生命力所在。

心理学发展的高度综合和高度分化是对立统一的。高度分化使科研部类越分越细,越分越多。据统计,心理学的分支学科目前已有一百多个。这是科学认识深入发展的必然结果,也是心理学广泛应用生活的自然产物。

西方现代心理学派除构造主义外,都是反对"象牙之塔"里面的"纯心理学",主张发展应用心理学。目前它主要包括八个方面:(1)人事行政方面,如人员甄选、训练与人事管理等;(2)工业生产方面,如劳动方式、劳动效率、工作环境、意外事故、人机关系等;(3)商业消费方面,如消费行为、市场心理、广告效应等;(4)学校教育方面,如学生行为、师资培训、教材教法、教书育人、学校管理等;(5)心理咨询方面,如学习、生活、职业、婚姻等的辅导咨询;(6)医疗卫生方面,如心理诊断、心理治疗、心理康复、心理卫生等;(7)司法方面,如审讯、采证、立法程序、劳教劳改、司法管理等;(8)国防军事方面,如人员选择、军事分类、军事教育、宣传与心理战、谣言心理等。如果说20世纪30年代以前心理学家几乎都局限于大专院校的话,那么今天则有百分之六十以上的心理学家任职于各级政府机关、工商界、医院诊所、教育部门、法院和部队。

诚然,心理学的应用研究已有很大发展,并取得相当成果,但是由于心理学与现实社会缺乏紧密联系,理论探讨与应用研究严重脱节,特别是随着社会的飞速发展,人们的心理内涵越来越丰富,精神需要越来越多样,目前的心理学远远不能满足人们对它的期望,对许多心理问题还束手无策,难以解决。因此,心理学面向社会,参与生活,大力加强应用心理学研究的力度、广度、深度和效度,乃是未来心理学发展的极为重要的走向。[①] 特别是在我国物质文明与精神文明的建设中,在优化人的心理素质,提高人的心理健康水平,实现人的价值与潜能,造福人类社会方面,21世纪的心理学将会大显身手,大展宏图。

(原载《社会科学战线》1995年第5期)

[①] 车文博:《西方心理学史》,台湾东华书局,1995年,第十七章,回顾与展望。

20世纪西方美学管窥

滕守尧

本世纪的西方美学经历了从形而上到形而下,然后再从形而下的经验描述到更高层次的哲学思辨的历程。它经受过今日科学思潮的洗礼,接受了现代艺术和后现代艺术的检验。今天,西方美学大有与带浓厚哲学气息的现代艺术和后现代艺术融为一体的趋势,因此,这种美学已不再是传统意义上的美学,正如艺术也不再是传统意义上的艺术一样。它已经成为一种完全开放的领域,进入一种永恒的非完成态,充满否定、反叛和怀疑精神。

本世纪西方美学大体可分为两个时期,即现代主义期和后现代主义期。前者约流行于本世纪初至本世纪六七十年代,后者流行于七八十年代。现代美学形成于西方工业化时期。这一时期,城市急剧扩大,乡村的田园生活以及与这种生活相联系的神秘的宗教气息和诗的气氛遭到破坏,世界失去了往日的诗意和宁静。人们开始用科学的眼光去审视过去所感到神圣和神秘的东西,试图去发现埋藏在表面现象之下的更深层的现实。作为文化之最敏感部分的美感和艺术也毫不例外地成为科学发掘和穿透的对象。与之相对应,美学家对美学问题的思考也由纯形而上的方式转向经验的方式,从询问"什么是美?"、"什么是艺术?"的终极发问转到"美是怎样的?艺术是怎样?"的经验发问。后一种发问迫使美学成为一种经验的和描述的学科,使形而上的思辨让位于经验的描述,神秘主义让位于自然主义。在这股潮流的冲击下,美学的研究对象不再是抽象的美,而是更为具体可见的艺术。人们开始从心理学的角度研究艺术创造和欣赏,从社会学的角度研究艺术的起源和功能,从历史的角度研究艺术风格的形成和衰老。这种联系实际的多层次和多角度的研究,构成多姿多彩、生动活泼、变化多端的现代美学主体,造就了西方现代美学的一个基本特征,其研究不再从抽象的假设和信仰出发,而是从人类活生生的实际经验出发。

在现代美学思潮开始涌现的转型期。出现了两位极为有影响的美学家,一位是克罗齐,另一位是杜威。克罗齐的"艺术即直觉、直觉即表现"的美学思想带有浓厚的大陆理性色彩,与黑格尔、柏格森的美学一脉相承,杜威的"艺术即经验"说则带有英美经验主义色彩;前者坚守亚里士多德的传统,把艺术的认识形式视为一种独特的、与其他认识形式极其不同的自成一体的认识形式,艺术事业则是一种完全不同于日常生活中"做事"的"创造"。后者则要把这个千年一贯制的观念颠倒过来,不再把艺术同生活、艺术与科学严格区分开来,认为艺术能提高人的智力,能将知识有机地溶解在艺术品的生产中,因而不过是人类无数创造性活动中的一种。克罗齐的美学带有唯心主义的色彩,强调的是艺术的非科学、非认识、非生活、非经验的神秘性,认为直觉是心灵的一种综合作用,通过这种综合,混沌模糊的情感就具有了形式,成为清晰的意象,情感也就因此而得到表现。正因为此,直觉与情感表现是一而二,二而一的事情。它表现的情感是人类普遍的情感,但其表现方式却是个别的、独一无二的,这就决定了,直觉不同于哲学思维、逻辑和科学认识,更不同于带功利性质的想像和日常经验,因而不能成为教育的工具,不能成为伦理的附庸。它具有特殊的性相,而且从不复演。正因为如此,"人类在审美方面无所谓进步和落后"。杜威美学则自觉地超越了唯物和唯心的范围,其最大特点是把艺术经验与人在自然中的生活经验结合在一起考虑,认为艺术经验不过是完美的生活经验,认为人取得自身解放的能力的关键,是通过人与环境的遭遇,通过人的行动的力量,将环境塑造成人所需要的样子。与此同时,它又反过来强调生活和经验的艺术性质,认为生活不过是一种紧张和紧张消除的辩证过程,艺术则是生活过程的积极的部分,只要保持这种积极的东西,生活就成了艺术的。在这种美学中,不仅艺术和生活不分离,思想和行动同样不分离,因为思想同样是有机体与环境之间的一种积极的、不间断的和辩证发展相互作用过程。在杜威看来,认识或取得知识不过是另一种"做事",而不仅仅是一种"观察"或"看"。这样以来,它就彻底抛弃了"旁观认识论"的观念,把审美和知觉问题推向一个新的高度。

很明显,这两种美学,一个强调的是艺术的特殊性,一个强调艺术与生活和实践的融溶。他们不止一次地论战,一个为美学和艺术的特殊地位辩护,为与艺术密切相关的特殊认识能力—直觉—的特殊地位辩护。另一个极力把艺术拉到现实生活中,认为不如此就会造就一种贫血的艺术,使艺术永远处于同人的真实生活环境分离的不可能的位置上。尽管分歧如此深刻,这两种美学都是现代艺术兴起时的美学,二者都融合了哲学形而上学和哲学科学思想,却不再是纯的形而上学,更不再是纯粹的科学。它们都超越了心理主义和实证主义阶段,摆脱了形而上学和科学主义的束缚,开始以审美的心灵哲学形式,重新研究艺术问题。因而各自都对现代美学的发展起了积极的推动作用,各自都产生了巨大的影响。相比较之下,杜威的美学对那些正处在工业化进程中的人更为顺耳,克罗齐美学则适合那些强调艺术特殊性的人的心理。前者被认为是"奠定了真正的现代美学基础"的美学,后者亦被认为是开现代美学之先河者。(克罗齐之后涌现出一大批具有克罗齐特色的美学家,如科林伍德、开勒特等。)

第二次世界大战后,西方美学从大陆理性主义美学和英美经验主义美学的交织变为后者占据上风。英美经验主义美学研究的美学问题主要有两大类。第一类包括如何理解和把握艺术及与艺术有关的人类行为和经验模式的问题。例如,如何描述和解释各种艺术,包括它们的形式和风格,他们在各种文化环境中的起源、发展和作用,还有作为它们之基础的人类本性及其心理和社会的过程。对于这些问题,美学家们多用经验科学的方法解决。第二类则包括与美学有关的各种逻辑问题。如关于美学和艺术的概念、术语和方法论的问题。对于这些问题,美学家们多通过哲学分析的方法解决。以后,人们把第一种方式的研究称为科学美学,把第二种方式的研究称为分析美学。科学美学被认为是科学的、描述性的和自然主义的,如当时出现的格式塔美学、精神分析美学、符号美学等,均属于此类。分类美学则试图把美学研究的重心转移到与艺术和审美有关的语言问题和意义问题上。它的基本原则是通过词语了解世界。在相当一段时期内,分析美学产生了相当大的影响。

在科学美学中最值得一提的是苏珊·朗格的符号主义美学和阿恩海姆的艺术心理学。用美国当代美学家提吉拉的话来说,这两个人的美学均"以经验为依据,更敢于正视艺术的现实,更深入艺术……朗格强调感性和思维之间的紧密联系,把卡西勒的符号概念发展为针对人对宗教仪式、韵律、戏剧性、相互作用、游戏、内向性、生存秩序和适应之类的基本需要而产生的能动性造型的符号活动,尤其值得一提的是她对感觉、抽象和表现之间的关系的研究。在分析亚里士多德和杜威著作中的上述概念时,她断然否定了思想和感情、认识结构和表现结构、判断和欣赏之间的二元对立关系。而阿恩海姆则对我们接受和赖以组成世界、负责创造和接受的艺术思维和知觉过程,进行了深入细致的研究,从而对格式塔心理学及其有关形式的哲学(即胡塞尔开创的哲学)的发展作出了独特的贡献。"[①]

[①] 李卜曼:《当代美学》,光明日报出版社,1986年版,第54页。

朗格作为西方战后到50年代期间最走红的美国女美学家,其美学被库恩等美学史权威视为继克罗齐表现论之后西方现代最重要的美学思潮之一。她的代表作《情感与形式》和《艺术问题》发表后声名大振,被列入《新时代百科全书》美学条目,与康德、柏格森、克罗齐、杜威一起并列为西方近代五大美学明星。其符号论美学以批判克罗齐——柯林伍德表现论美学为起点,把艺术问题置于人类文化的大背景之下。在朗格看来,克罗齐表现论的要害,就在于其"唯直觉论",把艺术说成是艺术家个人情感的表现。朗格通过符号研究,全面地考察了人、世界和文化现象本身,认为艺术现象也和人类一切文化现象和精神活动一样,都是以符号的方式表达的人类的经验,因此,艺术不仅是情感表现,而且是一种特殊的符号活动,这种符号活动的最精华之处,就在于它体现了精神活动和物质制造活动的高度统一,并赋予人类一切经验以秩序。因此,符号并不单纯反映客观世界,更重要地是在构造人类自己的世界,它同人的心理结构一样,不是一种绝对的、一成不变的东西,而是一种历史的、流动的和相对的东西。之所以如此,是因为它永远处于情感与形式、感性与理性、意识与无意识、精神与物质等两极之间的"边缘地带"。朗格以当代心理学和生理学科学研究成果为依据,对"直觉"作了深入研究,认为直觉说到底,就是感性和理性的最佳融合状态,其根深及人类原始本能,贯穿于人类一切本能的观看活动和听觉活动中。在那些被科学认为纯感性的活动中,就已经有了某种本能自发的理性和感性的融合,这种特殊的能力是人类早期同自然长期对话和相互作用的结果。朗格对这一神秘的和不确定的边缘领域的探讨,不仅为当时大量出现的抽象艺术找到了理论根据,而且成为以后出现的美学相对主义思潮的先声。可以说,不管是后来分析美学提出的艺术的"开放"概念,还是解释学美学提出的"对话"和"视界融合"概念,亦或是接受美学的"未定性与意义空白",都未能逃脱朗格洞察到的这一边缘领域。

与朗格同时的艺术心理学家阿恩海姆,则从格式塔心理学角度对这一边缘领域进行了深入探讨,得出了同朗格近似的结论。阿恩海姆在《艺术与视知觉》的开端伊始就指出,西方文化由于受近代科学主义的影响,已经成为一种病态的文化。其疾病的最主要表现形式,就是重理性,轻感性;重逻辑推理,轻直觉判断,最终导致感性和理性的严重分裂。他认为,这种分裂主要原因是人们不了解知觉,尤其是视知觉,乃是人类认识之基础,不了解在知觉中已经有了理性和感性的微妙融合。阿恩海姆用"场"的理论和"异质同构"说去解释"视知觉"中的这种融合,认为"场"乃是感性和理性之间的一个最重要的"中介物"。这个"场"就位于人类的大脑视皮层中。人们的眼睛之所以能一下子看到事物的形状或形式,主要是由于先有的知觉概念和此时的外物刺激在大脑力场中的相互作用和融合。眼睛看到的形状和形式,只不过是这个力场中不同的力相互作用后达到的稳定状态。人们之所以在艺术品,尤其是抽象的式样中看到力的作用,看到平衡和不平衡,看到张力和紧张,看到生命和死亡的对抗,前提就是因为这个实实在在的力场的存在。这样以来,他就不仅解决了直觉的"直接性"问题,同时也解释了艺术表现问题,即为什么会在抽象的式样中看到人类感情的问题。

从六七十年代起,西方美学逐渐由现代期进入后现代期。现代美学和后现代美学究竟有何区别?仅从它们对待艺术的态度看,其区别在于,现代美学强调的是艺术所"表现"的东西,后现代美学则强调"表现活动本身"。如上所言,在现代美学中,不管是克罗齐的"直觉",还是杜威的"经验",亦或是朗格的"人类普遍的情感概念"及弗洛伊德的"无意识",都不是一种表面上一眼就能看到的东西,而是必须经过艰苦的挖掘方能找到的东西。很明显,这种所要"表现"的东西与19世纪浪漫主义时代所要"再现"的东西已经大大不同。在再现艺术中,如果被再现的是一双鞋子,不管这种再现从什么角度进行，必须含有鞋子的信息。同样，如果再现的是一个人的真实感情，就必须含有其真实感情的信息。但表现就不同了，在这里，鞋子只能是一种表象，其掩盖的是某种深层的、神秘的意义或情感模式，虽然这些深层的和神秘的东西是作者个人直觉或知觉到的，因而带有强烈的个人风格、视角和色彩。

与这种一味追求深层的艺术表现相对应的，是一种寻找艺术之深层表现含义的解释学美学。现代解释学美学与过去解释学的区别在于，后者所要解释的是文本作者的原意，前者则要在文本下面发掘出一种"地下的"或"埋藏的"含义。很显然，前者是一种比后者更富侵略性的解释，它蔑视一切表层的东西，对之打上括号，搁置在一边，不予理会，而只对深层的和隐蔽的东西感兴趣。

与现代艺术不同，后现代艺术竭力要打破现代艺术的这种深层追求，更不追求文本的所谓"原义"，而是把注意力放到表象和表现使用的媒介本身。西方学者詹明信曾经总结了这种后现代艺术所要打破的四种深层模式。一是黑格尔通过现象与本质的对立统一辩证法追问事物之内在规律和本质的深层模式；二是弗洛伊德通过意识与无意识的辩证追问实际发生的事情中所隐藏的东西的深层模式；三是存在主义在非确定的东西下面寻找确定性东西的深层模式；四是符号学在能指中寻找所指的深层模式。与这种寻求深层的后现代艺术相对应的，是一种后现代的解释学美学。这种美学从加德默尔开始，主张放弃一切挖掘深层的努力，把注意力从所要理解或解释的东西，转移到理解和解释活动本身。它所要证明的是，理解并不是主体之诸多行为中的一种，而是像海德格尔说的那样，是具有根本变动性的"此在"本身的存在方式。从这一点出发，解释学就是要人们真正认识到，"一切传导物、艺术以及往日的其他一切创造物，如法律、宗教、哲学等，都是异于其原始意义的，它们依赖的都是正在执行传导的精神……这便是历史意识的诞生。"①按照这种解释学,一切对作品之"本来意义"的重建工作都是无效的,即使其"生命"被再造了,也不再是原来的生命,就像那些按照古代条件恢复的古建筑物不再是原来的东西一样。这种解释学追求真理时就好像面对一尊神像,其真理一方面包含着神像由之而来的宗教经验的世界,另一方面又作为一种艺术品给我们古人未曾有过的审美的冥思和享受。此时此地,神像的原初的世界也属于我们的世界,这就是同时包括了两个世界的后现代解释学天地。

后现代解释学直接导致了美学向语言学的转向,因为在这种解释中,解释和理解总是发生在语言媒介之中的,因此,不必到语言之外的地方寻找填平过去与现在、作者视野与读者视野、文本与解释者之间鸿沟的桥梁。因为上述对立两极都是作为对话过程中正在发展着的活生生的语言过程的一部分而存在着,在对话中二者互相融合,与这种融合相伴随的,是意义的发展。因此,从根本上说,后现代解释学美学所主张的,其实是一种对古典式解释和现代解释模式的反抗。多数后现代美学家认为,现代解释是反动的和窒息的,它使人们的思想过于膨胀,而这种膨胀又是以牺牲人们的真正能力和感受为代价的,因而不过是思想向艺术的复仇行动。而向艺术的复仇就是向人们亲身感受到的世界本身的复仇,它使人类的感悟更贫乏,甚至会将之耗尽。

除加德默尔外,还有另外值得一提的后现代美学代表人物,如法国的罗兰·巴特、利奥塔德和德国美学家伊瑟尔。巴特是一个上承结构主义,下启解构主义的人物。他一生最感兴趣,而且不断研究和不断实践,最后做出惊人的成就的课题和领域,就是"写作"。巴特认为,后现代写作应该是"不及物的"。所谓"不及物",就是不再把重点放在说的东西,而是从所要说的东西中返回到说

---

① 加德默尔:《真理与方法》,辽宁人民出版社,1987年版,第243页。

话本身,以说话的行动本身代替写作涉及的外在现实和情景。经过这样一种"回返",语言就不再是一种工具和媒介,而变成一种目的。这种变化使"写作"进入人们追求和向往的"自由"本身的形态。这种自由的写作写出的是一种可以引发人们进一步写作的"文本",而不是一般的作品。巴特用自己亲自写作的东西证明他关于写作的理论。他写出的东西,少有说教,而是一串串坚实、紧凑、警言式的句子。在这种句子中,"能指"不再一闪而过指向所指,而是自己在"演出"和"舞蹈",以传达自身的意味和哲理。巴特理论的另一闪光处是他对"钝义"的论述。所谓"钝义",是相对于意义的鲜明性和锐利性而言。"钝"在这儿是一个动词,指对"显义"——显明和确定的意义——的紧急刹车或对它们的颠覆和阻碍。巴特认为,正是这种颠覆和刹车,才打开了通向语言的无限领域的大门,使语言进入审美的家族,使意义超出了文化、知识和信息的范围,它最后产生出的是一个比径直叙述性的意义大得多的"第三意义"或"无意义的意义"。

伊瑟尔的接受美学则是一个上承格式塔心理学、存在主义美学以及结构主义和现象学美学,下继后现代美学的美学。伊瑟尔从英伽登的文本"未定性"理论中得到启示,发展出他的"作品作为一种召唤结构"的理论。按照这种理论,作品不再是死的和等待读者发掘的东西,而是一种召唤读者参与其中的活的结构。它之所以具有这种强大的召唤力,就是作品留下了许多等待填补的"意义空白"。空白为什么会有如此大的力量?在伊瑟尔看来,作品发出召唤,就是召唤读者与作品进行交流与对话。这种交流也同一切一般的社会交流一样,必须以双方的平等为前提,当双方以对称的形式互相传达自己的思想,并通过相互提问和印证的方式交谈时,交流就避免了偶然性,谈话者就能获得对方的确切理解。但是,缺少空白的文本造成的文学阅读,只能造成读者与文本间不对称交流,在这种交流中,信息发出者的意图语境早已经消失,只在信息载体中留下一些暗示。这样以来,交流就不成其为交流,因为在这种交流中,不能构成任何反馈,读者无法检验自己对文本的理解和阐释是否恰当。那么究竟如何才能使反馈进行呢？关键是建立起能在文本与读者之间调节的直接语境,这种语境只能靠读者从文本的暗示或意指中去建立。由于文本无法自发地响应读者在阅读过程中的指示和提问,就只能通过未定性或空白,来召唤读者的合作。这种调节不是靠既定代码进行的,而是通过一种明确与暗隐、展现与隐伏之间相互制约、相互作用的过程来实现。空白的出现大大激发了读者建构的能动性,把文本和读者同时提升为平等对话的主体。

利奥塔德是现今正活跃在西方文坛上的后现代主义美学代表人物,由于他对后现代文化和后现代美学的独特而深刻的解释,使他成为晚近时期的后现代主义美学权威。利奥塔德用"谬误推理"解释这个时期的美学。按照这种美学,阅读不是领会作者原意,而是误读;解释不是构造,而是解构;对话不再是达到读者和作者之间的沟通,而是造成差异,因为读者已经从消费者和接受者转化为生产者,使作品成为文本,成为意味着任何一种东西的领域,不再具有固定明确的意义。而他说的文本,只是一大堆不可穷尽的能指的聚合。在他看来,从这一角度看问题,所有文学都是互为文本的,因为作品不再有明显的界限,它不断扩散到周围的作品,在与这些作品的边界处生产出种种变幻莫测的光景,这些光景乍一展现,就又一一消失。从这一角度看问题,文本只不过是联结所有意义网络的一个纽结。他极力为"谬误推理"的合法性辩护,认为谬误推理不同于革新。革新是在社会系统的命令下运作的,谬误推理则是靠语言游戏的异质多重性进行的,它正好适合了后工业社会所发现的知识的局限性、断裂性、相互矛盾性和不稳定性。从表面上看,利氏美学是一种走向飘忽不定的过程的美学,一种丧失了价值深度和标准的美学,一种追求丑而不是美、追求反艺术或非艺术而不是艺术的美学,其骨子里却是在高扬一种后现代的反叛精神。它所要克服和反叛的,主要是后现代时期出现的那些符合当政者意图的"正确意象"、"正确形式"和"正确叙事"。它与现代艺术对着干,就是要打破现代艺术造成的正统审美趣味,扫荡现代艺术造成的一切成规,蔑视现代艺术造成的一切权威和限制,用一种多元、宽容、怎么都行的反叛精神与之对抗。对于这种美学来说,不断地打破规则就是它的规则,不断地反抗固定的意义就是它要的意义,不断地对现实生活扭曲变形就是它要的真实,不断地消解和排除形而上学的终极真理就是它的真理,不断质疑和怀疑"为"就是它的"为"。对许多中国读者来说,利氏美学有许多与中国古代道家哲学类似的地方。他的反叛十分像老子的"反者道之动"原则,他还同中国的庄子一样,清醒地认识到全知全能的不可能,否认人能达到对事物的总体本质的认识,认为概念与对象不能同一,认为任何一种理论体系都不能说明世界,认为人自身是有局限性的,认为人因为自己的局限性而不能完全超越、不能把握世界整体,认为人根据自己设计的体系所把握到的不过是事物的假象。根据这样一些前提,他就像中国古代道家一样,奉行一种"逆向型思维方式"或一种"谬误推理"采取一种鄙视一切权威和既定模式的反叛态度,使用一种否定的甚至常常是自我矛盾的表达方式。他也同老子和庄子一样,其语言往往模棱两可,充满悖论;其思想则反对建立体系,反对整体和中心,宁愿安心于差异之中和现时之中。

在整个后现代思潮中,还有一种更为独特的美学,即西方马克思主义美学,这一美学的代表人物是阿多诺。阿氏曾是法兰克福学派中坚人物,他提出"否定美学"理论令世人瞩目。这种否定美学的基础是其在批判继承黑格尔的辩证法和胡塞尔的现象学的基础上发展起来的"否定哲学"。众所周知,黑格尔辩证法的前提是逻辑和存在、精神与现实的最终同一,并坚信存在一个绝对的真理。而与之对立的阿多诺的否定哲学的前提,则是对"非同一性"和"中介性"的强调,认为既不能把存在归结到精神,又不能把存在归结到物质,认为精神和物质、整体和个别、自然和历史、主观和客观等对立范畴之间,是互为中介关系,而不是简单地从一个推衍出另一个。因此,在看待这些对立范畴中的任何一项时,都不能用静止的眼光,而是把它们每一个都看成是处于两极之间的紧张的"力场"中,因此,永远不存在什么绝对的真理,只存在对历史性真理的偶然的和片断性的窥视。从这种"否定哲学"出发,他又进一步发展出一种"否定美学观",认为既然资产阶级的"工具理性"(指操纵、计算等狭隘的技术理性)依靠"高效率的专家式管理"导致了人类的种种异化,从而重复了古代神话时代的落后,造成"现代的古代"。既然如此,就应该断然抛弃它,发展出一种更加合理的"实质理性"。而要发展出这种新的理性,就要"对每一种直接的或刻不容缓的急功近利活动断然而明确地否定"。这种独特的"否定意识"类似于我们说的"以毒攻毒"。具体地说,为了削弱和消除一切形式的科学主义、实证主义和技术崇拜,就要发展一种空洞、无能为力、无目的性的文化艺术作为加于它们的一种反向作用力,这样就会产生一种新的升华,最终展示出现代社会及其文化的空洞、无能为力和无目的性,以及一切"乌托邦希望"在这个社会的必然失败。通过使黑暗的东西看上去更加黑暗,通过对这个社会之"异化"的不动声色但又无情的暴露,黑暗和异化便悄悄地得到克制。这是黑暗与黑暗、空洞与空洞、无能为力与无能为力的对接。在这种对接中,现代艺术与现代社会极其黑暗的大背景融为一体,造成一种"黑色的理想"。这种理想造成的贫瘠,不可避免地成为对现代社会中那极其不必要的,但又完全可以避免的贫穷的控告。因此,"黑色理想"固然黑暗,却因为已经走到极端,就要回返。与此同时,现代社会的虚幻的光彩也消失在否定的暗影中,二者相聚,在人类意识中生发出一种"新"的光明。如阿多诺所说,与这种艺术相比,其他一切形式的反抗,都只能造成极其有限的撞击,因为它们反抗的社会现实很快就在社会的广泛的无动于衷中消失。阿氏认为,这种"否定之否定"在现代艺术中还有其他一些具体表现,例如现代艺术的不可理解性和不可解释性,就是意在用一种与传统"反思"相对立的"第二反思"来反抗内容的清晰表达,造成一种与清晰的意图和内容相对立的"盲"和"荒唐",最后使现代艺术进入一个黑暗虚无的世界,成为对无所不能的"理性"的广泛批判。以此类推,现代艺术中的"丑"不再是对美衬托,而是一种"返身"强化自己,最后达到对其自身和对那种虚幻空洞的美的双重否定或否定之否定。正如阿多诺所说,它越是这样,就越给人以美感。相反,美如果脱离丑或不与丑融合,就沦落为纯粹的美,而任何展示纯粹美的艺术,在现代艺术中都被视为糟粕。

(原载《社会科学战线》1996年第2期)

现代意境研究述评

古 风

  意境，在中国古代文论和美学中，是一个最有生命力和最现代化了的重要范畴。因此，在现代的古代文论和美学范畴研究中，对于意境的研究最多、最热烈、也最有成效。本文所指的"现代"，是从1919年至1991年这段时间。在这70多年时间里，我国政治、经济和文化一直处于急风骤雨的变革之中，所以，意境研究的发展既遇到了挑战，也得到了机遇。但是与以往相比，意境研究还是向前大大地发展了，即由十分普遍和深入的理论研究向学科的建构迈进。现从三个方面，述评如下：

一、现代意境研究的社会文化背景

  现代意境研究，是现代社会科学文化的重要内容之一。因而，现代意境研究便与现代社会科学文化的发展息息相关。具体地说，从研究者的观念、研究的方法到研究的规模等等，都直接或间接地受到现代社会科学文化背景的规定和制约。

  1. 文艺美学轴心的调节与反调节

  从上古至近古，我国文艺美学的轴心是人与自然的审美关系，于是在这个轴心上便形成了意境范畴和意境理论。然而，进入现代社会以来，这种情形则不复存在了。首先，连年不断的战争从外部促使文化轴心的转换和文艺美学轴心的调节。从20年代到建国前的30多年中,大小战争连年不断,特别是抗日战争和解放战争,几乎动员了全国的老百姓以各种方式投入战争,当然文化艺术人也不例外。这一时期的文化轴心,便由人与自然的审美关系转换为人与人、人与社会的审美关系。实质上这是一种战时形态的文化。传统文化人赏花吟月的悠闲心态发生了变化,长期以来占据他们心理世界的风花雪月逐渐被社会人事所替代。如30年代,文艺界人士对"新月派"诗人和林语堂、周作人小品文的吟花玩月的唯美主义倾向的批评,就证明了这一点。其次,马克思主义文艺美学、特别是毛泽东的文艺思想,从内部决定了文化轴心的转换和文艺美学轴心的调节。1942年,毛泽东《在延安文艺座谈会上的讲话》就是一个明确的标志。他认为,在"五四"以来的文化战线上,革命的文学艺术运动,"和当时的革命战争,在总的方向上是一致的。"以工农兵群众为主体的社会生活,是革命文艺的唯一的源泉,因此号召广大文艺工作者"到工农兵群众中去"。这与在20年代初期,宗白华先生所认为的:"花草的精神,水月的颜色,都是诗意诗境的范本",因而主张诗人"在自然中活动"① 是大不一样的。这是传统审美文化轴心向现代转换的根本标志。这时,构成艺术意境的两个方面即"意"与"境"都发生了变化。"意"由诗人之情变为"人民之情","境"由风花雪月变为"人民之事"。② 文艺的情感内涵及其载体发生了根本性的变化,为近代改良派诗人所向往的"新意境"终于出现了。这种情形在20年代中后期就绽露端倪了。从闻一多先生收编的《现代诗钞》中就可看出,诗境已变化为

---

① 王永生主编:《中国现代文论选》第一册,贵州人民出版社,1982年版,第28页。
② 王永生主编:《中国现代文论选》第一册,贵州人民出版社,1982年版,第220页。

人或人造物，诸如理发匠、水手、老兵、女人，或者为汽车、火车、大木船、伞、烟囱、刺刀等。现代散文也是如此，即使"写到了风花雪月，也总要点出人与人的关系，或人与社会的关系来，以抒怀抱。"① 这种情形从延安时期以后，在50年代、60年代和70年代的文艺中表现得尤为突出。当然，这期间文艺美学轴心的反调节也是存在的，诸如"新月派"的诗歌和林语堂式的小品文等。不过，调节是主流，反调节是支流；调节是现代的开端，而反调节则是传统的延续。

2. 外国文艺美学的大量输入和中国现代文艺美学的"西化现象"

这是促使传统文艺美学轴心转换的另一个原因，也是意境研究所遇到的主要挑战。这大致可以划分为三个时期：从1919年至1949年为一个时期，共出版西方美学和文艺学译著66部，其中从日语移译24部，从俄语移译18部。② 这是西方诸国如古希腊、古罗马、德、意、英、法文艺美学的输入期；从1950年至1970年为一个时期，共出版外国文艺学和美学译著63部，其中从苏联移译过来的马克思主义美学和文艺学就有38部。这是以苏联为模式的马克思主义文艺学和美学影响中国的时期；从1978年至1983年为一个时期，共出版西方文艺学和美学译著37部。这是英美现代美学和西方现代派文艺学的输入期。总之，西方文艺学和美学通过这样三次大规模地输入，加之数量更多的西方文艺作品的输入，都程度不同地影响和同化着中国现代文艺人的观念和思想。从这三个时期所出版的194部国人编著的文艺学

---

① 王永生主编：《中国现代文改选》，第一册，贵州人民出版社，1982年版，第563页，着重号为引者所加。
② 以下数据，是我根据蒋红等人编著的：《中国现代美学论著译著提要》（复旦大学出版社，1987年版）一书统计的。

和美学论著中,便可以看到这种"西化现象"的广泛存在。在文艺创作方面也是如此。正如梁实秋说的,"新诗,实际就是中文写的外国诗。"几乎可以说没有人不受"西化"的影响,就连国学渊博的胡适、鲁迅、闻一多和郭沫若等人都是如此。因为,这是时代的潮流。于是,意境在现代文艺作品里由中心跌入边缘,而且逐渐地淡化了、远去了;同样,在中国现代文艺学和美学中,从观点、范畴到理论,也几乎全部是搬用西方的。意境不仅失去了存在的话语环境,也失去了其辉煌的中心话语地位。在这种西化潮流裹挟下的意境研究,也只能是为研究而研究,因为它在重构中国现代文艺学和美学的工作中,已经丧失了所应有的建构能力。

3. 中国传统文化的延续和复归

中国现代文艺学和美学的大量西化,并不意味着传统文化和美学的丢失。彻底丢失传统,对于中国人来说是一件不可思议的事。这是因为,每个中国人的血管里都流淌着传统的血液,每个中国人的心灵里也有着传统文化的深层积淀。所以,对于中国人来说,丢失传统等于丢失自己,否定传统就是自我否定。因此,现代中国人每在历史的转型期,都要对传统文化表示怀疑甚至批判,但从不丢弃传统,形势一旦稳定就又要恢复传统,重建传统。"五四"前后、"文革"前后和新时期前后都是如此。否定传统之糟粕,弘扬传统之精华;有勇气批判传统,也有勇气重建传统,这便是现代中国人的特点。所以,70多年来,"全盘西化"的观点一直受到中国人的抵制。这是意境研究在现代得以延续和发展的主要原因。也就是说,意境研究在现代虽然遇到了来自西方的三次挑战,但并不是没有机遇。在20—30年代,当西方文化如潮水般涌来之时,仍有人坚持研究意境;在50—60年代,由于马克思主义文艺学对于"民族性"的提倡,使意境研究得到了发展的机遇。特别是进入80年代以来,随着"传统文化与现代化"讨论的深入,随着"传统文化热"的不断升温,随着"民族特色"的讨论和实践,逐步掀起了意境研究的高潮。

总之,现代意境研究就是在以上所述的"挑战与机遇并存"的文化背景下开展的。值得指出的是,现代意境研究并不是遗世独立的文化现象,而是紧跟着现代中国文化的步伐前进的。因而现代意境研究不仅有一个纷纭复杂的现代文化背景,而且也深深地打上了现代文化的烙印。比如在下文将要展开的论述中,就会看到80年代以来的方法论热、美学热、文化热、比较文学热等文化现象,对于意境研究的直接影响。因此,只有透过现代中国的社会文化背景来观照现代意境研究,才是全面的、科学的。

二、现代意境研究的发展概况

70多年来,现代意境研究沐浴着现代文化的风风雨雨,虽步履艰难,但却一直进行着、发展着。下文将这70多年来的现代意境研究划分为三个时期,并加以述评。

1. 第一时期(1919~1950年)

从1919年至1950年,是现代意境研究的转型时期。所谓"转型",是指在以"文言文"向"白话文"转型为代表的传统文化向现代文化转型的大文化背景下,意境研究的观念、方法和语言操作的转型。但有一个总的特点,就是对"新意境"的理论探求。这个时期的初期,由于处在新旧转型的阵痛之中,中、后期又由于战时形态文化的影响,意境研究呈现出戛戛其难的状况。所以,在这个时期共有29人发表意境研究论文30篇,除宗白华先生发表2篇外,每个研究者才发表1篇次,几乎每年还平均发不到1篇。宗白华先生是现代研究意境最早的人,也是这个时期意境研究最有影响的美学家。他在1920年2月发表的《新诗略谈》一文中,将意境看作新诗的本质,要求"新诗的创造",应"表写天真的诗意与天真的诗境。"这种观点在当时影响很大,如他的朋友康白情先生在同年3月发表的《新诗底我见》一文中,支持这种观点,并在宗先生提出的"情绪的意境"外,又提出"想像的意境"。这就是他著名的"两种意境"说。他认为,"情绪是主观的,而引起或寄托情绪的是客观的",主客观的统一便是"情绪的意境";而有些诗则是靠想像去"构成一个新意境,构成一个诗的世界",这便是"想像的意境"。这两种意境在多数情况下,你中有我,我中有你,并不好分。这是对王国维意境类型说的新发展。到40年代,宗白华先生又发表了《中国艺术意境之诞生》(1943)一文。这篇文章内容丰厚,论述了意境的本质、意义和种类;谈到了意境创造与人格涵养的关系,以及意境在中国和世界文化史上的地位;特别是结合佛禅和庄道哲学,论述了中国艺术意境的结构特点,即讲究深度、高度和阔度,尤其是对空灵飘逸的灵境给予更多的关注和论述。这是一篇为现代意境研究奠基的力作,它的影响至今仍然存在着。胡适在1919年10月发表的《谈新诗》和1926年出版的《词选》中,将"新意境"作为一个批评的标尺,成为现代"意境批评"的第一人。朱光潜先生在1934年发表的《诗的隐与显》一文中,提出了"同物之境"和"超物之境"的新看法。值得一提的,还有1934—1935年间钱杏邨、洪为法、许钦文和郁达夫等人对于小品文意境的评论。此外,张其春的《中西意境之巧合》(1937)一文,是最早用中西比较的方法研究意境的。

2. 第二时期(1951~1977年)。

从1951年至1977年,是现代意境研究相对停滞的时期。所谓"停滞",有三层意思:一是在这个时期的初期,有五六年时间意境研究处于停滞状态。李泽厚先生谈到这种现象时说:"'意境'是中国美学根据艺术创作的实践所总结地提出的重要范畴,它也仍然是我们今日美学中的基本范畴。可惜对这一问题我们一向就研究得极为不够。这几年来就似乎根本没有看到过研究分析这一问题的任何文章。"① 二是在这个时期的后期,即从1966年至1977年的12年时间里,由于受"文化大革命"和此起彼伏的政治运动的影响,意境研究处于空白状态,在现代意境研究史上形成了严重的"断层现象"。三是在这个时期的26年中,共有47人发表意境研究论文51篇,每位研究者也只是发表1篇次,年平均发表不到两篇。与上一个时期相比,并没有发展多少,几近于停滞状态。当然,这只是一个"量"的分析。从"质"的分析看,也是如此。这一个时期的意境研究质量,与上一个时期相比,在有些地方前进了,在有些方面却倒退了,总的来看处于停滞状态。

和这个时期的社会文化发展相适应,这个时期的意境研究的总特点是,"马列化"与"左倾"化并存。先看"马列化"的意境研究。马列主义哲学是中国社会科学文化的指导思想,自然也是意境研究的指导思想,在这个时期,唯物辩证法也就成为意境研究的主要方法,因此,这个时期的意境研究便具有"马列化"的鲜明的时代特色。李泽厚先生是这个时期较早地发表意境研究论文的美学家,也是"马列化"意境研究的重要代表人物。他的《意境浅谈》(1957)一文,就是运用马列主义唯物反映论观点来研究意境的力作。他认为,意境包括"境"和"意"两个方面,即"生活形象的客观反映方面和艺术家情感理想的主观创造方面","'意境'是在这两方面的有机统一中所反映出来的客观生活的本质的真实。"(引文着重点为原作者所加,下同)。"所谓'情景的交融'……就都还是为了更深入地本质地反映生活的真实。"他由此出发批评了朱光潜先生,指出其错误在于"否认艺术的意境只能是生活境界的反映"。对于现代意境

---

① 李泽厚:《意境浅谈》,《光明日报》1957年6月16日。

研究来说，这在当时无疑是一种新的思路。但是，其缺点也是明显的。如果引用他的学生赵士林的话说，就是："今天看来，他对意境的分析，似还有过分强调'反映'的痕迹，而对'表现'的论说似嫌不足。"① 吴奔星先生的《王国维的美学思想——"境界"论》（1963）一文也是具有代表性的。他运用马列文论的基本原理来评价王国维的境界说。认为，"'境界'的涵义是和以形象反映现实的艺术规律相通的"；"入乎其内"，"出乎其外"，谈的是"诗人与现实的关系"；所谓"造境"和"写境"，即是"浪漫主义和现实主义两种创作方法"。因此，"王国维的美学思想可以说初步立足于唯物主义的基地，具有现实主义的倾向。"这些看法虽然显得有些生硬，但却体现了作者运用马列文论的基本原理来研究意境的良苦努力。

再看"左倾"化的意境研究。在这个时期，人们的政治热情极度高昂，特别是在此起彼伏的政治运动中，造就了一代人的"大批判情结"式的社会文化心理，结果导致了"左倾"思潮在学术界的长期泛滥，也就出现了"左倾"化的意境研究。具体说，就是主要集中在对于王国维"境界说"的批判上。叶秀山在《也谈王国维的"境界"说》（1958）中，追究王国维"境界"说"统一的基础"和"感情的实质"，认为其"理论基础是唯心论的"，其"感情"是"人性论"的，于是进行"彻底批判"。徐翰逢《〈人间词话〉"境界"说的唯心论实质》（1960）认为，王氏的"境界"说，是"蜃楼海市"，是"资产阶级美学观的翻版"。张文勋《从〈人间词话〉看王国维的美学思想实质》（1964）一文，给王国维定了三条罪状，即"利用'境界'说，宣扬艺术至上的唯美主义"；利用"'有我之境'与'无我之境'的论调，宣扬主观唯心主义"；"用所谓'赤子

---

① 赵士林：《当代中国美学研究概述》，天津教育出版社，1988年版，第387页。

之心',宣扬资产阶级人性论",因此要"加以严肃的批判"。这些文章所表现出的"左倾"化失误,并不仅仅是属于作者个人的,也是属于一个时代的,因为当时很少有人能不这样做。

在这个时期的意境研究中,还有一个现象值得指出,就是先后有许多报刊对"意境"展开了集中的讨论。诸如,在50年代的《光明日报》"文学遗产"栏里,李泽厚、陈咏、叶秀山和徐翰逢等人发表文章,对意境问题展开了讨论。进入60年代后,报刊上对意境的讨论显得更加热烈。《文汇报》发表了吴彰垒、钱仲联、周振甫、吴调公、叶朗的文章,讨论意境问题;《黑龙江日报》连续发表了问轩的3篇意境论文;《江海学刊》发表了吴调公、吴奔星、端木思敏的意境研究论文;《山花》发表了李德明、陈小平、小高的论文,就"诗的意境与含蓄"问题展开了讨论,等等。

3. 第三时期(1978~1991年)

从1978年至1991年,是现代意境研究的发展时期。进入新时期以来,在党和政府的英明领导下,我国人民拨乱反正,改革开放,创造了政治稳定、经济繁荣和文化发展的良好的社会文化环境。于是,学术文化从政治的战车上被松绑下来,获得了自由发展的独立品格;也恢复了知识分子的主体性地位,极大地激发了其科学研究的积极性。正是在这样一种祥和、宽松和民主的社会文化气氛中,意境研究获得了空前的全方位的发展。据我的不完全统计,在短短的13年中,研究意境的人约有1091人次,发表论文约有1147篇。就是说,每年平均都有84人投入意境研究,发表论文88篇。这是现代意境研究全方位发展的黄金时期。所谓"全方位发展"的特点是,多元的课题取向,多角度的学科视野,和多方法的研究操作方式等。主要表现在以下几个方面:

(1)意境史研究。这是一个新的研究课题。在现代意境研究中，形成了一个"王国维圈"。只要一提意境，就是王国维的"境界说"；或者一提王国维，就想到意境，似乎意境史是从王国维开始的。这种情形在某种程度上束缚了意境史的研究。进入80年代以来，学界同仁努力从"王国维圈"中走出来，探源寻流，将意境的源头找到王昌龄那儿，找到老庄和《周易》那儿，开始了意境史研究。最早发表的论文是蓝华增的《古代诗论意境说源流刍议》（1982），接着便出现了一大批这样的论著，诸如潘世秀、叶朗、曾祖荫、刘九洲等人的有关论著。从目前的研究成果来看，意境的历史轮廓已基本清晰，这是由一组文章的描述所构成的。如胡晓明的《中国前意境思想的逻辑发展》、章楚藩的《"意境"史话》、冯契的《中国近代美学关于意境理论的探讨》、马正平的《50年来意境研究述评》、张毅的《建国以来"意境"研究述评》和阎采平的《近十年来"意境"研究述要》等等。这一时期，人们还对意境史上的各家学说进行了研究，诸如庄子、刘勰、皎然、权德舆、刘禹锡、司空图、朱熹、严羽、姜夔、谢榛、王夫之、方东树、林纾、闻一多、宗白华、朱光潜、李泽厚、钱钟书等人的意境论，将意境史的研究引向了深入。

（2）从不同学科的角度研究意境。这个时期意境研究的学科视野比以往任何时期都要开阔，有从哲学角度研究意境的，如李林的《诗词意境的哲学思考》；有从美学角度研究意境的，如张少康的《论意境的美学特征》；有从佛学角度研究意境的，如蒋述卓的《佛教境界说与中国艺术意境理论》；有从文化学角度研究意境的，如李悟的《试论意境范畴形成的文化背景》；有从心理学角度研究意境的，如陈洪的《意境—艺术中的心理场现象》；还有从教育学角度研究意境的，如滕碧城的《谈诗歌的意境教学》，等等。人们在不同的学科视野里，对意境研究进行了新的开拓。

(3) 运用不同的方法研究意境。从 80 年代初期以来掀起的"方法论热",也波及到了意境研究领域。这是对传统治学方法的改革,同时也是学术观念的深层转换。先是一些青年学者竞相尝试,接着一些中老年学者也都赶了上来,为现代意境研究开了新局。这时期,由于受"比较文学热"的影响,所以用比较方法研究意境的较多,发表论文 16 篇。或将意境与意象比较,如陈宁的《西方意象与中国意境之比较》;或以中西文化和美学的角度比较,如毛宣国的《"境界说"与中西文化和美学》;或以中外诗歌比较,如吴优生的《中英自然诗的意境结构》;而大多则是将意境与典型比较,如曹顺庆的《意境说与典型论产生原因比较》,周来祥的《东方的艺术意境与西方的艺术典型》等。此外,有用系统方法的,如鲁文忠的《中国古代意境系统论》,陈良运的《王国维"境界"说之系统观》;有用符号学方法的,如刘庆璋的《文艺"符号"论与"境界"说》;也有用模糊数学方法的,如刘若复的《境界说与模糊性》,等等。这是现代意境研究中的新现象。

(4) 文学艺术意境研究。近十多年来,文艺界和美学界人士联袂对文艺作品中的意境进行了理论概括和研究。这方面的研究成果最多,共约有 751 篇论文。他们结合作品,或赏析,或评论,从微观到宏观,从个别到一般,对文学艺术意境进行了有声有色的研究。在文学意境方面,除了传统的诗、词、散文意境的研究课题外,还深入到小说、报告文学、童话和民间文学等领域。诸如,陈尚仁的《论李士非报告文学的意境创造》,李晓湘的《叶圣陶前期童话意境初探》,刘亚湖的《浅谈民歌的意境美》。在艺术意境方面,除了传统的书、画、音乐、戏曲意境的研究课题外,还涉及到舞蹈、影视、摄影、工艺和园林等领域。诸如,叶林的《舞蹈意境初探》,郭琮的《电影的意境美》,吴正纲的《摄影艺术的意境》,桑任新的《瓷雕的意境·风格·题材》,和金学智的《园林审美意境的整体生成》,等等。这是现代意境研究充分发展的表现。

(5) 术语新用。还有一个现象值得注意,就是意境史上曾经出现过的一些术语,在近年来的意境批评和研究中重新使用,诸如境、境界、意境、物境、情境、境象、意象、情景、心境、幻境、奇境、象外、诗境、文境、画境等。王昌龄的"三境"说,在古代只有"意境"影响大,其他"二境"连古人都不大挂齿。近年来,人们对于王氏的"三境"说重新观照和研究。如范宁认为,"境界本有三种:物境,情境,意境。意境只是境界的一种而已。"① 还有王洪的《意境:物境,情境》,陈良运的《论意境的另一种——情境》,也表现出了相类似的思想倾向。彭会资先生主编的《中国文论大辞典》(1990),对历史上的意境研究和术语资料,进行了全面而系统的整理。其中"构象说"收43个词条,有6个术语;"情景说"收65个词条,有10个术语;"境界说"收47个词条,有24个术语。就是说,共有40个意境术语被现代学者作了重新阐释。

三、现代意境研究的学科建构

学科建构,是现代意境研究的最终目标。30年代,老舍先生将意境范畴和司空图、严羽、王夫之等人的意境观点,引入《文学概论讲义》之中。40年代,朱光潜先生在《诗论》中,专列一章谈"诗的境界"问题。这些是最早将意境研究引向学科建构所作的努力。进入80年代以来,一方面意境研究以突飞猛进之势发展,创造了前所未有的繁荣景象;一方面意境研究成果及时地建构在各类文艺学和美学著作中,最终形成了意境学

---

① 《文学评论》,1982年第1期。

科。总体来看，有以下几种情形：（1）意境被建构在当代文艺理论的体系中，如黄世瑜的《文学理论新编》和童庆炳的《文学理论教程》等；（2）意境被建构在中国古代文学理论的体系中，如陈良运的《中国诗学体系论》和祁志祥的《中国古代文学原理》等；（3）意境被建构在当代美学理论的体系中，如丁枫、张锡坤的《美学导论》和杨辛、甘霖的《美学原理》等；（4）意境被建构在中国古代美学理论的体系中，如叶朗的《中国美学史大纲》和郁源的《中国古典美学初编》等；（5）意境被建构在部门美学理论的体系中，如肖弛的《中国诗歌美学》、金学智的《中国园林美学》和胡经之的《文艺美学》等。在意境自身的学科建构中，刘九洲的《艺术意境概论》（1987）是第一部意境论专著。它的出现，是现代意境研究的重大收获。它不仅标志着意境学科的形成，也标志着现代意境研究已经进入了"学科建构"的最高阶段。林衡勋的《中国艺术意境论》（1993）和蒲震元的《中国艺术意境论》（1995）的相继出版，就证实了这一点。

以上便是我对现代意境研究的简要述评。现代意境研究的累累硕果，便是我们奉献给新世纪的一份厚重的礼物！完全可以预见，在21世纪，意境研究将会有更大的发展。

（原载《社会科学战线》1997年第2期）

50年回眸与前瞻：实践派美学与中国当代文论的逻辑发展

代 迅

近年来，实践派美学引起了广泛的争论。但是，实践派美学与中国当代文论的关系却鲜为人们所提及。这妨碍了我们对中国当代美学的深刻理解，也在很大程度上遮盖了中国当代文论的逻辑构成和理论面貌。事实上，在本世纪后半叶这段历史时期内，我国美学主要是作为主流的实践派美学，对我国文论产生了直接和深刻的影响。甚至可以这样讲，作为中国当代美学主流的实践派美学引导并规范着中国当代文论的逻辑线索和理论走向。文学艺术本是美学研究的最重要的对象，五六十年代，中国美学在我国人文和社会科学中，是受极左思潮影响相对较少、学术性相对较强的领域，"文革"结束后，中国社会长期弥漫的泛政治化氛围逐渐减退，中国美学对文论的影响关系便更为凸显。本文作者在阅读当时原始材料的过程中，深感我们无法回避也不能回避，而是很有必要对二者的关系加以认真探究，以利于新世纪中国美学的健康发展和中国文论的丰满建成。

一

建国后我国美学的发展，有这样两个基本的理论背景：一是旧的美学体系已经推倒，新的美学体系尚有待于建立，当然，这很大程度上是由于政治原因,而不完全是学术自身发展的需要。二是50年代中期以来,极左思潮愈演愈烈,对学术发展产生了强大的影响。三是从学术自身的角度讲,近现代以来,中国引入了不少西方美学,但是还没有属于中国自己的美学体系,本世纪下半叶以后,我们也确实感到需要建立自己的民族美学体系。中国当代美学正是在这样的社会文化背景中产生的。

在当时特定的时代历史氛围中,西方美学成了资产阶级美学、唯心主义美学的代名词,中国古典美学也成了腐朽没落的封建主义破烂货,朱光潜作为解放前旧中国学贯中西的一代美学宗师,理所当然地成为建立新时代马克思主义美学的对立面,成为封建主义和资产阶级美学的总代表。当时流行的观点是"不破不立","破"则自朱光潜始。在50年代的美学大争鸣中,朱光潜不得不检讨自己文艺思想的反动性。在《我的文艺思想的反动性》一文中,一开头朱光潜就写道:

> 解放前我发表过的一些关于美学和文艺理论方面的著作,在青年读者中发生过广泛的毒害影响。解放以来,对于这件事一直存在着罪孽的感觉,渴望着把马克思列宁主义学好一点,先求立而后求破,总有一天把自己思想上的陈年病菌彻底清除掉。……我的《文艺心理学》、《谈美》、《诗论》之类书籍本是一盘唯心思想的杂货摊,与中国过去的封建的文艺思想,与欧美许多反动的哲学、美学、心理学和文艺批评各方面的思想,都有千丝万缕的联系。我在唯心阵营里基本态度是调和折中的,"补苴罅漏"的,所以思想往往是驳杂的,自相矛盾的。……我的文艺思想是从根本上错起的,因为它完全建筑在主观唯心论的基础上。……所以表现在文艺方面,它必然是反现实主义的,也必然是反社会,反人民的。①

---

① 朱光潜:《我的文艺思想的反动性》,《文艺报》1956年第12号。

80年代以来,"中国哲学界围绕着日丹诺夫的哲学史定义展开了热烈的讨论。多数意见认为,把各个时期的哲学思想一概归结为唯物主义与唯心主义的对立斗争,是一种简单化、片面化的观点。"①然而,就是在这种简单化、片面化的基础上,我们进而由唯心而错误而反动,把朱光潜解放前的美学建树全盘推倒,蔡仪、贺麟、黄药眠、李泽厚等人都介入了这场美学大争鸣中,"朱先生(按:指朱光潜)的整个美学思想体系,是敌视中国人民的、反动的、剥削者的美学思想体系",②这是当时中国美学界的一致看法。但是推倒之后还得建设,破了之后,这片理论真空由谁来填补、又怎样填补呢?

和文艺理论有重大差别的是,马克思主义经典作家对美学并没有留下现成的答案和完整的理论体系,就是当时被我们奉为马克思主义理论典范的苏联,对马克思主义美学也还没有一个比较成熟的看法。这就为中国当代美学界对马克思主义美学的探寻留下了很大的余地和再创造的广阔空间,即使是在50年代以来极左思潮愈演愈烈的情况下同样如此。因而美学界就出现了中国当代人文与社会科学中难得的流派纷呈的景象。

高尔太和蔡仪构成了美的主客观论的两极,但是都因其理论的极端性和片面性影响了他们各自理论的传播和发展。在《论美》一文中,高尔太一开始就旗帜鲜明地提出:"有没有客观的美呢?我的回答是否定的,客观的美并不存在。"他以抒情诗般的笔调明确地阐述了他的理论主张,美就是一种感受,无法物质化、客观化、规律化,美就是主观的,成为当代中国美学的重要派别。③

---

① 涂纪亮主编:《现代世界哲学》,重庆出版社,1990年版,第17页。
② 黄药眠:《论食利者的美学——朱光潜美学思想批判》,《文艺报》1957年第14、15号。
③ 高尔太:《论美》,《新建设》1957年第2期。

这在当时的中国自然不允许存在,因为在当时,"主观就是唯心,唯心就是反动",高尔太为此付出了当20多年右派的沉重代价,处境极为悲惨。

蔡仪跨越美学和文艺理论两个领域,并在这两个领域中都建立了自己彼此贯通、完整独立的理论体系。他是我国当代美学中的客观派和当代文艺理论中反映论文论体系的最重要的代表,也是我国较早用唯物主义观点研究美学的美学家。早在40年代,蔡仪就比较系统全面地开展了对唯心主义美学的批判,开始了建构唯物主义美学体系的理论活动,并在此基础上形成了以反映论为基石、以认识论为内核的文艺思想体系。从四十年代写作《新美学》,经50年代美学大论争,(在这场论争中蔡仪否定和批判别人多而自己正面的理论建树少,实际上他的理论没有什么新的发展。)直至80年代主编《美学原理》,蔡仪从唯物主义的反映论出发,把审美看作是对客观事物的反映,主张美是客观事物的固有属性,他始终坚持自己的理论信念,即"美是客观的","美是典型",并进一步完善了这些理论观念。在阐述其文艺理论时,蔡仪更是以典型论为骨架构筑起他全部艺术理论,而区分典型的美丑好坏的标准则是客观真理。在1956年发表的《论美学史上的唯物主义与唯心主义的根本分歧——批判吕荧的美是观念之说的反动性》一文中,蔡仪阐明了他的美学基本观点,"美学史上有两条完全相反的路线:一条是唯物主义的,认为美在于客观现实;一条是唯心主义的,认为美在于主观意识",并把吕荧的美在观念说斥为"非常腐朽的反动的唯心主义美学论点"。[①] 蔡仪紧紧抓住美在心或在物的问题,把美和美感作了区分,有其正确性的一面,但是,蔡仪的基本缺陷在于,抛开人的主观因素谈美,他的"美是典型"说

---

① 四川省社会科学院文学研究所编:《中国当代美学论文选》第一集,重庆出版社,1984年版。

的"根本理论失误,确乎是抛开人来谈美,抛开人的本质去寻找美的本质,他在用这种对美的本质的理解来建构自己的美学理论时,不能不困难重重,捉襟见肘",①因而无法使人信服。

在这些美学流派中,朱光潜以其解放前对西方美学的系统介绍而著称,并且他介绍和阐发的直觉说、移情说等凸显审美主体的观点,和后来李泽厚的实践派美学的逻辑思路有某种相通之处,也较为符合文艺创作的实际,因而在解放前曾产生了很大影响,在美学界和文艺理论界传播甚广。但是,由于建国后学术领域的高度意识形态化及左的风气愈来愈烈,朱光潜的这些学术观点已经成为所谓"毒害人"的东西,不能得到传播和发展,不可能为文艺理论与创作提供理论资源。高尔太不允许存在,蔡仪无法使人信服。而我们迫切地需要属于中国本土的有着当代品格的美学理论,以便为中国文论界输送美学思想资源。由谁来承担这个任务呢?在学术发展现实需要的驱动下,实践派美学应运而生。

二

这场美学论争最重要的成果是,初步产生了以李泽厚为代表的实践派美学,这是中国当代美学所取得的最重要的理论成果,并在"文革"后获得进一步的发展和完善,对近20年的中国文论产生了重大和深刻的影响。

李泽厚的美的本质论的建构,抓住了美的客观性和社会性两个环节,如果说,客观性坚持了美的唯物论原则,那么,社会性则是以当时在左的氛围中所能容许的提法,扣住了人的主体性,这不仅需要理论眼光,更需要理论勇气,在当时唯心主义与唯物主义水火不容的僵硬对立中,巧妙地找到了某种平衡。这使得李泽厚的美

---

① 赵士林:《当代中国美学研究概述》,天津教育出版社,1988年版,第179页。

学理论既是唯物的,又是辩证的,他驳斥了两种"各持一端的片面的观点:不是认为自然本身无美,美只是人类主观意识加上去的(朱),便是认为自然美在其本身的自然条件,它与人类无关(蔡)",他的基本结论是"美是社会的,又是客观的,它们是统一的存在。否认其中任何一方面,都是错误的"[①]。李泽厚就这样开始初步建立了自己的美学体系,经过不断阐述和发挥,由于其中包含着较多的合理因素,最终成为当代中国人数最多、影响最大的美学流派,成为当代中国美学主流。实践派美学早在50年代,就抓住和阐发了审美过程中的主体因素,自觉不自觉地超越了当时流行的把世界看成是一个只按照自己的规律运转、与人的实践无关的旧唯物主义的苏联哲学模式,注意从主观方面把事物当作实践去理解,这给后来的中国文论发展以极大的启迪。

李泽厚美学是他的哲学的一个组成部分,李泽厚哲学的特点是主张建立"主体性实践哲学",反对脱离人的主体自然和社会存在,因为这样一来,就阉割了人的能动性活动和实践本性,"人成为消极的、被决定、被支配、被控制者,成为某种社会生产方式和社会上层建筑巨大结构中无足轻重的沙粒或齿轮。这种历史唯物论是宿命论或经济决定论"[②]。从这个逻辑思路出发,李泽厚论美,首先是从美感开始,在《论美、美感和艺术(研究提纲)——兼论朱光潜的唯心主义美学思想》一文中,李泽厚分析了美感的矛盾二重性,"简单地说来,就是美感的个人心理的主观直觉性和社会生活的客观功利性质,即主观直觉性和客观功利性。美感的这两种特性是互相矛盾对立着的,但它们又相互依存不可分割地形成矛

---

① 李泽厚:《美的客观性和社会性——评朱光潜、蔡仪的美学观》,《人民日报》1957年1月9日。
② 李泽厚:《康德哲学与建立主体性论纲》,《李泽厚哲学美学文选》,湖南人民出版社,1985年版,第154页,第156页,第150页,第157页,第148页。

盾的统一体"，"事实上，美感的确经常是在这样一种直觉的形式中呈现出来，在这美感直觉中的确也常常并没有什么实用的、功利的、道德的种种个人的自觉的逻辑思考在内"（按：着重号为原文所有），美感的二重性来自美的二重性，美感的主观直觉性是美的具体形象性的反映，美感客观功利性是美的客观社会性的反映。在心理学已经被当时的苏联宣布为资产阶级伪科学，移情说在中国已成为过街老鼠人人喊打的氛围中，李泽厚明确指出："移情作用，是心理学所承认的一种合乎科学规律的人类心理现象，这就是人们不自觉地把自己的情感、意志、思想赋予外物，结果好像外物也真正具有这种情感、意志、思想似的"，①建国以来，直觉问题一直和唯心主义、神秘主义、资产阶级挂上了钩，是学术研究的禁区，勇敢地承认并认真地研究这个问题，在当时有很大的政治风险，需要科学的求实精神和极大的理论勇气。

艺术是美的集中表现，形象思维包含着艺术创作的心理奥秘，因而李泽厚早在50年代撰写的第一篇美学论文《论美、美感和艺术》中，在"艺术的一般美学原理"部分，就讨论了形象思维问题。李泽厚尽管不可避免地带有当时时代的痕迹和局限，如认为逻辑思维从外面对形象思维进行指引和规范，理论认识和逻辑思维对形象思维"起着极为巨大的影响、决定和制约作用"，但是难能可贵的是，李泽厚坚持了形象思维的独立品格，他写道：

> 首先，我们认为形象思维过程是一个具有自己特点的整体过程，而不能同意把逻辑思维作为形象思维中的一个阶段（即理性阶段），不能同意把形象思维看作只是认识的感性阶段，它必须经由逻辑思维，才能上升到理性阶段，它必须把感性原料逻辑抽象化，然后又再在创作实践中用具体感性形象

---

① 李泽厚：《论美、美感和艺术（研究提纲）——兼论朱光潜的唯心主义美学思想》，《哲学研究》1956年第5期。

来表现、"翻译"和"演绎"它。我们坚决反对这种把艺术认识看作是形象(感性)→逻辑(理性)→形象(创作实践)的思维过程。我们认为,作为一个整体的形象思维有它不同于逻辑概念的自己的理性认识的方法和阶段,它的这个阶段,正如逻辑思维的这个阶段一样,是把感性认识中的材料"抽象"概括的结果。从而,它也就是对对象的认识的进一步深化,是更深入地反映了事物的本质。(按:着重号为原文所有)①

实际上,李泽厚在50年代承认审美和艺术的直觉,这就已经超越了当时流行的艺术认识论,这个观点后来得到了进一步的发展。在1981年发表的《康德哲学与建立主体性论纲》一文中,李泽厚在其哲学和美学体系的逻辑架构中对此作了明确阐述,他指出:"康德在某些方面比黑格尔高明,他看到了认识论不能等同也不能穷尽哲学","康德哲学是由认识论、伦理学和美学与目的论组成三个部分即三大《批判》所组成","所以,哲学包括认识论,也就是包括科学方法论……它们的确构成哲学的一个重要方面,但哲学又并不能完全等同于它们。哲学还应包括伦理学和美学",在同一篇文章一开始李泽厚就提出,"研究哲学史可以有两种角度或方法。一种是历史的,即从历史的角度来研究哲学思想的内容形式、体系结构、来龙去脉……但是,也可以有另外一种哲学的角度或方法,即通过哲学史或历史上某些哲学家来表达某种哲学观点。"②因此,可以认为,这体现了李泽厚的理论架构。由此出发,李泽厚进一步涉及到对艺术本质的重新理解。长期以来,艺术认识论在我国占据主导地位,"艺术就是作者对于现实从现象到本质作典型的形象的认识,而技巧地具

---

① 李泽厚:《论美、美感和艺术(研究提纲)——兼论朱光潜的唯心主义美学思想》,《哲学研究》1956年第5期。
② 李泽厚:《康德哲学与建立主体性论纲》,《李泽厚哲学美学文选》,湖南人民出版社,1985年版,第154页,第156页,第150页,第157页,第148页。

体地表现出来的"①,这是具有代表性的观点。实际上在蔡仪主编的《文学概论》和以群主编的《文学的基本原理》中都是持这种观点,文学艺术被简单地看成对现实生活的反映和认识,文艺创作过程则被视为对社会生活的概括、归纳、综合的高度理性化的一般认识论过程,这是多年来我们耳熟能详的主流文艺观。朱光潜对此提出了不同看法,他认为,艺术创造是一种审美的实践活动,只讲"艺术是现实的反映","而不提艺术是对现实的一种掌握方式,侧重艺术的认识意义而忽视艺术的实践意义。这就是仍旧停留在美学的直观观点"(按:着重号为原文所有)②朱光潜是从艺术是生产劳动实践的观点出发,反对仅仅把艺术看作是认识,而李泽厚则是从美感的矛盾二重性出发,反对艺术认识论,提出了对艺术本质的如下理解:

> 从实际上说,我们读一本书、吟一首诗、看一部电影、听一段戏曲,常常很难说是为了认识或认识了什么。……《西游记》、《长生殿》、《哈姆莱脱》已经创作出来几百年了,主题思想是什么至今还在争论。作品创作出来后还搞不清它的主题思想,作家在创作时反而就能有更明确的认识吗?……所以,把艺术简单地说成是或只是认识,只用认识论来解释艺术和艺术创作,这一流行既久且广的文艺理论,其实是并不符合艺术欣赏和艺术创作的实际的。

李泽厚的这篇文章包括三个重要的理论观点,第一,明确认为不能仅仅用认识论来解释艺术,"艺术包含认识,它有认识作用,但不能等同于认识"。第二,李泽厚进一步提出了"情感的逻辑"。历史上我国就有主理抑情的文论传统,诗文被认为应当言志载道,陆机的"诗缘情"说屡屡遭到批判。建国以来,我们的文艺理论深受别林斯基理论的影响,一直认为艺术和科学的基本差别就在于形象与

---

① 蔡仪:《新艺术论》,《美学论著初编》(上),上海人民出版社,1982年版,第22页。
② 《朱光潜美学文集》第三卷,上海文艺出版社,1983年版,第290页。

抽象,形象性是艺术的最为重要和基本的特征,我们往往强调理而贬低情,甚至认为文学应当"通情达理",把理智看成是文学的根本而把情感仅仅视为手段。有鉴于此,李泽厚提出,"多年来,一个很奇怪的现象,就是我们的文艺理论不但对文艺和文艺创作中的情感问题研究注意极为不够,而且似乎特别害怕谈情感……我们只讲文艺的特征是形象性,其实,情感性比形象性对艺术来说更为重要。艺术的情感性常常是艺术的生命之所在","艺术想像以情感为中介彼此推移",第三,李泽厚明确提出了艺术创作中的非自觉性:

> 艺术创作、艺术思维中常常充满了灵感、直觉等非自觉现象。……艺术家一经进入创作过程,就应该完全顺从形象思维自身的逻辑(包括上述情感的逻辑)来进行,而尽量不要让逻辑思维去从外面干扰、干预、破坏、损害它……我们的文艺理论总是喜欢强调创作必须先要有一个明确的指导思想,主题要明确,等等,我不很赞成。……老实说,我认为即使正确的、马克思主义的世界观、政治观点、理论思维,也只能是基础,而不能也不要去干预形象思维和创作过程,干预了不会有好处。

这三个具有内在联系的理论命题,纠正了多年来我们文艺理论框架的重大谬误,实际上是对艺术本质的重新理解,标志着我国当代文艺理论的范式转型。因此作者"估计会遭到激烈的非难反对",[①]这篇1979年的一次会议发言稿,在1980年公开发表以后,对后来的中国文论产生了重大影响。

三

长期以来,前苏联哲学一直是我们学习和掌握马克思主义理

---

① 李泽厚:《形象思维再续谈》,《美学论集》,上海文艺出版社,1980年版,第559页,第560页,第563页,第568页,第572页,第573页,第575页,第576页,第577页。

论的最重要途径,特别是经过50年代大规模输入前苏联哲学后更是如此。但是,前苏联哲学模式的一个基本缺陷在于,把世界看成是一个只按照自己的规律运转、而同人的实践无关的体系,这样,虽然强调了外部自然界的优先地位,把握了马克思主义哲学的第一个基本点,但是,却丢失了第二个基本点,即未能从主观方面把事物当作实践去理解,严重地忽略乃至蔑视人的主体性对世界的能动参与和构成,这实际上是马克思早已批评过的费尔巴哈式的旧唯物主义。① 前苏联文论同样未能超越这个哲学模型的框架范围,这对中国当代文论产生了严重的消极影响,这就是在文艺研究中对文艺主体和创作心理的严重蔑视,实际上已经成为当代中国文论研究中的理论禁区,极大地限制了我国当代文论的学术水平。

比南斯拉夫等东欧各国强调实践、主体与人道主义的"新马克思主义"稍晚,李泽厚在60年代已开始形成其主体性思想,写于1964年而发表于1976年的《试论人类起源(提纲)》(载《古脊椎与古人类》第12卷,第2期),文中提出,工具的使用和制造是人类起源的关键,它是人产生了主动利用自然规律并具有无限扩展的改造自然的强大力量,它区别于自然而构成主体,从而产生动作思维与原始语言。"文革"后期,李泽厚研究康德哲学,在研究过程中,他开始感到,"如何在马克思主义的宏观的人类历史学的基础上,把上述各现代学科提出的问题和学说正确地概括起来,结合对康德哲学的研究,提出人类主体性以及文化心理结构的哲学观念,我以为是有意义的"。②

在《批判哲学的批判》中,李泽厚全面系统地展开了他的主体性实践哲学,1981年在《康德哲学与建立主体性论纲》一文中,作

---

① 参阅徐崇温:《用马克思主义评析西方思潮》,"在研究当代各种思潮中发展马克思主义",重庆出版社,1990年版,第3页。
② 《李泽厚十年集:批判哲学的批判》,安徽文艺出版社,1994年版,第62—63页。

了进一步申说。以后又发表了三个主体性的补充说明和提纲,陆续作了扩展和深化。针对深受前苏联影响的中国当代哲学与文论的基本缺陷,李泽厚突出地标举了"人性"与"实践"是马克思主义哲学的基本观念,并强调这两个范畴也是今天哲学的中心课题。他认为,"康德哲学的巨大功绩在于,他超过了也优越于以前的一切唯物论者和唯心论者,第一次全面地提出了这个主体性问题……因为正是这套体系把人性(也就是人类的主体性)非常突出地提出来了",因而,主体性也就是人性。在这里,人性包含着对"人性就是阶级性"的否定和对人性是感性与理性、自然性与社会性相融合的肯定,这就是自然的人化或人化的自然。"马克思说得好,动物与自然是没有什么主体和客体的区别。它们为同一个自然法则支配着。人类则不同,他通过漫长的历史实践终于全面地建立了一整套区别于自然界而又可以作用于它们的超生物族类的主体性,这才是我们所理解的人性"。[①] 因而,主体性又突出了人性与自然、人与对象世界的区别,强调了实践着的人。这正是李泽厚再三强调以使用、创造工具来规定"实践"的原因。

从实践范畴这个逻辑起点出发,李泽厚抛弃了将物质和精神视为实体的哲学观念,将中国当代美学研究从侧重于客体的研究转向侧重于主体的研究,从侧重于从客体方面探讨美的根源转向探讨主体方面的文化心理结构,凸显了审美主体对于美和艺术的重大意义,使美学从囿于哲学、社会学研究转而融入了心理学、文化学和人类学等多方面的内容,大大拓展了美学和文学研究的学术视野。李泽厚的这些哲学观点和王若水的被人们传诵一时的著名论文《为人道主义辩护》等交汇在一起,形成了一股奔涌的理论潮流。

[①] 李泽厚:《康德哲学与建立主体性论纲》,《李泽厚哲学美学文选》,湖南人民出版社,1985年版,第150页。

主体性实践哲学为中国"文革"后的文艺理论提供了现实的哲学基础,一经进入文艺理论领域,便释放出巨大能量,产生了强大的冲击波。如果说,主体性实践哲学在哲学和美学领域是一场静悄悄的革命,那么,一旦进入文艺研究领域便立即引发了暴风骤雨。在主体性实践哲学从哲学话语转换成文论话语并产生影响的过程中,刘再复起到了关键性的作用。在《论新时期文学主潮》一文中,刘再复把新时期第一个十年的文学流程描述为"文学的人道主义本质的恢复和深化",认为新时期的"伤痕文学"是对"文革"期间非人道悲剧的揭示,其文学观念表现为,把人视为人即活人、真人,而不是完人、超人,对人的集体共性的关注转向个体个性的关注,对人的物质追求的关注转向精神追求的关注,要求关心作为个体的人,尊重人的个体主体价值,承认每个人的个体主体精神世界的特殊性和丰富性。①

与此相适应,对文学艺术创作与欣赏中的心理现象的研究开始凸显出来。文艺心理研究一直是我国文艺理论研究中的一个薄弱环节。解放前唯一的一本文艺心理学著作是朱光潜撰写的《文艺心理学》,另一本《悲剧心理学》是朱光潜的博士论文,用英文撰写,由斯特拉斯堡大学出版社出版,直到1983年才由张隆溪译成中文出版,他的《变态心理学》一书则未引入文艺问题。50年代在"全面学习苏联"的时代氛围中,由于心理学在当时的苏联已被斥为"伪科学",我国自然也不可能有文艺心理学的成果问世。建国30年来,对文艺心理的研究一直遭到埋没和搁置,基本上是空白。然而中国当代美学在"文革"后的发展,极大地改变了这种状况,改变了中国当代文论的发展进程。随着我国文论向着主体性的方向掘进,文艺心理学引起高度重视,文论研究在当时称为"向内转"的过程中,开始不断地向人的内心世界深入。金开诚《文艺心

---

① 刘再复:《论中国文学》,作家出版社,1988年版,第269—272页。

理学论稿》于1982年由北京大学出版社出版,此书强调文艺创作应当是由理性所控制和支配的自觉的表象运动,忽视了文艺创作中广袤的非理性领域,因而有了吕俊华的《艺术创造与变态心理》(三联书店1987年版),自觉从潜意识、非理性、非自觉的层面乃至儿童心理和原始人类思维去研究文艺创作。而鲁枢元的《创作心理研究》(黄河文艺出版社1985年版)和钱谷融、鲁枢元主编的《文学心理教程》(华东师范大学1988年版)中,则初步建构了我们自己的文艺心理学体系。

主体性实践哲学和美学对中国文论的最重要影响,是80年代中期文学主体性理论的诞生。强调生活对作家的决定性作用,重客体轻主体,蔑视乃至无视作家主体在文艺创作过程中的决定性作用,创作主体遭到压抑和扭曲,多年来一直是我们的一个理论痼疾。这不仅导致文艺创作中的许多现象无法作出有说服力的阐明,并且对文艺创作实践产生了严重的消极影响。"文革"结束后的初期,我们恢复了一系列理论命题,包括由高尔基提出、钱谷融阐发的"文学是人学",文学应"以人为注意中心",巴人提出的文学"应有更多的人情味",应当使人物"闪耀着更多的人性光辉",等等,但是严格说来,这些都还只是正名,而没有进一步的发展和探索。文学主体性理论的提出,才真正是80年代以来文学理论的研究实绩和成果。

1985年刘再复发表《文学研究应以人为思维中心》,提出应当"构筑一个以人为思维中心的文学理论和文学史研究系统","把主体作为中心来思考","给人以创造主体的地位","给人以文学对象主体的地位","给人以接受主体的地位"。(《文汇报》1985年7月8日。)接着在同年的《文学评论》第5期和第6期上,刘再复发表长篇论文《论文学的主体性》,系统、完整地阐述了他的理论观点。

文学主体性理论的立足点,是强调文学应当重视和表现人的精神世界的丰富性、能动性和创造性,以及文学应当表现深刻的人道主义精神,因而刘再复把我国长期以来作为文艺理论的哲学基础的反映论斥为机械反映论,认为"如实摹写自然的机械反映论"在我国文学理论中根深蒂固,长期占统治地位,应予推倒。刘再复探讨了文学主体的失落,包括用"环境决定论"取消人物自身的历史,用抽象的阶级性代替人物活生生的个性,用肤浅的外在冲突掩盖人物深邃的灵魂搏斗等。他引述了大量的现代西方文艺理论和心理学方面的成果,提出要赋予作家以创造主体的地位,赋予文学形象以对象主体的地位,赋予读者以接受主体的地位,作家的大脑不是生活的简单容器,文学形象不是任凭作家摆布的玩偶,读者不是只能呆板地接受作家的教育。刘再复的基本阐释方向,和我们过去重客体、重外在的文学理论不同,主要是逆向地强调人的内在宇宙的丰富和完满,并纲要式地构成了一个完整的理论体系,大有取代现有文艺理论框架之势。正如刘再复自己所认为的那样,这"可能会使我国的现代文学理论结构发生较大的变动"。正因如此,才在文艺论界引发了一场轩然大波。不管刘再复的理论构架和具体论述有何弱点(如鼓吹爱的无边性,带有某种宗教色彩等),也不管人们对此作何评说,但是毫无疑问,这是作者认真独立思考的严肃和高品位的学术成果,带有强烈的探索精神,扭转了中国当代文论的发展轴线,主导了80年代以来中国文论的发展走向。文学主体性理论的基本功绩在于,尽管历史并未为它提供足够的时间来进行体系建构的进一步完善和精细化,但是它仍然为此后的中国文艺理论研究摆脱长期存在着的政治层面操作,进入学术层面,获得自己的理论自主性,提供了一套完整独立的理论话语,为中国文论最终走向学术化、现代化和世界化提供了一条现实可行的途径。

四

在探讨当代中国美学与文论的关系时,杨春时具有特殊意义,他既是实践派美学阵营的成员,又是文学主体性理论的富于理论思辨性的重要代表人物之一。在关于文学主体性理论的争鸣中,杨春时针对当时以陈涌为代表的"一定的文艺是一定的政治经济的反映"传统文艺理论观点,指出了其无主体、无创造性的理论实质,社会存在也远不仅限于政治经济。他令人信服地指出,这种传统文艺理论,把根基建筑在非实践的反映论上,割断了文艺与主体的血肉联系,从被动反映论出发,否定了文艺的主体性,又导出被动决定论,否定了主体的超越性,继而认为文艺无特殊的内部规律,进一步推导出文艺无自主性,最后落实到一点,文艺不是独立实体,政治为其内容,它自身乃是政治的形式。值得注意的是,杨春时对刘再复的文学主体性理论仍然感觉不足,进而更明确地提出了文学的充分主体性与充分超越性,认为"人受社会关系制约,有其现实性;同时,人又有非现实性的一面,有着超越现实关系制约的内在自由要求,有着改造现实的实践能力","主体性本质上是超越现实的,超越性是主体性的本质规定",它总是"对一定现实(一定的社会历史条件和时间空间)的超越","主体的超越性最终指向自由,是无止境的"。①

两年后,杨春时又有了新的理论思考,更明确地认为,"反映论源于物质本体论","不能既肯定物质本体论,又肯定实践本体论,这是现行哲学的二元结构","承认实践本体论,必然排斥物质本体论",认为"古代哲学是建立在实体观念之上的本体论哲学,近代哲学则是建立在实体观念之上的认识论哲学","而现代哲学

---

① 杨春时:《论文艺的充分主体性与充分超越性》,《文学评论》1986年第4期。

则干脆抛弃了实体观念……而把我们面对的世界当作主体参与的意义对象","它的内涵在于:意义世界是主体解释的产物,意义对于意识有构成作用。存在就是主体性的,而客体性则是一个虚假概念,它通向实体观念",在回顾五六十年代的文艺创作时,杨春时认为,"正是由于反映论剥夺了作家的主体意识和文学的主体性,才造成了这种文学的悲剧,而要恢复文学批判现实的战斗功能,只能依靠主体性的复归",①从而更深层次地从哲学思考上,进一步阐发了刘再复的文学主体性理论,使之具有更强的理论思辨色彩和更完善的理论架构。

进入90年代以来,国内的美学和文学研究有了重大变化。实践派美学在几乎没有任何对立派别进行挑战和论辩的情况下,实际上已经停滞,逐渐偃旗息鼓,在无声无息中走向消失,作为实践派美学旗帜的李泽厚的著述在国内已很难见到,进入了后实践美学时期。正如杨春时所说的那样,"实践美学的崛起和胜利,使美学界故步自封于这个理论体系内,失去了创新的魄力","由于实践美学在完成理论体系的建构后已经无所建树,停止发展,从而完成了自己的理论使命"。

在经历了90年代前期的沉寂后,中国美学界在90年代中期又开始了一场美学讨论,旨在总结中国当代美学成败利弊,在这次讨论中,杨春时引人注目地打出了"超越实践美学,建立超越美学"的理论旗帜,这是后实践美学时期的重要理论事件。杨春时批评实践美学强调审美的社会性集体性而忽视个体性,实践美学强调审美的物质生产实践性而忽视审美的特殊性,强调审美的此岸性而忽视其彼岸性,否认审美对现实的超越。他引用马克思的"真正自由的领域只存在于物质生产领域的彼岸",指出存在着现

---

① 杨春时:《也谈文学的主体性和反映论问题——与王若水同志商榷》,《文汇报》1988年8月23日。

实与超现实两个领域,而超现实的领域才是自由的领域,审美则属于后者,它是超越现实的精神创造。审美是超越的途径和形式,"超越性是审美最重要的品格,实践美学的最大失误即在于抹杀了审美的超越性"。"审美是超越现实的自由生存方式和超越理性的解释方式。审美的本质就是超越(按:着重号为原文所有)",杨春时认为,"应该确认社会存在即人的存在作为逻辑起点","人的社会存在即生存",主张用生存概念取代实践概念,建立超越美学,超越性把审美与现实活动以及这个美学体系与其他美学体系区别开来。①

这些论述尽管极具启发意义,但仍然只是一个极为粗略的阐述,尚需进一步的扩充、展开和完善,因而对 90 年代中期以来的文论尚未产生影响。同时,90 年代以来,中国美学界包括实践派美学,已经和正在发生分化和重组,实践派美学一统天下的局面已被打破,出现了多种观点并存的多元化局面。如吴炫的《否定主义美学》,是经过他数年悉心建构的否定学系列论著之一,也引起学界注意,成为一种在 90 年代崛起的有一定影响的理论观点。但是由于这诸种观点学派自身尚不够成熟,要做到为文艺理论研究提供思考方法与工作范式,产生较大影响,还需要一段过程。

与美学领域相对应,90 年代的中国文艺理论研究领域也出现了多元化的理论态势,文学主体性理论受到了冷落,各种观点学派此起彼伏。其中,以曹顺庆为代表的"中国文论话语重建"派,主张在全球化和后殖民语境中重新审视和建设中国文论,强调中国文论的民族身份认同,阐发了"文论失语症"、"重建中国文论"、"汉语批评"等观点,提出了不少启人深思的重要理论问题,在 90 年代中期以来产生了重大学术影响,引起了广泛的争论。应当说,

---

① 杨春时的这些论述见于他的两篇论文:《超越实践美学,建立超越美学》,《社会科学战线》1994 年第 1 期;《走向"后实践美学"》,《学术月刊》1994 年第 5 期。

自从近代中国古典文论传统失落以来，重建中国文论就一直是我们的一种现实需要和理论方向，现在已经很少有人否认这一点。但是在究竟应当如何重建这个具体策略与操作中，在现代性、他者化、中华性的彼此冲突与交融中，特别是在90年代世界范围内全球化与本土化的剧烈冲突与此消彼长中，我们还没有找到一种为国内外学界所公认的切实可行的途径。

现在我们面临三个文论传统：一是中国古代文论传统，二是西方文论传统，三是五四以来我们已经形成的中国现当代文论传统。在现在我们所处的多元化的时代，在其中任何一个学术传统上重建中国文论，都不失为一种选择。但是，如果我们进一步从现实性和可行性的视角考虑，就会发现，如果在中国古代文论的基础上重建，就等于排斥和否定了近百年来中国文论的现实发展和既有成果，实际上割断了中国文论发展的历史连续性，并且，以诗歌和散文理论为正宗的中国古代文论和我们以小说、戏剧、影视为主流的现当代文艺生活已经相当隔膜，其理论资源对于我们当今的文艺生活是比较有限的。尽管由于不同国家民族之间的文学的互动性日益加强，现当代中西文艺之间具有渗透性和某种程度上的同步性，但是这没有也不可能取消中国文艺的独特审美经验与艺术传统，因而如果在西方文论的基础上重建，又排斥和否定了中国文论的民族个性和民族传统，实际上也割断了中国文论发展的连续性。因而这两种观点尽管目前人数甚多，但都是不现实的。

这里需要强调的是，我们应当区别中国传统文论与中国古代文论两个概念，中国古代文论是一个已经凝固了的静态的概念，中国传统文论则是一个流动的开放的概念，中国现当代文论同样构成了我们的传统，并且是活着的更为重要的传统。"时运交移，质文代变"，"歌谣文理，与世推移"（刘勰《文心雕龙·时序》），一代有一代之文学，一代有一代之文论。当前中国文论最需要做的，既不是仿古，也不是追西，而是真正提供属于中国本土的和我们这个时代的文艺生活的独特审美经验。只有在中国现当代文艺生活中生长起来的中国现当代文论，才是适合我们这个国度和时代的文艺理论体系。目前最有可能的是，在中国现当代文论传统的基础上，进一步吸收和融合中国古代文论和西方文论资源，建构我们自己的文艺理论体系。这个传统的新近发展，就是实践派美学及其影响下的主体性文学理论，在90年代，就是超越美学。

就中国现当代文论传统而言，反映论尽管陈旧过时，但并未完全丧失其现实合理性，自身理论体系严密完善。它有一整套从社会生活这个逻辑起点出发，通过反映生活和运用典型化手法高于生活，通过形象思维进入艺术创作的主体心灵，通过文学艺术的社会作用而反作用于社会生活，这是其逻辑终点，与其逻辑起点重合，也就是返回了逻辑起点，构筑了一个自成体系的逻辑运动圆圈，在我们的现实文艺生活中仍然存在并发挥着重大影响。而在实践派美学基础上建构起来的主体性文学理论，实际上还只是一个雏形，远没有这样完善。至于超越美学的框架则更为粗疏，尚未具体落实到文艺理论上。总体来看，反映论尽管完善，但已经无法适应新的时代文艺生活的需要，难以在其既有的理论框架内对新时代的文艺问题作出具有说服力的解答。文学主体性理论和超越美学尽管粗疏，但却是从反映论母体内诞生的新的胎儿，它生气勃勃，孕育着无限生机与活力。在新世纪里，如何沿着我们既有的学术成果和理论话语继续前进，不断地把当前文艺生活中产生的新的重大现实问题纳入我们的理论视野并作出正确的解答，完成近百年来重建中国文论的愿望，在实践派美学和主体性文学理论的基础上进一步延伸的超越美学，可能是最具活力与现实可能性的发展方向，因为它为我们的文艺理论建设，提供了新的学术视野和理论基础。

（原载《社会科学战线》2000年第5期）

当代中国美与美感关系研究的回顾与分析

李志宏

美与美感关系问题,是美学研究中久悬未决的难点之一,回顾有关的研究历程,对其中有代表性、建设性的学说思路、脉络加以整理、分析,可得到深刻的启示。

一、20世纪50~60年代:美与美感孰先孰后的论争

中国当代美学美与美感关系研究的起始,主要反映在新中国成立后的第一次美学大讨论中。当时的人们普遍认为,"美学中的基本问题,如美学史的事实所证明,首先就是美在于心抑在于物?是美感决定美呢还是美引起美感?"[①]

主观论为一个阵营,主张:"美产生于美感,产生以后,就立刻溶解在美感之中,扩大和丰富了美感。"[②]

客观论为另一阵营。其中,自然客观论认为:"是美引起美感

---

① 四川省社会科学院文学研究所编:《中国当代美学论文选》(第一集),重庆出版社,1984年版,第239页。
② 四川省社会科学院文学研究所编:《中国当代美学论文选》(第一集),重庆出版社,1984年版,第285页。

而不是美感决定美。"①社会客观论同样认为:"美是不依赖人类主观美感的存在而存在的,而美感却必须依赖美的存在才能存在。美感是美的反映美的摹写。"②

两大阵营之外的主客观统一论立场有些游移,它说:"问题的关键在于美与美感的关系。美是引起美感的,这个事实大概没有人会否认"。③ 照此,它应归入客观派的阵营,但它同时又提出"物甲物乙说"("物甲"指自然存在的物,"物乙"指物的形象——作者注),认为:"美是对于物乙的评价,也可以说就是物乙的属性。美感能影响物乙的形成,就是在这个意义上,我们说美感能影响美。"④依此,人们一般把它归入主观派的阵营。但尽管主客观统一论作为一个独立学派的归属地位不甚确定,其主张或理论仍在问题范围之内——不是美决定美感就是美感决定美。

不过,主客观统一论这种似乎矛盾的见解倒是真切反映出一个问题:美与美感的关系在相当程度上取决于怎样认识"美"。对"美"的认识又突出地表现在对美本质的哲学属性的界定上,"美是主观的还是客观的还是主客观的统一,这个美的本质问题是美学的哲学基础问题。"⑤尽管各学派有关美本质的主张各有不同,但都在自觉地遵循着辩证唯物主义,其哲学立场也的确是符合辩证唯物主义原则的。那么,为什么同样的哲学基础会形成完全相

---

① 四川省社会科学院文学研究所编:《中国当代美学论文选》(第二集),重庆出版社,1984年版,第28页。
② 四川省社会科学院文学研究所编:《中国当代美学论文选》(第一集),重庆出版社,1984年版,第117页。
③ 四川省社会科学院文学研究所编:《中国当代美学论文选》(第一集),重庆出版社,1984年版,第256页。
④ 四川省社会科学院文学研究所编:《中国当代美学论文选》(第一集),重庆出版社,1984年版,第257页。
⑤ 四川省社会科学院文学研究所编:《中国当代美学论文选》(第二集),重庆出版社,1984年版,第275页。

反的美学主张？

从字面意义上看,认为美先于美感的观点在逻辑上是最符合辩证唯物主义认识论的。但如果采取这种观点,则需要说明先于美感而存在的美是个什么。偏偏这个问题极其难以回答,所有做此主张的理论从来也没能明确地说出美是什么,只能是以辩证唯物主义认识论为一般原则,逻辑地做出推论:美应该先于美感而存在,没有美就不能有美感,正如没有事物就不能有反映一样。

反之,如果如主观派所说,美产生于美感,则需要说明美感怎样先于美而形成。对此,主观派的阐述同样不明确。一方面,主观派不把美与美感的关系看成反映与被反映的关系,认为,虽然美感是由外物作用于我们的感官所引起,"但是人的感觉所知道的只是物的形状、颜色、声音、味道、气味等等,这些形色声味是美还是不美……就要通过意识的判断。"[①]另一方面,他们又解释说:"美和美感,实际上是一个东西。"[②]因此,主观派的观点显得不合逻辑,难以成立。

反思这一时期的美学研究,可以感到,除简单化的倾向外,最重要的问题是:各学派都没能对"美"概念的真实内涵做出正确分析,就连其论争也不在同一焦点。主观派之说美是观念,实际意义是说,"美"概念指代的对象是观念性的东西;客观派之说美是客观的,是说"美"概念所指代的对象是客观实存的东西。这本来应是概念内涵之争,却被当作物的哲学属性之争。形成这种状况的原因在于:虽然各学派都在力图得出符合辩证唯物主义的结论,其实却是在按照以唯心主义哲学为基础的美学命题方式解答问题,

---

① 四川省社会科学院文学研究所编:《中国当代美学论文选》(第一集),重庆出版社,1984年版,第277—278页。

② 四川省社会科学院文学研究所编:《中国当代美学论文选》(第一集),重庆出版社,1984年版,第285页。

所以不能不陷在深深的矛盾之中。

"美本质"问题的前身是"美本身"问题。"美本身"是柏拉图在客观唯心主义基础上形成的概念，以"美理念"的存在为依据。而"美理念"作为概念是没有事实依据的虚幻的设定，因而其内容是虚空的，没有唯物主义意义上的真实内涵。在此基础上形成的"美是什么"命题必然是伪命题。中国当代美学在按照辩证唯物主义做出美学阐述时，并未对传统美学问题的哲学前提加以批判，只是从经验出发，按照人们日常的习惯和理解原封原样地接受下来。被错误命题的内在前提所限定，人们很容易产生一种错觉，以为"美"概念是个名词。既然是个名词，就可以认为"美"是个独立的实体，是主观意识之外的存在。显然，对客观存在的物而言，感觉必定是第二性的。如此，一旦把"美"作为实体事物看待，必定要与"美感"形成认识关系、反映关系。按照辩证唯物主义的认识论原理，顺理成章的答案就是美先于美感，美感是对于美的反映。在这种思路主导下，客观派在当时及以后的相当时间内占据了上风。但是，由于"美本身"意义上的"美"概念本来就是虚空的，从客观存在中不可能找出叫做"美"的东西，所以客观派的理论始终难以成立。

比较来说，主观派更尊重客观事实，强调审美现象的意义。它已经觉察到，人们所说的"美"，实指"美的事物"；在日常审美经验中，事物是不是美的，取决于人的观念、判断。这一思想本是正确的，但其表述却很成问题。当它说："美和美感，实际上是一个东西"时，其本来意思应该是："美"概念不是名词，"美"概念表示的是对人的感觉的形容。可惜它没能清晰地认识到这一点，终不免被错误的思路所束缚，也被人们所误解。在人们的一般理解中，美就是个客观的事物；把作为客观事物的美与作为主观感觉的美感相混同，显然是站不住脚的。

二、20世纪80年代前期:不同的美可以与美感结成不同的关系

此时,主观派的声音已经基本消失,代表客观派观点的社会客观论即人们后来所称的实践美学在中国当代美学论坛中一枝独秀。它所主张的美本质的哲学属性问题似乎已成定论,不再形成激烈的论辩。相应的,中国当代美学也不再以美与美感关系问题为论争的焦点。但也只是不再争辩而已,原有的观点继续存在,新的观点一波波地产生,自然地出现了多种观点并存的局面。

在此阶段,社会客观论暨实践美学的观点原则上没有变化,仍然批评主观论"都不外是说……美是由人的美感、感情、意识、直觉所创造。这在哲学上可说是主观唯心论。"[①]但其理论还是有所深入,其论说也做出了微妙的调整。

吸收以往论争的经验,实践美学对"美"概念的内涵做出详细划分:"美"可以分别作为审美对象、审美属性和美本质而存在。实践美学的理论思路是:"自然的人化"造成客观的美本质,美本质使事物的性能、形式具有客观的审美性质;以此为充分而必要的条件,再"经由审美态度即人们主观的审美心理这个中介"[②],就形成了作为审美对象层次上的"美"。或者可再做这样的理解:客观的本质层次上的"美"决定了事物的审美属性和美感的产生,审美属性和美感共同决定了审美对象层次上的"美"的形成;其中,审美属性只是为事物成为审美对象提供了可能性,美感才为事物成为审美对象提供了具有决定作用的现实性。

这就以新的形式清晰地表现出与主客观统一论几乎相同的理

---

① 李泽厚:《美学四讲》,天津社会科学院出版社,2001年版,第71页。
② 李泽厚:《美学四讲》,天津社会科学院出版社,2001年版,第127页。

论主张:无论说"美决定美感"还是说"美感决定美"都有一定道理,关键在于对"美"概念的内涵做出判断。用实践美学的理论来说,就是要明确界定"美"是哪个层次上的。主观派说"美感决定美"时,"美"是指审美对象;客观派说"美决定美感"时,"美"是指美本质。而实践美学认为,只有对"美"做本质意义上的理解才是正确的。从而人为规定性地维护了自己原来的观点。

但是,从前面的讲述中可以知道,"美本质"概念的提出本是虚幻的,没有事实和逻辑的根据,因此其存在是可疑的,作用是不确定的。在这种状态之下,美本质的实际意义也无从谈起。所谓美本质决定事物审美属性的说法只是人为的假设。反之,人的审美经验、审美活动才是真实可感的、可确定的。所以有关美概念内涵的判断及美与美感关系的认识只在审美活动及审美经验的层次中才有意义。就是说,在审美活动实践中,人们确切感知的、可以肯定的是,事物的美与不美,取决于人的感受,不取决于美本质。这就等于说:美本质的有还是没有,美本质是什么,都影响不到人是不是能把事物看成美的。美本质对审美实践而言没有必要,美本质问题也是虚设。

排除了由美本质造成审美对象的可能性,就只剩下另一个因素——美感。由此推导出来的结论是:实际审美活动中所说的"美"就是审美对象,而作为审美对象的美是由美感所决定的。这样一来,实践美学的理论调整,表面上看是在坚持美与美感关系上的客观派立场,实际上恰好证明了主观派的合理性。但是,美感怎么可能先于美而存在呢?这仍是难以逾越的障碍。

三、20世纪80年代后期:美与美感同时存在

实践美学的理论阐述以其时代特有的权威性影响了一代人的看法,也在一定意义上开阔了人们的思路。从此,中国当代美学在

看待美时,都不再抱以笼统的眼光,而是做出不同层次的分析。同时,从20世纪80年代开始,国外的美学思想被大量引进。其中,对美与美感关系研究有较大意义的,主要是西方的语义—分析主义美学、现象学美学及前苏联的审美价值理论。语义—分析主义美学曾对"美是什么"命题及"美本质"问题的合理性提出质疑,致使"美本质"研究在西方美学界乃至世界范围内基本上被搁置;现象学美学把世间的一切存在都视为与人的感觉相关联的现象性存在,否认脱离于人的感觉的纯客观存在;审美价值理论则从事物与人的价值关系中解释美的形成和性质。

受这些学术思想的影响,中国美学界虽然没有普遍地放弃美本质研究,但对"美"的认识已有所改变。这种改变首先表现在方法论上,认为,如果用反映论的方法看待美与美感的关系,势必要把"美"看成一种实体存在物,这是不符合审美事实的。被用以弥补认识论方法的,是实践论方法。依照这种观点,在审美关系之中,美与美感是同步形成、同时存在的,不存在孰先孰后的问题。"从发生学的角度看,主体审美感觉从一般感觉中的分化,以及客体审美属性由物的自然属性向人的生成,实际上同主客体之间审美关系的建立是同一个过程。所谓主体和客体,都是属于关系概念。……无论是主体审美感觉力的形成,还是客体审美属性的形成,都同时意味着人类审美关系的形成。它们都统一于人类的审美活动。"①这种观点打破了"先有鸡还是先有蛋"式的循环,不失为良好的思路。但联系到具体的审美现象,情形不免有点复杂。

处在审美关系中的"美",是个具体的存在,由所处地位、所居层次、所具价值的不同,要具体表现为审美客体和审美对象。审美客体必定要与作为审美主体的人相关。这种"相关"是一种客观存在,与主体的感觉无关。而"作为审美对象,它不能离开主体的

---

① 蒋培坤:《审美活动论纲》,中国人民大学出版社,1988年版,第101页。

审美感觉而存在,它只能是主体所感觉到、所意识到的对象。"①所以,"从可能性上说,审美客体也就是审美对象;而从现实性上说,审美客体并非必然是审美对象。"②

这样,审美关系要有两种层次、两种性质:一种是可能的,一种是现实的。具有现实性的审美关系指的是审美对象与审美感觉间的关系,在这一层次上,审美感觉具有决定意义。按照马克思的见解,"审美对象只能对我的审美感觉存在;任何没有被我的审美感觉感觉到的存在,不具有审美意义,对我来说就不是审美对象。"③显见的,虽说审美感觉形成于同审美对象相碰撞的瞬间,没有审美对象,审美感觉也不能出现,但从逻辑上说,审美对象之得以成立,毕竟要以审美感觉的形成为前提条件。审美感觉之所以能成为前提条件,是由于审美主体的审美感觉力即审美能力的先期存在。没有审美能力的预先具备,审美客体不能实现为审美对象。这样,审美能力的形成就十分重要了。对审美能力的形成过程,可以一步步向前追溯,直到审美态度乃至审美注意的形成。审美注意是目前为止人们所发现的审美主体心理构成的最初环节,它"无疑是形成审美态度的一个必要条件。"④如果继续向前追问审美注意来自何处,这一理论只是说:"注意由对某物的兴趣而产生,又反过来加强对某物的兴趣。"⑤既然说到兴趣,则主观的成分就很强了,致使这个方向的发展最终追溯到主观因素。

另一方面,"仅有主观的审美态度,没有客体所必须具有的某种物质因素,客体的审美属性也就无从形成。为什么有的东西可以成为审美客体,而有的东西却不能?这就因为前者具有某种能

---

① 蒋培坤:《审美活动论纲》,中国人民大学出版社,1988年版,第92页。
② 蒋培坤:《审美活动论纲》,中国人民大学出版社,1988年版,第90页。
③ 蒋培坤:《审美活动论纲》,中国人民大学出版社,1988年版,第91页。
④ 蒋培坤:《审美活动论纲》,中国人民大学出版社,1988年版,第140。
⑤ 蒋培坤:《审美活动论纲》,中国人民大学出版社,1988年版,第140。

构成审美属性的客观因素,而后者却不具有。……这种能够构成客体审美属性的自然物质因素,主要是物的形式因素,如色彩、音响、线条、形状等。"①这种阐述,同历史上的客观论基本一致,表现出在客观性质中寻找审美属性的倾向。

由这主客两个方向构成的逻辑线索是:客观实践过程决定了人的审美能力和事物的审美性质的形成,分别造就出潜在的审美主体和审美客体,构成了可能性的审美关系;当审美主体产生某种兴趣时,就渐次形成审美注意、审美态度;此时再与处于可能状态的审美客体发生适宜的对象性关系,就使审美主体形成了审美感觉,同时使审美客体转性为审美对象,以此构成了现实性的审美关系。问题是:从理论上讲,现实性审美关系必须依靠事先具备的、可能的审美主客体条件及审美关系。而从实际审美经验上讲,事先具备的、可能的审美关系及审美主客体只是一种假定;这种假定的根据和来源乃是实际审美经验中现实性审美关系及审美对象的存在。如果不以现实性审美关系为根据、为限定,则任何事物都可以被说成是可能的审美客体,其理论就没有实际意义了。

这样,虽然美与美感可以同时存在,不再需要互为因果,从而化解了一个矛盾,但另一个同样难解的矛盾又生成了——可能性审美关系与现实性审美关系必须互为因果:逻辑上应该是可能性审美关系在先,而实际审美生活中则是现实性审美关系在先。更令人气馁的是,似乎已经打破的美与美感孰先孰后的问题,又以新的形式出现:在从可能性审美关系向现实性审美关系的转化过程中,总要有一个最初的契机,一个决定性的因素。那么,究竟是客观事物的特殊性质首先引发了主体的兴趣,还是主体的兴趣首先发现了客观事物的特殊性质从而形成审美关系?

---

① 蒋培坤:《审美活动论纲》,中国人民大学出版社,1988年版,第97页。

四、20世纪90年代:美与美感关系问题的本体论遮蔽

进入20世纪90年代,西方存在主义哲学极大地影响到中国当代美学,促进了"后实践美学"诸学派的形成。它们以生存、存在、生命等概念为核心,构建了以存在主义本体论为基础的学说。虽然它们的观点、思路及阐述不尽相同,但都首先主张更彻底地抛弃传统美学研究中的认识论方法。认为,不仅是美与美感的关系问题,包括审美主体与审美客体的关系问题,从性质上看,都是反映与被反映的关系,都属于认识论范畴。以认识论态度看待问题,势必造成人与世界的分裂,形成主体与客体间的二元对立。要消除这种对立,必须用存在论或曰本体论取代认识论。"二元对立只是在认识论中存在,在本体论中它根本就不存在。"①这种思路的新颖之处不是表现在将传统美学问题的研究推向深入,而是表现在对美学问题及研究方法的"另起炉灶",从而呈现出完全不同于传统理论的面貌。

存在论美学认为:长期以来传统美学之所以一直陷于尴尬境地,其根本原因之一,在于它们总是"从主体与客体的镜像关系上来说明美与美感。"②从本体论角度看待问题,"所思者即知识的真不能只根据认知的目标来评判,所感者即感性的美也不能只从经验的客体去判断。这意味着美的研究必然要回归体验的领域。"③

超越美学认为:"生存范畴克服主客二分模式,把主体与客体

---

① 潘知常:《生命美学论稿:在阐释中理解当代生命美学》,郑州大学出版社,2002年版,第13页。
② 张弘:《存在论美学:走向后实践美学的新视界》,《学术月刊》1995年第8期。
③ 张弘:《美学与本体论问题再探讨——兼评实践论美学的本体论哲学基础》,《学术月刊》1997年第1期。

统一于生存状态之中。……因此,也就解决了美的主客观属性问题,即美不是主观的,也不是客观的,审美消除了主客观对立,美在主客观范畴之外。"①

生命美学说:"在审美活动中不存在彼此对峙的审美主体、审美客体,只存在互相决定、互相倚重、互为表里的审美自我与审美对象。"②

这些阐述中表现出来的所谓本体论美学方法,就是把人的生存、生命看成本体性存在,把审美活动看成人的基本存在方式,从而看成人的本体性存在的一个部分。其主要根据在于:审美要以人的感性体验为表现;而感性体验是人类生存、生命活动的最初级的方式,是人的生命的最直接的表现。其阐述关系线索为:第1层次:进化——人的生存——实践活动或审美活动——第2层次:审美关系——审美对象(美)——美感。第1层次中的诸要素是实体性的,它们之间虽有逻辑上的先后关系或因果联系,但由于都是在同一层面上生成的,所以具有同一性质,都是原生的、本来就有的,是生命的体现,是本体性存在;第2层次是第1层次的外化或二级转化,是非本体性、非实体性的、非真实存在的。"美与现实世界并非同一层次,或者说,美并不属于现实世界。"③于是,以本体论观点来看,在生命的初始阶段、感性阶段,由于一切都是混沌一体的、彼此不分的,因此不存在审美主客体关系,不存在美与美感关系;它们不是本体性的美学问题,不需研究或解决。

可见,对于美与美感关系及审美主客体关系问题,后实践美学只是要在生存—生命本体的层次上,即感性体验的层次上加以消

---

① 杨春时:《走向"后实践美学"》,《学术月刊》1994年第5期。
② 潘知常:《生命美学论稿:在阐释中理解当代生命美学》,郑州大学出版社,2002年版,第38页。
③ 潘知常:《诗与思的对话——审美活动的本体论内涵及其阐释》,上海三联书店,1997年版,第242页。

除;并不是从现实审美活动及审美现象中加以消除。在这一层次上,它们还是承认有美存在的。问题是:体验是人自身的主观感觉,当然没有主客体之分,这一点似乎不成问题。人们需要弄清的是体验的性质、形成过程和机制。对审美体验性质的认定,首先就来自人的切身体验;这种体验,就相当于以往人们所说的美感。所以,在本体论美学这里,美感也应有两种体性、两个层次:一是本体论层次上的、原初的,一是认识论层次上的、次生的。其关系是:本体性的美感(审美体验)决定了美,美决定了认识(反映)性的美感。于是,关键在于本体的、原初的美感即审美体验由何而来?疑问仍然是:第一,审美体验的发生不可能是无缘由的;为什么有的东西能引起审美体验,有的不能?能引发审美体验的事物是不是可以称之为"美"或说具有客观的美的属性?第二,审美体验不是任何时候都能发生的,必与主体的一定状态相关联;这种主体状态的形成是自发的,还是由客观对象事物引起的?

显然,在存在—本体论美学原则下,虽然美与美感的关系很自然地不再作为一个显问题存在了,但不等于问题得到了解决,只是在特定的视角下,将问题"括出去"、遮蔽起来而已。

五、21世纪:前瞻与设想——
美与美感关系问题的辩证解析

20世纪80年代以来的研究历程显示出一种强烈的倾向:轻视认识论而强调本体论,弱化乃至取消美与美感关系作为一个美学问题的地位。今后是否还会沿着这一方向继续走下去?恐怕不会。将一个长期存在的问题遮蔽起来不予回答,已经是这一方向所能达到的最终尽头;目前的困境和理论力量的匮乏也显示出它不再有可发展的空间。

以往的研究之陷入困境,不能归咎于认识论方法的不正确、不适用;更多的原因在于:概念辨析不清晰、对审美活动特征的认识不准确、对审美知觉和审美情感的内在机制不了解。今后研究的方向,将是正确地应用认识论,对审美活动的各个环节加以准确把握。

现有研究成果使人们非常清楚地看到:无论自然事物还是社会事物都是一般性的客观存在,的确无所谓美丑;意识、观念都是客观存在基础上的产物;人不能凭空出现审美能力和审美意识。最终,所有的问题集中于一点:一般的物何以能具有审美价值?何以能引起美感?

以马克思主义认识论为指导,以现代认知科学材料为依据,可以形成新的美学理论,认为:以实践过程中的认识活动为中介,客观事物以其自然属性和社会属性与人结成了最原初、最自然的需要—价值性关系,即功利关系,影响到人的意识、观念及特定知觉模式的形成,进而影响到人对该事物的态度和情感反应。但在早期人类社会,客观事物、意识、观念、知觉、情感反应等等只能具有功利性质,不能具有审美性质。人类不断地进化发展,终于形成了完全抽象思维能力,同时也形成了形式知觉力。此时,当主体没有即刻需要加以满足的功利要求时,即当主体处于非功利状态时,就可以对事物的外在形式进行相对独立的知觉。如果主体的愉悦性知觉模式恰好同事物外在形式相适合,就可以因此而产生快感。这样,人与事物之间的需要—价值性关系就可以向非功利的知觉性关系转化。在此过程中所产生的情感反应就是非功利的快感,又被称作美感;此时的知觉主体就成为审美主体,知觉对象就成为审美客体或审美对象,这样的非功利对象性形式知觉关系就是所谓审美关系。①

---

① 李志宏:《现代认知科学的发展对美学创新的启示——认知美学论纲》,《社会科学战线》2002年第1期。

所以,事物不是本来就是美的,而是被称作"美"的。之所以被称作"美"的,是因为人由对它的形式的知觉而形成了被叫做"美感"的非功利性快感。某些客观事物之能成为审美对象,当然需要具有特定的属性。不过,从发生学意义上说,这些属性(包括自然属性和社会属性)并不天然地、先于主体非功利性情感反应地、在作为审美对象之前就具有审美性质。事物在作为审美对象之前先在地具有的只是功利性质的属性和价值。当人与事物之间由功利实用关系转化为非功利知觉关系后,主体的美感体验随之形成,相应的可以引发美感的事物才被称为美的,可以作为审美对象而成立。由于习惯和经验的原因,可以或可能引起人们美感反应的事物的属性,就被称为审美属性和审美价值。就是说,事物的审美属性和审美价值不是在它作为审美对象得以成立之前就事先具有的;相反,只在事物作为审美对象得以成立之后,其属性(包括其他事物的类似属性)才被赋予了审美性质,被当成审美属性和审美价值。将一般功利关系点化成审美关系的,是由自然和社会功利因素决定的主体的功利需求状态:主体处于功利需求状态时,是功利关系;处于非功利状态时,才可能是审美关系。

一般地讲,潜在性都具有先在性,应该存在于现实性之前。但需辨析的是:审美主体和审美客体潜在性的先在,不是发生学意义上的、全人类性的;而是审美发生之后的现象学意义上的、人类个体性的。在审美发生之后,相对于后世的人来说,已经具有一定属性、可以及可能成为审美对象的事物就是既定的、先在的具有审美属性或审美价值的存在物了,是潜在的审美对象。同样,具有非功利认知能力的人成为潜在的、可能的审美主体。这时,具有审美属性的对象事物和具有审美能力的人可以互相影响、互相决定、互有先后。

以这种思路看待美与美感关系问题,首先,要区别它的字面意义和它蕴涵的实质性意义。从字面上看,由于没有实体的"美",

所以的确不存在"美"与美感的关系问题;而从它所蕴涵的实质意义上看,美感必须要有个来源的问题则确切存在。因此,这一问题不能简单地取消或遮蔽,而应改换表述方法。正确的提法不应是"美与美感的关系",而应是"事物与美感的关系"。就是说,美感的来源不是"美",而是一般事物。一般事物之能引起美感并不神秘,它是人类智能发展、内在机体状态和形式知觉模式共同作用的结果。其次,要区别审美发生之前与审美发生之后不同性质的主客体关系。审美发生之前,主客体之间只有一般功利关系及认识关系;审美发生之后才可以形成现实的及潜在的审美关系。这样,就解释了美感的来源,也解释了事物之审美价值的来源,是最终解析"美与美感关系"问题的合理设想。

(原载《社会科学战线》2003年第6期)

苏联科学中对传统的研究问题(上)

〔苏联〕 Л·С·贝列罗莫夫
郭燕顺 译

近年来,全世界对传统的兴趣增长了。显然,由于意识到正处在毁灭边缘,人类开始更经常地回忆自己的童年。但是,社会对传统的兴趣日益增长,其原因要更为深刻。这一极其耐人寻味的情况,是同解决一系列紧迫的理论的和实践的社会问题联系在一起的。其中,阐明传统的性质、其在社会生活中的地位和作用,对于研究社会过程的历史必然性机制、人的关系和社会管理的组织,个体和群体行为的规律,均有重大意义。不揭示传统所具有的一般的和特殊的功能,便不能正确地理解社会形成过程、人的社会化及用进步的传统进行社会主义和共产主义教育。

研究传统直接涉及诸如对历史遗产的态度、社会残余保留及其何以长久存在的原因等这样一些当代重要而尖锐的问题。不探讨传统发展的辩证法,便无法理解政治、科学、艺术和技术中革新创造的性质和本质,便无法说明文化、语汇和各种社会活动形式中的创新的性质。

因此,在中华人民共和国内对传统的兴趣也日益增长,便完全可以理解了。1986年11月8日《光明日报》发表张立文的文章《论传统与传统学》就是证明。

本文中,我将尽力向中国读者介绍苏联对传统的研究情况。为了在一篇不长的文章中取得最大的效果,我将在两个不同的层次上分析传统的研究问题:理论探讨和研究传统在东方发展中国家及中国的作用。

一

尽管会使读者感到不快,但还必须先说清楚:直到今天,无论在马克思主义社会学中,抑或在资产阶级社会学中,对"传统"这个概念都没有一致的解释。美国社会学家给传统下了32个定义(见O·A·奥西波娃:《美国社会学论东方各国的传统》,莫斯科,1985年,第45页)。在苏联学术界,情况稍好一点,但也还没有给这个概念下一个一致的、普遍接受的定义,尽管各社会学家的观点正在接近。这毫不足怪,因为虽然有了一些近于完善的定义,但对与"传统"定义有关的概念资料分析还没有完成。在目前对"传统"概念的定义有不同解释的情况下,确定传统研究的基本方向,把各不同学科代表的努力联合起来,是十分复杂的。比如,在伦理学词典中,传统被解释为风俗的一种变体,其特点是十分稳定,表现为人们通过有目的的努力,一成不变地保持从前代人那里继承下来的行为方式(见《伦理学词典》,莫斯科,1970年,第314页)。苏联大百科全书则讲,传统指的是一定的社会法规、行为规范、思想、风俗、仪式等等(见《苏联大百科全书》,莫斯科,1975年,第1356页)。对传统的这种不同理解不是偶然的。这在颇大程度上说明该现象的多面性和传统在社会生活中所具有的那种多功能作用。Ю·В·勃罗姆列伊院士曾一再指出这点。他讲,仅仅因为传统这个概念含义不同,在对传统进行科学探讨时就有很大困难。勃罗姆列伊总结了在我国学术著作中关于传统的一些最为流行的概念,他同时一再强调指出,传统具有一种稳定性,正是这种稳定性才能保证行为、活动、价值、方向和信仰的一定的、不断重复的方式,在漫长的时期内,在整个社会或其一部分内代代相传(引自Б

·C·叶拉索夫:《亚非发展中国家社会文化传统与社会意识》,莫斯科,1982年,第7—8页)。这个定义使我们有可能对社会生活中传统习俗的作用机制进行分析,把传统的一般原理和结构形式分离出来。尽管如此,仍然必须弄清传统的基本内容,而且最主要的,是弄清它的功能作用范围。我国有一些学者,将传统仅仅局限于在社会行为中得到不同程度的再现并通过社会行为流传的那部分文化范围内。这并不是偶然的。实质上,他们是把反映在书籍、造型艺术作品和其他文化成分中的全部积累起来的经验,排除在传统之外(见С·А·阿鲁丘诺夫:《风俗、仪式、传统》,载《苏联民族学》杂志,1981年第2期,第97—99页)。

不过,我们仍然要回过头来看看苏联学者的观点。这些人专门从事传统学理论研究已经有许多年了。这些学者是И·В·苏哈诺夫、Д·М·乌格里诺维奇、Э·С·马卡里扬、С·И·波波夫、Б·И·休休卡洛夫和В·И·普拉霍夫。这个名单还可拉长。但我觉得,对于初次了解情况,上述学者的著作会向中国读者提供一个关于我们理论探索水平的最正确的概念。

苏哈诺夫认为,传统和风俗既有相似的特点,也有不同的特点。他写道,风俗和传统具有对它们说来两种共同的社会功能:作为稳定牢固形成于该社会的各种关系的手段,又作为在新一代人中再现这种关系的手段。但是,风俗和传统是通过不同途径完成这两种功能的。风俗直接通过对具体情况的详细规定,来稳定社会关系的固定环节,并在新一代人的生命活动中再现之。与风俗不同,传统则直接诉诸人的精神世界,它们不是直接地,而是通过形成社会关系所要求的精神品质,发挥其稳定和再现这种关系的手段的作用的(见苏哈诺夫:《风俗、传统与后代人的继承性》,莫斯科,1976年,第25页)。苏哈诺夫解释说,如果好客风俗详细规定了客人和主人之间的关系,那么对劳动的创造性态度的或军人大无畏精神的传统,便无法为所有具体情况作出详细规定。和其他一些作者一样,苏哈诺夫认为,"传统"这个概念并不包括有法律效力的详细规定。传统(一如风俗、仪式)是只靠社会舆论力量维持的规定。这就是苏哈诺夫观点的实质。

但是,还存在另外的观点。苏哈诺夫把历史上积累的人类经验形式从直接的传统范围中排除出去,而人们有时恰恰把这种经验形式同"传统"一词联系起来。比如,乌格里诺维奇就将"传统的"方式作为文化继承的形式之一分离出来,他写道:"传统的主要特点,是再现人类活动机制本身:人类活动的经验为一代新人所获得,不是通过掌握这种活动的基本原则和形式,而是通过模仿、再现其所有段段、'块块',所有细节,一无遗漏"(见乌格里诺维奇:《仪式·赞成和反对》,莫斯科,1975年,第15—16页)。而文化各种成分的传统传递的主要形式,他认为是风俗和仪式。

这样一来,摆在我们面前的就有两种认为传统是一种特殊现象的观点。持有这种观点的人对传统所作的阐述是相当有限的,虽然是从正好相反的立场出发。可以认为,尽管苏哈诺夫和乌格里诺维奇就上述现象提出了许多有意义的见解,但其中无论哪一种观点都不能确定文化传统这门学科领域的整体范围和内容。

我们认为,下面一种观点更为妥当一些。按照这种观点,传统乃是一种包括风俗、仪式和人类活动一系列其他重复模仿形式在内的、不可分割的现象。出于概括重复模仿形式的认识需要,这种观点今天在社会认识的许多领域,都在不同程度上开辟出一条道路。在持这种观点的人中,可以举出下列苏联学者的著作:С·Н·阿尔塔诺夫斯基著《文化理论若干问题》,列宁格勒,1977年,第37—40页;Э·А·巴列尔著《文化发展中的继承性》;Ю·В·勃罗姆列伊著《民族与民族学》,第63页;В·Е·达维多维奇、Ю·А·日丹诺夫合著《文化的本质》,第265页。

鉴于此,可以制订一个明确的标准,俾据以将传统从整个广阔的文化领域中分离出来,同时又要尽力保持它的所有主要特点。

苏联著名的传统理论专家马卡里扬在给"传统"概念下定义时提出下述标准："传统具有一种文化信息特征，它一视同仁，一无例外地反映社会生活各个领域，但其程度得视这些领域所包含的为群体所接受的，亦即经过社会重复模仿的经验的状况而定。因此，文化传统就是在社会上有组织地重复模仿中反映出来的群体经验，它通过时空传递，在各不相同的人的集体中积累并得到再现。然而，人们积累的经验，还有一些形式不具有社会组织性质，其中包括个体文化领域。而上述标准就将所有这些积累的经验形式排除在外。不过，个体文化成分如被相应的群体接受，也仅可潜在地变换为文化传统。因此，必须明确地将文化的两种互为前提的重复模仿形式区分开来——群体的和个体的"（马卡里扬：《文化理论与现代科学》，莫斯科，1983年，第153—154页）。

正如我一再指出的那样，在辨释"传统"这个概念时，远非所有苏联学者都赞同某一种观点或标准。比如，合写专著《社会认识与管理》的作者们写道："我们了解传统是什么吗？对这个问题不能笼统地给予回答。尽管对传统进行了持续不断的研究，但最妥当的回答是：我们已经了解了许多，但还有许多尚不了解"（见《社会认识与管理》，莫斯科，1983年《思想》出版社出版，波波夫和休休卡洛夫合编）。因此，该专著的作者提出下述研究计划："也许，必须强调的不是辨释'传统'这个范畴，而是试图继续全面研究现象本身，俾可大致思考一下现象存在的基本方面……历史一再证实，人们的成就和社会的发展在许多方面取决于他们恪守积累了前代人各种知识和正面经验的传统的程度"。自然，专著的作者无法回避给传统下个定义，这部专著中为这个概念提出了这样的定义："传统（源自拉丁语词——传递、传说）是社会的一种自然机制，借助它各代人互相联系起来，并将前代人的经验传递给后代人。后来人类发展取得的成就，在颇大程度上取决于这种自然机制所起的能动作用。通过传统，社会精神成就的物质化才得以实现。比如,道德传统实质上是老一代人道德经验的浓缩,是人们独特的共同财富。通过道德传统,珍贵的精神遗产和经验才得以从一代人传递给另一代人。在社会主义社会,传统被作为一种决定人们行为的社会力量,有意识地加以利用"。传统作为一种社会现象,可以有条件地区分出两种功能。第一种功能同传统在形成大小社会共同体中的作用有关。实践证明,劳动集体的团结、它们的生产指标和社会政治指标,同健康的传统对这些社会细胞的影响作用有直接关系。传统的第二种功能表现为,传统能对社会过程的发展产生影响。正如专著的作者所写的那样,健康的社会主义的传统决定着社会过程的发展。这是传统社会性质表现的一个方面。此外,传统还赋予这种过程的发展以一种稳定、可靠的性质,保证其必要的方向性。

传统的一个重要的、但在苏联却缺乏研究的方面,是把传统看作是一种心理生理现象。专著的作者指出,"作为一种心理生理现象的传统,乃是人神经系统的特定的刺激物,它能够引起整个生物机体积极活动"。著名的俄国学者 И·М·谢切诺夫在其著作《脑的反射》中强调指出,就产生方式而言,我们有意识和无意识活动的所有原理,都是反射。他写道:"任何行动的最初原因都是外部情感刺激,因为没有它便不会有任何思想。"可以断言,在人的行为所谓的"最初原因"结构中,也包含有传统。传统在人的复杂的暂时神经联系系统"发动"中,在促进大脑两半球皮层兴奋灶(显性)形成中的积极作用是不容怀疑的。传统愈是符合人们的需求和利益,它的激发力就越大。传统的成功的选择,能够促进整个暂时神经联系机制的积极活动。这就是人有目的地和深刻地掌握传统及其所包含的一切的有利的生理前提。现在之所以能够取得这种成就,是因为不断注意发生在现代人心理上的变化及其神经系统所特有的那些进展。所有这一切都要求选择和树立这样的传统,即就所包含的思想道德信息内容而言,这种传统不仅符合教育目的和成为培养个性的必要条件,而且还最适应个性神经生理机制的状况。

上述专著的作者把传统表述为人的生活方式的一个重要组成部分。他们指出,在研究中必须重视传统的综合性质,因为它体现了传统在社会中所起的各种各样的极端重要的作用。传统是社会发展的必不可少的条件。

传统的作用范围真是无所不包。作为一种精神教育,传统是社会意识诸成分之一,它是各代人社会信息的独特的载体。同时,传统的诸如稳定性、重复性和继承性这些特性证明,活动方式和社会关系的某些特定形式和方式,正是在传统中牢固形成和再现的。专著的作者一致指出,传统具有复杂的教育机制和更为复杂的功能机制。认识这些机制,是运用传统,在个性的社会主义和共产主义教育中更有效地利用传统的钥匙。他们指出,传统发挥作用的最稳定的社会领域是家庭和人们的各种共同体,而其中各种劳动集体的作用特别巨大。

在总结自己的研究时,上述专著的作者写道:"把传统作为一种社会的、社会心理学的、教育学的和心理生物学的现象加以评价,会使我们避免片面地研究传统,使我们能够更深刻地意识到,在运用传统的教育作用和功能作用时,必须采取综合的方法,在思想教育工作中必须有目的地利用传统。"(《社会意识与管理》,莫斯科,1983年,波波夫和休休卡洛夫编)

在结束分析苏联关于传统理论的著作时,我想专门谈谈1982年《思想》出版社出版的普拉霍夫的专著《传统与社会·哲学·社会学研究初探》。首先,这是因为普拉霍夫在苏联传统学家中间,特别在那些研究传统理论的学者中,是公认的权威。只要举出他的著作《符·伊·列宁与革命传统的发展(结构分析初探)》、《列宁的社会主义革命理论与当代》(列宁格勒1970年出版)就足以说明问题了。其次,在后一部著作中,他的研究又向前迈进了一步。但是,我们最好还是援引作者自己的话:"遗憾的是,我们不得不承认,目前在苏联哲学文献中,还没有分析马克思列宁主义经典作家对传统的观点。然而,不进行这种研究,便不会在建立辩证唯物主义的传统理论,在揭穿资产阶级关于历史过程的种种观念中取得较大的进展。在本书中,作者力图在一定程度上填补这一空白,并在分析马克思、恩格斯、列宁的论述的基础上,着手建立传统的理论模型,从哲学方面分析其在历史过程、社会关系诸体系发展变化中的地位和作用。"(普拉霍夫:《传统与社会·哲学、社会学研究初探》,莫斯科,1982年,第9页)

本文的目的是,在一篇文章所允许的限度内,向中国读者介绍专著的基本论点和结论。

普拉霍夫提请人们注意,在研究传统时必须看到,这个复杂、多方面和特殊的社会现象,以非科学的和科学的形式反映在人的意识中。其中,属于第一种形式的有各种形式的日常意识、与逻辑认识相应地处在较高思想层次上的心理反映的诸情态感情方式——道德、伦理意识的各种形式,等等。现实的科学反映有两个层次——理论的和经验的,而且各有其独特的研究方式和方法。与此相适应,传统学也有其自身的层次:理论的和经验的。

普拉霍夫认为,经验传统学建立在认识的特殊的经验的方式和方法(观察、描述和系统化等等)上。这方面典型的学科有民族志和语文学。前者专门描述、系统整理、说明某一部族、民族群体等的风俗传统和实用艺术,后者则研究民间口头文学,搜集记录民间传说和代代相传的英雄史诗、仪式歌曲等。

而理论传统学则要研究传统产生、存在、发展的一般规律以及传统和其他社会教育的联系,等等。同时,除使个别科学领域——民族志、语文学、法学等发生兴趣的理论问题外,还必须提到传统理论,因为它对所有对这种理论感兴趣的学科都有意义。完全有理由把这种理论称作普通哲学社会学传统论。在普拉霍夫看来,正是这一理论应当成为历史唯物主义单独的一部分,如同社会经济结构论、阶级和国家论、个性论、婚姻和家庭论等等一样(《传统与社会》,第9页)。普拉霍夫认为,应当把传统作为一种特殊的普通社会学规律加以阐释。他写道:"在给传统下定义时,作为一种历史继承性的规律,我们指的是如下内容。传统是一个普遍规律——发展继承性(这里是指在社会关系中完成的)的独特的社会反映。其次,作为一种社会关系历史继承性的规律,传统又不同于也包括在社会关系诸体系中的其他继承性形式,比如官爵的承袭。鉴于就其蕴涵而言,继承性这个概念既含有历史联系的意思,又含有发展原理的意思,因此我们就应该更加有区别地对传统作出解释。就是说,传统应作为历史遗传联系和社会发展原理的独特反映,分别展示出来。"(《传统与社会》,第39页)

在普拉霍夫看来,作为社会关系体系规律,传统至少同时在六个互相联系而又互相辩证地交叉在一起的层次上体现出来:辩证规律于中发挥作用的普遍层次(Ⅵ);一般体系规律性于中发挥作用的一般体系层次(Ⅴ);与辩证法范畴体系相对应的特殊层次,因为作为一种独立的社会现象,传统的特点和特性正是在这里表现出来(Ⅳ);与经济、政治、道德、宗教、艺术等这些特殊传统表现有关的个别层次(Ⅲ);发生传统具体历史变态的层次(Ⅱ);与这种或那种重要情况相适应的层次(Ⅰ)(前引书,第23页)。普拉霍夫认为,对传统进行的普通社会学分析,主要同传统表现的前三个层次(Ⅵ—Ⅳ)有关。和所有其他社会学范畴("结构"、"革命"、"个性"等等)一样,作为一个社会学范畴,传统正是在第四个体系层次上反映社会关系的,而且作为一种独立现象,成为辩证法规律和一般体系规律的特殊的社会体现。因此,只有运用辩证唯物主义发展理论和一般的体系理论,才能对传统进行普通社会学分析,研究其性质和本质。既然作为一种社会现象,传统不仅是普遍的和一般体系的规律和规律性的说明,而且还必须受与传统体系存在的第Ⅲ、第Ⅱ和第Ⅰ层次有关的具体历史变态影响,那么研究者就应当注意到传统各种各样的、种的和具体历史的表现。普拉霍夫指出,这样一来,就应把传统区分为一般的特殊社会现象、其种现象以及具体历史变态。与社会物质运动形式相适应,自然界的某些共同的规律也以一定的方式发生变化。而作为体现这些规律的一种现象,传统就成为历史唯物主义、理论社会学的研究对象。由于自身各种种的表现和具体历史的变态,传统又成了伦理学、法学、科学认识等一些独立的哲学和社会学学科的注意对象,同时也是历史、民族志、语文学等人文科学认识领域的注意对象。

我认为,普拉霍夫在专著的第二部分——《社会生活中的传统》(第122—217页)中谈出了最珍贵的理论观点。在研究著作的这一部分,除了解决考察传统在社会关系基本形式中的表现,揭示传统在整个人类历史中作用的规律性这一任务外,作者还追求另外一个目的。正如本文中已经指出的那样,我们许多学者(特别是那些非职业理论家),对传统理解十分片面,不是把它归为意识形态,就是归为社会心理学,再不就把它归为道德,或者归于民俗学,等等。实际上,正如普拉霍夫正确指出的那样,我们探究的是表现于社会生活所有领域的、无所不包的现象。

在马克思、恩格斯、列宁的著作中均曾指出,无论在物质的社会关系中,抑或在意识形态的社会关系中,都存在着传统。在分析阻碍俄国资本主义的力量时,列宁指出有"生产中与全部生活制度中传统的保存……"(《列宁全集》,中文版,第3卷,第497页)。

在马克思主义关于社会的科学中,有一些社会生活领域特别突出。普拉霍夫根据辩证唯物主义社会学奠基人的论述,力图说明传统在这些领域中的地位、作用和特点。本文的篇幅甚至不允许对该书第二部分的内容作简要的介绍,因此我只能列出普拉霍夫分析传统在社会生活各个不同领域表现的各章的名称。第一章:《物质生产和技术中的传统:在科技革命影响下生产传统性质的改变》;第二章:《分配、交换和需求中的传统:"传统需求"现象》;第三章:《家庭和日常生活中的传统:婚姻关系传统调节的特点》;第四章:《阶级政治关系中的传统:革命传统概念》;第五章:《法律上层建筑及习惯法在其中的地位:作为法规的习惯法的起源、特点和历史命运》;第六章:《社会心理与传统:作为理论分析对象的传统的真正的型式》;第七章:《意识形态传统及其认识论和社会学方面》;第八章:《道德关系中的传统的特点:风俗与礼节》;第九章:《宗教意识和行为中的传统:关于宗教残余生存力的问题》;第十章:《艺术中的传统:艺术创造的传统与创新问题》;第十一章:《科学传统:历史继承性与科学认识逻辑》;第十二章:《语言发展和功能作用的决定规律:关于语言变化概念》。

　　普拉霍夫对传统在人类过去、现在、甚至未来的发展中的产生、本质和功能作用进行了详尽的分析。那么,他究竟得出一些什么结论呢?

　　我现在就将它们介绍给中国读者。

　　普拉霍夫写道:从科学上深入研究传统的性质,说明它在社会过程中的地位和作用,有助于更深刻地揭示历史唯物主义的一个基本论点,即关于人类社会发展的自然历史性质的含义。正是传统成为那些决定社会历史的"自然性"和连续性、其自身体系逻辑和以时间为轴心的方向性的诸客观因素之一。正是传统保证了在历史上把诸社会关系"编织成"一个有机体系。尽管社会的发展与主观的目的坚定的活动有关,而且这种活动在社会发展中起"发动机"的作用,但社会运动本身仍靠内在规律进行(前引书,第217页)。

　　普拉霍夫指出,尽管在术语上含义纷繁,但在普通社会学方面,传统仍然是整个"社会"体系和生产经济、语言、道德等这些个别特殊体系的一个自我运动、自我组织、自我运用的规律。在马克思主义的社会历史理论中,有一种纯粹的历史规律。这些规律虽然也是在人际关系中形成的,但却不依赖于主观的意向和愿望,不止于此,甚至还决定着主观的意向和愿望。普拉霍夫最后结束说:"根据以上研究可以得出结论,传统就是这种纯粹社会历史规律之一。有鉴于此,显然必须把它作为普通社会学的、'历史唯物主义的'、社会哲学的范畴,并对由此而产生的所有问题,进行分析……现在,不仅可以把范围较窄的专家,而且还能够把专业广泛的学者都吸引来对传统和风俗进行综合研究。而运用马克思列宁主义世界观和方法论原理深入探讨的普通社会哲学传统论,则应成为这种研究的核心内容。"(前引书,第217—218页)

(原载《社会科学战线》1987年第3期)

苏联科学中对传统的研究问题(下)

〔苏联〕 Л·С·贝列罗莫夫

郭燕顺 译

二

如前所述,在文章的第二部分,我将向中国读者介绍,苏联东方学家和汉学家是如何研究传统问题的。既然东方发展中国家传统的和当代的融合问题是我国东方学家的中心问题,那么我就简要谈谈我对《东方社会的进化:传统的和当代的融合》[①]一书的评论。这篇书评发表在1986年第2期《远东问题》杂志上,题为《中国传统文化中评价个性的标准》。

在当代,任何一个踏上独立发展道路的东方国家,如果离开周围世界,便无法实现自己的计划。因此,科学地思索一下由此而产生的结合,即所谓"西方的"和"东方的"、"当代的"和"传统的"的融合,就是马克思主义东方学的紧迫任务。现在,有必要在更高的

---

① 《东方社会的进化:传统的和当代的融合》(责任编辑 Л·И·莱斯涅尔、Н·А·希莫尼娅,1984年莫斯科出版)。这是系列书《东方获得解放的国家的发展道路》中的一种。系列书的编委会:Г·Ф·金(主席)、А·Б·别连斯基(学术秘书)、В·Ф·李、К·Н·勃鲁金茨、АН·А·格罗米科、А·В·达维逊、А·Б·基娃、А·И·列费科夫斯基、Л·Р·波隆斯卡娅、Е·М·普利玛科夫、В·Г·拉斯加尼科夫、Н·А·希莫尼娅。

抽象水平上，对区域地理学专家的成果从理论上加以分析。如今已经感到，应该有一部有分量的著作，对在主要方面进行的局部科学探索的成果进行概括，并提出社会发展新的独特的阶段和状态的模式，以及这种发展在当今多种多样世界上变体的模式。区域地理学家还需要有一套可以据以在更高的专业水平上进行工作的更为完善的科学手段，即能使方法论更为准确的范畴和概念阐释资料。

绝非任何一个作者集体都能从事这项新的和相当复杂的工作的，因为它既要求有专业知识，又要求进行广泛的综合思维，还要求从理论上深入分析各种性质的现象和过程的本质。在我们看来，符合这种要求而且无疑是汉学家所需要的这类著作为数不多。但是，苏联科学院东方学研究所一般问题部的研究成果《东方社会的进化：传统的和当代的融合》可以归入这类著作。

受一篇杂志刊载的文章篇幅限制，无法对该书的全部新见解、书中探讨的许多重要问题进行评论。但却可以立即指出，该书作者们善于使东方各国中正在进行中的过程模式化，因为现代社会科学要想对活跃的和建设性的政治实践有所推动，就必须使理论模式化。尽管该书作者也了解模式化方法的相对性，但他们仍然预先声明，社会发展"理想的"模式仍然是需要的，因为没有这种模式，社会学将不成其为科学，而会变成关于一个个民族生活的描述汇编。这话讲得很对。资本主义政治经济学，仅仅在马克思根据大量具体历史材料归纳出资本主义及其各发展阶段的抽象理论模式后，才成为真正的科学（见《东方社会的进化：传统的与当代的融合》，第8页。其余引文页码标在文中）。还应补充一句，现在还没有充分运用马克思主义，使社会发展的"过渡阶段"和"混杂"状况模式化，而过渡阶段和混杂状况的特点是发展阶段结构上成分不纯（这与专著作者所说的社会的融合性质，即与我们首先在东方见到的社会从生产到精神领域所有"层面"上不同阶段的结构成分的交织和折中存在,是一个意思)。也许,现在很难找到一位学者或政治家,他会否认传统在当代东方各国中的重要作用。但是,至今还没有人站在马克思列宁主义立场上,从理论上对这个方面进行过综合分析。上述专著,就试图填补这个空白。

专著研究的中心就是所谓传统的和当代的融合问题。作者在绪论中就预先申明,他们对"传统的"和"当代的"这两个范畴的理解,是同结构发展的诸范畴紧密地联系在一起的:"在每一个国家,传统的和当代的在结构方面的内容是十分具体的,而且取决于该国所处的历史时代。比如,如果社会处在专治政体('垂死的封建主义')或早期资本主义阶段,那么封建的就将成为(随着资本主义诞生)或已经成为(随着第一次资产阶级革命胜利)传统的,而相应的资本主义的就是当代的"(第6页)。在踏上建设社会主义社会道路的东方各国,特别是在中国,传统的首先与封建的,而有时甚至还与前封建的过去联系在一起。

作者是把传统的和当代的相互关系放在辩证统一中进行探讨的,因此我们认为,他们有理由提出"社会融合"这个观念(第10页)。他们完全正确地指出,从方法论观点上看,在东方,传统的不是自行,而正是在融合中实现现代化的。与此同时,"当代的"本身在进入融合时也要发生变化,要以一定的形式适应传统的。否则,折中(融合)便根本没有可能。这种变化无论对保证传统的和当代的之间的"交织",还是对保证当代的发挥主导、领先和更为主要的引起变化的作用,都是必须的。因此,在东方,各该具体地区的当代的就必须同它所仿效或曾原样照搬的那个外国的当代的有所不同。可以轻易地作出推测,鉴于历史过程的漫长,这一过程的发展结果——未来的当代的,将与在该历史阶段占优势的那个当代的变体有很大的不同。简言之,同样出于客观需要,"当代的"概念本身及其在融合过程中的现实体现,也必将现代化。这就是在评价东方各国融合前景时,何以必须时刻注意按今天的标准还可视为当代的事物不断过时的趋势的缘故。顺便说一句,正是后边这一种情况使发展中国家无法重复任何"经典的"社会发展的方案。我特意从绪论中援引了这一段,因为其中包含着全书的结论。该书就是专门阐明这一十分重要的论点的。

专著的作者用对基础现象和上层建筑现象研究的实例分析了融合问题。专著分为三个部分。第一部分:《作为一种历史类型的东方中世纪社会及其划入世界资本主体系的机制》(作者——历史学博士莱斯涅尔)。第二部分题为《独立发展条件下当代的和传统的融合》。这部分的作者历史学博士希莫尼娅用国家制度发展的实例分析了这个问题。

至于第三部分,则应对之进行比较详细的分析。

第三部分的标题为《精神生活领域的融合》。我们认为,这一部分最为复杂,最为微妙,因为专著作者在这里不得不对东方各民族生活的最神圣、不容亵渎的领域作了深入的探究,触及不仅同对文化进行比较分析有关,而且还同对民族性格进行比较分析有关的一系列"痛"点。值得称赞的是,作者(历史学候补博士 Е·Б·拉什科夫斯基)了解问题的全部复杂性。他在第三部分第一章(《东方各民族的文化遗产与当代科技进步》)开头就承认:"文化历史比较学在整个东方和西方结构对比方面已经做了不少工作;对东方文明,特别是对它们的主要原则的多方面比较分析,这与其说是东方学明天的任务,莫如说是今天的,甚至是昨天的工作。"评价十分恰当。的确,要想对东方文化主要参数进行结构对比,哪怕仅以旧中国为例,就必须集体作出努力,要求掌握的知识就不能少于 B·M·阿列克谢耶夫院士①和 H·И·康拉德院士②所拥有的知识。然而,即使这两位学识渊博的大家的观点,也不是都能毫无保留地被人们接受,经得住时间的检验。只要举出康拉德院士过去提出的"复兴"观点,就足可说明问题了。为了完成上边提出的任务,要求许多高水平的区域地理学专家集体,和社会学家一起,共同作出努力。因此,对于作者敢于建立东方文明一系列模式的这种创造勇气,应当给予赞扬。总的看,作者对提出的任务是胜任的。他从理论高度上揭示了东方各国各种民族解放运动思想家吸收资本主义和社会主义原则的特点。但是,在他的观点体系中并非所有因素都可视为起作用的。首先,必须时刻记住,尽管结构相同(殖民主义时代),但从具体的历史、社会文化和自然条件上看,东方各国彼此之间的差别要比西方各国之间的差别更大一些。而这一地域特点不能不对个性类型和标准的形成产生影响。马克思列宁主义经典作家不止一次地指出人的问题的综合性和多方面性(人是"一个具有许多规定和关系的丰富的总体",而且,首先"是一切社会关系的总和")(《马克思恩格斯全集》中文版第 46 卷上册,第 38 页;第 3 卷第 5 页)。他们同时还要人们注意人在历史发展中的继承性和变异性。他们在表述人"作为人类历史的经常前提"的同时,又不止一次地强调人也是人类历史的"经常的产物和结果"。马克思写道:"我们要研究人的一般本性,然后研究在每个时代历史地发生了变化的人的本性"(同上,第 26 卷,下册第 545 页;第 23 卷,第 669 页)。

在东方发展中国家现代化的条件下,向个性提出的要求也在

---

① 阿列克谢耶夫(1881—1951)苏联汉学家、翻译家。苏联科学院院士(1929)。写有关于中国文化的著作以及美学和诗学论文。——译者
② 康拉德(1891—1970)苏联东方学家,苏联科学院院士(1958),写有关于日本、中国、朝鲜三国文学、语言学、历史、文化史方面的著作以及比较东西方国家的历史和文化发展问题的著作《西方与东方》。获国家奖(1972)。——译者

发生变化,个性本身也在变化。一些最有远见的领袖现在就为"第三梯队"领导人的形成奠定基础,使年轻一代具备管理能力。实现现代化期望所系的有代表性类型的个性,在伦理学和实务能力方面的造就,也是通过东方的和西方的、传统的和当代的融合完成的。这时,本国的、传统的起着特殊的作用,因为正是它们在这种融合中形成民族的核心。在评价发展计划的可行性中,探究民族文化的纵深层次也会有很大帮助,因为历史表明,不管在哪里,人的因素都具有越来越大的作用。在东方文明,特别在像中国文明这类文明中,可以发现连续几个世纪物质文化和精神文化稳定统一。因此,人们对阐释这种个性感兴趣就极其自然了。

过去和现在,资产阶级文化历史比较学都竭力证明,在传统的东方文化中,我们见到的是与西方截然不同的个性类型。还在前殖民主义时代,他们就认为"东方个性"与"西方个性"的重要差别在于前者没有像"个性自由"这样的范畴,并由此得出更加荒谬的结论,似乎东方个性具有消极性质,等等。作者也没有回避这个"痛"点。他公正地对欧洲中心论的个性模式进行了批判,并作出结论:"假如否定……在亚洲传统文化中有个性思想(在19至20世纪欧洲史学中我们经常见到这种否定论调),那将是不顾事实的粗暴的欧洲中心论。如果没有这种以特殊方式与外部的墨守成规的社会现实相对立的独特的个性思想,便不会有东方文化的伟大成就,也不会有东方各族人民伟大的精神哲学传统"(第406页)。对这种观点不能不表示赞同。作者接着讲:"但是,在东方,个性思想的表现形式与欧洲传统不同。由于受欧洲历史形成的许多特点影响,欧洲传统的最古老的思想的基本原理——古犹太一神教、希腊哲学、罗马法——的结合,就决定了以自由意志为前提的个性的内在主体思想。这三个基本原理都在这方面各自发挥自己的作用。第一种原理坚持仍然希望从超尘世、超宇宙的上帝那里得到拯救的凡人和罪人的直接、亲自参与;第二种原理指出人同尘世秩序理想原则,同罗各斯在认识方面的联系;第三种原理则保障人在政治、经济和家庭关系中,享有对这个世界而言某种明文规定的最低限度的自主权力。这样一来,就在原则上承认了人在上帝面前,在宇宙和社会中享有一点点自主和权力。但是,在东方文化中,衡量个性价值的标准并不是个性自由,而是别的东西,即个性对存在的神秘的本原,对人内部经验对这种本原的内心参与这些概念的领悟深度(普遍的和个别的'道'、宇宙的和'自己的'法——达摩、在自我中寻求宇宙我的开端,等等)"(第406—407页)。我之所以援引这样一大段,是为了避免歪曲作者的思想和逻辑:在东方,我们见到的是与西方多少有些不同的个性模式。因此,要想了解它,就需要采用另外的标准。

检验任何模式质的最好办法是把该模式拿来同马克思向先验论真理创造者们提出的要求进行对比:"当然,在形式上,叙述方法必须与研究方法不同。研究必须充分地占有材料,分析它的各种发展形式,探寻这些形式的内在联系。只有这项工作完成后,现实的运动才能适当地叙述出来。这一点一旦做到,材料的生命一旦观念地反映出来,呈现在我们面前的就好像是一个先验的结构了"(同上,第23卷,第23、24页)。从这段话中应当看到,解决像制定东方个性价值标准这样复杂的问题,不仅需要具有具体历史性,并顾及个性在每个区域地理文化中形成的基本条件,而且同样重要的是,还必须反映出善于发现、分出那些世代延续并积极参与现代东方个性形成的因素,并将其注入模式。

诚然,这种个性价值标准在中国文化中可以见到,但把它提出作为了解有代表性的个性类型的最典型的标准却未必妥当。我认为,问题在于,这种标准也有其特点,而且受狭隘的社会框框限制,因为它只对那些对自己臣民拥有现实权力的人才适用。这种价值标准主要同王权论有关,根据这种理论,"皇帝"的权威是直接由大自然本身授予的。只有皇帝一人才能够参与"神秘的存在本原"(而古代和中世纪中国人理解这种本原为"天"和"地"),因为只有皇帝本人这个个性才可与宇宙相提并论。正如苏联汉学家马尔蒂诺夫指出的那样,神化的宇宙对政权代表者之所以需要,首先是因为它是天惠和力量的源泉,而政权代表者在中世纪文化最高领域——宗教仪式中垄断了这一源泉;在宗教仪式中退居次要地位的儒家贤哲,则称他在哲学思索中重又获得了这个宇宙(见A·C·马尔蒂诺夫:《略议中国文艺、政治和哲学文章中"天—地"的融合》,载《远东各国文学》一书,莫斯科,1979年,第29页;同作者:《关于官方传统中中国皇权的性质和治国安邦职能的若干观念》,载《亚非民族》杂志,1972年,第5期)。

只要分析一下古代中国的主要伦理政治学说,就能够恢复那些不受狭隘等级框框限制的基本类型个性的较为实在的价值标准。

为了制订个性价值标准,作者从中国文化的所有参数中提取了关于"道"的学说,不过这样做未免大大缩小了研究对象,从而使绚丽多彩的中国文化大为减色。抛开伦理学,特别是道德,便无法制定中国个性的任何标准。许多伦理政治学派(法家、墨家、早期儒家)的奠基人专门探究人的问题,制订了许多个性价值标准。如果这些标准消失得无影无踪,也可以抛开它们不管。但是,既然这些标准中有许多还在古代就已经得到官方承认,而且其中有一部分业已成为传统文化的"基因储备",并促成民族性格形成,那么"先验的结构"的创立者如果想到马克思提出的研究原则,就必须在建立自己的"东方个性"模式时考虑这些标准。何况(保护民族精神价值的任何文明的特点正在于此),古代的"尺度"至今还在,正是这些尺度决定着个性价值,正是用这些尺度培育新人——社会主义社会的积极建设者。我们认为,中国社会思想史的特点不仅在于,它较早地(公元前5至3世纪)研究了人的本质,而且还在于,在认清教育在个性形成中的决定作用后,它还极为注意研究教育方法。曾经建立过一套套完整的个性教育体系,尽管有时互相排斥,但却总是从"人的本质"出发。

法家坚信,人生来自尊和自私,一心追求"利"。因此,他们竭力强调人的这些"自然品质"在积极个性形成中的意义。诚然,个人的活动范围明显受"一"的限制,而这个"一"他们理解为耕战。正是在这个范围内,任何个性,不管其社会出身和民族归属如何,都可以充分实现自己的"自然"潜能,即发家致富和飞黄腾达。在中国文化史中,人第一次从掌权者的残酷压迫下获得个人的相对自由。法家认为,维护人的利益的是法,在法律面前人人平等,只有一个统治者除外,因为他就是法律的制定者(见Л·С·贝列罗莫夫:《中国政治思想史中的儒家思想和法家思想》,莫斯科1981年出版,第108—115页)。如果说法律普遍性的思想后来销声匿迹,而且仅在两千年后随着中华人民共和国的建立才又得到体现,那么法家的第二个基本观点——通过个性最大限度地发奋进取而致富——却自古以来就植根在中国土壤之中。从远古直至今日,每逢过年,人们必以"发财"相贺。法家衡量价值的标尺"利"也没有消失。它与汉字"福"结合,构成了"福利"这个概念。

与法家思想奠基人不同,在评价人的本质时,孔子要更为谨慎一些(同上书,第66—82页)。他的距他最近的信徒所取的立场各不相同。比如,有一些人,如孟子等人认为,人本性善,犹水之就下(见Ю·Л·克罗尔著《〈盐铁论〉中关于人的本质的儒家观点和法家观点》,载《中国的儒家思想》,第67—70页)。因此,就赋予个性的教育过程以越来越大的意义。如果说,法家只借助他们的奖罚制度来发展人的"自然"品质,那么儒家便与之相反,他们只着眼于教育方法,似乎一切都从零开始。孔子的"有教无类"的观点表明他承认在教育方面机会均等的原则。在制订社会行为准则时,儒家不可避免地也要提出个性的价值标准。这类准则首先包括善、仁、智和义。在这四个标准中,早期儒家认为善、善心是主要的。孟子曰:"无恻隐之心,非人也;无羞恶之心,非人也;无辞让之心,非人也;无是非之心,非人也。恻隐之心,仁之端也;羞恶之心,义之端也;辞让之心,礼之端也;是非之心,智之端也。人之有是四端也,犹其有四体也。"(《诸子集成·孟子正义》第1集,北京1956年版,第138—139页)看来,孟子的同代人以及后继者必须把他的上述说教视为培养真正个性这件艰难事业的最终目的。正如我们见到的那样,古代中国的个性教育的理论家们把所有四个价值标准合为一体:他们把真知理解为仁,而离开对知识的渴求,便谈不上善(见А·И·科勃泽夫著《儒家思想[从孔子到王阳明]中人的本质问题》,载《中国传统学说中人的问题》一书,莫斯科1983年出版,第207—230页)。早期儒家的理论探讨得到官方承认,尚在前汉时代(公元前三世纪至公元一世纪),在中国,对个性的评价就有九等之分。个性价值的最高参数是"圣",最低参数是"愚"。如果说圣建立在"善"上,那么"愚"就和残忍、奸诈连在一起。应当指出,善是高尚道德的不可分割的部分。马克思教导他的后继者,要细心分析研究材料的内容。为此,从意识形态方面论证个性价值的九个等级是合适的。这九个等级,是在孔子和孟子之后,在公元初就由古人提出来的:"自书契之作,先民可得而闻者,经传所称,唐虞以上,帝王有号谥。辅佐不可得而称矣,而诸子颇言之,虽不考虖孔氏,然犹著在篇籍,归乎显善昭恶,劝戒后人,故博采焉。孔子曰:'若圣与仁,则吾岂敢?'① 又曰:'何事于仁,必也圣乎!''未知,焉得仁?''生而知之者,上也;学而知之者,次也;困而学之,又其次也;困而不学,民斯为下矣'。又曰:'中人以上,可以语上也。''唯上智与下智不移。'传曰:譬如尧舜,禹、稷、卨与之为善则行,鲧、讙兜欲与为恶则诛。可与为善,不可与为

---

① 唐代注释家颜师古指出,此孔子自谦,见班固:《前汉书》,第20卷,1975年北京版,第862页。

恶,是谓上智。桀纣、龙逢、比干欲与之为善则诛,于莘、崇侯与之为恶则行。可与为恶,不可与为善,是谓下愚。齐桓公,管仲相之则霸,竖貂辅之则乱。可与为善,可与为恶,是谓中人。因兹以列九等之序,究极经传,继世相次,愈备古今之略要云。"

如前所述,汉代儒家将人列为九等,九等又分为上、中、下三类。每类中又相应分为上、中、下三类。比如,"圣人"属于上上,"仁人"属于上中,而"智人"属于上下。确定个性价值的九等最末一等第九等是"下下",归在这里的是"愚人"①。既然价值等级是由官吏制定的,而且经过皇帝本人批准,它自然就具有一定的社会和思想意义。经过挑剔成癖的官吏的仔细筛选,剩下的名字只有几百。而在这些名字中,归在上等中的只寥寥数人。实际上,在九等中,上等是最空的。只有像黄帝、尧、舜这样一些神话式的皇帝和个别王朝的创建人被列为"圣人"。凡人中,只有孔子列在那里。孔子的忠实的信徒子思和孟子被列为"上中"。

古人制定的这些个性价值标准汇入中国文化,并成为其现实目标。这方面有许多事例,这里仅举一例——著名的中世纪诗人陶渊明对其子的教导:"温恭朝夕,念兹在兹。尚想孔伋,庶其企而。"(见 Л·З·艾德林:《陶渊明及其诗作》,莫斯科,1968 年出版,第 183 页。孔伋即子思,孔子之孙)

在欧洲精神文化中,是否有过想了解东方个性观念,特别是中国个性观念的倾向呢? 考察一下这个问题是很有意思的。大家知道,在 17 世纪,特别在 18 世纪,欧洲经历了一个狂热迷恋中国的时期。如果说,欧洲贵族对中国物质文化的纯外部反映表现了越来越大的兴趣(模仿中国建筑、园林艺术、灯笼等等),那么欧洲的优秀思想家则给中国的精神生活以极大的注意。伏尔泰一方面宣扬开明专制制度,抨击卢梭关于艺术和科学使道德败坏的观点,同

---

① 前引书,第 831—863 页(Э·В·尼科格索夫、Л·С·贝列罗莫夫译)。

时到孔子那里去寻找论据。自然,培养"忠顺臣民"的方法不能不使他发生兴趣。根据伏尔泰本人讲,他的话剧《中国孤儿》乃是"展开为五场戏的孔子道德"。在《道德初探》、《哲学辞典》、《让·涅利谢手稿》等著作,甚至在关于"驱逐耶稣教徒"的文章中,伏尔泰都对中国道德赞叹不已。在迷恋、崇拜中国道德、伦理规范方面,伏尔泰并不是只身一人,只要提一下法国重农学派的奠基人魁奈就足以说明问题,该人曾因撰写《论中国的专制制度》一文(1767)而获得"法国的孔子"绰号。

文明的俄国也对中国迷恋不已,开始仿效法国行事。俄国精神文化的优秀代表,特别是 A·C·普希金,对中国的人的价值标准发生兴趣。著名的苏联普希金研究家 M·Π·阿列克谢耶夫院士的研究表明,"18 世纪,由于西方的歪曲,东方被蒙上一层庸俗色情的异国情调,但他(普希金)超越了这种偏见,对东方有了真正的了解,纠正了他从西方文献中得到的那种对东方的认识"(M·Π·阿列克谢耶夫:《普希金与中国》,载《普希金在东方各国》论文集,莫斯科 1979 年出版,第 58、59、88 页)。普希金不仅读遍在法国和俄国出版的关于中国的所有书籍,而且还从同当时优秀的中国文化专家 И·比丘林的友好谈话中得到许多珍贵材料(在普希金图书馆中保存有法国汉学家 C·茹利叶的著作。从 1828 年开始,在《西藏志》出版后,H·Я·比丘林将自己的所有著作都赠给了普希金,并写有动人的题词)。普希金的兴趣范围广泛,但使他最感兴趣的是孔子的个性教育思想方法。对于从事西方和东方精神文化融合这一问题研究的人来讲,阿列克谢耶夫院士的上述研究是珍贵的发现,因为它以具体的材料揭示了俄国文化和中国文化相互渗透的过程。

长诗《叶甫格尼·奥涅金》第一章第一节叙述主人公奥涅金受教育的历史,在构思这个题目时,普希金曾想把中国的思想引入长诗正文,而且看来甚至想吸收孔子的某些价值标准。阿列克谢耶夫写道:"在最晚不迟于1823年6月在敖德萨写成的《叶甫格尼·奥涅金》第一章的草稿上,即在第2369号笔记本第6页左角第六节诗的草稿上,有几行涂抹掉的诗句。这些诗句是:

中国圣人孔夫子,

教导我们尊重青年——

(既要防止他们步入歧途,)

(又不要对他们妄加责贬;)

(只有青年能给我们以希望,)

(希望只能……)

这些诗行虽然涂掉了,但却是普希金本人亲手所写。阿列克谢耶夫在深入分析诗人的创作思想时写道:"普希金想给奥涅金的历史知识确定一个范围,但他在这方面好像有些犹豫——是否要赋予他从希腊——波斯战争开始或从罗马时代开始的肤浅的古代史知识呢;还有,奥涅金是否也要了解古代世界文明呢? 研究一下上述涂掉的关于孔子的话语来自何处,这是很有意思的。但是,普希金的思想没有讲完:讲了一半就中止了,后来干脆从正文中删掉。因此,我们无法了解,在诗人的头脑里关于奥涅金所受教育的思想和关于中国圣人的教育思想的见解,是如何交织在一起的。他在这里是否想起了伏尔泰对孔子的热烈的赞扬呢?"(《普希金在东方各国》,第71、72页)不过,我们仍然要尝试对这位著名的普希金专家提出的问题作出回答。首先,我们要指出,普希金的评价符合事实。孔子确实是一位贤哲,他确实从事研究个性的教育问题,竭力防止个性"步入歧途"。在他的学说中,只有青年在珍视善,而且渴望学习时,他们才受到尊重。正是想要展示渴求知识的愿望,才能把普希金关于自己长诗主人公受教育的思想和孔子关于教育目的教导连在一起。而孔子的这些教,普希金是会从他掌握的文献和同比丘林的谈话中汲取的。此外,正是想要深入了解中国文化,首先是孔子学说的愿望,才能够解释,普希金何以一心想要访问中国。在普希金递交访问中国的申请十天后,1830年1月17

日,他接到了沙皇亲自签署的不予批准的正式回文。在这个问题上我们认为重要的是,普希金并不认为中国的价值标准是对欧洲人不适用的陌生的文化。由于拥有与自己所处时代相应的关于中国的知识,普希金的天才直觉地感觉到在人的价值标准观中有某种共同性,不然他便不会去求助孔子。

在俄国精神文化中,寻求个性价值共同标准这种意向始终没有泯灭。Л·Н·托尔斯泰就是这种意向的积极促进者。这位伟大的俄国作家要比伟大的诗人情况好些——这时已有更多的中国经典译著问世。托尔斯泰迷恋中国精神文化是尽人皆知的。有时,他直接使用道家和儒家学说的个别论点来证实自己的理论。他在这些学说中寻找能够证明他的宽恕和不用暴力抵抗邪恶的思想正确的观点。在这方面,我们认为值得注意的是,托尔斯泰认为,或不如说他想像,在孔子的学说中,夫子的教育方法,即他把哪些价值标准放在首位,是主要的。А·П·布兰热曾从托尔斯泰手稿中引用过《列夫·尼古拉耶维奇·托尔斯泰对中国孔子学说的概述》。我们下面照录其中的第一段:"中国学说的实质是:真正(伟大)的学说教人以至善,使人革除不良习气,有振作图新精神。而想收到最大的效果,必定一、先去治理整个国家。倘立意治理国家,必定二、先去整治自己的家庭。而欲整治自己的家庭,必定三、先去修养自身。要想修养自身,必定四、先正一己心。欲正一己心,必定五、先真诚自己的意念。而要真诚自己的意念,必定六、先增长自己的知识。要想增长自己的知识,就必定七、先探究自身(从一注释家说)"①。

---

① 《东方各国的哲学》,第1册《孔子的一生和学说》,П·А·布兰热编。收有托尔斯泰的文章《中国学说概述》,莫斯科知识界谋介出版社1903年出版,第35页。——译者附注:托尔斯泰此处的文字,出自《四书·大学》。原文为:"大学之道,在明明德,在亲民,在止于至善。……古之欲明明德于天下者,先治其国;欲治其国者,先齐其家;欲齐其家者,先修其身;欲修其身者,先正其心;欲正其心者,先诚其意;欲诚其意者,先致其知,致知在格物。"

托尔斯泰准确地把握了孔子学说的实质——从"正心"开始的自我修养过程。我们还记得,孟子赋予"心"以何种意义。教育的主要任务就是达到"至善"和"致知"。而教育任务的完成也就造就了真正的个性。正是这些标准成为汉代个性价值标准等级的基础。

普希金和托尔斯泰对早期儒家个性价值标准的迷恋,在苏联汉学奠基人 B·M·阿列克谢耶夫院士的创造性活动中也得到了合乎逻辑的反映。这位通晓中国文化的大家的一生所走过的道路绝非只撒满了玫瑰花,也有坎坷失意的时候。他临终遗言,在装饰在他的墓碑上端的展开的大理石书卷上,正楷镌刻两个汉字"不愠"(M·B·班科夫斯卡娅:《贵在时时心藏两个世界》,载《东方——西方。研究·译述·评论》一书,莫斯科,1985年,第252页)。这两个字取自《论语》的第一段,或更确切说,取自第一段最末一句:"子曰:……人不知,而不愠,不亦君子乎?"(杨伯峻:《论语译注》,1965年上海出版,第1页)孔子的"君子"是他的所有价值标准的核心。

俄国和苏联文化优秀代表创造性活动中的这些具体事例,清楚证明,古代中国文化制定的价值标准,对欧洲文化也是具有吸引力的。

在苏共二十七大就苏共中央政治报告所做的决议中讲到,"苏联和中华人民共和国之间合作的潜力是巨大的",因为它们符合两国人民的利益。"潜力"这个概念并不仅限于经济联系,对于精神和文化联系也有广阔前景。而在这方面,对两大文化相互影响的传统,不仅应当进行更为深入的研究,而且还应在实践中予以发展。

(原载《社会科学战线》1987年第4期)

关于马克思主义与中国民族文化结合问题的研究

史 野

应该说，马克思主义与中国民族文化或传统文化的关系并非20世纪80年代以后才提出的新问题。马克思主义传入中国已有近百年的历史，在这不平凡的百年中，马克思主义要在中国生根、开花、结果，必然要和中国固有的文化传统发生这样或那样的关系。由于如何认识和处理马克思主义与中国民族文化的关系直接影响到党和国家的前途和命运，致使它长期以来成为人们思考和探索的焦点。许多政治家、理论家和一般学者都作了长期而艰苦的理论探索和实践，并留下了大量的经验和教训。80年代的"文化热"和90年代初的"国学热"也都涉及这个问题，尤其是90年代中后期，这个问题更是受到学界的高度重视。

一、马克思主义与中国民族文化能否结合

经过半个多世纪的革命和建设的实践，马克思主义已经在中国大地生根、开花、结果，为最广大的人民群众所接受，成为国家意识形态，占据着主流文化的特殊地位，马克思主义与中国民族文化能否结合已经是不成问题的问题。然而，曾几何时，苏联解体，东区剧变，中国的社会主义事业也遭受过重大的波折和损

失,加上对马克思主义的本本主义和实用主义的理解,使马克思主义被教条化、理想化、庸俗化,严重影响了马克思主义的创新与发展,不少人对马克思主义的信仰和兴趣逐渐冷漠,信念开始动摇。于是,马克思主义是否适宜于中国、与中国传统文化是否相容、能否结合的问题重又以尖锐的形式提了出来。这不能不引起人们的反思,并作出新的回答。

1. 马克思主义与中国民族文化能够结合、必须结合

在回答马克思主义与中国民族文化能否结合问题之前,需要明确这种结合之所指。毛泽东同志在《新民主主义论》中强调:"必须将马克思主义的普遍真理和中国革命的具体实践完全地恰当地统一起来,就是说,和民族的特点相结合,经过一定的民族形式,才有用处,决不能主观地公式地运用它。"以往人们常常片面地将这里提到的"统一"、"结合"仅仅理解为与革命和建设实际的统一或结合,而无意识地排除其与民族文化的统一或结合,这显然是偏颇的不正确的。张念丰、张秉楠、邵汉明的《马克思主义与中国民族文化》[①]一文较好地回答了这一问题,他们认为,毛泽东所说马克思主义与中国具体实际相结合就是"和民族的特点相结合",这一点十分重要。按照毛泽东在《新民主主义论》和其他论著中阐述的有关思想,所谓和中国民族的特点相结合有两方面含义。一是同中国社会的政治经济特点相结合,也就是在马克思主义基本原则的指导下,从中国政治经济的实际情况出发,丰富和发展马克思主义原有理论,创立和制定适应中国社会发展的政治经济理论和方针政策。二是同中国民族文化相结合,也就是对中国民族传统文化采取毛泽东所倡导的"取其精华,去其糟粕"的科学态度,剔除或改造其中的消极层

---

① 张念丰、张秉楠、邵汉明:《马克思主义与中国民族文化》,《光明日报》1991年10月14日。

面，发掘并弘扬其中与马克思主义相容、与人类健康文化需要相适应的积极层面，使这些由于受到提倡而活跃起来的积极文化层面成为马克思主义植根于中国社会的文化土壤；另外，在对马克思主义的思想表述和理论建构上，也要努力运用中国人民喜闻乐见的语言文化形式。专就马克思主义与中国民族文化的融合或结合，有论者指出，这种融合或结合"显然包含两方面的内容，一是促成传统文化向现代文化的转化；二是推进马克思主义的中国化。这两个方面又是相辅相成、密切关联的。"① 这就是说，马克思主义与中国民族文化的结合在一定意义上说，也就是马克思主义的中国化和中国文化的现代化。那么，这种结合为何可能呢？或者说，它有什么现实基础和理论基础呢？同时，这种结合的重要性和必要性又何在呢？许多学者从不同的角度发表了自己的看法。

有的学者回顾近代以来西学东渐的历史，指出马克思主义及其哲学在"五四"前后传入的各种西学中所以能独领风骚，成为先进知识分子的自觉选择并逐步成为中国文化的主导力量，不仅在于它满足了中国社会政治变革的需要，而且也是近代中国文化冲突的必然结果。马克思主义的传入，不仅不会造成中国文化的断裂，而且恰恰是为中国传统文化走向现代化提供了契机。二者结合具有双重历史效应，一方面使马克思主义在中国扎根、开花、结果；另一方面则使古老的中国文化由此获得新生而走向世界。②

有的论者从现实存在的立场指出，实现中国民族文化与马克思主义的融合或结合，既是构建未来中国文化之理想形态的内在

---

① 邵汉明：《试论马克思主义与中国民族文化的结合》，《新长征》1999年第4期。
② 李志林：《马克思主义中国化的历史必然性》，《华东师范大学学报》1992年第1期。

需要,也是现实理论的发展向人们提出的一个崭新的课题。从当代中国的文化现实来看,传统民族文化与马克思主义是两种势力最大、影响最深广的理论学说,同时也是两种最切合中国实际和中国国情的文化学说。因此,任何企图离开传统民族文化、离开马克思主义的努力,都无济于中国文化乃至中国向何处去问题的解决,都只能将中国文化乃至将中国引入歧途。况且,中国民族文化虽系"固有之物",但它却愈来愈显示其不朽的世界意义和世界价值;马克思主义虽系"外来之物",但由于中国共产党人的长期的大力宣扬,它事实上已经构成中国文化的一个重要组成部分。尤其值得注意的是,马克思主义与中国民族文化之间存在许多相近或相通之处。这说明二者的融合或结合绝非天方夜谭,而有其坚实的理论基础和现实基础。①

有的论者从文化传播学的角度提出意见,认为某种外来文化的传播和输入,从来不可能是全面移植,而必须与本民族的文化相融合,才可能在本民族的土地上生根,才能根深叶茂地开花结果。马克思主义的中国化,一方面使马克思主义面对中国的文化背景,经过检验、过滤和选择,不仅要更新和丰富原有的内容和范畴,而且要从中国的民族文化中提取素材,吸取营养,重新塑造自己的结构和形式,真正实现向中国形态的转化;另一方面又使中国的传统文化面向西方的先进文化体系,推陈出新,综合创造,找到从传统型向现代型转化的途径。这就是马克思主义与中国优秀文化传统相结合的意义所在。②

与此相联系,有的论者从中国历史上两次深刻的外来文化输入的情况来论证"结合"的必要性。这两次外来文化输入,一

---

① 邵汉明:《试论马克思主义与中国民族文化的结合》,《新长征》1999年第4期。
② 参见张翼星:《马克思主义与中国传统文化的结合与冲突》,《安徽大学学报》1996年第1期。

次是东汉以后印度佛教来传，一次是近代西学东渐。印度佛教在传播过程中，对中国民族文化表现出高度的灵活性。它根据中国文化不同时期的发展态势和文化氛围，先后吸收了方士道术、老庄哲学、魏晋玄学，甚至吸收了儒家的某些伦理道德观念，以适应当时中国士大夫文化层和俗文化层的需要。近代西学东渐也是如此，大抵与中国民族文化精神相容者则流传深广，而与中国文化不容且无视中国国情者则收效甚微。这说明一切外来文化要在中国大地上生根发展，都不能离开中国民族文化这个主体。①

有的论者从马克思主义与中国文化的特点来论证"结合"的可能性，指出就马克思主义来说，它是发展的而不是封闭的体系，因而具有开放性和兼容性；就中国传统文化来说，它不仅有着悠远的唯物论和辩证法思想的传统，而且在自然观、价值观、思维方式等方面有着区别于西方文化的独特性，对人类文化有着独特的贡献。这些构成了"结合"的基础。②

还有的论者专从马克思主义哲学的特点来论证其"中国化"和与中国民族文化"结合"的内在依据。指出从马克思主义哲学的研究对象上讲，它所揭示的不是某个领域、某个国家、某个时期的特殊规律，而是关于自然、社会和思维发展的普遍规律，是无产阶级的科学世界观和方法论。这是马克思主义哲学能够中国化的价值前提。从马克思主义哲学的理论来源上讲，它绝不是离开世界文明大道而产生的，而是人类文明成果的结晶。其中，中国传统哲学也是构成马克思主义哲学产生和发展的历史文化基础。从马克思主义哲学的世界普遍性上讲，它是对世界历史发展

---

① 张念丰、张秉楠、邵汉明：《马克思主义与中国民族文化》，《光明日报》1991年10月14日。
② 吴湘韩：《试论马克思主义哲学中国化与中国传统文化相结合》，《毛泽东思想论坛》1992年第3期。

规律和必然趋势的科学把握,是一种具有普遍指导意义的世界性理论。当资本主义把资本的扩张由西方扩展到东方,席卷整个世界的时代,马克思主义哲学也就把自己的思想理论拓展到整个世界,实现了自己的世界化。[①]

2. 马克思主义与中国民族文化不能结合、不能平起平坐

当前否认马克思主义与中国文化传统相结合的观点,主要表现为两种倾向。一种倾向是把马克思主义看作单纯的外来文化,认为马克思主义在中国找不到结合点,不可能在中国土地上生根。譬如认为马克思主义所主张的阶级斗争与中国文化传统强调的人际和谐、主张"和为贵"的思想不相容;又如认为马克思主义强调唯物主义的决定论,而忽视人和人类精神的作用,与中国的"礼乐教化"的文化传统格格不入。这种倾向主要来自台湾、香港的一些学者和人士。如1994年陈立夫先生在台湾出版一部回忆录《成败之鉴》。该书的一个重要论断即是:马克思主义不适宜于中国,不适宜于中国的传统文化。如新儒学的重镇牟宗三先生认为,孔子讲的是彻底的唯心论,马克思讲的是彻底的唯物论,所以,"大陆上讲'社会主义'一定要照《礼运篇》那个'大道之行也,天下为公'来讲。照《礼运篇》讲社会主义,就一定要放弃马列主义。"[②] 另一种倾向则是把中国的传统思想文化,特别是其中作为主干的儒家思想文化,看作单纯封建主义的意识形态,认为它与马克思主义这种先进的世界观是不可调和的,马克思主义不可能与孔孟之道相结合。这种倾向主要来自大陆的少数人。两种倾向都各自贬低一方,但都把马克思主义与中

---

① 潘绍龙:《中国化——马克思主义哲学在中国发展的必由之路》,《江淮论坛》,2001年第4期。
② 参见罗卜:《对一种儒学现代发微法的质疑》,收入《马克思主义与儒学》,当代中国出版社,1996年版。

国的传统文化截然对立起来，否认二者结合的可能性。

撇开台湾一些学者的否定性意见不论，仅就大陆否定性的意见而言，又可以具体化为以下一些看法。

一种看法认为，马克思主义与以儒学为主干的中国传统文化产生的社会历史背景不同，要实现其结合，几乎是不可能的。儒学是古代中国农业文明的产物，是建立在自给自足的农业自然经济和封建宗法制度之上的；而马克思主义则是西方工业文明的产物，是建立在近代工业化大生产和资本主义制度之上的。时代的差异、历史背景的差异、文化传统的差异，决定二者很难相结合。这是否定论者的普遍看法。

一种看法认为，二者现实地位不同。儒学是中国封建社会的文化，现在已经没有生命力；马克思主义是社会主义的核心文化，现在和今后相当长的时期内都将是蓬勃向上的，有生命力的。固然，儒学对于中国社会历史的发展起过非常巨大的作用。但随着中国社会的变革，儒学由兴盛而衰落，由衰落而失去支配地位，由失去支配地位而一息尚存，"无可奈何花落去"，便是儒学命运的真实写照。儒学赖以产生、发展甚至存在的基础早已不存在了。皮之不存，毛将焉附？因此，所谓"复兴儒学"，所谓马克思主义和儒学"合则两利，离则两伤"，都是站不住的。"儒学是封建社会的意识形态，马克思主义是社会主义的指导思想，能够既利维持马克思主义又利维护封建主义吗？"有一种说法，谓"马克思主义与儒学可以互补、互动"，也不妥当。马克思主义不需要，儒学也不可能补益马克思主义去服务于社会主义；而马克思主义更不可能补益于服务于封建社会的儒学。"只有马克思主义批判继承儒学，达到古为今用的目的，不存在马克思主义与儒学相结合的可能。"尽管儒学中有民族性和超时代性的东西，但这只能成为儒学有被"今用"的理由，不能成为它有生命力的证明。固然马克思主义也有可能成为过去，但那是遥远的将来的事,而现在它是最有生命力的。人们现在该做的,不是要马克思主义休息,而是促进它发展,保护它的指导地位。①

一种看法认为,结合论者犯了两个明显的错误,一是将古人现代化,任意比附。即以一种粗陋的方式将孔子打扮成古代的马克思,不顾历史条件和理论背景的差别,任意地把儒家经典中的某些道德箴言抽取出来,再与马克思主义"原理"作静态的比附。二是观念决定论。用马克思主义与儒学的结合来理解社会主义的"中国特色",本质上是以"观念论的历史叙述"为基础的,在这种观念论的历史叙述中,历史成了典籍文化的载体,典籍是操纵历史的灵魂。马克思主义的中国化,重要的不在于马克思主义与中国古典本本相结合,而在于与变革现实的实践相结合。②

又一种看法认为,马克思主义与儒学不是平起平坐的结合关系。指出儒学可以丰富和发展马克思主义的观点,是以马克思主义应该是真理大全的观点为前提的,这本身就把马克思主义作为杂货店来看待了。马克思主义与儒学之间,应该是批判性的否定关系,不能因为一些具体问题马克思主义没谈到,就用其他东西来补充。与此种看法相接近,另一些同志认为,马克思主义对待儒学,应该是把它消化掉,吸收到自己体系内,保持自己的生命力。应保持马克思主义的主导地位,结合不是马克思主义的儒学化或者儒学的马克思主义化。③

还有一种看法虽不否认马克思主义与中国传统文化可以结

---

① 以上参见吴为:《批判继承,古为今用——关于马克思主义与儒学关系的思考》,收入《马克思主义与儒学》,当代中国出版社,1996年版。
② 参见罗卜:《对一种儒学现代发微法的质疑》,收入《马克思主义与儒学》,当代中国出版社,1996年版。
③ 参见乔清举:《"马克思主义与儒学"学术研讨会述要》,收入《马克思主义与儒学》。

合，但指出传统文化的许多消极层面的存在会导致马克思主义在中国出现某些"变形"或"失真"。这主要表现在这样几个方面：一是封建等级观念和君主权威崇拜的思想，常常阻碍民主化的进程，压抑人的个性的发展，并且容易导致对马克思主义的偏狭理解和学术文化事业的停滞；二是中国文化中的经学方法传统，严重束缚人们的思想，容易导致马克思主义的教条化和僵化；三是中国传统哲学的直觉、笼统的思维方式，影响对马克思主义理论的深入分析和创新探索。[①] 此外，任何一种思想体系要在中国传播，必须经过中国文化的重构。而要经过重构，就可能混进杂质，造成原来思想体系的失真或变形；同时，扩大、缩小或超越马克思主义原理适用的时空界限并加以运用，容易使真理变成谬误；而文化主体在重释马克思主义过程中，给马克思主义附加一些似是而非的东西，甚至把一些违背或不符合马克思主义的东西强加给马克思主义，并当成马克思主义的理论来传播和实践，亦易于使马克思主义丧失本真。[②]

在笔者看来，马克思主义与中国民族文化的结合是中国文化建设和发展的理想目标和正确方向，这种结合既有利于马克思主义的进一步中国化和进一步发展，又有利于中国传统文化的现代化和时代提升，有人说"合则两利，离则两伤"是很有见地的。当然，对一些学者就"结合论"所提出的种种诘难和质疑，我们也有必要予以正视，努力解决结合过程中出现的种种问题，尽量避免马克思主义的"失真"和"变形"。

---

① 参见张翼星：《马克思主义与中国传统文化的结合与冲突》，《安徽大学学报》，1996年第1期。
② 祝福恩：《文化重构与马克思主义在中国的发展》，《学习与探索》1987年第6期。

二、马克思主义与中国传统文化之
相通相容及相异相别

1. 马克思主义与中国传统文化之相通相容

大凡肯定马克思主义与中国传统文化可以结合者无不认定二者之间有相通相近之处,且或以为此相通相近之处乃二者结合的重要依据,或径以为此相通相近之处乃二者之结合点或契合点之所在。

张岱年先生认为,中国古典哲学与马克思主义理论的相通之处至少有以下四个方面:其一,唯物论。中国历史上存在一个唯物论的传统。荀子、王充、范缜、张载、王夫之等都有许多精湛的唯物论观点。其二,辩证法。老子、《易传》、张载、程颐、王夫之等的学说中都含有比较丰富的辩证法。所以中国学者接触到西方哲学的辩证法并不感到陌生难解。其三,唯物史观。唯物史观是马克思、恩格斯的创造性贡献,但此前亦非全无端萌。中国思想史上有许多思想家谈到物质生活与精神生活的关系,《管子》云:"仓廪实则知礼节,衣食足则知荣辱",肯定物质生活是精神生活的基础。韩非、王充等也都肯定衣食丰足是道德觉悟的必需条件,在一定程度上看到了物质生活条件在社会发展过程中的决定作用。这些观点虽还不能称为唯物史观,但与唯物史观有相通之处。其四,社会理想。共产主义理想是西方空想社会主义者提出的。中国封建时代还不具备产生空想社会主义的条件。但是,先秦道家老庄学说中保存着对于原始社会的怀念,提出了对于阶级剥削的抗议。儒家学者宣扬"大同"理想,讲求"天下为公"。"大同"成为人民长期怀念的理想境界。所以,西方共产主义学说传入之时，进步人士欣然接受。①

邵汉明同志亦将中国传统文化与马克思主义之间的相通性归结为四个方面：其一，人本性。中国古代浓烈的人本意识集中体现在儒家学说中。儒家人物首先将人的世界与物的世界区分开来，视人为宇宙的中心和有机物发展的最高阶段，人的存在具有他物不可比拟和取代的特殊地位和卓越价值；继而从人的个体价值和群体价值的角度来肯定人和推崇人，既把人看成是一种社会性的类存在，因而人的社会价值才是人的价值的中心，又不因此而否定人的个体主体的作用与价值，而是强调人的社会价值和自我价值的实现是互为因果的。这与马克思主义重视人、关心人、突出人的主体价值和主体作用的精神是一致的。其二，理想性。中国古代先哲在创立各自思想体系的同时，大都要描绘一幅社会和人生的理想蓝图，以作为人类追求的共同目标。无论是儒家、墨家抑或是道家，都憧憬、向往和追求"天下有道"的社会，并都把"道"视为一种尽善尽美的有序的和谐状态。而马克思主义所以肯定理想的感召作用，视全人类的解放为无产阶级的历史使命，主张推翻以私有制为基础的资本主义统治，通过不断发展生产力和改革生产关系，最后建立起"自由人的联合体"——共产主义社会，其实质亦在于要改变人性异化、人为物役的不合理社会，实现每个人的全面自由与高度幸福。其三，实践性。实践是马克思主义哲学的基石，实践性是马克思主义哲学的本性。从某种意义上讲，马克思主义哲学就是实践哲学。中国传统文化中固然没有明确提出实践观念，但它所呈现出的力行意识实与此实践品格若合符节。特别是儒家人物大都是力行主义者或重行主义者。其四，整体性。中国古代先哲长于用整体的观

---

① 张岱年：《马克思主义在中国的传播与中国传统哲学的背景》，《中国社会科学院研究生院学报》1987年第3期。

点和视野观察和把握事物，以致我们可以将传统思维方式归结为整体思维。整体思维的特点在于反对把思维对象先割裂成各个孤立的部分分别进行分析，然后再将其组合起来，而是自始至终视任何对象为一整体，在整体感的统驭下意识到整体内部各部分的联系与区别，当下把握事物的本质。此种致思路向和致思方式与马克思主义倡导的辩证思维亦颇相吻合。辩证思维的特点即是用全面、联系、发展的观点看问题，摒弃否认事物普遍联系和发展变化的孤立、静止、片面的认知方式。而全面、联系、发展的观点实都是整体观的内在涵蕴。①

张允熠先生将中国传统哲学（主要指儒学）与马克思主义学理上的相通性归结为"四个一致"：其一，二者在宇宙观上具有一致性。既是唯物的又是辩证的。其二，二者的致思趋向具有一致性。所谓致思趋向即认识路线。二者都承认实践是认识的源泉、途径和目的，实践是检验真理的标准；人们在实践中首先获取的是感性认识，然后从感性认识上升为理性认识。其三，二者对人的本质的看法具有一致性，因为"儒学重视从现实物质生活根源中寻找历史发展的动因"，因而与唯物史观"相通相合"。其四，二者的社会学说具有一致性，都向往"大同世界"，体现了它们之间具有共同的"终极关怀"。②

《中国哲学与辩证唯物主义》一书作者用六章的篇幅，从气一元论与世界物质统一性原理、阴阳大化与世界普遍联系发展原理、知行统一与辩证唯物主义认识论、"通古今之变"与科学的社会历史观、成人之道与人的全面发展六个方面详细阐述了中国传统哲学与马克思主义哲学的相通相容，指出正是这种相通相容

---

① 邵汉明：《试论马克思主义与中国民族文化的结合》，《新长征》1999年第4期。
② 方克立主编：《中国哲学与辩证唯物主义》，高等教育出版社，1998年版，第12—13页。

为二者的结合提供了文化条件和内在依据。①

美国学者窦宗仪认为,在马克思主义和儒家的哲学体系之间的确有许多类似和平行之处。首先,马克思主义对主观唯心主义的尖锐批判,和儒家在几个世纪中对佛教的激烈反对,非常近似。其次,马克思主义和儒家都提出了一种进化的、自然主义的、人文主义的一元世界观。再次,马克思主义和儒家都肯定实践是认识的基础和检验真理的标准。复次,马克思主义和儒家都看到了道德和文明本质上都是基于经济条件的。又次,马克思主义和儒家都坚持认为,对于变化来说,存在着一种历史必然性。又次,马克思主义和儒家对于人的完善都持一种比较乐观的态度。②

蔡方鹿、田广清先生着重阐述了儒学与马克思主义的相通与契合。蔡方鹿肯定民本主义、重民思想与"解放全人类"思想的契合、大同理想与共产主义目标的契合,"大公无私"与公有观念的契合,"一以贯之"之"道"与重视自然、社会发展规律的契合,辩证思维传统与马克思主义辩证法的契合,知行统一与理论联系实际的契合。③ 田广清先生认为儒学与中国化的马克思主义在许多方面是相通的,这些相通之处表现在:"大同"、"小康"的社会理想与社会主义、共产主义理想;"民本"思想与群众路线;"礼法结合,德刑相参"与正确处理两类不同性质矛盾和两手抓;"选贤任能"思想与党的干部路线;"经世致用"思想与实事求是的思想路线;"知行统一"观与理论联系实际原则;"修身"思想与批评自我批评作用;朴素辩证法与马克思主

---

① 方克立主编:《中国哲学与辩证唯物主义》,高等教育出版社,1998年版,第46—200页。
② 窦宗仪著,刘成有译:《儒学与马克思主义》,兰州大学出版社,1993年版,第130—134页。
③ 蔡方鹿:《儒学与马克思主义的契合处及其当代新文化中的位置》,《江西社会科学》1993年第1期。

义思想方法；群体价值观与集体主义、爱国主义；重教化传统与社会主义精神文明；和谐观与安定团结；变革维新思想与改革开放；富民思想与共同富裕；广开言路思想与人民民主；为政清廉、节用裕民思想与大公无私、艰苦奋斗；强本抑末思想与发展社会主义生产力；崇文重教思想与科教兴国，等等。①

2. 马克思主义与中国传统文化之相异相别

许多学者在揭示马克思主义与中国传统文化的相通相近之处的同时，亦注意指出其相异或差别之处。张岱年先生指出："中国古代的唯物论与西方的唯物论，虽然同属唯物论，但差别很大；中国古代的辩证法与西方的辩证法，虽然都可称为辩证法，但差别更大。我们不应见同而忽异，但是，也不可见异而忽同。"②

刘宏章先生着重考察了马克思主义与儒学的差异，认为二者是不同时代、不同国度的产物，又有着非常不同的阶级基础和文化背景，一个是无产阶级的世界观，一个是封建社会的意识形态，它们之间的差异是显而易见的。这种差异表现为四个方面：第一，马克思主义是现代科学的结晶，具有科学性和实证性，是一个严密完整的思想体系；儒家文化是古代科学的产物，不具有现代科学的基础，呈现出朴素性和直观性的特征；儒家作为一个学派虽有其共性，但其内部不同学派之间在政治倾向、哲学世界观等方面的差异是很大的，远不是一个严密完整的思想体系，而是一个十分庞杂的不同学派的集合体。第二，马克思主义在本质上是一种革命的批判的学说。而儒家文化则倾向于保守，是一种只适于守成而不适于进取的学说。第三，由此反映在哲学世界观

---

① 田广清：《中国化的马克思主义与儒家思想》，收入《马克思主义与儒学》。
② 张岱年：《马克思主义在中国的传播与中国传统哲学的背景》，《中国社会科学院研究生院学报》，1987年第3期。

上,在对于矛盾双方的斗争性和统一性的看法上,马克思主义着重强调的是斗争性,认为斗争是绝对的、无条件的,而统一则是相对的、有条件的。儒家学说虽然也不否认矛盾的斗争,但只把它看成矛盾过程的一个阶段,而把统一、和谐看成是最重要的。第四,马克思主义反对普遍的超阶级的人性,主张具体的阶级性,把人性看成是一种经济关系的体现,是各种社会关系的总和。儒家文化则主张一种普遍的超阶级的人性,不论主张性善或性恶,都是把人性中这种善恶的本质,看成先天的,是人类的一种心理和生理构成的展开。①

范广伟先生着重考察了马克思主义与儒家之社会理想的根本差别。他认为这种差别归结起来有这样三点:其一,儒家的大同世界存在于过去,而马克思主义的共产主义则存在于未来。其二,儒家的大同世界是空想,它只是一种美好的主观愿望;而马克思主义的共产主义则是科学预言,反映了人类历史发展的必然。其三,从进入理想世界的途径上看,儒家提倡的是"仁爱"和"克己复礼",所重视的是个人的主观的力量;而马克思主义主张的是发展社会生产力和进行社会革命,所强调的是客观的社会的力量。②

许多学者在探讨马克思主义与中国传统文化之相同相异、相容相斥时,已经自觉地意识到,"真理只有在同一与差异的统一中,才是完全的。所以真理惟在于这种统一。"③ 对马克思主义与中国民族文化也应作如是观,既是看到它们的异,也要看到它们的同,更重要的是要看到这异是同中之异,这同是异中之同,

---

① 刘宏章:《合则两利,离则两伤——关于马克思主义与儒家文化之间关系的思考》,收入《马克思主义与儒学》。
② 范广伟:《大同世界与共产主义——儒家与马克思主义社会理想之比较》,收入《马克思主义与儒学》。
③ 黑格尔:《逻辑学》下卷,商务印书馆,1976年版,第33页。

不能形而上学地去理解同和异，一说异就是绝对对立，一说同就是绝对等同，而要在同和异的统一中去把握真理。另一方面，就时代性而言，今当然胜于古，但今离不开古；马克思主义先进于中国传统文化，但中国化的马克思主义的丰富和发展离不开中国传统文化，思想文化的这种历史继承性和连续性是任何力量也不能割断的。① 这种认识难能可贵。还需要注意的是，牵强附会是人们对两件事物进行比较时易犯的毛病，我们在考察马克思主义和中国民族文化之同异的过程中切忌陷入简单比附的巢穴。

三、马克思主义与中国民族文化结合的途径

李存山先生根据"佛教产生于印度，而发展于中国"的事实断言，"马克思主义产生于西方，也必将发展于中国。"② 笔者与许多学者一样，执信马克思主义在中国的发展，有赖于实现马克思主义的中国化，实现马克思主义与中国民族文化的有机结合。那么，如何实现中国化、实现其结合呢？或者说中国化的途径、结合的途径何在呢？

有论者认为，有必要特别注意"马克思主义中国化"与"中国化的马克思主义"之间的区别和联系，指出其区别在于："马克思主义中国化"是指"马克思主义和我国具体特点相结合"并获得"一定的民族形式"的具体过程，而"中国化的马克思主义"则是具有中国的特点和民族形式的科学理论。其联系在于：虽然"马克思主义中国化"并不等于"中国化的马克

---

① 参见刘宏章：《合则两利，离则两伤——关于马克思主义与儒家文化之间关系的思考》；田广清：《中国化的马克思主义与儒家思想》，均收入《马克思主义与儒学》。
② 李存山：《破除对马克思主义与儒学的"夷夏之辨"》，收入《马克思主义与儒学》。

思主义",但"中国化的马克思主义"只能产生和发展于"马克思主义中国化"的过程中,抑或说,前者只能是后者的逻辑结果。这一逻辑结果指示着马克思主义与中国实际的正确结合,"中国化的马克思主义"就是对这种正确结合的科学概括。而"中国化的马克思主义"的确立和发展又反过来推动了"马克思主义中国化"的进程。①

有论者从马克思主义哲学中国化的角度提出自己的看法,指出,第一,着眼于马克思主义哲学的应用是实现马克思主义哲学中国化的切入点。运用马克思主义哲学的过程,既是一个理论联系实际的过程,又是一个理论创新的过程。第二,着眼于实际问题的理论思考,是实现马克思主义哲学中国化的结合点。实践需要马克思主义哲学对社会实际问题作出新的回答,为马克思主义哲学注入新的具有时代特点和民族特色的新内容。马克思主义哲学必将在对当代重大问题的灵敏反映、准确把握和科学回答中上升到新的境界。第三,着眼于新的实践和新的发展,是实现马克思主义哲学中国化的根本点。马克思主义哲学必须面向实际,转变视角,总结新的实践经验,反映新的时代精神,进行新的探索,创造、发展新的哲学理论。②

有论者认为,马克思主义与中国传统文化的结合,不是外在的拼合、简单的相加,而是内在的整合、有机的融合,是二者水乳交融、相互涵化所产生的新生体。③ 有的论者立足于传统文化之现代化和马克思主义之中国化来论述二者之结合,指出一方面,传统文化要在现时代对人们的物质生活和精神生活继续产生

---

① 叶险明:《关于马克思主义中国化的历史和逻辑研究中的两个问题》,《哲学研究》,2001年第2期。
② 潘绍龙:《中国化——马克思主义哲学在中国发展的必由之路》,《江淮论坛》,2001年第4期。
③ 田广清:《中国化的马克思主义与儒家思想》,收入《马克思主义与儒学》。

巨大而积极的作用,就不能不跟随时代前进的步伐,实现自身的传统向现代的创造性转换。这就要求我们站在时代的高度,以马克思主义为理论指导,通过深入而细致的批判继承工作,将传统文化中的合理命题和合理观念融会到时代文化和时代精神中去,从而赋予传统文化以新的形态和新的生命力,使其真正成为时代文化的一个内在的有机部分。另一方面,马克思主义也面临一个不断发展和不断民族化的问题。按照恩格斯的说法,每个国家运用马克思主义,都必须穿起本民族的服装。这就要求我们中国的马克思主义者不仅要从中国当前和今后相当长一段时期内社会主义建设和发展的具体实际和需要出发,去阐释和运用马克思主义,而且要通过中华民族优良传统的深入挖掘,来充实和丰富马克思主义,从而使马克思主义从内容到形式都真正具有中国风格和中国气派,使它不仅以"国家意识"的政治身份,同时还以"民众心理意识"的文化身份展现在我们面前。[①]

有论者认为,马克思主义与中国传统文化结合的途径包括形式和内容两个方面。就形式而言,除了"要向人民群众学习语言"外,"还要学习古人语言中有生命力的东西",即吸收古人的"新鲜用语",即把马克思主义的普遍真理和中国民族的语言形式相结合。就思想内容而言,结合的途径和方式也是多方面的,其中最主要的是:第一,熔铸民族魂,增强民族凝聚力。第二,扬善贬恶,以史育人。第三,"鉴古通今",为现实服务。第四,吸取中国古代哲学智慧,丰富与发展马克思主义哲学。[②]

许多学者普遍意识到,相对于马克思主义与中国革命实践的结合而言,与传统文化的结合显得很不够,并没有做到真正意

[①] 邵汉明:《试论马克思主义与中国民族文化的结合》,《新长征》1999年第4期。
[②] 葛荣晋:《马克思主义与中国传统文化相结合的理论思考》,收入《马克思主义与儒学》。

上的理解和吸收。时至今日,我们书本上讲的马克思主义哲学很难说有多少中国哲学的成果。因此,有论者主张编写既是马克思主义的又是中国的哲学教材,并在内容上做到:(1)准确、系统、全面地论述辩证唯物主义和历史唯物主义的基本原理、突出马克思主义哲学批判的、革命的实质;(2)正确揭示马克思主义哲学和中国先进哲学思想的内在联系和一致性;(3)努力吸取现代科学和现代哲学(包括西方哲学)的优秀思想成果,概括中外的现代实践经验,而不应是辩证唯物主义原理加上中国哲学的例子,或中国哲学史套上马克思主义哲学概念,而应是马克思主义哲学和中国哲学的有机结合,按其内在联系去建构融合统一的理论体系、逻辑体系。当前在马克思主义哲学教学方面的基本考虑应是:第一,贴近当代世界,特别是中国社会主义现代化的实践;第二,与悠久的中国传统文化,特别是丰富的哲学遗产连结起来,以新的教材进行教学。[1]

还有的论者认为,马克思主义与中国传统文化的结合有两个层次或方式,一种是自觉的结合,另一种是非自觉的结合。后者是指个人由于受传统文化的影响,在接受、理解、宣传马克思主义哲学时,必然以自身的中国传统哲学知识为中介并受其制约。因此我们不仅要努力实现自觉的结合,而且要经常反省非自觉的结合,警惕传统文化的负面影响。[2] 有的论者指出,中国传统哲学的三个主要缺点即缺乏形式逻辑的弱点、经学方法的弊病、忽视个性的缺陷在过去几十年马克思主义中国化的过程中,并没有得到非常深入的批判和非常彻底的克服,这些缺点在未来马克思

---

[1] 参见李淮春:《哲学教学应是马克思主义的又是中国的》;刘大椿:《马克思主义哲学教学应贴近现实、融汇传统》,均载《教学与研究》1996年第6期。

[2] 顾红亮、刘晓虹:《反思、融合、创新——近年来关于马克思主义哲学中国化与传统文化关系的讨论述要》,《毛泽东邓小平理论研究》1999年第5期。

主义中国化的过程中仍可能产生十分消极的影响，必须引起足够的重视。①

不过，多数论者对马克思主义中国化、对马克思主义与中国民族文化的结合的前景抱乐观态度，认为作为人类哲学智慧之最高成果的辩证唯物主义，同具有悠久历史、博大精深的中国哲学和文化传统结合起来，并且不断地从当代社会实践和科学、文化发展中获得推动力量，它将为中华民族的振兴和世界文明的进步作出不可限量的伟大贡献。②

四、需要注意和加强的几个问题

近20年来，关于马克思主义与中国民族文化或传统文化的关系研究呈现一种逐步深入的态势，由很少有人关注问津到愈来愈多的人参与讨论探求，由探讨二者要否结合到探讨能否结合直至探讨为何结合，许多人都提出了自己的见解，形势是好的。但总的看，讨论还是初步的，许多认识还很肤浅和表面化，一些问题的探讨还很薄弱。因此，有必要以已有的认识和成果为基础，将讨论进一步引向深入。

首先，马克思主义与中国革命和建设的具体实际相结合、与中国传统文化相结合，产生中国化或中国式的马克思主义，马克思主义只有穿上中国的民族服装，实现中国化，才能在中国这块土地上生根、开花、结果，那么，中国式的马克思主义与本来意义上的马克思主义到底是一种什么关系？在我们的现代化建设中乃至一切实际工作中，究竟应着重以何者为指导呢？

---

① 陈卫平：《论马克思主义哲学中国化与传统哲学》，《哲学研究》1987年第6期。
② 方克立主编：《中国哲学与辩证唯物主义》，高等教育出版社，1998年版，第242页。

其次，马克思主义的中国化有必要实现马克思主义与中国传统文化的结合，已经成为绝大多数人的一种共识，但二者能否结合？结合的基础何在？如何实现真正意义上的结合？人们的看法见仁见智，莫衷一是，认识也欠深入。这里实际涉及一个民族性与世界性、历史性与时代性的关系问题，涉及一个研究的方法问题。

再次，在20世纪马克思主义中国化的漫长历程中，曾出现两种错误的倾向，一种是教条主义也即本本主义的倾向，一种是否定马克思主义主导地位的倾向，所谓马克思主义过时论是也。这两种倾向给我们党的事业造成重大的挫折，给我们国家的建设造成巨大的损失，教训是深刻而沉痛的。在新的历史时期，我们如何提高自身的理论素养，避免犯同样的错误？现在的情况，一些人既不读马列，又不看古典，一味地赶时髦，抓住几个似是而非的新名词、新术语到处招摇撞骗，哗众取宠。如此以往，更是令人堪忧。

最后，在马克思主义中国化的过程中，在马克思主义与中国传统文化相结合的过程中，确实存在一个马克思主义的"变形"和"失真"问题。但我们不能因噎废食，因为存在"变形"和"失真"的可能，而否定马克思主义中国化的必要性，放弃马克思主义与中国传统文化的结合。事实上，"变形"或"失真"不是不能避免的，问题的关键在于，站在时代的高度，加强马克思主义的学习，提高马克思主义理论素养，加强传统文化研究，提高传统文化素养，进而真正做到融会贯通。现在的情况是，懂马列的不懂古典，懂古典的不通马列。因此，有必要造就一批既通马列，又通中国传统文化的高级理论人才。这是在新世纪实现马克思主义中国化、实现马克思主义与中国传统文化有机结合的新的飞跃的需要。

（原载《社会科学战线》2003年第1期）

全球化问题研究综述

丁志刚

90年代以来,全球化问题成为世界性的热门学术话题,中国学者对之作了积极回应,既介评国外学者的全球化理论,也表述了中国学界的全球化观,既有综合论述,也有分门别类的专题研讨。可是,由于全球化问题的复杂性,中国理论界对它的理论把握并不完全相同甚至存有歧见。本文拟对中国学者的全球化问题研究加以综述。

一、关于全球化的概念

大多数全球化论者希望给全球化一个准确的定义。从所能见到的资料看,有些学者的全球化定义内容宽泛,如有人认为全球化就是人类不断地跨越空间障碍和制度、文化等社会障碍在全球范围内实现充分沟通(物质的与信息的)和达成更多共识与共同行动的过程。这个过程具有这样几个特点:第一,全球化是一个多维度过程。第二,全球化是统一和多样并存的过程。第三,全球化是一个不断出现冲突的过程。[1] 另有人认为,所谓"全球化"现象,指的是当代人类社会生活的活动空间正日益超越民族国家主权版图

---

[1] 杨雪冬、王列:"关于全球化与中国研究的对话",载《当代世界与社会主义》1998年第3期。

的界限,在世界范围内展现出全方位的沟通、联系、交流与互动的客观历史进程及趋势。① 还有人认为全球化是个跨学科问题,对其下定义时科际结合十分重要,目前似乎只能笼统地说,全球化是全球范围内各地域、各民族、各国家日益紧密的联系,这种联系导致各地域、各民族、各国家间相互作用的加强,从而影响和改变着人类运动方式,特别是生活方式和思维方式。② 有些学者的全球化定义相对窄些,其中有相当多的人认为全球化本质上是经济全球化。如叶江指出,全球化的实质在于全球的经济行为对世界政治体系产生根本性的影响,而后者又反过来对前者发生巨大作用。目前的全球化,就本质而言,就是全球经济行为的增长已跨越了政治上以民族国家为主体的国家和地区的边界。③ 何方也将全球化看作是经济全球化,认为全球化是一体化发展的较高阶段;全球化与区域化是互相补充、互相制约、互相促进的关系,市场化是全球化的基础;全球化与信息化互相促进,相得益彰。④ 有些学者将全球化分为广义和狭义,认为全球化是一个可以从多种角度加以探讨的概念,其内涵十分丰富,远非经济全球化或信息全球化所能单独替代。广义的全球化是泛指人类从彼此分隔的多中心时代逐步走向全球性社会的历史变迁过程。而狭义的全球化则是指现代意义上的全球化,它所揭示的是一个以全球主义意识形态为基础的一种世界发展的整体化趋势,体现的是所有国家利益的时代。⑤

除上述概念外,还有相当多的学者是从全球化的某一重要特征中把握全球化的。俞可平认为,全球化是一个内容十分丰富的

---

① 黄卫平:"全球化与中国政治体制改革",载《马克思主义与现实》1998年第4期。
② 丁志刚:"如何理解全球化——与金重远教授商榷",载《探索与争鸣》1998年第2期。
③ 叶江:"论经济全球化与国家的关系",载《世界经济研究》1998年第1期。
④ 何方:"关于经济全球化的几个问题",载《世界经济》1998年第8期。
⑤ 文军:"迈向全球化时代的十大发展趋势",载《中国软科学》1997年第8期。

概念,是一个矛盾统一体,一个相反相成的过程,是一个悖论,即普遍性与特殊性(或单一化与多样化)的统一,整合和破裂(或一体化与分裂化)的统一,集中化与分散化的统一,国际化与本土化的统一。① 罗燕明认为,全球化是现代化的特有现象。本世纪以来,现代化的内涵不断丰富,表现为新兴产业的出现更迭以及从经济层面向政治文化层面的全面发展。同时现代化的外延也在扩大。这就是全球化过程,即越来越多的地区和国家被卷入现代化。② 孙津谈到,全球化这个说法不是什么新名词,它并不意味着全球范围的平等竞争,更不是什么世界大同或人类发展的趋同现象。事实正相反,全球化乃是一种权利的优劣势序列,甚至这种序列特征比以往任何时候都突出。全球化的特征一是经济和金融领域中资本的全球化运作方式;二是科技领域中快速更新的技术和产品在标准化方面的全球效应;三是发达国家和发展中国家文化冲突表面化的全球规模。③

二、关于全球化的起始及阶段划分

理论界在给全球化下定义的同时,论及了全球化的起始及阶段划分问题。杨雪冬认为,全球化进程发端于15世纪末的欧洲,此后经历了三个阶段,第一阶段从15世纪全球化进程源起到19世纪70年代大英帝国霸权的确立;第二阶段从1880年一直到1972年美元本位的终止,经历了欧洲中心向美国中心的转变;第

---

① 俞可平:"全球化的二律背反",载《马克思主义与现实》1998年第4期。
② 罗燕明:"关于全球化问题的学术讨论:全球化是现代化的特有现象",载《马克思主义与现实》1997年第2期。
③ 孙津:"全球化与体制改革",载《当代世界与社会主义》1998年第3期。

三阶段从70年代一直到现在,而且还会继续下去。① 王逸舟在《当代国际政治析论》一书中讲,尽管全球化问题刚刚提上议事日程,它事实上是一个长久历史进程的晚近形态。他还谈到李慎之先生的观点:全球化进程应从1492年哥伦布发现美洲算起。在那一年,从两百万年前诞生以后就分散到世界各地、而且往往相互隔绝的人类实现了最后的会合,随之而来的是探险的热潮(地理大发现)与贸易的热潮(商业革命),终于导致了工业革命和资本主义。② 李慎之先生后来将1992年作为全球化下一个500年的开始,因为他认为1992年市场经济体制在全球范围内取得了绝对优势。③ 与上述观点相比,张世鹏的全球化起始要晚得多。他认为,广义而言,全球化描述的是自70年代后期第三次科技产业革命以来,当代资本主义发展的一个重要新趋势,即80～90年代世界经济结构的一种新变化。④ 另有学者认为,全球化进程大致包括两个趋向相同但形态不尽一致的阶段。全球化首先是指地球上彼此分立的民族、国家进行交往和形成世界概念的一体化过程,这是一个单向作用的过程,即早发的欧洲资本主义国家以攫取资本、扩张领土、扩大市场为动力,将其已有的政治、经济、文化价值推向相对落后的美洲、非洲以至亚洲。本世纪七八十年代以来,具有全方位、双向互动特征的全球化时代来临了,这是真正意义上的全球化和一体化过程。⑤ 还有学者分析了经济全球化的三次浪潮,第一次浪潮出现在19世纪后半期到20世纪初,最后被第一次世界大

---

① 杨雪冬、王列:"关于全球化与中国研究的对话",载《当代世界与社会主义》1998年第3期。
② 王逸舟:《当代国际政治析论》,第6页。
③ 李慎之:"全球化发展的趋势及其价值认同",载《马克思主义与现实》1998年第4期。
④ 张世鹏:"论资本全球化",载《当代世界与社会主义》1997年第2期。
⑤ 徐勇、曾峻:"全球化、契约与政治发展",载《学习与探索》1998年第2期。

战打断。国际贸易的繁荣和国际资本、劳动力的大规模流动成为这个时代的特征。第二次浪潮出现在五六十年代,这次浪潮在客观上的特征是以美国实力支撑的国际金融和国际贸易体制,在微观上则是跨国公司,尤其是美国跨国公司活跃于世界经济舞台。从70年代后期起,开始有一些新的趋势渐渐涌动,八九十年代终于汇成第三次经济全球化浪潮。①

三、关于全球化的动力

总的看,多数学者将全球化看作是不依人的意志为转移的客观历史进程,认为技术革命、市场经济的世界化、全球性问题的日益严重化是全球化的主要动力,但在具体分析上又各有侧重。王逸舟指出,市场经济的世界化,是全球化的最重要动力之一;国际舞台上新的行为主体的形成或传统的行为主体被赋予的新角色,则加速了全球化的进程;全球性问题的日益严重化,是当代全球化过程的新的重要动力之一。② 王列认为,推动全球化进程的力量主要来自技术革命和世界市场的扩大。技术克服了空间的障碍,市场则为经济生活的扩大提供了强大动力。而且二者还相辅相成,技术为市场的整合和深化提供了物质保障,而市场则为技术提供了需求动力。③ 蔡拓认为,科学技术的进步所导致的交通与通讯手段的历史性突破,就是市场经济向全球的扩张、辐射。前者为全球化创造了打破空间和时间障碍的物质手段,后者为全球化提供了永不衰竭的内在驱动力。④ 冯雷分析道,现代科学技术创造

---

① 何帆:"经济全球化的三次浪潮",载《世界知识》1998年第6期。
② 王逸舟:《当代国际政治析论》,第24—27页。
③ 杨雪冬、王列:"关于全球化与中国研究的对话",载《当代世界与社会主义》1998年第3期。
④ 蔡拓:"全球化与国际关系",载《马克思主义与现实》1998年第4期。

了全球化的物质手段,环境、能源、核武器构成了全球化的危机背景,经济活动推动着全球化运作,军事、政治派生出全球化的协调与平衡,文化更成为全球化的发酵剂。① 刘靖华指出,当代世界经济的结构性变革所导致的以全球为视野的发散性冲击力再加上市场观念和商业价值所合成的理性主义的扩张成为全球化趋势的最大推动力。② 叶江认为,全球化的实质是经济的全球化,其推动力主要在于全球生产体系的发展和国际金融市场的扩张,正是经济的全球化促使全世界的政治、文化、社会生活发生根本性的变化,并使之亦具全球化倾向。③ 张世鹏则认为,全球化最关键的是财政金融市场的全球化、资本的全球化,而西方跨国公司,即庞大的、国际范围内组织起来的资本公司是全球化的主要推动力量。④

四、全球化对发展中国家意味着什么

在这一问题上,学者们的意见分歧较大。一部分学者持乐观看法,认为经济全球化为发展中国家实现经济发展和赶超发达国家提供了前所未有的大好机遇,可能是发展中国家后来居上、赶超发达国家的唯一的所能选择的必由之路。⑤ 另一部分学者持谨慎以至悲观的看法。江继龙认为,从实际情况看,目前的全球化对广大发展中国家带来的挑战远远大于机遇。原因有三:一是全球化的主角是少数发达国家;二是全球化过程中发达国家在产业结构

---

① 冯雷:"关于全球化问题的学术讨论:全球化不是谋求同质,而是争取共存",载《马克思主义与现实》1997年第2期。
② 刘靖华:"全球化及冷战后民族主义问题",载《世界经济与政治》1994年第9期。
③ 叶江:"论经济全球化与国家的关系",载《世界经济研究》1998年第1期。
④ 张世鹏:"论资本全球化",载《当代世界与社会主义》1997年第2期。
⑤ 刘力:"经济全球化:发展中国家后来居上的必由之路",载《国际经济评论》1997年第11期。

和经营战略的调整和变革方面占有优势;三是从根本上讲,由于国际经济新秩序还未建立,而旧秩序仍然存在,这样,全球化必然受到旧秩序的影响,使许多发展中国家在全球化中遭受沉重压力。①高德步指出,对于发展中国家来说,由于本身竞争力较弱,经济全球化意味着风险的加大。事实证明,经济全球化对于发展中国家来说,并不全是福音,它更意味着风险和挑战,而在某种意义上讲也可能是祸水。②周光春更进一步地指出,经济全球化、贸易自由化是二战后以美国为首的帝国主义通过跨国公司,以资金、技术为武器,打入发展中国家的市场,利用当地廉价的劳动力和物质资源,高价出售它们的产品和过时的技术,是新殖民主义。经济全球化,实际上是全球垄断化,由于两极分化,贫富差距继续拉大,工人失业,市场疲软,产品积压,可能导致全球危机化。③

  大多数学者认为,全球化对发展中国家既是机遇,又是挑战。一方面,全球化为发展中国家参与世界经济进程,吸收发达国家的资金、技术和管理经验,缩小与发达国家的差距,并最终赶上发达国家提供了良机;另一方面,经济全球化使发展中国家的主权、经济安全及民族工业受到挑战,一旦不慎,将会为全球化付出沉重的代价。有些学者还就全球化时代发展中国家如何抓住机遇,迎接挑战作了论述。如王逸舟就从全球化对国家经济、政治与安全的影响的角度,通过透视亚洲金融危机,分析了全球化对发展中国家的影响。他认为此次经济危机不过是当代全球化过程之深远影响及其表现的一部分,是全球化"双刃敛效应"的副作用。他指出,一个国家要想在全球化的国际体系下确保本国的安全,不管是经济持续、社会安宁或政治稳定,需要的是长远目标、好的战略、大胆

---

① 江继龙:"与经济全球化相关的几个问题",载《和平与发展》1998年第2期。
② 高德步:"21世纪:经济全球化与全球经济战",载《中国经济时报》1998年5.5.⑦。
③ 周光春:"'经济全球化、贸易自由化'评析",载《当代思潮》1998年第2期。

改革,是经济、社会和政治"三位一体"的统筹与协调,是本国体制、政策和领导方式与全球时代进步性的吻合。①

五、全球化与社会主义

关于全球化与社会主义也是学者们论述较多的一个话题。李惠斌对全球化理论与马克思的全球社会主义理论进行了比较研究,认为马克思把实现社会主义或共产主义的两个基本条件归结为生产力的高度发展和世界性普遍交往的高度发展。全球化的现实可以说正是这两个条件发展的结果。②刘靖华认为,全球化是一种理想、一个过程,是人类的一个阶段性归宿。全球化的最高形态与马克思的学说是相吻合的。③俞可平结合90年代以来西方社会主义者展开的关于社会主义的新的大讨论,就全球化时代社会主义的核心价值和重要目标,社会主义的基本政治制度和经济制度、社会主义与资本主义的关系等问题进行了更宏观、更富哲理、更具发展意识的思考。④ 在杨雪冬看来,全球化造成的最大影响是为我们提供了一种认识当代社会主义的全球视野和全球思考框架,应该把社会主义放在全球化进程中加以考虑和理解。社会主义从其出现之日起就成为推动全球化进程的重要力量和全球化进程的重要组成部分,是对长期由西方主导的全球化进程的纠正以及"西方中心主义"影响的清肃。它为全球化进程中的弱者提供了思想斗争的武器,并且在一些国家完成了从思想、价值观念向制度实现的转变,从而改变了由西方主导全球化进程的一元化格

---

① 王逸舟:"全球化时代的国家经济、政治与安全",载《世界经济》1998年第8期。
② 李惠斌:"关于全球化问题的学术讨论:全球化与社会主义",载《马克思主义与现实》1997年第2期。
③ 刘靖华:"全球化及冷战后民族主义问题",载《世界经济与政治》1994年第9期。
④ 俞可平:"全球化时代的社会主义",载《马克思主义与现实》1998年第2期。

局。至于苏联式社会主义的失败,并不是社会主义的悲哀,而是社会主义的万幸。它不仅解放了社会主义,而且使我们认识到对社会主义进行不断改革、制度创新的必要性。社会主义的价值理念有助于全球化进程向多元化、多维度方向发展,有助于全球化进程中建立起更加平等的参与关系和对话关系,防止"中心论"的扩展。①

六、全球化与中国改革开放

在谈论全球化问题时,学者们不同程度地探讨了全球化与中国改革开放及社会主义现代化建设的关系。杨雪冬指出,中国加入全球化进程的过程就是中国近代以来社会历史变迁的全过程。19世纪40年代到1949年中华人民共和国的成立,是中国由一个古老的文明中心被船坚炮利的帝国主义强行纳入由西方主导的全球化进程的过程。从1949年到1978年是共产党人以苏联为模本的探索过程。在相当大程度上,共产党人进行的探索脱离了并抵抗了西方主导的全球化进程。从1978年一直持续到现在,是中国主动地、深入地加入到全球化进程的各个领域之中。改革开放20年来,中国取得了有目共睹的成就,但也面临着许多问题。要克服这些问题,首先要明确中国在全球化进程中"后来者"的位置,以此为制订全球战略的前提,同时要不断进行思想解放、制度改革和创新;其次要认清中国是一个发展中的大国,不要奢谈自己的强大,夸耀自己的实力;最后,中国是一个不断改革和有着巨大潜力的国家,不要妄自菲薄,要坚信自己的能力。至于中国从东南亚金融危机中汲取的教训,一是不要对经济全球化抱太多的幻想,要认

---

① 杨雪冬、王列:"关于全球化与中国研究的对话",载《当代世界与社会主义》1998年第3期。

识到现有的全球经济体制本身存在着严重的不平等,经济全球化潜藏着巨大的风险;二是中国加入全球化进程要注意时序问题,即要根据自身的适应力、应变力和生存力来选择加入到不同全球化领域的时间,以尽量减少风险和成本。① 王逸舟在《全球化过程与中国的机遇》一文中,结合亚洲金融危机对全球化与中国发展的关系进行了认真思考。他首先指出,中国目前虽然没有遭遇东南亚一些国家经历的金融危机,并不等于中国没有问题。在中国经济市场化和全球化的未来道路上,中国整个市场经济体系,仍然要经历很多风险。只有进一步改革开放,才是保障国内政治和社会稳定的标本兼治之策。他进一步指出,作为发展中国家,应当学会在全球化的过程中趋利避害、扬长避短,既要择善固执,又要从善如流。另外,为适应中国经济的市场化和全球化过程中社会稳定的需要,必须要进行政治改革,要讲究全球化条件下的国际战略和战术设计。②

还有一些学者从某一个侧面探讨了全球化条件下中国的改革问题。黄卫平论述了全球化与中国政治体制改革问题,认为我们必须高度重视全球化的现实特征和发展趋向,积极主动地去迎接全球化的挑战,不失时机地抓住历史机遇,正确认识和科学对待全球化问题,认真研究、理性抉择、冷静应对。其中,深刻理解党的十五大对继续推进政治体制改革的精神,全面贯彻九届人大关于国务院机构改革的决定,把中国的政治体制改革引向深入,无疑是极为重要的改革举措。③ 孙津认为,中国改革由以往的功能性改革向结构性体制改革深化过程中,全球化具有显见而复杂的参照意

---

① 杨雪冬、王列:"关于全球化与中国研究的对话",载《当代世界与社会主义》1998年第3期。
② 王逸舟:"全球化过程与中国的机遇",载《当代世界与社会主义》1998年第3期。
③ 黄卫平:"全球化与中国政治体制改革",载《马克思主义与现实》1998年第4期。

义。他对全球化背景下社会主义市场经济体制问题、国有企业改革等问题进行了探讨。① 穆光宗则从经济全球化角度讨论了中国人口问题,认为全球化对我国控制人口数量、提高国民素质提出了更高的要求。中国要在经济全球化浪潮中成为真正的赢家,就要努力实现知识资本、人力资本依托型的经济增长,加强人口质量投资和科技投资,努力改善基础性产业的弱质性。特别要培养既富竞争性又有合作精神的新型劳动者队伍,开展素质教育和通才教育。② 总的看,全球化已成为中国学者认识中国改革开放和社会主义现代化建设的十分重要的视角,面对全球化,年青一代的中国学者充满了革新意识。

(原载《社会科学战线》1999年第2期)

---

① 孙津:"全球化与体制改革",载《当代世界与社会主义》1998年第3期。
② 穆光宗:"经济全球化与中国人口:历史性的机遇和挑战",载《当代世界与社会主义》1998年第3期。

中国宏观经济学的理论构架与创新发展

陈东琪 张亚斌

1979 至 1999 年是中国宏观经济学实现规范式转换,理论构架得以初步形成并获得创新发展的时期。这一时期中国宏观经济学基本上确定了其研究对象与分析角度,引入了非均衡概念、预期分析、博弈分析与制度分析,形成了较成熟的宏观经济学思想,甚至出现了不同的宏观经济学流派。其理论构架与创新发展主要体现在以下八个方面。

一、研究对象与分析角度的确立

这涉及到总量分析、需求分析与供给分析、总量分析与结构分析、短期分析与长期分析、波动分析与增长分析、技术分析与制度分析等问题。邓英淘、罗小朋认为,总量分析是宏观分析的基本内容的最高层次,因为总供给与总需求的相互关系是整个宏观经济运行的主线,宏观研究的主要任务就是围绕这一主线,把反映现实经济运行的各种经济关系和变量揭示出来。[①] 胡汝银认为需求分

---

① 邓英淘、罗小朋:《论总量分析与总量政策在我国经济理论和实践中的局限性——兼论我国经济运行中的某些基本特征》,《经济研究》1987 年第 6 期。

析有重大缺陷,①主张以供给分析为支点,溶供给分析、结构分析和制度分析于一炉,建立社会主义宏观经济学。②张风波、马建堂则试图将总量分析与结构分析结合起来。张风波提出,总量分析与结构分析是互补的,结构分析是总量分析的具体化,总量分析则是结构分析的抽象。对总量进行具体分类和深入分析,就可以统一到结构问题上来,对结构问题进行系统分析和综合归纳,上升到理论的高度,便可以揭示出总量的基本特征。③马建堂想通过对国民收入、价格、储蓄等典型总量指标波动状况的分析,找出它们是如何通过一些中间机制转化为产业结构的变动的,以把总量分析和结构分析结合起来,使宏观分析中观化。④张曙光认为,宏观分析是以总量分析、波动分析、需求分析、短期分析为主要内容和主要特征的,⑤实际总供给是由总需求和前定价格决定的,短期内影响总供给的各个变量是给定的,因此,从供给方面很难说明产量是因何和如何波动,以波动分析为主的宏观分析必须从需求分析和短期分析为主。⑥樊纲的观点与张曙光很接近,他认为宏观经济学所要研究的就是,在制度与结构因素给定的情况下,在短期内如何烫平经济波动的问题,⑦但考虑到中国正处于体制转轨与结构转换时期,因此,对宏观经济变量的说明还必须引入制度分析和

---

① 胡汝银:《供给分析和社会主义宏观经济学的发展》,《经济研究》1987年第11期。
② 胡汝银:《低效率经济学:集权体制理论的重新思考》,三联书店,1992年版,第2、3、33页。
③ 张风波:《我国宏观经济的主要矛盾是结构问题》,《经济研究》1987年第8期。
④ 马建堂:《从总量波动到结构变动》,《经济研究》1989年第4期。
⑤ 张曙光:《中国宏观经济理论》,载《论争与发展:中国经济理论50年》(张卓元主编),云南人民出版社,1999年版。
⑥ 张曙光:《总量关系及其制度分析——兼评宏观经济研究中的一些理论观点》,《经济研究》1993年第1期。
⑦ 樊纲主编:《体制改革与宏观稳定——中国体制转轨新时期的宏观经济问题研究》,浙江人民出版社,1997年版。

结构分析。①

二、非均衡概念的引入与宏观经济的微观分析

在 80 年代末,随着贝纳西《市场非均衡经济学》(上海译文出版社 1989 年)与《宏观经济学:非瓦尔拉斯分析方法导论》(上海三联书店 1990 年)、科尔奈《短缺经济学》(经济科学出版社 1986 年)在中国的传播,中国宏观经济分析开始广泛引入非均衡概念,如刘小玄的《宏观非均衡模型的比较》(《经济研究》1987 年第 10 期)、林义相的《"非均衡学派"及其理论》(《经济研究》1987 年第 6 期)、樊纲的《论均衡、非均衡及其可持续性问题》(《经济研究》1990 年第 7 期)等。张曙光对均衡作了三种界定:一是"古典"均衡。它有两重含义,一重含义是指对立力量如供求关系在量上处于均等状态,即变量均衡,另一重含义是指任何一种势力这时不具有改变现状的动机和能力,即行为最优或行为确定;二是非均衡理论中的均衡。它仅用变量均等与否来定义,而不管行为是否确定;三是指非瓦尔拉斯或科尔奈的广义均衡。它仅用行为确定,从而一种状态可以持续来定义均衡,而不管变量是否相等。② 樊纲主张用变量均等定义均衡,变量不均等定义非均衡,用"可持续性"概念特指经济状态的行为特征。③

吴晓求认为,均衡与非均衡是指经济系统经常出现的状态或正常状态;狭义的非均衡就是市场经济出不清,广义的非均衡是指系统暂时偏离了自己的期间趋势和正常标准,非瓦尔拉斯均衡即

---

① 樊纲主笔:《公有制宏观经济理论大纲》,上海三联书店,1990 年版。
② 张曙光:《中国宏观经济理论》,《论争与发展:中国经济理论 50 年》(张卓元主编),云南人民出版社,1999 年版。
③ 樊纲主笔:《公有制宏观经济理论大纲》,上海三联书店,1990 年版,第 406—414 页。

广义均衡或市场出不清下的均衡,中国经济运行正是非瓦拉斯意义上的短缺均衡或称科尔奈均衡。非瓦尔拉斯均衡中的"短边规则(Ⅰ)"和"短边规则(Ⅱ)"两种不同的类型,前者是仅限于总量关系的总量短边规则,后者是既包括总量关系、又包括结构关系的总量——短边规则,"短边规则(Ⅰ)"和"短边均衡模型"只考虑了总量,而未考虑结构,因而难以正确解释现实社会主义经济的均衡过程和均衡形式,现实社会主义经济的均衡形式是突破了"短边规则(Ⅰ)"和"自愿交换假定"和"效率假定",以"短边规则(Ⅱ)"为基础的短缺均衡。吴晓求以此为基础,从商品市场的供求、货币市场的供求以及商品与货币市场的综合供求三个层次,对中国经济短缺均衡的性质、产生的原因、均衡的过程与形式进行了系统的探讨。[1]

厉以宁首先确认,无论是在传统经济体制下,还是在双轨体制下,中国经济运行都处于一种非均衡状态,这是中国经济"滞胀"的根源,也是中国经济运行中二元机制的根源。厉以宁进一步区分了两类经济非均衡:在第一类非均衡中,市场不完善,价格不灵活,既存在超额需求,又存在超额供给,既存在需求约束,又存在供给约束,但微观经济单位是成熟的市场主体;第二类非均衡在市场特征上与第一类相同,区别在于其微观经济单位没有摆脱行政机构附属物的地位。厉以宁提出,中国可行的方案是使第二类非均衡转变为第一类非均衡,即优先改造企业运行机制,使之成为成熟的市场主体。[2] 这已深入探讨非均衡经济的微观基础。

杨瑞龙提出,以凯恩斯主义为代表的宏观经济学是以收入为

---

[1] 吴晓求:《紧运行论——中国经济运行的实证性考察》,中国人民大学出版社,1991年版;吴晓求:《社会主义经济运行分析——从供求角度所作的考察》,中国人民大学出版社,1992年版。

[2] 厉以宁:《非均衡的中国经济》,经济日报出版社,1992年版。

中心的非均衡分析,而以新古典主义为代表的微观经济学是以价格为中心的均衡分析,因而出现宏观经济学与微观经济学的脱节。新古典综合派试图把凯恩斯的宏观经济学理论纳入以价格为中心的新古典分析框架中,但它将宏观失业均衡作为瓦尔拉斯均衡体系中的一个特例,这实际上仍未真正解决宏观非均衡分析与微观均衡分析的矛盾,宏观非均衡现象必须从微观经济行为人在非瓦尔拉斯均衡环境下的行为变异中得到说明。杨瑞龙进而尝试以非均衡分析构建宏、微观分析的桥梁,为中国经济的宏观非均衡提供一种合理的微观说。①

三、制度分析的引入

陈昭、张学军、盛洪、杨仲伟、张曙光等考察了制度分析与总量分析的关系。② 厉以宁在研究中国经济的非均衡性质时,杨瑞龙在探讨宏观非均衡的微观基础时,吴晓求在分析社会主义经济运行时,陈东琪在考察中国经济周期的强波特征时,都在不同程度上引入了制度分析。在如张曙光所说,对处于巨大社会变迁和市场化进程中的中国经济来说,制度因素始终是一个无法舍象的重要因素,必须作为宏观分析的一个内生因素加以考察。这也许是中国的宏观经济分析不同于西方国家的重要特征。事实上,很多中国学者都是这样做的。在这方面理论上的代表当推《公有制宏观经济理论大纲》。③

《公有制宏观经济理论大纲》从公有制经济关系的特殊规定

---

① 杨瑞龙:《宏观非均衡的微观基础》,中国人民大学出版社,1992年版。
② 参见盛洪:《寻找宏观经济变动的制度原因》,《经济研究》1989年第6期;张曙光:总量关系及其制度分析,《经济研究》1993年第1期。
③ 张曙光:《改革的累积效应和一致性稳定政策选择》,《经济研究》1997年第9期。

性出发,通过对各种客观存在的特殊利益矛盾及其经济后果的分析,来说明宏观经济的运动和各种宏观经济变量,首先是从公有产权的基本矛盾出发,设定其经济模型:

公有产权＝计划者＝国家－政府

公有制经济国家＝计划者＋政府

然后分别从总需求、总供给、总供求缺口及经济周期等角度展开分析:1. 总需求具有扩张的内在机制。首先,从消费需求来看,收入分配中利益主体间的博弈导致国民收入的货币增广,从而引起总需求规模的扩大;其次从投资需求来看,地方拥有实际货币发行权及公有制固有的普通公益决策与具体决策人私人利益的矛盾,必然会推进投资膨胀,而在公有制经济中货币供给方不独立于货币需求方,货币本身可以成为利益分配和利益竞争的工具,总需求规模是在各种利益矛盾中膨胀的,出于同样的理由,货币也正是在利益矛盾中越发越多的。2. 实际总供给长期偏离于经济潜在总供给。首先将潜在总供给区分为技术潜在总供给和经济潜在总供给,为把制度因素引入宏观分析奠定了基础。并建立了劳动努力程度、资本有效程度及创新程度内生化的供给函数,然后分别考察了劳动努力程度递减、资本利用效率与配置效率、创新激励不足、创新空间狭小、甚至存在大量非生产性反创新行为,从而对实际总供给持续地长期单向偏离于经济潜在总供给给出了制度解说。3. 总需求的扩张与总供给的低效率的合力必然形成总供求的缺口,这一缺口的弥合,在固定价格条件下,就表现为被迫储蓄和短缺,在市场价格条件下,就表现为通货膨胀。4. 在公有制条件下,经济增长不受需求的限制,短缺的压力导致经济过度增长,而过度增长又加剧短缺,从而出现"过热常态"。在公有制经济中,如果发生经济波动或循环,那么它一定以总需求膨胀始而以经济调整终,并且,引起短缺、过度增长和比例失调的各种经济利益矛盾,同样成为经济调整的阻力。① 由于当时条件的限制,《公有制宏观经济理论大纲》只讨论了分权化体制下公有制经济的宏观运行,而未考察二元混合体制下的经济问题。② 它为中国宏观经济运行中的高增长、高通胀提供了合理的解说,却无法说明其中的高失业现象。于是,樊纲、张曙光、王利民等又从体制转轨和制度变迁过程入手,分析了双轨体制条件下中国宏观经济波动的特点,③考察了"二元混合经济"条件下宏观经济变量的机理及特征,并提出了"双轨调控"的新思路。樊纲沿着这一路径,进而探讨所有制结构变化与宏观经济效率之间的相关性,从而使制度因素在其经济模型中内生化的工作迈出了重要的一步。

四、预期与博弈分析的引入

将预期较早引入宏观分析的有樊纲、李拉亚、宁国青等,④主要讨论预期与通胀之间的关系。薛万祥引入预期理论与博弈分析考察货币政策效应,他认为中国公众预期是介于适应性预期与理性预期之间的准理性预期,并从公众和政府信息获得的非对称性以及政府和公众之间的博弈出发,对理性预期理论提出批评,指出它只考虑到公众预期及其影响,而没有考虑政府预期的影响,分析

---

① 樊纲、张曙光、王利民:《双轨过渡与"双轨调控"——改革以来我国宏观经济波动特点与对策研究》,《经济研究》1993年第10、11期。
② 张曙光:《改革的累积效应和一致性稳定政策选择》,《经济研究》1997年第9期。
③ 樊纲:《论体制转轨的动态过程——非国有部门的成长与国有部门的改革》,《经济研究》2000年第1期。
④ 参见樊纲:《论公开宣布的通货膨胀计划》,《理论信息报》1988年9月9日;李拉亚:《通货膨胀机理与预期》,中国人民大学出版社1991年;宋国青:《利率、通胀与储蓄倾向——从两次高通胀期间的储蓄倾向看预期的作用》,《经济研究》1995年第7期。

了政府和公众预期都存在时,二者之间的博弈对经济福利的影响。① 将信息经济学、博弈论与理性预期系统地纳入中国宏观经济分析的当首推陈学彬的《宏观金融博弈分析》(上海财经大学出版社1998年)。陈学彬提出,任何一种货币政策行为及其效应都是中央银行和公众在主客观条件(决策目标和决策信息等)制约下进行理性决策的结果,这种理性决策行为就是互相影响、互相依赖的一种博弈行为。他于1996年考察了在完全信息博弈中中国货币政策的效应,②1997年又对银行不良资产与金融风险和通货膨胀的相关性进行了博弈分析,③进而考察了在非对称信息条件下,央行政策信息披露对货币政策效应的影响,并以此为基础修正了库克曼关于单一规则的通胀波动性绝小于相对选择规则的结论,指出中国在转轨时期,抑制通胀的出路不在于以单一规则取代相机选择,而在于从长远利益出发,推行较为稳定的货币政策,并努力提高货币预测精度来降低通胀的波动性。④

五、构造一个新框架的尝试

郑超愚认为中国当前经济增长研究的主流形式在理论联系实际上是不彻底的。因此,他尝试构造一个一致的能够在其支持下开展竞争性研究的宏观经济分析理论框架,以形式化中国宏观经济运行在经济时期所发生的特异表现。其框架主要包括四个方面的内容:1,构建 AD-AS 模型。鉴于强制储蓄只是一个分析性定

---

① 薛万祥:《预期、博弈与货币政策》,《经济研究》1995年第12期。
② 陈学彬:《我国货币政策的完全信息博弈》,《经济研究》1996年第7期。
③ 陈学彬:《银行不良资产与金融风险和通货膨胀关系的博弈分析》,《经济研究》1997年第7期。
④ 陈学彬:《非对称信息与政策信息披露对我货币政策效应的影响分析》,《经济研究》1996年第12期。

义而通货膨胀缺口由短缺方式弥合部分无法实际度量,运用非均衡分析框架来描述双重体制下的中国宏观经济运行;2,在上述模型的支持下描述经济周期行为,进而给出经济波动的内生和外生性解释,证明实际供给效应表现为总需求曲线移动将引致总供给曲线同向移动,需求波动因此生成速度经济现象;3,规划货币供应量管理和国民收入分配调节的政策规则,描述货币供应量最优控制的实际政策规划从而封闭了由以上理论框架模型化的宏观经济系统;4,引入经济增长过程中的对外贸易的国际资本流动因素,分析开放条件下的经济增长和波动,探讨中国经济的增长和波动与国际收支的关联机制,以实现宏观经济分析理论框架的外延限定由封闭假设向开放假设的松弛。①

六、宏观经济学流派

依据理论基础与政策主张的差异,我们可能将中国宏观经济学大致分为以下三支流派:

一是以刘国光为代表的"宽松派"。在宏观调控的目标上,主张追求总供给略大于总需求,形成一种"有限买方市场"的宽松环境,为经济体制改革及经济增长质量的提高与结构的优化创造条件;在政策取向上,主张"稳中求进",反对以通货膨胀的手段促进经济增长。②

二是以吴敬琏为代表的"协调改革派"。认为以市场为取向的改革必须协调配套,由于缺乏现代市场经济的基本前提和存在"市场失灵",政府需要掌握的宏观(总量)调节手段,集中必要宏

---

① 郑超愚:《中国宏观经济分析的理论框架》,中国人民大学出版社,1998年版。
② 刘国光:《〈不宽松的现实与宽松的实现〉序》,载《刘国光经济文选(1991—1992)》,经济管理出版社,1993年版。

观决策权力;在政策取向上,与"宽松派"相似,主张采取偏紧的宏观经济政策以营造一个宏观经济关系比较协调的良好环境。①

三是以厉以宁为代表的"非均衡派"。厉以宁以其"非均衡"理论为基础,在经济运行机制与宏观调控体系上主张由市场机制进行基础性的第一次调节,政府进行事后的第二次调节,强调市场机制的作用;在政策取向上,认为一定的通货膨胀是不可避免的,应主要通过需求管理政策优先解决失业问题。②

七、微调经济思想

微调经济思想的理论来源可以追溯到西方经济学的中性政策理论、"松紧搭配"的政策理论及理性预期理论,在国内则来源于刘国光、戴圆晨等的"宽松环境"思想与张卓元等的"稳中求进"思想。陈东琪将这一思想系统化了。他在《改革时期宏观经济政策选择——兼论宏观经济政策的操作》(《经济学动态》1987年第9期)一文中强调,政策的指导思想和操作要树立微调意识,用小调整代替大调整;在《当前需求控制的主要目标——兼论"稳中求进"的改革思路》(《经济研究》1988年第2期)一文中进一步阐述了微调的观点,从长期动态的角度讨论了如何在政府干预中贯彻微调思想;在《强波经济论》(中国人民大学出版社1992年)与《社

---

① 参阅吴敬琏:《关于经济体制改革的若干理论问题》,《经济工作者学习资料》1988年第59期;《中国经济改革的整体设计》,中国展望出版社1990年;《再论保持经济改革的良好环境》,《经济研究》1985年第5期;《当代中国经济改革:战略与实施》,上海远东出版社,1999年版。

② 参阅厉以宁:《社会主义政治经济学》,商务印书馆1986年;《非均衡的中国经济》,中国经济日报出版社1992年;《市场经济体制与资源配置》,《市场经济体制与政府调节》,载于光远主编:《社会主义市场经济的理论与实践》,中国财经出版社,1992年版。

会主义市场经济学》(湖南出版社1995年)中明确提出了"双向微调"的思想与中性政策理论;在《微调论——走出短缺后的中国经济与政策》(上海远东出版社1999年)对其微调思想作了进一步的系统化并提出了具体的政策操作方法。

八、开放视角中的宏观经济分析

90年代中期以前的宏观经济分析基本上是一种封闭模型。自90年代中期开始,宏观经济分析开始置于开放的视角中。孙婉洁、臧旭恒考察了外资流入与国内通胀的关系。[1] 张曙光、李扬等分析了国际资本流动对中国宏观经济波动的影响。[2] 陈东琪、秦海试图检验中国资本市场国际化的宏观经济效应。[3] 华民、黄列尝试进行开放条件下的宏观非均衡分析。[4] 郑超愚先是从利率、汇率、国际资本流动与套利的角度分析了外资流入与通胀之间的关系。[5] 后又考察了在不同约束条件下,对外贸易的经济增长效应,以内部融资与外部融资的边际成本分析,确定利用外资的最优规模及其对经济增长的影响,并使之模型化。[6]

纵观最近20年的发展历史,中国宏观经济学成功地实现了范式的转换,初步形成了规范的理论构架,将制度分析、结构分析等引入宏观分析,从而在使宏观经济学的"本土化"或建立中国宏观

---

[1] 孙婉洁、臧旭恒:《试分析外资流入与通胀的关系》,《经济研究》1995年第9期。
[2] 参阅张曙光:《总量态势、金融风险和外部冲击—当前中国宏观经济分析》,《经济研究》1998年第3期;李扬:《国际资本流动与我国宏观经济稳定》,《经济研究》1995年第6期;樊纲:《体制改革与宏观稳定—中国经济体制转轨新时期的宏观经济问题研究》,浙江人民出版社,1997年版。
[3] 陈东琪、秦海:《中国资本市场的渐进式国际化分析》,《经济研究》1997年第7期。
[4] 华民、秦海:《中国开放条件下的宏观非均衡分析》,《经济研究》1997年第11期。
[5] 郑超愚:《近年来中国通胀与外资流入》,《经济研究》1996年第3期。
[6] 郑超愚:《中国宏观经济分析的理论构架》,中国人民大学出版社,1998年版。

经济学的道路上迈出了重要的一步,并为构建中国的宏观经济调控体系及出台宏观经济政策以实现国民经济的良性运行提供了理论支撑。但中国宏观经济学还十分幼稚,尤其迫切需要从以下三个方面进一步发展:1,为中国的通货紧缩提供理论解说。中国宏观经济学对通货膨胀的研究相当深入,认识也比较一致,这就为相应的宏观经济政策的制定提供了可靠的理论依据,但对通货紧缩的研究就比较零散而肤浅,分歧也较大。中国的经济实践迫切需要宏观经济学提出系统而深入的通货紧缩理论;2,建立全球视角的宏观经济学。迄今为止,中国宏观经济学基本上是在一种封闭理念下构建的。在当今经济全球化的格局下,一国宏观经济运行与整个世界经济息息相关,因而其宏观经济政策也失去了独立性,往往成为多国博弈的结果。因此,我们必须从多国博弈的高度,在开放的模型中发展中国宏观经济学;3,构建一致的宏观经济学分析框架。目前,中国宏观经济学的分析框架还不一致,也欠成熟,从而导致了这一领域的分歧多,简单重复劳动多。构建一个一致的宏观经济学分析框架,既可以使我们能开展竞争性研究,加速知识积累,也可以使我们加强与西方经济学界的对话与交流。

(原载《社会科学战线》2002年第4期)

什么是政治经济学?

马春文

政治经济学,在中国曾经是经济学唯一的基础理论,是"原理"。虽然也有过关于政治经济学对象和方法的讨论,但对"什么是政治经济学"这一问题学者是有共识的。对具体问题的争论都是在这一共识下展开的。20世纪70年代以来,情况渐渐发生了变化,许多院校的"政治经济学"专业都更名为"经济学"(我本人读书时的专业就是政治经济学,现在可能没有哪所大学还有这个专业了),政治经济学的地位越来越下降。目前,政治经济学作为一门规定学生必修的课程,在高校财经专业课程体系中的地位很是尴尬,它几乎已不再是任何课程的基础。学生在学过这门课程后,开始接受微观经济学和宏观经济学的洗礼,只是在研究生考试的准备过程中,才不得不再回到这门课程上。于是,便有学者呼吁改革,也有许多改革的实践。这些改革多半是在传统的政治经济学理论框架内加入两方面的因素:西方经济理论和中央文件精神。这种改革的问题是显而易见的:加入西方经济学理论只起到了为进一步全面、系统地学习西方经济学铺路搭桥的作用,而中央文件精神却又不是一门原理课的必需内容。

教学的尴尬是研究困境的镜像。在中国的改革开放实践面前,传统的政治经济学已经患上了"失语症",对中国经济改革、发展和运行过程中的种种问题,它的解释和预测能力很弱,更无法提出具有可操作性的解决方案。目前,对中国经济的许多研究都采用西方经济学的研究方式,利用西方经济学的理论,在表述上也使用西方经济学的语言。政治经济学的阵地越来越萎缩。中国人民大学《复印报刊资料》"理论经济学"卷既有政治经济学的栏目,也有西方经济学的栏目,从这两个栏目下论文数量的变化就可以看出学术界研究兴趣的变化。当然,大多数人不需要去查论文数也明了这一点。在这种背景下,关于政治经济学的学科性质、地位和发展方向的讨论就多了起来。①

新旧相生,中外相形。谈中国的新政治经济学,不能无视旧的、国外的政治经济学。创造从来不是随心所欲的,推陈出新,创造性转化都需要正本清源。本文试图对"政治经济学"的本来含义、这一含义的发展变化以及种种新政治经济学的特点等问题作一些探讨,希望能补现有讨论之不足,也希望为进一步的讨论提供一个较为宽广的背景。在某种程度上,本文可以视为一篇个人的读书笔记,是为了弄清"什么是政治经济学"这一问题而进行了一次书本中的旅行的结果。

一、政治经济学的本来含义

稍有经济思想史常识的人都会知道,当今的经济学本来是被称作政治经济学的。在希腊文中,"经济"一词的含义是"家庭管理"。一般认为,色诺芬的《经济论》是最早的文献。亚里士多德在《政治学》中指出,家庭是人类满足日常生活需要而建立的社会

---

① 我本人读过的几篇文章包括王振中:《关于加强政治经济学学科建设的若干问题》,《经济学动态》1999 年第 10 期;张伟:《以政治审视经济的交叉学科》,《社会科学研究》2003 年第 1 期;刘永佶:《中国政治经济学之基本》(上、下),《社会科学论坛》2004 年第 2、3 期;钱津:《论现时代政治经济学的科学化》,《中州学刊》2004 年第 5 期;汪丁丁:《中国新政治经济学的可能依据》,《社会科学战线》2004 年第 3 期。

的基本形式,为了适应更广泛的生活需要,若干家庭联合组成村坊;若干村坊组合而为"城市"(城邦)。"研究每一事物应从最单纯的基本要素(部分)着手,就一个完全的家庭而论,这些就是:主和奴,夫和妇,父和子。于是,我们就应该研究这三者各自所内含的关系并考察它们的素质:(1)主奴关系,(2)配偶关系,(3)亲嗣关系……在这三项要素以外,还有另一项要素(部分),即所谓'致富技术',有些人认为整个'家务'就在于致富,另一些人则认为致富只是家务中的一个主要部分……"。① 似乎,经济学的另一重含义——"财富学"也源于古希腊(此说未必确切,不同译本说法不同。据 Ellis 英译本,后两句含义应为"有些人认为为家庭提供必需之物是与家务管理不同的事务,而另一些人则认为前者就是后者的主要组成部分")。② 后来还出现过亚里士多德的《经济论》(一般认为是一部伪书),试图在伦理学和政治学之间架设桥梁,因为伦理学是关于个人的,政治学是关于国家的,而经济学则是关于介于二者之间的家庭的。"……在拉丁文中,经济一词也是指家庭事务管理,并引申为一般意义的管理……法文的经济一词沿用了拉丁文的广义管理含义,这一含义的经济与政治合起来,指公共行政或对国家事务的管理。"③

按照比较流行的说法,第一个使用"政治经济学"一词的学者是法国的孟克列钦,他在 1615 年出版了《献给国王和王太后的政治经济学》一书。熊彼特的《经济分析史》(第一卷)在谈及"政治经济学"时曾指出:"我们这门科学或多种科学的凝聚物在 17 世纪被一个不十分重要的作者命名为政治经济学,并且因此使他的著作谬蒙

---

① 亚里士多德:《政治学》,商务印书馆,1965 年,第 10 页,第 5 页。
② Aristotle, (trans. by William Ellis) *The Politics of Aristotle or a Treatise on Government*. London: J. M. Dent & Sons, 1912, p. 5.
③ Groenewegen, Peter, "Political Economy and Economics", in John Eatwell, *et al.* eds., *The New Palgrave: A Dictionary of Economics*, London: Macmillan, 1987, p. 905.

不朽之誉。"①"此人似乎是第一个用政治经济学这一名称出书的人。不过,这是他唯一的功绩。该书是平庸之作,毫无创见。"②有趣的是,政治一词的词根(polis)是城市,我们不由得又回到了古希腊。其后,配第等人都是在这一意义上使用"政治经济学"。③

  18世纪后期,在重农学派的影响下,这一术语的含义发生了重大变化。虽然人们仍然用它指管理、监管甚至指秩序井然的自然法,但对政治经济学有了更准确的界定——经济组织科学。魁奈在《经济表》中的用法便兼有这双重含义。1760年,米拉波曾指出:"政治经济学似乎是由关于农业、公共行政以及财富的性质和获得手段的论文组成的"。④ 亚当·斯密在其1776年出版的《国富论》一书中,也提到了重农学派用法的双重含义,他指出:"这个学派有许多著作,不仅讨论真正的政治经济学,即讨论国民财富的性质与原因,而且讨论国家行政组织其他各部门"。⑤ 显然,在斯密看来,政治经济学就是国民财富学。关于政治经济学,斯密还有另外一段著名的话:"被看作政治家或立法家的一门科学,政治经济学提出两个不同的目标:第一,给人民提供充足的收入或生计,或者更确切地说,使人民能给自己提供这样的收入或生计;第二,给国家或社会提供充足的收入,使公务得以进行。总之,其目的在于富国裕民。"⑥对我们来说,这段话中值得注意的是政治经济学与政治家或立法家的关系。

---

① 熊彼特:《经济分析史》(第一卷),商务印书馆,1991年,第42页。
② 熊彼特:《经济分析史》(第一卷),商务印书馆,1991年,第255页。
③ 钱津认为"政治经济学是经济学基础学科,政治两个字的意义是基础性"。不知有何依据。参见钱津:《论现时代政治经济学的科学化》,《中州学刊》2004年第5期。
④ Cannan,1929,p.40. 转引自 Groenewegen, Peter,同注④。
⑤ 亚当·斯密:《国民财富的性质和原因的研究》(下卷),商务印书馆,1972年,第245页。
⑥ 亚当·斯密:《国民财富的性质和原因的研究》(下卷),商务印书馆,1972年,第1页。

综上所述,政治经济学,包括作为其前身的经济学,曾经是政治学的一个组成部分,只是后来才从政治学中分离出来,成为一个独立的学科。1803年,萨伊在其《政治经济学概论》的序言中指出:"严格地局限于研究社会秩序所根据的原则的政治学,在长久时间内,和阐明财富是怎样生产、分配与消费的政治经济学混为一谈。然而,财富本来不依存于政治组织。……自亚当·斯密以来,著作家似乎都把这两个很不相同的研究截然分开。现在,一般都以政治经济学来称阐述财富的科学,而以政治学来称阐述政府和人民的关系以及各国相互关系的科学。"①在与这段话相关的一个注释中,他谈到:"把本书所讨论的科学叫做政治经济学,那是我们能够使用的最好词语。这门科学并不是研究天然财富或大自然无代价地和无限制地供给我们的财富,而是专门研究社会财富。社会财富的基础是交换与财产权受到承认,而这两者产生自社会制度。"②

政治经济学与政治学的分离本身是实际社会运动过程的反映。在1500~1800年间的西方思想史上,市民社会是一个具有中心地位的概念。市民社会与国家的分离决定了政治经济学与政治学的分离。政治经济学关注的重要问题之一正是国家权力与市民社会的关系。斯密著作的核心是一种自主的、自调节的经济观。德赛(Meghnad Desai)精辟地指出:"斯密的天才是看到了市民社会独立于政治领域(国家)的**可能性**,看到了市民社会在不受阻碍时自我调节的**能力**,看到了在人们被允许自由追求自身利益时市民社会可以使所有参与者达到一种最大利益状态的**潜力**,从而证明了达到这样一种状态——市民社会独立于国家——的**哲学上的可欲性**。"③

---

① 萨伊:《政治经济学概论》,商务印书馆,1963年,第15—16页。
② 萨伊:《政治经济学概论》,商务印书馆,1963年,第15—16页。
③ Desai, Meghnad,"Political Economy", in Bottomore, Tom ed., *A Dictionary of Marxist Thought* (2nd edn.). Oxford: Blackwell, 1991.

二、从政治经济学到经济学

斯密之后,对政治经济学的发展产生重大影响的学者是大卫·李嘉图。虽然李嘉图认为确立支配产品在各社会阶级之间的分配规律是政治经济学的主要问题,但他并没有也不想改变其前辈对政治经济学对象的规定,他只是认为政治经济学没有对分配问题提供令人满意的解决方式。① 李嘉图对政治经济学发展的更重要的影响是他的研究方法。"李嘉图根据先验公理进行抽象推理的技术,他对逻辑—数学的而不是哲学—历史理论的偏爱对正统经济理论的方法论有重要意义。"② 这种影响主要有两个方面。一是它鼓励理论家专注于逻辑检验而不是经验检验的理论,对理论经济学原理现实起了推动作用。但对本文的目的来说,更主要的是另一方面的影响:它使经济学与其他社会科学更行更远。

受李嘉图的影响,经济学家开始有意识地缩小政治经济学的研究范围:政治经济学被分成了"科学"和"艺术"。较早地作出这种划分的学者是约翰·斯图亚特·穆勒。在其1831的"论政治经济学的定义"一文中,穆勒指出:"科学是一组**真理**;艺术是一组**规则**,或对行为的规定。科学的语言是'是'或'不是','发生'或'没有发生';艺术的语言是'要','不要'。科学关注**现象**,试图发现**规律**;艺术则以自身为**目的**,寻找实现的**手段**。"③他认为政治经济学作为科学,不能是一组实用规则。在该文中,穆勒还提出了"经济人"思想,"它(政治经济学)不是考虑受社会状态限制的整

---

① 《李嘉图著作和通信集》(第一卷),商务印书馆,1962年,第3页。
② Deane, Phyllis, *The Evolution of Economic Ideas.* Cambridge: Cambridge University Press, 1978, p. 83.
③ Mill, J. S., *Collected Works of John Stuart Mill* (Vol. IV). London: Routledge, 1967, p. 312.

个人性,也不是考虑社会中人的全部行为。它只是把人看成这样一种存在:意欲拥有财富并对实现这一目的各种手段的比较效能有判断能力……除了可视为对财富欲望的两种永恒的对抗原理——对劳动的厌恶和对眼下的有代价的享乐的欲望——以外,它不考虑人类的其他欲望或动机。"①西尼尔在其1836年出版的《政治经济学大纲》中也有对政治经济学作为科学和艺术的划分。②

这种划分对政治经济学后来的发展有重大影响。1890年,尼维尔·凯恩斯(John Neville Keynes)又进一步把政治经济学的科学部分分成了实证经济学和规范经济学。③迟至1936年,亨利·西奇威克(Henry Sidgwick)在为《帕尔格雷夫政治经济学词典》(第三卷)撰写的"政治经济学"条目中,仍然使用了这一划分:"在通常的研究中,政治经济学包括理论和实用两个部分……为了简洁,不妨分别称之为政治经济学的科学和艺术。"④在目前政治经济学的各种用法中,有一种就是源于这种划分。

从19世纪中期开始,有两个方面的事件影响了政治经济学的发展进程。一是马克思完成了他的政治经济学批判。马克思通过他的《黑格尔法哲学批判》走向政治经济学,到政治经济学中去寻找"对市民社会的解剖",其结果就是他的《政治经济学批判》和《资本论》(《资本论》的副标题也是"政治经济学批判")。在《资本论》序言中,他声称"我要在本书研究的是资本主义生产方式以

---

① Mill, J. S., *Collected Works of John Stuart Mill* (Vol. IV). London: Routledge, 1967, p. 312.
② 科学和艺术的这种区分,在汉语中也是存在的。"学术"二字拆开来说,前者是指文理两科,后者指应用各科。此外,在英文中,政治经济学的艺术是政府治理艺术或治国术(the art of government)的一部分。
③ Keynes, J. N., *The Scope and Method of Political Economy*. New York: Kelly & Millman, 1955.
④ Sidgwick, Henry, "Political Economy", in Henry Higgs ed., *Palgrave's Dictionary of Political Economy* (Vol. III). 1936, p. 132.

及和它相适应的生产关系和交换关系"①。"本书的最终目的就是揭示现代社会经济运动规律",②这是比古典学派的财富学更为雄心勃勃的目标。恩格斯在评论马克思的《政治经济学批判》时也指出"政治经济学是现代资产阶级社会的理论分析……"③但他对政治经济学的定义则是:"政治经济学,从最广的意义上说,是研究人类社会中支配物质生活资料的生产和交换的规律的科学。"④可以认为,这一用法与古典学派学者还是一脉相承的。

另一方面的事件是部分学者认为政治经济学一词意义含糊,令人迷误,主张放弃这一说法。1870~1945 年被认为是"从政治经济学到实证经济学"的时期,"在将政治经济学用作一门科学的名称时,越来越多的人偏爱用'经济科学'和'经济学'来代替。"⑤马歇尔的《经济学原理》(1890)是第一部使用"经济学"作为标题的主要著作。但早在1879 年马歇尔夫妇的《产业经济学》已使用了"经济学"。他们认为最好放弃政治经济学这一术语,因为"政治的"(political)令人迷误,因为"政治利益通常指国家各组成部分的某个部分的利益"。⑥ 具有讽刺意义的是,"政治的"这一形容词之所以被采用是因为它是指整个国家或社会,而它之所以被放弃则是因为它成了党派斗争的代名词。

另一些学者谈到了偏爱"经济学"(economics)而不是政治经济学(Political economy)的其他原因。杰文斯在其《政治经济学原

---

① 马克思:《资本论》(第一卷),人民出版社,1975 年,第 8 页。
② 马克思:《资本论》(第一卷),人民出版社,1975 年,第 11 页。
③ 《马克思恩格斯选集》,人民出版社,1972 年,第二卷,第 115 页。
④ 《马克思恩格斯选集》,人民出版社,1972 年,第三卷,第 186 页。
⑤ Sidgwick, Henry, "Economic Science and Economics", in Henry Higgs ed., *Palgrave's Dictionary of Political Economy* (Vol. I). 1893, p. 678.
⑥ Marshall, A. and Marshall, M. P., *Economics of Industry*. London: Macmillan, 1879, p. 2.

理》一书的二版序中说,虽然改标题已为时过晚,但他为方便起见,已放弃了"我们这一科学的、麻烦多多的两个字的名称",毕竟,形容词是"经济的"(economic)而不是政治的—经济的——而且有其他学科如数学(mathematics)、伦理学(ethics)和美学(aesthetics)的类比。后来,罗伯逊(D. H. Robertson)也作了相同的类比,但他是与自然科学作类比。他指出:"词尾 - ics 表示我们的研究,像物理学(Physics)、动力学(Dynamics)等学科一样,是一门科学或希望成为科学。"[1]他还认为,"放弃'政治的'强调了我们的终极关怀是单个的个人而不是'国家'"。[2]

三、几种新政治经济学

"政治经济学"并没有随着"经济学"的流行而消失。在20世纪60年代,种种新政治经济学也开始出现。对不同的学者来说,政治经济学有不同的含义。但万变不离其宗,几乎所有用法都可以在我们前面叙述的发展过程中找到渊源。概括地说,目前,政治经济学的用法主要有下述几种。

对某些学者来说,政治经济学就是关于经济政策的研究。这种用法实际上来自前面谈到的"科学"和"艺术"的划分。罗宾斯曾指出:"经济学作为实证科学,没有作为伦理的或政治的处方的地位……在我的词汇中,政治经济学不是科学的经济学,不是关于经济体系运行方式的价值无涉的概括的集合。"[3]按熊彼特的说法,这种用法是从1918年开始的。"经济学家跟随着时代前进,他

---

[1] Arndt, H. W. , *The Importance of Money*: *Essays in Domestic Macroeconomics* 1949 - 1999, Aldershot: Ashgate, 2001, p. 155.
[2] Arndt, H. W. , *The Importance of Money*: *Essays in Domestic Macroeconomics* 1949 - 1999, Aldershot: Ashgate, 2001, p. 155.
[3] Robbins, L. , *Political Economy*: *Past and Present*. London: Macmillan, 1976, p. 2.

们对于实际问题的观点也发生了重大变化。这些观点的总和,连同作为这些观点的基础的社会价值纲领,我们将称之为'政治经济学'。因此,我们说,1918年后兴起了一种新的政治经济学。"他进而指出了经济学与政治经济学的不同:"科学的或分析的经济学与政治经济学不同,它是指经济学旨在用以解释经济生活现象的那些事实资料与方法的整体。分析经济学与政治经济学之间的区别可以用医院所讲授的各种学科之间的区别来加以类比证明。在一所医学院,由外科教授、内科教授等等来讲授医治患者的实际技术,但是也有一些教化学、生理学、生物学的教授,他们所教的是那些实际技术的科学基础,而不是那些技术本身。"① 按照这种用法,政治经济学实际上不是一个学科,而是各经济学流派理论体系中的一部分。因此,一部《政治经济学大全》(Encyclopedia of Political Economy),②把政治经济学的流派分为马克思主义政治经济学、制度主义政治经济学、熊彼特政治经济学、后凯恩斯学派政治经济学、斯拉法学派政治经济学、社会政治经济学、女性主义政治经济学,就不令人奇怪了。

对另一些学者来说,政治经济学意味着一种跨学科的视角,政治经济学 = 经济学 + 政治。这种用法强调非经济因素,特别是政治因素对经济的影响,或经济与政治的相互作用。在这方面,较早出现的有影响的著作是达尔(Robert Dahl)和林德布罗姆(Charles Linblom)的《政治学、经济学和福利》(1953)和林德布罗姆的《政治与市场》(1977),虽然他们根本没有使用"政治经济学"这个词。这是由政治学家撰写的政治经济学著作。在其1977年著作中,林德布罗姆言简意赅地说明了这种视角中的世界:"在世界所有的政治体系

---

① 熊彼特:《经济分析史》(第三卷),商务印书馆,1995年,第557页。
② O'Hara, Phillip A. ed., *Encyclopedia of Political Economy*. London and New York: Routledge, 1999.

中,许多政治学是经济学,而大部分经济学也是政治学。"①

克拉克（Barry Clark）的《政治经济学——一种比较方法》也许是这种用法的有代表性的教科书。他从主要目标、制度域和主要行动主体三个方面对经济学和政治学作了区分。经济学的主要目标是繁荣，制度域是市场，主要行动主体是个人；政治学的主要目标是正义，制度域是政府，主要行动主体是共同体（社区）。但对社会来说，繁荣和正义如鸟之两翼，不可偏废。社会既要实现个人目标也要实现社会目标，政治和经济是这一过程的两个方面。经济学和政治学的综合将形成一种跨学科的政治经济学方法，认识到在现代社会中，政府和市场是密不可分的。②

目前，在将政治经济学作为一种跨学科研究方法的学科中，最引人注目的应该是国际政治经济学。我不清楚国际政治经济学是来自国际政治学还是国际经济学，换句话说，它究竟是政治学的一部分还是经济学的一部分。这一学科在 1970 年以前几乎不存在，但目前已是一个十分流行的研究和教学领域。按照弗里顿和雷克的说法，国际政治经济学就是研究经济学和政治学在世界领域内的互相作用，③ 现在流行的分类是将国际政治经济学分为自由主义、马克思主义和现实主义三种视角，也称为"政治经济学的三种意识形态"。④ 随着全球化话语的流行，有学者干脆

---

① Lindblom, Charles E., *Politics and Markets: The World's Political - Economic Systems.* New York: Basic Books, 1977, p. 8.
② Clark, Barry, *Political Economy: A Comparative Approach.* New York: Praeger, 1991, p. 1 – 20.
③ Frieden, Jeffery A. and David A. Lake, *International Political Economy: Perspectives on Global Power and Wealth.* London and New York: Routledge, 1995, p. 1.
④ Gilpin, Robert, *The Political Economy of International Relation.* Princeton: Princeton University Press, 1987.

用"全球政治经济学"了。①

政治经济学作为一种交叉学科甚至可以超出政治和经济这两个学科的范围。近期读到的一本书《作为社会科学的伦理学》(*Ethics as Social Science*, Leland B. Yeager 著),是由英国爱德华·爱尔加(Edward Elgar)出版社出版的"政治经济学新思维"丛书中的一本,该丛书的主编波伊特克(Peter J. Boettke)在丛书的序中声称:"政治经济学新思维以鼓励政治学、哲学和经济学学科的交叉研究为目标,以复兴作为理解社会和经济变迁的一种进步力量的政治经济学为使命。"②

马克思主义者对政治经济学另有一种用法。实际上,马克思主义者从未放弃过"政治经济学"这个术语。当马歇尔后的主流经济学将其学科名称改为经济学,将政治经济学保留给对公共政策的研究时,激进经济学则努力拯救政治经济学。政治经济学在20世纪60年代的复兴在很大程度上来自新左派的贡献。"新左派的政治经济学有三方面的含义:强调分配,而不是生产率或增长;强调社会阶级间的权力关系是分配的主要决定因素;拒绝将政治经济学局限于实证的社会科学,与政策倡导分离。"③ 新左派继承了马克思主义经典作家对政治经济学对象的看法,这种看法与古典政治经济学特别是李嘉图的工作有密切关系。在这些学者看来,政治经济学就是经济学。

---

① Cohn, Theodore H., *Global Political Economy: Theory and Practice*, New York: Longman, 2003. Gilpin, Robert, *Global Political Economy: Understanding the International Economic Order*, Princeton and Oxford: Princeton University Press, 2001. Thompson, William R., *The Emergence of the Global Political Economy*, London and New York: Routledge, 2000. 等等。

② Yeager, Leland B., *Ethics as Social Science*. Cheltenham: Edward Elgar, 2001.

③ Arndt, H. W., *The Importance of Money: Essays in Domestic Macroeconomics 1949 – 1999*, Aldershot: Ashgate, 2001, p. 156.

在种种新政治经济学中，影响最大的当然是新古典经济学家的政治经济学。这一思潮可细分为以下几个分支：以布坎南为代表的公共选择理论，许多著作中的"新政治经济学"实际上是指这一分支；寻租理论，也被称为"新古典政治经济学"[1]、新政治宏观经济学；部分新制度经济学者的理论也属于这一思潮。这一思潮各分支的共同点首先在于它们都接受了经济学的"形式"定义。波兰尼把经济学的定义区分为"实质性"定义和"形式"定义。"经济学的实质性意义来自人的生存对自然界和同类的依赖，指与其自然环境和社会环境的交换，只要这种交换供给他满足物质需要的手段。经济的形式意义来自手段—目的关系的逻辑特性……指一种确定的选择状况，即由工具的不足所导致的在各种工具的不同用途之间的选择。如果我们称支配手段选择的规则为理性行动逻辑，我们可以将这一逻辑变种……称为形式经济学。"[2] 显然，新古典经济学的定义（大都沿用了罗宾斯1933 年的定义）是形式定义。从古典学派到新古典学派，经济学的一个重大变化就是从实质性的定义演变成了形式定义。定义当然不仅仅是名称的变化，定义一个学科就是划定一个学科的界限。经济学定义的这种变化本身就是政治经济学的变化。有趣的是，也正是这种变化为新政治经济学的产生提供了基础。

这并不是说新政治经济学的定义也是形式的。新政治经济学的定义是实质性的，经济学只是手段，政治才是对象。这是这一思潮各分支的另一特点。公共选择理论的准确定义应该是关于政治过程的经济学研究，其他分支也都是用新古典经济学研究政府

---

[1] Colander, David ed., *Neoclassical Political Economy*: *The Analysis of Rent - seeking and DUP Activities.* Cambridge, MA: Ballinger, 1984.
[2] Polanyi, Karl, "The Economy as Instituted Process", in Karl Polanyi, *et al.* eds., *Trade Market in the Early Empires.* The Free Press, 1957.

行为和政策、党派政治、选举和各种规则（制度）的努力。旧的政治经济学的研究，大都是将政治和其他非经济因素引入经济，讨论它们对经济的影响；新政治经济学的研究则是将经济学引入政治，用经济学理论分析政治。换句话说，政治及其与经济的关系，在旧的政治经济学中是外生的，在新政治经济学中是内生的。这一点在政府与市场的关系上有分明的表现：在旧的政治经济学中，政府之所以出现，是因为市场失灵；在新政治经济学中，政府之所以出现，是因为政府失灵。波松（Torsten Persson）和泰贝利尼（Guido Tabellini）用 Political Economics 而不是 Political Economy 作为其理论标识，堪称独到。他们的著作也可以看成是对该思潮各分支进行综合的尝试。①

最后，政治经济学目前还有一种经济现实主义的、含义难以确定的用法。之所以说是经济现实主义的，是因为这些著作或文章是讨论实际经济问题的；之所以说含义难以确定，是因为这类作者虽然用政治经济学作标题，却对这一术语不加定义。在这种情况下，读者只能采取体认的方式来揣摩作者所赋予政治经济学一词的含义。我试图比较科利尔②的《社会政策的政治经济学》和罗斯纳③的《社会政策的经济学》来找出政治经济学和经济学的区别，结果只是徒劳。而且，科利尔著作以前各版的题目也是《社会政策的经济学》。对这类用法，我们只能理解为作者对政治经济学一词心存偏爱或有其隐微的解释。

---

① Persson, Torsten and Guido Tabellini. *Political Economics: Explaining Economic Policy*. Cambridge, MA: The MIT Press, 2000.
② Culyer, A. J., *The Political Economy of Social Policy*. Aldershot: Ashgate, 1991.
③ Rosner, Peter G., *The Economics of Social Policy*. Cheltenham: Edward Elgar, 2003.

四、结论

陈寅恪先生曾有言:"解释一字,即是作一部文化史。"如此说来,解释政治经济学,就要作一部政治经济学史。本文没有如此高的期许,只是在手边能找到的书本中作了一次走马观花的旅行。我在这一旅行中所得到的收获有以下几个方面。(1)政治经济学曾是政治学的一个组成部分,只是后来才从政治学中分离出来,成为一个独立的学科。这种分离本身是实际社会运动的反映。(2)自其产生以来,政治经济学经历了一种矛盾的运动。一方面,它本是经济学的全部,但在演变中却成了经济学的一部分——经济学中的"艺术"部分,即关于经济政策的部分;另一方面,它又从一个学科进入了另一个学科。影响最大的新政治经济学是关于政治的经济学。(3)除去激进政治经济学的用法以外,政治经济学已不再是经济学的同义语。① 它经常表示一种跨学科的视角和研究方式。(4)政治

---

① 国内有学者强调说:"风靡世界的'经济学'实际上就是'政治经济学'。"(参见注释①王振中)这种说法以《新帕尔格雷夫经济学辞典》为依据。《新帕尔格雷夫经济学辞典》是权威的经济学大全,但自1987年出版以来,该辞书因其异端倾向屡受批评,而撰写"政治经济学与经济学"条目的经济学家彼得·格罗尼维根(Peter Groenewegan)通常也被认为是一个异端经济学家,阿雷斯提斯和索耶主编的《异端经济学传记词典》(Arestis, Philip and Malcolm Sawyer, *A Biographical Dictionary of Dissenting Economists*, Cheltenham: Edward Elgar, 2000),就将格罗尼维根作为传主收入。更有趣的是,在新帕尔格雷夫的三位主编中,位于第一位的约翰·伊特维尔(John Eatwell)本身也被收入了这部传记辞典。实际上,他还是《现代经济学导论》的作者之一——该书的另一位作者是琼·罗宾逊。关于格罗尼维根,还有一件与本文有关的事值得一提。20世纪70年代,几所澳大利亚大学试图建立独立的政治经济学系,导致关于"政治经济学"一词含义的争论,争论双方的主要代表就是安特(H. W. Arndt)和格罗尼维根。这场争论实际上是主流经济学家和异端经济学家关于政治经济学不同理解的争论。前者认为政治经济学与经济学是不同的概念,而后者认为二者是同义语。

经济学已不再适合用作经济学基础理论或原理的名称。

以上四点，并没有否认政治经济学的重要性的含义。对经济关系的研究，对权力关系、阶级关系的研究，跨学科的视角，都是十分必要的且大有可为的。在转型期的中国，政治经济学的意义——不论在哪一种意义上——无论怎么强调都不过分。

在中国，"直到现在，政治经济学一直是外来的科学"（马克思语，本来是在说德国）。在中国的改革和发展实践面前，在西方形形色色的新政治经济学思潮面前，中国的政治经济学向何处去？从研究的角度看，汪丁丁先生的"直面现象的经济学"也许是最为适当的："拼命学习经济理论，然后忘掉一切理论，全身心投入现象当中去。"在现阶段，中国政治经济学要直面的现象就是"发生在中国的大范围的制度变迁"。（读汪丁丁先生的著述，总是震撼于他浩瀚的知识、激荡的思想。这篇"中国的新政治经济学的可能论据"也是如此。顺便说一句，radical 不论是在"radical unknown"，还是在激烈主观主义中，译成"彻底"更好。马克思"《黑格尔法哲学批判》导言"中"理论只要彻底，就能说服人"的"彻底"，英文就是 radical。）

从教学的角度看，我认为政治经济学这一传统课程可以用两门课来代替，一是马克思主义经济理论，一是中国经济。让理论的归理论，让实践的归实践。这并不是说理论与实践没有关系，但在当前传统政治经济学与经济社会现实相脱节的情况下，把无法强拉到一起的两个东西明确分离开来，更有利于对各部分的全面和深入研究。

（原载《社会科学战线》2005 年第 3 期）

论企业的边界与规模：
近期文献的一个评述

刘凤芹　谢适汀

一、引言

自斯密以来，理论家们对企业理论的认识停留在市场限制劳动分工从而导致企业规模确定的假说上。经过新古典经济学的演绎，企业只是作为一个技术上的选择而存在。斯密定理和技术论受到了晚近一些经济学家的批评。众所周知，科斯的"市场制度的交易成本存在决定了企业这种组织形式的流行，企业是对市场替代"的假说，开创了以交易成本为前提研究企业理论的道路。自科斯以后，关于企业的界线与规模问题大约沿着两条线索发展：一条是以威廉姆森为代表的交易成本理论，其中最著名的是资产的专用性质确定了企业规模的假说，哈特和克莱茵发展了这一观点，认为当专用性资产可拆分时，资产的专用性就不是企业规模的必要条件。另一条是以阿尔奇安与德穆塞茨为代表的产权理论，其最著名的是"团队生产"的度量困难和高成本导致企业规模确定的假说。通过考察，交易的方式不仅是市场和企业两种形态，大量存在的是兼有两种性质的中间状态。市场、企业及其中间状态的交易，实际上是一系列合约，这就演绎成了合约理论。斯蒂格勒从经验出发，用一种生存技术法来检验事实上有效率的企业规模,但没有从技术上给出企业的最适生产规模界限,也没有指出为什么厂商会使用种类不同、质量不同的资源。近10年来,经济学界有用演绎理论来解释企业的存在的,他们多用生物学进化论的方法,解释企业存在的原因。总之,理论家们关于企业界限框定的意见是不统一的。从标准的新古典模型看,在交易成本为零的条件下,长期平均成本最低点确定了企业的规模,由于长期内平均成本不变,因此企业规模或边界的确定就是一个不动点及其这个不动点的简单算术叠加。但是,就企业内部组成各成本的不同部分看,有些成本是递增的,而有些成本是递减的,这样在成本变化的各个不同阶段,实际上就存在着各种不同的企业规模选择。新制度学派和演化理论加进了交易成本和制度变化的因素,从而在理论上拓展了要素可替代的范围,因此,企业规模的确定就由一个不动点或不动点的简单叠加而变化成为一系列的动点,因而不能从性质上界定企业的边界或规模。[①]

本文旨在对近期企业边界与规模理论研究的文献进行梳理,廓清该理论发展变化的脉络。

二、企业边界的技术框定:
从斯密定理到新古典生产函数

1. 斯密定理:市场规模限制劳动分工假说

传统的关于企业规模最著名的理论是被称作"斯密定理"的市场限制劳动分工假说。这也是对企业界限的最早描述:交换能力引起劳动分工,而分工的范围必然总是受到交换能力的限制,换言之,即受到市场范围的限制。但是,斯密定理却造成了

---

① 限于篇幅,本文未对演化理论作出评述。

一个两难悖论：如果确是市场容量限制了劳动分工，那么典型的产业结构就必定是垄断；如果典型的产业结构是竞争，那么这一定理就是错误的，或无重要意义。实际上，在现实经济中，垄断和竞争的企业结构是同时存在的，即使是一个垄断企业，它与其他的垄断企业也存在激烈的竞争，不仅如此，在垄断企业内部，竞争同样激烈。依据斯密定理，如果市场发育足够大，则将由一个大的垄断组织来提供所有的产量。但答案却是否定的，可观察到的事实是，许多大的公司或非常多的中小企业共同占领同一产品或服务的市场。由此可推断，斯密定理存在严重的缺陷，或者说，市场容量限制分工不是导致企业规模或界限的必然或根本理由。

斯密之后大约一百年，这一悖论得到了有利于斯密定理的解决，其解决方法是简单的权宜之计：忽视稳定性竞争均衡的条件。朝着这个方向做出努力的有李嘉图、西尼尔、穆勒、马歇尔、阿林·杨。他们认为报酬递增规律支配着制造业生产，西尼尔甚至认为这是一条公理。马歇尔在重构古典经济学时，既不愿意放弃报酬递增导致的垄断，也不愿意放弃竞争[①]，为了解决这个难题而创立了三种理论来确保两者的吻合。第一，发展了外部经济概念，厂商范围之外的经济，取决于产业、地区、乃至整个经济世界的规模；第二，因有能力的企业家终究要逝世的，故一个企业不可能长期处在一流管理之下；第三，每个厂商或许都处在局部垄断的地位，其产品的需求线是独立的、有弹性的，所以，随着产出的增加，价格通常比平均成本下降得更快。

但是马歇尔这三个理论并不成立，甚或是自相矛盾的。就外部经济而言，它是一个相当模糊的范畴。正如奈特（1933）教

---

① 在一个时期中，这种统一竞争和报酬递增的方式是可以维持的，但随着价格理论的中心转向厂商，斯密定理就渐渐地失势了。

授所指出的,一个产业的外部经济或许是另一个产业的内部经济,后者就会走向垄断;前一产业作为后一产业的消费者,也就不一定能分享这种"经济"。既然对于流行的分析技术来说,外部经济①是一个难以处理的因素,因此它越来越被忽略。同样地,马歇尔的第二个理由也越来越不受重视,其原因不像外部经济那么明显,且分析方法不能很好地和静态经济学吻合,也不能方便地纳入到成本、需求曲线中(特别当不使用代表性厂商概念时)。进一步看,如果厂商内部的规模经济正像马歇尔所描述的那样强有力,那么高素质企业家的持续存在就不一定是取得垄断的必要条件。明显地,一家大厂商若因企业家素质较差故而内部扩张较慢,可通过兼并令其迅速成长。马歇尔的第三种理论:单个厂商面对向下倾斜的需求线,也失去了通用性,因为这和严格定义的完全竞争不相吻合,而后者越来越成为经济分析的标准模型②。

鉴于报酬递增越来越被忽视,阿林·杨(Allyn Young,1928)感到有必要通过强调斯密定理的重要性来恢复它的地位,但他并没有解决把市场容量纳入竞争价格理论这个技术上的困难,而是避开了这一难题,并断言在这一领域里,以厂商、抑或扩大到以产业作为分析单位都嫌太小。所以,虽然杨、马歇尔、斯密的观点至今还常常被提及并受到赞扬,这只不过是象征性地

---

① 外部性:在企业理论中,许多经济学家认为将外部经济内部化是解决该问题的好方法,也是纵向一体化的理由,持该观点的有著名经济学家米德等人。但是,新制度经济学家却不这样认为,他们认为外部性的根源是产权不确定或确定产权的成本太高,有许多其他的方法可以解决外部性问题,而纵向一体化不是最好的或最具效率的解决方式,相反有些资料显示纵向一体化的方法可能是很差的。
② 在上世纪30年代,不完全竞争和垄断论(如张伯伦和罗宾逊夫人)的倡导者重新发现并广泛使用的向下倾斜的需求曲线,但他们并非以此考察一个产业或整个经济的运行,而是用价格理论来研究厂商的生理和病理。所以,表面上看来,他们的分析方法虽然和完全竞争模型相悖,但在实质上是一致的。

表示敬意而已,并不意味着他们的观点已和厂商理论、竞争产业理论融为一体。

2. 新古典企业模型:生产函数

新古典经济理论将企业构造成一个技术上的生产函数:当企业规模均小于市场规模(需求)时,企业将以利润最大化为原则选择本企业的规模。如果不考虑为寻求垄断势力而扩大规模的因素,则企业的规模决定于效率或单位产出的平均成本。而一个企业的平均成本会随规模的变化而变化,一般说,总会出现几个前后相继的阶段,即规模收益递增或平均成本递减、规模收益不变或平均成本不变、规模收益递减或平均成本递增。换言之,一个企业的效率或平均成本是随规模而变化的,在其他条件一定的情况下,总会存在一个能够使企业的效率最高或平均成本最低的规模,也即所谓经济规模,或最佳规模。这个时期盛行的观点是,选择企业还是选择市场,要根据其技术特性而定。企业的特点就在于它只是一个技术上的选择,市场只负责提供信号;企业内部的结构、组织秩序及其治理不予考虑,出现问题全部由法庭解决,并相信法庭是万能的。

贝恩(Bain,1958)在吸收和继承马歇尔的完全竞争理论、张伯伦的垄断竞争理论和克拉克的有效竞争理论的基础上,提出了 SCP 分析范式。该范式成为传统产业组织理论分析企业竞争行为和市场效率的主要工具。他认为,新古典经济理论的完全竞争模型缺乏现实性,企业之间不是完全同质的,存在规模差异和产品差别化。产业内不同企业的规模差异将导致垄断。贝恩特别强调,不同产业具有不同的规模经济要求,因而它们具有不同的市场结构特征。市场竞争和规模经济的关系决定了某一产业的集中程度,产业集中度是企业在市场竞争中追求规模经济的必然结果。一旦企业在规模经济的基础上形成垄断,就会充分利用其垄断地位与其他垄断者共谋限制产出和提高价格以获得超额利润。

同时，产业内的垄断者通过构筑进入壁垒使超额利润长期化。因而，贝恩的 SCP 分析范式把外生的产业组织的结构特征（规模经济要求）看作是企业长期利润的来源。

关于企业只是一个生产函数的新古典理论，受到了许多学者的批判。奈特（knight, 1965）指出，企业效率和规模间的关系与工厂的效率和规模之间的关系不同，获得垄断收益的可能性为持续的和无限的企业扩张提供了强有力的动机，但这一力量必定会被某种导致效率下降的同样强大的力量抵消。哈耶克（1945）则认为，即使不改变原来的技术条件，也能以完全不同的成本进行生产。施蒂格勒（1996）对贝恩所宣扬的建立在垄断、共谋和进入壁垒基础上的企业的持久竞争优势的观点持反对意见，他认为，首先，在交易成本约束下，共谋不可能长期维持；其次，在广告等廉价的信息传递机制的作用下，进入壁垒将被瓦解；最后，规模经济和垄断没有必然的联系，而是竞争的基础，既可以阻碍新厂商进入的双头或寡头垄断市场，也可能因为现有的成功者所无法控制的偶然事件使企业丧失竞争优势。

然而，新古典经济学受到根本性的挑战则来自于以科斯为首的新制度学派。科斯在新古典的假设条件上提出了被忽略但却普遍存在的交易成本问题，从而在根基上动摇了以价格机制解释企业存在的理由。他指出，讲授产业组织问题的一流教科书：一个是贝恩，另一个是斯蒂格勒，都引经据典地使用生产函数理论，这种按照工业技术所能达到的范围来给企业划定"自然边界"的理论，使人们认为，依靠非标准合约来扩大企业势力范围的任何行为，都被视为垄断，而且能够形成垄断。但是，新古典将其所有不能解释的企业组织问题均归结为垄断问题，并通过价格体系解决。这在没有交易成本的世界中或许是存在的，但是交易成本为零的情况在现实世界中却非常罕见。实际上，新古典经济学的主要任务是理解价格体系如何协调资源的使用而不是理解真实企业的内部运行机制。价格理论将企业定义为理论上的一个机构,生产在这一机构内发生,而不是为了准确描述真实企业。实际上,价格理论歪曲了真实企业的一些特征。

新古典理论将企业投资分为固定成本和变动成本也不甚科学,那仅仅是会计账上的区分,与企业组织关系更密切的,则是一种资产究竟属于用途可改变的资产还是用途不可改变的资产(Klein 和 Leffler,1981)。在会计账上列入的变动成本,有些很难改变用途,如人力资本;而有些固定成本则很容易改变用途,如可移动的普通卡车和飞机等等。因此,新古典的成本分类也难以解释企业的长期成本问题,这样企业的边界也就更难以确定了。

三、企业边界的交易成本框定:交易成本范式

科斯采用标准的新古典分析方法,对新古典企业理论提出了质疑,他认为价格机制不是唯一的,企业也是协调资源配置的手段,而企业的显著特征就是作为价格机制的替代物。他发现之所以两种协调机制可以共存,是因为新古典理论所假设的前提条件与事实不符。他指出,新古典理论认为市场交易是无成本的,而事实是,建立企业有利可图的主要原因似乎是:利用价格机制是有成本的。通过价格机制"组织"生产的最明显的成本就是发现相对价格。科斯用市场机制需要交易成本的理论,较为成功地解释了企业这种组织形式存在的原因,比新古典理论有了突破性的进展。继而,他用交易成本概念解释了企业规模的大小:当追加的交易(它可以是通过价格机制协调的交易)由企业家来组织时,企业就变大,当企业家放弃对这些交易的组织时,企业就变小。因此企业规模被界定在这样一个定点:企业将倾向于扩张

直到在企业内部组织一笔额外交易的成本，等于通过在公开市场上完成同一笔交易的成本或在另一个企业中组织同样交易的成本为止。

交易成本的思想虽然可以追溯到大卫·休谟和亚当·斯密，可是直到1937年科斯发表名著《企业的性质》一文以后，才得到开拓性的分析。科斯用交易成本解释企业的概念虽然是伟大的创举，但在其后的大约30年的时间里没有任何进展。直到1960年代初，又是科斯提供了原动力——他的另一篇名著《社会成本问题》发表后，后继者们沿着产权和交易成本两个方向对企业的边界或规模进行了有益而艰苦的探索，且取得了斐然的成绩。但是，科斯的粗糙解释却受到了一些经济学家的批评。对科斯"企业的规模被界定在企业内部的管理成本与市场交易成本在边际上相等的位置"的观点，张五常（2002）并不认同，他认为在市场和企业间存在大量的中间状态，因而不能从性质上界定企业的规模，规模经济是一个非常模糊的问题。阿尔奇安和德穆塞茨则认为，交易成本的概念太模糊，如果不能给交易成本下一个确切的定义，交易成本就背上了一个不折不扣的坏名头，因此他们提出了生产中存在的"团队生产"因测量困难和高成本导致了企业规模的确定。而威廉姆森则用专用性资产解释企业的界限或规模，哈特和克莱茵发展了这一观点，认为当专用性资产可拆分时，资产的专用性就不是企业规模的必要条件。

四、企业边界的产权分析：团队生产与合约理论

以产权解释企业的性质，是继科斯之后，由阿尔奇安、德穆塞茨、詹森、梅克林等人发展起来的，他们排斥古典企业模式，但仍然采取古典理论的经济行为假定，即认为企业代理人是按自身效用最大化原则行事，企业被认为是生产要素间的一组合约，

而每一要素由自我利益所驱动。由于他们强调按照合约建立起来的组织中权利的重要性，这一理论便以"产权"的名义出现。

1. 团队生产

阿尔奇安和德穆塞茨认为，对经济组织来说，重要地是解释什么条件决定了专业化和合作生产的好处，这种好处是通过市场还是通过企业来达到的。他们批评道：常见到以权力为特征的企业通过命令、权威或纪律处分解决问题，比那种常规市场上通行的东西更有优势，这是错觉。企业不拥有它全部的投入，它与任何两人之间的普通的市场签约的命令、权力、权威、纪律处分等没有丝毫区别，对于任何未能履行交易协议的行为，只能通过中止未来业务或在法律上要求赔偿，这也恰恰是任何一个雇主能做的全部。因此雇主和雇员之间的长期合约不是企业组织的本质。

那么究竟企业主与他的雇员之间的关系和企业主与他的顾客的关系抑或市场与企业在哪一点上有区别呢？他们认为，区别在于投入在团队中的使用，和某一方在所有其他投入的契约安排中的中心地位，即在一个团队生产过程中的契约主体。他们认为如果生产是由团队进行的，并且团队生产的总产出大于团队成员的分别产出之和，增加的部分足以弥补组织和管束团队成员的成本，团队生产就会被采取，于是企业就产生了，企业的规模就被界定在团队总产出大于团队成员分别产出之和与组织、管理团队的成本支付上。"如果以团队生产的方式能使生产力有净增长，扣除维持团队纪律的有关的考核成本后仍有净利，那么就应该依靠团队生产，而不依靠许多分离的个体产出的双边贸易"（阿尔奇安、德穆塞茨）。可见，这也是市场和企业替换的界限。

团队生产首先产生的一项交易成本是度量费用，因为团队生产的不可分割性，使得团队成员的劳动投入非常难以度量或度量成本很高，这样，团队成员就会有偷懒的机会主义行为，为了杜绝这种行为，就要对成员进行监督，因此而产生监督费用。实际上，团队生产理论认为，对签约后的机会主义行为的监督成本是企业规模限定的界限。

阿尔奇安和德穆塞茨将企业看作生产要素间的一组合约，这是一个十分有益的观点。事实上，企业被认为像一支球队，他的队员出于自身利益而行动，但意识到他们的命运某种程度上取决于在和其他球队竞争中的它们球队的生存能力。但这一见解不够深刻，在古典理论中，作为企业化身的代理人是兼有管理者和剩余风险承担者双重身份的企业家（雇主），依然在企业产权理论中扮演中心角色。但是，这一理论在解释在与企业股权所有者相分离的管理者掌握控制权的大型现代化公司时，是失败的。

正因为如此，许多经济学家对团队生产提出了批评。威廉姆森认为，团队生产并不能解释所有的企业组织，尤其是大企业组织，他指出："他们用来支持自己观点的主要例子是人力搬运工的情况，其中，两个搬运工必须通力合作才能完成装车任务。不过，仅仅在规模小的小组内才能建立这种团队关系。据我所知，最大的这种小组就是交响乐团。关于早期深入探讨非专用化的问题，可见马克思《资本论》第一卷第十三章。尽管这种条件很令人感兴趣，但是，用协作的不可分割性却解释不了规模极大的企业的形成及存续问题。阿尔奇安现在承认，导致复杂组织的基本原因只能是交易成本"。诺斯更深刻地指出，企业替代市场，首先是因为团队生产带来的规模经济，但它是以度量团队个体成员（代理人）业绩的更高费用为代价的。为减少偷懒和欺骗，企业会雇用监督者去约束经济个体的行为。当然，由于合约的不完全，在专业化的人力或实物资本投资易使当事人遭受合约签订后机会主义行为的损害的情况下，科层组织也会取代市场，纵向一体化可以减少陷入这种情况的可能性，即可观察的准租金被侵占，但要支付和上述情况同样的监督费用。詹森和梅克林的评价是客观的：阿尔奇安和德穆塞茨反对企业活动受权威治理的概念,正确地指出合约作为自愿交换的载体的作用。他们强调在存在共同投入或团队生产的情景下的监督作用。但我们认为阿尔奇安和德穆塞茨对于共同投入生产的强调过于狭窄从而走入歧途。合约性关系是企业的基础,不仅存在于雇员的合约,还存在供应商、消费者、债权人等等合约。所有这些合约都存在委托代理费用和监督问题,不管是否有其他意义上的共同生产。也就是说,共同生产只能解释与企业有关的很少一部分人行为。

团队理论承认理性是有限的,但认为代理人的偏好与委托人是一致的,换言之,代理人追求私利的程度比较弱或并不强烈。团队理论一方面认为团队成员具有后机会主义行为,另一方面又否认了监督团队成员的监督者及代理人不具有机会主义行为,这样就忽视了委托代理关系的复杂性,将企业内部结构大大地简化了。正是这一缺陷,引发了后继者的疑问:谁来监督监督者?从而产生企业内部治理结构问题之一:委托代理理论。

2. 合约理论

詹森和梅克林同意阿尔奇安和德穆塞茨关于"企业只是一种法律机制和合约关系的联结体,它作为一个合约关系的联结而发挥作用"的观点,并认为企业有如下特征:即存在着可分的对组织的资产和现金流的剩余索取权。一般而言,出售这一索取权无需其他缔约个人的许可。尽管这一企业的定义缺少实际内容,但对企业和其他组织合约性质的强调却将注意力集中于一组关键的问题上:为什么各种不同类型的组织会产生特定的合约关系,这些合约关系有什么样的结果,外部变化将对组织产生怎样的影响。

张五常(2002)接受了詹森和梅克林的观点,对阿尔奇安和德穆塞次关于存在偷懒行为而导致出现监督者(企业)的论点进一步论证,认为,之所以产生偷懒行为是因为人们选定的度量对象是代理人而不是努力的程度;因此,偷懒这一概念间接地表明了，发现相对贡献的价格是要花费成本的。降低发现价格成本的一种有效方式，是用某种办法代替，而不是直接和分别为各种活动定价，监督者、指挥者或经理的代理成本会随着发现价格的成本下降而上升。当一种成本的节约与另一种成本的上升在边际上相等时，这种替代将停止。因此，张五常认为，说企业代替了市场并非完全正确，确切地说，是一种合约代替了另一种合约。合约的选择或替代是由交易成本确定的，这样，他就否认了阿尔奇安与德穆塞茨关于企业替代市场是由于团队生产的特性而确定的观点，也否认了科斯关于只存在企业和市场两种组织形态的观点，而认为在市场和企业间可能还有更多的其他形式的合约链条或合约结构，市场、企业及其他的合约形式是可互相替代的，具体采取那种合约形式，需考虑交易成本的大小。在张五常的世界里，企业的概念是模糊的，企业的边界和规模是不确定的，企业、市场及其他组织形式，只是一个合约、合约链条或合约结构，它们之间没有本质性的区别。

关于企业和市场间的其他组织形式或合约形式，近20年来得到了越来越多的经济学家的认可，从而形成了合约理论这一派别。事实上，企业和市场并不是交易仅可选择的两种形式，交易还可以选择除此之外的其他多种形式。关于这一点，威廉姆森指出：假定可以根据交易双方自主程度的高低来给各种交易排出座次，那么，互不相关的交易就会处于一端，高度集中的、实行等级制的交易在另一端，而兼有这两种特点的交易（特许经营权、合资企业以及其他各种非标准化的合约）处于中间地带，而处于中间地带的交易才是更普遍的形式。但是，威廉姆森却不同意企业没有界限一说。

虽然张五常关于企业和市场间还存在其他合约选择的观点受到赞同，但是关于企业没有界限的观点却受到了一些经济学家的质疑和批评。科斯批评道："（张五常说）'我们不能在任何有价值的经济意义上把企业确认为独立的经济实体',如果我没有理解错的话,这主要是因为合约安排'使我们很难辨别企业从哪里开始,又在哪里终结'。我不同意这一观点,我认为存在着企业,大多数经济活动是在它们的内部发生的,经济学家的主要任务是改进目前相当粗糙的企业理论。"①

张五常之所以出现这种错误,是将科斯的雇主—雇员关系当作了企业的原型,这种关系与企业问题的相关之处是在一定的范围内,雇主有权指挥雇员的行动。但疑问随之而来:这种雇员与独立的承包商有什么区别?独立的承包商也可以被指挥干这干那,因而企业就似乎没有了明确的界限。为了避免这个困难,我们重温科斯《企业的性质》一文的基本论点:用行政手段调配生产要素可以节约大量的交易成本,雇主在企业中运用手中的权力来调配生产要素。为了做到这一点,生产要素就得置于等级分明、规章制度健全的管理结构之内,雇主就得拥有指挥权,但运用这种指挥权的方式完全不同于对独立承包商的发号施令,企业的边界就是由这种管理结构来标示的。

五、企业边界的纵向一体化分析:
从技术论到资产专用性

大约自上个世纪 70 年代以来,经济学家开始用纵向一体化来解释企业的边界或规模占据优势。论述纵向一体化形成的原因有许多种,其中包括:1. 技术论;2. 避免垄断导致的要素配置的扭曲假说;3. 解决信息不充分问题;4. 转移风险假说;5. 节

---

① 见张五常:《经济解释》,商务印书馆,2002 年版,第 470 页。

约交易成本论；6. 合理避税假说；7. 产权缺失或计量上的困难[①]；等等。本节对其主要假说做一梳理和评论。

1. 技术论

纵向一体化的技术论假说强调了新古典生产函数才是正统的经济理论，因此，只要是一体化的大型企业，就会按照工艺的要求，使用各种可以互相替代的投入要素进行生产，并认为这是一个通例。钱德勒（2001）认为，由于各种技术组织可以互相影响，这样，当各生产阶段的规模经济达到足够程度时，只要形成了统一的所有权，就会产生这些行为。贝恩（1958）则强调，钢铁制造业的一体化就是这方面的样板，据说仅仅为节约电力就需要实行一体化。还有些人甚至认为，一体化的程度高些总比低些要好。

这些观点看似很有道理，本质上却是错误的，也受到了许多经济学家的批评。早在1934，康芒斯就指出，建立经济组织，绝不单纯是为了解决各种技术问题——如规模经济、范围经济以及其他物理的或技术方面的问题——建立经济组织的目的往往是为了协调交易双方的矛盾，以避免实际的或可能发生的各种冲突。威廉姆森指出，只有以下两个条件被满足时，经济组织才完全由技术决定，(1) 拥有一种唯一的、绝对优于其他技术的技术；(2) 这种技术要求建立独一无二的组织形式。但是，他认为，这种技术不仅极为罕见，而且能满足这种技术要求的组织形式更是绝无仅有，技术决定论的前提是不存在的。他接着指出，促使人们做出一体化决策的原因并不是技术，而是实行一体化才能节约交易成本这一事实。如果能找出签订合约的其他手段，并且至少在稳定状态下能很容易地使用这种手段，那么技术就不成

[①] 祥见 Kleindorfer, Paul and Gunter Knieps, "Vetical Integration and Transaction – Specific Sunk Costs", *European Economic Review*, 19: 71–87, 1982.

其为经济组织的决定因素。

Monteverde、Teece（1982）则从经验上指出技术决定论的错误：有人推断一定时间内如果企业规模扩大了，就可以说纵向一体化的程度提高了。但是，企业规模的这种扩大往往是平面扩张的结果，也就是说企业所服务的市场在扩大，但企业的行为结构并未改变，或者说并未实行多角化经营。一个明显的例子是，几乎没有一家生产消费品的企业会把其提供原材料的上游企业也"一体化"进来。很多制造企业都拒绝向下游的消费品领域发展，即使是横向一体化，投入也不是整体资产，对汽车公司（通用、福特、克莱斯勒、丰田）的考察就是证明。

2. 资产专用性假说

资产专用性假说是节约交易成本假说的一个组成部分。持该种观点的经济学家主要有：威廉姆森、克莱茵、克劳福德、阿尔奇安等人。

威廉姆森用专用性资产来解释企业的边界或规模，他认为，当投入的资产具有专用性时，为了节约交易成本，应该选择企业这种组织形式或企业间实行纵向一体化，如果不存在资产的专用性，通过市场合约来联结生产的各个连续阶段，是可以大大节约交易成本的。威廉姆森把交易作为最基本的分析单位，认为交易本身是异质的和多样性的，各种交易的特征及其成本差异决定了交易组织形式的选择。他认为，决定交易异质性的维度是交易的次数、不确定性和资产专用性，其中后两者对解释产业组织的效率边界具有重要意义。

威廉姆森认为专用性资产不仅确定了企业的规模，因为专用性资产的不同性质，也决定了企业不同的组织形式和不同的治理结构。威廉姆森的资产专用性指专用场地、专用实物资产、专用人力资产和特定用途资产，这些不同的专用性资产由于其物理属性不同、投入的程度不同和专用性的程度不同，导致企业的规模就各不相同，在企业中的各个生产阶段的专用性程度也就不同，这样企业的组织形式就会变幻多端，或者说，即使企业实行纵向一体化，也并不意味着在任何一个生产阶段都是纵向一体化。

威廉姆森的研究是以有限理性和机会主义假定为理论前提的。由于有限理性对企业家行为的限制，随着不确定性的增大，组织问题会变得越来越复杂，人的认知能力也就逐渐达到了极限。在连续性的交易过程中，有限理性和不确定性的结合增加了合约谈判的信息成本；资产专用性使得连续性交易变成备选数目极小的交换关系或双边垄断关系，即威廉姆森所说的"根本性转变"。在机会主义的威胁下，备选数目极小的交换过程将会因"要挟问题"而出现"锁定"效应。正是这些因素的存在，才框定了企业的规模或一体化的程度。

克莱茵、克劳福德、阿尔奇安在他们的名篇《纵向一体化、可占用性租金与竞争性缔约过程》一文中，持与威廉姆森相同的观点，他们强调，在一系列连续交易或合约链条中产生毁约危险的特殊情形是可占用的专用性准租。在一项专用性投资之后，这种准租就产生了，机会主义行为的可能性也变成了现实。沿着科斯的分析框架，这一问题可有两种解决方案：纵向一体化和长期合约缔结。他们的结论是，当资产的专用性产生越多的可占用性准租时，缔约成本的增加将超过纵向一体化的成本（治理内部科层组织的成本），那么，纵向一体化就发生了。在克莱茵等人的研究中，并不是专用性投资必须采用企业的形式，但是专用性投资的程度越高，采用企业的形式所费交易成本会越低。而且，他们将专用性投资的机会主义行为损失用可占用性准租来衡量，能够从量上直接进行成本收益比较，这是他们的一大贡献。

哈特在威廉姆森和克莱茵等人的研究基础上进一步提出了他的剩余控制权确定企业边界的观点。他指出，在一个存在交易成本和不完全合约的世界中，事后剩余控制权将十分重要，因为它们通过对资产用途的影响,影响关系中事后的谈判力量和事后的盈余分配。尤其是,两个企业合并并不会产生确定的收益:由于被收购企业的所有者——经理失去了控制权,他投资于这一关系的激励将减少。另外,控制权的转移可能会削弱被收购企业工人的投资激励。基于上述观点,他构造了一个企业边界理论:首先,高度互补性资产应该被共同拥有,这可以为企业提供一个最小规模。其次,随着企业规模的增长超过某一点,对于企业边缘位置上的活动,处于企业中央的经理将变得越来越不重要,也就是说,企业边缘位置上边际产品的增加不可能专用于该经理或拥有处于企业中央的资产。在这一阶段上,应该成立一个新企业,但是,如果没有显著的锁住效应,非一体化总是优于一体化,因为一体化增加了潜在的套牢数量而没有任何补偿性收益。

大卫·梯斯从可替换知识的角度对资产专用性投资导致的一体化提出了修正意见。他认为组织知识的另一个特征是它常常可以进行重大的替换,即对于正在生产的产品和正在提供的服务,企业投入的人力资本并非总是完全专业化的,这不仅对于管理人才而言极为正确,对各种物资设备和其他类型的人力技能来讲,也是正确的。当然,如果改变一个组织的产品结构,许多资本项目必然要报废或转移,但是假若将设备从使用中撤出的机会成本是最小的话,这类成本事实上是相当低的。因而,一个企业在任意给定的时间里生产最终产品谨代表了该企业利用其内部资源的几种方式之一。正如战争年代的经验所证明的那样,汽车制造厂突然开始生产坦克,化学公司开始制造炸药,无线电厂开始生产雷达。简言之,从这种概念化的优势观点看,专业化的经济性就呈现出不同的意义,即专业化不是指单一产品而是指一种综合能力,因而可以认为企业拥有它能依靠自己的技术生产的最终产品的各种变型。这种组合被定义为在既定的最终产品范围内是可被替代的,简言之,企业既要选择技术,又要选择最终产品。

3. 关于纵向一体化的其他观点

强权理论重点研究的是人类所扮演的角色。有些人握有经济权力，有些人则没有，经济行为的组织就是由那些握有经济权力的人来控制的。组织的选择或创新，在于那些实行控制的人想扩展并完善其权力的内心欲望。但是强权理论并不能解释这样的事实：商人为什么允许别人以夺走自己控制权的方式来阻止经济活动？为什么权利的这种流失还带有选择性？而大量的事实是，只要进行组织创新有可能带来不同一般的效率，这种创新就总能找出某种方式来征服利益相反的一方，在这种框架内，权力就只能是配角了。

用市场权力来解释组织创新的方式有两种。一种认为掌握市场权力的人偏爱某种组织创新；另一种认为组织乃是从战略上阻挡竞争对手的一种手段。如果推动组织形式变革的是人们的偏好，而不是出于效率上的考虑，那么，一系列生产早餐食品、香皂、汤品、剃须刀片的大企业或组合在一起的企业集团，本来应该最先实行一体化的，但经验资料显示，答案是否定的。

寿命周期和逃避产品税在斯蒂格勒纵向一体化理论中占很突出的位置。就寿命周期论而言，斯蒂格勒认为，在一个行业发展的初期和后期阶段，广泛实行一体化是被人们看好的；但在中间阶段，一体化就比较少见了。但斯蒂格勒并没有给出这种划分的理由。就逃税论而言（科斯也持该种观点），避税是否是美国企业实行纵向一体化的主要原因，迄今还没有结论。似乎税收的影响对横向一体化的作用要大于纵向一体化的作用。

战略行为指的是强权企业为保持优势或领先地位，或者为了惩罚竞争对手才采取的行动。这两种做法的目的都在于制止对手的行为，就前向一体化进入销售领域而言，第一种做法节省不了多少交易成本。而惩罚性战略行为手段——掠夺性定价行为也并不能使初始垄断权力增大，只是使潜在的垄断权利得以实现。绝大多数企业组织的变革,并不是发生在形成强权企业的那些行业中,要用战略行为来解释美国过去150年来的产业结构重组问题,显然有资料苦短之虞。

六、结语

理论家们关于企业边界的观点是不一致的,但是现代经济学家达成共识的观点是,新古典学派关于企业是一个单纯的生产函数的理论是错误的,企业边界由长期平均成本最低点及其最低点的倍加确定也不符合现实,从实证研究看,最佳企业规模难以可靠地测度。从可观察的现实世界和可获得的经验材料看,即使按照新古典生产函数计算,占市场上各份额的厂商长期平均成本几乎都是水平的,这就是说,在相当大的产出范围内,既无净规模经济,也无净规模不经济,企业边界或企业规模是不确定的,或者说在不同的约束条件下,可选择的企业规模或组织形式是多种多样的。

斯蒂格勒从经验出发,给出一个生存检验法,用以测定现实世界中企业的规模或效率问题:先将某一产业的厂商按规模分类,然后计算各时期各规模等级的厂商在产业产出中所占的比重。如果某一等级的厂商所占的生产份额下降了,说明该规模效率较低,一般说,效率越低,则份额下降越快。他认为,所有关于规模经济的判断,通常都要立足在检验其生存能力的基础上,或者至少要以其生存能力来证实之。

斯蒂格勒用生存检验技术测定了美国一些行业中各企业的规模和效率,事实显示,生存检验技术不仅比其他方法更直接、更简便,也更具权威。但是他没有从技术上给出企业的最适生产规模界限,也没有指出为什么厂商会使用种类不同、质量不同的资源。

可见，关于企业规模和界限这一理论难题，还需经济学界同仁的共同努力。

主要参考文献

亚当·斯密：《国富论》，陕西人民出版社，2001年版。

科斯：《企业的性质》，载盛洪主编《现代制度经济学》，北京大学出版社，2003年版。

科斯：《论生产的制度结构》，上海三联书店，1994年版。

阿曼·阿尔奇安、哈罗德·德穆塞茨：《生产、信息成本和经济组织》，载盛洪主编《现代制度经济学》，北京大学出版社，2003年版。

阿曼·阿尔奇安、苏珊·伍德沃德：《企业死了、企业万岁》，载同上书。

青木昌彦：《经济体制的比较制度分析》，中国发展出版社，1999年版。

本杰明·克莱茵、罗伯特·克劳福德、阿曼·阿尔奇安：《纵向一体化、可挤占租金和竞争性缔约过程》，载盛洪主编《现代制度经济学》，北京大学出版社，2003年版。

大卫·梯斯：《关于多产品企业的经济理论》，载同上书。

迈克尔·詹森、威廉·梅克林：《企业理论：管理者行为、代理费用与产权结构》，载陈郁主编《所有权、控制权与激励》，上海三联书店、上海人民出版社，1998年版。

迈克尔·詹森、威廉·梅克林：《权利与生产函数：对劳动者管理型企业和共同决策的一种应用》，载同上书。

斯蒂格勒：《产业组织和政府管制》，上海人民出版社、上海三联书店，1996年版。

奥利佛·哈特：《企业理论：一个经济学家的观点》，载孙经纬译《企业的经济性质》，上海财经大学出版社，2000年版。

尤金·法马：《代理问题与企业理论》，载陈郁主编《所有权、控制权与激励》，上海三联书店、上海人民出版社，1998年版。

《马克思、恩格斯选集》，人民出版社，1972年版。

小艾尔弗雷德·D钱德勒：《看得见的手——美国企业的管理革命》，商务印书馆，2001年版。

杰克·J. 弗罗门：《经济演化——探究新制度经济学的理论基础》，经济科学出版社，2003年版。

理查德·R. 纳尔逊：《经济变迁的演化理论》，商务印书馆，1997年版。

道格拉斯·C. 诺斯：《制度、制度变迁与经济绩效》，上海三联书店出版，1993年版。

道格拉斯·C. 诺斯：《历史上的经济组织分析框架》，载盛洪编《现代制度经济学》，北京大学出版社，2003年版。

威廉姆森：《资本主义经济制度》，商务印书馆，2002年版。

马歇尔：《经济学原理》，商务印书馆，1981年版。

Y. 巴泽尔：《产权的经济分析》，上海三联书店、上海人民出版社，1997年版。

王询：《文化传统与经济组织》，东北财经大学出版社，1998年版。

杨瑞龙、刘刚、李省龙：《产业组织能力与企业竞争优势》，《教学与研究》2001年第4期。

Arrow, enneth J., 1973, *Information and Economic Behavior*, Stockholm: Federation of Swedish Industries.

Bain, Joe, 1956, *Barriers to New Competition*, Cambridge, Mass.: Harvard University Press.

Bain, Joe, 1958, *Industrial Organization*, New York: John Wiley & Sons.

Carlton, D. W., 1979, "Vertical integration in competitive markets under uncertainty", *Journal of Industrial Economics*, 27 (March): 189–209.

Hodgson, G., 1996, *Corporate Culture and the Nature of the Firm*, in Groenewegen.

Hayek, F., 1945, "The Use of Knowledge in Society", *American Economic Review*, 35: 519–530.

Klein, Benjamin, and K. B. Leffler, 1981, "The Role of Market Forces In Assuring Contractual Performance", *Journal of Political Economy*, 89: 615–641.

Knight, Frank H., 1933, *The Economic Organization*, By The University of Chicago.

Knight, Frank H., 1965, *Risk Uncertainty and Profit*, New York: Harper & Row.

Monteverde, Kirk and David, Teece, 1982, "Supplier Switching Costs and Vertical Integration In The Automobile Industry", *Bell Journal of Economics*, 13: 206 – 213.

Nelson, R., 1995, "Recent Evolutionary Theory about Economic Change", *Journal of Economic Literature*, 33: 48 – 90.

Young, A., 1928, "Increasing Returns and Economic Progress", *Economic Journal*, Vol. XXXVIII.

(原载《社会科学战线》2005年第2期)

关于经济发展战略研究的
文献回顾与最新进展

汪　斌　江新宇

从上个世纪 90 年代末以来,世界经济步入新一轮发展的上升期,这一时期的典型特征是经济全球化进程加快、知识经济时代迎面而来、环境问题日益突显。同时,中国已加入 WTO,进入经济发展的新时期。在这新的时代背景下重新审视和制定出适合我国的"经济发展战略"具有紧迫性和极其深远的意义。本文通过对相关文献作一回顾和介绍最新进展,以期对我国在新时期制定经济发展战略有所裨益。

一、相关文献回顾和述评

1. 大推进战略与不平衡增长战略

最初对经济发展战略的众多研究缘于第二次世界大战后的第三世界崛起。战后许多新独立国家的出现改变了世界经济格局。面对新的格局,经济学家们对第三世界的经济发展及其发展战略问题进行了广泛、深入的研究。这一阶段学者们的研究强调国家计划化、工业化的重要作用,形成了早期发展经济学的"唯工业化、唯计划化"的特征。其中,最为典型的是提出"大推进战略"和"不平衡发展战略"。

英国经济学家保罗·罗森斯坦 - 罗丹(Paul N. Rosenstien

– Rodan）于1943年提出了"大推进战略",主张第三世界国家应注重各经济部门的平衡发展,强调大规模投资的重要性和各部门同时发展的必要性。在如何实现平衡增长的问题上,建议由国家干预来制订统一的经济发展计划。他认为,第三世界国家市场不健全,市场机制作用十分有限,因而通常的价格刺激只能在很小的范围内起作用,并且这些作用因经济中的不可分性和技术的不连续性而很难产生实际效用。因此,只有依靠宏观经济的计划化,才能负担各部门同时增长的重担。"大推进战略"为发展中国家迅速摆脱贫穷落后的困境、实现工业化和经济增长提供了一种发展模式,对一些发展中国家的经济发展也产生了一定的影响。然而,该战略过分依赖于计划和国家干预,忽视了政府失灵的可能性,一旦计划失误,大规模投资所造成的损失往往是灾难性的。更为重要的是,这种模式限制了市场体系的发育和发展,其直接后果是导致经济效率的丧失。

与上述战略相对立的是美国经济学家埃伯特·赫希曼（Albert Hirschman）于1958年提出了"不平衡增长战略"。作为该战略的理论基础,不平衡增长理论认为"发展是一种不平衡的连锁演变过程"[1],并指出:由于第三世界国家存在发展资金短缺和缺乏企业家等,平衡增长理论是不可行的。第三世界国家不可能将有限的资源同时投放到所有经济部门和所有地区,而应当集中有限的资本和资源,首先发展联系效应大的工业部门,以此为动力逐步扩大对其他产业的投资,带动其他产业的发展;同时,地区发展也必须有一定的次序,不同地区按不同的速度不平衡增长,某些主导部门和有创新能力的行业集中于一些地区和大城市,并以较快的速度优先得到发展,以形成一种资本与技术高度集中、具有规模经济效益、自身增长迅速并能对其他地区产生

---

[1] 埃伯特·赫希曼:《经济发展战略》,经济科学出版社,1991年版,第58页。

强大辐射作用的"发展极"。"发展极"地区的优先发展,最终将通过技术的创新与扩散、资本的集中与输出等方式带动其他部门和地区的发展。应该说赫希曼提出的"不平衡增长理论及战略"对战后发展中国家有长期的影响,也得到了更多的认同。

2. 进口替代战略、出口扩张战略、平衡战略、工业化战略和开放经济战略

早期的"大推进战略"和"不平衡增长战略"都需要依靠国家宏观调控,通过国家计划实行既定战略,逐步推进工业化。然而,伴随这些国家工业化的发展,也出现了一系列问题:城乡差距扩大、失业问题加剧、忽视市场机制的调节作用等。20世纪70年代经过反思后,学者们对经济发展战略的研究进入到了一个新阶段,这一阶段的代表人物是美国著名的经济学家H.钱纳里(Chenery, H.)和基思·格里芬(Griffin, Keith)。

钱纳里在其代表性著作《工业化和经济增长的比较研究》一书中运用比较研究的方法将工业化的过程大致划分为外向型、内向型和中间型三种类型,揭示了准工业化(即新兴工业化国家和地区)国家发展经验的差异。进而总结提出了相应的三种准工业化国家的经济发展战略:"进口替代战略"、"出口扩张战略"和"平衡战略"。

"进口替代战略"主张通过建立和发展本国的制造业,实现对进口制成品的替代,以加快工业化进程并使之成为国家收入增长与经济结构转型的发动机。钱纳里以拉美地区和东亚地区新兴工业化国家(地区)工业化的起步阶段作为例证。该战略的意义在于突破了传统的静态比较优势理论对发展中国家的束缚,正确地指出了发展中国家在工业化起步阶段的必经之路。

相对于拉美地区的国家来说,东亚的新兴工业化国家和地区其内部市场狭小、资源匮乏,因此它们在起步阶段实行"进口替代战略"后不久就转向实行"出口扩张战略"。该战略鼓励发

展面向世界市场的国内制造业，用工业制成品的出口来代替传统初级产品的出口，实质上它所依据的是比较利益原则和生产要素禀赋原理。虽然1997年亚洲金融危机前的东亚国家（地区）实施出口导向战略获得了举世瞩目的经济绩效，但是随着许多发展中国家都实施这一战略，导致发展中国家出口价格由于它们自身之间的激烈竞争而持续下跌，因此在当今靠单纯的实施出口导向战略的有效周期已缩短。

另外，钱纳里还研究了当时作为新兴工业国——以色列的经济发展道路，并总结为"平衡战略"。该战略实质上处于中间层次，是介于"进口替代战略"和"出口扩张战略"之间的一种经济发展战略。"平衡战略"建议在限制进口的同时又鼓励出口。和进口替代战略相比，其反出口偏好较小，出口增加；虽然实际汇率贬值，但是降低幅度小于出口扩张战略。

钱纳里的研究方法中更多地体现了比较分析的特点，他强调结构调整是经济发展的主题。而另一位学者基思·格里芬却更多采用历史的、经验的和统计的实证分析方法，他以实行工业化的马来西亚、印度、韩国以及一些南美国家为例证，从开放的角度总结提出不同的"工业化战略"和"开放经济战略"。其中"工业化战略"主张以制造业部门的迅速扩张为手段实现经济增长，并认为政府的干预措施是十分必要的，强调都市化和工业化战略应该齐头并进，自由放任在该战略中是没有地位的[1]。最后，基思·格里芬还指出了实现"工业化战略"的三条道路：进口替代道路、出口导向道路以及生产资本品道路，由此看出它实际上涵盖了钱纳里提出的"进口替代战略"和"出口扩张战略"。

"开放经济战略"则从国际贸易角度，建议采取一些直接促

---

[1] 基思·格里芬：《可供选择的经济发展战略》，经济科学出版社1992年版，第40页。

进对外贸易部门的政策,例如:汇率政策、关税调节、贸易限额和非关税贸易壁垒以及调节外国投资和利润回汇的政策等。与"出口扩张战略"不同的是,"开放经济战略"强调生产要素、商品和劳务能在国际间自由流动,而所采取的政策对出口是中性的。

3. 货币主义战略

上面提到的经济发展战略都是基于国内比较稳定的政治环境,然而在20世纪70年代初,智利国内爆发了一场"革命",军方推翻旧政府建立新政权,国内的经济秩序由于遭受到"革命"的影响而陷入一片混乱,这就给经济学家们提出了一个难题:如何在一国危机时期制定合适的经济发展战略?智利新上台的军政府受美国"芝加哥学派"的影响实行了货币主义政策来稳定经济,后来被基思·格里芬总结为"货币主义战略"。其具体的措施有:新政权上台不久就迅速实行了大规模的私有化计划,把国营企业拍卖给私人部门;进而着手减少财政赤字,实行税收改革,取消财产税、资本收益税等;第三阶段的"货币主义战略"主要涉及对外贸易和取消对国际资本流动的限制。从上述各种措施可见,该战略致力于提高作为改善资源配置导向的市场信号的效率,给私人企业部门的运营提供了巨大的空间,它的精髓是不干涉主义,依靠个人主动性和企业家精神推动经济发展。

经过10多年的经济运行,"货币主义战略"在智利失败了。尽管如此,但仍可从中得到一些启示:(1)理顺作为市场信号的价格是不够的,自由放任本身会损害经济运行效率和增长;(2)理顺价格的可操作性较差,即使在军事独裁政权统治下,也存在着种种限制;(3)自由市场不可能必然地产生"正确的"价格,即价格也可能是"扭曲的",并不能反映社会成本和收益。

4. 绿色革命战略与再分配战略

世界上很多发展中国家在推进工业化进程中，通过制定一定的经济发展战略使这些国家经济有了长足的发展，产值、收入有了很大的提高。然而，在推进工业化进程中也带来了很多问题：城乡差距扩大、损害农业发展、环境恶化日益突显。而另一些国家，如20世纪60年代初的印度则把绿色革命作为明确的政策，它重视农业的地位，尽力避免城乡差距过大。基思·格里芬观察分析了这些国家的发展道路及历史经验，总结提出了"绿色革命战略"，主张缩小贫困范围和使收入分配平等。该战略并不主张土地改革，而是以技术变革替代制度变革，将科技更多地投入到农业部门，积极开发推广稻谷和小麦等粮食作物的高产品种，通过这些措施使得农民收入和就业有所增加，缩小贫困人口数量。该战略的重点不是总增长率、出口或工业化，而是农业增长。"绿色革命战略"也有值得探讨的地方，通过生物学研究改善发展中国家农业生产率是可能的，然而个别作物技术上的突破难以戏剧性地改善整个农业部门的增长实绩。而且单纯基于育种基础上的战略风险较大，很可能招致失败，只有在完备的社会制度下科技才可能真正发挥作用。在实施"绿色革命战略"的国家中，有些更加关心收入和财富的分配问题，即所谓的"再分配战略"（如斯里兰卡），该战略也是由基思·格里芬总结提出，主要是通过优先采取直接使低收入阶层获利的措施来解决贫困问题。"再分配战略"具体包括三种不同的思路。（1）为穷人劳工创造更多就业的思路；（2）将增长中获得的总收入增量的一部分再分配给穷人的思路，这种再分配既可以采取消费转移的形式，也可采取将投资转向穷人的形式；（3）优先解决满足基本需要的思路。这些基本需要包括衣食住行的需求，也包括由国家提供基本的医疗保健计划、普遍的初等和中等教育。一个全面的"再分配战略"包含五个核心要素：（1）初始资产再分配；（2）

建立能让人们参与基层发展的地方机构；（3）人力资本的大量投资；（4）就业密集型的发展模式；（5）人均收入持续、迅速地增加。

"再分配战略"中的一些思想即使在今天也是富有启发意义的。例如，它强调人力资本的大量投资，人力资源的开发直接有利于穷人，有助于创造一种更为平等的收入分配格局。然而，该战略只能从公平的角度在消除贫困的道路上作出部分贡献，但并不全面，因为除了公平之外，效率的高低也是消除贫困促进经济发展的重要因素，两者不可偏废。

二、经济发展战略研究的最新进展

进入20世纪90年代，经济全球化进程明显加快、知识经济时代迎面而来、全球环境问题日益突显。面临新时代、新形势，在"经济发展战略"的研究领域涌现出不少新的理论，总体上看这段时期学者们关注的是经济的可持续发展，如何加强国际合作，以及从制度分析的角度研究发展战略问题。

1. 就业与绿色发展战略

可持续发展战略的广泛关注和研究主要源于发展中国家的环境、就业等问题日趋严峻。二战后70年代初崛起的新兴工业化国家和地区在随后的几十年里发展相对较快，但从根本上来说这是一种资源导向型的发展模式，即工业产值的增加极大地依赖于不可再生资源的消耗。进入20世纪90年代，这些国家相继步入经济转型期，经济增长速度减缓，国内环境问题突出，就业负担加重，各国政府开始研究如何走可持续发展的道路。

加拿大学者Ozay Mehmet从一个新的视角研究可持续发展战略，他把环境问题和劳动力就业联系起来，于1995年提出了"就业与绿色发展战略"（Employment creation and green development strategy)。Mehmet 认为发展中国家环境和就业问题的症结在于没有把二者有机地统一起来,而是破坏性地采取无限度的开采资源以创造短暂的就业,造成恶性循环,最终生态系统将崩溃,就业问题也会带来诸多社会问题。该战略主张通过改善环境来促进就业,以就业解决环境问题,实现双赢。具体途径是:(1)拉长农业产业链以增加农村人口就业,在农村建设绿色基地。这被 Mehmet 认为是在发展中国家实行就业与绿色发展战略最关键的一环。在发展中国家,农业产业链往往比较短,农业产出后没有配套的产业链条,因此有必要大力发展食品加工业,通过政府引导规划,因地制宜,发展具有地方特色的绿色基地。积极招商引资,并从财政、税收、信贷等多方面提供优惠,加强基础设施建设;搞好农技推广,不断培育国内市场,同时开拓国际市场,建立农产品生产、交易信息网[1]。通过以上政策措施,农业的产业链被拉长并势必增加大量的就业机会,而绿色基地的建立也较好地维护了环境,以实现可持续发展;(2)在城市方面,也可以把创造就业和保护环境联系起来,主要途径是通过治污来达到缓解城市环境问题与就业压力的目标,另外增设研究环境与可持续发展的科研机构,为农村和城市解决环境治理的技术性难题。

2. 全球化发展战略

20 世纪 90 年代以来,在全球化浪潮的冲击下,各国特别是发展中国家面临与以往完全不同的发展环境,如何在全球化时代发展壮大成了它们必须关注的问题。

英国牛津大学学者奥马尔·桑切斯(Omar Sanchez)在研究了拉丁美洲发展中国家走过的道路后,用总结实践的方法于

---

[1] Ozay Mehmet, "Employment creation and green development strategy" *Ecological Economics* 15 (1995).

2003年提出了开放的"全球化发展战略"(Globalization development strategy),指出发展中国家融入经济全球化最好的路径是国际区域合作。为此,他认为经济全球化的趋势不可阻挡,任何国家不能够独立发展,迟早融入全球经济,虽然开放对于发展中国家来说具有一定的转换成本,但是对外开放越晚则转换成本越高;同时,桑切斯建议:增加国民储蓄以增强经济自主权,执行反经济周期的经济政策以减少通涨或紧缩给经济带来的负面影响,改革税收制度并对私人合法财产予以保护,增加教育投资以提高劳动力的价值,促进就业以减轻社会内部压力,减轻收入不平等现象①。此外,桑切斯认为发展中国家与发达国家的根本差距在于技术的差距,当今迅猛发展的IT技术造成了发达国家与发展中国家的数字鸿沟,因此发展中国家不仅要在经济上与国际主动接轨,而且要努力在数字技术领域占有一席之地。最后,桑切斯总结了拉丁美洲的发展特点:(1)拉丁美洲的发展中国家具有许多共同点,包括发展阶段、发展环境、文化理念等;(2)在发展过程中拉美地区以一个整体参与全球化竞争,并制定了一个以拉丁美洲地区为对象的经济发展战略,使每一个成员国受益。可以看出,拉美的发展呈现整体合作性,实质上是通过国际区域内的合作加强各国的国际竞争力,促进各国经济发展。

3. 自我发现发展战略

在研究经济发展战略的领域中,很多西方主流学派的学者关注于引进资金、先进技术以及劳动者技能等方面的问题,却把制度作为外在既定的常量不加以研究分析。近年来特别是进入21世纪以来,新制度经济学被应用于越来越多的领域,有些学者将其用来研究一国的经济发展战略。他们意识到一国的经济发展不

---

① Omar Sanchez, "Globalization as a Development Strategy in Latin Amercia?", *World Development*, Vol. 31, No. 12, 2003.

能仅靠技术、资金、能源等因素,制度安排在很大程度上决定着经济增长条件进而决定经济增长速度与质量,因此制度安排日益受到人们的重视。

英国剑桥大学学者里高多·豪斯曼(Ricardo Hausmann)研究了最近二十年里小国开放经济的发展道路及特征,于2002年提出了"自我发现发展战略"(Self discovery economic development strategy)。他首先阐述了制度的重要性,认为制度和资金、技术、土地一样也是一种资源,并且在特定的历史时期存在着严重的供不应求,因而是一种高度稀缺的资源,具有特殊的生产率和超额收益额。其次,豪斯曼认为制度的作用在于使经济成为一个有序的关系集,通过制度把资本、劳动、技术、自然资源、技能培训与结构变迁在内的各种经济增长条件(硬件与软件)有机耦合在一起[1]。再次,他依据该战略提出了一些建议:通过制定规则、界定独立经济主体在现实中的选择集与决策空间,提高社会经济活动的透明度;通过对经济主体的自由与权利的界定,以驱动经济主体的个人行为转化为推动经济增长所要求的社会活动;通过正式的法令规则等来界定个体间的关系,塑造经济增长的微观基础,形成宏观调控手段,以大力推进经济增长。

豪斯曼提出的"自我发现战略"实质上期望以有效的制度安排形成一种激励性和宽松的经济条件,并通过规则性与秩序性增大信息流、降低信息不确定性和交易成本,使经济增长的愿望变成现实。

---

[1] Ricardo Hausmann and Dani Rodrik, "Economic development as self – discovery", March, 2002.

三、对中国制定"经济发展战略"的几点启示

在新的历史时期,总结和反思迄今为止国际上有关"经济发展战略"领域的研究及其主要理论成果,对我们研究和制定中国经济发展战略具有十分重要的启示:

1. 要重视在新的历史时期,中国经济发展战略的转变问题

每一种经济发展战略的提出与实施都离不开当时的时代背景。时代的变迁要求我国制定的经济发展战略,须符合当今时代特点并作出相应的调整和转变。在我国工业化进程中,不论建国初期至改革开放前采取的内向型"进口替代战略",还是改革开放后实施的"出口扩张战略",都已不再完全符合当今全球化和知识经济时代的特点。有的战略甚至已不符合中国现有实际。例如,曾有学者总结提出"经济特区发展战略",认为通过经济特区的辐射和带动作用能够使一国的经济实现腾飞。如果说这一战略在一段时期适用,那么现在已不适用,因为中国已经加入了WTO,而WTO规定不能做出限制性或内外有别的优惠规定的事项,这就要求以往的经济特区要与其他地区享受一样的待遇,因此从政策优惠角度来讲,经济特区的特殊优势已逐步消失。

"经济发展战略"是一国对其经济发展所作的带有全局性和方向性的长期规划和行动纲领。当前,中国经济发展仍面临着双重任务,不仅要继续完成工业化,而且要迎头赶上信息化,因而必须以信息化带动工业化,走新型工业化道路。同时,在中国已加入WTO的背景下,正全方位地参与经济全球化进程,在参与国际竞争和国际合作中,通过加快建设小康社会,力争早日跻身世界一流经济强国的行列。因此,面对新形势、新的历史任务,我国经济发展战略也要顺应时代的变化,作出相应的调整和转变,要以战略的创新去实现宏伟目标。

2. 对中国经济发展战略的研究既要借鉴国际经验，又要从中国国情出发

作为发展中国家，对中国经济发展战略的研究需要借鉴国际经验，在总结世界各国、特别是后起发展中国家的经验教训基础上去实现战略创新。尤其是要重视吸收和借鉴国际上关于发展战略的一些前沿理论，为中国制定新时期发展战略提供理论依据。然而，中国又是一个特殊的拥有十三亿人口的发展中大国，在其工业化进程中遇到的问题之复杂性，是迄今人类历史上所绝无仅有的。不仅幅员辽阔，而且地区经济发展极不平衡，虽然总体上处于工业化的中期阶段，但部分沿海发达地区已向工业化后期迈进，而西部有些欠发达地区还处于工业化的初期阶段。并且，正处于双重转轨时期，即经济体制由计划经济向市场经济体制转型，经济增长方式由粗放向集约转型。因此，在研究、制定发展战略时又必须从中国国情出发，才能走出一条具有中国特色的现代化之路。

3. 在新时期研究和制定发展战略要体现全面、协调和可持续的科学发展观

十六届三中全会总结了改革开放25年的经验和未来发展的方向，第一次全面深刻阐述了科学发展观，提出了"五个统筹"和"五个坚持"。从"发展是硬道理"到"发展是第一要务"，再到"全面、协调和可持续的科学发展"，标志着我们对发展观的内涵有了更加深刻、更加全面科学的认识。因此，从中国国情出发，又要紧跟世界经济发展的主流趋向，在新时期研究和制定经济发展战略要体现这一科学发展观。具体而言，笔者认为诸如中国经济发展中地区不平衡和如何协调走向均衡发展，如何面向全球化发展，如何实现可持续发展，如何进一步在制度创新中实现发展等等内容，应体现在新时期制定的中国经济发展战略中。事实上，对中国这样一个国际地位正在迅速上升的特殊的发展中大国,其战略涉及的方向性问题和作为一种长期规划,其内容往往是多维度、多视角的,而不是单一的,甚至包括各种具体战略的综合,由此汇合成我国经济发展的总战略。

参考文献

基思·格里芬著:《可供选择的经济发展战略》,经济科学出版社,1992年版。

H.钱纳里等著:《工业化和经济增长的比较研究》,上海人民出版社,1996年版。

艾伯特·赫希曼著:《经济发展战略》,经济科学出版社,1992年版。

林毅夫、蔡昉、李周著:《中国的奇迹:发展战略与经济改革》,上海人民出版社,1996年版。

刘光杰主编:《中国经济发展战略理论研究》,武汉大学出版社,1995年版。

唐要家:《中国工业经济研究与开发促进会2002年年会学术观点综述》,《中国工业经济》2002年第11期。

尹翔硕:《经济全球化、入世与中国发展战略》,《世界经济研究》2002年第1期。

Scott Stern, M. E., Porter and J. L., Furman, The Determinants of National Innovation Capacity, NBER working paper.

John, M., Litwack and Yingyi Qian, "Balanced or Unbalanced Development: Special Economic Zones as Catalysts for Transition", *Journal of comparative economics* 26, 117 – 141(1998).

Qmar, Sanchez, "Globalization as a Development Strategy in Latin Amercia?", *World Development*, Vol. 31, No. 12, 2003.

Rosenfeld, Stuart, "Expanding Opportunities: Cluster Strategies That Reach More People and More Places", *European Planning Studies*, Jun., 2003, Vol. 11, Issue 4, p359.

(原载《社会科学战线》2005年第2期)

农业与农村经济可持续发展理论研究述评[*]

尚明瑞

一、农业与农村经济可持续发展提出的背景

20世纪50~60年代以来,现代科学技术大规模、大范围地在农业中应用,一方面使得农业生产与工业生产一样具有了规模化、专业化和商品化的特点,显著提高了农业劳动生产率、土地利用率和农产品商品率。另一方面,由于化肥、农药、除草剂、农膜和农业机械在农业生产中广泛应用,给生态环境和农业的持续发展带来消极影响,导致环境污染、生态破坏、水土流失、土壤退化、生物多样性减少等严重后果。具体来讲,发达国家由于高度依赖大型农机具、化肥、农药等,不但消耗了大量不可再生资源,而且造成水土流失、空气污染、生物栖息地的破坏,所面临的主要问题是环境污染、生态系统紊乱、农业投入成本过高;对于广大发展中国家来说,由于"小农—谷物经济,基本上是种植谷物维生,在人口不断增加时,不得不毁林、毁草、扩大耕

---

[*] 本文系2004年甘肃省社会科学规划项目《农业与农村经济可持续发展及其法律保障》的主要研究成果之一。

地，也造成对环境的破坏"①，因此，所面临的问题主要是人口膨胀、土地资源不足、自然资源过度破坏、食物短缺和生态系统恶性循环等。人类不得不重新认识科学技术在农业发展中的作用。实践证明，人类必须在依靠科学技术发展农业的同时，树立整体思维观，正确处理农业、人口、环境、资源、生态等方面的关系，才能扭转和排除这些非持续性因素的影响，不断探索农业长期持续协调发展的有效途径。可持续农业的思想就是在这样的历史条件下提出并得到广泛认可而迅速发展起来的。1962 年美国海洋生物学家雷切尔·卡逊发表了其划时代的著作——《寂静的春天》(Silent Spring)，强有力地指控了农业化学化的弊端，首次引起全球对生态环境问题的关注。特别是面对 20 世纪 70 年代出现的人口、资源、粮食、能源危机，发达国家对高投入的常规农业开始深刻反思，先后提出诸如现代自然农业、有机农业、生态农业、超石油农业、超工业化农业等农业发展的途径和模式，试图通过少用或不用石油和化学品，而利用生物之间的物质和能量循环，来获取人们所需要的产品，维护生态系统的良性循环，实现农业资源的持续利用。但这些发展模式又因单纯强调生态因素而忽视了社会因素和经济因素，很难被世界各国特别是发展中国家所接受。1981 年美国农业科学家莱斯特·布朗出版了名著 Building a Sustainable Society，首先对可持续发展作了系统阐述，并尖锐地指出："我们现在不是在从前辈手中继承地球，而是在向子孙借用和预支地球。"这两部著作对推进西方农业发展战略的转变起过重要作用。此后，谋求人口、资源、环境和经济协调发展的新农业发展模式，受到国际社会的普遍关注。尤其是近 20 年以来伴随着可持续发展思想的深入，可持续农业逐渐

---

① 廖少云：《全球环境危机和农业可持续发展模式》，《中国农村经济》2003 年第 1 期，第 76 页。

成为世界各个国家和地区普遍关注的一种农业发展的新趋势和新模式。纵观可持续农业兴起与发展的全过程，大致可分为三个阶段。

1. 可持续农业概念的提出及前期探索

可持续农业是可持续发展概念的延伸，是可持续发展观念在农业上的应用，是世界可持续发展战略的重要组成部分。1972年，联合国在斯德哥尔摩召开了"人类与环境大会"，通过了著名的《人类环境宣言》，指出经济增长行为在生态上犯了错误。这本书成为人类谋求人与自然协调、保持环境清洁和维持地球生态平衡思想的重要里程碑。此后，在西方国家，由于世界农业现代化的蓬勃发展，20世纪80年代出现了世界性（主要是西方发达国家）农产品过剩。发达国家不再将农业现代化与农业增产作为主要目标，代之而起的是环境成为富裕起来的人们关注的焦点。针对农业现代化进程中所产生的种种弊端，特别是农业生产外部物质的大量投入，造成严重的土壤污染、环境破坏和农业土地资源迅速退化等突出问题，美国最先提出了"低投入农业和高效率农业"的设想，但经过多年的探索和实践，认识到，70年代兴起的只强调资源环境的自然农业、生态农业思潮在生产上行不通，存在着局限，必须代之以更为全面的新的构想。同时，从未来农业和农村发展的趋势看，必须依靠科学技术进步和农村教育的发展。因此，为了重新选择农业发展道路，美加利福尼亚州议会于1985年率先通过了"可持续农业研究教育法"，并明确提出了"可持续农业"（sustainable agriculture——SA）这一新的农业发展战略与模式。同年加州大学戴维斯分校成立了"持续农业研究所"，次年明尼苏达州议会也通过了"持续农业法案"。1988年，联合国粮农组织（FAO）在第十六届世界粮食会议上指出，要管理和保护自然资源基础，并调整技术和机构改革方向，以确保获得和持续地满足当代和后代的需要。同年，法国针对农业高投入所带来的对环境与自然资源污染和破坏的问题,成立了全国环保型农业委员会,倡导环保型农业,重视和强调农业生产的生态性、社会性和经济性,主张改进现有农业技术,使之更符合环境保护的要求。1982年日本农林水产省也正式提出了要重视农业和农村的外在性价值,主张农业要与环境保护结合发展,实施可持续发展战略。国际上可持续农业的概念提出之后,生态农业作为中国农业可持续发展的有效途径和实践模式更加受到政府及学术界的高度重视,并正式作为国家的政策方针得以确立和贯彻实施。

2. 可持续农业与农村发展概念的提出

国际上自20世纪80年代后期以来的十多年间,是可持续发展理论与战略深入发展的重要时期。特别是90年代初,随着可持续农业理论与实践的深入,无论是政府组织还是专家学者,都越来越感觉到,现代社会经济系统的复杂性决定了农业并不是农村发展的唯一问题,而农村各个方面又都与农业有着错综复杂的联系。仅仅在农业内部实施和研究可持续发展具有很大的局限性。比如,社会分配不公导致的贫困问题、生态效益、经济效益与社会效益的协调问题等都不能在农业内部得到解决。没有农业的可持续发展,农村的可持续发展就失去了最根本的基础;而没有整个农村经济的全面发展,农业可持续发展就难以为继。所以无论在理论上还是实践上都必须把农业与农村的持续发展有机结合起来。正是基于此,1991年4月,FAO在荷兰召开农业与环境国际会议,发表了著名的《关于可持续农业和农村发展的登博斯宣言和行动纲领》(以下简称《登博斯宣言》)。不仅给予可持续农业以新的完整定义,更重要的是它进一步明确提出了发展中国家"可持续农业和农村发展"(sustainable agriculture and rural development——SARD)的新概念,把持续农业(SAD)和农村发展(SRD)有机结合在一起。同年9月,联合国总部正式成立了世界可持续农业协会（World Sustainable Agriculture Association，简称 WSAA），这对于世界各国可持续农业观念的普遍形成和深入发展起到巨大的推动作用。

3. 农业与农村可持续发展的全球共识与深入发展

1992 年 6 月，世界环境与发展委员会（WCED）在巴西召开的联合国"环境与发展"大会上通过了《21 世纪议程》，把农业和农村的可持续发展作为可持续发展的根本保证和优先领域写入议程的第 14 章，从而使可持续农业从一种战略构想逐步转向世界各国具体的实践。1996 年 11 月，FAO 在罗马世界首脑会议上进一步明确了可持续农业的技术要点，凸显"新的绿色革命"技术，指出改良的新品种、化肥、灌溉和农药技术等在农业发展中的意义和作用，并强调绿色革命的四大技术内容要与社会、经济、环境相结合。1997 年 6 月，在德国布朗瑞格专门召开了国际可持续农业会议，不仅从理论上探讨了气候变化对农业生态系统可持续性的影响，而且从实践的角度，论述了可持续农业中的植物育种、基因工程和生物技术、生物学、生态学和有机的农业系统在不同环境及投入情况下对土地、水和作物资源的作用，以及植物、微生物的相互作用，生物多样性和自然环境的保存等。会议通过的"布朗瑞格宣言"对全球可持续农业理论与实践进行了系统总结和发展。提出农业是文化、经济进步和人类尊严的基础。2002 年 8 月在南非的约翰内斯堡召开了联合国可持续发展世界首脑会议，通过了《全球可持续发展执行计划》和《约翰内斯堡可持续发展承诺》，明确了世界各国在今后 20 年努力的方向和目标，指出今后可持续发展的重点应该放在人类健康、生物多样性、农业生产、水与能源等五个方面。农业与农村可持续发展的可操作性得到进一步加强。

二、农业与农村经济可持续发展的概念、内涵和特征

1. 农业与农村经济可持续发展的概念

农业与农村经济可持续发展的概念是农业与农村可持续发展中的一个关键性概念,它直接影响农业与农村可持续发展评价体系的构建和实施途径的选择。但是由于"可持续发展(sustainable development)"概念的丰富庞杂,进一步导致"农业与农村可持续发展"概念的见智见仁、众说纷纭、莫衷一是的局面。正如热心于持续农业的 R. R. Harwood 博士在北京农业大学讲演时所指出的:"持续农业还是一个婴孩,还不知道究竟是什么东西,持续的概念是受欢迎的,但目前仍比较抽象,缺乏具体内容与技术的支持。"[①] 具有代表性的有关农业可持续发展的概念主要有以下几个方面。(1) 农业科学家给可持续农业下的定义,主要基于农业技术与粮食生产的考虑。如"可持续农业是一种经营战略的体现与结果,它帮助生产者选择品种、确定土壤肥力对策、种植制度、耕作方式、轮作方法及病虫害防治策略,其目的在于降低成本,减少对环境的压力,保证生产与盈利的可持续发展。"[②] (2) 环境科学家或生态学家给可持续农业所下的定义,如 R. R. Harwood 博士把可持续概括为:一种朝着更大使用价值的、资源更有效利用的农业,并保持与环境平衡的不断进步。再如日本京都大学教授嘉田良平博士在《环境保全和持续农业》

---

① 刘巽浩:《关于农业可持续发展若干理论问题的探讨》,《农业现代化研究》1995年第2期,第81页。

② 符礼建、曹玉华:《农业可持续发展探讨》,《上海交通大学学报》(哲学社会科学版)2002年第4期,第30页。

一书中指出,持续农业是"通过资源的再利用和再生产,投入必要的最小限量的农药和化学肥料,保持地域资源与环境,确保一定的生产率和收益,提供更加安全可靠的食物"[1]等等。(3)对《登博斯宣言》中给出定义的进一步阐释。如 Wood hill 和 Roling(1998)提出,"农业可持续是一个包含农村社会可持续发展、由公众参与制定发展目标的软系统,对这个软系统的研究应该注重社会领域的可持续发展。"[2]

以上关于"农业与农村可持续发展"的定义,充分反映了人类对农业与农村可持续发展的认识经历了一个复杂曲折的过程,其中以《登博斯宣言》为分水岭。在此之前,都是就农业谈农业,把农业可持续发展研究仅仅局限于农业生产领域,侧重于农业技术、环境和产量;而在此之后,情况发生了翻天覆地的变化。"可持续农业和农村发展"概念的提出,说明"农业可持续发展战略研究开始步入了一个新的纪元"[3],"其重要意义不仅仅是给予可持续农业以新的完整定义,更重要的是……把持续农业(SAD)和农村发展(SRD)有机结合在了一起。从此农业领域的可持续发展理论与实践进入了新的阶段。"[4]《登博斯宣言》中关于可持续农业和农村发展的定义指出:"采取某种管理和保护自然资源基础的方式,以及实行技术变革和体制变革,以确保当代人及其后代对农产品需求得到满足,这种可持久的农业

---

[1] 陈厚基主编:《持续农业和农村发展》,中国农业科技出版社,1994年版,第181页。
[2] 转引自刘凤枝、李玉浸等:《可持续农业及其特征简述》,《天津农林科技》2003年第5期,第12页。
[3] 温军:《世界农业可持续发展战略研究述评》,《西北民族学院学报》(哲学社会科学版)2003年第1期,第80页。
[4] 曾尊固等:《可持续农业与农村发展研究述评》,《世界地理研究》2001年第1期,第29—30页。

(包括农业、林业和渔业),能够维持土地、水、动植物遗传资源,并不造成环境退化;同时这种发展在技术上是适当的,在经济上是能持续下去的,并能为社会所接受。"这一定义把农业生产系统纳入了农村社会发展的整体运行体系当中,大大丰富和拓展了农业与农村可持续发展的研究领域,比较全面地概括了农业与农村可持续发展的本质属性。因此,这一定义"是目前被社会各界广泛应用而且是最权威的定义。"① 如中国农业大学的刘巽浩、高旺盛②,复旦大学的樊海林,③ 吴传钧主编的《中国农业与农村经济可持续发展问题研究》、苗长虹主编的《中国乡村可持续发展:理论分析与制度选择》、中国科学院国情分析小组编写的《国情研究第三号报告:城市与乡村——中国城乡矛盾与协调发展研究》以及 Mirdoch 等等都持有这种观点,是把农业可持续与农村可持续结合起来进行研究的。当然也有学者提出不同的看法,如四川大学经济学院的符礼建等撰文指出:"之所以不选择 FAO(1991)的定义,是因为以下两个方面的原因:一是从对可持续农业的定义来看,两者基本上是相同的;二是 FAO(1991)的定义更多地带有行动纲领的特点,因而将可持续农业与农村发展混在一起,在其所强调的发展概念中,既有农业发展也有农村发展。在我们看来,尽管二者之间存在相当多的相互关联,但农业与农村毕竟是两个不同的概念,前者着眼于产业而后者则着眼于地域,农村产业既包括农业也包括农村非农产业,因而有必要进行适当的区分。对二者不加区分的做法可能导

---

① 张忠根、应风其:《农业可持续发展评估:理论、方法与应用》,中国农业出版社,2003 年版,第 18 页。
② 刘巽浩、高旺盛:《中国农业、农村持续发展与科技对策》,《自然资源学报》1993 年第 5 期,第 102 页。
③ 樊海林:《论乡村可持续发展及其产业结构优化》,《经济问题》1998 年第 3 期,第 37 页。

致对农业自身的相对忽略;同理,农业可持续发展的研究不可避免地要涉及农业以外(包括农村、整个国内以及国际等)的相关问题,但还是有必要对其研究对象与相关因素加以明确的区分,农业可持续发展的研究对象只能是农业发展及其可持续性,除此以外的相关问题都只能作为它的相关因素而不是研究对象本身。"① 笔者认为符礼建、曹玉华的观点看到了农业与农村的有限区别,在研究某一具体问题时具有一定的借鉴意义,但是没有看到农业、农村与农民之间相互联系密切结合的"农业与农村可持续"发展的总蓝图。其中农业是农村经济运行的主要形式;农村是农业活动的战略阵地和基本依托;农民是农业生产和农村发展的主体动力。三者相辅相成、紧密联系、缺一不可。离开农业谈农村发展是无源之水;离开农村谈农业生产是无本之木;离开农民谈农业和农村更是没有任何现实意义的无稽之谈。因此把农业纳入农村发展整体系统当中进行研究是经济社会发展的必然趋势,《登博斯宣言》之前的看法具有很大的局限,反映了那个时代的特征和认识上的阶段性。

2. 农业与农村经济可持续发展的内涵

由于对《登博斯宣言》中的定义解读的方式和出发点的不同,对"农业与农村可持续发展"的内涵的表述也有很大的差异。总的看来一般有两种情况:一是将宣言中提出的农业与农村可持续发展的三个目标作为内涵来理解,二是把农业与农村可持续发展的特征当作了内涵。前者如江西农业大学的教授黄国勤博

---

① 符礼建、曹玉华:《农业可持续发展探讨》,《上海交通大学学报》(哲学社会科学版)202年第4期,第31页。

士[①]、浙江大学的博士研究生姚卫红[②]等。后者如刘巽浩认为："可持续农业必须强调生产持续性、经济持续性与生态持续性三者的统一。"[③] 根据《登博斯宣言》对"农业与农村可持续发展"的定义及其相关论述，我们认为农业与农村可持续发展至少包括以下几个方面的涵义：

第一，农业与农村可持续发展目标。关于农业与农村可持续发展的目标，《登博斯宣言》明确提出：（1）积极增加粮食生产，既要考虑自力更生和自给自足的基本原则，又要考虑适当调剂与储备，稳定粮食供应和使贫困者获得粮食的机会，妥善地解决粮食问题，保障粮食安全；（2）促进农村综合发展，开展多种经营，扩大农村劳动力的就业机会，增加农民收入，特别是努力消除农村贫困状况；（3）合理利用、保护与改善自然资源，创造良好的生态环境，以利于子孙后代生存与发展的长远利益。我们可以把这一目标解释为农业生产安全目标、农村社会发展目标和农业生态环境良性循环目标。其中农业生产安全目标包括数量安全和质量安全。数量安全指世界各国尤其是广大发展中国家要积极主动地发展谷物生产，增加谷物产出，确保谷物的供应与消费，使谷物安全系数（谷物储备占谷物消费的比例）达17—18%以上；质量安全主要指生产符合人类身体健康需求的优质产品，这对恩格尔系数较低的发达国家的居民来讲显得尤其迫切（这是农业科学家关注的问题）。关于农村社会发展目标，我们认为这是一个综合性的指标体系。"国家统计局1989年新调整和

---

① 黄国勤：《农业可持续发展的若干问题（Ⅰ）——农业可持续发展的提出、内涵及其障碍因子》，《江西农业大学学报》（社会科学版）2002年第1期，第21页。
② 姚卫红：《浅议我国农业可持续发展的制约因素》，《农村经济》2003年第3期，第55页。
③ 刘巽浩：《论21世纪中国农业可持续发展——有关理论与实践的讨论》，《自然资源学报》1995年第3期，第217页。

修订的社会统计指标体系包括15个大类、97个中类、387个小类，共1400多个指标"，① 如果据此来衡量我国农村社会发展会显得过于庞杂和不切合实际，因此笔者主张采用总体性社会指标，把可持续发展的农村社会发展目标理解为整个农村经济的健康运行和农村社会环境的优化、农村社会结构的合理、农村社会生活的安定、农村社会关系的和谐、农村社会服务的周全、农村社会管理的民主等等（这是经济学家和社会学者研究的重点领域）。关于农业生态环境良性循环目标，具体讲就是要采取各种实际有效措施，合理利用、保护和改善资源与环境条件，促使这些客观条件能够与人类社会的发展，永续地处于良性循环之中（这是生态、环境学者的研究重点）。

第二，农业与农村可持续发展特征及评价标准。特征是某一事物所具有的区别于他物的内在规定性的表现形式，因此它也是我们据此认识和评价事物的标准。《登博斯宣言》关于可持续农业和农村发展的定义指出："……这种可持久的农业（包括农业、林业和渔业），能够维持土地、水、动植物遗传资源，并不造成环境退化；同时这种发展在技术上是适当的，在经济上是能持续下去的，并能为社会所接受。"据此，有的学者认为农业与农村可持续发展的特征主要有："农业的可持续发展对自然环境、自然资源的依赖性以及发展长期性要求、农村社会方面的可持续性是可持续发展的重要组成，无论社会公正还是人类福利构成都不能用传统的单一经济指标表示。"② 还有的学者把它概括

---

① 朱庆芳、吴寒光：《社会指标体系》，中国社会科学出版社，2001年版，第31页。
② 刘凤枝、李玉浸等：《可持续农业及其特征简述》，《天津农林科技》2003年第5期，第14页。

为内容、主体、原则、运行机制、经济社会、生态可持续的统一。① 总的看来，大家普遍认可的农业与农村可持续发展特征应该是：经济的持续增长、社会的持续进步、人类的自由发展、资源永续支撑以及生态环境的良性循环。

第三，农业与农村可持续发展的步骤与实现方式。《登博斯宣言》关于可持续农业和农村发展的定义提出，"采取某种管理和保护自然资源基础的方式"和"实行技术变革和体制改革"以确保当代人类及其后代对农产品需求得到满足。指明了实现农业与农村可持续发展的基本途径是自觉的管理和良好的保护以及技术的革新和社会体制的变革等四个方面。管理是计划、协调、指导、领导、控制、反馈等活动的统称。因此只有通过对自然资源的规划利用和对生态环境的保护与开发以及对人类活动的协调与控制才能达到农业与农村可持续发展的目标。而为此我们必须进行技术革新和社会体制的变革，刘思华教授在其主编的《可持续发展经济学》一书中指出："所谓可持续经济发展是指在一定经济发展战略下，在社会生产—流通—分配—消费等方面，推动科技创新和体制创新，加强资源管理和环境保护，使经济系统在无损于生态环境的前提下持续增长，并促进经济社会的全面发展；从而不断提高发展质量，不断增强综合国力和生态环境承载能力，在满足当代人日益增长的生态、物质、精神需要的同时，又为后代人创造可持续发展的基本条件的经济发展过程。"②

第四，农业与农村可持续发展暗含的理念和原则。农业是人类食物、住所的最终提供者，是自然再生产、经济再生产和社会

---

① 吴传钧主编：《中国农业与农村经济可持续发展问题——不同类型地区实证研究》，中国环境科学出版社，2001年版，第19—20页。
② 沈满洪、何樟勇等：《经济可持续发展的科技创新》，中国环境科学出版社，2002年版，第43—44页。

再生产密切结合的生产部门,这种特点使得它在可持续发展理论与实践中居于十分重要而特殊的地位。因此《登博斯宣言》关于可持续农业和农村发展的定义同样暗含着可持续发展的基本理念和原则。这些原则包括:公平性原则、持续性原则、共同性原则、和谐性原则等等。

3. 农业与农村经济可持续发展的目标体系

自从《登博斯宣言》首次提出 SARD 框架之后,各国的学者都对它进行了不同程度的修正和改进。本文结合农业与农村发展中生态环境、自然资源与人口、经济、文化教育和社会组织制度之间相互关系的实际情况,提出如下农业与农村经济可持续发展的目标体系:(1)农业与农村经济可持续发展的目标主要包括农村社会可持续、农业经济可持续、农村人口可持续、农业资源可持续和农业生态与农村环境的良性循环五个方面。(2)自然资源与生态环境是既相互联系又各有侧重的三个概念。自然资源是指"在人类社会技术经济条件下,能被人类生活和生产利用的物质和能量。"[①] 所谓农业自然资源是指"自然界存在的、可作为农业生产原料的物质和能量以及农业生产所必要的环境条件。"[②] 可见资源侧重于人类生产和生活的价值,是率先进入人类视野的和人类生产生活息息相关的生态部分和环境部分。生态系统(ecosystem)是"生物与生物之间以及生物与其生存环境之间密切联系、相互作用,通过物质交换、能量转化和信息传递,成为占据一定空间、具有一定结构、执行一定功能的动态平衡整体。简言之,在一定空间内的全部生物与非生物环境相互作

---

① 黄文秀主编:《农业自然资源》(中国科学院研究生教学丛书),科学出版社,2001年版,第1页。

② 封志明、李飞、刘爱民主编:《农业资源高效利用优化模式与技术集成》,科学出版社,2002年版,第1页。

用形成的统一体称为生态系统。"① 生态学侧重生态系统中的生态平衡的维持与系统内外相互关系的规律研究。人类环境则指"以人类为中心、为主体的外部世界,即人类赖以生存和发展的天然的和人工改造过的各种自然因素的综合体。"② 环境部分侧重的是人类与其外部世界的相互作用的关系。以上三个概念侧重点、关注的问题、研究的方法不同,但研究对象是相互交叉或重叠的。(3) 人类的生存与生产是建立在资源的持续利用与生态、环境的可承载能力之上的。人类在一定的社会技术经济条件下,通过发现和利用自然资源进行生产活动,不断与生态环境进行物质和能量的交换。(4) 生产的进步是经济持续发展的基础,同时人们所接受的文化教育和科学技术以及制度安排也是经济腾飞的重要因素。(5) 各种制度指向即农业与农村经济可持续发展的制度安排主要包括农业生态与自然环境保护制度、农业自然资源规划利用制度、农村生产规范制度、人口发展计划与管理制度、农村经济运行制度、文化教育科技创新制度和公众参与与组织规范形成制度等。

三、国内外农业与农村经济可持续发展的具体实践概况

农业与农村可持续发展从其概念的提出、理论与方法的探讨,到典型试验与实践,在世界范围内经历了一个渐进发展的过程。目前虽然在基本的概念、共同的理念和原则方面大体上达成了一致,但是由于各国的自然环境、历史传统和具体国情的不同,以及在农业现代化发展水平的高低和农业与农村可持续发展战略实施的时间先后上存在着差异,因此,在实施农业与农村可

---

① 骆世明主编:《农业生态学》,中国农业出版社,2001年版,第12页。
② 金瑞林主编:《环境与资源保护法学》,北京大学出版社,2000年版,第2页。

持续发展战略的实践中必然形成不同的模式与途径。因此，我们也不可能期望有千篇一律的模式在全球范围内推广。

1. 国外农业与农村可持续发展战略的实施

国际上自《登博斯宣言》发表以后，SARD研究和实践在不同层面上迅速展开。在发达国家美国是世界上最早倡导可持续农业的国家，先后提出低投入持续农业（LISA）、高效率持续农业（HESA）和持续农业与教育法（SARE）三种设想并积极实践，最后确定以"持续农业与教育法"作为发展持续农业的战略决策。法国针对集约农业对环境和自然资源的破坏及由此对农业持续性的影响，于1988年成立了全国环保型农业委员会，认为环保型农业可消除集约农业所产生的消极作用，是保护农村环境的有效途径。因此倡导环保型可持续农业。主张改进现有农业生产技术使之更符合环境保护的要求，特别注重产品质量及其环境和资源的保护与管理，并采取了两项重要措施：一是建立环境保护实验区，二是建立农田休耕制度。政府通过对广大农户进行培训、教育，提高他们开发适用技术和科学经营的能力，并不断改善其生活条件，作为实施可持续农业发展战略的基本途径。日本从50年代进入重化学工业发展阶段，伴随着经济的高速增长，农业机械化、化肥化迅速发展，同时也引起土壤和水质污染、自然环境和生态破坏等严重问题，曾被世界斥之为"公害大国"。因此，80年代日本农业水产省正式提出"绿色资源的维护与培养"，开始强调农用耕地及森林利用的外在性价值，并注重对资源的合理利用和环境的有效保护，选择"环境保全型农业"的发展道路。荷兰是典型的人多地少的国家，十分重视从自身资源与位置的特点出发来发展高效农业。即使在19世纪末西欧农业危机时，荷兰政府也不采取贸易保护主义政策，而是适时调整农业产业结构，大幅度降低粮食自给率，大力发展高附加值的畜牧、园艺业。自1991年FAO农业与环境会议在荷兰的登博斯召开以来，荷兰政府更为重视可持续农业战略的实施，但仍选择了传统的"立足自身比较优势，依靠科技发展与推广为主导和政府（农渔和自然管理部）实行一元化领导的"高效农业发展道路。这在世界各国农业可持续发展中是典型的和独特的。在发展中国家，巴西政府非常重视农业可持续发展，为实现资源的可持续利用，根据资源特点对全国进行区域划分，规定不同区域种植不同作物，合理开发利用。同时还划定若干资源保护区，不许进行开发。比如巴西联邦政府要求较为干燥的塞拉多平原南部地区的农场主将其20%的土地永久地保持原样；要求接近亚马逊热带雨林的塞拉多平原北部地区的农场主将其80%的土地保持原样；规定亚马逊平原的热带雨林严禁开发利用，国家共设立5500万km^2的保护区。[①] 国家还提供贷款，鼓励农民保护水土资源，建设水土保持等水利设施和工程，种植绿肥作物进行土壤改良等。

2. 中国农业与农村经济可持续发展的具体模式

中国是个农业大国，历来以农为本。新中国成立以来党和政府都非常重视农业生产与农村的发展，并且召开了多次生态农业研讨会。[②] 早在20世纪70年代末期，生态经济学家叶谦吉就提出了农业发展应把三个效益（生态效益、经济效益、社会效益）统一起来的主张。1984年《国务院关于环境保护工作的决定》提出"要认真保护生态环境，积极推广生态农业"。因此，自80年代初，生态农业作为一种新农业发展模式，在我国一些地区开

---

① 崔金虎、边少锋《巴西的农业与可持续发展（二）》，《吉林农业科学》2003年第1期，第48—49页。
② 彭珂珊：《国内外农业可持续发展研究进展述评》，《北方经济》2001年第12期，第40页。

始提出并进行了"生态农业村"的试验。① 1992 年国务院进一步要求国家和地方增加对生态农业建设的投入、推广生态农业技术。1993 年在北京召开了"国际持续农业与农村发展学术讨论会"。1994 年国务院颁布了《中国 21 世纪议程——人口、环境、发展》白皮书,将农业和农村发展放在了优先发展的领域,而且在实施可持续农业战略的实践中多次强调要"保护国土生态环境、大力发展生态农业"。尤其是近年来,中国生态农业在实践基础上方兴未艾,正呈现出蓬勃发展的新态势。1992 年全国农业区划委员会会同国家科委等组织开展了"中国可持续农业和农村发展(SARD)理论与实践"研究重大项目,重点研究开发中国农业可持续发展的技术体系、政策体系以及资源可持续利用的管理战略,并在我国不同农业生态区选建了 4 个实验示范基地县,进行可持续农业发展战略的研究与示范,最后提出了全国 6 大类型区共 25 种 SARD 模式。进入 21 世纪以后,这些农业生态园区都成为中国高新农业科技示范区,初步显示了农业与农村经济可持续发展战略对区域经济发展的强大张力。

(原载《社会科学战线》2005 年第 4 期)

---

① 张壬午:《国内外农业可持续发展研究现状》,《北京农业科学》1994 年 8 月第 4 期,第 41 页。

论当代中国政治学的发展

王惠岩　王书君

中国政治学从 1980 年恢复以来，走过了 15 年的历程。15 年间，政治学学科体系初步建立并日趋完善，研究领域不断拓展，研究成果对推动社会主义民主政治建设起到了积极作用，一大批政治学和行政管理人才不断涌现。政治学学科日益为社会所承认并受到重视。今天，我们正处于世纪之交的新时期，回顾 15 年中国政治学的发展历程，展望 21 世纪中国政治学的发展前景，对于政治学的繁荣与发展具有特别重要的意义。

一

政治学是社会科学中最为重要的基础学科之一。它是研究以国家政权为核心的社会主要政治现象和政治关系的科学。这一学科无论在国内和国际上，其研究领域通常包括：政治学理论与中外政治思想；政治制度特别是本国政治制度；行政管理（公共行政）；国际政治与国际关系。人类社会进入 20 世纪以来，特别是第二次世界大战之后，随着社会生活的日益复杂化和科学技术的发展，社会科学的研究出现各学科交叉的趋势，政治学学科出现了新的分支学科，如政治社会学、政治心理学、政治人类学、生态政治学、政治地理学、经济政治学、政治计量学、政治伦理学等。

中国政治学在全国哲学社会科学中属于新的和比较薄弱的学科。建国之后,由于各种原因,政治学研究一度被忽视了。1952年院系调整之后,政治学不再被作为一门独立的学科,教学和研究都停止了。从建国初期到70年代末,政治学处于一个停滞时期。党的十一届三中全会以后,政治学开始恢复。1979年3月,邓小平同志在党的理论工作务虚会上指出:"政治学、法学、社会学以及世界政治的研究,我们过去多年忽视了,现在也需要赶快补课"。[①] 根据这一讲话精神,1980年12月在北京成立了中国政治学会,同时,中国社会科学院着手筹建政治学研究所,一些地方性政治学会也相继成立。从1983年起,北京大学、复旦大学、吉林大学设立了政治学专业,政治学研究与学科建设进入了恢复和重建时期。

15年来,随着中国政治学的恢复和发展,其研究领域不断拓宽,研究层次不断加深,在社会政治生活中的作用不断增强。

在政治学恢复和初建时期(1980～1986年)就面临着两大任务:一是要构建具有中国特色的马克思主义政治学理论体系和学科体系;二是要适应建设社会主义民主政治的实际需要,研究中国现实政治。构建具有中国特色的马克思主义政治学理论体系和学科体系是政治学恢复之初的首要任务。为此,关于政治学的概念、政治学的研究对象、学科体系成为这时政治学界首先关注、共同探讨的基本问题。[②] 虽然在对上述问题的讨论中没有最终形成一致的观点,但它推动了中国政治学研究的发展,这一时期的最重要成果是具有代表性的几部政治学专著的出版,奠定了中国政治学理论研究的基础。

中国政治学恢复之时正面临中国社会的重大转折时期。"党

---

① 《邓小平文选》,第二卷,人民出版社,1994年版,第180—181页。
② 参见许崇德等编:《什么是政治学》,群众出版社,1985年版。

和国家现行的一些具体制度中,还存在不少的弊端,妨碍甚至严重妨碍社会主义优越性的发挥。如不认真改革,就很难适应现代化建设的迫切需要,我们就要严重地脱离广大群众。"① 社会政治改革的客观需要推动了中国政治学一开始就必须面向中国政治现实,研究探讨中国政治体制改革的一系列问题。中国政治学者为此在许多方面做出了贡献:

(一)国家职能的讨论。通过讨论,达成了这样一个共识:随着社会主义制度的建立,随着生产资料私有制的改造和消灭剥削阶级之后,"社会主义国家在这个阶段的职能也发生了变化,组织经济文化建设,上升为主要职能。"② 专政的职能已不占主要地位,但绝不能消失。

(二)废除干部领导职务终身制的主张。干部领导职务终身制是中国历史长期形成的问题。建国以后长期没有得到解决。中国政治学者提出废除干部领导职务终身制的观点后,得到了党和政府的重视,1982年宪法在这方面做出了明确规定。此外政治学界还在干部的选举、录用、任免、考核、弹劾、轮换、职务任期、离休和退休等课题上进行了广泛的探讨。

(三)关于"一国两制"问题的讨论。"一国两制"是邓小平于1982年1月11日会见客人时第一次提出的。"一国两制"提出后,学术界在一个时期内进行了广泛的讨论和理论分析。涉及的问题有:"一国两制"的涵义与特征,"一国两制"与国家统一,"一国两制"模式下的国家结构形式以及国家整合问题。

(四)政治体制改革理论讨论。党的十二大以后到1986年,学术界就政治体制改革的一系列理论和现实问题进行了较为热烈的探讨,这些问题包括:政治体制的概念、政治体制改革的内

---

① 《邓小平文选》,第二卷,人民出版社,1994年版,第327页。
② 王惠岩著:《政治学原理》、吉林大学出版社,1985年版,第72-73页。

涵、改革的必要性、改革的基本内容和目标、改革的突破口、改革的原则和核心问题、政治体制改革与经济体制改革的关系，以及党政分开、政企分开、完善人大制度、改革干部体制、加强民主党派的作用等等。但在1986年下半年，也出现了一些资产阶级自由化的观点，一定程度上影响了关于政治体制改革讨论的深入。

1987年至1989年上半年的政治学研究的课题与当时的社会政治经济大背景密切相关，主要有如下几个方面：

（一）关于政治学的理论与方法。这期间，政治学界围绕在改革开放的历史条件下如何发展马克思主义政治学理论，以及如何借鉴当代西方政治学理论与方法，特别是在研究社会政治现象时，如何借鉴行为主义方法进行研究，马克思主义政治理论与行为主义方法之间的关系等问题，展开了热烈讨论。这些讨论对于我国政治学理论的发展和学科建设，起到了巨大的促进作用。

（二）关于新权威主义的争论。新权威主义观点产生的背景是：中国十年改革取得巨大成就，但同时在现代化进程中又出现许多问题；亚洲"四小龙"在实现工业化过程中的政治模式对国内学者的影响。新权威主义的讨论历时3年，从1986年春新权威观点的提出到1989年4月新权威主义遭到猛烈的批评。纵观这场讨论，有三个特点：1.这场讨论涉及了整个历史观的范围，表现出对当今中国基本形势和改革的不同估计；2.论争的主题紧紧围绕着民主与专制、理想与对策以及政治发展的一些重大理论问题；3.论战双方都希望推进现代化，都希望加速改革步伐，同时也都在立论上有所偏颇。①

（三）关于政治体制改革的再讨论。1987年10月党的十三

---

① 参见王小平：《"民主"与"权威"论战印象》，载刘军、李林编《新权威主义》，北京经济学院出版社，1988年版。

大正式提出进行政治体制改革,并对政治体制改革的目标、指导原则、步骤、内容进行了阐述。在这一背景下,中国政治学界再次展开了关于政治体制改革的大讨论。讨论重点包括:党政分开,政企分开,行政机构改革,建立国家公务员制度。尤其是国家公务员制度的研究与介绍成为行政学研究的重点。

(四)关于反腐败问题的讨论。80年代中期以来,由于"双轨制"的存在以及体制和监督机制不健全等原因,腐败现象严重存在。反腐败问题成为当时政治学界讨论的热点。学者们就腐败产生的原因,如何消除和防止腐败等问题进行了广泛深入讨论。较有影响的是1988年《经济社会体制比较》杂志用好几期的篇幅组织的"寻租问题讨论",这是借鉴运用现代西方政治经济学的一个重要理论即寻租理论来解释腐败现象产生的根源,对中国现实生活中的腐败问题进行经济视角的分析。[①]

以上仅为这一时期政治学界讨论的主要方面,实际上这一时期政治学界还就政治权力、政治发展、民主理论、人权理论、港台问题、领导科学、市政学、政策科学等问题进行了广泛的研究,并取得了可喜的成果。

1990年以来的政治学研究以十四大为分界线,其研究的侧重点不同。1990年到十四大前夕,政治学领域的主要问题是:

(一)对一段时期以来政治学领域存在的资产阶级自由化观点进行批判。1989年的政治风波以后,政治学界开始对一少部分人鼓吹的资产阶级自由化观点进行分析批判,主要有:"多元政治"观点、"精英政治"论、"多党制"观点、"三权分立"观点,等等。通过分析批判,形成共识:在中国必须坚持四项基本原则;建设有中国特色的社会主义民主政治,绝不能搞西方的

---

① 参见:《经济社会体制比较》编辑部编《腐败:权力与金融的交换》,中国经济出版社,1993年版。

多党制和议会制；要完善共产党领导下的多党合作与政治协商制度，绝不能否认共产党的领导。

（二）关于人权问题的讨论。苏联的解体，东欧的剧变，世界格局发生重大变化。西方一些大国以"人权卫士"自居，鼓吹"人权无国界"，开展"人权攻势"，作为推行强权政治，粗暴干涉别国内政，施展"和平演变"阴谋的重要手段。人权问题成为当今国际国内意识形态斗争的一个焦点。政治学界从政治学的视角对人权问题进行了广泛讨论，提出人权问题的核心是如何看待社会主义制度，如何看待资本主义制度以及如何看待两种制度的关系；人权问题虽然有其国际性的一面，但主要是一个国家主权范围内的问题。衡量一个国家的人权状况，不能按照一个模式或某个国家和区域的情况来套。没有一个全世界各国都可以接受的统一的人权的具体标准；研究人权问题要以马克思主义理论为指导，坚持运用历史唯物主义和辩证唯物主义的世界观和方法论。今天，对人权问题的研究仍在不断深入。

（三）关于政治稳定问题的研究。由于当时特定的环境，保持国内社会稳定、政治稳定成为压倒一切的问题。政治稳定问题的研究又一次成为焦点。

1992年10月党的十四大以后，为适应建立社会主义市场经济体制的需要，我党提出"积极推进政治体制改革"、"下决心进行行政管理体制和机构改革，切实做到转变职能、理顺关系、精兵简政、提高效率"。因此，近几年来，行政学的研究十分活跃，研究讨论的主要问题有：如何实行政企分开，转变政府职能；实行"三定方案"精简机构；怎样解决机关富余人员的出路；怎样实现决策的民主化、科学化；如何推行国家公务员制度等等。

这一时期政治学研究的问题还包括：政治学方法论研究；政治学学科体系建设问题；社会主义市场经济建立过程中的反腐败

问题；维护中央权威，合理处理中央与地方关系问题；"一国两制"与国家统一问题；还展开了关于市场社会的讨论；关于政治文化的讨论等等，上述问题的研究目前还在继续进行。

中国政治学发展过程中，也注意对国外政治学的了解、介绍和研究。国外政治学的理论学派及研究方法，如制度主义、行为主义、系统分析、结构——功能主义、博奕论、政治参与、政治发展、政治文化、政治社会化、政治心理学、生物政治学、政治人类学、政治地理学、政治统计学、公共选择理论等等均为中国政治学者所知晓，对西方和发展中国家的政治制度的研究也取得了较大进展。

中国政治学仅有 15 年的发展历史，而西方政治学研究有 100 多年的历史。相比之下，"我们应该承认社会科学的研究工作比外国落后了"。① 回顾中国政治学的发展历程，可以肯定地说取得了一些成就，但也存在许多不足，还需要中国政治学界继续努力。

我们认为，中国政治学存在的不足之处表现在如下方面：

（一）政治学基础理论研究没有大的突破，为马克思主义政治学理论的发展和创新较少。尤其是对邓小平建设有中国特色的社会主义理论中政治领域的论述进行深入系统的研究比较薄弱，这在很大程度上制约了中国政治学的发展。

（二）政治学研究中的"两层皮"现象较普遍。政治学研究中存在从理论到理想（即提出解决问题的抽象原则），对现实政治研究不够深入，许多领域未能涉及。政治学研究对现实政治生活的指导意义、对党和政府的咨询作用难以充分发挥。近些年来，作为政治学分支学科的行政学开始重视对现实问题的研究，对推进我国行政体制改革发挥了积极作用，但还需要进一步努

---

① 《人民日报》1995 年 10 月 5 日。

力。

（三）对政治的静态研究多，对政治的动态研究少。过去的政治学侧重对政治体制、政治结构、政治关系等进行静态分析研究，而对政治的动态研究即对政治活动过程、政策过程、公共行政活动、政治决策等的研究还不充分。

（四）对国外政治学发展的研究还比较薄弱。现在，我们在这方面的工作基本上还停留在客观介绍上，尚未能做到分析、批判、借鉴为我所用。同时，还存在着"食洋不化"的问题。少数人热衷于运用西方政治学的理论学派、研究方法，往往生吞活剥地引用、照搬西方政治学的一些概念、分析框架、研究方法。这对中国政治学的发展有害无益。

此外，政治学科的地位和作用还没有得到充分的重视；研究人才流失严重；情报资料信息网络不健全以及学术成果出版难等等。这些问题，都妨碍中国政治学的发展。

二

今天，20世纪的帷幕正在徐徐落下，21世纪的曙光已隐约可见。在人类即将跨进新世纪门槛之际，中国政治学面临着新的机遇与挑战。

中国目前正处于从传统的计划经济机制向社会主义市场经济体制的大变革时期。党的十四届五中全会通过的《关于制定国民经济和社会发展"九五"计划和2010年远景目标的建议》中指出："今后15年是承前启后、继往开来的重要时期。我们将在这一时期建立起比较完善的社会主义市场经济体制，全面实现第二步战略目标，并向第三步战略目标迈出重大步伐，为下世纪中叶基本实现现代化奠定坚实基础"。① 由此可见，建立和完善社会主义市场经济体制是今后15年的战略任务。社会主义市场经济体制是同社会主义基本制度结合在一起的。随着社会主义经济体制改革的进一步深化和社会主义市场经济体制的初步形成和完善，社会主义政治体制改革和政治发展问题将成为政治学研究的重要任务。

就国际环境而论。和平与发展是当今时代的主题。但天下并不太平。世界加快向多极化发展，新的格局日渐明显，国际和平环境可望继续保持；世界科技革命日新月异，国际经济合作和交往更加密切。同时，在日趋激烈的国际经济竞争和综合国力较量中，我们面临着发达国家在经济与科技上占优势的压力，面临着国际关系中霸权主义与强权政治的压力，面临着国际敌对势力的分化、西化的多重挑战。我国政治学必须迎接这来自世界的挑战，为建设有中国特色社会主义提供有利的国际环境理论与对策。

经过15年的发展，中国政治学在研究模式和研究方法上已开始出现较大转变，如从封闭式研究开始向开放式研究转变，从注重基础理论研究向注重基础理论与应用研究并重转变，从单一的研究方法向多种方法综合运用转变，等等。随着科学技术的发展，新的研究方法和手段的采用，随着对西方政治学理论和方法的研究、批判和借鉴，中国政治学有着广阔的前景。

那么，今后政治学学科重要研究领域、研究发展趋势和重要研究课题是什么呢？

（一）重要研究领域。根据政治学科的特点和现状，今后一段时期重要研究领域有以下几个方面：1. 根据党的十四届五中全会确定的目标和任务，研究"九五"期间和2010年我国经济

---

① 《人民日报》1995年12月21日。

社会发展中的政治问题的理论与对策。2. 加强政治学基础理论研究，形成较为科学的完善的马克思主义政治学学科体系。3. 加强对当代西方政治思潮的评析研究。

（二）重要研究趋势。政治学学科是个既重要又敏感的学科，它所研究的内容都是直接或间接地关系政权的问题，多数都是宏观的、战略性的、全局性的问题。今后一段时期应把握以下几点趋势：1. 随着社会主义市场经济体制的建立和完善，民主政治的研究必然成为长时期的热点。2. 从理论研究走向现实研究。具体表现就是对社会政治生活中的现实问题进行对策研究。如对根据我国的国情如何进一步发挥国家权力机关的作用、如何监督政府依法行政、如何实现决策的科学化与民主化等进行具体的可操作性研究。

（三）今后一段时期政治学学科的重点研究课题

在大开放、大变革、大发展的新时期，中国的政治实践为中国政治学研究提供了大量的课题，这些课题涉及政治领域的各个方面。其中最重要的研究课题如下：

1. 邓小平的政治思想研究。邓小平建设有中国特色社会主义理论，是当代中国的马克思主义，是我国经济建设、改革开放和社会主义现代化建设的根本指导思想。这一理论中的政治领域部分，是极为丰富和深刻的，对我国社会主义市场经济条件下的政权建设和政治学学科建设具有重要指导意义。因此，要加强对邓小平关于政权理论、民主理论、治国理论、主权理论、政党理论、民族理论、改革理论、行政管理思想、国际政治格局及对西方政治制度的分析等的研究，使邓小平政治思想系统化，形成完整的政治理论体系。

2. 马克思主义关于政权的基本理论研究。政权问题是马克思主义政治理论的核心。从理论上讲，马克思主义经典作家都一贯强调，社会主义革命和建设的根本问题是政权问题。坚持四项基本原则的实质就是要求我们在社会主义现代化时期坚持党的领导和社会主义政权，进行现代化建设最重要的是依靠社会主义政权。从实践意义上讲，17年改革开放和社会主义现代化建设的经验和教训告诉我们，建设有中国特色的社会主义，必须有稳定的政权作为基础和保证。尤其是现时代，社会主义市场经济发展过程中各种矛盾都突出表现出来，国际环境复杂多变，霸权主义、强权政治仍是世界和平发展的主要障碍。极少数西方国家中的反共、反华势力对我"西化"、"分化"的政策不会改变，对我进行"遏制"的图谋不会放弃。这就更说明了政权建设的重要性。

3. 政治学方法论研究。在当前改革与开放的实践中，只有用马克思列宁主义的方法论原理作为基础，使政治学方法论的研究在多样化基础上不断繁荣，才能给中国政治学的繁荣带来美好的前景。没有科学的方法论作为工具、基础，中国政治学将难以发挥巨大作用。

4. 进一步发挥国家权力机关的作用研究。在我国民主政治发展的主要标志是完善人民代表大会制度。人民代表大会制度主要体现立法权是国家最高权力。长期以来，人民代表大会作为最高权力机关的地位和作用没有得到充分体现和发挥。因此，在理论上，对人民代表大会制度的理论研究需进一步健全和完善。实践上，全国人民代表大会作为最高权力机关的作用还有待进一步发挥，这是社会主义民主政治发展的需要。

研究这一问题，需要总结人民代表大会制度建设中的经验和教训，借鉴西方议会制中的科学的运行机制，结合中国国情，依据社会主义市场经济政治民主体制的要求，提出系统性的理论及可行的对策。

5. 在社会主义市场经济条件下如何规范中央与地方关系。充分发挥中央和地方两个积极性，是国家政治生活和经济生活中的一个重要原则问题，直接关系到国家的统一、民族的团结和全国经济的协调发展。在社会主义市场经济发展过程中，中央与地方关系出现了一些新问题和矛盾：应当中央集中的则集中不够，某些方面存在过于分散的现象，这不利于维护中央权威，不利于国民经济有序运行和协调发展。我们有处理中央与地方关系的基本原则和方针，但是没有使之规范化、法制化。我们应该根据社会主义市场经济的要求，研究如何合理划分中央与地方经济管理权限，明确各自的人事权、财权、决策权，做到权力和责任相统一，并力求规范化、法制化。这方面的研究，我们可以借鉴西方国家处理中央与地方关系的经验。

6. 中国统一和国家主权问题研究。推进祖国统一大业，维护国家主权和领土完整，这是中华民族的根本利益所在，是全中国人民的共同愿望。"九五"期间，我国将先后对香港、澳门恢复行使主权，我们还将努力缩短两岸统一的过程。因此，这一课题的研究具有重大理论意义和实践意义。

7. "一国两制"与国家整合研究。"一国两制"的伟大构想有利于实现祖国统一，维护国家领土和主权完整。1997年、1999年香港、澳门将回归祖国，"一国两制"即将成为现实，国家结构将发生变化，我国的整体与局部关系将出现新的状态。这方面需要研究"一国两制"条件下政治整合的基础。

8. 当代中国利益格局变化与政治稳定、政治发展研究。改革对利益的调整所引起的利益格局变化是当代中国最重要的政治现象。研究当代中国利益格局的变化与政治稳定、政治发展的关系具有重要的现实意义。这要求研究者首先对利益格局的变化与政治稳定、政治发展的相关性进行历史考察和理论分析；其次在深入调查研究当代中国利益格局变化的现状基础上把握其特点和趋势；最后分析当代中国利益格局变化对政治稳定、政治发展的影响，并提出保持政治稳定、促进政治发展的对策措施。

9. 社会主义市场经济条件下共产党执政方式研究。共产党作为执政党已有46年的历史，在社会主义市场经济条件下如何执政是我党面临的新问题。从理论上讲，此课题的研究有助于发展和完善党的建设理论，为共产党执政提供理论基础。从实践意义上讲，有助于解决现实政治生活中出现的各种政治矛盾，有利于维护党的领导和权威，有利于社会主义现代化建设。社会主义市场经济条件下共产党如何执政问题没有现成的经验，需要理论创新、大胆探索。

10. 社会主义市场经济条件下政治社会化的有效途径研究。社会主义市场经济过程中，人们的政治意识、政治态度、政治取向正处于变动状态。如当前人们只顾物质利益，对政治不感兴趣，出现政治冷态，政治参与积极性较低，政治信仰、政治认同出现危机。这种状况显然不利于稳定政治统治、不利于增强政治凝聚力、不利于社会主义民主政治建设。这需要政治学者从政治社会化视角对该问题进行研究，探索出社会主义市场经济条件下政治社会化的有效途径和措施。

11. 儒家政治文化与现代化关系研究。儒家政治文化在中国传统政治文化体系中占有主导地位，它对当代中国政治发展仍具有很大影响力。中外一些政治学者从政治文化角度研究东亚几国和地区经济腾飞现象时提出了新儒学概念，认为新儒学在东亚几国和地区经济腾飞过程中起了重要作用。那么，儒家政治文化中哪些东西对现代化起重要作用呢？我们如何继承与扬弃，这需要学者们深入系统地分析研究。

12. 中国行政体制改革研究。"八五"期间，对行政体制改革的研究所取得的成果许多已付诸改革实践，取得成效。比如："国家公务员暂行条例"已颁布实施；中央国家行政机构以转变职能为中心的机构改革以及"三定"方案已基本落实，政府的宏观调控职能已开始发挥作用；政企关系正在理顺；中央与地方政府关系在逐步调整，等等。但是，"九五"期间到2010年，我们将建立起比较完善的社会主义市场经济体制，要进一步推进经济管理体制和运行机制的规范化、法制化；要按照政企分开原则转变政府职能；要按照精简、统一、效能的原则，着手制定进一步改革和调整政府机构的方案，把综合经济部门逐步调整和建设成为职能统一、具有权威的宏观调控部门；把专业经济管理部门逐步改组为不具有政府职能的经济实体，或改为国家授权经营国有资产的单位和自律性行业组织；对其他政府部门也要进行合理调整。这是中共中央在《"九五"计划和2010年远景目标》建议中提出的任务。除此之外，党政关系问题，国家公务员制度具体实施问题，行政决策民主化与科学化问题，提高行政效率问题，行政程序和行政法制问题，行政执法与行政监督问题。省、市、县、乡镇行政改革问题，等等，也是急需研究探讨的。

13. 社会主义现阶段农村基层民主政治建设研究。《中共中央关于制定国民经济和社会发展"九五"计划和2010年远景目标的建议》中提出：把加强农业放在发展国民经济的首位。农业是国民经济的基础。农业现代化，农民生活实现小康进而达到比较富裕，是整个现代化进程中最艰巨的任务，要充分调动农民的积极性。这一方针的贯彻执行，需要政治上的保障。但目前农村基层组织较涣散，有的地方甚至是宗法势力、黑社会势力在发挥作用。农村基层民主政治建设关系到党和政府的路线、方针、政策在基层的贯彻执行，关系到农村的政治稳定和农村的经济发展，关系到全局的稳定。这一问题过去我们忽视了，现在出现的问题多而且复杂，需要加强研究。

14. 社会主义国家在当今世界政治格局中的地位和作用。在当今及未来世界格局中社会主义国家处在什么样的地位，应发挥什么作用是关系到国际共产主义运动发展的重大问题，也是关系到社会主义国家的发展方向和命运的问题，该课题研究具有政治意义、战略意义。

15. 西方议会制度研究。过去我们把西方议会称为"清谈馆",又批判修正主义"议会迷",轻视对西方议会制的研究。我们认为,虽然西方议会制在本质上与我国人民代表大会制度不同,但作为立法机关,它有几百年的发展历史,在立法方法、在行使监督方面、在权力制衡方面有可借鉴之处。因此,加强对西方议会制研究对于完善我国人民代表大会制度与民主政治建设具有重要的借鉴意义。

16. 马克思主义人权理论和西方人权理论比较研究。人权问题是当代国际政治中的一个重要问题,是社会主义国家乃至发展中国家与西方国家在意识形态领域斗争的焦点。西方国家总是企图以它们的人权标准来评价和指责社会主义国家,干涉别国内政。研究该课题,有助于分清马克思主义人权理论与西方人权理论的本质区别,有助于我们在国际人权斗争中坚持马克思主义人权观。

政治学作为一个基础学科,它的研究范围,主要是以马克思主义政权理论为核心,包括政治制度、政治总格局与政党,行政管理,国家公务员制度,决策的科学化、民主化,民族问题与国家的统一,中央与地方关系,民主、自由、人权以及国际政治与国际关系等主要政治现象与政治关系。江泽民在党的十四届五中全会以后,多次公开强调党的高级干部要讲政治。而政治的主要内涵则是以国家政权为核心的政治现象与政治关系。这就为我国政治学界提出了重大而艰巨的任务,也为我们政治学科的发展提供了极为有利的机遇。我们一定要抓住这个机遇,把政治学的研究和学科发展推向一个新的阶段,为我国社会主义现代化伟大事业服务。

(原载《社会科学战线》1996 年第 2 期)

法家政治思想研究 20 年

王贞年

法家是先秦诸子百家中重要一派,其思想对此后中国社会的影响极为深远,战国时秦国能在诸雄争霸中胜出,吞并其他六国,一个很重要的原因就是秦国采纳了法家的政治主张。公元前221年统一的秦帝国的建立,也就标志着法家思想上升到国家意识形态的地位。虽然秦政苛暴,二世而亡,法家学派也随着秦的灭亡而烟消云散,但法家思想,尤其是其政治思想对中国社会的影响并没有随法家学派的灭亡而消失。法家所设计和缔造的君主专制主义中央集权政体,从秦一直沿用到清代。历代封建王朝一面标榜儒学,一面又不得不暗中推行法家的治国之术,即所谓"外儒内法"、"明倡儒经,暗行法术"。可以说,中国两千多年的封建政治思想,实质就是法家政治思想的延续和发展。反思法家政治思想,无疑对今天中国的政治体制改革有着重大借鉴意义。所以法家政治思想的研究成为近20年来传统文化研究的一个热点。

一、法家的法、术、势思想

法、术、势思想是法家政治思想的主体。长期以来,学术界把法、术、势分别单纯地挂在个别倡导者的名下。比如说:"商鞅重法",申不害讲"术",慎到讲"势"。而韩非总结他们在政治实践中的经验教训,将这三方面综合成一个有机的政治思想体系。20世纪80年代后,始有学者对此提出不同看法。马序认为,申不害是法、术、势都讲,商鞅、慎到亦是如此。① 刘泽华也认为,《慎子》一书不仅讲势,而且尚法。书中虽没有明确提出"术"的概念,但有一部分内容也是论"术"的。这样,在《慎子》一书中,势、法、术思想都具备了。申不害主术,但对势、法也很重视。韩非批评商鞅"知法而无术",批评申不害知术而"不擅其法",如果从有无方面看,他的批评是不正确的;如果从言多言少看,还是有一定道理的。韩非批评商鞅重法而法未尽也;批评申不害言术而术未尽也。把韩非的"势"与慎到的"势"加以比较,慎到言势同样亦未尽也。韩非把法、术、势三者集为一体,而且在内容上多有发挥,所以韩非可谓法、术、势的集大成者。②

马序和刘泽华只是在法家内部的比较中提出了自己的看法。而谷方则把视线放的更远,从历史渊源、思想影响和现实基础等方面对法家法、术、势思想的成因和演变作了一番论述:1.历史渊源。他认为韩非并没有把法、术、势思想看成自己的专利品。相反,他承认法、术、势思想有着长久的历史渊源,而且还从正反两方面考察了历史上有关法、术、势的问题。韩非认为,霸王术的传授系统是从后稷开始的。而霸王术的特点实际上就是后来的法、术、势思想的重要内容。2.思想影响。法、术、势思想是受战国诸子百家其他各派,如黄老刑名之学、儒家、墨家、兵家、名家影响并吸收了其中某种思想而产生的。3.现实

---

① 马序:《论商鞅变法和韩非的社会政治思想》,《中国哲学史论》,山西人民出版社,1983年版。
② 刘泽华:《中国政治思想史》(先秦卷),浙江人民出版社,1996年版,第327页。

基础。法、术、势思想归根到底是战国时期现实的经济关系和政治关系的产物。它是在封建割据势力的激烈兼并和争夺中产生的,并且首先是为封建诸侯称王称霸为目的兼并战争服务的。①

学者能从历史渊源、思想影响和现实基础对法、术、势思想的产生和发展进行论述,对我们全面地把握法、术、势思想无疑是有好处的。但任何思想的萌芽和成熟阶段,毕竟还是有区别的。申不害对"术",慎到对"势",商鞅对"法",都是有独特贡献的。正是有他们的论述,法、术、势思想才真正成为有系统的理论,所以传统上把势、法、术和慎到、申不害、商鞅联系起来也是有道理的。学术界现在还是承认申不害为"术"思想的代表,慎到为"势"思想的代表,商鞅为"法"思想的代表。而韩非综合三家,成为法、术、势思想的集大成者。

关于韩非思想中法、术、势三者的关系问题,一般认为,三者各具作用和功能。三者是同等并列、不可分割的三位一体的关系。但也有不同意见者。一种意见认为,在韩非的法、术、势三者之中,术是最重要的。韩非是彻头彻尾站在君主的立场上来考虑政治,其最大的政治目的在于稳定君主的地位和由君主控制的坚固的国内统治。术是为实现上述政治目的而采取的有效策略,它使法、势得以充分发挥其机能。因此术是最重要的。韩非所谓的法和术的关系,是君主对官吏讲明法律,令其依法治理老百姓。君主则依靠术驾驭官吏。总之,实行法是以术为后盾,因而法被列入不亡之术。结果变成法靠术实行,法包括在术之中。韩非主张的势和术的关系,是以术保势,而势只有靠术才能存在。②另一种意见则认为,"势治"是韩非政治思想的发端和归

---

① 谷方著:《韩非与中国文化》,贵州人民出版社,1996年版,第67—74页。
② 饭冢由树:《〈韩非子〉中法、术、势三者的关系》,《中国人民大学学报》1993年第5期。

旨。韩非论述"法"和"术"的问题,都不过是作为"势治"的政策、策略和手段来说的。"法"是实行"势治"的公开性强制手段。提倡"法治",从制度上肯定了"势"的合法地位;提倡"法不阿贵",以防止贵族阶级的奸乱;提倡"赏罚必信",使臣民自觉效忠于君主;提倡实行"重刑",以镇压人民的反抗,从而永荷君"势"。"术"则是巩固"势治"的谋略和权术。① 也有人认为韩非思想的核心是法。法是韩非思想理论的中心,是治国之根本。术、势是韩非政治思想的重要组成部分。②

这三种观点讲的各有道理,这说明在韩非的思想体系中,法、术、势确实是各具功能和作用。三者同等并列,不可分割,是三位一体的关系。只因为学者的关注点不同,才有了孰轻孰重的分别。

关于法、术、势思想的历史地位和作用,袁伟时认为,同时期的各国的封建政权不可能以韩非的法、术、势理论为指导思想,也没有以类似的理论为政治思想的基础。③ 谷方则认为,法、术、势思想比其他思想更合时宜,所以在战国时居于思想界的主导地位,并在实践中获得了不同程度的成功。商鞅用这种思想作指导在秦国实行改革,取得了历史性的胜利。吴起用这种思想作指导在楚国改革,也达到了"富国强兵"的目的。其他如韩、赵、魏、燕、齐等国也一度出现过类似的局面。事实证明,法、术、势思想在战争的环境中,在全国统一大业的准备阶段和

---

① 参见吴亚东:《"势治"是韩非政治思想的发端和归旨》,《华南师范大学学报》1984年第1期;谷方:《评韩非的权势观》,收入《中国哲学史论》,山西人民出版社,1983年版。
② 参见孔繁:《关于韩非法治思想的评价问题》,《学术研究》1979年第4期;史必清:《韩非对古代专制主义理论的总结与发展》,《汕头大学学报》1987年第1期。
③ 袁伟时:《试论韩非的法、术、势》,《学术研究》1979年第1期。

进行阶段,都起过一定程度的积极作用。这也是法、术、势思想能够一度处于指导地位的一个重要原因。秦始皇也"师申商之法,行韩非之术"。但他把法、术、势理论中的君主独裁思想和严刑重罚思想推向了极端。始皇死后,李斯行"督责之术",排除了法、术、势思想中的积极因素,把其中所包含的"富国强兵"目标清除的一干二净,把法、术、势变成君主个人独裁和对人民虐杀的工具,最终导致了秦的灭亡。①

二、君主专制思想

君主专制制度是从秦代至清代二千多年中国最根本的政治制度。五四运动以来,人们提到君主专制制度,都把它和孔孟之道联系起来。近年来,这种看法开始有所转变。陈哲夫认为中国古代的思想家,不论是儒家或法家,也不论是墨家或道家,都是君权的鼓吹者。但人们一说到封建专制制度时,都把它的一切罪恶归之于孔孟之道,儒家师徒成为一切封建罪恶的化身,没有或几乎没有追究其他封建思想流派的责任。这不但是不公正和不尽合理的,而且也是有害的。应该承认儒家思想对中国封建社会有很深的毒害。但就政治思想来说,给中国社会毒害最深的不是儒家,而是法家。特别是集法家思想之大成的韩非,他是君主独裁政治理论最大最积极的鼓吹着。② 史必清也认为,君主专制思想的发展,是在战国时期,其突出表现是儒、法、墨、道四家都是专制主义理论家。法家的突出贡献是在理论与实践两方面,把专

---

① 谷方:《韩非与中国文化》,贵州人民出版社1996年版,第75—86页。
② 陈哲夫:《评韩非的君主独裁思想》,《北大学报》1984年第3期。

制主义推向了新的阶段。① 这一看法转变的意义是十分重大的。虽然中国两千多年的君主专制制度是和儒家独尊的局面在时间上是几乎重合的,但这并不表明君主专制就是儒家思想的产物。法家对君主专制的鼓吹是先秦其他各家所远远不及的。并且历史上第一个君主专制政体——秦,也是在法家君主专制理论的直接指导下建立起来的。此后的君主专制制度,也都是秦制度的沿革。找准了君主专制的始作俑者,我们才能正确地对其进行检讨。

  法家君主专制理论的发展也是有一个渐进的过程。前期法家虽然从不同的角度对君主专制理论进行了探讨,但其君主专制理论还是建立在理性基础之上,没有把其绝对化。王尊就认为,慎子的势,侧重于人君"势位"的决定性作用。其"势位"固然集中于人君一身并由人君赖以行使权力,却不能认为仅仅是指君主个人的权势。慎子所说的"身不肖而令行者,得助于众也。"明确突出了势中众的力量。② 刘泽华也认为,慎到在政治上颇通辩证法。一方面特别强调权势的重要,权势要集中于君主之手;另一方面,又指出权势的大小取决于能否得到"下"的支持。这样一来,慎到的"势"就不是脱离"下"的权力至上论。从政治体制与权力结构上看,慎到主张君主独操大权,但他又提出君主应该掌权为天下,而不应该借权居天下。"立天子以为天下,非立天下以为天子也。立国君以为国,非立国以为国君也。"(《慎子·威德》)这在理论上无疑是对君主权力的一种制约。③

  到了韩非,他继承和发展了前期法家的君主专制理论,把君权绝对化,致使法家的君主专制理论走向极端。张力认为,韩非

---

① 史必清:《韩非对古代专制主义理论的总结与发展》,《汕头大学学报》1987年第1期。
② 王尊:《论先秦法家体系的势》,《长沙水电师院学报》1990年第2期。
③ 刘泽华:《中国政治思想史》(先秦卷),浙江人民出版社,1996年版,第272—274页。

所鼓吹的是极端的君主专制。在他看来，君主拥有至高无上的绝对权力，操纵着人们的生杀大权。他的意志就是法律，他的言论就是命令，他的是非是全国人民的是非。至于人民，韩非要求他们只能令行禁止，绝对服从君主的统治。替君主作战要"赴险殉诚"，平时则要"寡闻从令"、"力作而食"，其德性要"嘉厚纯粹"，对君主和官吏要"重命畏事"，还要勇于告奸。针对人民的反抗，韩非主张用严刑峻法来镇压，反对统治者采取任何缓和矛盾的"恩爱"措施。但以上这些措施只能限制或禁止人们的言和行，韩非认为这还远远不够。要保障君主的统治万无一失，还要从根本上解决问题，于是他又提出了要"禁其心"。"禁其心"有两个方面：一是要去掉人们的智慧，由此要杜绝一切学术和文化，减少人民的信息交流；二是要去掉人们的"利欲之心"，使人们"无欲、无虑、无智。"这其实是一种文化专制和愚民政策。① 谷方也认为，从基本体系看，韩非处处维护君权，并且以维护君权作为全部理论的出发点和归宿。在经济上，他主张"归利于上"，一切经济大权统归君主掌握。在政治上，他主张采用各种手段来加强君权，限制臣权，实现一切政治权力归君主。在思想上，他主张用维护君权为核心的纲常名教束缚人们的头脑。他说："臣事君、子事父、妻事夫。三者顺则天下治，三者逆则天下乱。此天下之常道也"。（《韩非子·忠孝》）这同孔子的"君君、臣臣、父父、子子"的伦理纲常一脉相承。后经董仲舒将其神化为"王道之纲"，成为封建专制主义思想的核心。② 特别值得注意的是，韩非还把维护君权的理论提到了哲学的高度。武树臣、李力说："韩非在哲学上接受了道家的基本思想，并把'道'与'君'一体化。认为'道'是万物的本源

---

① 张力：《论韩非的法术学说与愚民思想》，《四川师范学院学报》1989年第1期。
② 谷方著：《韩非与中国文化》，贵州人民出版社，1996年版，第169—190页。

和世界的主宰。君主是人间的'道'或是'道'的体现者。因此君主要独操一切权势，如果君主失去权势，就不能成其为君主。要保持权势，君主就要独自掌握最高、最后的决断权。"①

如何从总体上对法家的君主专制思想进行评价？史必清认为，君主专制理论的实质是通过加强君主专制统治更有效的剥削统治劳动人民。是诱之以富贵，驱迫以刑法，把广大群众纳入耕战轨道上去，为统治阶级富国强兵、兼并天下服务。专制主义理论从产生至形成的过程，也是在思想领域法治主义取代礼治主义的过程，并为统一的秦王朝的建立作好了理论准备。无论在理论上，还是在实践上，无疑都是一个不小的进步。专制主义理论是中国古代思想宝库的一个组成部分。它把中国古代政治学发展到新的水平和高度。在世界古代政治学中，为中华民族争得了闪光的荣誉。②这是从整体上给以肯定的评价，但大部分学者还是对法家的文化专制和愚民政策给予批评。如张力说："韩非主张法治，反对人治，这是不错的。但他企图以灭绝人类的智慧和文化来保证绝对的君主专制的政治，无疑是荒谬的。"③

另外，法家提出"刑无等级"，（《商君书·壹刑》）"法不阿贵，绳不挠曲，刑过不避大臣，赏善不遗匹夫"的司法原则，表现出一定的平等意识，受到了学者的普遍称赞。栗劲、孔庆明主编的《中国法律思想史》评价说："法家'刑无等级'的原则，主张取消贵族特权，显然是对传统的'刑不上大夫'的原则予以坚决的否定。它一方面有利于打击旧贵族的特权；另一方面也有利于统治阶级内部建立新的法制秩序。这是极其鲜明的法

---

① 武树臣、李力著：《法家思想与法家精神》，中国广播电视出版社，1998年版，第163—166页。
② 史必清：《韩非对古代专制主义理论的总结与发展》，《汕头大学学报》1987年1期。
③ 张力：《论韩非的法术学说与愚民思想》，《四川师范学院学报》1989年第1期。

治主义思想,是法律思想史上的一大进步。"①

但也有学者认为对法家的平等意识不能评价过高。朱苏人认为,应当承认,法家主张的"法贵平等"(《管子·法法》)比起传统的"刑不上大夫"是一个进步。但这一评价的成分仅仅在于法家以一种相对更社会化的,根据封建经济身份关系而确定的"法"的标准,代替了旧式的、较原始的、根据宗法血缘身份关系而确定的"礼"的标准来规范社会。而这一标准的转换在客观上较有利于社会经济的发展而已。除此之外,并无多少绝对意义上的平等而言。法家的"法治"丝毫没有消除不平等,只不过将过去"礼治"前面人人不平等变成了"法治"面前人人不平等。或者说,是由"礼"之下的等级制转换成"法"之下的等级制而已。所以,法家只反世袭制而不反等级制。甚至更赤裸裸地强化等级制。由此看来,我们对法家"刑无等级"、"法不阿贵"的进步意义不能估计过高。② 刘泽华也认为,法家之法的实质,不是民主的平等精神,而是君主专制的工具。首先,法家的法是君主制定的,是君主意志的体现。虽然法家反复规劝君主依法行事,却并没有将君主列入法律的适用范围。可见法家的法从产生的那一天起就不是民主的、平等的。其次,法家之法就其形式而论也是不平等的,而是等级法。慎到主张法的基本职能在于明"分",后来的法家也都继承了这一观点。其实质就是"明尊卑爵秩等级"。既然法律已规定了人的不平等,那里还会有法律面前人人平等呢。再次,法家把法的基本任务之一,确定为"胜民"和"弱民",就是要把老百姓变成法的奴仆。而

---

① 栗劲、孔庆明主编:《中国法律思想史》,黑龙江人民出版社,1998年版,第78页。

② 朱苏人:《论先秦法家"以法为本"的政治形式》,《北京大学研究生学刊》1991年第1期。

法又牢牢地掌握在君主手中,这样的法还有什么平等可言。法家所实行的"法治"与民主和法律面前人人平等毫不相干。法家的法治只是君主专制的工具。①

学者对一味拔高法家平等意识的批判无疑是正确的。法家是不折不扣的君主专制主义的维护者,不可能兼有平等的意识。

三、韩非的道德思想

韩非的思想核心是"务法而不务德",主张法治,反对德治。所以人们常称其为"道德无用论"或"非道德主义"者。近年来,有学者对此提出了不同看法。钱逊就认为,韩非对儒家的仁义进行了激烈的批评,认为仁义不能治国,仁义惠爱有害于法。但这并不能得出韩非认为道德无用或非道德主义的结论。其第一方面,韩非所讨论的主要是治国之道,而不是一般的道德作用问题。他批评和纠正了儒家夸大道德的作用、把政治道德化的错误,强调了政治统治要凭借威势和暴力,论证了法治的必要性。而第二方面,他主要针对儒家仁义在当时社会中的作用提出了批评,他批评的是儒家的仁义,而不是一般道德。韩非对批评儒家仁义又给予了极大的注意,正是反映了他对道德的重视。韩非在道德问题上的基本要求是"赏誉同轨,非诛俱行"。他认为当时社会主要弊端是"毁誉赏罚之所加者相与悖缪"的问题,即誉毁与赏罚不一致的矛盾。提出"赏誉同轨,非诛俱行",实际上也就是指出了道德观念与政治改革不适应,提出了道德观念变革的问题。韩非不只主张实行法治的政治改革,同时,也从改革的实践中注意到了与此相适应必须进行道德观念的变革,并且

---

① 刘泽华:《中国政治思想史》(先秦卷),浙江人民出版社,1996年版,第267页。

把它看成政治变革取得成功的重要条件。韩非之激烈批评儒家仁义，并把这种批评放在重要的地位，也正是出于对道德观念变革的必要性的认识。限疑，这正反映了韩非对道德作用的重视，也反映了韩非关于改革思想的深刻性。不过，韩非的道德思想也存在着根本的缺陷。韩非的一个根本错误，是他没有认识到道德毁誉问题、价值标准问题的特殊本质，不懂得道德问题是属于思想性质的问题，只有诉诸人们的自觉，要依靠教化而不能依靠强制的手段去解决。韩非提出"以法为教"，就意味着法不仅要起劝阻的作用，而且起"教"的作用。不仅要能使人们从畏罚利赏的利害考虑出发，服从公利，而且要使人们建立起正确的荣耻之心，无二心私学。总之，就是要用法令来解决赏罚、毁誉这两个方面的问题。用同一种手段、方法来解决性质不同的两类问题。而这样的结果，韩非实际上就否定了道德的独立性。正是这种情况，成为一些人把韩非的道德思想归之为道德无用论或非道德主义的重要原因。①

张申也不同意把韩非看作"道德无用论"者。他认为，包括韩非在内的法家所倡导的治学说，并不否认道德的作用，而是重法轻德，以德辅法的法德统一论。说韩非否认道德，是历史的误会。韩非从多方面论证了道德的社会功能与作用。首先，他充分肯定了君德和臣德的作用，认为君、臣的道德素质对于国家的安危治乱具有重要意义。其次，法、术、势的作用大于道德，但并不能否定道德的作用。再次，韩非认为历史是发展变化的，道德的作用和道德的评价亦随历史条件的变化而变化。关于道德评价的历史性，韩非认为，人们的物质条件不同，社会道德风貌就不一样，道德评价亦随之而异。他把这种历史主义的道德评价称为"称俗而行"。韩非批评儒家的道德，只是认为其已经不适合

---

① 钱逊：《韩非的道德思想》，《清华大学学报》1987年第1期。

时代的发展,并不是反对道德本身。①

钱逊和张申的观点是有一定道理的。在儒家独尊的封建社会中,法家只因反对儒家的仁义道德,便被扣上"非道德主义"的帽子,进行批判。在今天这个学术自由的氛围下,应该是到了给法家正名的时候了。

经过学者20多年的潜心研究,在法家政治思想方面取得了丰硕的成果,首先是基本上肃清了"尊儒反法"和"评法批儒"两种错误思想的遗毒,能够以客观公正的态度对法家政治思想进行反思。如对君主专制思想与法家的关系,法家是否排斥道德在社会中的作用等问题方面,纠正了过去的错误观点,还历史以本来面目。其次是由于学术空气的空前自由,研究成果体现了很强的个性化特色,针对某一问题的争论时有发生。而且有不同学科的学者同时参加到法家政治思想的争论中来,拓宽了研究视野。这些都是值得肯定的。但也应看到不足。首先,目前法家政治思想研究只集中在先秦法家本身,很少关注其对此后中国社会的影响。法家学派存在时间虽短,但其思想即被儒家吸收,成为中国封建政治思想的重要组成部分。有人将秦代以后的中国政治文化定性为"外儒内法",说明法家对中国传统政治文化的影响是极为深远的,应该把研究的视线再放远一些。其次,法家政治思想的研究和现实结合不够,经过二千多年的浸染,法家政治思想已经融入中国人的血液之中,影响着我们今天的政治体制建设。研究法家政治思想,目的就是为今天的社会主义政治文化建设服务,必须把对传统的反思和现实结合起来,这样的研究才能有意义。

(原载《社会科学战线》2002年第6期)

---

① 张申:《再论韩非的伦理思想不是非道德主义》,《中国哲学史研究》1989年2期。

建国以来我国思想观念变革的价值及所反映出的基本特点

蒋菊琴　李维丽　吴　进

纵观建国50年来社会主义新中国所走过的道路，所经历的风风雨雨，无一不是在一定的思想观念指导下的结果；每一次成功喜悦与失败痛苦，无一不是由思想观念的变革所为。思想观念不是一成不变的，它随着实践的发展而变化更新。回顾50年中国的发展变化过程，无论在哪个阶段思想观念都始终处于统治指挥督导的地位。不同的思想观念产生不同的理论及其路线方针政策，进而形成不同的实践活动。探究新中国50年，尤其是三中全会以来20年思想观念变革的价值作用，对于总结历史教训、借鉴吸取经验、开辟未来是非常必要之举。

首先，思想观念变革对经济、政治、社会发展有巨大影响。历史唯物主义认为，任何时期的观念都不是凭空产生的，而是一定时期的经济和政治的反映（这里有正确的反映，也有虚幻的反映）。反过来，又给予一定时期的经济政治以巨大的影响。50年来我国在不同思想观念指导下所走过的道路就是明证。建国前，根据旧中国半殖民地半封建社会经济政治的特点，中国共产党领导的新民主主义革命把争取国家的独立作为一个首要的目标，提出了中华民族要"独立、自由、民主、富强"的口号。在这一思想观念指导下，制定了新民主主义革命的总路线，全国上下万众一心，开始为之奋斗，推翻了帝国主义、封建主义、官僚资本主义这三座压在中国人民头上的大山，结束了100多年中华民族受欺辱的历史，赢得了近代以来中国许多仁人志士为之流血奋斗的民族独立。如果没有我党的统一战线、武装斗争、党的建设的思想，没有革命根据地建设的经验，没有渴求中华民族从帝国主义的欺压下争得独立、民主、自由的思想观念，中国的新民主主义革命胜利的取得是不可能的。建国初期，倘若没有国民经济恢复三大改造的胜利，特别是党的八大认识到大规模的疾风暴雨式的群众阶级斗争已经基本结束，阶级斗争已经不是国内的主要矛盾，并及时把发展社会生产力作为新中国当时的主要任务；假如没有这一正确的认识，也不会取得"一五"时期经济建设的成就。同样道理，在我党的历史上，如没有五八年大跃进以及人民公社化运动，跑步进入共产主义这种超越阶段的思想观念，没有五七年的反右扩大化以及后来的反右倾运动，特别是文革期间的无产阶级专政条件下继续革命的思想观念，也不会有粉碎"四人帮"之前中国经济的濒临崩溃、政治文化的专制愚昧，整个社会的动荡不宁。这种脱离当时中国实际的错误思想观念，对那个时期整个国家的经济政治文化以及社会的发展只能起到阻止、限制、延缓的作用。党的十一届三中全会以后，邓小平同志根据我国当时的经济政治特点，提出了以经济建设为中心，坚持四项基本原则，坚持改革开放，发展社会主义民主，建设社会主义精神文明的思想观念，才有了中华大地上的巨龙腾飞，国泰民安的喜人景象。可见，思想观念对个人、民族、国家乃至整个社会的影响都是非常巨大的。没有上述根据实践发展、正确反映不同时期经济政治特点的思想观念的变革，就不会有中华民族的独立和人民的解放，就不会有经济的发展、政治的稳定、社会的进步和国际地位的提高。

其次，思想观念的变革是国家民族发展的坐标。列宁说得好，没有革命理论，就不会有革命运动。同样，有什么样的思想观念，将会造就、培植出什么样的国家。当一个国家有正确的思想观念指导时，这个国家方向就正确，发展就顺利。而如果没有一个正确的思想观念引路，国家民族的发展将迷失方向进入挫折。思想观念不同便成为划分不同历史阶段的标尺。从中国50年发展来看，10年文化大革命便是在错误的思想观念指导下的错误实践，这种思想观念对于中华民族的发展进步来说，确实是一场大灾难，它从历史的角度表明这一时期是中华民族某些领域的倒退、停滞时期。相反，20年改革开放的思想观念对于中华民族摆脱贫穷落后，走上国富民强的康庄大道，实际上起着关键性的决定作用。过去，要求每个人都不断强化阶级斗争的观念，牢固树立阶级斗争为纲思想；如今，大力发展社会生产力，改革开放以及经济建设为中心的思想观念已经扎根于每个国民的心里。这截然相反的两种观念，便成为中华民族两个不同历史时期国家发展的坐标。

再次，思想观念的变革给亿万中国人的精神面貌带来巨大的变化。所谓思想观念，属意识形态范畴。它存在于人的头脑中，是人区别于其他动物的显著标志。观念本身是看不见、摸不着的东西，但它可以通过人们的言论和行动表现出来。50年的观念变迁，使中国人（儿童、少年、青年、壮年、老年）由传统型向现代型转变。过去，计划经济的思想观念，导致人们形成凡事习惯于等、靠、要，思想封闭保守，不求进取，不敢越雷池一步的心态；在实行社会主义市场经济的今天，市场经济的观念在人们的思想中逐渐强化。时间就是金钱，效率就是生命的口号，20世纪80年代初在我国的经济特区就成为一种新观念、新思想被越来越多的人们接纳、认可。政治公开，办事公平；抓住机遇，平等竞争；开拓进取，拼搏向上；提高质量，降低成本；勤劳致富，敬业助人等等新观念正在撞击着每个中国人的心扉。如今，无论在城市还是在农村，使我们越来越能感受到、亲眼目睹到广大人民群众生活节奏、工作节奏变得愈来愈快。生活方式、精神面貌正在发生前所未有的变化。须指出的是，改革开放20年来，随着思想观念的变革，在给人们的精神世界带来可喜变化的同时，也有一些值得重视的与我国社会主义制度格格不入的思想观念，正在给人们的行为带来负面影响，成为应抨击、鞭挞的思想观念。

最后，思想观念的变革是对科学社会主义思想的重大发展。众所周知，新中国的50年，是在马克思主义的科学社会主义思想理论指导下，曲折前进的50年。这50年，凡事业成功的阶段，就是马克思主义基本原理与本国实际和时代特征结合得最好，对科学社会主义思想有重大发展的历史阶段。比如，在过渡时期，以毛泽东为代表的中国共产党人把马克思列宁主义关于无产阶级专政的基本原理与中国的具体实际相结合，创造性地提出了对我国民族资本主义工商业，通过和平赎买的途径进行社会主义改造的政策，从而开辟出一条区别于前苏联的有中国特色的社会主义革命的新道路。为巩固人民民主专政的国家政权奠定了良好的基础。然而，在探索社会主义建设道路的过程中由于指导思想上出现了诸多失误，从某种程度上说，一定时期偏离了马克思主义为我们指出的正确轨道。但这种偏离、失误是中国共产党在探索中国社会主义建设道路过程中出现的失误，是前进中的失误。以邓小平为核心的中国共产党人把这些失误作为经验教训，加以认真总结、反思，坚持真理，纠正错误，发展创新，在继承科学社会主义基本原理的基础上，又结合本国实际深入反复地研究实践中提出的新课题，形成一系列思想观念，从而使科学社会主义思想理论不断得到充实、丰富、发展，在马克思主义思想理论宝库中又增添了新的光辉的一页。

50年思想观念的变革，就是在中国如何搞社会主义的思想观念产生发展变化的过程,是对传统模式的社会主义向有中国特色社会主义转型、跨越的认识,不断深化、升华的写照。随着历史的发展,时代的变迁,实践的拓展,社会的进步,经验的积累,认识的深化,思想观念的变革既是必需的也是必然的。其中的作用价值是不可低估的。而在这种长期的思想观念的变革过程中,又反映出哪些规律和特点呢?

第一,具体的否定,更高形式上的肯定。从50年思想观念变革所走过的四个阶段的历程分析,我国用以指导社会主义实践的思想观念是循着具体的否定,更高形式上的肯定的规律发展的。一方面从社会形态跨越的三大步来说,1949年成立了中华人民共和国,这标志新民主主义革命的胜利,意味着新中国将开始全面实现从半殖民地半封建社会向新民主主义社会的转变。1956年的社会主义改造的完成,又标志着中国从新民主主义社会过渡到社会主义社会。随着社会主义制度在中国大地上的建立,就表明新民主主义制度已被社会主义制度所代替,这是社会性质的根本改变,是中国社会发展中的一次由具体的否定而带来的飞跃。民主主义是社会主义的必要准备,社会主义是民主主义的必然趋势。这是毛泽东同志在新民主主义革命时期就已牢固树立起的科学的思想观念。从总体上说,这次飞跃符合中国社会发展的历史大趋势。如前所述,进入社会主义社会以后,由于缺乏经验,中国的社会主义基本是仿照苏联的模式,实行的是高度集中统一的计划经济体制。其进步性和局限性都是历史的必然。三中全会以后,经过改革开放,1982年邓小平提出建设有中国特色的社会主义,这是我们党认识上的飞跃,从而表明开始由传统模式的社会主义进入有中国特色社会主义社会。这一步虽然不是社会形态的根本变化但其深刻性和深远影响,并不亚于一次社会性质的改变。这无疑是中国社会主义社会向前跨出的一大步,是社会主义在更高形式上得到肯定,在古老的东方大地上获得新生。另一方面从对中国社会主要矛盾的分析来看，社会主义制度的建立到文化大革命结束这20年的时间，毛泽东同志对这一时期中国的政治状况有了明确的认识，肯定阶级斗争已不是社会的主要矛盾，把正确处理人民内部矛盾看作是国家政治生活中的主题，并进一步强调摆在全党工作首位的应是尽快改变我国贫穷落后的面貌，大力发展社会生产力。这种认识本是正确的、符合中国国情的。然而后来却发生了变化，转而强调阶级斗争观念，以至于1962年提出以阶级斗争为纲，阶级斗争必须年年讲、月月讲、天天讲，阶级斗争一抓就灵。这种思想认识的变化，从某种意义上讲，就是自身的具体否定。当然，这种思想认识的自我否定，并不是无原因的，而是与当时的国际国内的历史背景有直接或间接的联系。随着"文革"的结束，两年徘徊时期的终止，党的十一届三中全会胜利召开，实现了党和国家工作重点的转移，即由阶级斗争为纲转到了以经济建设为中心。重新提出中国社会的主要矛盾不是阶级斗争，而是人民日益增长的物质文化需要同落后的社会生产之间的矛盾，为了解决这一矛盾，必须大力发展社会生产力。从此开始了一个伟大的历史时期。可见，一是社会形态上的具体否定，更高形式上的肯定，一是对社会主义建设过程中主要矛盾认识的具体否定，更高形式上的肯定。两个具体否定，都与毛泽东有关，前者正确，是中国民主主义革命由中国无产阶级先锋队——共产党领导决定的；后者是搞社会主义建设经验不足所致。而在社会主义框架内的两个更高形式上的肯定，则与邓小平有关。邓小平，这位毛泽东同志的战友，新中国第一代领导集体中的重要成员，在总结反思建国20年来社会主义建设的经验教训的基础上，对上述毛泽东同志提出但未坚持下来的正确思想给予肯定继承，对错误的认识予以否定摒弃，在经过对什么是马克思主义、什么是社会主义这个问题进行深入研究和艰苦的探索以后，思想认识逐步深化、上升，终于形成了一种新的社会主义观,用来指导中国的社会主义实践,开辟一条符合中国国情的有中国特色的社会主义新道路,这就使中国社会主义建设的理念在经历一个具体的否定之后,在更高层次上得到肯定。这种螺旋式上升的思想认识过程,表现在观念的变革方面,是心灵的不断净化升华,是发展中的自身超越。这是一个总的特点。

第二,时代的导向,实践的基础。所谓时代,是指世界范围内的某一发展阶段。人类世界是由诸个国家构成的一个整体,是诸个国家总和的称谓。任何国家都是整个世界大家庭中的一员。因此,某一国家的发展,从作为指导思想的发展理念来说,则与整个时代的主流导向密切相关,又以本国的具体实践为基础。从时代导向看,中国50年的社会主义实践,是在纷繁复杂的国际环境下进行的。众所周知,第二次世界大战结束以后,整个世界主要形成了两大敌对的阵营,即以美国为首的资本主义阵营和以前苏联为首的社会主义阵营。从建国初到70年代末,世界格局主要是美苏两极处于冷战对峙的状态。为了争夺世界霸权,两个超级大国大搞军备竞赛。而且前苏联还对我边境陈兵百万。当时的时代主题是战争与革命,不是战争引起革命,就是革命制止战争。毛泽东针对这样的时代主题和国际形势认为世界大战不可避免。随之而来,深挖洞,广积粮,不称霸,抓革命,促生产,备战备荒为人民的思想观念应运而生。进入80年代以后,国际形势趋向缓和。随着苏东剧变,前苏联的解体,世界格局由原来的两极格局正在向多极格局转变。不仅如此,时代主题也随着时间的推移,随其相关条件、因素的更换而发生了变化,从此世界进入了一个新的时代,即主题是和平与发展的时代。不同的时代产生不同的思想观念,构筑不同的发展理念。进入新时期以后,特别是80年代初期,邓小平同志由于对国际形势重新进行实事求是的分析研究,提出了世界大战在短期内打不起来,当今世界的主题是和平与发展的观点。这样认识概括反映时代主题的思想，对后来一系列新观念的产生起到了很重要的导向作用。因为只有和平发展的国际环境，才能有中国全方位对外开放政策的产生与实施；才能有一百年不动摇的以经济建设为中心的基本路线的制定与执行；才能有21世纪中叶基本实现富强、民主、文明的社会主义现代化国家这一宏伟目标的提出与实践。思想观念的变革不仅离不开时代导向，也必须以本国广大群众的具体实践为基础。比如，三中全会前，由于受传统模式社会主义观念的束缚，人们对社会主义经济关系中所有制的认识，一直认为一大二公三纯才是社会主义社会的题中应有之意。在农村实行政社合一的人民公社体制，实践的结果，到1978年年底，已经搞了20多年的社会主义，农民的吃饭问题仍没有解决。在城市，人们的观念是，公有制等同于国有制，国有企业里，干多干少一个样，干好干坏一个样，职工吃企业的大锅饭，企业吃国家的大锅饭。这种平均主义、大锅饭带来的弊端是，不论农村经济，还是工业生产，发展都非常缓慢，直接影响了广大人民群众生活水平的提高与国家、社会的正常发展。粉碎"四人帮"以后，广大农民群众渴望根据本地的实际，因地制宜地发展农村经济，全中国人民强国富民的愿望也一直在心中呐喊。要强国富民就必须进行改革，必须改变一切束缚生产力发展的生产关系和上层建筑，于是对经济体制和政治体制以及科技教育体制等进行改革的思想观念逐渐产生。家庭联产承包责任制在广大农村的实行和推广，标志着经济体制改革首先从农村开始，紧接着1984年又在城市普遍推开。还有使科技成果产业化、商品化、社会化、市场化观念，可持续发展的观念等等。这些观念都是适应当时社会实践的需要而产生的。比如，近些年来，科研成果与生产脱节，科技人员不了解市场。在发展经济的过程中，造成了大量自然资源的浪费，生活环境的污染，生态环境的恶化等。这些现实问题则是新观念产生的土壤。此外，对公有制内涵的最新认识，是为解答国有企业深化改革的实践中提出来的新课题而为。对此江总书记在党的十五大报告中明确指出，公有制的内涵不仅包括国有经济和集体经济，也包括在混合所有制经济中的国有成分和集体成分，这就使公有制概念的内涵和外延都有了扩展，公有经济的观念得到更新。总之，上述这些新的思想观念的产生、发展、变革无一不是由时代的变迁、实践的发展所致。如前所述的五八年大跃进，人民公社化运动中产生的大干快上、跑步进入共产主义的思想观念，其产生也与当时的国际背景（如前苏联赫鲁晓夫提出62年苏联进入共产主义社会）和国内人民高涨热情的社会主义建设的实践有关。但由于它没有正确反映经济和社会发展的客观规律，因而是错误的。

第三，坚持原则，深化理念。50年思想观念的变革无论方向、轨迹正确与否，主观上都始终坚持着社会主义性质不变的原则。然而，在那个年代，这种空头政治的事实表明，长此下去不仅不能充分显示出社会主义制度的优越性，而且连社会主义制度能否巩固下去都成了大问题。这就出现动机与效果相悖的矛盾。于是，转变思维方式，深化社会主义理念，把社会主义的着眼点放在发展生产改善生活环境，提高广大人民群众的经济文化水平上来。在改革开放的20年间，同样搞的是社会主义，但与中国以往搞的社会主义不同，与其他国家搞的社会主义也相异。这种社会主义既坚持了马克思主义科学社会主义的基本原理（用邓小平同志的话说，一是坚持公有制，二是坚持共同富裕）同时又符合中国具体国情。深刻认识到，在人口多、底子薄，生产力落后，商品经济不发达条件下搞社会主义，制定的政策就要符合中国的具体实际，再也不能搞过去那种纯而又纯的单一的公有经济。当然，勿庸讳言，得出这样的认识并非轻而易举。1992年小平同志南巡谈话，在坚持社会主义原则，深化社会主义理念的基础上，概括出社会主义本质就是解放生产力，发展生产力、消灭剥削，消除两极分化，最终达到共同富裕。并针对当时一些人的模糊认识，进一步阐明了社会主义也可以搞市场经济，因为市场经济和计划经济只是发展经济的一种手段。市场经济更有利于资源的合理配置，有效地促进生产的发展。它并不是某种社会制度所特有。这就纠正了长期以来把计划经济等同于社会主义，把市场经济等同于资本主义的错误观念，使社会主义和市场经济人类有史以来第一次结合在一起。随后，社会主义市场经济思想写进了十四大报告中。正如江泽民在党的十四大报告中指出的，经济体制改革的目标是建立社会主义市场经济体制。这就把市场经济从手段层次提高到经济体制的层次。从而使社会主义市场经济的观念更加深入人心，中国又开始进入了一个新的经济腾飞时期。至此，我们对什么是社会主义的认识，出现了又一个飞跃性的进展。几年来，为了发展社会主义市场经济，我们不仅要借鉴、吸取与社会化大生产，市场经济和现代科学技术联系在一起的文化和观念（如效益观念、人才观念、竞争观念、市场观念、信息观念等）我们还须承认个人利益，因为市场经济是功利经济。但由于中国是在社会主义条件下搞市场经济，因而就要求这种个人利益的获得又必须在不损害国家、集体、他人利益的前提下所为。于是十四届六中全会报告又提出了社会主义利益观，这样就使我们在坚持社会主义原则的基础上，对社会主义思想理念的认识不断深化和升华。

第四，急骤突变，渐进成熟。50年思想观念的变革，一般来说是遵循认识的发展规律即随着实践的发展，认识经历一个由提出——不成熟——比较成熟——成熟的过程，不断深化，从而使人们头脑中逐渐确立某种日渐清晰的思想观念。而有的观念的产生则违背了这个规律，遵循的则是急骤的突变。如前所述，五六年党的八大的召开，已经对我国社会主要矛盾的分析得出正确认识，然而不久，这种正确的思想观念，便被一种夸大阶级斗争形势的错误观念所取代。这种骤然的变化，使得人们思想毫无准备、出乎意料。意识形态领域如教育、科学、文化艺术界首当其冲地遭到冲击，早已成为工人阶级一部分的知识分子又重新被划到资产阶级一边。这种急骤的变化充分反映了思想观念与经济政治的密切联系，是随着政治气势的变化而变化的。也反映了当时中国主流思想观念所具有的封建性与政治性的特征。这种前后观念的巨大反差，从某种意义上说，也反衬了那一时期国家政治生活的不稳定性。但从总体上说，建国以来，所形成的一系列观念与上述则相反，它是逐步形成并深化成熟的。如现代化的思想观念，众所周知，在我国，最初的现代化是指工业化，后来又发展为工业、农业、国防、科技四个现代化。三中全会以后，现代化的内涵不断扩大，不仅包括经济，而且还扩展到政治、文化。党的十三大所确定的社会主义初级阶段基本路线的目标就是，把我国建设成为富强、民主、文明的社会主义现代化国家。这表明，社会主义现代化是三位一体的，是器物现代化、社会现代化和人的现代化的统一，而人的现代化是关键。从而使社会主义现代化的思想内涵更加丰富、完善。再如，关于社会主义初级阶段的思想观念，在1981年党的十一届六中全会作出的《关于建国以来党的若干历史问题的决议》中，第一次仅仅提出了社会主义初级阶段的概念，就是说，当时我们的认识还比较肤浅，仅停留于此。经过几年的边实践边探索，对这一理论的认识，逐渐达到较全面深刻。因此，党的十三大报告开始对社会主义初级阶段理论进行全面阐述，从它的涵义、主要矛盾到根本任务，最后又分析了社会主义初级阶段所具有的五个特征，从而形成了关于社会主义初级阶段的一系列思想理论。以后，经过十年的发展，党的十五大报告又对社会主义初级阶段理论有了新的深刻认识，对其特征在原有认识基础上又有了更大的飞跃，即又新增补了四条，共九条特征。并且重新强调"这样的历史进程，至少需要一百年的时间。至于巩固和发展社会主义制度，那还需要更长的时间，需要几代人、十几代人、甚至几十代人坚持不懈地努力奋斗"。也就是说，从社会主义制度的建立到现代化建设目标的实现，这一百年的时间，中国始终处在社会主义初级阶段。这样就使我们对社会主义初级阶段这一理论的认识更加深刻，更加成熟，更加完善，中国处在社会主义初级阶段的观念更加强化、牢固，从而更好地指导我们每个人正确的言行。

第五，创新思维，加强领导。从50年思想观念特别是20年思想观念的变革中我们得出，任何新观念的产生，都不是客观自发的，而是主观自觉的，都需要有一个坚强的更能反映现实发展需求和高瞻远瞩的创新思维与主观指导。比如，粉碎"四人帮"以后，围绕华国锋同志提出的"两个凡是"的思想观念，如果没有邓小平、胡耀邦同志在深入学习思考的基础上，富有胆略地提出要恢复毛泽东同志一贯倡导的实事求是的思想路线，亲自带头并支持真理标准问题的讨论，提倡解放思想，实事求是，打破陈规，创新思维，对建国以来毛泽东同志的功过是非进行正确评价，恐怕不会有20年中国在改革开放思想观念指导下所发生的巨大变化。又如，在处理与西方发达资本主义国家和前苏联各联邦国家如俄罗斯、乌克兰、白俄罗斯等国的关系上，如果没有邓小平同志创造性地提出超越意识形态界限，发展外交关系，实行长期以来坚持的独立自主的和平外交政策，纠正以我为中心推进世界革命的错误，主张以我为表率促进世界的和平与发展，那么也不会有社会主义中国面向世界的全方位对外开放，也不会有中国在国际上地位的日益提高。再如，如果没有小平同志高瞻远瞩地认识到，当今世界科学技术在经济发展中的重要地位和作用，提出科学技术是第一生产力的思想，就不会有科教兴国战略的提出，不会有今天亿万中国人民对科学技术的情有独钟和厚爱，对发展教育和培养人才的异常重视，由于邓小平同志提出用"一国两制"的方针政策来实现祖国的和平统一，才有香港和澳门的回归，为世界各国解决国际争端提供了范例。可见，新的思想观念的产生、形成，离不开国家领导人的远见、胆略和创新思维。而作为指导国家发展的思想观念提出形成后，若在绝大多数中国人的思想中达成共识，成为推动社会向前发展的主流思想观念，又需要加强领导。这种领导包括党和国家的公开倡导，正确舆论的宣传引导，科学理论的教化输导，典型经验的推广报道，最新名词的反复提到，主管部门的工作督导。因为思想观念作为意识形态，不仅具有相对独立性（保守性、超前性），而且又具有区域性的特点。如我国沿海经济发达地区，人们的思维超前，观念更新比较快，市场经济的观念在这些地方比较深入人心。而经济不太发达或不发达的省份，思想意识比较保守，市场经济意识比较淡漠，思维落后，导致经济发展比较缓慢。这些现象的解决，既需要不发达地区人民自身的努力，加强学习提高素质，增强创新意识，又需要国家从宏观上加强领导。因为中国特色的社会主义事业，不是一朝一夕，仅靠几个人、几个地区就能完成的。社会主义现代化的实现，需要几代全中国人民的共同努力。只有观念深入人心，理论上的清醒、坚定，才能保持政治上、行动上的清醒和坚定，建设社会主义才能更加自觉，才会有社会主义现代化事业的成功。为此，党的十五大在十四大报告的基础上，又再次重申，用邓小平理论武装全党教育人民。并提出邓小平理论是指导21世纪建设有中国特色社会主义事业的一面旗帜。不仅如此，江总书记还在报告中强调，创新是民族进步的灵魂，是一个国家兴旺发达的不竭动力。可见创新对一个国家的发展来说，是非常必要和紧迫的。创新思维、创新精神、创新理念，在当今世界各国之间的竞争中愈发重要。从某一角度看，市场经济本身就是创新经济，谁在科技方面创新、谁的产品科技含量高，谁就会在竞争中取胜，谁就拥有大量的市场份额。经过近20年的发展，今天，科技创新、科技强国、科技强军等新观念在中国广大人民群众的思想和行动中日益强化。这应归功于党和国家的正确发展理念，归功于电视、广播、报纸等大众媒体的宣传引导。可见思想观念一旦掌握群众，就会变成自觉的行动。这种超前引导的作用，正是其他任何东西所不可替代的。先进思想观念、文化所具有的前导性可以影响落后、保守的文化，从而实现新的文化整合。

总之，50年思想观念的变异、趋新，既反映了新中国50年岁月的艰难曲折，又表现了社会主义中国的辉煌伟大。50年、20年，东方大国——中国发生了多么大的变化，中国人的观念发生了多么大的变化，12亿中国人的精神面貌发生了多么大的变化。这些变化不仅说明过去但也预示着未来。建设有中国特色社会主义事业还在进行之中。但是方向已经明确，道路已经开通。为了未来的50年，中国人要继续艰苦奋斗，励精图治，在观念上，要借鉴吸收博采众长，创造一个更加辉煌灿烂的明天。

(原载《社会科学战线》2003年第6期)

后 记

2004年，我们编辑出版了《〈社会科学战线〉创刊25周年精华集》。《精华集》分哲学卷、经济卷、文学卷、历史卷和综合卷，计175万字。《精华集》的出版，受到所收文章的作者及广大读者的普遍欢迎，并在学界和刊界产生良好反响。其时，我们已然产生了编辑出版《20世纪中国学术回顾》一书的念头。

进入2005年，我们将这一设想付诸实施。众所周知，20世纪对于中国人来说，是一个波澜壮阔、可歌可泣的世纪；对于中国文化和中国学术来说，则是一个起伏迭荡、异彩纷呈的世纪。在这刚刚过去的百年里，中国文化和中国学术经历了从批判继承到创新发展、从感性认知到理性升华的艰难历程，一句话，经历了从传统到现代的嬗变。特别是进入新时期以来，中国学术界伴随时代的脚步出现空前的繁荣，各个学科都取得飞跃性的发展，成绩斐然。总结百年来中国学术大起大落、几起几落的复杂历程，展望新的世纪中国学术的发展走向，成为摆在中国学人面前的一项重要使命。早在上个世纪90年代，各个不同学科的许多有识之士即有意识地开展了这样一项非常有意义的工作。《社会科学战线》适应这一需要，陆续发表了大量学术回顾和展望之类的作品，这些作品涉及哲学、伦理学、文化学、心理学、美学、经济学、政治学、文学、考古学、历史学、宗教学、社会学、教育学、民族学、军事学、法学等等众多领域，在一定程度上体现了中国学人的学术追求和学术理想，再现了中国学人百年来的心路历程。我们感到很有必要将这些作品集中起来，结集出版，以为世纪纪念，以为人们进一步的研究提供某种参考和借

鉴，以为新的世纪中国学术新的进展起一点铺垫的作用。

本书由吉林省社会科学院院长、《社会科学战线》社长邴正教授、《社会科学战线》主编邵汉明研究员策划并主编，共分三卷，计近百万字。分卷主编依次是：上卷——于德钧，中卷——王玉华，下卷——朱志峰。《战线》的历任主编王慎荣研究员、关德富研究员、周惠泉研究员、赵鸣岐研究员任本书顾问。

在本书的编选和出版过程中，《战线》编辑部的其他同志（包括王卓副主编、李华副编审、尚永琪副研究员、王永平博士、马妮女士、马捷女士、陈家威先生）也都付出了不同程度的辛劳；吉林人民出版社的胡维革社长、尹峰文编审等给予了大力支持；入选本书作品的众多作者给予了友好的配合。在此，谨致编者真诚的感谢。

编　者

2005年6月28日

主　编：	邴　正　邵汉明
责任编辑：	尹峰文　　　封面设计：启　聿
出版发行：	吉林人民出版社
	（中国·长春人民大街4646号　邮政编码：130021）
印　　刷：	东北师范大学印刷厂
开　　本：	203mm×140mm　1/32
总 印 张：	38.25　　　　总 字 数：950 千字
标准书号：	ISBN 7-206-03471-3
版　　次：	2005年7月第1版
印　　次：	2005年7月第1次印刷
印　　数：	1—1500 册
总 定 价：	90.00元　　　本卷定价：34.00元

如发现印装质量问题，影响阅读，请与印刷厂联系调换。

20世纪中国学术回顾

中卷

主　　编　邴　正　邵汉明
本卷主编　王玉华

吉林人民出版社

顾 问

王慎荣　《社会科学战线》首任主编　研究员
关德富　《社会科学战线》二任主编　研究员
周惠泉　《社会科学战线》三任主编　研究员
赵鸣岐　《社会科学战线》四任主编　研究员

编委会

主　任：邵汉明
副主任：王　卓　于德钧
成　员：李　华　尚永琪　王玉华　王永平
　　　　　朱志峰　马　妮　胡维革　尹峰文
　　　　　马　捷　陈家威

目 录

20世纪的中国学术
　　——《20世纪中国学术回顾》序……… 郝　正（1）
辛亥革命前后地方戏曲发展概说（一）
　　……………………………… 周贻白　遗著（1）
辛亥革命前后地方戏曲发展概说（二）
　　……………………………… 周贻白　遗著（20）
近百年《西厢记》研究 ……………… 张人和（41）
20世纪中国戏剧理论之变迁 ………… 王锺陵（56）
建国30年新诗漫评 ………… 杨匡汉　杨匡满（78）
传统的变革与超越
　　——诗歌运动十年（1976～1986）……… 谢　冕（99）
文学文本、历史文本及其他
　　——五四以来《诗经》与诗学研究的几点质疑
　　………………………………………… 陆学明（115）
中国新诗回顾与展望 ………………… 龙泉明（131）
中国现代文学思潮研究15年 ………… 胡有清（135）
自传统至现代（上）
　　——近四百年中国文学思潮变迁论 …… 陈伯海（146）

自传统至现代(下)	
——近四百年中国文学思潮变迁论 …………	陈伯海（168）

言说与不可言说
　　——20世纪中国文学启蒙精神的话语流变
　　………………………… 陈力君　黄　擎（182）
从消解走向重构
　　——世纪之初古文论研究的回顾与展望 …… 黄　霖（193）
台湾海峡两岸学术界研究王国维美学思想
　　述评 ……………………………………… 卢善庆（206）
鲁迅杂文研究的历史回顾 ………………… 陈金淦（220）
世纪回眸　陶坛百年 ……………………… 钟优民（235）
20世纪元代文学之宏观研究 ……………… 查洪德（251）
金代文学研究百年回顾 …………………… 胡传志（268）
文化视野中的中国当代文学50年 ……… 李运抟（285）
20世纪中国儿童文学理论走向
　　——中西方儿童文学关系史视角 ……… 朱自强（300）
中华20世纪学者散文综论 ………………… 喻大翔（315）
略论新时期微型小说的兴起与发展 ……… 乔　琛（335）
20世纪中国古代公案小说研究的回顾
　　与前瞻 …………………………………… 苗怀明（344）
论90年代的历史题材小说创作 ………… 吴秀明（359）
关于沦陷时期东北文学研究的思考 …… 李春燕（375）
十七年东北文学论 ………………………… 何青志（385）
后记 ………………………………………… 编　者（402）

20世纪的中国学术

——《20世纪中国学术回顾》序

邴 正

20世纪对于中国人来说，是一个翻天覆地的世纪。中国人民在这100年的艰辛跋涉中，经历了从帝制走向共和，从分裂走向统一，从贫穷走向富强的血与火的洗礼。20世纪对于中国学术来说，也是一个开天辟地的世纪。中国学者在这100年的筚路蓝缕中，经历了从科举到现代教育，从西学东渐到走向世界，从清淡玄想到科学的脱胎换骨的再生。

中华文明的学术传统，历史悠久，源远流长。从春秋战国诸子百家，到魏晋玄学的浪漫主义；从宋明理学格物致知，到乾嘉学派训诂考据。中国的传统知识分子怀着殉道般的精神，一代又一代"为天地立心，为生民立命，为往圣继绝学，为万世开太平"（张载语）。他们在近30个世纪的漫长岁月中，薪火相传，传道、授业、解惑，为我们留下一笔宝贵的学术财富。

20世纪的中国学术，经历了一个从无到有的创新与嬗变的过程。尽管我们有着悠久的学术传统，但是，现代意义的人文社会科学的研究，却开始于中国进入20世纪。学术的基本精神是科学与民主。学术追求的是真理，而真理的发现需要实事求是的科学精神。追求真理不能迷信权威，在真理面前必须人人平等。没有科学精神和民主精神，就没有真正意义的独立的学术研究。中国知识分子治学的30个世纪，之所以在近代落伍，重要的一点是"罢黜百家,独尊儒术",是把孔子封王封圣,变成顶礼膜拜的偶像。保罗·肯尼迪在评价近代中国的衰落时指出:"中国倒退的关键因素纯粹是信奉孔子学说的官吏们的保守性……在这种复辟气氛下,所有重要官吏都关心维护和恢复过去,而不是创造基于海外扩张和贸易的更光辉的未来。"(保罗·肯尼迪:《大国的兴衰》,求实出版社,1988年版,第9页)所以,虽然近代意义的学术研究随近代西方资本主义扩张,在19世纪末就传入了中国,但真正的学术复兴始于五四新文化运动。中国的学者终于举起了科学和民主的旗帜,告别了尊孔读经的迷信权威的时代,开始了现代意义上的学术跋涉。

20世纪的中国学术,经历了一个从传统人文精神到人文社会科学的学科分化的过程。恩格斯说:"真正的自然科学只是从15世纪下半叶才开始,从这时起它就获得了日益迅速的进展。把自然界分解为各个部分,把各种自然过程和自然对象分成一定的门类,对有机体的内部按其多种多样的解剖形态进行研究,这是最近400年来在认识自然界方面获得巨大进展的基本条件。"(《马克思恩格斯选集》,第3卷,人民出版社,1995年版,第359—360页)中国的人文社会科学也是如此。在中国古代学术中,没有社会科学,只有人文学科,而且文史哲不分,强大的伦理哲学传统统摄了一切知识。只是到了19世纪末20世纪初,严复、梁启超等人开始翻译大量的西方人文社会科学学术著作,中国的人文社会科学研究才开始走出儒家偏重伦理哲学的片面性,进入了分门别类研究人文社会科学的时代。大多数的人文社会科学学科,是在清末民初,特别是五四新文化运动之后才如雨后春笋,破土而出的。

20世纪的中国学术是在中西文化不断碰撞中逐渐成长的。从现代意义的中国学术诞生之日起,中国的知识分子就始终在中西文化矛盾的纠缠中曲折前进。张之洞提出的中学西学"体用之争",人们大约争吵了整整一个世纪。由于现代意义的人文社会科学大多是从西方引进,如何接继三千年的文化传统,如何对待舶来的学术?如何用西方的理论解释、改造中国的社会现实,这些问题不断袭扰着中国文人的心灵。只要我们沿着人文社会科学的大道走下去,我们一代一代中国文人就必须不断回应来自外来文化的挑战。

20世纪的中国学术,始终在时代大潮中起伏跌荡,在政治风云中呼啸呐喊。20世纪的中国,应了毛泽东的预言,大的时代风云的确"过七、八年来一次,这是个规律"。1900年义和团运动,1905年同盟会反清,1911年辛亥革命,1919年五四运动,1924年大革命,1927年国共开战,1937年抗日战争,1945年内战烽火,1949年新中国诞生,1957年反右悲剧,1966年"文革"灾难,1979年思想解放运动……每一次大的时代变革,都在中国文人身上心头留下了深深的烙印;每一次大的政治冲突,都有中国文人的锐利目光和浓墨飞笔。鲁迅说得好,在中国,动一动一张桌子,几乎都要流血。中国文人一次又一次从象牙塔中走出来,成为盗火者和殉道者,成为民族的脊梁和社会的良知。

20世纪的中国学术,经历了从幼稚走向成熟的发展过程。从抱残守缺,到全盘西化;从拿来主义,到自主创新,逐渐从传统文化、革命文化、外来文化的碰撞中,苦苦探索出一条在继承弘扬优秀传统文化、吸收摄取先进外来文化的基础上,有中国特色的现代化的中国学术发展之路,为中国当代社会的每一次重大转折,为中国当代社会的经济与社会协调发展诊断把脉,探索规律,寻找道路,指点迷津,开启民智,咨政谋略,发挥了学术独特的功能,取得了令人瞩目的研究成果,崛起了一代又一代文化风流。

20世纪的中国学术,虽然已是硕果满枝,但也多有遗憾。

问题之一，是翻译介绍他山之石较多，自主创新的成果较少；文章论著虽汗牛充栋，但学术精品、振聋发聩的真知灼见较少；教授名人虽鹊声四起，巨匠大师还嫌太少；事后总结发挥较多，超前预测规划乾坤者较少；挖掘传统引进新知者较多，使之与当代中国特色有机结合者较少。学术尚待振兴，同仁仍需努力！

　　一个人的真正成熟是思想成熟，一个民族的真正成熟是精神成熟。民族的精神成熟的重要标志是从感性升华成理性，学术研究就是民族精神的理性表达。在中国学术研究的字里行间，凝结着日渐成熟的民族精神。中国文人肩负着探寻理性化了的民族精神的使命，学术的繁荣与兴旺，就是民族精神繁荣兴旺的直接证明。这应该是每一位进入21世纪的中国学人肩负的历史使命。

　　《社会科学战线》在近30年间，刊发了一批总结回顾人文社会科学各学科、专业、研究方向和专题的文章，从不同角度和侧面，展示了20世纪中国学术的心灵旅程。一个世纪的理论求索，几代人的思想交锋以及由此折射出的中华民族的文化理想，尽可以管中窥豹，略知一二。当然，20世纪的中国学术是一个说不尽的话题，这些文章也不可能使人一览无余。但一叶知秋，我们因此将之汇集成册，以供学界同仁参考。

2005年6月14日

辛亥革命前后地方戏曲发展概说(一)

周贻白 遗著

编者按:周贻白先生是已故的中国戏曲史专家,他的戏曲史著作,生前已经出版了一些。他于1960年前后在中央戏剧学院讲课时,曾编写过一部中国戏曲史讲稿,却至今没有整理出版。周贻白先生对地方戏曲历史源流的研究,有不少精辟的见解,这部遗稿中还保存了若干重要资料。鉴于"四人帮"对地方戏曲的严重破坏,许多剧种亟待整理研究,本刊特将这部遗著中论及地方戏曲的部分篇章先行发表,以飨学者。这对于肃清"四人帮"在戏曲界的余毒,实现恢复地方剧种,发展各民族具有独特风格的文艺的任务,开展中国戏曲历史的研究工作,都有一定的意义。

一、昆 曲

在辛亥革命前后,已濒绝响的昆山腔——昆曲,因为它在过去的舞台上毕竟是一个重要的剧种,曾对中国戏曲的表演形式起过一番决定性的作用,追源溯流,有人认为不能数典忘祖,在一定条件下,主要是北京和上海两地,又呈冷灰复炽之势,兹按其南北流派,分述如次:

1.京 昆

在北京,先是清代末叶的同治年间(1862年至1874年)醇亲王奕謨,原有一班兼唱昆弋两腔的"家乐"(当时或称王府班)。其"昆曲"即早已在北京扎根的所谓"京昆"(今称北昆),"弋腔"亦即清初的"京腔"(高腔),其演员多为河北高阳、安新、任邱、雄县一带农村中人(即白洋淀周围几县),当时名为"安庆社"。嗣于光绪九年顷(1883年)改名"恩庆社",在这几县招收了一班生徒,以庆字排名,较为有名的如胡庆元、胡庆合、胜庆玉等,皆此科出身。随后又改称"恩荣社",其生徒则以荣字排名,如陈荣会、国荣仁、赵荣麟、何荣海、吴荣英等,亦各有擅场之剧。同时,高阳县河西村有侯姓之"庆长班",新城县刘民庄有邓玉山之"宝盛和班",文安县有任姓之"三庆班"、"元庆班",皆系以"弋腔"为主,兼唱"昆曲"。光绪初年,"恩荣社"散班,有"恩庆社"出身之徐廷璧与滦州耿某曾组有"同庆班"。至光绪十三年(1887年),复与玉田县王绳祖同组"益合科班",招收生徒七十余人,以益字排名,如朱益铮、侯益隆、王益友、侯益太、侯益才等,皆此科出身。至宣统元年(1912年)肃亲王善耆,集合庆字、荣字、益字等辈艺人,复组"安庆昆弋班",在东安市场之东庆茶园演出。当时所演剧目,其弋腔部分,有《观容》、《斩丁香》、《拷童》、《河梁会》、《梦榜》、《骂城》、《七盘山》、《闻铃》、《女诈》、《遥祭》、《快活林》、《双合印》、《闹昆阳》、《投水》、《抱盒救主》、《打御》、《玉杯记》、《琼林宴》、《卖菜》、《兴隆会》、《赶斋》、《敬德钓鱼》、《滑油山》、《疯僧扫秦》、《借靴》、《古城相会》、《甲马河》、《请清兵》、《追信》、《猴夔成亲》、《天罡阵》、《别古寄信》、《东游》等;昆曲部分则有《出塞》、《嫁妹》、《负荆》、《芦花荡》、《单刀会》、《倒铜旗》、《罗艺斩子》、《御果园》、《十宾北饯》、《胖姑学舌》、《回回》、《小宴》、《雅观楼》、《渔家乐》、《北诈》、《打子》、《思凡》、《夜巡》、《琴挑》、《追舟》、《棋盘会》、《三挡杨林》、《激良》、《林冲夜奔》、《义侠记》、《借茶》、《收卢俊义》、《佳期》、《闹学》、《冥判》、《山门》、《党人碑》、《点魁》、《洞庭湖》、《下河南》、《功宴》、《饭店认子》、《草诏》、《搜山打车》、《九莲灯》、《千里驹》、《医卜争强》、《对刀步战》、《甯武关》、《刺虎》、《射金钱》、《通天犀》、《清忠谱》等（见50年来北平戏剧史材，宣统三年复出昆弋安庆班剧目）。从这些剧目来看，这时期的昆弋两腔，昆曲剧目已较弋腔为多，其间且有非昆非弋之剧目，如《打刀》、《铁弓缘》、《踢球》、《荷珠配》。亦昆亦弋之剧目，如《百花点将》、《安天会》。故其发展趋势，此时犹难确定其方向。

辛亥革命事起，"安庆班"报散。至民国6年（1917年）始又有"同合班"之组织，曾至北京在东兴园演出数月。嗣有高阳之"庆长班"，以其艺多传自庆字荣字等辈，故改称"荣庆社"，于民国7年（1918年）至京，在天乐园演出年余（即今大众剧场），当时的演员和剧目：如陶显庭之《山门》、《功臣宴》、《刀会》，侯益隆之《钟馗嫁妹》、《芦花荡》，及与马凤彩合演之《通天犀》，陈荣会之《诈冰》、《饭店认子》，郝振基之《安天会》、《草诏》、《负荆》，韩世昌之《思凡》、《闹学》、《游园·惊梦》、《痴梦》、《絮阁》、《刺虎》，王益友之《快活林》、《蜈蚣岭》、《夜巡》，白建桥与白玉田之《金山寺》，朱小义之《打虎》，侯玉山之《激良》，孙福寿之《出塞》，张荣秀之《借靴》，王玉山之《滑油山》（见50年来北平戏剧史材，民国7年至8年荣庆社剧目）。中除《诈冰》、《快活林》、《借靴》、《滑油山》系唱弋腔外，余皆昆曲。由此觇知，这时期的所谓昆弋班，实际上已是昆多于弋，不但发展方向已趋明朗，而且个别演员已经专唱昆曲，不复再习弋腔。其专唱昆曲而又较有成就者，如正旦兼贴旦韩世昌，在当时便被认为是可与梅兰芳抗衡一时的好角色。

韩世昌，字君青，河北高阳人，出身农村，12岁入"庆长班"习艺，初从白云亭习弋腔大武生，嗣改昆曲，从侯瑞春学正旦。民国6年（1917年）随荣庆社至北京，在天乐园演出时，为求艺术上之精进，曾向当时昆曲名家赵子敬（逸叟）请益，并由吴梅（曜庵）为其审订字音，故其所学诸剧，出声吐字，已不同于高阳、安新一带的土班,因须配合身段,故又非"南昆"所谓"爷台"(清唱客串)的唱法。当时和他一同向赵子敬习唱昆曲者,尚有梅兰芳、贾璧云、袁抱存(寒云)等人。赵曾向人谈到当时上演于天乐园之昆班,认为"当系清初京城昆班,传流关内外,各以土法教授,故乃另成一面目"。其对韩等的看法,则认为"韩之嗓音,足够贴旦,梅贾俱有未及。絮阁、小宴,亦复可观。"(俱见戏杂志第四号凌霄汉阁主与赵逸叟一席话)按赵于昆曲唱演,造诣颇高,不轻许人,独对韩有些赞语,似非偶然。故有署名涛花者,观其《思凡》一剧后赠诗云:"莺声娇脆叶宫商,歌罢余音尚绕梁,烂漫聪明称绝世,韩郎端不让梅郎"(见民国8年《春柳杂志》一卷七期)。故韩虽出身农村,不谙酬应,但性情朴质,木讷寡言,初不以艺术自鸣,而仍能获得佳誉。民国8年(1919年),他曾率全班至上海丹桂第一台演出,极受观众欢迎。嗣又踵梅兰芳之后,于民国17年(1928年)东渡日本,在东京、西京、大阪等埠演出,亦载誉而归。按韩在昆曲已趋凋落之日,居然古调独弹,博得一般人士之欣赏。北昆之绵延一线,虽非一二人之力,但其唱法已参合南北之长,自较土法传授已有所超胜,则承先启后,亦不得谓其无功了。

2. 南　昆

昆曲的出生地,原为江苏昆山县。昆山地当上海苏州之间,当昆曲传唱较盛之日,上海、昆山、苏州、无锡、常州一带,都有职业戏班或业余团体的组织,而且远及浙江之杭州、嘉兴、湖州一带,也有水路班的活动。当时较为有名的班社,为"全福"和"鸿福"两班,"全福"文戏较多,或称"文全福";"鸿福"多演武剧,故或名"武鸿福"。太平天国起义,江南成为战区,两班都因之报散。太平天国失败,江南暂归平静,苏州复有"聚福班"之组织,其演员虽多"全福""鸿福"之旧人,但时近清末,昆曲已渐归衰落,营业颇难自振,乃另组"金桂班"赴上海三雅园演出。当时角色,有"小生"沈月泉、邱凤翔,"老生"李桂泉、沈锡卿,"外"兼"老旦"吴义生,"正旦"兼"贴旦"周凤林,"白面"金阿庆,"副净"姜善珍、陆寿卿、沈斌泉,"丑"王小三、小金寿等。人才虽颇整齐,但未能获得发展。而苏州之聚福班,仍坚持不散,直至辛亥革命后,因苏州无法立足,始转往杭嘉湖一带鬻艺,至是旧人无几,角色家门亦缺而不全,回顾此时的北京,尚有"安庆社"的演出,反觉逊色。至民国10年(1921年)乃有穆藕初者,倡办"昆曲传习所"于苏州,所址设于阊门内五亩园,聘任的教师除沈月泉、沈斌泉、吴义生外,尚有一许彩金专教旦角戏。当时招收生徒六七十人,多半为苏州籍。但三年结业,只剩48人。其生徒皆以传字排名,且分别名字偏旁作为角色家门之识别。凡"末"、"外"、"净"等色,其名皆为金旁之字,如施传镇、汪传钤(以上末)、倪传钺、郑传鉴(以上外)、包传铎(末兼外)、邵传镛、周传铮(以上白面)、沈传锟(红黑面)。"生"则为玉旁之字,如周传瑛、顾传玠(以上巾生兼雉尾)、赵传珺(官生)。旦则为草头之字,如朱传茗、沈传芷(以上正旦)、张传芳(贴旦),刘传蘅(四旦)、姚传芗、王传蕖(五旦)、方传芸(小旦兼跳打)、马传菁(老旦)。付丑则为水字旁,如王传淞、周传沧(以上付)、姚传湄、华传浩(以上丑)等。至其所习剧目,因为角色家门比较整齐,可谓应有尽有。且因腰腿及武功之锻炼,系参合上海京剧的基本功训练方法,故各门角色,多文武不挡,自其全体所能上演之剧目而言,有四百个左右,包括杂剧和传奇90余本。实际上已经奄有旧日"文全福"和"武鸿福"二班之长了。

传习所生徒出科后,全班命名为"新乐府",在苏州上演了一个时期,愈以为昆曲在其出生地的江南,已获中兴之机,但苏州地小,不足回旋,乃转赴上海演出。沪人好新务奇,初颇轰动一时,嗣以调高和寡,售座渐落,遂转入大世界二楼正厅作为专场游艺,而听者寥寥。合同期满,仍返苏州,改名"仙霓社",往来京沪道上各县巡回演出,其间复曾至上海,皆无若何进展。至是演员中乃有离社改操他业者,如"小生"顾传玠;或因病下世者,如"正末"施传镇。降至民国15年(1926年)则班社虽存,已不常出演,所有演员,或转搭京剧班,或为私人说戏拍曲,或竟改唱滩黄。偶有演出,因家门不全,剧目也随之减少。故南昆虽因有传字一辈,得以不坠宗风,而在当时不能获得社会人士之支持,实与北方的昆弋艺人同其命运。

3. 各地昆曲

这一时期的昆曲,虽然在北京和上海这两大都会未能引起重视,但昆曲本身在其他地区,却仍占有其舞台地位。即以浙江省区而言,有东阳昆班、温州昆班、甯波昆班。而金华戏(今称婺剧)中亦尚有一部分昆曲剧目。他如四川在清代原有一专唱昆曲的"舒颐班",辛亥革命前早已散班,其一部分艺人则转入高腔或乱弹班,故川剧中亦具有一部分昆曲剧目。又湖南长沙,在清代原有一"普庆班",专唱昆曲。嗣因"高腔"及"南北路"(即皮黄)日盛,乃另成一科班,兼授"高腔"及"南北路",而仍名"普庆",在当地则名之为"小普庆",故长沙湘剧中亦有一部分昆曲(当地以其有别于"高腔",另名之曰"低牌子")。又湖南之衡阳和郴县,其地戏班所唱声腔,本亦"南北路"为主,后来因为有原在长沙"普庆班"的安徽老艺人流转到湘南,故亦有昆曲的传授,而且有些在长沙已经失传的剧目和舞台表演艺术,反而在衡阳和郴县可以见到。特别是一些花脸戏,如"山门"、"芦荡"之类,其做工之繁重,实于南昆、北昆之外,另具一格。

二、高 腔

昆曲在这一时期的情况,既如上述。其次就是高腔这一系统的剧种,在这一时期则命运尤为黯淡。高腔,原为明代弋阳腔衍变而来,是江西的产物。其发展的过程,在明代已由"弋阳腔"变成了"乐平调",以后流传到安徽,则成为"青阳腔",或作"徽池调"。

清初北京的"京腔",亦称"高腔",亦即弋阳腔流传到北京后的称谓,故或称"弋腔"(参看第十六节,弋阳腔的发展及其剧本撰作)。民国初年的北方昆弋班,虽然昆弋同台,而弋腔渐少,但说明在北方固仍有弋腔(高腔)的存在,不过已不能单独成班。其实,这情况,在其出生地的江西,也是一样,推及其他各地,亦复如此,不过和它同台演出者,并不限于昆曲而已。

江西的戏曲,按之地域和观众的习尚,"高腔"自为一项主要声调。在辛亥革命之前,"乐平高腔"(即乐平调)尚为独立班社,但已杂有昆曲剧目,当地名为"乐平班"。此外有"玉山班"、"贵溪班"、"饶河班"、"东河班"、"宜黄班",则多以皮黄为主,高腔已不占重要地位,而且杂以"梆子"(河北梆子)"滩黄"(苏滩,当地名曰"南词"或"文词")"吹腔"(当地名"秦腔"或"浙腔")。辛亥革命后,"玉山班"与"贵溪班"合而为一,名为"广信班",或称"信河班"。中除"宜黄班"系专唱"西皮""二黄"外,他如流行景德镇一带的"饶河班"、赣州一带的"东河班"、上饶一带的"信河班"、都有高腔,而这种高腔亦即旧日的"乐平调"。惟"东河班"因在赣州,这时期的赣州,早已有湖南"祁阳班"的传入,"祁阳班"原亦为"高腔"与"皮黄"同台,其所唱声调与"东河班"相近,双方艺人甚至可以相互搭班,因而当地或把"东河班"叫做"楚戏"或"楚南戏"。其实,"祁阳班"自为"祁阳班","东河班"自为"东河班",双方有其共同之点,亦有其不同之处。但以"高腔"而言,在"祁阳班"虽非主要声调,因为江西与湖南接壤,自皆"弋阳腔"的支脉,而与"乐平高腔"具有血缘关系。这就是辛亥革命前后,"高腔"在江西省境的一般情况。其次,接近"弋阳腔"出生地而仍有"高腔"者,则为湖南省。

湖南的"湘剧",共分四个路子,在湘东为"长沙班"、"浏阳班";湘南为"祁阳班"、"衡阳班";湘西为"常德班"、"沅陵班";湖北为"岳阳班"。这四个路子,除"岳阳班"或称"巴陵汉戏",系专唱"皮黄"外,其他三路的班子,都有"高腔"。而且有专唱高腔的,如"沅陵班",即"辰河戏",一名"辰河高腔"。他如"长沙班"、"浏阳班",虽然兼唱"南北路",但"高腔"实居重要地位,特别是一些连台本戏,当地名为"大戏",如《封神榜》、《目连传》、《西游记》、《南游记》(观世音故事)之类,通本皆唱高腔。小本戏如《一品忠》(即苏皇后鹦鹉记)、《金印记》、《琵琶记》、《拜月记》之类,亦皆高腔。至于单折戏如《昭君出塞》、《赠马挑袍》、《借靴》、《骂鸡》之类,则不一而足。这些剧目,很多和江西高腔相同,唱白也无多大出入。惟衡阳、祁阳、常德等地高腔较少。按之湖南戏曲的发展情况,清代咸丰以前(1874年前)"高腔"与"昆曲"固同时存在,至咸丰初年(1851年至1855年)安徽的"安庆班"来到长沙,所唱仍多为昆曲。前述的长沙"普庆班",其艺即多传自"安庆班",及至参合"湖北楚调"而亦兼唱"皮黄"(当地名为汉调),乃另自组设科班。当时根据湖南省区情形,其成立四班,以"普天同庆"四字分属四路,在湘东(长沙一带)仍名"普庆班",在湘西(常德一带)则名"天元班",在湘南(衡阳一带)则名"同庆班",在湘北(岳阳一带)则名"庆华班"。这四班各按地区而发展,根据当地观众的习尚和旧有基础,乃或重"昆曲",或重"高腔",或昆高都不唱而专唱"皮黄"。至于"昆曲"、"高腔"、"皮黄"三类声腔的比重,这一时期,高腔仍居第一位,次则为皮黄,再次为昆曲。到了辛亥革命以后,因为军阀混战,湖南成为南北战争的军事要冲,各地戏曲事业,都随之一落千丈,长沙浏阳一带的高腔大戏,仅能演出《封神》和《岳传》,小本戏也只有个别演员能唱一、二单折,如《一品忠》之《祭台》、《思妻》;《拜月记》之《抢伞》、《拜月》;《金印记》之《傲考》、《当绢》;《琵琶记》之《描容》、《书馆》之类。至于衡阳、祁阳、常德,则高腔已或有或无。而"辰河戏"则僻处一隅,已没有人提起了。

江西弋阳腔在明代除发展成为"乐平调",流传至安徽,又发展成"青阳腔",因为青阳接近贵池(池州),故一名"徽池调"。到了清代末年,安徽的戏曲,基本上是唱"皮黄",此外则为"昆曲"、"吹腔"、"高拨子"。而所谓"青阳腔",徒存其名,能够演出的剧目,已经很少了。不过,在安徽却另有与"青阳腔"同体的"高腔"的存在,如《审乌盆》、《借靴》唱"高腔";《破案记》、《看女》、《白兔记》、《磨坊会》唱"青阳腔"。实际上,其高腔与江西的"乐平高腔",湖南的"长沙高腔"都相近似,自其本省而言,应当是由"青阳腔"发展而来的一种变格。江西和湖南的"高腔"也和"青阳腔"一样,同系由"弋阳腔"发展而来,故皆相近似。按之安徽戏曲的发展情况而言,自光绪年间至辛亥革命前后,这时期还有十几个徽剧班社,如"阳春班"、"万春班"、"程春和"、"柯长春"、"庆升班"、"新庆升"、"新阳春"、"二阳春"、"三阳春"、"大阳春"、"新长春"、"大长春"之类。其所唱声调,除"昆曲"、"吹腔"、"拨子"仍能与"皮黄"相间演唱外,"青阳腔"或"高腔"已百不一见。降至民国15年(1926年),这些班社已多散去,当地戏曲则由"京剧"代之以兴,"青阳腔"或"高腔"更无从知其消息了。

　　浙江和江西接壤之区,虽仅福建和安徽之间的一角,但由赣东的弋阳、上饶,通过玉山的边界,就到了浙西的衢州、龙游和金华一带。清代末年,浙西流行的剧种,以"金华戏"为主,其所唱声腔,共分四项,即"昆曲"、"高腔"、"乱弹"、"徽调"。其有"高腔"、"昆曲"、"乱弹"者,谓之"三合班",亦名"侯阳班"。无"高腔"而有"徽调"者,则名"二合半",一名"东阳班"或名"昆乱班"。其专唱"徽调"者,则名"金华班"。当地把徽班各调都叫做"啰啰","乱弹",指"芦花梆子"(即吹腔),"二凡"及"三五七调";"徽调"则指"皮黄"及"高拨子",这就是说,"高腔"算一个,"徽调"只算半个,这并不是对"高腔"和"徽调"有意轩轾,而是戏班的组织不同。同时也因徽调系后起之故。如果按剧目的比例来说,在"三合班"中,其"昆曲"、"高腔"、"乱弹",皆有所谓"十八本",而"徽调"则整本带单折,并不限于此数。"金华戏"中的"高腔",按之地域和声腔的流播,自属由"弋阳腔"衍变而来,与江西的"乐平高腔"为兄弟行。但其唱时除有帮腔外,兼有笛子和板胡伴奏,具有"八平"与"四平"的分别,"八平",一名"侯阳高腔",帮腔有高帮和低帮;"四平",一名"西安高腔",则帮腔较少,且伴奏中有"过门"似即明代"四平腔"(吹腔的前身)。另外又有"西吴高腔"及"义乌高腔","西吴"与"义乌"音近,或认为实即一种,而在当地观众说来,却有其分别。不过,其支派虽多,但剧目皆以所谓十八本为主,而且多为整本,如《古城会》、《七星针》、《白鹦哥》、《合珠记》、《葵花记》、《芦花雪》、《槐阴树》、《金瓶和》、《三元坊》、《白兔记》、《卖水记》、《红梅阁》、《鲤鱼记》、《白蛇传》、《双比钗》、《全拾义》、《双负节》、《双鹿台》等(见《华东地方戏曲介绍》,蒋风、沈瑞兰"婺剧介绍"),这种"三合班",虽号称系由"昆曲"、"高腔"、"乱弹"的三种声调的十八本组成,但非每本皆能见之台上。至于"二合半班",显然是以"徽调"代替了"高腔",则"高腔"在浙西一带处境渐蹙,便从而可知了。此外,浙东的绍兴、余姚一带,在明代的戏曲中,原为"余姚腔"的出生地。当"昆山腔"未流行之前,"余姚腔"和"海盐腔"、"弋阳腔"并行不悖,"昆山腔"即兴,"余姚腔"与"海盐腔"随告衰落,惟"弋阳腔"仍与"昆山腔"争长一时(参看第十六节)。而浙东一带,在明代末季,已出现所谓"调腔",其剧本文词是有牌调的长短句,唱时无丝竹伴奏,只用打击乐器按节拍,尾句或尾字由后场帮腔。论体制,和当时的"弋阳腔"或"青阳腔"是一个路子,有人认为这种"调腔"当为"余姚腔"的后代,实则应为"弋阳腔"与"余姚腔"相结合的产物。故降至清末,这种"调腔"或写作"掉腔",认为"掉"就是尾句或尾字由后场帮腔有如龙之"掉尾",或亦呼之为"高腔",则显然表明与"金华戏"中的"高腔"为同一体系。虽然如此,不过浙西的"高腔"和浙东的"调腔"都非原封不动的"乐平调"或"青阳腔",其间不仅有省别上语音的不同,和所结合的其他歌唱的各异,甚至浙西的"高腔"和浙东的"调腔",在唱法上也有其差别。比方"侯阳高腔",虽不属于"二合半"的"东阳班",但唱"侯阳高腔"者多为东阳人,有人认为"侯阳高腔"或由浙东的"调腔"发展而来,但一经比对,则双方唱腔大不相同,因而又有人说,"侯阳高腔"和"西安高腔"都来自湖南,故唱法与"调腔"各异其趣。其实,"调腔"在明代已经存在,其间既具"余姚腔"的成分,而又受有"弋阳腔"的影响。"侯阳高腔"或"西安高腔"与其说它来自湖南,不如说是源出江西"乐平调",因其到了浙江之后发生变化,进而又有了丝竹乐器的伴奏,所以和江西的"乐平调"有了距离,同时也和浙东的"调腔"拉不上直接关系。最明显的一件事,那便是浙东"调腔"所演唱的剧目,和"侯阳高腔"或"西安高腔"的十八本,大多不同,如《关云长》、《凤仪亭》、《琵琶记》、《荆钗记》、《西厢记》、《破窑记》、《都是命》、《铁冠图》、《蝴蝶梦》、《陈琳救主》、《汉宫秋》、《寿星图》、《五伦全备》、《还金镯》、《金玉缘》(非《红楼梦》,系狄青与双阳公主事)、《双报恩》、《循环报》、《打鸟记》、《双喜缘》、《凤玉配》、《四元庄》、《怨怨报》、《分玉镜》、《仁义缘》、《赐绣旗》、《千忠戮》、《玉簪记》等(见赵景深《戏曲笔谈·谈绍剧》),其中除《关云长》或具有《古城会》一段情节外,余皆各趋一途,两不相犯。不过,这种"调腔(高腔)"在浙东的绍兴班,却被称之为"高调",在清代末年,所谓"绍兴高调",已经以多演武剧的武班为主,其声腔多为"吹腔"或"乱弹",皆有丝竹乐器的伴奏,其只用打击乐器按节拍,而以尾句或尾字由后场帮腔的所谓"掉腔",已失去其主要地位,后虽转尚多演文戏的文班,而"掉腔"仍无起色。至是所谓"绍兴高调",乃由乱弹起而代之。辛亥革命后,曾以"绍兴大班"名义至上海演出,其第一批角色,有"老生"小凤采、林芳锦,"青衣"玉官,"花旦"胡凤林,"大面"史亦奎,"丑"王茂元等,以后陆续至沪者,又有吴昌顺、梁幼侬、林玉麟等,类皆一时名角,而其所唱声调,皆属"乱弹"。"高腔"已极少演出,但一般人仍称之为"绍兴高调",真可谓觚不觚了。

江西的赣东和赣南的一部分省界,系和福建、广东两省毗连,明徐渭《南词叙录》,已提到"今唱家称弋阳腔,则出于江西。两京、湖南、闽、广用之。"可见"弋阳腔"在明代已流传到福建和广东了。但广东的"粤剧",在清代末年,已经只有"梆子"、"二黄"(当地名"二王")及"四平调"("二黄平板",当地则称作"西皮"),既无"高腔",也没有"昆曲"。反而在广东省属的潮州,有所谓"正字班",其唱腔虽有一定的宫谱,且用丝竹乐器伴奏,但仍有后场帮腔,而且帮腔者人数众多,超出在场角色和司乐人员,如果帮腔可以算作"弋阳腔"或"高腔"的特点,则潮州的"正字班"恰好发展了这一特点,不过当时无人注意及此,且因语音关系,不易为别的观众所领略,故未能向外发展。至于福建省区,在闽东的莆田、仙游一带,流行的是"莆仙戏",所唱声调,为一种冠以南北曲名称的长短句,有时帮腔。有人认为是"宋元南戏"的支脉,其实为"弋阳腔"的苗裔。不过因以弦乐器如琵琶、二胡作为主要伴奏而并非每段有帮腔,遂不易寻出其变化之迹。在闽南的泉州、厦门一带,流行的则是"梨园戏"和"高甲戏"。

"梨园戏",旧名"七子班"(指"生"、"旦"、"净"、"末"、"丑"、"贴"、"外"七门角色),分"上路"、"下南"两种,"上路"剧目完整,表演细致;"下南"剧目零散,表演粗糙。初起的科班称"小梨园",成人班称"大梨园",其所唱声调,基本上是类似"昆曲"而以当地土音出之的所谓"南曲"。源出自闽南一带的所谓"御前清曲",或称"南管",伴奏以琵琶为主,叶以洞箫或二胡。原只用于清唱,嗣始搬上舞台成为戏曲声腔,但旋律上已较清唱为明快。其曲调名称多与南北曲相同,因而亦被认为是"宋元南戏"的遗音,而与"莆仙戏"同出一脉。实则"梨园戏"的声调比较婉转、悠扬,与莆仙戏之直率、朗爽,显有不同。两者取径,似非一辙。那就是说,"梨园戏"虽不一定是"宋元南戏"的嗣响,但和"弋阳腔"似无直接渊源。

"高甲戏",一名"戈甲戏",原为专演武戏的武班,嗣因加演文戏而改称"合兴班",辛亥革命后,始定名"高甲戏"。其声调来源甚杂,有"弋阳腔"和"徽调",有"梨园戏"的"下南"路子,甚至有"傀儡戏"的唱腔,和"提线傀儡"的动作模仿,"京剧"传入闽省后,又吸收了"京剧"的一些剧目和打击乐的应用。其"弋阳腔"的部分,除尾句或用后场帮腔,可以看出其间渊源处,其所用剧本,如《朱买臣》(烂柯记)、《赵五娘》(琵琶记)、《唐二别》(金印记)、《士九弄》(同窗记)亦皆出自"弋阳腔"或"青阳腔"。不过,"梨园戏"和"莆仙戏"也有这类剧目。"高甲戏"的唱腔,参用南曲的地方很多,故虽采用帮腔,却不是一般所谓"高腔"或"清戏"的路子了。至于闽西的漳州、龙岩、永定、长汀一带,其所流行的剧种,当地称之为"汉戏",其唱腔以"皮黄"为主,无"高腔",与湖南的"祁阳班"相近,当地亦谓其来自湖南。此或由江西传入。除此而外,则为闽东而又为福建省会的"福州戏"。

"福州戏"(今称"闽剧")原为三种不同路子的班社合并而成。一、起自民间的"平讲班";二、源出徽调的"唠唠班";三、由士大夫们倡设的"儒林班"。故一名"三下响"。其所唱声调,共分四类,即"江湖"、"飏歌"、"逗腔"、"小调";其中"江湖"即出自"唠唠班";"飏歌"则出自"平讲班",亦包括一部分"小调";而"逗腔"则原属"儒林班"。其间来源较早者应为"平讲班"。据当地传说,最初的"平讲班",是在平地用一根草绳围成一个圆圈作为舞台,观众则立在圈外,谓之"牵草索"(类似湖南一带的"地花鼓"及东北一带的"地蹦子")。其次则为"儒林班",相传系明代末年侯官人曹学佺原任广西参议,因著有《野史纪略》一书,被劾罢职回乡,蓄有家乐一部,日以戏剧自娱,当时曾演出林初文所编《青虬记》,此即"儒林"的开始。嗣后一直到清代的咸丰同治年间(1851年至1874年)乃有蒲之善者,倡设"儒林班",招收生徒入班习艺。备作酬神或喜寿的演出,当时流行的剧目,有《女运骸》、《长亭别》、《赠金锁》、《状元拜塔》之类。以后有曾任湖北巡抚因病归里的郭柏荫,根据唐人小说《霍小玉传》编为《紫玉钗》一剧,上演后极受欢迎,由是更巩固了"儒林班"的地位。再次则为"唠唠班",这是在清代中叶以后,安徽的戏班分向邻近各省发展,一部分艺人来到福州,演出其无所不包的徽调。其中除以二黄为主外,兼有"昆曲"、"高腔"、"罗罗"、"高拨子"之类。福州观众认为徽班演剧,太觉噜苏,福州方言以"烦絮"作"唠苏",转而讹作"唠唠",因而有"唠唠班"之称(按即"金华戏"称徽班各调为"罗罗"之意)。这三种班子,在清代末年,已渐趋向于合并,当时以"平讲班"实力较为雄厚,且最为观众欢迎,故其合并实际上是"平讲班"包括着"唠唠"和"儒林"两种班子的声调。至于在其所具四种声调上来看,虽然并无"弋阳腔"或"高腔"的名目,但"儒林"一派所唱的"逗腔",最初是只用金鼓铙钹等打击乐器按节拍、尾句或尾段由后场帮腔,谓之"驮岭",其由歌唱者自唱尾句或尾段者,则名"自驮岭",或由歌唱者唱完本句,而由后场帮以虚声,如"哎咿呀"之类,则名"水过浪"。事实上,就是"弋阳腔"的路子,不过后来加用唢呐、笛子、头管、二胡等丝竹乐器作为伴奏,而帮腔仍未全废。又"平讲班"中"飏歌",其曲调有"驻云飞"、"风入松"、"节节高"、"锁南枝"、"山坡羊"之类,但既非昆曲,则或亦来自"弋阳腔"。至于"江湖"一类声调,其所唱牌名如"江湖叠"、"柴排调"、"阴调"等,原皆不用伴奏,尾句由后场帮腔(今惟"江湖叠"用弦乐伴奏),由此证知,"唠唠班"应亦有"高腔"或"弋阳腔"的传播,故其曲调中仍有些项痕迹。

广东的粤剧,所唱声腔系以"皮黄"为主(当地名"梆黄")。往昔虽有"昆曲"和"高腔",但"昆曲"已无专门剧目,只以其曲调作为伴奏牌子。而"高腔"则仍存有所谓"排场戏"(即开场第一出),如《八仙贺寿》、《玉皇登殿》、《仙姬送子》、《六国封相》等,仅于婚礼寿筵演出时偶一用之而已。

清代乾隆嘉庆年间(1736年至1820年)四川绵州人李调元所著《雨村剧话》云:

"弋腔"始弋阳,即今"高腔",所唱皆"南曲",又谓"秧腔","秧"即"弋"之转声,京谓"京腔",粤俗谓之"高腔",楚蜀之间,谓之"清戏",向无曲谱,只沿土俗,以一人唱而众和之。

根据这段话来看,在清代中叶,广东还曾流行过"高腔",虽然到清代末年,广东的"粤剧"早已不唱"高腔"了,而潮州一带尚有近似"弋阳腔"的"正字班",则"粤俗谓之高腔",自非无据。至于"楚蜀之间谓之清戏",这就牵涉到湖北和四川两省了。湖北省区,其东南角的通山、通城一带,和江西省区西北角的武宁、修水一带接壤,同时又和湖南东面的浏阳、平江一带为邻境,"弋阳腔"的声调,即令不是由江西直接传播过去,也当和"湖南高腔"具有渊源。湖北的戏曲,在清代中叶嘉庆道光年间(1796年至1850年)已经有所谓"楚调"。基本上唱的是"西皮""二黄"(参看第二十四节,四大徽班与皮黄),但在黄州、德安、安陆、襄阳四府所属共25个县,却流行着"高腔",当地或名之为"清戏"。到咸丰、同治年间(1851年至1874年)原为襄阳府属的榖城县(今作谷城)尚有专唱高腔的"庆云班"、"玉林班",嗣南漳县又有"丰盛班"(后改吉庆班)、"秀林班"。但到光绪三十年(1904年)都归解散。此外,原为黄州府属的麻城县,曾有三个高腔班,为"天福泰"、"天富班"、"鸿升班"。在清末次第报散后,此三班艺人中一部分,又曾在大冶县成立一"鸿复祥班",但不久亦归散去。此后在湖北省境,就不再有专唱高腔的戏班,而一般唱"汉调皮黄"的班子,也没有唱"高腔"的剧目。可是,在四川,便和湖北大有不同。"高腔"一项,在一般川剧班中,所占的地位,却颇为重要。

四川的"川剧",旧称"四川戏"。其包含的声调,共为五项,即

"昆曲"、"高腔"、"胡琴"(即皮黄)、"乱弹"(即梆子)、"花灯"(即花鼓戏)。其昆曲虽不甚多,但对于川剧的舞台表演艺术,具有很大的影响。"高腔"一项,在四川一名"清戏",固然不错。其早期来源,虽或出自江西的"弋阳腔",但其唱法和"乐平高腔"大异其趣,一般都近于诗词的朗吟声调,耍腔的地方很少。其尾段或尾句的帮腔,旧名"接腔",帮时都高出歌唱者本音的八度,而于大段唱词的唱出时,则只有句逗的分别,虽然在声调上也有轻重疾徐之分,但不按"三眼一板"或"一眼一板"来按拍,而只在唱完一段时打一截板。其唱时起腔,有所谓"放帽子"(亦名放头子),多用于内唱及导板(即倒板),即第一句由演员高声唱出,其尾上的二三字由后场帮腔,然后由演员重唱此句后,再接唱下去。其所放"头子",有时是"昆曲",名为"昆头子",则不一定帮腔。又有一种所谓"平起",即先由后场作为帮腔而唱出其第一句,演员再重唱此句而直接下去。此外又有所谓"合同",系用于每一曲牌的尾段,其腔调应与开首所唱相合,实即昆曲中所谓"合头"。凡此,皆与江西或湖南的高腔不同,且其帮腔时,有时以第三者的口吻而唱出,或指明剧中人的当时心理,或评骘剧中人在剧情进行时的行为,尤非其他各地高腔所曾见。如果以其帮腔高于歌唱者本音而言,则往昔的"京腔"(即北京一带的高腔,亦即昆弋班的弋腔)即为此项唱法。《雨村剧话》说:"京谓京腔……楚蜀之间,谓之清戏。"按弋阳腔在明代传播到北方之后,到明代末年,已被目为"燕俗之剧",则"北弋"之称,固早形成,且因久站北京而称作"京腔",其间变化之大,可想而知。虽然追本溯源,其老根仍在江西,而"京腔"在清代乾隆嘉庆年间,实已居于各地高腔的领导地位了。

川剧的"高腔",其本源固亦江西的"弋阳腔",但不必系江西通过湖北而传入,若以其高八度的帮腔而论,也可能源出"京腔"。不过因语音各异,及与其他歌唱,如"山歌"、"号子"之类相结合之故,听来自与"京腔"有所不同。然而,"高腔"在四川戏中,早已成为其基本声调。其剧目如"五袍、四柱、江湖十八本",多为比较古老的"弋阳腔"或"青阳腔"的旧本。"五袍"为《青袍记》(梁灏事)、《红袍记》(刘知远事)、《黄袍记》(悉达太子事)、《白袍记》(薛仁贵事)、《绿袍记》(肖何事,或作赵盾事),"四柱"为《撞天柱》(共工头触不周山事)、《水晶柱》(观音收鼋妖事)、《炮烙柱》(商纣时梅伯事)、《五行柱》(孙悟空事)。"江湖十八本"为《木荆钗》、《幽闺记》、《彩楼记》、《玉簪记》、《白罗帕》、《葵花井》、《百花亭》、《白蛇记》、《白鹦鹉》、《上天梯》、《五桂记》、《三孝记》、《古城记》、《三元记》、《铁冠图》、《全三节》、《蓝关记》、《汉贞烈》。另有大四本,则为《琵琶记》、《金印记》、《投笔记》、《红梅记》。根据这些剧目来看,其中虽有与"昆曲"通用的本子,但"昆曲"传入四川,实在"高腔"之后,他如"梆子"(乱弹)"皮黄"(胡琴)则又更后于"昆曲"。在清代同治光绪年间(1862年至1908年)四川的戏班,原为各唱各调,如专唱"昆曲"的有"舒颐班",以"乱弹"为主的有"魁胜班"(或作"徽胜班"),以"胡琴"为主的有"太洪班",以"高腔"为主的则有"翠华班"、"宴乐班"、"长乐班"、"彩华班"、"桂香班"。比较知名的高腔角色,"小生"有康芷林、陈泽洲、王焕廷、萧楷臣、王治安。"生"有周名超、尹华轩、徐德斋、李名扬、黄乐瑞。"旦"有谭云仙、杨素兰、邓少怀、刘文玉、刘世兆、陈小燕、文小屏、李少群、李桂香。"净"有康大蛮、丁绍武。"丑"有海娃子、龙娃子、刘育三等(见席明真《川剧浅谈》)。辛亥革命后,成都的川剧艺人有"三庆会"的组织(伶界联合会性质),高腔如"翠华班"、"宴乐班",胡琴如"太洪班",昆曲如"舒颐班"皆有艺人加入。由是各类声腔,合为一班同台演出。而艺人们也相互切磋、各腔兼唱。续出的名脚,"小生"如魏香廷,"生"如贾培芝、张德成、唐广体,"旦"如周慕莲、小桐凤(阳友鹤)、白玉琼、琼莲芳,"净"如赵瞎子、刘志清,"丑"如傅三乾等,都是当时观众所乐于称道的。在这一时期,"三庆会"曾组设"升平科班",训练了一班新人,继之而起的又有"桂华"、"玉清"、"西华"、"鹏程"等科班,其中也出了一些人材。但这时的四川戏,还没有女性参加。直到民国20年(1931年)其活动范围,基本上不曾离开四川省区,故其在艺术上纵具成就,也不易为外方所知了。

明代的弋阳腔既早传到北京,通过京腔的一番加工和发展,在明末已经流行到山海关外的东北地区(参看第十九节,弋阳腔与昆山腔的争胜),故河北一带,直到清代末年,仍有弋腔班的存在。不宁唯是,即山东的西部,如曲阜、临沂、泗州、菏泽(曹州)等县的"柳子戏",虽然最初是以民歌小曲为主的一种声调,但后来对于流行北方的一些戏曲声腔广事吸收,除"乱弹"、"皮黄"、"昆曲"外,也兼唱"青阳腔"及"高腔",同时还有"啰啰"、"娃娃"、"高腔娃娃"等调。其所唱声腔虽然很杂,但各归一路,各有各的剧目,如"高腔"部分,有《作文》、《借靴》、《还靴》、《张飞闯辕门》、《敬德赏军》、《敬德钓鱼》、《吐针》、《扫秦》、《吕蒙正讨饭》、《犯相》、《灞桥挑袍》、《华容道》、《气走范阳》、《杀虎》(关公小出身)之类。而"青阳"则有《单刀会》、《斩貂蝉》、《大香山》、《大书馆》、《小书馆》、《断桥》、《邯郸令》、《窦燕山赶考》、《葵花潭》、《潘必正偷诗》等剧。"高腔娃娃",则有《夜壶自叹》、《化子拾金》、《顶灯》等剧(见柳子戏介绍)。不过其所谓"青阳",已与"昆曲"、"高腔"相杂糅。除不分牌调外,用笙、笛、三弦伴奏,其单作"青阳"者,无帮腔。作"高腔青阳"者,则尾句由后场帮腔。又所唱"昆曲"如"步步娇"之类,尾句亦有帮腔,这在"昆曲"或"高腔"而言,两者都属变格。"啰啰"本即"娃娃",皆为"耍孩儿"调(参看第二十节,地方剧种的繁兴),其"高腔娃娃",即唱调为"耍孩儿",而尾句帮腔。故山东"柳子戏"中虽具有"高腔"唱调的剧目,事实上较之各地高腔,已有了更多的变化。此外,属于"弋阳腔"系统的声腔,旧有一种"咙咚调",欧阳予倩《谈二黄戏》一文(见《中国文学研究——小说月报十七卷号外》)谓其"又称梆子调,又称吹腔","咙咚"本为虚声(有如京剧练习唱腔时用"杀黄"二字代替字音），或谓实"陇东"二字的音讹。按"陇东"即甘肃东部的平凉、泾川一带，当地旧有一种说唱故事的"道情"，其演唱形式为多人列坐或围坐，唱者兼司乐，每唱一段，尾句由在场诸人帮腔，或称之为"陇东调"。以其只有打击乐按节拍，尾句由多人帮腔而言，自与"弋阳腔"近似，但既为说唱故事，而不作装扮人物的登台表演，则"咙咚调"纵即"陇东调"，或仅为出自"弋阳腔"的一种坐唱声调，与"梆子调"及"吹腔"都不相干。

上述皆辛亥革命前后三四十年中，"弋阳腔"或"高腔"一类声调在各地方剧种中的情况。在这一时期，除了昆高两腔，其流行较为普遍的声调，那就要算是"梆子腔"了。

（原载《社会科学战线》1978年第1期）

辛亥革命前后地方戏曲发展概说(二)

周贻白　遗著

三、梆子腔

梆子腔这一称谓,最早见于清代康熙年间刘廷玑的《在园杂志》:"甚且等而下之为'梆子腔'"。经过多年的传播和发展,到清代末年,已由陕西和山西,流行到河北、河南、山东等省,进而安徽、江西、四川、云南、广东,也都有了它的足迹。虽然各地的"梆子腔"声调互不相同,而其本源则多出自陕西的"秦腔",不过因语音关系及参合其他歌唱的缘故,由是产生了不同程度的差异。

陕西的"秦腔",旧名"乱弹",在清代乾隆年间(1736年至1795年)仅西安一地,即有36个班子,如"保符班"、"江东班"、"双赛班"、"锦绣班"之类,著名旦色,有宋子文(太平儿)、申祥麟、赵三寿、张银花、樊小惠、桃琐儿、岳色子、豌豆花、金队子、白双儿、拴儿、四两、宝儿、喜儿等,其中申祥麟到过山西太原和湖北武昌,赵三寿则来自四川绵州,张银花曾在征伐金川的东南两路大营中流转五年(见《秦云撷英小谱》)。由此可见,那时唱秦腔的地方,已不止陕西一省。比方在北京,从清代康熙年间的"秦优新声"开始,直到清末的光绪年间,所谓"山陕梆子",即从未断其踪迹。在光绪年间(1875年至1908年),"秦腔"在陕西,虽然已没有乾隆年间那样兴盛,但西安和其他各县,仍有一些比较知名的班子在经常演出,如"金玉班"、"玉盛班"、"德盛班"、"金盛班"、"福胜班"、"魁盛班"、"鹿鹤班"、"新声班"之类,每班都有其为观众所欢迎的角色。(见王冶猷《秦腔记闻》)辛亥革命后,西安一部分知识分子,因受旧民主主义革命影响,认为旧有秦腔剧目,陈腐恶劣,殊不足以为社会教育尽其辅助之责,乃于民国元年(1912年)夏季,由李桐萱,孙仁玉二人倡议,创设一秦腔科班,定名"易俗社",延聘秦腔艺人陈雨农、李云亭(麻子红)等担任教练,招收生徒50人入班习艺,除分别角色家门授以秦腔应习之剧外,兼有国文、算术、历史、地理等科目,规定三年毕业。当时这一举措,在西安固属创见,而在他省言之,亦多认为其勇于尝试。迨三年期满,第一期学生出科,中如"须生"张镇中,刘毓中,耿善民,"小生"唐顿易,王秉中,"花衫"王天民、王文华、刘迪民、刘箴俗,"小丑"马平民、汤涤俗,皆一时隽材。于是李桐萱、孙仁玉、范紫东等,乃为编撰新戏多种,陆续排练上演。但西安的一般观众,对于这番有意识的改良,一时尚不能适应。甚至有人认为"易俗社"的新排剧目,已失去秦腔原有规格,因而有原唱小生之聂金山者,于民国4年(1915年)鸠合一班老艺人另创"长庆社",嗣后改名"三意社",专演秦腔老戏,且亦招收了一班生徒。出科后比较知名的,"须生"有王庆民、阎国斌,"小生"有苏哲民、苏育民,"小丑"有晋福长等。到民国13年(1924年)又有毛玉卿者,创设"正俗社",其学生均以正字排名,出科学生有"须生"康正中、李正斌。"小生"靖正恭、靖正谦、杨正福、"青衣"韩正满、"花衫"李正敏等。在这一时期,陕西的"秦腔"虽然获得了一番发展,但因"易俗社"锐意革新,新剧层出不穷,在民国10年(1921年)且曾全班到汉口演出,颇受欢迎,直到民国20年左右(1931年),该社所演出的新排本戏及单折戏,已有360余种,名义上虽然仍叫"秦腔",但和旧日的"秦腔"已有一些距离,因而有人称之为"西安梆子"或"改良梆子"。虽然如此,其于秦腔剧目之革旧创新,在意识上或不免因时代关系而有其局限性,事实上在那一时期确算是一种跃进。

在北京的"秦腔",旧称"山陕梆子"。这一称谓在主观方面,因为其班社中有一部分艺人是山西籍;在客观方面,则因清代中叶到清代末年,北京经营汇兑业者几乎全为山西人。在未有银行之前,这种汇兑行号,事实上对于当时的人民经济具有操纵实权,"梆子腔"能够长期立足于北京,不仅因拥有其山西的基本观众,同时在经济上也获得汇兑行业的一番支持。因而所唱虽属"秦腔",却以"山陕梆子"作为标榜。按之实际情况,山西的戏曲固属以"梆子腔"为本位,其较早知名的是"蒲州梆子",今称蒲剧。蒲州在山西属于省区的西南角(即今之永济),与陕西省区东面的同州、朝邑一带接壤。两省交界的地方,旧为朝邑县属的"大庆关"。这一所关隘的设置,不仅因其为陕西和山西交界之处,同时也是南往四川,北往绥远的交通中枢。"秦腔"的发源地,一般都认为是起自同州(即今大荔县),而同州适与山西的蒲州为邻境,故又有人认为"同州梆子"系来自蒲州。实则同州和蒲州,在清代虽然分属两省。而"大庆关"实即战国时代魏国所置"蒲津关",到宋代才改名"大庆关",两州仅隔一津,不但语音相同,即人民的风俗习惯亦无大异。因而两地的戏曲声腔,亦彼此相通。至于系由同州传到蒲州,抑由蒲州传到同州,则年湮代远,两方都无确据。不过按梆子腔的发展情况来看,在清代乾隆年间,陕西的秦腔,已有渭南和渭北之分(渭河的南北岸)。渭河以南,有"渭南"、"鳌屋"、"醴泉"三派;渭河以北,最著名的则为"大荔"(即同州梆子)。如当时有名旦色樊小惠,即为大荔人,其同部的宝儿、喜儿,也都唱的是"同州腔"(见秦云撷英小谱),可见这时期的"同州梆子"早经流行西安一带。到了光绪年间,西安的梆子虽另成一派,但仍与"同州梆子"具有共同之点,故当时名脚、须生如冬至儿、平定儿、杨绪,小生如丁卯儿,旦角如龙得子(即高陵娃)、赵杰民、启运儿、兴业儿、长命儿、双元儿、同顺儿、季海儿,净如忽忽子,丑如皂皂子、碟碟子，或原唱"同州梆子"，或驰名渭北一带，(见《秦腔记闻》)。这都可说明"西安梆子"即非来自同州，其与"同州梆子"亦具有极密切的关系。"蒲州梆子"俗称"枣梆"(指其以枣木为梆)，在山西固亦较老的一个剧种，往昔亦名"乱弹"，在晋中晋北一带，则称之为"南路戏"。明代嘉靖年间(1522年至1566年)，山西吉县龙王山重修"乐楼记"的石碑，即已有"蒲州义和班献演"字样(见《新戏曲》大兵《谈山西梆子》)。这一"义和班"，所唱声调，今虽不详，但明代蒲州已有戏班存在，则无可疑。如根据明代嘉靖年间，山西省区流行的声调而论，蒲州一带唱的是源出"弋阳腔"的"青阳腔"(原属蒲州的万泉县范村，现仍有唱青阳腔的业余班子)，则此一"义和班"所唱或为"青阳腔"。然则"蒲州梆子"源出"青阳腔"，实具有其可能性。至于其和陕西"同州梆子"的关系，据王绍猷在其《秦腔记闻》中说："碟碟子、亦光绪初年同州梆子最著名之武丑。其技与皂皂子相等，盖同州梆子导源山西，凡丑角皆习武技，文戏中插科打诨，故不在学习之列也。"按武丑须习武技，自为必然，而"凡丑角皆习武技"，不学"插科打诨"，除非只有"武丑"而无"文丑"。至谓"同州梆子导源山西"，毋宁谓"同州梆子"源出"蒲州梆子"。其实，中国戏曲的许多地方剧种，其地域相近者，在声腔和表演艺术上自不免有所交流。决不能甲地方的戏，是来自乙地方。而乙地方的戏对甲地方的戏就丝毫没有影响。何况，明代的"青阳腔"既不能只到蒲州而不到同州，则其唱腔相近，亦即表明其同出一源。至于孰先孰后，比较可靠的办法，还是从声腔上去找根据。据大兵"谈山西梆子"一文中说："在往年，不论山西梆子的南路戏、中路戏、北路戏的艺人。都是经过蒲州科班里学戏以后，才能到各地登台演唱。因此又称为'蒲州调'，道白称为'蒲白'实际系采取中州韵的。过去的老艺人，如没到蒲州学过戏，那是绝对不能成名的。所以蒲州是山西梆子的中心，直到清季同治光绪间，梆子才显明的分了家，北路戏的学戏地址移在大同；

中路戏的学戏地址改在祁县、太谷；南路戏则依然在蒲州。"由此征知，"蒲州梆子"在同、光之前，实隐操山西省区的梆子腔的枢纽。而所谓"道白称为蒲白"，则为表明其根源出自蒲州。可是，这种"蒲白"，却另具一种根源，而就是往昔学唱"蒲州梆子"者，必先学好西安话，始能归入"中州韵"。绝不是使用蒲州土音来念白。然则所谓"蒲白"，其根源又当属之西安语音了。故"同州梆子导源山西"之说，至少唱"同州梆子"者未闻须学好山西话。即令"蒲州梆子"或当在"同州梆子"之前，而"同州梆子"对"蒲州梆子"实隐操其发展之枢纽。

其次，就是北路梆子。所谓"北路梆子"，即系以大同为中心，流行于晋北各县的"梆子腔"。其活动范围，东至蔚县，涞源，南至忻州、静乐，西至包头，北至丰镇、呼和浩特。其本源是出自南路的"蒲州梆子"，但因晋北一带的语音不同而有了一些变化。在清代同治光绪年间（1862年至1808年），北京演出的所谓"山陕梆子"除有一部分陕西籍的"秦腔"艺人外，其属于山西籍者，所唱即为"北路梆子"。当时的演员较为知名的如捞鱼鹤、天明亮、京南红（赵玉亭）等，都为晋北的大同、忻州、五台一带人。

再次是"中路梆子"，或称"太原梆子"，今称"晋剧"。其源也出自"蒲州梆子"，但因与晋中一带的秧歌相结合，其声调已较"蒲州梆子"为低，而行腔亦多不同之处。根据大兵"谈山西梆子"所说，其形成"中路梆子"一派，当在清代同治、光绪年间，故较"北路梆子"又当在后了。此外，山西的东南部，有所谓"上党梆子"，一名"东路梆子"，以长治为中心（即古之上党），流行于高平、晋城一带，其源亦出自"蒲州梆子"，但其所唱声腔，包括有"昆曲"、"罗罗"、及"徽调二黄"，因而使其本身也有了一些变化。在民国初年，有人根据北宋时"泽州（即今晋城）孔三传创兴诸宫调"之说，改称"上党宫调"，这一种毫无根据的附会，不过反映出其人的无知而已。

"河北梆子",旧名"直隶梆子",或称"京梆子"。其来源虽出自清代中叶到末叶在北京演出的"山陕梆子",但在山西和陕西的两种梆子中,主要是山西的"北路梆子",通过了张家口的所谓"口梆子",然后结合河北的语音和其他歌唱,才成为"河北梆子"。有人说,"山西的北路梆子"。东不过张家口,南不过太原,因为这两个地方都唱的是"中路梆子"。其实,张家口的"口梆子"是由"北路梆子"蜕变而来,和太原的"中路梆子"的声腔颇有出入。如以"北路梆子"系直接源出"南路梆子"(蒲州梆子)而论,则"南路梆子"实为"河北梆子"的老根。因此,在"河北梆子"的老艺人口中说来,他们的父师一辈,都是唱"蒲州梆子"出身。比方清代末年北京"山陕梆子"的名须生郭宝臣(元儿红)就是原属蒲州的猗氏县人。所唱的也就是"蒲州梆子"。但因参合了"北路梆子"的唱法,被人目为既非"京梆子",也不是"蒲州梆子",同时,有名旦色侯俊山(十三旦)系洪洞人(原系晋南平阳府),最初也唱的是"蒲州梆子",后来改唱"北路梆子",在张家口落户,到了北京,便参合"口梆子"的唱法而唱"京梆子",因而和郭宝臣同被视作"山西梆子"和"京梆子"的"二混"(即彼此相混)。其实,这种"二混",正是从"山西梆子"过渡到"京梆子"的一种中间声调。他如盖陕西(陕西朝邑人)十二红(原名薛固久,陕西渭南人)则系由(同州梆子)到"蒲州梆子",再转到北京唱"山陕梆子"。而十七红(一名富娃子)十七生(原名宋瀛海)则皆为晋南一带人原唱"北路梆子",在张家口演出一个时期后再转北京。从这些在清代末年比较知名的梆子艺人的籍贯和经历,联系了"山西梆子"的发展情况来看,其来源和衍变颇为清楚,那就是说,"河北梆子"的老根固为山西的"蒲州梆子",但其间具有"北路梆子"和"口梆子"的两个过程,及至形成"京梆子"之后,当时的分别,是"山西梆子"唱腔"耍二音"(即以本嗓参合着假嗓耍腔)而"京梆子"则本嗓到底。虽然后来唱"京梆子"也有耍二音的,或者不依京音咬字出声,则都被认为是"山西胳膊直隶腿"。可见"河北梆子"虽源出山西，经过长期的加工和发展，已自成一体。犹之徽班蜕变为"京剧"，两者虽都唱的是"西皮、二黄"。其间已大有分别。此外，河北尚有所谓"老调梆子"，或谓系"山西梆子"初至河北时的声调。"京梆子"的形成，曾通过"老调梆子"这一阶段。实则系"山西梆子"结合河北"丝弦调"的一种声腔，与"京梆子"只能说是同源异流。

"河北梆子"既以"京梆子"名义自成一体之后，在光绪十三年顷（1887年）有涿州双顺科班出身之旦色田际云（响九霄、亦作想九霄）系河北高阳人，在京组设一梆子科班，名"小玉成班"，招生徒专习"京梆子"，其生徒俱以玉字排名，如李玉奎、张玉峰、李玉桂、李玉凤、梁玉德等。学生尚未出科，即由田率领全班共70人，先在京畿各县演出一个时期，然后直赴上海，搭入天成茶园，以"秦腔"名义与"京剧"同台演出。所谓"京剧""秦腔""两下锅"即于此时开始。"小玉成班"在上海演出将近四年，与之同台演出的京剧艺人，有孟七、黄月山、夏月恒、张金虎、王凤云（飞来凤）等，嗣因北京秦腔班"永胜和"也到了上海，与"小玉成班"合并，乃由"小玉成班"教师李成玉挑出十余个学生，另成一组到他埠上演。分组之后，两班合并未久，随又各归各班，田乃率其全班回京，其同台的京剧艺人亦与之同行。回京后，田遂另组"大玉成班"，以梆子京剧"两下锅"方式演出。至于李成玉率领之一组学生，则由上海先在宁波演出了一个时期，回上海略事休息，再赴芜湖、镇江、苏州一带，随后到江西南昌，及福建、广东等省（见《河北梆子史料》、《李玉桂访问记》）这一种闯荡江湖的巡回演出，在那一时期，其目的虽专为牟利，但所到之处，均曾有一个时期的逗留，其对当地的一些剧种，或多或少地不免具有一些影响，比方江西戏中有"河北梆子"，很可能就是这一时期传播过去的。

河北的武安一带，有所谓"平调"，或称"武安平调"，相传来自河南的"淮调"，实则为安徽省境的"淮北梆子"——"沙河调"，因其与"河南梆子"的"豫东调"早相参合,故作"河南的淮调"。如所唱腔板有"慢板"、"二八板"、"流水板"、"裁板"之类,其唱法皆与"淮北梆子"——"沙河调"相同。又伴奏器乐系以二弦和轧琴为主,不用管乐,亦与"淮北梆子"只用月琴、二弦或加三弦相近,至其所演剧目,如《盘坡》(即《武家坡》)、《天仙配》、《两狼山》、《杨八姐游春》等,多属历史故事或民间传说,则与山东的"高调梆子"及"河南梆子"为同一路子。

又河北保定、石家庄一带,有所谓"老调丝弦",其唱腔原为各具牌调的南北曲,如"耍孩儿","锁南枝"之类,嗣因与"鼓儿词"的句调相参合,乃形成一种不按牌调的七字句或十字句的唱腔,声调和河北南部的所谓"老调梆子"颇相近似。其伴奏虽然以弦乐为主,但除鼓板外无另加之梆子。所演剧目,还存有唱长短句的"扯伞"(《拜月记》一折)之类,不过其唱调已不为原有牌调所拘了。

又河北涿州、沧县、南皮一带,有一种"哈哈腔",一名"合儿腔",或名"喝喝腔",源出农村"秧歌"。在清代末年,其流行较"河北梆子"为普遍,"河北梆子"与相对抗,每不能胜,乃进而与其同台合演,并吸收其剧目如《六月雪》、《七人贤》、《沉香救母》、《李翠莲上吊》、《对菱花》之类。迨"河北梆子"盛兴后,"合儿腔"乃另自成班,所唱声调,除尾音有"哈哈"或"喝喝"之声,唱时系从板头起腔外,其伴奏乐器,主要为四股弦和月琴,或另加笛子。而打击乐的应用,如"冲头"、"间板"、"按板"、"起板",则皆与"河北梆子"相同,故其流行虽或在"河北梆子"之前,但实亦"梆子腔"范畴的剧种。

河南的戏曲,在清代乾隆年间,流行的声调是由"弋阳腔"衍变而来的所谓"弦索腔",或名"女儿腔"。其唱法与"高腔"相近,但尾句或尾字不用人声帮和,而以月琴、三弦等弦乐接腔。惟洛阳一带,所唱为"青阳腔",有笙、笛、月琴伴奏,亦有后场帮腔。或名之曰"洛阳高腔",曾传播到晋南蒲州一带。到清代中叶以后,河南农村兴起一种以山歌民谣为基础的土调,名为"河南讴",后来吸收了早期"秦腔"——"同州梆子"的唱调,并与"弦索腔"及"高腔"相参合,由是形成所谓"河南梆子"。"河南梆子"初起时,仅在豫西几县的农村中,靠着山礉,随便用木板搭上一个台,就可以演唱,因此当地或名之谓"靠山吼"。以后一天天发展,由豫西流行到豫东,到了清代末年,则已遍及全省。辛亥革命后,渐由农村进入城市,而且因地区不同有了几个派别。在阌乡以东,以洛阳为中心者,名"豫西调"。洛阳往东,以开封为中心者,名"祥符调"。由开封再往东,以商邱为中心者,则名"豫东调"。其由豫西向北接近河北地区的一派,则名"大油梆"。其由豫西向南,接近湖北地区的一派,则名"南阳梆"。这些派别的不同之处,"豫东调"和"祥符调",基本上没有太大的区别,只是咬字发声,各以其地方语音为主。而"豫西调"与"豫东调",则前者纯用真嗓,不带假声,当地名为"大本腔",唱时尾音较低,咬字发声用中州韵;后者则参用假嗓,尾音或使边音耍腔,当地谓之"二本腔",其念白则带有土音。"大油梆"一称"平调",唱腔原与"豫西调"相近,但通过河北邯郸、肥乡一带,发展到山东省区,受山东梆子的影响,有了一些变化。至于"南阳梆",则因其本体固为"豫西调","豫西调"既较流行,其专唱"南阳梆"者便逐渐少了,而代之以兴的则有所谓"月调"。

"月调"原为中国戏曲一般地方剧种唱腔的四种调门之一,即所谓"平""背""侧""月"之"月"。"平调",指大本嗓的正调;"背调"亦作"背弓","弓"指胡琴的拉弓,即"反调";"侧调",即使假嗓而以侧音出之的"高调";"月调"指"阴调",即低音的反调。如云南的"丝弦"(梆子)有"阴板","桂林戏"称"反西皮"为"背弓",而以"反二黄"作"阴皮"。"月"为"太阴",故有此称。近年有人把"月调"称作"越调",认为系出自元明南北曲的九宫之一,并且把一些伴奏音乐所用曲牌,如《梅花酒》、《小桃红》、《千秋岁》、《沽美酒》、《雁儿落》、《傍妆台》、《玉芙蓉》、《甘州歌》、《新水令》、《红绣鞋》之类,认作系其原有唱调。姑勿论这类曲牌为各地方剧种通用的昆曲牌调,而且,中除《梅花酒》、《小桃红》曾隶属于南九宫的"越调"外,其他都与"越调"无关。至于"月调"所唱腔板。如"慢板"、"二八板"、"流水板"、"垛子"、"石砸嘴"、"倒板"、"飞板"等,多属"梆子腔"的板式。而与之最相接近的声调,则为"河南梆子"的"豫西调"。其成为一项剧种,系清代乾隆以后,初起于河南南阳,原名"四股弦",源出民歌小曲。比方以民歌小曲作为唱腔的陕西及山西的"迷胡"(或作郿鄠),便多以"月调"或"背弓"开首。较早的南阳"四股弦",系专唱"月调",不杂他曲。嗣因参合"豫西调"的唱法,乃有与"梆子"相同的各种板式。因此,河南的"月调",实为"南阳梆"的一种变体。"南阳梆"虽因"豫西调"的盛行而唱者渐少,但"月调"却仍有所流传,其流行地区,除河南的东部、南部、西部各县处,且远及湖北襄阳、郧阳、宜昌、荆州、施南等地。在湖北,旧称"襄河月调",并被认为系起于襄阳、樊城一带。河南南阳之有"月调",实系"襄河月调"的支派。因而有人根据其主要伴奏的四股弦,里外弦的定音为"士"、"工"(6、3),和"西皮调"的胡琴定音相同,乃联系到旧日的"湖广腔"——"襄阳腔",推断其或即"西皮调"的前身。其实,"襄阳腔"或"西皮调"皆源出陕西的"同州梆子"。其胡琴定弦为"士""工",由来已远。"河南梆子"无论为"豫东调"或"豫西调",其胡琴定弦亦皆如此。湖北襄阳和河南南阳,本相接壤,这问题也和陕西的同州与山西的蒲州一样,彼此皆认为系"梆子腔",最初的发源地,实则"襄河月调"与"南阳月调",若拿陕西的"同州梆子"作为其总脉来看,两者不过是同源而异流,如以"月调"和秦晋两地的"迷胡"的关系而言,则由北而南的可能性较大。至于"南阳月调"对"豫西调"的参合,自不免使"襄河月调"深受影响;同时,

"襄河月调"的唱腔,如"慢板"、"垛子"、"滚板"、"飞板"等,和今之汉剧的"西皮调"大体相同。然则"襄河月调"纵非旧日的"湖广腔"——"襄阳腔",事实上和汉剧的"西皮调"亦当有所参合。换言之,"月调"自为"月调",在河南,并不等于"豫西调"或"南阳梆";在湖北,也不等于"湖广腔"——"襄阳腔"或"西皮调",只能说是其唱腔中既有"河南梆子"的成分,也有"湖北汉剧"声调的吸收。比方其伴奏器乐,除以四股弦为主乐,最初且以之作为这一剧种的称谓处,他如三弦、月琴,打击乐如边鼓、大钹、小钹、大锣、小锣等,而独无梆子,这就显示出其既不同于"河南梆子",也与"湖北汉剧"的伴奏场面有异。至于所演剧目则有所谓"老十八本"和"小十八本"之别,"老十八本"如《踢狮子》、《抱火斗》、《文王吃子》、《湘江会》、《金蹬救主》、《快活林》、《跑马跳坑》、《秦琼卖马》之类;"小十八本",有《一捧雪》、《乌江岸》、《关公小出身》、《两狼山》、《十王宫》之类,其不属于十八本的折子戏,则有《广武山》、《五雷阵》、《反八卦》、《打登州》、《劈三关》、《收姜维》、《下南唐》、《闹花园》等。从这些剧目来看,其中有与河南梆子相通者,亦有和湖北汉剧相同者,这就证明"月调"对其他剧种的交流关系并非只倾向于"河南梆子"或"湖北汉剧"的一个方面了。

山东的"梆子腔",共有四种,其流行鲁西的菏泽(曹州),济宁及泰安一带者,原名"曹州梆子",亦名"高调梆子",或称"高梆";流行鲁东的章邱、昌潍、聊城一带者,名"章邱梆子",又名"东路梆子",或名"山东讴";流行山东中区的莱芜、泰安、新泰、蒙阴、沂南一带者,名"莱芜梆子",亦名"莱芜讴",此外,则为流行郓城、菏泽、定陶一带的所谓"本地僵",亦名"泽州调"。

"曹州梆子",一名"高调",是对来自河南的"平调"(大油梆)而言。在济宁,或称为"汶上梆子",一般则叫它"山东梆子",其源出自陕西"同州梆子",据传系二百年前,从河南开封、朱仙镇一带传入山东。开始授徒传艺者,是来自开封的蒋札子及一徐某,当地艺人称作"蒋门"、"徐门"。传到民国已有五代,原唱"大本腔",后来参合"河南梆子"、"豫东调"的唱法,尾音使假嗓翻高,乃成为"二本腔"。因而也有人叫它"豫东调",其在菏泽,则称为"淮调"。这说明"高调梆子"的形成,除源出"同州梆子"外,兼具有"豫东调"和流行安徽一带的"淮调"的影响。"高调梆子"在鲁西一带虽然自成一体。但除"梆子"外参有一部分所谓"笛戏",或称"大笛罗罗",其唱调近似"吹腔",实则为"耍孩儿"调和以笛子,因有其他杂曲,乃统称"笛戏",至其主要声腔,则仍为"梆子"。往昔能演的剧目,有三百多出,常演者有"四大征",即《穆桂英征东》、《秦英征西》、《姚刚征南》、《雷镇海征北》。此外则为"老十八本",如《春秋配》、《梅降雪》、《千里驹》、《金台将》、《百花咏》(郭子仪事)、《富贵图》、《老边庭》、《龙门阵》、《佛手橘》、《双玉镯》、《玉虎坠》、《全忠孝》、《江东战船》、《宇宙锋》、《虎邱山》、《二进宫》、《天赐鹿》、《马龙记》等。这些剧目,大抵为首尾完整的全本戏,比方《老边庭》,即"杨家将"故事,其所包括的单折,有《闯幽州》、《两狼山》、《雁门关》、《李陵碑》、《窜御状》、《拿潘》、《提寇》、《审潘》、《阴审》、《密松林》等(见华东戏曲剧种——山东梆子介绍)。在清代末年,"高调梆子"已由农村进入城市,同时也有了科班的组设。到辛亥革命后,虽因军阀混战,不能获得正常发展,但仍有一些知名的艺人间作演出。如王锡堂(桂花油)、刘德润(红脸王)、黄儒秀、赵义庭、孙子高等。在民国初年"河南梆子"的"豫西调"还不流行的时候,这班角色,都曾被邀到开封演唱。由此觇知,其与"河南梆子",实早具有相互交流的关系。

"章邱梆子",一名"东路梆子"。实与称"秦腔"为"老西路梆子"相对而言。虽然又名"山东讴",其源则出自山西的"蒲州梆子"。通过河北省区而传入,故兼有"河北梆子"成分,其唱法"生"、"旦"皆使本嗓,仅于每句末一字翻高用假嗓耍腔,基本上是"二本腔",伴奏以"大胡琴"和"月琴"为主。所谓"大胡琴",不过较"高调"、"平调"所用"二弦"短而粗,其音响则与"本地㑉"之"锯琴","莱芜梆子"之"提琴"皆相近似。按"河南梆子"的"豫西调",发展到山东的平原一带成为"大油梆",则曾受"章邱梆子"的影响。但"章邱梆子"亦不免对"豫西调"转而有所吸收。如从其所唱剧目来看,如《打桃园》、《火焰洞》,系出自"扬州乱弹";《马二头送祟》及"娃娃调"的《打皂王》,则原属"柳子戏"。又其基本唱调中有所谓"慢一板",当地称为"本地调"的"乱弹",实则仍为"梆子",其称谓虽杂,但由此反映出其所吸收的腔调实不止"梆子"一类。

"莱芜梆子",虽被称作"莱芜讴",其实非山东的土著,而是清代中叶的乾隆末年(1786年至1795年)安徽班流传到济南、泰安一带巡回演出,由是留下根源。以后在道光年间(1821年至1850年)便有安徽的"老阳春班"被邀到泰安来长期演唱。随后在夏张镇(泰安县西南三十里)定居下来,进而与来自河南的"秦腔"——"同州梆子"相结合,乃形成所谓"莱芜梆子"。因而其所唱声腔,既有"梆子腔",也有"高拨子"、"老西皮"、"老二黄"、"昆曲"、"罗罗"、"乱弹"之类。起初,这些声腔的比重当以"西皮"和"二黄"的剧目为多。到了清代末年,因为"高调梆子"和"河南梆子"的迅速发展,"莱芜梆子"亦逐渐以梆子戏为主,在剧目的比重上便超过其他各种声腔,而亦有了其所谓"江湖十八本",如《两狼山》、《全忠孝》、《玉虎坠》、《春秋配》、《富贵图》、《虎邱山》、《马龙记》、《龙门阵》、《金台将》、《天赐鹿》、《双玉镯》、《连环计》、《大保国》、《打銮驾》、《烧战船》、《牛头山》、《桃符板》、《双锁山》等(见华东戏曲剧种介绍——莱芜梆子)。其中除《连环计》、《打銮驾》、《牛头山》、《桃符板》、《双锁山》等五本外,余皆与"高调梆子"所谓"老十八本"名目相同(其《两狼山》即《老边庭》、《大保国》即《二进宫》、《烧战船》即《江东战船》)。由此可以觇知"莱芜梆子"和"高调梆子"两者的血缘关系。不过,"莱芜梆子"的唱腔,除了旦角的尾音和生角翻高耍腔时是"二本腔"外,一般角色都是纯使真嗓的"大本腔"。同时,其所掺杂的各种声腔,惟"老西皮"、"老二黄"系京剧皮黄的前身,在剧目上仍自成一系。他如"高拨子"、"昆曲"、"罗罗"、"乱弹"之类,都只有一二出到十出左右,而且有的剧目是"乱弹夹梆子"、或"乱弹夹拨子"(其乱弹实指吹腔),而"罗罗"一门,也就是"高调梆子"中所谓"笛子戏"或"大笛罗罗"。辛亥革命后,因为京剧流行,便又吸收了京剧皮黄的唱腔,并移植了一些武戏的剧目。但到民国15年前后(1926年)泰安一带因连年战争,"莱芜梆子"已渐归衰落,只有一两个班子流转于农村演出了。

"本地偺","偺"读如"找"(zhǎo),系由"山西人"三字拼成的一个新造字,意即"本地(山东)的山西戏",故一称"偺梆",其源出自山西东南部的"上党梆子",因而又名"泽州调"。其由山西来到山东,是清代光绪初年(1875年至1884年)山西遭到灾荒,一些职业戏班多向外省谋食,有一个"上党梆子"的"拾万班"来到了鲁西南的郓城、南旺一带,演出了一年多,对这一带的观众留下了好的印象,不久,便有山西的艺人潘朝绪(绰号大闺女)到郓城南旺之间的双庙、邹官屯来传艺,成立了"偺梆"的第一个戏班,名"义盛班",其所授生徒,多为山东本籍,而所唱声调则为山西的"上党梆子"。起初,也和"上党梆子班"一样,除"梆子"外,兼唱"昆曲"、"罗罗"及"徽调二黄"。但到辛亥革命以后,便只唱"梆子"和"皮黄"两种声调,其皮黄剧目与梆子剧目相比,"皮黄"不过"梆子"的十分之二,而"梆子"部分,亦有所谓"老八本",如《彩仙桥》(《秦英征西》)、《天波楼》(《谢金吾私拆天波楼》)、《访四川》、《八仙关》、《蝴蝶盃》、《红石关》、《代州愿》、《金玉锁》等,三国戏有《荐诸葛》、《曹丕射鹿》、《连环计》之类,《水浒》戏有《坐北楼》、《时迁打铁》之类。大抵来自"上党梆子"。至其唱调,中有"倒反拨子"、"紧反拨"及"靠山吼"等,其"拨子"虽或出自"上党梆子"

中徽调部分,而"靠山吼"实为"河南梆子"的俗称,则其对"河南梆子"唱腔有所参合,也是很显明的。

"安徽梆子",在清代嘉庆年间(1796年至1820年)已见诸记载。如焦循《剧说》,即曾提到"近安庆'梆子腔'剧中,有《桃花女与周公斗法》、《沉香太子劈山救母》等剧,皆本元人"(《剧说》系嘉庆十年乙丑——1805年成书)。嗣焦氏复有《花部农谭》之作,(嘉庆二十四年己卯——1819年成书),所论花部所演剧目,如《铁邱坟》、《龙凤阁》、《两狼山》、《清风亭》、《三打玉英》、《司马师逼宫》、《赛琵琶》、《紫荆树》等,也都是"安庆梆子腔"。安庆梆子腔的来源,根据《秦云撷英小谱》严长明在《小惠传》中说:"弦索流于北部,安徽人歌之为枞阳腔——今名石牌腔,俗名吹腔"。不过,此时的"梆子腔",和"乱弹"这一称谓一样,几乎是除"昆曲"外对一切声腔的统称。因而焦循所称"安庆梆子腔",可能是"吹腔",或"高拨子",也可能是"徽调二黄"。因为这类声腔,都是除鼓板之外,另加梆子作为增强节奏或追加赠板之用。不过这种梆子是用一块三四寸长方形的桐木,从一方刳空,横缚在单皮鼓架上端的右手,用鼓箭轻敲,有时即用以代替拍板,(这种梆子在湖南名"课子",在广东则叫"卜敬"),不像"山陕梆子"是用两条枣木,另由一人在旁敲击。可是在当时看来,都是在鼓板之外另加梆子,而昆曲则无此物,故除昆曲外都叫作"梆子腔",而"梆子腔"则或被称为"乱弹"。换言之,这一时期安徽的"吹腔"或"高拨子"乃至"徽调二黄",都可用"梆子腔"作为概指。如果以"山陕梆子"之类作为"梆子腔"的专指,则流行于安徽阜阳、宿县、蚌埠、淮南等地的"梆子戏",其源实出自"河南梆子"。根据"河南梆子"的发展情况来看,其进入安徽省区,当在辛亥革命以后。起初是沿着河南和安徽两省交界之区,其以商邱为中心的"豫东调",首先传播到安徽的阜阳(颖州)、宿县一带,因与当地语音相结合,便产生了一种所谓"沙河调"。随后,以洛阳为中心的"豫西调",也沿着陇海铁路经徐州转入安徽省区,在蚌埠、淮南一带扎下根子。于是安徽的"梆子戏",便兼有"豫东"和"豫西"以及"沙河调"等三个路子。若以其唱调而论,"沙河调"虽然是用安徽的语音来唱,基本上是"豫东调"的路子。以后流行到淮北一带,或称"淮北梆子"。但其唱调亦未出"豫东""豫西"两调。不过,其嗓音有"大本腔",也有"二本腔",或全为"沙嗓"。大概因"豫东"和"豫西"两种唱调用嗓的不同,故各从所学。至于所演剧目,虽号称有四百余出,实多来自"河南梆子",因而有人把这种"安徽梆子",叫作安徽的"河南梆子"。语虽近谑,似亦不无理由。

"四川梆子",一名"盖板子",这是因为其伴奏器乐中的胡琴名叫"盖板子",为区别于皮黄名为"胡琴",故有此称。一般则名"乱弹"或"弹戏",本源出自"秦腔"——"同州梆子",但传入四川较其他地方剧种为早,这不仅因为陕西的南部一大片地区是和四川接壤,而且双方的艺人早已在戏曲艺术上有所交流。比方在前面秦腔中引述的乾隆年间著名旦色赵三寿,即为四川绵州人。而在乾隆己亥(1779年)进入北京演出的魏长生,则为四川金堂人,所习亦为"同州梆子"。这时期,北京虽已有"山陕梆子班"的演出,但不甚风行,只能在城外或京畿各县流转。自魏长生入京,乃轰动九城。因为魏系四川籍,且于唱腔中有四川音调的参合,一时乃有"川梆子"之称。以后继魏而至京的四川籍伶工,如彭万官、陈金官、于三元、王昇官、杨四儿、张兰官、曹桂官、马九儿等(见吴太初《燕兰小谱》),虽多为旦色,所唱声调当皆"梆子腔"。但"同州梆子"蜕化为"四川梆子",不必即以魏长生作为其间之关键。"四川梆子"当早在乾隆末年(1786年至1795年)之前,已结合当地语音而形成与"同州梆子"不同的唱法。其与"同州梆子"不同之处,不但腔调较为平直,尾音转为低沉,而且和"四川高腔"那种近似朗吟的声调有所参合,基本上无所谓耍腔。这种参合,按之"同州梆子"或"蒲州梆子"本身的出处,实系从明代的"青阳腔"

衍变而来。其尾音翻高或"拉二音",亦即由后场帮腔所蜕化。四川的"高腔",其帮和之声往往高出歌唱者本音八度而以假嗓出之,虽亦与"青阳腔"具有渊源,但更多的是"青阳腔"中"滚调"的应用,故其声调亦近似朗吟。因为梆子腔既无帮和,如按"同州梆子"唱法,其尾音翻高,势必成为"二本腔"。而四川梆子只有"大本腔"的唱法,一方面是结合高腔的朗吟声调,一方面却避免那种高八度的使假嗓,故尾音转趋低沉,形成既非"同州梆子"的翻板,也和"高腔"各异其趣。唯其如此,故《燕兰小谱》云:"蜀伶新出琴腔,即甘肃调,名西秦腔,其器不用笙笛,以胡琴为主,月琴副之,工尺咿唔如话"。其实,"西秦腔"也就是源出"同州梆子"的"四川梆子",意即"四川的秦腔",如果是"甘肃调",就不当是"蜀伶新出"了。这种唱调及其伴奏器乐,按之今日川剧中的"梆子腔",仍相符合。至于四川以"梆子"称作"乱弹"或"弹戏",实系沿用"秦优新声有名乱弹者"的旧称,有人认为是出自"安徽花部"或称"乱弹"而来,从而断定四川之有"梆子"是乾隆五十年以后的事,这就错了。

四川的"梆子腔",在清代的同治光绪年间(1862年至1908年)还有其独立班社,如"魁胜班"(魁或作徽)、"查师爷班"。其声调虽以"梆子腔"为主,但"魁胜班"所唱为"川梆子"、"查师爷班"所唱则为"秦腔",而且都已掺入一部分"京二黄"的剧目。这情况,也许是受有上海或北京的"两下锅"的影响。不过,其专唱梆子的剧目,已有所谓"春梅花苦"小四本之说。(小四本系对高腔大四本而言,即《春秋配》、《梅降亵》〔亵或作雪〕、《花田错》、《苦节传》)据传皆系李调元新编或改写。此外比较知名的梆子戏,尚有《红梅阁》、《二度梅》、《黑风洞》等,皆已于此时出现。辛亥革命后,"梆子腔"的专班报散,其艺人均归入一般班社,形成"昆"、"高"、"胡"、"弹"、"灯"五项声调的混合组织。"梆子腔"在剧目上虽然没有"高腔"那么多。但较之"昆曲"和"灯戏"却差胜一筹，而与"胡琴"在四川戏中的地位不相上下。至于观众对这几项声调的取舍，当然有爱听"梆子"而不喜其他唱腔者，那就熊掌与鱼，只有各从所好了。

"云南梆子"在云南戏（今称滇剧）里一名"丝弦"，这和四川戏把"胡琴"（皮黄）叫作"丝弦子"不同。但艺人们有时直称"梆子"、或名"乱弹"，其源亦出自"秦腔"，大概系从四川传播过来，但非"川梆子"那种结合当地"高腔"的唱法，而是更多地接近"秦腔"——"同州梆子"。比方其唱腔在起头或收尾时，都和"秦腔"近似，而在老生唱所谓"阴板"时，尾音用高八度的假嗓翻高耍腔，也和秦腔的老调一样。至于文武场面，文场伴奏所用主乐名"锯琴"，其次为"胡琴"，"月琴"。"锯琴"的制作和音响，和早期秦腔所用"二股弦"（非今之胡呼）也颇相同。武场的打击乐除鼓板锣钹外，另加"梆梆"增强节奏，则更为"秦腔"的特点。凡此，都可证明"云南梆子"和早期的"秦腔"是直接渊源。不过，一般"梆子腔"，虽多出自"同州梆子"或"蒲州梆子"，但"江南之橘，踰淮则为枳"，这在戏曲的声腔和表演形式上说来，陕西的梆子传播到云南，根据当地的民情风俗，及与其他歌唱的结合，其间必然要发生一些变化。比方其属于"丝弦"的板式，除"倒板"、"滚板"、"二流"、"三眼板"与"秦腔"略同外，另有"二十四梆梆"，则为"秦腔""十三咳"的一种发展。又有所谓"霸儿腔"，则系一板一眼，在尾句耍腔翻高，名"攒彩"（即装饰音）。而所谓"安庆"，则近似"吹腔"。或即旧日的"安庆梆子腔"。但总的看来，"云南丝弦"的唱法，大体上的"京剧"里的"南梆子"韵味极为相近，说不定"京剧"的"南梆子"之所以为"南"，和"云南丝弦"具有一些关系吧？此外如"一字"、"机头"，皆为三眼一板，与"秦腔"的"慢板"相近。惟"飞梆子"则为散板，和四川的"飞梆子"相同。至于其专唱"梆子"的剧目，亦有"春梅花梵"四大本之说（即《春秋配》、《梅降雪》、《花田错》、《梵王宫》），则与"四川梆子""小四本"有三本相同。其他全本戏唱"梆子"者,有《红梅阁》、《富贵图》(即《少华山》,一名《小富贵》。另有《大富贵》,为"鱼藏剑"事。《中富贵》,为"报恩府"事)、《甘露寺》、《玉堂春》、《玉虎坠》、《贩马记》、《火焰驹》、《蚨蝶媒》、《战船图》、《合凤裙》、《双白璧》之类。至于一本戏中各折,或唱"丝弦",或唱"襄阳"、或唱"胡琴",则视其剧情和人物而定。比方《百花诗》一剧,其《卖鱼闯道》唱"丝弦",《对舌闹朝》则唱"胡琴"。又《白蛇传》、《游湖借伞》唱"襄阳",《水漫金山》唱"丝弦",《仕林祭塔》则唱"胡琴"。甚至有一出折子戏里,也不专唱一调者,如"十五贯"中"图财害命"一折唱"胡琴",又唱"丝弦"。而一折中"胡琴"、"襄阳"、"丝弦"都有,则谓之"三下锅",如《孙夫人祭江》即其一例。

"云南戏"在清代乾隆年间,已有了本省的戏班,因为当时流行四川、云南一带的声调,除"昆曲"外,有"石牌腔"、"秦腔"、"弋阳腔"、"楚腔"之类(见"禁书总录"伊龄阿"请禁乱弹等腔奏折"),故所吸收的外来声调,也不出上述几类。如"丝弦"——"梆子"来自"秦腔",当即此时之事。他如"胡琴"来自"石牌腔","襄阳"出于"楚腔"。其根源皆颇清楚。至于把这些外来声腔结合云南语音及其他歌唱而成为不同于其他地方剧种的"云南戏",这中间又曾经历一些过程。比方在剧目方面,初期所演,多半出于"昆曲"和"秦腔",而且是通过"四川戏"才传到"云南戏"里来,特别是一些在"四川戏"里唱高腔的剧目,如所谓《五袍四柱》,在"云南戏"里也有。但都改唱"胡琴"或"丝弦"。往昔曾有人予以统计:"云南戏"剧目,来自"四川戏"者,占十之六七。不过唱腔既有所改变,在表演艺术上也就另具一种风格了。

江西戏曲的一般情况,已在谈"高腔"一节中述及,其以景德镇为中心,流行赣北一带的"饶河戏",所包括的声调除"高腔"外,有"西皮"、"二黄"、"凡字"、"老拨子"及"秦腔"。在清代光绪初年(1875年至1884年),当地人统称之为"梆子腔"。这称谓,当然是沿用着清代中叶以"梆子腔"作为"昆曲"以外的诸腔各调的概指的那一旧称。如加细分,虽不免使人感到所包过广,可是,正好说明那一时期的所谓"梆子腔"或"乱弹",就是这么一个笼统的名词。而在"饶河戏"说来,从这些声腔上,却可因此看出它本身的根源。如"西皮"、"二黄"(当地作二凡)、"凡字"(即"反二黄")、"老拨子",显然都来自安徽班。而"秦腔"在"饶河戏"中就是"吹腔"(或亦称作"浙腔"),实际上也就是早期的"安庆梆子腔",仍属安徽产物。至于不称"徽调"而称"秦腔"或"浙腔"者,"秦腔"自为"梆子"的根源。既有此称,然则"吹腔"——"安庆梆子腔",当系由"陕西梆子"衍变而来了。按徽调中"高拨子",有人认为实系"高梆子"的音转,其源亦出自"秦腔",虽未见诸明论,其说似非无据。因为"高拨子"的声调和唱时于鼓板之外或加梆子,实与早期"秦腔"——"同州梆子",有其相近之处。由此联系到"吹腔"之与"秦腔",如从声调上比较,也可以说是源出"秦腔",因与其他歌唱相结合,故变化较大。至于或称"浙腔",则似因浙江的"金华戏"中"三五七调",其起句与过门,均与"吹腔"无异,乃被误认为即其娘家。实则"三五七调"为"吹腔"的一种变格,在"温州乱弹戏"中亦有此调,应即由"吹腔"到"四平调"(二黄平板)的一种过渡声腔。如以"山陕梆子"一类声调作为"梆子腔"的专指的话,则"江西戏"中的"梆子",固亦源出"秦腔",但其直系亲属,却是"京梆子"(河北梆子)。有人认为其本身原系"安徽梆子"或"湖北梆子",但这只能说是"京梆子"通过安徽或湖北地区传到江西的,可不能看作"京梆子"变为"安徽梆子"或"湖北梆子",然后再变为"江西梆子"。因为安徽和湖北都不曾让"京梆子"在当地扎根,虽然在某一时期"徽班"或"楚班"中曾参入"京梆子"的演出,但"京梆子"仍是"京梆子",随后到了江西,才在"饶河戏"中安家落户(或可说是为"饶河戏"所吸收),因此,"江西梆子"除了咬字发音已和当地语音有所结合而与"京梆子"略显不同外,如"拷红"等剧，其行腔使调，以及伴奏器乐，彼此相差甚微。如果联系到前段所述"河北梆子"发展情况，很可能就是田际云的"小玉成班"由李成玉所率一组在江西一带演出时留下的根子。根据饶河班已故老艺人马月明说："梆子调是光绪十六年（1890年）以后，由广信班从安徽传过来的"。按"小玉成班"是光绪十三年成班，在上海演出将近四年（约当光绪十七年顷——1891年）。李成玉所率一组，由上海到芜湖、镇江、苏州一带，随后到江西南昌，核之年代和地点都颇相符，然则江西戏之有"梆子腔"，距今不过70多年的事了。

广东的粤剧，其唱腔共分三类：一为"梆黄"，即"梆子"和"二黄"；二为"弹唱"，即唱述故事的声腔，如"南音"，"木鱼书"，"龙舟歌"之类；三为"歌曲"，如"粤讴"，"硷水歌"，"小曲"之类。这三类唱腔，主要的是"梆子"和"二黄"。但"梆子"实际上为"西皮调"。而另有名"西皮"者，则实为"四平调"（平板二黄），或认为以"四平"作"西皮"，当系粤音的误读。而"西皮调"作"梆子"则不明其由。因为粤剧无论何调，唱时皆于鼓板外另加"卜敲"（参看安徽梆子），似非伴奏中具有此物之故。其实，这一称谓，正可说明"西皮调"系来自"梆子"，亦犹江西以"吹腔"作"秦腔"，兼可表明"安庆梆子腔"亦源出"陕西梆子"。换言之，"西皮调"，也就是来自陕西的唱调，其称"梆子"，不过更直率一些而已。

（原载《社会科学战线》1978年第2期）

近百年《西厢记》研究

张人和

同世界上任何事物发展过程一样,《西厢记》的研究历程也是波澜起伏的。自从这部古典名剧问世以来,700年间其刊刻、评论及演出,曾出现两次高潮。一次是元末明初,一次是明中叶至清代初年。元末明初,杂剧虽然趋于衰微,但《西厢记》的影响却伴随南戏的复兴与日俱增,获得人们越来越高的赞誉。这一时期存留的文献资料虽然不多,但从朱权"王实甫之词,如花间美人。铺叙委婉,深得骚人之趣",贾仲明"作词章,风韵美,士林中等辈伏低。新杂剧,旧传奇,《西厢记》天下夺魁"等言简意赅的评价里,不难想见《西厢记》及其作者在当时所受到的尊崇和在文坛曲苑中的至高地位。明代前期,由于统治者对戏曲的偏爱与控制,把它作为粉饰太平和宣扬封建道德的工具,使戏曲创作成为封建政治的图解,充满伦理道德的说教,扼杀了戏曲发展的生机,明传奇陷于僵化萎靡的境地,《西厢记》的流传和影响也受到抑制,翻刻和演出皆处于沉寂的局面。到了嘉靖万历年间,直至康熙初年,随着经济领域资本主义因素的萌芽,城市的发展,市民阶层的壮大,意识形态领域"反传统"思潮的出现,戏曲小说的繁荣,《西厢记》的研究也进入新的高潮。这一时期许多著名的思想家、文学家和戏曲家都竞相参与《西厢记》的评价与论争,许多名人校注本和批评本,各种各样的翻刻本不断涌现,形成传播评论《西厢记》的热潮。清代中叶,封建统治者加强了思想文化控制,大兴文字狱,不少文人遭到迫害,许多书籍遭到禁毁。乾隆十八年(1753)皇帝亲自下令将《西厢记》、《水浒传》作为"秽恶之书",以"使人阅看,诱以为恶","满洲等习俗之偷","愚民之惑于邪教,亲近匪人者,概由看此书之所致"的罪名,加以禁止。此后,诬蔑《西厢记》为"淫书"的种种谬说,又死灰复燃,甚嚣尘上,禁止出版、演出的舆论和法令,纷纷出笼。同治七年(1868),江苏巡抚丁日昌曾通饬查禁"淫词"小说,《西厢记》首当其冲。在统治者高压政策的淫威和严酷的思想文化专制的阴影笼罩下,《西厢记》的研究也和整个戏曲创作一样陷入低潮。近百年的《西厢记》研究就是在这个背景下进行的。1919年的五四新文化运动,为《西厢记》的研究注入了新的活力,引进了一些新方法,产生了一些新观点,开拓了一些新领域,出现了一些新成果,为以后的研究奠定了基础。但是,就整体而言,《西厢记》研究沉闷的局面并没有根本改观,直至1949年中华人民共和国成立,《西厢记》研究才从低谷中崛起,成为新的热点,同整个学术研究一道步入新的高潮。为了使读者对近百年的《西厢记》研究状况有所了解,兹将有关问题分别加以介绍。由于建国后的情况已为人们所熟知,本文的叙述侧重在建国以前。

作者:王实甫作的重新确认

关于《西厢记》的作者,明清以来,众说纷纭,归纳起来,大体上有四种说法:王实甫作、关汉卿作、关汉卿作王实甫续,王实甫作关汉卿续。就其时间顺序来说,以王实甫作说出现最早,据《录鬼簿》、《太和正音谱》等文献记载,从《西厢记》问世到明初宣德年间140年左右的时间里,《西厢记》毫无疑义地被肯定为王实甫作,从未有他人所作的说法出现。以后直至清代初年,许多有识之士在众说不一的情况下,仍力主《西厢记》为王实甫作。其次,至明代成化初年则出现了关作王续和关汉卿作说。此说皆为"俗传",多出现在成化弘治以及嘉靖年间刊刻的有关《西厢记》的民间说唱（如《西厢十咏》）中。与关作王续说相反，嘉靖末年又出现了王作关续说，由于文坛领袖王世贞等人的误信和推波助澜，使之大为盛行，从明中叶直至清末民初将近400年间，成为持续时间最长，影响最大，占据主导地位的一种说法，近代许多知名学者，如王国维、吴梅、王季烈、刘世珩、鲁迅等人，皆未加详察沿袭旧说，以《西厢记》为王作关续。

本世纪30年代，《西厢记》的作者问题，又被重新提起。马玉铭1934年6月在《文学》杂志第2卷第6号上发表了《〈西厢记〉第五本关续说辩妄》一文，他认为"第五本《西厢记》文字恶劣，绝不是王实甫作"，"也不是关汉卿作"，他赞同金圣叹的说法："这部续本是狗尾续貂"，"不知出何人之手"。此后1936和1937年，《逸经》杂志第19、24、34、36各期，对《西厢记》作者又展开了讨论。魏复乾在《〈西厢记〉著作人氏考正》一文中，针对"今则王作关续之说已占优势"的情况，提出《西厢记》"实乃关汉卿作，而续之者其门生董君章也。"实际上，关作董续说已不是什么新的发现，乾隆二十年（1755）修的《祁州志》卷八《纪事》"关汉卿故里"条曾有记载。但此说的出现，距《西厢记》作者生时已近500年，且为神话式的传说，州志的编者亦自言"无稽"，实不足据。贾天慈不同意魏氏的关作说，仍主张《西厢记》为王实甫作，第五本是否为关作姑且不论。退翁则主张关汉卿作，王实甫仅补《围棋》一折。事实是《西厢记》既非关汉卿作，《围棋》的作者也不是王实甫。《围棋》描写月下联吟之后，莺莺和红娘在后花园下围棋遣闷，张生闻棋声逾墙偷看，将棋局惊散。这一关目为《西厢记》原本所未有，乃是《西厢记》之外的增补之作。至于作者，据《录鬼簿续编》乃是元末明初寓居福建的詹时雨。詹时雨别署"晚进王生"，是出于对王实甫的崇敬，视王实甫为先辈，这恰好反证《西厢记》的作者是王实甫。针对以上各家之说，赵景深发表了《〈西厢记〉作者问题辨正》一文,在批驳上述说法的同时,根据《录鬼簿》和《太和正音谱》的记载,指出"《西厢》五本皆为王实甫作"。他认为"他如王世贞《曲藻》、徐复祚《三家村老委谈》、清初《西厢》都说是王作关续;以其为明嘉靖以后人的话,也都不足置信。""在没有找到比公元1330年《录鬼簿》更早的记载以前,王实甫作《西厢》全二十一折这主张是永远成立的。"1944年《国文月刊》第28、29、30期合刊登载了王季思《〈西厢记〉作者考》一文,文章力驳王作关续说之非。首先,从时代上看,据《录鬼簿》"实甫时代实远后汉卿,王作关续之说,自万万不能成立的。"其次,就作品风格而论,认为《西厢记》第五本与前四本相同而不同于关作。"汉卿诸作,工于摹写人事,刻画种种社会相,而短于写景言情",《西厢》所长,正在善状眼前景物,工写儿女情怀。此不独前四本为然,即第五本虽状写景物处较少,……写儿女相思情态,仍独擅胜场也。"最后,就剧作的结构而言,第五本因为在全剧高潮之后,难免不有元剧草草终场的通病,但仍是作品整体不可分割的一部分。他说:"自金批本盛行,读者每视第五本为蛇足,可以无作,不知《西厢五剧》,全本《会真记》及董解元挡弹词,决无至草桥惊梦而止之理。""且五本连续,每本之末,俱有络丝娘煞尾二句。""且《西厢》全剧虽丽词艳曲,指不胜屈,而主意所在,实只'愿普天下有情的都成了眷属'一语。金圣叹讥第五本为下截美人,不知传神之处,正在阿堵也。"对于《西厢记》作者的论争,是与第五本的评价紧密相关的。明中叶以来,王作关续说的盛行,认为第五本为续书,其原由之一就是认为第五本的风格不同于前四本,成就亦稍逊。王季思的论述,进一步澄清了第五本为续书的误解。至此,王实甫对《西厢记》全剧的著作权又得到重新确认,从而基本结束了王作关续说的历史。建国后,虽然也有人重新提出《西厢记》为关汉卿作或第五本为关汉卿续,但经过反复讨论,绝大多数研究者仍认为《西厢记》是一个艺术整体,为王实甫所作,从而比较科学地解决了《西厢记》这部古典名著的作者问题。

主题思想:反封建反礼教说的提出

中国古代的曲论,源于儒家的诗说乐论,虽然重视戏曲的教化作用,但早期对《西厢记》的评价和赞美则多是着眼于曲词的婉丽和音韵的和谐,而对于剧作的主题和思想倾向则很少论及。明代中叶,有人指出《西厢记》乃"情词"①,为"词曲之《关雎》"②,"变风之滥觞"③。但也有人"嫌其导淫纵欲"④,"病其为宣淫导欲之囮窟"⑤,认为"《西厢》韵士而为淫词"⑥。金圣叹曾对此谬说力加批斥,但是此说并未销声匿迹。清代中叶以后,随着思想文化领域专制主义的加强及禁毁政策的施行,"《水浒》诲盗,《西厢》诲淫"之说喧嚣一时,而且愈演愈烈。本世纪初仍然有人认为《西厢记》所演无非是"幽期密约,亵淫秽稽之事",主张"欲风气之广开,教育之普及,非改良戏本不可。"⑦1919年五四运动的爆发,席卷全国的反封建文化的浪潮,才使"《西厢》诲淫"的谬论被彻底粉碎。1921年5月2日郭沫若撰写了《〈西厢〉艺术上之批判与其作者之性格》一文,文中指出:

  反抗精神,革命,无论如何,是一切艺术之母!元代文学,不仅限于剧曲,全是由这位母亲产出来的。这位母亲所产生

---

① 何良俊:《四友斋丛说》。
② 程巨源:《崔氏春秋序》。
③ 张凤翼:《新刊合并西厢记序》。
④ 程巨源:《崔氏春秋序》。
⑤ 张凤翼:《新刊合并西厢记序》。
⑥ 王骥德:《新校注古本西厢记考》。
⑦ 著夫:《论开智普及之法首以改良戏本为先》(1905),见《晚清文学丛钞·小说戏曲研究卷》。

出来的女孩儿,总要以《西厢记》为最完美,最绝世的了。《西厢记》是超时空的艺术品,有永恒而普遍的生命。《西厢》是有生命的人性战胜了无生命的礼教的凯旋歌,纪念塔。

文章还将《西厢记》与《倩女离魂》作对比,认为"虽同属反抗旧礼教的作品,《西厢记》的态度更大胆,更猛烈,更革命","《西厢记》所描写的是人类正当的性生活,所叙的是由爱情而生的结合,绝不能认为奸淫,更绝不能作为卖淫的代辩!"郭沫若当时虽然还没有完全摆脱弗洛伊德精神分析学派的影响,但他把《西厢记》看作"反抗旧礼教的作品","所叙的是由爱情而生的结合","是有生命的人性战胜了无生命的礼教的凯旋歌,纪念塔"是相当深刻的。这一论断,不仅标志着以往诬称《西厢记》"诲淫"历史的终结,而且开启了后来《西厢记》主题为反封建反礼教说的先河。1933年刘修业在《读书月刊》第2卷第6、7号上发表的《读〈西厢记〉后》一文中也指出:"《西厢记》比别的旧小说更深刻的就是说到人类理不胜欲,把一向束缚旧礼教的假面目打破,说人所不能说的,这《西厢记》所以成为禁书,这也是它的特点,不像别的小说以男必志诚女必贞洁的。"文章不仅分析了《西厢记》的思想特点,而且说明了它所以成为禁书的原因,是很有见地的。此前,1924年11月张友鸾在《〈西厢〉的批评与考证》一文中,对《西厢记》背逆封建礼教思想产生的时代背景也有所论及。他说:"《西厢》在精神一方所反映的时代色彩,更是明显。不过在那当时,金元初入中国,一切俗尚,都有许多转易的地方,元人于男女间事,并不如内地的礼法严重,许多抒情诗,都产生在那一时。像《西厢·酬韵》一折,大胆的写,若不是在那时代,此文也定不能出世。"建国以后,研究者普遍认为《西厢记》表现了反封建的主题思想,揭露了封建礼教封建婚姻对青年男女自由幸福的摧残,歌颂了青年男女对爱情的追求及其斗争的胜利,表达了"愿普天下有情的都成了眷属"的理想。这一共识与郭沫若等人在二三十年代的论断是一脉相承的。

《西厢记》"诲淫"说的消失，反封建反礼教主题思想的确定，是五四以来《西厢记》研究的突出特点。

人物：比较文学研究方法的运用

中国古代戏曲理论对人物形象的研究，起步较晚。在《西厢记》的评论中，除成化、弘治及嘉靖间刊行的《西厢十咏》等民间说唱文艺外，比较正式的人物形象分析至明末清初才出现。金圣叹在《读第六才子书西厢记法》中，提出《西厢记》只写得莺莺、张生、红娘三个人，而且写张生、红娘正是为了写莺莺①。李渔在《闲情偶寄·立主脑》中则认为"一部《西厢》止为张君瑞一人。"此前不久，槃薖硕人在《玩西厢评》中特别提醒人们对红娘的注意，他指出："看《西厢》者，人但知观生、莺，而不知观红娘。"他认为"红固女中之侠也。生、莺开合之机，实操于红手，而生、莺不知也。倘红而带冠佩剑之士，则不为荆、诸，即为仪、秦。"以后整个清代直至五四以后，戏曲评论对《西厢记》的艺术形象很少论及，专门的评论文章则寥若晨星。1915年7月杨澹庐在《中华小说界》第2卷第7期所载《读〈西厢记〉偶笔》中曾论及崔老夫人："许婚退贼是老夫人之愚，请宴指婚是老夫人之诈，拷问红娘是老夫人之忍，促张生西行是老妇人之毒：老夫人似是官场老手。"1932年出版的郑振铎《插图本中国文学史》对张生和莺莺恋爱过程中的心理描写有准确而概括的描述："写张生一个少年书生的狂恋，……时喜时忧，时而失望，时而得意。那么曲折细腻的恋爱描写，在同时剧本中固然没有，即后来的传奇中，也少有如此细波粼粼，绮丽而深入描状的。于少女莺莺的心理与态度，作者似乎写得尤为着力。……《佳期》之前，是写得那么沉默含蓄。《拷红》之后，是写得那

----
① 金批《西厢》在各章节的评析中对艺术形象及其描写方法有具体分析。

么奔放多情。久困于礼教之下的少女的整个形象,已完全为实甫所写出了。"刘修业的《读〈西厢记〉后》把作品中的人物分成"主人翁"和"陪宾",逐一予以提纲挈领式的评析,如"莺莺前半是强抑沉蓄的娇小姐,后半是热情的少妇";"张生是个风流而狂恋的书生","自首至末都写张生是狂热的痴情,虽经许多挫折,仍然不变";"红娘写她是个极灵巧而且解事的婢女";"老夫人是个治家极严的","欲守礼而反使她女儿反叛礼教了";惠明"是粗豪有侠肠的和尚","杜君实写他是个文雅之士";"郑恒写他是个花花公子,好放刁……使全剧生出许多波澜。"这篇文章可以看作是较早出现的《西厢记》人物论纲。建国以后,《西厢记》人物论不仅在作品总论中占据主体地位,而且有大量的人物专论文章和专著发表,这些论著的一个特点就是把《西厢记》与《莺莺传》、《董西厢》或《牡丹亭》、《红楼梦》相比较,从人物性格的发展演进中,探索《西厢记》反封建主题思想的深化,寻求以爱情为题材的中国古代文学名著中女主公叛逆思想性格成长发展的历史。

值得注意的是这一时期的《西厢记》研究出现了一种新气象,这就是中外文学比较方法的运用。1935 年《光华半月刊》第 4 卷第 1 期和第 3 期发表了署名尧子的《读〈西厢记〉与〈罗密欧与朱丽叶〉:中西戏剧观念之不同》和《读〈西厢记〉与〈罗密欧与朱丽叶〉:元曲作者描写人物方法与莎士比亚方法之根本不同》两篇文章。作者将两部作品中的人物,如崔莺莺与朱丽叶、张生与罗密欧、崔老夫人与凯普莱特、红娘与劳伦斯神甫,以及剧中人物的描写方法作了对比,从比较分析中寻找相似人物的性格差异,以及中西描写人物方法之不同。文章的论述虽然极其简略肤浅,但却是运用比较文学方法研究《西厢记》人物的嚆矢。80 年代有许多文章从不同角度将《西厢记》和《罗密欧与朱丽叶》作比较研究,进而探索文学作品的民族特色,就是由此发端的。

在《西厢记》的艺术形象研究过程中,还有一段"插曲",这就是有人用"考古"的方式利用"出土文物"来否定《西厢记》所塑造的莺莺形象。早在明代嘉靖万历以前,就出现了一个署名秦贯纂的《唐故荥阳郑府君夫人博陵崔氏合祔墓志铭》,墓志说墓主郑氏"文业著于当时,礼义饰于儒行","为中外模范,成友朋宗师",崔氏"四德兼备,六亲雍和",最后与郑氏"白首相庄",生儿育女。随后一些诋毁《西厢记》的人,便说墓志中的崔、郑就是《西厢记》中的莺莺和郑恒,并以此为根据"为崔氏洗冰玉之耻",为郑恒鸣"冤",翻《西厢记》的案。其间,虽然有许多有识之士辨明该墓志乃是"赝志",墓碑中的崔氏并不是《西厢记》中的崔莺莺,但是直至近代仍有人据以为崔莺莺辩"诬"。邱炜萲1897年所著《菽园赘谈》即是一例。1924年4月谢康在《〈西厢记〉的考证问题》一文中又重申墓志中的崔氏"不是崔莺莺","显系另一位崔夫人"。可是80年代仍有人不加辨识,把此墓碑作为"崔莺莺郑恒新证"加以推荐①。对此,笔者曾撰文予以批驳②。这也反映了《西厢记》研究和人物评论中的两种不同倾向。

样式:悲剧、喜剧、悲喜剧的讨论

《西厢记》是悲剧、喜剧,还是悲喜剧?这一戏剧样式问题的讨论,是本世纪初随着西方文艺思潮的传入而展开的。1904年王国维在《〈红楼梦〉评论》中写道:

> 吾国人之精神,世间的也,乐天的也。故代表其精神之戏曲小说,无往而不著此乐天之色彩,始于悲者终于欢,始于离者终于合,始于困者终于亨,非是而欲餍阅者之心,难矣。若《牡丹亭》之《返魂》,《长生殿》之《重圆》,其最著之一例也。

---

① 《河南戏剧》1983年第4期。
② 1984年1月24日《光明日报·文学遗产》。

《西厢记》之以《惊梦》终也,未成之作也;此书若成,吾焉知其不为《续西厢》之浅陋也。

这里王国维虽然是沿袭旧说,认为《西厢记》非一人所作,把第五本看作续书,但是就全剧整体而言,用西方的美学标准来衡量,他并不认为《西厢记》是悲剧,而是把它同《牡丹亭》、《长生殿》一样,作为"始于悲者终于欢,始于离者终于合,始于困者终于亨"的"悲喜剧"看待的。尧子在《读〈西厢记〉与〈罗密欧与朱丽叶〉:中西戏剧基本观念之不同》一文中也认为:"就这种种而论,王实甫必得把《西厢》写成一部不可挽回的悲剧,才合天然的要求。但当我们读完《惊梦》时,所获得的印象,却仅有伤感,而非绝望,实异于真正的悲剧。至于关汉卿续作之后,在结局方面看去,则更类似喜剧了。然而《西厢记》绝不是喜剧,决难成喜剧;何者,伤感的气息太重呀!"他进而指出:"中国大多数的剧本都是这样,有喜剧的结局,而全部实充满着悲剧的气息——伤感的气息。所以中国很少真正的喜剧,而同时尤少真正的悲剧,大多数的剧本都是悲喜剧。"刘大杰的看法与此类似,他在1949年1月出版的《中国文学发展史》(下卷)中写道:"最后一本,以郑恒之死,与崔张结婚的团圆作结。虽说把悲剧写成了喜剧,但这种悲剧的喜剧,在观众的心理上,最无缺陷,在舞台的表演上,极有效果,在戏剧的结构上,也极为合理。《会真记》的故事,到了王实甫写得最戏剧化,首尾也组织得最完密了。"实际上刘大杰也认同《西厢记》是悲喜剧。直到80年代,仍然有人认为《西厢记》是"'悲剧的和喜剧的两种感情糅合在一起'的正剧。"[①]

与此不同,郑振铎在《插图本中国文学史》中说:"只有《西厢》,凭借了传说的题材,与原有的描叙,却能以共五剧二十折的大幅,来写那么一个恋爱的喜剧。"刘修业在《读〈西厢记〉后》也写

[①] 方正耀:《〈西厢记〉不是喜剧》,《读书》1983年第12期。

道:"第五本张生中状元遣琴童传书等是以团圆为结局的,要成篇恋爱的喜剧,要没有五本止于《惊梦》一折,则《西厢》成为神龙见首不见尾,以惨别为结局的。"她实际上也认为《西厢记》是喜剧。建国后,大多数研究者认为《西厢记》是一部喜剧或具有喜剧特色的作品。宋之的在《人民文学》1955 年 10 月号发表的《论〈西厢记〉》中写道:"元稹的《莺莺传》是悲剧,是残酷的封建社会生活里的一首被任意污辱和弃掷的女性的哀歌。王实甫的《西厢记》是喜剧,描写封建时代的一些青年男女为了自由、幸福和生活的权力而敢于和传统的封建力量进行搏斗的、充满了曲折但也充满了痛苦、胜利和喜悦的一篇宏伟的诗篇。"王季思主编的《中国十大古典喜剧集》收进了《西厢记》,并在该剧的《后记》中指出:"《西厢记》是一部以爱情故事为题材具有浓郁喜剧色彩的作品。"

但是,也有人认为《西厢记》是悲剧。徐朔方在 1954 年 5 月 10 日《光明日报》发表的《论〈西厢记〉》一文中提出,《西厢记》是以反对封建婚姻制度为主题的,整个封建制度是站在老夫人、郑恒一面的,因而"不能不是一出悲剧"。

语言:本色当行的注重

《西厢记》语言优美绝伦,脍炙人口,历来是研究者瞩目的焦点和评论的热点。由于时代和评论者审美情趣的不同,不同时期对《西厢记》语言风格强调的侧重点也有所不同。明嘉靖以前,较早的品评,从朱权的"王实甫之词如花间美人",贾仲明的"作词章风韵美",到王世贞的曲辞"骈俪",多着眼于词旨的婉丽和才藻的高华。到万历年间,胡应麟、王骥德等人,虽然进一步指出《西厢》"饶本色",王实甫"极其致于浅深浓淡之间",但是,他们强调的重点仍是曲词的"缘饰藻艳","才情逸发处,自是卢、骆艳歌,温、韦丽句。"近代的一些学者,如王国维、吴梅、王季烈等,在肯定《西厢记》曲词华美的同时更注重其语言的当行本色和方言俗语的运用。王国维在1912年所著《宋元戏曲考》一书中称"元曲为中国最自然之文学";"于新文体中自由使用新言语,在我国文学中,于《楚辞》、《内典》外,得此而三。"他以《西厢记》第四本第四折〔雁儿落〕〔得胜令〕等曲词为例,认为"古代文学之形容事物也,率用古语,其用俗语者绝无。又所用之字数亦不甚多。独元曲以许多衬字故,故辄以许多俗语或以自然之声音形容之。此自古文学上所未有也。"吴梅在1914年出版的《顾曲麈谈》中写道:"《西厢》'系春心情短柳丝长,隔花阴人远天涯近。'语妙今古。顾其当时,不甚以此等艳语为然,谓之'行家生活',即明人谓案头之曲,非场中之曲也。实甫曲如'颠不剌的见了万千,似这般可喜娘罕曾见。'及'鹘伶渌老不寻常'等语,却是当行出色。关汉卿《续西厢》,人瑞大肆讥弹,实皆元人本色处,圣叹不之知耳。"在1926年印行的《中国戏曲概论》中他又说道:"至论文字,则止有本色一家,无所谓词藻缤纷纂组缜密也。王实甫作《西厢》,以研炼浓丽为能,此是词中异军非曲家出色当行之作。……即如《西厢》亦不尽作绮语,如〔四边静〕云:'怕我是陪钱货,两当一便成合。凭着他举将除贼,消得个家缘过活。费了甚么,古那便结丝萝。休波,省人情的奶奶忒虑过,恐怕张罗。'……诸曲文字,亦非雅人吐属,顾亦令黠可喜。王元美以〔挂金索〕一支为佳,殊非公允,仍不脱七子高华之习。是故知元人以本色见长,方可追论流别也。"王季烈在1922年刊行的《螾庐曲谈》中也认为《西厢记》《惊艳》折之〔寄生草〕,《寺警》折之〔八声甘州〕、〔混江龙〕,"皆词旨缠绵,风光旖旎,置之南曲中,洵是妙词。然按之元剧尚本色语,却非当行文字。"至《惊艳》折之〔元和令〕,《借厢》折之〔小梁州〕,《赖婚》折之〔江儿水〕,《前候》折之〔胜葫芦〕,"此等白描语句,转为元时出色当行之作。"他们都是在肯定元剧崇尚语言通俗自然的前提下,强调《西厢记》曲词的本色当行的。刘大杰在《中国文学发展史》

一书中，称赞"王实甫确是一位写情的圣手"，"《西厢记》的曲词真是美不胜收。写初见，写相思，写矛盾的心理，写色情的苦闷，写幽会的情境，写别离的哀怨，无不美艳绝伦，哀怨欲绝。在用韵文写成的中国的恋爱文学中，《西厢记》的成就是无比的。"同时，他还把《西厢记》与《贩茶船》、《芙蓉亭》作对比，认为这两套"与《西厢》诚有异曲同工之妙"，但"语调较为俚俗，文字更为本色，充分显露出元剧初期的精神。"他甚至猜想"《西厢记》中有些过于华丽过于雕琢的句子，恐是明人修饰的。"另一方面，他也很注意《西厢记》说白的运用，并以第三本第一折和第四本楔子里莺红的对话为例，赞美作品的对白"真是幽默传神极了"，"把莺莺、红娘的身份个性以及矛盾心理的发展，都比在曲词里，还要表现得分明。这些对白出现舞台上，使这剧本更有效果，使那些歌曲更有生命。"《西厢记》的语言正是文采本色皆具、雅俗共赏、形神兼备、情景交融、曲白相生的。建国以来，许多研究者都把《西厢记》称为"诗剧"，是元剧"文采派"的代表作，是有充分根据的。

版本：金批本一枝独秀局面的终结

在中国古代戏曲名著中，《西厢记》是流传最广、影响最大、版本最多的一个。直至今天，人们仍无法对其出现过的版本作出精确的统计。据初步统计，迄今所知明刊本（包括重刻本）一百一十种左右，清刊本七十种左右，近人校注本五十种左右。其中有许多著名的有影响的刻本，如万历八年（1580）刊徐士范《重刻元本题评音释西厢记》、万历四十二年（1614）刊王骥德《新校注古本西厢记》、天启间刊凌濛初《西厢记》、清顺治间刊金圣叹《第六才子书西厢记》等。自金圣叹批评本《西厢记》问世以来，二百几十年里一枝独秀，其他刊本多沉没无闻，以后出现的《西厢记》刊本多是各种各样的《第六才子书》翻刻本。诚如孙楷第1933年在《辑雍熙乐府本西厢序》中所说："自王实甫《西厢记》问世以来,元以后所刻的本子真是不知多少,可是20年前看《西厢记》的,翻来覆去,只是拿金圣叹改定本作为唯一的读物。"清末,民初刘世珩辑刊《暖红室汇刻传剧》,将他搜得的凌濛初本和其他有关《西厢记》的评注一并予以刊行。他将凌刻本与其他刊本作了比较,对凌本大加称赞,认为"考订译审,悉遵元本","合五剧谱一事,是元人本色,洵善本也。至如徐文长、徐士范、王伯良、陈眉公、罗懋登、张深之、闵遇五诸本瞠乎其后矣。毛西河未见凌初成本,虽有佳处,亦不能过……","余合各本审定,允推凌初成本为第一。"从此以后,刘世珩《暖红室汇刻传剧》所收凌濛初本《西厢记》被不断地翻刻重印,金批本独据曲坛的局面被逐渐打破,凌濛初本渐渐取代金圣叹本,成为比较通行的本子。后来的许多校注本,如1944年浙江龙泉龙吟书屋排印的王季思《西厢五剧注》、1948年上海中华书局印行的陈志宪《西厢记笺证》、1949年上海开明书店发行的王季思《集评校注西厢记》、1954年作家出版社出版的吴晓铃《西厢记》等,都是以凌濛初本为底本的。其中王季思的校注本,经过多次修订,不断印行,成为建国以来流传最广影响最大的《西厢记》读本。

自刘世珩以后,出现了许多《西厢记》版本收藏家和研究者,如吴梅、郑振铎、傅惜华、吴晓铃等,许多珍贵的刊本又陆续有所发现和重印。郑振铎在《清晖阁批点玉茗堂还魂记》的题跋中说:"而明刊传奇所收亦多,《西厢》、《还魂》二种尤着意罗致异本。尝于南北各肆搜得明刊《西厢》各本凡十四五种,刘龙田本最为罕见,独以未有嘉靖以前刊本为憾耳。遂从《雍熙乐府》中辑得《西厢》全曲,后孙楷第以活字印出,世人乃稍睹《西厢》本来面目。"这里所说的刘龙田本全名是《重刻元本题评音释西厢记》,是郑振铎1933年在上海来青阁书店发现的。同年黎锦熙、孙楷第从嘉靖年间刊刻的《雍熙乐府》中辑校的《西厢记》全部曲文,由北京立达书局排印刊行。1954年《古本戏曲丛刊》初集问世,其中影印北京大学图书馆藏明弘治十一年(1498)金台岳家刻本《新刊大字魁本全相参增奇妙注释西厢记》,这是迄今发现的现存最早最完整的《西厢记》刊本,弥足珍贵。同集还影印了刘龙田本和明崇祯12年(1639)序刻的《张深之先生正北西厢秘本》。1959年中国戏剧出版社出版的《中国古典戏曲论著集成》中收印了明崇祯12年序刻的沈宠绥《弦索辨讹·北西厢记》,1961年上海书籍书店影印出版了明万历四十四年(1616)序刻的何璧校《北西厢记》,1963年中华书局上海编辑所影印明天启元年(1621)刊刻的《槃䦺硕人增改定本西厢记》,为一般读者提供了方便。尤其值得提出的是1978年北京书店的整理古书时发现《西厢记》残叶,书名《新编校正西厢记》,刊刻在明代初年,是现存最早的《西厢记》刊本,虽仅存残叶四片,但对研究《西厢记》的版本,有很大的价值。

伴随许多珍贵刊本的新发现,《西厢记》的版本研究也进入新的阶段。1924年张友鸾撰写了《〈西厢〉的批评和考证》,1932年郑振铎发表了《〈西厢记〉的本来面目是怎样的?》等文章,对《西厢记》的体例和有关版本做了初步考证。1970年日本东京大学传田章出版的《明刊元杂剧西厢记目录》一书,对现存明刊本《西厢记》的书目、款式、标目、序跋、题评、刊刻年月和收藏地等都作了详细介绍,对《西厢记》版本研究有较大的参考价值,这是目前为止介绍《西厢记》的刊本一部比较系统完备的著作。80年代蒋星煜以及笔者也撰写了一系列《西厢记》版本研究的论文,对《西厢记》的版本作了较为系统深入的研究。但是,《西厢记》版本众多,歧异较大,情况颇为复杂,有些书贾为了射利,往往借"古本"、"元本"和名人题评本以自重,所以要辨明许多署名名人的题评本的真伪,整理出一个切合实际的版本流变系统,尚待努力。

(原载《社会科学战线》1996年第3期)

20世纪中国戏剧理论之变迁

王锺陵

20世纪的中国戏剧史,在某种意义上说,就是戏曲与话剧之间关系的变动史。过去,由于研究话剧者不研究戏曲,研究戏曲者不研究话剧,因而,学术界至今不能从新、旧剧关系的变动上来把握这一世纪的戏剧史及戏曲理论史。有鉴于此,本文旨在从戏曲与话剧的相互关系及其变动的角度,来勾勒20世纪中国戏剧理论发展的逻辑进程。

一

世纪之初,在改良主义思潮的推动下,时事新戏的兴起成为一股新流。汪笑侬是这场戏曲改良运动的代表人物。他一方面从昆曲、传奇和一些地方戏中移植了许多剧本,整理修改了许多京剧老本,新创作了一些历史剧,另一方面,还取材于国内外现实故事创作新剧,如《波兰亡国惨》、《立宪镜》等戏,并让演员着时装或西服演出,念白时用苏白或京白。由此,汪笑侬等人的改良旧戏体现出两个特点:一是强化了利用戏剧为宣传某种政治主张服务的倾向,二是表现出一种写实的、与现实接近的趋向:穿时装、演时事、创新声。与现实演出中的变革相一致,在理论上对于戏剧改良的讨论也趋于活跃。康有为的学生欧榘甲在《观戏记》中便提出了戏剧改良的主张。得出的结论是:"中国不欲振兴则已,欲振兴可不于演戏加之意乎？加之意奈何？一曰改班本,二曰改乐器。"①柳亚子在《〈二十世纪大舞台〉发刊词》中,则以其诗人的激情,抒写了一种孤愤情绪和一种热烈的向往,强烈地表达了想借戏剧之力唤起民众,完成反清大业的愿望。陈去病在《论戏剧之有益》中,寄意于不惜垢污,舍其身为社会用的大侠,组织名班,或编明季稗史,而演汉族灭亡记,或采欧美近事,而演维新活历史,随俗嗜好,徐为转移,灌输尚武精神与民族主义。无论是维新派,还是反清革命派,他们都看中了戏剧比之小说、报纸更大的普及性。在政治意图的支配下,戏剧被赋予了强烈的教化的以至振兴国家的作用。

话剧之传入中国有两条线:一是西方侨民在上海组织业余剧团,盖起正规的剧场,以及日本一些新派剧剧团之来华演出,使得一些中国人接触到了话剧。二是教会学校的学生业余演出活动,推动了话剧演出的初步展开。1907年日本留学生曾孝谷、李息霜组织春柳社,是中国话剧运动的正式开端。20世纪初叶的话剧有三种类型:一种是以进化团为典型的突出时事性、宣传性的新剧;一种是以民鸣社、民兴社为代表的以赚钱为目的,以迎合小市民心理为手段,较多保留了旧戏及民间艺术传统的新剧;一种是以春柳社为标志的带有洋派色彩,对艺术比较严肃,既疏于与时事的联系,也对中国的国情了解不深的新剧。突出时事性、宣传性的新剧,在社会形势有了重大变化后,那种火爆火炒的效果就会立即丧失。以赚钱为目的的新剧,不可能有真正的艺术进取精神,久而久之,观众对老一套的剧目渐生厌烦,利润必然随之下降,剧团的演出风格也会愈益下滥。春柳同人则走在迎合俗情与为宣传服务这两者的中间,因此它对于时势与市俗心理这两者都利用得不够,一批不熟悉国情的留学生来弄艺术自必更加举步维艰。不向传统习惯倾斜,就没有观众,不仅生计无着,而且丧失了观众的戏剧,也就

---

① 文见1903年旧金山《文兴日报》。

无所谓艺术了;过于向传统习惯倾斜,就没有自身了。这是先驱者的悲哀。

戏剧从被维新派及反清革命派视之为改良社会的不二法门,到堕落为祸害社会,甚至是导人作恶的工具,被视之为砒霜、鹤顶红。自命为社会教育家的新剧家,却一心射利,私德沦丧。这样一个大的旋转,同世纪初新小说的发展轨迹出奇地一致。于是,也同样出现了对上述现象的批判性反思。

民国初年的剧评家冯叔鸾以一个春柳派新剧家的眼光,对当日的新剧演出及旧剧改良作出了批判,并在这种批判中,提出了他具有一定汇通眼光的戏剧改良论。

冯叔鸾对于旧戏、新剧的批判主要集中在三个方面:一是剧情的支离,二是表演之随便,三是观众的庸俗及演员才德之不足。对于营业主义对艺术的毒害,冯叔鸾也较早作了痛切的陈述。在对戏界现状作出上述批判的基础上,冯叔鸾提出了他的戏剧改良论。比之初期的戏剧改良论者,冯叔鸾在剧论上的一个重要变化,便是统旧戏与新剧而言戏改。冯叔鸾的戏剧改良论甚至是更加偏护旧戏一些的。他指责今之言旧剧改良者,动辄曰废唱,为"至不通之论",因为"旧剧之精神在演唱"。① 于是,冯叔鸾便着手调和新旧冲突了:"改良戏剧之要务:第一先泯去新旧之界限,第二须融会新旧之学理,第三须兼采新旧两派之所长"②。文明戏的末路,使得一些新剧家们向着传统戏剧倾斜了过去。既然在实践中,有如欧阳予倩这种春柳社的老资格的骨干成员,以票友身份下海成为有影响的京剧演员,唱《红楼》戏一时有北梅南欧之称;下焉者如民兴社到苏州后,从更为加强表演中不合理的滑稽性,到在时装戏中加些皮黄,美其名曰新歌剧,直至老实不客气地大抄京剧这一类

---

① 冯淑鸾:《啸虹轩剧谈·戏剧改良论》,上海中华书局,1913年版。
② 冯淑鸾:《啸虹轩剧谈·戏剧改良论》,上海中华书局,1913年版。

新旧合流、甚至是新剧向着旧戏倾倒过去的现象,那么在理论上就迟早会出现冯叔鸾此种浑合新、旧剧而言改良的主张,出现这种以一个新剧家的身份而维护旧戏,并为旧戏的前景叫好的批评现象。

二

浑合新、旧的批评视野,虽然具有了一定的汇通性,却意在泯除两者的界限。在新形态的戏剧发展尚未达到成熟阶段而试图进行的融合,只能是一种低层次的、局部的、技术性的"融合"。整个中国戏剧的发展仍然需要加大对于旧戏的冲击力,而话剧的继续发展则必须凭借一种新的社会运动来加以推动。五四新文化运动,不仅对旧戏予以了前所未有的巨大冲击,而且还为话剧发展提供了一个新的思想文化的基础。

既然旧戏仍处于优胜地位,那么它同社会发展之间的矛盾就必然十分尖锐。于是在五四前后,便兴起了一场对于改革旧戏的讨论。

钱玄同否定京戏,一是认为它没有文学价值,一是因其扮演不肖实人实事。钱玄同以"高等文学"抬举戏剧的措辞,不仅有着打压市井文学的意图,也还流露出了一种文化贵族的气息。他将中国旧戏比为骈文,将外国新戏比为白话小说时,所流露的是一种确认西洋文艺高于中国传统文艺的心理。

比之钱玄同更进一步,胡适系统地提出了进化论的戏剧观,来贬斥中国戏曲。他在《文学进化观念与戏剧改良》一文中,详细说明了文学进化观念的四层含义:

第一层总论文学的进化:文学乃是人类生活状态的一种记载,人类生活随时代变迁,故文学也随时代变迁,故一代有一代的文学。这一段话,显然有一种反映论的内容。可以看出,反映论乃是进化论文学观的理论基础,正是这一理论基础,构成了进化论文学观向着社会学文学观演化的内在根据。文学进化观念的第二层意义是论各类文学进化的大势:"每一类文学不是三年两载就可以发达完备的,须是从极低微的起源,慢慢的,渐渐的,进化到完全发达的地位。"有时,这种进化遇到阻力,在半路上停住了。有时"因为这一类文学受种种束缚不能自由发展,故这一类文学的进化史,全是摆脱这种束缚力争取自由的历史",如果羁绊完全毁除,这一类文学便可以自由发达;如果这种文学革命只有局部的成功,不能全部扫除枷锁镣铐,则习惯成了自然以后,反以此为美了。"西洋的戏剧便是自由发展的进化;中国的戏剧便是只有局部自由的结果。"第三层意义便是"遗形物"的概念:"一种文学的进化每经过一个时代往往带着前一个时代留下的许多无用的纪念品。"脸谱、嗓子、台步、武把子、唱工、锣鼓、马鞭子、跑龙套等等都是"这一类的'遗形物',早就可以不用了,但相沿下来至今不改。"胡适对居然有人把这些"遗形物"当作中国戏剧的精华,大加鄙夷。因为他认为"这些东西淘汰干净,方才有纯粹戏剧出世"。胡适以"纯粹戏剧"为戏剧进化之目标。所谓"纯粹戏剧"便是话剧。在胡适的眼中,各民族文学的发展情况或有不同,但其前进的目标是一样的。既然都是向着同一个目的地前进的,那么就能用接近这目标的远近来划分先进与落后了,并且落后的民族自然就有向先进学习的必要。这样就产生了胡适进化论的文学观的第四层意义:"一种文学有时进化到一个地位,便停住不进步了,直到他与别种文学相接触,有了比较,无形之中受了影响,或是有意的吸收人的长处,方才再继续有进步。"具体地说,"现在中国戏剧有西洋的戏剧可作直接比较参考的材料,若能有人虚心研究,取人之长,补我之短;扫除旧日的种种'遗形物',采用西洋最近百年来继续发达的新观念,新方法,新形式,如此方才可使中国戏剧有改良进步的希望。"胡适甚至大声疾呼道:"现在的中国文学已到了暮气攻心,奄奄断气的时候!赶紧灌下西方的'少年血性汤',还恐怕已经太迟了。"

进化论的文学观,意在以西救中,在能够深刻揭示中国文艺落后面的同时,也明显流露出一种民族虚无主义的气息。不过,无论钱玄同、胡适,以至周作人、傅斯年等人,在其攻势凌厉的言论中,说了多少外行话、空话、不知道实情的话以至于错话,表现了很大的片面性,但他们在与旧戏以巨大冲击的同时,仍然高屋建瓴地至少在以下三点上抓住了20世纪中国戏剧发展的方向:一是以西洋戏剧为学习的楷模,二是写实写真的精神,三是提高戏剧的文学性,使之有思想、并有一定的对文采的重视。

当时,与胡适等人意见相左者大有人在,张厚载是其代表。张厚载认为胡适、刘半农、钱玄同诸人对于中国旧戏的批评是一种"简单批评",所以他要来说说中国旧戏的好处。虽然在概念的运用上有明显的混乱之处,对于西洋戏剧也因缺乏了解说了一些让人见笑的外行话,并且在论证上也有不少疏漏之处,这些地方基本上都遭到了傅斯年及胡适的抉摘,但张厚载对于中国旧戏一个方面的特征——假像会意,还是抓住了的。

其实,无论是改良派,还是守旧派,都没有看准京剧的根本特征乃在于像与不像的统一,如傅斯年那样斥中国旧戏为"混沌"、"笼统"、"死板"虽然不对,但如张厚载那样仅仅将中国旧戏的特征归纳为假像会意,也并不准确。令人不免遗憾的是,当时的讨论是在对于对象的特征尚未认识得很准确的情况下进行的。如果当日对于中国旧戏的特征能有更准确的理解,则戏剧改革派的片面性就会减少得多。

三

五四前后,翻译西方戏剧名著,一时涌成热潮。然而,胡适用西洋戏剧的"少年血性汤"救治中国戏剧的主张还是很快碰了壁。

1920年10月,由汪优游发起在上海新舞台上演萧伯纳的名作《华伦夫人之职业》遭到失败,这对于剧界的震动很大,陈大悲语调激烈地反对单相思式的西洋梦。汪优游主张此后上演的剧目应往通俗的方面调整一下。然而,当时更重要的发展动向,则是从文明戏的失败中反思出一条新的道路来。汪优游提出了组织一个非营业性质的独立剧团的主张。他特邀沈雁冰等新文学界人士共同发起,于1921年春,在上海成立民众戏剧社,要追随于法、英等国之后开展自由戏院运动。宋春舫在那一时期也写作了一系列论文,积极输入欧美的小戏院运动。此外,五四前后,学生演剧活动有了长足的发展。学生演剧运动的发展,提供了一种摆脱营业主义的现实方式。陈大悲由此受到启示,他沿着汪优游的思路,大力倡导非职业的当时称之为"爱美的"戏剧运动。这样,对文明戏失败的反思,现实戏剧运动的启示,西方戏剧的经验三个方面,便汇聚到了一个交合点上来了,这就是"爱美的戏剧"。"爱美的戏剧"运动由此成为整个20年代中国话剧发展的主要形式。

1922年1月,陈大悲联络蒲伯英等人,在民众戏剧社的基础上,筹组新中华戏剧协社,宣告其目的在于"联合全中华的爱美的戏剧家与戏剧社以及一切爱好戏剧的朋友,共同提倡与研究近代的,教化的,艺术的戏剧,为创造新中华国剧"作准备①。在上述宣告中,教化与艺术二项是并列着的,而所谓近代的戏剧,便是指的话剧。爱美剧之强调艺术性,与现代小说以确认其为艺术而从黑幕小说中抬起头来,在性质上是一致的,在年代上也大体相近。将教化性与艺术性结合起来,便可以从旧日文明戏的恶俗伪劣中,提升戏剧到一种有益于社会的真艺术的地位上去。与教化性的强调相一致的,是问题剧的产生;而与艺术性的强调相一致的,则是科学的排演体系的建立及戏剧文学性之得到承认与加强:两者构成

---

① 《新中华戏剧运动的大同盟》,《晨报附刊》1922年2月14日。

为爱美剧运动之两翼。

如果说文明新戏是物质的,热衷于制作布景,讲求热闹,具有一种追求赢利的占有欲,爱美剧则体现为一种精神性的上升;营业主义的文明新戏与讲究程式的旧戏模仿性强,而因爱好艺术而集合起来,且以西方小剧院运动为榜样的爱美剧运动,在具有了实验之自由的同时,自必带来创造性的发扬。然而,正是在上述进步中,也埋下了爱美剧运动失败的根由。艺术的爱好及其水平的提高,需要时间与经济。独创性的获得需要长期的沉潜。虽然过量地追求金钱,会占去研究的时间,更为可怕是会腐蚀艺术情趣;但如果过于需要为生计而奔忙,则也妨碍艺术的专精。业余戏剧运动是对于职业化的新剧之营业主义的自赎,它自然会以另一个方面的缺陷而妨碍戏剧艺术的提高。此外,爱美剧是以学生演剧活动为其主体的,但学生演剧活动,一者因为演员们需要完成学业,而难以更多地投入精力,二者学生的毕业,会造成经常性的人员流动,三者学生演剧活动又必然与时代思潮的兴衰相关联。即使学生毕业后有了别的职业,演剧活动也仍然存在时间与经济不足、人员流动等方面的问题。也就是说,仅靠凭兴趣的业余演剧,戏剧运动的基础是不稳固的。

在爱美剧运动展开之际,能够看到业余演出之不足的是同时也赞助爱美剧运动展开的蒲伯英。他专门写了一篇题为《我主张要提倡职业的戏剧》文章,阐述自己的看法。蒲伯英明确申言:"毕竟戏剧界底主力军,还是要职业的而不是爱美的。"发展戏剧究竟应提倡爱美的,还是职业的此种争执,反映了戏剧活动在经济得失、物质丰寡之间的困窘。

爱美的戏剧是依靠强调艺术性来反对文明新戏,即所谓假新剧而立足的,当艺术性的强调再上升一步时,却又走到了反对其自身的地步了。20年代中期,陈西滢便以高抬艺术来反对教化,进而,陈西滢还反过来赞扬旧戏名演员,称他们"受过艺术上的严重训练"。

四

旧戏在社会上的深厚势力以及改良京戏在一定程度上的成功,是一种维护旧戏存在价值的理论能够产生的基础,然而,在五四戏剧改良的讨论以后,在爱美剧运动展开的背景下,此种理论的产生,还需要一个新的触发点,或者说是一个新的视角。这样一种新的视角,不可能由只具有旧戏知识的人所悟得。它仍然是由一批洋学生们从外国戏剧发展的经验中获得的。这样,显得与五四时期的情况不同的是,同样也是洋学生,却站到了与胡适以西救中的主张相反的立场上去了:留美回国的余上沅、赵太侔、闻一多、张嘉铸等人发动了一个维护旧戏的国剧运动。

国剧论者在对自《新青年》派提倡易卜生以来盛行多年的社会问题剧予以否定的基础上,着重阐述了下列三个问题:(一)对一度遭到严厉否定的旧戏作重新评价,(二)初步阐述了中、西戏剧的区别,(三)说明何谓国剧。

余上沅在《旧戏评价》一文中提出了一个概念:纯粹艺术。他依据于这一概念,对旧戏作了重新评价。余上沅将演员表演之写实,视为"剧场里的病症"。他追溯说,最初的演员原来就不是写实的:"乡人春祈秋报,约齐了去赛会迎神,歌舞为戏,在希腊如此,在中国也是如此。彼时演员并非演员,谁也认识他们是张三李四。及至后来的莎士比亚、莫里哀、加力克、多尔马、余三胜、谭鑫培,都是老老实实在做演员,绝不是在做剧中人,因为在一丛烛光之下,台上台下能够互相看见。彼时演员与观众,彼此联为一体,没有隔膜。自从舞台变到写实以后,名为打破了第四堵墙,其实在演员与观众之间,反添了一堵更厉害的墙。对于再行打破这个真的第四堵墙,进步的西洋戏剧艺术家已经做过很多的实验,得过相当的成功。我们与其是顺着写实的歧途去兜圈子,回头来还是要打破写实,那就未免太不爱惜精力了。非写实的中国表演,是与纯粹艺术相近的,我们应该认清它的价值。"这样一个世界戏剧发展过程的简略勾画,自然有许多简单化和明显错误的地方,但值得注意的是,余上沅从西洋戏剧家打破第四堵墙的努力中得到鼓舞,因此他不仅视写实为歧途,而且还着力于肯定胡适所说的"遗形物"了:"演员与观众既这样接近,在艺术上彼此自然容易得到一个谅解。所以有许多符号,许多象征,大家都一望而知,不假思索。"在中国舞台上,"一切动作,无不受过艺术化,叫它超过平庸的日常生活,超过自然。到了妙处,这不能叫做动作,应该叫做舞蹈,叫做纯粹的艺术。""旧戏不用布景,在理论上是说得过去的。""演员在中国戏剧艺术里既然做了中心,他的化装和服饰便也随之而重要。脸谱这个东西,起初是要符合节奏的原理,和非写实的精神;忠奸善恶,全是后人的附会牵强"。

赵太侔在《国剧》一文中,对中西戏剧之相异作了比较:"从广泛处来讲,西方的艺术偏重写实,直描人生;所以容易随时变化,却难得有超脱的格调。它的极弊,至于只有现实,没了艺术。东方的艺术,注重形意,义法甚严,容易泥守前规,因袭不变;然而艺术的成分,却较为显豁。"虽然这还只是相当初步的一种比较,但比之《新青年》派之视中国戏剧为野蛮,为把戏,已经能将开阔的眼界与对民族艺术的尊重结合起来了,中、西戏剧能够被平等地加以分析了。更为重要的是,赵太侔还能将问题提高到艺术的民族性与世界性、个性与通性的角度来思考。这无疑是个正确的视点,虽然他对此也还缺少阐述。

"国剧"这一概念,对于国剧运动的提倡者们,是一个最为关键的概念,无论是对问题剧的否定,是对旧戏的重新评价,还是对中、西戏剧之区别的说明,以及关于戏剧本质特征的争论,都是或为这一概念的提出扫清道路,或是应落脚在对这一概念的阐发上的。然而,恰恰是在这样一个关键的问题上,国剧论者的说明是模糊的。余上沅下了这样一个定义:"中国人用中国材料去演给中国人看的中国戏","这样的戏剧,我们名之曰'国剧'"[①]。在这一定义中,讲到了观众、演员及戏的内容这三个方面。所谓"中国材料"是要向着惰性最大却是浑朴天真的内地民众或岛民那儿去获取,所以余上沅提出要"向荒岛出发,向内地出发"。显然,无论是对"国剧"所下的定义,还是向荒岛、内地出发的口号,都是从爱尔兰文艺复兴运动中借用过来的。余上沅等人似乎很重视从民众生活中取材,其实余上沅所说乃是民众那未曾受过现代生活"同化的一切",亦即其性情习惯、品味信仰、稗史传说及其方言之类,因此他们所说的民众生活是指一种远古的凝固的缺乏时代性的生活。余上沅心目中的"国剧",在艺术形式上,"又须和旧剧一样,包含着相当的纯粹艺术成分"。余上沅虽没有直接说,中国的国剧是以旧戏为基础的,但他在字里行间流露出的,却正是这一意向。问题在于,他及其同道,既没有说明过如何以中国旧戏为基础来建设国剧,又没有说明如何方可利用西方理论来使中国的国剧得到丰富,除了对问题剧作了不切实际的否定以及对文明戏的遗风作了一些浅泛的、人多言之的批评外,并没有对现实展开中的旧剧改良运动及新剧的变迁作过深入的总结。这样,整个的国剧运动就只能流于纸上谈兵。

从理论上看,如果说爱美的戏剧理论大体上是《新青年》派理论的具有实践色调的回应,那么国剧运动论者的主张则是张厚载维护旧戏话头的一种具有了开放眼光的继续。

20世纪的前30年,是20世纪中国戏剧及其理论史的第一个发展阶段,是话剧输入并在遭受到文明戏的挫折之中获得初步发展的时期,也是京剧在话剧输入的触动下寻求改良的时期。时至

[①] 余上沅:《国剧运动·序》,新月书店,1927年版,第1页。

20年代中后期,虽然一种浑融新、旧戏的眼光早已产生,也已经有了创造中国国剧的理想,但一方面怎样创造中国国剧的路径还不清楚,另一方面,新、旧剧之间的关系虽然有了初步的接近与融合,但从总体上看,也还处于相互拒斥与争锋的状态中。

五

三四十年代,是20世纪中国戏剧史的第二个发展阶段。

20年代后期,国内局势有了急剧的发展。与之相一致,戏剧运动也发生了重大的转折。1929年秋,夏衍、郑伯奇等人成立了主要由创造社、太阳社的一些骨干分子和上海艺大的部分学生组成的上海艺术剧社。这个只存在了半年的剧团,以其明确的"戏剧运动也必须来个'方向转换'"的意识,第一个提出了普罗列塔利亚戏剧的口号。

楼适夷在《新阶段上的演剧运动》中,指责"过去所谓爱美的演剧运动","是完全的小市民的幻想",称"只有到大众中去"才是"演剧运动的前途",并说这种"新演剧"运动,"为1930年的演剧划了一个新的时代"。楼适夷还强调说:要在"血的锻炼"中,"教养大众,鼓舞大众,组织大众,动员大众","作拼死的抗争"。戏剧应作为"新时代发动机之一齿轮而存在",剧团应是一个"有主张有意识有纪律的斗争的集团",并需"把个性消解于团体中"。

田汉1932年6月说:"在长时期'游击战'式的学校剧运动后,直到九一八事件发生,应着反帝情绪底一般的高涨,中国普罗戏剧运动才有了活气,才开始奠定了他的真正的基础——蓝衣剧团运动。""这就是说,普罗戏剧运动已经开始了大众化的运动。

我们现在是只要在这个基础上,使它一天天成长、普遍。"①

事情似乎并不像田汉说的那样简单,观众对象的改变,甚至连演员的身份也不同了,就必然突显出原有剧本的不适应,从而逐步导致一种变化的产生,这并非是一种简单的成长与普遍化的过程。工人演剧活动产生了这样几个要求:一是要反映当前的斗争,二是希望剧本的动作性强而对话要少些,三是希望剧本的故事情节一条线,不要故弄玄虚搞得群众看不懂,四是应该用方言演出,这样工人演员就可以用自己熟悉的生活语言去丰富剧本的语汇,自然而细腻地表现人物的思想感情。七七事变以后,话剧更是获得了蓬勃的发展,服务于现实的精神急剧上升。"从卡尔登到街头","从剧场到庙台、土坡",成为戏剧运动激动人心的口号。"把戏剧送上前线","戏剧上街","戏剧下乡",汹涌起一股澎湃的潮流。在新的演出环境中,话剧的演出形式,有了较之普罗大众戏剧更大的突破。

戏剧大众化运动的发展,终于使得新、旧戏开始消除其相互拒斥的状态。一方面,旧戏界中一部分人已经有了改革旧戏的愿望与行动;另一方面,话剧工作者也愈益体认到旧戏在群众中的力量。这样,在戏剧界联合救亡这一政治需要的推动下,随着艺术视野的扩大,就创造了雅俗结合的难得机遇。戏剧界的此种雅俗结合,有互为因果的两种形式:一是新文艺,特别是话剧的优点,向着旧戏的渗入;一是话剧反转过来认识到自身脱离劳苦群众的缺点,而改变其发展道路。

在运用旧形式的过程中,一种短视的观点被克服了,柯仲平说:"老百姓还爱看旧剧,这不仅由于习惯使然。实在旧戏上还存

---

① 《戏剧大众化和大众化戏剧》,《田汉文集》第14卷,中国戏剧出版社,第374—375页。

在着许多中国艺术上的优点。"①抗战自然引起民族感的上升及对大众的重视,于是,抗战的、民族的、大众艺术的建立,便成为文艺工作者所致力的方向。旧剧艺术上的优点,很自然地被视为是优良的民族传统,并进而被认为是创造新的民族形式的基础。十分明显,创造为民族战争服务的大众艺术的过程,必然是创造新的民族形式的过程,是旧的民族形式的蜕变、更新过程。1939年,张庚在《话剧民族化与旧剧现代化》一文中说:"要利用和改造旧形式,不仅仅在为抗战作工具的意义上,而且在接受民族的戏剧遗产的意义上。要彻底转变过去话剧洋化的作风,使它完全适合于中国广大的民众。在这意义上,就把它们归纳成为一句口号,就是:'话剧的民族化与旧剧的现代化'。"这是一个使话剧与旧戏靠拢并相互融合的口号。

利用和改造旧形式创造新戏剧的历史动向,由平剧《逼上梁山》在延安的上演,而极大地向前迈进了一步。延安平剧院1942年10月10日成立,毛泽东为之题词曰"推陈出新"。1943年1月9日,毛泽东给杨绍萱、齐燕铭写了一封信说:"历史是人民创造的,但在旧戏舞台上(在一切离开人民的旧文学旧艺术上)人民却成了渣滓,由老爷太太少爷小姐们统治着舞台,这种历史的颠倒,现在由你们再颠倒过来,恢复了历史的面目,从此旧剧开了新生面,所以值得庆祝。"②

毛泽东这封信所使用的词,不再是由新文化运动时期延续下来的"平民"这个词,而是"人民",并且更上升到历史哲学的高度,从"历史是人民创造的"论断出发,将以前旧文学艺术概括为"历史的颠倒",而将《逼上梁山》一剧所做的工作,概括为将颠倒"再

---

① 柯仲平:《介绍〈查路条〉并论创造新的民族歌剧》,《文艺突击》新1卷第2期,1939年6月25日。
② 《人民戏剧》1978年第12期。

颠倒过来"。毛泽东还将此剧的上演称之为是"旧剧革命的划时期的开端",并希望将之"推向全国去"。一条新的戏剧道路就此发端了。

六

从1950到1976年,是20世纪中国戏剧史的第三个发展阶段。

大众化与民族化运动,在上一个阶段曾经是中国戏剧发展的主要推动力。现在,"文艺为工农兵服务,文艺为政治服务"的方针得到了全面而强有力的贯彻,大众化不仅已大体实现,而且已经强化为工农兵占领文艺舞台的问题。

戏剧的民族化,在三四十年代的目的,是为了便于老百姓接受宣传教育,以满足救亡的需要。因此,那一时期的民族化有着两个特征:一是它与实用的政治目的紧密相连,第二它是向着民间,特别是农民所熟悉、喜爱的艺术形式倾倒过去的。"喜闻乐见"这四个字,便是对于上述两个特征的概括。在五六十年代,民族化与紧迫的政治需要相脱离了,因而,民族化的路径也发生了变化:它不再以改造旧的民间形式为主要方向了,而是向着悠久的中国戏曲传统取法了。也就是说,与实用目的的淡化相一致的是,产生了一种更高层次的民族化,亦即使话剧中国化的努力。

在上一阶段,话剧与旧戏有着一种平行的关系;而在这一阶段,传统戏曲成为了话剧取法的对象,实际上已经处于了戏剧发展的中心地位。这一变化,缘起于一件事:浙江省昆苏剧团上演《十五贯》轰动了全国。周恩来为此发表了讲话说:"我们的话剧,总不如民族戏曲具有强烈的民族风格。"①同年8月24日,毛泽东又

---

① 《关于昆曲〈十五贯〉的两次讲话》,《文艺研究》1980年第1期。

与音乐工作者谈了话,毛泽东说:"马列主义的基本原理要和中国的革命实际相结合……社会主义的内容,民族的形式,在政治方面是如此,在艺术方面也是如此。"①毛泽东与周恩来强调民族艺术形式与艺术传统的讲话,很快成为中国戏剧发展的指针。于是,1956年以后,在话剧界出现了一番探索如何民族化的景象;1958年,在戏曲界则掀起了一个上演现代戏的高潮。

在60年代,政治性的极度强化,具体说来,以"大写十三年"为代表的主题决定论、题材决定论的恶性发展,以及戏曲领域中革命路线对于改革路线的压倒,民族化的追求,这样三个方面的结合,汇合成一个强大的戏剧发展方向:京剧革命。这一戏剧发展的方向与当时国内不同的政治势力之间的斗争深深地纠缠在一起。凭借着巨大的国家力量,也因为样板戏在艺术上的一些成功,京剧在社会地位及影响上,登上其有史以来的最高峰。

然而,在表面的辉煌之中,京剧的危机也更深地在发展着。首先,"三突出"是一个错误的艺术原则,其次,样板戏所强调的"突出人物"的要求,加速着自50年代以来就开始了的对于名角的消解,并导致对于艺术流派的否定。第三,京剧在其发展的过程中,一直是积极吸收其他艺术的长处的。当样板戏被封为不可逾越的高峰、三突出原则成为法典后,一方面京剧失去了向其他艺术学习的动力,另一方面当其他艺术部类纷纷被样板化了的时候,它们也没有多少可学的东西了,这样,京剧就只好被闭锁在高处不胜寒之中了。要之,在样板戏的独占时期,京剧大普及了,然而其内在生命力也大衰弱了。

---

① 《同音乐工作者的谈话》,《文艺研究》1979年第3期。

七

从文革结束到世纪末,是20世纪中国戏剧发展的第四个历史阶段。

样板戏统治地位的崩溃,使得戏曲失落了在戏剧乃至整个文艺领域里的中心位置,这一失落引起了两个方面的变化:从内容上说,因厌恶于"三突出"原则所造成的假、大、空的弊病,使得戏剧面向了真实而平凡的人生,而取消了强定的师法的对象,就为话剧探索新的形式以及寻求自我特质的努力,扫清了障碍。西潮的再一次大举东渐,又使得人们痛感到自身艺术观念的单调与落后。从而,激起了一场与世界艺术潮流接轨的横向眼界与维护民族传统及现实主义传统的纵向思路之间的斗争,并进而发展为一场戏剧观的大讨论,与戏剧观大讨论相平行的是,在话剧与戏曲领域中又都兴起了探索剧的潮流。

从整体态势上来说,与在上一个阶段京剧处于戏剧的中心位置,话剧要向样板戏学习所不同的是,话剧在新时期处于一种拉动戏剧发展的位置。新时期的戏曲,是在戏剧观的讨论及探索话剧的推动下发展的。80年代中期,有论者说:"现在,在戏剧形式创新上,出现了话剧界注目于戏曲,戏曲界又注目于话剧的趋向。"①话剧界注目于戏曲,是吸收戏曲的表演手段及对于时空的自由处理,来增强自身的表现力;而戏曲界之注目于话剧,所表明的则是这样两重含义:一是戏曲剧本文学性的强化,这在一定意义上可以说是向着话剧剧本的靠拢,一是话剧的变化对于戏曲的拉动作用。这种拉动作用,在80年代,体现为戏剧观讨论及探索话剧兴起对于戏曲的影响;在90年代,则体现为在话剧领域中兴盛起来的小

---

① 朱颖辉:《限制与反限制》,《文艺研究》1985年第2期。

剧场运动与独立制作人制,将戏曲也裹挟于其中。

建立叙述体戏剧学说的布莱希特,强调假定性的梅耶荷德,因从印尼的巴厘小岛的民间戏剧中得到启发而对于现代戏剧提出了一些新构想的法国导演阿尔托,以及沿着阿尔托的路子提出贫困戏剧论或曰质朴戏剧论的波兰导演格罗托夫斯基,对于80年代中国话剧的探索与创新,产生了最为深刻的影响。布莱希特的学说,适应了80年代中国话剧摆脱单一的线性矛盾模式以及新时期观众思考性加强的需要。由此,戏剧的散文化、电影化、哲理化以及内心化成为一种强劲的发展方向。片断连缀,以心理时空的组合代替时序逻辑,因果颠倒,时空交错,幻想与现实、过去与现在相穿插,心灵外化,多场景,无场次,叙述体,都成为打破因果关系过于明显的线性矛盾发展模式以及不无呆板的分幕形式的新手法。话剧虽然因此而显得松散了、淡了、不完整了,却脱离了那种太像戏的人为的做作状态,向着立体、多面、复杂的生活之流靠近了。对于假定性的强调以及阿尔托"完全的戏剧"的概念,使得话剧向传统戏曲的学习得到持续的动力。话剧的表演手段大为增加,形式美创造的意识高涨,"多媒介综合型剧体"的说法应运而生。象征剧、荒诞剧一时兴起,为了表达哲理,人物形象类型化了、抽象化了。格罗托夫斯基强调戏剧可以没有化妆及别出心裁的服装和布景,没有舞台,没有灯光和音响效果,唯有演员与观众间活生生的交流关系不能缺少的"贫困戏剧"论,本是适应于影视的竞争而提出的戏剧的自救理论,自然本能地适应了80年代中国戏剧处于危机的现状。

在七八十年代的话剧创新实践及理论阐述上,黄佐临与高行健是必须提到的。黄佐临是新时期戏剧观讨论的带头人。从突破易卜生式的话剧模式出发,他提出了写意的戏剧观,这一戏剧观的来源有二:一是中国戏曲,二是布莱希特学说。事实上,将戏剧分为写实与写意两类是既狭隘,又不准确的。高行健的戏剧观有这样三个要点:从戏剧源起中汲取生命力的思路及由此而来的向着一种原始性的倾斜;从对表演性、假定性、交流性的强调,走向戏剧的非文学化、非语言化及游戏化;以及对于表演手段丰富性及其自由性的极大向往。一言以蔽之,高行健的戏剧观是一种力图并多少消解了话剧特性,不仅向着中国戏曲靠拢,且又向着戏剧源头移动了过去的戏剧观。高行健受到阿尔托的影响是深刻的。不仅他的"全能的戏剧"、"全能的演员"的概念来源于阿尔托,而且他所采取的返回戏剧原始源头的思路,以及他对于戏剧文学化的着力反对,都深烙着阿尔托"神圣的戏剧"论的印痕。高行健对一种没有语言的形体的对话的向往,其实即源于阿尔托对巴厘岛人在舞蹈中,浑身上下每一条筋骨、每一块肌肉都经过千锤百炼,都能任其调动的称赞。

"假定性"、"活人之间的交流感应"这两点,是探索话剧的信条,是80年代中期最当红的戏剧观念。正是对于这两个观念,80年代的论者大多缺少深入的分析。根子还是出在黄佐临身上,他将戏剧分为写实与写意两类,而使之对应幻觉与非幻觉艺术,他说斯坦尼斯拉夫斯基相信第四堵墙,布莱希特要推翻第四堵墙,而对于梅兰芳的艺术,这堵墙根本不存在。有没有这第四堵墙成为幻觉与非幻觉艺术的分界。这就将问题相当地简单化以至在相当程度上扭曲了。一时流行的看法是,第四堵墙隔开了观众与表演,打破第四堵墙,可以产生剧场性,拉近观众与表演的距离,就可以打破幻觉。然而,话剧创新者在实践中所采取的种种使观众席与舞台连成一体的做法,却是在一个更大的范围中制造了幻觉。假定性与真实性是戏剧的两个根本属性。幻觉感是一种如同真实的感觉。因此对于戏剧来说,完全打破幻觉既是不可能的,也是不必要的。在话剧中强调假定性,更要注意只能以适度打破幻觉为目标,并要防止以越虚为越好的偏向。相对于戏曲而言,话剧更需要不失生活的真实感。

所谓活人之间的交流,自然是指演员与观众的交流;然而,拉近了观众与演员的关系的同时,往往却疏远了与角色的关系。其实,黄佐临的"写意观"就没有明白:在戏剧幻觉中有着对于角色的亲近,"间离"所造成的则是对于演员的亲近。当观众与演员的亲近越过应有的界限时,审美活动所需要的距离感就没有了。而当观众完全参与到戏剧活动中来,如同高行健所向往的戴上了面具,且不论没有经过必要的表演训练的观众能否承担起表演的任务,就审美的角度而言,戏剧的观赏就失去了观赏者,这样的戏剧就不成为艺术,而仅是一场游戏,一种活动,一个仪式了。

打破第四堵墙的戏剧中仍然有着幻觉,观众与演员的距离并非是越小越好,对于这两点,当时少数较为清醒的论者还是明白的,但他们当中却没有一个人能够从戏剧本体论的角度来对此予以说明。幻觉与间离,所造成的与角色的同化,或与演员的亲近,根源于演员融角色与表演于一身的两重身份。也就是说演员的两重身份,决定了观众心理距离的两重性;而演员的两重身份,乃是为文学性寓于表演性之中这一戏剧的本质特征所决定的。观众与演员及角色心理距离的两重性,不能用80年代当红的"活人之间的交流感应"这一观念所囊括,而应用"沟通"一词来概括。"沟通"一词中,既有交流的意义,又承认了一种距离的存在。与角色的同化,及与演员的亲近,都可以包含在"沟通"一词中。沟通是间离与幻觉的统一。它承认了观众的自主性,却又不会使戏剧下降为一种类戏剧活动。

八

论者们对于90年代中国话剧及戏曲的走向普遍感到茫然,或认为没有什么进展,或认为整个状态是多元而缺少主线,不像80年代有一条形式革新的主线可循。其实,90年代中国话剧与戏曲也有一条主线,并且十分清晰。这就是在愈益市俗化的演出环境中,对80年代探索剧的一些重要观念作出继承、发展或修正。上节曾说,"假定性"、"活人之间的交流感应"这两点,是探索剧的信条,是80年代中期最当红的戏剧观念。这两点仍然是90年代兴起的小剧场话剧所遵奉的原则。尽管小剧场中观众与演员的关系变化无穷,一般地讲,观众区与表演区比较贴近是主要特色。因为靠得近,表演上求真实细致自必成为一种趋势。此外,在小剧场中解决景物迁变问题是困难的,所以舞台设计往往以简练而富于象征意义的假定性空间来适应这种剧场形态。

表演区与观众区的贴近及一定程度的错杂,根本上改变了话剧自文明戏"化妆演讲"开始就长期具有的高台教化的性质,让一段普遍人的人生经历,在咫尺之遥展开着,演员或是就穿行在观众之中,于是,观众便在体验者与偷窥者这两种身份中转换,既感到亲切,又有一些惊奇。小剧场话剧正是在观演关系的密切中,更加生活化、凡俗化了的。在探索话剧中,往往淡化情节,忽视人物。而通俗的小剧场话剧则注重情节与人物。小剧场更适宜于演出心理剧,而不大适合演出形式感太强的剧目,而探索剧往往正是强调形式感的。

在小剧场话剧与探索话剧中,表演艺术所占的地位有很大的不同。在80年代形式革新时期,演员与导演的关系有点别扭。探索话剧,要求加强演员形体动作的表现力及对综合表演的适应性,要求增强演员的表演意识和对角色的评价意识,要求演员不仅能开掘人物的深层意识,还要能敏锐地接受观众当场的反馈并立即对表演作出调整。这些都是正确的。然而,伴随着对塑造人物的淡漠而产生的对于表演艺术的忽视,这种情况也存在。由此而来,对自己成为导演手里的一个傀儡感到丧气,就成为形式革新时期相当一些话剧演员的较为普遍的心理。这一情况在小剧场表演中获得了明显的改变,因为表演艺术的重要性,在小剧场演出中再次突显了。

在探索话剧中,出于推倒第四堵墙的冲动,曾过于要求打破幻觉,片面地讲究拉近观众与表演的距离。然而在90年代,一些优秀的演员就明确提出,小剧场话剧,要求一种既生活化、贴近观众,又有审美距离的表演。这一意见显然纠正了80年代戏剧观讨论中的一个盲点。从观、演关系上说,贴近,有利观众和演员的交流,甚至产生一种参与感;而保持审美距离,才能有观众与角色的沟通,有对于艺术的欣赏。从表演上说,生活化、真实化,是话剧之所长,但只有艺术化的真实,才能称为是戏剧,才能有品位。

综而言之,在20世纪中,中国戏剧走过了曲折的历程。就话剧而言,从世纪初文明戏在商业化中的堕落,而产生20年代的爱美剧运动,经过30年代的话剧职业化、40年代的正规化,再经过50年代的剧团公有化、文革十年以样板戏为圭臬的标准化,以及80年代的探索剧浪潮与剧团体制改革,到90年代,仿佛爱美剧运动的小剧场话剧与一个市场环境结合了起来。中国话剧,在文艺种类的重新分工中,寻求着新的定位,以求发挥其独特的作用,从而为21世纪新的戏剧体系的形成与顺利运作,作出贡献。就京剧而言,从以谭鑫培为代表的生行的兴盛期,进到以梅兰芳为代表的旦行的鼎盛期,再经过50年代的戏改及样板戏君临整个文艺界的时代,又经过八九十年代在困境中的拓进,到世纪末,中国京剧,以现代戏《骆驼祥子》的创造性成功,以连台本戏《狸猫换太子》对于传统的更新,以小剧场京剧《马前泼水》对于新的演出形式的追求,以演出季制的运营方式,开辟着通向21世纪的道路。

(原载《社会科学战线》2003年第2期)

建国30年新诗漫评

杨匡汉　杨匡满

从五四算起,我国的新诗迄今已有60年的历史。

目前,许多同志看到了新诗的发展和革命形势不相适应的落后状态。林彪、"四人帮"这伙乱臣贼子,既破坏物质生产,又摧残精神生产,造成了多年来新诗作品的贫乏。建国30年的诗歌战线,同我国社会主义的革命和建设相联系,经历了艰苦曲折的道路。为了使新诗能在社会主义现代化的伟大进军中谱出雄壮的乐曲,唱出时代的最强音,有必要实事求是地总结近三十年来正反两方面的经验,坚持向前看,坚持新诗为无产阶级政治服务和按照艺术规律办事相统一的原则,勇于攀登,立足创造。本文着重想在这方面作一些探讨与辩正。

历史的简略回顾

如果从实际出发看问题,近三十年新诗不是一无是处而是成绩巨大的。它继承五四新诗的传统,在新的历史条件下,在更大的规模上有了发展。它的主流毫无疑问是健康的,作品的质量和数量都是不可低估的。这是一个客观存在。

我们认为,如果大致地划分一下,那么近三十年的新诗发展,经历了如下三个阶段。

从1949年到1956年,是第一个阶段。这开国的头七年,也就是从国民经济恢复时期到社会主义改造的完成,是新诗创作的一次大发展和大繁荣。

歌颂新中国、歌颂新生活、歌颂共产党,成了这一时期许多诗人共同的主题。郭沫若、何其芳、冯至等老诗人,都有不少由衷的欢欣的歌唱。《新华颂》、《我们最伟大的节日》、《我的感谢》,都是感人肺腑的作品。臧克家为纪念鲁迅而作的《有的人》,质朴中见深厚,至今为人们喜爱。

特别应当提到的是,贺敬之以大河天来的气势与真切充沛的热情写出了《放声歌唱》和《回延安》;郭小川的《投入火热的斗争》和《向困难进军》等篇章,把对党的事业的忠诚化为新的战斗的热力,那火辣辣的诗句分明就是时代的鼓角,催动着成千成万的青年走向生活。

社会主义建设的热潮,从城镇、工矿、乡村、边疆、山村传来了强烈的回声。我们欣喜地看到一批新的歌者从各条战线走上诗坛。在闻捷的《天山牧歌》中,那繁荣兴旺的草原,那心灵美好的牧人,使我们无不为之神往。公刘的《西双版纳组诗》和《在北方》,以其现实的思想内容和精练巧妙的表达方式,把人们引进了新美的境界。善于表现建设者豪情的邵燕祥,他的《到远方去》、《在大伙房水库工地上》、《我们架设了这条超高压送电线》,色彩明朗,鼓动性强。魏钢焰使日铺轨"六公里"这样枯燥的题目,充满了动人的诗意。李瑛的战士诗,则以细致的抒情笔触勾勒了人民军队里丰采的生活。此外,诗坛上崭露头角的青年诗人还有雁翼、梁上泉、严阵、顾工、白桦、傅仇、石方禹、饶阶巴桑……他们都写出了不少好作品。

在这一时期,诗人们还为保卫和平、反对战争的国际主义事业,献上了自己庄严的诗行。艾青的《大西洋》《南美洲的旅行》,严辰的《我们站在同一片云彩下》,未央从朝鲜战场上带回来的《枪给我吧!》、《驰过燃烧的村庄》,都是出色的篇章。

在这一时期,诗人们还开拓着题材与形式的广阔领域。有政治讽刺诗、风景诗、爱情诗、各兄弟民族的历史神话诗,以及赠友、怀古等题材。表现式样也多起来了,有自由体、民歌体,大致齐整的格律体;有马雅可夫斯基那样的"楼梯式";也有林庚那样的"九言体"。从而以多彩的笔调和风驰电闪般前进的祖国一同前进。这一切,都是党中央和毛泽东同志关于"百花齐放、百家争鸣"方针在诗歌战线上的胜利。

第二阶段,是从1957年到1965年。在整个新诗发展史上,这是一个值得我们重视的阶段。

1957年,反右斗争出现了严重的扩大化的倾向。前些年在诗坛上初露头角的一些新手,还有饱经风霜的有才能的诗人,有的仅因一言一文,就被轻率地扼住歌喉。影响所及,也助长了诗坛上主观主义、教条主义批评的粗暴倾向。郭小川的《白雪的赞歌》,是诗人从主题到艺术形式进行新的探索的一部重要作品,描写了一对共产党员白雪般纯洁的爱情。但是,它招来了诸如"空漠""虚伪""心灵阴暗"等等的非议。这样一来,谁还有勇气去进行有特点、有个性的艺术探求呢?*

1958年,新民歌运动油然而起。在毛泽东同志的倡导下,一个全国性的"采风"运动迅速展开。大跃进民歌以其改变一穷二白面貌的英雄气概,生动活泼的形式与表现手法,标志着建国以来诗歌创作的又一次大的发展和繁荣。从积极方面看,又起着推动专业诗人们向民歌学习、同群众结合的作用。但是,在新民歌运动中,某些只知奉行"长官意志",却不大懂得按照艺术生产本身规律办事的人,曾错误地提出了诸如"人人作诗","每县出一个郭沫

---

* 在去年上海文艺出版社出版的拙著《战士与诗人郭小川》中,由于我们当时思想不够解放,也曾对《白雪的赞歌》《望星空》等作品作了不实事求是的评价,我们准备在适当的时候予以修正。

若"的口号,用那种大搞群众运动的方式,用硬性规定和强求艺术生产去机械地配合某个政治运动的办法来组织诗歌创作,结果适得其反,不仅妨碍了三大革命运动,新诗发展本身也受到了损害,出现了一批缺乏艺术生命力的浮泛的颂辞和浮夸的赞歌。

1961年6月,周恩来同志发表了著名的《在文艺工作座谈会和故事片创作会议上的讲话》。这篇讲话,用马克思列宁主义的观点深刻总结了建国以来文艺工作正反两方面的经验教训,精辟地阐述了发扬艺术民主、按照精神生产的规律办事等一系列重大问题,对于包括新诗在内的整个文学创作的发展繁荣,不啻是及时的春雨。紧接着,在1962年4月,参加第二届第三次全国人民代表大会的诗人和首都的诗人们,济济于人民大会堂,就新诗发展问题进行了座谈。朱德和陈毅同志都以"诗人"的身份参加了这一盛会。朱德同志语重心长地谈到了新诗必须"写真事,说真话",陈毅同志特别强调了新诗要百花齐放,大胆创造,突破框框。这些精辟的意见和热情的勉励,使全国的诗人们受到很大的启发和鼓舞。从1962年到1965年,保持和发展了建国以来文艺繁荣的局面。也正是在这些年间,新诗出现了一批相当优秀的作品,有一批诗人艺术上走向成熟。

这一时期的诗歌创作有几个突出的现象。首先,是政治诗的新发展。郭小川的《厦门风姿》《甘蔗林——青纱帐》《秋歌》,贺敬之的《雷锋之歌》,以纵横恣肆的形式表现了诗人的政治热情和深广的社会内容,诗兴洋溢,屡见哲理的闪光。阮章竞的《高唱国际歌挺进》大气磅礴。张志民的《擂台》质朴强烈。沙白的《大江东去》和《递上一枚雨花石》大开大阖。魏巍的《井冈山漫游》和李季的《向昆仑》,表现了革命老战士的高洁情怀……这批经得起时间考验的政治诗,标志着我国诗人驾驭时代精神的才能。其次,是叙事诗有了新的突破。在群芳斗艳的叙事诗的基础上,出现了郭小川的《将军三部曲》、闻捷的《复仇的火焰》(已发表了两部)、王致远的《胡桃坡》等优秀乐章。郭和闻都以他们丰富的抒情诗的经验运用于叙事诗的创作,在抒情与叙事的结合上达到了很高的造诣。王致远的诗则丰富和发展了"信天游"的形式,在学习群众语言上有独到的创造。再次,建国初期那种工业题材的作品比较薄弱的情况有了改变,反映工人生活的新诗有所突破,达到了一个新的水平。晓凡的《车间风雷》《红色的铆钉》,戚积广的《加热炉之歌》,孙友田的《脚印》,刘镇的《锻》以及黄声孝的码头工人号子等等,都充溢着浓烈的生活气息和工人阶级思想的闪光。使我们看到了工人歌手们的迅速成长。

从1966年起,可以算作为建国以来新诗发展的第三个阶段。在这13个年头里,我们经历了诗歌创作上漫长的冬天,又迎来了大有希望的春天。所以,这13年又可分作两段,即1966年至1976年10月,1976年10月至今。

1966年到1976年是中国新诗发展史上最暗淡的时期。整整十年间,"双百"方针被践踏一光,中外诗歌遗产被一概打倒,大批优秀诗人和他们的作品惨遭禁锢。真正的诗人仍在不屈不挠地战斗。郭小川更深沉地唱着《万里长江横渡》、《团泊洼的秋天》和《秋歌》,把这矛盾重重的诗篇埋在坝下;赵朴初以深刻巧妙的曲笔,对林彪、"四人帮"剽刺入骨,并且讥笑那伙人看不懂;还有不少诗人懂得了戒备,在积蓄着力量。当时,极目文苑,是一片万花凋谢的荒芜。纯洁的诗坛上飞落蝇矢,贺拉斯在《诗艺》中嘲讽过的"在树林里画上海豚,在海浪上画条野猪"的作品出现了。"诗报告"一类的阴谋文艺,大话、空话、假话连篇的无以数计的"造神诗歌",充塞着诗坛。多少人对于诗坛表示着愤懑与忧虑!

但是,沉默是不会长久的。1976年清明节前后,我们伟大的文明古国出现了千千万万和滥轰滥炸比赛强度的无名氏歌手,那就是天安门广场上"四五"运动的诗人们。他们以震撼千古的首创精神和无畏气概,以自己的血肉之躯和悲愤交加的战歌,同"四人帮"开展了一场你死我活的搏斗。这些诗,是历史主人公威武不屈的风貌的逼真写照;这些诗,是人民智慧、才能、斗争艺术和生气勃勃的创造力的盛大检阅;这些诗,嘻笑怒骂,奇趣横生,不拘一格,争妍斗富,又是新诗的一次真正的百花齐放。在这场诗歌运动中,没有一个挂牌子的诗人,但产生了真正不朽的诗歌艺术。因为它同我国人民、国家的前途命运紧密地结合在一起,因为它的作者是为人民、为民族舍身奋斗的勇士。"四五"诗歌是人民的光荣,诗歌的光荣,无疑在我国新诗发展史上占有光辉的地位。

"四五"诗歌使中国的当代诗歌得以复活。粉碎"四人帮"以后,尤其是到了1977年1月纪念周恩来同志逝世一周年前后,出现了诗歌创作的新高潮。这是"四五"诗歌运动的继续和发展。它的特点是歌颂了毛主席、周总理、朱委员长、陈毅、贺龙等老一辈的无产阶级革命家,还有死去了的千千万万的人民英雄;有力地暴露了人民的敌人,无情地鞭笞了混进党内的那一伙豺狼;表现了群众性创作与专业创作的结合。在这次创作高潮中产生的李瑛的《一月的哀思》、柯岩的《周总理,你在哪里?》、韩瀚的《写在祖国的江河大地上》、张志民的《边区的山》等诗,是诗歌复活以后开始走向繁荣的可喜的征兆。

随着关于实践是检验真理的唯一标准问题的讨论的深入,人民在思考,诗人们也在思考:怎样规避那种浮泛的、不符合实际的歌颂?怎样继承和发扬我国新诗讲真话、抒真情的传统?"四五"诗歌中那种革命气概能否在专业诗人的创作中得到响应?1978年11月16日,震惊中外的"天安门事件"得以昭雪平反;接着,党的十一届三中全会胜利召开。诗人们进一步解放思想,冲破禁区,同人民群众一起排除四化道路上的一切障碍,猛然前行,把诗歌创作推向了新的水平。艾青的《在浪尖上》、《光的赞歌》,公刘的《星》,白桦的《阳光,谁也不能垄断》这些扣人心弦的篇章出现了,融抒情、叙事、政论于一炉,上溯历史纵深,下及现实根须,歌颂了失而复得的太阳。出现了这样的从十年搏斗中提炼出来的警策："真理是人民共同的财富,就像太阳,谁也不能垄断"。

从上面简单的回顾中,我们可以看到,凡是政治生活正常,"百花齐放,百家争鸣"的方针执行得较好,按照艺术规律办事的时候,新诗的发展就顺利,成绩就突出;反之,新诗就要吃苦头。但是,纵观近三十年的新诗,如果从总体上看问题,那我们就必须首先肯定地说,这是为广大人民群众服务、为社会主义事业高歌的30年,是专业创作与群众创作得到空前结合、无产阶级诗歌队伍成长壮大的30年,是在艺术形式上进行了有成效的探索的30年,是各民族诗歌空前交流的30年。

我们之所以这样说,是因为近三十年的新诗有如下几个十分明显的特点。

第一,鲜明的战斗性

建国以来的大量优秀新诗,直接反映社会主义革命和建设的火热斗争,努力表现我们时代的重大主题,起了鼓声和号角的作用。它们无论从数量到质量,都是可观的。

在诗歌界,有时有人把新诗的政治性和艺术性对立起来,似乎概念化、公式化和标语口号化,是强调了诗歌的战斗性的直接结果。这是不正确的。以郭小川、贺敬之为例,他们无疑是近三十年走向成熟的、为群众公认的优秀诗人,他们创作的主流是政治诗。但是,像《雷锋之歌》《甘蔗林——青纱帐》《团泊洼的秋天》《秋歌》等等五音繁会的篇章,能说这些直接表达诗人政治见解的诗歌缺乏艺术魅力吗?我们再看看天安门诗歌,则是数量更多的、更尖锐、更直接的政治诗,难道不也是对于那种将政治性和艺术性相割裂的观点的最有说服力的回答吗?在无产阶级看来,"文学是战斗的",人民在天安门诗歌运动中,不仅显示了自己政治上的强大力量,而且表现了自己艺术创作的才能。他们把战斗性十分强烈的政治诗,写得像真理本身那样朴实无华,像老练的智者那样含蓄深沉,像反抗的战士那样壮烈悲愤,又像英勇的侦察兵那样机敏锋利。

30年来,我国的诗人们还用大量国际主义题材的诗篇为各国人民送去友谊和鼓舞。石方禹的《和平的最强音》,郭小川的《春歌》,韩北屏的《谢赠刀》,李瑛的《茶》,艾青的《南美洲的旅行》,以及刘征、池北偶等人的讽刺诗等等,从众多的侧面,声援各国人民的正义斗争,许多诗已被译成各种文字,传颂到了世界各地。

第二,广泛的群众性

建国以前的新诗,包括《女神》这样的杰作以及后来抗战时期的优秀鼓动诗,作者、读者大都是知识分子,一般的工人、农民、战士因缺乏必要的文化知识而不大容易接受。建国以后新诗的对象多是红旗下成长起来的一代新人,他们比之其前辈更有文化,比之其父老有着更高、更丰富的精神生活的要求,自然希望有更高水平的艺术。这样,以丰富的现实生活为根本内容,以现代口语为基本材料的新诗,讲究更高的思想性和艺术性的新诗,必然赢得了更广泛的群众性,这是合乎规律的发展。据一些老诗人回忆,解放前,一本有特色的好的诗集,一般是初版二三千册,臧克家的《烙印》1933年第一次出版时只印了400册。而现在较好的诗集都突破一万册,像《郭小川诗选》初版30万册仍然还不能满足广大群众的需求。

这种变化,又是同诗人们和人民群众日益紧密结合相联系的。从群众中、从各条战线上不断涌现出大量新的歌者,诗人的队伍空前地壮大了。来自工农的黄声孝、王老九、刘章、姜秀珍、孙友田、戚积广、晓凡、刘镇等等一大批一边劳动一边歌唱的号手,和专业诗人们并肩战斗。即便是在林彪、"四人帮"文化专制主义的压迫下,也还有一批新人在既有墓场又有鲜花的环境中成长。章德益、徐刚、李松涛、张廓、叶文福等人以蓬勃的朝气从基层走上了诗坛。同时,诗歌还通过朗诵活动,走向基层,走向群众,使诗歌从沙龙或庭院走向了广阔的天地。

第三,形式探索上的新突破

建国以来,就新诗的形式问题曾进行过多次大的讨论。不少诗人对新诗如何走民族化、群众化的道路及如何建立新格律诗提出了自己的主张,引起了人们的关注与争鸣。艾青、臧克家、贺敬之、闻捷、阮章竞、李季、张志民、公刘、李瑛以及陆棨等人,都以自己成熟的独特的风格,以自己的创作实践来探索新诗的语言形式。这众多的歌手个人风格的成熟及各自在形式上的探索,是标志新诗发展的重要方面。需要特别提到的是,郭小川的抒情诗,不仅以新颖的构思、充沛的激情以及富有鼓动力和哲理性的语言取胜,他又是新诗形式民族化、多样化方面辛勤的探索者,并且取得了最为显著的成绩。他的《林区三唱》、《厦门风姿》、《甘蔗林——青纱帐》等诗,在形式上有独到的创造,为广大群众所喜爱。

第四,各民族诗歌的交流更见空前

我国各民族在长期的交往中,共同创造了祖国历史与文化。但在过去,包括民族诗歌在内的各少数民族文学是没有地位的,甚至几近被扼杀和被毁灭的边缘。建国以后,随着民族平等的实现,少数民族文学受到了重视,曾经是寥若晨星的少数民族诗歌,如今孔雀开屏般大放异彩,新的时代、新的生活,又为它们源源不断地注进了新的血液。新的少数民族歌手成了我国诗歌队伍中一支不可忽视的力量。纳·赛音朝克图、毛依罕、巴·布林贝赫、克里木·霍加、铁衣甫江、韦其麟、晓雪、饶阶巴桑、康朗甩、包玉堂、汪承栋等诗人迅速地成长了起来。他们用丰富的题材和多样化的形式繁荣着我国的新诗。党还十分重视搜集、整理久已湮没无闻的古典和民间歌谣。建国以来各民族地区发掘出来的民间史诗和长篇叙事诗,已出版的已达五六十部之多,其中如撒尼族的《阿诗玛》、蒙族的《嘎达梅林》、藏族的《格萨尔传》(一部分)、傣族的《召树屯》、彝族的《梅葛》、壮族的《百鸟衣》、维吾尔族的《热碧亚·赛丁》、纳西族的《创世纪》、傈僳族的《逃婚调》等等。这些优美动人的诗篇,无疑是对新诗创作起了很好的借鉴和推动作用。

不仅如此,我们还大大加强了同世界上各民族诗歌的交流。特别是50年代,我国诗人同各国诗人们之间的会见和往来,我国诗人与翻译工作者在引进外国进步诗人的作品方面,都做了大量的工作。从歌德、海涅、雪莱、拜伦、惠特曼、朗费罗、弥尔敦、布莱克、泰戈尔、普希金、莱蒙托夫、裴多菲、密茨凯维奇直到鲍狄埃、马雅可夫斯基等等的作品,已为我国广大读者所熟悉和喜爱,并为我国诗人们的创作提供了有益的营养。

前进中的问题

回顾建国30年的诗歌,既要肯定成绩,总结经验,也要认真地吸取教训。近三十年新诗几起几落,直至今日仍很难令广大读者满意,甚至可以说是存在着某种"危机",有许多带根本性的理论问题必须用30年新诗发展的实际加以检验,深入探讨,予以澄清。在这里,我们想着重谈两个问题。

第一,发扬革命现实主义的传统

当前,新诗要继续前进,首先必须坚持革命的现实主义的精神,继承和发扬我国新诗讲真话、抒真情的传统。

按照马克思主义的观点,文艺的基本特点和规律,就在于以生动的艺术形象真实地反映社会生活。这是唯物论的反映论对包括诗歌在内的文艺创作的一个基本要求。

但是,林彪、"四人帮"一伙把诗歌创作中这样一个根本性的、同时又是常识性的问题给弄颠倒了,并且已经造成了长时期的思想混乱。在诗歌界,他们同样把"真实是艺术的生命"这一正确的命题,当作"修正主义"大加讨伐,并把我国新诗讲真话的传统和无产阶级诗歌最宝贵的现实主义力量否定得荡然无存。他们开了说谎诗、造谣诗、阴谋诗的恶劣先例,并冠以"样板"而强令人们效仿。他们的淫威及帮毒影响所及,诗人们谈"真"色变,写"真"得咎,相反,某些红极一时的帮诗,却在那里说谎有理,造假有功,吹牛有赏。直到今天,我们的诗坛上还存在着由此而造成的某些弄虚作假的后遗症。

人们对"四人帮"多年来大反现实主义的倒行逆施,理所当然地表示了无比的愤慨。但也不能把一切责任都推给"四人帮"。实际上,在建国30年来的诗歌理论和实践上,对这个基本问题也曾出现过一些需要探讨与辩正的观点,需要为革命的现实主义恢复名誉。

一个50年代末期就流行起来的观点是:"诗歌的基调是革命的浪漫主义。"这种观点自浮泛的颂扬始,调子越唱越"左",后来发展到连现实都不顾了。它所造成的假话、大话、空话的祸害,直到今天还须继续认识和克服。

毛泽东同志倡导了革命的现实主义和革命的浪漫主义相结合的创作方法。周恩来同志对这一创作方法作了精辟的马克思列宁主义的阐明:"以革命的现实主义为基础,以革命的浪漫主义为主导。"他还明确地指出革命的浪漫主义就是革命的理想主义。从文学发展史上来看,这无疑是无产阶级文艺的科学的创作方法,也是我们应当努力实践的"诗教"。

但是,革命现实主义和革命浪漫主义的结合,不是一加一或一乘一,不能搞唯心主义的二元论,不能没有一个基础,或者称"基调"。这个基础不是别的,正是革命的现实主义。一切没有现实作基础的想像、幻想、理想,都只能是茫茫沙滩上的雷峰朽塔,是一潭死水上的海市蜃楼。我们记忆犹新的是,这类虚无缥缈的云雾,曾经被当作"浪漫主义"或"奇特的夸张"宣扬过。例如,四川地区曾出现过这样一首新民歌:"玉米稻子密又浓,遮天盖地不透风,就是卫星摔下来,也要弹回半空中。"这首诗,应当说是浮夸风滋生的产物,但居然曾被作为"珍品"赢得过某些评论家的推崇,甚至为了证实"浪漫主义是新诗基调"的观点的绝对正确,不惜以"早稻亩产三万六千多斤、中稻亩产六万多"的"高产奇迹"来说明"小孩子可以站在密密层层的稻穗上而不掉下来。"这样的诗歌,连起码的真实都不予顾及,还有什么浪漫主义可言呢? 这样的作品如果可以成为我们新诗的"基调",那新诗只有毁灭了!

30 年来,真正在实践革命现实主义和革命浪漫主义相结合的创作方法的诗人,总是坚持着革命现实主义这一基础。郭小川曾这样写道:"我们的想像、幻想,决不离开现实的土壤,而且是以现实的革命发展为依据的……我们的现实主义从不鼠目寸光地拘于一隅,总是高瞻远瞩地向着明天,我们的浪漫主义也从不作无根的梦,发泄失常的呓语,我们永远注目于变革着的现实,为了改进这个现实而脚踏实地地干个不停。我们所说的现实主义和浪漫主义的结合,其真谛也就在此。"(《我们需要最强音》)贺敬之也这样认为:"积极的浪漫主义常常是和现实主义相结合的。积极的浪漫主义根本上也不过是反映现实。"(《漫谈诗的革命浪漫主义》)我们可以看到,在贺敬之的《回延安》中,从倾诉到回忆,从记叙到歌颂,波澜起伏的深情,感人肺腑的心声,渗透在对革命现实的精细而逼真的描写中。而这样写,并不排斥革命浪漫主义,因为诗的字里行间同样渗透着革命的乐观主义和理想主义。

"诗歌只能歌颂"。这个似是而非的观点也曾经颇为流行。而且至今还带来了人们的"余悸"或"预悸",一当作品涉及了某些阴暗面,就担心被判为"暴露文学"。

诗歌往往比之其他艺术更为直接地表示诗人自己的政治主张以及对生活的态度,因此,诗歌的倾向性,常常更为鲜明。但决不因此就可得出"诗歌只能歌颂"的结论。

诚然,建国 30 年来的许多新诗,以高度的无产阶级热情,歌颂我们的领袖人物和老一辈的革命家,歌颂脚踏实地地为我们事业献身的人民英雄,歌颂社会主义的光明景象。描绘这些,也正是在艺术地再现中国革命的历史和前程,这无疑也是当代诗人们必须继续肩负的光荣职责。这种真诚的歌颂不是说假话,我们需要这样的"歌德"派。但目前的问题主要是要为多年来被搅浑了的"暴露"这一概念正名。

诗歌就不能暴露,不能批判了吗?有两种暴露和批判:一是对敌人的,且不必说;另一种是揭露弊端、自我批评,是我们党和人民强大、有力量的表现。这两种暴露和批判,对于我们社会主义诗歌来说,都是必不可少的。

有的人在区分革命现实主义和资产阶级的批判现实主义时,仅仅把界限定在后者要批判而前者不要暴露上,似乎批判现实主义坏得不得了,而我们的现实主义则不要暴露和批判。这至少是一种误解。自然,对人民不能无情暴露;但不等于不能批评人民群众中的缺点、落后,不等于不能批判我们社会中的各种阴暗面。当然,这种暴露和批判,都要从维护社会主义的根本制度和人民的根本利益出发;然而也应该说,我们的革命现实主义的新诗,应当有着比历史上资产阶级进步诗歌更深刻、更有力、更锋利的批判的锋芒。对封、资、修思想,对形形色色的野心家、阴谋家,对危害社会主义事业的大大小小官僚主义者,不揭露、不批判行吗?马克思主义就是在批判旧世界中发现新世界。我们的文艺,我们的诗歌停止了批判,就等于取消了它的战斗性,取消了它的生命。事实上,我们的诗人,已经以自己的实践在回答歌颂与暴露的关系问题。他们不是把两者割裂开来,而是辩证地统一起来。天安门诗歌之所以不胫而走,愈禁愈传,不正是因为它充分表达了亿万人民对人民的好总理的无限情思和热情歌颂,同时,对混进党内的资产阶级野心家阴谋家进行了烈火一样的批判,洪水一般的冲击吗?而广大读者对于充斥报刊的许多大同小异的诗歌之所以不屑一顾,不正是由于它们远离现实生活,无关人民的痛痒,在阴暗面面前睁着眼唱赞歌吗？

还有一个说法是："诗不能表现自己"。这个观点严重地阻碍了我国抒情诗歌的健康发展。

别林斯基曾说过："诗人首先是一个人，然后是他的祖国的公民，他的时代的子孙。"（《别林斯基选集》第二卷第四一九页）诗人如果以写诗来炫耀个人，那是十足的昏庸。但是，从作品来说，人们是通过诗人的眼睛和爱憎来感受和评判世界的；从诗人来说，诗是通过自我直接来言志咏情的，抒情性很强是诗比之其他文学样式的重要特征。

正因为诗更侧重于主观情感的抒发，是通过情感的表现来反映现实，因之，一首成功的作品，一方面要求客观对象和事物的典型化，另一方面又要求主观思想情感的典型化，并使二者融为一体，传达出一定时代和阶级的思想感情和审美感受。在一些用心血凝成的优秀诗篇中，常常突出诗人"我"的形象、感受和情思。这种情况是诗歌创作的一种无可非议的艺术规律。但是，一段时间以来，在诗中一写点"我"的思想、"我"的真情，就似乎成了"个人主义"的同义语，甚至造成了一些错案乃至冤案。艾青在《养花人的梦》里，寓托了反对一花独放的主张，郭小川在《望星空》里，抒发了诗人面对宇宙之大产生的人生感慨，都遭到了简单、粗暴的批判。诸如此类的文艺批评，不啻是不准写"我"的禁令，无形中就扼杀了抒情诗的生命。

作为诗歌，要允许诗人发表个人的政治的和思想的观点。一个能吹响号角的歌者，不应该有那种虚伪的"豪言壮语"，而要敢于冒着风险为人民的利益、人民的命运奔走呼号。天安门诗歌的作者们为我们作出了真正的榜样。"我按三尺剑，犬物敢祸国"！这拔剑而起的"我"的形象，为我们雕塑出当代为人民、为国家命运舍身奋斗的"诗神"的造型。人民需要这样的喉舌，这样的代言人。

第二,对遗产的借鉴与继承

发展新诗,不能抛开前人在诗歌创作的漫漫路程上探索而留下的丰富遗产。我们不能一切从零开始。这就是新诗发展面临的又一个问题:应当如何继承和借鉴古今中外优秀诗歌的传统和经验,从中吸取有益的营养。

由于林彪、"四人帮"作恶多端,多年以来,新诗几乎同传统割断了,可以"攻玉"的"他山"几乎全被推倒。凡"洋"即资,凡"古"即封,凡"前"即修,剩下的就只有"新诗要学样板戏"了。以至于有的年轻作者不知艾青为何人。这是"四人帮"炮制"空白论"所造成的一个悲剧性的例子。不要说艾青,就是古典的、外国的优秀诗人及其作品,在我们一代文学青年中也显得陌生了。

毛泽东同志曾经提出发展新诗要以民歌和古典诗歌为基础的主张。这一重要主张的根本思想是强调向民歌和古典诗歌学习,希望我国新诗继承和发扬我国民歌和古典诗歌的优良传统(既是内容的又是形式的),这是十分中肯而又意义深远的。但我们不应因此作任何断章取义或绝对化的解释。

如果不是片言只语而是完整地理解毛泽东同志的文艺思想的话,任何一种样式的革命文艺作品,其基础都是人民的生活,都是人民的生活在革命作家头脑中的反映。新诗同样如此。毛泽东同志在《讲话》中曾以科学的历史唯物主义的观点,清楚地阐明了"源"和"流"的关系和对遗产的应有态度。这一马克思主义的文学原理,对发展新诗是同样适用的。

因此,我们认为,新诗发展的道路,就要以人民群众从事的火热的斗争生活为唯一源泉,并在此基础上,很好地吸取古典诗歌(包括词赋、戏曲等)的营养,吸取从古到今民歌中的精华,吸取外国从古至今一切优秀诗歌的营养,尤其要很好地吸收五四以来直到今天的60年新诗的宝贵传统和经验以作为发展当代诗歌的最直接的营养和借鉴。一句话,吸取中外诗歌的精华的全部总和,并按照革命化、民族化、群众化的方向推陈出新,百花齐放。

现在,诗歌界对"源"的问题没有异议,对"流"的看法尚在争论中。

毫无疑义,大凡优秀诗人的作品都从民歌中吸取滋养,因为这一宝藏如同高尔基所说的,"提供了一切诗的概括,一切有名的形象和典型。"但是,我们强调吸收民歌的养分,是过分限制于形式、拘泥于字数呢,还是强调学习民歌中丰富的思想及多彩的语言与形式? 显然,不能只从字数上学习民歌,那是一种画地为牢;重要的是学习民歌中新鲜的思想和生活的营养,学习民歌中凝练、明快、抒情性和音乐性之长;那才能路子越走越宽。况且,随着科学技术、社会生活、国际交往的飞速发展,大量新的、多音节的词汇进入了群众口语,以现代口语为主的新诗如果再囿于五七言字数的框框,那新诗就无法前进了。

对于学习外国优秀诗歌,建国初期的 50 年代,诗歌界是普遍重视的。但后来,一强调民族化、群众化(这自然是必须的、主要的),又掩盖了一种倾向;对外国的予以排斥。这种形而上学发展到猖獗的地步,即"四人帮"独霸诗坛时,把一切"洋"诗统统打入十八层地狱。现在,这种流毒是否肃清了呢? 也不尽然。例如,唐弢同志在 1978 年第一期《文学评论》上发表的《谈'诗美'》一文中,在强调学习古典诗歌的图画美、音乐美的同时,对外国优秀诗人,例如马雅可夫斯基等人对中国新诗的客观上存在的积极影响,采取了轻率的否定态度。唐弢同志的论点是这样表述的:"新诗要从民歌和古典诗歌的基础上吸引养料和形式,进一步建立自己的形式,创造新的格律诗,这就纠正了过去很长一个时期内,用方块字写'商籁体'(Sonnet 十四行诗)、将新诗切成一方方'豆腐干',以及构造马雅可夫斯基式的所谓'楼梯诗'或者'台阶诗'的错误。我们不能说诗人们的精力完全浪费了,但是,要不是走了那段弯路的话,新诗也许不至于出现长期停滞的状态,这条错误的途径吸引了我们多少优秀的诗人，使他们在这上面花去可贵的青春呵！"我们认为，这种观点是值得商榷的。

我们立足于具有民族风格的新诗的创造，但也不能忘了把手伸向外国，如同引进一切先进的科学技术一样。当然，这种引进应是鲁迅讲的"拿来主义"，不是"外国的月亮比中国的圆"那一类奴性十足的生吞活剥，而是认真研究，取其精华，"洋为中用"。新诗的民族化群众化，绝不是排斥、而是加强跟借鉴、利用外国进步诗歌的长处的结合。例如，西方民主革命和社会主义革命中具有战斗传统的鼓动性诗歌，我们就可以借鉴。有什么必要非得把包括外国进步诗人在内的前人的业绩一笔抹杀，才能摆清楚自己的观点呢？这至少不是一种实事求是的态度。

这里，顺便谈一下被唐弢同志视为导致"弯路"和"停滞"的学习马雅可夫斯基的诗的形式问题。我国的新诗，从抗日战争、延安时期到建国以后，确实有不少诗人吸取了马雅可夫斯基的革命诗歌传统，并利用"阶梯形"创作——直至今天也不乏其人。郭小川、贺敬之等诗人在采取"阶梯形"的分行法时，除了表现革命的思想内容外，一般地注意到：（一）运用现代口语；（二）按照朗诵的自然间歇和音韵的自然变化排列，显出一定的节奏；（三）重视本民族的语言习惯，如至少不把一个词排成两行。贺敬之还特别注意到把我国古典诗歌中的对偶、排比揉和其间。这些，都是结合我国国情的一种再创造。我们从《投入火热的斗争》、《放声歌唱》、《雷锋之歌》等诗受到广大群众欢迎的客观效果来看，这种中国式的"楼梯诗"不能断言就是一条"歧路"，至少是百花中的一朵，又有什么理由将它戕贼呢？可见，将这种"外来货"的为我所用，简单化地判为"错误的途径"，是缺乏根据的。你可以有所偏爱，但不能搞偏废，中国式的"楼梯诗"应当允许合法存在，怎么能因不合自己的口味而拒之于门外呢？

还应当说，由于长期的"隔膜"，我们对外国当代诗歌的了解和研究是很不够的。近十多年来,有时是以"内部"的方式传进一些形式怪诞诡奇的外国诗歌,这自然是不能盲目模仿的。但是,是不是一切当代的外国诗歌都是新牌化妆品一般的"唯美主义"?按照列宁的说法,任何一个民族都有两种文化。那些为民族解放、国家独立而战斗的诗歌,那些接近人民、反映现实的外国诗人们的新作,为什么不能作为我们借鉴的对象呢?即使是纯属资产阶级思想内容的作品,艺术造诣高的,也可以从艺术表现上批判地吸取能为我所用的成分,一概排斥也是没有道理的。例如,象征主义是外国诗歌中长期形成的一种流派,其哲学基础是主观唯心主义的,认为现实世界是虚幻而痛苦的,而另一世界是真实、美的,诗的象征便是沟通两个世界的媒介。作为这一流派的作品,宣扬个人主义、颓废主义和神秘主义自然不足为训;但是,作为象征主义的"暗示"手法,是可以借鉴并用以丰富和壮大我们的革命的现实主义和浪漫主义的。

与那种"一律排外"的观点相呼应的,是对五四以来新诗成绩的否定。

今天我们不能离开五四以后30年诗人们的贡献来谈发展今天的新诗,若如此,就会徘徊不前,也是不尊重我们自己的历史。那种称五四以来的新诗纯属"外国诗的流派"的观点之所以不对,是没有从我国诗坛的实际出发,看不到我们的新诗人们在自己的民族传统里面已经取得的具有贡献性的新成就。新诗之所以称之为"新",一是思想内容上反映的是新时代的生活和斗争,二是诗的语言从文言走向现代口语。这从我国三千年的诗歌发展史来看,无疑是一大革命。也是一种历史的必然。在这中间,新诗明显地接受了外国优秀的现实主义诗歌的积极因素,我们也充分肯定歌德、拜伦、雪莱、惠特曼、裴多菲、普希金、莱蒙托夫、泰戈尔等等对于郭沫若和他以后许多诗人的影响;但如果不适当地夸大到他们单凭"舶来品"就"新拓"出一个流派,从而得出五四以后的新诗不过是"外国诗的变种",几十年在新诗音韵形式方面的探索徒劳无功的结论,那就不仅不符合事实,并且简直是荒谬了。不能一谈民族化,仅仅看到只有一部《王贵与李香香》。即使单从节奏、韵律、语言等形式来看,郭沫若的《女神之再生》、《凤凰涅槃》,闻一多的《剑匣》、《李白之死》,尽管和中国古典诗歌有着距离与变化,(没有距离和变化,新诗何以谓之?)但认真读一下,前者三四言以至五七言的节奏和隔句押韵乃是它们的基调,后者大都每节有固定的行数,每行有固定的音尺,通篇有固定的韵法,皆足以说明同古典诗歌传统的缘分。而且,郭老、闻一多这些新诗运动的先驱者,对我国古典诗歌传统都是如数家珍,寝馈其中,谙熟旧诗格律,在他们的新诗实践中也看到这种深刻的影响。所以,应当说,五四以来的优秀新诗不能说是全盘西化,而是融会中国古典诗歌与外国优秀诗歌传统的积极成果,使我国的诗歌传统在新的条件下得到了丰富和发展。因此,为了推动新诗继续前进,今天,很有必要加强对五四以来新诗传统的研究和总结。

如同仅有生活不能产生机器——必须有科学一样,建国以来有成就的诗人,无不重视对古今中外大诗人的作品的学习与借鉴。他山之石,可以攻玉。即以贺敬之而论,他酷爱民歌,又有古典诗词的素养,对外国优秀诗人的作品作过一定研究,对五四以来的诗歌也勤于学习。如在延安时,他对艾青的诗,百分之九十能背得出来,这些,都成了他丰富的营养。他的《雷锋之歌》这首诗,从表面上看是沿用了"阶梯式",但其基本上是多用偶句的骈体,行为单位大部分显示了对仗,押韵一般都在句尾,诗的上下句的行数及每行的字数大体上各个对称,遵循了"前有繁音,后继切响"的原则;从语言上看,以现代口语为主体,但又巧妙地采用了一些传诵久长的我国古典诗词的句子溶入诗篇,使诗语呈现繁富多姿的色彩;从行文上看,势如长江大河,一泻千里,有着五四以后新体自由诗的豪放不羁,但内容与语言的浓缩与凝练,又避免了散文化的流弊。

这首诗从艺术构思、诗的格律到语言色泽,诗人取得了民族化、群众化的新成就,而且标志着个人风格的成熟。所以也应该说,它是得益于吸取了多种的营养。

总之,当代诗人们的实践,雄辩地说明了,只有全面地、准确地理解"源"和"流"的问题,继承和借鉴过去人类诗歌遗产的精华和总和,把眼界放宽一些,多方面的吸取营养,那么,新诗发展的道路和前景将是无比宽阔与灿烂的。

短短的结语

今天,人们对新诗的发展在作众说纷纭的探讨。有一种意见,把新诗发展的不能令人满意归咎于没有形成合适的诗体。但是,近三十年来许多诗人和作品证明,天安门的诗歌实践也在回答,同人民的悲欢、国家的前途、民族的命运紧紧联系在一起,才是诗的生命所在。因此,如果要谈到当前新诗的流弊,恐怕主要还在于思想内容,在于诗人是不是为党和人民的根本利益说真话、抒真情,诗人是不是以革命现实主义的态度,对我们的时代和现实作认真的深刻的思考。而不是首先在于形式。目前我国正在进行的思想解放运动,对发展新诗是股强大的东风。不少诗人走在这个运动的前列,并且有了创作上的实绩。

建国30年的新诗有什么最根本的经验教训? 可以说,正面的根本经验,就是放手地搞"百花齐放,百家争鸣",这是思想解放的方针;反面的沉痛教训,就是控制太死,调子太高,棍子太多。因此,要创造无愧于时代的新诗,当务之急仍然是在马列主义、毛泽东思想指导下,继续解放思想,发扬艺术民主,真正按照艺术规律大力发展诗歌创作。要把"放"的方针当作长期性的方针坚持下去;要重视艺术特征,尊重诗歌创作是一种个人的独创性劳动;要特别提倡新诗题材、形式和风格的多样化。诗人自己也要树立民主作风,深入生活,密切同人民群众的联系,这一点对诗坛的新人来说尤其重要。

我们走过了30年难忘的坎坷不平的路程。如今,在新的长征开始的时候,新诗也已复苏,诗歌万紫千红的春天已展现在地平线上。我们深信,只要诗歌界老中青的歌手们真正地高举马列主义、毛泽东思想的旗帜,团结奋斗,敢作敢为,勇于创造,诗苑一定会繁荣昌盛,新诗一定会有长足的进步,在实现我们共同的伟大事业中作出应有的贡献。

(原载《社会科学战线》1979年第3期)

传统的变革与超越
——诗歌运动十年(1976~1986)

谢冕

导言:十年来的一件大事

当我们置身于艺术之外看十年前发生在天安门广场的诗歌现象,我们会情不自禁地对它作出高度热情的评价;而当我们情绪趋于冷静,置身于艺术之中进行观察,我们的评价会出现截然的背反。这是一个发生在复杂的历史时期的复杂的艺术现象。从一个意义上看,它有不可企及的价值;从另一个意义上看,甚至会得出完全不同的判断。事实也许就是如此:1976年4月5日前后兴起的诗歌运动,对于中国新诗在当代发生的巨变而言,不过只是一个序曲。

序曲奏过以后,诗歌在传统与变革中冲撞,它的情节伴随着几代人互相折磨和自我折磨的激动和痛苦而展开。如今是整整十年,时间为我们提供机会,我们终于能够拉开距离地对它进行一番冷静的思考。

记得1918年,胡适在他总结新诗运动的《谈新诗》中用了一个副标题:"八年来一件大事"。他确认新诗的孕育与诞生这一事实为1911年辛亥革命到那时的八年中的"一件大事"。要是把当前时期诗歌所发生的变化放在大的时代背景中考察,就它为整个文艺的变革提供先例乃至于它在这种变革中对于固有传统的发展与突破而言,称之为"十年来一件大事"也并非妄言。

十年完成了两项使命:一是受到破坏的传统全面的修复与沟通;另一则是以不妥协的精神对这个传统实行超越性的变革。从前一个的使命完成看,诗坛内外的人都是乐于肯定和接受的。天安门诗歌开始了革命功利目的的诗质的恢复。它的最突出的成就是现实主义精神的有效实行,诗歌对于人民哀乐作了忠实的表达;诗歌对社会现实实行了力所能及的干预;随之兴起的是对伤痕的揭露;从写"别人的故事"到写"自己的故事",普通人的命运受到了以前只有头上戴着光圈的人才能得到的殊荣,小人物的悲欢和惊天动地的事业忽然取得了同样的机会,如流沙河的诗和舒婷的诗所表现的。上述内容之所以会得到无争议的认同,其中重要的原因是由于许多人的亲身经历。

复归与认同是易于接受的,而异向的追求乃至实行艺术上的反叛和变革、即我们说的第二步的超越性变革,它所能得到的同情和容忍就十分有限。引起文艺界关注的两个大论战,即围绕诗歌创作的朦胧诗大论战和对这种创作进行理论概括的崛起论大论战,就是这种艺术地震的说明。

我们之所以认为是"大事",还在于它的作用和影响属于全体文艺、甚至属于全社会。它提供了对于固有秩序的怀疑和不满,它的冲撞和躁动最生动地传达了社会潜在的变革要求。一个时代结束了,一个时代开始降临。这种降临是伴随着不满、不安、不宁的,诗歌艺术的变革最早传达了此种信息。

以十年为代价,目前我们获得了一个相对而言是趋于平静的氛围。这种氛围并不说明分歧的消失,而只是论争双方因力量失去均衡而冷却。从另一个角度看,目前的氛围也取决于双方多少总在承认某种事实。主张变革中的一些人重新开始了对于传统文化的兴趣。尽管这两类人对传统文化的态度差异极大而甚少共同点,但这种兴趣显然冲淡了当时那种激烈的程度而趋于"平和"。

"平和"心境也是与他们看到了固有力量的强韧有关。他们终于体会到:骤然的冲击是可以的,但并不可能有彻底的改变。这种情景在另一方则是因诗歌事实的存在而不同程度地承认了这一事实。他们原先那种因为完全不能适应和不能容忍的怒气冲冲,如今已经消隐。时间给人以机会。他们终于对某些现象不再陌生,甚至新的诗艺也在悄悄地影响他们中一些艺术上比较通脱的人。这也就相当程度地抵消了原先那种对立情绪。

最主要的是诗歌发展自身,它已经不再是原先那种陌生的怪物。而是一种不得不予以注意的庞大的存在。不管你是否为它呼吁和辩护,它已经是一种存在,从而使辩论也失去了意义。目前的诗歌运动已把注意力集中于诗美变革的研讨和总结,宏观研究的成果要求微观研究的充实和解释。

参与现实的传统之修复

我国新诗运动伴随着诗歌对社会现实的关切而走向深入。在发端阶段,胡适、刘半农、刘大白等的诗歌追求以对于底层人民生活状态的同情体现了诗歌的写实倾向。文学研究会诸诗人的创作,为人生而艺术的宗旨乃是了他们诗歌的合理内核。俞平伯在1922年诗集《冬夜》序中说过:"诗是为诗而存在的,艺术是为艺术而存在的;这话我一向怀疑。……因为如真要彻底解决怎样做诗,我们就先得明白怎样做人",俞平伯提出:"诗以人生的圆满而始于圆满,诗以人生的缺陷而终于缺陷。"在他的观念中,"人生"是诗的决定因素,是诗的生命和根本。

新诗的艺术格局实现了由个体意识到群体意识的全方位转移。30年代中国诗歌会兴起,把为人生的诗歌推进到为革命的诗歌。国防诗歌由倡导以诗为配合抗战的武器,进而提倡诗的大众化和通俗化,以期更为切近社会的实际。蒲风说:"诗人应该做时代的喇叭,诗人永为时代的前驱。诗人怎能在离开了社会组织的集团总体而表现出积极的生的意义呢?"(《新诗界的逼切要求》);从文学研究会到中国诗歌会,中国传统的"文以载道"和"诗以言志"的品质得到了革命性的更新。

这种品质的侵入,使中国新诗开始了与人民共命运的同向发展。诗歌的革命性与诗歌的人民性在特定时代里取得和谐的统一。诗歌的战斗性与表达人民的真实愿望的人民性也取得和谐的统一。由于诗歌的革命性和战斗性体现在对于人民愿望的真实表达以及人民奋斗精神的具体描绘上,于是它和诗歌的现实主义也达到了难以分解,也无需分解的境界。

新诗的这些优秀品质在50年代中叶至70年代中叶的漫长而复杂的历史进程中受到了摧折和歪曲。在相当的时间中,在相当数量的诗篇里,诗歌在革命旗号下游离甚至背离人民的进步意愿。诗中出现的美好图景与生活的实际无关;诗人抒写的情感与人民内心真实相违。虚假被当作神圣,而真实则成为罪恶。郭小川的《望星空》、邵燕祥的《贾桂香》、蔡其矫的《雾中汉水》的遭遇,正是上述那种背谬的证实。

其实,不是那种到处艳丽明亮的色调,而是蔡其矫诗"浓雾中传来的沉重的橹声""在冬天的寒水冷滩喘息"的纤夫的灰暗严酷氛围,更为真实地再现了当时的现实;不是那种高昂豪迈的叫喊而是"艰难上升的早晨的红日,不忍心看这痛苦的跋涉"更为真实地传达了诗人伟大的爱心。到了60年代中期以后的十年,风气更为恶劣,有一些诗歌沦为阴谋和野心的工具而背离了人民,但荒唐的是,那时却对这些诗作了"最革命"的判定。

正是在这样背景下,我们高度评价天安门诗歌的出现。它恢复了人民诗歌的战斗职能的全面性。诗歌的生命是人民的真实情感。天安门诗歌一方面以颂歌的方式表现了人民的真实的爱,一方面以战歌的方式表现了人民真实的恨。在很早的时候,萌生于解放区的文艺政策业已使之明确规定文艺和诗的根本职能在于歌颂和暴露,天安门诗歌终结了对这一根本职能的背离而得到全面修复。

诗歌作为武器和工具的观念在新的政治环境下得到新的认知。尽管这种观念目前受到某些补充和质疑,但对于新诗的发展而言,它是一个前进性质的恢复。诗歌依然如同往昔,以配合和服务于政治而显示神圣。我们把这种神圣使命的履行称之为惯性滑行。我们不能不注意到这种滑行是在进步的和开明的新轨道上运动的。1978年底出现了更为激动人心的政治局面,思想解放运动宣告了诗歌艺术惯性运动的终止。

中国新诗对于社会现实的参与意识的勃兴,以及诗歌的战斗传统的全面恢复,以1979年诗歌复兴高潮的出现为标志。雷抒雁的《小草在歌唱》和叶文福的《将军,不能这样做》,呈现出这种恢复所达到的高度。叶文福的诗体现了对颂歌的质的修正。他力图在光明的底色上抹上一道愤怒的闪光的电火,从一个阴影展现诗歌对丑恶现实干预的勇气。它是传统的现实主义和浪漫主义精神的勇敢的实现。雷抒雁的诗也超越了一般英雄颂歌。这是一个勇敢抗争黑暗和愚昧的英雄,她的生命史是时代的悲剧。"小草"动人的灵魂还不是反叛意义上的英雄颂歌,而是人的内心平衡的打破。一种传统的自我安慰的心境为现实的鲜血所粉碎,从而表现出焦躁和愧疚。内心的真实性得到袒露,它体现现实主义精神的向着内心的占领。

一批诗人以他们对于社会的责任感而发出呼吁和呐喊,或针砭时弊、或抨击愚昧、或颂扬崇高,均赢得信任。这些诗作如熊召政的《举起森林般的手,制止!》、曲有源的《关于入党动机》《打呼噜会议》。1979~1980年优秀新诗获奖作品的标准,其重点在对于现实的态度上,公刘《沉思》、白桦《春潮在望》、李发模《呼声》、骆耕野《不满》、刘祖慈《为高举的和不举的手臂歌唱》,基本上从两个方面

——一方面对异常时代的历史反思;一方面是对现实积重的痛切呼吁,分别体现了诗歌对社会现实的不同方式的积极参与。

长期以来,我们提倡诗歌的现实主义,并维护它的不可怀疑的神圣。但留给我们的教训是现实主义的狭窄化和单调化,以及真正的现实主义的不被认可。前者指现实主义一方面被用作不厌其烦地琐屑地图解现实,一方面被规定为只能对我们的现实采取肯定的态度;后者指我们实际上排斥乃至敌视颂歌以外的对于现实弊端的哪怕是非常委婉的干预和揭露。被提倡的现实主义创作方法,在现实生活的落后甚至黑暗面前,不是表现为无能为力便是表现为灾难性的压制所击倒。在新时期,经历了相当艰苦的争取,全面的、真正的现实主义精神的繁荣发展,其成就在新诗历史上是前所未见的。

反思历史:艺术变革的前导

经过长期的社会动乱,对于现实和历史的深刻反思,几乎成为推动社会向前发展的思想力量。新时期的诗歌体现出一个特质,就是它最早以警觉态度怀疑现存艺术秩序的合理性。对于变态的文艺作出的"假、大、空"的概括,系以诗歌的变态为主要依据。复甦的诗歌理论上对此种歪曲进行了有力的批判。艾青的《诗人必须说真话》、《新诗应该受到检验》等,都提倡诗人和诗的真实性:"人人喜欢听真话,诗人只能以他的由衷之言去摇撼人们的心。诗人也只有和人民在一起,喜怒哀乐都和人民相一致,智慧和勇气都来自人民,才能取得人民的信任。"

诗人和批评家不约而同地都为诗歌摒弃虚假,恢复它的真实性而呼吁。公刘谴责"有的诗,成了押韵说谎的艺术"。这些话透露了深刻的历史反思意识。诗人从天安门诗歌作为"伟大的历史预言"的判断出发,认为"最根本的还是它反映了我们时代的最大

的真实"。由诗歌的反常状态思考到了社会和时代的反常状态。在诗的领域进行的思考,较之其他品种具有更深刻的敏锐性:

现在大多数人都比较倾向于这样一种见解,即:妨碍我们实行政治民主和艺术民主,摧残包括诗歌在内的文艺百花的,主要是封建意识形态,都是一些什么呢？略加剖析,恐怕是特权主义、门阀等级制度、人身依附观念、恩赐观点、闭关锁国论、小生产方式等等。

（公刘：《诗与诚实》）

与上述理论表述相呼应的是创作上的体现,叶文福那首著名的《我是飞蛾》响起悲愤的回声。在《我是飞蛾》中,他以激情的旋风呼喊他的"新发现"：

我终于看见了——光！
我终于看见了——火！
我发现生命的机器，
用我的翅膀卷起黑夜——
卷起黑夜的凶杀！恐怖！阴谋！阳谋！
　　野心！卑鄙！狡诈！愚昧中的骄傲！
　　权力癌！荒诞！叛卖！中庸！
　　霸道！贿赂！奴性！堕落！
　　光荣的寄生！神圣的掠夺！

应当承认,诗歌领域在1978至1979年之交所进行的思考,体现了相当深刻的历史反思的实质。这种反思以超越具体的艺术范围而显示它的尖锐性和敏感性。

随之而来的是对诗歌自身艺术规律的大胆质疑。几乎是在谴责"假、大、空"的同时,诗歌界开始了对于长期影响并决定诗歌发展方向的指导性原则产生怀疑。这种原则把新诗的发展基础建立在曾经是新诗的对立物的古典诗歌以及与古典诗歌"同根"的汉族民歌上。人们不同程度指出这种理论的非科学性,而且在实践中纠正了它带来的创作和评论的片面性。关于诗歌的思考由这种对于指导性理论的怀疑进而推及对于创作实际弊端的考察。

在新诗创作中,最早发现了由于理论的偏颇而导向创作的偏颇,即诗人创作的僵硬的模式化的严重性。1978年出现的《今天》杂志,作为一种文学和诗歌新生代的第一次集聚,其争取的目标,并不是对于具体的艺术实践的承认,而是对于单一的创作模式的抗争。在《今天》的《致读者》中,引人注目地引用了马克思在《评普鲁士最近的书报检查令》中的一段话:"你们赞美大自然悦人心目的千变万化和无穷无尽的丰富宝藏,你们并不要求玫瑰花和紫罗兰散发出同样的芳香,但你们为什么却要求世界上最丰富的东西——精神只能有一种存在方式呢?"在引用了这段话以后,《今天》宣称:"四人帮的文化专制主义就是只准精神具有一种存在形式,即虚伪的形式;只准文坛上开一种花,即黑色的花朵,而今天,在血泊中升起黎明的今天,我们需要的是五彩缤纷的花朵……"

在诗歌界,最早把变革潮流的实质归结为"美学原则"的变革上。及时总结诗歌实践的实质并使之具有理论归纳的色彩,使诗歌在新时期的文艺中最具鲜明的理论性。审美意识的觉醒在诗中最先得到重视。孙绍振的《新的美学原则在崛起》试图做的就是这方面的总结:"与其说是新人的崛起,不如说是一种新的美学原则的崛起。这种新的美学原则,不能说与传统的美学观念没有任何联系,但崛起的青年对我们传统的美学观念常常表现出一种不驯服的姿态。"徐敬亚《崛起的诗群》这篇长文是新的诗歌审美意识觉醒的系统论述。他论及新的艺术变革最具体,并且鲜明地把这一切放置于社会变革之中考察:"一种新的艺术倾向的兴起,总是以否定传统的面目出现,总是表现为对原有的旧秩序的强侵入,这就足以触动超过艺术领域之外的全部社会惰性,铅一样的旧秩序常常产生一种自我防御性的本能排斥。"

在新的历史时期,成为艺术论争的焦点的还不是新的艺术追求多大程度上受到认识和尊重的问题,而是新的艺术作为一种原有艺术的补充或对立的因素是否受到保护和被允许存在的问题。因而,所谓的诗歌在新时期的争取,其实乃是争取一种与原有艺术传统同样的合法生存权利的争取。从《今天》《致读者》提出的真正的百花并存,到新的美学追求的觉醒,这种巨大的发展步子对习惯于原有艺术秩序的人是一场精神雷电。无可掩饰的怀疑情绪迷漫着整个诗歌世界。对旧秩序不怀疑的人们深刻怀疑这种怀疑情绪。但他们实在也拿不出什么有力的思想武器予以抡制,于是只好诉诸传统的方式,这就是政治批判的方式或准政治批判的方式。

延续并充实人的文学内涵

诗最先感到自身的异化。异化首先不是来自形式,而是来自内容。受到社会功利目的躯使,诗歌曾确立自己的使命在于歌颂神圣。在新社会的辉耀下,诗使一切都镀上金光。普通人只有在做出不普通的事时才不是卑琐的,唯有神圣才能入诗。普通人只有成为模范或英雄时,才可能成为诗才。这样由英雄到巨人,由超人到神的占领,使诗质受到侵犯,人终于由受到谴责而失去位置。

首先不是呼吁"爱情的位置",根本的争取应是人的位置。诗最先体现此种觉醒。舒婷在青春诗会的诗序中呼吁"人啊,理解我吧",可以认为是对人的重新发现的呼吁。她的口号是尊重,信任,温暖。从《致橡树》到《惠安女子》《神女峰》,她的抒情诗体现了一个完整的从人的发现到人的实现的过程。顾城把这种呼吁具体化了,他对过去宣传的"非我的我"发出谴责,认为那种一粒沙子,一个齿轮,或一个螺丝钉的"我","不是一个人,不是一个会思考、怀疑,有七情六欲的人。如果硬说是,也就是个机器人,机器'我'"(《请听我们的声音》)。事实上,这些话已经提出了人的主体性的概念,人的自主和独立的性质,完全不同于过去那种从属和附庸的存在。

争取人的价值在新时期的诗歌中有一个渐进的过程。它最初受到伤痕的揭露的启示，即在过去诗中没有地位的平常人，由于苦难给予的机会，当他描述这种苦难，由此派生出效果是人们始料不及的，——它体现对于不完全的和受损害的人的价值的肯定。过去受到歧视和排除的普通人，如今堂堂正正地成为诗的内容。非神圣的人，终于取代了神圣的超人的位置；不完美的人，成为可臻完美的诗的主人公。这在异化的诗中是一件不期而至的石破天惊的实现。流沙河在《故园九咏》中所述的，大都属于小人物的悲欢，这无意间是一种对于过去秩序的大反驳。

几代诗人的创作实践，都谴责对人性的摧残。黄永玉以喜剧氛围写出的具有浓厚讽刺意味的诗中，渗透着严正的对于人性戕害的谴责。艾青的《盆景》形象地传达出对于自由的人性扭曲的否定情绪：

其实它们都是不幸的产物
早已失去自己的本色
在各式各样花盆里
受尽了压制和委曲
生长的每个过程
都有铁丝的缠绕和刀剪的折磨
任人摆布，不能自由伸展
车可绕指而加以歪曲
草木无言而横加斧刀
或许这也是一种艺术
却写尽了对自由的讥嘲

非神圣在大变动中得到神圣的地位。随着重新评价自然界的太阳的诗潮而来的，是对于人的太阳的重新发现。吴稼祥的《我歌唱第一个直立行走的人》是一个很古老的诗题，但它有着特定的时代指归性：不是歌唱神明而是歌唱"敢用大脑思想的人"。诗人有感于人总是自愿或不自愿地匍匐着和跪拜着，人总是与兽同类。人的重新觉醒是特定时代的新世纪曙光。神的再次否定宣告现代迷信的终结。陈所巨在《早晨亮晶晶》中，把站立在晨光中的农家少妇写得金光闪闪，其中包含了这种新的发现的热情。他赋习以为常的场面以美丽、庄严和崇高，都属于这种努力的一部分。一个人就是一个独立的世界。一个人的心灵，它的自由和广袤，可堪与伟大的自然界相比，这是人的发现最动人的内容。

从神的颂歌到人的颂歌是诗歌内涵的一个革命。在这样的氛围中，具有时代锐敏神经的诗人，终于获得了一个古老而又新鲜的题目："我重新发现了自己"。在过去，我只是车辙旁碌碌奔忙的"黑瘦的虫蚁"，尽管——

宪法
　　称我为公民；
走上广场与街衢
　　我是群众，阶级；
经济的网兜里
　　作业战线上
　　我是劳动力……
一个个干瘪的概念
　　又消失在概念里……

只有在现今的一刻，他才高喊："我是人"，同时宣布人作为"历史舞台上的道具"的历史已告结束，智慧、愚昧、功勋、过失……这一切，都是我的属性，当然也只属于我自己。

对自己的发现，也就是对人的发现。当人在非人化的气氛中泯灭，当人性的精神为非人性所取代，当时代终于出现了新的转机，这时，一个古老的题目，便获得了一个崭新的意义。它把诗最终归结于人学的根本命题，从而修复了五四文学革命最初对于人的文学的争取的衔接。它成为诗歌表现科学战胜愚昧,民主代替专制的实质性的内容。它是传统的反封建意识斗争取的恢复和延续,同时又是结束黑暗世纪之后对于现代人的意识的提醒:结束了封闭状态的中国人醒悟到自己最终要成为现代的世界人。

分离和调整——现代意识的寻求

人一旦觉醒,便要求与束缚人和扭曲人的传统意识的分离。这个分离以批判现代迷信为启蒙,促进了现代意识的调整。诗歌不遗余力地以对单一情绪的否定,实行崭新的复合情绪的熔铸,造成与新时代气氛的谐调。不论是朦胧诗论战还是崛起论批判,透过表层的现象企及深处,无不源起于深刻的观念分歧。

这种分歧不在懂与不懂,而在传统意识与现代意识产生强烈的冲撞。特殊时代造成了人们对于"国粹"的再怀疑以及对它更加猛烈的反对。这种新的反对促成极大的离心力。因"厌旧"而向着域外寻求新思想和新形式,就是通常讲的新的"盗火"。这一潮流引发出一些对西方文化怀有警惕的人们的担忧。他们的惊慌和危机感在于他们并不能明智地审时度势。他们不曾感到民族和社会已处于另一个东西方文化交汇的关键时刻。艺术和诗只是这种文化转机的一个方面的体现。特别是诗,在此种形势下,以农业文化意识为基点所形成的从审美意趣到艺术形式的根本性转变,极大地冲击了传统的欣赏心理,并全面地改变了原先关于诗的价值法则。多年来连续进行的激烈的新诗讨论即产生于此背景之中。

巨大的分歧从直接的原因加以考察,乃是由于相当数量的诗歌接受者和批评者对新出现的诗作"与常有异"或"与常大异"感到惊愕乃至愤怒。当他们感到尚可忍受时,便给它以温和一些的称呼(如"朦胧诗"),当他们感到无可忍受时,便给它以刻薄一些的称呼(如"古怪诗"、"诗癌症"或"数典忘祖")。

我们充分理解他们在"读不懂"的"怪物"面前的焦躁。的确，诗艺产生了人们缺乏思想准备的巨变。这种缺乏思想准备，由两个方面的原因造成：一是天安门诗歌所采取的形式呈现了古典形式全面展出的势态；一是自那以后直至1979年新诗潮全面跃动之前的一段时间，传统功效及诗艺的全面恢复局面的出现。上述原因造成了人们对新诗全面变革的某种"麻木"。因而《今天》的出版以及以北岛、舒婷等为代表的新诗潮的出现，给人以猝不及防的突发性袭击。

人们有充分准备欣赏那些以熟知的方式传达新时代激情的诗篇。但人们没有任何准备接受舒婷那样尽情地宣泄个人哀伤并且把哀伤渲染得无比美丽的诗篇。他们当然更不能领悟北岛冷峻的、叛逆情绪背后的传统心态。特别当顾城写《出弧线》，北岛写出只有一个字"网"的诗篇时，这种艺术变异的可容受性甚至连最可能理解的艺术家也都作了否定性判断。人们的愤怒甚至延及于为这些诗篇辩护的理论。究及当前围绕新诗潮产生引发的深刻矛盾，概括起来为以下数点：开放意识与封闭性发展观念的冲突；否定意识与刻板的颂歌模式的冲突；忧患意识与肤浅的乐观情绪的冲突。

新诗运动为时十年的争取，概括起来也不外乎以下两端：一、诗歌经过艰苦的实践，实现了对于原有的艺术传统——特别是诗歌人民性和现实主义精神的恢复；二、诗歌以悄悄进行的绿色革命，实行了对于传统的变革与超越。后一点，其核心的部分是围绕着对于传统的不同态度而展开，人们体现了完全不同的传统观。

诗歌告别了激情时代，甚至也把对于历史的理性思考过程加以延缓，现代倾向的一个突出特点是人关于自身的存在、人与自然的关系的思考，以及人生奥秘的永恒性主题成为了一个新的兴奋中心。诗与社会生活的现实拉开了距离，原先的胶着状态开始脱节。相当数量的诗对政治命题的兴趣明显地淡漠。

传统和群体意识对于艺术实践的约束力越来越小。艺术实践的"传统导向"或"他人导向"业已失去优势。诗创作主体意识的强化,使诗人更为确信自我设计。因而自我导向的凸现,推出了崭新的艺术景观。人们开始愈来愈不愿接受他人的"引导",而宁取自行其是的实现。有一首受到权威诗人批评的《三原色》(车前子)就表现了对来自自身以外的约束的轻忽。该诗设想自己是孩子,他用三支蜡笔在纸上随意地画了三条线。他对大人们的"三原色""三条道路"之类阐释的反应是:"我听不懂","讲些什么呵"。这一代人的固执的坚韧简直让人吃惊,他依然——

  照着自己的喜欢
  画了三只圆圈

  这些艺术表述体现大的逆反心理。艺术在经历了最艰难的挣扎之后,摆脱传统约束的意向已十分明显。当一些人仍在哀叹诗歌受到现代派的"污染",另一些人则以嘲谑的态度对待从"今天"开始的那批探索者的"保守"。他们把那些先行者看成了"传统",甚而嘲笑意象艺术为"象牙雕刻"。这些更年轻的诗人萌生起反艺术倾向,他们不喜欢做那些充满艺术情味的诗,他们追求一种用日常口语写日常事物和心理感受的普通、平白的诗。

  这一批更加激进的艺术叛逆者实际上并不承认什么"引导",他们以对历史、传统意识淡漠的态度表现他们的不驯。中国艺术实践中的"代沟"的深刻性不可回避。几代人变得愈来愈无法对话,谁也不指望说服对方或被对方说服。一些人仍在兴致勃勃地谈论诗歌的现实主义的全面涵盖,一些人却在同时跑得远远的。他们把诗写得更加深奥和不测,或诉诸理念,或崇尚直觉,或超自我,或反艺术。他们不把诗看成反映,甚至也非表现,认为诗只是一个过程,目的是没有的。尽管诗歌发展变幻莫测,但总的是不注重社会制约和适应性要求的倾向。抽象性和超脱性,正成为当代最引人注目的诗歌景观。

  诗歌现代意识的增强,集中地体现为人愈来愈不满意自身的生存状态。在青年一代中萌生了普遍的孤独感。他们感到把对象理想化的浪漫倾向无助于解释这种悲剧性。每个人都是一个自足的世界,而每个世界又都阻隔着厚墙。沟通不仅困难甚至不抱希望,且无能为力。他们把这些感觉写成诗,嘲讽他人也嘲讽自己。

现代诗的嘲讽倾向不同于传统的讽刺诗,那种诗的讽刺是直接的,而且是不包括自己而有特定对象和特定范围的。现代诗的嘲讽倾向更接近西方现代诗的素质:对自身感到尴尬,对生活感到荒唐。但中国此类诗依然有中国的血脉,它不脱理想的"远折射"而表现为无泪的愤激的悲哀。北岛早期作品如《履历》、《日子》已有征兆,并不以表现美好为诗的职责,而是表现丑陋。他以自我调侃的方式痛苦地写自己的《履历》——

烘烤着的鱼梦见海洋
万岁!我只他妈喊了一声
胡子就长出来
纠缠着,像无数个世纪
我不得不和历史作战
并用刀子与偶像们
结成亲眷……

到了近期,更为鲜明集中体现荒诞感。王小龙的《外科病房》把揪心的痛苦写得极淡漠。人不能理解他人,也不能理解自己。他看自己仿佛在看另一个星球。他笔下透露出的那个冷酷的世态,是把情感过滤之后的"无动于衷"。整个外科病房是沉寂的:

今天下午谁也没来
那个每天下午给小伙子带来桔子和微笑的姑娘不会再来
那个小伙子昨天晚上乘大家睡着偷偷地死了
早晨还有一只老麻雀跑来哭了一阵
现在不知躲到那个屋檐下琢磨一句诗
今天下午谁也没来

护士抱着自己一只脚像男人一样坐着
把信写得长长的没有最后一行

结语:超越传统的变革

　　传统无比丰富,传统也制造贫乏,一旦传统以自满自足的状态出现而实行排他,传统也就不再是财富,甚至会形成可怕的破坏力量。当前阶段诗歌的历史性反思的巨大成果之一,便是因传统观念的偏差造成可怕的萧条和枯竭有了猛醒,原有的艺术模式已经失去了对于欣赏者的吸引力。随着诗歌内容的全面更新而来的是艺术上无拘无束的创造时期。诚如人们认识到的那样,任何一次有价值的艺术运动,无不最终带来艺术的巨大改革,这种改革产生于对原有秩序的怀疑和不满。它以反模式而体现了反传统的革命性。当今诗歌对于传统的这种超越大体表现为下述几个方面:
　　一、过去崇尚的对于现实或对于观念的直接解释和说明,转向了写意。其方式是以间接的暗示达到某种象征的效果;
　　二、过去由诗句充当生活的说明的"手工业方式"开始弱化,不是依靠个别闪光的诗眼式警句,而是浑然的整体感给人以不可分割的综合性启迪。所谓"整体象征"效果的追求;
　　三、过去"大体整齐"的章句均衡的格律化被破坏,由于意象的随意性组合,造成了句行结构的不规则化,破缺美的追求带来了自由体的勃兴;
　　四、过去由线型的叙述方式造成的平面结构得到改变,诗的多义性的受到注意。高层空间的建构的成立,使多层次的立体化的内在结构,成为引人注意的新的审美特征。

(原载《社会科学战线》1987年第1期)

文学文本、历史文本及其他

——五四以来《诗经》与诗学研究的几点质疑

陆学明

自五四新文化运动以来,中国传统诗学日子一直不太好过。诗教说、言志说、无邪说、温柔敦厚说、乐淫怨刺说几乎无不遮蔽在愈演愈烈的新思潮批判的阴影之下。包括80年代中期在中国文坛掀起的以"新方法论热"和"河殇热"为标志的文化反思运动,也是伴随着对传统诗学的批判进行的。然而,其中一个颇为令人疑惑却长期为学界所忽略的现象是,历来批判矛头的指向仅止于孔夫子,特别是汉儒、宋明经生等,却无涉《诗经》文本。脱离《诗经》文本而侈谈诗学,批判孔教诗论而宝爱《诗经》,不能不说是20世纪中国新诗学的一个偏颇,也是影响诗学研究得以纵向深入的主要障碍。

实际上,透过纷纷扬扬,林林总总的表面现象深入到《诗经》文本,我们就会看到理论分歧的实质和前提在于:诗是历史的还是文学的,是贵族的还是民间的这样一个根本性问题。本文拟从《诗经》文本入手,重新审视诗教说、言志说及《诗序》和孔子"删诗"等诗学理论问题。

一、《诗经》文本:民族先期史

在我们一代的头脑中,根深蒂固地生长着一个坚不可摧的理论观念:文艺源于劳动,源于普通劳动者的生产实践活动。五四以来的诗学研究几乎都被这一具有"唯物史观"色彩的理论观念支配着。于是《诗经》被解释为采自民间的文学,亦即民间文学性。特别是"国风"部分似乎更是毋庸争辩。对于"文以载道"、"代圣贤立言"等孔教遗说的批判正是建立在这一理论支点上。具体地说,民间文学性是由两个概念构成的:一是民间性,二是文学性。民间性是相对于贵族性而言的,文学性是相对于历史性而言的。这也正是五四以来新旧诗学理论分歧的基本生长点。对传统诗学持批判立场的新学代表们,认为所谓的"后妃之德"、"代圣贤立言"等诗教说、言志说皆为无稽之谈。胡适就曾以不容争辩的口吻说,《诗经》并非古代圣贤垂询后世的"经书",而是"慢慢收集起来的一部古代歌谣总集"[①]。另外两位新学代表闻一多和郑振铎也持有大致相同的见解,郑氏认为《诗经》并非贵族的专有品,诗经所以被解释成这个样子(既圣贤垂询后世之作——引者),是因其"久已为重重叠叠的注疏的瓦砾,把它的真相掩盖住了"。他对于阐释《诗经》,也是传统诗学的重要文献《毛诗序》大加挞伐,指责它对诗的解释充斥着"附会诗意,穿凿不通"之处,他说道:"明明是一部歌谣集,为什么没人认真的把它当文艺看呢?"[②]闻一多在注释《候人》时靠"直觉"断言这首诗的真义是写一个少女派人迎接她所思恋的人,批评《诗序》关于这首诗是"刺近小人也"的解释,完全是"谎言与废话"[③]。

  判断《诗经》究竟是历史还是文学,是贵族的还是民间的这个问题时,应建立起一种历史意识,即在阐释现存《诗经》的文本时,首先应意识到这一文本形态经历了大约五百多年的收集、整理、润色、刊定而集结成书的,其中某些篇章口口相传的时间可能还要古

---

① 胡适:《谈谈诗经》。
② 参见郑振铎:《插图本中国文学史》。
③ 闻一多:《高唐神女传说之分析》。

远。可以推断,《诗经》是经历了如此漫长的悠然岁月,经历了一道道不同观念,不同需要,不同目的的工序方成我们今天所见的样子。其次应意识到我们距现存《诗经》已有两千年之久。这是我们解读《诗》文本的两个历史前提。解读《诗经》至少要做两件事:一是要检视《诗经》文本生成、嬗变的历史过程,二是要反省我们20世纪思维和文化背景与两千多年前的历史差距。应看到,今人解读《诗经》时,往往因意识到的历史内容为《诗经》披上一层我们意识到的历史面纱;也往往以为,今天不可能发生的事,在历史上也不会发生,甚至用今天发生过的或可能发生的事去印证、演绎《诗经》。

基于上述观点,可以认为《诗经》的背后可能隐含着一个民族的历史。民俗学告诉我们,远古时期图腾崇拜、祖先祭祀、巫术仪式、生活禁忌、历史与现实、人神世界,都是混沌未开的。因而,人类早期的诗文大都具有历史性。但因历史不断发展,俗制巫法、人神文史渐渐分道扬镳,这部先期史也不断被修改,愈来愈文学化或虚拟化而变成后来的样子。《诗经》也大抵经历了这一过程。其中的《商颂·玄鸟》、《大雅·生民》皆为殷、周部族起源的神话传说,《公刘》、《绵》、《皇矣》、《大明》则是对周人英雄祖先建功立业、开疆拓土的记载与讴歌。这些《诗经》早期形态的历史遗篇虽然早已为学界所确证无疑了,但却极少有人承认其为历史而视之为文学。对此,《诗序》的作者和汉儒们或许因为较之我们距离《诗经》时代更近,因而也更易于接受这一"历史"事实。他们的所谓"代圣贤立言"、"美盛德之形容"也许并非如新学代表所言是"荒谬绝伦"的了。《诗序》几乎把《诗经》的每一篇章都与圣人后妃、历史事件联系起来,显然不完全是什么"牵强附会"的"凿说",因为《诗经》的作者是在"记载"而不是在"创造"。人类有个最大的共通的弱点,总是愿意把过去的日子(历史)想像为富有诗意的而予以诗化。《诗经》文本被误读为文学而非历史,这种潜在心理也许是动因之一。《诗经》很有可能是湮灭久远的上古史。早期社会生活的大部分内容及其记载早已淹没在厚重的历史尘埃之中了,《诗经》则是屈指可数的幸存者之一。但不幸的是,它们已为无情的历史所严重风化而变异而面目皆非了,成为一种残存的变异或变异的残存。

《诗经》的分类原则也透露了其历史性的信息。众所周知,《诗经》由风、雅、颂三大部分组成,对于雅、颂的历史性学界疑义不大,主要的问题在于风。因为雅、颂里面的许多篇章很近于我们今天所认可的"历史"形式。即那种记叙的、类似编年的时间性质的。而"风"中的作品则更富有空间性、地域性和抒情性而缺少时间性。西方一些学者也据此认为中国无史诗。然而我觉得有必要指出,古人所理解的"历史"形式,也许并非如今人一样。甚至可以认为,这种空间性和抒情性正是中国史诗不同于西方史诗的一个特点。

因而,就风、雅、颂整体而言,似乎也可认为是一种史的分类或说隐含着一个巨大的历史跨度。对于风、雅、颂,历来学者或以诗之内容划分,或以诗之用途、功能划分,或以诗之音乐划分,彼此驳难不已,也从不同角度昭示了《诗经》的不同侧面。但可否作一大胆假设,风、雅、颂是一种史的分类呢?陆侃如在《中国诗史》中推测三百篇中"颂"是原始的舞曲祭歌,"雅"是西周土乐,"风"是黄河流域的土乐,"南"是长江流域的土乐,"雅颂起源较早,至少在西周中叶已存在,风是较晚出的新声,……南的起来大约在东迁以后……"①。另一学者孙作云也认为,风、雅、颂的区别"大体上是以时代和地域为准则的"②。这对于解读《诗经》文本的历史性都是颇有价值的见解。但他们没有继续深究下去,编集《诗经》的人

---

① 陆侃如、冯沅君:《中国诗史》(上)第85页。
② 孙作云:《诗经与中国古代社会研究》第423页。

为什么要从时代和地域为标准来分集编纂风、雅、颂(或南、风、雅、颂)呢？而且,这些制作和编集《诗经》的人又多是祝巫之史官或宫廷乐士。似乎可以认为:这些祝巫史官是作为历史或史鉴编集和制作风雅颂的。我们所见到的风雅颂的形式也就是这一时代的"历史"形式。当然这一历史形式又伴随着"乐"的形式,甚至"舞"的形式,构成了史(诗)、乐、舞的三位一体原始"诗歌"的典型形态。

关于"诗经"的历史性,清代学者章学诚有一个为学界瞩目的说法,即所谓"六经皆史也。古人不著书,古人未尝离事而言理,六经皆先王之政典。"① "六经皆史"之说并非始于章氏,而是代有人在。隋代思想家王通(584～618)也曾把"诗"视为史之一体,他说:"昔圣人述史三焉,其述书也,帝王之制备矣,故索然而皆获;其述诗也,兴衰之尤显,故究焉而皆得;其述春秋也,邪正之迹明,故考焉而皆当。此三者,同出于史,而不可杂也,故圣人分焉。"其后宋、元、明、清历代学者如陈傅良、宋濂、王守仁、王世贞、袁枚,逮至章学诚,对于此论无不信而不疑,绝不是一无缘由的。一个基本事实是:古人不会无端地著书立说,吟诗作赋的。在一般意义上说,那时还不具有为"艺术消费"而进行"消费"生产的需要与条件。《诗经》在那时的主要用途是政治(宗教)与道德教育,或祈祷上天,或祭祀祖先,以先行者的行为作为垂询后世的典范。在《诗经》中我们可以看到诸如父终子及的世袭制(《大雅·文王》、《大雅·崧高》),祭祀妣祖的母权遗俗、图腾崇拜(《鲁颂·宫》、《风·桑中》)、君死臣殉的殉葬制(《秦风·黄鸟》)等异常丰富的历史内容。

在某种意义上说,《诗经》对于那个时代是一部历史教科书,而不是文学读本。当然《诗经》又不同于一般意义上的历史教科

---

① 《文史通义·内篇·易教上》。

书,而是被赋予了被我们今人称之为"艺术"形式的历史教科书。它讲究辞藻、格式、韵律。准确地说,是一部先民史诗。由此可看出,学界谓中华民族"无史诗"论是没有根据的。

  对于《诗经》的历史性,现代语言学似乎也可以从理论上提供有力的索解。诗的早期形态,作为一种符号系统,其能指与所指是同一的,指称与意义(内涵)并未完全分离。这些祖述功德的诗章,大多是"记录"而不是表征。《诗序》概括的诗之"六义"(风、赋、比、兴、雅、颂),主要谈的是教化而不是"艺术",大约反映了那个时代对"诗"的理解。包括《诗经》中的那些充满神异色彩的《商颂·玄鸟》、《大雅·生民》,也不是作为"神话"或"传说",而是作为"史实"被"认可"在雅、颂里面。契、姜、后稷等殷、周先祖的奇异经历应说是毫无史实依据的,甚至可说是荒诞不经的。但是当他们在口口相传乃至"记录"在"案"时都是深信不疑的。像《公刘》、《绵》、《大明》更是被作为"史"流传下来,而不是作为文学流传下来的。当我们指出(亦即意识到)这是神话传说时,这一原符号系统已渐崩溃,抽象的能指与具体的所指已渐分离,"史"的内涵也渐次消亡而代之以"文学",具有更宽泛的所指与外延,亦可说是转化为艺术符号系统了。《诗经》文本的虚拟化的历史变迁,使解读带来了歧义纷呈的局面。

  所以,似乎可以这样认识,愈是把《诗经》视为"史",愈接近于它的原始文本内涵,而愈是把《诗经》视为文学,则愈是远离它的原始文本内涵。

二、文本历史性与贵族性的同一与统一

  其实,当我们指出《诗经》本文主要是"历史"而非"文学"时,关于它的"贵族"性质与"民间"性质的分歧应当已见分晓。因为任何史书都出自庙堂(或曰反映庙堂的意志)而非民间。但这不

妨碍——准确地说,尚需我们详论的。

考察《诗经》的贵族性质,可以从两方面入手:

一是《诗经》的作者问题,即是出自贵族阶层之手,还是出自民间百姓或普通劳动者之手;二是《诗经》特别是"国风"部分所反映的生活内容问题,即是反映了普通百姓的生活、喜怒哀乐、理想追求,还是上层社会的需要、情感世界。我们知道,《诗经》在流传、收集、整理直至编订成集,经历了相当漫长而严酷的历史过程,致使它的绝大多数作者已经湮灭无考了,于是其作者或曰著作权问题成了诗学研究中一个众说纷纭、悬而未决的问题。特别是五四运动以后,《诗经》的著作权问题被提高到历史观与文学史观的层面上来,从而使其成为一个颇为重要而严肃的问题。当然,遭到批评最厉的还是《诗序》的作者。《诗序》问世之前,《诗经》中除五、六篇作品标明作者外,其他作者都是不得而知的。而《诗序》在对《诗经》篇章进行题解时,常把一些作品冠以某王、某公或与其相关的大人物所作,例如:把《关雎》、《葛覃》、《卷耳》归于周文王后妃之手笔,把《七月》、《鸱鸮》、《东山》归于周公旦名下,等等。对于这些说法在过去的诗学研究中也曾出现过异议,但真正受到激烈的狙击是五四运动之后。因为在一些人看来这不仅无形中剥夺了人民群众的著作权,也是有违于所谓的唯物史观的。

然而,我们讨论问题一个重要前提是应当尊重历史,回避不能以论代史,以观代史,回避坚硬的历史事实和历史逻辑。诚然,《诗经》的多数具体作者已无从考起,《诗序》的裁定也未尽可信然。但至少有一点事实可以确定:《诗经》毕竟有过作者,而且它的作者在创作时是负有神圣使命并具有肩负这一使命的地位、能力与条件的。这一点从已标明作者的五篇作品中是可以印证的,如次:

《小雅·节南山》:"家父作诵,以究王訩。"

《小雅·巷伯》:"寺人孟子,作为此诗。"

《大雅·崧高》:"吉甫作诵,其诗孔硕。"
《大雅·烝民》:"吉甫作诵,穆如清风。"
《鲁颂·閟官》:"新庙奕奕,奚斯所作。"
诗中自道之"家父"、"孟子"、"吉甫"、"奚斯"即为各篇之作者。这些人的具体身份虽然大多缺少可供查询的文献资料,但作品本身所提供的内容已经足以证明作者多为社会上层之贵族人士。

此外,通过参校史书从先秦文献里考据到的少数作者,查明他们的身份也均为贵族阶层人,如《卫风·硕人》的作者为卫国大夫(见《左传·隐公三年》),《郑风·清人》的作者郑国大夫(见《左传·闵公二年》),《鄘风·载驰》的作者为许穆夫人(见《左传·闵公二年》),《秦风·黄鸟》的作者为秦国大夫(见《左传·文公六年》),《秦风·无衣》的作者为秦哀公(见《左传·定公四年》)。

对于绝大多数目前无法知其作者姓名和身份的作品,则可通过对作品文本的阐释得到某些索解。由于《诗经》流传的极为古远,语言逻辑发生了巨大的历史变迁,因此,对它的阐释我想应分表层结构和深层结构两个层面进行。表层结构是我们可以理解的、意识到的历史内容,深层结构是我们难以理喻的意义世界。下面我们从《关雎》、《葛覃》和《卷耳》三篇入手分析,这是诗家所论颇多的几篇作品。从表层结构意义上看,《关雎》可以是"后妃之德也"(《诗序》),也可以是"周邑之咏初婚者"(方玉润语)。或依现代诗解,是描写青年男女恋爱婚姻的。但有一点,即似乎很难视为普通劳动者的婚恋歌谣。诗中的"窈窕淑女"、"君子"在当时都不是普通百姓的称谓,庆典所用之"琴瑟"、"钟鼓"等也非寻常百姓之器物。"求之不得,寤寐思服。悠哉悠哉,辗转反侧"所表达的情致、心态可说是"极其哀乐而不过则",温良恭俭、平和节制之极。概言之,诗中的这对男女都很有教养且符合特定道德规范的贵族青年。《葛覃》的教化色彩颇浓,诗中"言告师氏,言告言归。薄污我私,薄浣我衣。害浣害否?归宁父母",叙述的也是对贵族妇女的品德要求：躬俭节用、服澣濯衣、尊敬师傅、志在女功等。《卷耳》："陟彼崔嵬，我马虺隤我姑酌彼金罍，维以不永怀！""我姑酌彼兕觥，维以不永伤！""陟彼砠矣，我马瘏矣，我仆痡矣，云何吁矣！"据许慎考："金罍大，器也。天子以玉，诸侯大夫皆以金，士以梓。"①"兕觥"亦属同类器物。诗之主人有仆有马，有兕觥，有金罍，显然是大夫以上阶层之人物。现代诗家多从民间文学的角度，把《关雎》解释成一般青年男女恋爱的作品，把《葛覃》、《卷耳》分别解释为女仆告假和士兵之妻思夫、反对兵役之作，都是很难令人信服的。

从《诗经》的深层结构看，所展示与表达的应说是一个我们今人很难理喻、意识不到意义世界。这一世界的具体内容、意义早已淹没在厚重的历史尘埃中了。但我们或许可以从其他方面——个别词语或形式结构等因素上去探赜索隐，求证出某些可资参悟的索解。

首先，从形式结构论，《诗经》的文体框架很可能保留了上古时期的祝祭辞体结构，即词语、句式或篇章的反复咏叹与重叠。这种独特的语言结构形式与处于混沌未开的早期先祖进行祝祭活动的原始宗教行为和宗教心理有着密切联系。祭天、祭地、祭祖先、祭鬼神，求福避祸，要反反复复、重重叠叠，以惊天地，泣鬼神，感动神灵。这是一种世界性的语言文化现象。《诗经》中这样的章法句式比比皆是。《关雎》中的"窈窕淑女"出现了四次，"参差荇莱"出现了三次；《葛覃》中的"我"、"彼"反复出现各有六、七次之多，最后一章：陟彼砠矣，我马瘏矣！我仆痡矣！云何吁矣！"几乎全为感叹句。

祝祭辞体在形式结构（或曰修辞）上的另一突出特征是比喻——在严格意义上说是隐喻。这与人类早期的"前逻辑"思维有

---

① 《五经异义·六》。

关。"前逻辑"思维表现为思维载体不是抽象的概念符号,而是感性的形象符号。原始先民把外部世界的许多事物、现象都视作亦即赋予了富有神幻意义的"物象"。在他们眼里这些"物象"已超出了其自身固有的价值和意义。于是出现了语言学意义上的"隐喻"或"转喻"。后人所谓《诗经》在修辞上的"比、兴"手法,很可能与祝祭的"隐喻"或"转喻"是一脉相承的。这一点我们可以从比《诗经》更为古老的文献《卦爻辞》中找到可资参照的例证。《卦爻辞》是由古代巫师(同时也是部落领袖)占卜吉凶福祸的记录编辑而成的,保留着比较浓郁的上古时期之神幻色彩,其中一些篇章的修辞形式与《诗经》中的作品已经颇为接近。例证如下:

《明夷》初九：　　《邶·燕燕》：
明夷于飞，　　　　燕燕于飞：
垂具翼；　　　　　差池其羽；
君子于行，　　　　之子于归，
三日不食。　　　　远送于野。

《渐》九三：　　　《豳·九罭》：
鸿渐于陆，　　　　鸿飞遵陆，
夫征不复，　　　　公归不复，
妇孕不育。　　　　于女信宿。

从以上两组对比中我们看到,《诗经》中的《比兴》手法与《卦爻辞》中的隐喻尽管有着不同历史文化背景的重大差异(一个是宗教的、神秘世界的载体,一个是现实的、人的世界载体),但语言逻辑内在结构的一致性是十分明显的。这种一致性就是:借助某一物象象征或表达某一特定的意义世界。后人所谓:"比者,比方于物也。"(郑玄)"兴者,起也。取譬引类,发起己心。"(孔颖达)或"比者,以彼物比此物也;兴者,先言他物以引起所咏之词也"(朱熹),说的都是这个意思。

在上文中我们提出《诗经》文本的背后可能隐含着一个民族的历史，现在，我们通过对《诗经》深层结构的分析，似乎同样可以说，《诗经》中绝大多数篇章的"原型"有可能是上古时期的祝祭之辞。因为处于魔法神幻时代的原始先民，人神巫史是混沌不分的。换言之，人的世界充满了神幻内容，巫即是史，史即是巫。《诗经》中的许多篇章或许与人类早期巫法咒祝等宗教活动之间存在着某种内在的深层联系。"诗"的早期形态不仅是与舞、乐三位一体的，更核心的意义在于它是巫史、人神合一时代法师所歌所诵之言，是具有巫史合一性质的占卜纪载、祝祭之辞。有的研究者从文化学角度提出《关雎》、《卷耳》、《芣苢》皆有"爱情咒"的意义，①对于这三篇确否属于"爱情"这一特定含义之咒语，笔者尚不敢完全认同，但在原始宗教意义上作出的祝辞、咒语之索解，我想是颇富启示意义的。其实，不仅《关雎》、《卷耳》、《芣苢》等篇章，包括像《伐檀》、《硕鼠》这样的被现代诗家解释为劳动者之歌或劳动者控诉剥削阶级之歌的篇章，最初也许只是有关神木的祭辞或动物图腾的咒语。这些负载着原始先民混沌未明、野性激情的篇章，伴随着文明与进化，变得愈来愈纤细而精致，并且一度曾经演化为统治阶级教化的工具，如《诗序》所理解的，后来又成了被人们视为楷模的文学典范。

支持"民间文学"说立场的一个重要依据是所谓"采诗"说。认为上古至周代统治阶级为了解民情，而实行了一种"采诗"制度。采诗之官或"遒人"，或"使者"，或"行人"，或年老无子的男女遍访民间歌谣，使王者可以"观风俗，知得失，自考正"。（《汉书·艺文志》）但"采诗"之说主要见诸汉代文献，先秦文献中则颇为罕见。所以怀疑者颇众。先秦文献中记载较多的是"献诗"之说。即古代王者为考察时政而令大小官员进献诗章。《国语·周语》

---

① 参见叶舒宪：《诗经的文化阐释》，湖北人民出版社，1994年6月第1版。

言:"故天子听政,使公卿至于列士献诗,瞽献曲,史献书,师箴,瞍赋,矇诵。"《国语·晋语》言:"古之王者,使工诵谏于朝,在列者献诗。"《左传·襄公十四年》言:"史为书,瞽为诗,工诵箴谏。"另,《左传·昭公十二年》还记载了祭公谋父献诗劝谏周穆王不要周游天下的事件,可为"献诗"之佐证。足见,《诗经》之产生,在很大的程度上是"政府"、"庙堂"行为,而非民间百姓行为。包括"采诗"之举即或可备一说,也基本上是"政府"行为。关于这一点,刘师培的一篇短文《文学出于巫祝之官说》分析得颇为透辟。他通过对"词"、"祝"两字的考据,得出结论:古代文词、主要用于祈祀,所以巫祝史官,文笔都特别的精彩,"欲考文章流别者,曷溯源于清庙之守乎!"①作为以功烈扬祖先,以成功告神明的史著,很难说是民间作品。事实上,从春秋到战国及秦汉唐宋,众多的文献史籍把《诗经》是作为贵族的专有品来对待的。春秋时代的申叔时就指出《诗》与《春秋》、《礼》、《乐》同为贵族子弟的教科书:"教之《诗》而为之导广显德,以耀明其志。"韦昭注曰:"导,开也。显德,为若成汤、文、武、周、邵、僖公之属,诸诗所美者也。"②。到了孔子时代,诗已成为贵族子弟修身立业的根本了,所谓"人而不为《周南》、《召南》,其犹正墙而立也与"③。史官司马迁则认为:"《诗》三百篇,大抵圣贤发愤之所为作也。"我国十五世纪著名改革家王安石对《诗经》及《诗序》推崇备至,一个基本的认识前提是:"诗礼足以相解。"《诗经》集结大约在西周春秋之际,还是以礼为法度的"礼治"时代,王安石认为诗礼足以相解,就是"以其理同故也"④,诗与礼的性质是相通的。所以,在这个意义上说,也不可能是民间

---

① 《左盦集》卷八,《近代文论选》。
② 《国语·楚语》。
③ 《论语·阳货》。
④ 《诗义钩沉》第10页。

的。退一步说,即或它是文学或具有文学性质的话,也不大可能是民间的特别是普通劳动者的。虽然有可能为他们提供艺术活动的条件、物质基础,然而他们却是艺术活动权力的被剥夺者。即或有少量的民间文学创作,也很难成为当时的主流文学。

前述对风雅颂的分类方法有许多学者倾向于是音乐的划分。即所谓雅、颂是天子之乐,风是地方诸侯土乐。但"土乐"不是"民间"之意,而是"地方"之意。足见,即或从音乐曲调上也很难找到《诗经》的民间性质。

诚然,也不能否认,在如此广泛而漫长的采集、搜求过程中,难免有少量的民间歌谣渗入《诗经》之中。但应看到在它们被搜求、筛选、整理的过程中,早已为神庙巫祝或宫廷乐官所贵族化、宫廷化了。那一时代礼、俗(制)权威的不可侵犯性,使《诗经》的收集、编纂者们废其不合"礼"者而存其合"礼"者,改其不合"礼"之俗,而沿其合"礼"之俗,发挥诗之"风以动之,教以化之"的功能。孔子删诗也好,正乐也好,也说明它是经过一道加工的。

三、孔子"删诗"与《诗经》文本的变迁及汉儒的功过

孔子"删诗"之说,最早见于汉代司马迁的《史记》:"古者诗三千余篇,及至孔子,去其重,取可施于礼义。……三百五篇,孔子皆弦歌之,以求合韶武雅颂之音。"对此,历来有信、疑两派学者,彼此驳难不已,我想,仅就孔子"删诗"的真伪问题耗时费力,也许意义不大。重要的是判断孔子"删诗"之举对于认识《诗经》文本的变迁也许是具有重大价值的。并且这里还包含有文化学方法论意义上的东西。

近人几乎一致认定孔子"删诗"是不可信的。但有一点非常重要,即或是怀疑派,也几乎无一例外地认为孔子虽未"删诗",却

对《诗经》做过一番"正乐"工作,即所谓"纠正流传中被唱错了音调音节,清除混入雅颂中的乡土小调"。证据是《论语·子罕》里曾记载孔子的一句话:"吾自卫反鲁,然后乐正,雅、颂各得其所。"

但是,如果承认孔子"正乐"就应承认孔子"删诗"。因为在孔子及其以前的时代,"正乐"与正"诗"应当是一回事。那时的正乐,决不仅仅是与诗文无干的,用琴弦调调调子而已,并非像方玉润所说的那样,什么"夫曰'正乐',必雅、颂之乐各有所在,不幸岁久年湮,残缺失次,夫子从而正之,俾复旧观,故曰'各得其所',非有增减于其际也。"①事实上,在先秦时代,诗与乐是分不开的。是否可以认为,那时的乐师,在调音的同时,就把诗文也改了呢。音节和音调的要求,也就是文字的要求。音节、音调与文字是同一的。甚至可以认为,其时所唱的,也就是今之所念的。所以《诗经》中的文字那么整齐、和谐,读之朗朗上口,其高度统一之程度,为今之大诗人、大文豪郭沫若所慨叹。这种"统一"或曰"由太师叶律合乐"也可说是作为史的"诗"之文学(艺术)化过程。《史记》谓"三百五篇孔子皆弦歌之",并不是说给它谱曲,而是说为之配器伴奏。诗的存在形态是诗乐合一的。许多怀疑派责备司马迁把孔子"正乐",误为"删诗",孰不知,恰恰是这些怀疑派们没有搞清《诗经》是诗、乐合一的文本形态。

古代诗、乐、舞是三位一体的。据考,"诗"的古字为象形文,摹拟顿足击节之状,古人训"颂"有舞容者之说,《宛丘》、《东门之枌》、《伐木》、《宾之初筵》都表现出舞、乐、诗三位一体②。《尚书·尧典》:"诗言志,歌永言,声依永,律和声"。《乐记》:"诗,言其志也,歌,咏其声也,舞,动其容也"。也都说明古代诗、乐、舞是三位一体的结构形式。写到这,我们不妨再进一步探究,孔子所谓的

---

① 《诗经原始·诗旨》。
② 周发祥:《〈诗经〉在西方的传播和研究》,《文学评论》1993.6。

"正乐"正的是什么？孔子对春秋后期礼崩乐坏的现实痛心疾首，这种礼崩乐坏反映在诗上，就是代表天子之乐的雅颂之音已不那么纯正了，为地方诸侯各国曲调冲击、渗入，失去了天子之乐的威仪。但是乐，在先秦没有独立出来，"六经无乐"即为旁证。为什么独独缺乐呢，因为乐附于诗上，所以中和之美，温柔敦厚，思无邪，既是诗的要求，也是乐的神髓，况且先秦史籍根本就没有乐谱留下，乐谱也许是汉代以后才有的。准确地说，彼时之正乐也就是选定适合音韵的字词，所以，孔子的正乐，实质也就是正诗，也就是改定文字的音韵，于是，在正乐的同时，诗文也就被删定，足见正乐与删诗是同时进行、并行不悖的。关于孔子删诗我们还能找到另一佐证，即未收入《诗经》的散见于先秦典籍中的逸诗，绝大多数的句式是参差不齐的长短句，而《诗经》中诗的形式主要是四言，音韵又差不多是一律的。据此郭沫若指出："音韵的一律就在今天都难办到，南北东西有各地的方言，音韵有的相差甚远。但在《诗经》里却呈现着一个统一性"，并由此推测："这正说明《诗经》是经过一道加工的。"[①]诚然，孔子也不可能是唯一的一个删诗者，因为几千首诗删定为305首，如此浩大的工程不可能出自一个人之手。但他极有可能是最大的也是最后的一个，即进行最后一道加工的那个人。而这一道加工绝非无足轻重的小事，是"诗"由历史文本转变为"文学"文本（准确地说被赋予文学文本形式）的根本性变革，是"诗"的文学化的一次革命。甚至可以推测，未经删去的原始文本可能是叙述诗（史），或叙述成分较多的诗（史）。我们手中能够有如此感叹心灵优美动人的伟大诗篇，应当感谢孔子，当然也为失去那么多丰富的历史篇章而遗憾不已。五四以后的新学几乎舆论一律地认定是重重叠叠的注疏、题解掩盖了《诗经》的"文学"本貌，殊不知，恰恰是"诗"的文学化过程掩盖了其"史"的

---

① 郭沫若：《简单地说说〈诗经〉》。

本貌。

最后一个话题是关于汉儒的功与过。所有诗论中受批评最厉害的是汉儒,而遍翻史论汉儒最大的错误是立诗为经。那么,立诗为经的功过究竟如何呢?换言之,在汉儒的努力下,把诗立为"经"是好事还是坏事?判断一件事的好与坏的标准主要应是看其损益程度。诗到了汉代被尊为五经之一,第一,提高了诗的地位,这一点类似于亚里士多德的诗界革命,在柏拉图的理想国中,哲学是一等公民,战士是二等公民,农工商是三等公民,诗人则是不入流的六等公民,诗的地位之悲惨也就可想而知了。到了亚氏那里,一反他老师的成见,把诗提高到哲学的地位,诗人也跃居为头等公民,与哲学王平起平坐,分庭抗礼。在我国先秦时期诗虽然还没有悲惨到六等公民的地位(在秦时也遭到焚灭之灾),但与汉代是绝对不能相提并论的。汉时,统治阶级专门为之立学官置博士,奉为"显学"。并由此诞生了一个新的学科"诗经学"。

第二,立诗为经,对于作为文学的诗固然是种禁锢,但另一方面对于诗歌的发展繁荣也不能说不是一件幸事。在这样一个历史悠久、幅员广大、人口众多的泱泱大国中,诗的崇高地位被一代又一代的延续着,使中国成为世所公认的诗的国度,如果没有儒家的努力,没有"诗经"的地位,没有统治阶级的重视,是难以想像的。从这一点上说,我们也要感谢那些为信仰和学说四方奔走游说、矢志不渝、皓首穷经的孔氏门徒们。

(原载《社会科学战线》1996年第4期)

中国新诗回顾与展望

龙泉明

诗歌作为心灵的艺术,在几千年的古代中国,一直备受重视,在诸种文体中,诗是发展得最为充分的一个文体。中国传统文体历来以诗为中心,诗是最显赫的文体,诗的显赫,甚至于使白话小说和戏曲等文体长期处于不被认可的卑微地位。诗的显赫,也使一切非诗文体无不被诗所笼罩,无不透射出诗性的光辉。诗在古代之所以如此发达,一直居于文学的正宗地位,是因为在以农业经济为主导的古代社会,经济的落后,物质的匮乏,使人们注重从精神上求生存,注重修身养性,所以"不学诗,无以言"、"以诗名世",等等,成为人们的普遍观念。加之诗歌以抒情言志、陶冶性情、平衡内心为审美的标准和规范,正能满足人们的某种精神需求。在那普遍重义轻利、重内轻外、重精神轻物质的社会,诗能得到奇特的发展,并形成悠久的诗骚传统,中国由此成为世界上公认的"诗国"。

历史进入20世纪以后,中国社会性质发生了较大的变化,但从经济结构上看,还是一个农业型社会。中国诗歌虽然实现了从传统向现代的转换,即在语言上由文言变成了白话,在形式上由格律体变成了自由体,但在诗的基本品格上仍承续着古诗抒情言志的传统。在中国现代社会,诗所受重视的程度不亚于古代,特别是在战争年代,"诗是炸弹,是旗帜",成为响亮口号,正如诗人魏巍回忆当时创作情景时所说:"尽管战争频繁,生活艰苦,有时连桌子、凳子也没有,肚子也不太饱,可是写诗的劲头倒足得很,简直是充满了诗的灵感,直到现在想起来,还使人精神振奋"。① 在社会主义建设时期的50、60、70年代,不但诗歌所受重视的程度有增无减,而且群众性的诗歌创作热潮不断涌现。1958年的大跃进民歌运动就是一个典型。在这一年里,全国各省都出现了不少诗歌县、诗歌乡、诗歌社,村村都有"诗台"和"诗歌园地",全国许多地方都形成了"千人唱、万人和"的诗歌创作局面,甚至出现了"一夜东风吹,跃进诗满城"的景象。精神意志的高涨,使人们出言吐语即成为诗。"要问民歌有几何,挤满高山填满河。"在那疯狂的年代,人们制造了诗的神话,尽管不无荒唐,但没有诗国的先前的优越条件绝不可能达到如此程度。到思想解放的80年代中期,又出现了一个诗的迷狂期,在那时,诗派众多,旗号林立。诸如"海上诗群"、"非非主义"、"莽汉主义"、"撒娇派"、"野牛诗"、"特种兵"、"霹雳诗"、"边缘诗群",……这足以看出诗人对诗的热衷和对创新的热切追求。诗人于坚在几年后回忆说:"八十年代,中国热爱文学的人多到不正常的地步,写诗的朋友可谓是浩浩荡荡,像为了一个共同的目标从五湖四海集合起来的革命队伍,我也曾在这种群体性狂热中感受到某种身为诗人的荣耀慰藉。"② 在80年代中期,处于急风暴雨时期的年轻人怀着寻找价值的焦灼和反叛情绪,发动了又一次诗的"大爆破"运动。在现代中国,由于长期的精神大于物质、主体高于客体的政治运动和文化语境的影响,造成了诗的一个又一个奇特景观。

但是,自90年代以来,随着市场经济的推行,商品经济的发展,高新技术的突飞猛进,人们逐渐从注重精神转向注重物质,从注重内在世界的探寻转向注重外在世界的关注。这可以说是一百

---

① 《晋察冀诗抄·序》,中国青年出版社,1984年版。
② 《诗人于坚自述》,《作家》1994年第2期。

八十度的转变。这一转变,直接造成了对长于内心抒写的诗的威胁,或者说,工业社会的物质化、机械化、数字化,是与诗相对立的,直接对诗产生消解作用,所以,诗一下从崇高的巅峰跌入了冷落的低谷。人们不再像过去那样热衷于诗了,写诗的人少了,读诗的人更少了。不少诗人放弃了写诗,而转向于对外在世界进行观照与叙述的小说与散文领域(如韩东、朱文等),还有些诗人跳进了商海,直接参与对物质的追求。广大读者越来越对诗失去兴趣,其审美趣味越来越朝着简单化、通俗化、平面化和影像化的趋向发展。诗只在小圈子里流行,多半是诗人互相阅读。于是,诗的生存空间越来越狭窄,诗的消费渠道越来越不畅通了。可以说,诗是当今读者最少的文体,最不受欢迎的文体。有人说:"写诗的人比读诗的人多",可说是对诗坛现状的有力嘲讽。诗正在走向边缘,走向难耐的孤独与寂寞。

有人说,在这大众传媒占主导的时代,诗歌的边缘化命运是难以避免的。其实,诗歌走向边缘,并非大众传媒所致,而是人们重外轻内,重物质轻精神的必然结果,在这物欲与权欲膨胀的时代,诗人难以葆有一颗诗心,没有诗心,何以写诗;读众心浮气躁,怎能对诗发生兴趣。传媒的便利应该有利于诗的抒写与传播,但由于诗的翅膀被物所囿,难以起飞。中国诗歌在绚丽之极归于平寂,在辉煌之极趋于淡化,自有其原因在,但并非是合乎逻辑的发展。

我一直对诗歌的存在与发展持乐观的态度,这是因为:

一、在任何国度,都把诗当作最高贵的艺术。如果说艺术是一座金字塔,那么诗就是其塔尖。诗通向一切艺术领域,一切艺术无不具有诗意与诗味,在一定程度上,诗性是一切艺术必备的内质与条件。同时,诗被视为最精炼的语言艺术,即以最经济的字句和最简练的篇章结构把深厚的思想情感表达出来,所以传统诗人注重炼字、炼句、炼意,提倡苦吟。除此,传统诗歌还讲究修辞,即注重运用象征、暗示、隐喻、想像等修辞手法,营造诗的境界,从而使诗具有"无言之美"与"无穷之意"。这种对诗歌的严格要求,使诗成为艺术的皇冠,它影响到一切艺术领域,对艺术的素质起着规约与提升的作用。所以,有艺术存在,必有诗存在,艺术不会消亡,诗也不会消亡,诗永远不会缺席!

二、诗歌是重感兴、重体验、重品味的艺术,它对陶冶人的性灵,平衡内心,提高人的精神境界,具有特殊的意义。中国在迅速走向物质现代化的时候,人们逐渐把注意力转向物质和外在世界,这对诗的生存与发展多有不利,这是一个方面,但另一方面,在物质现代化的时代,工业文明的弊端也会暴露出来,也就是说,市场经济的运作,高新技术的推动,人们愈来愈看重物的价值,被物所左右,从而就会产生精神空虚,精神失落,而诗对此正好是个弥补;金钱的诱惑,物欲的膨胀,灵性的缺失,理性的挤压,使人心发生变异与腐蚀,而诗对此正好是一副拯救的"良药"。诗对人心的净化,对人性和心性的安立,起着其他事物不可替代的作用。所以,这不是诗的时代,又正是诗的时代。我们应该让诗给现代人以慰藉,让诗走进现代人的心灵,让诗充分满足人们精神与审美上的需求。在冷漠的金钱关系与恶劣的商品市场环境中,诗更有存在的价值。现代社会、现代生活,不能没有诗!

三、从现在的诗坛现状来看,虽显沉寂,但仍有不少年轻诗人在孤寂中做着卓越的努力,他们在重新感受现代生活气息和复杂多样的现实生活中,继续着他们的艺术思考和探索。有深厚宽广的诗学传统这个基础,有国外纷至沓来的诗歌养料供他们广采博取,相信他们一定会开拓出诗歌创作的一片新的精神空间与艺术天地,创作出不愧于时代的诗歌。诗的黄金季节,一定会到来!

21世纪,是诗的世纪。泱泱诗国,一定会再现诗的辉煌!

(原载《社会科学战线》2001年第4期)

中国现代文学思潮研究 15 年

胡有清

一

从 1980 年中国现代文学研究学会第一次年会涉及思潮问题算起,新时期的现代文学思潮研究从一片荒芜开始逐步发展,已经走过了 15 个年头,并在以下几个方面取得了明显的成就。

1. 文学思潮及文学思潮研究的内涵与性质进一步明确,思潮研究已经取得了与流派研究相区别的独立地位

文学思潮作为从西方引进的文艺学名词,其基本内涵所指是一定历史时期和一定地域范围内作家群体活动所形成的文学思想和创作的潮流。一种思潮一般都有比较明确的理论主张,在艺术表现的对象、形式和方法等方面有自己特定的选择与追求,通常要由一定数量的作家的共同活动而汇成一股带普遍性的趋向,并取得相当的创作实绩,产生较为广泛的社会影响。文学思潮和文学流派有着密切的联系,有时二者的外延甚至在一定程度上是重合的。但是,思潮只是在思想和艺术倾向等方面形成一定的共同趋向,而不像流派那样在许多方面有较为严格的一致性要求。和流派相比,思潮对作家群体的涵盖面更宽,规范性更小。正因为如此,思潮研究就要求更高的整体性与综合性,也只有在比较扎实的作家研究和流派研究的基础上才能取得可靠的进展。80 年代以

来现代文学流派研究成果累累,原本界线不甚分明的"思潮流派研究"中流派一翼的突进,不但给思潮研究创造了有利的条件,而且也将思潮研究的独立性和必要性突现出来。于是,从更开阔的视野上对文学现象进行多方面兼顾与综合的思潮研究,便以自觉的姿态出现了。

2. 思潮研究的思路形成了多样化的格局

思潮史就是思潮斗争史、阶级斗争史,这是80年代以前对现代文学思潮发展脉络的规范化认识,在这种认识的指导下形成了相应的单一化研究格局。新时期的思潮研究则出现了以下变化:

第一,对各种文学思潮的性质和相互关系有了新的认识。在克服了过去的简单化、绝对化的偏颇后,对现代文学史上各种文学思想、文学派别以至文学思潮的性质和特点以及它们的相互关系有了新的认识。过去只是简单地绝对地看到"对立"和"斗争",现在则注意到了相互联系、相互竞争、相互促进和相互补充的一方面,对于"对立"和"斗争"的性质和作用也有了新的评价。

第二,突破了单纯从社会政治观念出发划分文学思潮的格局,出现了多种平行的研究视角。例如:从审美原则和外国文艺思潮影响的角度出发,就有了对过去褒贬畸异的现实主义、浪漫主义、现代主义文学思潮一视同仁的条分缕析;从文化研究的角度出发,就有了对过去讳莫如深的人道主义文学思潮的钩玄提要,就有了对过去弃若敝屣的通俗文学思潮艺术地位的重新发现。它们和根据对文学与政治关系的不同认识与处理而区分左中右翼的思路一起,成为三种主要的研究视角或思路。

第三,思潮研究中对理论形态和创作形态的考察并行发展。过去过分强调理论与创作的直线对应,近年来这种情况已有较大改变。许多论著侧重于对文学理论、文学批评以及思想论争等方面的爬梳剔括、探幽发微,不同程度地勾画出现代文学中理论形态的思潮脉络。此外有人则偏重从创作形态着手研究思潮,他们将文学思想及其他思想方面的内容推置到较远的背景地位,突出了文学题材与主题的交替更迭分合演变,也从特定角度丰富了思潮研究。

3. 对现代文学思潮发展的总体趋势的认识更趋清晰

随着对现代文学性质认识的变化和研究思路的多样化发展,现代文学思潮的总体发展得到了越来越清晰的描绘:经过19世纪后期到20世纪初期的长时间酝酿积累,以五四为标志,中国文学的现代化思潮蓬勃兴起;发展到20~30年代,出现了多种思潮同时并存和激烈竞争的局面;而以抗战爆发为分界,以《在延安文艺座谈会上的讲话》为标志,出现了文学思潮一元化的趋向,这种一元化的倾向大体一直延续到70年代"文革"结束。当然,在如何评价这种趋势的问题上仍存在不少分歧。焦点就在于如何看待文学与政治的关系以及各种思潮流派对这一关系的态度。

中国现代文学的主潮曾经强调文学服务于反帝反封建的政治目标,并紧密联系这一斗争的实践。这种倾向在对推动现代文学的发展产生相当积极的作用的同时,也存在许多难以避免的偏颇和失误,给文学现代化的进程蒙上了一些阴影。进入新时期以后,随着文学观念等多方面的认识变化,人们对这种偏颇和失误给予了较多的注意和批评。这是正常的,也是必需的。但是,在把握这一段历史包括这一时期文学思潮的发展时,如何分析当时存在的民族的阶级的尖锐矛盾和激烈斗争的历史背景的作用,如何估价当时众多作家表现出来的强烈的社会责任感和忧患意识的意义,等等,仍然是一个需要深入思考的重要问题。

二

从文学思潮所表现的社会政治观念出发来对其进行研究,是过去几十年里传统的研究思路。由于现代文学与政治斗争存在着特别密切的联系,这一思路自然有其合理性和必要性。但是,过去在政治与文学之间的选择,包括指导思想、审视角度和价值取向,都偏在政治一方面(且不论对政治内涵在把握上的偏差)。新时期则突出了文学本体的观念,强调从艺术的特质、规律等方面去考察文学思潮的特点。沿用已久的左翼、右翼等概念还在使用,但对其内涵的理解已经渐渐发生了变化。同时,这种研究中过去还存在另外一些简单化、绝对化的偏向,包括:对左翼思潮绝对肯定,对与之相疏离或对立的其他文学思潮特别是自由主义思潮绝对否定,对左翼思潮与这些思潮的关系的认识陷于"阶级斗争"的模式框架,将一部复杂的曲折的现代文学思潮史或现代文学史简化为单一的直线的阶级斗争史。80年代以来,这些偏向逐步得到纠正,对左翼和自由主义两种思潮的研究都取得了明显的进展。

首先,研究者在深入发掘、全面梳理、反复辨析历史资料的基础上对左翼文学思潮的功过得失努力做出客观公正的新评价。左翼文学理论观念的核心内容主要包括了以下三个方面:第一,"武器论"的文学本质观;第二,"大众化"的文学方向论;第三,"现实主义"的创作方法论。对这些理论观念,"文革"前一直是全面肯定的。80年代以来的许多论著,围绕着上述几个方面,在充分肯定左翼文学运动及其理论的历史意义的同时,开始注意对其中忽视文学特征和艺术规律的局限和偏颇进行揭示和否定。例如,将文学等同于宣传,将文学在一定时空范围内的性质和功能等同于文学的基本性质和功能,将文学适应大众与文学提高大众对立起来,用既定的政治观念取代对生活的真实体验和认识,片面强调世界观的决定作用而忽视艺术实践的重要意义,等等,这些过去未能认识甚至被认为是正确的传统的观念,在这一时期得到了清理。同时,对左翼文学思潮的面貌有了更准确的把握,也对后来发展得极其严重的极"左"文学思潮的历史渊源有了更深刻的认识。

30年代左翼文学思潮是40年代工农兵文学思潮形成的基

础。后者是前者的继续、调整和发展,广义上说来,也属于左翼文学思潮的范围。新时期对这一文学思潮的研究态势和对30年代左翼文学的研究十分相似。对毛泽东《在延安文艺座谈会上的讲话》的重新读解,对赵树理等作家的重新审视,很自然地成为80年代后期"重写文学史"的热门话题。由于这一思潮与50年代以后文学思潮的演变关系更为密切,因而对它的研究也比30年代左翼文学思潮的研究引起了更多的争论。

应该说,过去那种由于政治意识、功利需要和情感因素而产生或加强的对左翼思潮的偏爱和畸热已经消退,附加其上的种种非文学因素也在研究中逐渐剥离,这一文学思潮的本来面貌和价值也就可以得到比较充分和实事求是的肯定了。当然,也有人完全否定它的文学意义,即否定它作为一种文学思潮存在的意义,连带着的也还有一些严而近苛冷而近酷的纯艺术、纯"本体"的分析评论。这种"偏激的真理"对于冲击过去的僵化认识,自然有其作用。但从对历史的全面把握来说,又不能不要求研究者们从观念上、方法上以至情感上对此作出适当的调整。

自由主义文学思潮作为一个副部主题,与左翼文学相映衬,繁荣了中国现代文坛,为这一时期文学的多元化增添了丰富的色彩。过去对这一部分作家、流派一概采取否定的态度,几乎无一例外地加上了"反动思想""反动派别"等政治帽子。近年来在调整了文学观念和研究思路以后,在对作家作品进行细致分析的基础上,基本确定了这些派别在政治上总体属于自由主义,在文艺倾向上则以远离现实政治,追求文学的独立地位和自身价值为文学活动的最终目的和价值评判的最高标尺,在各自表现出不同的思想特征和艺术风貌的同时,也反映出文学现代化的共同追求。

对自由主义思潮这种带有甄别性的研究大致包括了以下内容:将一些思潮派别的代表人物的文学倾向和当时的政治态度以及后来的政治归宿加以区别;将他们的政治主张和文学观念加以

区别;将思潮流派的理论主张与创作实践加以区别;对思潮流派的文学主张的学理价值和历史意义加以区分;对思潮流派中的群体与个体差别进行分析;对某些重要的历史事实进行澄清和重新评价等等。这样,这些作家和派别的基本面貌越来越清晰地被勾勒出来了,其中重点作家的情况更明朗一些,而各个流派的整体面貌则还有待进一步梳理。至于对这些流派融会接续而成的整个自由主义思潮的综合研究,则更显得不足。

左翼和自由主义这两种文学思潮的对立有政治性的因素,更多的则是非政治性的因素。它们之间的论争,属于因文化思想和文学观念不同而产生的论争,属于对新文学发展的不同思路的论争,属于新文学运动内部的论争。充分认识这一点,显得有利于准确地评价历史,也有助于从中总结经验教训以利于今天的新文学建设。

三

根据创作中主观与客观关系的不同处理,分别研究现实主义、浪漫主义、现代主义等思潮及其相互联系,是现代文学思潮研究中最为普遍的另一种思路。

自20年代以来,现实主义就不断被推向文学的主潮地位,被推崇为"最优秀"的创作方法和"最革命"的文学潮流,成为与社会政治思潮交织在一起的现代文学主潮。但这和西方文学理论和文学史意义上的现实主义,已经相差甚远。新时期的现实主义研究就是以澄清对现实主义的种种偏见为主旨的。

偏见之一,是现实主义内涵的政治化。中国现代文学史上现实主义之所以得到独尊,除了受到苏联"拉普"和"社会主义现实主义"思潮的影响以外,更重要的原因在于当时中国社会以及革命的实际需要,革命要改变现实,首先需要揭露和批判现实。而强调忠实地表现现实生活特别是社会中下层生活的现实主义(包括批判现实主义)就正好与之契合。同时,现实主义内涵的政治化便成为普遍的持久的倾向。这种倾向当然有利于对政治革命的推进;但是与之俱来的对艺术特点的忽视以至否定,对艺术规律的忽视以至践踏,却不能不使新文学的发展受到了极大的阻碍。偏见之二,是现实主义创作的观念化。许多新文学工作者在注意现实主义与反映论哲学思想的联系的同时,过分机械地强调现实主义应该反映事物的本质;孤立强调世界观对创作方法的指导和决定意义,忽视创作方法的相对独立性和作家的创作个性与才能的意义;在对社会主义现实主义的宣传中,强调表现社会主义精神而忽视"写真实"的要求;这些认识上的误区的共同点就在于使艺术创造受制于抽象的思想观念,造成以艺术形象去演绎思想的观念化倾向,进而造成作品中的公式化概念化弊病。偏见之三,是现实主义范围的宽泛化。描写现实题材、服务于现实斗争、表现革命的思想等等,都成为归属现实主义的理由。这样,现实主义也就失去了自身严格的质的规定性,变成了可以任人打扮的小姑娘。

  新时期以来,上述偏向在清醒的现实主义理论的观照下得到反省、剖析和纠正,现实主义思潮的面貌以及它同其他思潮的关系才显出比较清楚的轮廓。

  中国现代文学发展中现实主义独尊而浪漫主义衰微,对这一历史现象,过去主要是强调现实主义的优越性和历史选择的必然性,对与此交织在一起互为因果的局限性与片面性却缺乏应有的认识。与上述对现实主义概念的清理相联系,近年来的浪漫主义思潮研究则从以下几个方面进行了开掘与反思。

  首先,是对浪漫主义发展过程的梳理。过去谈到浪漫主义,一般只是局限于五四时期,其中又主要局限于创造社。近年来人们大大拓展了视野。例如将新月派与前期创造社置于同一思潮的链索上加以比较,它继承和取代后者在浪漫主义文学思潮中的地位得到了肯定。此外,一直遮遮掩掩的郭沫若抗战时期的历史剧中的浪漫主义因素,长期被忽视的周作人、废名、丰子恺以及后期沈从文等人的浪漫主义倾向,都受到注意。这样,浪漫主义思潮的线索也就逐渐被比较清楚地描画出来。

对于浪漫主义与现实主义关系的认识也有所转变。以前过于强调二者的差异和对立,忽视了它们之间的联系和渗透。在将现实主义宽泛化的同时,又将浪漫主义局狭化了。例如:过去一般将鲁迅看作是现实主义作家、将文学研究会看作是现实主义的社团流派,新时期以来不少论者注意到他们与浪漫主义的联系,指出把他们的创作封闭在现实主义的美学世界,无疑使复杂的文学现象简单化、孤立化了。

对于现代文学中浪漫主义渊源的考察也是许多研究者所关注的。比较多的论著从西方文学的浪漫主义思潮影响的角度沿波讨源,有的还从外国文学的多元复合体的角度分析浪漫主义思潮的渊源,有的则探讨了人们较少论及的现代中国浪漫文学和传统渊源的关系。这些不同视角的分析,显然有利于克服那种一味把中国现代浪漫主义文学当作西方浪漫主义的衍生物,笼统地用西方浪漫主义的种种特征来对它进行框定的倾向,有利于更准确地把握现代中国浪漫主义文学思潮以至整个现代文学的特质。

和现实主义、浪漫主义相比,现代主义是现代文学中发展最不充分的思潮。80年代以来,与文学的现实价值取向和发展前途相联系,这一思潮的性质、特点和意义,都被人们反复探讨。与此同时,现代文学研究界也对现代主义思潮是否存在、如何存在及其地位意义等问题逐步开展了研究。人们首先注意的是几个现代主义色彩比较明显的文学流派:象征诗派、新感觉派、现代诗派和九叶诗派。后来,又对其他若干流派、作家所具有的现代主义特色给予注意。例如,对于文学研究会、前期创造社、新月派等社团,对于鲁迅、郭沫若、田汉等惯常被认为属于现实主义或浪漫主义的作家,对于徐讦、张爱玲、无名氏等长期被遗忘的作家,也都出现了从现代主义角度去进行研究的论著。对于西方现代主义思潮中各种流派(诸如精神分析、表现主义、未来主义、意象派等)对中国文学的影响也都有人关注。

在现代文学史上,现代主义和浪漫主义一样,都没有能像现实主义那样形成线索清晰、规模雄壮、经久不衰的潮流。但是,如果将此简单地看作是正确的革命的思想或思潮对错误的反动的思想或思潮斗争的胜利,而忽视文学发展多样化的合理性和必然性,忽视当时的中国和欧美在政治、文化、经济等方面的差异,包括在文化传统、文人心态和社会环境等方面的差异,那就无疑是错误和荒谬的。这也许正是新时期从审美原则(或者说创作方法)角度出发进行思潮研究的最重要的收获。

四

现代文学思潮研究在取得开拓性进展的同时,也还存在一些需要进一步解决的问题。其中特别要强调的就是加强对思潮现象的宏观把握和综合概括——整合。

首先,这种整合表现在对思潮面貌的梳理上。

对于一种思潮而言,它所包含的不同流派各自有哪些相同相异之处,在这一思潮发展中各自起到何种作用,又如何交替更迭延续这一思潮,这些问题还很需要有人做系统的综合的论述。对于同一时期内属于同一思潮的若干流派,往往也需要对各自的地位性质以及相互关系做出恰当的分析。在一种思潮内部,人们的思想往往既有一致或接近之处,又有差异、矛盾、对立以至斗争,如果加以梳理和分析,就可以使得对这一思潮的认识更加立体化。而一种思潮发展中总有一些关键人物不同程度地具有某种贯串作用,如果能对其作一番细致的考证,也会使得思潮面貌获得更具生动性的展现。同时,这种梳理也表现在对思潮之间相互关系的分析上。各种思潮之间的互相促进、承传和发展,或者互相对立、矛盾和斗争,构成了思潮运动和文学发展的生动流程。思潮史最富价值之处或许正在于此。但是可惜的是一些综论性的思潮史著作恰好在这一方面着力不够,因此往往虽然勾画了潮流的存在,但对潮流的涌动起伏以及相互作用就很难有深入的揭示。

其次,这种整合表现在多种研究角度和思路的交会重合上。

前面所说的三种主要的思潮研究的角度和思路,是从思潮的不同性质特点切入的。此外,对文学思潮的研究路径还大有天地。例如从特定的社会背景、文化背景来考察文学思潮的产生和发展,从外国思潮和中国思潮的比较来分析文学思潮的性质和特点,从政治思潮和文学思潮的关系来考察二者的联系和区别,等等。按照现代文学思潮研究的性质和任务,的确是应该将三十多年间整个中国文学发展过程中出现的各种重要文学现象置于自己的视野之内进行全方位的剖析。但是就具体的一个研究者、一本著作而言,又不能不选择一定的研究角度。历史本身是多种力量综合作用的结果。也许,正需要在这种种不同视角的交叉扫描的合力作用下,现代文学思潮发展的立体图像才能得到更全面的展示和更深刻的说明。但是,值得注意的是,这些不同的视角或者思路并不是完全对立或矛盾的,它们的内涵和外延往往都有所交叉。例如对现实主义思潮和左翼文学思潮的研究在把握的对象方面就存在很大的重合性。这只是因为对象身上包含有多种因素和侧面,它可以和其他不同的对象因不同的因素和侧面而形成各自的联系,归入不同的思潮。而思潮研究的不同角度和思路所侧重的也正是对象身上这各自不同的因素或侧面。注意到这一点,就可以充分认识思潮现象的复杂性与不同角度和思路的研究的共通性。

再次,这种整合表现在对思潮运动规律的揭示上。

准确地揭示规律,是成功的整合的应有之义。作为一种科学研究,现代文学思潮研究也毫无例外地应该将探寻思潮发展运动的规律当作自己的重要目标。过去对现代文学包括其中思潮发展的规律的研究有简单化、庸俗化的倾向,但并不能因此就轻视探寻规律这一活动本身的重要意义。现代文学思潮研究领域里应该注意和可以总结的规律还是很多的。例如,中国现代文学的30年,是中国文学由古典形态向现代形态转变的关键时期,文学性质、文体特征和文学内容等都发生了重大变化。文学思潮的演进反映了这种变化,也推动着这种变化,成为这种变化的重要特点。它的运动和古典文学相比,应该有值得总结的规律性的经验。其次,这30年也是几千年的君主制结束后社会生活发生重大变化、外忧内患最严重的时期之一。文学与社会的关系,文学与时代的关系,这些问题在思潮发展中都是尖锐而无法回避的。简单的主张"文学从属于政治"或"文学脱离政治"都是不可取的。其中的经验教训对于今天和将来,无论是和平年代还是战乱时期,都应是十分宝贵的。还有,这30年又是中外文化交流撞击最激烈的时期,而当时中国在政治、经济、科技等方面都处在前所未有的劣势状态,思潮的运动和这种文化背景之间的规律性关系的揭示,其意义当不仅限于思潮史研究本身。另外,通常所说的现代与当代两部分要打通,这已成为多数人的共识,那么在思潮研究领域里如何打通?本文所说的思潮研究的三种思路或角度,如果不限于30年而是拓展到整个20世纪,那么这些思潮的运动又有哪些共同点和不同点呢?就思潮研究目前的进展而言,这些带普遍意义的规律性问题的研究显然还是不够充分和深入的。

现代文学思潮研究尚待进一步开拓。回顾过去,我们可以预期,在整个现代文学研究多方面进展的基础上,这一领域必将结出更丰硕的果实。

(原载《社会科学战线》1996年第3期)

自传统至现代(上)*
——近四百年中国文学思潮变迁论

陈伯海

一

我们这里所说的"四百年",并非严格意义上的四个世纪,而是泛指自16世纪晚期(大致相当于明万历年间)至20世纪末叶这个时段里中国文学思潮的发展演变。这四百年光景的文学进程,在一般文学史著录中,是把它分别切割为中国古代文学、近代文学、现代文学和当代文学几个不同的历史阶段来处理的,为什么要合并在一个题目下加以论述呢?因为据我们看来,近四百年文学思潮的演进,尽管头绪纷繁,事象庞杂,总体上却构成了统一的流程,其实质便是中国文学由传统向现代的转变。这样一个特定的观照视角,自然需要打破原有的分界,对历史作出新的概括。

众所周知,中国现代文学正式诞生于20世纪中国革命运动中的五四时期。由五四文学革命所倡导和促成的中国新文学,无论在观念情趣和文学体貌上,都和传统文学存在着重大差异。新文学反对旧文学,新思想否定旧思想,形成五四文学革命乃至整个文化革命的主题;而引进西方的观念、方法以至文学样式,则成为新

---

* 本文系作者主编的《近四百年中国文学思潮史》导论部分,全书将由东方出版中心出版。

文学自身建设的重要凭借。基于此,在相当长时间内,人们习惯于用"外来影响"来解释新文学的产生,甚至断言中国现代文学只不过是西方文学的移植,它和传统割断了联系,这个看法值得商榷。

诚然,由于历史条件的特殊复杂性,五四文学革命确实是在反传统的旗帜下进行的,而其倡导者们的激烈言辞(有时不免过激),更加深了人们的这一印象。但只要不拘泥于辞句外表,能够深入一步剖视其实际的思想动向,当可发现,其所谓"反传统",在思想文化层面上集矢于封建礼教(以"孔教"为代表),在文学层面上亦着重在封建正统文学(如所谓"桐城谬种"、"选学妖孽"),并不含有全盘否定传统的意思。不仅如此,我们还可以看到,新文学乃至新文化的领袖人物,在大力推进"反传统"路线时,仍很注意从传统中识别和寻求养料,用以为构建、发展新文学和新文化的依据。如鲁迅的倡扬民间文艺和民俗风情,周作人以晚明公安、竟陵派的"性灵"文学为新文学源头,胡适到清人顾炎武以至戴震的学说、理论中去发掘科学实证精神(梁启超开其端绪),又认白话文学的种子早已潜伏在唐宋诗词和宋元小说、戏曲创作里(见其《历史的文学观念论》),以及稍后的马克思主义史学家如侯外庐等称明清之际一批进步思想家为"早期启蒙主义者",开启了近代启蒙思想文化的先河。这些事例表明,新文学和新文化运动并不曾"数典忘祖",在敞开胸怀吸收和借鉴外来思想文化的同时,仍坚持将目光指向自己的传统。换句话说,传统与现代之间的血肉联系,是自觉地被意识到和把握到的(尽管由于立场不同,各人所指亦有偏侧)。这一点在讨论五四文学"反传统"时,似不应忽略。

再从文学史演变的事实来看,五四文学革命也并非单凭少数人登高一呼,或输入几个外国的新名词、新观念,就能鼓动起来的,它有一个渐进积累的过程。早在30年前,约当戊戌变法前后,传统的文学观念就已经发生变化;当时文坛上"诗界革命"、"文界革命"、"小说界革命"的提出,戏曲改良的风行,"新民体"和晚清白话文运动的兴起,都在为文学的大变革创造条件,从而构成五四文学革命的直接的前驱,虽然其力度和亮色不可同日而语。更往上溯,我们还能发现,晚清时期的文学变局实肇始于清中叶鸦片战争前后社会和文学思潮的蜕变,而蜕变的根子则又远远埋藏于明清之际社会格局和文化精神的变动之中。就这样,以五四新文学为出发点,通过一步步追根溯源,当能具体揭示出传统与现代之间的内在联系,理出一条由传统向现代转化的贯串线索来。

还要看到,五四新文学虽然是中国现代文学的发端,却并非它的完成。五四以后,新文学运动经历了长期而又曲折的发展过程,在此行程中,五四文学革命所奠定的人文精神和文学作风有所变异,有所分化,有所高扬,有所坠失,这种种变化固然同社会历史变革的大形势紧密相关,而亦和新文学自身所承受的传统思想文化的制约分不开。也就是说,传统和现代之间的交替纠葛,不仅存在于新文学孕生之前,即便在其诞生后的相当时间内,仍是不容回避的事实。因此,回顾和总结新文学自身的演变历程,并将其置放在整个中国文学由传统至现代演进的轨迹中加以考察,应该是很有意义的。我们之所以把晚明以迄当今近四百年的文学思潮作为整体的流程进行探讨,根据就在这里。

当然,四百年的思潮变迁不能"一锅煮",还须分出段落层次来。依照我们的构想,可以大致区别为四个阶段:

(1)明万历初至清康熙前期(1573~1683),是从传统思想文化体系内部孕育出近代意识萌芽的阶段;

(2)康熙中后期至乾隆末(1684~1795),是复古思潮卷土重来和新思想萌芽在重重禁锢下潜滋暗长的阶段;

(3)嘉庆初叶至五四前夕(1796~1915),是在古今更迭和中西交汇双向撞击之下,新倾向开始突破旧传统,旧文学逐渐向新文学过渡的阶段;

(4)五四新文化运动至当前(1915~),则是在中国社会革命形势导引下,新文学得到初步确立,并通过不断分化与组合曲折前进的阶段。

四个段落,每段历时百年左右,大体相当于17、18、19、20这四个世纪,各有自身的特色和在文学思潮演变中的独特位置,总合起来,便构成中国文学由传统向现代演进的全过程,而其演进的趋向至今仍在继续之中。这样的划分不能不是十分粗略的(实际上,每一大段还可按内部思潮的起伏划出若干小段),用作划段的界标更只有极其相对的意义,因为思潮的前后推移和相互渗透决不能拿时间坐标或其他刚性标记加以截然分割。尽管如此,我们仍不得不倚仗眼前的这副脚手架,来测断历史新陈代谢的形迹,以进入其内在运行的机制。

二

一种特定的文学思潮,必然有其特定的文学观念、创作方法、文本结构、文体风貌乃至批评范式和理论构架,以示区别于之前或之外的其他文学思潮,并把从属于自身的众多文学现象联结成一个整体。在这诸方面特征中,文学观念尤为重要,它决定着创作和批评的路向,规范着文学潮流的渠道,从而呈现为整个思潮的主导性标志。从这个意义上说,一种思潮无非就是一种文学观念的显现。但是,所谓"观念",实际上还包含两层意思。"文学是人学",人作为文学的主体,构成文本的深层结构;任何文学创作和批评,在显示其文学观念时,都不能不涉及对作为主体的人的认识及其价值判断,这是一个方面。另外,文学又是文学,它有自身独特的体性和职能,有其在人生大系统中相对独立的地位和存在价值,不能混同于普通的社会现象与文化形态,这也是谈论文学观念的题中应有之义。由此,"人"的观念和"文"的观念,合组成文学的人文核心,它是特定文学思潮既联系而又区别于一般社会思潮、文化思潮的主要表征。中国文学由传统向现代的演变,也必须从探索其人文核心的变动入手。

具有近代意义的人文核心,是从什么时候开始有所萌动的呢?比较有把握的回答,应该是在16世纪后期至17世纪末叶,亦即晚明以迄清初的这段期间。这是一个社会生活充满动荡、变革的时代。明中叶以来城市商品经济的繁荣和资本主义萌芽的出现,市民阶层的壮大及其生活情趣的普泛化,政治斗争的尖锐和王朝鼎革间的社会大动乱,理学的危机和异端思想的抬头,雅俗文化的对流与中西学术的初次碰撞,以及处在如此复杂多变环境里的士人心态的狂放与抑郁,这些经济、政治、社会、文化、心理诸方面条件的结合,正好为新的人文核心的萌生提供了温床,使明清之际的学术、文化、艺术、文学放射出异彩。近世学者如梁启超、胡适、周作人、侯外庐等,在探究近代思想文化的渊源和新文学的源头时,不约而同地将目光投射到这段时空上来,并非出于偶然。但梁、胡、周诸人或着眼于古典复兴,或注重在科学实证,或一味崇尚文学抒写性灵,皆不免偏于一隅之见;比较而言,侯外庐等马克思主义史学家能从思想史的总体演进上立论,说法自然要圆到得多。不过"早期启蒙主义"的提法仍有缺陷,不仅容易与18世纪西方启蒙主义思想相混同,还存在着将明清之际一大批趋向进步而情趣互异的人物阑入一堆的毛病。实际上,认真辨析一下,列于"启蒙"名下的至少有两股不同的社会思潮,一是晚明个性思潮,再一是明末清初的实学(经世致用)思潮,它们各自在文学领域中留下独特的印记,虽有交汇而又不容混淆。

先来看个性思潮。必须指出,张扬个性人格或追求个人精神自由,并非晚明特有的现象。传统儒家如孔子便说过:"三军可夺帅也,匹夫不可夺志也"①,孟子也有"富贵不能淫,贫贱不能移,威

---

① 《论语·子罕》。

武不能屈"①的教言,而其人格精神的内涵乃是要恪守宗法伦理规范,谈不上什么个性自由。倾向于蔑视礼法、纯任个性的庄子和一部分玄学之士,则又将"自由"局限在逍遥自适、自然无为的境界里,分明染有遁世乃至玩世的色彩,亦不属近代意义上的个性要求。与之不同,晚明个性思潮是从封建社会后期思想文化战线上的"理欲之辨"发展而来的。针对宋明理学家"存天理,灭人欲"的训条,晚明一些具有叛逆精神的人士如李贽、何心隐等,大胆提出以"欲"为人的自然本性,让"天下之民,各遂其生,各获其所愿"②的主张,引起一定的社会反响。他们所说的"欲",主要指人的基本物质需求(即所谓"百姓日用"),而亦包含某些精神需求的成分(如情爱)在内。肯定这些需求的合理性,并不等于全面实现个性自由,但用自然人性("人欲")来打破义理人性("天理")的束缚,减轻封建纲常伦理对人的才性的严重压制,在当时无疑具有思想解放的作用。而且,从肯定人的物质需求出发,将会逻辑地导引出对其他社会需求、政治需求、精神需求的多方面追求,最终导致独立自主的个体人格和个人权利意识的建立,这就走向了近代。当然,在晚明思潮中仅只微露端倪,远未达到近代启蒙思想的高度。

个性思潮在明中叶以后的文学中有着鲜明的表现。早在弘治、正德年间,以祝允明、唐寅为代表的吴中才子,即以其疏狂脱略的文风,显示出对传统礼教与审美规范的冲击。隆庆前后,徐渭持作诗必"出于己之所自得,而不窃于人之所尝言"③的论调,开了晚明"性灵"文学反"前后七子"的先声。但作为一股有广泛社会影响的文学潮流,则要到李贽、汤显祖、冯梦龙和公安"三袁"等联袂登上万历历史舞台方始告成。李贽倡"童心"说,认为"天下之至

---

① 《孟子·滕文公下》。
② 李贽:《李氏文集》卷18《明灯道古录》上。
③ 《徐文长全集》卷19《叶子肃诗序》。

文,未有不出于童心焉者",而"童心"即是不杂后天习染的"道德闻见"、"绝假纯真"的自然人性①。公安"三袁"主"性灵",求新变,宣扬"独抒性灵,不拘格套"②、"信腕信口,皆成律度"③,对于笼罩明初以来文坛的拟古作风给予迎头痛击。汤显祖重才情,有"尊情抑理"的倾向,他反对理学家"离情而言性"④,自述从事戏曲创作的指导思想是"为情作使,劬于伎剧"⑤,甚且用"第云理之所必无,安知情之所必有"来嘲讽那种"以理格情"的冬烘头脑⑥。冯梦龙亦曾鼓吹树立"情教"以代替礼教⑦,尤其关切市井小民的情感生活,所撰拟话本小说集"三言"中,有不少篇章真切摹写世故人情的曲折悲欢,热诚歌颂情意和谐的人生理想,成为市民文学里脍炙人口的艺术精品。在他们共同努力之下,以肯定人的"利""欲"、发扬人的"才""情"为核心的个性意识和师心、求变、尊情、向俗的文学潮流,便在晚明文学界乃至思想文化界弥漫开来,一时几有燎原之势。

然而,晚明个性思潮的势头并没有长久保持下去。资本主义萌芽的幼弱,市民阶层发育的不成熟,封建政治及文化势力的反攻倒算,明清之交的社会大动乱,使得这一点点新的苗子很快遭受摧残。万历三十年(1602)李贽被迫害致死后,争取个性自由的锋芒便逐步减弱。万历后期继公安派而起的竟陵派作家,在接过"性灵"文学口号的同时,却将公安的"率性而行"改变为"保此灵

---

① 见《焚书》卷3《童心说》。
② 《袁中郎全集》卷1《序小修诗》。
③ 同上书卷1《雪涛阁集序》。
④ 程允昌:《南九宫十三调曲谱序》记汤显祖语。
⑤ 《汤显祖诗文集》卷36《续栖贤莲社求友文》。
⑥ 见《牡丹亭题辞》。
⑦ 见《情史序》。

心"①,而所谓"灵心"又特指诗人超越尘俗的"孤怀"、"孤诣"或"幽情单绪"②,这一来,伸张个性的取向,便由狂者式的进取转成了狷者式的退避。明末天启、崇祯年间,社会危机加剧,实学思潮炽盛,个性的呼叫更形低沉。只有在经历时代巨变的清初,那种家国沧桑、韶华痛失、理想破灭的感受,才会凝聚人们心头,酿成文学中浓重的感伤情味,算是晚明个性思潮的余波荡漾。而待到事过境迁,感伤逐渐淡化,便只剩下王士禛以"神韵"论诗和浙派词人以"清空"解词那一点空灵的气息。就这样,从积极地发扬才性,到消极地保持"灵心",再到个性追求幻灭后的感伤和感伤消解所余下的空灵,作为建构新人文精神第一波的晚明个性思潮,走完了它自身由兴起到衰亡的整个行程。

现在来看实学思潮。"实学"一词,创始于两宋理学家。用以批评佛老的虚空出世,标榜儒门认天理人伦为实体并加践履躬行的宗旨。但理学家好谈性理,不切实用,不免遭受讲求事功者的讥弹,于是明清人多用"实学"来反对理学的空疏,倡扬实事实功、实证实行。明清实学思潮在起源上颇为庞杂。大致说来,明中叶以来理学界倡导"气本"说的非主流派人士如王廷相、罗钦顺,"左派王学"中对"百姓日用"的关注如王艮、李贽,一部分重视实证的考据家如杨慎、陈第、焦竑,接触和从事自然科学技术研究的学者如徐光启、宋应星、李时珍,以及某些主张"明体适用"、"义利双行"的政治改革家和思想家如丘浚、张居正、吕坤,都对实学思潮的兴起发生过影响。但这一思潮的成形则要以明末东林党、复社、几社诸君子(顾宪成、张溥、陈子龙等)为标志,而以清初诸大家(顾炎武、黄宗羲、王夫之、颜元等)为高峰,并衍其余波于后学唐甄、李塨等学说中。到康熙中叶,清王朝统治趋于稳定,实学便蜕变为考

---

① 钟惺:《隐秀轩集·文往集·与高孩之观察》。
② 见钟惺、谭元春:《诗归序》。

据之学,失落了其反思、批判的品格和经世致用的功能。

明清之际的实学思潮,就其主导倾向而言,可以用博学、审思、致用三句话加以概括。由于博学,便注重实证,不尚空谈,开了有清一代的治学风气;而且所学不限于书本知识,举凡天文地理的勘测、民情风俗的调查、生产经验的总结、社会沿革的考察,皆包括在内,从而为近代科学思维的产生提供了种子。由于审思,着眼于历史兴亡的探讨,必然会触及封建制度的某些本质方面(如君主专制、贫富分化、土地兼并),尽管其哲学观和政治观尚未能越出传统思想文化体系的大框架(甚至带有宗经复古的味道),而就其揭示问题的尖锐和批判现实的深度来说,都有超轶前人,启发后来之处,致使近世反封建革命者们常引为同调。又由于致用,则博学、审思均须紧密结合社会人生,更加强了其实践的性能。应该说,经世致用并非什么新鲜的口号,传统儒家标举"内圣外王",即含有经世致用成分在内。但儒家以"内圣"为"体",以"外王"为"用",不免崇道德而略事功。到宋明理学一以性理为尚,更容易看轻实事实功。明清实学思潮不仅恢复和发扬了长期遭受冷落的事功之学,还将反思、批判、实证、实行的时代精神注入了其间,使经世致用的内涵起了深刻的变化,其历史意义不容低估。

实学思潮在文学中的反映,主要在于促进文学面向人生。首先是强调为现实人生服务,所谓"文须有益于天下"、"有益于将来"[①],"不关于六经之指、当世之务者,一切不为"[②],即其文学主张的根本立足点。其次是重视文学抒述愤懑、批评时政的作用,如黄宗羲一再称道《诗经》"变风""变雅"的"怨刺"精神,谓其"疾恶思古,指事陈情","怒则掣电流虹,哀则凄楚蕴结",方足以"感天

---

① 顾炎武:《日知录》卷19"文须有益于天下"条。
② 顾炎武:《亭林诗文集》卷4《与人书三》。

地而动鬼神"①。而要做到以上两点,又需要作家熟悉社会,了解世相,凡"生平耳目所见闻,身所经历","虽市侩优倡大猾逆贼之情状,灶婢丐夫米盐凌杂鄙亵之故,必皆深思而谨识之,酝酿蓄积",发而为文②。另外,对于时代环境与文学创作的关系,也有比较独到的认识,特别是提出"厄运危时生至文"的观点,将文学的兴盛归因于社会矛盾冲突、动荡激烈③,不能不说是对传统风教说的重要突破。与上述理论见解相适应,这一时期诗文创作中关注民瘼、体察世情、揭示阶级矛盾与民族斗争的篇章大量出现,戏曲小说搬演时事、指斥权奸、综述历史兴亡和治政得失成为新的动向,它们不仅在题材开拓、立意的精警、写照人生和批判现实的广泛与直切上上了一个台阶,即就体验的深沉、摹写的精细、表达手段与形式的多样化而言,亦有不少显著的进步。这些都应看作明清实学思潮对文学事业的推动。

尤须注意的是,实学思潮和个性思潮原本是两股不同质性的潮流,后者倡导"师心",更多地带有新兴市民要求思想解放的色彩,前者注重"习学",基本上属于封建末世士大夫挽救危亡心态的显影,但两者在交互激荡中也有汇通。个性思潮从肯定"人欲"的合理性出发,涉及"百姓日用"的关注,就有了实事实功的倾向;实学思潮曾严厉批评李贽等人放纵情欲,祸殃天下,而亦承认"天理"不离乎"人欲"。王夫之说:"天理人欲,同行异情"④,"故终不离人而别有天,终不离欲而别有理也"⑤,还说:"害人欲者,则终非

---

① 见《南雷文定四集》卷1《万贞一诗序》及《南雷文案》附《撰杖集·陈苇庵年伯诗序》。
② 魏禧:《魏叔子文集》卷8《宗子发文集序》。
③ 见黄宗羲:《南雷文案》附《吾悔集》卷1《谢皋羽年谱游录著序》。
④ 见所著《周易外传》卷1《屯》。
⑤ 《读四书大全说》卷8。

天理之极至"①,这跟理学家"存天理,灭人欲"的论调是很有差别的。但他不赞成放纵个人情欲,而提出"天下之公欲既理"②的命题,认为"私欲净尽,天理流行,则公矣;天下之理得,则可以给天下之欲矣"③,实质上是要协调各个个人分散的利益、需求,以实现社会公众共同的利益、需求。顾炎武所说的"合天下之私,以成天下之公"④,黄宗羲宣扬的"不在一姓之兴亡,而在万民之忧乐"⑤,尽管立论角度重在治政,也含有重新界定群己关系、力图将个体价值与整体规范相结合的意味。黄宗羲更将这一思考贯彻于文学批评,他吁请诗人不要局限在"私为一人之怨愤,深一情以拒众情",而要让自己的感慨不平"出于穷饿愁思一身之外",以体现"悲天悯人之怀",这才能从"一时之性情"提升为"万古之性情"⑥。这类主张已经接近于近代意义上的群体意识,它同晚明个性思潮中萌发的个体意识相并列,分别构成近现代文化人文核心的两个基本的生长点。

三

历史行进至17世纪末叶,时代条件发生了重要的变化。康熙二十年(1681),清政府平定延续已久的"三藩之乱",解除了内部的隐患;二十二年(1683)攻克台湾,消灭郑氏政权,实现了全国统一。至此,明清易代最终宣告完成,其后一百年间,中国社会进入最后一个封建王朝的全盛时期——康乾盛世。在这个阶段里,全

---

① 《读四书大全说》卷8。
② 《张子正蒙注》卷4。
③ 《思问录·内篇》。
④ 《日知录》卷3《言私其豵》条。
⑤ 《明夷待访录·原臣》。
⑥ 见《南雷文约》卷2《朱人远墓志铭》、《南雷文定四集》卷1《马雪航诗序》。

国经济逐步发展,国力强盛,社会稳定,文化事业也有相应的发达。与此同时,清王朝全面推行文化统制政策,倡理学,禁结社,开"博学宏词"科,修《四库全书》,兴"文字狱",交替使用高压与笼络二手,使专制主义政治得到空前强化。这样的文化氛围,自然不利于人们的思想解放和关注现实,于是前一阶段风行的个性思潮和实学思潮便只能萎缩下去,规随传统、复兴传统的复古倾向重又成了时代主流,它充分表露出中国社会及其文化精神的巨大惰性和变革过程的艰难曲折。

18世纪的复古思潮,从总体上说有两大支脉,即"宋学"与"汉学"。前者直承自宋明理学(以程朱一派为正宗),是传统思想文化的回光返照,以其正好适应清王朝巩固和加强专制政治的需要,得到统治者的大力提倡,成为有清一代的官方学术。后者打出振兴古文经学的招牌,实际由清初实学思潮转型,却阉割了其经世致用的主旨,也缩小了实证的范围(脱离社会实践,专一在古书堆里讨生活),带有盲目崇古的趋向(吴派较皖派尤甚)。它们都是对17世纪新思潮的反动,但在整理古代文献、总结传统思想文化方面,仍作出一定的贡献。而由于学术门径的不同(一主义理,一主考据)和政治职能的区别(重在"帮忙"或重在"帮闲"。),相互间也常发生矛盾,酿成所谓"汉宋门户之争",其势力亦有消长起伏。大致说来,宋学在18世纪前期(康、雍、乾之交)占据主导地位,汉学则鼎盛于18世纪中叶以后(乾、嘉之间);由宋向汉的推移,预示着清王朝统治的由盛转衰。

宋学与汉学虽起源于学术文化领域,而作为特定的社会思潮,又曾给予文学以直接影响。康乾之交,沈德潜继王士禛后领袖诗坛,倡导"温柔敦厚"的诗教,崇尚体正声雄的盛唐"格调",即是为了与宋学思潮相呼应,以开启清代诗学的"盛世之音"。散文界则有方苞创立桐城派古文,以"义法"说为理论核心,标榜"学行继程、朱之后,文章介韩、欧之间"①,亦可见其祈向之所在。"格调"论诗学和桐城派古文是清代正统文学的代表,它们在渊源上分别上承"明七子"和归、唐诸家复古思想的余绪,但不像其前辈那样偏于诗文形体的模拟,却更重在文学精神的复古,尽管其宗奉封建道统、桎梏才人性灵的锢疾依然存在,而学习传统的门径较宽,方法较为多样,拟议以成变化的作风也比较明显。像沈德潜教人作诗要"先审宗指,继论体裁,继论音节,继论神韵,而一归于中正和平"②,并不仅限于"格调"一端;其所选诗在推尊盛唐的前提下,亦能兼顾各类风格的变异。桐城派到刘大櫆时,已觉"义法"不足以概括文章之能事,进而讲求"神气"、"音节"③;到姚鼐手中更发展为"神、理、气、味、格、律、声、色"八个要素,形成一整套论文纲领④。这表明清代文学的复古思潮有别于明人的机械学步,能注意到从多方面摄取养料,以建立自身"集大成"的风貌,清代文学因而成为中国传统文学的总结,同时便也意味着它的终结。

再来看汉学思潮在文学创作和理论批评中的投影。如果说,清代诗歌里以"宗唐"为旗号的"格调"派在精神上接近于宋学,那么,以"宗宋"为基调的"肌理"派则分明打上汉学的烙印。宗宋倾向在 18 世纪前期诗人厉鹗身上已肇风会,到乾、嘉间翁方纲"肌理"说出来更加盛行。翁氏嗜好宋黄庭坚一派的诗作,重视诗人的真才实学,他不满足于"神韵"、"格调"诸说的空灵,倡言"诗必研诸肌理,而文必求诸实际"⑤,举凡经术、史传、文字、考古等学问都融入诗中,形成一种尚质实的"学人诗",对清中叶以后诗风的转变起了推动作用。文论中,注重实学者如程延祚揭示"崇实黜

---

① 见王兆符:《望溪文集序》所记。
② 《重订唐诗别裁集序》。
③ 见《刘海峰文集》卷首《论文偶记》。
④ 见《古文辞类纂序》。
⑤ 《复初斋文集》卷 4《延辉阁集序》。

浮"、有补"实用"的标准,①,考据家如段玉裁宣扬"义理、文章未有不由考核而得者"②,他们都向桐城"义法"之说提出质难。此外,像当时骈文创作里讲求征实的风气,一部分小说、戏曲卖弄才学的表现,乃至文学研究和古籍整理中重考订、求实证、言必有据、解说详审的作风,亦皆受汉学思潮之波及。汉学的堆垛学问本无助于作家才情的发扬,其盲目崇古亦有碍于实事求是地观察和分析事理。但它提炼出一套比较科学的实证归纳方法,对文献整理和文学研究自有其不可磨灭的功绩;它那尚质崇实的学风文风,也为文学创作开辟了新的路向。从这个意义上讲,汉学不仅实现了古代思想文化的总结,还提示了其初步蜕变的迹象。

不过话说回来,汉宋之学毕竟是以复古为依归,它们的盛极一时,只能构成历史新陈代谢中的暂时逆转。应该看到,即使是18世纪的中国文坛,也并非复古思潮的一统天下,在它的重重压制之下,前一时期萌生的个性意识和实学批判精神,仍在顽强地挣扎着,为自己开拓生存和发展的余地。早在雍、乾之交,约略于沈德潜同时,画家兼诗人郑燮(板桥)便发出"自写性情,不拘一格,有何古人,何况今人"③的响亮呼告,不啻是对于席卷海内的复古势力的正面挑战。他的诗文创作不单摆脱陈规,自具面目,不少篇章还直接反映了社会矛盾和民生疾苦,对清初诗文中抨击时政的传统作了可贵的继承,惜乎其文名为画名所掩,未能引起时人关注。乾隆年间,以"性灵"诗相号召的袁枚步入文坛,他对宗唐学宋的"格调"说和"肌理"说都加针砭,认为"性情遭遇,人人有我在焉,不可貌古人而袭之,畏古人而拘之也"④,他还反对"填书塞典,满

---

① 见《青溪集》卷10《复家鱼门论古文书》。
② 《戴东原集序》。
③ 《郑板桥集补遗·随猎诗草花间堂诗草跋》。
④ 《小仓山房文集》卷17《答沈大宗伯论诗书》。

纸死气,自矜淹博"的学人习气①,甚至对"温柔敦厚"的诗教亦表示怀疑②,其理论批评的锋芒是很突出的。当时在他周围聚集了一群作家如赵翼、蒋士铨、张问陶、孙原湘以及直接间接受他影响的如黄景仁、舒位、王昙等,共同组合成一股"性灵"文学的潮流,形成与"格调"、"肌理"两派三分天下之势。不过袁枚本人的诗歌作品大多以风趣见长,缺乏深刻的社会内容;到年代稍迟的黄景仁、张问陶、舒位、王昙诸人,则开始渗入一种忧患意识,成为向19世纪龚自珍过渡的桥梁。当然,这一时期里最能体现新的人文精神的,还不属上述诗文理论与创作,而要数问世于18世纪中叶的伟大古典小说《儒林外史》和《红楼梦》。这两部巨著,以其特有的栩栩如生的笔触,为我们展现了末世封建社会生活的广阔画卷,揭露了礼教文明的虚伪、堕落和趋于衰败的前景,塑造出绝意"仕途经济"、追求个性自由的新型叛逆者形象,从而将现实人生的观照与人文理想的探索结合起来,达到前所未有的思想深度和艺术高度。它们的出现,昭告着传统社会及其思想文化形态已频临裂变的边缘,这也许便是其美学风格的构成充满悲剧紧张感,有别于晚明小说、戏曲富于写实或浪漫的喜剧色彩的根由。

　　复古与新变的对立,构成18世纪中国社会的主要矛盾,它们之间的冲突和斗争,决定着历史的未来行程。但也不要过分夸大其对立的严重性,因为从总体上说,传统的社会与文化结构尚未进入解体阶段,新陈纠葛仍是基本的态势,所以各种思潮在冲突之中依然会有互补。像桐城派姚鼐在坚持"义理"为本的原则下吸取考据的成分③,作为桐城余脉的阳湖派主张范古而须济以"性

---

① 《小仓山房文集》卷17《答沈大宗伯论诗书》。
② 见《随园诗话补遗》卷3。
③ 见《惜抱轩尺牍》卷6《与陈硕士》:"以考证助文之境,正有佳处。"

灵"①,袁枚诸人经常鼓吹才性与学力不可偏废②,连《儒林外史》、《红楼梦》里也还有振兴古礼、炼石补天的一面。复古与新变、盛世与末世奇妙地交织在一起,这正是18世纪中国社会的独特景观。

四

如果说,中国封建社会在18世纪的大部分时间内,尚处于其最后的稳定阶段,那么,至迟于世纪之交,这一相对稳定的局面便已不复存在。整个19世纪以至20世纪初叶,社会生活经历着急遽的变动,固有的社会结构由衰朽、动摇发展到解体、转型,中国文学也在这总体历史进程中逐步实现其由传统向现代的过渡。但过渡并不能一蹴而就。大致说来,嘉庆初至鸦片战争前夕,是清王朝由盛转衰,危机局面开始出现,文学思潮与创作中酝酿新变的时期;鸦片战争至甲午海战,是西方势力入侵下危机加剧,中国社会逐渐向半封建半殖民地转型,文学题材与风格发生变异的阶段;戊戌变法前后至五四前,则是政治变革高潮及其失败,半封建半殖民地社会正式形成,文学改良运动广泛开展和文学观念蜕变接近完成之际。让我们按照这一顺序略加考察。

18世纪至19世纪前期,以白莲教、天理教、广东天地会等乱事的相继爆发为信号,清王朝的统治陷入危机与动荡之中。在这种形势下,面临补亡与自救的需要,空谈性理的宋学和专事考据的汉学便都丧失了生命力,长期遭受冷落的经世致用之学(实学),重又得到抬头的机会。它先是把自己包裹在以阐发"微言大义"

---

① 见恽敬:《大云山房文稿·言事》卷2《与来卿》:"古文之诀,欧阳文忠公已言之,曰:多读书多作文耳。然必有性灵、有气魄之人方能。"
② 如《续诗品·著我》所云:"不学古人,法无一可。竟似古人,何处著我?"

为宗旨的今文经学(常州学派)外衣之下,而后更以独立的姿态进入思想文化界,在包世臣、林则徐、龚自珍、魏源等人身上得到鲜明的反映。这一时期实学思潮的特点,是更注重探讨各种实际的社会问题(这对后一阶段的洋务派和早期改良主义者产生了直接影响),诸如田制、赋税、农事、边防、海运、河工、吏治、科举皆所涉及,揭示时弊较为具体;同时也明确提出更改法制的要求(这要到戊戌变法前后才获得普遍响应),有一种统筹全局的思路。较之于明清之际的实学思潮,它在切合时务上更进了一步,但似乎较多地停留于现实人事的层面,缺少那种深沉的历史反思和探索眼光,也很少考虑到人文精神的建构。反映于文学,则如包世臣的反对空陈"义法",主张"道附于事"①,魏源的编选《皇朝经世文编》,标举文章的实用功能,陈沆、龚自珍、张际亮等人诗文创作中批判现实成分的增强,以至于桐城后学如梅曾亮承认文章"随时而变"②、姚莹的重视"经济世务"③,都可以看作这一思潮带来的变化,不过变化仅限于文学与现实间的联系,未能触及其人文核心,亦可断言。

在这个阶段里,也有人对人文精神的更新作出有力的推动,其显著的代表便是龚自珍。龚自珍不单继承、发扬了晚明以来重情、求变、师心、抒愤的文学传统,还特别突出作为文学主体的自我意识建立问题。他在《壬癸之际胎观第一》文中公开宣布,世界是"众人自造,非圣人所造",进而指出:"众人之宰,非道非极,自命曰我。我光造日月,我力造山川,我变造毛羽肖翘,我理造文字言语,我气造天地,我天地又造人,我分别造伦纪。"④这里所说的"我",自然不限于龚氏个人的自我,而是指众人的自我;且依据其

---

① 见《艺舟双楫》卷1《与杨季子论文书》。
② 见《柏枧山房文集》卷2《答朱丹木书》。
③ 见《中复堂全集·东溟外集》卷2《与陈恭甫书》。
④ 《龚自珍全集》第12—13页,上海人民出版社,1975年版。

所受佛教思想的影响,更其指那包摄了众多的"小我"并与之合为一体的宇宙精神的"大我"——"梵"①,所以才能化生天地万物。但龚氏没有因袭佛家虚空、寂灭的观念,也不承认"天道"、"圣人"的主宰作用,却是将创造的本源归诸世间万物内在生命的鼓动(似带有泛神论色彩),具体落实于每个个人的自我身上,这种对主体价值和主体能动性的强烈的肯定,因而构成近代历史上个性觉醒的第一声号角。即使同晚明倡扬"人欲"的思潮相比,其建设个体人格的自觉性与完整性亦大有提高。由此派生出龚氏在历史观、社会观、哲学观、文学观上尚心力、贵才性、尊情感、主逆变第一列议论,便都具有了近代的气息,虽然其形态还相当朦胧。此外,龚氏对现实社会的揭露和鞭挞,也充分显示了他个人的特色。这倒不在于他提出或解决了多少社会问题,而在于他十分贴切地把握住处在危机四伏的"衰世"下的那种惨淡气氛与苦闷心态,并融注于他所特有的俶诡玮烨的文词而给予集中的表现。与其说这是理智地分析客观社会状况的产物,毋宁说出于主观心灵的直感,而这种直感也正来源于他的浪漫化了的个性意识。据此看来,龚氏的出现于当时文坛,确能体现出一种"狂飙突进"式崛起,尽管力量孤单且不成熟,仍足以昭示社会心态的某种变异,标志着中国文学和文化走出传统的可贵的一步。

中国文学走出传统的动向,在鸦片战争之后变得日益明显起来,这是同它走出自我、面向世界的趋势分不开的。西方列强的军舰、大炮轰开了古老中华帝国的大门,外部世界以如此粗暴而急迫的步伐闯进中国,便也不能不迫使中国社会最终摆脱孤立状态而卷入世界,从而造成传统文化与外来文化的全面冲突和交汇。在各种思潮相互涌动的情况下,前一阶段兴起的经世实学,由于配合救亡图存的需要,更形蓬勃地发展起来,并应时适宜地吸取了不少

---

① 参见龚自珍:《五重证义》:"心、佛、众生,三无差别",同上书第374页。

西方的养料，实学于是转化为"新学"。"新学"一词，作为"旧学"的对立物，意味着它已越出传统文化的范畴。确乎如此，从魏源提出"师夷之长技以制夷"①，经洋务运动的兴实业、办学堂、习技艺、通商务，再到改良主义者各种更改法制的建言，其中容纳了愈来愈多的近代思想文化成分，是难以归结为传统的衍续的。但要看到，在半个多世纪的时间内，"新学"仅只停留于学习西方近代文化的皮毛（主要属器用层面，略涉及制度），并以之与中国传统的纲常伦理相结合，形成"中体西用"式的架构，故而其内在体性尚未有质的更新，也算不得真正的近代文化。这类新旧杂糅，在历史转折时期是不足为奇的。值得注意的倒是另一方面的问题，即由龚自珍开启的个性自觉意识，在新的历史阶段并未得到重视和发扬，甚且由于救亡任务的紧迫，人们的注意力全都吸引到实际事务上来，人文精神的建构反倒被忽略了。这种实用层面掩抑其人文核心的现象，到五四新文化运动后又反复出现，成为中国近代文化生长过程的一大特点，不能不叫人深思。

　　文化背景的转移，促成文学风貌的变革。鸦片战争以后的文学创新，不同于龚自珍的诗文那样呈现为独特的心态变异，而是重点转向题材的开拓和文风的改革。自前者而言，民族的危亡、人民的抗争、洋务的得失、更法的利弊，乃至异国政治与民情风俗的考察、域外山川和文物历史的介绍，莫不络绎奔赴于文士笔底，灿陈于读者眼前，组合成五光十色的中国走向世界的新奇图景，是以往文学创作中所未曾见的。自后者而言，正是为了适应这种时代纪实与社会宣传的需求（其中包括读者面有所扩大的因素），文学的表现形式也必然要打破正统派诗文对于法度程式的讲求，改变龚自珍式的恢谲隐晦作风，趋向于更为质朴实在，更为明白流畅，更为社会化与通俗化，其结果便导致新体诗文（如报章体）的产生。

---

① 《海国图志叙》，《魏源集》，中华书局，1976年版，第207页。

这是一个潮流的两个方面,它们最终会聚于黄遵宪身上而获得自己的典型范式。黄遵宪作为一个长期周游海外而又心系国事的先进中国人,他把传统诗歌的题材内容扩展到几乎是最大可能的限度,不仅写下《悲平壤》、《哀旅顺》、《台湾行》、《感事》等记述民族抗争与变法运动的诗史,还将出洋所见的种种新鲜事物,如伦敦的大雾、日本的樱花、美国的总统选举、南洋华侨的婚嫁习俗以及天文地理、轮船火车、声光化电之类现代科学技术,一股脑儿收进他的篇章,确实达到"古人未有之物,未辟之境,耳目所历,皆笔而书之"[1]的境地。在语言风格上,他早年就有"我手写吾口,古岂能拘牵"[2]的告白,后又在总结中外历史经验的基础上,提出"明白晓畅,务期达意"、"适用于今,通行于俗"的改革文体的目标[3],并从事解放诗体的多样化实践。后人誉之为"中国诗界之哥伦布"[4],确切道出了他在开辟诗世界方面的巨大业绩。

与文学题材、形式的变化相比较,文学观念的蜕变则要迟缓得多。鸦片战争以来的文学作品中录下大量新的生活素材,而作家据以观察、分析这些材料的思想观念和审美眼光,并没有随即更新。比如从"尊王攘夷"的立场上来歌颂反侵略斗争,用"西学中源"这把尺子衡量异域风物,以及单凭"经世致用"的原则判别文学作品的价值等,都是屡见不鲜的。这一"观念滞后"的局面,到19世纪末叶以降方有所改变。戊戌变法和辛亥革命这两场政治变革,虽未能达到预期目的,而推翻封建专制、建立民主共和的理想,则已深入人心,新思想、新文化的传播明显越出了"中体西用"的界限。另一方面,正由于政治变革的失败,又促使人们回过头来

---

[1] 见《人境庐诗草自序》。
[2] 《人境庐诗草》卷1《杂感》。
[3] 见《日本国志·学术志二·文学》。
[4] 见高旭《愿无尽庐诗话》。

对文化的深层结构加以反思,着重从国民精神素质上来找寻失败的原因,于是把人文精神的建设再次推上前台。诸如"欲维新我国,当先维新我民"的号召①,尽管带有改良主义的倾向,在当时社会上却能够形成有力的思潮,引起广泛的回应,连矢志革命的青年鲁迅等亦深受其影响,可见出于时代的需要。而文学观念的蜕变,便是在这样的社会思想环境里展开的。

观念更新的最初表征,可以举白话文倡导和"新小说"理论为代表。裘廷梁《论白话为维新之本》一文作于1898年,从"开通民智"的角度公然提出"崇白话而废文言"的主张②,它不仅涉及文学语言的变革,在更深层次上关系到文学服务对象及其自身性质的转换。同年,梁启超发表《译印政治小说序》,四年后又写下《论小说与群治之关系》诸文,从更新"国民之魂"的要求出发,竭力宣扬小说的社会功能,甚至作出"欲新一国之民,不可不先新一国之小说"的论断③,表达了文学启蒙的基本信念。他们的观念变更还多停留于文学的社会对象、社会作用等外部关系,尚未进入其内在审美性能,待得1905年前后王国维的美学思想出来,以"可爱玩而不可利用"来解说美的性质④,标榜文学不依附于利禄功名而具有独立的审美价值,这才从根底上破除了"政教工具"论的束缚,建立起新的文学本体观。而由于王氏本人的特殊经历与教养,又使得这一新的理论形态完全偏向了"超功利"的一头,不免与时代主潮相游离。有鉴于此,青年鲁迅特别强调"文章能事"在于"启人生之闷机",其中虽也包含"兴感怡悦"、"涵养神思"等非实利的成分,却更注重在其"自与人生会,历历见其优胜缺陷之所存,更力

---

① 见梁启超:《新民说》,载1902年1月《新民丛报》第1号。
② 见《清议报全编》卷26。
③ 《饮冰室合集·文集之十》第6页,中华书局1989年版。
④ 见《古雅之在美学上之位置》,《王国维遗书》,上海古籍书店1983年影印本,第5册第23页。

自就于圆满"的"斯益人生"的一面[①],从而将审美活动与社会功利初步统一起来,有了比较健全的新文学观的雏形。但鲁迅当年的思想尚不够明晰,更没有引起时人重视,连王国维的呼声也显得单弱,而从流行的谴责小说和宣传变法、革命的文学作品来看,其文学观念大多处在(甚或达不到)梁启超、裘廷梁所立足的层面上。这说明观念滞后的现象在普遍范围内仍然严重地存在着,历史把这个课题留给了五四。

观念更新并非这一时期文学变革的全部内涵。与之相适应,文学作品中反映社会矛盾、鼓吹民族民主革命思想的增强,小说、戏曲等俗文学样式受到高度重视及其内容与形式的出新,"新民体"、"新派诗"等新体诗文的广泛流行,地方戏的繁荣与话剧的萌芽,白话文的倡导,翻译文学的崛起,在显示着中国文学已进入其总体性蜕变的阶段,一个新的局面即将来临。在这同时,一些以复古为归依的文学潮流如桐城派古文、骈体文派、由宋诗运动衍生的"同光体"诗、常州派词以及新起的晚唐诗派和汉魏六朝诗派,仍然流布于文坛,与文学的新变相抗衡。但旧文学并不能全然地旧,它不得不跟随时代生活变迁而作相应的调整(如曾国藩以"经济"要旨和雄奇风格来弥补桐城古文的空疏,雅淡、薛福成和黎庶昌更向务实、畅达方面加以发展,林纾甚且建议借鉴西方小说的笔意来帮助行文,皆是);新思潮也并不十分的新,其中依然保有不少传统的积淀(如梁启超等人的文学启蒙思想仍未脱出视文学为"政教工具"的框架,其所倡导的诗文革新也只达到文体形式的改良)。新旧杂糅贯串于整个19世纪文学的行程;由传统向现代的过渡,尚有待于五四的飞跃来实现。

(原载《社会科学战线》1996年第4期)

[①] 见《摩罗诗力说》第3节,《鲁迅全集》第1卷,人民文学出版社,1981年版,第72页。

自传统至现代(下)
——近四百年中国文学思潮变迁论

陈伯海

五

五四文学革命是一次道道地地的革命,它不仅画出旧文学与新文学的明确分界,还初步确立了作为新文学主体的"新人"的本体精神。换句话说,现代意义上的"人"的自觉和"文"的自觉,构成五四文学革命对20世纪中国文学发展的主要贡献,而这自然是要联系新文化运动的总体动向来看的。

什么是五四新文化所确立的人本精神呢?大家知道,传统的中国社会是一个宗法式的农业社会,处身在这个社会里的人,不能不被束缚于那种封闭型的小农经济和家国一体化的宗法关系,缺乏独立自主性。传统的思想文化如儒家宣扬"克己复礼",道家倡导"顺应自然",佛教鼓吹"色即是空",宋明理学标举"存天理,灭人欲",亦皆以个人自主精神的消解及其认同于"天道"、"伦常"为最高境界,它是古代中国社会长期稳固不变的重要机制。明清之际以"人欲"颉颃"天理"的思潮,在传统思想体系的壁垒上打开了缺口;演讲为龚自珍式的张扬自我,遂粗具近代意义上的个性意识。但这一人文精神的内核,在鸦片战争以后的历史事变中覆盖不彰了。晚清政治变革要求伸张民权,相应地主张开通民智和更新民德,于是又有了建设人文的需要,而其重心则由"人"转向"国民",由个体转向群体,甚且有抑制个人以成全群体的显明趋势。

像"屈己以就群,群己两发达;屈群以利己,群败己亦拔"①、"国非强种不能立,种非合群不能生"②、"欲从大地拯危局,先向同胞说爱群"③之类表白,在当时是很通行的。从学理上加以阐述,如梁启超所说:"自由云者,团体之自由,非个人之自由也。"④孙中山所说:"在今天,自由这个名词,究竟要怎么样应用呢?如果用到个人,就成一片散沙,万不可再用到个人上去,要用到国家上去。"⑤连严复这样深刻地理解到中西文化差异在于有无自由精神的人,也认为"小己自由,尚非所急","所急者乃国群自由"⑥;他把穆勒的《自由论》书名改译为《群己权界论》,不会没有用意。总之,晚清思想文化界树立起一种不同于晚明及龚自珍式推重个性的人文精神,它以"屈己就群"为价值取向(或许可追溯其渊源于清初诸大家的民本思想),而已将群体的内涵由传统的家族社会转变为新兴的民族国家;作为近代中国社会及其政治变革的独特产物,它的出现和流布自有其合理性。

然而,五四新文化恰恰是以发扬独立自主的人格为标的的。针对传统文化压制人的自主精神,五四思想启蒙的第一要义便是"自主的而非奴隶的"原则⑦,个性的自由与解放成了时代的响亮呼声。这种不局限于眼前政治斗争的需要,能够从思想文化传统更新的大背景来考虑问题的思路,无疑更具有高屋建瓴的气势。不过,五四也并不一味地张扬个性,它那"改造国民性"的口号中,

---

① 高旭:《天梅遗集》卷1《忧群》。
② 《黄绣球》第16回,中州古籍出版社,1987年版。
③ 秋瑾:《赠语溪女士徐寄尘和原韵》之二,《秋瑾集》,上海古籍出版社,1979年版,第87—88页。
④ 《新民说·论自由》,《饮冰室合集·专集之四》第44页。
⑤ 《三民主义·民权主义》第2讲,《孙中山全集》第9卷,中华书局,1986年版,第282页。
⑥ 严译:《孟德斯鸠法意》第17卷第3章按语,商务印书馆,1981年版。
⑦ 陈独秀:《敬告青年》,见1915年《青年杂志》发刊辞。

即隐含着从国家、民族的命运上来看待人的自我建设问题,或者说,由个人的觉醒以求得民族的自救、国家的自强、社会的解放,这才是五四文化革命的宗旨。在这里,五四思想家们显然吸取了晚清启蒙思潮所倡导的群体意识,以之与西方近代文化中的崇尚个性(包括龚自珍式的张扬自我)相结合,形成现代中国社会特有的人本范型,从而与传统文化的压制个人自由或西方文化的坚持个性至上都有了区别。五四新文化所开创的这一"人"的自觉的路向,对20世纪中国文学的进程有着深远的意义。

由"人"的自觉必然引起"文"的自觉,它首先表现在重新审定文学的价值规范上。传统的文学观是以"载道"、"言志"、有益于"教化"为根本取向的,在那里,"道"(既天理、伦常)是目的,"文"是手段,文学作品完全成了宣明政教的工具。一部分俗文学力图摆脱政教功能的束缚,以满足市民娱乐、消遣的需要,但亦仅仅成为消闲媚俗的手段,并不具备独立的品格。晚清的政治家们提倡文学为社会改革和革命事业服务,而其工具地位未变。王国维看到了文学自身的价值,又不免把它弄得过于狭隘。五四文学革命要建构新的文学本体观,关键在于如何确立文学的主体性,这又跟五四思想家们的"人学"本体观紧密相关联。从面向大众的群体意识出发,势必要求作家关注人生,写照现实,以至疗救病态的社会,这就产生了"为人生而艺术"的观念,趋向于文学的功利性;而从张扬自我的个体意识着眼,又会促使文学抒写性灵,表达情趣讲求审美品味,从而引发"为艺术而艺术"的观念,导致文学的超功利性。两种倾向往后演变为尖锐的对立,而在五四时期却自然地交织在一起,统一于当时的人本精神。如陈独秀倡"文学革命",高揭"国民文学"、"写实文学"、"社会文学"三面大旗,侧重在文学与群体生活的联系,但也有"平易"、"抒情"、"新鲜"、"立诚"之类表现个性与风格的考虑①。周作人谈"人的文学",以"个人主义的人间本位主义"为思想基础,主张"自爱"、"从个人做起",而亦归结到"对于人生诸问题,加以记录研究"②。李大钊回答"什么是新文学"一问,更连续作出"是为社会写实的文学,不是为个人造名的文学;是以博爱心为基础的文学,不是以好名心为基础的文学;是为文学而创作的文学,不是为文学本身以外的什么东西而创作的文学"这样三个断语③,把"为人生"和"为艺术"相联并置,并不见其有矛盾。这是因为他们共同立足于五四的人本精神,并且拿这种精神作为文学的主体,于是有了基本的价值导向,迥然不同于传统的工具论了。当然,五四文学革命的成就决不仅限于建构新的文学本体观,余如变传统的杂文学体制为纯文学体制,改古老的文言文为白话文,打破已有的程式、大胆吸纳新的材料和新的表现方法,从单一的民族承传到面向世界的全方位开放等等,均属现代意义上的"文"的自觉,难以缕述。

五四文学精神既然包含着群体意识和个体意识、"为人生"和"为艺术"两个不同的侧面,在其演进过程之中便难免不出现分化。20年代初期文学研究会与创造社之间的论争,正是分化的初步迹象。文学研究会宣称:"将文艺当作高兴时的游戏或失意时的消遣的时候,现在已经过去了。我们相信文学是一种工作,而且又是与人生很切要的一种工作"④,进而倡言"表现社会生活的文学是真文学,是于人类有关系的文学,在被迫害的国家里更应该注

---

① 见《文学革命论》,《陈独秀著作选》第1卷,上海人民出版社,1993年版,第260—261页。
② 《人的文学》,见《中国现代文论选》第3册,贵州人民出版社,1984年版,第205页。
③ 见《什么是新文学》,《李大钊文集》下册,人民文学出版社,1984年版,第164页。
④ 《文学研究会宣言》,《文学研究会资料》,河南人民出版社,1985年版,第1页。

意这社会背景"①,这显然属于人生派的观念。创造社同人们却强调文艺是艺术家"感情的自然流露:如一阵春风吹过池面所生的微波,应该说没有所谓目的"②,或者认为"除去一切功利的打算,专求文学的全与美,有值得我们终身从事的价值之可能性"③,又分明打上艺术派的印记。两者趋向不同,自不免起争议,但矛盾尚不很尖锐,因为他们共同对社会现实取反抗态度,各自也都承认文学另一面价值的存在,只是侧重点有所差别罢了。到大革命前后,在急遽变革、动荡的政治形势推动之下,文学思潮的分化更有了进一步展开。一方面,由"为人生"转向"为革命",构成强大的革命文学潮流,以讲求"革命功利主义"为根本原则;另一方面,谨守纯艺术立场的如新月派人士,拉开了他们与现实生活的距离,强烈反对文学的社会功利性,冲撞于是不可避免。

革命文学,作为现时代中国社会革命运动的有机组成部分,它的发生、成长与壮大是有着丰厚的土壤的。它肇始于早期革命家的思想言论,成形于大革命期间,流衍于30年代左翼文坛,更将其基本精神贯注于后来的抗战文学、解放区文学以至社会主义文学之中,成为纵贯20世纪中国文学的大动脉,无论在扩大新文学的对象、加强其战斗功能、升华主题、开拓题材、改革语言和表现方法以造成民族化、大众化新文风方面,都作出重要的贡献,决不能予以低估。但在承认其巨大历史功绩的前提下,也要看到它的失误,那就是片面地突出了政治功利性原则,不适当地把文学降格为政治的附庸。本来,在人生派那里,文艺与人生是一体的,艺术审美活动即是整个人生的一部分,所以"为人生"也可以包含"为艺术"

---

① 茅盾:《社会背景与创作》,《茅盾文集》第18卷,人民文学出版社,1989年版,第117页。
② 郭沫若:《文艺之社会的使命》,《沫若文集》第10卷,人民文学出版社,1959年版,第84页。
③ 成仿吾:《新文学之使命》,《成仿吾文集》,山东大学出版社,1985年版,第94页。

的成分在内,"人"的主体地位和艺术自身的价值容许并行不悖。由"为人生"转向"为革命",这"革命"如果指革命的人生,也还说得通,而实际上往往是指革命的政治、甚至是具体的政治斗争及其方针政策,于是,艺术与人生这种部分与全体间的关系,就演变成文艺与政治这一手段与目的的关系,文学失去了自身的主体性,蜕变为政治斗争的工具。工具亦自有它的价值,从特定时代需要来看尤其如此,但一味强调工具的性能,势必削弱文学的人本精神和审美职能,由此带来的恶果也是很清楚的。与此相联系,革命的政治斗争必须依靠群众,便也要求作为斗争武器的文学向群众认同,不但语言风格要大众化,思想感情更要大众化,那些和大众情趣稍有间距的个性化表现,经常有意无意地遭受压制乃至打击,群体意识掩抑了个体意识,遂使新文学的人本精神有所偏离。这些都是革命文学在长期发展中显示出来的弱点,尽管有其客观的产生原因。

和革命文学的重视政治功利原则正相敌对,以新月派为代表的另一股思潮则坚决反对任何功利性。据他们所说,"拿功利和效用的眼光去看艺术品,那是对艺术没有相当的品味的表征。艺术的可贵,正是因为它能够超越功利和效用之上。"[①]所以他们不赞成"鼓吹阶级斗争的作品",认定"文艺的价值不在做某项的工具,文艺本身就是目的"[②]。这个观点好像很接近于前期创造社的理论,但有重要区别。创造社诸人大多从表现自我的立足点上来肯定文学无需有外在目的,他们的自我又多带有现实的反抗性,故而有可能从前期的"为艺术"一跃而为后期的"为革命",实质皆导源于以自我为中心的叛逆精神。新月派固然也强调作家"要忠实

[①] 余上沅:《易卜生的艺术》,载《新月》第1卷第3期。
[②] 梁实秋:《论思想统一》,载《新月》第2卷第2期。

于自己",不要"受感情以外的事物的指示"①,但又认为"伟大的文学亦不在表现自我,而在表现一个普遍的人性"②,或者说"文学发于人性,基于人性,亦止于人性","文学的目的是在藉宇宙自然人生之种种现象来表现出普遍固定的人性"③。乍一看来,他们并不否认文学与人生的关联,实质上乃是要借人生事象来表现人性,而且是那种超现实的"普遍固定的人性",这就必然会将他们的眼光引导到现实社会诸问题之外,从而与实在的人生拉开距离。所谓艺术的"功用"在于"帮助人摆脱实在的世界的缰锁,跳出到可能的世界中去避风息凉"④,倒是很贴切地反映出这部分人的心理。因此,虽然他们对"政治工具论"的批评在今天看来不无借鉴,对艺术审美形式(诸如诗的音韵与格律、戏剧的情节节奏、一般文学作品的章法等)的探讨亦足资参考,而那种逃避现实、漠视时代紧迫课题的作风,仍不能不说是严重的缺陷。这股思潮的声势在当时就难以同革命文学抗衡,而后愈益趋于消沉。

革命文学和纯艺术论思潮构成30年代文坛的两翼,介乎两者之间,是一个广阔的中间地带。其中有坚持"为人生"的路向,而加重批判现实的力度的,如巴金、老舍、曹禺;有不以社会批判见长,而注重民情风俗的文化观照的,如沈从文和一部分乡土文学作家;有从参与人生的前沿阵地退却到边缘地带,一力提倡幽默和闲适小品的,如林语堂、周作人;也有沿着表现自我的路线前进,但散发着更多苦闷、颓唐气息的,如象征派、现代派诗歌和新感觉派小说。此外,还有同样从政治功利性出发,却倒向极右翼的,如民族主义文学。林林总总,蔚为大观。它们各有各的思想立场,也各有

---

① 陈梦家:《新月诗选序言》,见新月书店1931年版《新月诗选》。
② 梁实秋:《现代中国文学之浪漫的趋势》,载1926年2月15日《晨报副镌》。
③ 梁实秋:《文学的纪律》,载《新月》第1卷第1期。
④ 朱光潜:《谈美·"大人者不失其赤子之心"》,《朱光潜全集》第2卷,安徽教育出版社,1987年版,第57页。按朱氏不属于新月派,但思想情趣相一致,故并加论列。

各的艺术成就,不过从思潮的角度来看,仍以前两派旗帜较为鲜明,影响也较为广泛。

30年代文艺运动中众水分流的景象,到抗日战争爆发开始有了改观。抗战文学尽管具有统一战线的性质,其所贯彻的"为抗战服务"的宗旨,却是革命功利性原则的延伸,只是内涵从阶级斗争转向了民族斗争。在那样一种全民族奋起的时代氛围中,"与抗战无关"之类自由主义论调[①],自然是难成气候的。于是,进入40年代,革命的和倾向于革命的文学,便已占据文坛的主流地位,虽亦有其他思潮时或掀起一阵波澜。不过就在这期间,革命文学潮流内部出现了分化。在革命根据地的解放区,由于中国共产党的组织领导,初步实现了文学与工农群众的直接结合,产生出以表现工农兵生活与思想感情、歌颂工农兵新人形象为主调的工农兵文学,它采用的基本还是革命现实主义的创作方法,而已增添了浪漫主义激情,语言形式方面更趋于民族化、大众化、通俗化。这一新的文学形态在动员和组织广大群众投身革命事业上发挥了良好的政治功效,也创造出一种比较适合群众(主要是农民)口味的生动活泼的美学风格,确能以自身的实践来体现革命文学运动所长期追求的目标,而其工具性能和群体意识自亦得到相应的增强。与此同时,生活在国统区的进步作家们,即使抱有革命的或同情革命的意向,以其感受的深切在于社会现状的不合理,他们的作品仍然以暴露、批判现实黑暗为基调,创作方法接近于严格的现实主义。同样在国统区而文学思想上另树一帜的,有以胡风为代表的七月派,他们那种高扬"主观战斗精神"的现实主义文学,特别重视作家用自己的体验去把握人生,实质上乃是出于对文学主体性失落和个性意识淡化的忧虑。他们构成革命文学阵营中保留五四

[①] 梁实秋于1938年12月1日《中央日报》副刊《编者的话》里首提此说,后沈从文等亦有类似论调。

人本精神较多的一派,但亦因此同革命文学所要树立的功利原则和群体意识有了差距。国统区进步文学界与七月派之间的论争,以及延安整风期间对王实味、丁玲、萧军诸人的批判,正预兆着三个流派日后的分裂。

建国以后,革命文学潮流的三个派别汇聚到了一起,一大群中间状态的作家也都接受了革命思想的指导,而作为整个文学运动方针被确立下来的,则是工农兵文学的方向和路线,自然是因为这条路线最切合文学创作表现新的时代生活、以社会主义精神教育人民的需要,而且实践证明,它也确实推动新生的社会主义文学在较短时期内取得一批可喜的成果。但在这样做的时候,不免忽略了文学与现实人生的复杂联系,容易导向表现内容与方法的单一化。50年代中叶起,这一"左"的倾向逐渐抬头,先是以"反胡风集团"的名义消灭了七月派,随即于"反右派"运动中打击了"干预现实"的文艺思潮,而后又凭借"革命两结合"的口号着力宣扬把生活理想化的做法,于是文学作品里脱离现实的假、大、空的作风便日益严重地发展起来,最终导致"三突出"那一整套反现实主义的模式,完全扼杀了创作自由。对此有所不满、希望为文学开拓生存空间的,先后有"现实主义广阔道路论"、"现实主义深化论"、"中间人物论"、"反题材决定论"等所谓"黑八论"的提出,它们遵循的仍然是革命文学潮流中的现实主义路线,而亦遭受严厉镇压,文学的生机是岌岌可危了。

新时期文学的"拨乱反正",是以批判文化专制主义、复兴文学的现实主义传统为发端的,初起时尚带有明显的干预政治生活的印记,但已致力于恢复和发扬新文学的人本核心,加强对人的命运的关怀与人的价值的肯定。这股人本思潮在后来的演进中,因其价值取向的不同而趋于多元化:其中以继承、拓展五四启蒙思想为归依的一派,可称作"新启蒙"文学;侧重从文化心理传统上去寻求民族文学生长凭借的一派,构成"寻根"文学;而意图认同于西方现代主义思潮、关心和反映人的异化主题的一派,则成为"新潮"文学。每一流派内部又有种种不同的趋向,各个流派之间也常交互混杂,充分显示出新人本思潮的复杂性和不成熟性,但它对人生意义的探究和文学审美功能的开拓,始终是80年代文坛上最活跃、最惹人注目的现象。与此同时,以宣传、教育广大群众为基本职能的文学传统也在延续之中,它以表现时代生活的"主旋律"为标记,更多地关切于现实的和历史的革命斗争生活的写照,在努力贴近现实人生、实事求是地展示历史风貌上取得了一定的进展,而如何将特定的政治需要同深层次的人生体验和追求相结合,仍是其进一步发展和提高的关键。80年代后期起,从"新潮"文学中更衍生出一种"后新潮"文学,它接受了西方后现代主义的影响,由破除世界的真实感、消解主体的生存意义入手,进而导致文学形式的游戏操作和文本规范的整体解构。它不同于"新潮"文学,亦有别于二三十年代的唯艺术论,因为它并不着眼于张扬自我、表现人性或思考人生价值之有无,却干脆走上以文学自身为目的、围绕文本的建构与解构开展探索的道路。作为既有人本思潮的否定和新型文本思潮的肇始,它是"文学自觉"观念的极端引申,对它的历史动向和动因还需作深入观察。

除此之外,20世纪中国文学中原本存在着流传广泛的、以娱乐市民为主要功能的通俗文学潮流,它长期被排斥于新文学阵营之外,故不为文学史家注目,而实际上是社会生活中一支不可忽视的力量。建国以来,由于强调文学的政治功能,以娱乐为好尚的通俗文学一度趋于衰退;而在当前市场商品经济大潮的强力推动下,重新获得高涨的势头。通俗文学潮流的泛滥及其趣味标准之覆盖"雅文学"阵地,使不少文化人为之担忧,但从长远来看,这一新的崛起连同其在美学原则上的挑战,终将促成文学的雅俗合流向着更高层次展开,固然也要做合理的引导工作。

要言之,以政治教育为导向的"主旋律"文学,以探索人生、探索艺术为目标的各种人本思潮和文本思潮,以及以娱乐、消遣为首要职能的通俗文学,共同组合成我国当前文学发展的多维结构。形形色色的文学潮流之间会有矛盾冲突,也会有起伏震荡,而更为重要的是取得协调和互补。接受过去文化专制主义的教训,切勿轻易使用行政干预手段来改变结构,要让不同的思潮在和平竞赛与竞争中进行对话交流、取长补短,方足以为下一世纪文学的现代化走向奠定坚实的基础。

六

简略地回顾近四百年文学思潮变迁的历史,可以谈一点什么样的体会呢?

我们感到,从传统与现代之间的联系和转化着眼,把四百年思潮作为整体流程来看待,是确有根据的。其整体性主要体现在文学的人文精神及其文体风貌两个层次上。首先是人文精神的演变。如上所述,现代中国的人文精神由两个基本的方面构成:一是伸张自我的个体意识,二是面向大众的群体意识。前者萌芽于晚明,成长于清中叶,高扬于五四个性解放浪潮,是对传统宗法伦理规范的根本性突破;后者胚胎于清初,完形于清末,极盛于二三十年代后的社会革命运动,亦是对封建专制主义权力机制的直接否定。两相结合,便确立了新文学的人本核心,而它们之间的分裂、冲撞、此消彼长,不免造成中国文学由传统向现代演进中的种种曲折与偏离。由人文精神的变化,又引起文体风貌的变异,那便是文学运行中雅俗对流新局面的开创。在我国传统里,雅文学代表士大夫的审美情趣,俗文学反映市民社会的文化心态,宋元以来是壁垒分明、不相交融的。自晚明以迄近代,由于文学表现个性和面向大众的需要,不仅俗化的戏曲、小说开始为一部分文人雅士所关注,连高雅的诗文中也出现了"向俗"的趋势,于是雅俗对流得以实现。因这种对流所产生的文学样式,包括俗化的诗文(从晚明公安体到晚清报章体、新民体、新派诗)和文人化的戏曲、小说(从《牡丹亭》、《桃花扇》、《儒林外史》、《红楼梦》以至《老残游记》、《新罗马传奇》),已经不完全是原来意义上的雅文学和俗文学,而逐步具备了向新文学过渡地质素,再同吸取外来养分、由"西化"促成的中西对流相结合,便酿集成中国现代文学的文体风貌;至于雅俗、中西对流中雅化与俗化、个性化与大众化、西化与民族化种种争执,亦因此而长期存在于新文学的发展过程中。这是第一点认识。

　　我们还看到,在中国文学由传统向现代演化的进程中,贯串始终并交相为用的,有古与今、中与西、雅与俗三对矛盾。其中占据主导地位的,自然是复古与新变的对立,它们分别指向传统和现代两极,经常表现为激烈的斗争、冲突,而亦时有交互渗透以至转化。复古旗号下隐伏着革新的思想(如晚清实学思潮多以复古为号召),或则新的文学潮流中积淀着旧的情结(如晚清文学改良及现代革命文学运动中盛行的工具论),于新旧交替之际是屡见不鲜的。中西、雅俗的撞击与交汇,在不同时期有着不同的意义和功效,却又共同构成古今嬗递的一个侧面。一般说来,向西方学习,对于促进中国文学的新变起了积极作用,但如20年代的"学衡"派及梁实秋诸人借助白璧德的新人文主义攻击五四文学革命,以及一些倾心"欧化"的人士盲目移植西方观念、文风造成种种弊端,亦属有目共睹。至若雅俗文学间的关系,虽如前面所说,出现了对流的趋势,而悬隔依然存在。如果说,明清以前的雅俗分流,往往意味着俗文学在创新地位上的领先,"俗化"即含有新变;那么,20世纪里新文学与通俗文学的隔阂,恰恰表明俗化的大众赶不上文学的新变,反过来也证实了新文学的局限。于此看来,新陈纠葛、中西错位、雅俗脱节,是近四百年思潮流变中矛盾症结之所在,它们的难以被消除,确切地显示出中国文学现代化进程的复杂性与艰巨性。这算是我们的第二点想法。

再往深一层看,中国文学新陈代谢的复杂与艰巨,又同中国社会走向现代化的独特途径分不开。近现代意义上的人文精神需要有自己的物质载体,即建筑在稍形发达的城市商品经济基础上的发育周全的市民社会。中国古代尽管很早就有商品生产,明中叶以后更出现了资本主义萌芽,而在东方专制主义政治体制控制下,城市经济和市民社会的发展都很有限度,远未达到足以培养出比较成熟的新人文精神的地步。晚明个性思潮昙花一现,清前期复古势力炽盛一时,包括龚自珍式的"狂飙突起"在当时罕见回应,说明直到鸦片战争前夕,这个物质载体尚未正式形成。西方入侵后,传统社会结构的解体和中国走向现代的行程加速了,但它不同于先行民族的现代化是一个内部自然生长的过程,而呈现为内因(传统母胎里孕育出近代因素)和外因(西方列强挑战)相互作用的结果。这就决定着中国的现代化负有改造内部传统和抵御外部压力的双重任务,而且后者的急迫性常常凌驾于前者之上,不能不给近现代中国社会及其文化形态(文学即其一部分)的运行带来严重的不平衡。在西方,一般是社会发达于前,而文化成熟于后,于是新的文化形态能够得到足够的社会支持;但在中国,由于积习更改的迟缓和外来挑战的峻切,现代化的突破通常集中在非常局部的地区和部门,新文化的需求便也失却广泛的群众基础,成为少数人的专利,这必然要影响其自身的巩固与完善。在西方,一种文化形态的生长线路,大体展现为由人本核心的建立(文艺复兴时期的人文主义),到社会、政治、经济各项实际问题的探讨、试验(启蒙运动前后"社会契约"、"天赋人权"、"国民财富"诸说的倡导与实践),再到哲学世界观的总结(以德国古典哲学为代表)这样一个合逻辑的顺序,文化的各个层面皆能有较充分的展开;但在中国,由于外部环境的紧迫,往往等不及新的人本核心趋于成熟,便匆忙转入实际课题的设计开发,造成实用层面掩抑其人本核心、观念变革滞后于体貌更新的畸形状态。(有如我们所见,近世人文精神的发扬,从龚自珍、五四到新时期,每次酝酿未足,即被实际社会变革的行程打断,可谓"三起三落"。眼下商品经济大潮汹涌而来,不是又听到"人文精神失落"的呼告吗?)抑有甚者,西方近现代人文精神的进化,随着社会主要矛盾的转移和思潮的变迁,经历了由神本至人本、再由个人本位至群体本位两次重大的转折,其间相隔三四百年,界限比较分明;但在中国,由于革新传统和挽救危亡的双重任务,促使新型的个体意识和群体意识并时兴起,相互摩戛,交错前行,更增添了新文化人本核心建构的复杂性。

人本发育的不健全,实用层面的超前拓展,社会载体的偏狭脆弱,使得新文化的成长在精神、体制、物质诸方面都缺乏有力的支柱。中国文学由传统向现代演进的缓慢,近四百年文学思潮之充满波折与旋流,正可以从中得到解说。现代人文精神的建成,看来还需要一段时间努力。不过困难之所在,亦即希望之所在。经受着如此复杂、艰苦的锻炼并面对多维新格局的中国文学,是会有广阔、辉煌的前景的,我们深信。

(原载《社会科学战线》1996年第5期)

言说与不可言说

——20世纪中国文学启蒙精神的话语流变

陈力君 黄 擎

中国20世纪的思想文化启蒙运动发轫于1898年的维新运动,此后经历了大致三大发展时期:启蒙精神的激荡与确立——五四新文化运动;启蒙精神的重构与缺失——"普罗文学"兴起至"文革"终结;启蒙精神的复兴与反思——新时期至20世纪末。

一、激荡与确立

以人为本、张扬启蒙主义旗帜的五四新文化运动不是猝然临世的,其胚胎孕育于近代文学之中。清末民初,中国社会文化处于变革时期,初步形成了能够迎纳外来文化、努力建构新型文化的时代语境,从而为启蒙话语提供了适宜的兴生土壤和传播环境。20世纪帷幕初开时,梁启超就在《论小说与群治之关系》一文中把小说与启蒙的关系予以空前提升——"欲新一国之民,不可不先新一国之小说"。五四先驱者将西方启蒙精神与中国文化革命紧密联系,把文学革命引入思想启蒙的轨道,提出了启蒙文学。以陈独秀为旗手、《新青年》为阵地,一批杰出的启蒙思想家通过文化批判展开了旨在改造国民灵魂,使之成为具有健康自立、张扬个性的全新现代人格的启蒙运动。

周氏兄弟是启蒙运动的积极参与者和推动者。周作人在《人的文学》、《平民的文学》中振聋发聩地提出了以个性主义、人道主义为内在脉流建构人的文学、平民文学的新文学主张,产生了广泛的影响。鲁迅作为启蒙主义的坚信者和中国启蒙小说的倡导者,也是中国20世纪前叶启蒙话语的突出代表。他早年深受梁启超、章太炎等人的影响,撰写《文化偏至论》,呼吁"启人智"、"张灵明"。在五四新文化浪潮的裹挟下,鲁迅写了彰显其现代启蒙理念的经典论著《我们现在怎样做父亲》、《我之节烈观》、《娜拉出走以后》等。他的文学创作实践,更是凭借艺术形象的力量实现启蒙主张。新文化运动初期,一些抱有启蒙观念的新文学作家创作了一批"问题小说",这些作品虽然具有一定的时代意义,然而终究失之浅幼粗糙。与之相较,鲁迅不愧为启蒙主义大师,他一进入启蒙的文化语境,便穿透种种枝蔓问题的羁绊与重围,直逼封建宗法社会价值体系和话语方式的核心,对之做出了强有力的否定性评判。《狂人日记》是中国第一篇启蒙小说,也是鲁迅式启蒙文化策略的典范性作品。小说所揭示的"吃人"意象真切暴露封建宗法礼教本质,但"狂人"只能立于体制和伦理之外反抗"吃人"社会,并最终为社会所吸纳,"赴某地候补矣"(《呐喊·狂人日记》),充分体现了思想启蒙的艰难境遇。鲁迅的启蒙小说重视揭露和批判国民劣根性,始终贯穿着一个伟大的启蒙主义者对自我灵魂的深入挖掘和严厉拷问。鲁迅与钱玄同的"对话"中有关"铁屋子"的象征意象,即对启蒙及其成效提出了质疑。其启蒙小说较多地采用内视线,浸润着他对人性的深厚情感体验。正是如此,启蒙话语的言说与启蒙话语的拷问才形成了一种对话,并生成了鲁迅启蒙小说的艺术张力和丰厚意蕴。当然,这种对话构成并非一成不变,从短篇小说集《呐喊》到《彷徨》,鲁迅关注的中心从侧重揭示下层社会的民瘼病痛转移到深入解析启蒙主体自身的精神人格弱点,并由此探究启蒙多半途而废的深层原因。

如果说鲁迅的小说是以深刻的批判来反思启蒙话语的话,那么,郭沫若的诗歌则是以一种理想主义和浪漫主义的激情热切呼唤"人"的解放与觉醒,以期达到无比自由的精神状态。诗集《女神》就是以绝对的自主和自由奏响了五四时代的最强音,以激昂的生命激情冲决了旧传统对人性的压抑和钳制。《天狗》中冲决一切的"恶"的力量和破坏者的形象,正具有鲁迅所呼唤的"摩罗诗人"的人格精神;而《站在地球边上放歌》中澎湃起伏的感情浪潮、恢弘宽广的文化视野和天马行空的审美想像又是对人的生命力和文学艺术美的一种极致展现。诗作中彻底反抗旧世界的勇气、截然挣脱既成规范和固有成见的姿态,铸造了精神空间极度宽广的"自我"形象,成为五四精神的人格典范。

在时代风云和先驱人士的激荡下,五四新文化运动确立了启蒙文学的话语形态。无论是"为人生"的现实主义思潮,还是"为艺术"的浪漫主义思潮,都在努力实践着人的自由解放和"人"的文学目标,启蒙话语得到了充分的言说。强烈祈望自由人性的启蒙者在倡导"立人"思想的同时,也在鼎力实践着建立"人国"的文化理想。五四精神最终归结为民主科学精神和爱国主义精神,这也昭示了中国社会20世纪前期社会与文学的主题:救亡与启蒙。其时,救亡即爱国,启蒙即民主与科学。救亡与启蒙之间形成了一种双向互动关系:救亡催生启蒙,启蒙升华救亡。五四文化先驱引用缘生于西方文化语境的启蒙话语,面对着中国近现代的文化现实,进行了多方创造性地转化,以期解决中国的意识危机,但启蒙作为文化运动,毕竟不可能一蹴而就。五四文学启蒙作为现代中国知识分子的思想资源,最终沉淀为民族的集体记忆,成为民族的精神符号,对五四启蒙话语的言说成为20世纪学界无法回避的历史课题。李泽厚的"救亡"中断"启蒙"论断,姜义华的"理性缺位的启蒙",汪晖的"预言与危机"的错位结论,张宝明"自由神话"的终结,张光芒的"情理激荡"等理论立足于挖掘五四话语的精神价值,同时也注意到了五四启蒙话语的纷繁和复杂、阙失和偏至。纷繁复杂和悖论叠生的五四启蒙话语造成了言说的复杂多歧。

二、重构与缺失

　　五四落潮后,个性解放运动举步维艰,苦闷、迷茫的心态遍布于当时的知识分子。1928年,在社会政治变革的直接推动下,思想革命走向政治革命,文学革命激变为革命文学,太阳社、创造社以文学为社会革命的武器,奋起反抗黑暗的现实,掀起了"普罗文学"潮流,由此至新时期前夕的50年间,虽然中国的社会形态发生了重大转变——半封建半殖民地的旧中国退出了历史舞台,社会主义新中国昂然屹立,然而贯穿其间的主流思潮却是基本一致的,都是"革命"文学思潮。五四文学启蒙以确立个体意识为核心议题,革命文学则着力宣扬群体意识,这体现了文学启蒙精神在历史演进中的重构。20年代中后期,中国社会由个性解放进入了社会解放的时代,"我"的声音更多地被"我们"的声音所取代。人们的思考重心也相应发生了变化:从对人的个体价值、人生意义的思考转向对社会性质、出路和发展趋向的探求。后者逐步成为社会与文学发展的主导方向,启蒙的对象——民众,已逐步成为启蒙者学习和服务的对象,"化大众"变成了"大众化"。

　　作为30年代极具代表性的作家,茅盾开创了社会剖析小说的先河:着力表现重大题材,追求全景式反映社会现实。30年代的文学显然迥异于张扬个性的五四文学,以茅盾为代表的革命现实主义创作方法成为这一时期文学的主流。茅盾的小说,从《蚀》三部曲——《幻灭》、《动摇》、《追求》到《子夜》都体现了上述特点,也形成了30年代长篇小说的一个高峰。在张扬个性解放与宣扬阶级性、民族性的扭结碰撞中,后者不断被强化,最终遮蔽了前者。今天看来,这种更替虽然造成文学的审美特质和作家创作个性方面有所缺失,但置放在当时特定的历史情境中进行考察,却具有其历史的合理性与必然性。启蒙文学虽然经历了曲折,但秉持启蒙精神的作家仍或隐或显地延续着五四精神的传统。"兴废系乎时序,文变染乎世情。"在那样一个国家存亡、民族安危系于风雨的危急关头,阶级矛盾、民族矛盾自然上升为主要矛盾,文学应时而变也在情理之中。根据马斯洛的需要五层次学说,人只有在满足了衣食住行等基础层次的生存需要后,才能进而逐渐实现最高层次——自我实现的需要。这一时期的革命文学形成了自己的历史特点:空前拓展题材规模,广泛反映社会历史内容,深入开掘民族灵魂。文学与沸腾的历史潮流相契相应,体现出强烈的战斗激情和宏阔厚重的力之美。

1942年,毛泽东的《在延安文艺座谈会上的讲话》肯定了革命文艺这一主流创作方向,并予以推广提倡。在此政治策略性极强的文艺方针的指引和推动下,这种文学观念得以延续和扩展。新中国成立后,延续了战时文艺政策,并在阶级斗争扩大化的时代背景下日趋极端,"唱中心,演中心"成了文学的主流。1956~1957年曾经涌现出一批干预现实、表现人性的小说,然而,随着文学在社会生活中的地位的抬升,文学与政治间的关系愈加密切,在体制内言说启蒙的可能空间日渐狭小。随着政治化的文艺批判运动的频繁发生,作家和文学活动组织化的完成,知识分子的启蒙话语很快隐匿于国家意志的权力话语之中。在"文学为政治服务"原则的统领下,革命文艺自诞生伊始就与政治搅拌在一起,使中国文人充盈着的巨大的政治热情和强烈的政治意识,又加速了吞没文艺与政治边界的进程。根深蒂固的"文以载道"观念使人们习惯性地以政治视角观照文艺现象,高度抬升了文艺的政治教化功能。"文革"之前,《刘志丹》被扣上"利用小说反党"的政治帽子,《海瑞罢官》被认为是要替彭德怀翻案。"文革"时期,时代政治规范特别显豁,"文艺从属于政治"、"文艺为政治服务"的时代趋向直接影响了文学的发展态势。社会、政治、文化、心理的种种畸变汇成合力,形成了中外文学史上罕见的文学景观。在极"左"思想恶性膨胀造成的特殊政治气候的熏染下,"文革文学"体现出强烈的政治意识和鲜明的政治观念,导致文艺紧贴政治主流话语,不敢越雷池半步,甚至主动谄媚于政治,创作自由和阅读自由受到了极大钳制。文学历经畸变磨难,由"十七年"的密切配合官方意志,裂变为"帮派政治"的同谋,文学的教化功能得到了极度强化,审美功能则相对黯然。以被奉若圭臬、成为一切艺术必须效仿的模板和典范的"样板戏"为例,大到革命英雄典型的塑造、主题思想的确定,小到演员服装上的一个补丁都不得走样的创作及推行模式,漠视文学创作主体鲜活的个体情思,使文学的生命力日益萎缩。主流文学为国家意志所异化,成为政治话语的直接美学化,蜕变为反人性、反历史的"瞒和骗"的文学,启蒙精神遭遇重挫。

此间,启蒙话语由"铁屋子"延伸,从书斋走向广场,开始了与民间话语的连接。启蒙者希望通过民间文化的发掘获得启蒙精神本土化资源,得到更大层面上民众的认同。但民间本来就是活动和松散的文化形态,随着民间话语的意识形态化,知识分子的批判空间逐渐缩小。当政治以体制的强制性在公众中推行政治信念时,启蒙话语在公开场合被取缔了言说空间,陷入了悄然无声的失语期。

三、复兴与反思

20 世纪 70 年代末的政治思想解放运动为再度言说启蒙提供了必要的历史前提。文学以超前姿态衔接了五四以"民主"和"科学"为核心内容的现代化诉求,以饱满的激情回应了解禁后中国社会的时代脉搏。新时期文学中的启蒙话语从直接参与政治道德批判的国家叙事到反对封建专制和虚拟神权的文化根源的探询,既而在市场文化环境中和"后主义"浪潮的冲击中开始自我反省和质询,在传统的启蒙理念中融入了新的内涵。

新时期伊始,以现代理性精神为主体,以科学理性与人本理性为旗帜,形成了对"文革"逆流的强烈反驳,形成了以"自省和批判"为特征的声势浩大的思想解放运动,启蒙精神借此得以复兴。"启蒙运动就是人类脱离自己所加之于自己的不成熟状态"①,人们普遍相信通过人的理智运动,就有可能进入"成熟的状态",臻达自由境界,启蒙成了整治社会的一剂良药。

十一届三中全会以来,政府的主流话语"解放思想,实事求是"与知识精英的人文憧憬交融,国家社会主义建设的改革目标与知识分子推动社会进步的启蒙情怀汇合,时代精神与个体信念得到重新整合。此时,意识形态借助文学对极"左"路线的拨乱反正,大力扫除陈腐观念,启蒙成为社会的共同话语。全社会一方面倡导科学精神,通过在全国范围内开展关于"真理标准"问题大讨论的方式,有力地批判了"文革"中个人意志和非理性专断的横行,另一方面呼唤人的自由与解放,重新辨思了人道主义、异化等哲学命题,甚至提出以人的概念为基础重新建构处于意识形态核心的马克思主义②。从"伤痕文学"、"反思文学"、"改革文学"、"寻根文学"、"先锋文学"等文学主潮可以看出,知识精英在揭示历史伤痕、展示心灵创痛的同时,不断呼唤人的尊严和人性美,强化人道意识、主体意识和个体意识。这种对人性回归与高扬的热忱企盼,复活了五四文化运动的启蒙责任和人文意识。作家也期望通过启蒙唤醒民众、教育民众,推动社会的改革与进步,启蒙话语呈现出强劲的复兴态势,启蒙精神也加剧了新时期文学的轰动效应。

毋庸质疑,此时的启蒙思潮无论在目标诉求还是在方式选择

---

① 康德:《答复这个问题:什么是启蒙运动》,《历史理性批判文集》,商务印书馆,1990年版,第22页。
② 参见邢贲思主编:《中国哲学五十年》,辽海出版社,1999年版,第623—629页。

上都自觉地遵循着五四启蒙的传统,许多启蒙者也自视为五四启蒙的承继者。反对一切权威和固有成规的启蒙,却在不知不觉中将自身树立成了另一权威。宏大叙事是80年代的时代特征,强大的和声共鸣遮蔽了启蒙的内在分歧。通过启蒙解除原有桎梏的目的尚未达到,却先将启蒙本身变成了镣铐,启蒙文学无形之中造成了无法挣脱的尴尬境遇。"伤痕文学"、"反思文学"向政治模式提出控诉的同时,却仍在沿用被政治模式框定的思维方式和价值标准;"改革文学"一面破除旧神话,一面又建构了一往无前、无所不能的新的改革神话;"寻根文学"的提倡者找到的中华民族的"根"多是"丙崽"式的无法构筑理想民族文化的"劣根";"先锋文学"表现的则是对现代社会种种"现代病"的焦灼不安与疑虑恐惧。

随着中国社会政治经济体制改革的深入和思想解放运动的推进,借助于政治和道德进行启蒙的本土启蒙话语明显地表现出挣脱本土的要求,自由主义倾向日渐突出,甚至超出了意识形态所能容忍的范围。80年代末,启蒙话语在思想文化层面的激烈表现被迫终止,激情四溢的启蒙话语成为昨日黄花的沧桑历史。至此,启蒙主义面临的社会环境和文化语境再次发生了重大变化。进入90年代,在商业物质主义价值观的全面冲击下,启蒙话语逐渐丧失了全面应对阐述与批判现实问题的敏感和力度,整个知识界开始了自我反省与学理审思,启蒙话语受到来自他者和自我的双重拷问:"对谁进行启蒙?""谁有资格启蒙?""启蒙的结果——人类'成熟状态'的标准是什么?"这些问题迫使启蒙者自动放弃踌躇满志的高台传道的启蒙姿态。新儒学在大陆的风行、80年代思想激进者的学术转向、启蒙高昂者的"告别革命"……这些都是启蒙者在话语空间受到挤压后做出的收缩姿态。文学规避了对社会和人生应承担的责任,文学的创作主体、接受主体与作品主人公也进入了世纪末的集体失语状态。风行文坛的是以话语反讽和调侃姿态登场的王朔式的"痞子"小说,执拗于"一地鸡毛"琐屑生活的新写实小说,退守、沉湎于自我诉说、充盈自恋情结、自觉疏离民众的"70年代以后"小说。从某种程度上说,游戏文学反映了游戏人生的理念,耽沉于平庸化生活的表象则反映了想象力的萎顿与精神的麻木。90年代初思想界、学术界和文艺界无力对光怪陆离的社会文化现象做出有效评判,整个社会陷入了前所未有的困惑迷茫和躁动不安的状态。多元化的社会环境加快了各种力量的分化,启蒙文学开始了更为具体的言说。

自王晓明等人在1993年以"人文精神的危机"概括文化现状后,在知识界引发了一场关于人文精神的大讨论,这可视为启蒙话语的自我反思。必须注意的是,这次启蒙的初衷不在于"救人",而恰恰是知识分子的自我救赎。但是,这场轰轰烈烈的讨论收益甚微,这种虎头蛇尾的尴尬正如王晓明在《人文精神寻思录》的编后记中所谈到的那样,整个讨论的水平明显低于人们的期望,讨论者依然滞停在旅途的起点,为该不该迈第一步而争论不休。但我们也应看到,人文精神的讨论"本身就是以知识界的病态为前提,正好像一个久病的躯体,你怎么能指望它迅速对药物作出健康的反应呢?在某种意义上,'人文精神'讨论的展开过程,本身也是对这论题的一个证明"。经过讨论,至少在一部分文化人之间,"似乎正在形成一个讨论信仰、认同和精神价值的话语领域,这自然显示了'人文精神'讨论的初步成果";同时王晓明也指出,"在这个领域中出现的种种低水平的误解、附和与攻讦,却又从另一个角度,证实了人文精神在今天的普遍匮乏。它有力地提醒我们,不但要重视人文精神的实践性,更要重视这种实践的艰巨性"。[①] 90年代的文坛固然涌动着"告别革命",诀别启蒙的新思潮,但受到多方置疑的启蒙话语没有退场。《九月寓言》、《马桥词典》、《沧浪之水》等长篇力作中历历可见作者百折不回的启蒙心态。民间概

[①] 王晓明编:《人文精神寻思录》,文汇出版社,1996年版,第274—275页。

念的提出、学术史和学术规范的讨论、文化研究和文化批判的倡导都可视为启蒙思想的具体实践。

启蒙话语几经涨落,进入20世纪90年代多元共生的"无名"状态后,充斥文坛的是新历史主义对权威历史的质问和挑战,挣脱意义和价值的语言实验,别离理性主义的个人私密写作,宣泄欲望的文本姿态,以及大量洗净凡尘、激情淡出的"闲人"形象。虽有膺怀启蒙精神和精英意识的知识分子的不懈努力,但启蒙话语的言说空间明显受到了多方挤压,面对着市场化、全球化新语境的迫近,面临着质疑、反思以及言说背后的思想困乏,陷入了"当我沉默的时候,我觉得充实;我将开口,同时感到空虚"①的无法言说的尴尬困顿。它已无意成为引领时代思潮的精神领袖和代言者,更热衷于开拓自我的话语空间,在众声喧哗的新型文化语境中,开始了民间化和边缘化的审美探寻。这种远离中心、坚持独立思考的姿态,某种意义上却是与时俱进、深度介入的明智选择。知识分子以更加清醒和理性的姿态回到自己的"岗位",以"本位意识"对社会履行文化批判职责。此时,启蒙不再是明确的理想预设,而是一个充满了未知数的历史事件,一个已经开始还远未结束的历史过程。中国文学的启蒙话语,在逐步拒绝"启蒙的'敲诈'",拒绝"必须'支持'或'反对'启蒙"②的简单处理。

启蒙话语借用文学为工具,以背离传统的批判姿态,确立了中国现代知识分子人格的精神标记,对中国的现代化进程具有深远影响。"中国社会的兴盛与灭亡实际上正是几代启蒙思想家最基本的思想动力和归宿,无论他们提出什么样的思想命题,无论这个命题在逻辑上与这个原动力如何冲突,民族思想都是一个不言而

---

① 《鲁迅全集》卷二,人民文学出版社,1996年版,第159页。
② 福柯:《什么是启蒙》,见汪晖、陈燕谷主编,《文化与公共性》,三联书店,1998年版,第434页。

喻的存在"①,启蒙作为20世纪影响深广的社会思潮,内部存在着许多并不一致缺乏协同的思想因素。我们应当严肃审慎地评判20世纪的中国文学启蒙话语,因为我们既是启蒙的受惠者又是启蒙的批判者。"作为受惠者,我们不仅要珍惜这份遗产还应发挥其创造转化的功能,进一步为理性精神如何在中国文化的土壤里播种生根而努力;作为批判者,我们不仅要剖析西方人文主义的曲折内容而且要针对因人类中心主义和科学主义弥漫全球所造成的危机探求解救的方案。"②当多元共生的文化生态观念越来越成为社会共识的时候,将反思者作为反思对象也成为启蒙的题中应有之义。回眸是为了更好地前瞻,我们祈愿启蒙话语在新的文化语境和历史境遇中,尽快找到与时代精神合拍的对话方式,真正成为照亮我们前行的"理性之光"。

(原载《社会科学战线》2004年第1期)

---

① 汪晖:《预言与危机》,《文学评论》1989年第4期。
② 杜维明:《化解启蒙心态》,《二十一世纪》1990年第12期。

从消解走向重构

——世纪之初古文论研究的回顾与展望

黄 霖

在新世纪初回顾近百年来中国古代文论的研究与面对现实的状况时,有这样两种背反的现象不能不引起我们的深思:

第一种是,文学研究时有超功利的主张与文论研究始终重功利的现象相背反。

人们在研究文学创作、研究文学史的时候,往往鼓吹一种"纯文学"、"纯学术"、超功利的观点。这种观点尽管始终在多灾多难的20世纪中国未能成为主流,但时起时伏,连绵不断,特别是近20年来,人们在反思文革前过分地强调文学为政治、为现实服务的时候,轻易地从一种极端走向另一种极端,唯"美"求"纯"的论调一时间甚嚣尘上,似乎文学越远政治、远现实、远功利,则越好。

对于古代文论的研究则与之相反,几乎从一开始起,就与功利性紧密相连。郭绍虞先生说他写《中国文学批评史》的目的是"想从文学批评史以印证文学史,以解决文学史上的许多问题"①,杨鸿烈编《中国诗学大纲》的目的是想寻求古今中外文学的共通规律,以求最终"编一本《文学概论》"②,乃至到罗根泽先生又将眼光从过去延伸到现在和将来,提出古文论的研究是为了"指导未

---

① 郭绍虞:《中国文学批评史》商务印书馆,1934年版,第2页。
② 杨鸿烈:《中国诗学大纲》商务印书馆,1928年版,第3页。

来文学"①,如此等等,都不讳言他们的研究有一定的功利性,并不是为研究而研究。当然,这种功利性还在文学的小范围里,没有与社会、政治等其他问题更广泛地联系起来。到60年代初,周扬提出要建立民族特色的马克思主义的文艺学体系,在当时的高校文科教材建设中,他重视《中国文学批评史》、《中国历代文论选》及《文学基本原理》的编写工作,就与1957年有人提出"古典文艺理论遗产应当是建树我国马克思主义文艺理论的一个重要来源"②并不完全相同,这已不是仅仅为了摆脱苏联文艺理论的束缚,是一个单纯的学科建设的问题,而是与当时整个山雨欲来风满楼的"反修"大背景密切相关的。一时间,《文艺报》组织专家笔谈,人民文学出版社组织古代文论著作的整理出版,调动起全国许多学者研究古代文论的热情,形成了一个古文论研究的高潮。显然,这场文艺理论民族化的运动,对于一般的学者来说,其认识只是停留在表面,但其深层次的内涵恐怕不仅仅是一个纯学术的问题。到后来,人们又明确提出研究古代文论的另外一个目的:"提高民族自信心"③。总之,一个世纪来,似乎没有一个人跳出来说文论的研究没有功利性,相反,古文论如何与现实相联系越来越受到人们的关切,中国古代文学理论学会召开的几次学术讨论会的中心议题如中国古代文论的民族化问题及现代转换等问题,就有明确导向,有的刊物还发了有关的专栏与专门的座谈会文章。到现在,古文论的研究者几乎都承认他们工作的最终目的有明确的功利性,这就是为建设具有民族特色或中国特色的马克思主义文艺学服务,而当事实上并没有理想地达到这一目的,传统的文论"话语"始终不为现实所用或很难为现实所用时,

---

① 罗根泽:《中国文学批评史》中华书局,1962年版,第7页。
② 应杰、安伦:《整理和研究我国古典文艺理论遗产》,《新建设》1957年8月号56页。
③ 参见郭绍虞:《关于古代文学理论研究中的几个问题》、徐中玉:《研究古代文论的作用》;两文均收入华东师大文学所编的《中国古代文论研究方法论集》,齐鲁书社,1987年版,第9页,第49页。

就越来越感到失落,显得焦躁。

第二种相反的情况是:在总结、评述、反思本学科的历史或现状时,在理论上、口头上越来越强调其研究的现实性、功利性,而在实际研究工作中,一百年的古文论研究,假如不能说是全部的话,至少也是绝大部分,在严格意义上说,只是把研究对象作为一种古董,在面对着过去"以古释古";即使是所谓"以今释古",用现代的观点作所谓"创造性的阐释"而不是作"还原性的描述",多数也是在古代的圈子里踯躅,最多只是涂上了一些"今"或"西"的色彩而已。请看那些资料的整理、史的编撰固不待说,即使是一些专题或范畴、方法的研究,究竟有多少与"建设中国特色的马克思主义的文艺体系"搭上界呢?究竟有多少研究真正是"古为今用",与现实功利的目的有直接的、明确的关系呢?1989年,罗宗强、卢盛江两先生所撰的长文《四十年古代文学理论研究的反思》[1]在谈到古代文论研究的目的时,也主张为建设具有民族特色的马克思列宁主义文艺理论服务,但同时提出,这不是研究目的的全部,"有时候,对于历史的真切描述本身就是研究的目的"。后来,有些先生发表文章,对于罗、卢两位强调还原性的研究表示了不同的看法,进一步重申联系实际、特别是联系当今实际的重要性[2]。他们之间的这种不同意见,作为在理论上的探讨当然不无意义,但实际上,40年中,"对于历史的真切描述"的努力本来就没有间断或削弱过,恰恰是大家呼声最高的所谓要为建设民族特色的马克思主义的文艺体系服务,倒并未真正认真而理想地实践过。所以,我总觉得,在强调文论研究古为今用的问题上,讲的是一套,做的始终是另外一套,两者之间即使还达不到背反的程度,至少也是有相当

---

[1] 罗宗强、卢盛江:《四十年古代文学理论研究的反思》,《文学遗产》1989年第4期。
[2] 参见申中中:《关于对古代文论研究的全面估价》,《文艺理论研究》1992年第2期;贾文昭:《对改进古代文论研究的一点浅见》,《文艺理论研究》1994年第2期。

的距离的。

　　以上两种现象,可以得出一个结论:追求古代文论研究的有用于世,是本世纪研究者们的共识;但实际的情况是,我们目前的古代文论研究却还是很难为世所用。

　　20世纪之所以使我们的文论研究者孜孜以求有用于世,特别是能为建立当代科学的文论体系作出贡献,并不是无缘无故的,而是有着深刻的社会历史原因的。中国自甲午战争之后,包括政治、社会学说和文艺理论在内的西学陆续引进,白话文又逐渐取代了文言文,文学创作与文学批评所用的言语迅速得以转变。在五四前后,"文学批评"概念的提出,"文学批评史"学科的建立,正是在这"西化"的背景下产生的。陈钟凡先生草创《中国文学批评史》,即"以远西学说,持较诸夏"而成,在他开列的参考书目中就有温切斯特的《文学批评原理》(Winchester's Principles of Literary Criticism)、摩尔顿的《文学的现代研究》(Maulton's: The Modern Study of Literature)、哈德逊的《文学研究导论》(Hudson's: An Introduction to the Study of literature)等,郭绍虞早年对西方的文论作过较为系统的研读,有相当的西学基础[1],方孝岳撰《中国文学批评》也是欣赏"中西思想之互照"[2],罗根泽《中国文学批评史》的《绪言》十分明显地表露了他借鉴西方的一套理论与方法,朱东润撰《中国文学批评大纲》时从英国留学回来,本身就在武汉大学外文系任教,因而他们所作的《中国文学批评史》著作,都不难看出在观点与方法上受到西学的影响。而杨鸿烈的《中国诗学大纲》、朱光潜的《诗论》、傅庚生的《中国文学批评通论》,更是明显地用西方的一套框架来建构的。这个开始用所谓现代的观点与方法来整理

---

[1] 参见郭绍虞:《照隅室杂著》上海古籍出版社,1986年版,第1页—183页。陆海明:《古代文论的现代思考》北岳文艺出版社,1988年版,第7页—9页。
[2] 方孝岳:《中国文学批评》三联书店,1986年版,第227页。

与研究中国古代文论的过程,实际上也就是我们民族的文学理论被西化、被消解的过程。不过,在解放以前,还处在一个过渡的初级阶段。文学理论所用的话语,还可以说是中西参半,这从马宗霍的《文学概论》(1925年)、刘永济的《文学论》,乃至到老舍在1930年至1934年间编写的《文学概论》讲义来看,都可以清楚地看到有一种"参稽外籍,比附旧说"的特点①。50年代以后,大陆的整个人文社会科学以马克思主义的辩证唯物主义与历史唯物主义为指导进行了一次比较彻底的改造。而我们的文学理论,则完全照搬苏联的一套,将反映论作为其哲学基础,强调文学的阶级性,注重文学的认识价值与教育作用,认为内容决定形式,形象的描写与典型的塑造是文学艺术最基本的特征,现实主义是最佳的创作方法,等等。这一套体系又以教科书的形式,强行向人们灌输。假如稍有一点点异疑,则扣以修正主义的帽子予以无情的打击。因此,经过了二三十年的大力推行,这套体系已一统天下,深入人心。"文革"以后,改革开放,形形色色的西方文论蜂拥而进,泥沙俱下。文学理论界的一批新进,都为之神魂颠倒,以致我们的文学理论在西化的道路上更从"专"走向了"博"。因此,从五四到解放,再到改革开放,表面上是一次又一次的对以前的否定,而实质上是一次又一次的西学的深化。到现在,我们的文艺理论与文艺批评在本质上、全局上、话语上,完全是西方化的了。我们高校的文艺理论教研组,现在都是放在中文系,实际上还不如放在外文系更为确当。当然,在这阶段中,我们的古代文论的研究也有不少成绩,在探求中国特色方面也作了不少努力。但遗憾的是,我们辛辛苦苦所探得的民族特点和精华之处,实际上未能有效地渗透、介入到主流形态的文论模式中去,更谈不上直接用传统文论的精神与话语去构建现代文论的体系和批评中外古今的文学现象。有的,只

---

① 刘永济:《文学论》商务印书馆,1926年版,第1页。

是用西方的文论来消解我国传统的文论。这就是我们古代文论研究者所面对的历史和现实。这种局面毫无疑问地严重地刺伤了古代文论研究者的民族自尊心与学术自尊心,同时也就激发起了一种强烈的用世之心;而且,越是逼向绝路,这种用世之心就越强烈。

另外,从文学与文论自身发展的特点来看,与传统毕竟还是剪不断,理还乱。20世纪以来,许多有成就的中国作家与传统文学的深切关系是大家有目共睹的。至于在文艺理论方面,尽管从本质上、全局上、话语上、方法上是西化的,但由于中西方所面对的文学现象和所依据的哲学基础毕竟有相通的地方,总有许多理论、观点、概念在内在的精神上有一些相似、相近、甚至相同的地方。我们总结的中国古代文学的"原人论",即文学以人为本原的核心精神,就与现代人们提倡的"人的文学"有相通的地方。再如,从古代的"载道"说到现在的"工具论",从李贽的"童心说"到胡风的"主观战斗精神",从"赋比兴"到毛泽东的"形象思维"等等,都不难找到古今之间千丝万缕的关系,只不过是那些本来中国固有的文学思想和观点,如今被纳入西学的体系之中,用了现代的汉语,在西学的话语系统中加以表达罢了。反过来,中国传统的文论概念,也可以用来阐释现代的、甚至是西方的创作。如"意象"之类的概念在东西方都得到普遍的使用就值得注意。我也注意到贾平凹在谈到他的小说创作经验时,曾多次使用了"意象"这一概念,只是没有进一步阐发罢了。总之,传统的文论与西方的文论和中国当代的文论之间并不存在着不可逾越的鸿沟,传统文论在构建现代文论和批评现代文学中应该是有它的立足之地的,我们应该在中国当代文艺理论民族化的道路上作出贡献。

既然传统的文论在当代中国文艺理论民族化的道路上应该有所作为,但为什么叫嚷了几十年还是那么步履艰难,少有起色呢?这就有必要认真地思考一下文论研究的所谓"今与古"的认识问题。实际上,对于这个问题,时贤已多有论述。早在1979年在昆明召开第一次中国古代文学理论的学术讨论会时,就有专题讨论过古文论研究中的中外关系、古今关系等问题。1983年,王元化先生明确提出古文论研究要做到的"三个结合",其中就有"古今结合"的问题①。后张少康先生在1988年说古代文论研究要有所突破就必须做到三个结合时,也谈到了"古与今、中与西的科学结合"②。显然,"古与今"结合的问题是大家所关心的一个问题,这个问题将直接关系到古文论研究在现实中所起的作用和当代文论民族化的问题。那么,怎么样才能是"古与今"结合呢?总结各家意见,其主要精神不出两端:

一、以今释古,即运用现代既成或流行的一套文学理论、观点与方法来研究和阐释古代的文论;

二、析古入今,即在前者的基础上,将古代的文论解构、扬弃后,析出部分所谓有用的内容溶入现代的理论框架之中。

这两点意见看来尚属全面;但由于其基本立足点是以今化古,而所谓"今",实为"西",所以归根到底实以西方的一套来消解和包容传统。因此,在这样的道路上越努力,中国传统义论的话语就越来越丧失。到90年代,人们不能不惊呼:我们的"文论失语症"已病入膏肓!曹顺庆先生在《文论失语症与文化病态》一文中说:"我们根本没有一套自己的文论话语,一套自己独特的表达、沟通、解读的学术规则。我们一旦离开了西方文论话语,就几乎没有办法说话。"③这实在是一个世纪以来的古代文论研究者们所始料不及的。

21世纪怎么办?放在前面两条路:一是仍然把古代的文论作

---

① 王元化:《论古代文论研究的"三个结合"》,《中国古代文论研究方法论集》齐鲁书社,1987年版,第31页。
② 张少康:《古代文论研究的现状与发展问题》,《求索》1988年第2期,第85页。
③ 曹顺庆:《文论失语症与文化病态》,《文艺争鸣》1996年第2期,第51页。

为古董,涂抹上一些现代的色彩,作为西方一套文论体系的点缀;二是确认传统的文论还是一种有生命的东西,不仅仅在书斋中要研究它,承续他,而且更重要的是要在实践中复兴他,光大他。

在整个世界全球化的潮流中,我们不反对、不排斥走前一条路。这条路尽管我们已经整整走了一个世纪,看来还得走下去,因为世界毕竟不能单一化,它有它存在与发展的合理性,而且对走第二条路毕竟也有借鉴和促进的作用。但我们作为中国古代文论的研究者,就更有责任坚决地走第二条路,要义不容辞地在承续与运用中研究与发展中国古代的文论!

这里所说的要在承续与运用中研究与发展中国古代文论,与时贤所论"今与古的结合"以及"对接"、"现代转换"、"激活"等等有相同之处也有不同之点,其主要精神有以下四点:

一、前提是承认传统的文论是活的,是有生命力的。我们过去之所以在研究和实践中国古代文论的过程中裹足不前,就是在起步之前已把古代的文论视作是过去的了,特别是经过了激进的五四之后,引来了西方的文论而人为地把中国的文论断代化了。于是就有了"今"、"古"之分。实际上,中国传统的文论不应该也并没有成为化石。其精神实质、思维逻辑姑且不论,就是其概念术语,同样可以用来评骘中外古今的文学作品,解释千变万化的文学现象。其意象说、意境论不是为东西方的学者所普遍接受吗?其他许多概念、观点与思想,实际上都是如此。对于构建现代的文论与批评文学,传统的文论实在是非不能用,而是没有人想用而已!

二、基点是立足在中国,以我化人。本世纪从草创中国文学批评史学科起,那种认为"中国向来只有诗话而无诗学"[①]的说法就深入人心,想"以远西学说,持较诸夏"。解放以后所建立的马克

---

① 朱光潜:《诗论·抗战版序》,《朱光潜美学文集》第二卷,上海文艺出版社,1982年版,第3页。

思主义的文艺理论,实际上只是简单地将文艺理论苏联化而已。五六十年代起,提"民族化",也没有将根本的立足点移过来。所以有人就说,后来"建立中国特色的马克思主义文艺理论体系"提法,就与"民族化"的提法不同,意味着以我为主。张海明在《回顾与反思》中说:"文艺理论的民族化这一提法,……是一个本地化或中土化的过程。民族化的目的,在于所谓'洋为中用',化外为内。……'中国特色'与此不同,其目的乃在立足本土,在'古为今用'的同时,借鉴、吸取、消化外来理论,发展建设自己的文艺理论。其实质,则在突出理论建设中的自我意识。"[1]这个分析是有道理的。可惜的是,几十年来,不论是西方理论的"民族化",还是去努力建设"中国特色"的文艺理论,两方面都没有做好,特别是后者。今后,这两方面的工作当然都要继续,但都要加强和突出"自我意识"。从我们古文论的研究者来说,就是要立足有传统精神的基础上,以辩证唯物主义与历史唯物主义为指导,去构建和发展现代的文艺理论。

三、态度是积极、主动地去复兴、光大中国传统的理论。一个世纪以来,由于人们在心理上越来越将我国传统的文论视作古董,在事实上是西方的理论一直处于一种主宰的地位,因此古代的文论研究者在考虑问题与对策时,往往采取一种消极与被动的态度,提出一些应付或补救性的措施,多考虑如何"保存"传统,在西方的文论体系中争一席之位,而少考虑如何"发展"自己,要在重振体系的基础上与西方争一日之长。因此,我们这个提法重在积极进取,而不在被动地保存传统。

四、目标是要将中国传统的文艺理论完善化、现代化、实用化。这种完善化、现代化不仅仅是通过一般的研究,在理论上加以概括和构建,而更重要的是要通过实践,在对中外古今的文学作品与文

---

[1] 张海明:《回顾与反复》北京师范大学出版社,1997年版,第101页。

学现象作出广泛而深入的批评的实践中,使世界不得不认同中国文论的体系与话语。我们不能自己就觉得自己的理论低人一等。我看现在引进的所谓理论与方法,相当多的是十分偏狭与机械,只能施之于一隅,不可能有很长的生命力的。有些年轻人之所以趋之若鹜,无非是一时的求新好奇、甚至是投机取巧而已。我国传统的文学批评,有深厚的哲学基础、丰富的理论积累和悠久的实践历史,完全可以构建起自己的体系,可以用以批评各种文学现象。当然,我们不否认传统的文论有它的局限和缺点,那就要我们去丰富它,完善它,而不是把它当作一种僵死的过去搁置起来,只作为一种研究或借鉴的对象,而是重新把它作为新的理论的生长点去呵护它,发展它,使它能现代化,实用化,在现代的实际批评中具可操作性。只有这样,我们的传统的理论才能真正地活起来,重新焕发出理论的青春。

　　这四点的核心精神,就是追求有用,不尚空论,企求在我国传统文论实用化的进程中,走向现代化,走向科学化,走向完善化。

　　我们要向这个目标前进,还有许多工作要做。第一步,面对古代文论的史的研究不能放松。批评史的资料还要进一步开掘和整理,还原性的史的研究不但不能削弱,而是要向更深更广的层面伸展。因为这是基础。第二步,加强横向的中国特色的体系的研究和构建。这种构建,当然不能排斥用现代的学术视野来加以观照,但必须立足在本国,用中国化的精神和语言来加以条理化、体系化。第三步,要立志于发展传统的文论。不仅仅满足于把以往的存在忠实地解释清楚,也不仅仅用现代的观点对以往的存在作创造性的阐释,而是要在以往的基础上,从整个体系到具体的范畴、概念、观点等,都一个一个、一步一步地在现代的、科学的理论指导下论得更深、更广,更细致,更严密,使传统的文论重新立起来。这不是复古,而是传统文论在现代背景中的重建。第四步,再从经院的研究跨到实际的运用。传统文论要在当代真正能立起来、活起来,非要付诸实践不可。真正能"激活"传统文论的催化剂唯有实践,真正能检验重建的传统文论是否有活力就在于是否实用。仅仅纯理论的研究将不能激活传统,而只能使研究的本身与研究的对象一起走向枯萎。因此,我们的最终目标就是希望传统的文论在21世纪重新能有用于世,而不是成为古董。

如此说来,假如说20世纪是中国传统文论被消解的过程,那么21世纪应该是一个重建、复兴的过程。我们的古代文论,经过了整整一个世纪的消解,现在要找回传统,重振传统,真是谈何容易。现在要起步,首先要解决的还是个认识问题:有没有必要?有没有可能?

首先,有没有必要?这个问题从古文论的研究者来看,一般都会认为有必要,其主要缘由正如上文所说过的,我们当代的文论不应该与传统割断,我们中华民族应当有自立于世界民族之林的志气。我们不否定西方文论的价值,但同样也不可抛弃传统的文论。这不是狭隘的民族主义在作祟,而是世界在全球化的潮流中,也应该有不同的价值系统相互竞争和参照。但或许也会有人反对。他们的理由,我想大概不出60年代反对"民族化"的那些观点:其一,古与今有别,不能否定古今的发展,古代的不能指导今天;其二,不能取代当今的马克思主义的文艺理论[①]。当然,古代不等于现代,但传统是可以继承和发展的。我们研究古文论,承传古文论,并不是简单的复古,而是为了发展,为了面对今天,为了文论传统的现代化和在现代化中见传统。因而,我们重建的传统文论理

---

① 参见山东大学中文系文艺理论通讯组:《山东大学中文系文艺理论教研室讨论文艺理论遗产的继承问题》,《文史哲》1963年第3期,"……古典文艺理论在今天只有参考价值,它决不能指导今天的文艺运动,也不可能发展马克思列宁主义文艺理论。"石书:《谈古典文艺理论研究中的一种倾向》,《文史哲》1963年第4期"……势必模糊了文艺理论批评本身的发展过程,乃至古与今的界限。现代文艺理论中的若干基本理论问题也就成为'古已有之'了,这不能不认为是一种有害的倾向。"

所当然地能指导今天。至于当今的所谓马克思主义的文艺理论，究竟是不是正宗的马克思主义的文艺理论本身就值得研究。马克思主义本身就是吸取人类以往精神财富的产物。而它的精髓就是从实际出发。而中国传统的文论的理论基础、思维方式、范畴体系及方法论在许多方面本来就与马克思主义有相通或可以使之相通的地方。对于这个问题，许多学者在理论上已有所阐述，这里不想展开。总之，在中国，从严格意义上说，只有与中国传统相结合的文论才是真正的马克思主义的文论，以往与中国实际相脱离的一套，其实质就是假马克思主义，或者是不全的马克思主义。因此，从建设当代有中国特色的马克思主义文艺理论来看，研究与发展中国传统的文论也非常有必要。

其次，有没有可能？当然有。第一，这是人心所向。一个世纪以来，中国传统的文论尽管有意无意地一直处在被消解之中，但同时，搞中国古代文学批评的人在主观上自始至终也是想承传和发扬传统的，且越是被压抑，越是想到民族化，越是想到文艺理论的中国特点。第二，事实上，中国传统的文论有系统，有生命力。方孝岳在《中国文学批评》的《导言》中早就说过："我国的文学批评学，可以说向来已经成了一个系统。"到80年代，徐中玉、张文勋等先生甚至提出过用中国古代文论的体系来编写文学概论[①]。后来，不少人在构建中国古代文论的体系与寻找古代文论与现代文论之间的联系方面作了不少努力。这充分说明了我国古代的文论是有体系与生命力的，只不过是我们过去不予足够的重视罢了。第三，我们在把握中国传统文论体系方面已积累了一定的经验。特别是从五六十年代起，如前所说，我们已作了不少努力，到现在，尽管没有突破性的进展，但毕竟还是取得了相当的成果。这里有

---

① 参见《文史哲》编辑部座谈纪要：《中国古代文论研究和建立民族化的马克思主义文艺理论问题》，《文史哲》1983年第1期。

经验,也有教训,足为下一世纪的工作提供借鉴。第四,我们现在有越来越好的学术环境,可以畅所欲言,积极探讨,不断进取,再不用担忧"厚古薄今"、"反对马克思主义"等帽子飞来。在国际上,尽管"趋势附利"的潮流对学术、文化的冲击还是很大,"西方中心论"还有很大的势力,但同时也应该看到,随着我国国力的增强与国际地位的提高,我国的特点与声音也越来越受到重视。因此,我们应该对前景充满信心。

在世纪之初,回顾与前瞻我们的中国古代文论研究的命运时,谈了以上一点看法,只是书生空议论而已。重要的还是在实践。让我们在扎扎实实的工作中,一步一个脚印地不断推进中国古代文论的研究,复兴传统的文论精神,让21世纪成为一个中国文论走向现代化、实用化,乃至全球化的世纪。

(原载《社会科学战线》2002年第1期)

台湾海峡两岸学术界研究王国维美学思想述评

卢善庆

同是分居在台湾海峡两岸的炎黄子孙,对于同一母体文化的研究和探讨,确有许多共同、共通之处,需要及时沟通与交流。这是一个研究大题目。本文只就台湾海峡两岸(包括香港地区和海外)学术界研究王国维美学思想这么一个范围,进行具体的介绍和评析,以小见大,努力在细微之处下点功夫。

上　篇

王国维(1878~1927)生活于19世纪末和20世纪初,是著名的学者,也是著名的美学家。他的美学思想十分丰富,概括起来有四个重要方面:

1. 把美学(Äesthitik)作为一门独立的学科,传进中国。他提出这门学科的研究对象和范围,即"定美之标准与文学上之原理"[①],认为文学批评决不能寄经学和考据学篱下的附庸地位,要有独立的地位和价值。他还建议在大学的哲学(经学)、中文、外文等系(科)开设美学课。梁启超有美学思想,也引进西方美学;

---

① 王国维:《奏定经学科大学文学科大学章程书后》,《静安文集续编》,《海宁王静安先生遗书》卷十五,商务印书馆,1940年版。

蔡元培还在北大上美学课,举办学术讲座。但未像王国维从学科本身的建设的研究开始,而且王提出问题和建议,时间比他们早。

2. 较系统地介绍西方康德、叔本华、尼采的哲学和美学思想。车尔尼雪夫斯基说过:"只有德国的美学才配得上是真正的美学。"①按这个说法,王国维介绍的是真正德国美学,源流比较纯正。梁启超在王国维后,介绍和吸收了法国启蒙运动和柏格森的美学思想;蔡元培介绍康德、席勒等,比王国维晚得多。早期的鲁迅倒有点类似,吸收了尼采的东西。为什么会这样呢?除美学正宗外,据郭沫若分析,因为在当时日本,德意志的哲学思想是磅礴着②。王从过日人学习,后与鲁迅一样留学日本,不能不说受到日本哲学思潮影响。

3. 运用西方美学、文学理论,研究中国古代传统的文学作品和理论。在小说方面,《红楼梦》的研究,有开创意义。在此以前,不少研究者在曹雪芹和纳兰性德是二人,还是一人问题上争论不休,而王国维提出要研究曹本人,提出《红》是部悲剧,具有独特的美学价值。在诗词和戏剧研究方面有终结意义。《人间词话》融合中西美学、文学的理论和方法,探求诗词的审美标准,既是鉴赏论,又是创作论。王国维的《宋元戏曲考》和鲁迅的《中国小说史略》,被郭沫若称之为文艺史上的双璧。③ 小说、戏曲在传统的封建文人心目中没有地位。而王、鲁提高其地位、精心研究成史,均属第一人。

4. 创造了"境界"这个美学范畴,丰富了世界美学理论宝库。我在拙文《王国维的美学观》中指出过,并用"境界"说同"古雅"

---

① 车尔尼雪夫斯基:《美学论文选》,人民文学出版社,1957年版,第35页。
② 郭沫若:《鲁迅与王国维》,《历史人物》,《沫若文集》卷十二,第535页。
③ 郭沫若:《鲁迅与王国维》,《历史人物》,《沫若文集》卷十二,第536页。

说进行了比较,加以论证。① 台湾学者姚一苇也持相同的观点,说:"西文中找不到一个可以概括它的所有内含的一个用语","'境界'是我国所独有的一个名词。"②

尽管如此,王国维的美学思想在解放前绝大多数的研究者的心目中,似乎排不上队;即使谈到,也只是从文艺学角度研究较普遍。胡适于1923年写了《谈王国维先生的〈曲录〉》。《曲录》是王国维研究宋元戏曲的著目资料。接下来,1926年俞平伯的《重印〈人间词话〉序》和1927年鲁迅的《谈所谓〈大内档案〉》发表;后者说到王国维的死。郭沫若研究王国维一生文,写于1946年,题目为《鲁迅与王国维》。这些知名人物的意见,多少带有权威性的评价,不断为后来的研究者征引。王国维于1927年逝世,颇有名望,出了一些专集、专文、年谱、著目,提供研究王国维生平、思想和著作的第一手较珍贵的资料。另《人间词话》未刊稿和其他论诗词的眉批笔记刊于1944年《小说月报》。

不过,王国维的美学思想在解放前还是产生了实际影响的。朱光潜在1983年6月民盟的"多学科讲座"中,谈到自己的美学思想说:"在近代的诗论中间,我特别欣赏王国维先生的《人间词话》所提出的'有我之境'与'无我之境'。王国维先生诗论肯定接受了西方美学的影响,特别是尼采、叔本华的影响。我在美学上的发展是以王国维的《人间词话》为基础的。"③20年代,他到了西方留学,接触到维柯和他的学生克罗齐的学说。1931年左右写作、1943年初版的《诗论》中,较多论及《人间词话》。这是解放前的研究情况。

解放后大陆学者把王国维美学思想提出来了,研究工作出现

---

① 刊载于《美学》第三辑,上海文艺出版社,1981年版。
② 姚一苇:《艺术的奥秘》,台湾开明书店,1968年版,第6页。
③ 朱光潜:《美学讲稿》(纪录稿),朱世镛、邹士方整理。

了新情况、新变化。分为二大阶段。

第一阶段(1949~1966),变化有三:

1. 出现了王国维美学思想的专文。题目标上王国维美学思想或美学观的,有四篇①。有些文章虽未题明"美学思想或美学观"的,但在探讨一些相关问题(如"境界"等)中,也有所涉及。

2. 整理出版了王国维专著。如1960年人民文学出版社出版。《人间词话》(徐调孚注、王幼安校订)是较完整的一个本子(上、下卷)。《王国维戏曲论文选》,1957年中国戏剧出版社编印。在《中国历代文论选》《中国近代文论选》中,都有王国维的论著。大学里开设这类课程,引起人们研究的兴味。

3. 努力用马克思主义观点来研究,有质量的文章出现了不少。但是,由于王国维及其美学思想的复杂性(思想体系中的唯心主义问题、后期政治上成为前清的"遗老"等),个别文章批的多了一点,肯定其历史地位和作用不够充分。

第二阶段(1978~1983年)。虽然经过十年浩劫,学术研究停顿较久。但一经恢复,研究的成果和水平,相对于第一阶段,又有所突破和前进,具体表现在:

1. 出现了对王国维美学思想总体研究的文章。如,陈元晖《王国维的美学思想》、何兆武等《王国维的哲学思想》、滕咸惠《略论王国维的美学思想》、周振甫《〈人间词话新注〉序》和我的拙作《王国维的美学观》、《王国维与西方美学》等等。谭佛雏这几年发表的文章,从不同角度、侧面研究王国维的美学思想,很有特色。

---

① 羊春秋、周东群:《试论王国维的唯心主义美学及其文学批评》(《华东师院学报》1959年第1期)、吴奔星:《王国维的美学思想——"境界"论》(《江海学刊》1963年第3期)、林雨华:《试论王国维的唯心主义美学观》(《新建设》1964年第3期)、张文勋:《从〈人间词话〉看王国维的美学思想实质》(《学术研究》1964年第3期)。

另有些争鸣性的文章①,也有助于总体研究的不断深化。

2.《人间词话》先后有四个笺注本。除1960年人民文学出版社版外,还有靳德峻笺注、蒲菁补笺《人间词话》(四川人民出版社,1981年版),滕咸惠校注《人间词话新注》(齐鲁书社,1981年版)和许文雨编著《人间词话讲疏》(成都古籍书店1983年版)。严格说起来,只有滕的《新注》为初版,其他三本是在解放前的旧注上,分别作了补笺、校订和重印而已,属于再版。不过,它们能先后出版,有利于相互比较和补充,活跃学术气氛②。在滕的《新注》中刊布了《人间词话》手稿。

3. 加强同台湾学者的交流。我的拙文有二:一是评介叶维廉主编的《中国现代文学批评选集》时,附带谈了一下"境界"说③;二是与台湾学者程大城商榷有关"境界"说的问题。④ 缪钺《〈迦陵论诗丛稿〉题记》认为,该书作者叶嘉莹对王国维所谓"境界","能加以科学之解释,义界明确,清除模糊影响之弊,如拨云雾而见天。"又说该书"辨析精微,而论词推重王静安先生,尤与余有针芥之合。"⑤1983年6月在广州召开中国古代文学理论学会第三次年会上也有些同志对台湾学者把王国维的"境界"同"意象"看成是一回事,提出了不同的意见⑥。1983年9月华东师大出版社出版《王国维学术思想研究论集》第一辑,其中缪钺《王静安诗词论

---

① 刘志一:《如何评价王国维和蔡元培的美学理论》(《学术论坛》1982年第3期)和段茂南:《王国维美学思想评价的几个问题》(《安徽师大学报》1983年第2期)。前者批评侯外庐主编《中国近代哲学史》中关于王国维的评价;后者既不同意有人把"境界"与"意境"看成两回事,又不同意有人认为王国维写作《宋元戏曲考》时"摆脱叔本华思想的束缚","具有显明的唯物主义倾向"。
② 参见拙作:《评〈人间词话〉笺注》,《读书》1983年第2期。
③ 刊载于《古代文学理论研究》丛刊第三辑,上海古籍出版社,1981年版。
④ 刊载于《福建论坛》1982年第4期。
⑤ 刊载于《中国社会科学》1983年第2期。
⑥ 见《中山大学学报》哲学社会科学版,1983年第3期。

述》和佛雏《王国维"境界"说的两项审美标准》,对叶嘉莹《王国维及其文学批评》《迦陵论词丛稿》和蒋英豪《王国维文学及其文学批评》①中有关论述,或赞同,或商榷,有四处。

应该指出,王国维的著作,不仅在国内,而且在国外也有极大影响,享有国际声誉。日本人一贯比较重视,尤其是王国维的戏曲研究问题②。近一二十年来,因为比较文学研究盛行。一些台湾学者到国外攻读学位,开始选的是西洋文学作品和理论问题。因为是中国人,慢慢转入研究中国文学作品和理论,其中涉及对王国维美学思想的研究。美国学者李达三在《比较文学研究之新方向》中写道:"1960年以后,文学批评受到重视;《沧浪诗话》及《人间词话》分别被译成德文及英文。名批评家如刘勰、王士祯、王国维等人皆成为西方学者研究之对象。"③台湾学者研究王国维美学思想,除了对母体文化的认同以外,多少还受到西方文学批评界日益重视中国古代文学批评理论、开展比较文学研究的影响。

下 篇

台湾自古是中国的领土。台湾从未出现什么独立形态的文化。甲午战争前,台湾文化是中华民族文化的一部分。甲午战争后,台湾为日本侵略者霸占了50年。它们实施殖民地奴化教育——皇民化教育。但是,中华民族文化在如此血腥而又残暴的统治下,并没有泯灭,并没有绝迹。因受五四运动的支配和影响,台

---

① 蒋著为香港中文大学崇基学院华国学会1974年出版。
② 参见拙作:《王国维与中国古代戏曲史研究》,《王国维学术研究论集(一)》,华东师大出版社,1983年版,第371页。
③ 李达三:《比较文学研究之新方向》,台湾联经出版事业公司,1978年版,第22—23页。

湾省也掀起了以反帝反封建为内容的新文化运动。① 近三十几年,由于种种原因,台湾海峡人为的隔绝,也没有阻止海峡对岸的台湾学者潜心对中华民族这一母体文化的研究,其中包括了对王国维美学思想的研究。这些共同的研究和研究的共通处,牵连着海峡两岸学者的心魄和情思的。而缪钺为叶嘉莹《迦陵论词丛稿》写《题记》所反映出来的心情,就是一例。

台湾学者对于王国维美学思想的研究,从50年代后期才有专论,与大陆学者基本同步,就其内容来说,有五个方面:

一、关于《人间词话》"境界"说的研究,见仁见智情况较为突出,甚至形成了针锋相对的两种不同评价

1. 吴宏一在《王静安境界说的分析》一文中,指出了境界说的优缺点,宗旨在于主真切,重自然,并揭示其哲学美学观点的由来。② 与钱振锽、郭沫若观点相近。

2. 王梦鸥《文艺美学》一书也谈到王国维的"境界"说,认为"有四大发明:第一,境界就是前人说的'兴趣'或'神韵';第二,境界不仅指明了自然现象,还指明了心理状态;第三,境界有成立于客观的真景物,有成立于主观的真感情;第四,境界不因所表现之大小,而有美的价值之差异。以其例句观之,所谓大者是近于崇高,所谓小者是近于优美。换言之,崇高与优美,其为美的价值是一致的。第四点发明,可说是较古人之绪论,详密得多。"③以上所说的四大发明中的第一大发明,不符合《人间词话》的本意。因为在该书中认为,境界与兴趣、神韵相比较,有本末之分。④ 而第四大发明的揭示,又很有启发意义。

---

① 参见拙作:《五四与台湾省新文学的崛起》,《社会科学战线》1982年第2期。
② 刊载于《现代文学》三十三期。
③ 王梦鸥:《文艺美学》,台湾远行出版社,1976年版,第180—181页。
④ 王国维:《人间词话》,人民文学出版社,1960年版,第194页。

3. 姚一苇认为王国维的"境界",说了六个方面,(1)论境界之有无;(2)论境界之有造境与写境之分;(3)论境界之有我与无我;(4)论境界之大小;(5)论境界之隔与不隔;(6)论境界之高与低。虽然"境界"作为艺术批评或文学批评的一个重要术语,其"语意非常抽象而暧昧",而王国维却"将境界作为文学批评或文学批评的基础,并为它建立法则,绵密而思辨地来探讨它。"①在分析王国维的"境界"说的基础上,姚一苇又进一步对"境界"作了五个方面的界定:(1)不能脱离具体的、可感觉的"境"或"情境";(2)不能脱离艺术家的人格;(3)包含艺术表现内容和表现形式;(4)"境界一词在此系作为评价用语","有有境界、有无境界、有高境界、有低境界,故绝不同于风格"。②(5)"境界一词虽含有主观的判断,绝不同于风格。但在美学上,其自身又含有客观的质和量的区别,亦即王国维所谓境界之大与小之区别。"③从作者的界定的内含来看,第五、六两方面尤为重要,即境界不同于风格,它有自身的美学价值,含有质和量的区别。由此引申出三方面即(1)关于境界之有与无的法则性;(2)关于境界之高与低的法则性;(3)关于境界之大与小的法则性进行探讨,构成他的美学专著《艺术的奥秘》中《论境界》这一章的主体部分。

4. 姚一苇以后,黄维梁研究"境界"这个美学范畴,是从《人间词话》一书引申阐发,而是放在中国传统诗话词话的术语群中加以考察的。如果说姚一苇想从非风格的美学意义和价值上研究"境界"说,侧重面为其界定"境界"内含的第五、六两方面,黄维梁则是抓住姚一苇界定"境界"内含的第一、二两方面即(1)不能脱离具体的、可感觉的"境"或"情境";(2)不能脱离艺术家的人格,

---

① 姚一苇:《艺术的奥秘》,台湾开明书店,1968年版,第316页。
② 姚一苇:《艺术的奥秘》,台湾开明书店,1968年版,第323页。
③ 姚一苇:《艺术的奥秘》,台湾开明书店1968年版,第323—324页。

从"意"与"象"角度探讨,而且这个意见得到了夏志清的赞同。

黄维梁认为,中国传统诗话中的气象、意象、意境、情景,这些术语,都有个共同的特色,均为复合词。每个词的首字抽象,末字具体。抽象的是气、意或情,指作者或作品所蕴含的情意之类的东西。具象的是象、境、景,则为作品所描写所经营的东西。这二者混合在一起,意与境合,情景交融。王国维讲了境界,也讲了意境,都是对该作品的整个印象,亦即作品整个的风格。这很有意思。姚一苇说境界不是风格,而黄维梁则说境界、意境是作品的整个风格。这是两种本同末异的意见。但是,黄维梁只是在文中点了一下《人间词话》和王国维,并未展开其论述。①

5. 程大城对于"境界"说采取基本否定的态度,认为,"在今天美学或文学理论发达的时代,《人间词话》的理论价值实在薄弱、贫乏,可取之处甚微。"②"境界"说,亦属如此。他把"境界"说划分为四个部分:A. 涵义;B. 种类;C. 产生或形成的原则;D. 价值。然后用其中的一部分加以论证否定它。比如说王国维主张"写真景物真情感"是错误的、滑稽的,是一文不值的。我们知道,多数台湾学者还是肯定"境界"说的,在肯定中也允许批评和匡正。即使有持否定意见者,也不像程大城这样不惜歪曲了王国维《人间词话》的本意。这就促使笔者著文商榷了。

二、台湾学者除对"境界"这个美学范畴进行探讨外,还对《人间词话》作了整体研究,值得注意的有三位学者

1. 叶嘉莹在她的《迦陵谈诗》、《迦陵谈词》中说到过《人间词话》及其"境界"说,那是比较零散,不是专论。《王国维及其文学批评》原为中华书局香港分局出版,1982年广东人民出版社按照原书版样胶印。这是一部专论。关于叶嘉莹的美学研究,蒋孔阳

---

① 黄维梁:《中国诗学纵横论》,台湾洪范书店有限公司,1978年版。
② 程大城:《文学的哲学》,台湾世界书局,1977年再版,第257页。

曾有过评论,说她"从中国思想传统的渊源,来分析我国古代美学思想不同于西方的一些基本特点,……达到了相当高的水平。"①叶嘉莹对于王国维美学思想的研究也保持了这一特点。

  叶嘉莹这部专论,先就王国维的早期杂文分析,再说到《人间词话》。这样就抓住了思想发展的基础和线索,放在整个王国维思想之中来研究;说《人间词话》也不单单挑出"境界"二字来,而是对整本《人间词话》剖析。指出,"境界"说是《人间词话》的基本理论。然后,又逐条研究,认为,《人间词话》中的一——九则是批评理论;十——六十则是批评实践。而在批评实践后一部分中,又概括了理论,即:(1)隔与不隔;(2)代字,隶事及游词;(3)文学演进的历史观;(4)创造者所当具之修养与态度。最后余论,还谈到"境界"说与中国传统诗说(包括了严羽的兴趣和王士祯的神韵)的关系,指出今后所当开拓的途径。她写道:中国是主张兴发感动的作用。但是未能发展成为精密完整的理论体系。而西洋今日文学批评又往往"过于仅在理论上求苛细,有时不免斫丧忽略了其本身的生命力。"②可由远在中国传统诗论中有所补救。她主张中西研究方法的结合。这个意见同叶维廉《中国现代文学评论集·序》中的意见相一致。③

  2. 王宗乐有本专论《苕华词与人间词话述评》,前半本谈《苕华词》,后半本谈《人间词话》。王宗乐认为,"境界"说在于主真切;"能写真景物真感情者",是对"境界"说的直接而简单的回答,与程大城的意见相左。王国维是从写景、咏物和言情的不同词作的要求,来阐述"境界"的生成。历史上的一般论者所谓之"境",词皆有之(包括陈亦峰《白雨斋词话》),而王国维所谓"境界",惟

---

① 《美学文摘(一)》,重庆出版社,1982年版,第90页。
② 叶嘉莹:《王国维及其文学批评》,广东人民出版社,1982年版,第340页。
③ 刊载于《古代文学理论研究》丛刊第三辑,上海古籍出版社,1981年版。

佳词有之,不是佳词则无。这是理论价值上的分析研究。另一方面,王宗乐还对《人间词话》涉及的具体作品(如白石梦窗词)的评价进行研究,也有一定的参考价值。①

3. 黄维梁的《王国维〈人间词话〉新论》带有总结性和争鸣性的。这篇专论,同叶嘉莹研究一样,在占有、征引资料上下了功夫。不仅台湾学者,还是部分大陆学者的研究均有所触及。并针对姚一苇、叶嘉莹等人的论点,展开批评。黄维梁认为,用西洋观点视之,"境界"是个含混不清的概念;《人间词话》的实际批评部分,停留在直觉式批评。②

三、对《红楼梦评论》的研究

1. 杨昌年《美学批评初探(从王国维〈红楼梦评论〉谈起)》一文,分四大部分。第一部分为"王国维与中国文学批评",说明王国维出现在一个新的层面上。第二部分为"《红楼梦评论》的论点析介和重估",谈了生活之欲、解脱、悲剧、优美与壮美等。第三部分为"文学美与美学批评",包括有(1)文学美的效应与文例,(2)美学批评,等;第四部分为"摆荡与展望",包括有(1)内容形式难以两全,(2)摆荡的形态之一——欲念的难制;(3)摆荡的形态之二——自怜;(4)展望,等。③ 其中第三、四部分有些新见解,可供参考。

2. 杨牧《王国维及其〈红楼梦评论〉》一文认为,《红楼梦评论》是王国维的"南方时期"中最重要的文字。"反映了王国维此一阶段心智思索的哲学累积"④,"也代表了王国维对他所体验的生命的质疑。然而,《红楼梦评论》杀青,作者与生命的争辩并未

---

① 王宗乐:《苕华词与人间词话述评》,台湾东大图书公司,1976年版。
② 黄维梁:《中国诗学纵横论》,台湾洪范书店有限公司,1978年版。
③ 刊载于国立台湾师范大学院《教学与研究》第三期。
④ 杨牧:《文学知识》,台湾洪范书店,1979年版,第260页。

结束。他的《叔本华与尼采》一文继续追踪这个问题,也以杂诗表现他心中的疑虑。《红楼梦评论》完成后23年,王国维以自杀来结束这个生命问题的争辩。他早年面对男女爱情时透露的闪烁支吾,他身处于所谓'新学'开花之际的犹疑迷惑,均可作为我们这时诠解《红楼梦评论》的钥匙。"① 而就《红楼梦评论》本身来看,它所介绍的美学思想、所主张的批评方法、所展现的文学术语,都有影响。王国维被杨牧推崇为"中国第一位从事东西比较文学研究的学者"。②

四、关于《人间词》(《苕华词》)的研究

1. 上述第三方面,说到过王宗乐的《苕华词与人间词话述评》,前一半是论述《苕华词》的。王国维的词作集原名为《人间词》,晚年易名为《苕华词》。为什么要研究《苕华词》呢?王宗乐认为,一是人们研究意见不多见;二是研究王国维的词作,不仅有词作自身的价值,而且有助于理解《人间词话》中的理论问题。关于《苕华词》研究,分为四个部分,即(1)王氏作词时期及其爱好;(2)苕华词的选调和用辞;(3)苕华词的特色;(4)苕华词的举例说明。从这几部分的标题来看,基本上从作品分析入手,揭示苕华词的特色,并联系到王国维作词时期的思想、爱好,进行具体论证。据王宗乐分析,《苕华词》有三大特色,即常含有人生的哲理、真挚的感情、浓厚的悲哀痛苦之思。③ 这个意见与周策纵的分析相近。

2. 周策纵《论王国维的人间词》一书,有香港版,也有台北版。该书是用中国传统诗话形式、古代汉语写的,是一部关于王国维悲剧观及其形象显现的论著。首先,该书对《人间词》(《苕华词》)作了题解。认为,王国维在《人间词》中提及"人间"有38处。为

---

① 杨牧:《文学知识》,台湾洪范书店,1979年版,第262页。
② 杨牧:《文学知识》,台湾洪范书店,1979年版,第262页。
③ 王宗乐:《苕华词与人间词话述评》,台湾东大图书公司,1976年版。

什么会如此呢？一是王国维受庄子影响；二是受席勒、叔本华、康德影响；三是自己思考人生之问题。最根本的是同其悲剧观相联系。其次，该书认为，王国维的悲剧美感在于"无可奈何"与"似曾相识"。这既是特征，又是成因。该书开宗明义第一则："王国维词令人读之有'无可奈何'、'似曾相识'之感，古今大悲剧诗人无不使人有此感也。"这种从悲剧的感受引到悲剧特征，亚里士多德以来不少悲剧家也是这样做的。"无可奈何"，"似曾相识"，就王国维来说，也有自身的特色。最后，该书对王国维《人间词》壮美和优美的境界，还作了细致而又独到的分析。[①] 后二点，较为新鲜。第一点题解，在大陆学者谭佛雏《〈人间词〉与叔本华哲学》一文中，也作了探究。两者路子小同大异。[②]

以上从五个方面简单地介绍和评析台湾学者研究王国维美学思想，只是就笔者有限的阅读范围，不免拾珠遗金。同时，对于王国维美学思想的研究，还涉及到他的生平、其他思想等方面。为避免本文过于冗长、庞杂，只好割爱了。但是，仅就这么五个方面，多少也可以把台湾学者的研究现状和问题，粗略地勾画出来了，提供海内外学人深究。

结　语

笔者认为，沟通台湾海峡两岸学术界的研究成果，本身就是对母体文化——中华民族文化的寻根认同，有利于台湾回归、统一祖国的大业。同时，表现在学术问题上的相互切磋，共同提高。就王国维美学思想的研究来说，台湾学者水平不大整齐，其中一些有待进一步研究或商榷的。但是，上举的若干论著，还是有较高的学术

---

① 周策纵：《论王国维人间词》，台湾时报出版事业有限公司，1980年版。
② 刊载于《扬州师院学报》1982年3、4期合刊。

价值。尤其值得注意的,因为相互隔绝了三十几年,台湾学者受西方文化影响较多,在治学途径和方法上很有特色,也值得借鉴。

本文分上、下两篇并列写的,带有比较的味道。但是,目的不是比较谁高谁低,而是说台湾学者也好,大陆学者也好,其研究都各有所长,应该得到及时的沟通和交流,共建中华民族的文化,绝不能因为篇幅长短、叙述详略,产生不必要的疑虑和猜测。至于台湾学者因环境条件限制,无法像大陆学者那样运用马克思主义的思想武器,使研究工作带来了一定的局限和不足之处。这也是事实。叶嘉莹在《王国维及其文学批评·后叙》中讲到自己的政治思想转变与研究工作关系,就是摆脱环境条件限制的一个极其感人的楷模。笔者深信:通过沟通台湾海峡两岸学术界的研究,越来越多的学者具有共同的学术语言,进而怀有共同的社会理想、找到实现社会理想的必由之路——只有社会主义才能救中国!

附带说明的是,本篇引用二三种论著只因出版于台湾(作者本人在台短期讲学),或因与作者本人在台湾出版的其他论著有直接关系,也就结合在一起,进行整体述评了。

(原载《社会科学战线》1984年第3期)

鲁迅杂文研究的历史回顾

陈金淦

鲁迅的光辉成就和战斗业绩是多方面的,但是作为伟大的思想家、革命家和文学家,他的最突出的贡献还是通过杂文创作而表现出来的。正如冯雪峰所指出的那样:杂文创作不仅适合鲁迅"作为一个'闯将'和'猛士'的自由驰骋,而且也适合于他的思想天才和艺术天才的自由驰骋"[1]。鲁迅一生写下了七八百篇、上百万字的杂文,是小说创作的四倍,编成十六本集子。鲁迅杂文几乎概括了中国民主革命所有重大事件和整个历史风貌,凝聚着几千年中国历史的丰富经验和深刻教训,是传统文化和民族精神的伟大结晶。它牵涉到的社会风貌、人物事件、历史典故和科学知识,可以编成一部数以百万字的"鲁迅辞典"。所以鲁迅杂文本身就是一部卷帙浩繁的百科全书。

作为文学家的鲁迅,除了小说创作在中国小说现代化的进程中起着开拓和奠基的伟大作用以外,他倡导了"杂文运动",在中国文学史上第一个赋予杂文这种"古已有之"的体式以崭新的风格特色和史诗般的雄伟气魄。郁达夫认为:鲁迅通过他的杂文创作"提供了前不见古人,而后人又绝对不能追随的风格"[2]。历史

---

[1] 《鲁迅的文学道路》,原刊《人民文学》1956年7月号。
[2] 《鲁迅的伟大》,原载日本《改造》杂志第十九卷3号,收入《60年来鲁迅研究论文选》上册。

和实践证明,郁达夫的这个判断是正确的。能够产生鲁迅杂文这样的一代史诗,除了历史条件以外,没有像鲁迅那样集中革命家的巨大政治热情和丰富的战斗经历,思想家的远见卓识,学者的渊博知识,以及文学家的大手笔于一身的特殊条件,是无法实现的。

鲁迅杂文是中国人民最可宝贵的精神财富。几十年来,对于鲁迅杂文的研究很有成绩,但是毋庸讳言,也走了弯路,存在一些问题,跟鲁迅研究其他领域比较,显得薄弱和落后。因此,回顾鲁迅杂文研究的历史,总结经验教训,把鲁迅杂文研究推进到一个新水平,使鲁迅的这笔珍贵财富在社会主义精神文明的建设中发挥更大的作用,是历史赋予我们的光荣任务。

一

鲁迅杂文是"萌芽于'文学革命'以至于'思想革命'的"[1],是民主革命时期中国人民和反动势力矛盾冲突日趋激化、短兵相接的产物。正如茅盾所说的那样:"这是在尴尬的时代,从夹缝中突现的突击队"。[2] 对于鲁迅杂文的评价,历来誉毁互见,存在很大分歧。站在不同阶级立场上的人对它的态度往往是很不相同的。从陈源的《致志摩》到梁实秋的《"不满于现状",便怎样呢?》,从林希隽的《杂文和杂文家》到杜衡的《文坛的骂风》,他们对鲁迅杂文完全持仇视和否定的态度。他们认为,鲁迅杂文"差不多成为骂人文章的'雅称'",写杂文是艺术的"堕落",因而杂文创作"决不能与小说戏曲并日而语"。有些人因为不喜欢鲁迅杂文,直到30年代中期,他们对于在鲁迅倡导下出现的杂感文体和一二十年的杂文运动还采取"不承认主义",说什么"我至今没有知道所谓

---

[1] 鲁迅:《南腔北调集·小品文的危机》。
[2] 茅盾:《现实主义的道路》,收入《茅盾文艺杂论集》下集。

'杂文'也者,毕竟是怎样一种文体"。今天,台港和海外的一些文学史家还对鲁迅杂文带着偏见。有人认为,在一些论辩性杂文中反映了鲁迅的"狂傲"和"诡辩","使人有小题大做的感觉",说这是"创作力衰竭"①的表现。有人说:自从鲁迅"加入'左联'之后,他不但受所载之道的支配,并且要服从战斗的号令,经常披盔带甲,冲锋陷阵,写的全是'投枪'与'匕首',遂与纯文学的创作不大相干了"。②显然,这是不同阶级立场和不同文学标准造成的历史偏见。

不仅敌对阵营和资产阶级文人否定鲁迅杂文,革命阵营内部在相当长一段时间内对鲁迅杂文的看法也不尽一致。1928年前后,创造社和太阳社的一些成员,既贬低鲁迅小说,也否定鲁迅杂文。他们认为:"有个时期,我们曾经想道:鲁迅的小说虽不曾表现时代的思想,杂感等确实很能表现。及至找来一读,这个迷梦是更进一步的根本上被摧毁了!"③直至"孤岛"时期,阿英还写了贬低鲁迅杂文的《守成与发展》一文,引起了一场关于"鲁迅风"的争论。这是一种"左倾"幼稚病的反映。

在贬低和否定鲁迅杂文的同时,从20年代起就有人开始运用马克思主义的观点和方法试图对鲁迅杂文作出公允正确的评价。大革命时期刊载在《少年先锋》上的《第三样世界的创造》一文认为:鲁迅杂文"所攻击的对象都是所谓礼教导,所谓国粹,精神文明,东方文明一类的封建思想。除以推翻整个的旧制度为专业的共产主义者而外,在中国的思想界中,像鲁迅一般的坚决彻底反抗封建文化的理论是很少的。"文章还初步揭示了"他这种革命思想,再用他的天才的文学手腕表现出来"的杂文的艺术特点。继

---

① 夏志清:《中国现代小说史》。
② 司马长风:《中国新文学史》,香港昭明出版社,1980年4月出版。
③ 钱杏邨:《死去了的阿Q时代》。

《第三样世界的创造》之后对鲁迅杂文作出正确评价的是茅盾的《鲁迅论》。茅盾认为鲁迅通过杂文不仅"剜剔中华民族的'国疮'",而且还"指引青年如何生活和如何运动",成为革命青年的"导师"。所以茅盾指出:"喜欢读鲁迅的创作小说的人们,不应该不看鲁迅的杂感;杂感能帮助你更加明白小说的意义"。

在捍卫鲁迅杂文方面作出积极贡献的还有冯雪峰。为了回击"新月派"文士梁实秋们对鲁迅杂文的诬蔑,冯雪峰发表了《讽刺文学与社会改革》一文。他在分析了鲁迅杂文产生的特定的社会背景,批驳了"谐谑滑稽"和"虚无主义"的诬蔑之后,指出了鲁迅杂文作为"最尖利的阶级斗争文学"的战斗特点。运用马克思主义观点,对鲁迅杂文进行全面、系统、深入研究,作出科学评价,给予崇高地位的是瞿秋白。他在《第三样世界的创造》、《鲁迅论》和《讽刺文学与社会改革》的基础上,结合现实斗争的需要,联系近代中国社会斗争的历史,在编选《鲁迅杂感选集》的同时,撰写了从思想到艺术全面评价鲁迅杂文的长篇《序言》。《序言》把鲁迅思想发展和杂文产生的历史背景、战斗意义结合起来进行研究和评述,得出了科学的结论,在鲁迅研究史上产生了深远的影响,具有纪念碑的重要地位。

在瞿秋白《序言》的影响下,鲁迅杂文的研究开始得到了重视,出现一批研究论著。最早在鲁迅研究的专著中以专章的篇幅来研究鲁迅杂文的是李长之。他1936年出版的《鲁迅批判》一书的第四章即为《鲁迅之杂感文》。鲁迅逝世后,收集在夏征农编的《鲁迅研究》一书中的徐懋庸的《鲁迅的杂文》一文,对鲁迅杂文的艺术特色做了分析。发表在《鲁迅风》创刊号上的唐弢的《鲁迅的杂文》也论述了鲁迅杂文思想和形式方面的特点。巴人1940年出版的《论鲁迅的杂文》是我国第一本研究鲁迅杂文的专著。40年代研究鲁迅杂文的重要文章还有李广田的《鲁迅的杂文》、林海的《鲁迅杂文试论》、田仲济的《鲁迅的杂文观》和朱自清的《鲁迅先生的杂感》等。

建国后,随着整个鲁迅研究的深入展开,鲁迅杂文的研究也有了一定的进展,出现了一批有影响的论文。其中50年代至60年代的有冯雪峰收入《鲁迅的文学道路》中的一些文章,刘泮溪的《鲁迅杂文的政治意义和艺术价值》,唐弢的《鲁迅杂文的艺术特征》,刘绶松的《鲁迅杂文的艺术特色》,朱彤的《鲁迅杂文独创的艺术》和钱谷融的《鲁迅杂文的艺术特色》等文。这些论著有新的开拓和发展,但就立论的基本观点来说,多数还是根据瞿秋白《序言》的精神进一步加以具体阐述和发挥的。"四人帮"垮台后,出现了一批有分量的论文,如潘旭澜的《鲁迅杂文的艺术特色》、郭豫衡的《鲁迅杂文——一代诗史》和刘再复的《论鲁迅杂感文学中的"社会相"类型形象》等文,分别从艺术风格、历史地位和美学价值的角度作了新的探索,取得了一定的成绩。

二

从民主革命阶段到社会主义时期,60年来,敌对阵营的诬蔑和资产阶级文人的贬低,无损于鲁迅杂文的光辉,在研究方面取得了很大的成绩和可喜的进展。

首先,明确了鲁迅杂文产生的社会历史根源和它在中国思想文化史上的战斗意义与重要地位。

杂文虽然"古已有之",但古今杂文的含义毕竟是不完全相同的。作为一种新兴的文学样式,杂感起源于《新青年》和《每周评论》上的"随感录"。这种以针砭时弊为目的的短小精悍的文体,后来为很多刊物所仿效,陆续出现了"寸铁"、"反攻"、"评坛"、"乱弹"等类似"随感录"的短评专栏。这种杂感形式的文章,经过鲁迅的倡导、实践和改造,逐步发展并趋向成熟,成为新文学史上一种新型的独立文体。从社会根源来看,为什么五四以后会出现鲁迅杂文这类文章呢？梁实秋认为："有一种人，只是一味的'不满于现状'，今天说这里有毛病，明天说那里有毛病，有数不尽的毛病，于是也有无穷尽的杂感。"梁实秋站在"竟有不满于现状"的帮闲立场，他根本无法理解和说清鲁迅杂文产生的社会历史原因。瞿秋白运用反映论的科学原理，从文艺与社会斗争的关系的角度指出："鲁迅的杂感其实是一种'社会论文'——战斗的'阜利通'（Feuilleton）。谁要是想一想这将近二十年的情形，他就可以懂得这种文体发生的原因。急遽的剧烈的社会斗争，使作家不能从容地把他的思想和感情熔铸到创作里去，表现在具体的形象和典型里；同时，残酷的强暴的压力，又不容许作家的言论采取通常的形式。作家的幽默的才能，就帮助他用艺术的形式来表现他的政治立场，他的深刻的对于社会的观察，他的热烈的对于民众斗争的同情。不但这样，这里反映着'五四'以来中国的思想斗争的历史。"这是对于鲁迅杂文产生的历史背景、社会根源以及战斗意义的最精辟的分析和最科学的概括。瞿秋白的论述雄辩地驳斥了形形色色的御用文人和资产阶级学者对鲁迅杂文的诬蔑和诽谤。民主革命胜利后，对鲁迅杂文的战斗意义和重要历史地位的认识理解得更清楚了。郭豫衡从"锋利的社会批评和文明批评"、"生动的历史记事"、"形象的历史人物"、"深刻的历史经验"等方面揭示了鲁迅杂文既是"一代诗史"而又"不仅是'诗史'"的伟大意义。

其次，无可争辩地确立了鲁迅杂文在文学殿堂的正宗地位。

御用文人不仅从政治上否定鲁迅杂文，在艺术上也采取了鄙薄和嘲讽的态度。梁实秋说："近来写散文的人，不知是过分的要求自然，抑过分的忽略艺术，常常的沦于粗陋之一途。无论写的是什么题目，类皆出之以嘻笑怒骂，引车卖浆之流的语气，和村妇骂街的口吻，都成为散文的正则。像这样恣肆的文字，里面有的是感情，但是文调，没有！"鲁迅杂文果真"忽略艺术"、"没有文调"吗？这是需要辩论清楚的一个问题。鲁迅一贯重视文艺的特点，反对标语口号化的倾向,主张"内容的充实和技巧的上达"并重。鲁迅杂文具有鲜明的政治倾向性,但是他从来没有将杂文混同于一般政治论文或宣传文字。1930年,有人要鲁迅写些宣传政治口号的文章,他说:"弄政治宣传,我到底不行的;但写点杂文,我比较顺手。"①

对于鲁迅杂文的艺术特性,《第三样世界的创造》一文初步有所揭示,但并不具体明确。真正领会并揭示鲁迅杂文特点的是瞿秋白和冯雪峰。瞿秋白指出:"杂感这种文体将要因为鲁迅而变成文艺性的论文。"冯雪峰认为:"鲁迅先生独创了将诗与政治凝结于一起的'杂感'这一尖锐性的政治性的文艺形式。这是匕首,这是投枪,然而又是独特形式的诗。""文艺性的论文"、"诗与政论"的结合,这的确是鲁迅杂文最本质特征的概括。后来徐懋庸又用"理论的形象化"来概括鲁迅杂文的特色,这跟瞿秋白、冯雪峰说法的精神是完全一致的。毛泽东同志在《论鲁迅》一文中指出:"他用他那一支又泼辣,又幽默,又有力的笔,画出了黑暗势力的鬼脸,画出了丑恶的帝国主义的鬼脸,他简直是一个高等画家。"很明显,这也是对鲁迅杂文艺术特点的形象概括。欧阳凡海《鲁迅的书》还从思想感情、思想方法、丰富的生活经验和渊博的学识等几个方面分析了形成鲁迅杂文特点的诸种因素。刘大杰指出:"杂感在鲁迅笔下,成就了一种精美的文体。"这些评价打破了传统的《文学概论》的框框条条,无可争辩地确立了鲁迅杂文在"文学殿堂"的正宗地位。鲁迅自己也自信地宣布:"杂文这东西,我却恐怕要侵入高尚的文学楼台去的。"历史证明,鲁迅杂文不仅"侵入高尚的文学楼台",而且许多中外文学史都给予它史诗般的崇高地位。冯雪峰早在30年代就指出:"鲁迅先生的杂感,杂文,在文学上是要和但丁、海涅及萨尔蒂科夫·谢德林等人的作品一

---

① 冯雪峰:《鲁迅的政论活动》。

样不朽的,这不仅是中国民族文学的奇花,而且是世界文学中的奇花。"刘再复认为:作为鲁迅创作主体的杂感文学,"成为中国现代文学史上的一部伟大的史诗——最深刻地反映中华民族的社会历程、心理历程和战斗历程的伟大史诗。在世界文学史上,正是鲁迅,第一个赋予杂感文学以史诗性的雄伟气魄。"

第三,探索和揭示了鲁迅杂文的历史渊源及其由初创到成熟的历史发展过程。

鲁迅所以成为一个伟大的文学家,除了时代环境的因素以外,跟他接受传统影响的"拿来主义"是分不开的。鲁迅接受传统影响是多方面的,民间文艺和外国文学是一个不可忽视的方面,但是更多的更为显著的却是中国古典文学的影响。鲁迅杂文出现于五四以后,它是新民主主义革命运动的特有产物。就这一点来看,说它是新兴的文学样式,鲁迅有独创性的建树和贡献是正确的。然而鲁迅自己说过:杂文不是新货色,它是"古已有之"的。因此,巴人认为,鲁迅杂文的产生固然主要植根于现实斗争的土壤,而且"大抵是随着各个时代环境的不同而改变其表现方法的,但无疑地,他又是综合了中国传统文学的最优美的形式,予以熔铸,表现"。在《论鲁迅的杂文》这本专著中,他从中国古典散文思想上"极丰富的现实性"、"思唯法则的直觉性"和表现形式上的"极灿烂的形象性"等方面探讨了鲁迅杂文的历史渊源。如果说瞿秋白从社会历史背景方面分析鲁迅杂文的产生是具有马克思主义慧眼的话,那么,巴人从传统形式对鲁迅杂文影响的探索也是具有开创意义的。事实正是这样,不仅在《文心雕龙》中有"杂文"的名目,而且我国古代确实存在大量杂文。从先秦诸子到魏晋文章,从唐宋八家到明清小品,不论在体式的丰富多样,还是表现手法上的辩难说理、夹叙夹议或者用形象说理、让事实说话等等,都具有"杂文"的某些特点。鲁迅杂文实际是中国古代杂文优秀传统从思想到形式在新的历史条件下的继承和发展。有的研究者还具体指出鲁迅杂文除受到我国古代文学的广泛影响外,它跟魏晋文章有更直接的联系。王瑶在《论鲁迅作品与中国古典文学的历史联系》一文中认为,鲁迅是通过章太炎而喜爱上魏晋文章的。魏晋文人,特别是为鲁迅所称道的"竹林七贤"受庄周屈原影响很大。他们"非汤武而薄周孔",反抗传统礼教和社会成规,强调个性发展。这种思想作风反映到文章上,表现为长于论辩言理,好发议论,喜用比喻反语,经常"据事以类义,援古以证今",形成了清峻通脱、简约严明的风格。魏晋文章的这些特点很投合鲁迅的胃口,他在杂文中从战斗精神到表现形式作了广泛的继承和创造性的发展。鲁迅杂文除了与我国传统文化有密切的渊源关系以外,有的研究者还指出了带有明显的"英国随笔,日本小品,屠格涅夫的散文诗,尼采的格言等等潜移默化的印痕"[①],说明也受到外国作家的影响。

鲁迅杂文接受中外文化的影响,根据现实斗争的需要和政治形势的变化,从初创到成熟经历了一个历史发展的过程。最早发现并揭示这个历史发展过程的是李长之。他把鲁迅思想的进展和鲁迅杂文的变化发展归结为早期论文时期、《热风》时期、《华盖集》时期、《而已集》和《三闲集》时期、《二心集》时期以及《南腔北调集》时期六个阶段。不同时期思想状态不同,杂文的形式和风格也有所差异。李长之认为《热风》属于"平铺直叙时期";《华盖集》已经开始"曲折",这是鲁迅杂文风格形成和"确立时期";《二心集》属于"成熟期"。这种看法还是很有见地的。

在鲁迅杂文发展及其不同风格方面继续深入研究的是巴人。巴人认为,鲁迅前期杂文风格上的特色是:"明白,拙直,锋利而轻快的,是说理性较为浓厚的。"当然也有变化:"从《热风》的明快,

---

① 胡从经:《蕊珠如火一时开——鲁迅与中国杂文运动的勃兴》,《鲁迅研究文丛》第三辑。

发展到《坟》中若干杂文之迂回曲折而又转入到《华盖集》、《而已集》的冷隽的,讥讽的,悲愤的作风,这正是适应于从《新青年》的朝气时代到《新青年》的分裂时代这一文化界的转变过程"。随着世界观的转变,鲁迅杂文风格"也从较为客观的暴露,揭发——那种沉静的作风而转变到阶级主观的排击,驳难,批评的那种汪洋、澎湃,波澜阔大的作风了"。鲁迅后期杂文的"风格,渐趋于朴茂,苍老,深厚",但仔细体味又有所差异:有时"无比尖锐",有时"波澜壮阔",有时"深厚朴茂","而这正也是他适应于各个战斗的场合,和各个时代的环境的不同而不同"。关于鲁迅杂文变化发展跟思想和学力修养的关系,巴人作了规律性的总结:"如果说,鲁迅《热风》时代杂文的特质,是表现他那见解的新颖和正确,而《伪自由书》时代杂文的特质,是表现他那观察的精锐和深入,那么,由《伪自由书》而发展到《且介亭杂文集》时,也是表现了无比深阔的学养和识力。"

巴人《论鲁迅的杂文》一书除了按纵的发展线索理出了鲁迅杂文风格历史变迁的脉络,还从横断面分析和归纳了不同类型的鲁迅杂文的不同风格:短小精悍讽刺性较强的如《热风》和《伪自由书》中的一些作品;深厚朴茂显示无比学识的如《病后杂谈》、《题"未定草"》之类;趣味浓郁富于诗意的形象化的文章如《说胡须》、《论雷峰塔的倒掉》等;战斗性的论文但又没有一点理论架子的杂文如《"硬译"与"文学的阶级性"》;抒发个人感慨转而讽刺他所憎恶的对象的如《杂论管闲事·做学问·灰色等》;质直的搏击性的论战文字;客观的暴露而不加以论断的杂文等。巴人《论鲁迅的杂文》一书中的不少见解对后来的鲁迅杂文研究产生了积极的影响。

建国后,在李长之和巴人的基础上,朱彤的《鲁迅杂文独创的艺术》和邵伯周的《鲁迅杂文艺术浅论》等都对鲁迅杂文的发展和演变作了进一步的有益探讨。综合他们的意见,鲁迅杂文经历了

四个发展时期:

早期论文时期:鲁迅早期论文虽是文言,篇幅也较长,属于"重武器",但思想朗然,逻辑严密,说理酣畅,论辩性强,已经带有杂文的某些特点和风味。

以《热风》为代表的初创时期:五四时期除了继续使用"重武器"以外,根据短兵相接的战斗需要,使用起"随感录"一类的轻便武器,配合新文化运动中的各次战役狙击论敌。形式主要是短评,偏于说理,讽刺较少,文字简短,手法单纯,通常是"平铺直叙",还没有后来的隐晦曲折,风格明快晓畅。属于鲁迅杂文的初创时期。

以《华盖集》为代表的风格确立和初步成熟时期:"五卅"前后,斗争日益加剧,鲁迅面临的更多是遭遇战和白刃战。这样,单靠论文和"随感录"不能适应斗争形势的需要,杂文体式需要增加和扩大。因为斗争尖锐复杂,措辞也开始"弯弯曲曲",较多出现隐喻、反语和幽默、讽刺,手法也更机动灵活更多样化。这表明鲁迅杂文艺术风格初步确立,并趋向成熟。

从广州到上海的后期杂文:随着世界观的转变,加上本时期战线广阔,战斗频繁、激烈,鲁迅创造了更多新体裁新样式,表现手法更丰富多彩,更富于幽默和夸张,语言的感情色彩也由深沉激愤向豪迈乐观发展,根据战役和阵地的不同需要风格也更多样化,杀伤力更强。这样,由鲁迅开创的杂文艺术进入一个全新的境界,鲁迅杂文成为一部伟大史诗,成为他所倡导的杂文运动的典范。

有的研究者还从总体上对鲁迅杂文的艺术风格作了探索。潘旭澜认为:"既洒脱又精警,既幽默又严峻,寓犀利于婉曲,冷中有热、热得发冷,这几个方面的辩证统一就是鲁迅杂文的独特的艺术风格。"

总之,通过几十年的研究,对于鲁迅杂文,既明确了鲁迅创造性的历史功绩,又弄清了它的历史渊源,既知晓它作为史诗的整体的意义,又理出了它风格上由初创到成熟的历史发展的轨迹。这就为进一步学习和研究打下了坚实基础。

第四,对于鲁迅杂文的价值和意义已经引起其他研究领域的注意和重视。

鲁迅的知识宽广渊博,除了在文学上的贡献以外,他在学术上又是有着多方面造诣和建树的著名学者。在杂文中也集中反映了他知识的渊博和造诣的深厚。对于鲁迅杂文,既要看到它的匕首投枪的战斗作用及其在中国革命斗争史上的贡献,看到它作为艺术珍品的美学价值,还应该重视它的多方面的学术价值。不少学术部门已开始从各自的领域对鲁迅杂文作专题研究。鲁迅与自然科学有着十分密切的关系,除了《中国地质略论》、《说钽》等专门性的论著以外,在杂文中也有大量的反映。有人对此作过专题研究。《鲁迅与自然科学》一书就是这方面的一项重要研究成果。鲁迅对中国社会历史作过认真的钻研和深入的考察,他的历史知识丰富渊博,除正史以外,广泛涉猎过多种野史、笔记和札记。鲁迅翻译过历史著作,创作过历史小说,他往往以史家的手笔来写杂文。他的不少杂文,如《流氓的变迁》本身就是史学方面的重要专题论文。所以有人认为"鲁迅杂文具有高度的史学价值[①]"。此外,鲁迅杂文在哲学、教育学、人才学、伦理学、社会学、文字学、金石学和佛学等方面都存在重要的学术价值。作为名副其实的"百科全书"的鲁迅杂文,已经引起不少学术部门的重视,初步展开研究,这是一个良好的开端。

三

如上所述,60年来鲁迅杂文研究取得了长足的进展和一定的成绩,但是比较起来它还算是相当落后的,是鲁迅研究中的一个薄

---

① 李瑞良:《鲁迅杂文的史料价值》,《光明日报》1981、9.14。

弱环节。除了1940年巴人《论鲁迅的杂文》的小册子和某些"选读"、"选讲"、"札记"以外,至1983年还没有见到其他有分量的研究专著出现。有人统计,研究论文也只有四十来篇,还包括有些谈心得体会的读后感在内。这种状况不仅与鲁迅杂文的史诗地位极不相称,而且跟鲁迅研究其他领域的蓬勃景象相比也显得十分荒寂和冷落。大家都感到鲁迅杂文博大精深,气魄雄伟,包含着巨大的历史内容和不可抗拒的美学力量,可算是蕴藏量十分丰富的特大矿藏了。然而,研究方面的薄弱正表明勘探上的落后,连勘探工作都没有做好,哪里谈得上大规模开采,为"四化"和精神文明建设服务呢?

60年来的鲁迅杂文研究为什么会出现荒寂、冷落的局面呢?弄清这一点,这是改变现状,有所前进,首先必须解决的问题。

这原因可能是多方面的。鲁迅杂文所包含的思想深邃,知识渊博,经历丰富,经验深刻,加上历史背景的复杂和文体的特殊,确实给研究者带来一定的困难。鲁迅说过:"我的文章,未有阅历的人实在不见得看得懂。"(致王冶秋信)这也许是鲁迅杂文研究较为困难、难以深入展开的原因之一吧。可能还有一个历史原因:从瞿秋白开始,把鲁迅杂文研究融化到思想研究之中,合二而一,致使杂文研究缺乏独立性。这对鲁迅杂文研究的独立开展也产生了一定的影响。另外,多年以来,鲁迅杂文的美学价值被有意无意忽视了,"杂文并非文学"的阴魂不散,加之民主革命胜利后出现的"我们今天还需要不需要杂文呢?"之类的"混乱观念",也多少干扰和影响了鲁迅杂文研究的深入开展。

除了上述原因之外,建国以后鲁迅杂文研究之所以冷落,还可能有几个方面的因素:

第一,跟杂文创作几度兴衰起落有一定关系。

民主革命时期,由于鲁迅的热心倡导,不仅产生了新兴的杂感文体,而且兴起了一个"杂文运动",培养和锻炼了一支杂文创作队伍。在这场"杂文运动"中,出现了一批杂文刊物和杂文著作。专门性的杂文刊物(包括以刊载杂文为主的),20年代有《语丝》、《莽原》等,30年代有《巴尔底山》、《十字街头》、《太白》、《芒种》、《新语林》、《质文》(《杂文》)以及《申报·自由谈》、《中华日报·动向》等,抗战时期有《鲁迅风》、《野草》、《笔谈》等,呈现出一派繁荣景象。建国后的杂文创作跟民主革命时期相比,显得比较冷寂,专门刊载杂文的刊物几乎一份也没有,专业作家和作品也就很少了。这除了受"杂文时代已经过去"的影响之外,还跟"左倾"思潮和某些政治活动的波折与干扰有一定关系,造成杂文创作"三落三起"①的局面,走了不少弯路。杂文创作的厄运和弯路对鲁迅杂文研究不无冲击和影响。

第二,由于长期将鲁迅杂文研究为政治服务简单化、庸俗化,致使对鲁迅杂文的学习和研究比较多的着眼于少数跟政治运动有关的篇目,没有整体观念和长远规划,缺乏计划性、系统性、综合性和科学性。这也是影响鲁迅杂文研究深入开展、出现冷落局面的一个原因。

第三,尤为重要的是,由于对鲁迅杂文的本质和特征缺乏深刻的认识,片面理解"鲁迅杂文的生命和灵魂是革命性、战斗性",长期以来将鲁迅杂文的政治性和战斗性强调、突出到了唯一化、绝对化的地步。这样,如同作茧自缚一样,人为地缩小了鲁迅杂文研究的范围,把它划在一个固定的狭小圈圈之内,束缚了研究者的手脚,妨碍和影响了鲁迅杂文研究的深入展开。对于这种狭隘的形式主义偏见,50年代就为一些研究者所察觉,他们曾善意地批评过这种倾向。冯雪峰指出:有人把鲁迅杂文的笔法和特征"缩小到很小很小的一个框子里,……好像鲁迅此外更多的那些更伟大、更广阔、更雄健的,对于鲁迅也更为重要更为基本的东西,就不是

---

① 《建国以来杂文的"三落三起"》,《浙江学刊》1983年第3期。

鲁迅的笔法和鲁迅的特征了。"他认为:"这是一种很大的偏见,一种不能再继续的错误。"唐弢也说:战斗,"这是杂文的生命,也是鲁迅杂文的基本精神,但我们对于这种精神的理解常常是有缺陷的。鲁迅作为文学家、思想家、革命家乃是浑然一体的,而且主要是以文学这门艺术来完成他的思想家和革命家的任务的。因此鲁迅的杂文不同于李逵手里的板斧,不同于现代的机关枪,也不同于政治和科学的论文,它是一种特殊的武器——艺术的武器。"可是,由于众所周知的原因,对于鲁迅杂文的理解越来越片面,几乎把鲁迅杂文跟政治评论完全等同起来。而鲁迅杂文研究的路子也越走越窄,它完全成了政治运动和某些具体政策的实用主义的诠释和图解,到十年动乱时期发展到了登峰造极的地步。

"四人帮"垮台后,鲁迅杂文研究的冷寂局面开始有所转变,在清理教条主义影响的基础上出现了一批有所开拓的研究论文。但是,跟鲁迅研究其他领域比较,杂文研究的落后状态还没有根本改变。鲁迅杂文研究有着广阔的天地。我们相信,在排除右和"左"的种种干扰之后,随着研究者马克思主义理论水平的提高,鲁迅杂文研究必将出现繁荣茂盛的丰收景象。

(原载《社会科学战线》1985年第2期)

世纪回眸 陶坛百年

钟优民

何谓陶学？乃关于陶渊明及其诗文的阅读、鉴赏与评估的研究之学。当代陶学与传统陶渊明研究颇有区别，它力求摆脱传统陶渊明诗文评点或对个别问题即兴随感性的研究模式，而是将陶渊明的思想、艺术和接受作为一个自足系统加以探讨，倡导研究的整体性、综合性和动态性，梳理陶学进展，不再单纯归纳或重复先贤的已有结论，而是为了总结历史，开辟未来，让陶公的人格精神和艺术生命通过读者的参与和创造不断发扬光大，千古流芳。今天，当吾辈站在20世纪和21世纪之交的门槛上来回顾陶坛百年，尤为百感交集，心潮澎湃。但囿于篇幅所限，又难免挂一漏万之讥。

一

陶学坛坫百年，以1949年为界，大体可分为前半世纪、后半世纪两个阶段。前半个世纪陶学发展主要表现对诸多论题的探讨取得显著进步。

（一）关于陶公年寿：对此，陶学史上一般多倾向63岁说，梁启超《陶渊明年谱》首倡56岁，其弟子陆侃如《陶公生年考》附和师说，称许梁氏论证周祥；游国恩《陶潜年纪辨疑》于梁说八证，则逐条驳之，力陈其说难以成立。古直《陶靖节年谱》另倡52岁说，朱光潜《诗论》倾向古说,认为"从作品的内证,五十一、二之说较胜",赖义辉《陶渊明生平事迹及其岁数考》亦持52岁说,但其根据却与古《谱》大相径庭。陆侃如《跋古层冰陶靖节年谱》则力陈对古说不可轻信,称其论证"方法不精密,主观色彩太浓"。朱自清《陶渊明年谱中之问题》则称"梁、古两家说,论证俱嫌不足",意谓二者尚不如旧说更经得起推敲。另圣旦《陶渊明考》新倡59岁说,惜未见时人唱和。

(二)关于陶公忠晋:对此,梁启超《陶渊明之文艺及其品格》力驳千古流传的"耻事二姓"旧说,认为"若说他所争在什么姓司马的姓刘的,未免把他看小了"。梁氏反对过高估计忠晋论的价值,有其创新的勇气和进步性的一面,但由此而否认渊明忠晋的一切事实,却为现代不少学者非议,朱光潜称"'耻事二姓'的问题虽不必过于着重,却也不可一笔抹杀"(《陶渊明》);陈寅恪更谓梁说之误乃系:"斯则任公先生取己身之思想经历,以解释古人之志向行动"(《陶渊明之思想与清谈的关系》),这与陈氏的阐释学原理背道而驰,自然为其不取。

(三)关于陶公哲学观:梁启超仍认为陶公坚守儒家宗旨,胡适别出新解,推许"陶潜是自然主义的哲学的绝好代表者"(《白话文学史》),反映出胡氏运用近代哲学观念以衡量中古文人世界观的努力,容肇祖的《魏晋的自然主义》附和其说。朱自清则提出"陶诗里主要思想实在还是道家"(《陶诗的深度》),并谓晋、宋之际有"所谓孔子学说的道家化"趋势,此乃朱氏创见。陈寅恪则用"外儒内道"概括陶公哲学观,指出"渊明之思想为……依据其家世信仰道教之自然说而创改之新自然说。"(《陶渊明之思想与清谈之关系》)朱光潜对陈说颇不以为然,其《陶渊明》肯定陶公思想包涵儒、道、释三家成分,却坚决反对将渊明视为具有谨严体系的哲学家。萧望卿接近朱说,还补充陶公"也兼容游侠的精神。"(《陶渊明批评》)

（四）关于陶公"静穆"：朱光潜"陶潜浑身是'静穆'，所以他伟大"（《说"曲终人不见，江上数峰青"》）与鲁迅"陶潜正因为并非'浑身是"静穆"，所以他伟大'。"（《题未定草·七》）的论争，在现代陶史上影响无比深远，朱氏"静穆"超然的美学观与鲁迅豪迈雄伟的美学观，两者追求的目标迥异其趣，其审美取向所产生的不同社会效应，凡是从那个时代走过来的人们，恐怕皆记忆犹新，绝不会轻易遗忘的。对此，在1956年，朱氏以一个初步接受了马克思主义的美学家的学术良心，郑重、痛切地反省了其"静穆"美学观给"人民革命事业"带来的损失，并将其置于20世纪30年代到40年代的特定历史时期，即"反动统治最猖獗"、"中华民族最危机"、"革命斗争最尖锐"的社会政治环境中加以剖析，指出这种思想对当时无所适从的青年如同"打了一针瘫痪活力的麻醉剂"，"客观上有利于反动统治的'文化围剿'。"（《我的文艺思想的反动性》）这种勇于自我审视的批判精神是不该一笔抹杀的。

（五）关于文学成就：王国维推许陶公为"屈子之后，文学上之雄者"（《文学小言》）。胡适更从文学变革角度充分肯定其卓越功绩，誉其诗"可算得一大革命。他把建安以后一切辞赋化、骈偶化、古典化的恶习扫除的干干净净"（《白话文学史》），这和胡氏一贯倡导白话文学和平民文学的新文学观紧密联系，其时论坛唱和者甚众，如徐嘉瑞《陶潜的思想》就从采用平民语言、描绘平民生活、反映平民感情等方面称许陶公异于常人，特别是徐氏居然将宋人陈师道关于陶诗"不文"的负面批评，从正面予以阐释，更是发前人之所未曾想，令人耳目一新。

（六）关于艺术境界：王国维推崇陶诗已达到"无我之境"这种非凡的艺术境界（《人间词话》）。郭沫若称许"陶潜不仅是诗品冲淡，人品也冲淡"，还特地赞扬陶诗"有立体的透明"（《沫若诗话》），"透明"而且达到"立体"可感的程度，这是何等深邃的境界。朱光潜肯定陶诗特色是"亦平亦奇，亦枯亦腴，亦质亦绮，这是艺术的最高境界"(《陶渊明》),这是朱氏运用西方诗学来观照陶诗的重要创获。萧望卿认为陶诗风格是:"他那淡远闲适的诗,俨如一片清晖,朗静明彻,是'如将白云,清风与归'的风致。"(《陶渊明批评》)王、郭、朱、萧等人论陶与古人评陶,其视野与思路显然发生巨变,其细腻入微更远胜前贤。

(七)关于《桃花源记》:梁启超恭维"这篇《记》可以说是唐以前第一篇小说"(《陶渊明之文艺及其品格》),胡适认为它"可以算得一篇用心结构的'短篇小说'"(《论短篇小说》),皆对该《记》的艺术虚构给予很高评价。陈寅恪《〈桃花源记〉旁证》跳出前人专注于一书一志的窠臼,不厌其烦地多方考证"桃源"的原型"在北方之弘农,或上洛,而不在南方之武陵",用心颇为良苦,但脱离艺术虚构的创作规律,自然难免穿凿附会之讥。张为骐《〈桃花源记〉释疑》认为该《记》是宣扬作者个人理想的寓意之文,其驳仙境说、实境说皆言之成理;倬之《一个农民文学家——陶渊明》认为该《记》所宣扬的理想并非神秘玄虚的观念,而是诗人心目中的新农村,似更为接近陶公思想实际与创作真实背景。

(八)关于陶公比较研究:陶渊明与世界文学的对照这个时期开始起步,宋毅真1936年发表《陶渊明与渥兹渥斯》一文,将陶公与英国湖畔派的代表诗人渥兹渥斯加以比较,朱光潜《诗论》进一步深入剖析,指出"我们拿他们俩人来比较,就可以见出中西诗人对于自然的态度大有区别",认为西方诗人多信奉泛神论,而中国诗人则没有这种浓厚的宗教感情。甘蛰仙1922年发表《中国之托尔斯泰》长篇专论,详尽剖析陶公与俄罗斯大文豪托尔斯泰之间的异同;胡怀琛1925年出版《中国八大诗人》一书,其《陶渊明》章认为"陶渊明可算是中国的泰戈尔",将陶公与印度大诗人泰尔戈相提并誉,亦不为无见。

从上不难见出这个时期的陶学家由于引进和吸收了西方学术思想、文学观念和治学方法,极大地推动了陶渊明研究的现代进程,提出了不少古人难以提出的新观点、新结论,取得陶学发展史上新的突破。

二

后半个世纪的陶学发展,就大陆陶坛研究而言,大体分三个阶段,即新中国成立初期、厚今薄古时期、改革开放时期。

建国伊始,百废待举,但出人意料的是陶渊明以其独特艺术魅力很快成为众所瞩目的研究目标,并且迅速迎来热烈争鸣的局面,这就是1954年开始的主要围绕张芝《陶渊明传论》一书的讨论。对这场讨论的过程加以描述是轻而易举的,但透过这场讨论认真总结某些经验教训以警戒后人却是相当困难的,如这场争论的始作俑者对自己行文中的"血统论"习焉不察,而对张著中的血统论则洞若观火,明察秋毫,乃至大张挞伐,这种责人律己上的双重标准难道不值得论坛警惕吗?那样当今陶坛上类似现象也许就不至于再次出现了。对阎简弼、张芝之争,当时论者大体分四种情况:完全支持张说,部分赞同张说,对阎、张二说皆持异议,调换角度批评张说。如曹道衡《关于陶渊明思想的几个问题》对阎、张皆有所批评,持论平和求实,入情入理,较能经受时间的考验而站稳脚跟。

除关于《陶渊明传论》的讨论外,在陶学其他领域还有不同创获,如叶鹏《论陶渊明》在50年代中期那种特殊政治背景下,竟敢于提出"庸俗地对待阶级分析"这个极为敏感的论题,实属难能可贵;他还提出另一个异于时论的新见解,即道家思想对陶公创作具有积极作用。对此,李周存《对〈论陶渊明〉的一点意见》则予以反驳,认为道家思想"给他作品现实主义基础以很大的腐蚀。"俞起崇《陶诗"忠愤"说新证》对叶鹏关于陶作中"看不到一点民族苦难的影子"的论断提出异议,认为陶诗饱含着爱国主义的内涵,对千百年来喋喋不休的"忠愤"之争,析之以爱国情怀之体现,颇给人耳目一新之感。其他像针对缪钺《陶渊明不为五斗米折腰新释》，张志明撰《对于〈陶渊明不为五斗米折腰新释〉的商榷意见》与之讨论；针对谭丕模《论陶诗》，汪浙成撰《对〈论陶诗〉一文的意见》与之商榷；还有古直《陶侃及陶渊明是汉族还是溪族呢？——与陈寅恪教授商榷所谓江左名人如陶侃及陶渊明亦出于溪族的结论》等论文，皆有助于推动当代陶学的发展，值得充分肯定。

这个时期的陶坛，论者初步尝试运用马克思主义的观点和方法研究渊明其人其文，其大方向和成绩是不能一笔抹杀的，但由于当时人们对马克思主义理解的肤浅和片面，论坛开始出现庸俗化、标签化的不良倾向，也是需要认真清理，有待提高的。这个时期的陶学专著除《陶渊明传论》外，还有王瑶编注《陶渊明集》，无论是题解、还是词语注释或前言，均较全面、公允，故该集流传广泛，沾溉后学深远。

1958年始，随着政治思想领域斗争扩大化和绝对化的深入，特别是厚今薄古口号的提出，陶学研究更特别深切地感受到它的冲击力，从而进入步履艰难的"大跃进"时期。1958年的陶渊明讨论起源于北师大中文系二年级学生在编订中国文学史教学大纲和讲稿时，将渊明定性为"基本上是反现实主义的诗人"，这和当时学术界提出的中国文学史的主线是现实主义与反现实主义的主流论不为无关。为此，《光明日报·文学遗产》编辑部用将近二年时间组织了这场全国性的大讨论，并在讨论告一段落后，编辑出版《陶渊明讨论集》一书，该书前言对讨论作了简明扼要的概括总结，有助于读者从宏观上理解和把握讨论的全过程，从而在这个基础上开拓陶学新的未来，颇富指导意义。

在《光明日报》开展专栏讨论的同时或稍后，其他报刊杂志也陆续发表不少评陶论文，就有关课题开展热烈争鸣。如北师大中文系二年级评论组《陶渊明的思想发展及其创作》认为陶公是坚持批判"神不灭"论的，对此判断，范宁《对于陶渊明的一点理解》

直驳其谬,认为《神释》诗"不仅不是什么'神灭论',恰恰相反,正是'神不灭论'"。随着学术讨论的深入,一些以往陶学史上从未涉及的新课题,陆续提到日程上来,如陶公对农民起义的态度就是比较突出的一个新课题。陆侃如《陶渊明的田园诗》率先提出陶诗没有反映家乡以卢循为首的"义军"的"斗争",表现冷漠,是一种明显的局限。对此,逯钦立《读陶管见》、公盾《关于陶渊明的思想》皆不表苟同,何其芳更站在唯物史观的高度剖析类似说法之非:"这好像忘记了封建社会的农民起义并不是一般文人作家都能参加的。当时的农民也未必全都参加。"(《文学史讨论中的几个问题》)在抵制极"左"文艺思潮对古典作家的歪曲与苛求上,何氏之论义正辞严,其良苦用心,难能可贵之至。另如《桃花源诗》是否包含反剥削思想？陶诗是否与晋宋文风相对立？皆系陶学史上前所未见的新的争论焦点,显示出陶学发展的新水平。

这个时期的陶学研究,由于厚今薄古口号的提出,不少评陶文字均带有苛求古人的时代色彩,这种倾向发展到"文革"更达到登峰造极、无以复加的程度。在乌云密布、文网恢恢的"文革"年代,少数学者以不同方式评陶,成果虽不多,却颇为珍贵,如郭沫若《谈诗札记》对"形夭无千岁"与"刑天舞干戚"的公案发表的见解、钱钟书脱稿于1972年的《管锥篇》中第一四五至一四六两节精彩评陶文字。这个时期出版的陶学专著有廖仲安《陶渊明》。另有工具书二种,即北大中文系师生合编《陶渊明诗文汇评》、北大、北师大中文系师生合编《陶渊明研究资料汇编》,皆富有重要参考价值。

1976年"文革"结束,陶学进入改革开放时期,这个时期还可以细分为前后两个阶段,前阶段的陶学研究主要围绕建国17年来甚至近现代以来传统的陶渊明研究课题(如陶公哲学思想、政治倾向、归隐、田园诗、艺术特色等)进行批判性的再思考,清理"左"倾思潮的流毒,并在初步反思中逐渐解除思想禁锢,轻装上阵,开阔视野,以迎接陶学研究新时代的早日到来。从这个阶段论坛讨论热点的陈旧不难见出其新旧交替的过渡特色,历史的惰性于其中有着生动反映。这个阶段问世的陶学著作有逯钦立校注《陶渊明集》、李华选注《陶渊明诗文选》、徐巍选注《陶渊明诗选》、唐满先注《陶渊明集浅注》、王孟白《陶渊明诗文校笺》、吴云《陶渊明论稿》、王绍龄《陶渊明》、谷云义《陶渊明》、钟优民《陶渊明论集》等。

后阶段的开始,以1985年全国首届陶渊明学术讨论会的胜利召开为标志,迎来了陶学新的反思发展期,预示了陶学研究的光明前景。最近15年来陶学领域的重大进步主要表现在四个方面:

(一)陶学领域不断拓展,研究品位日益提高:陶坛不再囿于传统陶渊明研究所提供的框架,转而另辟蹊径,力争突破。这个阶段出现过的中心议题大体有以下十六项。1.陶公故里何在?"目前传为陶渊明故里的不仅有星子县的玉京山、栗里陶村,还有九江县的鹿子坂、浔阳旧城等"(童怀《陶渊明故里何在?》)另还有陶公始家宜丰之说等。2.渊明父名:陈忠《关于"定山陶氏宗谱"》首次披露该谱记载其父名敏,11年后龚斌《陶氏宗谱中之问题》提出考察陶氏宗谱十本,除《秀溪谱》外,其余皆谓渊明父为陶敏,但其细情各谱略有不同。3.陶公年寿:前有邓安生《陶渊明年岁商讨》重申59岁说,但论证较前更为周祥;后有袁行霈《陶渊明享年考辨》重申76岁说,但在论证方法上有新的创见。4.陶公思想特质:关于渊明与魏晋玄学的关系,论坛出现三种具有代表性的观点,一是强调玄学对陶公的决定性影响,如傅刚《魏晋南北朝诗歌史论》等;二是坚持儒家对渊明的决定性影响,如徐声扬《陶渊明审美气质的核心是"为仁由己"》认为"与玄学相左,陶渊明是以儒为本的思想体系";三是承认玄学有一定程度影响,但陶公一生都在努力摆脱其影响,如葛晓音《山水田园诗派研究》就持此种观点。5.陶公审美情趣:对此,胡治洪《陶渊明美学思想的形态、成因及其地位》、徐声扬《"但识琴中曲,何劳弦上声"——从陶渊明蓄无弦琴看陶渊明的美学观》等文均有阐释、论证。6.陶渊明的经济思想:胡太昌《陶渊明经济思想蠡测》较为系统地论析了渊明经济思想;萧庆元《论陶渊明的"农本"意识及其审美意象的特点》侧重探讨渊明抗世悖俗的"农本"观;江世平《世外桃源:农耕时代理想社会的特殊模式》重点评析桃源理想所显示的经济观。7.陶公文论思想:张可礼《陶渊明的文艺思想》认为陶公文艺观"就其主观倾向来说,显然是属于非功利说";魏亚申《试论陶渊明自觉的文学创作意识》从抒情言志、朴素文风等角度阐释其文学观。8.陶公仕隐:这是古老话题,但当今切入的角度已有巨变。戴建业《养真与守拙——论陶渊明归隐》认为"他归隐所承诺的也不是对业已灭亡的东晋王朝尽忠,而是对已经'告逝'的人世'真风'的呼唤";袁行霈《陶渊明与晋宋之际的政治风云》将陶公仕隐与当时政治风云变幻相联系,视野广,立论高。9.陶诗艺术特色:不少论者重视探讨玄学对陶诗的制约,如冯友兰就是用王弼"得象而忘言"的观念鉴赏陶诗(见《中国哲学史新编》第四册);李文初《陶渊明论略》谓陶公艺术风格和表现方法"无一不受魏晋玄学崇尚自然思想的影响";徐公持《魏晋文学史》亦谓渊明的"自然"思想决定其诗文的艺术风格。10.陶诗语言运用:廖仲安《说陶二题》称许渊明是爱用"新"字的大诗人;沈荣森《陶渊明诗文迭字研究》专门从运用迭字切入,批驳论坛流行的"陶作的自然之美在于不事雕琢"之说;钟名立《陶诗用韵考》指出其用韵特色:"与两汉和南北朝相比,多同于两汉,同时向南北朝发展"、"支脂之三部分立"、"脂微同用"。11.《搜神后记》作者:论坛多认同系托名陶潜之说,侯忠义《汉魏六朝小说史》指出梁释慧皎《高僧传》序已称"陶渊明《搜神录》",恐不能断然否定陶潜著书的可能。12.陶公诗文系年:新时期陶集注本迭出,诸家均想有所创新,据魏正申统计四家新注,其不用王瑶系年的诗文,各占其注本的 8.7%、27.7%、45%、

47.8%，其变更的理由各有不同。13.陶公与其他作家比较：据李华（江西）统计，1981～1996年，陶与中国古代作家比较，共发表62篇论文，如袁行霈《陶谢诗歌艺术的比较》、高国藩《陶渊明〈归去来兮辞〉与张衡〈归田赋〉之比较》、钱志熙《湛方生——一位与陶渊明气类相近的诗人》等。14.陶集版本：新时期来部分有识之士将目光投向这冷寂多年的领域，如袁行霈《宋元以来陶集校注本之考察》重点探讨了现存宋元的几种重要版本，还对陶集的校勘和注释发表了创见，颇见功力。周期政《〈四库全书总目·陶渊明集提要〉辨证》对《提要》中一些考证不当、含混不清之处加以考证，相当严谨，颇有见地。15.陶公研究之研究：新时期来论坛《××年来陶渊明研究评述》之类的综述不时见之于报刊，内涵丰富，形式灵活，信息量大，便于读者及时了解陶坛前沿进展。钟优民《30年来陶渊明讨论和研究的问题》、《历代陶学研究概述》（十讲）和魏正申专著《20世纪陶学论著》、《陶渊明及其研究论》对一千五百多年的陶学发展进程亦有或简略或较详的评述。另有个别论者对"从50年代起，到80年代，极个别人到90年代"仍在批评"静穆"说深表不满，此亦有待商榷。平心而论，极"左"思潮对陶学研究的影响自应清理，但同时也不应忘记陶学史上各种是非曲直亦当划清，以恢复历史本相，而不能在某种借口下对特定时期出现的错误文艺思潮及其在陶学上的反映转弯抹角地予以美化、淡化，甚至指责批评它们的著作"毫无学术价值"，进而由防止一种偏颇而倒向另一种偏颇。处于1936、1948年那种水深火热、民族危亡和中国两种命运大决战的年代，朱氏仍然提倡"调和静穆"、"中立"、"超然"的"纯正文学"，无论怎么曲意维护或百般解释，读者也是难以苟同的，任何一个真正爱护朱先生学术人格的评论者，更不会轻率地置1956年朱氏严肃真诚的痛自剖析于不顾，仍一而再地脱离"静穆"说产生的具体社会历史背景，反而变本加厉地宣扬其"静穆"说的"臻于完善"、"完备多了"，这一公案似难如此轻易颠倒。16.陶学如何引向深入:新时期不少治陶学者不仅关注陶学的历史和现状,对其未来亦十分重视。王瑶《陶渊明研究随想》就谆谆告诫陶学同仁应掌握"整体的思维方式,把我们的研究对象——作为特定历史时代,多种社会的总和的'人'的作家,当作一个复杂、丰富、生动的多面体,把握研究的一切方面、一切联系和'中介',并从这一切方面的内在联系中找出其主导方面。"今后陶学的深入拓展,的确需要进一步更新观念,拓宽视野,完备多元参照系的建立,让陶学以更为成熟的姿态迎接新世纪的到来。

(二)思维模式初步调整,方法革新日趋自觉:陶学坛坫新方法的实践引发了思维方式的改变,与此同时,传统方法经过新时代思潮的洗礼进而焕发出新的活力,陶坛出现新旧方法相辅相成、各竞优长的喜人局面,兹从方法论的角度初步展示新时期陶坛的繁荣景象。1.伦理道德角度评陶:宋崇凤《陶渊明的道德理想简析》、唐满先《陶渊明处世面面观》、胡晰《简论陶渊明的"义利观"》等皆取同一视角,用道德的观点评价其人其文,突出文学的教化作用。2.社会学角度评陶:沈端民《闭关自守的桃源"模式"》、陈域《陶渊明诗歌社会影响的历史分析》、景蜀慧《想见停云发浩歌——读陶渊明的政治诗》等均采社会批评的视角,有利于科学阐释其人其作与社会实践的密切联系,进而做出较为准确的价值判断。3.审美角度评陶:袁行霈《陶诗的自然美》、梅大圣《论陶渊明〈拟古〉组诗神韵美》、韩文奇《论陶渊明〈饮酒〉的美学风貌》等,通过对陶公审美方式、审美理想、审美趣味的探索,可以从一个侧面显示中华民族的审美心理特征。4.文化学角度评陶:张立伟《归去来辞——隐逸的文化透视》书中将陶公置于传统隐士文化中予以透视、定位;王菁《中国文化中的智者——陶渊明》认为"渊明的价值只能在文化这个更高的层次上,更大的范围内才能得到准确的评价。"皆系颇中肯綮之言。5.心理学角度评陶:景蜀慧《以贫傲世猛志长存——陶渊明晚年思想心态剖析》就是从

"老年情绪心理方面"来解释陶公晚年对政治的态度；章海生《论陶渊明进入田园诗境界的心理与艺术调整》指出陶诗境界是"作者进行了一定的心理与艺术的调整"的产物。6. 哲学角度评陶：袁行霈《陶渊明的哲学思考》认为"渊明不仅是诗人，也是哲人"，李建中《试论陶诗的人格精神》指出其"最独特的魅力，是他对人生意义的终极追问"，均是对其人其作的哲学叩问。7. 比较文学角度评陶：艾可知《陶渊明与泰戈尔的艺术人生》、戴鸿逵《〈桃花源记〉与〈瑞普·凡·温克尔〉》等皆取同一视角。8. 接受美学角度评陶：李剑锋《论萧统对陶渊明的接受》等系列论文，着力探讨陶公在历史价值河床中的浮沉变化，颇见功力。9. 系统论角度评陶：如朱立春《试论我国文学史上反映"桃花源"思想作品的系列性和差异性》等。10. 原型批评角度评陶：如袁达《谈谈陶潜诗文中的"太阳——英雄"原型》、刘雪梅《论陶诗中的"松"、"菊"、"桃源"意象的道教神话原型》等。

（三）学术讨论蓬勃兴起：关于陶公的学术研讨会和学术评论持续开展，是当代陶学繁荣的重要标志。十多年来，陶渊明始家宜丰学术讨论会（江西宜丰县主办）、全国首届陶渊明学术讨论会（江西文化厅等单位合办）、陶渊明研究座谈会（江西星子县政协主办）、陶渊明研究学术讨论会（九江县渊明纪念馆主办）、陶渊明学术讨论会（湖南省文化厅等单位合办）、中日学者首届、第二届陶渊明学术讨论会（九江师专、日本六朝学术学会合办）等。这系列讨论会为陶学研究的国内、国际交流皆做出重大贡献，应予充分肯定、高度评价；学术讨论中出现的某些不正常现象也引起了关注，如《九江师专学报》（2000年第4期）在刊发《中日学者第二届陶渊明学术研讨会圆满结束》的同时，其卷首絮语就呼吁"编者、作者、读者共同警觉"那种"放弃宽容的人格原则，转向偏激的庸俗批判"，可谓切中时弊的警世之言，值得深刻反思！

（四）新论新著层见迭出：计有《陶集》新的注本十种。专著二十种,吴鹭山《读陶丛札》、李文初《陶渊明论略》、魏正申《陶渊明探稿》、《陶渊明评传》、邓安生《陶渊明年谱》、《陶渊明新论》、李华《陶渊明新论》、韦凤娟《悠然见南山——陶渊明与中国闲情》、王定璋《陶渊明悬案揭秘》、袁行霈《陶渊明研究》、丁永忠《陶诗佛音辨》、孙静《陶渊明的心灵世界与艺术天地》、戴建业《澄明之境——陶渊明新论》、赵治中《陶渊明论丛》、徐新杰《说陶》、徐声扬、陈忠《徐论陈词集》、钟优民《陶学史话》、《陶学发展史》等。另还有汪榕培《英译陶诗》、《陶渊明诗歌英译比较研究》、陶文鹏、丘万紫《陶渊明诗文赏析》、钟优民《陶渊明研究资料新编》等多种。

三

在回首大陆陶学50年的辉煌成就时,不能遗忘港、台学人在陶渊明研究上的重要贡献。据极不完整的统计,半个世纪来,港、台出版的陶学著作已达七十余种、论文二百多篇,真是海峡两岸各领风骚,共创辉煌。囿于见闻有限,仅能就荦荦大端简述如下。

陶公年谱,台、港学者考证颇详,有的尚属大陆陶坛未经触及者,如渊明元配丧亡之年,前人据陶诗"弱冠逢世阻,始室丧其偏"二句,多认为当在二十岁左右,此系承"弱冠"而释,王叔岷等诸家则皆从"始室"求解,以为"三十而有室"(《礼记》),推断陶公近三十方婚,不久元配辞世,杨勇《陶集校笺》即采此说。又如渊明父最为扑朔迷离,高怀民《我看到的陶渊明》依《命子》诗所述研判,其父性格为"淡焉虚止",而另谓"寄迹风云,冥兹愠喜",则可能其父曾一度任官,后又失官(自诗之语气看来,有因事被革职的可能),由此探求陶家衰落,一为任官时清廉,失官后又不营家务,二为因故去职而使家业突衰(渊明可能知道原因,不愿说明)。

陶公思想:孙守侬《陶潜论》认为其思想"多元而统一",兼有儒、道、释、墨诸家成分。石傽《陶渊明的人格与思想》认为儒道对其影响是"外来的",从"本质上来看,毋宁说是墨家的"。钟应梅《陶诗新论》针对朱自清"孔子学说的道家化"之论,认为"老子和孔子之道是归于一的"、"何尝不可以言其为道学思想之儒学化?"齐益寿《陶渊明的思想发展》亦以"道本儒末"来概括陶公。陈怡良《陶渊明思想境界》则以"儒、释、道三家思想精华"之融会贯通来释其哲学观。陶公政治观,齐益寿《陶渊明的政治立场与政治理想》力驳"忠晋"和"冲虚超越"二说;陈怡良《陶渊明的人品与诗品》强调陶公政治思想"之基础,实来自老庄的政治哲学"。

《集圣贤群辅录》二卷真伪:大陆陶坛多从《四库全书总目提要》之说,视为伪作将它从《陶集》中删除。潘石禅《〈集圣贤群辅录〉新笺》另发新论,认为它"实陶公平日读书之札记,盖有疾没世而名不称之感,故缀集而成此篇",杨勇《陶集校笺》从其说。

陶诗评价:曾在台大任教的叶嘉莹认为"中国所有的旧诗人中,如果从'人'与'诗'之质地的真淳莹澈而言,自当推陶渊明为第一位作者"、"陶诗虽真淳而不易解。因为渊明虽是以其一分本色与世人相见,然而他的本色却原来并非一色,乃是如日光七彩之融为一白,有七色之含蕴,而又有一白之融贯。这种既丰美复精淳的特色,正是渊明的特色"(《从比较现代的观点看几首中国旧诗》)。钱穆极力称许陶诗最能体现中国文学的精髓:"重生命,言性情,则无可尽言,无可详言……故中国文学务求简。陶渊明诗'此中有真意,欲辨已忘言。'此最中国文学之至高上乘处。"(《略论中国文学》)。苏文擢深入发掘陶诗中所蕴涵的道德文化,并概括为四点,首先是天人合一的宇宙观,陶公是"凭生命的感受和自然界的物象打成一片";其次是乐天知命的人生观,指出"乐天的背后,原有一段广大精微的知命论";第三是贞刚温厚的伦理道德,并以《与殷晋安别》诗为例,说明其待友既能"严正地划分立场",又能"温婉地保持私交";第四是勤劳知足的生活形态,"须知勤劳不是手足胼胝,知足也不是全不进取",最后指出其要义乃在诗人"能把自己的灵魂生命、人格道德百分之百和作品打成一片"(《陶渊明历史地位及其诗中之文化要义》)。高大鹏指出"历代对陶诗的了解,不断在增加,然而这个增加,一向是带着感情成分的,因此在了解增加的同时,对他的误解,也就随之增加,结果了解和误解加起来,使陶诗最后成了一个传奇,他成了文学的偶像和文化的图腾"(《陶诗新论》),颇有见地。

陶公影响:王晋光认为王安石是宋代受其影响比较明显的一个诗人,从"慕其人,赏其诗"、"借词、改句、取意、拟调"、"志节、怀抱"三个侧面剖析其所受影响的具体表现,并指出"而为一般人忽略的是,安石晚年之寄情山水,与陶渊明之徘徊田园颇有相似之处:陶渊明于天下事无能为力,安石于天下事则筋疲力尽"(《王安石论稿》)。阮廷焯认为在唱和陶诗上,明人赵退陶可算"嗣音渊明,抗礼东坡者也",指出"东坡和陶自成气象,易也,退溪和陶不受笼络,难矣"(《退溪和陶诗发微》),言外之意,显系后来居上也,反映陶学发展史上和陶风气的递进与变迁,各有其不同的时代色彩。

台港陶学研究,既注意借鉴西方文学批评理论与方法,又重视弘扬中国传统文论与方法。前者如郝毅民《陶诗〈形影神〉与佛氏心理分析》指出该组诗三首实为陶公对人格分析的心得,可视为一种心理分析的典范;杨玉成《诗与存有——论陶渊明〈饮酒·其五〉》则运用原型理论方法审视陶诗。后者如陈怡良《陶渊明创作背景浅探》根据孟子的鉴赏论:"尚论古之人,颂其诗,读其书,不知其人可乎?是以论其世也。"(《孟子·万章》)运用这种传统的知人论世的方法,重点探讨了陶公创作的时代背景。

半个世纪来,台、港学人在陶学上成果累累,做出过重大贡献,诸如:车柱环称许王叔岷《陶渊明诗笺证稿》:"历代注家,却于陶集常语,似于不屑深求之意,近有王叔岷教授,笺注陶诗,特于此类,多所发明"(杨勇《陶渊明集校笺·车序》),诚非虚言,王氏还有《陶渊明〈感士不遇赋并序〉笺证》亦广征博引,注解详明、确切,多发前人之所未曾发。饶宗颐序称杨勇《陶渊明集校笺》:"杨君东坡潜心陶集有年,于其年世交游既一一为之梳理,复通释全集,平亭众说,究其旨归,要而不繁,简而不凿,津津乎有以会渊明之趣,义风末隔,渊明素襟,或可于此旦暮求之。"不失为切中肯綮之评。齐益寿《论史传》中的陶渊明事迹及形象、《"桃花源记并诗"管窥》等系列论文,均考证精细,剖析深刻,结论明晰,治学谨严。陈怡良《陶渊明之人品与诗品》是一部厚积薄发、多有创见的陶学新著,邓安生称誉其"试图对古今学者的研陶成果作一阶段性总结,着意在已有的研陶基础上登上一个新的高峰。"林文月虽非专门治陶学者,但在中古文学领域却有广泛建树,其《陶渊明的止酒诗》、《叩门拙言辞》二文对陶公其人其文理解独具慧眼,妙解迭出,行文中既批评了自古以来反复出现过的将渊明偶像化的过誉之辞,又有理有据地驳斥了国外某些汉学家对陶公人格提出的怀疑,甚至曲解的谬误之评,尤为陶坛同仁首肯。

综上所述,反映迄今海峡两岸的陶学研究,已出现历史上罕见的新高潮,就成果的丰硕言,专著已近百种,论文已超一千五百种,是留给下一世纪的一份相当丰厚的文化遗产。随着时代的进步,新兴的陶学作为一门学科正在不断完善和提升,并且必将有更大的发展,面对新世纪的曙光,姹紫嫣红、绚丽多彩的壮观前景已经展现在不远的地平线上。

(原载《社会科学战线》2001年第2期)

20世纪元代文学之宏观研究

查洪德

古代文学宏观研究的概念虽然是在本世纪80年代中期才提出,但宏观研究本身却是久已有之的。对于元代文学的宏观认识与宏观把握,应该说从元末已经开始。自然,由于种种原因,对于元代文学的宏观研究一直是很薄弱的,如果不作深入的考察,也许会认为以有元一代全部文学现象和文学活动为对象的宏观研究差不多是空白。所以,清理本世纪以来元代文学宏观研究成果和发展历史,对于当前和今后元代文学的研究,是会有所帮助和促进的。

如果宽泛一点说,把元代文学研究中凡属宏观研究的成果都算进来,自然还是有相当数量的。但这里涉及的,只限于以整个元代所有文学为对象的研究。下面要谈到的,是本世纪百年中,学者们对元代文学在中国文学史上的地位、元代文学的社会文化背景、元代文学的基本特征几个问题的认识。

一、关于元代文学在中国文学史上的地位的认识

在本世纪以前,明人贬低元代,说元无文学。清人对明人之偏见有所纠正,他们整理元代文献,在诗文的宗唐与宗宋之争中,宗宋者不大看得起元人文学,而宗唐者则抬高元代诗文。总之,清人

对元代诗文的评价,较之明人是提高了。本世纪初,陈垣在《元西域人华化考》卷八《总论元文化》中曾谈到这一情况:元代之"儒学文学,均盛极一时,而论世者每轻之,则以元享国不及百年,明人蔽于战胜之余威,辄视如无物。加以种族之见横亘胸中,有时杂以嘲戏。"又说:"清人去元较远,同以异族入主,间有一二学者,平心静气以求之。"于是"知元人文化不弱"。19世纪末,一些正统文人开始注意戏曲小说的价值,想利用戏曲小说的教化功能,以挽颓风,正人心,自然也不再无视元代戏曲小说的存在了。人们从宏观上对元代文学的认识,于是也就与明人大异了。

　　本世纪初,当1904年林传甲编写被后人认为是我国第一部的《中国文学史》时,元代诗文既不被肯定,而小说戏曲又被视为"无学不识者流"的"淫亵之词"。在这样一些学者的观念中,元代文学自然在中国文学史上不占什么地位。但随后,人们对元代文学的认识发生了一个大的转变,由以前依据诗文成就评价元代文学转向依据戏曲小说成就来看待元代文学。我们可以通过王国维的戏曲研究来认识这一转变。王国维的研究戏曲并不是由于他对中国戏曲重视。他受西方美学思想影响,对中国正统的诗文是否定的,在研究戏曲之前,对戏曲小说也并不肯定。在《论哲学家与美术家之天职》(《王国维遗书》第五卷)中说:"……甚至戏曲、小说之纯文学,亦往往以惩劝为旨"。未见比诗文有更多的肯定。那么他为什么要研究戏曲呢?按他自己的说法,由于西洋剧之发达和他对西洋剧的崇尚,转而认为在中国各体文学中,戏剧却是最不盛的。为要考查其所以不盛的原因而研究戏曲,这是他的初衷。他在《三十自序·二》中这样说:"余所以有志于戏曲者,又自有故。吾中国文学之最不振者,莫若戏曲。"又说:"元之杂剧,明之传奇,存于今者尚以百数。其中之文字虽有佳者,然其理想及结构,虽欲不谓为幼稚,至拙劣,不可得也。"他从1908年起研究戏曲,陆续写成了《曲录》、《戏曲考源》、《宋大曲考》、《优语录》、《古曲脚色考》等,至1912年,完成了他的传世名著《宋元戏曲考》。当他研究了元曲以后,认识就发生大的转变,不仅认为元之曲可与楚之骚,唐之诗,宋之词等并称,各为"一代之文学",而且认为元曲是中国文学史上"最自然"、"最有意境"之文学;其代表之作,即列之于世界大悲剧中,亦无愧色。从此,元代在中国文学史上的地位,也就告别了"暗淡无光"的评价,转而认为元代创造了文学史上一代之辉煌。到文学革命提倡白话文的潮流中,元代戏曲小说则进一步受到推重。除剧曲外,散曲也为学者们鼓吹。胡适在《吾国历史上的文学革命》中说:"文学革命至元代而登峰造极。其时,词也,曲也,剧本也,小说也,皆第一流之文学,而皆以俚语为之。其时吾国真可谓有一种'活文学'出世。"(《胡适古典文学研究论集》,上海古籍出版社,1986年版)这时,元代几乎被认为是中国文学史上最辉煌的时期了。1927年,陈垣发表了他的《元西域人华化考》的后四卷,在卷八的《总论元文化》中,他从大的方面批评轻视元代文化(包括文学)者说:"以论元朝,为时不过百年。……若由汉高唐太论起,而截至汉唐得国之百年,以及由清世祖论起,而截至乾隆二十年以前,……则汉唐清学术,岂过元时!"

三四十年代,情况却又有所改变。人们在文学革命和五四时期对传统文学进行了激烈的抨击之后,这时又冷静下来,对中国的古典文学作较全面的思考。元代诗文的研究也在这时受到一些学者的重视。在对元代文学进行宏观评价时,自然也考虑到诗文的成就。1934年,以研究戏曲著称的吴梅出版了《辽金元文学史》(商务印书馆《国学小丛书》本),其中诗文占了很大比重。到40年代初,钱基博的《中国元代文学史》(《中国文学史》近古文学编之一章,湖南蓝田新中国书局1943年出版),更是只谈诗文。这时的学者对元代诗文的评价有很大分歧,有赞扬者,有极力贬斥者,特别是元代散文,有的学者是彻底否定的。1932年北平朴社出版的郑振铎《插图本中国文学史》,可反映这一时期一般学者对元代文学的总体认识,他除了肯定元代戏曲小说的辉煌外,还认为元代的诗词也不是很寥落的,由于特定的社会背景,元代诗词的风格,也颇不同于以前。他认为元代散文是唐宋散文的继续。还认为元代的文学批评虽没有什么独特的见解,但出现了一些有系统的著作等。他还特别注意了元代的白话碑和白话写成的《蒙古秘史》。和许多文学史家一样,他是把《三国志演义》、《水浒传》等作为元代作品来讲的。在他看来,有一代辉煌的元曲,有具有一定成就的诗文词及文论,加上长篇小说,元代确实是中国文学史上一个辉煌的时期。40年代刘大杰的《中国文学发展史》却主要是依据元曲评价元代文学的,元曲以外的各体文学都不占什么位置。这种看法对建国后的文学史界影响很大。

　　50年代,由于阶级性和人民性成为衡量古代文学作品的主要标准,元曲被认为具有鲜明的人民性,因此特别受重视。而长篇小说《三国志演义》、《水浒传》却逐渐被放在明代来讲了。元代的诗文词差不多是被忽视了。于是元代文学的成就几乎等于元曲的成就。这种状况一直持续到70年代末。

　　70年代末80年代初,元曲的研究出现了又一个高潮。在接下来的80年代,学术界对中国古代文学的许多问题都提出来重新认识和讨论。除了杂剧、散曲、元南戏成为元代文学研究的热点外,元代的诗文、文论,以及元词、元赋等都有人进行研究和重新评价。长篇小说《三国志演义》、《水浒传》的成书时间也是这一时期古代文学论争的重要问题,许多学者认为是元代的作品,更多的学者认为起码形成于元代。50年代以来形成的对元代文学总成就的评价,在80年代开始动摇。1980年,齐鲁书社出版的《社会科学战线》编辑部编的《古典文学论丛》第一辑,发表了周惠泉的《元诗浅谈》,说元诗常常为文学史家所忽略,这是不正常的。作者从内容和艺术两个方面肯定了元诗的成就和在中国文学史上的地位。到1985年,隋树森在《文史知识》第3期发表《元代文学说略》，说元代各体文学也颇有发展，今天的元代文学研究，是应该对各种体裁都加以注意的。他指出，研究者多把精力放在戏曲方面，而对诗文等注意不够，应该加强对元代文学各方面的研究，使人们能够了解到元代文学的光辉灿烂。这一时期的研究者只是要求充分认识元代各体文学成就，很少从史的角度或理论的角度重新评价元代文学。1986年，刘知渐在《重庆师院学报》第4期发表《编写〈元代大文学史〉的指导思想》，他设想的元代文学史从蒙古成吉思汗元年（1206年）起，下限一直延伸到明洪武末年，大约两个世纪，也可称作十三、十四世纪文学史。他反对建国以来"拔高民间文学，贬低士大夫文学"。按照他的设想写出来的元代文学史，无疑是中国文学史上一个全面辉煌的时期。1987年，李修生在他编写的中央广播电视大学教材《中国文学史纲要》（三）中说"元代文学在中国文学发展过程中是一个新的转折期。戏曲、散曲、小说在元代得到了长足发展，它们逐渐取代诗、词、散文而占据文坛的重要位置。同时诗、词、散文也起着承前启后的作用，有自己的特点。"他认为，从文学发展史的角度看，转折期酝酿了繁荣期，从某种意义上说，转折期比繁荣期更重要。从这一角度，他认为元代是中国文学发展史上一个非常重要的时期。这样以史的眼光看待元代文学，自与以往的评价不同。这一观点的价值，在于重视转折期对于文学发展的重大意义。李修生的这一观点，在90年代逐步发展和完善。

90年代，元代文学研究进入了一个新的历史时期，不仅出现了此前无可比拟的成果，而且观念的更新，研究领域和研究视野的拓展，使得元代文学的研究展示出新的面貌，达到了前所未有的广度和深度。1991年，是元代文学研究史上非常重要的一年，这年6月5日到7日，由北京师范大学古籍所发起，李修生主持召开了全国首届元代文学学术讨论会；12月，邓绍基主编的《元代文学史》由人民文学出版社出版。这两件事对90年代的元代文学研究，起着重要的促进和导向作用。元代文学学术讨论会打破数十年来杂剧、散曲、元南戏统治天下的局面,就元代的诗歌、散文、词赋、杂剧、戏文、散曲、文论、小说展开了专题讨论,对以后的元代文学研究提出了许多带导向性的设想,强调要加强以往被忽视的领域。会议论文集(《北京师范大学学报》1991年增刊)收录李修生的《元代文学研究刍议》,在这篇文章中,他完善了元代文学转折期的观点,文章说:"文学研究必须重视外在社会条件和文学自身的发展,要有'史'的观念。"认为中国古代文学的发展可划分为三个阶段:从文学产生到先秦两汉为上古阶段,这阶段文史哲不分的特点,表示出了文化的包容性,和文学对其他学科的依赖性。从魏晋南北朝到南宋前期是中古阶段,这时期的文学样式以诗歌为主。是雅文化占主导位置的时期。从宋光宗元年也即金章宗元年到鸦片战争以前为近古时期。这一时期,俗文学在文学史上占重要位置。董解元的《西厢记诸宫调》是划时代的作品。而"元曲作为一代文学的代表,跻身于中华民族的文学殿堂,标志着中国文学史上一个新时期的到来!"文章呼吁从史的角度开展对元代文学的研究。他的这些观点在1994年第2期《信阳师范学院学报》发表的《近古文学概观》和1998年第9期《文史知识》上发表的《元代文学的再认识》两篇文章中进一步发展和完善。邓绍基主编的《元代文学史》则将元代文学的完整面貌展示给读者。关于它的创新意义,学术界已有充分肯定:1992年5月8日,《文学遗产》编辑部邀请部分专家就本书的出版召开专题座谈会,《文学遗产》1992年第5期以《总结·深入·开拓》为题发表了这次座谈会的纪要。李修生在座谈会的发言中说:以前的元代文学史著,"不足以反映元代文学的真实面貌。这部《元代文学史》内容丰富、全面,举凡杂剧、散曲、南戏、诗、词、文、小说,无所不包,弥补了以前文学史有点无面的不足,内中诗文的七章,涉及数十位作家,不仅为历来文学史所未有,甚至已经超出当前学术界的研究范围;……总之,此书是一部比较符合元代文学发展的历史面貌,全面反映各种文学样式及其发展过程的文学史。"在这样的基础上来对元代文学作总体评价,自然与以往不同。

在一会一史的影响推动下,90年代元代文学研究相对于以往,可以说是全面繁荣。元诗的研究取得了令人注目的成就,元文、元赋、元代文论、元代小说、元词的研究都取得了以往所无法比拟的成就,元代各体文学的价值也在逐步被肯定。李修生《元代文学的再认识》再次呼吁对元代文学的总体成就作重新评价,说:"我们提出'再认识',不仅是要恢复某些史实的真实面貌,而是因为对元代文学的总体面貌、特征、在中国文学史上的地位,对明清乃至近代文学的重大影响等,都尚未给予充分的注意。"他历数元代各方面文学的成就,又提出了元代俗文学作者与以往诗文作者的文人形态的差异问题。90年代后半期,不少人都认为元代是中国文学史上的重要的转折时期,因而在中国文学发展史上,具有重要的地位,如乔光辉在《元文人心态与文学实践》(《东岳论丛》1996年第3期)中这样说:"中国文学史应以元为界,前期应是所谓正统文学史,主要以诗词为主,后期则应是戏曲、小说等俗文学史,与诗词相比,戏曲、小说等俗文学篇幅较长,蕴含量极深,所反映的社会背景更广泛,对人性的揭示也更深入。因此,作为真正的人学的文学是从元开始的。"并认为元代发生的文学嬗变,一直影响了元明清直至当代的文学创作。元代是中国文学史上的转折期,这已经为许多学者所接受,只是它对元以后文学发展的影响,尚需进一步探讨。

90年代,元代文学研究又出现新的走向:在长期不被重视的诗文词赋以及文学批评研究越来越受到较多的关注,学者的评价也逐渐由否定走向肯定,研究出现新的局面的同时,元曲研究一方面拓展其研究思路,引入新的理论,进行新的思考,出现了前所未有的成果,一方面却逐渐冷落了下来。元代文学似乎就是元曲的观念动摇。于是在元代文学成就的总评价中,诗文词赋及文学批评也成为重要方面。可以说,到90年代末,人们对元代文学的总体评价,正在走向全面、客观。

总之,到20世纪末,元代文学是辉煌的,这已成为人们的共识。只是人们对这一辉煌的具体认识尚未统一。下一世纪,人们对元代文学的辉煌,当会有新的认识。

二、元代文学的社会文化背景研究

长期以来,对于元代文学发展的社会背景,人们只关注元杂剧兴盛的社会原因的研究,出版和发表了大量的有关论著,而从总体上研究元代文学的社会背景的论著却不多。我们在这里做一追述和评论。

对于元代文学发展的社会文化背景的研究,本世纪初就已开始。20年代初,胡适就在他的《国语文学史》的第七章中说:元统一全国,"文化上的分裂依旧存在。南方仍是中国古文化的避难地,种族上没有起什么大变化,所以文化上也没有大变化。北方就不同了,……民族的迁徙和人种的混合又发生了无数的变化。若从中国旧文明的上面看起来,北方自然不如南方了:中国哲学的中心和旧文学的中心,从此以后,永不在长江流域以北了。但从大处着想,北方也不曾吃亏。……民族的迁移与混合,把北中国的语言打通了,使北中国的语言渐渐成为一种大同小异的语言,使中国的国语有很伟大的基础。……旧文学跟着旧文化跑到南方去了,旧文学在北方的权威渐渐减少;对于那些新来的、胜利的、统治的民族,旧文学没有权威了。……在这个旧文学权威扫地的时候,北方民间的文学渐渐的伸出头来,渐渐的扬眉吐气,渐渐的长大成人了。"(《胡适学术文集·中国文学史》第124—125页,中华书局1998年出版)这是对元代文学转型的社会背景分析,涉及到了政治、文化、民族、哲学,以及语言方面的问题。1927年,陈垣发表在《燕京学报》上的《元西域人华化考》第八卷,则从另一角度论述元代文学的社会背景,他说:

> 且元时并不轻视儒学,……又并不轻视文学。延祐五年七月,加封屈原为忠节清烈公。致和元年四月,改封柳宗元为文惠昭灵公。后至元三年四月,且谥杜甫为文贞。其崇尚文儒若此。

他是持元代文化全面繁荣说的,故所论与胡适不同。

三四十年代,由于民族危机日深,加上社会学方法的引入,文学史家在讲元代文学的社会背景时,多强调民族矛盾和民族压迫。钱基博的《中国元代文学史》援古代夷夏之辨的观念,对诗文作家进行排队和褒贬。(1993年中华书局整理本《中国文学史》第757—758页)。刘大杰的《中国文学发展史》,更运用阶级分析的方法,说:元代"残酷的剥削和压迫,造成了当代极其尖锐的阶级矛盾和民族矛盾。""在当日,被征服的诸民族里,最受压迫的要算是汉人了。在这样的统治下,那些君主王公只知掠夺土地与金钱。除了尽量享受汉人的物质生活,和施行便于统治与组织的制度以外,对于文化的建设与发扬,自然是很少顾问的。""当日蒙古统治者压迫儒生以及他们在当日地位之低微,是可想而知的。这使中国的学术思想,沦入了黑暗时期。"刘大杰进而认为,正是在这样的政局下,城市经济发达,外来文化影响,促使社会环境发生激烈变化,从而使旧的精神意识、习惯信仰动摇或解体,市民文学得以发展,出现了元曲的繁荣。也使得古文诗词,跳不出唐宋诸大家的圈子(1963年版第765—767页)。他的理论,在建国后相当长的时期里一直被沿用着。1944年,《图书月刊》第三卷第三、四期上还发表了邵心恒的专题文章《元代的文学与社会》,但文章基本是就元曲与社会的关系讲的。

60年代出版的两部代表性的文学史:游国恩等主编的《中国

文学史》(第三册,人民文学出版社,1964年出版)和中国科学院文学所编写的《中国文学史》(人民文学出版社,1963年出版)也都是运用阶级矛盾和民族矛盾的分析法来论述元代文学的社会背景的,只是较之刘大杰论述得更为充分。以游国恩本为例:作者首先肯定了元朝的统一促进了国内各民族的文化交流,丰富了祖国的文化宝藏。因为元代杂剧、散曲和诗文作家,有不少是少数民族。以下则依次谈残酷的阶级压迫和民族压迫,文人的备受歧视和思想苦闷,崇尚儒学,提倡理学以进行思想统治及其对文学创作的影响,利用宗教麻痹人民及其对文学创作的影响。而后则谈到农业、手工业的发展,以及海运漕运和中西交通促进了城市的发展,由此为戏曲的发展准备了条件等(第171—178页)。在相当长的时期里,这成为权威的也几乎是唯一的说法。1978年,台湾出版了包根弟的《元诗研究》(幼狮文化事业公司出版),该书第一章《元诗发展之背景》,在政治环境中讲了蒙人之汉化政策,北方汉军将领之重视文教,道教之庇护士子,和学术思想之自由。在社会及学术风气中讲了书院制度之普及,理学之兴盛及对诗坛的影响,以及书业之发达等(第1—41页)。我们在这里看到了与上述权威说法不同的意见。到80年代,这种权威理论开始动摇。80年代中期,一些人对这种观点直接提出批评,如《新疆师范大学学报》1984年第1期就发表了张玉声的文章《正确认识元朝文学发展的社会原因——与〈中国文学史〉作者商榷》。

80年代中期兴起了古代文学的宏观研究,这时,《光明日报》发表了周月亮的《也谈元代作家斗士精神的形成》(1984年11月6日)。这篇文章以杂剧作家为研究对象,但所论已不限于杂剧作家,涉及到了元代文学文化背景的一般研究。90年代初,元代文学宏观背景研究和作家心灵分析取得了一批成果。1990年,现代出版社出版了张宏生的《感情的多元选择——宋元之际作家的心灵活动》,作者历数了宋元之际的诗人中忠于南宋的爱国志士,痛悼前朝的遗民诗人，逃避现实的山林隐士，失去了晋身之阶的文士，出仕新朝而心存尤悔的仕元文人，和"不降则走"的变节者。作者用忠爱、悲愤、反省、控诉、逃避、苦闷、尤悔、沉沦八个题目，分析他们的感情活动和内心世界。作者在书的《结论》中说："宋元之际是一个特殊的时代"，"民族压迫性质的改朝换代的现实，既给人们的心灵打上了深刻烙印，也给人们全新的生活体验，反映在文学中，就显示了以往任何时期所没有的特色。"（第142页）本书给人印象较深的，是对一批内心充满矛盾者的心理分析，展示了他们苦闷的心灵历程。1991年，邓绍基主编的《元代文学史》出版，该书在文化背景研究上的突破体现在两方面：它不再只是从阶级压迫民族压迫的角度来分析问题；不再把问题的讨论局限在寻找杂剧兴盛的社会原因。该书第一章即《元代文学的若干历史文化背景》，作者首先认为，由元王朝成为封建国家的性质决定，中国文化是继续沿着原有的传统发展的。而元王朝作为多民族国家同时具有东西交通空前发达的特点，使元代文学具有自己的特点。其次，关于儒士问题，作者认为：

　　元王朝对待儒士的政策有一个变化的过程，笼统地说元代儒士受压迫或笼统地说他们受到重用都不符合历史实际。又由于民族歧视政策和选官制度的弊端，元代儒士问题始终成为一个严重的社会问题。和唐、宋的时代相比较，元代儒士的地位、价值观念在实际上有所变化，……

但是，"元代儒士社会地位的下降引出的儒士危机感，对文化、文学的影响是复杂的。"作者认为以往的分析有些简单化。其三，作者分析了理学对元代诗歌、散文、文论、杂剧等的不同影响。其四，又分析全真教对文学的影响（第3—24页）。1992年5月8日《文学遗产》就该书出版召开的座谈会，对该书关于文化背景的研究给以高度评价，说这"较之过去的文学史从社会经济、政治对文学的影响的一般性论述，是一个重要的突破，抓住了时代的特点"。

"没有泛泛介绍元代社会各方面情况,而是抓住影响元代文学发展的几个重要问题加以比较深入的阐述,这样比较解决问题,对读者理解后面要论及的一些重要文学特征很有帮助。"(《文学遗产》1992年第5期《总结·深入·开拓——〈元代文学史〉座谈会纪要》)1993年,文化艺术出版社又出版了么书仪的《元代文人心态》,该书对耶律楚材、元好问、谢枋得、许衡、郝经、刘因、赵孟𫖯、戴表元、顾阿瑛、危素、杨维桢以及从事杂剧创作的一些书会才人进行评述,重点分析元代文人在这一特殊时代的内心痛苦和人格分裂:分析辽金元易代之际的社会状况对文人的影响,认为他们的行动、观念、心理的常态与变态,都难以摆脱这一社会情状的拘囿,在这些心灵敏感的文人中,产生了一些带共同性的倾向。认为当时文人对宋金都已失望,对有能力收拾残局的蒙古君主带有若干盲目的信任,民族情绪并不象想像的那样激烈和普遍;战乱使人产生了与太平时期不同的生命体验,因而导致了对功名利禄的新的认识,对于亦隐亦俗生活方式的普遍认同,甚至对于耳目声色和口腹之乐的狂热追求;统治者与文人间的矛盾,大多未超出传统的君臣矛盾范围;由于不开科举,怀有入世理想的文人的心灵受到伤害;生计问题造成人心散乱,不思进取造成人格的丧失,地位改变迫使文人对生活作多角度的观察思考以及对儒家传统的突破。作者又分析了中国文人的传统观念在动乱年代和异族统治下的危机(第1—12页)。么著的出版在当时有一定影响,《文学遗产》1996年第6期发表钟宜写的书评《元代文人心态研究的新收获》,文章认为,作者"以一种深刻的历史哲学去观照元代社会生活,尤其是文人的内心生活,提出了一个群体命运的问题,总体上去把握元代知识分子的心理脉搏,注意到政治文化的外显层,也洞察到民族文化的深隐层。特别注意因社会剧变而牵动着的文人知识分子和政治知识分子的心灵轨迹,传导出时代变化的动律。"1996年第2期《博览群书》也发表了王星琦写的书评。1996年出版的章培恒等主编的《中国文学史》,在分析元代文学的历史背景时,除了政治的、哲学的、文化的影响外,特别关注经济尤其是商业经济的冲击对文学的影响。对于长期以来学界强调的元代的民族压迫与政治黑暗,作者也要求客观看待,说:"尽管元朝政治、经济存在着若干倒退的现象,但也有一些前代所没有的积极因素,这既表现为由于蒙古入主中原带来了某些文化的'异质',给中国固有的文化传统增添了新的成分、新的活力,也表现为由于意识形态控制的放松,使得社会思想能够较多地摆脱传统规范的束缚,以及蒙古统治者某些为自身考虑的政策,从反面造成了有利于文化发展的效果,从而,在经济、思想文化及社会生活诸方面产生了一些引人瞩目的特点。"作者还说:元代社会一个重要的、与文学发展关系最为密切的现象,是由于蒙古统治者的民族歧视政策和对科举的轻忽,使得大批文化人失去了优越的社会地位和政治上的前途,从而也就摆脱了对政权的依附。他们作为社会的普通成员而存在,通过向社会出卖自己的智力创作谋取生活资料,因而既加强了个人的独立意识,也加强了同一般民众尤其是市民阶层的联系,他们的人生观念、审美情趣,由此发生了与以往所谓"士人"明显不同的变化。而即使是曾经步入仕途的文人,其中不少人也存在与统治集团离异的心理,并受到整个社会环境的影响,他们的思想情趣同样发生了类似的变化。这对元代文学的发展具有关键的作用。

这一时期元代文学社会文化背景的研究论文,有《郑州大学学报》1991年第1期左东岭的《元代文化与元代文学》,《东岳论丛》1996年第3期乔光辉的《元文人心态与文学实践》,另外《信阳师范学院学报》1995年第1期郭预衡的《文变染乎世情——研究元代文章的一些想法》也讨论了背景问题。左东岭认为,谈元代文学的文化背景不应只留意民族歧视,"因为形成元代文人心理状态的绝非民族歧视一端,而是两种文化撞击的结果"。他认为在元朝建立以前,蒙古已建立起横跨欧亚大陆的四大汗国,"故其吸收的文化因子乃是中国、印度、大食及欧洲的杂糅,因而元蒙定鼎中原之后,始终未能完全纳入中原汉文化体系"。由于文化的差异而造成文人对朝廷的离心力,使得他们"或闭门读书讲学以保持节操,或混迹于市井勾栏创制杂剧等俗文艺以滑稽混世,或退隐于山林岩穴以笑傲江湖,由此也孕育出有元一代文人的变态心理结构。"文章分别分析了元代诗文、杂剧、散曲作家的心理状态,并特别分析了元末东南诗文作家的心态。应该说,这在当时是颇具新意的。乔光辉的观点与左东岭有某些近似,他认为"元统治者对汉民族传统思想非常生疏且接受迟缓,元蒙在入主中原前就形成了一个横跨欧亚的大帝国,他所吸收的是波斯、印度及欧洲文化的杂糅。元统治者对于汉民族心理及汉民族长期形成的一套封建政治制度颇为隔膜,不但未被纳入中原文化体系,相反地却欲把中原文化纳入欧亚杂糅的文化体系,因而采用了他们习惯采用的措施来统治中原。这是中原儒生产生共同心态的背景。"在这种文化背景下,一部分文人被迫放弃传统文人的清高傲气而遁入市民中,与妓为伍,探索出实现自身价值的新道路,元杂剧因而兴起;用世思想的不可能实现,文人便转向超现实的追求,"内道"片面发展促使神仙道化剧的大量涌现;上层贵族对元政府的盲从与闲逸导致元诗宗唐得古之风的形成及孝子节妇题材作品的出现;少数民族作家群心态的汉化及其作品的激增。作者认为这几点决定了元代文学的总体概况。

　　学者们似乎对当前的元代文学的文化背景的研究状况不甚满意。李修生《元代文学研究刍议》(《北京师范大学学报》1991年增刊)从文学史方法论的角度提出,对宋金元文学应放在同一时间和空间中进行横向考查;元世祖忽必烈的影响,是研究元代文学必须重视的问题。他谈的是方法论问题,其实也是考虑元代文学时必须特别注意的两个重要的社会文化背景问题。李佩伦《元代文学研究观念新探》(中央民族学院出版社《中国语言文学》第一辑,1992年出版)则说:明清以来,在日益严重的"华夷大防"偏见的观照下,评价元人的出处选择,涉及到了人的气节、品格,影响到了其作品的社会与美学的评价。对于研究现状,他认为目前"横向考察,元代文学研究尚未广开门径,未与哲学、史学交流沟通;纵向考察,……元代文学研究领域内部,多是单项开掘,封闭一隅。虽是钩深入胜,总觉格局局促"。所论也是要求重视背景研究,并对社会背景研究所持的观念提出了看法。

90年代的元代文学的社会文化背景研究,似乎是不约而同地寻求元代文化中与以往中国文化不同的特质,进而分析由此造成的元代文人不同于以往中国文人的心态,最终探索中国文学史在元代发生嬗变的表层的和深层的原因,并对这一嬗变作本质的把握。

元代文学发展的社会文化背景是一个复杂的难度很大的研究课题。元代文化背景的特殊性和复杂性,决定了这一课题的复杂性和艰巨性。这一研究在90年代有了大的突破。研究还在进行,我们期待着新的突破。

三、对于元代文学基本特征的认识

对元代某一文学样式的特点作独立的说明,古已有之。但对元代文学的基本特征作总体的综合的说明,则是近十几年才有的。如果一定要向前追溯的话,则1931年商务印书馆印行的胡怀琛的《中国文学概要》有《辽金元文学变迁的大势与特点》一章,他所谓的元代文学的特点,一是蒙古语或其他外国语夹入汉文中,二是通过马可波罗等中国文化传遍欧洲(第126页)。以今天的眼光看,很难认可他谈的是文学的特点。从世纪初到今天,都有人把传统文学的衰落和俗文学的兴起看作元代文学的特点,但那应是元代文学发展的趋势。有元一代文学的总体特征之所以少有论述,原因也是很清楚的;在本世纪以前,戏曲、小说作为小道不被大人君子们正视,算不得文学;本世纪初戏曲小说被认为是有元"一代之文学"后,元代诗文等传统文学的成就不被肯定,三四十年代虽有关于诗文研究的著作,并对诗文成就给予关注,但却极少对元代文学作总体的综合的研究与评价。40年代末到80年代前期,元曲一直被认为是元代文学中的一枝独秀,传统文学不被重视。全面认识元代文学的成就是近十几年的事,那么自然,对元代文学整体特征的概括与阐述,也只能是近十几年的事。

元代文学各体的差异是非常明显的,要指出其不同点很容易,要寻求元代文学的总体特征则很难。于是研究者从不同角度进行考查和阐述。李修生从一代文学的发展形势角度看待这一问题,在《元代文学研究刍议》一文中,他指出由于对元曲以外的文学形式研究不够,而影响了人们对元代文学整体面貌的认识,要求加强这种综合性的研究。他认为:元代文学最重要的特点是:各种文学样式得到全面发展。接着他历数了各体文学在元代的发展。

有的研究者在寻求元代文学异中之同时,把眼光转移到有元一代文学的某些共同背景和各类文人共同的心理状态上来。如左东岭《元代文化与元代文学》一文,就指出形成杂剧、散曲、诗文等各不相同的风貌的背后有一个共同的文人心理:由于文化的隔膜而形成的文人与朝廷的离心力。只是由于这种离心而使诗文作家走向自我封闭,于是形成了元代诗文的特点;这种离心力表现为愤激与批判,形成了杂剧的风貌;表现为无忌地张扬个性,就形成了散曲的特色。章培恒等主编的《中国文学史》则指出了杂剧和散曲受城市经济和市民意识的影响,而这种世俗的观念也渗透到诗文特别是后期诗文中去,于是诗文中也表现了与元曲中近似的精神,如富于世俗生活情调,讴歌城市的繁荣和人生的享乐,自我意识的觉醒等(第8—17页)。陈文新在《中州学刊》1989年第1期发表了《追求雄健奇崛——元明之际文学的主导风尚》,则从文学风格方面认识元末这一时期的文学特征,他认为在元明之际,小说、戏曲、诗文等文学的各种样式,都有一个共同的风格追求,即雄健奇崛,其中又以小说为突出代表。

周惠泉则从多元文化融合的角度认识元代文学的特征,在其主编的《中国文学史话·辽金元卷》(吉林人民出版社,1998年出版)的代序《辽金元文学·民族融合的结晶》一文中指出:辽金元三代,在我国历史上是民族迁徙、民族交流空前活跃的时期。……民族文化融合以前所未有的力度大大加强。由于北方民族文化、包括诗歌音乐的南渐,为中国文学注入了新的因子和活力,促进了中国文学的蜕变、更新和发展。正是从辽金元时期开始,传统文学样式独领风骚的格局已经不复存在,新兴的文体开始崛起并走上文坛中心,通俗化、大众化趋势成为文学发展的重要流向。周惠泉的看法,受到学术界的充分肯定和重视。刘兴汉在《社会科学战线》1998年第5期发表《学术性与大众化的融合》,认为周惠泉的观点:"突出地表现了我国文学在多元文化优势互补中整合更新的历史趋势"。邓绍基也在《北方论丛》1999年第5期发表《关于〈辽金元文学史话〉的一点感想》,对周氏的看法给予高度肯定。

对元代文学的总体面貌进行概括,是必要的,但同时也是很困难的。尽管学者们呼吁重视这一研究,但至今没有大的进展。对元代文学的特征作出令人信服的概括,这是摆在元代文学研究者面前的一个艰巨的任务。李修生在《文史知识》1998年第9期发表的《元代文学的再认识》一文,再次强调了这一点。

(原载《社会科学战线》1999年第6期)

金代文学研究百年回顾

胡传志

金代文学是中国文学史的重要一环，其中镶嵌着元好问、王若虚等足以辉映古今的文学家，但其地位长期以来并未得到公认。元、明二朝视金若寇仇，对金源文学，或视而不见，或贬损有加。清立国以后，出于民族认同感等多种原因，对金源文学颇多垂青。他们编纂《全金诗》、《金文最》等文献，评注金诗，才给予金代文学较多的肯定。

进入本世纪，清朝灭亡，金代文学研究没有得到及时延续。很长时间内，只有个别学者兼治金代文学；建国后30年，金代文学研究仍很冷寂。1979年后，金代文学才渐受学界重视。回顾金代文学研究的百年进程，在文学史论述、作家作品研究、文献整理与普及等方面取得重大进展，同时也存在一些有待探讨的问题。得与失，都值得我们总结和思考。囿于见闻，限于篇幅，本文恐不免挂一漏万；海外研究资料，所见甚少，故不便妄谈，一并略去，请诸位同仁明鉴。

一、文学史论述

金代文学是在女真族统治下、与南宋政权相对立的北中国汉语文学。如何认识它与宋代文学的关系、与宋代文学的异同，也就是如何认识金代文学的性质和地位，是文学史论者所面对的首要问题。

人们对金代文学很早就存在两种不同的认识。一种观点认为金代的诗词文等传统文学样式是北宋文学的余波遗响,如王世贞说金诗"大旨不出苏、黄之外","直于宋而伤浅,质于元而少情"(《艺苑卮言》卷四);胡应麟等视金诗为"闰余"(《诗薮》),但同时他们又大加赞扬和肯定金代兴起的北曲和诸宫调。如明代张羽将董解元《西厢记诸宫调》(下称《董西厢》)为代表的北曲与唐诗、宋词相提并论(《古本董解元西厢记序》),贬低金诗的胡应麟也以为"金人一代文献"尽在《董西厢》一书(《少室山房笔丛》)。如此立论,虽失之公允,却着力突出了金代文学不同于宋代文学之处。另一种观点强调金代诗词文等传统体裁与宋代文学的区别。元人编撰的《金史·文艺传》说金代文学能"自树立唐、宋之间",似已意识到它与唐、宋有所不同。后来,清人张金吾认为金人得北方巨山大川雄深浑厚之气,故其文章"华实相扶,骨力遒上"(《金文最序》);况周颐比较宋词与金词,得出"宋词深致能入骨"、"金词清劲能树骨"(《蕙风词话》卷三)的结论。两种观点不同,对金代文学的评价当然也就相去甚远。比较而言,历元、明、清三代,后者渐占上风,但并没有趋于统一,分歧留给了20世纪。

那么,20世纪又是怎样的呢?

有些学者坚持认为金代传统文学是北宋文学的延续,不予重视,而肯定其北曲和诸宫调。郑振铎《插图本中国文学史》(作家出版社,1957)认为金代文化"承袭了辽与宋",对传统的诗词文只作平淡、简单的介绍,甚至连元好问这样杰出的诗人,在四卷本文学史中,也只有寥寥数百字的篇幅,显然有失允当。而对诸宫调评价极高,称它是"金文学最大的光荣"(624页),并称《刘知远诸宫调》和《董西厢》的作者"具有伟大的诗的天才和极丰富的想像力"(539页)。游国恩等主编的《中国文学史》、中国社科院文研所《中国文学史》没有如此明显的高下之论，对诗词文也给予了一定的重视，但它们并没有突出金代文学的特质，所采用的仍是与流行看法近似的观点。二书中金代文学都作为"宋代文学"名下的一章，透露出金代文学附属于宋代文学的看法。范宁《金代的诗歌创作》（《文学遗产》1982.4）专论金诗，亦认为金代文学的思想内容和艺术风格都是"赵宋王朝文学的延续，只是在特殊的情况下略有变化而已"。

但是，更多的学者承认金代文学具有独特性。早在1927年，许文玉在其论文《金源的文囿》（《小说月报》十七卷号外"中国文学研究"专号）中，就强调金源是"新开辟的国家，那时候是中国北方完全沦陷在异族统治之下，自然会有一种新民族的文学产生"。后来，吴梅《辽金元文学史》（商务印书馆1934）沿袭张金吾的论点，分析金代诗词文的特征，如论金诗云，"从北宋入手，以进窥乎三唐，其高者出入陶谢，以写其自然之真趣，要与宋之江西、四灵、江湖各派，如泾渭之各别"。近几年新问世的文学史著作则发展了上述观点。中国社会科学院文学研究所总纂的国家重点科研项目十四卷本中国文学通史《宋代文学史》（人民文学出版社，1996），应是目前的权威之作，其中金代文学部分由专攻金代文学的专家周惠泉撰写。他对金代文学的性质作出明确的界定，指出："伴随着民族融合的进程，中原地区汉民族的农业文化与北方游牧民族的草原文化相互影响，相互吸收，形成了金代文学新的特色、新的气象。"这是现代学者在中华民族大背景下，摆脱民族偏见，对前人观点所作出的超越和深化。在专著《金代文学学发凡》（东北师大出版社，1993）中，周惠泉进一步申述此说，认为"植根于各民族文化结合部特殊人文地理环境之上的金代文学，在汉文化与北方民族文化的双向交流、优势互补中，则以质实贞刚的审美风范彪炳于世，为中国文学北雄南秀、异轨同奔的历史走向增加了驱动力，促进了中华文化从多元发展为一元的进程"(289页)。这种认识不仅仅提高了金代文学的地位，更重要的是，为它在中华文化中找到了比较准确的位置，指出了它的独特贡献和价值所在。关于金代文学的特征，其他学者也作出了各自的概括。比如詹杭伦《金代文学思想史》（成都科大出版社，1990）说，"金代文学的发展是，以借才异代始，以流落异代终；以追求中州文派始，以总结中州文派终；以保持华实相扶、骨力遒上为其特色，也不免生硬粗率、苦少蕴藉的弊病"（5页）。张晶《辽金诗史》（东北师大出版社，1994）揭示金诗的特色是"慷慨苍凉，清刚雄健"，顾易生、蒋凡、刘明今合著的《宋金元文学批评史》（上海古籍出版社，1996）也指出，金代文学"虽上承北宋，然不受北宋的局限；与南宋相比，更有其独特的发展道路。"（840页）。

在金代文学性质的讨论中，不管怎样归纳其特色，不管承认其独特性与否，有一点是明确的，金代文学毕竟是中国古代文学史的一个环节，是以汉人为主的汉语文学，同在中华文化的大环境之中，同在中华帝国的版图之内，因而它必然具有历代文学所通有的一些共性；但同时它又是女真族统治下的北中国文学，受女真统治及其文化、宋金政权的对立、地域的差异等等因素的影响，形成其独特性。要言之，金代文学与其他历代文学相比，同中有异，而且同多异少。过多地见其同，对于相异点只重视诸宫调等新样式；或者过多地发其异，忽视其相同的特色，都失之一偏。在此前提下，再来探讨金代文学究竟有哪些不同于宋代文学的特征，这方面学界已作了许多可贵而富有灼见的探讨，但仍没有达成共识。女真统治及其文化、宋金政权对立、地域差异这些促成金代文学特性的要素，对金代文学产生哪些影响和作用，还需要作深入、系统、充分而有说服力的论证。

金代文学的分期，是文学史论述的常规内容，吴梅、郑振铎、游国恩、周惠泉等学者基本上参考元好问和清人的论述，将之分为初、中、晚三个时期。具体说来，金代初期（1115～1160），从金朝建国到海陵王末年，是所谓"借才异代"时期；金代中期（1161～1213），从金世宗初年到卫绍王末年，主要是世宗、章宗两朝，又称"大定、明昌时期"；金代后期（1213～1234），从金室南渡到金代灭亡。各家对各期文学发展作了相应的概括，如周惠泉指出：初期作家大多由北宋仕金，作品常常饱含着去国怀乡的思想感情，往往具有震人心魄的艺术力量；中期作家则以昂扬的格调、闲适的情趣见长取胜，表现了由动乱趋向复兴的社会现实，从而把金代文学推进到新的境界；后期作家多抒写战乱之苦、亡国之痛，表现了鼎革易代之际的社会巨变（《宋代文学史》，人民文学出版社，1996）。少数人与通行的分法略有不同，其中张晶在《辽金诗史》中在三分法的基础上，将金亡前后元好问及其他遗民诗人的创作视为升华期（12页），詹杭伦《金代文学思想史》则将金代文学的发展分为五个时期。

作家研究是文学史著作的重要内容。吴梅、苏雪林等人的论著多撮录《金史·文艺传》、《中州集》、《大金国志》等材料，作一般的介绍，很少辨别发挥，亦时有谬误。游国恩主编的《中国文学史》除元好问和董解元《西厢记诸宫调》分别设专节之外，只是在"辽金文学的发展"一节中涉及到一些作家，但连李纯甫这样金末诗坛上的风云人物都只字未提。中国社科院文学研究所主编的三卷本《中国文学史》也是这样。周惠泉撰写的十四卷本《中国文学通史》金代部分（人民文学出版社），已大为改观，准确精当地论述了二十多位作家，为随后的研究确立了参照系。詹杭伦《金代文学思想史》和张晶《辽金诗史》篇幅更大、内容更详。前者把文学理论、文学批评与文学创作实际结合起来，论及众多作家的生平、创作诸问题，对蔡珪、党怀英、李纯甫、王若虚等人作了深入的论述。后者运用文化社会学的研究方法，以作家为中心，研究金诗发展轨迹，于作家研究方面，更趋细致。上述论著的共同点，是研究的作家非常之多，从著名诗人到普通诗人，从汉族诗人到女真族诗人，从贵族大臣到南冠隐逸之人，可以说是金代作家的大检阅。

学术史的研究，人们普遍不予重视。前人做过哪些研究，有哪些成就，后人往往不甚了解，于是苦心钻研所得，时与前人重复，劳而无功。连精细入微的唐代文学研究也不免此疾。金代文学研究长期受人冷落，人们对其研究史一般更是很少涉及，学术史的检讨就显得更为重要。周惠泉以其卓识撰成《金代文学学发凡》一书，填补了此项研究的空白。该书内篇不仅评述了自金代到现代的金代文学研究，为当代学者提供了很有价值的参照系统，给金代文学的深入研究奠定了新的基础；而且首次提出"金代文学学"的概念，从而将金代文学研究作为中国古代文学的一个学科分支的理论框架初步建立起来，把金代文学研究提高到更加自觉的阶段。正如中国社会科学院文学研究所邓绍基在为该书写的序言中所说，这是近十余年来金代文学研究方面处于领先地位的成果。

二、元好问研究

元好问研究从元、明、清三代以来，一直是金代文学研究中的热点。近百年来，前辈及时贤用力尤勤，在其创作、诗论、生平等方面多有创获，大大推动了金代文学的研究。

元好问的文学成就和地位，大多数文学史和论文都予以充分肯定，一致公认元好问是中国文学史上的一位大家，是金代文坛的杰出代表。值得注意的是，这一认识愈趋深入具体。如周惠泉《元好问研究发微》（《纪念元好问800周年诞辰文集》，山西人民出版社，1992年）将元好问放在汉文化与北方民族文化相互融合、宋文学与金文学彼此消长的复杂背景下加以考察，认为

"元好问作为置身于民族文化交叉点上的一位杰出的文学家,将汉文化传统和北方民族传统融而为一,在宋金时期不仅纠正了北宋文学的某些流弊,推动了中国文学的健康发展,成为金代文学的重要参照系,而且为北雄南秀、异彩纷呈的中华文化增添了新的因子,注入了新的活力。"文中还称元好问的散曲创作"开风气之先,标志这种来自民间的文体已被文人正式承认,对于散曲的兴盛和发展无疑是一个强有力的推动"。在诗词文方面,人们较多关注其诗歌,深入探讨其创作道路、创作内容、艺术风格等,取得了丰硕的成果。如陈中凡《元好问及其丧乱诗》(《文学研究》1958.1)、赵廷鹏等《赋到沧桑句便工》(《文学遗产》1986.6)论其丧乱诗,门岿《一片伤心画不成》(《文学遗产》1986.6)论其题画诗,陈书龙《元好问山水景物诗的艺术特征》(《中南民族学院学报》1988.1)论其写景诗,显示出诗歌研究已从丧乱诗向外扩展,渐趋深入。诗歌艺术也渐受重视,卢兴基《万古骚人呕肺肝,乾坤清气得来难——从金源诗风看元遗山诗歌艺术》(《社会科学战线》1990.4)、蔡厚示《论元好问诗风的衍变》(《文学遗产》1990.4)都是论其艺术风格的专文。诗歌研究中特别值得推崇的是钱钟书的《谈艺录》(增订本)。作者以渊博的知识为遗山诗作注,旁征博引,洋洋数万言,并以其睿智的目光,纵论遗山与江西诗派、金诗与江西诗派的关系,烛照幽微,注他人所不能注,见他人所未能见。遗山词的研究相对较弱。张晶《论遗山词》(《文学遗产》1996.3)指出其熔豪放与婉约为一炉的特点,和清雅顿挫既有北国雄风、又不乏蕴藉深沉、既柔婉之至又沉雄之至的词风,肯定元好问为金代词人之冠的地位。总体上来看,创作方面的研究与元好问的文学成就和独特贡献还有些距离,涉及面尚嫌狭窄,有的论题如遗山诗的艺术渊源、遗山与东坡的诗学关系等,尚待进一步讨论。

元好问的诗论特别是《论诗三十首》影响很大,所以,它成了元好问研究乃至金代文学研究的热点。几乎所有的文学史和文学批评史、文论选本都要论及它,许多相关的选本纷纷选释它。除了数十篇论文外,尚有两本专著。一是郭绍虞1964年完成、1987年出版的《元好问论诗三十首小笺》(人民文学出版社与《杜甫戏为六绝句集解》合刊),一为刘泽《元好问论诗三十首集说》(山西人民出版社,1992)。

诗论研究的中心是其理论宗旨和《论诗三十首》的诗意解释。遗山论诗,夫子自道,"以诚为本"(《元好问全集》卷三十六《杨叔能小亨集引》),"诚"即是其理论核心和论诗基点。诚为何义?依字面,诚即真诚,但现代学者普遍认为,真之外尚有正的意思,即合乎儒家的道德伦理观,如成复旺等《中国文学理论史》、顾易生等《宋金元文学批评史》都持这种观点。周惠泉《金代文学学发凡》分析了"诚"的内涵,认为它"既体现了对于我国古代著诚去伪哲学思想的合理发展,又包含着对于我国北方民族尚质抑淫艺术观念的积极吸收"(65页),这是很有见地的。还有学者指出,"以诚为本"不仅在思想方面强调感情纯真,还在艺术方面崇尚中和之美(朱良志《试论元好问的"以诚为本"说》,《安徽师大学报》1984.4),有的学者还从创作主体、创作态度目的、创作实际等方面来阐释以诚为本的含义(刘泽《元好问晚年诗歌创作论略述》,《文学遗产》1990.4)。

《论诗三十首》是其诗论的杰出代表,人们从各个方面进行了深入的探讨。《元好问论诗三十首集说》汇集了1991年以前海内外有关论著、论文,并加以分析评论,是《论诗三十首》研究的阶段总结。此后,尚有李正民《元遗山〈论诗三十首〉的历史地位》(《纪念元好问800周年诞辰文集》,山西人民出版社,1992)、《元遗山〈论诗三十首〉异解辨正》、(《山西师大学报》1993.4)、《元遗山〈论诗三十首〉异解补正》(《山西大学学报》1993.4)等系列论文。各家在《论诗三十首》的主旨方面，分歧较小。郭绍虞主编《中国历代文论选》（一卷本）归纳为五点：一、贵自得，反模拟。二、主张自然天成，反对夸多斗靡。三、主张高雅，反对险怪俳谐怒骂。四、主张刚健豪壮，反对纤弱窘仄。五、主张真诚，反对伪饰。后人阐释，多与此大同小异。近年来，学界注意变化视角，研读《论诗三十首》，如《宋金元文学批评史》将《论诗三十首》分为三个部分，论魏晋南北朝部分肯定和标举曹刘之慷慨、阮籍之沉郁、陶潜之真淳、《敕勒歌》之豪放浑朴，批评潘岳之伪、陆机之靡，正伪公明。论唐诗部分有褒有贬，褒多于贬，总体评价不及魏晋；论宋诗以批评为主，从中可以看出元氏的批评观。在《论诗三十首》微观研究方面，具体到每首诗歌，自翁方纲、宗廷辅等人以来，分歧就很多。郭绍虞《元好问论诗三十首小笺》作了许多精辟的辨释，扫清了不少迷雾，同时，又推出一些新的见解。近年来，不断有学者作些辨释性文字，时有所得，但歧见更多，以至于某首诗究竟指谁，是褒是贬，亦无定见。这说明，备受重视的《论诗三十首》的研究，还很不够。

笔者认为，郭绍虞在《中国文学批评史》（上海古籍出版社，1979）中所倡导的"以元注元"（296页）即以元好问注元好问的方法，是我们探求其诗意、减少分歧的一把钥匙。如果不抓住元好问的诗文著作，不充分结合金诗实际，就难免隔靴搔痒。《论诗三十首》之十九论陆龟蒙："万古幽人在涧阿，百年孤愤竟如何？无人说与天随子，春草输赢较几多？"清人宗廷辅全然不顾遗山论诗旨意，望文生义，以为该诗讽刺陆龟蒙"绝无忧国感愤之辞"，李正民《元遗山〈论诗三十首〉异解辨证》引出遗山《校笠泽丛书后记》中论陆氏"识者尚恨其多愤激之辞，而少敦厚之义"等语，宗氏说遂不攻自破。笔者受上述成果启发，亦尝试"以元注元"，对其中六首诗作加以辨释，成文万余言（《中国诗学》第五辑，南京大学出版社，1997）。元氏论东坡,有"苏门果有忠臣在,肯放坡诗百态新"之句,其意在讥刺苏诗"百态新"之病,然学界在笺注该诗时,每每以苏门四学士、六君子等人来释"忠臣",忽视了"果"字的着落。拙文征引遗山《东坡乐府集选引》和《滹南遗老集·著述辨惑》等文献,指出这两句是针对赵尧卿、文伯起等人自诩为苏门忠臣的言论而发出的批评。这样解释,于诗意或许更贴近一层。

《论诗三十首》的写作时间,也是个悬而未决的问题。有人坚信题下小注"丁丑岁三乡作",认为写于28岁时,也有人判断它非青年时所作,双方都没有充足的说服力。前者很难圆满地解释诗中"老来留得诗千首,却被何人较短长"一句,后者又无法推翻题下小注,倒是郭绍虞怀疑元氏晚年曾有所改定,最合情理,可惜除"老来留得诗千首"之外,别无旁证。

生平研究是元好问研究的基础工程。缪钺的《元遗山年谱汇纂》(原载《国风》第七卷第三号、第五号,南京钟山书局1935年版,现收入《元好问全集》附录之中)是这方面的力作。作者比勘清人翁方纲、凌廷堪、施国祁、李光庭等多家年谱,兼采各家之长,加之以精审考订,广征博引,详考其生平交游、作品系年以及诗歌思想,整体水平大大超越前人。该书成于30年代,迄今为止,仍是最好的年谱。当然,随着研究的深入,有的部分需要加以修订和完善。近年来,已有学者在从事这项工作,如辛一江《元好问在元初的文化活动》(《文学遗产》1994.6)、狄宝心《元遗山作品新证九则》(《文学遗产》1995.2)等论文就是这方面的相关成果。我们期待着新编元好问年谱能早日问世,后来居上。

金亡前后,是元好问一生的转折点。如何评价元好问在金亡前后的活动,关系到其气节大事。所以,长期以来,这一直是聚讼纷纭的焦点。争论的核心是关于元好问此间三项活动的评价。一是天兴二年(1223)正月,蒙古军围困金都汴梁,金哀宗逃往归德，守京元帅崔立举城投降，胁迫元好问等人撰写"功德碑"；二是同年四月向蒙古国中书令耶律楚材上《寄中书耶律公书》，请求对方保护金国土人；三是金亡后，元好问与蒙古国要人密切交往，晚年还觐见忽必烈，上儒教大宗师之号。对此三事，或为之辩护，或予以非议。本世纪，鲁迅《且介亭杂文·儒术》、缪钺《元遗山年谱汇纂》、夏敬观选注《元好问诗》、郭绍虞《元好问论诗三十首小笺》等论著都涉及到元好问名节一端，惜没有作专文论述。80年代以来，先后有不少论文专论其名节问题，主要有黄时鉴《元好问与蒙古国关系考辨》（《历史研究》1981.1）、孔繁华、肖舟《元好问在癸巳之变前后》（《徐州师院学报》1984.4）、降大任《且莫独罪元遗山》、《〈外家别业上梁文〉释考》、《元好问气节问题诸说平议》（三文均载作者《元遗山新论》，北岳文艺出版社，1988）、刘知渐、鲜述文《关于元好问的名节问题》（载《纪念元好问800周年诞辰文集》）等。这些论文总体倾向一致，着力从文化角度为遗山辩白，其中降大任的系列论文可为之代表。降文认为，元好问虽为崔立撰碑，但秉笔直书，没有歌功颂德，谈不上失节。上书耶律楚材，觐见忽必烈，保护了人才，维护中原先进文化，这符合中华民族整体利益，应予以肯定。这一观点体现了当代学者名节观念的更新与进步。

生平研究的另一收获是降大任《元遗山新论》中的系列论文《元遗山交游考》、《元遗山交往僧道考》、《元遗山亲属考》。降文旁搜远引，考证遗山交游人物469人，交往僧道60人，亲属30人，总篇幅超过20万字，能补充前人之不足，对研究遗山及金末元初文化多有裨益。

此外，有关元好问其他著述的研究也有所收获。笔者有关《中州集》的系列论文，如《〈中州集〉的流传与影响》（《文学遗产》1994.3）、《〈中州集〉的编纂过程和编纂体例》（《山西大学学报》1994.2)《〈中州集〉文化意义再评价》(《晋阳学刊》1994.2)等,初步探讨了该书的编纂过程、编纂体例、选诗标准、文化意义、文献失误、流传和影响等。有的学者还探讨了《续夷坚志》、《壬辰杂编》等书的相关问题。

三、其他作家研究

与元好问研究相比,金代其他作家的研究显得相当平静和寥落。

应该说,作家研究早在许文玉《金源的文囿》中就已起步。该文特为王寂、王若虚、元好问三位作家立传,其中王寂传显示出作者的独特眼光,王若虚传颇具深度和份量,这是作家研究的良好开端。但是,这一高起点长期得不到呼应。80年代以前,这类文章寥寥无几。进入80年代以后,金代作家研究渐趋深入。权威的《中国大百科全书·中国文学》卷(中国大百科全书出版社,1986)首次推出20多位金代作家的条目释文,这些条文主要由周惠泉撰写,其篇幅和深度都超过了以前的研究,从而提高了金代文学的地位,扩大了金代文学的影响。此外,陆续有不少学者著文,论及元好问之外其他重要作家,其中当推周惠泉用力最勤,成就最著。他的考证系列《王若虚生卒年辨正》(《文学遗产》1986.1)、《金代文学家王寂生平仕历考》(《文学遗产》1986.6)、《金代文学家李纯甫生卒年考辨》(《社会科学战线》1984.3),勾沉索隐,披沙拣金,对这几位作家生平考订精审确凿,解决了他们生平中的一系列疑难问题,纠正了《金史》、《归潜志》以及唐圭璋《全金元词》、谭正璧《中国文学家大辞典》的错误;他的评传系列《金代三文学家评传》(《山西师大学报》1993.2)、《金代文学家评传(一)》(《山西大学学报》1993.2)、《金代文学家评传(二)》(《山西大学学报》

1994.1）既有征引广博的考证，又有简练精当的评析；他的论述系列《金代女真族诗人完颜璹简论》（《社会科学战线》1985.2）、《宇文虚中及其文学成就论略》（《社会科学战线》1987.3）等论文论述深入独到，见前人所未见，发前人所未发；他的资料系列《金代文学评述会要》（《金代文学学发凡》外篇）以作家为目，搜罗繁富，时加辨释，为他人提供了便利。作家研究的论文还有马赫《王庭筠生年及其〈大江东去〉词的写作年代》（《文史》二十八辑）、《略论金代辽东诗人王庭筠》（《社会科学辑刊》1987.5）、刘浦江《书〈金史·施宜生〉后》（《文史》三十五辑）、张晶《从李纯甫的诗学倾向看金代后期诗坛论争的性质》（《文学遗产》1990.2）、张晶、都兴智《金代诗人王庭筠诗歌创作摭论》（《文学遗产》1988.5）、张博泉《赵秉文及其思想》（《学习与探索》1985.3）、吴庚舜《金代边塞诗人周昂》（《光明日报》1984.5.22）等。这些论文涉及到金代大多有成就的作家，可以与文学史相互补充。

金代作家研究还有一项收获，就是阎凤梧、刘达科合著的《河汾诸老研究》（山西人民出版社，1993）。该书上编对麻革、张宇等八位河汾诗人的生平、创作、思想等方面作了详尽的考论，下编为资料汇编，搜罗比较完备。河汾诗人是长期被人们忽略的诗人团体，成就和地位均有限，对这些中小诗人能作专门的研究，或许是著者对乡贤的偏爱。不过由此可见，金代作家研究虽然有了长足的发展，但是许多影响和成就不亚于河汾诸老的诗人，却没有得到足够的重视，未能作深入全面的探讨。如王寂是金代中期唯一有别集传世的诗人，深入研究他，将有助于我们认识金源盛世及其诗风转变。又如研究蔡松年，可以结合元好问《忠武任君墓碣铭》、辛弃疾《美芹十论》、郝经《陵川集》卷九《书蔡正甫集后》等材料，探讨蔡松年之死似为海陵王怀疑他泄露军事机密而将他鸩杀，可补《金史》之不足。而将蔡松年词与稼轩词对读，又可发现稼轩多次化用蔡词，此又可证《宋史·辛弃疾传》所载稼轩少师蔡松年之事未必子虚乌有，不应该轻易受到怀疑和否定。由此下去，还可以进一步探讨蔡松年在师法东坡等方面对稼轩的启示意义（详参拙文《稼轩师承关系与词学渊源》，《安徽师大学报》1997.1）。蔡松年如此，其他作家情况如何？深入研究，会不会也有意外的收获？许多作家的研究价值，还有待我们去挖掘、去发现。

金院本和诸宫调是金代新兴的民间文学，在本世纪很受重视。解放前，许文玉就许之为"新民族的文学"，解放后，郑振铎等人及有关教材都给予很高评价，不少论文探讨了诸宫调的格式、体制和演出方式等，如吴则虞《试论诸宫调的几个问题》（《文学遗产》增刊五辑，作家出版社，1957）、翁繁华《试论诸宫调的音乐体制》（《文学遗产》1982.4），《董西厢》尤受学界关注。人们研究其创作年代，徐凌云《关于〈董西厢〉的创作年代》（《文学遗产》1986.3）一文将之定在金世宗大定五年（1165）到金章宗泰和五年（1205）之间；人们还研究其思想和艺术，分析它对《王西厢》的影响。孙逊《董西厢和王西厢》（上海古籍出版社，1983）就是这方面的研究著作。

四、文献整理

金源文献的整理工作已引起学界的重视。周惠泉《金代文学保存整理概观（一）、（二）、（三）》（《社会科学辑刊》1992.6等）对历代以来金代文献的流传、保存、整理情况作了认真的总结，并就16种古代著作的内容特点、建树得失、版本源流加以考证评介，相当于著述提要，很有参考价值。本文现就本世纪金代文献整理情况作些介绍。

总集方面，当首推唐圭璋《全金元词》。该书沿用《全宋词》的体例,收录金代词家70人3572首作品,每位词人名下,系以小传,词作以善本、足本为据,详加校勘、考订,书后附有作者索引,以便翻检。搜罗之赅备,考订之精审,都是令人钦佩的。当然,书中也有失误疏漏之处。如蔡松年的代表作《念奴娇》(离骚痛饮),原有后序,可资参考,《全金元词》失载。张朝范《全金元词校读》(《文献》1996.3)指出其中词牌、律调、标点、误收、重收等问题。金诗整理,有薛瑞兆、郭明志重编的《全金诗》,已由南开大学出版社出版。金诗整理的另一成果是由张正义、刘达科校注的《河汾诸老诗集》(山西古籍出版社,1996),该书以清代曹刻敬翼堂本为底本,参校其他诸本,对其中人名、地名多加注释。此外,《中州集》、《金文最》都有断句排印本刊行,但无校勘,断句亦有不确处。如前者(中华书局上海编辑所1958)将李纯甫《为蝉解嘲》题下小注的第一字误排入正题,后者对赵秉文《答李天英书》所引诗句的断句有误。

别集方面,早在建国前,金毓黻、缪钺等人就致力于别集整理。金毓黻搜集、整理了王庭筠的《黄华集》,共八卷,前三卷为其诗词文,第四卷为其家人之作,第五卷为纪事,第六卷为题识,第七卷为杂记,第八卷为年谱。今有《辽海丛书》本。缪钺在汇纂遗山年谱的基础上,成《遗山乐府编年小笺》(《词学季刊》第三卷第二、第三号,开明书店1936),卷首评价遗山曰:"元遗山生长云朔,禀质清刚,遭际沧桑,心怀隐痛,故其乐府能于清雄之中,别饶深婉,苏辛以降,殆罕其俦。"该笺注于遗山交游、时事广加征引,详予考订,显示出作者精深的功力。最大遗憾是,他所据底本是《彊村丛书》校刊明弘治壬子高丽本。该本为遗山在金亡当年(1234)自编,远非遗山词集足本。所以,珙嶂煌瓿闪瞬糠作品的编年笺注工作。近年,虽有人陆续考订遗山词的编年,但至今未见完善的遗山词编年笺注问世。

在金代传世别集中，要数元好问集整理得比较好。1990年山西人民出版社出版了姚奠中主编的校点本《元好问全集》。该书以读书山房所刻《遗山集》为底本，新增《新乐府》和《续夷坚志》，经过广泛搜集，与底本相比，增补了14篇散文（含《续夷坚志》三篇）、20首诗歌，删去误收诗歌7首。书后附有诸本序言、提要、时人诗文、后人评论、《诗文自警》辑录及年谱二种，应该说，这是目前最完善的刊本。但由于成书仓促，不足之处在所难免。已有论者指出，其中所录《萧轩杨公墓碑》一文，仅据《金石萃编》补入，残缺甚多，以至不堪卒读，而《四库全书·还山遗稿》附录中所载《杨府君墓碣铭》，远较《金石萃编》完善，应取以为底本（刘泽、狄宝心《元好问〈萧轩杨公墓碑〉补缺》）（《山西大学学报》1993.4）。令人不解的是，屡见征引的《遗山乐府自序》亦不见于全集之中。书后附录亦不尽如人意。

现存诸宫调的整理也颇有成绩。《董西厢》有凌景埏校注本（人民文学出版社1962），《刘知远诸宫调》有蓝立蓂校注本（巴蜀书社1989）和廖珣英校注本（中华书局1993）。

史籍方面，整理出版了《金史》校点本（中华书局1975）、崔文印《金史人名索引》（中华书局1980）、刘祁《归潜志》（崔文印点校，中华书局1983）、《大金国志校证》（宇文懋昭撰，崔文印校证，中华书局1986）、《靖康稗史笺证》（确庵、耐庵编，崔文印笺证，中华书书1988）等著作，这些都为金代文学研究提供了便利。

在金代文学普及方面，现代学者作了大量的工作，先后编选了不少选本，主要有：夏敬观选注《元好问诗》（商务印书馆1940），郝树侯《元好问诗选》（人民文学出版社1959），陈沚斋《元好问诗选》（广东人民出版社1985），周惠泉、米治国《辽金文学作品选》（时代文艺出版社1986），罗斯宁《辽金元诗三百首》（岳麓书社 1990），夏承焘、张璋《金元明清词选》（人民文学出版社 1983），赵兴勤等编选的《遗山乐府》（中国广播电视出版社 1990），其中郝树侯《元好问诗选》选录元诗 226 首，以时间为序，诗后有题解和注释，注文简明扼要，通俗易懂，对历史事件的解释较为准确，对诗句的诠释间有未洽之处。周惠泉等的《辽金文学作品选》广采博搜，取精用宏，从金代典籍中选取有代表性的作家作品，作家之下系以小传，作品后有题解和注释。注释多准确，对作品本事的考证介绍，尤见功夫。这些选本各有侧重，对普及金代文学和推动金代文学研究起了积极作用。

总的来看，本世纪金代文献整理成就斐然，但毋庸讳言，还有许多工作要做。就元好问而言，他所编纂的《中州集》是金诗最重要的总集，迄今尚未整理，他的诗歌虽经施国祁作注、钱钟书补注，至今尚没有完善的注本，词集也是如此；即使是有关他的研究热点——诗论，也没有一个选注本。元好问如此，其他作家境遇更差。王若虚的《滹南遗老集》、赵秉文的《闲闲老人滏水集》均没有排印、点校出版（人民文学出版社 1962 年仅出版了点校本《滹南诗话》），这显然与日趋深入的金代文学研究不相适应。

（原载《社会科学战线》1997 年第 2 期）

文化视野中的中国当代文学50年

李运抟

一

从文化角度感受和理解文学,是种既古老又常青的方法。《毛诗序》云:"治世之音安以乐,其政和;乱世之音怨以怒,其政乖;亡国之音哀以思,其民困。故正得失,动天地,感鬼神,莫近于诗。先王以是经夫妇,成孝敬,厚人伦,美教化,移风俗。"①这种解读就是一种"文化解读"。它不仅把文学艺术置于社会和文化的大背景中,而且非常重视文学的文化功能。又如荷马史诗,则也既是古希腊的一种经典文化产物,又是其文化的一种出色反映。要想透彻理解荷马史诗,离开它古老神奇的文化背景就会云龙不见首尾。丹纳在分析古希腊文化与古希腊雕塑艺术的关系时,就从城邦、战争、掠夺、军事要求、体育竞赛、荣誉观念等互为关联的社会文化问题步步推进,从而逻辑地推导出古希腊雕塑艺术对人体崇拜的根源,令人信服地说明了专以色调冷峻的青铜和云石为材料的古希腊人体雕塑,为什么要极度张扬人体的雄壮、力量、敏捷、跳跃、健美,而不像现代雕塑艺术那样看重人的"沉思默想的宽广的脑门"。同时也说明了荷马史诗为什么描绘了那么多神人同形

---

① 《毛诗序》,见郭绍虞主编:《中国历代文论选》第一册,上海古籍出版社,1979年版。

的力大无穷的斗士与英雄。① 这也是以文化视野来研究艺术的典范。再如研究现代中国五四时期的新文学,同样不可能离开其时的文化背景。1915 年陈独秀创办的《新青年》杂志,作为新文化运动的先声阵地,同时也是新文学的发源阵地。新文学由新文化催生,同时又是新文化的先锋队。最早系统表达"文学革命"思想的《文学改良刍议》(胡适)、《文学革命论》(陈独秀)、《我之文学改良观》(刘半农)等文论,都发表在《新青年》上。亦发表于《新青年》上的鲁迅的《狂人日记》,主题就是批判中国几千年来封建主义的"吃人的文化"。文学与文化,通常就是这样水乳交融。

以文化说文学,应该弄清文化是什么。然而定义"文化"却并非易事。由于难以独尊一宗,人们只能宽容看待文化界说。比如有一定权威性的《大英百科全书》(1973~1974),对文化的界定便赞同用两种分法:第一类为"一般性"定义,即文化是"总体的人类社会遗产";第二类是"多元的相对的"文化概念,认为"文化是一种渊源于历史的生活结构的体系"并为某集团成员共有,主要体现在这一集团的"语言、传统、习惯和制度"中,包括"有激励作用的思想、信仰和价值,以及它们在物质工具和制造物中的体现"。② 这两种解释,前者显然是笼而统之的"大文化"概念,后者是具体些的可谓"小文化"的概念。但说"小"也不小,包容的东西还是十分丰富复杂。在文化界定中,文化结构论也较盛行。如有人将文化分为三个层次即物质的、制度的、心理的。也有四层次说,即认为文化有物质文化、制度文化、行为文化和精神文化。③ 如此等等不一。

---

① 丹纳:《艺术哲学》中译本,安徽文艺出版社,1991 年版,第 85—94 页。
② 引自李宗桂:《中国文化概论》第一节,该节有关文化界说的介绍与分辨可参考,中山大学出版社,1988 年版。
③ 黎山峣:《中国 20 世纪文学思潮论》第 22 至 23 页有关说明,武汉大学出版社,1994 年版。

无疑,对文化的界说只能采取求同存异的宽容态度。但不难发现,不管怎么划分,"形而上者谓之道,形而下者谓之器",文化总是离不开形而上的观念和形而下的具体表现这两个方面。如果说文化观念来源于社会生活并形成于实践经验的总结中,是无数文化事物和文化现象的归纳与抽象,当文化观念形成后,又决定着文化的取向、发展、表现方式和具体物象。文化观念是文化的核心,说到底就是一种具有稳定性的价值观念体系所支撑的文化精神结构。这是长期积淀才能形成的深层精神结构。从文化角度研究中国当代文学,关键在于要抓住那些举足轻重的文化观念,注意文化的历史背景和现实环境。

二

中国当代文学五十年,其实给我们提供了一个以文化研究文学的范本。离开文化视野,很多问题就无法说清。我们先来看当代文学所处文化环境的特别。可以从四个方面来看:

1. 文化环境的长期封闭

1949年10月新中国宣告成立以后,由于历史原因和现实的"冷战"状态,很长时间我们是闭关锁国,从而自然形成了一个长期封闭的文化环境。这种文化坚冰,直到1978年才真正开始有所打破。

在长达近30年的文化封闭时期,我们和国际社会还是有些文化交流。但显而易见,这类交流不仅基本上限于"国际社会主义大家庭"以及"第三世界",而且受到特定意识形态的控制。能够出去交流和能够接触外来文化的人,都是能为封闭的文化环境所信赖并在文化观念上持认同的人们。比如50年代后期60年代初,中国由于天灾人祸而问题重重时,其时经常出国的散文家也是中国社会主义文化使者的杨朔,却以不变的文化观念创作了大量的当代中国最甜美的文学颂歌,就是一个耐人寻味的典型例子。至于少能出国或根本只能呆在国内的许多文化人和作家,则几乎完全是在封闭的文化环境中,异口同声地歌颂新中国包括文化管理方式、文化建设与文化事业在内的所有建设和事业。尽管人们尤其敏感的知识分子和文化人,明显感觉到自己的思维有所约束,生存的文化空间未免狭窄,物质生活也实在不太美妙,"阶级斗争天天讲"又使社会人际关系也不无紧张,但大家还是几乎完全相信:当时的中国是世界上最先进最美好的国家,中国人民是最幸运和最幸福的人民,我们的社会主义文化是世界上最健康和最有生命活力的文化。当出国归来的杨朔、艾青们以优美的散文和满怀同情的诗歌,赞颂我们的幸福安宁和讽刺西方世界的黑暗混乱及其劳动人民的水深火热时,确实加固了我们的幸运感。在这种几乎是绝对封闭的文化环境中,文化当然就难以有活力与生机。我们的文学创作所以出现了那么多"井底之蛙"式的愚昧、狂热和荒唐,和这种文化环境的封闭状况无疑有极大关系。

2. 大一统的文化环境

封闭的文化环境由于封闭性和排他性,其原有的文化体系便很难产生激动与新生。最容易出现的文化情景倒是回归传统保存原状,最容易产生的便是大一统的文化状态。关于"大一统",历史已经作出了充分回答。整个来看30年闭关锁国的文化大一统,我以为关键还是封建文化观念的影响巨大。

封建主义文化观念,造成了中国30年文化方向的严重迷失。这种文化观念,本质就是支撑封建时代文化结构和精神统治的"三纲五常"。三纲五常的精要是"天子文化"与"君臣文化"。"父为子纲,君为臣纲,夫为妻纲",作为通常的社会伦理还有多层关系和多种生活内容,但作为文化观念的精神指向,"纲"到最终还是帝王为天,君臣分明。作为神化了的"天子",皇帝在凡尘社会是"万岁爷",是所有臣民的最高的"父",臣民都是其儿孙。臣虽为君之子,但各级地方长官又称"父母官",百姓又是其子。由此层层类推,便还是帝王为大,君臣分明。因此父为子纲与君为臣纲其实具有同义性。夫为妻纲也要具体分析。林语堂谈中国的妇女地位时曾说道:"仔细观察中国人的生活,你会发现所谓妇女依靠别人的流行观点也是不客观的。无论咸丰皇帝在世与否,慈禧太后都在统治着国家。在中国,有许多慈禧太后式的人物,无论是在政治上,还是在平常人家。家庭就是皇朝,在这里,她们可以任命自己的州长,决定儿孙们的职业。"①对中国旧时妇女的现状来说,此说不能当作全面概括。但以皇朝统治言家族制却显然有道理。

　　君臣文化观念,强调的就是"唯上而是"和等级森严。闭关锁国30年的中国当代文学,无疑深受其影响。建国以来"唯上而是"的政治格局和对领袖个人的极度神化,一系列都和文化有关的重大文艺批判运动和政治运动,都能证明这点。比如批判电影《武训传》,批判俞平伯红学观,打击所谓"胡风反党集团",以及大规模的"反右"运动,都是毛泽东亲自出面发动并加以牢牢控制的。对这些后来一一平反了的冤假错案或重新评价了的错误作法,事发当时也有很多人不理解不赞同,但就是没几个人敢公开跟毛泽东唱反调。甚至委婉提提意见都不敢。现在看来,毛泽东固然负有责任,但沉默的人们尤其他身边的人们也都有不可推卸的责任。1963年文化界举行大规模的纪念曹雪芹逝世二百周年的活动,陈毅参观展览会预展时曾发表意见道:"有人说,贾宝玉和林黛玉是当时的新兴阶级的代表,是新人。这个说法,完全是胡说八道,我不赞成。这是跟把武则天加以现代化一样,几乎把武则天描写成'民主妇联'的领导人了。"②说得幽默也不错。但惜乎已事

---

① 林语堂:《中国人》,浙江人民出版社,1988年版,第121页。
② 戴知贤:《文坛三公案》,河南人民出版社,1990年版,第61页。

过境迁。当年毛泽东以"阶级斗争"观点批判俞平伯的"资产阶级唯心主义"红学观时,陈毅即使有这样的见解,恐怕也难直面坦言。胡风问题上也是如此。认真研究过胡风问题的李辉曾指出:"人们总是习惯于看到胡风与周扬的私人恩怨,仅仅从现象上看到文人间宗派主义的相争相斗,还有胡风的固执和偏颇,以为如果没有这些,胡风也许会永远平安无事。其实,这只是将目光停在表象上。实际上,历史发展到 1955 年,与毛泽东文艺思想相左的人,不管他是谁,都不会安然无恙的。"①事实也正是如此。将胡风及其文友一揽子打成"反革命集团",是包括周扬在内的许多批判者都始料不及的。但当毛泽东一声令下,不管理解与否便都跟着群起而攻之了。

3. "无产阶级文化大革命"的出现

"文革"是个绕不开的文化话题。反思"文革",需要思考的不仅是它造成的灾难,更重要的是产生原因。任何事物的出现都有一个发展过程,事实上"文革"是长期大一统文化运作及其文化观念在特殊情况下的爆发而已。

对"文革"反思最早的巴金老人,在《"文革"博物馆》②这篇文章中,曾坚决地认为应该建立一个"文革"博物馆,而且坚决认为"每个中国人都有责任"来促成这件事。为什么要做这件事?巴老在文章中说得很清楚,不仅仅是为了记住血的教训,更为了防范"文革"再来。巴老说:"我完全明白:要产生第二次'文革',并不是没有土壤,没有气候,正相反,仿佛一切都已准备妥善……"。听了这话,有人可能认为是危言耸听。若不,也大约都会觉得老人有点过虑了。然而不管怎么认为,老人的良苦用心是非常宝贵的。同时,我们必须认识到这是一个非常特殊的也是一个具有特殊证

---

① 李辉:《文坛悲歌》,花城出版社,1998 年版,第 230 页。
② 巴金:《无题集》,人民文学出版社,1986 年版。

明价值的文化时代。以文化的视野审察中国当代文学,"文革"肯定绕不过去也绝对不能忽视。由毛泽东亲自发动的这场的确是史无前例而全民加入的文化大革命运动,无论其初衷如何,也无论是否由于被一小撮坏人如"四人帮"、林彪之类所利用才弄糟了,一个不移的事实是:文革十年,中国进入了封建法西斯主义文化专制大泛滥的时代,也是一个充满狂热、愚昧和混乱的文化时代。在这个极力推行思想专制、愚民政策并打击知识与文明的文化时代中,文学的被破坏、堕落和荒诞早已众所周知无须赘言。"因祸得福",惨重代价也使我们更清楚地看出文化与文学的关系。近年对"文革文学"的研究已摆脱了早期的情绪化。"文革文学"不仅是个文学话题,也是个文化话题。对中国当代文学,"文革文化"的确提供了一份耐人寻味的证明。

4. 充满碰撞和变革的文化时代

如果说在30年的文化环境的封闭中和"大一统"的文化规范下,我们的文化运作也并非一潭静水而时有波澜。但无疑的是,所有波澜很快或最终都回归到了一种声音。文化碰撞的公开化,文化激动的广泛化,文化交流的普遍开来,显而易见开始于新时期改革开放以后。思想解放的确带来了文化的活跃与激荡,国门打开的确带来了文化的四面来风八方有雨。也正是在这样的文化环境中,新旧文化的矛盾,中西文化的碰撞,传统文化与现代文明的比较,"君臣文化"与民主文化的较量,"官方文化"和"百姓文化"的差异,"大众文化"与"精英文化"的冲突,文化的守成与文化的变革,如此等等所有这些才浮出水面而激荡呼啸起来。改革开放20年,迎来了一个文化观念大碰撞的时代,也是文化价值观的斗争确实非常激烈和相当复杂的文化时代。尽管前30年的文化规范仍然时不时在刺激并告诫文化的弄潮儿,尽管这些文化碰撞仍带有本世纪初的文化启蒙时代的特点而其实还是一种基本的"补课",尽管这一切多少带有混乱与无序,却必须承认我们迎来了建国后一个相对来说最自由最开放也值得特别珍惜的文化时代。

三

从文化视野审察中国当代文学,我们还有个很有效用的文化历史背景。这就是中国20世纪上半个世纪的文化历程。探究中国当代文学与文化的关系以及由此显示的文化特征,我们必须意识到上半个世纪文化状况的比较价值。这是一面可比性很强而又耐人寻味的历史之镜。这种文化的可比性以及其关联,可以从三个角度来分析。

1."文化启蒙"的重演

回顾20世纪中国文化的旅程,我们难免会惊愕地发现:内外战争不断的兵荒马乱的前50年,与基本上是和平环境的后50年,文化状况表面看有很多变化,实质上的运行特别是深层的文化观念,却有着惊人的相似处。最典型也最有价值的文化证明就是历史上的两次"文化启蒙"运动。即五四时期的新文化运动和新时期的思想解放运动。这两次文化启蒙运动,可以说是中国20世纪两次盛大的文化节日。因为它们真正触及了中国文化的深层结构,带来了文化观念的变革。众所周知,本世纪20年代即五四时期前后,中国文化知识界的反封建主义文化、倡导科学与民主的新文化启蒙运动,曾如火如荼慷慨激昂地演奏过一轮。到了70年代末80年代初即"文革"结束不久的一段时间,批判封建、重申民主、要求科学的思想解放运动,完全可以说是依然为启蒙性质的一种文化运动。时代虽然不同,倡导的文化观念却几乎如出一辙。这就是说文化启蒙又重演了一回。而且如同五四时期的新文化运动中文学作了先锋队一样,半个世纪以后的新时期文学,也以"伤痕文学"、"反思文学"和"改革文学"担当了文化启蒙运动的号手。文化启蒙为什么会重演?于此,李泽厚的说法值得注意。他认为:

现代中国的尴尬在于,"封建主义加上危亡局势不可能给自由主义以平和渐进的稳步发展,解决社会问题,需要'根本解决'的革命战争。革命战争却又挤压了启蒙运动和自由思想,而使封建主义乘机复活,这使许多根本问题并未解决,都笼盖在'根本解决'了的帷幕下被视而不见。启蒙与救亡(革命)的双重主题的关系在五四以后并没有得到合理解决,甚至在理论上也没有予以真正的探讨和足够的重视。特别是近30年的不应该有的忽略,终于带来了巨大的苦果。"① 启蒙与救亡的关系没处理好,或救亡压倒了启蒙,以及五四时期新文化运动所提出的许多问题未有很好解决,实在是因为当时灾难深重动荡不安的现实情况不允许。然而正如李泽厚所说,遗憾的是我们后来又放弃了"补课",更遗憾的是我们竟认定"从此站起来了"的中国人民无需补课。如果说文化启蒙主要是文化观念的启蒙和思想观念的变革,那么被封建统治及其文化思想长期毒害或如鲁迅《狂人日记》所说是被"吃人的文化"害苦了的中国人,缺乏先进文化思想的启蒙,也就意味着我们的文化观念只能循旧守陈回归老路。

　　文化启蒙的重演,能够说明两个问题:一是说明了两次文化启蒙具有重大的文化意义和思想价值,即使重演也值得庆幸。不"演"或无"演"就更糟糕。二是说明历史悠久的中国封建传统文化相当顽固,而其深层结构的文化观念的改变则尤其艰难。

　　2. 中国20世纪文化的整体性

　　要更清楚地看到中国20世纪文化的整合状况以及前后两个50年的相似性,还必须了解中国20世纪整个的文化运作和文化观念的深层精神的走向。

　　不难发现:处在国际争端激烈、战争多发但同时科技发展迅速、文化交流加快的这样一个颇为特别的世界格局中,20世纪的

---

① 李泽厚:《中国现代思想史论》,东方出版社,1987年版,第41页。

中国文化始终处于两个主要方向的对抗中,概而言之就是变革开放与守陈封闭。变革开放的表现是:不满已经显出陈腐的本土传统文化,希冀文化观念及思想方法的变革,渴望与世界文化交流并接纳其中的先进文化观念。当年陈独秀在为《新青年》辩护时曾说:"要拥护那德先生,便不得不反对孔教,礼法,贞节,旧伦理,旧政治。要拥护那赛先生,便不得不反对旧艺术,旧宗教。要拥护德先生,又要拥护赛先生,便不得不反对国粹和旧文学。"①这种需要巨大勇气的拥护与反对,正是一种立场鲜明的变革开放的文化姿态。守陈封闭的表现是:崇拜并迷信中国传统封建文化,顽固地希望保存旧我和"国粹"。即或有文化交往,也是"老子天下第一",夜郎自大地时刻想以自己的"国粹文化"消融、同化和抗拒外来文化。这又正如鲁迅先生感慨的:"可惜中国太难改变了,即使搬动一张桌子,改装一个火炉,几乎也要流血;而且即使有了血,也未必一定能搬动,能改装。不是很大的鞭子打在背上,中国自己是不肯动弹的。"②这种保守与封闭的顽固不化,鲁迅时代有,我们的时代仍旧存在。这就使中国百年文化相当程度上具有"百年孤独"的性质。可以说,思变与保守,开放与封闭,反抗传统与坚持国粹,一直互相冲突纠缠不休,贯穿了中国整个20世纪的文化旅程。

在两大方向始终对抗的百年文化时空中,中国20世纪文学也充满矛盾与斗争。世纪伊始,中国文学中的先进,其文化态度是决然反抗旧文化的,激烈地表达了对封建制度、封建官场和封建文化的愤恨。最典型的表现就是梁启超激烈的小说革命观念和晚清四大谴责小说家即李伯元、吴趼人、刘鹗与曾朴的创作。"欲新一国之民,不可不新一国之小说。"真是出语惊人的梁任公,以为只有

---

① 陈独秀:《本志罪案之答辩书》,《新青年》1919年1月15日第六卷第一号。
② 鲁迅:《娜拉走后怎样》,《鲁迅选集》第二卷,人民文学出版社,1983年版。

"新"了小说,才能"新"道德、宗教、政治、风俗、学艺、人心、人格。① 这种全面抬举小说的观念,极端固见,有些说法也有不当,但反抗陈腐文化的慷慨激昂却跃然纸上。至于诸如《官场现形记》、《文明小史》、《20年目睹之怪现状》、《老残游记》和《孽海花》等作品,同样对封建文化、封建制度和封建思想进行了猛烈开火。吴趼人在《20年目睹之怪现状》第二回中借"我"之口,曾这样宣称作者的20年"目睹":"所遇见的只有三种东西:第一种是蛇虫鼠蚁;第二种是豺狼虎豹;第三种是魑魅魍魉。"对腐败黑暗的封建社会完全作了彻底否定。晚清谴责小说最痛恨的就是封建官场的腐化堕落。而腐化堕落的官场恰恰是封建统治的支撑,也是"天子文化"和"君臣文化"的必然产物,是封建文化的一种集中反映和典型表现。想以文化观念的"昏昏"使制度与官场"昭昭",无疑痴人做梦。由此看来,梁启超的小说革命理论和谴责小说对封建社会"官场文化"的激烈批判,确实在相当范围对封建文化作了坚决否定。就20世纪中国文学与文化的关系来说,如同做文章,其实开了一个漂亮精彩的"凤头"。

开头不俗,以后的旅程则相当曲折了。这种曲折,从文化观念对文学的影响及文化与文学的关系来看,确实有些难以预防变幻莫测。难以预料,如前所说现实环境和现实形势的特殊是一大原因。五四时期文化启蒙正如火如荼时,遇到不能不进行的革命与救亡,首先当然要以生存为重。新中国成立后,本该好好进行"补课",我们却天真地以为自己早已超越了这个阶段而进入了最先进的文化行列。直到付出惨重代价才醒悟过来。但醒悟还是有限。比方当人们反思中国当代文学史上的反常与迷失时,总还是习惯单从政治运动或"极左路线"找原因。就政治论政治,就路线说路线,只会将问题归结到某些偶然、意外甚至是个人品行上。比

---

① 梁启超:《论小说与群治之关系》,见郭绍虞主编《中国历代文论选》第四册。

如说"文革"是被一小撮坏人弄糟了的看法就实在皮毛。为什么会不断出现狂热的政治运动和"极左路线"？又为什么全民要去加入？再又为什么那么多人拥护愚民政策？解答这些，还是必须从整个文化背景、文化传统、文化观念来思考。

3. 坚持战争年代的文化观念

从文化背景研究中国当代文学，我们不能不注意到一个产生于特殊环境但对中国当代文学产生了极大影响的文化背景：这就是战争年代解放区所持文化观念的背景。

1942年5月，中共中央在延安召开了文艺工作者座谈会。在这个会上，毛泽东发表了著名的也是对后来的中国文化事业和文学事业产生了深远影响的《在延安文艺座谈会上的讲话》。作为当时延安整风运动重要组成部分的这次座谈会，毛泽东的《讲话》显然经过深思熟虑而有明显的针对性。关于《讲话》的内容与观点，已有很多异口同声的解说。但联系后来中国当代文学的发展来看，费正清等主编的《剑桥中华人民共和国史》的有些看法是很发人深思的。该书认为："……毛泽东虽然在早些时候把鲁迅称为'空前的民族英雄'，但在延安讲话中，却否定了鲁迅所代表的观点。鲁迅提倡西方的文学形式和西方思想，而毛泽东却敦促作家们回到传统的民间文学方式去。鲁迅的著作揭露了社会黑暗面，对于民众和权贵的麻木不仁、愚昧落后、没有正义感同样进行讽刺，但毛泽东则号召文学为党的目标服务，歌颂群众。作家们不能再依据事实或自己的观察来批评现实，他们要把现实描绘成它应当成为的样子，或党和毛泽东所认为的那样。"[①]这种理解或有不精确，但大体是客观的。王实味的冤案，丁玲的被批，以及一些文化人的被整，显然和上述所说有密切关系。这里不必赘述已谈

---

① 费正清、罗得里克麦克法夸尔主编：《剑桥中华人民共和国史》(B1949—1965)，中译本，上海人民出版社，1990年版，第143页。

论很多的历史公案,需要说明的只是,以《讲话》为代表的产生于战争年代的解放区的这些文化观点和文艺思想,后来完全照搬到建国以后的文化与文学事业中,并且作为绝对真理的指导思想指挥着文化与文学。且不说这些观点与思想究竟如何,单是不管新的时代变化照搬下来,就容易出问题。

问题当然就出了不少。荷兰学者佛马克等在谈到中国当代文学的"改写本"现象时,曾这样以为:"我们也许可以把中国文学的党性基本标准归结为一种产生下述原则的根源,那就是:中国当代文学作品仅仅由于其决定性的实用价值,而需要作不断修改或保持永无定本的原则。"①"永无定本"的说法很有意思也很独到。它发现了文艺创作为政治服务的必然结果。而这其实正是坚持战争年代解放区文化思想的一种典型表现。但问题根源仍必须从深层的文化观念来看问题。这方面,《剑桥中华人民共和国史》的有些看法倒又是相当深刻。谈到中国当代意识形态问题时,该书指出:"从革命实践及大跃进的严重破坏退却的另一方面,是对儒家学说采取了一种更为肯定的观点,因为它包含了普遍持久的道德观。重新全面评价儒家学说的努力始于'百花齐放'时期。它在大跃进的余波中再次出现,到1963年则已颇有势头。学者们用马克思主义术语重新阐释儒家学说,这与19世纪中国知识界用正统的儒家术语引进西方思想的情形十分相像。"②新瓶装旧药,这就是问题所在。打着马克思主义旗号而推行封建文化观念和传统旧学说,或以"变革"姿态实行保守政策,已是多见不鲜的事实。这一切显然极大影响和规范了中国当代文学的发展。其间发生的大大小小的"文学悲歌",根本上也是同一源流的"文化悲歌"。

---

① 佛马克、易布思著:《二十世纪文学理论》中译本,三联书店,1988年版,第125页。
② 费正清、罗得里克麦克法夸尔主编:《剑桥中华人民共和国史》(B1949—1965),中译本,上海人民出版社,1990年版,第494—495页。

对上下50年的中国文化进行了比较和整体审视后,不难发现20世纪的中国确实是发生了许多重大变化的一个文化世纪。如果说20世纪的中国文化是个无法割裂的整体,中国当代文学是中国现代文学的继续与发展,那么把中国当代文学置于20世纪以来中国整个文化坐标中,我们的确能发现一些带有规律性和本质性的脉动。

四

回顾中国当代文学50年的文化旅程,确实令人感慨万千。

作为文化核心的文化观念,由于其深层精神结构的稳定性,它是很难被改变更遑论轻易退出历史舞台。也因此需要特别值得注意的是:就在我们引以为荣的改革开放时期,也是文学有了重大突破的时期,陈腐的封建文化观念仍在毒化我们的社会,并对社会产生了重大危害。以权谋私,权钱交易,买官卖官,不公平竞争,腐化堕落,鲸吞国家财产,见死不救,拜金主义,迷信泛滥等等,为害不浅。由此,我认为我们的文学依然负有文化启蒙和纯净文化的重大责任。事实上,当我们回顾中国当代文学中真正受到人们欢迎的创作,绝大多数都是既富有社会责任感又有较高艺术价值的作品。新时期以来,文学界关于文学的社会责任感、作家的社会良知、文化启蒙、知识分子与人文主义等问题,先后有过多次讨论和争辩。这说明,这方面既有不同理解,也确实存在问题。说到这里,我想起费孝通当年那篇曾"惹过大祸"的著名文章即《知识分子的早春天气》。① 里面谈到上面让大家"百家争鸣"时,许多知识分子"对百家争鸣还是顾虑重重,不敢鸣,不敢争;至于和实际政治关系比较密切的问题上,大家更是守口如瓶,有点事不关己,高

---

① 《知识分子的早春天气》最早发表于1957年3月24日的《人民日报》。

高挂起的神气"。而且"最好是别人争,自己听"。而且很多人都认为国家大事由领导管就行了,自己说了也白说。理当成为社会良知代表的知识分子和文化人到了这种消极、麻木甚至是苟且偷生的地步,难道还不悲哀?如此,国家能够振兴?民族能够兴旺?文化能够昌盛?所以,今天不管人们对文学的具体功能有什么见解,知识分子、文化人和作家的社会良知及社会责任感是万不可少的。"铁肩担道义,妙手著文章。"文学可能真要这样。

(原载《社会科学战线》2000年第5期)

20世纪中国儿童文学理论走向

——中西方儿童文学关系史视角

朱自强

本文从中西方儿童文学关系史的视点,从一个侧面描述20世纪中国儿童文学理论的走向——它在发生期的性质,后来曲折发展的因由以及理论的现实需求与未来发展战略。

一、历史回顾:"别求新声于异邦"

中国儿童文学发轫于何时,学术界对此有以下三种观点:一种观点是外国"移植说",即认为中国儿童文学萌蘖于外国童话的移植。持这种观点的人大都将孙毓修编译的"童话"丛书(商务印书馆)出版的起始年1908年[①]作为中国儿童文学诞生的标志。另一种观点认为,中国儿童文学是在五四新文学运动中产生的,叶圣陶的《稻草人》(1923年)是中国的第一部儿童文学作品集。上述两种观点都认为中国古代没有儿童文学。第三种观点则与此相反,认为中国古代虽无"儿童文学"之词,但儿童文学却是"古已有

---

① 我国学术界普遍认为"童话"丛书的出版起于1909年,但据日本学者新村彻对原始出版物所作的调查,应为1908年,参见拙文《"童话"词源考》,载《东北师大学报》1994年第2期。

之",而且源远流长。

对中国儿童文学的诞生期的划分之所以会出现如此众说纷纭,根本原因在于研究者对儿童文学的本质以及中国社会在儿童文学方面的特殊境遇持有不同的理解和认识。

儿童文学的产生是以儿童的发现为前提的。因此,儿童文学只能产生于建立起尊重儿童人格和诸项权力的新型儿童观的近代社会。这一结论已经成为儿童文学理论中的公认原理。如果依据这一原理来分期,中国儿童文学古已有之的看法便失去了立足的根基。当然,人们有理由挖掘神话、传说、志怪、传奇等中国古代文学样式中的儿童文学的某些要素,但是,归根结底,只能把它们看作是儿童文学的史前现象。

依据上述原理,中国儿童文学产生于晚清这一观点也似乎令人生疑,因为迄止晚清,中国社会并没有形成近代意义的儿童观。但是,探究中国儿童文学的发生,必须将中国近代社会的特殊性质置于视野之中。中国的近代化是在西方近代化的猛烈冲击之下开始的,在这个意义层面上,中国的近代化不是能动的而是受动的。中国近代化的这种受动性,对中国儿童文学的发生以及后来的发展具有根本性的影响。尽管晚清社会因没有建立近代意义的儿童观而并不能产生自给自足的儿童文学作品,但是,自鸦片战争特别是进入20世纪之后,西方儿童文学、儿童读物的大量翻译介绍,却在中国这片古老的土地上,催生出儿童文学的稚嫩萌芽。正是由于移植西方儿童文学作品,晚清儿童文学才呈现出一片氤氲气象。

所谓"十月怀胎,一朝分娩",如果把中国儿童文学的发生看作是一个过程的话,晚清无疑是中国儿童文学的胎动期。这个时期的儿童文学还没有获得主体性。到了五四时代,反对封建传统的新型儿童观的确立和白话文的提倡,打破了阻碍儿童文学成长的两大桎梏,中国儿童文学终于获得了主体性并走向近代化。

如上所述,中国儿童文学的发生,不具备西方儿童文学的能动性和常规性,它的发生过程脱逸出了先有创作,后有理论这一文学发生、发展的一般规律,而是表现出先有西方(包括日本)儿童文学的翻译和受西方影响的儿童文学理论,后有中国自己的儿童文学创作这样一种特异的文学史面貌。

中国儿童文学在西方文化、西方儿童文学的催生下产生这一历史事件,充分证明了中国儿童文学在诞生之初的受动性格。正是这种受动性格给得风气之先的中国儿童文学理论以蓬勃的生机,使其出手不凡、震聋发聩。

在中国儿童文学理论的发生期,呼唤"人的文学"的周作人做出了举足轻重的贡献。从目前可见的史料来看,周作人于1920年10月25日在北京孔德学校所作的讲演《儿童的文学》(发表于《新青年》第8卷第4号)是中国最早立于哲学的基点,系统、全面、深入地推出自己完整的儿童文学观的一篇理论文字。在这篇论文中,周作人不仅承继《人的文学》中对封建儿童观的批判,而且更进一步正面阐述了他的儿童观:"以前的人对于儿童多不能正当理解,不是将他当作缩小的成人,拿'圣经贤传'尽量的灌下去,便将他看作不完全的小人,说小孩懂得甚么,一笔抹杀,不去理他。近来才知道儿童在生理心理上,虽然和大人有点不同,但他仍是完全的个人,有他自己的内外两面的生活。儿童期的二十年的生活,一面固然是成人生活的预备,但一面也自有独立的意义与价值;因为全生活只是一个生长,我们不能指定那一截的时期,是真正的生活。我以为顺应自然的生活各期,——生长,成熟,老死,都是真正的生活。"基于这种近代的进步的儿童观,并具体运用儿童学的方法,周作人对少年期前半的各年龄段的儿童文学,从体裁分类上进行了清晰而不乏精到的阐述。《儿童的文学》所提出的儿童文学观,如果一言以蔽之,那就是周作人后来在《儿童的书》一文中所强调的——"儿童的文学只是儿童本位的,此外更没有什么标准。"正是由于把儿童文学规定为儿童本位的文学,周作人才敏锐地洞察到儿童文学的两种偏颇:"在儿童文学上有两种方向不同的错误:一是太教育的,即偏于教训;一是太艺术的,即偏于玄美:教育家的主张多属于前者,诗人多属于后者。其实两者都不对,因为他们不承认儿童的世界。"①周作人指出:"中国现在的倾向自然多属于前派,因为诗人还不曾着手干这件事业。向来中国教育重在所谓经济,后来又中了实用主义的毒,对儿童讲一句话,眨一眨眼,都非含有意义不可,到了现在这种势力依然存在,有许多人还把儿童故事当作法句譬喻看待。"②周作人所批评的实用主义观念不仅是当时的流弊,而且在其后漫长的历史时期,一直限制着中国儿童文学的长足发展。

周作人这样的儿童观和儿童文学观,为中国儿童文学理论奠定了坚实的近代性基础。在中国儿童文学的发生期,像周作人这样深刻而全面地洞察儿童文学本质的,还别无他人。比如发出"救救孩子"的"呐喊"的鲁迅,虽然在《我们现在怎样做父亲》等文章中表现了与周作人十分相似的儿童观,但是,在鲁迅那里,对儿童问题的论述,主要是对五四新文化运动的反封建主题的扩展和深化,而并没有直接走向儿童文学,因此,鲁迅与周作人在儿童问题方面是处于不同的维度。在批判封建思想和文化上,鲁迅有着周作人所无法替代的深刻,而在儿童文学理论的奠基上,周作人则当仁不让地拔了头筹。再如就童话问题与周作人进行过数回合深入讨论的赵景深,虽然其研究的范围也比较广泛,但在接受西方学术观点时,对中国的民族性问题思考不足,有着脱离实际之嫌。此外,像郑振铎、郭沫若、茅盾等人的儿童文学主张虽各有特色和

---

① 周作人:《儿童的书》,见王泉根编《周作人与儿童文学》第53页,浙江少年儿童出版社,1985年8月。
② 周作人:《儿童的书》,见王泉根编《周作人与儿童文学》第53页,浙江少年儿童出版社,1985年8月。

优长,但在总体的儿童观和儿童文学观上,仍然无法与周作人比肩而立。

周作人走向儿童文学理论,当然是出自他同情、关怀弱小者的心性,在他的儿童文学论中,表现出比任何人都来得强烈的对人生的追求和信念。周作人的儿童文学理论是其强烈的主体性的结晶。但是,另一个事实是,他的令人难以超越、起点甚高的儿童观、儿童文学观,是他个人的素质与西方(包括日本)思想、学术的影响相融合的产物。简略而言,他在民国初年开始的童话研究是从泰勒、弗莱泽,特别是安德路·朗那里习得神话学、文化人类学的理论和方法,"童话的研究,也于是有了门路"。[1] 周作人自称:"对于儿童学的有些兴趣这问题,差不多可以说是从人类学连续下来的"。[2] 而他的儿童学理论也同样受启示于西方和日本学者的研究著述。他在回忆录中说:"我在东京时,得到高岛平三郎编的《歌咏儿童的文学》及所著《儿童研究》,才对于这方面感到兴趣,其时儿童学在日本也刚开始发展。斯丹来贺尔(Stanley Hall)博士在西洋为斯学之祖师,所以后来参考的书多是英文的,塞莱(Sully)的《幼儿时期之研究》虽已经是古旧的书,我却很是珍重,至今还时常想起。"[3]

可以说,至20年代末,中国儿童文学理论的疆域成了以周作人为代表的"儿童本位"论的一统天下。虽然进入30年代,苏联儿童文学创作及其理论的影响渐次加强,但是,"儿童本位"论仍作为系统化的理论在学界传播,1947年中华书局出版的《辞海》就

---

[1] 周作人:《苦茶——周作人回想录》,第533、539页,敦煌文艺出版社,1995年4月第2次印刷本。
[2] 周作人:《苦茶——周作人回想录》,第533、539页,敦煌文艺出版社,1995年4月第2次印刷本。
[3] 周作人:《苦茶——周作人回想录》,第533、539页,敦煌文艺出版社,1995年4月第2次印刷本。

写道:儿童文学乃"以儿童为本位而组织之文学也。"正如任何理论都是一种选择,因而任何理论都有不足和缺憾一样,五四时期接受西方理论产生的"儿童本位"论也并非无懈可击,但是,作为儿童文学基本理论,它具有系统性、科学性是不容怀疑的。还有一点必须称道的是,由于"儿童本位"论是在以周作人为代表的学贯古今中西的一流学者勉力借鉴西方理论构筑而成,因此,在当时与西方的学术发展进程保持着大体同步的状态。

二、借鉴的困境:理论与创作间的错位

五四时期接受西方影响而产生的"儿童本位"的儿童文学理论漂亮地拉开了中国现代儿童文学的大幕。从先有理论后有创作的中国儿童文学的特殊历史逻辑来看,"儿童本位"论理应发挥其对创作的指导功能。然而历史事实却令人失望:在中国这块封建思想文化板结的土地上,在中国这块遭受外国帝国主义践踏的土地上,"儿童本位"论难以结出饱满的果实。

我认为,历来的中国现代儿童文学史研究忽略了一个极为重要的文学史现象,这就是为中国儿童文学奠基的"儿童本位"理论与后来的中国现代儿童文学的创作之间出现的重大错位。

叶圣陶的《稻草人》作为中国的第一部创作童话集,沈从文的《阿丽思中国游记》(1928年)作为中国的第一部长篇童话,都象征性地说明中国儿童文学创作一开始便与先行的理论之间存在着裂痕。郑振铎在《〈稻草人〉序》中曾说:"圣陶最初动手写作童话在我编辑《儿童世界》的时候。那时,他还梦想一个美丽的童话的人生,一个儿童的天真的国土。……然而,渐渐地,他的著作情调不自觉地改变了方向。……在成人的灰色云雾里,想重现儿童的天真,写儿童的超越一切的心理,几乎是个不可能的企图。圣陶发生的疑惑,也是自然的结果。我们试看他后来的作品,虽然,他依

旧想用同样的笔调写近于儿童的文字,而同时却不自禁地融化了许多'成人的悲哀'在里面。"①叶圣陶本人似乎也意识到自己的童话渐渐出现离开儿童的倾向。他在1922年1月14日写给郑振铎的信上就说"今又呈一童话,不识嫌其太不近于'童'否?"②而赵景深则这样评价童话集《稻草人》:"我以为叶绍钧君的《稻草人》前半或尚可给儿童看,而后半却只能给成人看。"③至于沈从文的《阿丽思中国游记》,作者在《后序》中自述:"我先是很随便的把这题目捉来。因为我想写点类乎《阿丽思漫游奇境记》的东西,给我的小妹看,……谁知写到第四章,回头来翻翻看,我已把这一只善良和气的有教养的兔子变成了一种中国式的人物了(或者应说是有中国绅士倾向的兔子了)。同时我把阿丽思也写错了,对于前一种书一点不相关连……我把到中国来的约翰·傩喜先生写成了一种并不能逗小孩发笑的人物,而阿丽思小姐的天真,在我笔下也失去不少。……我不能把深一点的社会沉痛情形,融化到一种纯天真滑稽里。"④这段自述将沈从文创作《阿丽思中国游记》的经过说得十分清楚。正如有的研究者所指出的:"沈从文的作品所描写的阿丽思和兔子约翰·傩喜在中国的游历,展开了五光十色的社会世相,全书贯串着强烈的对中国文化负面和社会黑暗面的讽刺性批判,它的语言和内容都不是少年儿童所能理解的。"⑤

"儿童本位"的儿童文学理论与紧随其后出现的儿童文学创

---

① 见郑尔康、盛巽昌编:《郑振铎和儿童文学》,第34页,少年儿童出版社,1990年11月。
② 见郑尔康、盛巽昌编:《郑振铎和儿童文学》,第34页,少年儿童出版社,1990年11月。
③ 赵景深:《研究童话的途径》,见王泉根评选:《中国现代儿童文学文论选》,第385页,广西人民出版社,1989年8月。
④ 金燕玉:《中国童话史》,第271页,江苏少年儿童出版社,1992年7月。
⑤ 金燕玉:《中国童话史》,第271页,江苏少年儿童出版社,1992年7月。

作之间的错位,因由来自蕴含着西方式儿童文学精神的"儿童本位"理论这颗种子,与当时中国的社会土壤、历史气候的互不适应。其实,叶圣陶这样的"筚路蓝缕,以启山林"的儿童文学作家又何尝不想创作"顺应自然,助长发达,使各期之儿童得保其自然之本相"①的儿童文学作品,但是,从现实生活中获得的体验,迫使他不得不由"想重现儿童的天真"转向抒写"成人的悲哀"。文学是时代妈妈的儿子,当时的中国只能产生而且也需要产生这种性质的作品。儿童文学的生成和发展需要精神自由、经济发达、社会(国家)稳定的多方条件。在没有这些条件的情况下,创造这些条件便成了儿童文学生存、发展的首要前提。这些条件的创造当然要依靠成人社会。叶圣陶、谢冰心、张天翼等中国进步的和革命的儿童文学作家正是肩负着改造黑暗腐朽的旧社会,创造光明健康的新社会的历史责任来为儿童创作的。这种有着浓厚成人倾向的儿童文学虽然无奈地牺牲了许多对儿童文学而言十分珍贵的"儿童性"的内容和表现,但是,它对现实社会的批判和揭露,它对合理平等的未来社会的期待和呼唤,既是"救救孩子"的切实工作,也是为更加理想的儿童文学得以出现所做的必要准备。

当然,"儿童本位"的儿童文学理论没能在创作园地扎下根须,并不能证明这一理论就是非科学、非合理的。它的悲剧命运起因于它的生不逢时的超前性。在现实社会的矛盾斗争中,特别是在日本帝国主义铁蹄践踏的民族危亡关头,"儿童本位"的儿童文学理论很快失去了原来的影响力。中国儿童文学也改变了学习西方的姿态转而借鉴苏联的社会主义儿童文学理论。

---

① 周作人:《童话略论》,见王泉根编《周作人与儿童文学》,浙江少年儿童出版社,1985年8月,第76页。

三、现实思考:借鉴取向的再度选择

儿童文学是最具世界性的一种文学。中国儿童文学在五四时期因对西方的学习和借鉴而露出自身的现代化端倪,这是历史的必然,也是历史给予的恩惠。遗憾的是好景不长,外来的政治、军事侵略,阻绝了西方优秀文化输入的通道,而战后两大阵营的对峙局面,也逼迫中国不得不对西方文化抱封闭的心态。虽然50年代曾有过对前苏联儿童文学的情有独钟,然而很快两国失和,对前苏联的学习和借鉴也成了昙花一现。历史肤浅、先天贫血的中国儿童文学就是在这种封闭的状态中,迟滞了走向现代化的步伐。

时光流至70年代末。改革开放打开国门,中国文学豁然看到"外面的世界真精彩"。在短短的十几年间,西方文学百年的各种思潮、流派便都在中国文坛轮番登场并施加影响。虽然壁垒与误读始终存在,但总以观之,中国(成人)文学已经与西方文学相互打通。

在中国儿童文学发展史上,新时期是可以引为自豪的年代。纵观历史,中国儿童文学的创作和理论都曾出现过两个高峰。创作方面,第一个高峰是50年代,第二个高峰是新时期;理论研究方面,第一个高峰是五四时代,第二个高峰则又是新时期。新时期儿童文学在创作和理论上的梅开二度,昭示着中国儿童文学已经迎来了发展的最佳时期。即是说,五四时期,以周作人为代表的蕴含着西方精神的"儿童本位"的儿童文学理论在中国当时特定的土壤上,尚无法催开同根的创作花朵,而50年代"教育儿童的文学"创作也难以引发本体意义的儿童文学理论研究,只有在改革开放的新时期,中国儿童文学才开始摆脱理论与创作相互错位的尴尬处境。

新时期儿童文学理论的开展是立于对五六十年代儿童文学传

统理论的反思和超越基点之上的。新时期伊始,儿童文学理论工作者就敏感地识破"教育工具论"是偏离儿童文学本体的畸形理论,进而提出了"儿童文学是文学"①的命题。虽然这一命题本来是应在儿童文学理论之前解决的问题,但是对于面对忽视文学属性的传统理论的新时期中国儿童文学来说,却是最不得绕过,最需要首先解决的重要理论环节。随着研究的深入,儿童文学理论进入了五六十年代传统理论的盲区——儿童观研究。"儿童观——儿童文学的原点"这一命题②与"儿童文学是文学"一起成为新时期儿童文学的两大理论生长点。这两个命题从文学性与儿童性两个决定性方向为新时期儿童文学理论的起飞提供了推动力。

耐人寻味的是,新时期出现的儿童文学理论研究的驼峰与五四时期有一个共同点,这就是它们都与西方(包括日本)的影响有密切关联。但是,比较而言,新时期儿童文学理论对西方学术文化的吸收、借鉴,缺少五四时期的清醒意识与全方位感。这种历史的退化也许暗示出新时期儿童文学理论研究队伍素质的下降与知识结构的不合理欠缺,而这些问题从根本而言,主要是社会的而非个人的责任。

新时期儿童文学研究对西方理论的成功借鉴主要集中于儿童哲学与儿童心理学领域。卢梭的"重返自然"的儿童哲学思想,英国浪漫派诗人的儿童观,杜威的儿童中心主义教育哲学,皮亚杰的发生认识论,马斯洛的人本主义心理学等西方理论,经常伴随着有条件的批评而成为新时期儿童文学理论的立论依据。这些西方理论虽然有的已经历史悠久,但是,它们对中国儿童文学在儿童观问

---

① 参见周晓:《儿童文学札记二题》,载《文艺报》1980年第6期;曹文轩:《儿童文学观念的更新》,载《儿童文学研究》第24辑。
② 参见拙文:《儿童观——儿童文学的原点》(载1988年11月12日《文艺报》)和《论中国当代儿童文学的儿童观》(《东北师大学报》1988年第4期)。

题思考方面的启蒙却具有崭新的意义。当然,也曾出现过"儿童的审美能力处于低水平",儿童"还处在一种前审美的阶段"之类以成人为本位来否定或轻视儿童的少数理论话语,不过,从整体上看,中国儿童文学理论界的儿童观水准依然取得了极大提高,而与此相伴随的是,儿童文学观也大大前进了一步。

然而,与五四时期以周作人为代表的学者们对西方儿童哲学和儿童文学理论的全方位借鉴相比,新时期显然在借鉴西方儿童文学理论方面远不如人意。据我的统计,至今为止,翻译介绍的外国儿童文学研究书籍仅有日本学者上笙一郎的《儿童文学引论》、日本儿童文学学会编著的《世界儿童文学概论》,另有一本《俄苏作家论儿童文学》则是由中国译者编辑的论文集。这种窘况与新时期成人文学对西方理论的翻译介绍相比,难免令人流汗。中国儿童文学研究队伍基本处于只能依靠翻译来了解西方理论的状况,有机会接触并有能力阅读消化西方理论原著的研究者不过寥寥数人。由于借鉴途径的闭塞,新时期中国儿童文学理论常常是自说自话。

有的研究者企图通过借鉴来提高儿童文学理论的水准,但是,面向西方儿童文学理论的道路不通,只得另寻出路,转向西方成人文学理论。毫无疑问,西方成人文学理论中适合儿童文学的部分应该大力引进,(事实上,有的研究者在接受美学理论启发下进行的儿童文学读者论研究便比较成功。)但是,离开儿童文学的主体立场,而投靠西方成人文学理论,却时时会落入陷井。比如某些理论话语就曾在追求诗化、哲理、象征以及淡化性格等方面出现过迷误。而偏离儿童文学本体,在价值观上的最大借鉴错位出现于对故事(情节)的价值评判上面。80年代中期发出的淡化故事(情节)的局部理论呼声,至90年代初期,在个别研究者那里已经恶化成对故事(情节)价值的根本否定。众所周知,19世纪末至20世纪50年代,西方文坛上掀起了影响广泛的现代主义思潮。以反传统为大旗的现代主义作家中,否定故事的不乏其人。然而,西方儿童文学创作和理论不为成人文学这种风潮所动,坚持并发扬了自己的故事传统。故事之于儿童文学具有本体意义。简而言之,故事是儿童文学作家的创作思维方式,同时又是儿童读者的阅读思维方式。如果抽去故事,儿童文学作品便会颓然倒地,而儿童读者的眼前也将是一片黑暗。把现代主义文学否定故事(情节)的主张当作整个成人文学的金科玉律尚不足取,让其君临具有独自价值系统的儿童文学理论之上,更是一种理论上的颠覆和背叛。

新时期儿童文学理论面临着借鉴取向的再度选择。矫正已经出现的借鉴取向的错位,明确面向西方儿童文学理论的借鉴意识,尽快行动起来,通过准确选择,翻译出版西方儿童文学理论的经典著作,以此打通向西方儿童文学理论借鉴之路,是目前中国儿童文学理论面临的实际而重大课题之一。

四、未来设计:搭乘三驾马车

西方是世界儿童文学的发祥地,它的儿童文学历史悠久、传统深厚、水准很高。西方儿童文学的传播,促进了全球性的儿童文学发展。从中西方儿童文学的关系史而言,对西方儿童文学的每一次吸收、借鉴都或是催生了中国儿童文学理论,或是提升了中国儿童文学理论。具体观点的借鉴固然需要,不过研究方法的借鉴却尤为重要,尤为根本。我认为西方儿童文学理论主要有以下三方面路数。

1. 以儿童哲学和儿童心理学为理论根基

儿童哲学和儿童心理学的理论价值在于为儿童文学解决儿童观的问题。儿童观是儿童文学的原点,有什么样的儿童观就有什么性质的儿童文学。如果考察西方儿童文学的历史,我们会清晰地看到儿童观的演变呈这样的趋势:传统基督教的原罪观→英国哲学家、教育思想家约翰·洛克的"白板"说→法国思想家卢梭"重返自然"的儿童观→英国浪漫派诗人的"儿童是成人之父"的儿童观→现代儿童观。儿童观的生成及其变化,总是在制约着儿童文学的性质,决定着儿童文学的发展方向。整个一部西方儿童文学史,就是在儿童观的操纵下发生着演变。

不能不承认,在儿童哲学和儿童心理学研究方面,西方一直走在世界的前面。正是越来越趋近儿童心灵堂奥的儿童观为儿童文学提供了科学的、坚实的理论根基。我们翻开在西方被誉为儿童文学研究者必读之名著的法国文学史家、比较文学学者波尔·阿扎尔的《书·儿童·成人》(1923年),不仅为博识多才的作者所具有的法国式睿智而折服,而且更为其洞悉儿童心灵,深解儿童生活本质的儿童观后面所蕴含的博大人格而感动。波尔·阿扎尔的具有丰富人格力量的儿童观生发出《书·儿童·成人》一书的生命气蕴。1981年由剑桥大学出版局出版的尼克拉斯·塔卡的《儿童与书籍》则通过心理学和文学这两个研究途径探究了儿童与儿童文学的关系。儿童文学研究与一般文学研究相比,有着更为显著的跨学科性质。活跃于儿童文学研究领域的塔卡,正是由于同时身为心理学学者,才以这部划时期的力作展示了儿童文学研究的新方法。就我所阅读过的西方儿童文学论著而言,除了上述两部著作,像与阿扎尔的《书·儿童·成人》一起被誉为西方儿童文学理论著作之双璧的利利安·史密斯的《儿童文学论》(1953年)、贝蒂娜·修丽曼的《儿童书籍的世界——三百年的历史》(1959年),都是基于科学而稳固的儿童观之上的满蕴着对儿童文学的真知灼见的研究著作。

2. 以丰富的感性体验为先行

理论研究必须建立在通过阅读作品而获得的感性体验之上,从这个角度讲,由于儿童文学创作匮乏而导致感性体验贫弱的国度,在理论研究方面身患先天贫血症。五四时期,中国儿童文学理论恰恰因为采取"拿来主义",获得了对西方儿童文学的感性体验,才使理论立于较高的起点。感性体验的准确与丰富与否,很大程度地决定了儿童文学理论的水准高低。可以说西方发达的儿童文学创作,为其儿童文学理论创造了得天独厚的条件。西方儿童文学理论尤为珍视对儿童文学名著的感性体验,其许多著作字里行间流溢着对名著的信赖之意。由于对感性体验的重视和感性体验的溢满而流的丰富状态,西方儿童文学理论便多有富于感性、诗情的随笔型著作,波尔·阿扎尔的《书·儿童·成人》便堪称这类研究的典范之作。在我的阅读感受里,有时恰恰是这种感性化的理论文字,更能一语道破儿童文学本质的天机,令人心悦诚服。

3. 以切实的儿童读书状况为参照

在成人文学理论领域,研究者只需将自己的阅读感受升华为理论便可以了,但是,儿童文学的理论批评的形成过程则是另一番情形。儿童文学的本位读者是儿童,然而,儿童文学研究者却是成人,两者间的年龄和心理落差很容易使儿童欣赏的文学与成人研究者欣赏的文学并不完全契合。因此,儿童文学理论研究一方面要求研究者具有保持儿童心性和早年阅读体验这一素质,另一方面则要求研究者充分了解和把握儿童对儿童文学的现实需求样相,对儿童喜欢什么样的书,讨厌什么样的书心中有数,因为对于一部作品即使成人研究者给予再高的评价,但只要儿童读者不感兴趣,那么它作为儿童文学作品的价值便值得怀疑。可以说,是成人研究者的价值评判受制约于儿童读者的阅读态度。

西方儿童文学理论十分重视儿童读书的状况,并以此为参照,调整自己的理论判断准绳。在西方(包括日本)的理论著述中,我们常可以看到研究者对儿童读书现状所作的细致调查,在这些调查结果的基础上所形成的结论或理论主张几乎没有与儿童读者的根本需求发生龃龉之虞。西方完备的儿童图书馆各项服务,程序化的儿童图书出版与发行,都为儿童文学研究者提供了各种关于儿童读书状况的切实数据。日本学者鸟越信编著的《儿童自己选择的儿童图书》[①]一书，便是以在儿童读者中阅读流传25年以上作为选择作品篇目的尺度。这种以切实的儿童读书状况为参照的研究方法，避免了以己之心度他人之腹的主观臆测，因而理论的客观性、正确性有了保障。

我把上述以儿童哲学、儿童心理学为根基，以感性体验为先行，以儿童读书状况为参照这三种研究方法比喻为拉着西方儿童文学理论这辆马车稳健飞奔的三匹骏马。我认为，中国儿童文学研究对西方理论的借鉴首先应该是对这种研究方法的借鉴。搭乘上这辆三驾马车，未来的中国儿童文学理论将驰往光明而广阔的前路。

中国儿童文学研究对西方儿童文学理论的吸收和借鉴既已经积淀为一段历史，也正在形成新的现实要求。必须认识到，作为人文科学的文学理论的吸收和借鉴决不同于自然科学技术的引进，即中国儿童文学研究吸收和借鉴西方儿童文学理论，必须是保持自身主体性的一种能动行为，而绝不是盲目追求西方化。儿童文学是既具有广泛的世界性，也沾染民族特色的一种文学。虽然与五四时代相比，借鉴、移植的社会土壤条件有了极大改善，但是全盘西化无论在理论上还是在现实上，都是"东施效颦"之举。结论只能是，中国儿童文学理论的发展必须借助于对西方儿童文学理论的吸收和借鉴，但是这种吸收和借鉴的根本目的在于提升自身的水准，形成自身的特色并进而实现对自身局限的超越。

（原载《社会科学战线》1996年第1期）

---

① （日本版）创元社，1990年9月20日第一版第一次印刷。

中华20世纪学者散文综论

喻大翔

1963年5月20日的《文星》杂志中,台湾学者散文家余光中将当时的中国散文分为四型,第一型就是"学者的散文(scholar's prose)"。认为"这一型的散文限于较少数的学者。它包括抒情小品、幽默小品、游记、传记、序文、书评、论文等等,尤以融合情趣、智慧和学问的文章为主。它反映一个有深厚的文化背景的心灵,往往令读者心旷神怡,既羡且敬。"[①]余氏从创作主体及其文化素养、文体类型、读者反应、尤其是文本三要素四个方面第一次对学者散文进行了探索。虽然文体过于宽泛,要素也不太充分,已算是60年代的天外足音了。此后,香港的梁锡华、北京的季羡林、上海的吴俊等对"学者散文"有过论述并试图予以定义,但因这一概念的理论背景还十分薄弱,都不尽如人意。

本文所谓学者散文,主要指百年来大陆、台湾、香港和澳门各门学科学者创作的,具有现代专业学者的思维特征、价值取向、理性精神、知识理想、话语方式和文体风格等富有从内容到形式各类要素的散文作品。[②] 20世纪中华学者散文的本质特征,与同一时空的社会背景、知识变迁、主体素质及造成文本个性与共性的种种

---

① 余光中:《逍遥游》,台北:文星书店,1965年初版;大林出版社,1977年再版,第30页。
② 参见喻大翔:《知识分子 学者 学者散文》,《当代文坛》1999年第6期。

复杂因素是分不开的。但由于篇幅关系,本文只能就一百年来学者散文的内在衍变轨迹、文本主题的最高指令与知识运用、独特的体裁话语方式等几个重要学术问题展开探讨,以期揭开学者散文与非学者散文(未接受良好教育的工农兵作家、接受过良好教育但学无专攻的一般知识分子作家之散文文本)根本的不同。

一、学者散文百年史略

1. 1898~1917:从过渡到裂变

本文将一百年来中华学者散文的内在发展轨迹分为四个时段。戊戌变法前后至1917年,在西方文化浪潮的淘洗下,相当程度上悖离封建士大夫的道统、学统与文统,以参与政治、文学和各门社会科学的更新,且在散文领域取得最大成就者,恐怕要算梁启超和李大钊两位学者散文家了。此二人都可归于"新文体"派,一个是主将,一个作了有力的总结和较成功的转型。就他们创作及理论的过渡性质而言,有几点特值注意:

第一,在文化胸襟上,能以多元文化看世界,以无限时空论中国。梁启超的散文论公德、自由、成败、希望之种种,大量引用了西方各国文化观点与事迹,不仅确立了世界文化互补互惠的现代价值观念,且将学者散文文化思想作了划时代的深化。李大钊的《青春》,既是"新文体"光辉的绝唱,也超过了梁氏的"全地球"视野,到达更富科学、哲学的全宇宙境界。第二,在文本意阵(许多思想集合体)的核心上,承救国救心之志,骞民主科学之旗。近世士大夫直面中国的落后满心忧患,但大多只限于求战具、习机巧,至严复、康有为才深入到制度、观念的弊害。梁启超作为维新派的理论宣传家和散文家,认识到立国必先新民,新民必先新心,将散文的维新目标放在"欲救精神界之中国"①上。此时段许多"新文体"散文,提倡民主政治与科学思想,尤其揭露了愚顽的"国民性",进行以"发展个性"为"根本义"②的重建中华民族性格的艰巨工作。李大钊此时段的《文豪》、《〈晨钟〉之使命》及《青春》等,其思想焦点亦是在民主、科学之旗下如何更好地救心与救国。第三,在散文美学与文体上,梁、李二氏代表了此时段的学者散文美学观与文体转型。就散文美学言有两点值得注意:其一,散文创作既为了"移人"又为了"趣味",有社会、创作主体和文学自体之三重目的,其散文美学是兼容的、变化的、草创的,因而也不能是成熟的系统的。其二,创作方法上以现实主义为主,兼有浪漫主义色彩。这与时代文化情境、他们个人的"文化之希望"和散文趣味都有关系,对此后的散文美学发展起了奠基的作用。就散文文体言,"新文体"乃二人的共同成就。"新文体"的体式为抒情性政论,在情理恣织、结构明晰、语言多维杂合、③语体平易畅达几个方面,确实是一场散文文体革命。但因其文本仍有言文分殊,且采用半文半白语体,从体裁上看,只能是到新散文尤其是杂文的一个必要过渡。

2. 1918～1949:从转型到坚守

第一,现代白话语体的创立。1918年4月,李大钊的散文《"今"》以现代白话语体登场,标志了新文学白话语体的成熟与成功。随后他发表了叙事散文《五峰游记》、《自然与人生》等;鲁迅继《狂人日记》后,发表了杂文《我之节烈观》及一系列《随感录》等,不但言文一致、说读一致,更重要的是散文作家思、言、写和谐

---

① 梁启超:《十种德性相反相成义・自由与制裁》,《梁启超文选》(上),第95页。
② 梁启超:《欧游心影录》说:"国民树立的根本义,在发展个性。",见《梁启超文选》上,第418页。
③ 即采用当时的书面语、口语之外,"时杂以俚语韵语及外国语法"见《清代学术概论・二十五》,《梁启超史学论著四种》,第84页。

不拘,为学者散文及整个新散文在后来彻底的转型与发展,提供了最重要的抒写条件。第二,古今中外散文的融会。五四之后,对西方文化传统支离破碎的被动接纳已转到分门别类的主动移入,散文从作品到理论渐渐有了相当规模的译介,如鲁迅译日本的厨川白村和鹤见祐辅;梁遇春译英国历代小品等,学者的倾力移借给学者文本和整个新散文带来全新的视野、激情与艺术。经过与民族散文反复磨合后,现代散文从内容到形式才系统确立,有了既不同于古典也不同于外国的新面貌。第三,散文观念的多维掘进。以个人为主体的审美散文观念体系和以社会为主体的功利散文观念体系在此时段开始数年已基本确立,两种体系与散文的现实主义、浪漫主义相结合,就演成了从主体到思潮都互有关联的四种主要流脉。周作人将个人为主体的审美散文观念体系与现实主义创作方法相结合,主张散文的审美原则是"浑然的人生的艺术",从而实现"独立的艺术美与无形的功利"。[①] 鲁迅将以社会为主体的功利散文观念体系主要与散文的现实主义创作方法相结合,叫喊于"愚弱的国民",期以"改变他们的精神"。[②] 另外二脉是以个人为主体的审美散文观念体系和以社会为主体的功利散文观念体系分别与散文浪漫主义创作方法相结合,均有精彩的文本。第四,散文文体的成长与风格互补。经过对中西散文传统借鉴、继承、融合、创化之后,此时段散文文体基本大备且已形成较为精熟的系统。议论散文之随笔、杂文、书话,由周氏兄弟别开生面,梁遇春、林语堂、钱钟书、朱自清、梁实秋与瞿秋白、徐懋庸、唐弢等传其火炬,尤随笔屡辟新境。哲理小品弱一些。叙事散文主要有人物小品、叙事小品与游记,前两者由叶圣陶、瞿秋白拉开序幕,沈从文、丰子恺等将时空的经纬穿织得最为灿烂;后者由李大钊开其端,郁氏的创

---

① 周作人:《自己的园地·自己的园地》,《周作人散文》第二集,第228页。
② 《呐喊·自序》,《鲁迅全集》第一卷,人民文学出版社,1981年版,第417页。

作达到高峰。抒情散文划为二型,一曰抒情小品,冰心与朱自清同歌于20年代初,后又与徐志摩、孙福熙、郁达夫、王统照、丽尼、何其芳、李广田等开了一条更宽长的河流;一曰散文诗,郭沫若首尝禁果,得到最幸福的惩罚则是鲁迅的《野草》。

3. 1950~1976:从分化到灾难

第一,由中心运动到板块运动。前两个时段的文学(散文)是以大陆为中心,台、港、澳三地相应和的向心运动。50年代初,由于社会变迁,政权分治,文化一站多轨,文学(散文)由向心转到离心。至60年代,两岸四地正式形成了文学及散文板块运动的新格局。大陆极"左"政治氛围中的学者散文,只有老作家丰子恺、老舍和邓拓的《燕山夜话》有异响。澳门中文散文还较弱。香港此段的文学收获主要在乡土、现代派和新派武侠小说,学者散文家司马长风、李辉英等表现不俗。台湾是此时段文学创作成就最高的,余光中60年代初就主张散文要现代化,①并以现代化的学者散文为最高期许,从而推动中文散文的历史性进步。第二,散文的现代性与反现代性。如果将散文的现代性确定在创作主体的个性、内容的现代文化特性和体式语言的全面开放性,那么可以说,台港学者散文家自觉继承五四散文精神,凡创作多从我心观照,个性卓然而立;内容则将传统文化的优秀面、五四的民主、科学与批判精神同世界文化精华相结合,文化思想五光十色;体式语言上掀起了周作人、林语堂之后(学者)散文的第三次革新思潮。大陆近三十年散文的总方向是反现代性的,学者散文家的个性偶有闪现;文化内容除少数学者有反省、批判意识,绝大多数只能人云亦云;体式退化,尤其是学者的当家文体随笔几近萎缩,语言被政治八股格式化,套话、空话、谎话也泛滥于学者散文文本,尽管极少数学者散文家仍是这个时段散文领域的中流砥柱。

---

① 参余光中:《剪掉散文的辫子》、《论题目的现代化》,均见《逍遥游》。

4. 1977~1999：从整合到超越

第一，时空整合。从时间之经看，在回归以人性、个性、理性与世界性为生长点的五四新学者散文的前提下，中外散文优秀传统被全面唤醒与复活，就某个层面说，比第二时段的历史视野更深广，取舍也更富有主体性。从空间之纬看，大陆、台湾、香港、澳门四地从30年的中心运动，二十余年的离心运动，终于又等来了超越性的在文化历史错综恩怨上的整合运动，两岸四地（学者）散文不再有中心与边缘之分，而是各自带着自己的特有优势互相交流、借鉴与补充。第二，文化内蕴。两岸四地的学者散文此时段有倾心的题材领域和文化蕴涵，综其要者有三：首为历史反思与文化重建的结合。文学反思文革并非从小说始，丰子恺写于1972年收入《缘缘堂随笔集》的《暂时脱离人世》和《塘栖》等，早就用真正的文学在鞭挞人被异化为机器的丑恶时代了。次为吟咏性情与匡救人性的结合。散文中吟咏主体性情，香港比台澳要自由，台澳比大陆要自由，而大陆近20年比前30年有了革命性的自由，皆因文化情境根本改变，学者散文家也找回了自己的灵魂与个性。后为文化乡愁与宇宙关怀的结合。"文化乡愁"乃精神上流浪的理性痛苦，宇宙关怀是科学人性对俗世的超越，学者散文最能作出学术和艺术的回答。第三，艺术超越。相对前三个时段学者散文总体艺术成就言，此期只有局部超越。兼类散文如日记、书信、序跋的文学性已大大萎缩。散文诗未有超过《野草》者。杂文虽题材、意趣、笔调有扩展，但总体仍在鲁迅的羽翼之下。其余各体比此前多少有进步，随笔乃学者散文家最胜擅之一种，不仅体式从小品发育成大品，内容也在民族及世界文化心理中有深广掘进。叙事、抒情小品并非学者长项，但能将抒情理性与议理感性作更自觉、更艺术的融化，有自己鲜明的特色。

二、价值取向与知识理想

1. 文本内容的价值取向

价值取向即主体在价值选择上的趋向,它最终使文化行为及其成果,表达、寓含或积淀着特殊文化价值。学者散文家作为有相近或相同价值取向的文化心理群体,其文本价值取向的主要一面就是题材和主题关注的大致趋向。以庞朴的"三个层面"说[1]为基本理论框架,再补充英国科学哲学家卡尔·波普尔(Karl R. Popper)的"三个世界"论,[2]就大致可看出学者与非学者散文在题材和主题上价值取向的相同,尤其是不同。新的"文化三层面"(以下采用简称),"文化一"揭示了与客观物质完全不同的另一种物质形态,即人类重构的一切文化具象产品或成果;"文化二"包括社会组织及原则、人的各种活动与行为、人类精神创造的以语言为主要媒介的抽象文化产品,尤其是庞大而自主的各门科学理论体系及载体、艺术世界及其相关的"问题境况"和"批判性辩论"等;"文化三"为一般心理、尤其是被民族或世界文化价值系统所支配的复杂文化心理内容,它们是产生一切人类文化现象的深层驱动力。而波氏的"世界1"即"物理状态"乃人类社会得以产生的客观物质基础,是文化生命赖以成长的自然生命,它会进入一切文学艺术家的感觉和知觉世界及其文本,与本论题有着千丝万缕的联系。

---

① 庞朴道:"从结构来说,可以把文化分为三个层面:第一个层面为物质的层面,第三个层面是心理的层面。第二个层面是二者的统一,即物化了的心理和意识化了的物质,包括理论、制度、行为等。"见《稂莠集——中国文化与哲学论集》,上海人民出版社,1988年版,第50页。
② 波普尔的"三个世界"为"物理状态"、"精神状态"和"思想的客观内容"的世界。参《客观知识——一个进化论的研究》,上海译文出版社,1987年版,第114页。

文学创作的全部题材和主题,都不能逃离上述"世界1"和"文化三层面"共同铸造的"宇宙"体系。20世纪学者与非学者在散文题材和主题价值取向上的相同处,是他们都会亲身进入这个"宇宙"体系,并在某些方面共同着力开拓。但许多时候这两个群体的侧重点(或曰兴趣点、写作焦点)以及是否愿意或自觉地向更理性的深层挖掘,就颇不相同了。一般说,非学者散文家象巴金、丁玲、陆蠡、肖红、张洁、贾平凹等,兴趣点主要放在当下生活情境("文化二"一部分)中的人、以政治制度为核心的现实社会及其种种相关的行动、人与自然的关系("文化二"与"世界1"的结合部)等方面,并特重主体个人的感性、体悟及经验。当然,非学者散文还会下沉到"文化三"的意识和精神领域,去表达主体的情绪、情感世界。尽管绝大多数文本缺乏自觉性,但优秀文本仍可在非常生活化的精神现象与感情中,蕴涵隽永的民族心理,它惯用的虽然是直觉、感悟、包容、隐喻和象征等方法。陆蠡的《竹刀》和《嫁衣》,写山民在穷困和被盘剥中的无言反抗;弃妇在逼迫的寂寞等待中默默而死,独特的叙述里蕴有特定时代中国农民悲苦的精神内容。

学者散文家对上述题材、主题的价值取向并不放弃,少数艺术感觉特好、生活丰厚、且有相近散文美学追求的学者,如鲁迅、茅盾、徐志摩、李广田、季羡林、余光中等,就有不少非学者式的优秀文本。但他们中更多的学者在更多的时候,一往情深地将笔墨伸向了他们喜爱甚至是无法摆脱的领域,那就是"文化三层面"其他题材及内含的思想:如"文化一"中文化具象(物质)产品像园林楼阁、庙宇道观、文物古玩、衣食民居等;"文化二"中社会制度的文化渊源、以语言为主的各种符号(尤其是哲学、科学、文艺等)产品、流传不灭的民风与民俗、世界不同文化中庞大的理论体系、还有"批判性辩论"的客观要求等;"文化三"中从人、人文、社会、历史的各种表层现象下手,而潜入到内隐、纵横交错、无比复杂的文化心理世界等。朱自清《标准与尺度》《论雅俗共赏》尤其是《语文影及其它》，以一个人文学者无所不知的博学，从日常言语和广义话语的角度探讨时代变迁中的社会心理与人性价值，乃后两个层面的文本典范。《论废话》从语词、宗教、生活、交际以及古典和外国的等各个层面说"废话"不废而废、废而不废的奥妙。"一辈子说话作文，若是都说道理，哪有这么多道理？况且谁能老是那么矜持着？人生其实多一半在说废话。诗文就是这种废话。得有点废话，我们才活得有意思。"从废话里探到了民族生活情调和人性需求的底蕴。[①] 朱氏的散文成就，更多地树立在后期的学者随笔中，却一直被论者忽视了。

本世纪学者散文家们有意识地、自觉地、理性地、乐此不疲地将主要精力去追讨上述层次或领域的文化价值，除了中国散文与中国文化那种原初的、漫长的、从内容到形式无所不在的深刻联系外，还有三点特别值得关注：一是前文提到的高层知识分子群体心理的遗传与影响；二是这个群体掌握了批判的武器，如基础素养、专门知识、学科理论、思维习惯、相当时空范围内相关学术信息以及文学的艺术方法等。三是学者作家和散文家们由于职业和专业目的，加上文学的高远启示，有比较清醒的层级文化价值目标。简单讲，至少也可划为两层，即重建中华文化价值体系和实现全人类文化价值的终极目标——文化生命理想。"文化生命"既指生命的文化性质，又指文化的生命形态。而文化生命理想，就是文化生命的最高境界，它可能是永无止境的，被不同时代的人群幻想着、描绘着、创造着，因此成为现实和超越现实的终极关怀。近代以来，中华民族的文化价值体系基本溃散，维新派及之后的知识分子，综合世界文化要素以重建民族文化价值体系的努力持续了一个多世纪，散文不过是这个浩大工程一环。而学者散文，于一百

[①]《朱自清散文全编》，浙江文艺出版社，1995年版，第423页。

年的复杂文化情境中,在对文化人的改造,对文化史的清理和对文化域的深刻而形象的析评中,坚持了高层知识群体沉重而高远的价值取向。

2. 知识传达的艺术理想

本文所谓知识,指人类的知识者在各个学科不断建构、承传、扬弃和更新的理论成果及其体系。它们是文本的知识,抽象的知识,因而也是间接的知识。如果说,戊戌至五四之前中国的散文主要承载民族以"德性文化"为核心的伦理—政治型知识体系,那么此后则主要承载以西方"智性文化"为核心的科学型知识体系。这种转型为百年学者散文现代知识的承传与创造,尤其是学者散文价值取向的最终实现,创造了前提。

虽然在所有的文学体裁中,只有散文(特别是学者擅长的随笔、杂文、书话、序跋等)与抽象知识有先天或自然的亲和性,但抽象知识要与散文从内容到形式的所有因素真正化合起来,成为一个艺术文本不可或缺的艺术因素,从而提升学者散文整体的审美特质,达成对自我、群体和人类文化生命理想某种程度的实现,绝非轻而易举。百年来学者散文家及其文本在抽象知识的传达上,主要作了如下几种艺术探求。

一是构织的静态与动态。间接或抽象知识大多沉睡在各种文化精神产品亦即书本或广义文本中,必须让知识在散文中重新与现实人生碰撞、接通和融洽,采用各种艺术手法哪怕是暗示或点化,跟人为主的动态世界发生特殊角度的审美联系,才能转换成有价值的文学知识。这其实也就是书本与社会、知识与现实在散文中的融会,亦即间接或抽象知识与直接或具象知识的平衡。学者作家大多自觉或不自觉于散文中追求这种平衡。平衡的方式多种多样,钱钟书随笔《写在人生边上》,是幽默蕴藉、旁敲侧击的艺术平衡典范,他把中外那些深藏的静止的知识顺手从书册和记忆中抽出来,又漫不经心地同时代知识相碰撞并赋予不易觉察的现实性与引申义。《魔鬼夜访钱钟书先生》在古今关于"魔鬼"的基督教和文学艺术知识里,时常来那么斜出的一挑,又被魔幻的散文笔法说得虚虚实实、真假难辨,乃是百年散文史上做到知识传达与社会"眉批"动静平衡的一篇奇文。当然,也有在书本和社会、抽象和具体、静态和动态知识上偏于一端,失去平衡的学者散文。周作人的《古药方》完全抄录美国人写的《药学四千年》,"动"的一面什么也没有,几条死知识,毫无价值可言。

二是征引的角度与密度。征引角度是指学者创作散文时,于特定文本中引用古今中外文献知识不同的艺术意图、用法与功能。有引起散文话题、作为主题的根据、提示或暗示散文的意图或思想、扩宽文本视野、使语言产生复调的美感、不动声色地内化在字里行间作为抒情乃至整个文章的肌质、参与结构并推动散文发展等多重功用。林文月的《步过天城隧道》,①当"我"步入伊豆半岛的"新天城隧道"时,先后引了川端康成《伊豆的舞女》和松本清张《天城山夜》两篇小说的主要人物与故事,"使这篇作品以一今一昔、一人一我两条线索交错的方式进行。借着这种方式,作者不断来往于古今迥异的时空之中,深切体验虚构世界人物的情感,增添全篇强烈虚实真幻的氛围。我们不能不说,全文最精彩的便是这种写作方式的运用"。② 引文造成了精妙的对比结构,并推动文本的发展与完成。密度指学者散文征引各类文化产品及相关信息的频率,因为知识储存和思维习惯等,一般而言,学者散文征引古今文献的数量和密度要大大多于和高于非学者散文,这是不争的事实。

三是语言的知性与感性。余光中说:"所谓知性,应该包括知

---

① 林文月:《步过天城隧道》,《风之花》,长江文艺出版社,1993年版。
② 何寄澎:《真幻之际 物我之间——林文月散文中的生命观照与胞与情怀》,见何寄澎主编《散文批评》,台北正中书局,1993年版,第305页。

识与见解。""至于感性,则是指作品中处理的感官经验"。① 这两个词限定在散文创作的范畴之内,特指语言的艺术知性与感性。五四以来,许多学者和散文家尤其是郁达夫和余光中,在散文语言的知性和感性上有深湛体验、清醒认识与成熟创见。总括来说,很多文本虽偏重于知性或感性之一端(前者如金克木的《寂寞》,②后者如何其芳的《黄昏》③)但达成知性与感性的完美融合状态,乃20世纪学者散文如何使知识和见解富有文学性,并与整个文学文本铸成一体的最高目标。两岸四地不少学者散文家创作了在一定语言层次上知、感相谐的散文作品,但奉献篇章最多层次最高的学者散文大手笔只有一小部分。如果允许我略加列举,则议理一体包括随笔、杂文、书话等有周作人、鲁迅、梁遇春、林语堂、钱钟书、朱自清、唐弢、梁实秋、邓拓、柏杨、梁锡华、董桥、黄维梁、张中行、余秋雨、张承志等;叙事一体有沈从文、王鼎钧、丰子恺、老舍、郁达夫、李广田、许达然、张晓风等;抒情一体有徐志摩、郭沫若、茅盾、冰心、余光中、黄国彬、杨牧、陶里等。他们之间不但人与人有区别,即是自己也有时与时、书与书、篇与篇的区别。但有一点是共同的:文本语言知感两性的尽量凝聚,在极大程度上克服了二者的抵牾或矛盾,而达到相激发、相提升、相互含的境界。沈从文的叙事散文《凤凰》,④语言知感两性在整体上的深度交孕,使其成为直到目前为止,两岸四地中华学者叙事散文中,达到知感相应、情理交融的渊深伟大境界之作品。当然,与非学者散文相比较,知识、理性与智慧等既是学者散文的优长,同时也可能带来弱点。有时,它们的极度膨胀,还可能是造成文本主要艺术缺陷的致命伤。吕

---

① 余光中:《散文的知性与感性》,《香港文学》1995年第1期。
② 金克木:《寂寞》,《咫尺天颜应对难》,人民日报出版社,1996年版。
③ 何其芳:《黄昏》,《画梦录》,花城出版社,1981年再版。
④ 《沈从文散文选》,人民文学出版社,1982年版。

叔湘的《未晚斋杂览》和费孝通的《美国与美国人》等所谓"随感录",的确太缺乏语言艺术感性,读来索然无味。

三、体裁类型与话语方式

两岸四地一百年来的散文体裁,可在部分学者的共识和笔者的总结中归于四型:一为议论散文,主要有随笔、杂文、书话、序跋和哲理小品等样式;二为记叙散文,主要有人物小品、叙事小品、景物小品和游记等样式;三为抒情散文,主要有抒情小品和散文诗等样式;四为兼类散文,既指兼富议论、叙述和抒情等多种表达方式,难以牵强划入以上三型中去的全要素散文,又指像书话、序跋、书信和日记等兼有应用与文学双重体裁性质,并能写成上述任何一种样式的文学散文。如果说非学者散文家更钟情于第二和第三类,那学者散文家更钟情于第一和第四类是无疑的了。他们在特别胜擅的几种散文样式上,新创中西而作出历史性贡献。

本文认为,散文体裁话语方式由人境、题材、结构、笔法和语言等五种要素构成。在漫长的创作中,学者们尽管涵泳了各自的体裁个性,但在相类的主体互动和相同的话语方式里,也营构了相近的群体体裁话语。篇幅所限不能一一详论,本节采用典型剖析法,在对学者散文家的看家文体(另一看家文体为随笔)——杂文体裁五种话语要素的分解中,以期类推到随笔、书话、哲理小品、序跋甚至叙事和抒情散文诸话语方式,并体味它们在学者手中的独特创造。

1. 杂文的人境

如果说"情境"一词在文学中是指:"1. 某一人物或某些人物所处的境遇。2. 主要情节即将正式开始、故事展开之前的特定状况",①强调虚构叙事文学处境的客观性;那么,"人境"则是写意文学(以议理性散文为主)的文本境遇,作者为了一定的主题目标设计的并以他自己为轴心的社会、政治、学术、情绪等特定处境,其主观性是非常明显的。当然,杂文人境也不能排斥主观赖以生成的客观部分,因"人境"一词内含主客因素的双重性质。

  与随笔人境极端突出创作主体不同,②本世纪学者杂文人境最重要的一点就是两我相依。主体的小我情思与群体的大我及其境遇在文本中作了程度不同的融合,并支配着其他体裁要素的选择与表达。鲁迅杂文超越时代经久不衰的奥秘之一,就在于它发现自我的时候也发现了民族,深入大我的时候也深入了小我,一己人格永远挺立在国民性格和普遍人性之中。其杂文作品或以小见大,由自我遭际或个别现象看出某个集团甚至民族的深层隐情;或大中有小,在民族与世界的群体关怀中,始终不掩饰自己的喜怒哀乐,不忘自我个性;或大小互渗,难分彼此,削其一或去其一,都将损伤甚至于丢弃学者杂文的价值。如《我要骗人》与《死》等,③都既不能没有文化、社会与时代内容,也不能没有个人的切身体验和自我心曲,正是两我互渗才使他的晚期杂文杰作具有社会与个人的双重价值。鲁迅杂文不陈说空头高论和自己根本不相信的大道理,其人境以我为的,两我相依是他杂文美学的自觉追求。1926年7月他说:"近来有几个心怀叵测的名人间接忠告我,说我去年作文,专和几个人闹意见,不再论及文学艺术,天下国家,是可惜的。殊不知我近来倒是明白了,身历其境的小事,尚且参不透,说不清,更何况那些高尚伟大,不甚了然的事业?我现在只能说说较

---

① 林骧华主编:《西方文学批评术语辞典》,上海社会科学院出版社,1989年版,第268页。
② 参喻大翔:《20世纪学者随笔略论》,《中国现代文学研究》丛刊,2000年第1期。
③ 《鲁迅全集》第六卷,第485—489页,第608—612页。

为切己的私事,至于冠冕堂皇如所谓'公理'之类,就让公理专家去消遣罢。"[1]他其实是将"天下国家"与"身历其境的小事"和"切己的私事"作了高度的融会,这正是学者杂文处理小我与大我的一个代表。

2. 杂文的题材

学者杂文并不是无所不写,它的体裁入境因素决定了特定题材领域的特定角度。如果说随笔主要是自我谑戏与文化的把玩,那杂文就主要是自我审视与文化批判,而文化批判更是涵盖一切的。1925年,鲁迅就提倡"'文明批评'和'社会批评'",[2]再加上知识批评,可以说就是学者杂文文化批判(因为"批判"一词的多层次意义比"批评"一词更适合杂文,以下就用"批判"取代"批评")的主要题材域了。社会批判是杂文对社会现实各面如政治、军事、经济、道德行为等的分析、批评、嘲讽与否定,并往往由此深入到背景式的文明批判。文明是对某一文化及其因子进步程度的衡量,它在深层里支配着现实社会各面的表现。鲁迅杂文的深入是不用说的,其余学者杂文家也有很好的文本。柏杨的《春秋责备贤者》,[3]将民族的现实生活现象与五千年文化沉积紧密勾连,展现了一个历史学家应有的杂文视野和历史批判精神。每种文明和社会都有特定的知识体系,而每个民族的每一时代和历史阶段又都有自己的知识系统,20世纪的中国学者杂文,对监督知识的成长与传播是否符合现代理性,起着特有的知识批判和引导作用。邓拓的《燕山夜话》纵横中西知识,像《一品红》、《雪花六出》、《知识是可吃的吗?》、《十日一水,五日一石》等不少篇目,都是杂文知

---

[1] 《鲁迅全集》第三卷,第350—351页。
[2] 《鲁迅全集》第十一卷,第52页。同年12月的《华盖集·题记》也说:"我早就很希望中国的青年站出来,对于中国的社会,文明,都毫无忌惮地加以批评",见《鲁迅全集》第三卷,第4页。
[3] 柏杨:《丑陋的中国人》,花城出版社,1986年版。

识批判兼引导的最佳范例。

3. 杂文的结构

20世纪杂文也像其他文学作品一样,结构千变万化,但典型形态总是可以找出来的。由于杂文是创作主体主观色彩非常强的议论性写意文体,最典型者莫过于述说结构。述说至少包含了陈述和论说两种语言方式,前者为时空的铺展,以叙述为主,自然不免夹带描写、抒情等文学手法;后者为逻辑的证明,以议论为主,又自然不免夹带点化和哲理式的名言隽语。它们既可以成为艺术也可以成为非艺术的表达方式(这正是杂文等写意文体难以挣脱的文体边缘性之所在,虽然所有文学体裁都有一定的边缘性,因之所有文体都可以造成艺术或非艺术)。毫无疑问,艺术述说结构即是在审美的陈述和论说中,解决好杂文文本总体艺术思想(观点)与艺术题材(论据)在艺术逻辑(论证)中的文字、句式、段落及层次的线性安排,并如何尽力克服非文学因子,提升杂文文学性的问题。鲁迅的《拿来主义》和唐弢的《从杂文得到的遗教》[①]之类,都是述说结构的文本。梁锡华的《盗道》[②],最堪玩味的是结构,文不足千字,从今入古,由古返今,这是时空;再从盗财进入盗道,又进入二者的狼狈为奸,这是性质,可谓山重水复,步步深进。加上词语、谐音与句式的巧妙运用,其内容线性(经纬并进)排列已尽显艺术之妙。现代学者杂文述说结构之苦心,不是一般非艺术的议论所能比拟的。此外,杂文借鉴其他文学体裁形成的诗化结构、叙事结构、随笔结构、蒙太奇结构和书信式、相声式、独白式结构等,不一而足。唐弢的《蛆沫集批注·唷!唷!唷!》,[③]就是典型的蒙太奇结构。

---

① 《唐弢杂文选》,人民文学出版社,1955年版,第155—157页。
② 《梁锡华选集》,香港山边社,1984年版,第146—147页。
③ 《唐弢杂文选》,人民文学出版社,1955年版,第142页。

4. 杂文的笔法

杂文笔法是保证杂文作为文学体裁的最重要文体要素之一。由于鲁迅、瞿秋白、唐弢等学者杂文家的继承与创造,20世纪学者杂文的文学笔法已然成熟。主要有曲笔、类型化、讽刺和征引等数种。前三种所论已多,本文就征引一法稍作阐述。20世纪的学者在写意文学创作中都喜欢征引各种文献资料,梁锡华说:"学者受本身学问的影响,无论自觉或不自觉,都有掉书袋的倾向。"①杂文中对于知识的重视及其运用与非学者亦有显著不同。概而言之,本世纪杂文征引古今中外精神产品的方法和作用有下述几点:一则征引就是讲述,因而也是文本主体内容,是创造类型化的主要人物和事件,王春瑜《牛屋杂俎》,牧惠《歪批水浒》和《闲侃聊斋》②都属此列。二则以征引作"比"和"兴",如曾敏之言,"撷取历史的史料用于杂文之中,藉以引古鉴今",即是此意。曾氏本人的杂文亦可参证。③ 三则作为形象或抽象的论据,学者与非学者的不同主要在方法与频率。就方法言,非学者杂文家如夏衍的杂文颇富知识,然一般而言所引不知出处,既是有意疏忽,更是思维贯性所造成。学者则相反,《燕山夜话》出单行本时,邓拓还要"引文重新核校一过",④在知识的花果山上"寻花问柳",也总是墨迹斑斑。四则创造氛围,提高文本学术表达的艺术性。秦牧说:"我们有理由要求杂文作者,在引述资料,状物写照的时候,能够做到栩栩如生,历历如绘,以这样的手段来赋予作品以形象的感染力。"⑤学者杂文家如鲁迅、周作人、王了一、梁锡华等的文本创造了很好的艺

---

① 梁锡华:《学者的散文》,《且道阴晴圆缺》,台湾远景出版事业公司,1983年版,第309页。
② 牧惠:《歪批水浒》和《闲侃聊斋》,由百花文艺出版社1997年3—4月相继出版。
③ 参曾敏之:《遇旧》的杂文部分,见中国文联出版公司,1995年版。
④ 《燕山夜话·一集·两点说明》,第3页。
⑤ 《秦牧论散文创作》,暨南大学出版社,1990年版,第55—56页。

术经验,使杂文充满了古色古香不乏智慧的书卷气。就学者杂文善于征引的四种主要笔法而言,非学者杂文家的表现就颇不一样。巴金的经历和习惯使其创作最擅叙事抒情,杂文写作也重感性,几无学者色彩。做个选样分析很有意思,《二十世纪中国杂文大观》①收了巴金9篇杂文,却只有两处引文,且非学者的处理态度。《说真话之四》中,对但丁的《神曲》那么熟悉,也与文本文意贯通,却只字不引。他习惯于用"亲身经历"、"具体的实在的东西"②做论据,基本不是学者作派。此外,适当征引还能缓解杂文批判话语的紧张与生硬。唐弢所谓:"在百忙中插入闲笔,在激荡的前面布置一个悄静的境界",③确是学者写杂文的独到体会。巴金杂文一气呵成,却过于连贯和紧张。严格地说不大合杂文体性,是新文学早期随感录的简单变体,杂文味不浓。

四、杂文的语言

受杂文人境、题材、结构和笔法的规约,也因为本世纪优秀杂文作家的文体追求,杂文自然也有了独特的语体风格,总括起来约有幽默、庄重、简洁、辛辣、多义等五种要素。学者杂文语言的特别处,是将群体的学术素养、思维习惯、文体影响和每个作家个性化的语言风格结合到五种要素的文本操作之中,在丰富的个体风格基础上形成群体规范。百年学者杂文的幽默,与随笔将幽默和交谈陈说之闲适相融会显著不同,是将幽默和批判陈说之讽刺相融合,使幽默多少带上介入社会的批判话语的色彩。同时,正如梁锡

---

① 同心出版社(北京),1994年版。
② 《二十世纪中国杂文大观》(上)巴金杂文,第622、626页。
③ 唐弢:《短长书·序言》,转引自刘纳编《唐弢散文选集》,百花文艺出版社,1995年版,第7页。

华说,学者散文(包括杂文)"幽默讽刺成分显为突出",且格调雅致,虽然"并不是说学者的散文一定比非学者的散文优越",但"学者由于其本身所受的学术训练加上知识的基础,他那分机智和观察力一般比常人强",所以,"幽默和讽刺"也"不落庸俗"。[①] 杂文语言的庄重与本世纪沉重的历史和严峻的现实、与杂文家传统的忧患意识和清醒的社会责任感、与现代学者杂文文体要素本身的要求等都大有干系。学者杂文的庄重正好与学术的严谨相调和,与幽默一道,也构成富有书卷气的亦庄亦谐。简洁和辛辣,是杂文"能和读者一同杀出一条生存的血路"的"匕首"和"投枪"[②]在文本语言上的特性。多义乃是杂文的人境、曲笔和创作主体审美趣味等因素所造成,某词、某句、某段在特定语境中含混、模糊而有多种解读的可能性,从而赋予杂文的内容和语言以高度的文学性,此乃精通中外文史的人文学者最容易达成。纵览上述杂文语言五要素,本世纪杂文文本最优异表现者,恐怕还是鲁迅先生。尽管他的语言仍有毛病,但总观他的杂文,其庄谐并重,简辣共存,模糊多义的语言,伴和着作家孤寂、至死也不宽恕论敌的精神个性,使他不少杂文文本语言特具风格。此外,像唐弢凝练的抒情性;王了一的骈散结合、沉痛悲凉;梁锡华的雅俗共赏、热辣机智等,都有杂文家一己语言鲜明的个性风貌。

尽管两岸四地中华学者散文文本还有种种艺术弱点,但一百年来在所有文学文体中多次转型、也多次最早成功,并于戊戌维新、五四文学革命和文革向新时期过渡的三次转折关头,有力地推动了整体文学和散文的成长。学者散文在世纪传递的辉煌历程中,为重建中华文化价值体系和自身的艺术美质而形成了高远的

---

① 梁锡华:《学者的散文》,《且道阴晴圆缺》,台湾远景出版事业公司,1983年版,第307页。
② 鲁迅:《小品文的危机》,《鲁迅全集》第四卷,第576—577页。

价值取向、系统知识的艺术传达理想、体裁类型及独有的话语方式和文体风格、清醒的现代散文理论批评体系以及本文尚未涉及到的从艺术内容到形式的不少特性,在百年文学和散文史中确有其独特贡献与历史地位。

(原载《社会科学战线》2000年第2期)

略论新时期微型小说的兴起与发展

乔 琛

新时期微型小说犹如文学园地的一株小树,悄然发芽,蓬勃生长。仅20年时间便枝繁叶茂,跻身于小说家族,以其累累硕果,宣告了自己的独立。然而,作为一种文体,微型小说的成长虽历时不长却并不轻而易举,沿着其发展的线索,我们可以看到一条坚韧而执著的轨迹。

一

几乎与新时期文学同步,微型小说不声不响地走入文坛。它与当时的中、短篇小说一样,急火火地倾吐心中的情感,烈焰喷发般地诉说生命被扭曲的过去和生命得到解放的现在。这个时期,微型小说创作者,有些是为实现创作愿望的业余作者;有些是以微型小说为训练创作基本功的文学青年;有些是用微型小说艺术地对时事发言的有创作经验的作家;更有一些作家视微型小说为新的表现形式的试验田。① 无论创作者的目的如何,我们都可看到崛起之初的微型小说确实带有尝试的性质。有人借用阿·托尔斯泰的话,称之为"训练作家的学校",已故作家魏金枝曾建议初学

---

① 王锦园:《论新时期微型小说热潮》,《当代文艺探索》1987年第1期。

写作者留意社会上的小故事,通过"省事省人省时和省描写"①的方式,写成小小说,从而取得经验,渐渐进入真正创作的地步。一语道破,进入微型小说创作其实是上了创作的预备班。可以想见,被用来练笔或应急的微型小说,在质量上良莠不齐,然而,刚从文学饥渴时代走出不久的读者认同了它,认同它的短小和迅捷;认同它区别于以往小说的朴素而单纯的写作方式;认同他调动读者共同创作的良苦用心。它以小巧灵动,机智风趣的自身,真正让读者认识到生活是如此五光十色,绚烂多彩;文学原来可以这般贴近生活。崛起之初的微型小说显然给文坛吹来一阵清新的风。

从写作内容上看微型小说"敢于直面人生,为了改革,犹如短剑一般直捅社会恶习流弊,虽是声东击西,却是短兵相接,在刺中要害;干得利索,颇具威力。"②作品"来自生活,来自人民、不停留在娱乐或趣味上,而是严肃地、艺术地、精辟地把一些新问题、新思想、新观念形象地输送给读者"。③ 这种输送注重对客观的外在世界的表现。大多数作品主题意义很明确、单一。如1985年《中国青年报》千字征文获奖作品《故乡的泥土》就非常有代表性。小说通过人物思想境界的对比赞颂了军人的高尚情操,批评了小生产者狭隘的农民意识。《书法家》中高局长落在宣纸上的那两个劲秀的大字"同意"极具讽刺意味地活化出一个官僚主义者的形象。当然,创作者并不以此为满足。他们撷取生活中散乱的、零碎的、短暂的闪光点,编织哲理性很强的微小故事,形成对生活的理性认识。这成了微型小说创作最初几年的总方向。通过创作者的努力,这样的作品确有精品,如:《神奇的绳子》、《客厅里的爆炸》,前者作家揭露了现实的荒谬,启示人们思考人才的使用、知识的价

---

① 魏金枝:《编余丛谈·漫谈小说》。
② 李春林:"第二届全国微型小说大赛"《评委的话》,《小说界》1988年第5期。
③ 李春林:"第二届全国微型小说大赛"《评委的话》,《小说界》1988年第5期。

值,尖锐抨击劳动所得不能与实际价值相等的不合理现象。把现实人生与哲理思考结合起来,以微知著。后者作家则通过对同一事物不同年龄人的不同认识,提出真理与情理的悖逆。作家痛切地表明,随着年龄的增长,人们越来越圆熟地适应情理而悖逆真理,而这个过程我们叫它成熟。应该说,微型小说的这种哲理表现深入到了生活的角角落落,确实带给读者许许多多的启示。然而,许多创作者刻意去寻求哲理,使微型小说带上了哲人哲言的意味。于是褒扬先进、贬抑缺损、挖掘哲理曾一度成为微型小说创作的主题旋律。而读者读微型小说则把它当故事、当笑话,当名人名言去读。笔者的一位朋友,就曾将一本讽刺微型小说集扔给我:"给你一本笑话集。"显然,微型小说已进入了一个误区。

　　误区在艺术表现方面也同样存在。内容单一化导致了情节表现的单一化,微型小说最常见的结构形态是"偶然性情节加出人意料的结局"。数量繁多的微型小说在无奇不有的大千世界里伸出了灵敏的触角找寻偶然性情节,再用误会、巧合、纵擒等传统方式去结构小说,用一个个视觉细节去组合生活。这诚然反映出生活的多姿多彩,丰富奇妙,但毕竟缺乏涵盖力。而微型小说的路也越走越窄,为奇而奇,为巧而巧,为出人意料而绞尽脑汁。其实,当时的创作者并不满足于以同样的方式说不同的故事的模式化倾向。许多创作者作了多方面的努力,试图走出误区。他们广泛吸收其他文体的特长,丰富微型小说的创作,吸收新闻特长的作品,及时敏锐地反映生活,具有旺盛的生命力。吸收影视"蒙太奇"特长的作品,在同一时间内结构起一组生活画面,被称为"镜头小说";吸收了小品特长的作品则讽刺性强;吸收了散文特长的作品,以情为文,淡化情节,体现出一种思想寄托和艺术追求;采纳论文特长的作品,则形象地揭示人生哲理。有评论者认为,这是文体互相渗透的结果,称微型小说为"模糊小说",但不能否认的是,正是这种模糊,使微型小说虽繁荣却无序,创作数量很多而精品少,有压倒其他文体的优势,然而连名称尚不固定,更无法去谈创作规律。但无论如何,在微型小说崛起之初,创作者为微型小说今后的发展提供了丰富的实践经验,为这一文体形式走向正轨奠定了坚实的基础。

二

发展微型小说,首先需要一个真正与之相契合的名称。俗语说,名不正则言不顺。微型小说在国内外有名目繁多的称谓,如:小小说、超短篇、一袋烟小说、台历小说……,这只道出了"短小"这个特点,但都没有真正使之成为科学的概念。面对日新月异的微型小说创作热潮,中国新闻出版社在出版《1984年小说年鉴》时,把微型小说单列一卷,吹响了微型小说独立的号角。从此以后,"微型小说"与长篇小说、中篇小说、短篇小说相对应,堂而皇之地成为小说家族最年轻的、最有活力的一员。

1985年4月15日,创刊于1984年10月的《中国微型小说选刊》在北京举行了"繁荣微型小说创作座谈会"。这是新时期微型小说发展史上的第一次正式的研讨会。在这次会议上,《文艺报》副主编、评论家吴昌泰指出:"微型小说,是其他文学样式不可代替的,和中长篇一样,是文学园地一个独立的品种。"首次确定了微型小说在小说家族中的地位。作家冯骥才进一步指出微型小说应该"有独自的艺术规律,它对选材、角度、语言、结构,都有独特的要求"。作家孟伟哉一矢中的,指出前此的微型小说创作关键问题是作者队伍的分散和杂乱。他希望"产生一批专门写作微型小说的作家",只有这样才可把文体从实验、尝试、应急的状态下解救出来。同时,会议的中心话题是呼唤微型小说向艺术境界靠拢,以提高其档次。这次会议使微型小说从此走上了正规的创作道路,它标志着新时期微型小说创作的转折。会议之后,微型小说创作数量和质量明显提高,全国各地开始出现了许多专业作者。为了更广泛地集聚微型小说作家,进一步促进文体的健康发展,1989年底,《小说界》《小小说选刊》《微型小说选刊》《解放日报》《文学报》《三月风》《北京晚报》《小说报》等八家报刊聚会上海研究探讨微型小说创作。会议代表一致认为:成立一个微型小说学术团体的条件已经成熟。经过近两年的筹备,1992年"中国微型小说学会"正式成立。到此,微型小说有了自己名正言顺的称号和组织机构,也从东奔西突的状态中走出,成为小说家族的一支"正规军"。

1993年,全国微型小说学会在南京召开会议,聚集了全国各地的专业创作者和研究者,对微型小说的发展现状、创作规律作了全面细致的研讨。为形成稳固的作家队伍,探索文体的创作规律作出了最大努力。此后,微型小说作品专集与研究专著不断出版。一代专门从事微型小说创作和研究的作家和理论家队伍逐步形成并成熟,实现了最初几次组织活动预定的目标。

1994年,首届世界华文微型小说研讨会在新加坡开幕,1996年第二届世界华文微型小说研讨会在泰国举行,并拟定第三届研究会在马来西亚举办。这样的组织活动更促进了微型小说创作的繁荣,使之朝着多元化的方向发展。

微型小说创作的发展,首先表现为题材的拓展。创作者们把视野从反映偶然的外部冲突转向对生活作多层次、多角度的开掘,表现出生活画面的纷呈斑驳,同时深入探索人物的内心世界。题材的变化,引起了主题倾向的改变。恩斯特·卡西尔说:"有些事物,由于它们的微妙性和无限多样性,使得对之进行逻辑分析的一切尝试都会落空。"[1]这话至为精辟地指出了生活的感性化特征以及表现这种特征的原则。微型小说致力于对生活的细枝末节进行

---

[1] 恩斯特·卡西尔:《人论》。

开掘,显然,更切近这一原则,更不可能支持对其主题进行逻辑分析的尝试。微型小说的主题必须向多元化、复杂化、微妙化发展。许多作家正朝着这样的方向努力。许行的平凡生活题材,符浩勇的乡村题材,文牧的校园题材,孙方友、魏继新、曹德权等的传奇题材,凌鼎年的超常态题材,王奎山的"侉子营纪事"、修祥明的"庄户人故事"、沈祖连的"三岔口系列"……一方面表现出创作题材的丰富多样,另一方面,这些作家的作品都已无法用理性的方式进行概括,只是让人觉到感动、陶醉,抑或是苦涩、压抑,为其所动而无法言明。从这个意义上与崛起之初相比,微型小说开始切近了其作为"小说"的题材和主题特征,即多义性和模糊性。微型小说不再偏重于明确地、理性化地把握生活,因为"艺术本身可以不包含任何起因于理智的东西,艺术的实质,也就是我们借以意识到我们自己情感的某件活动的实质"①。

微型小说题材和主题特征的改变,是这一文体走向自觉的标志,而文体的自觉表现在结构形态上的变化则更鲜明突出。

崛起之初,微型小说"主要载体是一个故事,并且力求出人意料,寓意藏锋于篇末,以最后一击掀起最大的高潮"。② 这样的以"巧"为支柱的结构形态被误认作微型小说的写法。的确,写得好的这类作品,常常能给读者带来新鲜的美感。但有些作者为"巧"而巧,把"巧"浅薄化,带着明显的编造痕迹。显然,表现方式的单一化,导致了模式化的创作倾向,微型小说创作类似批量制作。难怪老作家李国文忧心忡忡地表示:"大多数微型小说是属于霉干菜式的,常常缺乏那种鲜活、水嫩、丰满、厚重的文学营养要素。这样写来写去,很容易步入一个挺狭窄的胡同里,抽象的东西越来越多,形象的东西越来越少。理念的东西越来越多,文采的东西越来

---

① 乔治·克林伍德:《艺术原理》。
② 〔美〕王渝:《微型小说的魅力》,引自《微型小说选刊》1997 年第 6 期。

越少,思辨的东西越来越多,情感的东西越来越少"。① 还微型小说以"小说"的面目,使之成为充满"文学营养要素"的创作,已成为刻不容缓的任务,而对于微型小说题材与主题的变化也提出了同样的要求。

文学的首要特征,应该是不囿于定格勇敢创新。当新时期微型小说作家们意识到微型小说已进入了模式创作之时,他们开始着力从创作上进行反驳。这并不容易,因为,直至今天,还有相当一部分论者与读者认为微型小说是"出奇制胜,异想天开,在构思的巧妙性上下足功夫"②的文体。这实际上构成了一种误导,极大地影响着创作形式与创作内容的拓展。台湾作家隐地有段话说得好:"我认为好的极短篇,完全和长篇小说、短篇小说一样,隐喻和烘托气氛都是必要的,高潮迭起,扣人心弦,在结尾处制造惊人之举,引人入胜,固然是极短篇创造之一法,然而只是叙述故事,能自圆其说,自成一格,仍然可能是一个好的极短篇,甚至云淡风轻,像散文似的没有故事,然而自有一种气氛,自创一种味道,说不定是一个更有魅力的极短篇,简单的说,微型小说,除了字数少之外,和其他小说类别完全没有两样,麻雀虽小,五脏俱全,微型小说的极致,还是贵在创作。"③

这段话指出被认作微型小说主宰形态的所谓精巧的"欧·亨利"式的创作,只是微型小说的方法之一,而作为文学创作,微型小说应该是不拘成法,不拘一格,"自圆其说,自成一格","自创一种味道"的个性化、风格化创作。我国新时期微型小说作家走的正是这样的道路。

但个性化、风格化不是一朝一夕形成的,新时期微型小说创作

---

① 李春林"第二届全国微型小说大赛"《评委的话》,《小说界》1988年第5期。
② 郑允钦:《微型小说崛起的思考》,选自《微型小说选刊》1998年第2期。
③ 〔台湾〕隐地:《贵在创作》,载《文汇报》1996年11月15日。

格局的改变经历了一个过程。当作家们跳出以"巧"为支点的偶然性情节的叙述老套之后,他们把曾用于构筑上述精巧结构的智慧转移到对生活的深层掘进之中,"去表现瞬间显现的大千世界,或者去表现日常生活的万千微尘给人们意识印上的痕迹,作品展现的情节结构可以是一个画面、一点感触、一股情绪冲突,或一丝意念。"①这是一种新的尝试,奇巧变灵动,曲折变平淡,尺幅之间,小说家以最大的努力反驳曾束缚过他们的模式。微型小说研究专家刘海涛曾这样概括微型小说的创作空间:"小小说的艺术生命从纵的方面讲它允许小小说作家朝一个方向,朝一种可能性专一伸展;而从横的方面讲,它更鼓励小小说朝多个方向、多种可能性的横向试验"。②在如此广阔的范畴内,作家的创作热情、创作灵感得到了最大程度的发挥,很快促成了创作的个性化和风格化。刘国芳"喜欢让生活口语与书面语组合,人物语言与叙述人语言融通而构成的叙述短句来推进故事"③韩英根据不同的生活素材,对症下药,或讽刺幽默,或嘻笑怒骂,虚虚实实,真真假假写出了自己独特的艺术个性;墨白总是平淡地、平铺直叙地说故事,靠语言的飘逸灵动,靠贴近生活本来面目的平淡结构营造氛围;女作家汤红玲以对现实社会不正常的事实的揭示,将其人物置放在尴尬的境地,作多方面的表现,挥洒自如,人物栩栩如生;邵宝健仍然执著于营构"机智的艺术",并且技巧越发娴熟;戴涛用"减负荷叙述",使其微型小说创作更加飘逸和空灵……。

多样化风格的形成,进一步促进了文体的繁荣。

综观新时期微型小说的历程,不难发现,与小说家族的其他成员相比,微型小说的发展成熟是极其迅捷的。这固然与其篇幅短

---

① 郑贱德、雷秋生:《论小小说的审美倾向》,载《大学文科园地》1988年第9期。
② 刘海涛:《我看中国的小小说文体和小小说作家》,载《天津文学》1997年第9期。
③ 刘海涛:《我看中国的小小说文体和小小说作家》,载《天津文学》1997年第9期。

小有关,更为重要的则是它的一次次研讨活动、组织大赛推动着作家创作的自觉,促进创作走上艺术化、风格化的轨道。这并不意味着微型小说已经达到完美的境地。一系列不容忽略的事实是:相对于创作数量众多的作品而言,微型小说精品太少,尚未真正"摆脱某些仅仅通过故事,或误会或巧合之类营造的平庸而俗套的桎梏"[1];理论界的研究比较萧条甚而并不真正承认它;微型小说的专业作家数量不多,创作队伍整体素质偏低等等,这些因素将直接影响创作的进一步发展。也许,作家张记书的主张能够比较彻底地改变微型小说的创作前途:"我们必须抛弃旧视角,而从新的角度切入对象,我们要从观念、认识、价值、语言、结构等各个方面对以往微型小说模式来进行一次爆炸或颠覆,使微型小说在这爆炸和颠覆中获得新生。"[2]我们拭目以待。

(原载《社会科学战线》2000年第3期)

---

[1] 张记书:《微型小说期待着惊世之作》,载《天津文学》1997年第9期。
[2] 张记书:《微型小说期待着惊世之作》,载《天津文学》1997年第9期。

20世纪中国古代公案小说研究的回顾与前瞻

苗怀明

比起《三国演义》、《水浒传》、《金瓶梅》、《红楼梦》等古典名著研究的喧闹景象,中国古代公案小说的研究确实显得有些沉寂和冷清。但其自身的独特之处以及多方面的研究价值还是吸引了不少专家学者,取得了较为丰厚的收获。所有这些都丰富和充实了古代小说的研究,并成为20世纪中国古代小说研究的重要组成部分。

一、公案小说研究的酝酿与开创

中国古代公案小说的研究是伴随着具有现代学科意义的小说史研究的确立而展开的,其直接的诱因和学术背景是近代西方侦探小说的译介和中国小说界的革命。这一时期不仅是中国小说创作的转型期,也是许多学科的酝酿和萌芽期,其对小说的解读有其特定的文化语境,其表征是文学自身的艺术性被淡化,赋予了较强的工具色彩。新小说倡导者梁启超的话很有代表性:"今日欲改良群治,必自小说界革命始;欲新民,必自新小说始"[①]。而西方侦探小说也正是首先作为一种思想改造的工具而被引入的,正如当

---

① 梁启超:《论小说与群治之关系》,《新小说》第1号。

时红极一时的翻译家林纾所言:"近年读上海诸君子所译包探案,则大喜,惊赞其用心之仁。果使此书风行,俾朝之司刑谳者,知变计而用律师包探,且广立学堂以毓律师包探之材,则人人将求致其名誉。既享名誉,又多得钱,孰则甘为不肖者?下民既免讼师及隶役之患,或重睹清明之天日,则小说之功宁不伟哉。"①在这种文化语境中,赋予西方商业性、娱乐性极强的侦探小说以如此重要的社会功能,显然是一种误读;但正是这种误读,促成了当时小说创作的转型和创新,许多新小说作家也正是从侦探小说中学到新的表现技巧和叙事方法的。

有西方侦探小说的参照与新小说理论的指导,公案小说一时成为舆论关注的焦点,不过它当时是作为批评的靶子而进入研究者的视野的。这时对公案小说的评论是与李伯元、刘鹗、吴趼人等人以创作形式对公案小说的消解和颠覆同步的,这些新小说家们在自己的小说如《活地狱》、《老残游记》、《九命奇冤》等作品中,借鉴西方侦探小说的写作技法,消解了原先的清官探案模式。当时还有不少比样画符的侦探模仿之作,则完全抛开了公案小说的形式。不过当时对公案小说的评论多是零星的、随感式的,只言片语,散见于各报刊,不成系统,而且多是在谈及侦探小说时,顺带提及。因当时人们对传统公案小说的内容较为熟悉,故公案小说多是作为一种后台话语背景,作为一种潜性的批评靶子而存在的。而对公案小说的批评则主要在两个层面上进行:一个是理念意蕴层面的,对中国古代公案小说中的鬼神迷信、清官崇拜等描写进行批评,如梁启超所说的:"今我国民惑堪舆,惑相命,惑卜筮,惑祈禳,因风水而阻止铁路、阻止开矿,争坟墓而阖族械斗杀人如草,因迎赛会而岁耗百万金钱、废时生事、消耗国力者,曰惟小说之

---

① 阿英:《晚清文学丛钞·小说戏曲研究卷》,中华书局,1960年版,第237—238页。

故。"①这其中当然也包括公案小说。最能说明这一问题的是吴趼人的《中国侦探案》。他有鉴于国人对侦探小说的喜爱,编辑了这本描写古代中国人探案的作品,想"一较量之,外国人可崇拜耶?祖国可崇拜耶?"②但结果"浮泛者太多,事涉迷信者,更不一而足,未足与言侦探也"③。专挑中国古代公案小说中近于侦探者尚得到如此低的评价,可见在西方侦探小说的比照下,中国古代公案小说在当时人们心目中的位置。有不少人认为:"侦探一门,为西洋小说家专长,中国叙此等事,往往凿空不近人情。"④"中国人之作小说也,有一大毛病焉,曰不合情理。其书中所叙之事,读之未尝不新奇可喜,而按之实际,则无一能合者。不独说鬼神处为然,即叙述人事处,亦强半如是也。"⑤

专门从艺术表现层面批评公案小说者较少,但从当时的创作实际可以看出人们的倾向,比如当时四大小说杂志所刊登小说中,采用倒装叙述手法者有51篇,其中侦探小说或带有侦探因素者多达42篇⑥。可见在案狱题材的写作中,人们已自觉放弃传统公案小说的写法,采用侦探小说的路数。西方侦探小说直接对公案小说的创作形成冲击,导致其式微消衰。自然,其作用并不仅局限于此,它对这一时期的新小说都有深远的影响。上述所言,是以西方侦探小说观照中国古代公案小说时,很容易看到的几个特点和缺陷。

现代新文化运动兴起后,对西方思想文化的消化吸收已转变为结合本民族文化的开拓创新,许多具有现代意义的新型学科建

---

① 梁启超:《论小说与群治之关系》,《新小说》第1号。
② 吴趼人:《中国侦探案》弁言,上海广智书局,1906年版。
③ 半:《匕首弁言》,《中华小说界》第1年第3期。
④ 侠人:《小说丛话》,《新小说》第13号。
⑤ 管达如:《说小说》,《小说月报》第3卷第5,7-11号。
⑥ 陈平原:《中国小说叙事模式的转变》,上海人民出版社,1988年版,第49页。

立起来,中国古代小说研究正是在这一时期和这一特定文化语境下正式确立成型的。鲁迅、胡适、孙楷第分别以其《中国小说史略》、《中国小说的历史的变迁》、《中国通俗小说书目》和《日本东京所见小说书目》开创了中国古代小说史研究的新天地,他们的研究成为具有现代学科意义的小说史研究的基石,并为这一学科确立了可具操作性的研究范式。这三位学者对公案小说这一在广大民众中很有影响的小说类型较为重视,并进行了专门的研究,他们研究的成果及其操作方式至今仍对公案小说的研究具有很大影响。

鲁迅在其具有开创性的小说史专著《中国小说史略》第二十七篇《清之侠义小说及公案》中,对清代公案侠义小说进行了精辟的论述。他将清代公案侠义小说置于一个大的历史文化语境下进行把握,从横的一面探讨了这类小说兴起的社会文化背景,指出了其"时去明亡已久远,说书之地又为北京,其先又屡平内乱,游民辄以从军得功名,归耀其乡里,亦甚动野人歆羡"的时代背景[①]。从纵的一面,结合中国古代小说发展演变和人们欣赏趣味的变化,指出这类小说兴起的文化心理机制:"时势屡更,人情日异于昔,久亦稍厌,渐生别流。"[②]"当时底小说,有《红楼梦》等专讲柔情,《西游记》一派,又专讲妖怪,人们大概也很觉得厌气了,而《三侠五义》则别开生面,很是新奇,所以流行也就特别快,特别盛。"[③]他结合具体作品进行阐释,指出这类作品"写草野豪杰,辄奕奕有神","以粗豪脱略见长",[④]特别强调其民间话语形态:"正接宋人话本正脉,固平民文学之历七百余年而再兴也。"[⑤]这些结论在今

---

① 鲁迅:《中国小说史略》,人民文学出版社,1973年版,第250页。
② 鲁迅:《中国小说史略》,人民文学出版社,1973年版,第239页。
③ 鲁迅:《中国小说的历史的变迁》,载《中国小说史略》第308页。
④ 鲁迅:《中国小说史略》,人民文学出版社,1973年版,第244页。
⑤ 鲁迅:《中国小说史略》,人民文学出版社,1973年版,第250页。

天也未过时,为许多小说史著作所采纳。其将小说研究内外结合的方法,在今天仍有示范意义。

胡适的《〈三侠五义〉序》是其古代小说系列考证中的一篇。如果说鲁迅的研究给人们展示的是学识,那么,胡适的考证则显露的是功力。他的系列考证是其所提倡的"大胆假设,小心求证"研究范式的例证。他注重实证的方式,对小说的作者生平、故事本事、源流、版本等问题进行追根溯源的详尽研究。在《〈三侠五义〉序》一文中,他根据史书记载和对包公题材作品的考察,指出包公是个"箭垛似的人物",因为"民间的传说不知怎样选出了宋朝的包拯来做一个箭垛,把许多折狱的奇案都射在他身上。包龙图遂成了中国的歇洛克·福尔摩斯了"①。这一结论已为学术界普遍接受,不少专著、论文在谈到包公题材的作品时基本上是重复胡适的这一论点。在该文中,他还结合作品,对《三侠五义》中狸猫换太子故事的来源及演变进行详尽的梳理和分析。受其影响,这一时期孙楷第的《谈谈〈包公案〉》、赵景深的《包公传说》、卫聚贤的《〈包公案〉及其考证》都是在胡适研究的基础上对包公题材文学作品的本事来源及演变所进行的更为精细的研究。根据有限的资料,胡适还对《三侠五义》的作者石玉昆、作品的成书过程进行了考证。这类考证与胡适对《水浒传》、《西游记》等小说的考证一样,限于资料的局限,其结论在今天看来已大多不能成立,但其进行考证的运作方式及思路还是具有示范意义的。在该文及其《五十年来中国之文学》一文中,胡适对清代公案侠义小说的艺术性也进行了分析和评述。

孙楷第以乾嘉学派的治学范式研究小说,从版本目录学着手,开创了小说史研究的新天地。其《中国通俗小说书目》、《日本东京所见小说书目》、《大连图书馆所见小说书目》等著录了其寻访

---

① 胡适:《〈三侠五义〉序》。

海内外公私图书馆所见之小说,为更进一步的研究提供了坚实的学术基础。其所著录的公案小说尽管在今天看来还不够全,比如后出的日本学者大秀高的《增补中国通俗小说书目》以及江苏省社会科学院组织编写的《中国通俗小说总目提要》都对其进行了大量的补充,但在当时,这些书目已足以开人眼界。对公案小说的分类和归纳体现了他对《都城纪胜》、《梦粱录》中"说公案"一词的理解。他还在《日本东京所见小说书目》中对明代公案短篇集进行了评述,认为这些小说集"唯意在搜集异闻,供一般人消遣","书肆俗书,辗转抄袭,似法家书非法家书,似小说非小说",点出了其编撰目的、文本特点,尽管他对这类小说评价很低,认为是"丙部小说之末流","殊不足一顾"[①],所评不够公允,也过于简略,但毕竟拓展了新的研究领域,这一研究在相当长的时间内无人涉足,直到40年后才由日本学者继续进行下去。

这一时期对公案小说的研究主要集中在以《龙图公案》、《三侠五义》为代表的包公系列小说上,重点在考证作者的生平、梳理本事的渊源和辨析版本的演变等方面。除上面所提到的胡适、孙楷第、赵景深等人的研究外,其他学者也都根据自己所掌握的材料发表了一系列论文,有不少新的发现。其中李家瑞的《从石玉昆的〈龙图公案〉说到〈三侠五义〉》和王虹的《〈龙图公案〉与〈三侠五义〉》是两篇很有分量的论文,他们以丰富翔实的资料为基础,部分地解决了从说唱本《龙图公案》到《龙图耳录》、再到《三侠五义》的较为复杂的成书过程。李家瑞的论文依据《非厂笔记》、子弟书、马头调《评昆论》等材料,对石玉昆的生平作了大致的勾勒,又据百本堂抄本《龙图公案》等材料梳理了从说唱《龙图公案》到《三侠五义》的演化过程。王虹则将自己所购买的后套《龙图公案》与通行的《三侠五义》从情节、结构方面进行细致的比较,指出

---

① 孙楷第:《日本东京所见小说书目》,人民文学出版社,1958年版,第141—142页。

了两者之间的差异。该文还对说唱本《龙图公案》的流传、本数、体裁、渊源等问题进行探讨,有不少新的发现。李家瑞、王虹的文章将《三侠五义》的研究大大向前推进了一步;但由于他们未将一般的鼓词《龙图公案》与石派书《龙图公案》分开,故对从说唱本《龙图公案》到《龙图耳录》演进过程的描述不够恰切。其后由于资料的缺乏,对该问题的研究在相当长的时间里处于停滞状态。值得一提的还有阿英的《关于石玉昆》一文,他从道光二十三年(1843)到道光二十五年(1845)的金梯云抄本《子弟书》中发现了《叹石玉昆》,尽管记载不详,但据此可知"至少可证明二事,一是玉昆应称'道光时说书人'。另一是玉昆确为说话人,且系以《三侠五义》著称者"①。随后,赵景深也写了《关于石玉昆》一文,指出阿英所见的《叹石玉昆》,在别的书中也有,他还结合李家瑞的《从石玉昆的〈龙图公案〉说到〈三侠五义〉》对石玉昆的生平和唱腔进行了探讨。

除关于石玉昆、《三侠五义》的研究之外,研究者对其他公案小说作品也有涉猎。阿英的《明刊〈包公传〉内容述略》对书林景生杨文高刊本《百家公案》各回的内容进行介绍,在附记里他又介绍了明万历刊本《龙图公案》,并与前书略做比较,可惜阿英所见皆是残本,并将两书误认为同一种书的两个版本。尽管孙楷第在其《中国通俗小说书目》中已有著录,但由于记载不详,加之《百家公案》不易见,长期以来,不少人将《百家公案》和《龙图公案》混为一书。在这种情况下,自然谈不上对《百家公案》的研究探讨。赵景深的《〈施公案〉考证》一文对《施公案》的成书、版本及与戏曲的关系进行了探讨,成为目前仅见的专门考证该小说的论文。卫

---

① 阿英:《关于石玉昆》,载其《小说二谈》,中华书局,1959年版。

聚贤的《〈彭公案〉考》虽也是仅见的一篇考证《彭公案》的论文[①]，但多牵强附会，同其《〈包公案〉及其考证》一文一样，错误较多。顾随的《看〈小五义〉》对《小五义》中的人物描写给予了较高的评价，在当时是一篇难得的从艺术方面评析的论文。

二、公案小说研究的蜕变与萧条

新中国成立后，由于政治、行政手段的介入，学术研究领域的意识形态色彩过浓，古代小说的研究由解放前相对多元的模式转变为单一的社会学批评模式，加之机械运用，成为一种庸俗的社会学批评。在这种意识形态过于强化的话语背景中，对公案小说的研究也就有其特殊的切入点和视角，许多在今天看来并非学术论题的问题，在当时却成为学术研究的热点。在五六十年代，曾有两次与公案小说有关的学术争论，都明显带有这种时代色彩。一是对如何评价清官的讨论。这一讨论牵涉到历史、法制史、小说史、戏剧史等多个学科[②]。讨论的焦点，在于对古代清官的定性以及对一些维护民众权益的清官的评价。其实讨论双方并没有根本的分歧，不过是对清官肯定的程度的差异而已。由于当时的学术环境以及论题的限制，讨论不可能深入。此前，在戏曲上也有与《施公案》有关的戏要不要演出的讨论[③]，有时讨论成为个人在政治上

[①] 奇怪的是，1984年香港《春秋》第636期刊载的沈香阁的《〈彭公案〉的作者与内容考》一文，与卫聚贤的《彭公案考》一文全同。

[②] 其中代表性论文：星宇《论"清官"》，《人民日报》1964年5月29日；王思治《试论封建社会的"清官"、"好官"》，《光明日报》1964年6月3日；吴晗《〈试论封建社会的"清官"、"好官"〉读后》，《光明日报》1964年6月3日；王思治《关于"清官"、"好官"讨论中的若干问题》，《光明日报》1964年6月3日；张晋藩、邱远猷《封建国家的官只能是地主阶级专政的工具》，《政法研究》1966年第1期。

[③] 参见《施公案》一书附录所收文章摘录，宝文堂书店，1982年版。

的一种表态,如著名演员马少春就明确说:"在没有得到修改正确的剧本时,我是不会再演出这出戏了。"①在70年代末、80年代初,清官和公案戏的讨论又重新被提起。

一是由赵景深校订《三侠五义》所引起的争论。1956年,上海文化出版社出版了由赵景深校订的《三侠五义》一书,在该书中,赵景深删去了他认为宣传封建迷信、"侮辱劳动人民不曾见过世面或女子小足"、"用江苏或山西方言嘲笑各该地人"的语句和地方俚语,把文言字眼都改成白话,而且还对书中的情节进行删改。②这些删改显然具有较强的意识形态色彩,但因它涉及到古籍整理的原则和方法问题,故有人提出不同意见。侯岱麟写了《略谈〈三侠五义〉》和《评新本〈三侠五义〉》两篇文章,认为"古书是古人写的,整理者加以校订是可以的,但决没有权力擅加更改","赵先生这次'校订'的《三侠五义》,实在不算好,与'校订'的精神也不相符",并结合具体字句,指出赵景深改动的不当③。熊起渭也对赵景深的删改持反对意见,他认为赵是"拿现代人的眼光来要求古代人,这未必是真正科学的,历史的态度",而且对具体语句的删改要慎重④。后来,赵景深在其校订本《三侠五义》时对自己的删改进行了说明。这一争论到此为止,但由此可见当时学术研究中意识形态的渗透和影响。

这一时期研究者对公案小说尤其是清代公案侠义小说基本上持否定态度,从当时颇有影响的几部小说史、文学史教材可以看出

---

① 李少春:《我为什么不演〈连环套〉》,《大众戏曲》1959年第8期。
② 赵景深:《〈三侠五义〉前言》,载《三侠五义》,上海文化出版社,1956年版。
③ 侯岱麟:《略谈〈三侠五义〉》,《读书月报》1956年第6期;《评新本〈三侠五义〉》,《光明日报》1956年9月30日。
④ 熊起渭:《〈三侠五义〉的思想和艺术》,《光明日报》1956年6月3日。

这一点。有的书中云:"晚清侠义公案小说总的趋向是反动的"①,有的则说公案侠义小说是"欺骗、麻醉人民的毒药,镇压人民的软刀子"②。所用以评价作品的术语,也都是政治性的。但就是在这种学术氛围中,还是出现了一些较为严谨的学术论文,这些论文主要围绕清代公案侠义小说尤其是《三侠五义》而进行。其中刘世德、邓绍基合写的《清代公案小说的思想倾向——以〈施公案〉、〈彭公案〉和〈三侠五义〉为例,兼论"清官"和"侠义"的实质》是一篇较有分量的论文。它在前人研究的基础上,对公案小说的发展演变进行了十分清晰的梳理,重点探讨了清代公案侠义小说的流派形成背景及具体作品的成书过程。尽管论文也使用了政治性术语,但结论建立在翔实的材料基础上,有不少观点上的创新以及材料上的发现。其他如熊起渭的《〈三侠五义〉的思想和艺术》、吴小如的《读〈三侠五义〉札记》、侯岱麟的《略谈〈三侠五义〉》、傅璇琮的《〈施公案〉是怎样一部小说》等,都从思想和艺术的角度对《三侠五义》、《施公案》进行了探讨。限于当时的学术环境以及作者的观照视角,缺乏应有的深度。不过,这在当时已颇为难得。

这一时期,吴英华、吴绍英二人发现的关于石玉昆的一则材料比较引人注目。他们在《有关〈三侠五义〉作者的一首可贵的诗》一文中披露,在清人富察贵庆的诗集《知了义斋诗钞》中,有一首咏石玉昆的七言律诗,由此可以确定石玉昆生活的大致时期以及其性格、演出的一些情况。赵侃执笔的《石玉昆及其〈三侠五义〉》,也对石玉昆的生平事迹进行了归纳和总结。60年代《明成化刊本说唱词话》的出土为公案小说的研究提供了十分宝贵的资

---

① 北京大学中文系1959级《中国小说史稿》编委会:《中国小说史稿》第7编第15章,人民文学出版社,1973年版。
② 南开大学中文系:《中国小说史简编》,人民文学出版社,1979年版。

料①。在出土的十三种说唱词话中,有七种为包公断案作品。这些故事,实为后世一些描写包公判案作品的本事来源,它们是包公故事演变过程中的一个重要环节。

文化大革命使正常的学术研究被迫停止,但70年代在海外却形成一个研究公案小说的小热潮,并延续到80年代。其间美国有两部与公案小说有关的博士论文获得通过,它们是马幼垣的《中国通俗文学中的包公传说》和苏珊·布莱德的《〈三侠五义〉及其与〈龙图公案〉唱本的关系》,可见公案小说在海外受重视的程度。这次研究热潮较之先前有很大的进展,尤其是日本的学者,他们凭借阅读珍本秘籍、拥有丰富材料之便,对公案小说的研究不仅更深入,而且研究领域上也有拓展,比如对明代公案短篇集的研究原先几乎是空白,但在这一时期却有大的突破。

这些研究主要集中在明代几部公案短篇集上,其兴趣点和着力点在本事的溯源及版本的辨析,其中围绕《龙图公案》的本事来源和成书方式为中心的研究最有成绩,几乎解决了该书故事的全部来源。其中马幼垣的《明代公案小说的版本传统——〈龙图公案〉考》一文具有较高学术价值,在海外曾产生较大影响。该文以十分细致的版本与文本比勘,辨别《龙图公案》与其他明代公案短篇集之间的承袭关系,确定了《龙图公案》大部分作品的来源,并对这类小说的源流演变进行了梳理,画出了系谱图。由于其研究是在占有大量材料的基础上进行的,言之有据,结论可靠。但由于这类小说演变因袭关系十分复杂,马幼垣的研究也有失误,直到阿部泰记的《明代公案小说的编纂》中,这一问题才得以较完满的解决。《龙图公案》之外,马幼垣的《〈全像包公演义〉补释》一文,将收藏于韩国的万卷楼刊本《百家公案》与日本所藏的与耕堂刊本进行比较,探讨了《百家公案》的版本演变情况。大秀高的《从公

---

① 有关情况,参见拙文《明成化刊本说唱词话综述》,《贵州文史丛刊》1998年第4期。

案话本到公案小说集——论"丙部小说之末流"在话本研究中所占之地位》一文大部分篇幅在描述明代公案短篇集的整体情况和发展脉络,其中最有价值之处在于对这些小说集与宋元话本关系的探讨,它提供了一条研究公案小说的新思路。其他如庄司格一的《关于〈律条公案〉》、《关于明代公案小说中的僧尼故事》等论文,则对明代的其他公案小说如《律条公案》、《详刑公案》等进行了研究。

实证研究之外,值得一提的是小野四平对公案小说较为精细的研究,他将三言中的公案小说分为宋代和明代两类,并比较它们的差异,其结论及思路都极富启发性。所有这些都使公案小说的研究向前大大推进了一步。

三、公案小说研究的勃兴与规范

进入新时期后,长期的禁锢被打破,公案小说一时成为出版热点,这正如有的研究者所描述的:"这一出版趋向迅速波及了全国十几家出版社,大家竞相出版,使此类图书印数高达几百万册,激发了'文革'后,也是1949年后三十余年来大陆的第一次通俗文学阅读热。"[1]在这种氛围中,公案小说的研究也开始恢复正常,并以对清官与公案戏的重新评价为开端。值得一提的是,谭正璧有感于《小五义》研究的缺乏,专门撰写《论〈小五义〉》一文,以期引起学术界的重视。胡士莹《话本小说概论》一书专列《明清说公案》一章,对明清时期公案小说的发展演变及特点进行了较详细的分析和评述,在材料方面较以前有所突破,成为80年代这一研究领域的代表之作。

由于资料的缺乏,80年代公案小说的研究,还主要集中在有

---

[1] 伍旭生:《大轰动——中外畅销书解秘》,广州出版社,1993年版,第29页。

限的几部作品上,在深度和广度上都未有根本的拓展和突破;但也有一些新的进展,研究在朝着良性化的方向发展,如孟犁野所进行的系列研究就引起了学术界的注意,卜安淳的《文言公案小说源流初探》也对公案小说研究的领域有所拓展。其他如谢振东、俞百魏、武光瑞、朱云鹏合撰的《试论〈施公案〉》、黄岩柏的《〈龙图公案〉新论》、赵正群的《〈三侠五义〉和侠义与公案小说》等都是这一时期较有分量的论文,尽管还缺少应有的新意和深度。

进入 90 年代,随着学术研究的日益规范以及国际间学术交流的增加,公案小说研究的情况有较大改变。这首先表现在资料方面。中华书局出版的《古本小说丛刊》和上海古籍出版社出版的《古本小说集成》是两部大型小说丛书,前者重点搜集流传海外而国内不存或稀见的小说;后者则立足于系统、稀见、完足和存真。收藏于海内外的珍本、稀见公案小说基本上都收进这两部丛书,自然给研究工作带来了极大的便利。此外,还有出版社将《百家公案》、《新民公案》排印出版,这对研究及普及都是一个促进。

其次,一系列公案小说专著的出版,标志着公案小说的研究开始走向系统和深入。黄岩柏的《中国公案小说史》和孟犁野的《中国公案小说艺术发展史》是两部研究性专著。尤其是前书,为国内第一部公案小说研究专著,该书对公案小说的概念、渊源流变以及在各个时期的特点进行了系统、全面的梳理和分析,描述了公案小说的全貌,有不少新发现和独到见解。作者着眼宏观把握,阅读了大量作品,对唐代以前的所有小说集翻检一过,结论由翔实的统计材料作基础。但该书也有一些可议之处,比如公案小说的界定范围过宽,将一般小说中的公案片段与公案小说混同起来,描述过多,分析较少等。后书虽失之简略,但也提出一些有学术价值的观点,比如公案小说文体的三分说以及各类小说高峰认定的说法得到学术界的认可。该书长于艺术分析,着眼具体作品,但缺少整体的把握及史的观照。专著之外,普及性的图书也出版了一些。其中张国风的《公案小说漫话》和鲁德才的《三侠五义》较有学术品位。前者就公案小说史上一些重要或有趣的现象进行探讨,有不少独到见解。后书则依据作者在日本访书所得,对《三侠五义》的成书有新的见解,此外对《三侠五义》思想意蕴、艺术特点及影响的分析也颇有新意。辽宁教育出版社出版的《古代小说评介丛书》对公案小说的总体发展情况及具体作品作了评介。

再次是研究的自觉意识增强,公案小说的研究日益受到重视。系列论文除80年代孟犁野的论文外,1992年卜安淳发表在《古典文学知识》上的《中国古代公案小说漫谈》系列论文也比较引人注目。

90年代的公案小说研究,有以下几个方面值得关注:一是对公案小说源流、发展脉络、各时期特点以及文体形态方面的整体研究。齐裕等人合著的《中国古代小说演变史》一书将公案、侠义小说合论,对公案侠义小说的界定有宽、狭之分,较有见地。鲁德才的《〈百家公案〉与〈龙图公案〉的形态》、《明代各诸司公案短篇小说集的性格形态》着眼于公案小说的文体形态,改变观照角度,拓展了研究的领域,这一课题还有继续深入的必要。台湾学者王尔敏的《清代公案小说之撰著风格》对清代公案小说的发展情况进行整体上的把握,也是一篇有分量的论文。这方面的论文还有王俊年的《侠义公案小说的演化及其在晚清繁盛的原因》、侯忠义和王敏的《论公案小说的特点与源流》等。

对公案小说作品作者生平、本事、成书、版本方面的研究也有新的进展。萧相恺的《几部关于包拯和海瑞的纯公案小说》一文,介绍了其访书所见的几种《百家公案》、《龙图公案》和《海公案》版本,重点对《百家公案》各回内容进行介绍,探讨其本事来源,还考察了其与《龙图公案》的演变关系。其《百家公案》与戏剧考论(上)、《百家公案》与戏曲——《百家公案》考论之一(下)更是另辟蹊径,对《百家公案》与古代戏曲间的故事渊源进行了细致的比较分析,有许多新的发现。

着眼于公案小说思想、艺术特征的论述也有不少。80年代末到90年代初,在关于武侠小说的讨论中,晚清公案侠义小说被作为武侠小说的一类而受到关注,这些探讨多关注其侠的一面,有不少新见解。总的来看,公案小说的研究在八九十年代已有长足的进展,在整个中国小说史的研究中占有一席之地,前景看好。但也有一些不足之处,这主要表现在:研究视野比较狭窄,研究对象过于集中在《龙图公案》、《三侠五义》等几部作品上,对明清时期其他公案作品涉及不多,比如对明代公案短篇集、对文言公案小说的探讨还很缺乏,因而对公案小说整体的研究就会受到影响。关注点主要集中在作品思想意蕴和艺术特色的简单归纳上,对有些问题,如公案小说自身的流派特征、其在各个时期的特质、其文体特征等,都还缺乏系统深入的探讨。研究范式单一,因公案小说是中国古代小说中比较特殊的一类,仅以类似文学赏析的方式难以有更大的进展,需要将其置于一个大的文化背景下进行观照,需要借鉴文学社会学、文化人类学、法律等学科的研究范式进行多角度、多层面的观照,这样才会有新的突破和进展。此外,有些小说史研究者对公案小说的研究价值还有疑问,重视不够、投入的力量不足,这也会影响到研究的整体学术品位和水准。

(原载《社会科学战线》2000年第4期)

论 90 年代的历史题材小说创作

吴秀明

对于世纪交替的中国文学来说,历史题材小说①创作的价值和贡献是有目共睹的。在迄今为止不算太长的二十多年时间里,它以其特有的韧性和厚重赋予了当代文学以独特的内涵,并作为一种重要的内驱力推动着文学的现代性进程。如果说在 80 年代,历史题材小说的创作成就主要体现在从观念认知到审美表现的深刻嬗变,那么到了 90 年代以来,它则日益明显地彰显出自我写作的独立意义,并以其精致和丰赡征服了读者,成为当下文学的一道亮丽的风景。特别是 1993 年,短短一年间推出了凌力的《暮鼓晨钟》、唐浩明的《曾国藩》、陈忠实的《白鹿原》、高建群的《最后一个匈奴》、李锐的《旧址》、刘震云的《故乡相处流传》等一批佳作,几可称为"历史题材小说年"。某种意义上,中国的历史题材小说在 90 年代已走向一种集体性的丰收和成熟。这种丰收和成熟当然与 80 年代以及 80 年代以前固有的创作直接有关,但更为主要

---

① 中国所谓的"历史小说",通常是指以一定历史真实为基础加工创造的作品而言,它与历史真实往往具有某种"异质同构"的特殊关系。最近一些年来,在新的文学观、史学观特别是在西方"新历史主义"的浸渗影响下,时人开始把文本叙述只有"虚"的历史形态而无"实"的历史依据的虚构性作品也包括进来,并冠之以"新历史小说"名称,这就使原本比较复杂的问题愈显复杂。本文为了避免歧义和论述方便,分别在不同场合使用不同的概念,并将它们一起归属到"历史题材小说"这一整体概念上来。

的,它还体现了90年代以来更加自由开放、也更为混沌无序的时代新变,是时代新变的一个曲折的反映。

一

论及90年代以来的历史题材小说,首先不能不提及姚雪垠的《李自成》。这位把生命最后的烛光都奉献给历史小说的老作家,在进入90年代以后,以年逾八十的古稀高龄,严肃认真地从事着《李自成》第四、五卷续作的写作,并最终于1999年去世后不久将其全部出齐,从而为历时四十余年的马拉松式的创作画上了圆满的句号。①《李自成》续作可以说是传统经典历史小说的最后余脉,它与作者写于六七十年代的前三卷相比,也许因并无本质的区别而存在着这样那样的思想艺术局限,但老作家对文学事业的执著和忠诚实在令人感动,其创作本身也具有特殊的意义。无论怎么说,它的最后完成不仅首次填补了五四以来经典长篇历史小说的空白,并将它推向辉煌,而且为我们提供了一部真正意义上的宏伟史诗,对当代历史小说的文体解放和繁荣发展作出了开拓性的贡献。

《李自成》四、五两卷共四册近百万字。它主要描写李自成由长安挥师东进,一路所向披靡,攻下北京城,在群臣的一片"劝进"中踌躇满志地演习登极大典。可随之而来,李自成及其农民义军自身的蒙昧和短视也迅速地蔓延开来:大顺军刚进京,立足未稳,从上到下就陶醉在一片胜利的赞歌声中,一些将官开始腐败。像刘宗敏这样的大将,不想带兵去攻打残敌,却热衷于在京城拷官追赃。李过、田见秀等将领都住进明朝大官僚的豪华府第,有的人甚

---

① 姚雪垠的《李自成》从1957年开始创作,至1999年五卷本全部出齐,前后历时四十余年。

至过起笙歌燕舞的享乐生活。大学士牛金星热心教习登极仪式，坐着八抬大轿四处往来拜客，俨然是一派太平宰相的风度。更为严重的是作为大顺军的最高统帅，李自成也被胜利冲昏了头脑：他不仅没有审时度势，断然有效地采取措施加以制止、整顿和应变，反而优柔寡断，贻误战机，并且变得偏狭、多疑、猜忌……这一切作者写得无比沉痛，使人读来感慨万端。如果说 80 年代以前出版的《李自成》前三卷主要用理想主义手法描写农民起义由小到大、由弱到强的胜利，歌颂他们的革命性、进步性，那么后两卷则着重以现实主义的冷峻之笔揭示这场农民运动的盛极而衰、功败垂成的悲剧，批判他们的负面性、落后性，将农民革命从虚幻的云端拉回到温煦的人间。因此，置身于作者构筑的新的历史文学世界，我们不仅愈后愈强烈地感受它怵目惊心的悲剧主题，而且也具体实在地体味其现实主义回归的显著特色。

值得指出的是，作者在展现李自成功败垂成大悲剧时非常重视具有典型化意义的情节、细节和场面的营造，他力戒艺术表达的简单化、平庸化。如第四卷中有关王长顺在目睹李自成沿途"警跸"进入北京时的沉重复杂心态，尤其是有关宫女费珍娥于洞房花烛夜刺杀李自成爱将罗虎的惨烈场面就很具代表性。它们被安排在李自成处于胜利的巅峰和出师山海关的前夜，这既是作者用来审视李自成的一个独到的角度，一个富有意味的"第三只眼睛"，同时也为即将到来的历史悲剧及其成因作了有效的铺垫和揭示，甚至提供了某种预兆，具有深刻的文化真实性。而所有这一切，首先当然得益于他的现实主义创作方法（从理想主义回到现实主义）及其以因果律为特征的事理逻辑的娴熟运用。因为现实主义文学编码过程的逻辑化，或者说现实主义文学编码严格遵循理性主义的逻辑规范，这就从根本上决定了作家要遵循必然性的悲剧阐释原则。所以，当他颇具匠心地将上述一系列人事凝聚、串联在李自成及其农民起义功败垂成的事理逻辑上，其所产生的悲剧效果就是很自然而然的了。这也是现实主义价值之所在,它说明现实主义与历史悲剧之间具有深刻的同构对应的关系。

除了历史悲剧的揭示之外,《李自成》四、五卷在人性刻画方面也有颇可称道之处。作者用以观照把握历史主要还是阶级斗争和阶级分析的思维方法,但作为具有丰富生活阅历和深谙艺术之道的老作家,姚雪垠仍给予人性以很大的关注。虽然这些人性内容是经过阶级性、时代性的过滤后表现出来的,但其具体的艺术描写仍然具有独立的审美意义,有的甚至远远超出一般阶级论、本质论的局限,表现了很高的历史价值和丰富的文化内涵。如第四卷写崇祯皇帝在李自成破城前的惶恐、悲愤、幻灭、绝望等错综复杂的心理,而在李自成破城后他下旨令后妃自尽,亲手劈杀公主和幼女,反倒变得异常镇静沉着,大有"视死如归"的气概,最后在心腹太监王承恩一人的陪伴下自缢于煤山脚下。这部分文字,虽说作者的写作立场并没有改变,但由于对历史、艺术和人学的洞悉,使得他具体叙述"逸出"阶级斗争观念、主题的拘囿,而给予了崇祯这个亡国之君以人性的展示乃至人性的同情,使之成为全书最具光彩、最具魅力的艺术形象。当然,就总体而论,四、五卷中类似的人性描写毕竟不是太多,它并不能改变全书艺术整体坚硬的阶级论的框架。这里的原因分析起来,自然有与前三卷主题框架相谐一致的实际考虑(否则,恐有损于《李自成》这部历史长卷的整体和谐和统一),同时也跟作者长期信奉并实践的阶级斗争思想观念密切有关。以姚雪垠这样的年龄层次、价值取向和知识结构,要他撇开前三卷的套路,另起炉灶,像新历史小说作家那样采用纯人性的视角来进行《李自成》续作的创作,那是不可能的,也似乎没有这个必要。

将农民起义摄入文学创作的视野,早在五四新文学的实践中就已经被确立了。30年代在茅盾、孟超、廖沫沙等左翼作家的影响带动下,一度还颇为显目,乃至成为当时历史小说的"主流"。

粉碎"四人帮"至80年代初,它更是盛极一时,几乎成了所有作家共同选择的题材。但站在今天的时代高度看,我们不得不指出他们对农民起义根本性质及其在中国历史上的作用是缺乏反思的:往往只看到它的正义性、进步性,而没有看到它的狭隘性、落后性以及给社会带来的破坏性,没有看到它毕竟只是一种没有实际力量的悲剧革命形式。因而农民领袖形象的塑造普遍有拔高的色彩。姚雪垠也不能幸免。这样,他就无法在深厚的文史修养与清醒的判断之间取得平衡,从而影响了作品悲剧、人性描写应有的真实和深度效应。在艺术上,尽管作者在续作中继续发挥"单元共同体"的横云断岭、大开大阖的结构优势,笔墨纵横驰骋,舒卷自如,显示了大家风范,但囿于观念本身,加上年龄的因素,同样未能取得与自己功力相谐的艺术成就,在内容的精致和情感的震撼力方面与以前相比,都有所减弱。坦率地讲,《李自成》四、五两卷,除了山海关大战、崇祯之死以及上面提到的有关人性描写外,其余的大多一般化,显得比较粗糙,在总体上不如前三卷。

姚雪垠是老作家的杰出代表。与之几乎同时或稍后出现而又年龄相近的还有萧军(《吴越春秋史话》)、端木蕻良(《曹雪芹》)、徐兴业(《金瓯缺》)等,他们在七八十年代之交曾成为当时历史小说繁荣局面的主要开创者、支撑者。90年代以来,由于不可抗拒的因素,这些老作家均先后谢世。姚雪垠及其《李自成》写作是一个奇迹。然而从某种意义上说,它又何尝不是一个严峻的挑战。须知,在观念急剧嬗变的转型期,选择《李自成》这样强势的阶级斗争题材和主题进行创作或续写,这个事情本身是很大胆的,同时多少也带有点悲剧性的。站在这样的层次角度观照,我们便对《李自成》续作的创作多了一份宽容和理解,并将创新和突破的希望自然而然地投向到了后起的作家们的身上。

二

姚雪垠的问题和缺陷,在凌力、刘斯奋、唐浩明、二月河、熊召政、吴因易、韩静霆、王顺镇、马昭、刘恩铭、张笑天、赵玫等四五十年代出生(当然,放宽地讲,还可将30年代出生的杨书案、李晴等也涵盖进来)的中青年历史小说作家那里较好地得到了避免。这批人一般在80年代有创作,有些还取得相当不俗的成就,曾经是当年历史小说大潮中的重要中坚力量。进入90年代以后,他们大多风采依旧或初显大家风范。一方面,保守主义思潮的持续升温,为他们进一步提高发展提供了合适的土壤;另一方面,他们自身较厚实的文史功底和严谨的创作态度,又不期而然地使其在此时脱颖而出,成为90年代以来历史小说写作渐入佳境的一个重要标志。从思想艺术取向上看,这批作家更多继承了老辈作家的传统,总体上偏向于传统守成;但也抛弃了老辈作家常见的较为封闭的思维惯性,表现了相当的开放性和包容性。这就形成了他们总体创作上的深沉、厚重、稳健的艺术风貌,并决定了他们几乎清一色地选择带有很强客观写实特征的传统历史小说文类(而不是充满主观色彩的新历史小说文类),创作的成功概率颇高。这些年来优秀或较优秀的作品,如《白门柳》、《曾国藩》、《张之洞》、《雍正皇帝》、《暮鼓晨钟》等均出他们之手。某种意义上,中年作家在90年代以来正在走向大面积的丰收,他们在当下整个历史题材领域中占据举足轻重的地位。如果说七八十年代是《李自成》的时代,那么90年代以来便是这批中年作家以及下文将要论及的更为年轻的新历史小说作家创作的时代。再进一步,如果说90年代以来的新历史小说以其激进的叛逆姿态在为历史题材创作提供种种可能性时,也使自身陷入了种种不可能性,表现出了行之不远的困乏;那么真正标志这一时期创作实绩,代表这一时期文学成就的主要并不是新历史小说,而是上述这些中年作家创作的作品。

当然,这些作家彼此的风格差异也很大。有的追求史性写作,严格按照历史"本事"演绎人物和故事,具有明显的信史品格,如唐浩明的《曾国藩》;有的崇尚诗性写作,远离史料和史实而推重想像和抒情,文本编码机制显得既灵活又自由,如韩静霆的《孙武》;更多的则是选择亦史亦诗的写作,将史的严谨与诗的灵动融为一体,追求彼此结合的复合效果,如凌力的《暮鼓晨钟》、刘斯奋的《白门柳》等。但由于对历史、艺术和世界理解的相近性,作为一个承上启下的重要群体,这批中年历史小说作家仍有不少共同之处。他们的创作不仅不同于《李自成》,而且与新历史小说也有很大的差别。其最大的特点及对90年代以来历史题材小说的贡献,主要表现在以下三个方面:

首先是人文主义的写作立场。这批中年作家普遍抛弃了原先奉为圭臬的《李自成》创作模式,致力用人文主义来消解或取代传统经典历史小说所循守的那种"一切历史都是阶级斗争"的叙事框架,那种称之为"本质"和"规律"的东西。为此,他们一反六七十年代千篇一律写农民、颂农民的题材或主题套式,纷纷将艺术描写的目光投向古今二极:一极是上推至远古进行文化寻祖或文化溯源;另一极是下移至明清进行中西或古今文化转型的考察。于是,就有了《孔子》、《老子》、《庄子》、《李鸿章》、《张之洞》等不少文化名人历史小说,从而导致了题材对象的一大转换。同时,更为主要的是在这些作品中,作者们不仅致力于描写人文知识分子,而且还站在比较纯正的人文知识分子立场上对之进行批判或认同,努力从中发掘人文内涵。如刘斯奋的《白门柳》,它写多灾多难的明末社会,但作者的着眼点并不在于反映民族的历史遗恨,也不热衷展现动乱年代人们的悲欢离合或阶级冲突,而是重点揭示以黄宗羲为代表的早期民主主义思想的诞生及其具体表现。正如作者在该书第三卷"跋"中指出的:就这场使中国付出惨重代价的巨变而论,如果说也有某种历史进步的话,那就是明末的这种民主主义思想;只有它才是"代表积极方面、能够体现人类理想和社会进步的事物",其他的都不是。这种以民主、社会进步而不是以阶级、政治意识形态为取向的人文主义写作立场,不仅大大开拓了他们作品的精神空间,而且与当下学界倡导并得到社会广泛认同的"寻找人文精神"的呼声契节相符,形成能动的对话关系。

当然,秉持人文立场绝不意味作家对传统文化资源开拓可以忽略其负面价值的批判,恰恰相反,而是将开拓与批判融为一体,并推进到富有张力的理性高度加以审视。对此,上述不少中年作家也表现出了相当的艺术自觉。其中最突出的当推唐浩明的《曾国藩》,他在塑造"誉之则为圣相,谳之则为元凶"(章太炎语)的曾国藩形象时,其突破性的成就在于:摆脱单纯歌颂或批判的视角,既充分揭示曾身上的人格伟力、韧性精神和俭朴作风,同时又不淡化其杀人如麻、滥施酷刑和虚伪残忍。如逼迫兵败生还的胞弟曾国华出家,对太平天国降将韦俊叔侄的食言而肥等等。凡此这些,就使作品在对阶级论、本质论超越的同时,并没有简单回到传统文化的价值立场上去;它保持了历史的混沌性和丰富性,也显示了作者对中国文化的严肃思索,并为 90 年代以来如何进行民族文化资源的开发和重塑提供了一种新的思路。其次,是历史还原的叙事态度。历史有其真实性和客观性的一面,同时也具有选择性和主观性的另一面。历史还原主要强调的是前者。这也是包括《李自成》在内的以往所有历史小说尤其是现实主义历史小说追求的理想目标。但由于强势意识形态的影响和典型观的制约,其历史还原往往局限于政治本质的层次,离多维复杂的真实历史甚远,有的甚至以古类今,随心所欲地编排历史,教训应该说是很深刻的。这些中年作家作品的可贵就在于对这种带有明显写政治本质的创作原则的拒绝和超越,它最基本特征是正本清源,还原历史的本真。具体包含两层意思:一是现象还原,即通过摈弃既往历史的谬误和非真实,恢复历史的本来面目;一是观念还原,即通过对偏狭思想观念的超越,上升到一个更高更深厚更有现实感的人类精神的高度,重新评价历史和人性。① 无论是现象还原,还是观念还原,其实都只能看作是作者故意选择的一种超越现实社会政治而又相对客观的创作态度,是一种建立在历史理性、严肃考证和研究基础上的艺术"翻案"。所以,不少作品中的人事描写,不仅完全迥异于以往的结论,而且与当下一般社会习见也有很大的区别。但他们又不是率意而为,而是建立在对史料大量阅读、认真思索和缜密研究的基础上,经得起历史的检验;是一种合历史、合逻辑、合情理的创造,至少是一家之言。

这一特点在二月河的《雍正皇帝》中就得到了较好的体现。首先,是现象还原,即对历史真实事件和真实过程的还原。该作大胆剔除以往历史加在雍正头上的阴谋夺嫡、杀兄屠弟、杀人灭口的千古骂名,通过储位之争、励精图治和"恨水东流"等一系列重大情节,为我们复原了一位既冷酷阴毒又清正贤明、带有明显本真、杂色特点且极具创意的帝王形象。当然,最可称道的还是观念还原,即不满足于上述描写的客观现象的真实,同时还进而在思想观念上刊谬反正,超越潜在的传统因袭的伦理偏见,还原成一种深沉挚爱的人民性的层次和境界,以此对雍正的所作所为作出历史主义的美学评价。如此,它对雍正的历史还原就超出了一般的"翻案",显得更真实也更深刻。

再次是长篇文体的运用。这也是这个中年创作群体的一大显著特点,是他们对90年代以来历史题材小说乃至整体文学所作的一个贡献。像上面提到的作品以及凌力的《梦断关河》,唐浩明的《张之洞》,二月河的《康熙皇帝》、《乾隆皇帝》,熊召政的《张居

---

① 参阅支宇:《历史还原・元叙述・文体混杂——邓贤长篇纪实文学研究》,《四川教育学院学报》1995年第4期。

正》,韩静霆的《孙武》,王顺镇的《长河落日》、《竹林七贤》,胡晓明、胡晓晖的《洛神》,张笑天的《太平天国》,马昭的《世纪之门》等,几乎所有的中年作家都选择长篇甚至多卷本或系列体的超长篇文体。这种情况或许与《李自成》的影响不无关系,但就根本而言,我以为还是取决于这些作家自身的人文立场、历史还原以及大情感、大投入、大悲剧的艺术追求。因为长篇不同于寄托感慨或寓言式的中短篇,文类的特点决定了它可以充裕自如地展开独特的"历史文化场"的描写,在此基础上再徐徐推出有关的历史人事。所以,当这些作家不期而然地普遍采用长篇文体形式创作时,他们的作品就先天地具备了一种浓浓的历史感和人文底蕴,显得格外深厚扎实,富有深度和厚度。而这,正是90年代以来文学所欠缺的,是他们文体选择综合效应之所在。它对于改变当下长篇轻飘浮糜之风,寻找真正意义上的史诗,无疑是有启迪的。

当然,不必讳言,他们也程度不同地存在着重"史"轻"诗"倾向,述史的意图往往高于文学的考虑。所谓的历史还原或艺术翻案,更多似乎立足于历史本体论,将史识的大胆作为支撑,而尚未上升到审美本体论的层次。另外,艺术上也缺乏创新,文本叙事不那么讲究技巧、角度,语言显得较为单一笨拙。像杨书案那样将人物塑造、故事描写与心理刻画三者糅合起来,特别像赵玫那样借鉴西方现代主义,将女性叙事与历史叙事结合起来,从而使小说生发出一种独特的叙事氛围和审美意蕴,实在太少。这种"历史"与"文学"、"内容"与"技巧"的错位已在相当程度上影响制约了这批中年作家的艺术质量。自然,也给他们的创作提出了严峻的挑战。历史和现实告诉我们,未来的历史小说是属于既包寓博大思情容量同时又掌握新颖别致形式技巧的人们。为此,我们中年历史小说作家需要反思,更需要尽快提高整体艺术素质,进行自我充实和调整。据说二月河至今仍坚持每天花四个钟头研习文学名著,这也从一个侧面反映了这代作家为他们集团式的突破所作的酝酿和积蓄吧。

三

将新历史小说纳入历史题材小说的范畴不一定十分妥贴,因为与上述中老年作家的思想艺术观不同,像苏童、格非、叶兆言、刘震云、孙甘露、余华、刘恒、北村等一批更加年轻的、60年代出生者为主体的作家的历史叙事,只是在外观上接近传统的历史小说,其本质则是后现代式的模仿和拼凑。他们似乎不再对历史保持谦卑,也从不打算去再现所谓的历史真实,而是按照"一切历史都是当代史"、"一切历史皆文本"的观念,潇洒从容地展开艺术想像。从这个意义上说,新历史小说的"新"字可作"反"字之解,它与中老年作家创作的传统历史小说之间不仅没有多少直接的师承关系,相反倒是一个釜底抽薪的颠覆。不过,撇开这点不论,从宏观的精神文化和文类演变的角度考察,它毕竟与传统历史小说具有某种内在的一致,其叛逆性、颠覆性的写作是以中老年作家的创作为参照或起点的,从一个特殊的侧面反映了传统历史小说文类在今天时代环境条件下所产生的巨大而深刻的裂变。

当然,新历史小说并非90年代以来始有,早在80年代中期莫言的《红高粱》那里它便初露端倪,其直接的思潮性的源头大致有三个:寻根小说摒弃政治性题材而亲和审美和超验的"史"性题材的倾向,新写实小说的边缘化生存状态描写和对世俗性价值妥协退让的倾向,以及西方新历史主义有关历史话语与文本话语同一的理论主张。就具体的创作情况来看,新历史小说所选取的题材基本限制在民国时期,所以在界定概念时,有人就干脆将其概括为"民国时期的非党史题材"创作。[①] 但这恐怕只是早期的情况,后

---

① 参阅陈思和:《关于"新历史小说"》,收入《鸡鸣风雨》,学林出版社,1994年版。

来内涵和外延均有所扩大,它实际上已将所有带有解构倾向的作品都包括在内。这也说明新历史小说的复杂。90年代以来的新历史小说创作就是在这样的背景下继续发展并最终走向兴盛。这突出体现在从80年代文坛上过来的作家所创作的作品,如苏童的《我的帝王生涯》、《武则天》、《米》,叶兆言的《半边营》、《十字铺》,格非的《敌人》、《边缘》,刘震云的《故乡天下黄花》乃至莫言的《丰乳肥臀》,陈忠实的《白鹿原》等。这些小说不仅进一步完善了新历史小说的艺术原则,而且在小说的文化探索和形而上精神上也比80年代有了新的超越,更多地烙上了先锋作家在世纪末精神探索的印记。1993年以后,新历史小说出现了整体衰退的趋向,它的成就主要体现在副产品匪行小说上,另外在长篇小说领域尚有余脉。但可能是西方新历史主义的刺激,评论界对新历史小说的关注反而热情有加,各种各样的好评、苛评以及褒贬兼杂的评论如潮。

  这里,我不想重复别人讲过的话语,只是按照本文既定的框架和思路,来约略地探讨一下90年代以来这些新历史小说给整体历史题材领域带来了什么:它在哪些地方进一步拓展了传统历史小说的精神领域和艺术时空,又在哪些地方出现了不应有的滞后和逆转,造成了新的迷失?

  与中老年作家创作的历史小说相比,一个有目共睹的事实是,90年代以来新历史小说普遍显露了浓重的存在主义思想倾向,在观念形态上已由80年代流行的理性主义进化论向现在的存在论、生命本体论转化。对历史潮流中人的生存状态和生命图景的关注,正构成了新历史小说主题所指的两个互为因果的方面。某些作品已具有了后现代主义小说的"解构"、"消解"的特征,烙上了浓厚的世纪末的颓废色彩和沧桑感。在这里,不仅中老年作家崇尚的以阶级、民族、主义、崇高为特征的宏大叙事受到了彻底的颠覆,就是早期《红高粱》等所固有的那样一种自由自在的生命激情也荡然无存,它成了与"历史"完全无涉的现实生存状态的纯主观的感性体验。因此,他们就不仅潇洒而巧妙地回避了十分艰苦繁难的史料搜集工作,获得了更大的自由度和虚构色彩,而且还有效地赋予作品以充沛饱满、血肉丰盈的现实生命实感和质感,使人类一切既有的生存体验轻而易举又从容自如地进入历史文本。有关这方面,像苏童的《我的帝王生涯》、《米》那样只是凭借"'白纸上好画画'的信心和描绘旧时代的古怪的激情"[①]的作品自不必说——因为这些生长在腐朽的宫闱、米店里的历史和人性的"恶"不是来自往事,而是来自苏童自身的先验感悟。作者只不过借助宫斗、复仇等一系列古典文化代码,用来演绎他对人类现实生存的形而上的思考。即使是在那些历史具有某种可确认性的作品,如洪峰的《东八时区》、格非的《边缘》等,它也根本脱离了阶级斗争或理性因素的"史"的框范,成了一种个人难以把握的颓败历史及其因果相连的颓败主体(人)的展现。而当它被作为人类的一个生存生命或文化哲学主题表达时,其甚至具备了强烈的先锋性,代表了当下精神文化思想领域的最前沿。

历史题材小说是怎样开拓创新,展示历史的无限丰富性和复杂性,追求真切的时代生命感和文学的先锋品格呢?这是摆在广大作家面前的一个大问题,也是影响制约迄今以来不少历史小说尤其是传统历史小说创作的一个很重要的因素。这批新历史小说作家的创作,它的意义和价值首先就表现在这里。与中老年作家相比,也许他们的历史知识相当有限甚至可以说颇为无知,其历史观、价值观恐怕还有不少的极端和偏颇之处,但是从精神现代性的角度看,他们的努力无论如何值得肯定,对广大中老年历史小说作家的创作具有借鉴启迪意义。行文及此,我们无意就涉及历史题材小说创作从未遇到的一个悖论:那些具有深厚文史功底和丰富

[①] 《苏童文集·婚姻即景·自序》。

阅历的作家,他们在将历史艺术化的过程中,由于观念的僵滞和文类的约束,往往难以超越固有历史凝固书写形式对自身的"压迫",使之成为一个活的浑融的生命整体,而那些并不具备多少历史知识的年轻作家,因为摆脱了具有超强意识形态性的本真历史,从中渗透了自身独特的生命体验和生存憬悟,将历史"寓言化心灵化"、"生存化生态化"、"文化化生命化",相反倒赋予僵滞而冰冷的历史以细腻、灵动、鲜活、微妙的特征和温婉弥漫的人性力量,使之魅力无穷。对此,我们或许感到有些尴尬,但也可以借此对以往的历史小说尤其是中老年作家的历史小说创作作深刻的自我反思。

如果说90年代以来新历史小说的主题深深打上了先锋文学精神探索的印记,那么在艺术上它则愈来愈强调历史叙事的技术含量,日益明显地体现出新潮作家要求将创作返回到文本自身的新意向。不同的观念,不同的经历,不同的知识结构和不同的素养,使他们形成了有悖于经典美学原则和主流历史小说话语的崭新的写作态度,如:重叙述轻描写,重想像轻经验,重主观轻客观,重感性轻理性等。而受西方后现代主义的催化影响,也是为了自身在市场经济条件下生存的需要,进入90年代以后,追求艺术纯度更是逐渐成为这些年轻作家的普遍自觉。在他们那里,传统的"历史"小说正向现代的历史"小说"转化。因此,作家的想像力、叙述能力和语言表达能力乃至游戏能力得到了充分的发挥,文本较之以前显得更精致,更具技术含量和游戏成分。如前面多次提到的苏童的长篇《我的帝王生涯》,这是一部完全"超验虚构"的文本,其中有关燮国国王荣辱沉浮的一生纯系子虚乌有,并无历史依据。但经过作者机智巧妙的安排和叙述(以第一人称"我"作为体验和叙事视角),历代王朝宫廷斗争、刀光血影、骄奢淫逸、变幻无定等种种景象被十分生动完整地纳入文本之中。一切都显得那样的轻巧娴熟、曲折细腻,许多细节逼真到了可触可摸、可尝可嗅的程度。它扑朔迷离又凄婉感伤,具有颇动人的故事模型。这表明新历史小说作家日趋松动的大众化取向,他们的创作经过先锋时代的一段迷惘之后,倚仗叙事技巧和故事性,最后完成了对先锋小说文体试验导致的精英化的反驳。在叙事文本上也更趋于成熟,已取得了先锋技巧与大众手段调和的成绩。

中国传统的历史小说由于过分追求所谓的史诗性和古为今用价值,作家往往认为历史生活和现实题旨本身的力量就能决定一部小说的成败得失,而技巧则是次要的。这就造成了传统历史小说长期以来叙述滞后、形态粗糙、艺术性不足的通病。包括中老年作家在内的许多作品的成就和价值,主要不是体现在艺术的成熟与创新上,而是体现在对历史还原的真实性和追踪时代的"今用"性上。新历史小说作家有关文本叙述技术化的创作实践,对此是一个很好的反驳。它至少极大激发了作家的想像力和创造力,为提高历史题材小说的审美品位,促进艺术现代性的进程提供了一种新的思路。从一定意义上讲,是新历史小说改变乃至结束了历史题材长期以来低水平徘徊重复的局面,它使我们在这里看到了中国年轻一代历史题材小说作家令传统历史小说作家望而兴叹的飞扬蓬勃的创造才情。但是也必须看到,在新历史小说作家自由自在地穿越"历史"与"现实",进行文学(化)重构的过程中,也很快暴露了他们对叙事快感过分热衷的弱点。这使其想像力变得随意放纵,甚至顾不上逻辑和情理的制约。此一问题在后来的新历史小说创作中(包括苏童写于90年代初期的《我的帝王生涯》、《武则天》,也包括叶兆言、格非、北村等人的创作)变得更加突出。这就使得文坛上出现了太多虚妄娱乐之作,最终不能不把新历史小说引向疲惫、困境并成为写作的游戏。为什么1993年以后新历史小说遁入颓势,整体上出现了衰变与终结,不少作家争先恐后地加入影视"选妃"的行列,与港台娱乐片一样竞相戏说历史,很重要的原因就在于此。

从这里我们也不难得知新历史小说的技术化写作是有缺陷的。它无论怎样重要和必要，都不能解决中国当前历史题材小说创作的一切，不能代替作家的思想、生活和经验。大量的事实表明：真正优秀的历史题材从来都是内容与形式、真实与虚构、技巧与经验的有机统一。也正因此，我觉得有必要对新历史小说的技术化写作保持应有的反思和警惕，并进而认为90年代以来的历史文学创作，不管是中老年作家擅长的传统历史小说文体，还是年轻作家拿手的新历史小说类型，它们彼此本无轩轾，尽可以充分自由地发展。对于它们，我们需要的不是扬此抑彼或抑此扬彼，而是最大限度的"包容"与"综合"。未来中国历史题材小说的前景，也许就在这有容乃大的"包容"与"综合"上。

（原载《社会科学战线》2003年第4期）

关于沦陷时期东北文学研究的思考

李春燕

东北沦陷时期的文学,作为中国现代文学的一个组成部分,这毕竟是历史的事实。尽管在沦陷的十四年中"没有产生过光耀文史的金元杂剧和清朝一代的古典名作;也没出现过关汉卿、曹雪芹那样伟大的作家"(《东北沦陷期文学概况》,载《东北现代文学史料》第4辑),但这一时期的文学却记载着我们中华民族反抗强暴的一段历史,标志着东北新文学在缓慢的发展中增添了反抗日本侵略的爱国主义的新内容。不过,由于每位研究者对这一时期文学的理解不同,所以在对东北沦陷时期文学的看法上,也就存在着很大的分歧和论争了。

下面,从文学发展的历史和文学研究工作的实际情况出发,谈谈我的一些看法。

一

要实事求是地对待东北沦陷时期的文学。

由于沦陷时期的东北文学是在一个阶级矛盾和民族斗争非常尖锐、复杂、激烈的历史条件下形成和发展起来的,所以,它不能不反映出这一时代的生活和社会的某些特征;尤其是由于日伪残酷的文化统治,一些作家不敢直接或公开地把自己的反抗精神和爱国思想倾注笔端,所以,绝大多数作品,只能隐晦、曲折地暴露社会的不平和黑暗。这本来是符合现实的正常现象。可是,有些同志不是把这一时期的文学放在那个特定的历史情况下去考察,而是主观的从根本上加以否定,认为伪满洲国文学没有好东西,无足可取。当然,这些人大多数出自爱国的思想,带着朴素的民族感情,以中华民族痛恨侵略的那种特有心理,不加分析地对待当时的文学,我想这是可以理解的。另外也有少数人受"左倾"思想的影响,错误地全盘反对东北沦陷时期文学,对此,我们必须有明确的认识。不过,这两种错误的认识尽管有本质的不同,但他们缺乏对当时文学全面客观的了解却是共同的。实际上,在五四新文化运动的影响下,东北新文学也有了很大的发展,而到了九一八事变之后,东北新文学就更加鲜明地承继了五四文学的光荣传统,把反帝反封建的旗帜高高举起。这不仅被东北沦陷前期的《大同报》文艺副刊《夜哨》和《国际协报》的文艺副刊《文艺》上发表的一些作品所证实,就是到了中后期,许多文艺作品也仍然贯穿着抗日爱国的重要内容,只不过是因为那个特定的历史条件的限制,表现的形式和方法更为隐蔽罢了。但这不应该把它同颓废的、反动的、汉奸的文学混为一谈。不分青红皂白地给东北沦陷时期的文学扣上"伪满文学"、"汉奸文艺"的帽子。

那么,沦陷时期的东北文学到底是一种什么样的文学呢?如果是从本质和主流看,而不是从表面和支流看的话,应该说东北沦陷时期的文学是爱国抗日的文学,是反抗侵略的文学。对于这一点,从当时的文学研究中也可以看出端倪。当时的文学研究,大体可分为三个方面:

(一)史的研究比较盛行。在日本帝国主义侵占东北的十四年间,一些热爱文学事业的人,其中包括文学理论家、文艺评论家、作家和一些文学爱好者,写出了不少论著和文章,这里首先要提到的是王秋萤。在沦陷的十四年中,王秋萤不仅是一位作家,以《去故集》、《小工车》和《河流的底层》等作品闻名于东北文坛,而且又是一位文艺评论家,以其中肯的文艺批评和鲜明正确的观点赢得了人们的赞誉;同时他还是一位文学史家,不但自己撰写了东北文学史方面的专文,而且还编辑出版了《满洲新文学史料》一书。这本书对日本帝国主义推行的"开拓"文学、"国策"文艺和伪《艺文指导要纲》中所宣扬的"以移植我国土之日本艺文为经,原任民族固有之文艺为纬"的殖民主义文艺的以强而有力的批判。因为在这本书中的不少文章,是针对殖民主义文学而言的。山丁的《十年来的小说界——满洲新文学大系小说上卷导言》中写道:"读过《满洲新文学的踪迹》(王秋萤著文,发表在《新青年》上——笔者)的人都能知道,满洲新文学的河源是'五四'以后1922年诞生于吉林的《白杨》和1923年发刊于奉天的《启明旬刊》,然而真能推动新文学前进的则是《关外社》和东北文学研究会的《东北文学周刊》……"这里指出了东北新文学是受五四新文学的影响发展起来的。在这篇文章的结尾,山丁借助陈华的《我与夜哨》一文中的话指出:"越是质朴坚实的土壤中才会生出硬花果,满洲确是这样的在作品中嗅不出舶来的香水油,却有着浓烈的沃土高粱气息,而活动着的人物也是质朴,而有着强韧的耐苦忍劳的大陆性。"这从史的研究方面充分地说明了东北新文学不仅是中国现代文学的一部分,而且十足的是土生土长的文学,它不是受日本殖民主义文学"移植"才产生出来的。

(二)作家作品的评介活跃。沦陷十四年的文学评论,汇集成书虽然不多,但散见于各报刊确实不少。陈因1943年编辑出版的《满洲作家论集》,是一本较好的评介当时作家作品的书。这本书收进了在东北沦陷时期较有影响的山丁、秋萤、孟素、成弦、袁犀、疑迟、金音、田琳、梅娘、吴瑛、李乔、石军、古丁、小松、外文、爵青等16位作家作品的评论文章,比较全面、深入、系统地论述了他们的创作,使我们从中看到了当时文学的一般情况和主要内容。正如编者在该书的"题记"中所说:"批评与创作是分不开的双生儿,我们如果提起评坛,自然也就是叙说了创作界的过去诸现象。"这本书的编成和出版,"对于满洲的文坛的概貌,总算是勾出了一个较清晰的轮廓。"在这本书中,山丁对秋萤创作的评论,抓住了沦陷时期东北文学的实质和特征。他在《去故集的作者》中,针对日本文化人批评所谓的满洲文学阴暗论指出:"暗——这是在满日系批评家一致对满系作品的观念批评,我们读了人家的评文仿佛有许多话要辩驳,其实辩驳也无益处。'八不主义'不是明晃晃的颁在那里吗? 有时也自己解剖自己问自己,我们为什么不明朗起来呢? 我们是活在以写穷人为可耻的土地吗? 秋萤的作品是刻画暗的。这暗则是'明'的希求,是'明'的征候,我们的作家仿佛是一辞送葬的歌手,倘能唤出新的,相信也会奏出健康的明朗的声调的。"他还以《夜之暗影》为例,在进一步阐述秋萤的创作时强调:作品所以描写黑暗,并不是作者的"消沉与颓废",而是"时代的形成","时代的写照"。这就把日伪的反动统治是造成当时文艺创作"暗"的根源有力地揭示出来。如果把山丁评论疑迟的短篇小说《山丁花》时写的那篇《乡土文艺与〈山丁花〉》与这篇评论结合起来看,就更能清楚地看到:山丁所倡导的描写真实、暴露黑暗,实际上与他的"乡土文学"主张是一致的,因为他强调描写真实,暴露黑暗,要从"乡土现实"写起,这在当时来讲,无疑是很有进步意义的。坚矢在《今日的满洲文艺界》中赞扬山丁是"更值得注意的历尽沧桑的老作家","他不但努力着写作,而还得时时在关心着文化的问题。他能写小说,新诗,散文,批评……努力着自己,监督着别人,矫正文艺思想的歪曲,有大无畏的精神,他是有功于满洲文艺界的。"坚矢的话,是符合山丁的文学创作和文艺批评的实际的。

(三)论争的风气也较浓厚。当时,规模较大且有一定影响的文艺论争,主要有三次:1935年关于文坛建设的论争,是对"歌功"和"感伤"文学的一次深刻的批判。在爱国进步的作家流亡关内之后,革命的进步的文学受到了一定的影响,一些报刊登载了不少歌颂"王道乐土"、"日满协和"和感伤颓废、情调悲观的作品,能不使得一些关心文学的人们为之感愤。他们认为,文学必须反映社会的矛盾和人民的现实生活,而不能不顾社会现实和人民生活去鼓吹和歌颂,或让低级下流的东西充斥文坛。此后1937年的文艺论争,不但原则的提出了文学的社会功能,概括地指出了文学的方向,而且就文学应如何反映现实生活,提出了一些具体的要求。论争虽然是就"乡土文学"而展开的,但其实质却是一种民族文学传统意识的再现。当时山丁提倡的"乡土文学",虽不是直接针对日本宣扬的"种族优越"的反动理论而言的,但在客观上却是对日本帝国主义企图消灭东北文学的民族意识的一个有力反击。第三次,1938年展开的"写与印"和"热与力"的论争,分成了两个鲜明对立的集团,进行得非常尖锐和激烈。这场论争,和"乡土文学"的论争一样,因为牵涉到了侵略和反抗的问题,所以它的影响和意义也就更为广泛和深远了。山丁等人在自己的文学主张中,公开提出了"描写真实"、"暴露真实"的口号,这无疑是符合时代赋予沦陷时期东北文学使命的,而古丁等人提倡的只顾多写多印,不顾文学方向的作法,越到后来越发显出了它的错误主张的严重性。

总之,从对东北沦陷时期文学的理论主张和研究中我们可以看出:沦陷时期的东北文学,主流是好的。尽管随着政治风云的变幻不时地冒出来武侠剑仙和鸳鸯蝴蝶之类的作品,但它毕竟是文学发展中的一股逆流;就是依附于敌伪势力的"汉奸文学",也没有阻挡住爱国进步文学的发展道路。只要我们实事求是的去分析沦陷时期的东北文学,就不难发现这一文学现象。

二

要清除东北沦陷时期文学研究中的"左倾"思想。

1945年,八一五东北光复,使得统治这块土地十四年之久的日本帝国主义连同它的傀儡政权伪"满洲国"一齐垮台了。领土收复,万民欢呼。那些倍遭摧残、受尽凌辱的作家们,满怀喜悦之情拿起笔来创作,倾诉多年来的苦衷。于是,但娣的《血族》、朱媞的《小银子和她的家族》、蓝苓的《泡沫》、韦长明的《诱惑》、张文华的《胜利之歌》、田兵的《黄尘》等小说和诗歌,在《东北文学》上发表了;与此同时,姚远的《东北十四年来的小说与小说人》、林里的《东北散文十四年的收获》、李文湘的《过去十四年的诗坛》、陶君的《东北童话十四年》、孟伯的《译文十四年小记》等史料性很强的回忆、总结式的研究文章,也在《东北文学》上刊登出来。一时间,《东北文学》这个刊物成为恢复和建设东北文学的主要阵地了,它使文坛开始呈现出了一派令人欣喜的景象。然而,与此同时,"左倾"思想也开始冒了出来。1945年12月9日的《光明日报》《星火》栏内,发表了署名"要望"的评论文章,将在"伪满"生活、写作过的作家,都视之为"伪满作家",这引起了许多人的反感。但娣的《关于奴化思想及伪满作家——质之于要望先生》、吴谓的《所谓伪满作家》、晓戈的《有感一题》、金华的《不是篇》等,都批驳了"伪满作家"的论调,并且告诫人们,"不要把所谓'伪满作家'这类名词,轻易地安在任何人的头上","写溜须与拍马的文字而大红大紫一时的人们,虽然可恨,但是我们也应该理解他们所站的地位和环境,而不苛责他们,我们只应该以热情的期待,要求他们以后给我们读到真有灵魂的作品,要求他们为这深渊中(既已光复,就不应该用此字样,但看眼前的内乱,实出于自然)的大众,呼吁几声,以唤起为政者们的觉醒。"(《所谓伪满作家》)我以为,这种态度是比较客观的也是正确的。在刚刚解放了的1945年,一些作家和评论家们能以急切的心情很快地总结这一时期的创作,研究这一时期的文学,显然是一项很有意义的工作。姚远在《东北十四年来的小说与小说人》中,谈到东北新文学创作缺乏的原因时说:"全在于言论统治下的不自由现象,唯其如此,对于文学的建设所留下来的功绩,愈不可泯灭。"他的话指出了研究沦陷时期东北文学所应有的客观性和重要性。但是,自从1948年萧军主编的《文化报》被批判以后,人们便停止了对东北沦陷时期文学的研究,而1957年反右派斗争的扩大化,更使这一时期的文学研究陷入了困境。以前被诬为"伪满作家"还可以申辩,而被打成"汉奸文人"、"右派分子"、"阶级敌人"还有什么话可说呢？山丁提倡的"乡土文学"本来是有进步意义的,并且在当时的文坛上起过重要作用,可是却把他的"乡土文学"主张说成"是歌颂日本法西斯统治下所谓建设满洲的'王道乐土',为日本法西斯侵略服务"。他的小说《绿色的谷》,为了避免日伪统治者察觉,曾特意把背景放在了九一八事变之前,而所写内容,则基本是事变之后的事。却被批评说:"特别恶毒的是山丁用这本《绿色的谷》所歪曲描写的生活和人物,为日本发动九一八事变、占领并奴役东北人民找理论根据,借以说明日本侵占的合理性,从而巩固日本在东北的统治。"在这里他们对东北沦陷时期的文学及其作家是批判;是坚决的打倒;是政治斗争。待到十年动乱,东北沦陷时期的文学及其研究,遭到了更大的灾难。几乎所有的当时作家,无一幸免地挨批挨斗,有的甚至投进监牢;十四年东北文学的史料也几乎散失殆尽。

从1945年到1976年的这三十多年间,在对于东北沦陷时期文学的认识上,一直存在着"左倾"思想的干扰,由"左"的认识到"极左"的偏见,再到"左倾"泛滥和猖獗,严重地扼杀了沦陷时期东北文学研究的生机,造成了中国现代文学史上空白的一页。因此,要想正确探究十四年文学的历史情况,填补现代文学史上这一空白,开拓这块荒芜、贫瘠、布满荆棘的领地,首要的是清除"左倾"思想的影响和束缚,这是搞好沦陷时期东北文学研究的关键。

当然,清除沦陷时期东北文学研究中的"左倾"思想,并不是容许为那些卖国求荣的确属"汉奸文人"的亡灵招魂。在这个问题上,既要慎重,又要保持清醒的头脑。要坚持马克思主义的理论原则和立场方法,把东北沦陷时期文学的研究纳入正确的轨道。

三

当前,要为研究东北沦陷时期的文学创造良好的环境。

粉碎"四人帮"以后,特别是党的十一届三中全会以来,随着思想解放运动的开展,对沦陷时期东北文学的研究也提到了日程。拨乱反正,平反冤假错案,为开展沦陷时期东北文学的研究开创了新的局面。列为国家"六五"期间的重点项目《东北沦陷时期文艺资料汇编》的任务下达了,搜集和整理资料的工作开展起来了;对萧军、肖红、罗烽、白朗、骆宾基、端木蕻良等"东北作家群"的研究也开始了,随之对东北沦陷十四年文学全面地探讨和研究也进行了;各种形式的纪念会、讨论会等学术性会议相继召开了,研究沦陷时期东北文学的队伍逐步扩大了(由东北三省的研究扩大到关内的几个省市,甚至连海外的华人和日本、美国也有人进行这方面的研究了);不少公开出版的刊物重视和发表这方面的研究成果了,专门为研究东北文学(其中自然包括沦陷时期文学)的学术性刊物也相继诞生了;一批比较翔实的史料和很有特色的研究成果出现了……历尽亡国之痛、奴隶之苦、又经历过历次政治运动的老一辈作家,以急切的心情开始撰写回忆的文章,以期待和感愤的心情向来访者介绍那段文学的历史;许多中青年研究人员也走南跑北,搜集和挖掘资料。这种紧张、繁忙的研究景象,确有些"抢救"的气氛。到目前为止,据不完全统计,已发表的介绍和研究沦陷时期东北文学的资料、论文和专著有二百多篇(部),这个数字大大超过了过去四十多年研究成果的总和。当前关于沦陷时期东北文学研究的活跃和成果的显著,是我们党为繁荣社会主义文学事业创造的良好条件的结果,这是研究东北沦陷时期的文学从未有过的可喜现象。

总括新时期十年来关于沦陷时期东北文学的研究,我觉得有以下三个特点：

第一，研究面逐渐扩大了。开始，一些同志对于过去几十年"左倾"错误造成的影响和束缚，一时难于摆脱，所以他们的研究只偏重于对萧军、肖红、罗烽、白朗、驼宾基、端木蕻良、金剑啸等一些有定论的作家，而对一直生活和创作在东北沦陷时期，并且有较大影响的作家，却很少涉及。目前，由于对"左倾"思想流毒的进一步肃清和学术研究空气的逐步浓厚，对沦陷时期东北文学研究的面也随之扩大了。突出的表现是，不少研究者不但对"东北作家群"的一些作家进行了深入地研究，写出了一些有较高质量的文章，同时对过去遭到过批判、被打成右派、黑帮的作家，如山丁、秋萤、田琳、袁犀、关沫南、陈隄、金音、杲杳、疑迟、李乔、田兵、古丁、小松等作家也进行了研究。并在研究中不仅扩大了作家作品研究范围，而且还从社团、流派到外来影响，甚至对抗联文学也都进行了探讨。

第二，宏观研究加强了。研究者已经不满足于作家作品的评述，而对整个沦陷十四年的文学进行全面的探究。一些历尽沧桑的老作家，他们以对情况的熟悉和对事业负责的态度，向研究者全面介绍当时的文学情况，并亲自动笔撰写回忆著作和文章。田琳的《我的生涯》已近完成；杲杳的《我与文学》为我们留下了宝贵的史料。此外，山丁、秋萤、沫南、陈隄、冷歌、铁汉等同志，都在着手写沦陷时期东北文学回忆录。老一辈作家对这一时期文学的回忆和研究，必定会推进这一文学研究的健康顺利发展。王秋萤的《东北沦陷时期文学概况》在《东北现代文学史料》上连续发表以后，给研究这一时期的人们以很大的启发和帮助。吕钦文同志的《东北沦陷时期文学概况》、铁峰同志的《沦陷时期的东北文学》、冯为群同志的《关于东北沦陷时期的文学》、千里草的《东北现代文学史初步调查综述》等，都从宏观的角度对沦陷时期的东北文学进行了回顾和探讨。

第三，专题研究深入了。只有宏观的环视，没有微观的探讨，对于任何的研究来说,都是不可能深入、持久的。一些研究者从宏观转向微观,并把宏观的研究和微观的探讨紧密的结合起来,使沦陷时期东北文学的研究逐步深入。关于这方面的研究,有两点值得重视:一是,在回忆文章中,比较注意史的观察与回顾,因而使文章具有很强的史料性。一些专门的回忆录不必去说,就是带有抒情味道的散文,也都有很宝贵的史料价值。例如山丁的《文学的故乡》,文笔虽轻松奔放、热情洋溢,使文章具有浓厚的诗意,但又处处不离史实,因而读后掩卷沉思,使人对哈尔滨成为"文学的故乡",成为东北革命文学的发源地,也就了解了。二是,在作家作品研究中,一般的都能潜心于总体的透视与思考,因而基本上能够较为全面而准确地评价一个作家的创作。对于"东北作家群"的一些作家创作的研究,大体上就是这样进行的;对于一些资料难于查找的作家,也总是从总体上分析和探索,力图全面地把握一个作家创作的得失和在当时文学界的影响。在这方面,张毓茂的《萧军论》、傅尚奎的《论田琳的小说创作》、黄万华的《论王秋萤的小说》,都是较好的研究文章。

当然,在我们回顾这十年来对沦陷时期东北文学研究的历程,喜悦地展示这一时期的研究成果的同时,也不能不看到我们对东北沦陷时期文学的研究还存在着不少的问题。比如,认真地考虑当时文学的政治影响和意义是对的,也是首要的,但是忽略了文学特质的研究,缺乏艺术的考察和总结,这不能不说是一个很大的缺陷。此外,对资料的掌握还很不够,所以写出来的东西难免有些片面。但是,十年来,党为我们创造的学术民主空气,给研究东北沦陷时期的文学打下了坚实的基础。只要我们按照党的"百家争鸣"的方针,不断探索,深入拓展研究领域,挖掘资料,就一定能够把东北沦陷时期文学的研究工作推向一个新的阶段。

(原载《社会科学战线》1987年第4期)

十七年东北文学论

何青志

十七年东北文学是中国当代文学的重要组成部分。如果说当代文学是碧波万倾的海洋,那么不同版块的地域文学则是奔向海洋的万千条江河,正是这无数的支脉奔腾不息地汇入海洋,才形成了大海蔚为壮观的气势。作为支脉的十七年东北文学的生存发展是与整个当代文学共律动的,同样出现过"双百"方针推动下文学创作的繁荣期,也一样在历史的波峰浪谷中体味过"命运"的悲怆。但无论道路怎样坎坷,就像百折不回的江河一样总是向着他最终的目标大海奔去。十七年东北文学在时代的"交响与变奏"中谱写了富有特色的白山黑水之乐章,并在创作上呈现出如下主要特征:

一、现实主义的叙事风采

纵观近百年中外文学发展的历程,我们发现现实主义,不仅是贯穿中国现当代文学的主潮,也是世界性的文学主潮。在美国、西欧、俄罗斯等国家,现实主义文学始终没有退出历史舞台,它在各种名目繁多的思潮流派的此长彼消中顽强地生存着。尤其在上世纪50年代初的中国,基于当时的历史背景和诸多政治因素,由苏联移植过来的社会主义现实主义被提到前所未有的高度,且在第二次文代会将"社会主义的现实主义"确定为我国文艺创作和批评的最高准则,成为了此后相当长的历史时期我国文艺发展的方向和纲领。这样做的结果似一把双刃剑,它的正负面影响都是显而易见的。正面影响主要是在这面旗帜下,社会主义现实主义文学创作得到相对丰富的表现。负面作用则是随着时间的推移,文学创作千篇一律的倾向日趋严重,文学审美范式也趋于单一。这种单边倒的失重现象是与当初我国机械教条地搬用苏联模式密切相关的。其实当社会主义现实主义在30年代的苏联出现之后,苏联文学创作就出现了相对冷落萧条的局面,但这一切似乎并未引起我们的反思,相反它在20年后的中国仍被不加选择地移植过来,其结果自然可想而知。但此处我们并不想对社会主义现实主义的历史成因作过多探讨,我们只想讨论在这样不可逆转的历史背景下东北作家是如何在创作上进行着既具时代性又富个性的文本探索的。

建国初期,人们都为一种新时代、新气息所鼓舞,从经济建设到文化建设都呈现出一派欣欣向荣的态势,东北文学创作在体现总的政治方向的前提下,在具体创作上还未受到什么清规戒律的束缚,尽管此时创作数量不大,但创作文本的个性较鲜明。像马加的《开不败的花朵》、蔡天心的《长白山下》、《双龙河》,白朗的小说《不朽的英雄》、师田手的小说《宋振甲的心愿》以及草明的建国后第一部工业题材的小说《火车头》、高士心的反映建国初期林业工人生产建设的小说《长白山绵绵山岭》等作品在当时都产生了积极的反响。特别是儿童文学创作呈现出良好的开端。虽然此时百废待兴,文学创作刚刚步入正常的轨道,但已有许多作家热心于儿童文学创作了。像伯宁的小说《不屈的孩子——小娃》、郭墟的中篇小说《抗联的少先队》、丁耶和胡昭的儿童叙事诗《去串阔亲戚》、《雁哨》等作品都产生了很好的反响。其中小娃(《不屈的孩子——小娃》)和黑娃(《抗联的少先队》)都是塑造得有血有肉形象生动的少年英雄。胡昭1950年创作的《雁哨》今天看来仍有着很强的现实意义。叙事诗借用大雁的视角和儿童的口吻,表现了一群大雁在漫长的迁徙途中的艰辛和不幸的遭遇,作品拟人化的描写生动感人。作品从"引子、开头到三次警报"的描写故事情节性很强,整部叙事诗不仅体现出保护环境珍爱动物的朴素的环保意识,而且也渗透出作者热爱自然关爱生命的人文情怀,这在当时的历史条件下尤其难能可贵。因为当时人们还未能普遍认识到爱护动物与环保之间的重要关系,更未认识到环保的重要性。这部叙事诗以独特的视角告诉儿童关爱一切生命的可贵,它突破了阶级和地域的局限,将一种人类博爱的阳光播洒在新中国儿童的心田。无疑作品在主题上是富有创新性的。

从50年代初至1957年上半年是年轻的共和国蓬勃发展的上升期,社会主义革命和建设都取得了辉煌的成就。这期间,党中央提出了过渡时期的总路线,开始了第一个五年计划,取得了抗美援朝的重大胜利,完成了对资本主义工商业的社会主义改造。1956年毛泽东在政治局和最高国务会议上先后两次作了《论十大关系》讲话,并在1956年5月2日最高国务会议第七次会议上正式提出实行"百花齐放,百家争鸣"的方针,这一切都为文学发展创造了前所未有的稳定的经济政治环境,使文学创作呈现出新气象。这一时期东北文学创作的繁荣表现在三方面:

首先,反映现实生活题材的作品从建国初的歌舞升平的表层叙写转为开始涉及现实生活的矛盾和人们精神生活的深处。像作家安波1953年创作的话剧《春风吹到诺敏河》等分别从不同方面表现了农业合作化过程中人们新旧思想观念的碰撞与矛盾。白朗、马加的长篇小说《爱的召唤》和《在祖国的东方》则从多侧面展示了抗美援朝战争中志愿军战士丰富的情感世界和英勇顽强的战斗精神。同时,一些反映青年爱情题材的小说、诗歌尤其令人耳目一新。诸如丁仁堂的小说《猎雁记》、韩汝诚的小说《回家》、王肯的小叙事诗《自由三十天》和上官缨的爱情诗《树梢上晚风荡漾》等作品都产生了很好的反响。有些作品发表后很快引起争鸣,韩汝诚发表在《东北文学》1954年1月号上的《回家》还曾遭到严厉批评，被认为是小资情调的创作，但今天看来，这种批评的时代局限性是显而易见的。作品对主人公内心的情感世界作了真实细腻的刻画，构思也比较巧妙，在较短的篇幅里融入了较多的信息。在当时也是鲜见的敢于大胆描绘青年人情感世界的作品，基调是健康向上的，表现手法上尤其是语感与生活方式的叙写明显受到苏联文学的影响，浪漫的情调与火热的生活交织在一起，今天看来也不失为可读性较强的作品。这期间鄂华的国际题材小说列产生了较大反响，他的《自由神的眼泪》(《长春》1956年10月号)、《自由神的命运》(《新港》1957年8月号)等作品，以清新的文笔，为人们洞开了国际题材表现的新领域，他以一个学者的睿智跳脱出了前现代历史阶段表现的贯常题材，也巧妙地摆脱了时局的种种框囿，将目光投注到对整个人类精神、命运的终极思考上。他的作品在对众多为人类做出杰出贡献的科学家的深情描绘中，以曲笔对愚昧与专制进行了抨击与鞭笞，充满了对自由民主科学的精神以及人道主义的呼唤，是当时倍受压抑的知识分子心声的表露。

其次，运用现实主义的创作方法叙写历史题材的文学作品和创作的影片在此时产生了积极的反响，主要有曲波的长篇小说《林海雪原》、雷加的长篇小说《春天来到了鸭绿江》等作品。特别是《林海雪原》一经出版就成为畅销书，受到人们广泛的喜爱。作品在现实主义与民族形式的有机结合上作了成功的探索。

与此同时长春电影制片厂出品的《董存瑞》、《上甘岭》、《平原游击队》等影片也体现了现实主义的创作风格，深受人们的喜爱。特别是《新局长到来之前》(于彦夫改编，吕班导演)和《不拘小节的人》(何迟编剧，吕班导演)、《未完成的喜剧》(罗太、吕班编剧，吕班导演)三部影片均以讽刺的手法揭露了现实生活中某些干部对群众生活的漠不关心，对上拍马逢迎，投机钻营的官僚主义者的丑恶灵魂和一些人不拘小节危害公德，以及不赡养老人的不良社会现象,这类影片的上映和所受到的欢迎也是当时较宽松的政治文化氛围的具体表征。

第三,在"双百"方针的鼓舞下,50年代中期诗歌创作呈现出活跃的态势,各种题材的诗歌纷纷见诸报刊上。像丁耶、胡昭、王肯、张天民、芦萍、刘畅园、方冰、周蒙、安危、沈仁康、万忆萱、中申、关沫南、何鹰等诗人都创作出了较有特色和影响的诗歌,表现形式也是多种多样的,有长篇叙事诗、民谣、讽刺诗。也有对阶梯形式的探索,还有鄂伦春民间小曲。内容更是丰富多彩,除前面提到的爱情题材的诗歌外,反映火热的工业建设的诗歌有丁耶创作的《第一辆汽车的诞生》、《飞姑娘》、《搬家》,何鹰的《青春之歌》,其中丁耶的《第一辆汽车的诞生》是中国当代文学中第一首表现汽车工业题材的诗歌。历史题材的叙事诗有万寒的《森林交响乐》、《采参人的故事》,安波主编的《东蒙民歌》,周蒙创作的草原系列诗歌,有胡昭表现志愿军英勇精神和高贵品质的诗歌《金达莱花》、《罗盛教河》、《光荣的星云》等,还有些描写地域风土人情的短诗散发着黑土地的芳香。值得一提的是卜丁的讽刺诗《贾科长的一天》,对当时存在的形式主义和官僚主义作风进行了善意的批评,不回避矛盾,直击存在的弊端,诗人的勇气与思考都是独特的,类似的讽刺诗也可谓是凤毛麟角,别开生面。总之,这些诗歌的特点是反映了时代的主旋律,审美风格趋于多样化,在形式上也有突破,如周蒙的诗歌主要表现了呼伦贝尔草原和锡林郭勒草原,再现了西拉木伦河的风光,描绘了草原今昔的变化,在艺术表现上有所突破。其中他的三首诗《年轻人开始了建设家乡》、《使可爱的家乡改变模样》、《歌声呵,借着那秋风的翅膀,飞翔在自由幸福的家乡》得到诗人公木的精心评点,认为这三首带有牧歌情调的新诗,"已经突破了民歌小调的限制,而又相当注意保留着音乐性的特点,在诗的语言和比喻上,在诗的节奏和韵律上,都使人感到浓厚的牧歌情调。这种诗的形式和诗的内容,和作者在诗中要表现的思想感情,和草原的生活是协调的。这也是使人感到新鲜的重要原因。"①但此时诗歌对人的主体性的思考较少,个人的情思已为时代的宏大思想所遮蔽,这也是时代使然;有的诗歌语言提炼得不够,尽管存在不尽如人意之处,但这毕竟是百花争艳、百鸟齐鸣的春之交响。用"红霞万朵百重衣"概括此时的繁荣景象是不为过的。

从1957年下半年到1966年上半年,由于众所周知的原因,东北文学创作呈现出一波三折的创作态势。尽管如此,这期间草明的《乘风破浪》、雷加的《蓝色的青枫林》(《春天来到了鸭绿江》三部曲全部完成)、李云德的《沸腾的群山》(第一部)等工业题材的小说创作以及蔡天心的反映农业合作化题材的长篇小说《大地的青春》等作品在读者中产生了较积极的反响。尤其是草明的《乘风破浪》生动地再现了新中国实现工业化初期丰富多彩的生活现实,成功地刻画了炼钢工人李少祥的形象。其中对知识分子形象的刻画较细腻,真实,未有那个年代的偏见,特别是对工程师宋紫峰和女技术员汪丽斯微妙复杂情感的叙写准确到位,人物的情感真实,男角复杂的内心世界及女方无所顾及的缠绵叙写,体现出了女作家特有的对生活细致的观察,在1957年之后这种对知识分子真实正面的表现是难能可贵的。对主人公李少祥与小兰之间的爱情描写也是波澜起伏。小兰复杂的内心活动表现了处于农业社会向工业社会转型过程中农民对城市、对工厂的向往与她们对美好生活的追求。小兰虽不是作品的主要人物,但由于作者对她内心的复杂变化作了多侧面的透视,仍给人留下了深刻印象。今天我们从社会转型的角度来读这部作品时会感受更多的东西。

---

① 《公木文集》第六卷,吉林大学出版社,2001年8月版,第95页。

二、北大荒文学——拓荒者之歌

北大荒文学是中国当代文学中别具特色的文学现象。之所以这样说是因为从创作方法到创作题材上看,北大荒文学与许多反映我国生产建设者的文学作品相较没有什么区别,都是突出了现实主义的创作方法,反映了五六十年代火热的建设生活。但不同的是它表现的内容几乎都是描写建国后,大批部队转业的官兵开赴北大荒建设北大荒的内容,创作主体是有过这段生活经历的作家和一线工作的干部与普通劳动者,特别是50年代后期,曾有丁玲、艾青、聂绀弩、吴祖光等人先后到北大荒生活,并创作了许多反映北大荒生活的文学作品。北大荒文学在诗歌、小说、戏剧、电影等多种文学形式中都有表现,诸如散文集《燕窝岛》、诗歌集《红岸》、长篇小说《燕飞塞北》、电影《老兵新传》等作品,他们分别从不同侧面表现了五六十年代北大荒人为改变祖国一穷二白的面貌艰苦创业,不怕牺牲,乐于奉献的精神特质。北大荒文学总体上体现出如下特征:

1. 北大荒文学与传统乡土小说的异同

北大荒文学虽然以表现垦荒者的生活为主调,但它又与传统的乡土小说不同,区别之一,传统的乡土小说基本表现的是原始农耕社会的生存状态,其中以鲁迅为代表的乡土小说流派,以"忧愤深广"的笔触表现了在封建统治的桎梏中"乡土国民的灵魂",充满了殷殷的人文情怀;以沈从文为代表的"田园诗风"的乡土小说创作在田园牧歌般的描绘中,"灵魂无所归依的梦魇",甚至延安时期的乡土小说从本质上说也是一种原始农耕文化氛围中的"翻身道情"。那么始于50年代初的北大荒文学对传统小说有何超越呢?北大荒文学充溢着浓郁的地域特色,它为新中国的农业建设注入了现代化的气息。北大荒的垦荒者首先在生产方式上告别了原始农耕社会的以个体为单位的小自耕农的作业史,以半军事化管理的组织形式和大规模机械化作业的生产方式掀开了中国农业机械化历史的崭新一页。诗人丁耶在1952年的诗作中对此就有描绘,"新中国农场里/收割小麦用机器/……联合收割机/成片收割麦子地……"作品生动地描绘了新中国农场机械化作业给人们带来的新奇感受,赞颂了机械化带给千古荒原勃勃的生机。北大荒创业者的战斗历程是中国几千年原始农耕作业向现代化农业转型的历史浓缩。其中内蕴了中国传统文化中的开疆拓土的垦荒意识,同时又是现代化农业文明的良好开端,他强调的是严整高效的集团化作业精神,北大荒文学就真实地反映了这种令人振奋的历史进程。

2. 北大荒文学充盈着一种乌托邦精神

谈到乌托邦人们自然要与空想和虚幻等联系起来,也会联想到那还并未远去的曾带有几分乌托邦色彩的历史岁月。"恶梦醒来是早晨",历史的教训让我们学会了理性地面对现实。此处要谈的是一种乌托邦精神,如德国宗教哲学家保罗·蒂里希对乌托邦精神的阐述,"乌托邦是真实的。为什么乌托邦是真实的?因为它表现了人的本质,人生存的深层目的;它显示了人本质上所有的对那种东西,每一个乌托邦都表现了人作为深层目的所具有的一切和作为一个人为了自己将来的实现而必须具有的一切。"①这里所说的乌托邦不是贯常人们认为的虚无缥缈的海市蜃楼,而是人的主体精神与社会理想的有机统一的社会实践。从北大荒文学中透视出的这种乌托邦精神源于三个层面:首先是时代的召唤,建国之初百废待兴,人民当家作了主人,精神面貌为之一振,社会主义革命和建设的美好蓝图等待着人们去描绘。大批转业官兵顺应时代的需求,响应党的号召,战场的硝烟刚刚退去,便打起行装奔

---

① 保罗·蒂里希:《政治期望》,四川人民出版社,1998年版,第214页。

赴到祖国最需要的地方,开始了新的艰辛创业的历程。其次,个人的主观愿望与新时代的需求达成了默契。"齐家治国平天下"是中国传统文化的主要思想,是实现人生价值的标准。新的历史环境为个人发展提供了良好的发展空间,许多人尤其是青年人,他们由衷地渴望用自己的双手、青春的热汗为祖国的建设多做贡献。三是源于对理想的执著追求。当年的口号是为实现共产主义理想而奋斗,今天说来确有几分渺茫空洞的色彩,但有一点是实实在在的,那就是人们源于自然的本能力争改变生存环境的愿望。这种愿望使他们把对理想的实现建立在真实的艰苦创业的生产实践上。也可以说美好理想的感召焕发了人的主体精神,并内化为北大荒创业者的精神特质,即不畏艰险,拓荒创业的北大荒精神。

3. 北大荒文学充满了浓郁的地域特色,并融入了对地域风情的描述

这不仅体现在北大荒文学刚健的文风中,也反映在对人物性格的刻画里。作家鲁淇在建国初创作的长诗《乡土的歌》,对当时的北大荒生活生产建设场景作了真实的反映。诗中写道:"早晨,嫩江岸上/在黎明的晨光里,露出来一个村庄。……/大地一片绿,/良田千万垧;/小米水饭/黄澄澄的干粮/新鲜的黄瓜/拌凉菜/鼓粒粒的芸豆熬的汤,这一顿晌饭呵/人人吃的香。/人家说我们北大荒/地广/人稀/多虎狼/可如今呵/如今的北大荒/可变了模样。"[①]这首诗在语言上呈现出散文化的倾向,与其说是诗,不如说是有韵的散文更合适,但他的突出特点是将北大荒日常的劳动、生活、休息、爱情的场景展现在人们面前,它也是最早描写北大荒生产劳动建设的文学作品,充满了浓郁的生活气息和地域色彩。此外在不同时期的诸多诗歌与散文中也都有不同程度的表现。散文集《燕窝岛》比较真实地记录了大批转业官兵开垦建设燕窝岛的

---

① 《东北文学》1953年11月号,第45—54页。

艰辛过程，这是一部纪实性很强的散文集，今天看来似乎历史文献价值大于欣赏价值。

北大荒文学不仅真实地记录了一代人垦荒创业的艰辛历程，更重要的是有相当一部分作品叙写了北大荒蓬勃发展、欣欣向荣的崭新面貌，尤其在1959年《北方文学》发表了一组诗歌，歌颂了北大荒十年的巨大变化。其中杨易辰的《欢送你北大荒》，强小初的《黑龙江颂》，李剑白的《松花江上》，王钊的《林城之冬》等诗歌都充满激情地歌颂了北大荒的巨变，虽然这些诗歌政治抒情色彩很浓，带有明显的时代局限，但他们却写出了由北大荒到北大仓的真实变化过程，洋溢着建设者的自豪感和时代激情。其中诗人严辰同志的诗集《红岸》艺术地再现了黑龙江重工业基地之一的富拉尔基今昔发展变化。如他所写的：昔日的富拉尔基是"风卷黄沙成天呼啸，/齐肩的野草无边无际，/饿狼成群结队横行，/野鸡飞到饭锅里，……今天，草原到处红光闪耀，/真不愧叫着富拉尔基，/许多红色的厂房和大楼，/像雨后春笋从大地上长起；/平炉里钢水沸腾，/火龙在辊道上游戏，/工地的火花四处喷射，真像神话一样美丽……""红岸"的巨变可以说是整个黑龙江巨变的缩影。诗集热情歌颂了五六十年代北大荒万马奔腾一日千里的建设景象。

北大荒文学创作硕果累累，但最具代表性的作品是作家林予的长篇小说《燕飞塞北》，这是采取现实主义创作方法叙写的北大荒第一代拓荒者甘于奉献、艰苦创业生活的长篇小说。作品在大雁岛的典型环境中塑造了张兴华、杨海东、苏超凡、沈小宛、王开富、王秀云等一些性格鲜明生动的人物形象。歌颂了一代人艰苦创业的精神，首开北大荒文学长篇小说创作之先河，作品虽然带有很强的主流文学色彩，但并未有同期其他小说创作中出现的雷同化、概念化的人物塑造，而是在展示了色彩斑斓的北大荒地域风物人情画卷，尤其是作品主要表现的第二个五年计划中北大荒的创业情景，但作品并未有图解大跃进的倾向，而是讴歌了老红军一代垦荒者的革命理想和奋斗精神;描绘的是年轻一代建设者的欢乐和痛苦。也曾有读者认为作品只表现了生活美好的一面,而对北大荒艰苦生活则表现不足。尽管如此,作品对一代人都产生了深刻影响,在相当长的时间里,作者都能不断收到来自全国各地的信件,表达了他们阅读作品的种种感想,即使在作者关牛棚的岁月,也同样获得了年轻人的敬意。这也充分表明作品内蕴的健康向上的时代精神的感召力。也正是作品真情的描绘,才使他获得一种超越时代的生命力。《燕飞塞北》无疑在思想上影响了整整一代人,由于作品突出表现了北大荒人艰苦创业的精神,使作品充盈着一种力之美,其纯朴刚健的风格对后来的北大荒文学创作产生了一定的影响。

北大荒文学是一种有特色的文学,但由于北大荒文学较多从宏观层面上关注人的存在,因此对人的个体的内心世界则透视不足。个体的生存状态、情感世界已完全为集体化、革命化的律令所遮蔽;叙事方式上更多延用了传统的手法,形式上缺少大胆的探索。不仅是北大荒文学如此,从一定意义而言也是时代的通病,其结果是使北大荒文学艺术审美底蕴还显不足,但作为一种特色的文学现象还有更多的问题值得我们进一步去探索。

三、民间文学——在边缘与主流话语间行走

五六十年代的文学创作是现实主义大行其道,创作文本基本上是主流政治话语的艺术表征。它在形成巨大创作洪流的趋势下,也造成了创作形式单一、缺少变化的僵化格局。尤其是在1957年反右扩大化之后,创作形势几度沉浮,作家始终缺少稳态的创作环境,这在客观上无疑扼制了文学的繁荣与发展。这期间民间文学以其独特的叙事话语展示了蓬勃的生命力和浓郁的乡野气息,文本形式多表现为传统神话和民间故事、歌谣和民间戏剧。

就民间故事而言，五六十年代就有不少民间神话、传说见诸报端。较有影响的作品有《吉林民间故事》、《长白山抗战歌谣》、《黑龙江民间故事选》、《黑龙江民谚》、《长白山人参的传说》等，都是在一种纯朴的叙事语言中表达了人们的爱恨情仇。这种源于民间的叙事较少受主流话语的约束，并因其丰厚的文化蕴涵和独特的民族风情至今仍呈现出原生态的青翠草木的盎然生机。

1. 多姿多彩的民间文学

十七年间东北民间文学创作取得了重要的成果，主要表现为一是对散落在民间的东北各民族口头文学的搜集整理工作成就显著。从50年代开始，东北民间文学得到了较系统的搜集整理，并陆续在《民间文学》等报刊上发表，尤其在辽吉黑三省出版的民间故事中得到较集中反映。像百姓熟知的秃尾巴老李的故事就有辽吉黑不同的版本，虽然情节大同小异，但也从不同侧面丰富了民间文学的表达。满族民间故事"红罗女"，已在民间流传很久，在黑龙江的民间故事中得到了很好的叙写。同时一些学者和民间艺人也注意了对东北少数民族民间故事进行了整理，仿佛将散落的珍珠串成项链，使之成为一个个熠熠生辉的精美艺术品。如满族的《红罗女》、达斡尔族的《阿日嘎》和《凤姑娘》、蒙古族的《黄骠马的故事》和《陶格陶的故事》、鄂伦春族的《蒲妹》等民间故事叙写了美好的爱情故事，歌颂了各族人民勤劳勇敢智慧的美德和对美好生活的憧憬。还有相当一部分传说诸如《镜泊公主》、《玛瑙石》、《宝马斗魔鬼》都从不同侧面反映了各族人民不畏强权保卫家园，勇斗顽敌的反抗精神。东北少数民族叙事诗也获得了系统的搜集整理，较有代表性的有蒙古族叙事诗《嘎达梅林》和达斡尔族叙事诗《少郎与代夫》，表现了农牧民不堪忍受压迫欺凌奋起反抗的故事，对故事主人公英勇不屈、壮烈牺牲的情景进行了惊心动魄的描绘，对他们的美好爱情和丰富的情感世界给予了细腻的刻画，赞美了他们反对压迫争取自由的英勇斗争精神。这些作品由于大多是直抒胸臆和原生态的情感叙写,因此较少主流文学规范的束缚,在表现形式上较自由,风格较奔放热情,没有概念化的倾向。这是五六十年代民间文学的总体特征,体现了源于民间朴素自由的审美趣味,似开在沃野中的花朵,用它特有的静谧、馨香与缤纷的色彩装点着祖国文学的百花园。二是在各族民间故事、传说基础上进行的新的文学创作也取得了较显著的成绩。如诗人王书怀的诗歌《白衣仙姑真来了》就是根据鄂伦春民间神话传说并结合现实生活加以创作的。原神话故事的名字叫《白衣仙姑行医》,讲的是很早以前,在图库热山的山巅有个天池,水清见底,四季盈池,常有一群身穿乳白色仙衣的仙姑到那里去洗澡。一天,她们洗着洗着,忽听山下传来一阵凄惨的哭声,她们便摇身化作一群小白雀,轻轻地飞下山来,落在一株大树上,当她们看清了嚎哭的原来是一个她们最常见的猎手基才其,他的身边倒着三个死人,他们分别是他的祖父和岳母以及他心爱的未婚妻,他们已被山中的老魔王害死了,于是转身撕了片白云将他们包裹起来,送上天池,每人灌了一口池水,死者随即苏醒复生。[①] 王书怀的诗歌就是以此传说为参照,歌颂了新中国的白衣天使为鄂伦春人防病治病,把党的温暖和关怀带给鄂族人民,从而将美好的传说变为现实。诗中写道:"'白衣仙姑'只给人们饮了一口天池水。/她口里、药包的池水将永远吐不完;/'白衣仙姑'只救驾了一家,/她将把鄂伦春每一户访遍!"[②]诗人别出心裁的创意使古老的民间神话传说获得新的艺术审美的提升。

民间文学处于边缘状态,较少受到时政的关注,但正因此,它也为自身的发展迎得了相对自由的空间,它在创作思想上始终体现出文艺总方针的主流意识形态,但在艺术表现手法上更多保有

---

① 《哈尔滨文艺》1959年第9期。
② 《哈尔滨文艺》1959年第9期。

朴素的原生态的生活气息和大地泥土的芬芳。这种缘于生活之流和生命本真的叙写，使民间文学能在几度沉浮的文艺创作的海洋里，在边缘与主流话语间自由行走，民间文学的精神内核就是对自由的渴望，对真善美的追求。

同时我们也看到，民歌创作此时也取得了不小的成绩，这时民歌的内容主要是对党和毛主席的歌颂，对英雄人物的赞美，有很强的时代色彩，也有部分民歌艺术上较粗糙。

关于长白山人参的传说是东北民间文学重要的内容之一，是反映东北地方特色的民间故事。吉林民俗学家汪玢玲在1959年曾与东北师大中文系的学生在长白山下采风，搜集了不下百篇的人参故事，并进行了深入研究，对长白山区人参传说给予了较全面的概括，认为人参传说的主题有以下几方面："关于开山的传说，反映人参来源和向自然作斗争的；反映阶级情感和阶级友爱的；反映爱情生活的；反映好人与坏人两种不同结局的；反映家乡观念和父子情感的；反映集体力量大及破除迷信等思想的；在各种不同主题和不同情节的故事里，劳动和追求富裕思想的生活占有特殊重要地位。"[①]这是当时对长白山人参传说较准确和全面的概括。在此前提下，我们需要进一步阐释的不仅是长白山人参的传说，更多的民间传说都普遍蕴涵着人性之美，这是朴素的源于生命本能的追求美好生活和理想的未来所体现出的人类不断超越自我的主体意识的展示。正是这种普遍的人性之光，使诸多民间传说故事跨越时空的阻隔至今仍闪烁着迷人的光彩。

2．"土野美学"的探索

民间文学创作成果最为显著的是由民间文学改编的地方戏剧获得较大发展。十七年间东北各种文学出版物中，各种民间戏曲演唱材料占据不小的比例，其中东北二人转的演唱材料排在首位。

---

① 《汪玢玲民俗文化论集》，吉林人民出版社，2000年版，第584页。

如60年代初出版的《琴瑟像,秋江会》《杨八姐游春》《齐天大圣斗八仙》《夫妻争灯》《桂花》《隔门贤》《秀女放鸭》《三棵白杨》《吉林小调集》《东北二人转选集》等,这些戏剧集的出版,说明二人转作为民间色彩颇浓的艺术形式的确是深受民众欢迎的,尤其受到广大农村观众的欢迎。作家王肯在将民间文学创编为吉剧方面取得了显著的成就。吉剧是60年代前期作家王肯在东北二人转的基础上创新改编的新剧种,是艺术创作上的推陈出新之作。它对民间二人转的美学提升和剧种的丰富、表演的创新起到了积极的推进作用。

王肯称东北二人转为"土野的美学",[①]他把东北二人转比作"东北野生的车辖辘菜,压不死,生命力之强,令不少观众与中外学者吃惊。"[②]王肯认为"活力来自土与野,它是土与野的产物。"[③]多年来他始终不渝地在"土野"这块领地探索,对"二人转"这种民间艺术进行了潜心地研究。从50年代初起,王肯就深入到民间进行了大量的田野调查,从二人转民间老艺人那里获得大量珍贵的民间演唱材料。他认为"通俗性、娱乐性、地方性、知识性是二人转的长处。这些长处是在二人转长期流传过程中形成的。"[④]但同时他也发现"二人转确实也有一些庸俗的东西。"[⑤]王肯为使二人转能登上大雅之堂,作了大量的去粗取精,去伪存真的研究工作,终于将它创编为一个新的剧种——吉剧搬上了舞台。由他改编创作的吉剧有两个特点:一是对二人转的改编中突出了地域性,二是在推陈出新的过程中保留了二人转原有的"通俗自然、生动活泼的东西"。一方面创编的吉剧虽然是一些人们熟悉的历史故事,

---

① 《王肯文选·关东笔记》,吉林人民出版社,2000年11月第1版,第250页。
② 《王肯文选·关东笔记》,吉林人民出版社,2000年11月第1版,第250页。
③ 《王肯文选·关东笔记》,吉林人民出版社,2000年11月第1版,第253页。
④ 《王肯文选·关东笔记》,吉林人民出版社,2000年11月第1版,第254页。
⑤ 《王肯文选·关东笔记》,吉林人民出版社,2000年11月第1版,第253页。

但运用的都是"东北群众熟悉的语言和喜闻乐见的唱、说(指说口)、扮、舞等表现手段","有浓郁的东北生活气息。"①另一方面,王肯在改编地方戏曲、传统剧目时,注意充分体现地方的欣赏习惯与美学观点。如王肯所言,"拿东北来说,大平原、大森林、大风大雪,吃的是大块肉、喝的是大碗酒,在艺术上表现大悲大喜的东西。温汤温水不过瘾。因此在性格上要求大棱大角,在情节上要求大转大折。"②

二是在"古为今用"、"推陈出新"的过程中,保留了二人转的"通俗自然,生动活泼"的原生态的艺术因子。作者认为:"整理改编传统剧目,是要古为今用,但不该采取主观主义、实用主义的态度,随意拔高,而且要通过人物的行动流露出来。"③三是在戏剧语言的提炼上力求"做到诗化、口语化、地方化、性格化。"④60年代以来王肯为吉剧创编移植四十多个剧目,深受广大观众的欢迎,获得国内外人士的充分肯定,尤其在60年代前期,在"左倾"思潮相对严重、文艺创作形式日趋单一的状态下,王肯凭着对艺术探索的执著精神创编了多部吉剧,并在这些吉剧中保留了二人转原有的"那种自发的、未凿的、冲破正统文化大网的无拘无束的野性的美"。⑤令观众耳目一新,缓解了人们一种莫名的压抑,获得了一种少有的审美快感。

十七年东北文学历经时代的风雨,取得了令人瞩目的成就,许多作家都曾在生命不能承受之重的历史氛围中进行艰辛的艺术探索,为中国当代文学发展书写了浓重的一笔。其丰富的文化与审美内涵远非几篇文章所能穷尽。今天当我们面对全球化语境与多

---

① 《王肯·喜剧选》,吉林人民出版社,2000年11月1版,第345页。
② 《王肯·喜剧选》,吉林人民出版社,2000年11月1版,第351页。
③ 《王肯·喜剧选》,吉林人民出版社,2000年11月1版,第348页。
④ 《王肯·喜剧选》,吉林人民出版社,2000年11月1版,第354页。
⑤ 《王肯文选·关东笔记》,吉林人民出版社,2000年11月第1版,第251页。

元标准选择和价值判断时,我们感到了历史的沉重,更感到选择的艰难,但我们力求遵循文学的规律,立足于新的时代视点重新走近那个年代。不过有一点是确定的,这就是十七年东北文学与那段历史虽已远离了我们,但十七年东北文学闪烁的人文之光与诸多作家不懈的艺术求索精神仍透射着迷人的艺术魅力,它是不以时代为转移的人类共享的精神财富。

(原载《社会科学战线》2003年第6期)

后　记

　　2004年，我们编辑出版了《〈社会科学战线〉创刊25周年精华集》。《精华集》分哲学卷、经济卷、文学卷、历史卷和综合卷，计175万字。《精华集》的出版，受到所收文章的作者及广大读者的普遍欢迎，并在学界和刊界产生良好反响。其时，我们已然产生了编辑出版《20世纪中国学术回顾》一书的念头。

　　进入2005年，我们将这一设想付诸实施。众所周知，20世纪对于中国人来说，是一个波澜壮阔、可歌可泣的世纪；对于中国文化和中国学术来说，则是一个起伏迭荡、异彩纷呈的世纪。在这刚刚过去的百年里，中国文化和中国学术经历了从批判继承到创新发展、从感性认知到理性升华的艰难历程，一句话，经历了从传统到现代的嬗变。特别是进入新时期以来，中国学术界伴随时代的脚步出现空前的繁荣，各个学科都取得飞跃性的发展，成绩斐然。总结百年来中国学术大起大落、几起几落的复杂历程，展望新的世纪中国学术的发展走向，成为摆在中国学人面前的一项重要使命。早在上个世纪90年代，各个不同学科的许多有识之士即有意识地开展了这样一项非常有意义的工作。《社会科学战线》适应这一需要，陆续发表了大量学术回顾和展望之类的作品，这些作品涉及哲学、伦理学、文化学、心理学、美学、经济学、政治学、文学、考古学、历史学、宗教学、社会学、教育学、民族学、军事学、法学等等众多领域，在一定程度上体现了中国学人的学术追求和学术理想，再现了中国学人百年来的心路历程。我们感到很有必要将这些作品集中起来，结集出版，以为世纪纪念，以为人们进一步的研究提供某种参考和借

鉴，以为新的世纪中国学术新的进展起一点铺垫的作用。

本书由吉林省社会科学院院长、《社会科学战线》社长邴正教授、《社会科学战线》主编邵汉明研究员策划并主编，共分三卷，计近百万字。分卷主编依次是：上卷——于德钧，中卷——王玉华，下卷——朱志峰。《战线》的历任主编王慎荣研究员、关德富研究员、周惠泉研究员、赵鸣岐研究员任本书顾问。

在本书的编选和出版过程中，《战线》编辑部的其他同志（包括王卓副主编、李华副编审、尚永琪副研究员、王永平博士、马妮女士、马捷女士、陈家威先生）也都付出了不同程度的辛劳；吉林人民出版社的胡维革社长、尹峰文编审等给予了大力支持；入选本书作品的众多作者给予了友好的配合。在此，谨致编者真诚的感谢。

编　者

2005年6月28日

主　编：	邴　正　邵汉明
责任编辑：	尹峰文　　　封面设计：启　聿
出版发行：	吉林人民出版社

（中国·长春人民大街4646号　邮政编码：130021）

印　　刷：	东北师范大学印刷厂
开　　本：	203mm×140mm　1/32
总印张：	38.25　　　总字数：950千字
标准书号：	ISBN 7-206-03471-3
版　　次：	2005年7月第1版
印　　次：	2005年7月第1次印刷
印　　数：	1—1500册
总 定 价：	90.00元　　　本卷定价：30.00元

如发现印装质量问题，影响阅读，请与印刷厂联系调换。

20 世纪中国学术回顾

下卷

主　编　邴　正　邵汉明
本卷主编　朱志峰

吉林人民出版社

顾问

王慎荣　《社会科学战线》首任主编　研究员
关德富　《社会科学战线》二任主编　研究员
周惠泉　《社会科学战线》三任主编　研究员
赵鸣岐　《社会科学战线》四任主编　研究员

编委会

主　任：邵汉明
副主任：王　卓　于德钧
成　员：李　华　尚永琪　王玉华　王永平
　　　　　朱志峰　马　妮　胡维革　尹峰文
　　　　　马　捷　陈家威

目　录

20世纪的中国学术
　　——《20世纪中国学术回顾》序 ……………… 邴　正（1）
殷墟甲骨文研究百年回顾与展望 ……… 曹定云（1）
考古发现与先秦两汉学术文化 ………… 江林昌（18）
信阳长台关楚简遣册研究综述 ………… 田　地（37）
"历史"的考证　考证的"历史"
　　——曹雪芹祖籍论争述评 ……………… 韩进廉（46）
五十年来北洋军阀史研究述论
　　………………………… 来新夏　莫建来（59）
评苏联近三十年的西夏学研究 ………… 黄振华（90）
东夏史研究述评 ………………………… 郑　铭（113）
近十五年来国内东丹史研究概述 ……… 杨雨舒（120）
日本关于中国东北史的研究
　　………………（日）山根幸夫　顾铭学　译（134）

东北沦陷历史研究回顾 ………………… 孙继英（140）

萨满教研究综述 ……………………………… 色 音（153）

西方学者关于游牧文化起源研究的简要评述

……………………………………………… 郑君雷（163）

中国社会史研究的反思与展望 ………… 田居俭（183）

中国人口质量研究的定向历程 ………… 朱国宏（208）

中国社会学一百年 …………………………… 韩明谟（223）

社会心理学百年进程 ………………………… 方 文（242）

社会资本在经济发展中的重要地位和潜在
　　功能

　　——关于社会资本的社会学研究综述 ……… 赵子祥（260）

新时期师生关系研究述评 ……………… 张 健（268）

中国民族学的回顾与展望…… 林耀华 庄孔韶（284）

兵家军事思想研究二十年回顾 ………… 霁 虹（306）

论解决争端的国际法原则和方法的百年发展

　　——纪念第一次海牙和会一百周年………… 余敏友（319）

后 记 ……………………………………… 编 者（341）

20世纪的中国学术

——《20世纪中国学术回顾》序

邴 正

　　20世纪对于中国人来说，是一个翻天覆地的世纪。中国人民在这100年的艰辛跋涉中，经历了从帝制走向共和，从分裂走向统一，从贫穷走向富强的血与火的洗礼。20世纪对于中国学术来说，也是一个开天辟地的世纪。中国学者在这100年的筚路蓝缕中，经历了从科举到现代教育，从西学东渐到走向世界，从清淡玄想到科学的脱胎换骨的再生。

　　中华文明的学术传统，历史悠久，源远流长。从春秋战国诸子百家，到魏晋玄学的浪漫主义；从宋明理学格物致知，到乾嘉学派训诂考据。中国的传统知识分子怀着殉道般的精神，一代又一代"为天地立心，为生民立命，为往圣继绝学，为万世开太平"（张载语）。他们在近30个世纪的漫长岁月中，薪火相传，传道、授业、解惑，为我们留下一笔宝贵的学术财富。

　　20世纪的中国学术，经历了一个从无到有的创新与嬗变的过程。尽管我们有着悠久的学术传统，但是，现代意义的人文社会科学的研究，却开始于中国进入20世纪。学术的基本精神是科学与民主。学术追求的是真理，而真理的发现需要实事求是的科学精神。追求真理不能迷信权威，在真理面前必须人人平等。没有科学精神和民主精神，就没有真正意义的独立的学术研究。中国知识分子治学的30个世纪，之所以在近代落伍，重要的一点是"罢黜百家,独尊儒术",是把孔子封王封圣,变成顶礼膜拜的偶像。保罗·肯尼迪在评价近代中国的衰落时指出:"中国倒退的关键因素纯粹是信奉孔子学说的官吏们的保守性……在这种复辟气氛下,所有重要官吏都关心维护和恢复过去,而不是创造基于海外扩张和贸易的更光辉的未来。"(保罗·肯尼迪:《大国的兴衰》,求实出版社,1988年版,第9页)所以,虽然近代意义的学术研究随近代西方资本主义扩张,在19世纪末就传入了中国,但真正的学术复兴始于五四新文化运动。中国的学者终于举起了科学和民主的旗帜,告别了尊孔读经的迷信权威的时代,开始了现代意义上的学术跋涉。

20世纪的中国学术,经历了一个从传统人文精神到人文社会科学的学科分化的过程。恩格斯说:"真正的自然科学只是从15世纪下半叶才开始,从这时起它就获得了日益迅速的进展。把自然界分解为各个部分,把各种自然过程和自然对象分成一定的门类,对有机体的内部按其多种多样的解剖形态进行研究,这是最近400年来在认识自然界方面获得巨大进展的基本条件。"(《马克思恩格斯选集》,第3卷,人民出版社,1995年版,第359—360页)中国的人文社会科学也是如此。在中国古代学术中,没有社会科学,只有人文学科,而且文史哲不分,强大的伦理哲学传统统摄了一切知识。只是到了19世纪末20世纪初,严复、梁启超等人开始翻译大量的西方人文社会科学学术著作,中国的人文社会科学研究才开始走出儒家偏重伦理哲学的片面性,进入了分门别类研究人文社会科学的时代。大多数的人文社会科学学科,是在清末民初,特别是五四新文化运动之后才如雨后春笋,破土而出的。

20世纪的中国学术是在中西文化不断碰撞中逐渐成长的。从现代意义的中国学术诞生之日起,中国的知识分子就始终在中西文化矛盾的纠缠中曲折前进。张之洞提出的中学西学"体用之争",人们大约争吵了整整一个世纪。由于现代意义的人文社会科学大多是从西方引进,如何接继三千年的文化传统,如何对待舶来的学术?如何用西方的理论解释、改造中国的社会现实,这些问题不断袭扰着中国文人的心灵。只要我们沿着人文社会科学的大道走下去,我们一代一代中国文人就必须不断回应来自外来文化的挑战。

20世纪的中国学术,始终在时代大潮中起伏跌荡,在政治风云中呼啸呐喊。20世纪的中国,应了毛泽东的预言,大的时代风云的确"过七、八年来一次,这是个规律"。1900年义和团运动,1905年同盟会反清,1911年辛亥革命,1919年五四运动,1924年大革命,1927年国共开战,1937年抗日战争,1945年内战烽火,1949年新中国诞生,1957年反右悲剧,1966年"文革"灾难,1979年思想解放运动……每一次大的时代变革,都在中国文人身上心头留下了深深的烙印;每一次大的政治冲突,都有中国文人的锐利目光和浓墨飞笔。鲁迅说得好,在中国,动一动一张桌子,几乎都要流血。中国文人一次又一次从象牙塔中走出来,成为盗火者和殉道者,成为民族的脊梁和社会的良知。

20世纪的中国学术,经历了从幼稚走向成熟的发展过程。从抱残守缺,到全盘西化;从拿来主义,到自主创新,逐渐从传统文化、革命文化、外来文化的碰撞中,苦苦探索出一条在继承弘扬优秀传统文化、吸收摄取先进外来文化的基础上,有中国特色的现代化的中国学术发展之路,为中国当代社会的每一次重大转折,为中国当代社会的经济与社会协调发展诊断把脉,探索规律,寻找道路,指点迷津,开启民智,咨政谋略,发挥了学术独特的功能,取得了令人瞩目的研究成果,崛起了一代又一代文化风流。

20世纪的中国学术,虽然已是硕果满枝,但也多有遗憾。

问题之一,是翻译介绍他山之石较多,自主创新的成果较少;文章论著虽汗牛充栋,但学术精品、振聋发聩的真知灼见较少;教授名人虽鹊声四起,巨匠大师还嫌太少;事后总结发挥较多,超前预测规划乾坤者较少;挖掘传统引进新知者较多,使之与当代中国特色有机结合者较少。学术尚待振兴,同仁仍需努力!

一个人的真正成熟是思想成熟,一个民族的真正成熟是精神成熟。民族的精神成熟的重要标志是从感性升华成理性,学术研究就是民族精神的理性表达。在中国学术研究的字里行间,凝结着日渐成熟的民族精神。中国文人肩负着探寻理性化了的民族精神的使命,学术的繁荣与兴旺,就是民族精神繁荣兴旺的直接证明。这应该是每一位进入21世纪的中国学人肩负的历史使命。

《社会科学战线》在近30年间,刊发了一批总结回顾人文社会科学各学科、专业、研究方向和专题的文章,从不同角度和侧面,展示了20世纪中国学术的心灵旅程。一个世纪的理论求索,几代人的思想交锋以及由此折射出的中华民族的文化理想,尽可以管中窥豹,略知一二。当然,20世纪的中国学术是一个说不尽的话题,这些文章也不可能使人一览无余。但一叶知秋,我们因此将之汇集成册,以供学界同仁参考。

2005 年 6 月 14 日

殷墟甲骨文研究百年回顾与展望

曹定云

一、序

上一个世纪的最后一年,即公元1899年的一天,中国学术界发生了一件意义非同寻常之事:一位古董商人从河南安阳携带一包"龙骨"来到北京王懿荣家中,让其观看。王懿荣"细为考订,始为商代卜骨,至其文字,则确在篆籀之前,乃畀以重金,嘱令悉数购归。"①这便是让世人震惊的甲骨文的发现。此后第二年,王懿荣开始收购甲骨。刘鹗在《铁云藏龟·自序》中说:"庚子岁有范姓客,挟百余片走京师、福山王文敏公懿荣见之狂喜,以厚价留之。后有潍县赵君执斋得数百片,亦售归文敏。"在此之前,殷墟甲骨多是被村民当作"龙骨"卖给了中药店。而在此之后,则是当作宝物卖给了古董商人或直接卖给学者,挽救了甲骨的厄运,保存了这一重要历史文物,为甲骨学的产生准备了条件。如今甲骨学不仅是中国的学问,也是一门世界性的学问。

从1899年至今,殷墟甲骨文的发现快一百年了。如以1949年新中国成立为界线,到本世纪末,正好前后各五十年。本文则以这两个时间跨度而分别叙述之。

---

① 王汉章:《古董录》,《河北第一博物院画报》1933年第50期。

二、解放前,甲骨文研究之概况

1. 甲骨学之创立

甲骨文的发现,引发了一批中国学者对甲骨文的浓厚兴趣。刘鹗、罗振玉、王襄等人相继注意并收购甲骨。由于有人厚价收购,小屯村民便大规模挖掘甲骨。这种"挖宝"式的非科学发掘,一直持续到1928年夏。这一时期发掘的甲骨,大部分归于国内学者,但也有相当部分落入外国人之手,这是当时中国沦为半封建、半殖民地社会,任人宰割的结果。

甲骨文发现之后,我国最早的甲骨文收藏家和研究者之一刘鹗,从自藏的甲骨中选出一部分编为《铁云藏龟》,于1903年出版。此距甲骨文正式发现不过五年。《铁云藏龟》的出版,扩大了甲骨资料的流传范围,使更多的古文字学家能据以进行研究,从而真正开始了甲骨文作为一门学科的新时代。此后,不少的甲骨著录相继问世。其中比较重要的有:罗振玉的《殷虚书契》(即《前编》)、《殷虚书契菁华》、《殷虚书契后编》;姬佛佗的《戬寿堂所藏殷墟文字》(实为王国维编辑);明义士的《殷墟卜辞》;林泰辅的《龟甲兽骨文字》等等。这一系列甲骨著录的出版,为甲骨学研究的开展,创造了条件。

随着甲骨著录的出版,甲骨文研究亦接踵而至。1904年,我国第一部甲骨文研究著作——《契文举例》由孙诒让写成(1917年出版)。这是一部考释甲骨文字的书,其所释之字在今天看来已不可取,但从历史的观点看,却具有开创性质,需要有丰富的知识和极大的勇气。正因为如此,孙诒让也就成为进入甲骨学研究领域的第一个学者。继他之后的研究者中,其成就最大者要数罗振玉和王国维。罗振玉是一位金石学家,他在《前编》出版后,1910年又出版了《殷商贞卜文字考》,1914年出版了《殷虚书契考释》。

罗氏考释并加以解说的字约485个,甲骨文常见之字,罗氏大部均已涉。由于罗氏的努力,甲骨文这一古老的资料大体上可以通读了。郭沫若先生曾给予高度评价:"甲骨出土后,其搜集、保存、传播之功,罗氏当居第一,而考释之功亦深赖罗氏。"①王国维在文字考释方面亦有突出贡献,其成果集中在《戬寿堂所藏殷墟文字考释》一书中。然而,王氏最大的贡献却在于利用甲骨资料进行古史研究,发表了《殷卜辞中所见先公先王考》和《续考》(《观堂集林》卷九)这两篇名作,论证了《史记·殷本纪》中所载的商代的先公先王,而"不见于卜辞者殆鲜"。他还根据甲骨卜辞,纠正了《史记》所载之误,认为"上甲以后诸先公之次,当为报乙、报丙、报丁、主壬、主癸",又指出"祖乙为中丁之子"②。由于王氏的努力,极大地提高了甲骨学的学术地位,令学术界对新兴的甲骨学刮目相看。

2. 甲骨学学科的形成

殷墟甲骨的发现和甲骨文研究的开展,引起学术界的高度重视。为了不使宝贵遗产再遭受损失,前中央研究院历史语言研究所决定对殷墟进行科学发掘。第一次发掘是1928年10月13日至10月30日,共发掘出甲骨854片。这是甲骨科学发掘的开始,也是殷墟田野工作的开始。

从1928年10月至1937年6月,前中央研究院历史语言研究所一共进行了十五次发掘。其中比较重要的有:第三次(1929年10月7日—12月10日),在大连坑发现"大龟四版",董作宾写了著名的《大龟四版考释》;第四次(1931年3月21日—5月12日),此次发掘由于梁思永的参加而改进了田野发掘技术,真正将地层学运用于田野考古,从而大大地提高了田野发掘的科学水平,

---

① 郭沫若:《中国古代社会研究》,科学出版社,1955年,第213页。
② 王国维:《观堂集林》第九卷,第406至450页。

使田野考古走上科学发掘之路；第九次（1934年3月9日—5月31日），在侯家庄南地出土字甲和字骨，其中有"大龟七版"，时属廪辛；第十三次（1936年3月18日—6月24日），发掘了著名的YH127坑，出土甲骨17096片，是解放前极为重要的一次发现。

前中央研究院十五次发掘，共出甲骨刻辞24918片，为甲骨学的发展提供了一批宝贵的科学资料。这次发掘完全是由中国学者主持和参加的，改变了以往考古工作受外国人控制而不能独立对资料进行研究的局面。同时，通过殷墟的发掘，还锻炼和培养了一大批考古学家，为中国后来田野考古事业的发展奠定了基础。

殷墟十五次发掘所得的甲骨资料，一共编为两本书：第一次至第九次所得6513片，选其中一部分编为《殷墟文字甲编》，第十三次至第十五次发掘所得18405片，选其中一部分编为《殷墟文字乙编》（分上、中、下三集共六册）。同期河南省图书馆发掘所得则编为《殷墟文字存真》和《甲骨文录》二书。

《甲编》和《乙编》同以前的甲骨著录相比有根本的区别：一、这批甲骨资料是科学发掘所得，故绝对没有伪品；二、二书所录甲骨是按甲骨出土的先后次序而编排的，每一片甲骨编号后面都注明登记号。因此，要想了解甲骨出土情况，只要根据登记号，就可以在发掘报告的遗址部分将情况查明。同以前甲骨著录相比，《甲编》和《乙编》有了质的飞跃。

这一时期甲骨文研究的最大成就，在于甲骨学作为一门学科已基本形成。这表现在如下三个方面：

第一、甲骨学分期断代理论的建立。

甲骨文是三千多年前殷代的文史资料。因此，将甲骨文进行分期，是甲骨文研究中的首要任务。但是，在非科学发掘时期，是无法做到这一点的。除了个别学者，例如王国维曾根据个别片子中有明确称谓而定其时代外，对于整个甲骨文时代仍然是一团茫然。

董作宾先生在参加殷墟发掘的第三年,即1931年就发表了《大龟四版考释》,创建了卜辞"贞人"说,提出了分期断代的八项标准。随后,又进行补充和完善,于1933年发表了《甲骨文断代研究例》。该文将甲骨文分为五期,并提出分期断代的十项标准。五期是:第一期,武丁及其以前;第二期,祖庚、祖甲;第三期,廪辛、康丁;第四期,武乙、文丁;第五期,帝乙、帝辛。十项标准是:一、世系;二、称谓;三、贞人;四、坑位;五、方国;六、人物;七、事类;八、文法;九、字形;十、书体。董氏创建的"五期"法和提出的"十项标准",至今仍是国内外甲骨学界普遍使用和承认的基本方法。可以毫不夸大地说,董氏的理论为甲骨学分期断代奠定了基础。

第二、甲骨文文字考释理论的建立。

这一时期,文字考释理论开始形成,对此作出重要贡献的要数唐兰和于省吾。唐兰先生于1934年出版了《殷墟文字记》,1935年出版了《古文字学导论》。他在后一书中提出"对照法"、"推勘法"和"偏旁分析法",从而开辟了一条研究古文字的新途径。唐氏创建的识别古文字的方法,今天仍然是学习古文字入门的教科书。于省吾先生考释古文字的成就,集中在《双剑誃殷契骈枝》一书中。此书分初编、续编、三编共三册。于氏在《续编·自序》中指出:"考名识字必须先定其形,形定而音通,形音既确,其于义也则六通四辟,覈诸文理与辞例自能诉合无间矣!"于氏考释古文字,简练、精到、严谨,在学术界有重大影响。

第三、利用甲骨文研究古史获重大进展。

在这方面,王国维等学者已有良好的开端。而这一时期中,贡献突出者有郭沫若和胡厚宣。1927年,郭沫若先生旅居日本,在日期间他全力进行甲骨文和金文的研究,先后出版了《殷契粹编考释》、《甲骨文字研究》、《中国古代社会研究》等一系列著作。他自觉地以唯物史观为指导,奠定了我国马克思主义史学基础。胡厚宣先生则对甲骨资料,"作一全面的彻底整理",研究商代的方国、农业、气候、婚姻家庭、封建制度、天神崇拜等等。这些成果集中在他的《甲骨学商史论丛》一书中,在学术界有重大影响。

三、解放后,甲骨文研究之进展

1. 对董作宾分期断代的反思

董作宾为甲骨文分期断代作出了重要贡献,直到今天,人们仍然怀念他。由于历史的局限,他的分期断代不可能尽善尽美。他的最大失误在于将"自"、"子"、"午"等组卜辞定为"文武丁"卜辞。……董氏是亲自参加了田野发掘的学者,本来熟悉甲骨出土情况。他在《甲编·自序》中还认为出"自组"卜辞的 E_{16} 坑是祖甲以前的。但他在《乙编·序》中,却将自、子、午组等卜辞统统定为"文武丁"卜辞。由于"自组"等卜辞在许多方面与"宾组"卜辞有许多相似之处,董氏便认为这是"文丁复古"。可见,董氏在"自组"等卜辞时代断定上,前后自相矛盾。

50 年代初,陈梦家对董氏的分期理论进行过认真的分析。他在《殷墟卜辞综述》一书中提出所谓"三项标准"和"九期分法"。陈氏的"三项标准"和"九期分法",同董氏的"十项标准"和"五期分法"没有实质的区别。而陈梦家的贡献则在于,他指出宾组、自组、子组、午组等卜辞都是武丁时代卜辞,并说:"自、子两组大约较晚,自组卜辞属于武丁的晚期。"[1]

60 年代初期,吉林大学姚孝遂先生发表了《吉林大学所藏甲骨选释》一文。该文中有一片甲骨曾著录于《前》3.14.2,这是一片典型子组字体干支表与宾组贞人"争"署名的同版卜辞。罗振玉在编辑《前编》时,曾对拓片加以剪裁,将上部有贞人"争"署名的残辞剪掉了。这样,"子组"卜辞与"宾组"卜辞之间唯一的直接

---

[1] 陈梦家:《殷墟卜辞综述》,科学出版社,1956 年 7 月,第 163 页。

联系被割断了,使"子组卜辞断代问题的争论延续了几达三十年之久"①。该文的发表,再次向董作宾的"文武丁"卜辞提出反证。

在此还要指出,对董氏"文武丁"卜辞提出质疑的,还有日本学者贝塚茂树和伊藤道治。1953年,他们在《东方学报》(京都)第二三号上,发表《甲骨文研究の再检讨》一文,提出了"多子族"卜辞和"王族"卜辞问题。认为这两种卜辞从内容、形式、书体等方面看,具有一定的晚期特征,但又与第一期武丁卜辞有许多共同点。根据称谓研究,更与第一期接近。因此,第一期存在着与一期典型卜辞不同的另外两种卜辞。

2. 1973年小屯南地发掘与卜辞断代新进展

以1971年殷墟小屯西地发现甲骨刻辞为契机,中国科学院考古研究所安阳工作队在小屯村周围开始有意识地寻找甲骨。1972年,小屯西地又有零星甲骨发现。1973年春、秋两季,安阳队在小屯南地进行发掘,实得甲骨刻辞4511片。这是解放后殷墟出土甲骨刻辞最多的一次,且多有陶器共存,为殷墟甲骨分期断代及殷墟文化分期提供了科学依据。这次发掘对卜辞的分期断代贡献如下:

第一、取得了"𠂤组"卜辞、"午组"卜辞确切的地层证据。此次发掘的T_{52}、T_{53}探方中,出现了三组极为重要的地层关系,今示例如下(箭头表示叠压或打破关系):

$$\begin{array}{c} \nearrow \quad H_{92} \\ H_{57} \rightarrow H_{75} \rightarrow H_{91} \rightarrow H_{107} \rightarrow F_6 \rightarrow H_{111} \rightarrow H_{112} \rightarrow H_{115} \\ H_{85} \rightarrow H_{99} \rightarrow H_{102} \rightarrow H_{110} \rightarrow T_{53}④ \end{array}$$

在上述地层关系中,H_{57}属小屯南地晚期;H_{85}、H_{75}、H_{99}、H_{91}、H_{92}属小屯南地中期;H_{102}、H_{110}、$T_{53}④$、H_{107}、H_{111}、H_{112}、H_{115}属小屯南地早

---

① 姚孝遂:《吉林大学所藏甲骨选释》,《吉林大学学报》1963年第4期。

期。H_{99}所出最晚卜辞为康丁卜辞,而H_{102}出"午组"卜辞,$T_{53④A}$出"自组"卜辞,H_{107}"自组"、"午组"同出①。故"自组"、"午组"卜辞当早于康丁卜辞。而H_{102}、H_{107}、$T_{53④A}$属小屯南地早期,相当于殷墟文化第一期。根据近年的研究,武丁一代约跨殷墟文化一期后段和二期前段②。故"自组"、"午组"卜辞当为武丁时代之卜辞。这一争论了几十年的问题,终于有了明确的答案。

第二、确定所谓"历组"卜辞是真正的武乙、文丁卜辞。在70年代末和80年代初,部分学者将所谓"历组"卜辞提至武丁晚期和祖庚时代,从而引发了一场新的争论③。对于这部分学者的意见,我们是认真考虑过的。小屯南地中期地层多出康丁、武乙和文丁卜辞。而小屯南地中期地层又有很多的打破关系,例如上举的$H_{85} \rightarrow H_{99}$、$H_{75} \rightarrow H_{91}$、$H_{75} \rightarrow H_{92}$等。此例甚多,不一一备举。根据这种关系,我们又将中期地层划分为中期一组和中期二组,中期一组早于中期二组。在中期一组的地层中,除出武丁卜辞外,主要出康丁和武乙卜辞;而在中期二组的地层中,除出武丁、康丁和武乙卜辞外,还大量地出文丁卜辞。因此,所谓"历组"卜辞只能是武乙、文丁卜辞。特别要指出的是,"历组"父乙类卜辞(即文丁卜辞)之地层多次打破"历组"父丁类卜辞(即武乙卜辞)之地层。这为它们之间的早晚关系提供了无法逆转的证据。

提出"历组"卜辞为武丁晚期和祖庚时代卜辞的学者有两个"重要根据":一是"历组"父丁类卜辞中有"小乙、父丁"称谓,且

---

① 中国社会科学院考古研究所安阳工作队:《1973年小屯南地发掘报告》之第六章《1973年小屯南地典型地层所出器物登记表》,《考古学集刊》第九集,1995年12月。
② 郑振香、陈志达:《论妇好墓对殷墟文化和卜辞断代的意义》,《考古》1981年第6期,第518页。
③ 李学勤:《论"妇好"墓的年代及有关问题》,《文物》1977年第11期;裘锡圭:《论"历组卜辞"的时代》,《古文字研究》第六辑,中华书局,1981年11月。

"父丁"紧接"小乙"之后,故推断此"父丁"必是"武丁";二是《屯南》2384卜辞中,"历组"父丁类卜辞与出组卜辞同版,故历组父丁类卜辞应是祖庚卜辞。

关于第一个"根据"是不确的。"历组"父丁类卜辞中,不但有"父丁"称谓,而且还有"父辛"称谓,这是出组卜辞所没有的。至于这个"父丁"称谓,我在《论武乙、文丁祭纪卜辞》一文中已做过详细的分析,指出"历组"父丁类卜辞中有"七大示加十示又二",有大示"十示又三",小示"十示又四"。根据这些集合庙主进行推算,该类卜辞中的"父丁"只能是康丁,而不能是武丁;"历组"父乙类卜辞中,有"伊、廿示又三",此是"伊尹、大甲以下直系、旁系先王合祭,与文丁之时代完全吻合。"①

关于第二个"根据",即《屯南》2384"历组"父丁卜辞与出组卜辞同版问题,也并非是一件不可思议之事。"同版"只是一种现象,而"同版"的原因则不尽相同:既可以同时期同版,也可以不同时期同版。究竟属于哪种情况,要具体情况具体分析,不能一概论之。前举《前》3.14.2是同时期卜辞同版(按:也只是相对而言)。而《屯南》2384卜辞同版,则是不同时期卜辞同版。对此,我们已做过分析②,张永山同志也作过论证③,此不赘述。

《小屯南地甲骨》一书分上、下册共五个分册,分别于1980年和1983年由中华书局出版。《屯南》所收甲骨是按甲骨所出灰坑、墓葬、探方之地层单位的次序而编排的。每一拓片既有《屯南》顺号,又有甲骨出土的层位号。故此,每一片甲骨出土的层位都是明确的。"这在甲骨史上第一次为我们提供了一批可与出土

---

① 拙著:《论武乙、文丁祭祀卜辞》,《考古》1983年第3期;又见《殷商考古论丛》,台湾艺文印书馆,1996年1月,第7页。
② 中国社会科学院考古研究所:《小屯南地甲骨·下册·第三分册》第1522页。
③ 张永山:《小屯南地一版卜骨时代辨析》,《考古与文物》1989年第1期,第80页。

层位及有关遗物互相联系起来的科学资料,从而使甲骨分期断代研究的考古学考察有了很大进展。"①这比起《甲编》和《乙编》来,无疑是重大的进步。

3. "上甲廿示"及其相类卜辞时代之解决

"上甲廿示"相类卜辞共有两个类型:一是《粹》221、222类型;一是《佚》884类型。《粹》221、222类型实际上可以归入"自组"卜辞;而《佚》884类型虽与"自组"卜辞有某些相似之处,但自身特征明显,可单成一类。关于"上甲廿示"相类卜辞的时代,自郭沫若先生在《粹考》中定为"文丁"卜辞以来,学术界基本无异议。故"上甲廿示"一直是公认的"文丁"卜辞。陈梦家先生虽然将董氏所定"文武丁"卜辞中的"自组"、"子组"、"午组"等卜辞提至武丁时代,但仍将"上甲廿示"留在"文丁"卜辞内。在讨论"历组"卜辞的时代时,李学勤、裘锡圭二位先生都曾提到"上甲廿示"可能是武丁卜辞②。我并不同意他们关于"历组"卜辞时代的看法。但我一直认为,他们关于"上甲廿示"为武丁卜辞的观点是可取的。我在整理小屯南地甲骨的过程中,观察到"上甲廿示"卜辞同《屯南》的文丁卜辞并不相类,故提出"上甲廿示"相类卜辞不是文丁卜辞,而是武丁卜辞,并为此而进行详细论证③。《粹》221中有"杀其伐歸"一事,而"伐歸"一事又见于《屯南》4516。《屯南》4516出于$T_{53}④$,属于小屯南地早期,是武丁时代。故"上甲廿示"相类卜辞属武丁时代,又从地层方面取得了证据。至此,原"文武丁"卜辞中应该提至武丁时代的都提到了武丁时代,完成了卜辞

---

① 王宇信:《甲骨学通论》,中国社会科学出版社,1989年6月,第275页。
② 李学勤:《关于自组卜辞的一些问题》,《古文字研究》第3辑,中华书局,1980年11月;裘锡圭:《论"历组卜辞"时代》,《古文字研究》第六辑,中华书局,1981年11月。
③ 拙著:《论"上甲廿示"及其相关问题》,《文物》1990年5期;又见《殷商考古论丛》,台湾艺文印书馆,1996年1月,第121页。

分期断代中的一件大事。

4. 1991 年殷墟花园庄东地和南地的发掘

1991 年秋,考古所安阳队为配合殷墟博物苑至安钢大道公路修建,在花园庄东地进行发掘。这次发掘中 H_3 共出刻辞甲骨 579 片,是继 1973 年小屯南地甲骨出土之后又一重要发现。该坑属殷墟文化第一期,所出甲骨目前正在整理之中。安阳队又在花园庄南地进行发掘,共出刻辞甲骨 5 片,其中 M99 上③:1,字体似午组,而该片所出层位和共存陶器属殷墟文化一期,又一次证明此类卜辞时代较早①。

5.《甲骨文合集》与《殷墟甲骨刻辞类纂》出版

自 1903 年《铁云藏龟》问世以来,到 20 世纪 70 年代,国内外所出甲骨著录总计约有六十多种,这还不包括那些在刊物上发表的甲骨资料。这些甲骨著录刊布了近十万片甲骨,约占全部十五万片甲骨的三分之二左右。由于历史的原因,这些甲骨分散于国内及世界各地,其著录的拓片有的互相重复,有的可以缀合,有的还是伪品。有的甲骨资料尚未公布。这些都给甲骨研究带来不便和困扰。因此、将这些发表的甲骨资料尽可能地集中起来进行整理、将尚未公布的有价值的甲骨资料尽量地公布,就成为甲骨研究中的迫切任务。为此,本世纪 50 年代末,一部由郭沫若任主编、由胡厚宣任总编辑的《甲骨文合集》上马了。当时中国科学院历史研究所一批年轻的学者,在胡厚宣先生亲自率领和指导下,先后于 1959 年至 1960 年、1963 年、1965 年、1973 年、1974 年分赴全国 25 个省市自治区的 40 个城市寻访、收集并拓、照甲骨资料。这是一件十分浩大的工程。他们付出了辛勤的劳动。从 1978 年 10 月至 1982 年 12 月,终于全部出齐了《甲骨文合集》十三巨册。《甲骨文

---

① 中国社会科学院考古研究所安阳工作队:《1991 年安阳花园庄东地、南地发掘简报》,《考古》1993 年第 6 期,第 488 页。

《合集》不是过去甲骨著录的汇总,而是在过去甲骨著录基础上,经过去伪、校重、缀合等一系列工作,选出其中有价值者,并增加尚未发表的新资料编辑而成。《合集》一书共著录 41956 号甲骨,约占全部十五万片甲骨的四分之一弱。因此,《合集》一书是对八十多年来出土甲骨材料的一个总结,是甲骨学史上里程碑式的著作。

台湾和香港的学者也在做这方面的工作。严一萍先生以《合集》为基础,将《合集》来不及收集的其他甲骨著录,如《屯南》、《怀特》等收入,并加入周原甲骨,编为《商周甲骨文总集》十六册。

甲骨文资料的相对集中,对甲骨文研究无疑是一大促进。但甲骨资料本身非常多,要在几万片甲骨资料中,提取对研究者有用的资料,有如"大海捞针",困难很大。为此,本世纪 60 年代,日本学者岛邦男先生出版了《殷墟卜辞综类》。这是一部对甲骨文资料进行分类并提供检索的工具书。该书曾为甲骨工作者提供过极大方便。但是,随着时间的推移,特别是在《合集》、《屯南》等甲骨著录出版以后,《综类》就显得无用武之地了。为了适应新的形势,吉林大学姚孝遂先生带领一批青年学者,经过几年的努力,于 1989 年出版了《殷墟甲骨刻辞类纂》。这是一部出于《综类》而又优于《综类》的大型工具书:第一、它所收集的材料几乎囊括了目前已公布的有价值的全部材料;第二、在分期断代和隶释上采用了最新的研究成果;第三、增加了甲骨文隶释,为其他学者利用甲骨资料提供方便。

小屯南地甲骨的发掘和《小屯南地甲骨》的出版,解决了甲骨分期断代中最亟须解决的分期问题,并在理论上重申了田野考古中的地层层位在甲骨分期断代中的决定作用;《甲骨文合集》和《商周甲骨文总集》的出版,解决了甲骨文资料的相对集中问题;《殷墟甲骨刻辞类纂》的出版,则解决了甲骨资料的检索问题。这三大问题的解决,是近五十年中甲骨文研究的最大成果。它为今后甲骨学的发展奠定了坚实基础。

四、甲骨文研究之展望

从1899年到现在,甲骨学走过了漫长的道路。但甲骨学还是一门很年轻的科学。甲骨学仍有不少问题亟待解决,甲骨文文字考释任务还相当艰巨,甲骨学为其他学科服务才刚刚起步。因此,甲骨学的发展有着十分广阔的前景。

分期断代仍然是甲骨研究中亟待解决的问题之一。此中主要是"一头一尾"的问题。所谓"一头",就是指武丁卜辞分期和武丁以前卜辞之探讨,所谓"一尾",就是指帝乙、帝辛卜辞区分和帝辛卜辞的确定。

殷代诸王中,武丁在位时间最长,共59年,差不多相当于祖庚、祖甲、廪辛、康丁二世四王在位时间之和。目前发现的殷墟卜辞中,武丁卜辞几乎占了一半。因此,将武丁卜辞进行分期,就显得十分必要。但到目前为止,我们还不能就武丁卜辞进行准确的分期,这是严酷的现实。

过去学者们曾经讨论过武丁"宾组"卜辞和武丁"𠂤组"卜辞的早晚。有的学者提出"𠂤组"卜辞是武丁以前的卜辞[1];有的认为"𠂤组"卜辞可能属武丁时代,基本与"宾组"同时[2];有的则认为"𠂤组"卜辞属武丁晚期[3];有的则认为"𠂤组"卜辞出现较早,"宾组"卜辞出现较晚。[4] 这些讨论对武丁卜辞分期均提供有益的启示。但武丁卜辞分期是一件非常庞杂而又细致的工作。"无论

---

[1] 胡厚宣:《战后京津新获甲骨集·序要》,群联出版社,1954年3月,第1页。
[2] 贝塚茂树、伊藤道治:《甲骨文研究法の再检讨》,《东方学报》京都第二十三册,1953年,第1—78页。
[3] 陈梦家:《殷墟卜辞综述》,科学出版社,1956年7月,第405页。
[4] 郑振香、陈志达:《论妇好墓对殷墟文化和卜辞断代的意义》,《考古》1981年第6期,第518页。

是'自组'卜辞早期说,或是'自组'卜辞晚期说,都过于笼统,对'宾组'卜辞和'自组'卜辞都缺乏细致的分析,采取了比较简单的处理。……这样处理的结果,使许多现象无法解释。武丁时代的某些重要人物和重大事件,都同时见之于'宾组'和'自组'卜辞。这说明,它们至少有一段较长的共存时间。所以,不加分析地提出谁早谁晚,就难免产生一些无法解决的矛盾。"①

武丁卜辞分期问题,应当从"宾组"卜辞、"自组"卜辞本身的早晚关系中去求得解决。笔者曾经指出:"武丁'宾组'卜辞是一个复杂的字群,内中可以分为大字群、中字群、小字群。……妇好生'子卩'之卜辞是'宾组'大字群(按:笔者论证,'子卩'即小王孝己),妇好之死和被祭祀之卜辞基本上是'宾组'中字群。'自组'卜辞同样是一个复杂的字群,内中也可以分为大字群、中字群、小字群。有关小王之死和被祭祀的卜辞,基本上是'自组'小字群;而'自组'小字群中,也有'司辛'(妇好)被祭的卜辞。这说明:'宾组'卜辞的大、中、小字群与'自组'卜辞的大、中、小字群各自代表着本组卜辞的早晚关系,而'宾组'中字群早于'自组'小字群,'宾组'小字群大致与'自组'小字群时代相当。至于'自组'卜辞与'宾组'卜辞谁出现得更早,是一个更大的题目,须要作出详尽的分析,才能得出正确的结论。"②我这个看法也只是初步的、探索性的。是否如此,有待在今后的研究中进一步检验与修正。

关于武丁以前的卜辞探索,是尤为重要的题目。因为,它不仅关系到武丁以前是否存在卜辞的问题,而且还关系到盘庚迁殷这一重大历史问题。近些年来的学术讨论中,有的学者提出"武丁

---

① 拙著:《"妇好"、"孝己"关系考证》,《中原文物》,1993年3期;又见《殷墟妇好墓铭文研究》,台湾文津出版社,1993年12月,第122页。

② 拙著:《"妇好"、"孝己"关系考证》,《中原文物》,1993年第3期;又见《殷墟妇好墓铭文研究》,台湾文津出版社,1993年12月,第122页。

迁殷"说,其"根据"之一就是殷墟没有发现武丁以前的卜辞[1]。因此,殷墟究竟有没有武丁以前的卜辞,就成为甲骨研究中必须解决的重大问题。

50年代,胡厚宣先生在《甲骨续存·序》中提到:"上编一四三三到一四六五,下编五七九到五九八……疑皆当武丁以前,即盘庚、小辛、小乙之物。"胡先生在此用了一个"疑"字,自然是推测之辞,并无坚强论证。他所列举的那些卜辞,多属自组、子组、午组,都是武丁时代卜辞。所以,这个问题一直没有解决。

殷墟田野发掘中的种种迹象表明,武丁以前卜辞应该是存在的。本文前面指出,1973年小屯南地$T_{53(4)}$地层之下尚有H_{111}、H_{112}和H_{115}。H_{115}比$T_{53(4)}$要早。$T_{53(4)}$属小屯南地早期,出"自组"卜辞。而H_{115}也出了一片卜甲(《屯南》2777),甲桥上有"㒸生"二字,笔画纤细。毫无疑问,这片卜辞比"自组"卜辞要早,很可能是武丁以前的卜辞。1971年,在安阳后冈殷墓M48内,发现残骨一片,上刻二字[2]。M48经笔者论证,属殷代早期王陵,早于武丁[3]。故M48内所出刻辞应是武丁以前之物。解放前第十五次发掘中,在YM331内出了一片刻辞卜骨(《乙》9099),字体特别。YM331出土了成套的青铜礼器,其形式与安阳殷墟三家庄M3所出青铜器近似。三家庄M3之时代早于殷墟大司空村一期之H_1[4]。故《乙》9099亦应属武丁以前之卜辞。

值得指出的是,台湾学者刘渊临先生从甲骨钻凿形态入手,从

---

[1] 杨锡璋:《安阳殷墟西北冈大墓的分期及有关问题》,《中原文物》1981年第3期。
[2] 中国社会科学院考古研究所安阳队:《1971年安阳后冈发掘简报》,《考古》1972年第3期。
[3] 拙著:《殷代初期王陵试探》,《文物资料丛刊》第10集,1987年;又见《殷商考古论丛》,台湾艺文印书馆,1996年1月,第29页。
[4] 中国社会科学院考古研究所安阳队:《安阳殷墟三家庄东的发掘》,《考古》1983年第2期;杨锡璋:《殷墟青铜器的分期》,《中原文物》1983年第3期。

中央研究院所藏大量甲骨中,选出其中六片进行研究,发现其卜骨整治技术具有原始性,认为是属于"安阳早期",即武丁以前。这六片是:出土号5.2.66、《甲》2342、2875、2344、《乙》9105、出土号3.2.139①。刘氏另辟蹊径,提出武丁以前卜辞存在的可能性,亦发人深思。

任何事物的发展都是一个渐进的过程。如果盘庚、小辛、小乙时代没有甲骨刻辞,那武丁时代不可能一下子冒出那么多甲骨刻辞来。这是一个常识问题。但我们为什么到现在还不能准确地分辨出武丁以前的卜辞呢?这可能与我们的知识水平有关。我们在理论上可能受到了某些旧的框框的束缚。只要我们能突破(或打破)某些旧的"框框",提出新的理论并运用新的方法,我们就有可能分辨出武丁以前的卜辞。愿我们这一代和以后的甲骨学者为此而努力。

关于帝乙、帝辛卜辞的区分和带辛卜辞的确定,是甲骨分期断代中的又一个难点。过去,有的学者曾怀疑殷墟是否有帝辛的卜辞,认为"卜辞乃帝乙末年徙朝歌以前之物。"②但后来的研究表明,殷墟确有帝辛卜辞。先是陈梦家先生据《宁沪》2.125中有"王宾妣癸彡日"之语,指出"妣癸者,帝辛所以称文丁之配。由此一片,可证安阳出土甲骨确实有属于帝辛之世者。"③常玉芝同志对乙辛卜辞亦作过深入研究。她说:"妣癸即帝辛称文丁之配,它决不会是指他王之配。……因此,有'妣癸'的此类卜辞,必为帝辛时所卜。由此又可证明,殷墟确有帝辛卜辞,则帝乙迁都之说是不

---

① 刘渊临:《卜骨的政治技术演进过程之探讨》,《史语所集刊》46本第一部分,第127页。
② 郭沫若:《戊辰彝考释》,《殷周青铜器铭文研究》,大东书局,1931年。
③ 陈梦家:《殷墟卜辞综述》,科学出版社,1956年7月,第384页。

确的。"①

乙辛卜辞中因主要有贞人"黄",故又称"黄组"卜辞。关于"黄组"卜辞的时代,一般认为属于帝乙、帝辛。70年代以来,严一萍先生怀疑属于"黄组"的"宰丰雕骨"刻辞应是文武丁时代之物②。80年代初,李学勤先生提出"黄组"卜辞应分属三个王,其中有一组当属文武丁时代③。后来,常玉芝同志通过拟定王六祀、王二十祀祀谱,证明"黄组"周祭应分属三王④。近年,她又通过王二祀祀谱分析,为"黄组"分属三王找到了新证据⑤。以上事实证明:殷墟卜辞中确有帝辛卜辞存在。

尽管人们知道"黄组"卜辞中有帝辛卜辞,但要在"黄组"卜辞中真正分辨出帝辛卜辞却极为困难。除了前面提到的含有"妣癸"称谓的卜辞可以确定为帝辛卜辞外,其余的,包括那些"王六祀"、"王二十祀"、"王二祀"卜辞中,哪些是帝辛卜辞就很难确指。所以,"黄组"卜辞中,文武丁、帝乙、帝辛卜辞的区分,将是今后甲骨断代中的又一难点,期待着甲骨工作者作出新的努力。

(原载《社会科学战线》1997年第5期)

---

① 常玉芝:《说文武帝》,《古文字研究》第四辑,中华书局,1980年12月,第225—226页。
② 严一萍:《文武丁祀谱》,《史语所集刊》第46本第2分,1975年。
③ 李学勤:《小屯南地甲骨与甲骨分期》,《文物》1981年第5期。
④ 常玉芝:《商代周祭制度》第五章第五节,中国社会科学出版社,1987年。
⑤ 常玉芝:《黄组周祭分属三王的又一证据》,《文博》1993年第2期,第55页。

考古发现与先秦两汉学术文化

江林昌

一、考古发现与先秦古书新证

晚清以来,由于社会的变革,带来了对传统文化的变革,于是有学者开始对古书产生怀疑,要求对传世古籍进行系统的估价。这种趋势到了20世纪上半叶,便形成了一股强有力的"疑古思潮",在史学界和学术文化界产生了深远影响。李学勤先生说这是"对古书的第一次大反思"。

疑古派审查古书的目的,在学术上是为了重建古史,在思想上是为了冲决经学罗网,打倒圣人偶像,具有进步意义。但由于在方法论上,他们局限于以书面文献论书面文献,结果怀疑过了头,把许多反映夏商周文明史的真书都定为伪书,造成了许多"冤假错案"。

考古材料的出现,使我们对先秦两汉传世古籍有了新的评判标准,尤其是从地下发掘出的大量战国秦汉的简牍帛书,使我们亲眼看到了未经后世改动的古书原貌,是前代学者见所未见的。这些材料可以使我们对先秦两汉古籍作出新的审查,李学勤先生称这是"对古书的第二次反思"。这是我们研究夏商周文明史与学术史时要做的第一步学术工作。自王国维以来,学者们在这方面已作出了不少努力。兹概括如下三方面,以见端倪。

1. 考古遗迹遗物与古书新证

王国维"二重证据法"中所说的地下材料，主要是指有文字的部分。而事实上，考古材料实可划分为有文字与没有文字的两类。没有文字的考古材料，如遗址、墓葬、建筑、服饰、器物等等，同样可以用来印证古书。

《文物》1992 年第 4 期发表了张长寿先生的《"墙柳"与"荒帷"》一文，讲到丰西井叔家族墓里的铜鱼，作为棺盖上的装饰，一串一串的，其时代是西周晚期至春秋时期。后来，考古工作者在河南三门峡的虢国墓地里也发现了这种铜鱼，时代是春秋时期。这些考古材料，正可与《仪礼》里的有关记载相对照。因此，可以推论，《仪礼》这部书至少有相当一部分与春秋时代有关。《考古学报》1956 年第 4 期发表陈公柔先生的《士丧礼、即夕礼中所记载的丧葬制度》，将《仪礼》所记随葬器物的组合形式，跟考古发掘中所见的实际情况对比，认为《仪礼》反映的许多内容是春秋战国的情况。这一结论与张长寿先生文章中所得结论相一致。从而证明《仪礼》的成书时代不会晚于春秋战国时期，《仪礼》一书所记春秋以前的礼制是可靠的。

以上是正面情况，也有反面情况。据《周礼》记载，先秦时期盛行昭穆制度，所谓左昭右穆，"父为昭、子为穆"。昭墓制度在墓葬、宗庙、祭祀、继承、婚姻等领域都有反映。据《周礼》载，周代的墓地分为"公墓"与"邦墓"。"公墓"为周王诸侯墓，"邦墓"为贵族大夫墓。"公墓"区里严格执行昭穆制。《周礼·冢人》："先王之葬居中，以昭穆为左右。"

然而，夏商周断代工程在山西南部翼城县与曲沃县交界处发掘的"天马－曲村晋侯墓地"的情况却不是这样。在晋侯墓地里，到 2001 年春季为止共发现了 9 组 19 座父子相承的晋侯夫妇墓。可是这 9 组晋侯父子相承的墓葬并没有按照昭穆制度排列。

负责考古工作的夏商周断代工程首席科学家、北京大学考古文博学院李伯谦教授早在1997年就专门在《考古》11期上发表论文,指出《周礼》中所记的昭穆制度需要重新讨论:"从西周中期至春秋初年,在晋国公墓区内并未实行昭穆制度,与晋侯墓地大体同时的卫国、燕国、虢国等公墓的墓位安排,由于种种原因,目前尚难窥见全貌,但似乎也见不到'昭居左、穆居右,夹处东西'的格局。因此,《周礼·春官宗伯·冢人》所说的这种公墓墓位安排制度在西周时期是否真的存在,我很怀疑。"

2. 甲骨文、金文与古书新证

甲骨文的内容涉及天文、地理、政治、军事、经济、文化乃至婚姻生育疾病寿命等等,无所不包。因此,甲骨文是我们印证古书,研究先秦史的重要资料。

甲骨文学家董作宾先生生前写过一篇论文叫《王若曰古义》,文中引述了一版甲骨文,上刻曰:

王若曰羌女

如何标点这段话,学者间有不同的意见,李学勤先生读为:

王若曰:羌,女(汝),……

这是商王对羌人的一种文告,意思是:"王这样说:羌族,你们应该如何如何……"。可见商代已有"诰"这样一种文体。这样,我们就可以认识到,《尚书·商书》里的"王若曰",还有"微子若曰",并不是周人所拟作,而是商代就已经有了。从文体学角度看,"诰"起源于何时,又有什么特点,这版甲骨提供了有益的研究资料。

夏商周三代是中国青铜器的辉煌时期,学者们称夏商周三代文明为中国的青铜时代。早期青铜器上有人神、动物纹样和图腾符号,从商末开始,又出现了整篇、整组的铭文。在古代,"国之大事,惟祀与戎"。青铜器上的铭文往往记载了战争与祭祀等方面的内容,可以广泛地引用来印证书面文献,纠正许多书面文献的错误。如:《史颂簋》:"里君百生(姓)"。据此,则《尚书·酒诰》"越百姓里居"之"里居"当为"里君"。《盂鼎》:"匍有四方"。据此,则《尚书·金滕》"敷佑四方"之"佑"当"有"。《蔡簋》"弥厥生"。据此,则《大雅·卷阿》"俾尔弥尔性"之"性"当读为"生","弥生"即"长命"。《不其簋》"女肇诲于戎工"。据此,则《大雅·江汉》"肇敏戎公"之"公"当为"工","戎工"就是兵事的意思。

有关这方面的情况,读者可参读王国维《观堂集林》,于省吾《泽螺居诗经楚辞新证》,杨树达《积微居金文说》,李学勤《新出青铜器研究》等。

3. 简牍帛书与古书新证

20世纪后半叶,简牍帛书的出土层出不穷,有许多重大发现。其中大量前所未见的"珍本密集"的出现,大大地拓宽了我们的学术视野。兹将与古文献有关的几次重要发现示列于下:

1942年,湖南长沙子弹库战国楚帛书《天象》、《四时》、《月忌》与帛画《人物御龙图》发现;

1957年,河南信阳长台关楚墓里发现《墨子》竹简(战国早期);

1959年,甘肃武威磨嘴子汉墓出土《仪礼》木牍与竹简;

1972年,山东临沂银雀山一号汉墓(武帝早期)出土《孙子兵法》、《孙膑兵法》、《晏子》、《尉缭子》、《六韬》、《太公》、《唐勒赋》等竹简;

1973年,河北定县八角廊汉墓出土《论语》、《文子》、《太公》、《哀公问五义》、《保傅传》、《儒家者言》等竹简;

1973年,湖南长沙马王堆三号汉墓出土《老子》、《黄帝内经》、《周易》经传,《春秋事语》、《战国纵横家书》等帛书;

1977年,安徽阜阳双古堆一号汉墓出土《诗经》、《周易》、《仓颉篇》以及《庄子》中的《则阳》、《外物》、《让王》诸篇竹简;

1985年,湖北江陵张家山出土与《庄子》有关的《功令》、《盗跖》等竹简(汉代);

1993年,江苏连云港尹湾汉墓出土竹简《神乌傅(赋)》和《博局占》等;

1993年,湖北荆门郭店出土战国竹简《老子》、《太一生水》道家文献2种4篇和《缁衣》、《鲁穆公问子思》、《穷达以时》、《五行》、《唐虞之道》等儒家文献11种14篇;

1994年,上海博物馆从香港抢购回出土于湖北的战国竹简《诗论》、《周易》、《缁衣》、《乐书》、《礼书》、《孔子闲居》、《子羔》等共八十余篇,1千2百枚之多。

上述简牍帛书为我们印证古书提供了前所未有的丰富资料,先看裘锡圭先生经常提到的银雀山竹简中的一个例子。《孙子·计》有一句话,今本作:

地者,远近、险易、广狭、死生也。

银雀山竹简《孙子》作:

地者,高下、广狭、远近、险易、死生也。

地势的"高下"对于战争来说是极重要的,今本却脱落了这一词。如果没有银雀山竹简,恐怕谁也发现不了这个问题。

再看郭店竹简在校读古书方面的作用。

郭店竹简中有一些著作如《老子》《缁衣》等,今有通行本传世。通行本文献在流传过程中或多或少会遭到自然的破坏和人为的篡改,情况比较复杂。而郭店竹简沉睡地下二千三百余年,一直未经干扰,较好地保存了战国中期以前的原始面貌。因此,以竹简本校理通行本,可以辨别一些学术疑误。

通行本《礼记·缁衣》第一、二两章:

子言之曰:"为上易事也,为下易知也,则刑不烦矣。"

子曰:"好贤如《缁衣》,恶恶如《巷伯》,则爵不渎而民作愿,刑不试而民咸服。"

《大雅》曰:"仪刑文王,万国作孚。"

郭店竹简《缁衣》篇没有《礼记·缁衣》的第一章,而以其第二

章为篇首,其文字有出入:

夫子曰:"好美如好《缁衣》,恶恶如恶《巷伯》,则民咸力而型不顿。《诗》云:'仪型文王,万邦作孚。'"

以竹简本《缁衣》第一章与通行本《礼记·缁衣》一、二章相校,可解决如下两个问题。① 通行本首章的有无问题。古人早就察觉,《礼记·缁衣》的第一章与全篇多有不合。就行文习惯看,《礼记·缁衣》共24章,第一章开头用"子言之曰",与其余23章开头为"子曰"不统一。郑玄《礼记》注最先发现此一问题:"此篇二十四章,惟此一'子言之',后皆作'子曰'。"孔颖达疏以为"此篇首宜异也。"但为什么篇首一定要用"子言之"呢,孔颖达无法解答。再就篇名的角度看,先秦古书,初无篇名,编辑者为便于识别,大多取首章首句或首句的二三字为篇名。如《论语》中的《学而》《为政》诸篇。而《礼记·缁衣》篇中,"缁衣"二字见于第二章首句,不合古书篇名通例。黄以周认识到了这一问题,于是以第一章为全篇序言作解:"此篇本由'好贤如《缁衣》,恶恶如《巷伯》'为章乎,书以《缁衣》名篇,即取章首之言。(其第一章)'子言之曰'云云,乃其序也。"但此说也难通。因为古书的序,如《诗》、《书》之序,大都为解题性质,为全篇要旨之概括、作篇缘起之说明。而《礼记·缁衣》的第一章根本不具备序言的条件。于是,《礼记·缁衣》第一章的存在,一直成为理解全篇的难题。

今郭店竹简《缁衣》篇的出现,使我们对这一问题的理解恍然大悟。竹简《缁衣》共23章,刚好没有《礼记·缁衣》的第一章。竹简本23章与《礼记·缁衣》虽在章序上略有出入,而内容基本相同。由此说明,《缁衣》的原始版本是没有《礼记·缁衣》第一章的。竹简本《缁衣》保存了原始版本的面貌,其第一章用"夫子曰",其余各章用"子曰","夫"为篇首发端词,正合古例。而通行

---

① 钟肇鹏:《荆门郭店楚简略谈》,《中国哲学》第20辑。

本《礼记·缁衣》的第一章当为从它篇窜入者。钟肇鹏先生认为是从《缁衣》的前一篇《表记》的末章而窜入:"先秦古籍许多本无篇名,所以汉以后抄写者遂将《表记》末章抄入《缁衣》首章。"①

通行本的编定时代。竹简《缁衣》引《诗》曰:"仪型文王,万邦作孚"。《礼记·缁衣》作"仪刑文王,万国作孚。"以"国"字取代"邦"字,显然是为了避汉高祖刘邦的名讳。由此推测,通行本《礼记·缁衣》的编定时代应在汉代,其第一章"子言之曰"也应该是在汉代编抄时窜入。据此,我们可以把简本与今本的对照,看作是战国本与汉代本的比较。竹简本、通行本都引《尚书》文,将三者进行对校,可解决一些用词上的讹误。

简本 13 章引《康诰》"敬明乃罚"又引《吕型》"播型之迪"。

通行本:"敬明乃罚""播刑之不迪"。

《尚书》:"敬明乃罚""播刑之迪"。

三者对校,可知通行本"不"字为衍文。

简本 17 章引《君奭》:"绅观文王德"。

通行本:"周田观文王德"。

《尚书》:"割申劝宁王之德。"

三者比较可知,《尚书》"宁王"当作"文王"。清末吴大和孙诒让等人曾指出,金文里的"文"字多从心,字形与繁体的"宁"字相似,《尚书》里的"宁王"实际是"文王"的误释。竹简本证明吴、孙等人的考证是正确的。

以上是儒家著作的例子。下面再举二则道家著作中的例子。《老子》第 25 章说:"有物混成,先天地生",竹简《老子》甲本第 21 支简经裘锡圭和夏德安考释作"有状混成,先天地生。"王博博士指出:"'状'与'物'虽只是一字之差,意义却不同。状的意思与象

---

① 王博说、裘锡圭说均见:《道家文化研究》第 17 辑载裘文《郭店〈老子〉简初探》。

接近,而与物有区别。竹简的'有状混成'提醒人们更关注老子的道与象的关系。如张岱年早已提到的,老子的道是无形有像,而不是无形无象。"老子第35章说,"执大象,天下往。"可见"象"并非完全抽象。竹简《老子》丙第4支也有此句,裘锡圭先生释作"设大象,天下往",通行本"执"字简本作"设",裘先生指出:"'执'大象也可以读为'设大象'。《易·系辞上》'圣人设卦观象,系辞焉而明吉凶。'《易·观卦·传》:'圣人以神道设教而天下服。'《韩诗外传·卷五》:'上设其道而百事得序'。'设大象'的'设'用法跟上举各例相似。"①

以上竹简本"有状混成""设大象"与通行本"有物混成""执大象"的不同,为我们探索《老子》哲学提供了极有意义的最新资料。

简牍帛书还有助于对甲骨金文的释读与理解。

简牍帛书,大多属于战国古文字。这些战国古文字,蕴含了许多商周以来传袭的写法,为解读更早的甲骨文金文充当了钥匙。

例如,云梦睡虎地秦简和长沙马王堆帛书有"引强""引吉""引得失"等词语。其中的"引"字,写法均相同。于豪亮先生据此指出,通过简帛"引"字,可以帮助我们对甲骨文、金文中有关"引"字的考释和理解。

如,甲骨文里过去释为"弘吉"的词,实际应该释为"引吉"。"引吉"是"长吉"的意思,与甲骨文常见的"大吉"相对而言,均是吉祥语。"引吉"如同"万寿",就时间角度赞美;"大吉"如同"无疆",从空间角度称颂。如:

　　乙巳卜,贞,王田□,往来无灾?王占曰"引吉。"(《前》2、36、7)

　　戊戌王卜,贞,田弋,往来无灾?王占曰:"大吉。"(《前》

---

① 于豪亮:《说引字》,见《于豪亮学术文存》,中华书局,1985年版。

2、27、5)

"引吉""大吉"作为一个占卜常用古语,在《周易》里也有保存,如《萃·六二》"引吉,无咎",《萃·九四》则曰:"大吉,无咎。"过去,学者们由于不知道"引吉"是一个常用古词语,便信从甲骨文误释的"弘吉",而将《周易》的"引吉"均误改成"弘吉",连著名文史学者高亨先生的《周易古经今注》、闻一多的《周易义证类纂》,也随从犯了错误。如今,简帛"引吉"的出现,才澄清了这一问题。

简帛的"引"字,还有助于对金文字句的释读和理解。如:

《毛公鼎》:"丕显文武,皇天引厌厥德。"
《叔夷镈》:"余引厌乃心。"

于豪亮先生指出:"这两句话同《尚书·洛诰》'万年厌乃德'的句子相同。'万年'是长久之意,'引'也是长久之意。如果释为'弘',就与《洛诰》的'万年'含义不合。这也可以证明此字当释为'引'。"

其他,如,李学勤先生据郭店简《缁衣》里的"慧公",考释出了西周金文里的"祭公"。裘锡圭先生据郭店简《老子》丙篇"视之不足见",指出殷墟甲骨文、周原甲骨文和西周金文里,凡"目"下人形作直立状即为"视",作跪坐状则为"见"。类似的例子很多,不烦遍举。

二、考古发现与先秦两汉学术文化研究

归纳起来,考古发现对先秦学术史研究的影响,表现为如下几个方面。

1. 简牍帛书的出现解决了许多学术史上千古疑案

其一,关于先秦是否有"六经"的问题

《庄子·天运》曾有六经的记载:"孔子谓老聃曰:丘治《诗》

《书》《礼》《乐》《易》《春秋》六经,自以为久矣,孰知其故矣。"但由于秦始皇焚书坑儒,《乐经》亡佚,汉代只存五经。先秦是否有《乐》经,成了疑案。郭店竹简《六德》篇有"六经"记载:"观诸《诗》《书》,则亦在矣;观诸《礼》《乐》,则亦在矣;观诸《易》《春秋》则亦在矣。"六经的次序与《天运》篇所记完全一致。又竹简《性自命出》:"《诗》《书》《礼》《乐》,其始出皆生于人。《诗》,有为为之也。《书》,有为言之也。《礼》《乐》有为举之也。"其中也提到了《乐》经。李学勤先生指出,"《庄子》是寓言,《天运》又在外篇,有晚出的嫌疑,因此现代著作多以为不足信。"现在郭店竹简这些记载证明,先秦确有"六经"流传,而且至迟在"战国中期儒家确实已有这种说法。"①

其二,关于《孙武兵法》与《孙膑兵法》问题

1972年4月,在山东临沂银雀山西汉一号墓边箱北端同时出土了《孙子兵法》和《孙膑兵法》竹简,使得失传了近两千年的《孙膑兵法》重见光明,从而解决了两千年来争论不休的孙武和孙膑其人其书问题。

《史记·孙吴列传》载:孙武是春秋末期齐国人,为吴王阖闾客卿,著有《孙子兵法》十三篇。可《汉书·艺文志》又称"《吴孙子兵法》八十二篇,图九卷"。再加上我国先秦和秦汉时期孙武和孙膑及其兵法都被称为"孙子",这就引起了后人的种种怀疑和争论。班固在《汉书·刑法志》中也对孙武和孙膑以及他俩的兵法情况作了明确的论述。然而,由于从《隋书·经籍志》开始,就不见有关《孙膑兵法》的记载,孙武与孙膑的关系及著作问题便混淆不清,无法考证。银雀山竹简《孙膑兵法》的出土,证实了《史记》记述的正确性:即孙武是吴孙子,孙膑是齐孙子;分别是春秋、战国人,孙膑乃孙武之后世子孙,各有兵法相传。

---

① 李学勤:《郭店楚简与儒家经籍》,《中国哲学》第20辑。

其三,关于早期儒道的关系问题

以往,学术界相信儒与道不相容。帛书本《老子》和通行本《老子》书里,都有反对儒家学说的地方。《庄子》里还用寓言夸张的手法丑化孔子形象。儒家也反对道家。汉初儒生辕固生曾讥讽《老子》书是"此家人言耳"。而郭店楚墓则将儒家著作与道家著作葬于一处。这是否暗示了战国中期以前的儒道学说关系与战国晚期以后的儒道不相容情况有所不同呢?郭店楚简本身为我们解答了这一问题。

通行本《老子》第十九章说:"绝圣弃智,民利百倍。绝仁弃义,民复孝慈。……""圣"和"仁义"都是被绝弃的对象。第十八章说:"大道废,有仁义。慧智出,有大伪。六亲不和,有孝慈。国家昏乱,有忠臣。""仁义"跟"大伪"相提并论。汉墓所出帛书本《老子》中有关记载与通行本《老子》基本相同。学者认为,这是道家对儒家仁义学说的批判与否定。而今出郭店楚简《老子》中有关上引两章的内容,却与通行本和帛书本有重要差异:"绝圣弃智"作"绝智弃辩","绝仁弃义"作"绝伪弃诈",第十八章中无"慧智出,有大伪"一句。由此可见,战国中期以前的《老子》并不非圣,也没有绝弃仁义。竹简本《老子》与通行本、帛书本《老子》的不同,不是简单的文字改动,而是不同历史阶段的道家学说的具体内涵有变化差异的反映。对此,张立文先生有很好的分析:反映战国中期道家学说的"简本《老子》甲本所说的'绝智弃辩''绝巧弃利''绝伪弃诈',不仅不是对儒家思想的批判和否定,而是对儒家思想从负面的补充。它不是一种儒家正面的'应该这样'的思维路向,而是一种'不应该这样',才能'这样'的思维路向。之所以讲儒道并不强烈冲突,而是互补互济,是因为孔子《论语》也说'巧言令色,鲜矣仁',(孔子也弃绝)巧言之辩、伪善面貌和欺诈行为。这是与仁相违的。《孟子·梁惠王上》也载:'孟子对曰:王,何必曰利?亦有仁义而已矣。……'《老子》的'绝巧弃利',岂不是达到仁义的一种途径吗?可见,儒道早期元典文本的思想比较贴近。都是为消解'礼坏乐崩'所带来的……现实冲突所提出的不同设想和方案。"①

竹简《老子》的上述内容说明,战国中期以前的道家与儒家有许多相通之处。而帛书本与通行本《老子》改竹简本《老子》"绝伪弃诈"为"绝仁弃义"等内容,则反映了战国晚期以后儒道学说的不相容之处。关于先秦时期的百家学说,《周易·系辞》概括为"天下同归而殊途,一致而百虑",司马谈的《论六家要旨》也引用了这句话。也许在春秋到战国中期的百家学说,"同归""一致"的方面多一些,而战国晚期以后才强化了"殊途""百虑"的一面。长期以来,学术界只注意了后者而忽视了前者。郭店楚简《老子》的出现,足以引起我们对这段学术史作重新思考。

2. 简牍帛书提供了大量前所未见的佚书,弥补了许多学术史上的空白

其一,关于思孟学派问题

郭店楚简儒家著作中,《鲁穆公问子思》《穷达以时》《唐虞之道》《成之闻之》《尊德义》《性自命出》《六德》诸篇,均为新出佚书。此外,《缁衣》篇的内容与传世本《礼记·缁衣》大体相同,《五行》篇则见于马王堆汉墓帛书本。这些儒家典籍的出现,为我们认识儒家思孟学派提供了重要资料。

《韩非子·显学篇》说,孔子死后,儒分为八:"有子张之儒,有子思之儒,有颜氏之儒,有孟氏之儒,有漆雕氏之儒,有仲梁(良)氏之儒,有孙氏之儒,有乐正氏之儒。"在这儒家八个支派中,"子思之儒"的承传关系大体可循。据《史记》等书记载,子思是孔子的嫡孙,曾受业于孔子门人曾子;而孟子又"受业于子思之门人"。《荀子》曾将子思、孟子连称,学术界因此有"思孟学派"的说法。

---

① 张立文:《论简本〈老子〉与儒家思想的互补互济》,《道家文化研究》第17辑。

这样,子思之儒的承结关系应该是:孔子——曾子——子思——子思门人——孟子。

以前,由于文献不足征,有关子思之儒的具体内涵,了解得不多。如今郭店楚简儒家著作的发现,正好弥补了这一缺环。据李学勤等先生考证,这批儒家竹简大多与子思学派有关。这对于我们了解子思学说如何上承曾子下启孟子,提供了非常宝贵的资料。

其二,关于"五行"的不同内涵与系统

提起夏商周以来的"五行",大家自然想到的是指"木、火、金、水、土"。当东南西北中方位与春夏秋冬时序等宇宙观念逐渐完善之后,"五行"也与五方、五时、五色、五帝等结合起来,构成了一个以"五"为基数的宇宙体系。但对于先秦的"五行",我们不能一概指定为"金木水火土"。实际上它还有另一内容与系统的"五行"。然而这另一系统的"五行",在以往虽有人思考,但得不到确解。《尚书·甘誓》:

> 有扈氏威侮五行,怠弃三正。

这是迄今见于文献最早的"五行"一词。如果以通常所说的"金木水火土"来解释这里的"五行"是不通的。因为对这五种东西,谁也无法"威侮"。又如《荀子·非十二子》批判子思、孟轲的学派:

> 案往旧造说,谓之五行。甚僻违而无类,幽隐而无说,闭约而无解。

荀况对子思、孟子的批判相当激烈,但对思孟学派的"五行说"的内容是什么都只字不提,致使后代学者作出种种解释,而没有确解。大多数学者以"金木水火土"来解释思孟的"五行",自然不得要领。到唐代杨倞提出了另一方案,说思孟的"五行"为"五常,仁、义、礼、智、信是也。"但杨说不被大多数人所取信。于是,思孟"五行"的内涵是什么成了学术史上的千古之谜。

这一谜底终于因马王堆帛书《五行》篇的发现而揭开了。帛

书《五行》是子思、孟子一派儒家作品,原与《老子》甲本等同在一卷帛上。其文曰:

　　闻君子道,聪也。闻而知之,圣也;圣人知天道。知而行之,义也。行而时,乐也。见贤人,明也。见而知之,智也。知而安之,仁也。安而敬之,礼也。仁义、礼乐所由生也。五行之所和,呼则乐,乐则有德,有德则国家兴。

　　见而知之,智也。知而安之,仁也。安而行之,义也。行而敬之,礼也。仁义,礼智之所由生也。

在这两段文字里,提出了"聪"、"圣"、"义"、"明"、"智"、"仁""礼""乐"八个道德规范。学者们研究其中的"仁、义、礼、智、圣"即为帛书"五行",也就是子思、孟子的"五行"说。

马王堆帛书"五行"的发现,不仅解答了思、孟"五行"的真正内涵,而且还揭示了这样一个学术事实,即在先秦学术史上,"五行"实有两个系统:其一为属于阴阳范畴的五行"金木水火土",其源头可追溯到史前出现的太阳宇宙论;其二为属于道德范畴的五行"仁义礼智圣",其源头则可追溯到反映夏代史事的《尚书·洪范》。在过去,学术界只明白阴阳一系"五行说"。如今由于帛书《五行》的出现,道德一系"五行说"终于在学术史上重新得到了揭示和认识。

3. 考古发现为我们提出了许多意想不到的新问题

其一,关于《老子》哲学为何重视"水"的问题。

《老子》第八章说:"上善如水。水,善利万物而有静"。我们曾据此推测《老子》的宇宙哲学论中,特别强调"地"与"阴",可能与水有关,但苦于没有直接证据。如今,郭店楚墓竹简《太一生水》便使这一问题找到了答案。竹简说:"太一藏于水,行于时,周而又(始,以已为)万物母。""太一生水,水反辅太一,是以成天。天反辅太一,是以成地。天地(复相辅)也,是以成神明。神明复相辅也,是以成阴阳。阴阳复相辅也,是以成四时。"我们曾另有小文讨论指出,竹简这段文字是阐述宇宙的起源问题,说太一从水下开始起行,周而复始,从而化成了天地、阴阳、四时和万物。所以"太一"和"水"成了宇宙的本源,万物之母。有了竹简这段文献,我们再来看《老子》第六章的一段话,便可恍然大悟:

谷神不死,是谓玄牝。玄牝之门,是谓天地之根。绵绵今若存,用之不勤。

关于这个"谷神",以往一直没有能够说明白,而这又是《老子》书中的关键枢纽。其实,这个"谷",就是神话传说中太阳东升的摇篮"汤谷"。"谷神",马王堆帛书《老子》又作"浴神"。所谓"浴神",就是浴于汤谷的太阳神。《山海经·海外东经》:"汤谷上有扶桑,十日所浴。"《淮南子·天文训》:"日出于汤谷,浴于咸池,拂于扶桑,是谓晨明。"

竹简"太一"生于水而化成天地、四时,成为"万物之母"。这就是《老子》"谷(浴)神不死,是谓玄牝。玄牝之门,是谓天地之根。"也就是《山海经》女神羲和"方浴日于甘渊"之后而使"天地始生"。

有时《老子》把这个"玄牝"直称为"雌门"。其第十章说:"天门启合,能为雌乎?"联系《天问》说太阳神"出自汤谷,次于蒙汜……何合而晦,何开而明"。《山海经》说太阳神烛龙"其瞑乃晦,其视乃明",则更可明了,这"天门启合",正是就太阳出没于大海汤谷而言,也就是竹简"太一生于水"。所以《老子》第八章说"上善如水。水,善利万物而有静。"其第十六章说:"夫物芸芸,各复归其根。归根曰静,静曰复命。"吴澄《道德真经注》:"复,反还也。物生,由静而动,故反还其初之静为复。"这就是人们称《老子》为水哲学的文化根源。

其二,关于数字卦问题。

我国古代的占筮术分成两种。卜用龟骨,依卜兆的形状判断吉凶;筮用蓍草,按揲蓍得数排列卦爻,从而决定休咎。《左传》僖公十五年云:"龟,象也;筮,数也。"杜预注:"龟以象示,筮以数告。"可见筮的本质是数。筮字从竹从巫,就从筮可知,筮原是一种沟通神灵的巫术活动。《吕氏春秋·勿躬篇》《世本》《说文》均言"巫咸作筮",是为证。"筮"字从竹说明最早的占筮法是用竹棍进行,后来才用蓍草。原始人用竹棍或茎草按一定方式演算,通过演算所得的数来推断吉凶,"以通神明之德",沟通万物。而八卦正是宇宙万物的概括,通神的象征物,于是筮数与八卦有了瓜葛。

原始八卦符号来源于原始筮数的推论,近年来已得到了考古材料的证明。在北宋重和元年(1118年),湖北孝感出土了六件西周初年的铜器,其中一件称中鼎,其铭文末尾有两个数字组成的"奇字"。1950年,在河南安阳四盘磨村出土了卜骨和1956年陕西长安张家坡村西周遗址出土的卜骨里,也发现了同样的数字和奇字。对此,学者们开始作出许多推论。郭沫若认为是"族徽",唐兰以为是"文字",但均不能揭示其本质。1956年《文物参考资料》发表李学勤《谈安阳小屯以外出土的有字甲骨》一文,指出"这种纪数的辞和殷代卜辞显然不同,而使我们想到《周易》的九六"。到了1978年底,在长春召开的中国古文字学术讨论会上,张政烺先生具体运用《易系辞》所载八卦揲蓍法的原理来解释这些纪数符号,认为它们是八卦的数字符号,从而为学界所公认。原来这些"奇字",都是由三个或六个数字构成,按照奇数为阳,偶数为阴的原则,均可转译为《易》卦。如"五五六八八一",便是上震下巽的《益》卦。"八六六五七八"便是上坤下离的《明夷》卦,"七八七六七六",便是上离下坎的《未济》卦。1981年《考古》第一期,也发表张亚初、刘雨的文章《从商周八卦数字符号谈筮法的几个问题》,收集类似商周筮数三十多个。这些筮数不仅见于卜骨和青铜器,而且还见于陶器。这进一步证明了《周易》八卦源于数字卦的结论。

就考古材料看,商周时期的筮数已是比较复杂和成熟了,因此,它们还应该有更早的渊源。1976年《考古》第4期发表汪宁生《八卦起源》一文,公布了他在西南少数民族所调查的材料,同样得出了"阴阳两爻是古代巫师举行筮法时用来表示奇数和偶数的符号,八卦则是三个奇偶数的排列和组合"的结论。汪文指出:"与古代筮法最相似的还要算四川凉山彝族的占卜方法,名叫'雷夫孜'。毕摩(巫师)取细竹或草杆一束,握于左手,右手随便分去一部分,看左手所余之数是奇数是偶数。如此共行三次,即可得三个数字。根据这三个数字是奇是偶及先后排列,判断'打冤家',出行,婚丧等事。由于数分二种(奇偶),而卜必三次,故有八种可能的排列组合情况。"这八种数字奇偶排列法,与《周易》八卦阴阳排列法正好相应。上述材料进一步证明了八卦符号与原始筮数之间的关系。

上述数字卦与《周易》的关系,在20世纪80年代似乎已成了学界共识。但是到了20世纪90年代,由于更多商周时期数字卦材料的出现,特别是数字卦中数字"十"的发现,和王家台秦简《归藏》的发现,又向学术界提出了新的问题。这就是李零先生所概括的:"学界认为与《周易》类似的数字卦,它们和《周易》到底是什么关系?或者也可以说得更具体一点,即它们是不是早期的《周易》?如果不是,有没有可能是《连山》或《归藏》?或者就连《连山》和《归藏》也不是,而是'三易'以前或以外的筮占?"[1]在李零先生之前,李学勤先生也提出了同样的思考:"还必须注意的是《周礼·大卜》记述有三易之法,'一曰《连山》,二曰《归藏》,三曰《周易》,其经卦皆八,其别皆六十四'。《连山》、《归藏》久已亡佚,其筮法如何,很难讨论。就是《周易》,其早期筮法也未必与后世流传的相同,《左》、《国》筮例即有疑难费解的。迄今发现的上述数字符号,使用数字不限于七、八、九、六,便是有异于《左》、

---

[1] 李零:《跳出〈周易〉看〈周易〉》,《传统文化与现代化》1997年第6期。

《国》筮例的明证。因此,在商周遗物上出现的数字符号,虽然看来是与《易》卦有关,可是其属于《易》的哪一种,还是需要论证的问题。"①真可谓是一波未平,一波又起。考古发现不断向我们逐步揭开笼罩在夏商周学术文化真相之外的层层面纱。

4. 简牍帛书为一些古书的成书年代及其流传情况提供了新答案

1973年,湖南长沙马王堆西汉初期墓葬里出土了帛书《老子》甲、乙两种,其甲本比敦煌卷子里的唐代写本至少早了八百多年。如今郭店楚简《老子》甲、乙、丙三种的出土,又比帛书本《老子》早了一百多年,成为迄今所见最早的《老子》版本。从简本到帛书本到敦煌本、通行本,从文献学上给我们提供了一份考察《老子》书形成与流变全过程的较完整资料。关于《老子》一书的成书年代,过去学术界曾有春秋末年说、战国早期说、战国晚期说、秦汉之际说、西汉初年说等等。竹简《老子》的出现,说明至迟在战国中期,《老子》书已经存在了。竹简《老子》甲、乙、丙三组,实际上是《老子》书的摘抄本。与通行本《老子》相比较,大部分文句相同或相近,但章次已不相对应,其总字数约为通行本《老子》的三分之一左右。三组摘抄本各有主题,甲组讲"治国""道"与"修身",乙组专讲"修身",丙组专讲"治国"。

竹简《老子》三组摘抄本的出现,从文献学上提出了这样的思考:即竹简《老子》是从完整的《老子》五千言中摘抄下来的呢?还是在《老子》五千言之前即已在社会上流传且各有所本呢?前引王博博士文曾作出这样的推测:"甲组与乙组、丙组可能由不同的编者在不同的时间完成,但其内容又同见于今传《老子》中。这种情形说明,也许在此之前已经出现了一个几乎是五千余字的《老子》传本。郭店《老子》的甲组与乙组、丙组只是依照不同主题或需要,从中选辑的结果。"裘锡圭先生也同意此说。《史记·老子

---

① 李学勤:《周易经传溯源》,长春出版社,1992年版。

韩非列传》说老聃"居周，久之，见周之衰，乃遂去至关。关令尹喜曰：'子将隐矣，强为我著书。'于是老子乃著书上下篇，言道德之意，五千余言，而去。"司马迁的说法是可信的。上述的推断说明，在战国中期以前，《老子》"五千言"已经在社会上流传了。

其他如竹简《五行》篇比帛书本《五行》篇早，竹简《缁衣》本比通行本《礼记·缁衣》早。据此，我们可以分别考见它们的流传情况。

又如，银雀山竹简有《王兵》篇，其内容分别见于今本《管子》的《七法》《参患》《地图》等篇。通过对比研究，可知是《管子》袭用了竹简《王兵》篇。银雀山竹简的下葬年代是在武帝早期，这对于我们推断《管子》的成书年代是有重要意义的。

三、结　语

夏商周时期的学术文化，经过夏商两朝的准备与积蓄，到了西周，尤其是到了东周的春秋战国时期，出现了空前的繁荣和突破，用雅斯贝斯（K. Jaspers）的话来说，这是中国文明的"轴心时期"。这种"轴心时期"的学术文化，如何从原始氏族时代萌芽，到进入文明时代后的发展，又如何对秦汉以后的学术文化产生影响，是一个需要全面总结、深入探讨的大课题。而所有的工作，都必须在审查并梳理现有材料的基础上进行。本文所列上述数事，只是研究夏商周文明时期的学术文化之开始。应当承认，到目前为止，学术界对夏商周三代的物质文明研究已较深广，而对属于精神文明的学术文化研究则有待加强。令人振奋的是，20世纪后半叶以来的考古发现，预示着21世纪必将使夏商周学术文化的研究形成新的高潮，出现新的境界。

（原载《社会科学战线》2003年第2期）

信阳长台关楚简遣册研究综述

田 地

1957年信阳长台关一号楚墓发现两组战国时期楚竹简,一组为古书,一组为遣册,学术界一般称其为"信阳楚简"。因为第一组竹简是当时发现的最早的战国竹书实物,而遣册数量也很可观,所以当年信阳楚简一经公布就引起学界高度重视,近半个世纪以来,学者们就竹简的文字、竹书性质、遣册名物、墓主身份、墓葬年代、随葬器物等多方面展开了深入的研究。本文主要就遣册研究的具体情况分以下几个方面加以综述。(关于竹书等的研究情况详另文)

一、信阳长台关楚简发掘情况概述

信阳楚墓位于河南省信阳市北20公里的长台关镇西北小刘庄后的土岗上,岗脊上分布着六个土冢,系一处楚国贵族墓地。1956年3月间,当地农民在小刘庄后土冢西北20米处打井,发现了一号墓。1957年3月至5月,河南省文化局文物工作队对一号墓进行了发掘。1958年春,又在该墓的东面10米处发掘了二号楚墓。

学者研究认为这两座墓属于战国中期,墓主人是封君一级的贵族。两墓形制相同,土圹里皆有用长方形木板筑成的庞大椁室,内置墓主人的木棺和随葬品。遗物内容丰富,除一号墓葬出土有两组竹简外,两墓还分别出土有成组的乐器,成套的车马器、兵器、生活用的色彩鲜艳的漆木器,镶嵌有金银图案的铜、铁器,种类繁多的陶器,镂雕精巧的玉器,编制细密的竹器、丝织品等等。

信阳楚简出自一号墓。一号墓的发掘简报于1957年发表,简报附有墓室、随葬品的部分照片和两组简的全部照片。[①] 1959年又出版了《河南信阳楚墓出土文物图录》一书,书中收有一号墓的一百多件文物的照片,其中有7页是竹简图版。[②] 至于一、二号墓的详细发掘报告在1964年5月已完成,由于十年动乱影响报告未能及时出版。1978年裴相明对原报告作了一次修改,并附了刘雨先生对竹简所作的释文和考释,于1986年3月出版,这便是今天我们所见到的《信阳楚墓》一书,相距信阳楚墓的发现已整整30年了。[③]《信阳楚墓》对两墓形制、随葬器物、竹简都有详细的描述,还配有丰富的图版,这对信阳楚简遣册的研究起了积极的作用。

《信阳楚墓》讲:竹简经过初步整理,共计148根,可分为两组。其中第一组均为断简,共119根,是一部古书。第二组简多完整,计29根,是一组遣册。[④]

二、关于信阳长台关楚简遣册的研究概述

1. 关于遣册文字的研究

[①] 河南省文化局文物工作队第一队:《我国考古史上的空前发现——信阳长台关发掘一座战国大墓》,《文物参考资料》1957年第9期。以下简称发掘简报。
[②] 河南省文化局文物工作队编:《河南信阳楚墓出土文物图录》,河南人民出版社,1959年6月版。
[③] 河南文物研究所:《信阳楚墓》,文物出版社,1986年版。以下简称《信阳》。
[④] 河南文物研究所:《信阳楚墓》,文物出版社,1986年版,第67—68页。

由于第二组遣册简保存相对完整，字迹也较清楚，后来学者们对信阳楚简的研究主要还是集中在这一部分。

1959年李学勤在《战国题铭概述（下）》一文中说："长台关遣册的格式和五里牌遣册相仿，而更为详尽，必须专文论述。研究这些遣册，可以对当时的葬礼和器物组合获得许多知识。"① 此后朱德熙、裘锡圭、李家浩、商承祚，刘雨、郭若愚、彭浩、何琳仪、刘信芳、刘钊、汤余惠、刘国胜等学者都有专文考释信阳楚简遣册文字。朱德熙、裘锡圭的《战国文字研究（六种）》一文是研究战国文字的经典之作。该文第二节《信阳楚简屯字释义》，尽管谈的是"屯"字的意义和用法，但文中对十六枚遣册简部分文字的隶定却相当精慎，在当时楚简文字发现还相对较少的情况下，这是极其可贵的。例如对赤、镶……襦（绦）、緍（带）等的隶定。② 随后他们又撰写了《信阳楚简考释（五篇）》，对遣册所记物品进行考证，（如对䤨柲、鸾刀、绦紃、絞裹、革带、组带、豆筴等的考释）迄今看来其结论都还是正确的，③ 这为信阳遣册简的进一步研究创造了条件。此后朱德熙、裘锡圭、李家浩还分别为随县曾侯乙墓、江陵望山楚墓出土的竹简做过释文和注释，其间常常征引信阳遣册文字相互参证，创获颇多，可以说三位先生对楚简遣册的研究贡献最大。④ 商承祚及中山大学古文字研究室的学者对楚简研究着手较早，1959年商承祚的《信阳出土楚竹简摹本》，对信阳楚简作了初步缀合，摹

---

① 《文物》1959年第9期。
② 《考古学报》1972年第1期。
③ 《考古学报》1973年第1期。
④ 裘锡圭、李家浩：《曾侯乙墓竹简释文与考释》，湖北省博物馆：《曾侯乙墓》附录一，文物出版社，1989年版。文物考古研究所：《江陵望山沙冢楚墓》附录二：《望山一、二号墓竹简释文与考释》，文物出版社，1996年版。

写，并附有释文。① 中大古文字研究室将楚简研究成果分编为《战国楚简研究》共六期（油印本）。第二期有《信阳长台关战国楚墓楚竹简第二组〈遣册〉考释》一文，对信阳楚简全部遣册作了释文和考释，多有发明。② 商承祚的《战国楚竹简汇编》是一本综合研究楚简的书。该书附有信阳楚简的图版和摹本，图版较清晰，摹本也较精良，考释与《战国楚简研究》基本相同。③ 1980 年，张振林《缂丝史的珍贵资料》一文对信阳、望山楚简遣册的"缂"字进行了探讨，但李家浩先生认为"缂"当释为"绲"。④ 1984 年彭浩《信阳长台关楚简补释》一文涉及对遣册 2-014 简和"缂带"的考释，可取之处不多。⑤ 1986 年刘雨在充分吸收前人研究成果的基础上为《信阳楚墓》一书的竹简图版作了释文和考释，基本反映了当时楚简研究的水平。⑥ 值得一提的是《信阳楚墓》一书对墓葬和随葬品（包括出土竹简）作了详细的描述，并附有线图和全部图版，这为遣册名物研究提供了直观实物，对研究非常有力。1993 年何琳仪《信阳楚简选释》一文对遣册中画、首、䇂（造）、枛等疑难字的考释很是精彩。⑦ 1994 年郭若愚的《战国楚简文字编》出版，该书收有《信阳长台关楚墓遣册文字的摹写和考释》一文，这是郭

---

① 商承祚的《信阳出土楚竹简摹本》晒蓝本。
② 中山大学古文字研究室：《信阳长台关战国楚墓楚竹简第二组〈遣册〉考释》，《战国楚简研究》第二期，中山大学，1977 年，第 17—33 页。
③ 商承祚：《战国楚竹简汇编》，齐鲁书社，1995 年 11 月版。
④ 张振林：《缂丝史的珍贵史料》，《战国楚简研究》第六期（油印本），又见《中山大学学报》1980 年第 1 期，第 22—27 页。
⑤ 彭浩：《信阳长台关楚简补释》，《江汉考古》1984 年第 4 期，第 64—63 页。
⑥ 刘雨：《信阳楚简释文与考释》，河南文物研究所：《信阳楚墓》附录，文物出版社，1986 年 3 月版，第 124—136 页。
⑦ 何琳仪：《信阳楚简选释》，《文物研究》第 8 期，黄山书社，1993 年 10 月版，第 168—176 页。

氏早年之作，误释臆说之处较多，但摹本较精良。①

到90年代，随着大批楚简的相继发现和公布，如《包山楚简》(1991年)、《望山楚简》(1995年)、《郭店楚墓竹简》(1998年)、《九店楚简》(2000年)。②以及《上海博物馆藏战国楚竹书（一）》(2001年)和《上海博物馆藏战国楚竹书（二）》(2002年)，③这为楚文字研究提供了非常丰富的材料，甚至通过推勘认出很多过去解决不了的疑难字，也极大地促进了对楚简遣册的研究。在这期间对楚简遣册研究作出突出贡献的当首推李家浩先生。早在1979年他发表的《释弁》一文对"弁"和遣册的"笄"作出了正确的释读。④1983年其《信阳楚简"澮"字及从"关"之字》一文，成功地解决了楚简中的"澮"和一系列从"关"的字，认为"澮盘"即"沬盘"、"洪槃"即"浣盘"，"槃"即"盘"、"籣篓"即"篚筵"，"柔爂之槃"即"承烛之盘"，除"盘"字还存在争议外，别的考释皆可从。⑤李先生的《包山二六六号简所记木器研究》堪称为研究遣册的经典之作，该文虽考释的是包山遣册木器，但处处征引信阳遣册，并充分结合出土文物进行研究，考释精辟，图文并茂。如释

---

① 郭若愚：《信阳长台关楚墓遣册文字的摹写和考释》，郭若愚：《战国楚简文字编》，上海书画出版社，1994年版，第49—101页。
② 湖北荆沙铁路考古队：《包山楚简》，文物出版社，1991年10月版；湖北省文物考古研究所、北京大学中文系：《望山楚简》，中华书局，1995年版；荆门市博物馆《郭店楚墓竹简》，文物出版社，1998年版；湖北省文物考古研究所、北京大学中文系《九店楚简》，中华书局，2000年5月版。
③ 马承源主编：《上海博物馆藏战国楚竹书（一）》，上海古籍出版社，2001年11月版；《上海博物馆藏战国楚竹书（二）》，上海古籍出版社，2002年版。
④ 李家浩：《释弁》，《古文字研究》第一辑，中华书局，1978年版，第391—395页。
⑤ 李家浩：《信阳楚简"澮"字及从"关"之字》，《中国语言学报》1983年第1期。

"榿"即"榀"读为"橛",指几也;释包山楚简的"大房"、"小房"即文献中的一种俎,并认为信阳遣册的"二盛虡"就是出土物中的"Ⅱ式案"(案:释"虡"的字作者又从黄德宽、徐在国释为"斯");释"房"为"房几",信阳遣册的"房几"就是出土物中的"立板足几";释"片"为"近"即文献中的"匜",是指一种"带流的杯"。并推测信阳遣册的"胫"即文献中的"杜",是一种几。以及对"皇桓"、"合桓"的考释,大都属不易之论;以上器物在遣册中频频出现但一直得不到合理的解释,经过李先生的考释疑团涣然冰释。① 1996 年他又发表《信阳楚简中的"柿枳"》一文,认为简文的"柿枳"即《周书·器服》中的"桃枝",是古代的一种席名;释"鳥釾"为"错釾",都是可信的。② 1998 年发表的《信阳楚简"乐人之器"研究》是一篇研究信阳遣册的力作,文中对信阳简遣册 2-018、2-03 号简所记的乐器进行系统的考释。读"前钟"为"编钟";释"柧桼"为"虡簨",指悬挂钟磬的架子;读"榭"为乐器"梜";释"竺"为"筑";对"柧"和"瑟"的考释,大部分都是可信的。③ 后来发表的《楚简中的"袷衣"》一文对楚文字中"会""合"的混用作了很好的分析,认为"敛"可以读为"袷","袷衣"指一种夹层的衣服。④《楚墓竹简中的"昆"字及从"昆"之字》一文通过考证郭店楚简中的"昆"字,进而指出遣册中过去释为"革"和"缚"的字其实很多应

---

① 李家浩:《包山二二六号简所记木器之研究》,《国学研究》第二卷,1994 年版。
② 中国社会科学院简帛研究中心编辑:《简帛研究》第二辑,法律出版社,1996 年 9 月版。
③ 中国社会科学院简帛研究中心编辑:《简帛研究》第三辑,广西教育出版社,1998 年版,第1—22 页。
④ 李家浩:《楚简中的"袷衣"》,《中国古文字研究》第一辑,吉林大学出版社,1999 年 6 月,第 96—102 页。

该释为"昆"和"绲",是一种带子。①另外李家浩先生在其他论文中也零星涉及到信阳楚简遣册文字,此处不能一一罗列。刘钊对楚简中的"穆"字作了综合考察后认为旧释为"緅"的字应当改释"纕"读为"缪",指一种丝织品,其说尚有商榷之处。②冯胜君先生对"穆"和"秋"字的分辨作过比较好的分析。③刘国胜的《信阳长台关楚简〈遣册〉编联二题》一文主要谈信阳遣册简的编联问题,但也有文字考释,如释"弁"为"寸",还有对"博"、"径"、"间"、"绷"、"璧"、"帽"、"厌"、"实"等的考释,都可备一说。他在《楚丧葬简牍文字释丛》一文中对"葬"、"重"、"肌"、"房俎"等的释读都值得考虑。他对于遣册文字的研究还见于其博士论文。④

此外关于信阳遣册的文字释读还散见于其他学者的关于楚文字研究的论著和学位论文中。此处不能一一列举。⑤总之,经过许多学者近半个世纪的努力,信阳楚简遣册现在基本可以读懂。

---

① 李家浩:《楚墓竹简中的"昆"字及从"昆"之字》,《中国文字》新25期,台湾艺文印书馆,1999年版,第139—147页。
② 刘钊:《释楚简中的"纕"(缪)字》,《江汉考古》,1999年第1期。
③ 冯胜君:《论郭店简〈唐虞之道〉、〈忠信之道〉、〈语丛〉一~三以及上博简〈缁衣〉为具有齐系文字特点的抄本》,北京大学博士后研究工作报告,2004年8月,第272—274页。
④ 刘国胜:《信阳长台关楚简〈遣册〉编联二题》,《江汉考古》2001年第3期。刘国胜:《楚地丧葬简牍集释》,武汉大学博士学位论文,2003年,第13—46页。《楚简丧葬简牍文字释丛》,《古文字研究》第二十五辑,中华书局。2004年10月版,第365—367页。
⑤ 滕壬生:《楚系简帛文字编》,湖北教育出版社,1995年7月版。何琳仪:《战国古文字典》,中华书局,1998年9月版。汤余惠主编:《战国文字编》,福建人民出版社,2001年12月版。李守奎:《楚文字编》,华东师范大学出版社,2004年版。李零:《读〈楚系简帛文字编〉》,《出土文献研究》第三辑,第139—162页;房振三:《信仰长台关一号楚墓竹简(遣册)集释》,《信阳楚简文字研究》,安徽大学硕士学位论文,2003年版,第40—141页;田河:《信阳长台关楚简遣册集释》,吉林大学硕士学位论文,2004年版,第13—144页。

2. 关于遣册的分组和编联

信阳楚简遣册共29枚，保存相对完整，发掘简报所附竹简图版中，仅对2-016、2-017号简进行了缀合，《信阳楚墓》的编号同发掘简报，顺序没作任何调整。中山大学古文字研究室编写的《信阳长台关一号墓出土〈遣册〉考释》一文中，以五项原则对遣册分类编排，顺序比《信阳楚墓》的编排合理。① 近年来对信阳楚简遣册作编联的是刘国胜先生。他在《信阳长台关楚简〈遣册〉编联二题》一文中说："长台关《遣册》的这29只竹简应是合编为一册的。……该《遣册》依照侍府或侍人的不同职属分门别类记录葬器，这为《遣册》编联复原提供了参考。此外，由于墓椁分室设置，且较宽敞，有利于比照墓葬葬器的放置来连接及复原《遣册》。"他依照这个标准对长台关遣册作了编联整理。第一组是2-09、2-07、2-10、2-15、2-13、2-02号简。认为这6支简是依次相连的，主要是记录服饰器。有"衣12件（套），帽4顶，鞋5双，巾13条，带4条（附4带钩及若干玉佩），镜1面，梳篦3把，耳饰2箱。缨组1条，丝囊1个。另有'阳筭'和'小阳筭'"应是一组。第二组是2-21，2-23，2-19，2-28号简，这组简文是一段主要与居用什器有关的记录。另外他还谈到遣册的2-08、2-17及2-14号简相关联。2-01号和2-11号、2-25号和2-05号、2-12号和2-26号是彼此相连的。② 刘国胜的这些编联可备一说。

楚墓随葬品在椁室的放置是有规律的，记录它的遣册也应该是有规律的。遣册的编联需要古文字、考古、简牍学以及文献，

---

① 中山大学古文字研究室：《信阳长台关一号墓出土〈遣册〉考释》，《战国楚简研究》第二期（油印本），1977年，第17—33页。
② 刘国胜：《信阳长台关楚简〈遣册〉编联二题》，《江汉考古》2001年第3期。

丧葬习俗等多方面的知识。信阳楚简遣册的编联还有待进一步的研究。

由于信阳楚简第一组简残损严重，仅剩断简残字，很难对其进行复原。而第二组简文字漫漶之处不少，即使一些笔画清楚的字也很难释读。再加遣册所记名物与墓中随葬品又常常不相符，所以信阳楚简还有待进一步深入的研究。2002年长台关楚墓M7又发现一批竹简，估计对两组简的释读有一定的帮助。相信随着最近几批上博简的面世，如果其他楚简遣册也能早日公布，信阳长台关遣册的研究还会有新的发现。

（原载《社会科学战线》2005年第3期）

"历史"的考证 考证的"历史"

——曹雪芹祖籍论争述评

韩进廉

"历史"作为已经过去的事实,其原貌如何?或许见于某些历史遗存,但记载互异、零星片断的历史遗存只有经过以科学的理性态度加以考证诠释,才能确定其真伪,进而借以窥探"历史"的原貌。对于《红楼梦》的作者曹雪芹的祖籍这一尚未确证的史实,自本世纪30年代以来随着史料的陆续发现,专家们不断考证诠释,虽然见仁见智,以至形成"丰润"与"辽阳"两说"分庭"、"对垒"之势,但剔除论争中的非学术因素,双方的"历史"考证越来越接近考证的"历史"。或者说,曹雪芹祖籍的"历史"原貌正在专家们的考证诠释中显露着真迹。

一、从"历史"原貌说起

"历史"的原貌何在?对于具有悠久史官文化传统的多数中国学者来说,"历史"具有不容怀疑的客观真实性。但在实用主义者如胡适之先生看来,"历史"不过"是一个狠服从的女孩子,他百依百顺的由我们替他涂抹起来,装扮起来"(《胡适文存》卷二《适用主义》)。这两种看法,似乎有客观与主观的区别,但都把"历史"视为只有一重性,而不是两重性。其实,"历史"既存在于过去的时空之中,也依赖于观照者对历史遗存的考证诠释。毋庸置疑,"一切被保存下来的历史的遗存,在它离开了产生它的环境背景之后,往往会变成一个封闭的复合的没有指称的意义总体,从而为诠释学留下了广阔的天地"(王钟陵《文学史新方法论》,苏州大学出版社1993年版第6页)。即以曹雪芹的《红楼梦》而言,"单是命意,就因读者的眼光而有种种:经学家看见《易》,道学家看见淫,才子看见缠绵,革命家看见排满,流言家看见宫帏秘事"(鲁迅《集外集拾遗·〈绛洞花主〉小引》)。这种现象毫不奇怪,在后人对前人的诠释中必然表达着后人的种种眼光。一部中国文化史(包括红学史)正是在后人对一切被保存下来的历史遗存的创造性的发掘中向前发展的。曹雪芹祖籍的"历史"原貌当然离不开一代又一代红学家们对有关历史遗存的发掘、考证和诠释。

或许是执着于"历史"客观原貌的把握而忽略了"历史"具有两重性,在曹雪芹祖籍的考证中往往就一得之见,或郑重宣布:曹雪芹祖籍丰润"已成定论";或断然肯定:曹雪芹祖籍辽阳"石证如山"。然而"历史"总爱跟痴心的学者开玩笑,总是把一些"已经解决"了的问题重新提出另讨"说法",似乎兜了个圈子又回到"已经解决"了的问题的出发点上,要求再度审视。不过,在再度审视中往往会过滤掉一些渣滓而更贴近"历史"的原貌。对曹雪芹祖籍或"丰润"或"辽阳"的论争同样应作如是观。

二、考证曹雪芹祖籍的"历史"

本世纪30年代初,李玄伯以他的《曹雪芹家世新考》(载《故宫周刊》1931年第84、85期)拉开了考证曹雪芹祖籍的序幕。他根据尤侗《艮斋倦稿·松茨诗稿序》中的如下文字:

司农曹子荔轩与予为忘年交。其诗苍凉沉郁,自成一家。今致乃兄冲谷薄游吴门,因得读其《松茨诗稿》,则又体气高妙,有异人者,信乎兄弟擅场,皆邺下之后劲也。予既交冲谷,知为丰润人。

推断曹寅(号荔轩)与丰润曹鋡(字冲谷)为"同族兄弟",故而"曹寅实系丰润人"。40年代,守常《曹雪芹籍贯》(北平《新民报》1947年12月4日)、萍踪《曹雪芹籍贯》(青岛《民言报晚刊》1947年12月23日)两文均认为"雪芹上世本为丰润人"。胡适《曹雪芹的籍贯》(《申报》1948年2月14日)批评萍踪因误读尤侗《松茨诗稿序》导致"曹子荔轩丰润人"之误。

50至60年代,"丰润说"与"辽阳说"展开论争。周汝昌先生在《红楼梦新证》(棠棣出版社,1953年版)中据曹寅《楝亭集》有关"丰润曹"的诗作称曹鋡为"松茨四兄"、"冲谷四兄",称曹鈖(字宾及)为"宾及二兄",并有"卯角"、"骨肉"等字样,提醒读者:

> 试看"卯角"、"骨肉"、"伯氏"、"仲氏"、"夜雨床"等,无一不是兄弟行的字眼;口气的恳挚,更不能说是泛泛的交谊。……如此,则曹寅和曹鋡确有着"骨肉"的关系,自"卯角"为童时,便在一起"弄莲叶",长大时"夜雨"连"床"而"读书",这绝不是什么"同姓联宗"了。

但贾宜之在其《曹雪芹的籍贯不是丰润》(载《文学遗产增刊》第五辑,作家出版社1957年版)一文中根据《丰润县志》和《浭阳曹氏族谱》(以下简称《浭阳曹谱》)否定曹雪芹祖籍在丰润,而李西郊在其《曹雪芹的籍贯》(《文汇报》1962年8月29日)一文中同样以《浭阳曹谱》为依据却又肯定曹雪芹"原籍丰润"。1962年至1963年,由文化部、文联、作协、故宫博物院联合举办的"曹雪芹逝世200周年展览会"展出《五庆堂重修辽东曹氏宗谱》(以下简称《五庆堂谱》),朱南铣先生为申说展出此谱的理由写了《关于〈辽东曹氏宗谱〉》(见《红楼梦研究集刊》第一辑),提出曹雪芹"祖籍东北"。

70至80年代,"辽阳说"在红学论坛独领风骚。辽阳发现了有关曹雪芹上世的文物:《大金喇嘛法师宝记碑》、《重建玉皇庙碑》、《东京新建弥陀寺碑》,碑阴题名有曹雪芹高祖曹振彦的名字,并标明曾任"教官"与"致政"。冯其庸先生在其卷帙浩繁的《曹雪芹家世新考》(上海古籍出版社,1980年版)中考证出:五庆堂的始祖曹良臣和第二代曹泰、曹义都不是真正的始祖,系撰谱人强拉入谱或讹传窜入;五庆堂的真正始祖是曹俊,曹雪芹上祖与五庆堂上祖是同一始祖,属曹俊第四房;曹家在明永乐年间"由江西迁山东定陶,由定陶再迁辽东";曹家原是明朝军官,在明与后金战争中归附后金;曹家在后金天命(1611～1626)、天聪(1627～1635)时期原是汉军旗,后归入满洲正白旗。结论是:曹(雪芹)家的籍贯是辽阳,后迁沈阳,而不是河北丰润。或许是曹氏三碑"石证如山",冯氏《新考》"史料翔实","辽阳说"被多数文学史著作采用,而"丰润说"似乎偃旗息鼓。

90年代,"丰润说"重整旗鼓。丰润县文史工作者先后发现了曹鼎望墓志铭、曹士直墓志铭、曹云望夫人墓志铭、曹邦祖父曹登瀛制诰碑、曹鋡墓碑,征集到《浭阳曹氏族谱》,在调查中整理出浭阳曹氏旧居、园林、别业、墓地、家祠等大量史料。在丰润召开"曹雪芹祖籍座谈会","确认"曹雪芹祖籍在丰润,各种新闻媒介予以报道。同时,先后出版了《曹雪芹祖籍在丰润》(天津人民出版社,1994年版)、《曹雪芹研究》(河北教育出版社,1995年版),其中大部分文章即论证"曹雪芹祖籍在丰润",也指出"辽阳说"的破绽。1995年3月14日,中央电视台播出《红楼梦与丰润曹》,据说"以大量珍贵、翔实、饶有趣味的资料考证了《红楼梦》作者的祖籍是河北丰润,寄籍是东北辽阳"(《中国电视报》1995年第12期)。

以上是对"丰润说"与"辽阳说"在论争中共同谱写的考证曹雪芹祖籍的"历史"的粗略描述。尽管双方各执一词,但在"冷眼旁观人"看来,曹雪芹祖籍的"庐山真面目"越来越明晰了。如果全面而深入地审视各家的论点、论据,必然会从复杂的因素的综合中,亦即在审视其论辩文字的表层丰富性和深层逻辑性以及彼此见解的多歧性中,使大量记录"历史"的材料在高屋建瓴的宏观视野下予以有序的显现，从而也就会凝聚出烛照"历史"原貌的真知灼见。

三、曹雪芹祖籍的"历史"原貌

考证曹雪芹的祖籍，似乎"只是一个单独的历史实例"，但揭示其"历史"原貌，也必须坚持"唯物主义的观点"。因为"即使只是在一个单独的历史实例上发展唯物主义的观点，也是一项要求多年冷静钻研的科学工作，因为很明显，在这里只说空话是无济于事的，只有靠大量的、批判地审查过的、充分地掌握了的历史资料，才能解决这样的任务"（《马克思恩格斯全集》第13卷，第527页，人民出版社1963年版）。

就考证而言，只堆垛"历史资料"而不经过"批判地审视"，进而"充分地掌握"，势必背离"历史唯物主义"，也就难以窥见被考证对象的"历史"原貌。对中国的学者来说，如果对"历史资料"缺乏一种内在思维方法的把握，势必习惯地视讲究训诂考据的乾嘉朴学为学术研究的最高境界。岂不知训诂考据因注目于局部而"释事忘义"、"谨毛失貌"，往往面对"实事"而不能"求是"。"历史"告诉我们：不依凭于理论思维而以考据为学就会陷入琐碎的微观世界而难以从宏观上把握"历史"的真实。真实的"历史"是存在的，但历史的面貌是变动的，"人们在声称以'实在的'历史为依据时，实际上是在动用某种'解释'"（〔法〕马克·加博里约《结构人类学和历史》，引自《现代西方历史哲学译文集》）。在学术研究中，所谓"纯客观"而不渗入任何主观因素的研究活动是不存在的，"是理论决定我们能够观察到的东西"，并"使我们从感觉印象推论出基本现象"（《爱因斯坦文集》第1卷，第221页，商务印书馆1976年版）。考察本世纪对曹雪芹祖籍的考证，面对同一史料而引出不同的甚至相反的结论，多是因为每个人的理论背景不同而造成的。譬如乾嘉朴学、实用主义、机械唯物论,就是当今学者自觉或不自觉地奉行的"理论"。至于只为"驳倒"对方,只取对自己的观点有利的史料而置不利于自己观点的史料于不顾,那就不只是一个理论修养问题了。

明乎此,就不难判断"丰润说"与"辽阳说"的是非得失,亦即何者是靠对大量的"历史资料"作过"批判地审查"有了"充分地把握";何者未能"批判地审查"而"谨毛失貌"、"释事忘义"。

先看"辽阳说",不仅有"石证"——曹氏三碑,还有许多"铁证":《山西通志》、《敕修浙江通志》有"曹振彦,奉天辽阳人"字样;康熙年间的《江宁府志》与《上元县志》所载《曹玺传》称曹玺(雪芹曾祖)"著籍襄平";曹寅(雪芹祖父)删定其诗作为《楝亭诗钞》于各卷自署"千山曹寅子清撰";曹寅门人所辑《楝亭诗别集》以及《楝亭词钞》、《楝亭词钞别集》、《楝亭文钞》亦均署"千山曹寅子清撰";《楝亭书目》署"千山曹氏家藏"。辽阳古称襄平,千山是辽阳的代称。

平心而论,持"丰润说"者并非无视上述史料,而是放在更为辽远的时空上试图"历史"地勾勒出一幅曹雪芹祖先的行踪图。如周汝昌先生在其增订本《红楼梦新证》(人民文学出版社,1976年版)、《曹雪芹新传》(外文出版社,1992年版)等论著中说:"雪芹曹氏,确为曹彬之裔","明永乐初大移民,曹氏自江西新建武阳渡北迁,占籍丰润"、"哥哥(端明)落户了,后代成为此地一大望族。弟弟(端广)后来却又再次远行,迁到了山海关外的辽宁省的铁岭去了","曹寅上世报过或被记为'辽阳人'(俱见《新证》引过),而又报过或记成'沈阳县人'",系"因职任"所在地变动。可见,"主丰润说者亦承认辽阳,但系历史时期先后之分,本不抵触。然主辽阳说者却断然否认丰润"(周汝昌《辽阳五庆堂曹氏族谱的十点问题》,载《曹雪芹研究》)。

综合康熙九年曹鼎望撰《曹氏重修南北合谱序》、道光年间曹振邺撰《江西北直曹氏南北合谱序》和光绪年间吕万绶撰《曹氏宗祠碑记》以及《八旗满洲氏族通谱》(以下简称《八旗通谱》、《五庆堂谱》、《浭阳曹谱》)等的记载,曹氏家族谱系可列简表如下:

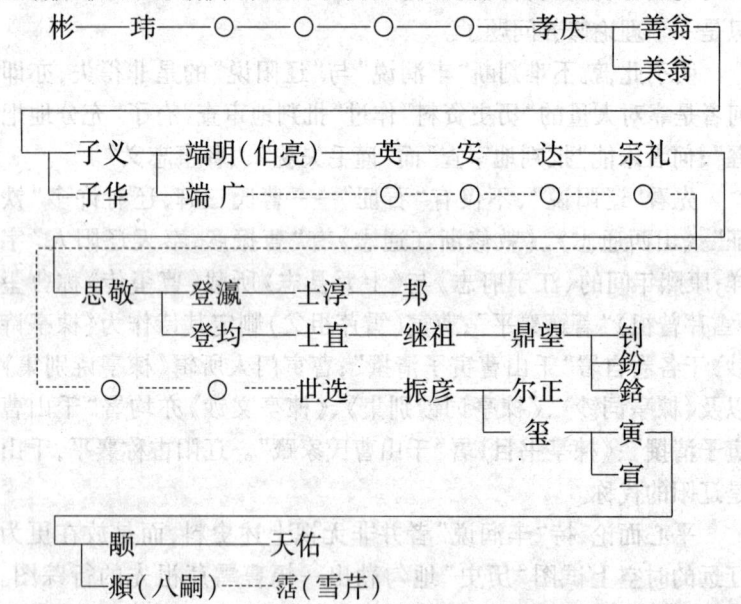

史料告诉我们:北宋开国元勋曹彬是真定灵寿人,以功授枢密使,谥武惠王,赠中书令,追封济阳王;约北宋末年,曹彬第三子玮的五世孙孝庆公徙居江西新建武阳渡;"盖自明永乐年间,始祖伯亮公从豫章武阳渡协弟溯江而北,一卜居于丰润之咸宁里,一卜居于辽东铁岭卫,则武阳者洵吾始祖所发祥地也"(曹鼎望《曹氏重修南北合谱序》);辽东一支,至曹振彦随清兵入关,落户北京;从曹玺作江宁织造监督起,曹家又在南京落户;清雍正五年,曹家忽遭巨变,次年返居北京。由此"实事"而"求是",曹雪芹的祖籍既可以说是真定灵寿、江西新建、河北丰润,也可以说是辽东、北京、南京。如果从明清这个使曹氏家族发生戏剧性变化的特定历史时代考察,曹雪芹的祖籍应是丰润,而后徙居辽阳。当然,丰润、辽

阳,只是曹氏家族在"历史"流变过程中的两个重要"点"。在丰润之前,曹氏本为汉姓没落士族,由丰润出关寄籍辽阳一带沦为满洲正白旗旗鼓佐领(即牛录额真)的"包衣"(奴仆),成了世代不可解脱的"家生"旗奴。由此,曹雪芹的民族归属也迎刃而解。

再往上推,曹雪芹家族是汉朝开国元勋曹参和魏武帝曹操的后裔。清初朴学大师阎若璩《赠曹子清侍郎四律》(见《潜邱札记》卷六)其一云:"汉代数元功,平阳十八中。传来凡几叶,世职少司空。"诗赠雪芹祖父曹寅,谓其远祖曹参因功封列侯,食邑平阳,名列汉元功18人之中。平阳侯曹氏传到汉末,到曹操受封魏王;曹操次子曹丕称帝,追尊曹操为魏武帝;第三子曹植初封东阿王,后改封陈王。杜甫《丹青引赠曹将军霸》:"将军魏武之子孙,于今为庶为青门。"曹霸是魏武帝曹操的后裔,曾官至武卫将军,后降为清贫的庶民。敦诚《寄怀曹雪芹(霑)》:"少陵昔赠曹将军,曾曰魏武之子孙;君又无乃将军后,于今环堵蓬蒿屯。"尤侗《楝亭赋》:"昔有才子,子桓、子建;今有才子,子清、子猷。"将曹寅、曹宣兄弟与曹丕、曹植兄弟相比附。据史籍载:曹参为西汉沛县(今属江苏)人,曹操居魏都邺城(今河北临漳邺镇东),曹霸是唐代谯郡(今安徽亳县)人。由此推断,曹雪芹的祖籍则为沛、邺、谯。

再往上推,"曹氏之先盖若有天命焉!其自高辛氏禋祀上帝,元妃诞生后稷,遂肇有邰,十五世而叔振铎封于曹(按:建都陶丘,即今山东定陶西南),因以为姓,固无可疑者。厥后平阳显于汉,济阳显于宋。揆文奋武,代有伟人。"(《浭阳曹氏族谱·高辛氏以来年表》)。

这种"考证"对于曹雪芹及其《红楼梦》研究来说有什么价值呢?曹雪芹创作《红楼梦》究竟与丰润曹或辽阳曹有多么密切的关系呢?目前还是个未知数。难怪有人讥讽某些红学家执着曹雪芹祖籍、家世之类的考证不是地道的"红学",而是"曹学"、"谱牒学"。记得华君武先生画过一幅漫画:一位学究模样的人托着曹雪芹的辫子细数其头发。画家的"画外音"不言而喻。但《红楼梦》是一部杰出的"中国家庭小说",而宗法社会"家国一体","国家即是一大家庭,家庭即是一小国家";《红楼梦》"描摹中国之家庭,穷形尽相,足与二十四史方架,而其吐糟粕,涵精华,微言大义,孤怀宏旨,则非寻常史家所及"(季新《红楼梦评论》,连载《小说海》1915年第1、2号)。《红楼梦》通过对贾府在物质生活上的穷极奢侈,精神生活上的荒淫腐化,家族内部的尔虞我诈,纲纪伦常的日渐解体……展示了宗法社会必将走崩溃的历史命运,通过一大批女性形象所代表的青春、爱情和生命之美以及这种美的被毁灭,表达了作者对现存制度永世长存提出了深刻的怀疑。这正是二十四史所暗示的"微言大义",也是曹雪芹撰写《红楼梦》的"孤怀宏旨"。从这个意义上说,通过对曹雪芹祖籍的考证,了解曹氏宗族的历史源流、文化底蕴,无疑会从一个特殊的视角切入红楼世界,加深对其所反映的"历史"的认识。

四、"历史"问题必须让"历史"回答

"考证"曹雪芹的祖籍这一"历史"问题,必须广泛搜求有关历史遗存。然而一切历史遗存都是特定"历史"环境中的产物。后世的"考证"者因时过境迁,加之各有"偏好",难免"各执一隅之解"(刘勰《文心雕龙·知音》)。这是由"历史"的双重存在性决定的。长期以来,由于不认识"历史"的第一重存在必须通过其第二重存在加以复现,于是就虚悬出一个和任何认识主体毫无关系的绝对客观的"历史"来。这种人为化了的"历史",毫不客气地说,不过是康德那种属于彼岸世界的"物自体"而已。论争双方能明乎此理就会为着一个共同目标相互切磋,求同存异,以至达成共识。即使见解牴牾,甚至"荒唐",起码告诉人们现实中有这样一种思考,引人去思考过去不曾思考或思之不周的问题。

然而,"历史"的第一重存在通过第二重存在复现时又需要其他与之相关的历史遗存来验证,才可以判断是否"历史"原貌。曹雪芹祖籍"丰润说"或"辽阳说"都因为就某些历史遗存所作的诠释缺乏经得起推敲的"铁证"进一步检验而难以成为无可置疑的定论。说到底,"历史"问题必须让"历史"回答。

据说自"冯其庸根据辽阳之《五庆堂重修曹氏宗谱》所载其始祖为曹俊,第九世为曹锡远,判断其祖籍辽阳。为研究者普遍接受"(马积高、黄侃主编《中国古代文学史》,湖南文艺出版社1992年版,下册第636页)。冯其庸先生以大量史料证实"五庆堂的始祖曹良臣和第二代曹泰、曹义都不是真正的始祖"(见《曹雪芹家世新考》),第三世排行升、仁、礼、智、信竟不按传统纲常排为仁、义、礼、智、信,有违常理;曹智系下"因际播迁,谱失莫记","名失考";于是,空白五世,突然接出锡远、振彦、玺、寅诸人,名字官职完全未出《八旗通谱》范围,显然有违宗谱详于通谱的惯例。细按此谱,多有牵合附会、增添楔入的伪迹。因此,此谱不能作为曹雪芹祖籍辽阳的可靠证据。最为明显的是,《江宁府志》和《上元县志》所载《曹玺传》,一致书明曹玺"其先出自宋枢密武惠王彬后"。《五庆堂谱》不仅只字不提曹彬,而且序文明言:"自元以前无考。"《浭阳曹谱》却时刻不忘"济阳显于宋"这一页光荣史:封内左下角印题"武惠堂";卷一曹观源撰《武阳曹氏源流宗谱序》云:"曹氏之先,世居真定。宋乾德初讳彬者仕神武将军,兼枢密承旨","真宗朝赠中书令封济阳王谥武惠"。还有曹鼎望墓志铭谓"公之系出宋济阳武惠王彬之五世孙孝庆公","明永乐中始祖伯亮徙丰润咸宁里"。

曹邦其人两谱均予收入,其生平事迹不仅见于《浭阳曹谱》,也见于《丰润县志》:

> 曹邦字佺清,咸宁里人。颖异好学,智虑过人。明崇祯二年随清兵出口,及定鼎后占籍正红旗。时秦蜀未定,从征屡建

奇勋。顺治十年，授吏部他赤哈哈番，旋擢户部启心郎，任铨曹则黜陟澄清，司计部则国裕民足，左迁湖户之慈利令，再补直隶阜城令，皆有声。乞养归里扶危济困，喜舍乐施，不能嫁娶者助之，死而无棺者给之。乡党亲族，靡不蒙其泽云。

清顺治帝诰封曹邦祖父登瀛、祖母段氏制诰碑立于丰润曹家坝曹氏墓地，其父士淳葬于曹家洼曹氏墓地。《五庆堂谱》将曹邦列在"辽东五房"之末的另页，与其子辈、孙辈排为第十、十一、十二世，在其名字前标注："仅记世次官爵，不知房分，存俟考证。"对他的介绍文字"正蓝旗包衣旗鼓人，世居抚顺地方，来归年分无考"也抄自《八旗通谱》。孰真孰伪，洞若观火。

《八旗通谱》称曹雪芹先祖曹世选（锡远）系"正白旗包衣人，世居沈阳地方，来归年分无考"。然而曹雪芹祖父曹寅不仅自署"千山"，还曾自署"长白曹寅子清"（见《施愚山先生全集》卷首校阅者署名）、"柳山聱叟"（清《名人书画集》商务印书馆版十集，曹寅题马湘兰画兰竹立轴落款），韩菼《有怀堂文集·织造曹使君寿序》称曹寅为"三韩曹使君子清"。

那么，曹寅祖籍究竟是辽阳，抑或铁岭、抚顺、沈阳，抑或长白、柳山、三韩？此类"细节"，持辽阳说者未详加分辨。持丰润说者认为：曹氏由丰润"卜居铁岭"后，曹世选、曹振彦、曹玺、曹寅等因"职任"所在地而变动，"系历史时期先后之分"。这种"历史"眼光应该说是"实事求是"的。康熙间《江宁府志》、《上元县志》就有曹锡远（世选）"宦沈阳，遂家焉"，"令沈阳有声"的记载。

相比之下，冯其庸先生虽拥有"史料"却少了点"历史"的眼光，而且执意要用"辽阳说"驳倒"丰润说"，自觉不自觉地把"历史"纯主观化。譬如冯先生断定《五庆堂谱》收入曹邦为"误记"，甚至连始祖曹良臣、曹泰、曹义亦属"误记"，那么为什么偏偏对隔断五世凭空楔入曹俊四方子曹智系下的曹锡远一支为可信、可靠呢？冯先生论定曹俊为曹雪芹上世"入辽"始祖，但在对曹俊原籍尚且不明的情况下，何以偏偏斩断曹雪芹上世由丰润"入辽"的可能呢？《浭阳曹谱》虽未收曹锡远一支，但谱中有16处反复申说："赴辽东铁岭、辽阳一支缺焉未补，实属憾事。"用"历史"的眼光看，不记的倒比记了的更为真实，更贴近"历史"原貌。

"丰润说"与"辽阳说"各自的"致命弱点"，冯其庸先生在《曹雪芹家世新考·又记》中予以清晰地描述："丰润说"的"致命弱点"是铁岭曹与曹锡远的关系无法得到文献的确证，从铁岭曹到辽阳曹锡远这之间的一段史实无法得到证实，因而此说本身断了线；"辽阳说"的"致命弱点"，一是"只注意"《五庆堂谱》上讲的"著籍襄平"，"宦沈阳，遂家焉"，而不注意"宋枢密武惠王裔"，这"不是全面地辩证地去掌握和研究史料，这种对待史料的态度，仍旧不够实事求是"；二是听说有一部《定陶曹氏宗谱》便认定"辽东曹是山东曹迁去的"，而山东定陶曹氏的始祖是曹彬第八代孙曹美翁次子曹子田，据《浭阳曹谱》载，他曾由豫章"卜居山东"定陶，"再由定陶迁居辽东的辽阳和沈阳"。"这样，从灵寿曹彬一直到辽阳的曹振彦才全部接上了线"。然而据提供《定陶曹氏宗谱》这一信息的曹仪简先生说："这个定陶曹谱……上面很简略地记着我们这一支曹姓有一支到了定陶，是五庆堂有一支由辽阳进京后又去了定陶，不是由定陶到了辽阳，时间是在满清入关之后。"（引自王家惠《曹雪芹祖籍"辽阳说"的一个致命弱点——与冯其庸先生讨论》，载《曹雪芹研究》第99页）这样，"从灵寿曹彬一直到辽阳曹振彦"又断了线。

看来，"丰润说"的"致命弱点"依然存在，"辽阳说"的"致命弱点"也没有消除。于是"已经解决"了的曹雪芹祖籍这个"历史"问题，又兜了一个圈子"重新"回到了"已经解决"了的问题的出发点上。当然，双方据现存史料所作的诠释并非徒劳，各自启发对方去继续发掘史料为自己的每一步"假设"、"推论"加以证实。谁能以"铁证"克服自己的"致命弱点"，谁的观点才能真正为研究者普遍接受。当今的研究者,谁也不是"历史"的见证人,"历史"问题只能让"历史"来回答。

然而,任何历史遗存都不是对于每个时代的"读者"以同一面貌出现的客体。它不是一座自言自语地宣告其超时代性的纪念碑,而是一部乐队总谱,时时刻刻等待着不断变化着的"阅读活动"的反响,只有"阅读活动"才能把沉睡的历史遗存从死的"语言材料"中拯救出来,并赋予它现实的生命。因此,论争必将继续。谁想捂住"论敌"的嘴,以至一手遮天,那是不可能的。

曹雪芹及其《红楼梦》是中华民族的"骄傲",曹雪芹的祖籍虽然是"红学"研究中的一个重要课题,但比之"文本"的研究就显得次要。曹雪芹祖籍"丰润"抑或"辽阳"可以继续争论,但至关重要的是,南京、北京、辽东、河北丰润、江西新建、真定灵寿,都留有曹雪芹及其祖宗的足迹,应该把有关历史遗存挖掘出来,共同为"红学"研究做出贡献。

(原载《社会科学战线》1996年第3期)

五十年来北洋军阀史研究述论

来新夏 莫建来

北洋军阀是中国近代史上一个反动的军事政治集团,是近代中国半封建、半殖民地社会的产物。它以1895年小站练兵为契机而崭露头角,嗣后经过十五六年的精心经营得到发展,逐渐形成为一股重要的军事政治力量,攫取了足以左右政治局面的权力,终于乘辛亥革命之机占据了中国的统治地位。在此后的16年时间里,虽然政潮迭起,派系纷争与更易剧烈而频繁,但北洋军阀集团却一直把持了全国的统治权(即使它不够完整和有力),从而出现了一个北洋军阀统治时期。因此,北洋军阀在中国历史、特别是近现代历史上无疑有其特殊而重要的地位。但与此不太相称的是,北洋军阀史的研究一直未能像历史研究领域中的其他课题那样掀起过热潮,受到更多人的青睐。这当然得归根于它的先天缺陷:一则它的研究对象主要是些反面人物,他们所制造的历史现象也多属黑暗反动,祸国殃民。为什么放着正面人物和光明宏伟的业绩不去研究,而沉浸于历史进展的反面,这至少反映了研究者避免接触阴暗面禁区的心态。二则它也确是头绪纷繁,错综复杂,不怎么易于评说指画。三则既乏旧著,又鲜新作,史源犹待开发,无米、少米,巧妇难于为炊。于是自然而然使这一课题一度成为"禁区",很少有人问津。据粗略统计,建国以来至1999年,有关北洋军阀史研究的论文为1000余篇,而1980年前的30年仅为130篇;专著更是少得可怜,只有陶菊隐著《北洋军阀统治时期史话》和来新夏著

《北洋军阀史略》二种,才免去这一领域"一无所有"的讥诮。田园荒芜亟待耕耘!令人欣喜的是,改革开放以来,随着人们思想观念的不断解放和学术研究气氛的日趋宽松,北洋军阀史这一往日的"禁区"吸引了众多的探索者,研究成果接踵问世,学术水平逐步提高,显现出异彩纷呈、生机勃勃的新景象。

一

北洋军阀在中国近现代历史舞台上确是一个怪胎。它既兴起于封建专制政权之中,又卵翼于帝国主义势力之下,更以"共和国"的形式执掌统治大权。这一历史现象看起来虽有着诸多矛盾,但其发生、发展以至最后归于消亡,则绝非偶然。从理论上探寻北洋军阀兴衰起落的必然根脉,并对它的性质、特点和历史作用等给予实事求是的分析与评价,在整个北洋军阀史研究中无疑具有打破坚冰、开通航道的重要作用。

关于北洋军阀集团形成的原因问题,长期以来都认为它是近代中国半封建半殖民地社会的产物。彭明认为,"帝国主义划分势力范围的分裂剥削政策,加上地方的农业经济(不是统一的资本主义),就成为中国近代各派军阀及其混战产生的原因"①。李新的观点与此大致相同,认为北洋军阀的产生是与中国这个老大封建国家殖民地的程度日益加深分不开的,同时也与封建势力依然存在密切相关②。不难看出,这种观点明显地受到了毛泽东在《中国的红色政权为什么能够存在》一文中论述军阀时所持观点的影响。这一论点从宏观上看无疑是可以被接受的,但缺乏深入具体的分析与说明。因为,中国自1840年第一次鸦片战争后就逐

---

① 彭明:《北洋军阀(研究提纲)》,《教学与研究》1980年第5期。
② 李新:《北洋军阀的兴亡》,《史学月刊》1985年第3期。

步沦为半封建半殖民地社会,为什么直至19世纪末才孕育北洋军阀这一怪胎呢? 可见,仅仅从近代中国半封建半殖民地社会性质的角度去揭示北洋军阀产生的原因,既显得笼统,也有些苍白。1985年,来新夏和任恒俊分别在自己的论文中对此问题作了比较具体的分析,提出了较为接近的观点。他们认为:北洋军阀集团的成因,首先是由于鸦片战争后清朝的衰朽和旧军的腐败,迫使统治者为维持其政权的存在与延续而需要建立一支新式军队,其次是当时的社会思潮和资本主义的发展为建设一支新式军队提供了思想和物质基础;再次是列强侵华策略改为通过支持代理人而物色了袁世凯这类人物;而袁世凯在掌握一定权势后,又善于运用权术,抓住时机,使这支武装力量日益发展壮大,终于形成为一个政治军事集团①。这一论述较之以前在这一问题上的观点显然更具体、更丰满,也更具说服力。近年来,不少人又从政治、文化、社会等层面或角度,对军阀和军阀割据产生的原因问题作了各自的分析与诠释②。任恒俊也在《新军差异与南北军阀的形成》一文中,通过对南北新军在建立时间、装备训练、官兵成分、控制防范、思想倾向、政治态度、与帝国主义的联系等方面差异的比较研究,对南北军阀形成的原因及其大致过程作了进一步的阐发与描述③。这些从不同角度所进行的探索与论述,无疑丰富了人们对北洋军阀形成原因的认识。

关于北洋军阀的社会基础和阶级属性,过去一般都认为它是以封建地主阶级为其阶级基础,在政治上充当了地主阶级政治代

---

① 来新夏:《北洋军阀史研究札记三题》,《民国档案》1985年第2期;任恒俊:《北洋军阀成因浅探》,《河北师院学报》1985年第4期。

② 刘晓:《近代军阀政治的起源》,《学术研究》1990年第6期;唐学锋:《试论军阀割据的社会基础》,《西南民族学院学报》(哲社版)1990年第4期;刘江船:《试论民初军阀割据的文化原因》,《争鸣》1994年第2期。

③ 任恒俊:《新军差异与南北军阀的形成》,《文史哲》1990年第4期。

表的角色。彭明在《北洋军阀(研究提纲)》一文中明确提出,"从阶级关系上看,北洋军阀是地主阶级的代理人,是最落后和最反动的生产关系的代表,它极力维护和巩固地主阶级对农民阶级的封建统治秩序。北洋军阀不仅是地主阶级的代理人,而且他们本身就常常是大地主阶级中的一员。不管他们的出身如何复杂(三教九流都有),但当成为军阀之后,他们大多数都成了大地主"[1]。吴慧敏则从北洋军阀依仗政治上、军事上的权势大肆掠夺土地,成为新兴地主阶级,并由此兼有军阀和地主双重身份的角度,提出了"军阀地主"的命题[2]。80 年代以来,有关这一问题的研究在原来的基础上有所发展。有的论者对军阀割据的社会基础是地主阶级的观点提出了质疑,认为这忽视了对近代中国社会结构演变的认识,指出:19 世纪末 20 世纪初,由于中国社会的大动荡,导致了土地所有权的演变,特别是辛亥革命后土地逐渐转移到一批以军事起家的新兴的军阀官僚手中,传统的封建地主阶级日趋没落,因此,军阀割据的真正的社会基础并非是封建地主阶级,而是破产农民和无业游民,"这是旧中国社会病态的反映"[3]。而比较多的人则认为北洋军阀集团不仅是地主阶级的代表,而且在某一阶段某些方面已带有资产阶级的色彩[4]。有的论者更从北洋军阀和其他近代军阀带有近代化特质的角度立论,认为他们不仅是封建权势的代表,同时又是帝国主义势力的代表[5]。也有的论者通过对若干军阀官僚私人资本主义经济活动的考察来说明北洋军阀统治集团的性质,认为这个集团的一部分基本上已与封建生产关系相脱

---

[1] 彭明:《北洋军阀(研究提纲)》,《教学与研究》1980 年第 5 期。
[2] 吴慧敏:《辛亥革命后军阀地主的形成及其特征》,《经济研究》1980 年第 9 期。
[3] 唐学锋:《试论军阀割据的社会基础》,《西南民族学院学报》(哲社版)1990 年第 4 期。
[4] 来新夏:《北洋军阀史研究中的几个问题》,《学术月刊》1982 年第 4 期。
[5] 李新:《北洋军阀的兴亡》,《史学月刊》1985 年第 3 期。

离或转化,他们所拥有的私人资本已"属于民族资本"①。还有人则从北洋政府的政府行为这一层面的一个特定角度,即经济法制建设情况,对北洋军阀的阶级属性给予了具体说明。认为北洋政府所推行的经济法制建设呈现出如下特点:"首先,所颁法规种类比较齐全,内容比较详尽,初步形成了资本主义经济法制体系。其次,中西结合,广采众议,具有较高的科学性。第三,较多地体现了资产阶级的利益。"②由于大家立论的角度不同,因而看法上尚不尽一致,而且有的观点容或还有失偏颇,如有的论者提出的部分军阀官僚所拥有的私人资本已属于民族资本的观点,似乎就值得商榷,起码有作进一步论证的必要,因为,如果这一观点成立,则这一部分军阀官僚的身份是否也会发生变化而可将他们划入"民族资产阶级"行列呢?显然,这是一个有待深入研究而尚不能遽下定论的问题。由于社会基础和阶级属性问题涉及到当时社会的经济基础和上层建筑诸方面,不仅需要以马克思主义基本理论为指导,还需要有大量的历史事实为根据。因此,这个问题的研究进展还有赖于整个北洋军阀史研究工作的深入。

关于北洋军阀的特点问题,不少学者从多种视角阐发了自己的观点。彭明认为北洋军阀的特点有三:一是军阀们各有一支为自己争权夺利而服务的军队;二是各有一块可以随意搜刮和统治的地盘;三是军阀大都是帝国主义在中国进行统治的工具③。李新认为北洋军阀的特点是:(一)采用外国兵制;(二)财政来源已不完全依靠封建经济、举借外债;(三)实行募兵制,兵源主要依靠招收破产农民或其他劳苦群众;(四)不断分裂,乃至发展为各成

---

① 魏明:《论北洋军阀官僚的私人资本主义经济活动》,《近代史研究》1985年第2期。
② 虞和平:《民国初年经济法制建设述评》,《近代史研究》1992年第4期。
③ 彭明:《北洋军阀(研究提纲)》,《教学与研究》1980年第5期。

一派,各据一方,连年混战①。来新夏等则认为可以从以下几个特点来认识北洋军阀集团:第一,它以封建地主阶级为其主要的社会基础;第二,割据称雄,拥兵自卫;第三,各树派系,荣损与俱;第四,纵横捭阖,制造政潮;第五,卖国媚外,残民以逞。② 不难看出,学者们在这一问题上的看法在很大程度上是相近的。但在进而如何给军阀下定义、立界说的问题上,意见分歧还比较大。李新在专门论述军阀定义的一篇文章中对军阀作了这样的诠释:军阀是一种特殊的军事集团,它拥有以个人为中心并由私人关系结合起来的一支军队。它通常据有一片固定的或比较固定的地盘,并在这块地盘上实行直接的军事统治。军阀政治是封建统治的一种特殊形式,凡实行这种形式的封建统治者,无论其大小乃至贵为天子的全国统治者,我们都可以称之为军阀。③ 这一关于军阀定义的论述可概括为私兵、地盘和武治(直接的军事统治)三条,其中是否实行武治是判别军阀与非军阀的最重要的标准。来新夏对此提出了疑义,他认为私兵、地盘、武治只是作军阀应具备的基本条件,而不是决定本质的东西。拿这三项和军阀特别是北洋军阀的现实情况相比量,往往有不相符合者。给军阀下定义固然应包含条件,但最终须取决于本质,而最能体现本质的是在一定思想指导下的行为,或说行动准则。基于这样的认识,他给军阀下了如下定义:"以北洋军阀为代表的近代军阀是以一定军事力量为支柱,以一定地域为依托,在'中体西用'思想指导下,以封建关系为纽带,以帝国主义为奥援,参与各项政治、军事及社会活动,罔顾公义,而以只图私利为行使权力之目的之个人和集团"。④ 由于"军阀"这一称谓从

---

① 李新:《北洋军阀的兴亡》,《史学月刊》1985年第3期。
② 来新夏等:《北洋军阀史稿》,湖北人民出版社1983年11月版,第5—12页。
③ 李新:《军阀论》,《史学月刊》1985年第1期。
④ 来新夏:《论近代军阀的定义》,《社会科学战线》1993年第2期。

其产生和使用情况看,只是用作贬义的政治性通俗名称,而非严格意义上的政治学概念,因此,要对它做科学的界定,殊属不易。但尽可能准确完整地表述它的含义,却是史学工作者义不容辞的责任。因为,它关系到人们对军阀本质的认识,更关系到诸多历史人物功过是非的评价。

对北洋军阀集团在辛亥革命前后各16年活动的历史作用的评价问题,史学界曾经历了一个由简单地一概贬斥否定到对其中的某些方面给予适当肯定的发展过程。在建国后的相当一段时间里,对北洋军阀的认识与评判局限于阶级关系、阶级本质这一单一的角度,因此,"落后"、"腐朽"、"反动"也就成了该集团的代名词。在对北洋军阀反动本质的揭露方面,黄志仁所撰《北洋军阀对资产阶级民主制的摧残》和《北洋军阀破坏中国走现代化道路的史实》两篇文章有一定的代表性。他认为:"北洋军阀摧毁资产阶级民主制,推行专制独裁统治,这是对历史发展的极大反动,给中国人民带来了无限的灾难"。① 而北洋军阀破坏中国走上现代化道路、摧残社会生产力的罪行,主要表现在以下几个方面:(一)北洋军阀顽固地推行媚外政策,疯狂出卖国家权益,极大地阻碍了民族经济的发展;(二)连年不息的军阀混战给国民经济带来了浩劫;(三)北洋军阀的横征暴敛,吞没了大量的社会财富,严重地破坏了工农业的再生产;(四)北洋军阀凭借反动政权竭力维护封建买办的生产关系,严重地束缚了社会生产力的发展。② 就北洋军阀的本质而言,这些论述与评价应该说是切中了要害的。但如果不是从单一角度,而是尽可能全面地去审视该集团在近三分之一

---

① 黄志仁:《北洋军阀对资产阶级民主制的摧残》,《厦门大学学报》(哲社版)1979年第1期。
② 黄志仁:《北洋军阀破坏中国在走现代化道路的史实》,《中国经济问题》1980年第5期。

世纪的历史进程中所起的作用,则也很难说是一团漆黑,一无是处。80年代后,不少学者从多种视角对此问题进行了较为深入研究,提出了一些令人耳目一新或富有启发性的见解。如吴兆清、邓亦兵分别在各自研究北洋建军问题的文章中,对袁世凯用西方资本主义的军事制度改革腐朽落后的封建主义军事制度的举措在近代军事发展史上应占有的地位给予了充分肯定①。虞和平通过对1912年至1921年间北洋政府所颁布的40多项经济法规的具体分析与综合考察,认为这些法规发挥了以下功能作用:第一,政府经济管理法制化和经济化;第二,企业和企业家法人化;第三,竞争的自由化和正规化;第四,融资渠道的社会化和国有化,并得出了"民初经济法制建设在中国经济近代化历程中具有不可忽视的意义和作用"的结论②。而袁继成、王海林两人则对中国参加第一次世界大战和巴黎和会这两个重大外交事件的是非得失进行了分析,并提出了与以往判然有别的观点,认为:冷静地把中国参加第一次世界大战和巴黎和会这两件事放到中国近代摆脱半殖民地半封建状态,争取国家独立、民主和社会进步斗争的长河里考察,就会觉得中国参战不是没有道理,中国在巴黎和会上是有失也有得。③ 这些论述反映了北洋军阀集团在一些具体事例或特定方面所起的不可抹杀的作用,那么,对这一集团在其整个兴衰存亡过程中所起的作用,究竟又该给予怎样的总体认识呢?来新夏对此提出了以下几点估计:(1)北洋军阀集团是维系晚清十余年统治的一个支柱;(2)北洋军阀集团是辛亥革命时期转移政权的主要军事力量;(3)北洋军阀集团所把持北洋政府是辛亥革命后统治中

---

① 吴兆清:《袁世凯练新军改军制及其历史地位》,《历史档案》1987年第1期;邓亦兵:《论袁世凯的建军实践》,《北方论丛》1988年第3期。
② 虞和平:《民国初年经济法制建设述评》,《近代史研究》1992年第4期。
③ 袁继成、王海林:《中国参加第一次世界大战和巴黎和会》,《近代史研究》1990年第6期。

华民国的政权代表(含对外的国家代表);(4)北洋军阀集团为由统一走向再统一的过渡作了铺路工作;(5)北洋军阀集团使中国的军制摆脱了旧有的落后陈旧的状态①。需要说明的是:第一,这些估计按过去的观点似有涂脂抹粉之嫌,但应该说是历史真实情况的反映;第二,从中国近代化的全过程来看,北洋军阀在中国近代政治舞台充当主要角色的32年,是不容忽视的重要时期。虽然由于研究所限,目前对北洋军阀在其中的具体作用尚不甚明了,但有一点是可以肯定的,即这一时期所以能在中国近代化全过程中占据重要地位,应该说与当时政治舞台的主角北洋军阀有着密不可分的关系。

北洋军阀与帝国主义的关系问题是北洋军阀史研究中具有特殊意义的课题,长期以来受到史学界的关注。过去对这一问题的研究,多从北洋军阀与帝国主义相互勾结、狼狈为奸的角度立论,而且具有明显的程式化倾向,以致对它们间的关系作了帝国主义是北洋军阀的靠山、后台,而北洋军阀则是帝国主义的工具、走狗之类的简单描述;有的论者甚至还把充当帝国主义在中国进行统治的工具视为北洋军阀的一大特点②。之后,随着研究的不断深入,这种有失简单化的方法和片面的结论逐渐得到扭转。不少论者注意到,卖国媚外并不是北洋军阀与帝国主义关系的全部内容,它们之间的关系是错综变幻的,不能采用一成不变的公式去硬套。有的军阀派系确是卖国求荣、甘奉帝国主义为自己主子的,如段祺瑞皖系军阀与日本帝国主义的关系即属于此种类型,不少论者曾

---

① 来新夏:《北洋军阀史研究札记三题》,《民国档案》1985年第2期。
② 彭明:《北洋军阀(研究提纲)》,《教学与研究》1980年第5期。

专门撰书立说,以大量确凿可信的事实给予有力的论证①。但也不能不看到,军阀有需要向帝国主义投靠求助的一面,又有利害矛盾的一面,笼而统之地称为帝国主义"走狗"、"工具",不一定完全合乎实际情况,"其间关系往往是随时随地而有极多变化和复杂的内容"②。不少论者从具体史实的研究方面支持和证实了这一观点。如俞辛焞在《日本对直奉战争的双重外交》一书中,具体分析了日本外务省和军部对直奉战争采取不同态度的原因及其后果,提出了"实际上这是一种双重外交,或二元外交","外务省和军部互相配合,执行侵略政策"的观点,从而从一个侧面揭露了帝国主义侵华手段的诡诈多变③。车维汉《张作霖与郑家屯事件》一文评价了张作霖在郑家屯事件交涉中对日本的侵略行径所进行的抵制和斗争,并分析张在该事件交涉中所以对日采取强硬态度的原因:"其一,随着张作霖地位的不断提高,逐渐滋生了维护统治权威,摆脱日本控制的自主欲。其二,受全国反日声势的震慑和影响。第三,与同日本统治集团反对派的矛盾有关。"④而娄向哲《直系军阀政权与英美关系初探》一文则从财政、军火等的支持与援助几个方面,对1922年5月至1924年10月直系军阀把持北京政府期间与英美帝国主义的关系作了初步考察,得出了英美对直系的支持并不明显的结论⑤。这一观点与英美是直系后台、直系是英美代理人的传统看法有着较大区别。北洋军阀与帝国主义这种

---

① 章伯锋:《皖系军阀与日本帝国主义的关系》,《历史研究》1982年第6期;裴长洪:《西原借款与中国军阀的派系斗争》,《河北学刊》1983年第4期;庄鸿铸:《试论段祺瑞与日本帝国主义的勾结》,《新疆大学学报》1983年第4期;章伯锋:《皖系军阀与日本》,四川人民出版社,1988年版。
② 孙思白:《论军阀史研究及相关的几个问题》,《贵州社会科学》1982年第6期。
③ 俞辛:《日本对直奉战争的双重外交》,《南开学报》1982年第4期。
④ 车维汉:《张作霖与郑家屯事件》,《近代史研究》1992年第5期。
⑤ 娄向哲:《直系军阀政权与英美关系初探》,《天津师范大学学报》1986年第1期。

既密切勾结、沆瀣一气,又各怀鬼胎、时起争斗的关系,贯穿了北洋军阀兴衰起落的全过程,并在当时政治、军事、外交等各个方面都有各种不同形式的表现。但由于这一问题本身的复杂性,加上资料挖掘不够充分,研究成果又相对较少,且多拘于某一问题、某一片断、某一方面,因此,目前尚难于说清两者关系的全貌。

二

历史需要史实的编织,而史实又贵在翔实可靠。由于北洋军阀时期特殊的历史条件,使得流传下来的可资利用的各种资料极为丰富。但这些资料一方面比较分散,涉及历史档案、传记、专集、地方志、笔记杂著、资料汇编和报刊等诸多方面;同时在记载、反映某些基本史实时,各种资料又常常存有异说。这种情况无疑给研究工作带来了一定困难,但更重要的是也为广大研究工作者提供了广阔的驱策驰骋的天地。同时,利用方方面面的资料,对一系列个案问题进行专题研究,以澄清某些基本史实的真相,也就成为北洋军阀史研究成果最为丰硕的一个方面。

就专题研究的进展而言,五六十年代虽然有些具体的论述文章,但数量有限,论题范围也不广。"文革"期间北洋军阀史实际上成为革命史的陪衬,有关研究几成死角。80年代后随着北洋军阀史在史学研究领域中独立地位的确立,专题研究的进展明显加快,成果明显增多,旧问题逐步取得一致,新问题不断提出,禁区逐个打破,空白次递填补。兹以北洋军阀集团的兴衰起落的线索,对一些争议相对较大或在北洋军阀史上占有重要地位的专题的研究情况,简述如下:

1. 北洋军阀的兴起、发展和形成时期

从1895年袁世凯小站练兵至1912年他出任临时大总统,是北洋军阀逐步奠定军事、政治基础,并最终成为军事政治集团的重要时期。对这一段历史的研究,成果不是很多,分歧则主要集中在以下两个问题上:(1)北洋军阀兴起与形成的时间问题。关于北洋军阀的兴起,大家比较一致的意见认为其发源应从1895年袁世凯小站练兵算起,如乔志强《清末新军与"辛亥革命"》一文[①]等;另外章开沅主编的《辛亥革命》和来新夏主编的《北洋军阀史稿》也都持此观点,并专门叙述了其发生的原因和发展的过程。但对北洋军阀的形成时间却存有三说:来新夏等认为应以袁世凯窃国为标志,理由是:北洋军阀正是以辛亥革命为契机夺取了对全国的统治权,从而由一个军事集团一跃而为统治全国的政治军事集团[②]。任恒俊认为从1895年小站练兵开始到1905年练成北洋新军六镇,北洋军阀集团遂告形成[③]。李新则认为从武昌起义至清帝退位,继而袁世凯出任临时大总统这一时期,是北洋军阀的形成阶段[④]。意见不一的关键不在于时间的早晚,而在于应该用什么样的标准来进行衡量,标准确定则形成时间问题自可迎刃而解。(2)北洋建军过程及其评价问题。来新夏认为北洋建军过程大致经历了新建陆军、武卫右军、北洋常备军和北洋六镇四个阶段[⑤]。而邓亦兵认为袁世凯的建军实践分三个时期:第一是新建陆军时期;第二是武卫右军及其先锋队时期;第三是北洋陆军时期[⑥]。北洋建军过程的不同时期表现出不同的特点,对它的时期划分不能仅仅依据部队名称的变化,而主要应体现北洋军由一支一般意义上的清末新军(当时南方有自强军)而一步步发展成为军事集团的阶段性特点。对北洋建军的评价,学者们已突破了以往将北洋

---

① 乔志强:《清末新军与"辛亥革命"》,《山西大学学报》1980年第3期。
② 来新夏等:《北洋军阀史稿》,湖北人民出版社,1983年11月版,第3页。
③ 任恒俊:《北洋军阀成因浅探》,《河北学刊》1985年第4期。
④ 李新:《北洋军阀的兴亡》,《史学月刊》1985年第3期。
⑤ 来新夏:《北洋军阀的来历》,《文史知识》1983年第1期。
⑥ 邓亦兵:《论袁世凯的建军实践》,《北方论丛》1988年第3期。

军阀的反动性与当时的军制改革混为一谈的认识局限,对两者作了理性的区分,给予了不同的评价。如吴兆清提出:不能将北洋新军的军制改革与北洋军阀祸国殃民的罪行混为一谈,不能以北洋新军的罪恶来认定以资本主义军事制度代替封建主义军事制度的进步意义;而承认北洋新军的军制改革在我国军事发展史上应有的地位,也并不否定北洋新军的反动性质和它在历史上的反动作用①。邓亦兵、姜廷玉等人对此也基本持相同的观点②。

2. 北洋军阀的全盛时期

从1912年袁世凯以大总统身份执掌对全国的统治权至1916年他因帝制自为而在全国一片反对声中自毙,是北洋军阀集团达到权力最高峰的大发展时期。对这一段,来新夏主编的《北洋军阀史稿》,李新、李宗一主编的《中华民国史》(第二编第二卷)以及李宗一《袁世凯传》、侯宜杰《袁世凯一生》与《袁世凯评传》、谢本书《袁世凯与北洋军阀》等专著均给予了较为全面、系统的介绍,反映了学术界对这一时期历史研究的总体水平,这方面的论文,以往由于思想认识上的局限主要集中在辛亥革命、"二次革命"、白狼起义和"护国运动"等几个方面;近年来则呈现出以下两方面特点:一是研究视野不断扩大。不少论者对一些以往未曾涉及或涉及不深的问题,如袁世凯统治时期的盐务和"盐务改革"、政治制度以及袁与帝国主义的关系与议会的关系等进行了探讨③,揭示了这一时期诸多历史问题的真相。二是观点上有所创新。如对袁世凯代替孙中山出任临时大总统问题,过去一直以"窃国"骂名相

---

① 吴兆清:《袁世凯练新军改军制及其历史地位》,《历史档案》1987年第1期。
② 姜廷玉:《略述袁世凯的军事教育思想及实践》,《历史教学》1990年第11期。
③ 王仲:《袁世凯统治时期的盐务和"盐务改革"》,《近代史研究》1987年第4期;贺渊:《袁世凯时期的政治制度》,《中国行政管理》1991年第3期;庄鸿铸:《袁世凯与日本帝国主义的关系及其实质》,《新疆大学学报》1982年第4期;张华腾:《袁世凯与民初议会》,《殷都学刊》1996年第2期。

加;90年代以来,有不少论者通过充分挖掘材料,并经对当时中外多种政治力量、主客观多方面因素的综合考察与分析,提出了与之截然不同的观点。如常宗虎认为袁世凯所以能登上临时大总统宝座,是因为:(一)南京临时政府从筹备组建就期盼着袁的反正归来;(二)资产阶级共和国性质的临时政府是一个根本不可能存在下去的政权,袁完全有能力将它置于死地,而无需"窃取";(三)资产阶级和帝国主义这两个当时中国社会发展的主要因素选择了袁作为新政权的核心。由此他得出结论:袁世凯的临时大总统职位并非窃夺而来,而是历史机遇所赐,是资产阶级拱手让与的结果①。周彦则从孙中山在南北议和中活动的角度对这一问题进行了探讨,提出了"孙中山主动让位于袁世凯"的观点,并认为这是孙中山为了适应客观历史条件而采取的灵活斗争的策略,是其整个民主革命斗争的重要组成部分②。孙中山去位与袁世凯掌权实际上是一个问题(政权嬗递问题)的两个方面,不难看出,从这两方面对该问题所进行的研究,虽角度不同,但观点上有越来越接近的趋向。

3. 北洋军阀衰落时期

从1916年袁世凯自毙至1926年7月国民革命军开始北伐,是北洋军阀集团由统一走向分裂、由极盛走向衰落的时期。揭示这一时期直、皖、奉等主要军阀派系各自的基本发展线索,并对它们之间及其各自内部所经常发生的矛盾冲突、纷争混战进行具体分析,是准确把握这一段复杂多变的历史的关键,也是学术界研究这一段历史的重点所在。

皖系军阀在北洋各派军阀中资格最老、势力最大,并率先登场执掌对全国的统治权,因此,有关它的研究在各派军阀中是比较受

---

① 常宗虎:《试论袁世凯取得临时大总统职位的是非》,《人文杂志》1992年第1期。
② 周彦:《南北议和与孙中山让位问题之我见》,《学习与探索》1991年第5期。

关注的。关于皖系军阀的基本情况,黄征等人编著的《段祺瑞与皖系军阀》一书给予了比较完整的专门介绍;另外,单宝、莫建来、胡晓等人的文章也对皖系军阀的形成、发展、衰亡及其特点等问题进行了探讨[①],勾勒出了这一军阀派系历史演进的基本轮廓。由于皖系军阀的历史与日本有着不解之缘,因此,弄清其与日本帝国主义关系的真相,是皖系军阀研究中碍难回避的一个重要问题。章伯锋《皖系军阀与日本》一书以及有关这一问题的多篇论文,对此作了比较全面、深入的论述,基本理清了日皖关系的纷乱头绪。直系军阀作为北洋军阀集团中的后起之秀,其在政局发展中的作用与影响主要表现在直皖战争以后;直皖战争以前则由于高层领导不太得力以及阵营不甚稳固等原因而少有重要事迹可寻。这一特点决定了有关这一军阀派系的研究出现了前期历史研究相对薄弱、后期历史研究较为集中的不平稳状况。对冯国璋和吴佩孚这两位直系重要人物研究中所出现的畸轻畸重现象,即说明了这一点。近年来,随着有关资料的进一步发掘,对直系的研究特别是对其前期历史的研究有一定进展。陆续面世的公孙訇编《直系军阀始末》和吕伟俊、王德刚编著《冯国璋和直系军阀》等专著及一些论文,介绍了直系的一般梗概,从中可得这一重要军阀派系发展的大致脉络。奉系研究依托东北地方史研究的荫庇,成果令人注目。对奉系的研究往往与对其首领张作霖的研究连在一起,如常城主编《张作霖》、陈崇桥主编《从草莽英雄到大元帅——张作霖》两书虽为评述人物之作,但从中可见奉系军阀产生和发展的基本轨迹。其论文则多偏于后期,且集中在以下两个方面:一是奉系内部矛

[①] 单宝:《皖系军阀的兴衰和特点》,《历史教学》1984年第4期;莫建来:《试论皖系军阀的形成》,《民国档案》1992年第1期,《段祺瑞攫取统治权与皖系军阀的发展》,《江海学刊》1990年第3期,《皖系军阀的特点及其评价》,《江海学刊》1992年第1期;胡晓:《论北洋皖系集团的形成、发展与衰亡》,《合肥教育学院学报》1997年第2期。

盾,如对郭松龄倒戈,枪毙杨、常事件等,均有不少文章从不同角度予以论述①;二是奉系与日本的关系,如潘喜廷、韩信夫、郑敏、习五一等人的文章②,对奉系与日本既勾结又争斗的关系作了较为深入的分析与研究。

对直、皖、奉各派军阀之间及其各自内部纷争混战问题的研究,是这一时期专题研究的重点,其中"张勋复辟"、直皖战争、两次直奉战争和"北京政变"等对北洋军阀集团的历史演进产生了重要影响的重大事件,尤为研究者所关注。

"张勋复辟"是一个为人熟知而又论述不够准确的老问题。60年代初章开沅等曾进行过较全面的评述③。80年代初焦静宜又旧题新作,对复辟的诸种原因进行了分析,认为这次复辟活动既有张勋本身顽固的封建观念,也有当时社会上封建势力的基础影响,以及各派军阀的争斗和帝国主义怂恿等方面的因素。在这种背景下的张勋复辟,就不再是历史给予这一介武夫的偶然机遇,而是使人由此透视到辛亥革命后的社会面貌④。

直皖战争是北洋军阀分裂后第一次大规模的军阀混战。这次战争"冷战"长达二三年,而"热战"不过五天时间,便以直胜皖败

---

① 毛履平:《郭松龄事变的性质及其失败原因》,《学术月刊》1982年第5期;高红霞:《郭松龄倒戈失败剖析》,《学术月刊》1987年第12期;常城:《略论"东北易帜"与枪毙杨常》,《社会科学战线》1982年第3期;陈崇桥:《试论"杨常事件"》,《近代史研究》1986年第2期。

② 潘喜廷:《张作霖与日本的关系》,《学术研究丛刊》1980年第2期;韩信夫:《张作霖皇姑屯被炸与张学良东北"易帜"》,《人民日报》1982年10月1日;郑敏:《略论日本干涉郭奉战争的原因》,《学术研究丛刊》1991年第3期;习五一:《"满蒙铁路交涉"与日奉矛盾激化》,《近代史研究》1982年第5期。

③ 章开沅、刘望玲:《民国初年清朝"遗老"的复辟活动》,《江汉学报》1964年第4期;刘望玲:《张勋与"丁巳复辟"》,《历史教学》1964年第6期;章开沅、刘望龄:《论张勋复辟的历史机缘和失败的必然性》,《新建设》1965年第3期。

④ 焦静宜:《论"张勋复辟"》。《学术月刊》1984年第6期。

的结局而告终。这一戏剧性的结果引起了研究者的关注。王华斌从直皖人心向背和战略技术得失两个方面,具体分析了直系大胜、皖系大败的原因①。而章伯锋认为造成皖系在战争中一败涂地的主要原因,是由于日本因迫于英美的压力而未公开支持皖系②。莫建来则从奉系军阀的角度对战争爆发原因与结局进行了论述,认为直皖战争虽是直皖两派军阀长期存在并日趋激化的矛盾和纷争的必然结果,但奉系军阀的居中挑拨、推波助澜以及直接出兵参战,对战争的发生及其结果无疑产生了相当大的影响③。至于这次战争的性质及其产生的社会后果,多数论者认为这是一场争权夺利的不义之战,战争给当时的中国社会带来了较大的经济损失,在政治上和军事上削弱了北洋军阀控制中国的大一统局面,外交上沉重地打击了日本对华的侵略政策,客观上一定程度地有利于中国社会的独立和进步④。这种分析应该说是符合客观实际的。需要补充说明的是,直皖战争使北洋军阀内部各派系之间,尤其是直皖两系间的力量消长发生了明显的变化,它标志了北洋军阀史上的一个时期即段祺瑞皖系军阀统治时期的基本结束。

  发生于1922年的第一次直奉战争和1924年的第二次直奉战争,虽同为直系军阀与奉系军阀的军事较量,但战争结局却大不一样。不少论者对这两次直奉战争出现不同结局的原因进行了探讨。如苏有全从人心向背、军队素质、战略战术和外交背景四个方面,对第一次直奉战争出现直胜奉败结局的原因进行了论述⑤。而李军、娄向哲、郁慕湛等人则分别对第二次直奉战争中直系的败

---

① 王华斌:《试论直皖战争直胜皖败的原因及其后果》,《学术月刊》1986年第1期。
② 章伯锋:《直皖战争与日本》,《近代史研究》1987年第6期。
③ 莫建来:《奉系军阀与直皖战争》,《学术月刊》1989年第9期。
④ 王华斌:《试论直皖战争直胜皖败的原因及其后果》,《学术月刊》1986年第1期。
⑤ 苏有全:《论第一次直奉战争直胜奉败的原因》,《社会科学战线》1994年第5期。

因问题作了具体分析①。其中李军的文章有一定的代表性,他认为直系军阀在第二次直奉战争中惨遭失败,既有深刻的内在根源:(一)内部激烈的矛盾斗争与分化,(二)严重的财政危机,(三)武力统一政策的破产造成了有利于反直力量的客观形势;又有复杂的外部原因:(一)直系军阀残酷镇压人民运动和曹锟贿选等丑恶行径使其成为全国各界人民反对的最主要的敌人,(二)反直同盟的形成,(三)国际背景方面又处于不利地位。值得注意的是,有学者对这两次直奉战争进行了比较研究。如俞辛焞在《日本对直奉战争的双重外交》一文中,具体分析了日本军部和外务省在两次直奉战争中的不同态度与表现,由此对奉系军阀在两次战争中的不同结局作了颇具说服力的诠释②。而丛曙光《两次直奉战争结果迥异之剖析》一文,则对直、奉两大军阀在两次直奉战争中的政治得失、军事形势(包括战前准备、士兵士气、武器装备及军事部署等)、财政经济状况和国际环境等决定战争胜负的因素作了对比分析,得出了两次直奉战争不同结局的出现绝非偶然的结论③。同一交战双方两度交手,而结果迥异,这本身就是一个颇具研究价值的课题。这方面研究的深入,无疑有助于人们加深对军阀混战爆发原因、结局及特点等的认识。

"北京政变"是北洋军阀走向衰落的标志之一,一直是热门题目,但往往随政治气候的变化而有忽高忽低的评价。关于这次政变的性质,主要有以下三种分歧意见:(一)"首都革命"说。这是早期研究这次政变的一般观点。(二)武装政变说。这是80年代以后比较一致的看法,其中可以王宗华、赵晓天两人的文章为代

---

① 李军:《第一次直奉战争中直系失败的原因》,《近代史研究》1985年第2期;娄向哲:《论第二次直奉战争》,《史林》1987年第4期;郁慕湛:《第二次直奉战争直系失败的政治原因》,《河北学刊》1987年第2期。
② 俞辛:《日本对直奉战争的双重外交》,《南开学报》1982年第4期。
③ 丛曙光:《两次直奉战争结果迥异之剖析》,《辽宁大学学报》1994年第4期。

表。王宗华认为从政变中冯玉祥提出的政治主张和实际行动来考察,这次政变既不是一次革命,又不是反革命的,而是具有进步意义的改良性质的武装政变①。赵晓天对这一观点作了进一步的引申,认为第二次直奉战争中冯玉祥班师回京的活动,既有倾向国民革命、采取激进行动的一面,也有软弱动摇和持有改良主张的一面,因此,其性质"应该说是一次带有民主主义色彩的改良性质的军事政变"②。(三)直系军阀内部权力斗争说。如有论者认为冯玉祥发动政变的原因既不是不满于曹锟、吴佩孚所实行的"大政方针",也不是不满于军阀割据混战给中国社会带来的巨大危害,更不是受孙中山影响和革命形势推动而发动的,而是与曹、吴因权势利益分配不均产生矛盾而导致的必然结果,而第二次直奉战争前各种势力的联合反直及战争本身都给冯提供了发动政变的条件和机会。"那种把北京政变说成是冯玉祥受孙中山和国民革命影响和推动的一场推翻直系的进步运动的说法超越了一定的历史范围,不符合历史的真实"③。这一观点虽应者寥寥,但从冯玉祥思想发展和活动的全过程以及北京政变的历史条件来看,应该说有它一定的合理成分。关于北京政变的历史作用,多数论者给予了较高的肯定性评价,认为政变给当时最强大的直系军阀以沉重打击,削弱了根深蒂固的北洋军阀势力,造成了有利于革命的客观形势,对北方革命运动的发展以及日后的北伐战争起到了积极的推动作用,而驱逐溥仪出宫,则从根本上铲除了复辟祸根,使封建顽固分子的复辟梦想最终破灭④。但也有不尽一致的意见,如有论者在对冯玉祥武力驱逐溥仪出宫事件的评价上,就对"这一行动

---

① 王宗华:《试论一九二四年北京政变》,《武汉大学学报》1983年第6期。
② 赵晓天:《冯玉祥北京政变新探》,《西北大学学报》(哲社)1988年第3期。
③ 王红勇:《北京政变性质与原因新探》,《学术月刊》1986年第7期。
④ 刘敬忠:《冯玉祥北京政变初探》,《河北大学学报》1986年第3期;王宗华、赵晓天也基本持相同观点。

铲除了复辟祸根,打击了封建残余势力"的观点提出了疑义,认为"这个评价不仅过高,而且完全忽视了这一事件所产生的恶果,即客观上为日本帝国主义提供了拉拢、利用溥仪的机会"。能否把溥仪后来投靠、依附于日本归咎于北京政变,显然还有进一步研究论证的必要,但文章提出"当时中国的复辟祸根不仅表现在小朝廷的存在和仍居紫禁城中,更主要的是封建专制主义的旧思想还深存于人们的头脑中,这是复辟祸根的思想基础",因此,"不能认为驱逐溥仪出宫就等于铲除了复辟的祸根"①,这一观点还是符合历史实际的。

4. 北洋军阀的覆灭时期

从1926年7月北伐开始至1928年12月张学良宣布"东北易帜",是北洋军阀集团的覆灭时期。关于北洋军阀覆亡的历史,一直没有一部专著予以全面、系统的阐述;间或有著作涉及这一段历史,亦多为叙述国民革命军之北伐而连带叙及北洋军阀的失败与灭亡。论文方面则有一些零散的成果,多少弥补了有关北洋军阀覆亡史研究几成空白的缺憾。韩信夫《二次北伐与东北易帜(上、下)》一文对这一时期的历史作了简要而系统的叙述,从中可得北洋军阀覆亡的梗概②。习五一《论一九二七年奉吴河南战争》一文通过对1927年春奉吴河南战争的具体研究,提出了值得重视的观点,认为这场战争虽然仍属军阀之间争权夺利的不义之战,但从全国战场上综合考察,仍有一定的历史作用,即它牵制了直鲁联军,使其不能全力以赴地支援孙传芳与北伐军在江浙战场的决战,减轻了当时北伐军主要战场上的军事压力,更重要的是它加速了北洋军阀的最后崩溃③。而刘曼容《北伐时期的国民军北方战场》一

---

① 喻大华:《重评1924年冯玉祥驱逐溥仪出宫事件》,《学术月刊》993年第11期。
② 韩信夫:《二次北伐与东北易帜(上、下)》,《东北地方史研究》1990年第1期。
③ 习五一:《论一九二七年奉吴河南战争》,《历史档案》1988年第4期。

文则把北伐战争分为南北两个战场,即从广州誓师出发的国民革命军在东南沿海和长江流域进行作战的南方战场与冯玉祥国民军在西北地区和黄河流域进行作战的北方战场,并具体分析了国民军北方战场的发展进程及其在与南方战场呼应配合、推动北伐战争胜利进行方面的巨大作用,从而为研究国民革命军胜利进军或北洋军阀迅速崩溃提供了更开阔、更合理的思路①。1928年12月29日张学良宣布"东北易帜"标志着北洋军阀集团的最后覆灭,学术界基本肯定"易帜"在中国现代史上的地位,认为此举结束了奉系军阀武装割据的局面,使中国由南京政府统一起来,这对中国历史发展起到了良好的影响和进步作用②。也有论者认为此举在维护祖国统一的前提下维护了东北集团的利益,增强了张学良的权力地位③。

三

人物是历史长卷中的重要角色,也是历史研究中浓墨重彩的凝聚点之一。北洋军阀人物虽然在近现代政治舞台上只不过扮演了让世人唾骂的丑角而已,但由于他们曾一度居于历史制造者与拨弄者的地位,因此,在整个北洋军阀史研究中,北洋军阀人物的研究也是格外引人注目。

对北洋军阀创始人和总头目袁世凯的研究,曾经历了一个曲折发展的过程。80年代以前,袁世凯一直在"窃国大盗"的帽子下晃动。1980年李宗一的《袁世凯传》面世,虽然作者尚未完全摆脱传统成说,称袁是"近代中国历史上大地主大买办阶级的一个极

---

① 刘曼容:《北伐时期的国民军北方战场》,《近代史研究》1989年第6期。
② 潘喜廷:《张学良将军与东北易帜》,《社会科学辑刊》1979年第1期。
③ 杜连庆:《东北易帜:南北妥协与对日战争》,《辽宁师范大学学报》1983年第3期。

其重要的代表人物,一个伪装维新的封建专制主义者",但该书注重史料的发掘与运用,可谓是以基本史实研究、传述袁氏一生历史的开山之作。最后,又有胡柏立《袁世凯称帝及其灭亡》、谢本书《袁世凯与北洋军阀》等著作相继出版,为袁世凯的研究奠定了厚实的基础。这一时期的论文成果也较多,且呈现出以下两方面特点:一是论题范围广,举凡袁世凯不同历史阶段的重要问题和细枝末节均有专文予以具体论述和缜密考证,而且文章所探讨的问题已不再局限于政治、军事等方面,不少论者开始将研究视野扩展到财政、经济、交通等重要领域,并有一定突破。① 二是对袁世凯的评价有一定变化。不少论者对袁世凯在内政方面的建树,如在晚清新政及民初政治、经济等方面的作用给予了某种程度上的肯定②,对其外交上的"卖国"行为,如与日本签订丧权辱国的"二十一条"等,也试图从"弱国无外交"的角度,给予合乎情理的解释③。如前所述,有论者对袁世凯"窃国"这一早已盖棺论定的问题重新进行了审视,并以大量事实为袁摘了帽,表明对袁的评价在思想上有较大突破。值得注意的是,还有论者对袁世凯的阶级归属问题提出了全新的看法。如韩明在《孙中山让位于袁世凯原因新议》一文中认为,袁世凯与孙中山、张謇一样,同属于中国资产阶级的范畴,只是在半殖民地半封建的社会条件下,"转变成资产者"的道路不同。其根据是:"他们有共同的时代背景——外国资本主义侵略造成的民族危机;他们有共同的追求目标——救亡图存,使

---

① 沈家五:《从农商部注册看北洋时期民族资本主义的发展》,《历史档案》1984 年第 4 期;刘桂五:《"交通系"概述》,《社会科学战线》1982 年第 3 期;张学继:《论袁世凯政府的工商业政策》,《中国经济史研究》1991 年第 1 期;朱宗震:《袁世凯的币制改革》,《近代史研究》1989 年第 2 期。
② 侯宜杰、任恒俊:《袁世凯"新政"评议》,《河北师院学报》1986 年第 3 期、1987 年第 1 期;参阅沈家五、刘桂五、张学继、朱宗震等人的文章。
③ 张神根:《对国内外袁世凯研究的分析与思考》,《史学月刊》1993 年第 3 期。

中国富强。这就使他们互相之间存在着或粗或细的共同利益纽带。但他们向资产阶级转化的程度和时序迥然各异,各自的社会地位也千差万别,使他们走上互相冲突的政治道路。这是资产阶级内部各层次的矛盾的运动基础。"①这一观点尚无多少人响应与支持,因为如果说北洋军阀时期历史舞台上的争斗只是资产阶级自身的矛盾运动,那么半殖民地半封建社会的中国在这一时期的革命力量和对象又将是什么呢?

段祺瑞是北洋军阀集团中仅次于袁世凯的二号角色,也是一位颇有争议的人物。其人专横独断,刚愎自用,特别是在祸国媚外方面较其他军阀尤为明目张胆。不少论者对段祺瑞执政期间与日本的关系问题作了较为深入的研究,并取得了基本一致的意见,认为段是"日本帝国主义在华代理人",充当了日本帝国主义侵华政策由武装侵略逐渐转变为政治拉拢和经济渗透的得力走卒②。近年来对段祺瑞的研究有进一步深化的趋势,新问题不断有人提出与涉及,老问题也每每有新的认识与评断。如对段祺瑞奠定了一生事业基础的参与北洋建军问题,过去没有专门文章予以探讨,莫建来《试论段祺瑞在北洋建军中的作用》一文对段在北洋建军中三个方面的主要活动,即督练北洋新军、主持各类军事学堂和厘定、编译各种练兵章制、操法、兵书等作了具体的论述,并给予了较为客观的评价,认为"如就中国的军制因此摆脱了过去落后而陈旧的状态而言,段祺瑞这三方面的活动的作用及其在北洋建军史上的地位,诚然应予肯定。但如就主要因军队的私有化所造成的民初政治的动荡和社会的阢隉不安而言,段祺瑞也实难辞其

---

① 韩明:《孙中山让位于袁世凯原因新议》,《历史研究》1986 年第 5 期。
② 庄鸿铸:《试论段祺瑞与日本帝国主义的勾结》,《新疆大学学报》1983 年第 4 期;裴长洪:《西原借款与寺内内阁的对华政策》,《历史研究》1982 年第 5 期。

咎"①。对段祺瑞"三造共和"的评价问题,是常引起争议的焦点。单宝认为段祺瑞几次"能够在关键时刻主张共和、反对帝制,我们应当肯定,对他在当时所产生的影响,也应当承认,否则,是不公允的";并认为他在清末民初主张共和、反对帝制以及不参与洪宪帝制、反对张勋复辟等等,并非出于侥幸,而有其一定的思想基础②。丁贤俊对此也基本持肯定态度③。而李开弟、徐卫东等人则提出了相反的意见,认为"三造共和"不过是段祺瑞的自我吹嘘与标榜,是他"在清末民初为个人的权势和独裁而采取的政治手段,毫无真正拥护共和而言"④。意见不一的关键在于双方采用了不同的价值尺度,不同的评判标准,即一方重主观动机,一方重客观效果。其实,历史是错综复杂的,历史人物也并非可简单地用一种标准来准确地把握的。全面辩证地分析段祺瑞在辛亥革命、"洪宪帝制"和"张勋复辟"这三个与"共和制"命运攸关的重要事件中的活动表现,则评价所得可能会更客观、更真实。对段祺瑞执政时期所积极推行的参战问题,过去曾简单地将它归结为"府院之争"而未能给予应有的重视;近年来有论者对此作了专门研究并提出了新的看法,认为"中国对德绝交和宣战是有理有利的"⑤,是顺应当时历史潮流,"出于现实和长远经济、政治利益"考虑而作出的"唯一必要的选择"⑥。史学界目前对段祺瑞的评价尚有较多分歧说明研究正在进一步深入。

---

① 莫建来:《试论段祺瑞在北洋建军中的作用》,《历史档案》1991年第1期。
② 单宝:《段祺瑞"三造共和"平议》,《安徽史学》1984年第5期。
③ 丁贤俊:《论段祺瑞三定共和》,《历史档案》1988年第3期。
④ 李开弟:《段祺瑞"三造共和"评述》,《安徽史学》1986年第1期;徐卫东:《段祺瑞"三造共和"之真相》,《复旦学报》1987年第3期。
⑤ 袁继成、王海林:《中国参加第一次世界大战和巴黎和会问题》,《近代史研究》1990年第6期。
⑥ 吕茂兵:《中国参加"一战"缘由新探》,《争鸣》1991年第1期。

张作霖是富于传奇色彩的人物。在东北地方史研究中居于重要地位。80年代以前,看法基本一致,认为张作霖为了实现自己的政治野心,投靠日本帝国主义,大搞军阀混战,给中国人民带来深重灾难,因此,是一个"反动的军阀"[①]。80年代后,随着有关研究的深入,对张作霖的评价较以前有所提高。如对张作霖与日本的关系问题,就有人对张一味投靠日本帝国主义的观点提出不同看法,认为双方关系的真实情况是既有勾结利用的一面,又有矛盾冲突的一面[②]。更有论者认为张作霖在郑家屯事件交涉中对日本提出的侵害我国东北主权的要求采取抵制与抗争态度,不论其主观动机如何,"这一行动在客观上却是有利于中国人民反抗侵略的正义事业的",对于他这种维护国家主权的表现,不应因人废事,而应"予以肯定的评价"[③]。另有论者认为张作霖不仅在镇压"宗社党"复辟、统一东北方面作出了贡献,而且在与日本关系问题上亦不是甘心当汉奸出卖东北,而往往采取拖延的办法,表面敷衍,因而引起日本的不满,他之不见容于日本侵略者而被害,"是应该得到人们谅解的"[④]。从张作霖后期与日本尖锐激烈的矛盾冲突情况来看,这一观点较之以往张是因失去利用价值而为日本抛弃的看法[⑤],似更为接近历史的真实。张作霖早年寄迹草莽,这一经历对其一生发展以及特有的军阀个性的形成有着极大关系。潘喜廷根据地方档案资料与方志资料,比较系统地论列了张氏自1899~1911年间经营辽西十几年的概况,从而弥补了以往对张作霖早期历史发掘较为薄弱的不足[⑥]。

---

① 常城:《张作霖》,辽宁人民出版社1980年。
② 潘喜廷:《张作霖与日本的关系》,《学术与探索》1980年第2期。
③ 车维汉:《张作霖与郑家屯事件》,《近代史研究》1992年第5期。
④ 丁雍年:《对张作霖的评价应实事求是》,《求是学刊》1982年第5期。
⑤ 常城:《张作霖》,辽宁人民出版社1980年。
⑥ 潘喜廷:《张作霖在辽西的发迹》,《东北地方史研究》,1985年第1期。

吴佩孚是北洋军阀集团的后起之秀,特别是20年代以后更是举足轻重的人物。对他的研究,除蒋自强等编《吴佩孚》一书外,尚有多篇文章给了专门介绍或论述,谢本书《吴佩孚与西南军阀的勾结》一文对吴佩孚由北洋军的一员悍将而一变为西南军阀的"盟友"这一转变过程进行了研究,文章根据1919年吴与西南军阀签订的军事密约及对1900年西南军阀"联直制皖"策略的考察,认为吴提出"救国同盟条件"这一军事密约的目的,是要"北以共同对付皖系军阀,南以排斥孙中山,镇压革命"①。这一方面反映了吴佩孚的政治本质与政治野心,同时也说明他后来能成为"八方风雨会中州"的重要人物绝非偶然。蒋自强《从第一次直奉战争看吴佩孚的军事谋略》一文对吴佩孚在第一次直奉战争中的排兵布阵、指挥作战等作了专门研究,从一个侧面反映了吴颇著声名的军事谋略才能的一般情况②。而宋镜明《论吴佩孚的再起与直奉联合对国民军的进攻》一文则具体分析了吴佩孚在第二次直奉战争后乘机再起的情况。当时控制北京政权的奉系已成为北方反动势力的大本营,因而遭到全国人民的一致反对,而吴佩孚再起后立即由联孙(传芳)反奉转向联奉反冯(玉祥),在英、日帝国主义策动下结成直奉军阀的反革命联盟,并以"讨赤"为名,联合发动了对国民军的进攻,致使国民军在河南、山东溃败③。这一段史实清楚地暴露了吴佩孚为达其目的而不惜投靠各种反革命力量的面目。在对吴佩孚的研究中,有关其晚节的评价曾一度引起争议。一种意见认为吴佩孚在日本的劝降面前没有出山,这一表现是

---

① 谢本书:《吴佩孚与西南军阀的勾结》,《贵州社会科学》1983年第5期。
② 蒋自强:《从第一次直奉战争看吴佩孚的军事谋略》,《军事历史研究》1987年第4期。
③ 宋镜明:《论吴佩孚的再起与直奉联合对国民军的进攻》,《武汉大学学报》1986年第1期。

"难能可贵的,也是值得称赞并应予肯定的"①。另一种意见则不同意吴佩孚"拒当汉奸保晚节"之说,认为吴是日本中意的对象,他之最后死于日本人之手,是因其讨价还价引起不满而被杀—做百②。由于当时日本与吴佩孚间的接触都是在秘密状态下进行的,这就为弄清个中真相并给予恰当评价带来了一定困难,这是在此问题上出现意见分歧的主要原因所在。我们认为,对吴佩孚的晚节问题应注意以下两点:(1)吴最后没当汉奸事实俱在,这应是评价其晚节的立足点。(2)吴受忠、孝、节、义等封建纲常伦理思想熏染至深,晚年更是醉心于《循分新书》、《正一道诠》、《明德讲义》等书稿的著述,试图以封建伦理道德挽救世道人心,这一思想认识基础在考察其晚节问题时应给以一定重视。

冯玉祥是北洋军阀内向往进步而逐渐摆脱旧营垒的人物,一直为史学界所注目;但在以往的研究中,由于冯有"民主将军"的美誉,更由于为贤者讳,因而对其早期历史不愿多所涉及,甚至希望他从一开始就很进步。其实,承认冯是由旧营垒杀出来而成为一位"民主将军"的事实,不但无损于其光辉形象,反而会使他在人们心目中变得更崇高、更伟大。目前学术界对冯玉祥一生的总体评价,意见基本一致,认为他"是一生不断追求进步的爱国将领","也是同我们党长期合作的朋友"③;但在对其思想转化过程的认识上,尚存在一定分歧。1924年冯玉祥发动"北京政变",将所属部队改称国民军,正式从北洋军阀集团中分化出来。但同北洋军阀的决裂并不意味着他已完成从军阀到革命将领的根本性转变。有论者认为1925年发生的"五卅"惨案是冯玉祥政治思想发

---

① 吴根梁:《日本土肥原机关的"吴佩孚工作"及其破产》,《近代史研究》1982年第3期。
② 梁荣春:《"吴佩孚拒当汉奸保晚节"异议》,《学术论坛》1984年第2期。
③ 《人民日报》1982年9月11日、9月15日。

生根本性变化的转折点,他开始由一位军阀营垒中的爱国将领转变为革命将领①。另有论者认为,"北京政变"直至其后相当长的一段时间内,冯玉祥并未完全跳出军阀的范畴,直到1926年南口战役时,在中国共产党的帮助教育下,才发生了根本性的变化,即由单纯地维护本派系利益而发展为以国民革命为目的②。还有论者认为1926年9月冯玉祥在五原誓师,"是在曲折奋斗中发生的第一次重大的革命转变,即由一个北洋军阀中分化出来的将领,转而公开正式参加国共合作的国民革命"③。其实,冯玉祥政治思想的转变并非是一朝一夕就实现的,而有一个逐步转变、不断提高的渐变过程。在相当长的一个时期里,两种矛盾的思想即救国救民思想和封建军阀思想在冯玉祥身上交织在一起,并交替对他产生影响,这也是他在政治上走过了一条呈"之"字形轨迹的曲折道路的主要原因所在。

除上述重要军阀外,对其他二三流军阀如冯国璋、曹锟、张勋、徐树铮、阎锡山、孙传芳、郭松龄、张宗昌、吴俊升、杨宇霆等,也或多或少、或深或浅进行了一些研究,表明北洋军阀人物研究的整体水平有不断提高的趋势。

人物评论多重个体,80年代后期起始有群体研究之成果应世。辛培林编著《军阀列传》编列了袁世凯、冯国璋、段祺瑞、张作霖、曹锟、吴佩孚、张勋、孙传芳、张宗昌、吴俊升等十位北洋军阀重要人物的传记,虽然各传独自成篇,但可收相互比较,以军阀人物

---

① 高德福:《冯玉祥与国民军》,《南开学报》1982年第2期;熊建华:《从〈民报〉看冯玉祥对"五卅"运动的态度》,《近代史研究》1986年第5期;海振忠:《从基督将军到三民主义信徒——冯玉祥在大革命时期的历史转变》,《北方论丛》1989年第1期。
② 刘敬忠:《冯玉祥与南口大战》,《历史教学》1984年第3期。
③ 刘曼容:《试论冯玉祥由北洋军阀参加国民革命的转变》,《武汉大学学报》1988年第2期。

个人成败窥知北洋军阀兴衰全貌的功效。杨大辛等编著《北洋政府总统与总理》系北洋政府历届总统与总理的评传之作,书中在详尽评述北洋时期七位总统、二十九位总理生平事迹的同时,也真实地再现了那个时期政争激烈、大潮迭起、政权频频易手的政治景象。焦静宜所著《二十世纪初的遗老遗少》将段祺瑞、张勋、吴佩孚等置于清末民初的过渡时期予以论述而别赋特色。

需要特别指出的是,近年来在北洋军阀人物的研究中出现了一种为个别劣迹昭彰但也有一些善举的军阀如袁世凯、吴佩孚等人招魂翻案的风气。诚然,学术贵在创新,没有创新,学术就会失去生命力,但创新并不是刻意地去立异。因为一个真诚致力于学术的人是不能背离求真求实这一学术的根本宗旨的。学术如失去真实,也就不成其为学术了。就北洋军阀人物的评价而言,不顾事实地随意夸大他们的功德或掩饰他们的罪责,与过去极"左"年代所盛行的全盘否认、一棍打死的治学风气一样,也是对历史的一种不负责任的扭曲。对此,李文海、梁溪人等人曾专门撰文提出了尖锐而中肯的批评意见①,值得引起重视。

四

50年岁月匆匆流逝,北洋军阀史的研究虽历经迂回曲折,甚至有断流的时刻,但总的趋势仍是向前发展,特别是最后20年显示出蓬勃向上的景象。展望前景尚有广袤园地等待辛勤耕耘。

北洋军阀史的总体研究虽已有多种专著初奠基础,但仍有较大的回旋余地。北洋军阀既不同于古代的封建军阀,也不同于近代的湘淮军阀。它是一个曾掌握中央政权达16年之久的政治军

---

① 李文海:《从"扬袁抑孙"想到学术创新》,《人民日报》1995年7月28日;梁溪人:《徐世昌怎样成了"推翻旧时代的先行者"》,《高校理论战线》1996年第7期。

事集团。因此,既要从军事角度,更要从政治、经济、思想意识诸方面统一考察其发展脉络和对中国近现代历史进程的重要影响,以及所应得的历史地位。这种宏观的整体研究可以给人们一种完整系统的认识,但是,它还需要有若干微观研究来充实和支持。

北洋军阀集团主要以直皖奉三系为其主要支柱,而旁及地域性的军阀集团。因此,对各派系的单项研究将是非常必要的。东北地区对奉系军阀的研究不仅过去已见成效,近年来更有新的发展趋势。相比较而言,对直皖两系的研究则显得薄弱。直系从冯国璋中经曹锟而吴佩孚,起源早,延续长,三次大规模的军阀混战都自居一方,与北洋军阀集团的兴亡相终始;皖系首脑段祺瑞为次于袁世凯的副魁,四任阁揆,一摄执政,对民初政坛影响甚巨,虽然在直皖战争后已难作为一个独立的派系与直、奉抗衡,但百足之虫,死而不僵,它仍时有动作。三大派系自身的发展和相互斗争,不仅代表着北洋军阀集团势力的消长,也代表着这一时期政治、经济因素的变化,不仅影响及于其割据与牵涉的地区,也牵动北洋军阀集团统治的全局。因此,对于各派系的研究亟待进一步发展。

对人物的评述应是今后北洋军阀史研究工作力求加强的方面。过去虽已有成就,但显然不够。就深度而言,多为一般评述,尚缺资料翔实的谱传;就广度而言,犹集中于少数几个首脑人物,应加评述或进行群体人物研究的工作仍有待开展。重要人物的别集,除1987年出版的《袁世凯奏议》收录了自1898～1907年间袁氏奏片800篇外,《袁世凯集》虽由专人进行编纂多年而中途告辍。吴佩孚有台湾出版的全集,其他还有待创议组织。

开发史源是推动史学研究的重要前提,北洋军阀史的史料蕴藏极为丰富,可惜开发不足。史源不外二大端:一为抢救口碑,北洋当事人与有关人士虽凋落居多,然硕果犹有存者。这些人虽难于明了全局,而具体细节多有出于文字记载之外的,尤以人事变幻的错综复杂关系更有助理解事物之变化,应该能慎思明辨,去伪存真,尽快极谋抢救,否则人亡史失不胜可惜。二为档案公布,一史馆所藏前期档案虽公布一定数量,但尚可罗掘,二史馆则为北洋档案之宝山,近年颇多编研刊布,但能全部开放,裸呈于研究者之前,深愿以档案的源头活水为北洋军阀史的研究展现出无尽江山。

关于资料汇编工作,80年代以来,就已受到应有的重视,中国第二历史档案馆陆续以专书形式公布所藏档案;该馆所办《民国档案》杂志也不时发表有关资料,对推动北洋军阀史研究起到重要的作用。90年代前后由来新夏主编的《北洋军阀》五卷(上海人民出版社1988~1993年版)汇集1895~1928年的有关资料,陆续出版,成为《中国近代史资料丛刊》的最后一种。接着,由章伯锋主编的《北洋军阀》六卷(武汉出版社1990年版)汇集了1912~1928年的有关资料出版。这些都为北洋军阀史的研究提供了基础资料。但是,北洋军阀资料数量既多,散置又广,还须以更大力量从事纂辑。

50年的辛劳,为北洋军阀史的研究奠定了基础,在此肥土沃壤之上,行见生长奇花异卉,在史学园圃之中吐艳争芳,在中国近代史领域中获得它应有的席位。

(原载《社会科学战线》1999年第5期)

评苏联近三十年的西夏学研究

黄振华

在1908~1909年间,沙俄军官柯兹洛夫(Козлов П. К.)偷窜到我国甘肃北部额济纳地区,从事所谓"地理考察",在黑水古城劫走大量西夏文物。这批珍贵的西夏文物包括大量书面文献和器物,据苏联方面报道,现在分藏苏联科学院亚洲民族研究所列宁格勒分所和苏联爱密塔什博物馆。当年柯兹洛夫劫走的书面文献,除了举世闻名的西夏文刊本和写本(数达八千余种,其中百分之八十为佛经)以外,还有不少汉文、藏文、回鹘文、突厥文、叙利亚文、女真文、蒙古文等书籍和文卷;劫走的器物则有陶器、铁器、木器、织品、雕塑品、皮制品、图画和元钞等等。

1963年苏联戈尔巴切娃(Горбачева З. И.)和克恰诺夫(Кычанов Е. И.)发表《西夏文写本和刊本》(Тангутские Рукопиш и Ксилографы)一书,公布了柯兹洛夫劫走的部分西夏文献目录,计佛经345种、政治、法律、军事、语言文字、文学、医卜、历法等著作60种,合计405种。其中有译自汉文古籍或依据汉籍编译成书的《论语》、《孟子》、《孝经》、《贞观政要》、《六韬》、《孙子兵法》、《类林》、《黄石公三略》、《孙子传》、《十二国》、《德行集》、《慈孝纪》等等;有西夏自撰的《天盛年改定新法》、《猪年新法》、《新法》、《官阶封号表》、《贞观玉镜统》、《三世明言集》、《贤智集》、《月月娱诗》、《治疗恶疮要论》、《降魔要论》、《掌中珠》、《文海》、《文海杂类》、《钦定义海》、《音同》、《五音切韵》、《杂字》、《义同一类》、《谚语集》等等;还有日历和佛历数种。佛经则有译自汉、藏、梵文的《金光明经》、《千佛名经》、《华严经》、《妙法莲华经》、《孔雀明王经》、《般若波罗密多经》、《宝雨经》、《长阿含经》、《阿毘达磨顺正理论》、《弥勒上生经》、《金刚经》、《圣妙吉祥真实名经》等多种。另据克恰诺夫报道,又在西夏文献中发现西夏文书100多件,其中有天盛22年的西夏地契、乾定2年的黑水守将告近禀帖。由此可见,这批西夏文物不仅是研究西夏政治、经济、文化、艺术、法律、军事、宗教、语言、文字和风俗习惯的宝贵文献,而且也是研究西夏与汉、藏、蒙等兄弟民族相互关系和相互影响的宝贵资料。

在1917年十月革命以前,俄国研究这批西夏文献的主要人物是伊风阁(Иванов А. И.)、鄂登堡(Олъденбург С. Ф.)。自本世纪20年代起,苏联先后参与研究者计有龙果夫(Драгунов А.)、聂历山(Невский Н. А.)、弗鲁格(Флуг К. К.)、祖柏尔(Зубер С. М.)、科切托娃(Кочетова С. М.)等人,成绩昭著者首推聂历山,1960年苏联出版的两卷本《西夏语文学》(Тангутская Филология)即其代表作。1945年第二次世界大战结束以后,从事西夏文献整理和编目者仅有龙果夫和戈尔巴切娃。截至50年代之末,未见苏联发表任何重要研究著作。此后苏联突然大力加强西夏学研究阵营,先后加入这个阵营的,计有克恰诺夫、索夫洛诺夫(Совронов М. В.)、格列克(Грек Т. В.)、卡津(Казин В. Н.)、孟什科克(Менъшиков Л. Н.)、捷伦捷也夫－卡坦斯基(Терентъев－Катанский)、柯萍(Кепинг К. Б.)、科洛科洛夫(Колоколов В. С.)、鲁勃－列斯尼钦科(Лубо－Лесниченко)等人。与此同时,苏联的西夏学研究重点,也从以研究语文学为主转向全面探讨西夏历史、地理、政治、经济、军事、法律、语言文字、文学、艺术、宗教和文化等方面,已经发表的论文和专著有数十百种,还影刊了西夏文《论语》、《孟子》、《孝经》①、《文海》、《文海杂类》②、《孙子》③、《天盛22年地契》④、《乾定2年黑水守将告近禀帖》⑤、《官阶封号表》⑥,公布了《天盛年改定新法》第十章⑦等等⑧。

　　苏联研究者的文章不但在苏联本国发表,而且刊登于匈牙利、日本、丹麦等国具有国际声誉的杂志,如《匈牙利东方学报》、《哥本哈根东方学报》等等。鉴于现存西夏文献绝大部分都在苏联,尚未公布于世,他们的研究文章自然引起国际重视。这一时期比较突出的研究者就是克恰诺夫和索夫洛诺夫。

　　克恰诺夫原在列宁格勒大学东方系攻读中国语言和历史。

---

① 《西夏文译汉文经典》(Китайская классика в тангутском перевоце,1966年)。
② 《文海》(Море Писем,1969年)。
③ 《西夏文译孙子》(Сундзы в тангутском переводе,1975年)。
④ 克恰诺夫:《1170年的西夏文书》(Тангутский докумен 1170г.),载于1971年《东方文献》(письменные памятники Востока)。
⑤ 克恰诺夫:《黑水所出1224年的西夏文书》(A Tangut document of 1224 from khara-Khoto),载于1971年《匈牙利东方学报》(AOH),第24卷第2期。
⑥ 克恰诺夫:《有关西夏政权机构的西夏文史料》(Тангутскии Источник О Государстъенно-администрат-ивном Аппараге Си-Ся),载于1965年《亚洲民族研究所简报》(КСИНА)第69册。
⑦ 见注⑤,又见克恰诺夫在《宋代研究》(Etudes Song,1971年)发表论述北宋与西夏之战的文章,索夫洛诺夫在《匈牙利东方学报》(1970年,23/3)发表介绍居庸关石刻的文章,柯萍在哥本哈根《东方学报》(Acta Orientalia,1971年,34期)发表研究西夏语动词体的文章,等等。
⑧ 克恰诺夫首次发表的著作是:《苏联列宁图书馆所藏汉文西夏图集写本》,载于1959年《东方国家与民族》(Страныи народы Востока)第1册。文中介绍了我国清朝末年佚名作者根据范仲俺文集所附西夏地图绘制的西夏图集,并且提供了该图集3张地图影本,即《西夏疆域总图每方四百里》、《夏东北与契丹接界图每方百里》、《夏东与宋五路接界图每方二百里》。据称原作者曾引用和珅所撰《大清一统志》,以此断为晚清之作。参阅伯希和:《俄国收藏的若干汉籍写本》,载于冯承钧译《西域南海史地考证译丛六编》。

1964年曾在北京大学学习,1970年获史学博士学位。他自1959年起参加苏联科学院亚洲民族研究所列宁格勒分所整理西夏档案,同时开始研习西夏语文。据初步统计,苏联近三十年发表的有关西夏论著,将近一半出自克恰诺夫。其研究范围广及西夏历史、地理、政治、经济、军事、宗教、文化、语言文字等各个方面。此人在1964年曾代表苏联出席《第七届人类学和人种学国际会议》,宣读论述西夏人种起源的论文,在1973年曾参加在乌兰巴托举行的国际讨论会,在1976年曾参加在布达佩斯举行的国际讨论会;还曾应邀到国外讲学。第7、8届亚非国家史学和史料会议、也都有他参加。他的著作甚至用英、法文发表,被誉为苏联西夏学的"领袖",由此可见其受国际西夏学界的重视。他的代表作就是1968年出版的、使他荣获博士学位的《西夏史纲》(Очерк истории Таигутского государства)。索夫洛诺夫原在莫斯科大学攻读语言学,1970年获语文学博士,1973年曾参加巴黎举行的第29届国际东方学家大会,1976年曾参加乌兰巴托国际讨论会。他在60年代初即与克恰诺夫共同研究西夏语言和文字,曾合作撰写《西夏语语音学研究》(Иселедования по фонетике Тангутского языка, 1964年)。此后索夫洛诺夫即专攻西夏语文,从事研究西夏语语音和语法。其代表作即1968年出版的两卷本《西夏语语法》(Грамматика Тангутского языка)。

因此,我们要了解和评价苏联近三十年的西夏学研究,自当从剖析克恰诺夫和索夫洛诺夫的代表之作入手。

从克恰诺夫的学历看来,似乎他既能直接阅读汉文古籍,又能直接阅读西夏文原著。他的论著之所以见重于国际西夏学界,部分原因也就在此。下面我们首先就来评价克恰诺夫的代表作《西夏史纲》,因为正如作者在引言中所说,此书大部分取材于我国唐宋两朝史料,小部分取材于西夏文文献(主要是西夏法典)。不言而喻,通过剖析其《西夏史纲》,当可见出苏联西夏学界汉学水平和西夏文水平的高下。

就取材范围之广而论,《西夏史纲》目前可谓独一无二。书后罗列的汉文参考书目洋洋大观。其中不但有常用的《西夏记》、《西夏书事》、《西夏记事本末》、《西夏事略》、《西夏文缀》、《西夏文存》以及新旧唐书、新旧五代史、宋、辽、金、元史、《资治通鉴》、《续资治通鉴长编》、《东都事略》、《隆平集》、《梦溪笔谈》、《契丹国志》、《大金国志》、《松漠记闻》、《册府元龟》、《太平寰宇记》、《元和郡县志》等重要参考著作,还有罕见的北京图书馆藏《西夏译妙法莲华经译补》稿本、北京大学图书馆藏《西夏书》抄本,以及我国清末佚名作者的《西夏图集》稿本、俄译《满文金史》等等。其所引用的西夏文原著,则有《天盛年改定新法》、《猪年新法》、《贞观玉镜统》、《官阶封号表》、《三世明言集》、《文海》、《钦定义海》和《掌中珠》等等。由此可见,《西夏史纲》的重大价值就在首次大量引用了世人罕见的珍贵史料。

《西夏史纲》也还正确地指出西夏对宋辽金的臣属关系,并且承认西夏深受汉文化影响。这当然是符合史实的。但是作者又认为:西夏对宋辽金称臣是形式上的臣服,西夏自始至终是独立国家。我们认为这却不是实事求是,因为大量史料证明,西夏自始至终接受唐、宋、辽、金封号,在建立官制、法制、兵制、学制、历法和文化等方面,均受当时我国中央政权影响。符合史实的正确论断应当是:西夏是中世纪中国地方割据政权,而不是独立国家。

《西夏史纲》对西夏史上许多值得探讨的问题,也都依据汉文史料和西夏文史料作出了自己的论断。其中不少论断当然是值得重视、值得深入探讨的。但是我们通读《西夏史纲》全书,竟发现作者许多论断都出于误读汉文史籍文句,造成不应有的常识性错误,这自然不能不影响到作者论断的正确性。作者所引证的汉文原意,甚至是与作者的结论完全相反的。如果这类错误仅属个别现象,那对《西夏史纲》的学术价值倒无大碍。然而我们从《西夏史纲》旁征转引的大量汉文史籍中,仅仅抽查了习见的《西夏记》、《西夏书事》、《西夏记事本末》三书就发现错误百出,不胜枚举。《西夏史纲》的作者自称依据汉文史籍立论,如果像作者那样对汉文捕风捉影,一知半解,结论尽管说得天花乱坠,自不免空中楼阁、贻笑于人(使人不能不怀疑这位以专攻中国语言、历史见称的、被誉为当今苏联西夏学"领袖"人物的克恰诺夫,究竟是否真懂汉文,是否看过自己罗列的那一大批汉文古籍? 或者即便看过,看懂的地方又有百分之几?)道理十分简单:皮之不存,毛将焉附? 请看下列数十例:

例1《西夏史纲》(以下简称《史纲》)54页引《西夏记》14/3ъ论证西夏简称"白"国。检《西夏记》原文引《宋史》杨文广传:"……迟明,夏兵大至,与文广搏战,不胜而退。临行,遗书文广曰:白国主,以万精骑逐汝也"。这里"白"是"报告、告诉"的意思。《史纲》却译作:"毫无疑问,白国主将遣数万精骑逐汝"(Безусловно, государъ Белого Государства вышлет несколъко десятков тысяч отборных всадников чтобыпреследоватъ тебя),竟把"白国"视为专称,是误"白"为形容词。

例2 《史纲》86页引《西夏记》2/3a论证西夏早在10世纪末即有"官田"。检《西夏记》原文引《宋史》太宗本纪和《续资治通鉴长篇》:"宋帝……诏堕夏州故城,迁其民于绥银等州,分官地给之,长吏倍加安抚"。这里是说宋帝诏分官地给之。《史纲》作者竟误以为西夏"官田",没有看懂全句的主语是"宋帝"。

例3 《史纲》86页引《西夏记》24/6b论证西夏国主本人有领地(удел самого государя)。检《西夏记》原文引《宋史》《夏国传》和《西夏书事》记御史大夫苏执义向李仁孝上言:"自王畿地震,人畜灾伤。今夏州又见变异,是天所以示警于陛下也,不可不察"。这里所谓"王畿"实指"王都"。《史纲》作者竟误解为西夏国主本人的"领地"。

例4 《史纲》115页引《西夏记》7/3-4论证西夏朝仪,说百官朝参"行立应半弯腰"(идтии стоятъ они должны были полусогнувшисъ)。检《西夏记》原文引《宋史》夏国传和礼志:"……均令蕃宰相押班百官以次序列,朝谒午蹈行三拜礼,有执笏不端、行立不正、趋拜失仪者并罚"。这里并无只字涉及"行立应半弯腰"。

例5 《史纲》193页引《西夏记》16/5a论证西蕃董氊接受李秉常任命为节度使。检《西夏记》原文引《续资治通鉴长编》:"秉常以西蕃董氊夏臣中国,受西平节度使职,遣众谋袭邈川"。这里明明说的是董氊接受宋朝任命的节度使职。《史纲》作者却误解为"……秉常决定与董氊结盟,他下令授董氊节度使职,同时集兵境上,拟在董氊拒不受职时立即进攻邈川……"(Бин-Чан решил добиться союза с Дунчжанем. Он издал указ о пожаловании Дунчжаню должности цзедуши и одновременнок онцентрировал войска на границерассчитывая в случае отказа Дунчжаня принятъ должностъ и сразу же напастъ на Маочуанъ),又妄加蛇足捏造了"拟在董氊拒不受职时立即……"之句。

例6 《史纲》273页引《西夏记》12/10a论证西夏求市史传及佛经事。检《西夏记》原文引《续资治通鉴长编》和《范忠宣墓志》、《王尚荣墓志》:"夏使求市史传及佛经,押拌王尚荣以史有东晋元魏间事,不可示夷狄,止与佛书"。《史纲》作者竟大误特误地译成:"当时中国当局只有东晋和元魏史传,并且其中记述的事件找不出有关异族的记述"(У Китайских властей в данный момент в наличии были лишъ истории Восточной Чзин и Юанъ Вэй и среди записанных там событнй нельзя было найти〔описаний〕иноземцев)。"史有东晋元魏间事,不可示夷狄"二句被误读为"史有东晋元魏,间事不可示夷狄",而且竟把"间事"理解为"其中记述的事件",把"不可示夷狄"理解为"找不出有关异族的记述"!

例7 《史纲》46页引《西夏记》5/13a论证李德明首立官制、法典、仪礼。检《西夏记》原文引《宋史》夏国传:"德明既僭帝制,令官属建议祀典"。《史纲》作者竟译成:"……建立官制、成立宫廷委员会(就像中国皇帝下面的宫廷委员会那样),命令制定皇帝祀典,并制订了一部西夏法典和仪规"。明文所引《西夏记》原文仅仅涉及李德明命建祀典,并不涉及法典、仪规;更无所谓"宫廷委员会"(Совет при дворе),尤其是无所谓"中国皇帝下面的宫廷委员会"(дворцовый совет при Китайском императоре)。

例8 《史纲》55页引《西夏书事》18/17b论证1048年契丹兵临衙头。检《西夏书事》原文:"……夏人……久之,以五百户驱牛羊扣边云:契丹兵至衙头,国中大乱,愿自归。琳曰:此诈也……不然,在诱我耳。拒不受。已而果有三万骑临境上"。《史纲》作者竟把"契丹兵至街头"一句诈词当成事实。

例9 《史纲》30页引《西夏书事》4/8b–9a论证契丹早年曾助夏抗宋。检《西夏书事》原文:"(继迁)谋于众曰……北方耶律氏方强,吾将假其援助,以为后图,乃遣张浦持重币至契丹请附"。《史纲》竟把"吾将假其援助"理解为"他(继迁)的部将们得到契丹援助"(его полководцы пользуются помощью Киданей)。竟不知原文这个"将"字是"将来"的"将",不是"将领、部将"的"将"!

例10 《史纲》44页引《西夏书事》8/8a–8b论证西夏使保宁曾于统和23年出使契丹请封,带回契丹主封李德明为西平王的封册。检《西夏书事》原文:"……封册当时至。……秋七月,契丹主使北院枢密副使肖承德持节封德明西平王"。《史纲》作者竟把原文"当时"二字视为一词,理解为"立刻"、"马上"的意思。竟不知原文所谓"封册当时至"是说封册当会按时送到。

例11 《史纲》81页引《西夏书事》32/11b论证瓜沙诸州经

济。检《西夏书事》原文:"瓜沙诸州素鲜耕稼,专以畜牧为生"。《史纲》作者竟译成"为了保证这些地区以粮食,专门从事畜牧"(Для обеспечения этих районов продовольствием, специально разводили скот)。"素鲜"是"一向少有","安能解释为"保证"?

例 12 《史纲》236 页引《西夏书事》33/7b 论证乾顺曾因近侍劝告纳曹氏为妃。检《西夏书事》原文:"曹氏……年十四入宫……常侍仁安公主。主素严肃,氏身承起居,顺适其意,因劝乾顺纳之"。《史纲》作者竟说什么"西夏主因近侍劝告(По совету приближенных)纳她为妃"。竟没有看懂劝告者是"仁安公主",而不是"常侍",何况这里"常侍"意指经常侍候,是副词加动词,不是名词,不能理解为"近侍"!

例 13 《史纲》57 页引《西夏记》5/24a 论证曹玮一见李元昊即赞为英物。检《西夏记》引《宋史》夏国传和《梦溪笔谈》:"玮欲一识之(李元昊),屡使人诱致之,不可得,乃使善画者图形容。既至,观之,曰:'真英物也'。"《史纲》作者竟说什么"中国官吏曹玮见到了元昊(Встречавшийся с юанъ-хао),赞曰:真英物也"。竟不知原文是说曹玮见到李元昊画像,并未亲见其人!

例 14 《史纲》73 页引《西夏记事本末》10/6a 论证西夏婚俗。检《西夏记事本末》原文:"(其)俗轻生重死、任性亡义。凡育女稍长,靡由媒妁,暗有期会,家不之问"。《史纲》作者竟译成:"凡育女稍长,(父母)由媒妁定(婚)期,他们不问新娘是否同意"([родители] Через сватов назначили срок [свадьбы], ири зтом они не спрашивали согласия невесты)。竟不知"靡"意即"不",此句意即"不由媒妁,而由男女双方暗约见面","家不之问"的意思是"家里不过问",不是什么"他们不问新娘是否同意"。俄译句恰恰与原文相反!

例 15 《史纲》34 页引《西夏记》2/7b(宋)宰相等论李继迁窘境。检《西夏记》原文:"……(继迁)……而乃偷安巢穴,靡顾存亡"。《史纲》作者竟译成:"贼巢不可能存在,而必定死亡"(Воровское гнездо не сможет существовать и погибнет)。竟不知"靡顾"的意思是"不顾",而且"偷安巢穴"意即"躲在巢穴里苟安",不是什么"贼巢不可能存在"。

例16 《史纲》90页引《西夏记》7/26b论证西夏兵器。检《西夏记》原文:"夏众甲胄皆冷锻而成……非劲弩可入"。《史纲》作者竟译成:"惟特劲弩可以入之"(Но особенно тугойлу к мог пробивать их)。竟不知"非"是"不是"的意思,不是"特别、非常"的意思。"非劲弩可入"意即"不是劲弩可以射入的"。俄译句又与原文相反!

例17 《史纲》93页引《西夏记》1/17a论西夏与宋之间的贸易。检《西夏记》原文:"商人贩池盐少利,多取他迳出唐、邓、襄、汝间、邀善价。《史纳》作者竟译成:"商人得盐少……而得利多"(торговцы … мало приобретали соли … а прибыли получали большие)。竟不知"少"是指贩卖"池盐"的利润少,不是指商人"得盐少","多取他迳"是指商人大半取道别处,岂能"盐少利多"断为一句!

例18 《史纲》106页引《西夏记》14/17a论证西夏有家奴制。检《西夏记》原文:"延州右侍禁王文谅即讹庞家奴,昭文馆大学士韩绛宣抚陕西,爱其才,奏为指使,督蕃将赵馀庆讨夏国"。《史纲》作者竟说什么"王文谅曾为讹庞家奴,故熟知(西夏)语"(……и〔потому〕хорошо знал〔тангугский〕язык)。竟不知"昭文馆大学士"是韩绛的官衔,"昭文"二字岂能单挖出来解为"熟知语言"!

例19 《史纲》125页引《西夏记》21/9论证西夏战车。检《西夏记》原文:"夏人乃造高车以临城,载数百人填壕而进"。《史纲》作者竟译成:"每车载数百人而进"(в каждую из которых помещалосъ по несколъко сот солдат),实则所谓"载数百人"是指全部高车总共可载数百人,不是说,每车都载数百人!"

例20 《史纲》172页引《西夏记》12/9b:"拱宸曰:虽知是宗女,亦须名为陛下公主"译成"……亦须称她为陛下"(……однако ее тоже разрешалосъ именоватъ Ваше Величество(Би-ся)。竟不知这里"陛下公主"意即"陛下的公主",何能称"公主"为"陛下"!

例21 《史纲》207页引《西夏记》17/21a:"秉常倚恃兵力,自谓所求必得"译成"秉常与其周围说,只有倚恃兵力,才能得到所求"(Требуеное можно получитъ,лишъ полагаясъ на военную силу)。竟不知"自谓"是"自己认为"的意思,不是"与其周围说"的意思。

例22 《史纲》309页引《西夏书事》42/2b-3a:"蒙古使来责任子不遣。德旺曰:我方修好金源,共支北敌。任子一往,受其束缚,后悔何追"译成"……任是我唯一的儿子,现在把他送去受束缚,以后后悔,何必着急"(……жэн-мой единственный сын。послатъ егосейчас к ним в кабалу,а после раскаиваться。Зачем спешитъ!)。竟不知"任子"的"任"是"质任"的意思。所谓"任子"乃是质子。《史纲》作者一误"任"为人名,二误"一旦"的"一"为"唯一"的"一",三误"何追"为"何必着急"!

例23 《史纲》305页引《西夏书事》40/1b梁德懿上言:"一旦位遭废斥,身辱幽囚,宜乎天垂变异,岁告灾祲,望主上……召还青宫,复其储位"译成"将来王位被取消,(王位的领有者)自己被耻辱地逐入狱中,难道天每年没有预告灾祲吗?……望返回青宫,并补充青宫储备"(призываю вернутъся в Голубой дворец и пополнить его запасы)。《史纲》作者竟荒唐地理解"召还青宫"为"返回青宫",理解"复其储位"为"补充储备"!竟不知原文"召还青宫、复其储位"是指"召回太子、恢复其储君(太子)之位",岂能解"复"为"补充"、解"储位"为"储备"?而且"位遭废斥、身辱

"幽囚"是指太子被废入狱,不是指王位被取消,(王位的领有者)自己被逐入狱!"宜乎"的意思是"所以"、"无怪乎",不是"难道","天垂变异,岁告灾祲"是指"天显示异象,年成呈现灾荒",不是每年预告灾祲的意思。

例24 《史纲》299页引《西夏书事》40/1a:"蒙古攻破克夷门",被误译为蒙古攻"夷门"(имынъ)。竟把"克"字误解为动词!其实原文下面紧接着就说"克夷"为"中兴府外卫",何粗心大意乃尔!

例25 《史纲》28页引《西夏书事》4/4b:"(继迁)以破丑重遇贵为蕃部指挥使",此"蕃部指挥使"被误译为"蕃落使"(фанъ ло ши)。

例26 《史纲》190页引《西夏书事》21/5a-b:"移保泰军治于此,命花麻为统军,守其地"被误译为"移保秦军治于此,命花麻为统军守",竟误以"统军守"为官称,不知当读"守其地",意即"守卫那个地方"!且不说"泰"字被误认作"秦"字!

例27 《史纲》132页引《西夏书事》11/13b:杨守素上言元昊改元,有"犹遵中国旧号,岂足彪炳皇猷,昭示区宇"之句,被误为"……犹遵中国旧号,这只有虎仔才能满意!"竟不知"彪炳"是"光耀"的意思!更荒唐的是,《史纲》作者抄袭普通辞书译"彪"为"虎仔",而置"炳"字于不顾,杜撰出这么一句"只有虎仔才能满意",真是天大笑话!

例28 《史纲》104页引《西夏记》5/15b 德明城怀远镇为兴州军,"……遣贺承珍督役夫北渡河城之"被误译为"遣贺承珍督的当服劳役的(居民)北渡黄河……"(отправил на север за реку Хуаихэ〔жителей〕хэнэнчжэнду, обязанных выполнятъ трудовую повинноотъ),实则原文的意思是派遣贺承珍督率役夫北渡黄河去筑城。《史纲》作者竟以"督率"的"督"字为人名的一部分!

例29 《史纲》106页引《西夏记》16/4a:"梁乙埋遣蕃官张灵

州奴伪为汉人,入边侦事",被误译为"……特遣一官把许多灵州奴隶改穿汉人衣装,打发到边境探听(汉人)情况"(……переодеть линчжоуских рабов в китайское платье и отправить их на границу……),竟解人名"张灵州奴"中的"灵州奴"为"许多灵州奴隶",又强解姓字"张"为"装"!

例30 《史纲》106页引《西夏记》17/5b:"策木多伊克木鄜延弓箭手,熙宁中被俘,隶衙头祗候殿直屈埋部下,遣入鄜延侦事"被误译为"……遣前弓箭手、奴隶(раб)策木多伊克入边侦事",竟把动词"隶属"的"隶"误解为"奴隶"!

此外还有,《史纲》310页引《西夏书事》42/4张公辅疏陈经国七事、243页引《西夏书事》36/14a－b任得敬请废学校上言,俄译文都有严重错误。可惜引文太长,为节省篇幅,恕不一一列举。《史纲》引文间有错漏而无损大意者,亦不详列。

最后要指出的是,《史纲》作者对于中药似也不甚了了。例如《史纲》97页译引《西夏记》4/15b(据《宋史》食货志)有关贸易往来的文字,就曾把许多中药名称译错:"甘草"被误译为"乾的香药草"、"蜜蜡"被误译为"蜜和蜡"、"硇砂"被误译为"朱砂"、"柴胡"被误译为"木柴"。这些中药都是普通药材,各国药学界早有定名,就在苏联也是有固定译称的。

如前所述,《史纲》征引的汉文史籍数以百计,可谓"博览群书"。但是我们仅仅根据《史纲》引文核对了《西夏记》、《西夏书事》、《西夏记事本末》三种,就发现错误如此严重,出人意外。《史纲》作者声称立论主要依据汉文史料,而其汉文阅读能力如此低下,其对我国历史又如此缺乏常识,尽管洋洋数十万言,旁征博引数十百种,所引其他汉文史料也是望文生义、捕风捉影者多,正确无误译句忠实者少!若要全部列举出来,可谓不胜其烦,自非本文所能尽。

前文曾经指出:《史纲》的重大价值就在首次引用了罕见的文

献,尤其是引用了西夏文法典——《天盛年改定新法》。遗憾的是,《史纲》所引都未附西夏原文,因此不能据以评价其释读是否正确。

幸而早在1965年秋。《史纲》作者就已发表《天盛年改定新法》第10章。看来对此法典第10章的研究,被认为已经基本完成,所以原件就在1965年被公布于众(《史纲》作者在书中论述西夏政权机构,便是依据此章)。我们要感谢《史纲》作者的是,早就盼望苏联方面公布出来的西夏文法典,在苏联渡过长达60年的封锁之后才被《史纲》作者透露。据苏联方面报道,《天盛年改定新法》共20章,今存19章尚完整,第16章已佚。现已公布的第10章内容,系规定西夏官衙司署和军府州县的品第,其余18章苏联仍未见发表,大概是苏联方面对此18章的研究,尚无力宣告完成。因此,我们姑且首先根据《天盛年改定新法》第10章,来评价《史纲》作者在西夏文释读方面的能力,借以正确判断苏联西夏学界的西夏文水平。

西夏文《天盛年改定新法》第10章标题"司次行文门",规定西夏官府分为五品,每品之下详列诸官府名称,可补汉文史料记载之不足,是研究西夏政治、经济、军事、宗教、文化、法律设施的第一手资料。兹汉译如下:

一品(原文为"上品")——中书、枢密;

二品(原文为"次品")——殿前司、御史、中兴府、三司、僧众功德司、出家功德司、大都督府、御节司、宣徽院、内宿司、护法功德司、阁门司、御膳司、瓯匦司、西凉府、镇夷州、番和州;

三品(原文为"中品")——大恒历司、都转运司、陈告司、都磨堪司、审刑司、群牧司、农田司、受纳司、边境监军司、宫前侍候司、磨堪军案殿前司、鸣沙军、史院、用刑务、租税务、外夷务、医人院、华阳县、泾原县、五原郡、工技院、虎控军、威地军、大唐军、宣威军、圣永地居(皇陵?);

四品(原文为"下品")——行宫司、举荐司、南院行宫三司、马院司、西院经略使、沙州经略使、定远县、怀远县、临河县、保静县、灵武郡、甘州城司、永常城、开边城、三边工院、北院、南院、肃州、边地转运司、沙州、黑水、黑函山、居延、南院(原文重复如此)、西院、肃州(原文重复如此)、原州、大都督府(原文重复如此)、寺庙山、边境城司、□□衍、震武城、西安(西宁?)沟山(?)、禳鬼(地名?)、镇东(地名?)、得胜(地名?)、净边(地名?)、同信(地名?)、建义(地名?)、龙州、镇远、银州、和乐、年晋城(?)、定公城、卫边城(?)、富清县、河西县、安守寨;

五品(原文为"末品")——刻字司、造案司、金工司、绢织院、番汉乐人院、仪容院、铁工院、木工院、造纸院、砖瓦院、出车院、离远寨(?)、须鸣寨、长威寨、震羌寨(?)定羌寨(?)、府州、宣德堡、安远堡、讹泥寨、夏州、绥州;

不入品者——纳言处、飞禽受纳处、秘书监、工技院总管、番汉大学院。

遗憾的是,这份宝贵史料的西夏文原件,苏联方面尚未发表,我们的译文只得根据克恰诺夫的抄录,译名自不免有错。尤其是西夏军、府、州、县、城、寨、堡等名称,还有待我国史地学家考证确定。

克恰诺夫在1965年发表上述文献时,也曾从事译释和考证,并附以汉字对译。可惜他所抄录的西夏文就有不少错误。例如:

据苏联方面报道,《天盛年改定新法》系刊本,字体工整,克恰诺夫抄录短短的第十章竟致抄误三十多处,其行事草率,于此可见。

在第十章的译释方面,克恰诺夫的译文也有很多不当。例如"功德司"误译"德用司","都转运司"、"都磨堪司"的"都"误译"一院","御膳司"的"御"误译"贤","审刑司"的"审"误译"番","军"误译"郡","宫前侍候司"误译"棹宫三司","医人院"误译"人住司","黑函山"误译"袋山黑","城"误译"州","仪容院"误译"晓严院","纳言处"误译"官招流从","受纳处"误译"主流从","护法"误译"求法"等等,此外,不少官司地名克恰诺夫都未加译释,兹不列举。

由上例可见,这篇不过几百字的西夏文献,仅仅涉及名称的译释,被克恰诺夫抄写、译释致误者竟如此之多,这也是出人意外的。

但是最能说明情况的,还是克恰诺夫1971年用英文在《匈牙利东方学报》(24/2)发表的那篇考释文章。这篇文章题名《黑水所出1224年的西夏文书》,是译释西夏文《乾定2年黑水守将告近禀帖》。下面我们就根据西夏原文和克恰诺夫的英译文加以评论:

例1 《禀帖》首称"黑水守城管勾、持银牌、赐都平宫走马婆年仁勇禀"。"赐都平宫走马"的西夏原文(见附录,下同)顺序是:"都平宫记马乘"。克恰诺夫竟释为:"都尚在宫中保持和平"(Tusion Preserving Peace in the Court)!

例2 《禀帖》正文开头说:"兹(有)仁勇自少出身学途。"西夏原文的顺序是:"兹仁勇幼自儒官学道上所经"。克恰诺夫竟释为:"今我卑微的仁勇,昔为能干的官员,已经走到知识路上的尽头"〔Now(I), humble, an able offcial in the past, having gone'to the end on the path of knowledge〕!

例3 《禀帖》接着说:"原籍鸣沙乡里人氏"。西夏原文的顺序是:"地长鸣沙乡里人是"。克恰诺夫竟释为:"我是鸣沙远方一所房屋的所有者"(I am the owner of a house in the far away lands of Minsa)！

例4　《禀帖》接着说："因有七十七高龄老母在堂守畜产,今母病重,而妻儿子女向居故里,天各一方,迄不得见"。西夏原文的顺序是："七十七为母老一与畜物共一帐活,现今老病已重母,妻女男与一向家舍而留,彼于起,互面不见,相对而离。"克恰诺夫竟释为："并且我有一所房子,还有畜财与我七十七岁老母相共。今我实在年老重病……尤因我精力正衰"(and own one house and common cattle and property with my 77 years old mother stricken in years. Now I am really old and seriously ill……Especially because of my failing strength)！

《禀帖》明明是为母老病重告近而写,克恰诺夫却说是请调者本人年老重病！

例5　《禀帖》接着说："故迭次呈请转任,迄放归老母近处。彼时因在学与老弓手都统相处情感不洽,未蒙见重,而原籍司院亦不获准,遂致离家多年。此后弓首亦未呈报"。西夏原文的顺序是："因反复陈呼守转,母老住处近弁为遣乞云中,尔时学院所住时旧住弓手都怛尼与相处心芥蒂有因,重道未得,地长司院不准,分离多年乃任令。彼于起,弓首举为所无。"克恰诺夫竟释为："我在报告中详细陈述了当我在学院时因我与那些已回旧地的学生分离,又与上千被派赴任的学生分离,所以我没有找到高陞之道,使我在今已留任多年的这地各司院耗尽我的精力,迄今未能抬头"〔In these reports (I in detail) expressed that at the time when I was in collge because I had been seperated from those(of the studeuts) who returned to their former places and from those of the thousand who were sent into service, did not find a way to promotion and wasted (my) strength in different commands in far away lands where since I stayed for many years up till now I was not able to raise my head〕！

例6 《禀帖》接着叙述西夏新主登基以后,自己仍未调职,任黑水城守如故。下文则称:"今国基已正,圣上之德暨诸大人之功已显。卑职等亦得脱死难,当铭记恩德"。西夏原文的顺序是:"今国本已正,上圣德力及大人父母之能功已显也。卑官等亦皆死命已离,恩功脑中已受"。克恰诺夫竟释为:"今国校已直立,圣上命令大人父母任事。多少卑微小官甚至丧命,他们应当得到最高的恩惠"〔Now erect is the core(on which)the state and the Truely wise Grourious and Mighty ordered the service of the Great Parents, and how many humble officials have been pershed and given their lives who have been worthy of obtaining the highest favovrs〕!

西夏原文"卑"字小写偏居右侧,以自示卑谦,例同汉式文牍。克恰诺夫不明此理,竟视为一般形容词。

例7 《禀帖》下文接着叙述黑水守城情况,谈到黑水缺粮:"惟仁勇原籍司院不准调运鸣沙窖粮,远边之人,贫而无靠,唯恃食禄各一缗"。西夏原文的顺序是:"仁勇地长司院不准鸣沙乡里窖坑粮运,远远之人靠无贫,唯禄食各缗于依恃。"克恰诺夫竟释为:"仁勇在远地各司院已经活下来,这是因为他是鸣沙一所房子的所有者。但是政府的书记在远方……仅靠俸禄各以所得金钱生活"……〔in different commands in far-away lands has been living from the fact that he is the owner of a house in Minsa。But the governmet clerks are far away……they live only on the salavy and each of the them exists on the money(to be received)〕!

例8 《禀帖》接着说:"……所不足当得之粮无着,今食粮将断,恐致赢瘦而死"。西夏原文的顺序是:"……多物得当已无有,现今食粮将断为,赢瘦死当或为"。克恰诺夫竟释为,"但若假定他们得不到那些,就不可能得到其他东西。现在我这方面因粮尽赢弱,可能我将死去。"(But when, let us admit, they do not get even that. then there is no possibility to obtain anything else……)!

例9 《禀帖》接着重申请调,并举将自代,因此下文写道:"仁勇不辞冒犯,以怜念萱堂等,乞加恩免除守城事,别遣军将××××来此……仁勇则请遣往老母近处司(院)任大小职事,当尽心供职。是否允当,专此祈请议司大人慈鉴。"西夏原文的顺序是:"犯人仁勇老母等处悲生,恩趣为以城守事上免何行,将×××遣者也乎……仁勇母老近弁司有处事小大上为遣。心尽勾管为。义不义专专议司大人父母慈令祈求"。对于这一段文字,克恰诺夫的释读倒还勉强可通。但是他不懂得西夏文《禀帖》的行文款式与汉文书牍相同,竟把西夏原文"犯人仁勇"释为"饥饿的(starving)仁勇",把"是否允当,专此祈请议司大人慈鉴"释为:"请根据上述的重要性或无意义,以及根据我对大人的尊敬,考虑决定此事"〔I beg you to consider and to decide the matter depending on the importance or insignificance (of the above-exposed) and in accordance with the respect towards the Gveat parents〕。

《禀帖》末署"乾定申年7月 仁勇",写成于西夏乾定2年(1224年)即成吉思汗灭亡西夏前四年,乃是探讨当时西夏政治军事形势和军政设施的重要文献。《禀帖》涉及的问题很多,值得我们深入研究,因此,首要的任务是正确释读。从西夏原文看来,这份《禀帖》本来写得文从字顺,义理分明,一经克恰诺夫转译,却变成一堆杂乱无章的、驴唇不对马嘴的词句。必须指出,若不看西夏原文,几乎看不懂克恰诺夫那篇蹩脚的英译文所云为何。只是参照了西夏原文,才好不容易把克恰诺夫的英译文转译成汉文。根据克恰诺夫的英译文看来,人们有理由怀疑:这位誉满国际的苏联西夏学"领袖"是否真懂西夏语?本文限于篇幅,恕不详细分析其错误所在及其致误性质。

如果说,单纯根据克恰诺夫释读西夏文的能力,还不足以了解苏联在西夏语文学研究方面的情况,那么,我们分析苏联语文学博士、西夏语语法专家索夫洛诺夫的著作,就能更有助于公正估价苏联的西夏语文学研究。如前所述,30年前的苏联西夏学是以语文学研究为主。近三十年来,苏联的西夏语文学已经从西夏字形分析、字音研究、虚字研究,进而发展到全面研究西夏语言结构(语音学、形态学、结构学)。这方面的代表之作就是前述索夫洛诺夫的两卷本巨著《西夏语语法》(以下简称《语法》)。

《语法》上卷内容包括:西夏文字结构简介、西夏语语音学(附西夏语音拟构原则)、形态学、结构学。下卷内容包括《文海》和《文海杂类》的反切用字 藏文注音西夏字、西夏字反切介绍、西夏语九大声类(据西夏文资料所拟),末附索引,颇便检索。

关于西夏字的字形结构和西夏语语音系统的重拟,这是两个相当复杂的问题。日本的西田龙雄、苏联的索夫洛夫和斯堪的那维亚亚洲研究所的格林斯特德,就曾从事研究。苏联研究者在这一方面的研究情况,我们将另文评介。本文仅限于评述索夫洛诺夫对西夏语语法结构的研究。

《语法》在形态学(语法)一章,首先把西夏语语词划分为名词、动词、形容词、副词、数词、代词、虚词等类。据认为名词有数和格的范畴(有主格、属格、与格、宾格、方位格、用格、夺格);动词分及物动词、不及物动词、表方向动词、不表方向动词、动作动词、情态动词、系词等类,还有时间范畴(现在、过去、远过去、将来)、体范畴(完成、开始完成、一次完成)、态范畴(主动、使动、互动)、式范畴(陈述、希望、假定、虚拟、让步、应当、可能、呼告),形容词也有时间范畴、体范畴(完成、开始、一次)、式范畴(希望、让步)、态范畴(使令),还有最高级和比较级之分,副词分质量副词、数量副词、状态副词;数词分量数词和序数词,代词分代名词、指示代词、指示分布代词、方位代词、疑问代词、不定代词,等等。在结构学(句法)方面,《语法》则划分比较简单,仅分简单句、复合句、主句、副句等等。

不难看出,《语法》作者索夫洛诺夫无非是把传统分析印欧语言结构的那一套体系强加于西夏语。就连印欧语都不多见的夺格,也被塞进了与印欧语大异其趣的西夏语语法。更为稀罕的是,据说西夏语的形容词也有时间、体、式、态等范畴。如果形容词也有这些范畴,那与动词何异?

早有前人指出,西夏语属于汉藏语系。汉藏诸语言的词类如何划分,这是语言学界一个聚讼多年的问题,迄今尚无定论。不过研究汉藏语的学者都认为,古代语法学者用于分析古典、希腊拉丁语的方法和体系,不适用于研究汉藏语系。30年来语言学的发展趋势之一,便是力图摆脱这套陈旧的体系而另辟新径。就在索夫洛诺夫本国苏联,也有许多学者指出那套方法体系也不完全适用于像俄语这种富有形态变化的语言。因此,从语言学研究的方法论来说,我们认为,把过去研究印欧语的那套传统方法体系生搬硬套于研究西夏语,那是不能揭示西夏语内在规律的;研究属于汉藏语系的西夏语,就必须采用符合汉藏语系特征的方法和体系,根据我们的看法,也许必须建立以虚字为中心的分析体系。

其次,研究任何一种语言的语法结构,都必须掌握大量语言材料,都必须举出大量例证。我们读索夫洛诺夫的《语法》,但见大量名称术语堆砌,而论证材料寥寥无几,尽管名目繁多,似嫌空洞无物,实难令人信服。现存苏联的西夏文文献,有西夏自撰的诗文集、明言集、谚语集,有译自汉文的经史,有卷帙浩繁的大量佛经(如《华严经》、《金光明经》)等等,这些文献都是宝贵的语言材料,理当尽快整理发表,供西夏学者共同进行研究。只有这样,才能掌握西夏语大量语言现象,才能谈到拟构西夏语的语法体系。遗憾的是,尽管苏联研究西夏学的专家数以十计,尽管他们发表的论著五光十色,但是真正下工夫释读西夏文献的十无一二,尤其是未见苏联有人释读篇幅较长的西夏文献。像克恰诺夫那样仅仅释读2-3页西夏文书就错误连篇,怎能谈到研究西夏语语法体系?

以上我们通过评介苏联西夏学界两位主要研究者的代表作,

大致可以看出近三十年苏联在西夏学研究方面表现出来的主要倾向和优缺点。概括地说,其主要倾向即:由单纯从事西夏语文学研究转向全面探讨西夏的历史和文化,以及社会政治和经济制度,并在自己认为初步完成研究的基础上逐步刊布西夏文献。可以认为这是苏联西夏学的积极面。

但是在完成这个转变的过程中,苏联的西夏学研究者缺乏真正过硬的基本功;无论西夏文水平或汉文水平或汉藏比较语言学水平,都还相当幼稚。看到上文列举的大量事例,人们自不难作些结论。苏联的西夏学研究者正确地认识到:研究西夏主要应当依据汉文史籍和西夏文献。但是,他们的汉文水平还不及我国一般中学生,便宣称要依据汉文古籍,撰写西夏专史,他们的西夏文水平不过释读了几张连贯成文的西夏文书(且不说释文颇难入目!),便大谈其重拟西夏语言。我们只能说"其勇可嘉"!

苏联的西夏学研究者一向声称,他们拥有世界独一无二的大量西夏文献,说什么发展西夏学研究乃是他们理所当然的义务。我们深感痛惜的是,这批70年前惨遭沙俄军官柯兹洛夫劫掠的珍贵文献,至今仍流落异国,未能返回祖国的怀抱。数十年来一贯被视为"绝学"的"西夏学",由于大量文献被劫运国外,我国学者无由得见,致使外人越俎代庖,利用其近水楼台之便大写其所谓学术著作,反讥我中国学者只能亦步亦趋、拾人牙慧。是可忍孰不可忍!中华人民共和国成立以来,在中国共产党领导下,我国的西夏学研究队伍已逐渐成长壮大,发表了有价值的学术论文。以华主席为首的党中央一举粉碎了祸国殃民的"四人帮",更为我国发展自己的西夏学研究创造了有利条件。西夏是中世纪我国兄弟民族建立的封建割据政权,西夏文献本来就是我国兄弟民族给我们留下的宝贵文化遗产。只是由于70年前清朝政府十分腐败,未能抵御外侮,遂使国门大开,任由外人劫掠,那样大量的西夏文献,才被沙俄军官柯兹诺夫劫运出境。今天我们中国自己的西夏学研究工作者,自然更有义务当仁不让,负起研究西夏学的重任,为繁荣我国社会主义文化科学、为丰富世界文化,作出自己的应有贡献。

附录:西夏文

1. 〔西夏文〕
2. 〔西夏文〕
3. 〔西夏文〕
4. 〔西夏文〕
5. 〔西夏文〕
6. 〔西夏文〕
7. 〔西夏文〕
8. 〔西夏文〕
9. 〔西夏文〕

1978年1月初稿
1978年2月改写

(原载《社会科学战线》1978年第2期)

东夏史研究述评

郑 铭

从本世纪三四十年代开始,中外学者,尤其金毓黻先生对东夏史的若干重要问题进行了探讨,提出了具有启发意义的观点。70年代以后,国内从事此项研究逐渐活跃。关于东夏的国号和年号、国都和疆域等方面都进行了广泛的考索,这当然是令人兴奋鼓舞的。但见解不一,还有待于继续研讨。现采集众说,试作综述评介,供备参校。

一、东夏立国的时间和地点

由于所依据的资料不同而作出不同解释,对蒲鲜万奴自立的时间和地点,各抒己见,相持莫决。

(1)金毓黻根据《金史·宣宗本纪》、《元史·太祖本纪》的记载,认为蒲鲜万奴于金宣宗贞祐三年,元太祖十年十月,即1215年10月,据辽东,僭称天王,国号大真。

(2)属寄依据《金史·纥石烈桓端传》认为,万奴叛金自立,为贞祐三年正月取咸平之时。这标志着万奴已经叛金。僭王改元,必在是时,金宣宗,元太祖二本纪系于十月是错误的。柯劭忞也同此看法。

(3)日本学者箭内亘经考证认为,屠寄把万奴自立系于贞祐三年正月的看法过于凿实。贞祐三年三月万奴侵婆速之前,已据东京而自立。据此不如推定为同年之春更为妥当。

(4)日本学者岩井大慧依据《圣武亲征录》的记载,认为蒲鲜万奴于金宣宗贞祐二年即1214年4月"自称东夏王",犹如朱元璋称帝前先称吴王一样,第二年10月才建立大真国。

从目前所见到的著述,万奴叛金自立的时间有四种说法,虽然各有依据,但仔细考察,确定为1215年春天即1—3月为近是。中经半年多的时间才正式建国称王。

关于自立的地点,有两种说法,一说认为,初都咸平,一说认为,据东京而叛。依据有关文献记载,应以东京说为是。

二、东夏的国号和年号

关于东夏的国号和年号,是研究较早也是争论较大的问题,有以下几说:

(1)大真说。依据文献记载,多数学者认为,蒲鲜万奴立国之初,取号大真。后改称东夏。只有个别学者,由于对文献解释的不同,主张蒲鲜万奴先称王而后建国,即于1215年10月建立大真国,迄亡而未改。

(2)东真说。主张此说的主要理由是:第一、《高丽史》中皆记为东真或东真国;第二、万奴立国之初国号大真;第三、东夏为东真之误传;第四、拉施特《史集》中也有东真的音译;第五、万奴国号东夏不近情理。这是箭内亘的见解,柯劭忞也主此说。

(3)东夏说。依据文献记载,蒲鲜万奴立国之初,国号大真,于1216年10月投降蒙古,复叛后,改称东夏。这是多数学者的意见。

三说比较,以东夏说较为正确。按文献记载,蒲鲜万奴称东夏之后,一直沿用迄亡而未改。所采用东夏之名,也合于当时的情势需要和中国文化传统。相反以东夏为东真之误,有许多问题难于说通。至于认为万奴是先称王而后改大真,则是对《圣武亲征录》

的误解所致。

最近出版的汉译拉施特《史集》,原文本是"东京王",不知何以偏要译成"东真王"。译者有个说明,因为《元史·兀良哈合传》中有从定宗征女真国,破万奴于辽东之语,故万奴之国号与女真之真字有关,与夏字无关。这乃是由于没有了解《高丽史》称万奴为东真、《元史》称万奴为女真国的真正原因而出此。

蒲鲜万奴的年号,长期以来,学术界依据历史文献和出土官印一致认为蒲鲜万奴的年号为天泰。最近有人提出了新的看法,除天泰年号以外,还有大同年号,即从天泰九年以后改为大同。见解虽新颖,但出土的刻有大同年号的官印,在文献上却找不到可资佐证其为万奴曾有此年号的记载;对天泰十八、十四年的官印,认为应是天泰八、四年的误读,因原印已失,无法查对其确否为误。有人提出新的解释,认为大同年号,可能是在万奴被擒以后,蒙古仍以万奴或其后继者作为其藩属镇抚原东夏之地,此时改称大同。大同者盖与蒙古大同也。这也只能是一种假设和推测。

三、东夏的都城

东夏的都城,一直是岐说较多争论较大的问题。

(1)南京说。主要是依据《元史》记载和出土官印的地点,认为万奴东迁以后定都于南京,直到蒙古围南京,擒万奴,亡东夏为止。可以说南京与蒲鲜万奴共存亡。南京在何地:一说认为,在今吉林延吉市附近城子山山城,以文献和出土文物为证。一说认为,应该是今吉林延吉市附近土城村的土城和城子山山城结合,才是南京的城址。说法虽然出入不大,但相持不下。还有一说,是魏源和日本的那珂通世,认为南京在今辽宁省辽阳。箭内已指出,这是把金朝的东京路改称南京路的误解。

(2)开元说。这是依据"元史"的志传,认为蒲鲜万奴僭号于开元和定都为同一地方。有的引证大量的历史文献和考古资料，从开元的地理方位，以及东夏的行政区划等方面，进一步说明开元为东夏都城。开元城在什么地方，据目前所知有十多种不同的说法。有东宁说、双城子说、珲春说、石墩寨说、依兰说、上京会宁府说、牡丹江下游说等等。有人把这些不同的说法归纳为两说，一为绥芬河流域，一为牡丹江流域。都各据文献和考古资料作了论证。但是至今并未取得一致的意见。从已发表的文章看，似乎同意在绥芬河流域的人较多一些，理由也讲得更充分些，但具体说法也不尽相同，地理位置也相去较远。有人又提出一种新的说法，认为开元和恤品是一地而不是两地，开元和北京也是一地而非两地。结论是，开元、恤品、北京三者同地而异名，都在今双城子之南。

除上述二说外，还有先都咸平后都南京说，还有认为南京、北京是陪都，都城未定说等。

四、东夏的疆域

蒲鲜万奴于1215年建立东夏政权以后，由于战争失利，开始并无固定的疆界。这是多数学者的共同意见。自从1216年万奴东迁以后，直到亡国为止。东夏的疆域四至就说法不一了。

（1）一路说。认为东夏的疆域仅有金曷懒路地。相当今长白山以东，吉林图们江流域以南，朝鲜咸镜南道咸兴以北之地。

（2）二路说。认为东夏的疆域，包括金代曷懒路、恤品路全部地区。向北扩至今乌苏里江、绥芬河流域以东至海滨地区。

（3）三路说。认为东夏疆域，占有南京、开元、率宾（恤品）三路地区。辖境以南京为中心，东至于海，北至五国头城，西北至金上京会宁府，西南至黄龙府，南至旧铁岭。

（4）四路说。认为东夏疆域，占有北京、南京、开元、率宾四路之地。这和三路说。辖境相去不远。

(5)五路以上说。有的依据《大金国志》说,东夏据辽东七路之地。认为东夏的疆域北方已达松花江流域。

总之,按其活动区域来看,东夏疆域应包括今吉林农安以东,图们江流域,朝鲜北部,黑龙江省东北部,乌苏里江、绥芬河流域,东至于海的大片土地。似乎三路说为近是。

五、东夏的职官

东夏的职官没有专文论述,从目前看到的有关材料加以综合,东夏的官制悉与金制相同。天王蒲鲜万奴之下有王浍(又名王贤佐)为丞相,职位有如金朝的尚书左右丞相。另设置有礼部、吏部等六部和行六部。军职有元帅、万户、猛安、谋克,如同金代的都元帅、左右副元帅、千夫长、百夫长。从出土的官印来看,有(1)尚书礼部。掌管办理礼仪、文书、祭祀、学校等事;(2)吏部主事。负责官吏的选用、差遣、考核、晋升,以及赏罚等事;(3)知审计院。负责审理财政之事;(4)引进使。负责接待外宾,办理外交事宜;(5)少府监或少监。负责管理修建和百工之事;(6)劝农。负责管理农业之事。金朝称劝农使司,或司农司;(7)勾当公事。负责管理钱粮,赋税之事;(8)广盈库。管理粮食储备之事;(9)副统或称副都统。位在万户之上,都统之下,为统兵之官;(10)万户、行军万户。在都统之下,领猛安谋克,负责作战;(11)监造提控。负责管理修造兵器。相当金代的"军器监";(12)军政。有人考证为军正官,负责掌管军法之事;(13)兵马按抚使。负责驻守重镇和边防之事;(14)德虎鲁府军政。负责地方军政之事,相当节度使或宣抚使一类官职;(15)谋克。为军政职,在猛安之下,负责军事、政务、生产之事;(16)总押。为地方警巡之官,负责巡捕等事。上述事实说明,东夏的职官,从中央到地方,从行政到军事,官职设置比较齐全。悉用金制,并无创建。

六、东夏与蒙古的关系

东夏与蒙古的关系没有专文论述,从有关文章零散的可以看出,有两种不同的说法。一说认为,东夏建国之始,就与蒙古为敌,从对蒙古支持的耶律留哥相争战,到最后被蒙古以武力消灭,整个历史,兵戎相见是主要的,中间虽然有段时间联军共讨喊舍的类似同盟关系。而"和平相处",那是双方各有自己的打算,处于决战的间歇阶段。蒙古因忙于西征和对金作战,无暇对东夏用兵。但蒙古始终没有忘记蒲鲜万奴是一个隐患。蒙古削平西域,大败金朝之后,遂用兵东夏,一举攻下南京,东土悉平。而蒲鲜万奴立国之初,就与蒙古相争,不得已,投降蒙古,形势一变,立即复叛,设法摆脱蒙古的羁属而独立。曾扶植高丽的亲东夏势力,劝其与蒙古绝交等。事实证明,东夏与蒙古始终未消除敌意,直到最后蒲鲜万奴与蒙古进行了殊死的战斗。一说认为,东夏与蒙古,开始和最后是敌对的。但东迁以后,彼此关系确有改善,消除了敌意,友好相处了,甚至结成联盟,同"讨丹贼"。但分析历史,东夏与蒙古的关系,应该是两股势力的对抗,不能并存。

七、对蒲鲜万奴的评价

不少文章虽然不是专文评价蒲鲜万奴的历史地位,但都直接或间接的涉及到对蒲鲜万奴历史作用的看法。把一些散见的观点概括一下有以下两种看法。一种意见,包括已经出版的《中国通史》在内,认为蒲鲜万奴的建国是一种"叛乱",其政权是封建割据,是应该批判否定的人物。这种意见,较有普遍性。一种意见,认为蒲鲜万奴建立东夏国不能视为封建割据,也不能说是叛乱。因为,当时金王朝已分崩离析,局处河南一隅之地,万奴远在东北,自立国家,追踪阿骨打之故辙,以图本民族之再兴。这不能看成地方割据,而且在元朝尚未统一中原,东北未置于统治之下,蒲鲜万奴能在蒙古强大的军事重压和地方各种势力瞬即消长变化的情况下,几经失败而又崛起,建立了东夏政权,前后19年。这一历史事实本身就很好地说明了蒲鲜万奴的历史地位和作用。有的文章称万奴为"辽东怪杰",或"誉媲阿骨打",这是不以成败论人的卓越识见。研究东夏史,应该突出研究万奴这位历史人物,给予一定的历史地位。

此外,还有许多大大小小的问题,例如东夏与高丽的关系,金末的东北形势,王浍其人,万奴的姓氏,东夏与金的关系,东夏的余部及遗民、东夏与蒙古的几次战役,万奴东迁的路线等等,都未作深入探讨。

东夏史的研究还在方兴未艾,已经研究的问题又岐说不一。但现在全面研究东夏史的条件已趋成熟。据了解,吉林的同志已经搜集了东夏史多方面的资料,正在编写《东夏史》,预计明年出版。这将有助于推动东夏史研究的进一步展开。

(原载《社会科学战线》1985年第2期)

近十五年来国内东丹史研究概述

杨雨舒

东丹国（公元926～982年）是辽初存在于东北地区的一个地方政权。东丹国的主要居民是渤海后裔，他们在有辽一代及金代中期以前一直活跃于历史的舞台上。然而长期以来，关于这段历史（以下简称东丹史）的研究却一直是国内辽金史研究中的薄弱环节。进入20世纪80年代后，学术界开始认识到，"无论把东丹作为契丹的一部分，还是把东丹作为一个独立部分进行研究，都是必要的。"[①] 随着渤海史及辽金契丹女真史研究的深入开展，东丹史的研究也日趋活跃。据不完全统计，自1980年起至1994年止，国内共出版设有专门章节介绍东丹史内容的专著5部、资料书1部、译著2部[②]；共发表东丹史方面的论文、考古报告及资料等五十余篇。下面拟就这十五年来国内东丹史研究的情况分成若干方面作一概要介绍，以飨读者。

---

① 张高：《关于渤海国历史研究的几个问题》，《牡丹江师院学报》1982年第2期。
② 专著有陈显昌：《渤海国史概要》；朱国忱等：《渤海史稿》；李殿福等：《渤海国》；江应梁主编：《中国民族史》（中册）；干志耿等：《黑龙江民族史纲》。资料书有：孙玉良编：《渤海史料全编》。译著有：朝鲜社会科学院历史所编：《朝鲜全史》第5卷；〔日〕外山军治：《金朝史研究》。

一、东丹国

1. 东丹建国原因及废止的标志

许多论著都或多或少地谈到了东丹建国的原因,归纳起来主要有三点:第一,采取建立东丹国这种"国中之国"的统治方式,是与辽初契丹仍然实行原有的部落联盟旧体制分不开的,东丹国"是直接从部落联盟的方式中派生出来的"①;第二,是为了缓和民族矛盾,巩固和加强对原渤海地区的统治,以便更好地剥削和压迫渤海遗民,掠夺其财富;第三,"外放倍(指东丹王耶律倍——笔者注)建立政权,实是缓和契丹统治集团内部对皇位继承权争夺的斗争"②。

传统观点认为,辽景宗乾亨四年(公元982年)撤销东丹国中台省,标志着东丹国的废止。但近年来有的论著却提出了不同看法,认为"辽太宗时废东丹国,称中台省。……世宗时,恢复东丹国"③,"应历二年(公元952年)十二月,耶律安端死,东丹国名实俱亡。"④

2. 辽对东丹国的统治政策

有的论文对契丹在建立东丹国后所采取的统治政策作了全面介绍,并指出,契丹对东丹国的统治政策"适应了一个落后民族统治先进民族的需要,顺应了渤海故地社会继续发展的趋势,就当时契丹政权要实现对渤海民族的统治的政治需要来说,不失为一种成功的政策",同时,这种政策也"贯穿着毫不含糊的阶

---

① 李锡厚:《辽金时期契丹女真族社会性质的演变》,《历史研究》1994年第5期。
② 何俊哲:《耶律倍与东丹国诸事考》,《北方文物》,1993年第3期。
③ 《中国大百科全书·中国历史·辽宋西夏金史》,第13页;持此观点的还有江应梁主编:《中国民族史》(见该书中册第339页)。
④ 《中国大百科全书·中国历史·辽宋西夏金史》,第171页。

级统治精神和带有浓厚的民族统治色彩"①。

有的论文在论述东丹南迁事件时,着重剖析了契丹采取这一政策的三个原因,即第一,"对渤海遗裔反抗活动的担心,是导致耶律德光南迁东丹的主要原因之一";第二,"对耶律倍的防范,特别是对耶律倍与渤海遗裔势力联合起来对抗契丹统治的担心,是导致耶律德光南迁东丹的更主要的原因";第三,"担心腹背受敌,顾此失彼,也是导致耶律德光南迁东丹的原因之一"。至于为何要迁至辽东地区,该文认为,一是这一地区的战略地位较渤海故地更为重要;二是这一地区地理条件优越,可以成为契丹实行南下战略的一个后勤补给基地;三是契丹对这一地区经营较早,从而为东丹南迁创造了较好的物质条件②。

3. 东丹国行政机构的变迁

东丹国南迁时,原渤海国的京府州县中有很多被徙置或废除,因而导致东丹国的行政机构发生了较大的变化。目前,学术界已基本确认,至少有湖、显、卢、铁、汤、兴、荣(辽史作祟)、庆(辽开州)、盐、穆、贺、沃(辽海州)、睛(辽嫔州)、椒(辽耀州)、慕、郸、高、潘、达等原渤海国的州是在东丹南迁时徙置或废除的。对于原渤海国县一级行政机构,有的论文认为,这些县的半数以上在东丹南迁时被废除,其中只有少数又徙置;还有部分县虽未废除,但却在东丹南迁时被徙置于辽东地区,或仍沿旧名,或易名、合并③。

关于原渤海各州徙置后的今址,目前学术界意见趋向一致的有:

---

① 王德忠:《辽朝对东丹国的统治政策及其评价》,《昭乌达蒙族师专学报》1987年第2期。
② 杨雨舒:《东丹南迁刍议》,《社会科学战线》1993年第5期。
③ 杨雨舒:《东丹南迁刍议》,《社会科学战线》1993年第5期。

铁州　　今辽宁营口县东南汤池；
兴州　　今辽宁铁岭县南60里之懿路村；
汤州　　今辽宁辽阳西北约百里处；
庆州　　（辽开州）　今辽宁凤城县；
穆州　　今辽宁岫岩县东南洋河附近；
沃州　　（辽海州）　今辽宁海城县；
睛州　　（辽嫔州）　今辽宁海城县东北向阳寨；
椒州　　（辽耀州）　今辽宁营口县北岳州城。

关于原渤海西京鸭渌府所属各州，大多数论著都采用了已故金毓黻先生的观点，即辽灭渤海后，"除鸭渌府所属诸州外，余皆南迁"[①]，因而将这些州的州址仍定于原址。但也有些论文对上述观点提出了异议，主要理由是：第一、鸭渌府诸州居民早在辽太祖阿保机时期就已开始迁徙；第二、原鸭渌府的辖境在辽代已归鸭绿江女直大王府管辖，若属于东京辽阳府的鸭渌府诸州未迁徙的话，那就是说东京留守司管辖着鸭绿江女直大王府的辖地，这在实际上是不可能的；第三、原鸭渌府诸州位于辽代女真人同宋朝相通的鸭绿江海道的必经之地，然而辽却放弃这一具有重要战略地位的军事要地，在距海岸四百里的长岭营州道和扶余契丹道上设防，堵截女真使者，"这只能说明渤海鸭渌府早已废置，辽渌州不在旧地"[②]；第四、西京鸭渌府为原渤海五京之一，是其统治中心地区，那里居民反抗契丹人的情绪自然比其他地区更强烈，而且那里距辽东地区最近，若不予以迁徙，则将对契丹在辽东的统治构成严重威胁，所以契丹统治者不可能尽迁其他几京而不迁西京鸭渌府，至少也会将其主要的州徙置；第五、《辽史·地理志》中渌、桓、丰三州条下均记有"本渤海某府某州，

---

① 金毓黻：《东北通史》（上编）324页。
② 向南：《辽代渌州徙置辩》，《社会科学战线》1983年第1期。

故县某,皆废",这恰好证明,原鸭渌府四州中至少有三个是被徙置了①。有的论文还根据《辽史》中的记载和已出土的辽代墓志等史料推定,"辽代渌州址当在东京辽阳府以南,海(今辽宁海城县——笔者注)、辰(今辽宁盖县——笔者注)两州以西的近海之地"②。

关于原铁利府,《辽史·地理志》中有"铁利府,刺史,故铁利国也"的记载。金毓黻先生认为"此盖虚存其名"③。有的论文则认为"辽代铁利中心地区大体在原处"④。而有的地图集则将其址标于今辽宁抚顺市北⑤。

4. 东丹王耶律倍

大多数论著在分析耶律倍不能继承契丹皇位的原因时,都指出了这是由于述律太后偏爱其次子耶律德光,废长立幼的缘故。但近年来也有的论文认为,"922年初的河北之败,显然对太祖的更易皇储产生了影响","太宗(指耶律德光——笔者注)的继承皇位,并非简单地出于述律太后(淳钦后)的偏爱,而是辽太祖在河北战后就已布置的安排。"⑥ 有的论文则指出了耶律倍不能继承契丹皇位的根本原因就在于,以他为代表的"主张多多接受中原文化的一派势力尚小。"⑦ 耶律倍虽然名义上为皇位继承人,但却无实权,而耶律德光虽然名义上不是皇位继承人,可是身为兵马大元帅具有实力,在名义和实力的较量中实力

---

① 杨雨舒,《东丹南迁刍议》,《社会科学战线》1993年第5期。
② 向南:《辽代渌州徙置辩》,《社会科学战线》1983年第1期。
③ 金毓黻:《渤海国志长编》(下编),卷十四。
④ 孙正甲:《铁利概论》,《龙江史苑》,1985年第1期;持此观点的还有杨保隆:《辽代渤海人的逃亡与迁徙》,《民族研究》1990年第4期。
⑤ 谭其骧主编:《中国历史地图集》第六册9~10页。
⑥ 蔡美彪:《论辽朝的天下兵马大元帅与皇位继承》,《中国民族史研究》(四),第29页。
⑦ 舒焚:《东丹王耶律倍》,《湖北大学学报》1985年第2期。

终于战胜了名义，耶律倍不得已让皇位给耶律德光。①

有的论文在论述耶律倍与东丹国南迁的关系时认为，"公元928年耶律倍率其东丹国，率其众多的渤海遗民，来到辽阳重建东丹国。"②有的论文则正确地指出了"这次迁徙时，人皇王当时被软禁在辽上京第中，未参与。"③还有的论文进一步指出，对于东丹南迁所造成的原渤海地区历史发展的停滞和倒退，"作为统治阶级一员的东丹王耶律倍，是没有历史责任的。"④

有的论文就东北古代著名藏书家耶律倍藏书的情况作了考证，指出"望海堂确是耶律倍私人所有"，是东北古代最早的私人藏书楼。耶律倍的藏书和当时中原地区最著名的藏书家（如后唐的定州节度使王都和镇州节度使贾馥等人）相比较，"是毫不逊色的"，"东北古代藏书之冠当属藏书家耶律倍和他的藏书楼。"⑤

有的论著重点论述了耶律倍的诗歌成就，指出他的《海上诗》以汉文"小山压大山"来隐喻契丹文"小汗压大汗"之意，"分明是对耶律德光夺走自己帝位的怨恨之辞"，"是一首十分巧妙的隐喻诗"，"表现出作者对诗艺的谙熟"，"在辽代诗史中，他是开创性人物，由他写下了辽诗史的第一页！"⑥

许多论著在评价耶律倍的一生时，都对这位契丹族著名的知识分子热爱和学习中原地区封建文化的精神给予了充分肯定。但对耶律倍在后唐时的活动却存在着不同看法。有些论文指出，耶

---

① 何俊哲：《耶律倍与东丹国诸事考》，《北方文物》1993年第3期。
② 刘肃勇：《东丹国与东丹王耶律倍》，《辽宁师范学院学报》1982年第3期。
③ 艾生武：《东丹国初探》，《北方论丛》，1983年第2期。
④ 董玉瑛：《东丹王耶律倍》，《东北历史名人传》（古代卷上），第184页。
⑤ 王声银：《东北古代著名藏书家耶律倍和他的藏书楼》，《黑龙江图书馆》1988年第3期。
⑥ 张晶：《辽金诗史》，第36、37页。

律倍来到中原地区后"不参与汉族政权的政治活动,不做有碍于中原汉族同契丹王朝之间正常往来的坏事。身居异乡,继续赋诗作画……不失为契丹族同汉族之间的友好的文化使者。"① 他最后几年的活动"其内容已构成了一段契丹、汉两族之间文化交流与长久友谊的佳话。"② 有的论文则认为,"他因契丹统治集团内争皇位激烈而投后唐,又引契丹兵进攻后唐,致后唐政权的败亡,契丹因此得占幽云十六州之地,威胁中原地区,使北宋处于与辽斗争的被动地位。"③

最近,有的论文着重论证了辽代医巫闾地区与耶律倍及其家族的关系,认为耶律倍及其子孙不论死在何地,多愿意葬于医巫闾地区,以及这一地区建有许多耶律倍家族的私城、头下城的史实表明,"医巫闾不仅是皇帝的陵寝,而且是耶律倍家族的墓地",这一地区"最早应是耶律倍家族的领地"。该文还在剖析医巫闾地区经济、文化及优越地理条件的基础上,指出这一地区"对耶律倍家族由衰到兴,最后夺取皇权发挥着重要作用。"④

二、辽金时期的渤海人

1. 辽金时期渤海人的逃亡与迁徙

有的论文详细分析了契丹灭渤海后,渤海人逃亡高丽(今朝鲜)、女真居住区(今黑龙江中下游流域)和后周、北宋(即中原地区)等三个地区的情况及其原因,并总结出"其特点:一是持续时间长;二是除零星外逃外,一般都有渤海显贵率领;

---

① 刘肃勇:《东丹国与东丹王耶律倍》,《辽宁师范学院学报》1982年第3期。
② 舒焚:《东丹王耶律倍》,《湖北大学学报》1985年第2期。
③ 何俊哲:《耶律倍与东丹国诸事考》,《北方文物》1993年第3期。
④ 向南:《辽代医巫闾地区与耶律倍家族的崛起》,《社会科学辑刊》1994年第1期。

三是呈现出阶段性；四是在逃亡贵族中，大氏王族占有相当比例。"① 关于逃亡到上述地区的渤海人总数，该文估计约有三四十万。

有的论文认为，早在渤海灭亡前数年"已有渤海人移居辽地"；而到了辽朝后期，由于对渤海人统治的削弱，所以这时渤海人的迁徙为相对的自由流动，踪迹已遍布中京、南京乃至西京道②。有的论文对辽太祖、太宗时两次大规模迁徙渤海人的情况作了详细考察，指出，辽太宗以后仍时常发生小规模的渤海人被迁徙与再被迁徙的事件，其原因是第一，辽统治者为奉其祖陵，迁渤海人户于陵墓附近置州设县看守；第二，为戍守边疆；第三，为分散"叛辽"渤海人的势力之需③。许多论著都强调了辽统治者强迁渤海人给渤海民族和渤海故地带来的灾难性恶果；有的论文则指出，这种迁徙"客观上对梁水（今辽河——笔者注）流域的经济开发作出了贡献，也促进了渤海、汉人和女真人的民族融合。"④ 关于辽代迁至辽东等地的渤海人总数，有的论著估算"约有九万四千余户，如果一户以五口计算，则有四十七万余人。"⑤ 有的论著则统计其总数约为五万二千户，五十二万人⑥。还有的论文估计"有五万四千余户，近三十万人。"⑦

有的论文指出，金熙宗完颜亶时，将辽阳渤海人又转戍至山东，到公元1141年便迁散完毕，"这一次迁徙使辽阳渤海人在搬迁中，遭受倾家荡产之灾"，"作为一支民族力量欲东山再起，

---

① 杨保隆：《辽代渤海人的逃亡与迁徙》。
② 王成国：《论辽代渤海人》，《博物馆研究》1987年第2期。
③ 杨保隆：《辽代渤海人的逃亡与迁徙》。
④ 何俊哲：《耶律倍与东丹国诸事考》；持此观点的还有杨雨舒：《东丹南迁刍议》。
⑤ 王承礼：《渤海简史》，第177页。
⑥ 陈显昌：《渤海国史概要》（五），《齐齐哈尔师范学院学报》1984年第3期。
⑦ 艾生武：《东丹国初探》，《北方论丛》1983年第2期。

完全无望了。"①

2. 辽代渤海人的历史地位和作用

有的论文详细考察了渤海灭亡后,大批渤海人沦为辽皇室、国家和头下军州的部曲(农奴)的情况,指出他们所处的社会地位是十分低下的。该论文还介绍了渤海人在辽代农业、手工业和交通业发展方面所作的贡献,认为"渤海人虽然在政治上处于被支配地位,但还是不断地发挥它的先进作用,给辽朝以很大影响"②。

与广大渤海人悲惨遭遇形成鲜明对照的是,渤海人高模翰却因忠实地投靠辽政权并积极参与其争霸中原的战争,立下赫赫战功而备受信任与宠爱,成为辽朝的新贵。有的论文对此作了详细介绍,指出高模翰一生"所任官职之多,品位之高,不但在仕辽的渤海人中无人可比,就连许多契丹贵族也自愧弗如。"③

辽代渤海人中,亦不乏具有政治远见者,辽天祚帝文妃大氏即是一例。有的论文高度赞扬了文妃大氏敢于直言劝谏天祚帝的言行,指出:"作为一个妃子,敢于冒触犯天威的风险,以国家大事为重,不计个人安危,提出了自己很有见地的忠告,可谓有胆有识;文妃的所言所行也足为后世所钦敬。"④

渤海灭亡后,渤海人除逃亡、被迁徙或投靠辽政权的以外,还有相当一部分留居原地。有的论文对其中之一的兀惹人在辽代的活动作了详细考察,指出"兀惹在辽前期是一支实力雄厚的渤海遗民,他们为了光复故国,四处联系渤海遗民,控制邻族,形成一股强大的政治势力。这股政治势力直到十世纪末才开始削

---

① 刘肃勇:《金代辽阳渤海人述略》,《东北地方史研究》1986年第4期。
② 王成国:《论辽代渤海人》,《博物馆研究》1987年第2期。
③ 杨雨舒:《辽代渤海人高模翰述略》,《北方民族》1990年第1期。
④ 邓伟:《辽金渤海遗裔文学举隅》,《辽金契丹女真史研究》1987年第2期。

弱，内附于辽。"①

对于渤海人大延琳反辽起义，有的论文认为它"严重地打击了辽朝在东京道地区的统治"，"有助于这一地区生产的继续发展"②。有的论文认为，大延琳的起义虽然失败了，但它"迫使辽廷对渤海遗民作出一些让步"，"这在一定程度上减少了辽廷与渤海族的矛盾，在客观上对于民族之间的联系和融合，起到了一定的积极作用。"③

有的论文认为渤海人高永昌反辽抗金，"对辽廷与金王朝打击之惨重，以及影响意义之深远，都远远超出了此前的反辽抗金斗争"④。

3. 金代渤海人的历史地位和作用

许多文章认为"渤海来归"是金朝勃兴的重要因素，而渤海归金则正是因为"女直、渤海本同一家"，女真与渤海"在金代已是一脉相承，融为一体了"⑤。渤海上层人物虽对金朝的政治建树或推动全国文化发展的功绩都不小，但是，金朝统治者"绝不能给被统治的任何民族以独立自主的权利"，"这就是渤海遗民试图依靠女真贵族力量，使渤海民族复兴必然要失败的悲剧所在。"⑥ 金章宗制造的杀其长辈亲王完颜永蹈、完颜永中两家的血案，恰是辽阳渤海人至此退出历史舞台的标志⑦。

有的论文认为"贞懿皇后是在金代政治舞台上大有作为的

---

① 冯继钦：《辽代兀惹新探》，《东北地方史研究》1986年第4期。
② 董玉瑛：《辽代东京起义军领袖大延琳》，《东北历史名人传》（古代卷上），第210页。
③ 刘肃勇：《渤海遗民大延琳的反辽斗争》，《学习与探索》1983年第2期。
④ 刘肃勇：《论高永昌反辽抗金的战争》，《辽宁师院学报》1981年第4期。
⑤ 王世莲：《渤海遗民与金之勃兴》，《求是学刊》1983年第4期。
⑥ 刘肃勇：《渤海遗民与金朝的政治关系》，《北方民族》1990年第1期。
⑦ 刘肃勇：《金代辽阳渤海人述略》，《东北地方史研究》1986年第4期。

渤海族女政治家"①。有的则对贞懿皇后出家的目的提出了异议，认为她既不是为反抗女真旧俗，也不是"看破红尘"，更不是"悉心从佛"，而是为了伺机为儿子夺取帝位而出家的②。对于渤海人杨朴，有人说他是金政权中的政治决策人物之一，是"阿骨打时代的叔孙通"③。渤海人大㚖是金国能征善战的重要军事将领和权臣，但对其同海陵朝左副元帅撒离喝的斗争却意见纷纭，有的说这是"他历史上极不光彩的一页"④；有的则认为此举是为海陵朝削除了群雄，有利于加强中央集权，其功非小⑤。另外，对渤海人张浩、李石，以及兀惹人李靖、张守愚、张资禄等人的作用，也多有文章予以肯定与评说。

4. 辽金时期渤海人的文学

辽天祚帝文妃大氏（即萧瑟瑟）的诗作虽然仅留下两篇，但她的《讽谏诗》"直抒胸臆，感情充沛，言简意赅，语言明白如话，显示了满怀忧怨之情"；而她的《咏史诗》则"诗风委婉含蓄，意在不尽，具有较高的欣赏价值"⑥。

王庭筠既是金代文学大家，又是著名书法家和画家。有人评论说，他的成就在辽金时代渤海遗裔中是无人可比的"第一文人"⑦。有人全面介绍了王庭筠在书法和绘画方面所取得的成就⑧。有人则驳斥了那种把王庭筠视为形式主义者流，把他的诗作说成"止是尖新"的片面看法，肯定他"在抒情之诚的同时

---

① 鲁任：《金代渤海族女政治家贞懿皇后》，《北方民族》1993年第1期。
② 刘肃勇：《通慧圆明大师塔铭》考释，《博物馆研究》1986年第1期。
③ 丛佩远：《金初重臣杨朴》，《东北历史名人传》（古代卷上）第263页。
④ 柴营：《金神麓郡王大㚖》，《东北历史名人传》（古代卷上）第364页。
⑤ 刘肃勇：《金代辽阳渤海人述略》，《东北地方史研究》1986年第4期。
⑥ 邓伟：《辽金渤海遗裔文学举隅》，《辽金契丹女真史研究》1987年第2期。
⑦ 邓伟：《渤海遗裔第一文人王庭筠》，《北方民族》1989年第1期。
⑧ 赵鸣岐：《黄华山主——王庭筠》，《学术研究丛刊》1985年第4期。

表现了艺术上砺志开拓、精进求新的宝贵进取精神"①。金代渤海人高宪（王庭筠的外甥），是金代重要的诗词作家，他在文学上的地位仅次于王庭筠"而位居第二"②。

在总结渤海遗裔文学的特点及其原因时，有的文章指出，"渤海遗裔文学充分表现了与汉族文学相融合一致的特点"，"就现存的渤海文学来看，体现自己民族特色的东西较少。这是向较为先进的汉族文化学习的自然结果，也与当时整个社会的政治历史情况紧紧相连。"③

三、东丹史考古新发现

1. 通慧圆明大师塔铭

1981年6月，辽宁省辽阳市的文物工作者们在进行文物普查时，偶然发现了流散民间达60余年的《通慧圆明大师塔铭》刻石。该塔铭短短501字中，竟有许多内容为文献所漏记，如贞懿皇后的父亲汉名叫李侯；贞懿皇后在世68年，由此推知其生年为公元1094年（辽道宗大安十年）；贞懿皇后出家为尼是在公元1142年（金熙宗皇统五年）；"通慧圆明"是金熙宗御赐的封号，而"洪愿"才是贞懿皇后的法名等等。该塔铭的发现，为我们研究金代渤海人贞懿皇后"提供了许多重要史料，同时也为今后提出了不少新的研究课题。"④

2. 河北滦平辽代渤海冶铁遗址

1982年夏季，河北省承德地区的文物工作者在滦平县米碓

---

① 马赫：《略论金代辽东诗人王庭筠》，《社会科学辑刊》1987年第5期。
② 邓伟：《辽金渤海遗裔文学举隅》，《辽金契丹女真史研究》1987年第2期。
③ 邓伟：《辽金渤海遗裔文学举隅》，《辽金契丹女真史研究》1987年第2期。
④ 邹宝库：辽阳市发现金代《通慧圆明大师塔铭》，《考古》1984年第2期。

子东沟村后梁发现一处冶铁遗址。他们断定该遗址应为辽代渤海冶铁遗址，也就是文献中所说的辽代柳河馆渤海冶铁址。发现者认定辽代渤海冶铁匠人"不仅对矿石的性能有了一定的科学认识，而且掌握了比较稳定的冶炼技术"[①]。

3. 耶律羽之墓志

1992年夏季发现，位置在内蒙古阿鲁科尔沁旗罕庙苏木的古勒布火烧嘎查以东10公里处，"是目前所见辽代墓志中最早的一块"[②]。该墓志所刻铭文共计1211字[③]，记述了耶律羽之的家世和生平、契丹的族源、契丹早期社会的一些重要事件以及东丹国的某些史实。其中许多内容为文献所漏记或错记，如耶律羽之在世52年，卒于公元941年（契丹会同四年），由此推知，其生年为公元890年（唐昭宗大顺元年）；耶律羽之给耶律德光上表的时间为契丹天显四年（公元929年），由此可知东丹南迁时间为天显四年末，而非文献所记载的天显三年末等等。

综观近十五年来国内东丹史的研究，其成果在数量上明显增多，涉及的内容也较为广泛，某些方面还有所突破，涌现了一批见解独到，颇有说服力的佳作。更为可喜的是，最新的考古发现结束了东丹史研究无考古史料的局面，从而在一定程度上弥补了文献史料的不足。但我们在充分肯定上述成就的同时，也应清醒地看到：第一，目前国内东丹史研究的总体水平还不高，对许多问题的认识尚不够深入，研究视角也不够开阔；第二，时至今日，国内还没有一本系统表述东丹史内容、全面反映东丹史研究

---

① 承德地区文物管理所等：《河北滦平辽代渤海冶铁遗址调查》，《北方文物》1989年第4期。
② 梁万龙：《耶律羽之及其族氏考析》，《昭乌达蒙族师专学报》第14卷第4期。
③ 该数字系根据《文物》1996年第1期发表的辽耶律羽之墓发掘简报所附墓志录文统计。

现状的学术专著,这与今后东丹史研究的深入开展是不相适应的;第三,东丹史研究的一些重要课题,例如东丹国的历史地位和作用、东丹国时期的经济状况、辽金渤海人与东北地区的社会发展等等,至今尚无人论及;第四,自本世纪初以来,日本、朝鲜、韩国等国的学术界也发表了相当数量的东丹史研究论著,但遗憾的是迄今为止,只有极少数的论著被译成了中文,这对我们了解和掌握国外的东丹史研究动态和学术成就,从而推动国内东丹史研究的深入开展是相当不利的。有鉴于此,笔者衷心地希望,今后国内学术界有志于东丹史研究的同仁能团结一致,在已有成就的基础上,继续努力加强上述几个方面的工作,共同把国内东丹史的研究提高到一个新的水平。

(原载《社会科学战线》1996 年第 3 期)

日本关于中国东北史的研究

〔日〕山根幸夫　顾铭学　译

日本关于中国东北史的研究，始于日本因日俄战争而获得辽东半岛及南满铁路租借权的20世纪初。就任满铁社长的后藤新平，委托东大教授白鸟库吉在东京分社设置了"满鲜地理历史调查部"，并把松井等、稻叶岩吉（君山）、箭内亘、津田左右吉、池内宏等集中在这里，开始了研究。先是完成了《朝鲜地理历史调查报告》，继之，于1913年刊行了《满洲地理历史调查报告》。由于满铁提供了充足的研究经费，研究工作进行得似乎很顺利。不久，撤销了设在东京分社内的调查部，委托东京大学文学部接办。其研究成果，则揭载于《满鲜地理历史研究报告》，1915年发行第1号，1937年以第16号终刊。也可以说，以此满鲜地理历史调查部为基础，日本的东洋史研究开始发达兴旺起来。

下面介绍日本研究中国东北史的文献目录。战前，《历史学研究》5卷2号（1935年），作为"满洲研究特辑"，在介绍每一时期"满洲"史研究之动向的同时，于卷末载有详细的东北史论文目录。战后，则有河内良弘编的《日本的东北亚研究论文目录》（天理大学，1972年）。此外，还有杉山正明的《日本的辽金元时代史研究》（《中国——社会和文化》12,1997年）。该文，与其说是具体介绍研究动向，毋宁说是表述杉山对辽金元史的见解。

下面，以单行本为主（论文过于烦琐，因而省略），介绍一下从渤海开始到清朝前期，日本关于中国东北史的研究。

一、渤海史

渤海国与日本具有长期国交,故在日本那珂通世、内藤虎次郎、津田左右吉、鸟山喜一等很早便开始了研究。最初刊行的专著为鸟山的《渤海史考》(1915年,1972年由原书房复印),另外,鸟山还有《消失了的王国——渤海国小史》(翰林出版,1949年)、《渤海史上的诸问题》(风间书房,1968年)。另有新妻利久的《渤海国史及与日本国交史的研究》(东京电机大学出版局,1969年)。关于研究论文,则有松井等、日野开三郎、三上次男等的许多论文,不一一列举。

在考古学的调查研究方面,关于上京龙泉府(东京城),有原田淑人、驹井和爱的《东京城》(东亚考古学丛刊,1939年)、鸟居龙藏的《满蒙的探查》(万里阁,1929年)等。关于东京龙原府,则有驹井和爱的《中国都城·渤海研究》(雄山阁,1977年)、鸟山喜一和藤田亮策的《间岛省古迹调查报告》(朝鲜总督府,1942年)、斋藤优的《半拉城及其它史迹》(真阳社,1978年)等。

二、契丹·辽朝

关于辽朝史的研究,在日本以岛田正郎的业绩为最多。如按年代顺序列举,则有泷川政治郎、岛田正郎的《辽律之研究》(开明堂,1943年)、《辽代社会史研究》(三和书房)、《辽制之研究》(汲古书院,1973年)、《辽朝官制的研究》(创文社,1978年)、《辽朝史研究》(创文社,1979年)、《契丹国——游牧之民契丹的王朝》(东方书店,1993年)。岛田从各方面研究了辽朝史,特别是作为法制史家,他对官制及法律显示出强烈的关心。最新出版的《契丹国》,以一般读者为对象,汇集了迄今研究成果。此外,田村实造也有许多论文,集为一册,则为《中国征服王朝的研究》(上)(东洋史研究会,1964年)。

作为辽代考古学的研究成果,在鸟居龙造的《从考古学上看到的辽的文化·图谱》(东方文化研究所,1953年)之外,还有关于庆陵的详细的调查报告。田村实造、小林行雄的《庆陵》(上、下)(京都大学文学部,1953、1954年),是田村、小林于1939年对辽朝第6代的圣宗、其子兴宗、其孙道宗三代陵墓发掘、调查结果的详细报告。与此相关,田村还有《庆陵的壁画》(同朋舍,1977年)。本书分壁画、雕饰、陶瓷三篇进行叙述。更有《庆陵调查纪行》(平凡社,1994年),是以田村自己的日记以及小林等的笔记为基础,讲述了他们的调查旅行。另外,作为考古调查,还有岛田正郎的《祖州城》(中泽印刷,1955年)。

其次,关于辽代的文化,则有神尾弋春的《契丹佛教文化史考》(满洲文化协会,1937年)、野上俊静的《辽金的佛教》(平乐寺书店,1954年)二书。

三、女真·金朝

在关于女真、金朝的研究中,三上次男和外山军治的研究成果较多。战前,两人也曾进行联合研究。三上于战前曾有《金代女真的研究》(东方文化学院,1937年),战后则刊行了包括此书内容的《金史研究》三册(中央公论美术出版,1972~1973年)。其第一册为"金代女真社会的研究",第二册为"金代政治制度的研究",第三册为"金代政治·社会的研究",收入了丰富的内容。外山的《金朝史研究》(东洋史研究会,1964年),是他将迄至当时发表的论文集成一册。田村实造的《中国征服王朝的研究》(中)(东洋史研究会,1965年),是对女真、金朝的耕耘,爱宕松男的《东洋史学论集》(3)(三一书房,1990年),也是以金代为对象的。

其次,在对金代文化的研究中,有洼德忠的《中国的宗教改革——全真教的研究》(法藏馆,1967年)。而关野贞、竹岛卓一的《辽金时代的建筑及其佛像》(东方文化学院东京研究所,1934~1935年),则由竹岛予以修订,以同一书名由龙文书局于1944年刊行。还有园田一龟的《吉林·滨江两省的金代史迹》(满洲古迹古物调查报告,1941年;1976年由国书刊行会复印)。

作为工具书,则有小野川秀美等编《金史语汇集成》3卷(京大人文科学研究所,1950~1952年),以及梅原郁、衣川强编《辽金元人传记索引》(京大人文科学研究所,1972年)两书。

四、明代的女直

作为资料集,有东大文学部编《明代满蒙史料·李朝实录抄》(1954~1959年),本书包含的史料,几乎都是关于女直民族的。还有京大文学部编《明代满蒙史料·明实录抄·满洲篇》(1954~1959年),另外还有《蒙古篇》。在京大还有参与该史料集刊行的人们所执笔的《明代满蒙史研究》(京大文学部,1963年)。

园田一龟在伪满洲国时代是《满洲日日新闻》的编辑局长,在从事本职工作的同时,曾继续研究满洲史。战后,出版了《明代建州女直史研究》(国立书院,1948年)和《明代建州女直史研究续篇》(东洋文库,1953年)。和田清的《东亚史研究·满洲篇》(东洋文库,1955年)也是集成了著者有关女直史和满洲史的论文,包含了发表于上述《满鲜地理历史研究报告》中的论文。

再一部,收录了有关女直史研究之最新成果的著作,是河内良弘的《明代女直史的研究》(同朋舍出版,1992年),务请参照。

作为考古学方面的,有稻叶岩吉的《兴京二道河子旧老城》(建国大学,1939年)。另有园田一龟的《满洲金石志稿》(私家版,1936年),以及安马弥一郎的《女直文金石志稿》(私家版,

1943年)等。作为战后刊行的,清濑仪三郎的《满洲语言及书写的研究》(A Study of the Jurchen Language and Script)(法律文化社,1977年),亦很见研究功力。

五、清代初期的女直

主要是介绍一下入关前的有关女直史的文献。首先是作为基本文献的《满文老档》以及《旧满洲档》。关于《满文老档》,战前有藤冈胜二译的《满文老档》(岩波书店,1939年),为未定稿。战后,东洋文库的满文老档研究会(神田信夫、松村润等)曾以日本语试译,先将满洲文转写成罗马字,然后逐字翻译(并逐句译意),终于刊行《满文老档》全部7册(东洋文库,1955~1963年)。神田、松村等还译出《旧满洲档——天聪九年》2册,由东洋文库于1972、1975年刊行。满文老档研究会编的《满文老档·旧满洲档对照表——太宗朝》,还被收入《游牧社会史探究》别册(1978年)。此外,满文老档研究会还作成《八旗通志列传索引》(东洋文库,1965年)。据以上所述,东洋文库满文老档研究会在清朝前史研究上取得的成果,可以说是非常巨大。与此有关的,还有今西春秋译的《对校清太祖实录》(国书刊行会,1974年)。《五体清文鉴译解》(上、下)(东大内陆亚细亚研究所,1966、1968年)等。

其次,作为历史研究有三田村泰助的《清朝前史之研究》(东洋史研究会,1965年)。而周藤吉之的《清代满洲土地政策之研究》(河出书房,1944年)以及他的《清代东亚史研究》(日本学术振兴会,1972年),也许在此有一举之必要。

作为有关民族、文化的,最早有秋叶隆的《满洲民族志》(东光书苑,1938年),大间知笃三、户田茂喜译的《满洲族的社会组织》(刀江书院,1967年)及赤松智城的《满蒙的民族与宗教》(大阪书号,1941年)诸书。另外,还有园田一龟的《鞑靼漂游记之研究》

(满铁总局庶务科,1939年;1980年由原书房复印),此为1644年漂流到珲春方面的日本人被送往沈阳、北京的旅行记,很好地说明了清军入关当时的满洲、北京状况。

上面,仅介绍了日本人对渤海以来兴亡于中国东北之诸民族及国家研究的单行本出版物。之所以限于单行本,是因为包含论文便过于烦琐。但它终究是不完备的,实在简略得很。如依上述报告而能够了解到日本关于中国东北研究的状况,则幸运之至。

(此文系作者1997年8月来中国长春参加明史国际学术讨论会时,应吉林省社会科学院历史所之约准备的讲演稿,经作者同意译出并发表。)

(原载《社会科学战线》1997年第6期)

东北沦陷历史研究回顾

孙继英

一

建国50多年来,新中国对于东北沦陷历史的研究,可以1979年实行改革开放政策为标志,分为前、后两个发展阶段。在前阶段的30年里,虽然在搜集历史资料和研究方面做了不少工作,但总的来说进展缓慢;在后阶段的20年里,无论在对历史资料的发掘、整理,或是在研究与著述方面,都有迅速的进展,一些专著和资料丛书相继问世,把对东北沦陷历史的研究推进到了一个新的发展水平。

目前,对于日本帝国主义武装侵占和殖民统治我国东北十四年这段历史的称谓,有两种表达方式,即东北沦陷十四年史和伪满洲国史。但无论采用哪种表述方式,这段历史都是主要研究和记述日本侵略者对东北的殖民统治和东北人民的抗日反满斗争这两大方面的内容。

1951年,东北师范大学教育系编印了《伪满奴化教育》一书,是新中国成立后第一部研究东北沦陷时期历史的专著。全书十三万余字,首次把在日本卵翼下的伪满洲国教育的本质定性为奴化教育,资料丰富、翔实,多为后来研究东北沦陷时期教育的学者所引用。

对于东北沦陷时期历史的综合性研究,主要体现在由李新、彭明、孙思白、蔡尚思、陈旭麓主编的《中国新民主主义革命时期通史(初稿)》中。此书共4卷,于1959年由高等教育出版社出版,1962年人民出版社重印。作者把东北沦为日本帝国主义独占殖民地的这段历史置于通史之中,记述了日本帝国主义阴谋制造九一八事变和东北沦陷的过程,炮制伪满洲国及其对东北的军事统治、经济掠夺和奴化教育,中国共产党领导下的东北抗日游击战争等,代表了50年代和60年代对于东北沦陷时期历史研究所达到的水平。

在对东北沦陷历史资料的搜集和整理方面,全国政协和各地方政协的文史资料编辑和出版工作功不可没。1959年,时任政协主席的周恩来在招待60岁以上委员的一次茶话会上,号召大家将六七十年来看到的和亲身经历的社会各方面的变化,几十年来所积累下来的知识、经验和见闻掌故,自己写下来或者口述由别人记下来,传给后代。① 据此,全国政协设立了文史资料研究委员会,负责计划、组织和推动从清末到全国解放各个历史时期中各种历史资料的撰写和征集工作。1960年1月,以"保存和积累历史资料,并推动撰写资料的开展"为目的的全国《文史资料选辑》第1辑与读者见面了。至1966年"文化大革命"前,共编辑出版了《文史资料选辑》55辑。此中不乏东北沦陷时期的历史资料,溥仪的《我怎样当上的伪满"执政"》一文就最先刊载在1962年10月出版的《文史资料选辑》第29辑上。继全国政协的文史资料选辑出版发行之后,辽宁、吉林、黑龙江省和内蒙古自治区政协也相继编辑出版了各省、自治区的文史资料选辑。其中由辽宁省政协和沈阳市政协文史委合编的《文史资料选辑》共出版发行了5辑;吉林

---

① 见全国政协文史资料研究委员会编:《文史资料选辑》第1辑发刊辞,中华书局,1960年。

省政协文史委编辑出版的《吉林文史资料选辑》第1辑,则是一本东北沦陷时期历史资料专辑。

从50年代末开始,辽、吉、黑三省的部分史学工作者,有组织地对东北地方党史资料,包括东北抗日联军的历史资料,进行了搜集和整理工作。与此同时,还有史学工作者合作进行了对于日本帝国主义侵华机构——"南满洲铁道株式会社"(简称满铁)历史资料的整理和汇编工作,也取得了很大进展。

上述对于东北沦陷时期的历史研究和历史资料搜集整理工作,在"十年动乱"期间都陷入了停顿状态。

二

1978年以后,关于伪满洲国这阶段历史的综合性研究成果,首推姜念东、伊文成、解学诗、吕元明、张辅麟编著的《伪满洲国史》。全书共五十余万字,1980年由吉林人民出版社出版(后于1991年由大连出版社出版了增补版)。是第一部记述伪满洲国从建立到垮台全过程的史学专著,填补了对伪满洲国历史研究的空白。在专题研究成果方面,有易显石、张德良、陈崇桥、李鸿钧著的《九一八事变史》,1981年由辽宁人民出版社出版,全书共26万字。作者称九一八事变为日本帝国主义侵华战争新阶段和第二次世界大战序幕,时间断限大体自1931年9月18日柳条湖事变起,到1933年5月31日《塘沽协定》签订为止。作为事变的起因,书中还较为详细地交代了九一八事变前的中国社会,日本帝国主义的形成和对华侵略,九一八事变前的准备和预演等历史背景情况。

自1980年至1981年,黑龙江人民出版社出版了由黑龙江省社会科学院地方党史研究所和东北烈士纪念馆合编的《东北抗日烈士传》第1辑至第3辑,共58万字。书中收录有罗登贤、杨靖宇、赵尚志、金剑啸、李兆麟以及"八女投江"等103篇抗日烈士传略。1982年,吉林人民出版社出版了由吉林省民政厅组织编写的《吉林革命英烈》,共26万字,收录烈士传略32篇。辽宁人民出版社出版了由辽宁省委党校党史教研室编写的《辽宁抗日烈士传》,共13万字,收录了16位烈士的传略。由元仁山编写的《东北义勇军》共7万字,简要记述了马占山、苏炳文、李杜、王德林、唐聚五等部义勇军的抗日武装斗争事迹,也由黑龙江人民出版社于1982年出版发行。

从80年代初开始,东北三省的部分史学工作者再次有组织地开展了对东北抗日联军斗争史的研究和撰述工作。他们在五六十年代搜集和整理的东北抗日联军历史资料的基础上,进一步搜集资料和反复查证核实,先后编写出东北义勇军、抗联各军史和东北抗日联军斗争史。前者共10册,即《东北抗日义勇军史》上、下(温永录主编)、《东北抗日联军第一军》(孙继英、周兴、宋世章合编)、《东北抗日联军第二军》(霍燎原、于文藻、吕永华)、《东北抗日联军第三军》(刘枫)、《东北抗日联军第四军》(龚惠、马彦文)、《东北抗日联军第五军》(刘文新)、《东北抗日联军第六军》(赵亮、孙雅坤)、《东北抗日联军第七军》(元仁山)、《东北抗日联军第八——十一军》(叶忠辉、张耀民、赵宁、李云桥、苗慕舜、蒋颂贤、李立新、温野、魏哥奇),合计一百三十三万余字,1985年至1988年由黑龙江人民出版社出版。后者即《东北抗日联军斗争史》(本书编写组编写),1991年由人民出版社出版发行。该书共四十五万余字,采用以年为经,以事为纬,分期划块,纵横结合的编写体例,按照东北抗日联军及其前身抗日义勇军、反日游击队的斗争历史发展过程,完整地记述了东北抗日义勇军和东北抗日联军的英勇无畏、可歌可泣的抗日武装斗争历史,记录了中朝两国共产主义者和两国人民在共同反抗日本帝国主义侵略斗争中用鲜血凝成的深厚友谊,成为一部东北抗日游击战争的信史,达到了对东北抗日联军历史研究的新水平。

此外,潘喜廷、卞直甫、赵长碧、王秉忠合编的《东北抗日义勇军史》,1986年由辽宁人民出版社出版,43万字;李惠的《东北抗日联军斗争史简编》,1987年由解放军出版社出版,20万字。都是同一时期国内研究东北抗日斗争史的成果。

与此同时,对于东北沦陷时期历史的深入和系统研究,自80年代中期起,有了新的进展。以辽宁、吉林、黑龙江三省社会科学院的研究人员为主体,并有大学等史学工作者参加,从1986年开始进行东北沦陷十四年史丛书的编纂工作,经过十余年的努力,已先后出版了两批丛书(著述和资料)。一些研究伪满洲国历史的专家,也在继续深入研究的基础上勤奋笔耕,不断有新的专著问世。东北沦陷时期历史资料的搜集和整理工作也有新发展。以下分类记述之:

1. 著述:

(1)丛书:

《东北沦陷十四年史丛书》:1986年10月,以东北三省社会科学院为中心组成了东北沦陷十四年史编纂委员会总编室,开始组织辽宁、吉林、黑龙江省的部分史学工作者从事对东北沦陷史的研究和编纂工作,相继出版了该套丛书。主要有:

王承礼主编:《中国东北沦陷十四年史纲要》,1991年由中国大百科全书出版社出版,全书45万字。在这部由集体完成的著作中,把从1931年到1945年东北沦陷十四年的历史,划分为三个阶段,即1931年日本帝国主义制造九一八事变至1937年七七事变前夕;七七事变爆发至1941年12月太平洋战争爆发前夕;太平洋战争爆发至1945年日本战败投降。

王承礼、常城、孙继武总主编:《苦难与斗争十四年》(上、中、下卷),计125万字,1995年由中国大百科全书出版社出版。该书在《中国东北沦陷十四年史纲要》、《东北沦陷十四年大事编年》等著作的基础上,将这段中国历史上罕见的国难痛史,分为东北沦陷史的初期(1931年9月至1937年6月)、中期(1937年7月至1941年12月)和后期(1941年12月至1945年9月),撰写成为3卷本的东北沦陷十四年史。

此丛书还包括:胡昶、古泉的《满映——国策电影面面观》,1990年由中华书局出版,21万字,记述了满映从建立到解体的历史,剖析了其美化日本帝国主义侵略政策,奴化中国人民的各项活动。苏崇民的《满铁史》,1990年由中华书局出版,60万字,是一本全面记述满铁从设立到覆亡历史的著作,分前篇(1906~1931)和后篇(1932~1945)两大部分。其中后篇记述了满铁在东北沦陷时期全面垄断东北地面交通,进行对煤铁、石油等资源的掠夺,以及其他各项侵略扩张活动。王希亮的《日本对中国东北的政治统治,1931~1945年》,1991年由黑龙江人民出版社出版,23万余字。书中记述了日本帝国主义在中国东北推行的一整套殖民地政治统治政策。赵冬晖的《九一八国难史》,1991年由黑龙江人民出版社出版,21万字,是又一本记述日本帝国主义制造九一八事变,武装侵占全东北,炮制伪满傀儡政权的专书。李剑白主编的《东北抗日救亡人物传》,1991年由中国大百科全书出版社出版,1995年再版,更名为《抗日英烈传》,35万字,收录了从事东北抗日救亡运动的主要领导人、抗日爱国将领、抗日英雄等的传略共40篇。苏崇民、李作权、姜璧洁的《劳工的血与泪》,1995年由中国大百科全书出版社出版,39万字。书中依据日伪的档案资料和老工人的回忆,记述了东北沦陷14年中东北工人的悲惨处境及其生活斗争状况。孟宪章、杨玉林、张宗海的《苏联出兵东北》,1995年由中国大百科全书出版社出版,22万字。该书对苏联参加对日作战的历史背景,苏联出兵前东北的政局,苏军进军东北的过程和所做出的贡献,以及此后的东北局势,均作了记述和评介。霍燎原、潘启贵主编的《日伪警察与宪兵》,1996年由黑龙江人民出版社出版,38万字。主要记述了伪满宪兵和警察机构的设置、扩充情况,及其对东北人民的残酷镇压与迫害。邓一民、马熙群、张丽华的《长城抗战史》,1999年由东北师范大学出版社出版,27万字,主要记述了日本侵略军进犯山海关,侵占热河,中国守军血战长城,到1933年5月签订屈辱的《塘沽协定》的历史。王承礼等主编的《东北沦陷十四年史研究》第1辑至第3辑,合计78万字,共收入关于东北沦陷时期历史的论文、译文96篇。此外,东北沦陷十四年史编纂委员会还创办有《东北沦陷史研究》杂志(季刊),1996年创刊,现已出刊21期。

《伪满史丛书》:由吉林教育出版社出版的这套丛书共7册,主要是由原吉林省社会科学院参加与中央档案馆等合编《日本帝国主义侵华档案资料选编》的专业研究人员编写的。有傅大中的《关东宪兵队》,滕利贵的《伪满经济统治》,张辅麟的《伪满末日》,张辅麟的《伪满政权面面观》。

《抗联将领丛书》:这套由黑龙江人民出版社出版的丛书已出版6册,均为记述东北抗日联军重要将领生平事迹的传记。

《日本侵华新罪证系列丛书》:由步平、辛培林主编,黑龙江人民出版社出版的这套丛书,是该省史学工作者在老一辈学者的调查研究的基础上,深入群众,深入实际,并把国内外的调查结合起来,进行新的实证性研究后写成的。已出版2册,即步平、高晓燕、刁乃莉的《化学战》,25万字,1997年出版;张凤鸣、王敬荣的《残害劳工》,30万字,2000年出版。分别揭露了日军化学战和残害中国劳工的罪行。

(2)专书:

①通著:

陈本善主编:《日本侵略中国东北史》,1989年由吉林大学出版社出版,共50万字。记述了日本侵略者侵占东北至其最后败降的历史。

解学诗:《历史的毒瘤——伪满政权兴亡》,1993年由广西师范大学出版社出版。概括记述了这个中国百余年近代史上的怪胎和毒瘤——伪满政权从出现到消亡的历史。解学诗:《伪满洲国史新编》,1995年由人民出版社出版,是一部资料较丰富的记述伪满洲国全部基本史实的史书。

②专著:

此类著述较多。在九一八事变与日伪政治统治方面主要有:赵东辉等著的《"九一八"全史》,共5卷194万字,2001年由辽海出版社出版。书中把九一八事变史伸展到了各个领域,其第一卷(赵东辉、苏燕执笔)主要阐述日本"大陆政策"的形成和实施,武装侵占中国东北的谋划及经过,中国政府的对策等;第二卷(孙玉玲)主要阐述事变前东北的经济状况,事变后日本夺取东北经济命脉,东北殖民地经济的形成等;第三卷(张洪军)阐述在中国共产党领导下东北军民开展的各种形式的反侵略斗争和全国人民的救亡图存斗争等;第四卷(马越山)阐述事变后东北社会阶级关系的变化,东北人民生活状况的恶化以及东北殖民地黑暗的社会形态等;第五卷(赵朗编)为上下两册的资料编,收录了关于九一八事变的历史档案及其他各种资料。车霁虹的《伪满基层政权研究》,2000年由黑龙江人民出版社出版,22万字。书中把伪满基层政权研究同对伪满警察制度、东北旧的封建基层统治制度、日本及殖民地基层政权的研究结合起来,揭示了伪满基层政权的实质及其罪恶。左学德的《日本中国东北移民史——1905至1945年》,1998年由哈尔滨工程大学出版社出版,19万余字。高乐才的《日本"满洲移民"研究》,2000年由人民出版社出版,31万字。两书均通过史料证实,日本向中国东北移民侵略,是日本帝国主义妄图吞并中国东北,进而灭亡整个中国的殖民侵略政策的重要组成部分,给广大东北人民带来了深重的灾难。陈平的《千里"无人区"》,1992年由中共党史出版社出版,12万字。书中用历史档案和实地调查的第一手资料,揭露了日本侵略者在长城线上制造

"无人区",进行又一个"三光作战"的罪行,记述了中国军民反"集家"的艰苦斗争。刘晓晖、王文锋、王久荣的《伪满国务总理大臣——张景惠》,1991年由吉林文史出版社出版,21万字,是一本伪满巨奸的传记,对张景惠在伪满时期的活动有较详细记述。

在日伪军事方面,有韩晓、辛培林的《日军731部队罪恶史》,1991年由黑龙江人民出版社出版,26万字。书中依据大量的调查、访问等资料,全面、系统地记述和揭露了日军731部队细菌战罪恶活动,其中包括以活人为材料进行细菌战实验和使用细菌武器进行细菌战争等。解学诗、松村高夫等著的《战争与恶疫——731部队罪行考》,人民出版社1998年出版,29万字,是由中、日两国学者在进行对日军侵华细菌战的实地调查基础上写成的共同研究的成果。步平、高晓燕的《阳光下的罪恶——侵华日军毒气战实录》,1999年由黑龙江人民出版社出版,22万字。书中以确凿的史实,揭露日本在侵华战争期间实施化学战,对中国军队和平民造成了伤害;战后又把大量化学武器遗弃在中国领土上,继续严重伤害许多无辜的不明情况的中国平民。傅大中的《伪满洲国军简史》,1999年由吉林文史出版社出版,共31万字,记述了在日本关东军控制下的伪满洲国军从编成到覆灭的历史过程及其主要活动与罪恶。

在奴化教育方面,有王野平主编的《东北沦陷十四年教育史》,1987年由吉林教育出版社出版,在齐红深主编的《东北地方教育史》(1991年,辽宁大学出版社)、王鸿宾、向南、孙孝恩主编的《东北教育史》(1992年,辽宁教育出版社),卢鸿德主编的《日本侵略东北教育史》(1995年,辽宁人民出版社)等著作中,也都重点记述了东北沦陷时期的殖民地奴化教育。

在东北殖民地经济方面,虽然专著不多,但在关于东北经济或地方经济的通史著作中,都对东北沦陷时期的经济作了较为详细的记述。如孔经纬的《东北经济史》,1986年由四川人民出版社出版,47万字。在全书共3篇中,以一整篇的篇幅记述了东北殖民地经济的形成和推进过程。张福全的《辽宁近代经济史(1840~1949)》,1989年由中国财政经济出版社出版,66万字,分为4篇,其中第三篇详细记述了东北殖民地经济在辽宁地区形成与崩溃,日本帝国主义的经济掠夺,以及中国民族工业衰落的历史。

在抗日斗争方面,主要有谭译主编的《东北抗日义勇军人物志》上、下两册,1986年由辽宁人民出版社出版,共59万字,记述了31位抗日义勇军人物的抗日斗争事迹。胡淑英、李秉刚主编的《辽宁抗日风云录》,1991年由辽宁人民出版社出版,25万字,记述了在辽宁境内进行抗日活动的抗日英雄人物和一些地区的抗日斗争史绩。邓一民主编的《热河革命史稿(1919~1955)》,1988年由文化艺术出版社出版,36万字。常好礼的《东北抗联路军发展史略》,1993年由吉林大学出版社出版,34万字。高树桥的《东北抗日联军后期斗争史》,1993年由白山出版社出版,26万字。两书分别对东北抗联各路军的发展和联军后期斗争的历史作了较为详尽的记述。郑新衡的《一二三〇事件始末——东北青年反满抗日地下斗争史事记》,1996年由辽宁人民出版社出版,30万字。

2. 资料:

《满铁史资料》:吉林省社会科学院《满铁史资料》编辑组编,由中华书局出版。已出版两卷,即第二卷《路权篇》,106万字,1979年出版;第四卷《煤铁篇》(解学诗主编),121万字,1987年出版。主要选自日本政府和满铁的档案、内部资料、手稿、期刊等,是日本帝国主义在我国东北攫取铁路权宜,侵夺煤铁矿权、资源和压榨中国工人的历史资料。

《东北抗日联军史料》(上)(下):本史料编写组选编,1987年由中共党史资料出版社出版,共72万字。其上册的主要部分是在东北抗日战争中产生重要影响的有代表性的革命历史文献共27件,同时编写有东北抗日联军历史概述、大事记、组织序列。下册的主要部分是选编东北义勇军和抗联将士在战争年代的著述和解放后写的回忆录。

《东北地区革命历史文件汇集》：由中央档案馆、辽宁省档案馆、吉林省档案馆、黑龙江省档案馆合编，共70集，1988年由黑龙江省出版总社批准印行，是东北地区各级党组织及其领导下的革命群众团体和军队在第一、二次国内革命战争和抗日战争时期历史档案资料的汇编。

《日本帝国主义侵华档案资料选编》：这是由中央档案馆、中国第二历史档案馆、吉林省社会科学院合作编选的日本侵华档案资料集，按专题分卷，史料主要选自我国审判日本侵华战犯、伪满汉奸等档案和有关部门存藏的历史档案。从1988年开始，由中华书局陆续出版。其中有关东北沦陷和伪满洲国的分卷为：《九一八事变》，1988年出版，52万余字；《伪满傀儡政权》，1994年出版，57万字；《东北"大讨伐"》，1991年出版，64万字；《细菌战与毒气战》，1989年出版，60余万字；《东北历次大惨案》，1989年出版，52万字；《伪满警宪统治》，1993年出版，68万字；《东北经济掠夺》，1991年出版，72万字。

另外，中央档案馆编的《伪满洲国的统治内幕——伪满官员供述》，57万字，2000年由中华书局出版。所选资料为伪满皇帝、大臣等40人在抚顺战犯管理所关押期间的交代材料，基本上反映了伪满洲国从成立到覆灭的概况。

《伪满史料丛书》：由吉林省政协文史委员会组织编辑，吉林人民出版社出版。全丛书分为10卷，即《九一八事变》、《殖民政权》、《伪满军事》、《经济掠夺》、《伪满文化》、《日伪暴行》、《伪满社会》、《抗日救亡》、《伪满人物》、《伪满覆亡》，合计五百六十万余字。

《东北沦陷十四年史丛书》资料部分：王秉忠、孙继英主编的《东北沦陷十四年大事编年》，1990年由辽宁人民出版社出版，39

万字,是东北沦陷14年历史的大事记。李剑白主编的《东北抗日救亡运动资料》,1991年由黑龙江人民出版社出版,18万字,主要收录了关于东北抗日救亡运动的回忆录、访问记和一些历史文献资料。由李剑白主编的《流亡青年的脚步》,中国大百科全书出版社1995年出版,32万字,则是一本关于流亡关内的东北中学校史的回忆录。《日军暴行录》共3卷,1995年由中国大百科全书出版社出版,包括孙玉玲主编的《辽宁分卷》,33万字;赵聆实主编的《吉林分卷》,29万字;郭素美、车霁虹主编的《黑龙江分卷》,34万字。分别记录了日军在中国东北各省制造惨案、残害东北人民的罪行,其中有当事人的回忆录,有历史档案,还有调查研究报告等资料。

《东北沦陷十四年史档案资料丛编》:主要有吉林省档案馆编的《九一八事变》,1991年由档案出版社出版,44万字;《关东军文件集》,由吉林省档案馆、吉林省委党史研究室、东北沦陷十四年史总编室合编,吉林大学出版社1995年出版,39万字。均为该馆收藏的档案资料专集。

《日军枪刺下的中国劳工》:这套由何天义主编的中国劳工资料丛书共4册,即《石家庄集中营》、《伪满劳工血泪史》、《华北劳工协会罪恶史》、《中国劳工在日本》,共130万字,1995年由新华出版社出版。书中以历史见证人的回忆和历史工作者的调查资料为主,同时编选了一部分档案资料,记录了日本侵略者迫害中国劳工的罪行,和中国劳工们的顽强斗争事迹。

《罪行 罪证 罪责——二战时期日本侵略者在我国东北地区残害被俘人员专题》:傅波主编,1995年由辽宁民族出版社出版,48万字。在这本专题资料中,通过遍访当年曾在抚顺煤矿当过"特殊工人"的幸存者所取得的第一手资料和一些历史档案资料,有力地揭露了日本侵略者迫害中国战俘的滔天罪行。

《东北沦陷十四年教育史料》:由武强主编,共3辑,吉林教育出版社出版。第1辑于1989年出版,53万余字,主要编选了伪满历次教育年鉴和伪满各类学校的规程,附有伪满教育大事记。第2辑1993年出版,45万余字,编选了伪满各类学校法规,伪满历史的学事要览,少数民族教育和第一、四次教育厅长会议记录。第3辑1998年出版,41万字,主要编选了日伪各类学校推行的奴化教育,日伪对少数民族教育的摧残,日伪在教育界制造大惨案等历史资料。

《溥仪宫廷活动录(1932~1945)》:吉林省档案馆编,1987年由档案出版社出版,25万字,是主要根据伪满宫内府汇集的《宫廷汇报》编辑而成的傀儡皇帝溥仪的宫廷活动记录。

《周保中抗日救国文集》(上)(下):吉林省档案馆和吉林省委党史研究室合编,1996年由吉林大学出版社出版。两册共119万字,收入了1935年至1945年由周保中起草、以组织名义发出的文稿六百余件。另外,周保中的《东北抗日游击日记》,1991年由人民出版社出版,六十余万字,是周保中在东北抗日战争年代所写并保存下来的日记,时间自1936年至1945年。

此外,长春市政协文史委员会编辑出版有《伪满军官学校》(长春文史资料第35辑,1991年出版)、《艰辛的历程——伪满军官学校的学生们》(长春文史资料第45辑,1994年出版)、《回忆伪满建国大学》(长春文史资料第49辑,1997年出版),均为伪满时期的文史资料专辑,主要是当年学生们的回忆录或文章,无疑具有一定的史料价值。

(原载《社会科学战线》2003年第1期)

萨满教研究综述

色 音

萨满教之研究大致开始于19世纪后半叶。当时有些俄国旅行者对贝加尔湖和叶尼塞河流域的通古斯族的萨满教进行调查,并把它介绍到欧洲等地。从此萨满教研究作为一种学术课题被国际学术界所共认。初期的萨满教研究主要局限在以西伯利亚为中心的阿尔泰语系各民族之范围内。由于地理条件的优越,俄国人有幸最早接触到西伯利亚的萨满教并对之进行研究。其中亚德林车夫(N·Yadrntzeff)、科勒门斯(D·Klementz)、密海洛夫斯基(V·M·Mikhailowski)、施腾波克(L·Sternberg)等人是萨满教研究的先驱者。而对萨满教进行比较系统的研究的是史禄国(S·M·Shirokogoroff)。受到俄国学术界的刺激,欧美的民族学家和人类学家也开始对萨满教感兴趣。其中波兰的女民族学家查坡利卡(M·A·Czaplicka)和当时美国派往西伯利亚的探险队之成员车尔森(W·JocheLson)等人较有名。上述几位学者的研究在20世纪之前的萨满教研究中成绩显著。

到了20世纪初,特别是20世纪30—40年代,国外的一些人类学家开始重视对中国北方少数民族萨满教的实地调查,并写出了不少实地调查报告。其中日本学者白鸟库吉、鸟居龙藏、石桥丑雄、村山智顺等人的成绩较突出。白鸟库吉早在1936年就写过《满、鲜的竿木崇拜》等论文,对我国东北少数民族的萨满教进行了较深的研究。赤松智城的《满蒙的民族与宗教》一书中有不少有关蒙古萨满"神堂"的记录。另一位日本学者秋叶隆在我国东北及朝鲜半岛上进行调查,写了《满州萨满教的家祭》、《满州萨满考察记录》等调查报告,比较客观地记录下了有关当时萨满教的第一手资料。除日本学者之外,史禄国等欧美学者在30—40年代也对北方民族的萨满教进行调查写出了不少具有较高水平的论著。20世纪30—40年代萨满教研究的总的特征是以调查、搜集为主,并在此基础上写出一般介绍性的文章和报告。除极少数学者写过一些理论性论著之外,大多数学者都停留在描述研究的阶段上。

20世纪中叶,从第二次世界大战结束以后,尼斡拉滋(G·Nioradze)、U·哈儒瓦(U·HarHa)、A·奥尔马科斯(A·ohlmarks)、W·施密特(W·Schmidt)、M·埃利亚德(M·Eliade)、策·达赖(S·dalai)等人的研究把从来的萨满教研究推向新的高峰。在这一时期,有关萨满教方面的论文和著作越来越多,其中埃利亚德的《萨满教——古老的昏迷方术》(1951)、库塞尼奋陀夫(Ksenofontov)所采集的雅库特族、布里亚特族(蒙古族的一支)、通古斯族萨满之研究(1955)和波波夫(popov)、列斯纳亚(Lesnaja)所采集的雅库特族萨满的叙事诗、神歌(1955),策·达赖的《蒙古萨满教简史》以及匈牙利民族学家迪奥车基(Dioszegi)所编的《西伯利亚诸民族之信仰世界和民俗学》(1963)、阿尼斯莫夫(Anisimov)女士的有关西伯利亚萨满之法服的报告等较有名。特别是埃利亚德(M·Eliade)的《萨满教——古老的昏迷方术》一书出版以后在国际学术界发生了很大的影响,埃利亚德在本书中提出萨满教是关于昏迷失神的古老技术。蒙古人民共和国的策·达赖博士写了《蒙古萨满教简史》(1959年,乌兰巴托)一书,对蒙古萨满教的历史演变、祭祀对象、法具法服等方面作了详细的分析和介绍。他把蒙古萨满教的发展分成形成、发展、衰退、复兴等几个阶段,第一次比较系统地介绍了蒙古萨满教的发展情况。

从20世纪70年代开始国际人类学界兴起了一股萨满文化热,特别是以日本、韩国、中国为中心的东亚地区,萨满教研究也发展到一个新的高度。其中,米谢尔·哈勒(Harner·Michaee)的《致幻药物与萨满教》(1973)和《萨满之路》(1980)两本书具有很高的学术价值之外,匈牙利两位学者V·迪奥车基(V·Dioszegi)和M·霍帕尔(M·hoppal)的贡献较突出。他们于1978年合编了一本叫《西伯利亚的萨满教》的论文集。在此之前迪奥车基于1968年用匈牙利文出版了《西伯利亚萨满记》,书中对库页岛虾夷人(也称爱努人)的萨满教进行人类学考察,对萨满及其活动进行了较系统的研究。M·霍帕尔于1984年又出版了一本叫《欧亚萨满教》的论文集,书中涉及到了意大利、苏联、芬兰、西伯利亚、挪威、匈牙利、朝鲜等各国萨满教的内容,可称之为萨满学的"百科全书"。

与此同时,东亚各国的人类学界兴起了萨满文化热,其研究队伍之大,成果之多颇有一种压倒欧美学者之势。在日本人类学界和民俗学界,从70年代开始对萨满教方面的研究活跃。其中樱井德太郎、堀一郎、佐佐木宏干、大林太良、加藤九祚等人的论著特别引人注目。樱井德太郎先生于1973年写了《冲绳的萨满教》(弘文堂)一书,第二年又出版了他的巨著《日本的萨满教》(上、下卷、吉川弘文堂)。在他之前,堀一郎曾出版过一本《日本的萨满教》(1971,讲谈社),在他之后佐佐木宏干也出版了《萨满教》(1980年、中公新书)。佐佐木宏干在短短的几年内还写了《萨满教——昏迷失神与凭灵的文化》、《凭灵与萨满》、《萨满教人类学》等专著,对萨满教的起源、本质、流变等有关的理论问题进行了研究,并提出了一些很有独创性的见解。他认为,萨满教的核心问题是人和神之间的交流。他根据萨满的凭灵形态分为(1)灵媒型;(2)予言者型;(3)灵感型等三种类型①。此外,大林太良主编的《什么叫萨满教》(春秋社,1983)、加藤九祚主编《日本的萨满教及其它的边缘地带》等书都从各自不同的视角探讨了有关萨满教的问题。

在这一时期,韩国的萨满教研究也得到了迅速的发展。金泰坤的《韩国巫歌集》(1971)、《韩国巫俗的来世观研究》(1972)、《韩国萨满教的构成体系》(1973)等论著,任晳宰《韩国巫俗研究序说》(1970)、张筹根的《韩国民间信仰》(1973)、柳东植的《朝鲜萨满教》(1976)、徐延范的《韩国萨满教》(1980)以及崔吉城的《韩国萨满教的社会人类学研究》(1984)等论著都从70年代之后陆续出版的。韩国萨满教研究的特点是以挖掘本民族的传统文化为主,主要对韩国巫俗进行了较深刻的研究。

我国对萨满教的研究虽然早在1934年凌纯声写《松花江下游的赫哲族》一书②,对赫哲族萨满教进行初步的研究,但毕竟是较零散的、不系统的研究。当时学术界还没有把萨满教作为一个大的课题来研究。到了50年代,各地进行少数民族社会历史调查的同时,收集整理了不少有关萨满教方面的资料。从70年代始,国外萨满学的名著不断被翻译成中文,并有关国外萨满教研究方面的情况也被介绍到中国来了。其中,中国社会科学院民族研究所和内蒙古大学蒙古史研究室所做的工作是值得称赞的。中国社会科学院民族研究所前后把策·达赖的《蒙古萨满教简史》(丁师浩译,1978年)、土耳其学者阿布杜卡迪尔·尹南的《萨满教今昔》(1979年编印)、波兰学者尼斡拉滋的《西伯利亚各民族之萨满教》(金启倧译,1978年)等书翻译成中文作为内部资料。内蒙古大学蒙古史研究所也把道尔吉·班札洛夫的《黑教或称蒙古人的萨满教》、西德波恩大学教授W·海希西的《蒙古宗教》、苏联学者

---

① 佐佐木宏干:《萨满教——昏迷与凭灵的文化》,第76页。
② 凌纯声:《松花江下游的赫哲族》南京1934年版。

М·密海洛夫的《布里亚特萨满教研究》等论著翻译成中文编入了《蒙古史研究参考资料》的各辑里。这对我国萨满教研究的发展起了很大的推动作用。从70年代末，80年代初开始大量的萨满教研究论文发表在全国各地的学术杂志上，从此萨满教研究进入空前活跃的阶段。这些文章从哲学、历史学、文学、民俗学、宗教学等各种角度对萨满教进行研究，几乎涉及到萨满教的所有方面。到目前为止还没有统计过到底有多少篇萨满教研究的论文，但从初步的观察来看从70年代以后在全国各地的公开杂志上发表的萨满教研究论文至少有200篇以上。

从80年代开始，我国还陆续出版了不少萨满教研究专著。其中，贺·宝音巴图的《蒙古萨满教事略》（蒙文，1985）、秋浦主编的《萨满教研究》（1985）、吉林省民族研究所编的《萨满教文化研究》（1988）、乌丙安的《神秘的萨满世界》（1989）、刘小萌、定宜庄合著的《萨满教与东北民族》（1990）以及仁钦道尔吉、郎樱合编的《阿尔泰语系民族叙事文学与萨满文化》（1990）、满昌的《蒙古萨满》（蒙文、1990）、富育光、孟慧英著《满族萨满教研究》（北京大学出版社，1991年2月）、富育光:《萨满教与神话》（辽宁大学出版社，1990）等书都有较高的理论水平和学术价值。这些成果表明，近几年来我国萨满教研究得到了发展和可喜的成绩。概括上述各国学者的研究，其主要成就表现在以下几个方面。

一、萨满的词源、定义和类型。"萨满"一词的词源和词义学术界有土语说和移入语说两种解释。土语说认为，其他民族对萨满的称呼有不同的名词和称呼，而只有通古斯人一直把它称作Saman，没有别的名称。所以应归于通古斯。在西伯利亚地区，雅库特、布里亚特也用萨满一词，但还有别的勃额、巫都干等称呼。另外，从萨满教的起源来看，有关萨满教产生的各种传说和故事的共同母题最早者几乎都产生于北方通古斯语族的民族中。持这种观点的代表人物有尼斡拉滋（D·Nicradze）、R·费思（Firth, R）也认为萨满是北亚的精灵统御者①。我国学者秋浦主编的《萨满教研究》一书也认为"萨满一词来源于通古斯语,意为激动、不安和疯狂的人。……阿尔泰语系满——通古斯语族的满族、鄂温克族、鄂伦春族、赫哲族和锡伯族,都称他们的巫师为萨满"②。任继愈主编的《宗教词典》也持这种观点,认为"萨满"一词为满——通古斯语族语言,原意为"因兴奋而狂舞的人"。

移人语说认为,萨满一词来自于巴里语的 Samana 或梵文中的 Sramana,在中文里被译成"沙门"。持这种主张的主要代表人物是语言学家鲍培(N·N·Poppe)教授。

对萨满的定义、分类等问题学术界也有各种不同的观点。比较早地提及萨满的人是1692年来中国旅行后写了旅行记的莫斯科大公 Evertyssbrant Ides 和他的同伴 Adam Brand。到了1904年博格拉斯(Bogoras·W·G)把萨满划分为(1)能够和所有的精灵互相交流、起着灵媒作用的萨满;(2)凭精灵的援助和自己的灵力给人带来幸运和给予忠告的萨满;(3)通过读诵有关叫唤精灵名字的咒文来给人带来幸运或恶运的萨满等三种类型。著名萨满教研究专家(M·Eliade)从1946年到1951年间写了《萨满教——古老的昏迷方术》一书,把萨满分为脱魂型萨满和凭灵型萨满两大类,并认为严格意义上的萨满就是指那种能够脱魂、能够体验他界旅行的萨满。在埃利亚德(M·Eliade)看来,萨满的最根本的特点是脱魂或者他界旅行。脱魂或者他界旅行主要是通过忘我技术来完成的。持这种观点的还有基尔伯格(Gilberg·R)、M·哈勒(Harner·M)等人。他们都强调萨满跳神治病过程中的昏迷现象,认为昏迷失神或灵魂的他界旅行是萨满的基本特征,是把萨满和其他宗教人物区别开来的主要标志。我们可以把这一学派称之

---

① 绫部恒雄编:《文化人类学》第6辑,1989年版,第12页。
② 秋浦主编:《萨满教研究》第2页。

为"脱魂派"。

以马卡洛克(Macculloch·J·A)、R·费思(Firth·R)、大间知笃三等人为代表的"灵媒派"则强调神灵和萨满之间的交流,认为萨满是能够和超自然的神灵进行直接交流的宗教职能者,是神和人之间的媒介。如,马卡洛克的古典定义认为,萨满的机能是治病和占卜,萨满是通过和超自然界直接接触的方式来发挥作用的[①]。大间知笃三也认为,一般来说,进入附神状态并作为神界和人界之间的中介而出现的人物称为萨满[②]。

二、萨满教的诸形态。有关萨满教形态方面的讨论是萨满教研究史上的一个重要课题。下面从地域形态、历史形态、结构形态等三个方面概括一下学术界对萨满教的基本看法。

(一)依据地域形态学术界对萨满教的定义有广、中、狭三种类型。狭义的定义主要是指以西伯利亚为中心的东北亚地区各民族,特别是以通古斯民族中所流传的民间信仰。广义的定义是从东、西白岭海峡,西至斯堪的那维亚半岛以及北美、澳大利亚、北极爱斯基摩人在内的所有原始巫术都包括在萨满教范围之内。中间性的定义是以通古斯民族的咒术作为典型,受其影响的邻近诸民族的巫术宗教或与其相类似的其他民族的巫术宗教也包括在内。

从17世纪的后半叶开始有些旅行者和民族学家把萨满教的特点定义为关于恍惚状态的宗教体系,并且把它的范围限定在西伯利亚为中心的东北亚地区。后来逐渐把它扩大、运用到更广的意义上。这样萨满教本身的基本特征变得较模糊了。针对这一情况,埃利亚德(M·Eliade)提出:"对于北亚和中亚地区来说,宗教性的、咒术性的现象集中在萨满身上,但这并不意味着当地的原始宗教只被萨满教所独占,而是也有萨满和其他祭司者并存的情

---

① 埃利亚德:《萨满教——古老的昏迷方术》日文版,第8页。
② 佐佐木宏干:《凭灵与萨满》第188页。

况"。他把萨满教定义为"严密的意义上的萨满教是数西伯利亚的宗教现象为最典型。……在包括中亚以及北亚的广大地域中,其社会的咒术宗教生活主要集中于萨满教。……这一复杂现象的第一义性的,而且是危险性最少的可靠定义应该是说萨满教是一种忘我失神的技术"①。在他看来,忘我失神状态才是萨满教最根本的特点。

(二)依据历史形态学术界对萨满教的定义和分类也有所不同。以热列宁(Zelyonin)为代表的部分学者认为,随着历史的发展,萨满教也不断的发展。所以不能离开历史形态去抽象地解释萨满教。他于1940年在莫斯科出版《西伯利亚的翁滚崇拜》一书,认为我们对古代萨满教下定义时所用的资料主要是来源于后来的化石化了的残留物,所以必须要分清楚萨满教发展的两个阶段。一是原始共同体的萨满教;二是反映分化了的社会结构的萨满教。这一观点比较符合历史唯物主义的科学观点。人类社会进入阶级社会之后作为社会意识形态的萨满教不可避免地带上了阶级性。这样有必要把原始社会的萨满教和阶级社会的萨满教加以区分,不能把二者相提并论。

(三)依据结构形态学术界对萨满教也有不同的分类。如,苏联民族学家列瓦嫩阔娃(PE-БУНЕНКОВА·F·B)认为,萨满教由以下三个基本要素所构成:(1)神话要素。这是一种把世界分成上、中、下三层,并认为三层中间有连接它们的宇宙中心的观念;(2)媒介要素。完成三界之间的连接工作的人物之存在;(3)仪礼要素。实现三层之间连接的手段。这三个要素是最基本的恒常要素②。根据结构形态对萨满教进行分析的另一位代表人物是日本学者大间知笃三。他认为萨满教的特征是没有像大宗教所共有的

---

① 《大间知笃三著作集》第六卷,第125页。
② 《蒙古》昭和18年2月号,第10卷,第77页。

司祭者组织,也没有教规经典等。广义上把世界上的大多数原始信仰都可以看作萨满教,而在狭义则以北亚为代表的固有信仰才可以称作真正的萨满教。他以达斡尔族的萨满教为例,认为萨满教的内容有以治病仪礼为主的私的部分和以氏族的安宁幸福为目的而进行的氏族祭祀等集团性的、公共的部分①。

三、萨满教的起源。在萨满教起源的问题上北方起源说一直在占主流。本世纪初叶,民族学家史禄国(S·Shirokogoroff)通过对通古斯人的社会组织的研究得出通古斯人的萨满教是基于通古斯人的不安定的精神活动的结论,并企图把萨满教的起源同通古斯人的起源以及人种起源连结起来考察②。持这种观点的其他学者们也认为萨满教的祖国是通古斯,其他地区的萨满教影响了周围其他民族并逐渐扩散到更广的地域。在我国学术界有人提出:"萨满教是随着蒙古利亚人种之迁徙而扩散的。因此说,世界各地的萨满教有着共同的渊源"③。学术界的另一种倾向是从社会形态的角度去推断萨满教产生的历史时代。如,蒙古人民共和国策·达赖博士的《蒙古萨满教简史》一书,我国学者秋浦主编的《萨满教研究》一书以及贺·宝音巴图所著《蒙古萨满教事略》(蒙文),满昌所著《蒙古萨满》(蒙文)等都试图从社会形态的角度去探寻萨满教的起源,认为萨满教产生于母系社会。

四、萨满教的特征。在我国学术界比较普遍的观点认为,萨满教是一种自然的、原始的、多神教。如,任继愈主编的《宗教词典》中把萨满教定义为:"原始宗教的一种晚期形式。因满——通古斯语族各部落的巫师称为'萨满'而得名。形成于原始社会后期。具有明显的氏族部落宗教特点。各族间虽无共同经典,神名(近

---

① 《日本的萨满教及其它的边缘》,第190页。
② 《大间知笃三著作集》,第六卷,第126页。
③ 史禄国:《通古斯的心智情结》,伦敦及上海,1935年。

亲部落除外)和统一组织,但彼此有一致相同的几个基本特征,相信万物有灵和灵魂不灭"①。以史禄国为代表的部分外国学者也持这种观点。史禄国在《北方通古斯的社会组织》一书中提出,万物有灵论为萨满教创立了环境,也为萨满教特有的魂灵体系提供了基础。从本质上讲,萨满教同原始的万物有灵论并无二致。萨满教专有的特性,在于奇特的仪式、服装、法器和萨满的特殊社会地位等方面。实际上,其中有些现象也是其他神职人员和术士的特点,但萨满教是上述这些现象的综合②。

从整个国际、国内萨满学的发展历程来看,描述性研究仍占主流,真正的理论性研究有待进一步加强。③

(原载《社会科学战线》1994 年第 3 期)

---

① 《青海民族学院学报》1987 年第 3 期,第 64 页。
② 任继愈主编:《宗教词典》,上海辞书出版社,1985 年版,第 930 页。
③ 史禄国:《北方通古斯的社会组织》内蒙古人民出版社,1985 年版,第 566 页。

西方学者关于游牧文化起源研究的简要评述

郑君雷

畜牧业是工业革命以前人类社会最主要的经济类型之一,游牧经济则是畜牧业的发达形态。从世界范围观察,即便是今天,游牧仍然是许多族群的主要生业形式,游牧经济在人类社会经济生活中仍然占有重要地位。按照《The Nomadic Alternative(游牧选择)》[①](1993)一书的介绍,现今世界上存在着五个主要游牧地带:1. 横贯非洲大陆的撒哈拉沙漠以南至非洲大裂谷一线的东非热带草原。2. 撒哈拉沙漠和阿拉伯沙漠。3. 地中海沿岸经安纳托利亚高原、伊朗高原至中亚山区一线。4. 从黑海延伸至蒙古的欧亚大陆草原。5. 西藏高原及其邻近山区高原。另外还有两个可以视为典型游牧社会变体的特殊地区:1. 欧亚北部高纬地区。以苔藓为食的驯鹿是牧民的饲养和狩猎对象,也是运输工具。2. 南美安弟斯高地。饲养羊驼(美洲骆驼),牧民的经济传统是高山农耕与牧场相结合。

游牧文明是人类发展史上主要文明类型之一,但是现代学者对于游牧文明的关注和了解可能与其在世界文明史上应该占有的位置是不相称的。英国历史学家汤因比的文明体系包括14个独

---

① Thomas J. Barfield, *The Nomadic Alternative*, 1993 by Prentice – Hall, Inc. A Simon & Schuster Company.

立文明、6个失落文明和16个卫星文明,"邻近欧亚与亚非大草原地带的各土著**游牧文明**"只是以整体被列为卫星文明中的一个①,似乎不足以反映诸游牧文明在历史长河中的地位和不同特质。原因或许可以归纳为三条:首先,绝大多数学者是站在根植于农耕文明和工业社会的现代视角下来审视游牧文化的,在认识角度上存在对游牧社会的隔膜和误读;其次,历史文献中关于游牧族群的记述绝大多数出自农业社会,偏见和疏漏之处在所难免;第三,由于经济形态和政治格局的变革,游牧社会在发生变迁,游牧文化日渐式微,民族志材料的重要性在降低。游牧文化的起源问题是西方学术界研究游牧文化的一个热点,也是难点。汤因比认为游牧文明的发生是某种由简单到复杂的经济生产方式在渐进式发展过程中脱离标准发展道路的选择结果,"我们甚至不能大概地给出假定的农业生产方式的渐变时间,如果说这个过程是一个隐含未露的谜,那么游牧生活的起源则是这个谜中最隐秘的部分"②。现代学者将游牧文化起源视为研究难点的原因还可以再加上一条——游牧生活的流动性、质朴性和分散性决定了相关考古学材料的相对匮乏。

有的中国学者认为"在游牧文明的起源问题的研究上,学术界长期以来以摩尔根为代表的单线进化论占主导地位,他们都坚持前亚是游牧文明一元起源论。摩尔根认为:中亚和蒙古草原的游牧民源于闪族和雅利安人的迁徙和传播"③。摩尔根在《古代社会》中这样表述:"到野蛮时代中期阶段开始之时,东半球最先进的部落显然不知有谷物,却已经有了家畜,因而能得到肉类和乳类

---

① 阿诺德·汤因比:《历史研究》第九章(修订插图本,刘北成等译),上海人民出版社,2000年版。
② 阿诺德·汤因比:《历史研究》第十八章(修订插图本,刘北成等译),上海人民出版社,2000年版。
③ 孛尔只斤·吉尔格勒:《游牧文明史论》,内蒙古人民出版社,2002年,第35页。

的供应,他们的生活状况远胜于美洲土著;处于同期的美洲土著虽会种植玉蜀黍等作物,却没有家畜。闪族和雅利安族之从大群野蛮人当中分化出来,似乎就是由饲养家畜开始的……雅利安族和闪族之所以得天独厚,主要是由于他们之重视牲畜的繁殖犹如重视他们自己一样。他们事实上已将牲畜,包括它们的肉、乳和筋,统统安排在生活计划之内。人类当中没有其他任何种族,做到他们这一步,而且在他们两者之中,雅利安族又比闪族更进一步。无论是雅利安族或闪族,当他们一旦习惯于畜牧生活以后,势必要学会种谷物,以便在远离草原的地方维持其大群牛羊的饲料,然后才有可能带着他们的畜群重返亚洲西部和欧洲的森林地带。因此,如前所述,谷物的种植看来很可能是出自牲畜的需要,并与这些部落向西方迁移的运动有关;而且,他们由此获得的知识终于使他们自己得到了淀粉食物"[①]。

"前亚地区游牧文明一元起源论"的理论基石似乎不能单纯地归结为以摩尔根为代表的单线进化论,实际上它包括两个方面的内涵。其一,是认为游牧文明发生于某个特定地区,然后逐渐向其他地区传播。这种认为某种特定文化现象出自一个共同起源的观念通称为传播主义,自英国人类学家 E. B. Tylor 1871 年出版《原始文化》以来广为流行。传播主义者未能解释文化特质的最初起源,并且将文化现象与人及其社会的作用相割裂,其明显的理论缺陷已经被许多学者所诟病。就游牧文明的起源研究而言,20世纪中后期以来的西方学者其实已经超越"前亚地区游牧文明一元起源论"的束缚;其二则是认为游牧经济形态的出现早于农耕。

摩尔根关于人类社会普遍从发展阶梯的底层开始迈步,从简单到复杂通过共同途径进化的思想虽然被批评为"单线进化论",

---

① 路易斯·亨利·摩尔根:《古代社会》上册,商务印书馆,1983 年版,第 21、23、24 页。

但是将游牧视为从狩猎进化至农耕的一个中间阶段,或者是将游牧视为狩猎向农耕进化过程中的某种变异性选择,从这样的前提出发来研究游牧文明起源问题确实是早期西方学者的思维取向。以 Emile Durkheim 为代表的法国社会学派亦深受影响。Durkheim 根据社会组合的程度(复杂程度)划分社会类型,认为游牧群体是最简单的社会,所有社会类型都是这一类型的复杂形式;游牧群体集聚为氏族,进而演化为部落,氏族联盟固定下来成为村落,村落社会之上是由各种氏族部落形成的简单多形式社会,然后逐渐融合为高级多形式社会[1]。汤因比的观点颇具代表性:"经济生活方式是假定逐步由简单到复杂,由几个彼此衔接的阶段——狩猎采集、动植物的驯化栽培、农业和家畜饲养业相接合的定居——构成的。根据这个模式,游牧生活被假定为一种从动物驯化阶段的标准发展道路分离出来的有选择的体系,因为游牧生活基本上是一种高度专业化的畜养牲畜的形式"[2]。

因此早期西方学者对于游牧文化起源的解释通常是围绕将游牧作为渐进式社会经济形态发展过程中的一个阶段而展开,代表性观点包括:1. 游猎人群在追逐兽群的过程中收容受伤和弱小动物(如驯鹿)加以驯养,从而形成游牧人群(Khazanov 1983)。[3] 2. 移动的狩猎者从邻近的农业聚落中取得牲畜形成游牧。Bacon(1954)和 Vainshtein(1978)均以为那些从邻近的农民手中借来牲

---

[1] 黄淑娉、龚佩华:《文化人类学理论方法研究》第四章,广东高等教育出版社,1998年版。

[2] 阿诺德·汤因比:《历史研究》第十八章(修订插图本,刘北成等译),上海人民出版社,2000年版。

[3] A. M. Khazanov, *Nomads and the Outside World*, Cam bridge: Cambridge University Press. 1983.

畜的猎人是欧亚草原的第一批游牧民[①]。3. 气候干旱化导致作为狩猎对象的动物群消失，狩猎者只有通过从事原始农业和饲养那些无处觅食的野生动物来获取生活资料；随着干旱的加剧，这些已经定居的农业生产者和家畜饲养者被迫离开日益缩小的可耕地，驱赶着牲畜在草原上寻找暂时的牧场，季节性地迁移，形成四处游牧的生活方式(R. 潘派里 1908)[②]。4. 早期人群需要应付人口增加的压力，却无力改进现有的生产技术，不得不谋求生存手段的多样化，例如他们学会了栽培植物和饲养动物，其后部分人群逐渐走向游牧生活(P. J. 尤科和 G. W. 丁波尔贝 1967)[③]。

王明珂先生介绍，"对于这样一个人类生态上的重大变迁，学者们一直有相当的兴趣，但在 70 年代之前，学者在这方面的认识还很有限。后来由于社会人类学在游牧社会的研究积累了相当的成绩，加上在考古上微骨质标本的采集分析受到重视，自 70 年代始在这方面有了些很好的研究。这些研究主要集中于近东，后来又及于东非、中亚、北非及阿拉伯世界(Lees & Bates 1974、Hesse 1982、Lynch 1983, Robertshaw & Collett 1983、Sherratt 1983、Gilbert 1983、Levy 1983、Greenfield 1988、Marshall 1990)"[④]。

[①] Elizabeth. Bacon, *Types of Pastoral Nomadism in Central and Southwest Asia*, southwestern Journal of Anthropology 10.1 :44 – 68. 1954.

[②] R. 潘派里：《在土耳其斯坦的探险：1904 年的探险活动，阿诺的史前文明》(Explorations in Turkestan: Expedition of 1904: Prehistoric Civilizations of Anau)，第 2 卷，华盛顿，卡内基协会，1908 年。转引自阿诺德·汤因比：《历史研究》第十八章注释部分。

[③] P. J 尤科和 G. W. 丁波尔贝主编：《动植物的驯化》(The Domestication of Plants and Animals)，伦敦，达克沃特出版公司，1967 年版。转引自阿诺德·汤因比：《历史研究》第十八章注释部分。

[④] 王明柯：《鄂尔多斯及其邻近地区专化游牧业的起源》，中央研究院历史语言研究所集刊，第六十五本，第二分，1994 年。西方学者 1970 年代以来关于游牧社会的研究请参阅王文注释部分。

实际上,西方学者在1970年代以前的一些研究已然逐渐丰富和改变了对于游牧社会的传统认识。以对东非游牧族群的研究为例,P.蓬特对吉埃人、卡拉莫乔人、图尔卡纳人、桑布鲁人、马赛人,D.图坦对穆尔西人,埃文思－普里查德对努尔人,拉达和内维尔.戴森－哈德逊对卡里莫炯人的考察都是比较著名的例子[①]。东非游牧民主要放牧牛群,牛是东非牧民生产生活和思想观念中最重要的牲畜,他们通常兼营农业,但是固守"畜牧至上"的观念。例如卡里莫炯人在农田附近建造棚屋和畜栏,定居点设置供老幼妇孺全年居住;成年男子旱季在牧场上游牧,雨季亦住在定居点;他们将大量时间和精力投入到作物种植上,而且农产品在饮食结构中十分重要,但是他们首先将自己视为牧民[②]。努尔人定期在雨季村落和旱季牧牛营地间迁移,旱季早期青年牧民还有小营地间的迁移;家庭可能从村落的一个地方迁至另一个地方,也可能从一个村落迁到另一个村落;当牧场和农园资源衰竭时便会放弃村落(村落一般十年以后便会出现衰竭迹象);他们雨季兼营农业,居住棚屋,棚屋和牛棚大约五年以后便需要重新建筑;旱季居住简易棚屋(风屏),这时捕鱼业非常重要[③]。

对欧亚草原游牧族群的研究同样如此。通常认为,自新石器时代晚期以来,中国北方草原经历了一个干旱化过程。虽然草原地区土壤肥沃,水资源亦称丰富,但是缺乏足够的湿度和较短的生长期限制了农业发展,农耕并不能成为稳定可靠的生计方式(Taaffe 1990)。不过民族志材料说明游牧民存在少量农耕以满足季节性迁移的需要(Rona－Tas 1959)。在喀尔喀人(Khalkha)中,部

---

① 中国社会科学院民族研究所:《非洲狩猎民族游牧民族》,1982年。
② F.普洛格、D.G.贝茨:《文化演进与人类行为》(吴爱明等译),辽宁人民出版社,1988年版。
③ 埃文思－普里查德:《努尔人》(褚建芳等译),华夏出版社,2002年版。

族中的贫苦人家为富裕牧户帮耕,并在他们出外游牧时照料庄稼,农业生产技术较为原始粗简。这种互助式农耕只是蒙古游牧社会的多种农业形式之一(Vreeland1957)。嫩江(Nonni River)流域达斡尔人(Daghur)的农业生产更为普遍和专业化。塞伦卡(Selenga)谷地的情况与纳罗奔琴地区(Narobanchin)的喀尔喀人相似(Rona‐Tas 1959)。而且草原地区可以种植春小麦、燕麦、黍子等耐旱作物(Moyer 1937)。因此 Khazanov 认为欧亚草原最普遍的游牧经济形式是农业作为辅助手段与放牧牲畜相依随,实际上是半游牧的特征(1978)①。

通过这些研究,西方学者认识到"在非工业化经济中,大多数牧人都过着游牧生活。……在一个群体里,年份不同,流动的程度也不一样。这取决于环境、社会和经济条件。同样,这些条件也决定着专业化的范围,即一个民族依靠畜牧业的程度。只有很少的群体单纯依靠牧群来维持生计。……一旦环境允许,牧人总是要推行一条更广泛的生计策略,在饲养动物的同时,至少种植一些庄稼……实际上,绝大多数牧人,不管他们多么专业化,都主要靠粮食而不是动物产品过活","如果牧民自己不种植物食物,他们就会通过交易得到农产品"②。

社会人类学关于游牧民与定居农耕居民互动关系的研究揭示了游牧社会的经济实质,游牧民通常并非处在与农业社会相隔绝的状态,游牧经济也不能满足一切基本需要,定居农业人群与游牧民存在各种联系。这是认识论上的提升,Lattimore 曾经认为中国北方的游牧民完全自给自足(1940、1962),后来他修正了认识,承

---

① Nicola Di Cosmo, *Ancient Inner Asian Nomads:Their Economic Basis and Its Significance in Chinese History*, The Journal of Asian Studies, Vol. 53. No. 4. Nov. 1944.
② F. 普洛格、D. G. 贝茨:《文化演进与人类行为》(吴爱明等译),辽宁人民出版社,1988 年版。

认草原游牧民需要来自中原的产品,特别是谷物、纺织品和铁器(1979)①。

　　游牧社会的经济基础绝非单一,其维系并不能够完全脱离农业或者农产品,那么其发生自然亦有可能与混合经济有关。随着对游牧社会经济本质更加深刻的把握,近来西方学者倾向于游牧出于混合经济的观点。这里结合王明珂先生和 Khazanov 的总结介绍一些关于游牧起源的代表性观点,西方学者列举的动因大致有自然条件变化、人口压力(以及相应的农业扩张、都市发展和聚落扩展)、工艺专门化、贸易联系、政治环境、迁徙等②。

　　许多学者将游牧专业化的发生归结于气候条件的变化。Khazanov 认为欧亚草原游牧类型和近东游牧类型的形成均与气候干燥化有关,干旱的气候使得部分牧业农民放弃农业而成为游牧民(1983)。Marshall 将东非专化游牧业起源的部分原因归于 3000 年前雨型的转变(1990)。Jacobs 亦认为在讨论东非游牧类型的最终形成时应该考虑特定时期的干旱气候(1975)。有些学者则认为亚洲北部苔原地带驯鹿游牧业的发生与气温下降有关(Willet 1953、Brooks 1954、Lamb 1966、Cermak1971)。

---

① Lattimore 关于中国游牧业起源的论文请参阅:*Inner Asian Frontiers of China*, Repr, 1962. Boston:Beacon Press. 1940. "*The Social History of Mongol Nomadism.*" In W. G. Beasley and E. G. Pulleyblank, eds. , *Historians of China and Japan*, pp. 328 – 43. London: Oxford University Press. 1961. "*The Geographical Factor in Mongol History*" Repr. in O. Lattimore, *Studies in Frontier History*, Collected Papers 1928 – 1958, pp. 241 – 58. London: Oxford University Press. 1962. "*Herders, Farmers, Urban Culture*". In L Equipe ecologie et anthropologie des societes pastorales, ed, Pastoral Production and Society. Proceedings of the International Meeting on Nomdeic Pastoralism, Paris 1 – 3. Dec. 1976, pp. 479 – 90, Cambridge: Cambridge University Press. 1979.
② 王明珂:《鄂尔多斯及其邻近地区专化游牧业的起源》,中央研究院历史语言研究所集刊,第六十五本,第二分,1994 年。A. M. Khazanov: *Nomads and the Outside World*, Cambridge: Cambridge University Press. 1983.

人类活动造成的生态环境变化亦催化游牧业的发生。Marvin Harris 在讨论中东地区新石器时代养猪业的衰落时认为,由于人口密度增加和农庄领地的扩展,造成森林被毁,森林边际的农耕地和放牧地也随之遭到破坏;其一般的连续效应是从林地到耕地,再到放牧地,乃至沙漠;每一阶段的演进都有利于牛、绵羊、山羊等反刍动物的发展,而不利于饲养猪(1985)[①]。

牲畜增加和草场资源枯竭迫使畜牧者迁移终于形成游牧。Khazanov 认为早期畜牧人群的迁移有助于欧亚草原游牧业的形成,而草场资源枯竭是迁移原因之一(1983);Oliver 认为牲畜增加和草场资源枯竭是游牧族群常见的迁移原因(1961)。

人口压力是被经常提及的动因,有些学者认为灌溉系统的发展是导致人口增加的原因。"Smith 和 Young"认为专业牧业产生于早期短期休耕农业,受人口压力的影响,部分人口放弃农业而成为专业牧人(1972)。Lees 和 Bates 推测畜牧与基于灌溉支撑的农耕的分野刺激了经济专门化,认为"雨量分布不稳定的区域需要实行灌溉农业,灌溉农业造成人口增加,人口增加使得农业延伸到边缘地区,因此畜牲需移到更远处以取得草场。如此,动物的移牧及保护所需人力增加;另一方面,灌溉农业的人力支出增加,收获减少,与大规模的畜类牧养不能相容,因此造成专化牧业"(1974)。与 Lees 和 Bates 相似的是 F. 普洛格和 D. G. 贝茨的解释——沟渠灌溉系统或许提高了产量,使得人口增长和居住区域扩大成为可能。随之耕地增多,牧地相应减少,牧区被推移至距定居点较远且牧草不甚茂盛的地区,牧人被迫长途跋涉以寻找牧草和水源;同时牲畜更易遭到掳掠,这样照料牲畜便占用了原本从事农业的精力,而且疏通、修筑和护理沟渠河道亦占用农时;因此可能

[①] 马文.哈里斯(Marvin Harris):《好吃:食物与文化之谜》(叶舒宪等译),山东画报出版社,2001年版。

会导致策略上的分化,即某些家户逐渐专门从事精耕农业,而其他人则集中发展畜牧业。此外,沟渠灌溉的局限性(如粗陋的灌溉系统有时可能失效;水位下降造成水井和沟渠干涸;土壤的盐碱化等)有可能刺激农民把注意力转向畜牧业。最终,农业群体和畜牧群体的策略不同导致彼此在空间和文化上的差异,从而产生截然有别的牧人和农民群体[①]。

有些学者将人口压力与相应的都市发展和聚落扩展以及工艺专业化结合起来。Rosen 指出"都市不但提供游牧人群货物交换中心,而且都市的专业化工艺更提供他们无法制造及取得的物品"(1988)。"Gilbert 认为游牧出于混合农业带;由于人口压力、都市成长带来农业扩张,畜养业专化。专业化的畜牧业需要长距离移动,因此脱离农业;并且为了抵抗政治控制,使得游牧人群与农业人群分离(1983)。"Levy 认为人口增加使得对土地资源的利用增加,定居聚落扩张,使得畜牧必需移至远离定居聚落的地区,以保护密集耕作的土地。同时他也强调专业化牧业的出现与工艺的专业化发展、贸易网的出现有关(1983)。

游牧民可以通过贸易得到农产品和其他无法制造的产品,借此得以专注于发展畜牧业,因此有些学者强调贸易在游牧起源中的作用。Robertshaw 和 Collett 认为随着农民在邻近地区出现,原来兼营农耕和狩猎的畜牧者便可以通过贸易获取农产品,而不必亲自耕作;当他们一旦从农耕的束缚中解脱出来,便可以增加牲畜并集中精力于专业化的畜牧经营,同时全体成员都可以随牲畜自由移动,为游牧奠定基础(1983)[②]。Caskel 认为阿拉伯的游牧化

[①] F. 普洛格、D. G. 贝茨:《文化演进与人类行为》(吴爱明等译),辽宁人民出版社,1988 年版。

[②] P. T. Robertshaw and D. P. Collett, "The identification of pastoral peoples in the archaeological record: an example from East Africa", World Archaeology 15.1:67-78.1983.

与阿拉伯定居城邦的毁灭和商队贸易的衰落有关,这刺激了部分定居者转化为游牧民(1954)。

政治压力和社会环境亦对游牧业的发生产生影响。Khazanov认为欧亚草原西部的畜牧者成为真正游牧民的转化与在黑海北岸、中亚及这两个地区边缘地带定居国家的出现同时,与农业国家的各种有助于他们完成游牧专业化(1983)。Lattimore认为亚洲内陆的游牧民的先祖最初活动在中国边疆,从事混合经济,随着中原居民的农业扩张而被驱逐至草原,最终放弃农业成为游牧民(1940)。

西方学者列举的这些观点并不是同一层面上的问题。其一,自然条件的变化和人口压力可以视为游牧业起源的内在动因,其他因素则在某种程度上类似催化剂、助燃剂的作用。其二,这里面有的是在讲游牧文化的最初发生,有的则是在讲某种游牧特征的最终形成。其三,从地域角度可以将各地游牧业的发生分为两类,一类强调在某一区域独立起源,似可称为原生型,一类强调在其他区域起源,传播至另外地区,对于这一另外地区而言似可称为次生型。

Khazanov全面总结了各地游牧业的起源起源情况(欧亚草原及沙漠和半沙漠地区、中东、近东、非洲、欧亚北部高纬地区和亚洲内陆高原)(1983)[①],反映了西方学者在这一领域比较新近的研究成果,限于篇幅,下面仅以欧亚草原及沙漠、半沙漠地区为例重点加以介绍。

欧亚草原及沙漠、半沙漠地区食物生产经济向畜牧经济的转化历时数千年,其过程亦比较复杂,认为从邻近农民手中借来牲畜的猎人是欧亚草原第一批游牧民的观点是不成立的。时至青铜时

[①] A. M. Khazanov, Nomads and the Outside World, Cambridge: Cambridge University Press, 1983.

代(公元前第三千纪后半叶和公元前第二千纪)存在几种变体的食物生产经济最终成为遍布欧亚草原的主导产业。公元前第五、第四千纪,东欧南部居民已经掌握了牛、小牲畜甚至马匹的驯养;至公元前第四至第三千纪之交欧洲草原某些地区(特别是伏尔加河与乌拉尔河之间)已经出现畜牧业超过农业的迹象。从新石器时代至青铜时代的动物骨骼分析,这一时期欧亚草原的畜种构成及其比例关系未见明显变化,而以长期定居的遗址最为常见。虽然南俄草原马匹的使用不会晚于公元前第四千纪,但是没有确切证据证明公元前第四千纪的人群已经掌握骑马术。很难设想当时人们徒步畜牧这些刚被驯化的马匹,因此没有证据说明公元前第三甚至前第二千纪的畜牧者是真正的游牧民。一般认为马匹最初是作为挽畜而被捕获的,其后才成为骑乘动物。不过有些学者认为是一个相反的过程。但是骑乘术即使在公元前第四、第三千纪乃至更晚出现也并未得到发展,因为根本没有发现哪怕是最原始形态的马具,这时的骑马是偶然为之。第一位真正意义上骑马者的出现应该是在公元前第二千纪中叶。公元前第二千纪的"草原青铜文化"均属于畜牧—农业甚至农业—畜牧混合经济,绝非游牧经济。青铜时代甚至铜石并用时代的草原居民已经开发了河谷,并且扩散至草原深处(乌拉尔河和伏尔加河流域有距离河谷15—90公里远的墓地,墓主包括妇女和儿童)。公元前第三千纪的气候较后来更为湿润,有可能一些家庭甚至群体已经脱离定居相当一段时间。鉴于动物牵引的轮制车辆不晚于公元前第三千纪从西亚传入东欧,因此畜牧者开发草原的时间可能更早一些。公元前第三、第二千纪草原畜牧者的生活方式可以设想为——流动性的放牧羊群,有可能徒步或者在牛马牵引的车辆上,甚至骑马放牧少量大牲畜。不同地区的畜牧经营方式不同,其中最具流动性的人群显然属于牧人畜牧业,有些地区则是半游牧畜牧业,更甚至存在完全脱离农业的人群。不过他们后世的游牧人有所不同,属于复杂的畜牧—农耕经济社会的组成部分。欧亚草原青铜时代畜牧者的相对流动性促进了迁移,有证据说明在公元前第四、第三、第二千纪这种情况已经发生。公元前第二千纪出现在西亚、伊朗、印度的印欧语族居民可以确定为源出南俄草原的畜牧者。人口压力、草场耗竭、农耕文化或文明中心的吸引力则是迁移的动因。但是公元前第三、第二千纪这些仍然从事农耕的畜牧者的迁移与后世山地游牧者不同,其迁移速度缓慢而渐次,新土地适于农业的吸引力丝毫不逊于新兴的畜牧业。畜种构成、长期游动实践、畜牧业的普遍化、乳制品业、动物牵引的轮制车辆、骑乘技术是游牧业出现的必须技术前提,这些因素不晚于公元前第二千纪中叶出现在欧洲和哈萨克草原,但是在草原青铜文化中观察不到转化迹象。公元前第二千纪和前第一千纪之际(特别是前第一千纪开始阶段)出现了值得注意的间断,其前阶段的定居生活停止了,出现了明确存在骑乘术和游牧迹象的考古学文化,古代文献开始将草原居民称为"牛奶的饮用者"或"母马的挤奶者",稍后出现了"辛梅里安人"(Cimmerians)、"斯基泰人"(Scythians)、"塞种"(Sakas)等专称。这一复合系统约在公元前第二千纪中叶出现,至少有500年的模糊期。其动因与气候变化、经济变化和当地政治形势变化有关。公元前第二千纪的最干旱气候是畜牧者放弃农业成为真正游牧民的最终刺激因素。而且这一转化与在黑海北岸、中亚及这两个地区边缘地带定居国家的出现同时,游牧民与农业国家存在大量经济、社会和政治联系,农业国家提供的各种便利有助于他们完成游牧专业化。这种转化在欧亚草原东部和内陆的发生不会晚许久。Lattimore认为公元前第一千纪前半叶中国北部和西部的戎狄是兼营农业的畜牧者(1967),马匹作为骑乘动物和真正游牧民在中国边境的出现晚至公元前第三、第四世纪(Lattimore1967、Watsson1972),这些亚洲内陆的游牧民的先祖在中国边疆最初从事混合经济,随着中原居民的农耕扩张,他们被驱逐至草原成为游牧民(Lattimore1967)。但是许多苏联汉学家认为公元前七世纪的狄人部落属于斯基泰人,是伊朗语族的游牧民。考古学和体质人类学材料证明公元前第一千纪来自哈萨克斯坦、中亚、可能还有阿尔泰地区的畜牧者扩散至蒙古。

当前西方学者在游牧起源问题研究上的几个取向值得重视。

第一,对于现代游牧社会的研究与游牧业起源研究密切相关。西方学者对现代游牧社会生态环境、经济基础、生活方式、社会组织、政治结构和思想观念等方面的研究深刻地把握了游牧业的实质,对研究游牧业的起源具有重要的启示作用。近年来关于游牧起源研究的进展亦得益于1970年代以来对于世界各地现代游牧社会研究的深入。

第二,认为各地游牧业的起源存在不同背景。Thomas J. Barfield 按照自然地理和经济文化类型将现今世界上的游牧区域划分为横贯非洲大陆的撒哈拉沙漠以南至非洲大裂谷一线的东非热带草原、撒哈拉沙漠北部和阿拉伯沙漠、地中海沿岸经安纳托利亚高原和伊朗高原至中亚山区一线、从黑海延伸至蒙古的欧亚大陆草原、西藏高原及其邻近山区高原、亚洲北部高纬地区和南美安第斯高地等几块,不同地区的游牧生产生活方式均有差异,政治组织和社会形态亦有不同,现今差异暗示着游牧业发生背景的复杂。Khazanov 结合起源背景,将游牧社会划分为欧亚草原类型、中东类型、近东类型、东非类型、欧亚北部类型和亚洲内陆高原类型,各类型的发生均有自的具体背景,包括等气候干旱、气温下降、人口压力、农业扩张、沟渠灌溉、都市发展、聚落扩展、工艺专门化、贸易联系、政治压力、牲畜增加、草场枯竭、迁徙等方面。

第三,Khazanov 将游牧业的发生归纳为两种途径。他认为欧亚草原类型、近东类型、欧亚北部类型首先是对自然条件适应的结果,就整体而言,在向游牧的转化方面基本是独立形成的,但是并不排斥借用驯养动物和技能。而中东类型和亚洲内陆高原类型的游牧业起源则是以传播扩散为特征的另一条道路,由若干相互衔接的阶段组成:游牧民先是出现在另外地域的某处地域中心,然后依仗军事优势等背景向适宜的环境带传播,并且逐渐适应新环境,最终占据新环境带。但是这两种游牧业起源的道路有相通之处,前者亦是首先发生于某个畜牧中心,然后在当地环境带传播,后者适应新环境带的进程也可能同时是游牧专门化的适应过程。东非游牧类型的形成过程也可能属于后者。

第四,认为游牧业的起源是对自然环境和社会环境适应的结果。Lattimore 在讨论中国北方游牧族群的起源时强调社会政治环境的影响。Khazanov 则以为游牧业的发生首先是对自然环境适应的结果,同时承认适宜的社会政治环境有利于游牧业的发生。

第五,认为游牧业的发生需要根据相关的经济技术前提、特定动因刺激和社会政治背景几个方面综合考虑。对农耕和定居生活的不适应、适应新环境的畜种及其比例关系、长期游动实践、畜牧业的普遍化、乳制品业、牲畜牵引的轮制车辆、骑乘技术等是游牧业出现的必须技术前提。而游牧业的最终形成则需要特定动因刺激,在大多数事例中均与气候变化有关。同时需要结合社会、政治、文化等背景因素,其中一个重要方面是外部农业社会对游牧社会的压力、影响以及相互间的联系和交流。

第六,认为各地游牧业的发生均出自混合经济,绝大多数地区是出自农业—畜牧或畜牧—农业经济,欧亚北部游牧类型则是源自渔猎—畜牧经济。他们认为一切含有相当畜牧成分的混合经济均存在向游牧转化的潜能和趋向,在特定环境下便有可能发生经济形态的转型;而大多数畜牧社会都是游牧生活,当然流动程度因群体、年份和游牧专业化程度的差别而有异。

第七,新近的研究成果表明各地游牧业的起源普遍较传统观点为晚,甚至晚得多。例如近东游牧类型的发生最初有早至公元前第七千纪的新石器时代的意见,后来始自青铜时代(公元前第

二、第三、甚至第四千纪元)的观点比较流行,新近的研究则晚至公元前第一千纪甚至公元以后;欧亚北部游牧类型的形成更是18、19世纪之交的事情。除去新材料的增加和对原有材料的不同阐释等原因以外,造成这种情况还与对概念的理解不同有关,例如,对某种牲畜的驯化和专业化饲养的不同理解,对某一游牧类型发生和基本特征最终形成的不同理解。更关键的是对"真正的游牧民"、"纯粹游牧"、"半游牧"等概念的不同理解,民族志材料表明"纯而又纯"的游牧社会几乎是不存在的,概念上的歧义直接影响到以什么样的标准来判断游牧业的发生或游牧类型的形成问题,造成年代学上的巨大差异。更极端的例子是,F. Plog 和 D. G. Bates 甚至将北美密西西比河以西大平原上骑在马背上以狩猎野牛为生的印第安部落的经济生活称为畜牧业[①]。

第八,在具体研究方法上特别注意对游牧族群的畜种构成情况的分析。Thomas J. Barfield 指出各个游牧区域均有自己的主导性牲畜,成为主导性牲畜需要满足四个条件;该种牲畜必须适应当地自然条件以便于大量畜牧;必须是基层游牧组织畜群中的组成部分;其饲养必须优先于其他牲畜;该种牲畜必定在某种程度上限制游牧民与社会、政治和经济的关系。他认为撒哈拉沙漠以南至东非热带草原的主导性牲畜是牛,撒哈拉沙漠北部和阿拉伯沙漠是骆驼,地中海沿岸至中亚山区一线是羊,欧亚大陆草原是马,西藏高原是牦牛,亚洲北部高纬地区是驯鹿,南美安第斯高地是美洲骆驼。他将游牧族群的牲畜依用途分为三类,第一类是用以消费或贸易的生产性牲畜,包括绵羊、山羊和牛;第二类是运输性牲畜,

---

[①] F. 普洛格、D. G. 贝茨:《文化演进与人类行为》(吴爱明等译),辽宁人民出版社,1988年版。

包括马、驴、牦牛和骆驼;第三类是警戒性动物犬[①]。Khazanov 认为复合畜种(牲畜饲养种类多样化)的游牧社会具有强大的生产力、转化力和扩展力,单一畜种(驯鹿、牦牛和美洲骆驼)的游牧社会则具有地域限制。另外西方学者还对各种牲畜的习性、生理结构、畜产品等方面进行细致研究。Marvin Harris 指出牛、绵羊、山羊的野生种曾经生活在阳光充沛的半干旱草原,适应炎热气候;而且牛、绵羊、山羊是反刍动物,可以消化含有高纤维素的植物,喜食草、麦秸、干草、灌木、树叶等,因此适宜游牧饲养。而猪则是杂食动物,没有反刍结构,虽然在哺乳动物中将植物转化为肉类的效率最高,但是与人类争食;并且猪的身体调温系统极不适应炎热、日晒环境,因此早期猪种更喜爱有着充足阴凉和水淖的森林环境,绝不适于游牧饲养[②]。基于对游牧社会畜种构成情况的这种深刻理解,在根据骨骼材料对游牧业起源进行解释时便可以切中关键点,如特别注意对马匹、骆驼骑乘技术出现的考古学研究。

西方现代文化人类学理论对游牧社会的研究产生了深远影响,从游牧业起源研究的新近认识中可以看出"新进化论"的启发。"新进化论"代表人物 L. A. White 提出"能量学说",他认为文化是人类为了在自然界生存下去而需要采用的适应机制,即一方面从自然界获取能源,一方面利用能源有助于社会集团的继续存在和向前发展;他将文化划分为技术系统、社会系统和思想意识系统,其中技术系统起到主导和制约作用。J. H. Steward 始创"文化生态学",提出"文化—适应机制",着重考察分析三个内容:开发技术或生产技术与环境间的相互关系,利用特定技术开发特定地

[①] Thomas J. Barfield, *The Nomadic Alternative*, 1993 by Prentice - Hall, Ine. A Simon & Schuster Company.
[②] 马文.哈里斯(Marvin Harris):《好吃:食物与文化之谜》(叶舒宪等译),山东画报出版社,2001 年版。

区的行为方式,确定此种行为方式影响文化其他方面的程度①。西方学者关于游牧业起源的新近认识实际上基本是围绕"文化整体观点"、"适应理论"和"技术分析"而展开,简单地说,就是从技术分析的角度考察游牧社会内部诸子系统之间、游牧社会与其依存的自然环境之间以及游牧社会与外部世界之间的相互适应情况。

西方学者对于游牧业起源研究的成果和价值取向对于探讨中国游牧业的起源问题颇具启示意义。曾经一段时期中国学者的视野局限在境内,希望根据经典作家的论述在中国境内解决中国游牧业的发生问题。同时由于受到《史记·匈奴列传》和《汉书·西羌传》的影响,中国学者往往将先秦时期的戎狄视为游牧族群,以为中国北方长城地带很早以来便为游牧族群所占据。在经典作家的著述中,游牧经济的出现是原始居民经济生活形态发生重大变革的标志之一②。长期以来中国学者认为恩格斯表述的"第一次社会大分工"是指农业和游牧业的分离,但是在黄河流域及其以南的新石器遗址中似乎观察不到游牧部落从农业部落中分离的显著迹象③,而认为先秦戎狄从事畜牧—农业混合经济的意见④亦逐渐引起重视。近年来,中国台湾学者王明柯和大陆学者杨建华、林沄、乌恩等先生的相关文章⑤应该说将这一领域的研究推进了一

---

① 黄淑娉、龚佩华:《文化人类学理论方法研究》第九章,广东高等教育出版社,1998年版。
② 恩格斯:《家庭、私有制和国家的起源》,人民出版社,1972年版。
③ 黄崇岳:《我国的原始畜牧业及其与农业的关系窥探》,《中原文物》1983年6期。
④ 林沄:《戎狄非胡论》,《金景芳九五诞辰纪念文集》,吉林文史出版社,1996年版。
⑤ 王明柯:《鄂尔多斯及其邻近地区专化游牧业的起源》,中央研究院历史语言研究所集刊,第六十五本,第二分,1994年。杨建华:《春秋战国时期中国北方文化带的形成》,吉林大学博士学位论文2001年。林沄:《夏至战国中国北方长城地带游牧文化带的形成过程》,吉林大学边疆考古研究中心2002年。乌恩:《欧亚大陆草原早期游牧文化的几点思考》,《考古学报》2002年4期。

大步。与西方学者近年来将欧亚草原游牧业的起源向后推移许多相似,他们都认为中国游牧业的起源年代较之既有认识要晚近些,北方长城地带游牧文化因素的出现或者向游牧专业化的转型是在春秋战国时期。王明柯先生认为春秋晚期鄂尔多斯地区部分从事混合经济的人群完成向游牧专业化的转向,其前有可能向阿尔泰地区的游牧民学习了游牧观念和技术,至战国时期形成游牧洪流。乌恩先生认为中国北方游牧业的形成是在春秋中期偏早,而且有可能是在中国境内独立产生的,甚至在整个欧亚草原也是游牧业发生的最早中心之一。林沄先生认为北方长城地带游牧文化带的最终形成是在战国中期,与游牧的北亚蒙古人种的大批南下有关。较早时期 Lattimore 的意见也较有影响,他认为公元前第一千纪前半叶统治中国北方和西北的戎狄兼营农业;中国北部边界马匹作为骑乘动物的出现和游牧民的出现是公元前4至前3世纪的事情;中国北方边疆的游牧民是随着中原势力的扩张被驱逐到草原地区的戎狄的后代,他们在草原上由狩猎—农业混合经济转向为游牧经济。当前中国学者已经开始将中国游牧业起源的问题放在欧亚草原的大背景下来进行研究,并且注意借鉴西方学者在游牧业起源研究上的成果和理论方法。通观西方学者对游牧业起源问题的研究,我以为在探讨中国游牧业的起源问题时需要注意几点:1. 考虑各种发生途径。作为欧亚草原、沙漠半沙漠的组成部分,北方长城地带游牧业的起源存在受到境外影响和冲击的可能性,包括技术因素传播和移民。同时,夏至战国时期北方长城地带大致可以划分为以甘青为主的西段、以河套陕北晋北为主的中段和以燕山南北为主的东段,各自又可以划分出若干小区;各区块的考古学文化、自然条件和社会环境不尽相同,因此亦存在各区块的游牧业起源各有不同背景的可能性。2. 结合特定的社会政治背景,尤其不可忽略对农业因素、定居社区和中原文化在北方长城地带进退消长及其影响的分析。3. 注意游牧业起源技术前提的考古学分析,着重分析遗存中有关畜种构成、长期游动实践、畜牧业普遍化、乳制品及其他畜产品、动物牵引的轮制车辆、骑乘技术等方面的信息。4. 明确游牧性质遗存的判定标准,关于此点笔者另有专文可参阅①。5. 北方地区的早期岩画对分析畜种构成很有帮助,在研究游牧业起源问题上是很有意义的线索。6. 加强对北方长城地带青铜时代自然环境的研究。7. 提倡考古学者参与对中国现代游牧族群的民族学调查,以全面深入地把握北方游牧社会的特质。8. 借鉴西方社会人类学对游牧社会的研究成果,在把握中国北方游牧社会特质的基础上,以新视角对历史文献再阅读,当有新理解和新启示。

说明:诸如"(Khazanov1983)"、"Oliver 认为牲畜增加……(1961)"这样的行文仅是为了方便阅读者了解相关研究者及其观点的发表时间,目的在于以简洁方式提供较多信息量,不表示注释,特别说明。

(原载《社会科学战线》2004 年第 3 期)

---

① 郑君雷:《关于游牧性质遗存的判定标准及其相关问题》,《边疆考古研究》(二)待刊。

中国社会史研究的反思与展望

田居俭

一、曲折而坎坷的艰难历程

近十年来,在百花争艳的中国史苑中,有一枝光彩照人的奇葩格外引人注目,这就是日益复兴的社会史研究。借用英国著名的社会史专家哈罗德·珀金的话说则是:"灰姑娘变成了一位公主,即使政治史和经济史不允许她取得独立地位,那么她也算得上是历史研究中的皇后。"(蔡少卿主编:《再现过去:社会史的理论视野》,浙江人民出版社1988年版,第144页。)

这里,笔者将中国社会史研究的现状概括为"复兴",是因为社会史研究在中国史学发展的进程中曾有过兴旺时期。不幸的是,在以往相当长的一段时间里,这枝奇葩惨遭凄风苦雨摧残,几至凋零。如今喜遇艳阳春雨,再度返青绽蕾。

温故而知新。为了深入开展中国社会史研究,有必要先来回顾一番它所经历的曲折与坎坷。

作为史学一个分支的社会史,严格地讲,这个学科是伴随近代的社会学兴起而出现的。但是,在中国,社会史的萌芽却可以追溯到遥远的古代。

众所周知,中国是历史悠久、文明灿烂的国度,中华民族是富于浓厚历史意识、治史有方的民族。"述风俗",即重视叙述社会生活方式,是中国史学的优良传统之一。历代史家治史,无不注意搜集、整理关于社会生活的史料,诸如各个历史时期不同阶级和阶层的衣食住行、嫁娶丧葬、婚姻家庭、宗族聚落、等级礼仪、社区会党、宗教迷信、风俗时尚、节令娱乐等。这些史料不仅见诸于浩如烟海的正史、典志、会要、谱牒、类书、方志、游记、稗史、笔记、文集等古籍,而且也见诸于被王侯将相视为察古鉴今、安邦治国"法宝"的经学。比如,"十三经"中的《礼记》和《仪礼》,就是古代贵族立身行事恪守的生活准则。有些史家在叙述这类风俗民情的同时,还根据时人所能达到的认识水平,对这些史料尽可能地作出自认言之成理的说明。譬如中国"历史之父"的司马迁,在《史记·货殖列传》中,不仅描绘了国内各个地区异彩纷呈的风土人情和民俗气质,而且还试图从自然环境、居民构成和职业习惯等方面来探讨其成因。他认为:关中"好稼穑,殖五谷",是由于地理条件优越,"自汧、雍以东至河、华,膏壤沃野千里",以农为本的耕稼传统又源远流长,"自虞夏之贡以为上田,而公刘适邠,大王、王季在岐,文王作丰,武王治镐,故其民犹有先王之遗风";"陇蜀之货物而多贾","长安诸陵,四方辐凑并至而会,地小人众",故其民"益玩巧而事末";中山"民俗懁急,仰机而利食:丈夫相聚游戏,悲歌忼慨,起则相随椎剽,休则掘冢作巧奸冶,多美物,为倡优;女子则鼓鸣瑟、跕屣,游媚贵富,入后室,遍诸侯",则因"地薄人众,犹有沙丘纣淫地余民";种、代两地居民僄悍,"任侠为奸,不事农商",又由于"地边胡,数被寇","师旅亟往,中国委输时有奇羡,其民羯羠不均"所致;等等。司马迁的上述解释,虽然含有合理成分,时而闪烁几点真理的火花,但从总体来看,还只是限于直观、琐细的现象罗列,以及朴素的感知和具体的经验归纳,远远没有升华到由表及里、由此及彼的逻辑分析和理论抽象。即使如此,他也为中国的社会史著述开了先河。继之而起的后来人便步其后尘,萧规曹随,纷至沓来,遂使中国古代的社会史研究长期处于"从具体辗转到具体"的阶段,呈现着起步早、进展慢的态势。然而,却为中国近代的史家后来接受和应用西方社会学理论方法,进一步研究中国社会史奠定了雄厚的基础。

至本世纪初,在"西学东渐"的大潮中,梁启超先以进化论为武器,竭力鼓吹"史界革命",为史界"辟一新天地"。1901年,他在《中国史叙论》中论述旧史学与新史学的区别和任务时指出:"史也者,记述人间过去之事实者也。""前者史家,不过记载事实;近世史家,必说明事实之关系,与其原因结果。前者史家,不过记述人间一二有权力者兴亡隆替之事,虽名为史,实不过一人一家之谱牒;近世史家,必探察人间全体之运动进步,即国民全部之经历及其相互之关系。"并抨击二十四史为"二十四姓之家谱","知有朝廷而不知有国家","知有个人而不知有群体"。(《饮冰室合集·文集》第3册)翌年,他在《新史学》中又大声疾呼研究"群学"。(《饮冰室合集·文集》第4册)梁启超这时所强调的探察"国民全部之经历及其相互关系"或"群学",即属社会史范畴。随后,严复将英国社会学家赫伯特·斯宾塞的名著《社会学原理》部分章节译成中文,易中《群学肄言》于1903年在国内出版,更为社会史研究送来一股强劲的东风。在这种广阔的中西文化交流的背景下,中国近代第一部社会史专著,张亮采的《中国风俗史》于1911年应运问世了。在这部著作中,他主张风俗应包括饮食、婚娶、丧葬、忠义、风节、廉耻、乡评、清议、淫祀、巫觋、氏族、游侠、佛道、美术、诗歌、士习、语言等内容,并将上述风俗变异的历史划分四个时代,即春秋以前的浑朴时代,春秋至两汉的杂驳时代,魏晋至五代的浮靡时代,宋明以降由浮靡趋向敦朴时代。

1919年的五四运动,不仅揭开了马克思主义理论与中国社会实际相结合的新民主主义革命序幕,而且伴随马克思主义的广泛传播,也给古老的中国史学带来了新的生机。特别是本世纪20年代末至30年代初席卷中国文化界的社会史大论战,更是有力地推动了中国社会史研究。这里需要指明的是,那场名为社会史的论战,争论的并非本文所谈的社会史内容,而是有关中国社会发展史的论战。因为在1927年大革命失败以后,从血泊中站起来的中国共产党人,正面临着中国向何处去的抉择。为了重整旗鼓,制订正确的路线和政策,夺取新民主主义革命的胜利,就必须对中国的现状和历史进行认真的考察,并科学地分析马克思主义是否适合中国国情。而在对国情的思考和认识的过程中,势必又要探索社会结构、群体生活、婚姻家庭、风俗习尚等各个领域,从而促进了中国社会史研究,从本世纪20年代初至40年代末相继问世了一批影响较大的著作。兹择其荦荦大者简介于下:

郭沫若的《中国古代社会研究》,既是中国马克思主义史学开山之作,又是全面研究先秦社会生活的成功之作。他在这部自认是恩格斯《家庭、私有制和国家的起源》的"续篇"中,剖析了作为先秦社会生活基础的渔猎、畜牧、农耕、工艺、贸易等生产活动,同时又揭示了氏族、婚制、家庭、财产、阶级、国家等社会结构以及宗教、艺术、思想等意识形态,进而从生产力发展引起的生产关系及其他社会关系的变化中,找出了中国古代社会发展的轨迹。

杨树达的《汉代婚丧礼俗考》和黄现璠的《唐代社会概略》,是研究断代社会生活的两部专著。前者分门别类地叙述了两汉的婚姻制度和习俗,以及丧葬的规范和礼仪;后者则设专章对唐代的"阶级"(实为阶层,如贱民、娼妓、劳动、贵族、坐食即僧侣等)、"风俗"(包括婚姻、化妆、舞蹈、戏剧、马球、拔河等)、"借贷"、"交通"作了叙述。

高达观的《中国家族社会的演变》和潘光旦的《明清两代嘉兴的望族》,是两部家族研究的著作。前者选取周、宋、清三个不同时代的家族为典型,剖析了中国家族社会的演变,并指出了各个时代家族社会的特点、区别、优劣和趋势;后者运用族谱资料对明清两代嘉兴望族的来龙去脉予以说明，并用血系分图、血缘网络图、世泽流衍图加以展示，带有家族个案分析的浓重色彩。

陈东原的《中国妇女生活史》、贾伸的《中华妇女缠足考》和王书奴的《中国娼妓史》，是专门研究妇女生活的三本专著。它们分别叙述了中国历代妇女的婚姻、家庭、社会地位、身心所遭摧残等问题，并揭露了娼妓的起源与发展、类别与性质、恶果与影响等问题。

瞿同祖的《中国法律与中国社会》，旨在通过法律透视人际关系和社会结构，对法律所反映的婚姻关系、家族关系和阶级关系等进行了较为深刻的论述，揭露了法律认可的生活方式差异所体现的社会等级秩序，在当时是一部令人耳目一新的社会史专著。

邓云特的《中国救荒史》，借用作者在该书《序言》中的话说，是一部"社会病态史及社会病源学史"。它不仅论述了历朝灾荒的事实、成因和影响，而且还论述了历史的救荒思想和救荒政策，"其任务即在于揭发历史上各阶段灾荒的一般性及特殊性，分析其具体原因，借此探求社会学之治疗原则与途径。"

此外，当时影响较大的著作和资料还有：李安宅的《〈仪礼〉与〈礼记〉的社会学研究》，吕思勉的《中国宗法制度小史》和《中国婚姻制度小史》，陶希圣的《婚姻与家族》，陈顾远的《中国婚姻史》，谢国桢的《清初流入开发东北史》，陈彩章的《中国历代人口变迁的研究》，以及尚秉和的《历代社会风俗事物考》，瞿宣颖的《中国社会史料丛钞》，萧一山的《近代秘密社会史料》，等等。

综览以上著作，可以明显地看到，这一时期中国社会史研究的焦点多集中在婚姻家庭和习俗风尚方面。这说明古代的传统意识仍在束缚着史家的研究视角。因为在中国这个"礼仪之邦"，历代都靠由"礼"发展起来的典章制度和思想体系辨风正俗，安上治民。而人们探索"礼"的起源又不约而同地着眼于男婚女嫁，如《礼记·昏义》所言："男女有别而后夫妇有义，夫妇有义而后父子有亲,父子有亲而后君臣有正。故曰:婚礼者,礼之本也。"《周易·序卦》也强调:"有天地然后有万物,有万物然后有男女,有男女然后有夫妇,有夫妇然后有父子,有父子然后有君臣,有君臣然后有上下,有上下然后礼义有所错。夫妇之道,不可以不久也。"另外,在研究方法上,史家也没有跳出前人治史的窠臼。具体表现便是:资料多于观点,考据多于分析,叙述多于论断。即使在中国社会史研究领域颇花气力的柳诒徵,也直言不讳,他撰写《人民生活史》就是"整理归纳,举琐屑畴零之文件,分别条理","俾学者钩稽荟萃之劳","不敢有所论断也"。(《中国历史文献研究集刊》第5集,岳麓书社1985年出版。)因此,使得这一时期的中国社会史著作,除了像《中国法律与中国社会》、《中国救荒史》等较有理论深度、立意新颖以外,绝大多数作品依然停留在就某些反映社会生活的资料进行搜集整理和分类排比,充其量作一点粗浅的说明,还不能将诸多反映社会生活的资料进行综合分析和理论概括,"从具体上升到抽象"。

新中国诞生以来,特别是从1957年的反右斗争到"史无前例"的十年动乱,由于"左"的思潮影响和教条主义的束缚,人们对历史唯物主义的认识和理解日益僵化和片面,过分夸大阶级斗争效应,绝对固定单因单果的阶级分析方法,把错综复杂的社会历史简单地归结为阶级斗争的历史,大讲特讲"阶级斗争,一些阶级胜利了,一些阶级消灭了,这就是历史,就是几千年的文明史",从而摒弃了阶级关系之外的其他社会关系,将丰富多彩的社会生活斥之为"庸俗"、"烦琐"、"宣扬剥削阶级腐朽生活方式",粗暴地驱逐于史学殿堂的门槛之外,轻率地中断了中国治史的优良传统。

由于把"历史的内容"排出了历史,史学研究必然要出现偏颇和失误。因而,这一时期有关社会史的著述寥若晨星,屈指可数。专著只有董家遵的《中国收继婚姻之史的研究》,李剑农的《魏晋南北朝民户大流徙》,傅衣凌的《明清时代商人及商业资本》,张来元的《汉代服饰参考资料》,杨宽的《古史新探》等为数很少的几种。真正能够称得上社会史研究论文的也是凤毛麟角,不外是吴晗的《古人的坐跪拜》和《宋元以来老百姓的称呼》,冯先铭的《从文献看唐宋以来饮茶风尚和陶瓷茶具的演变》,党军的《唐代长安春节景象》,杨讷的《元代农村社制研究》,左云鹏的《祠堂族长族权的形成及其作用试说》等寥寥几篇。至于在通史和断代史的著作中,更是见不到类似邓之城在《中华二千年史》,以及吕思勉在《先秦史》、《秦汉史》、《两晋南北朝史》、《隋唐五代史》等书中所叙述的有关族制、婚制、衣食住行、风俗习惯等社会生活;就连这时出版的大型史料汇编《中国通史参考资料》各分册,几乎也见不到当年瞿宣颖在《中国社会史料丛钞》中所罗列的关于衣饰、饮食、建筑、交通、婚姻、丧祭、名物、制度、信仰、传说等内容了。这样,就使原已进展缓慢的中国社会史研究越加举步艰难,迟滞不前了。

可喜的是,物换星移,今非昔比。近十年随着我国改革和开放政策的全面推行,史学也在革故鼎新,中国社会史研究又被众多史家提上了议事日程,并且出现了日益复兴的著述好势头。

二、方兴未艾的研究现状

如上所述,由于中国社会史研究在建国后几乎停滞,遂使人们对其性质和面目逐渐感到生疏和茫然,因而使得近些年的复兴工作要"而今迈步从头越",不得不从社会史研究的对象与范畴,以及开展社会史研究的方法和意义等问题的讨论入手。关于这方面的讨论,主要集中在如下两个问题上。

1. 中国社会史研究的对象和范畴

冯尔康在1986年第1期《百科知识》上首先发轫,他以《开展社会史研究》为题,明确指出:建国以来的前30年,史学研究涉猎的领域,主要是经济史和政治史,对科技史、文化史等关注不多,对社会史则几乎完全没有接触。造成这种局面的原因和教训可以姑置毋论,但恢复、发展社会史研究,应当成为当今史学界刻不容缓的课题。随后,在1987年第1期《历史研究》上,他又发表同题论文,进一步阐发己见,认为社会史是研究历史上人们社会生活的运动体系,以人们的群体生活与生活方式为研究对象,以社会结构、社会组织、人口、社区、物质生活与精神生活的习俗为研究范畴,揭示它本身在历史上的发展变化及其在历史进程中的作用和地位。中国社会史的研究对象是中国历史上人们的群体生活和生活方式,包括原始社会的氏族,进入阶级社会后的阶级、等级、阶层、宗族、家庭、民族、宗教、人口及其结构、职业与就业、衣食住行的习尚、婚丧、娱乐、社交、时令风俗等方面的社会生活。

乔志强认为,社会史是马克思主义历史学的重要组成部分,它十分重视研究"社会生活的各个方面"。中国社会史应以中国历史上的"社会"为研究对象,它包括的内容比较复杂,但却是一个有序的系列。这个系列可分为三个方面:(1)社会构成,包括人口、婚姻、家庭等最基本的社会元素和细胞;(2)社会生活,包括物质生活(衣食住行用的方式)、精神生活(价值观念、伦理观念、信仰结构等)和各种错综复杂的社会关系(生产关系、血缘关系及其他人际关系),三者共同组成社会生活的主要的网络式内容;(3)社会职能,包括教育与赡养,社会控制与调节以及社会病态与防治等。社会史不是单纯考察某一社会现象的过程和规律,而是侧重于联系社会生产关系对社会生活进行综合研究。(《中国社会史研究的对象和方法》,《光明日报》1986年8月13日)

王玉波主张,社会史是一个多层次、多方面、多要素的系统,其研究对象是以人为主体的社会生活的变迁。社会史可以说就是社会生活方式演变史。主要内容包括:(1)作为社会主体的人,其自身状况的历史变迁;(2)社会价值观念、社会心理的历史变迁;(3)社会生活方式及其规范的历史变迁;(4)社会生态环境的历史变迁；(5)社会结构的历史变迁；(6)社会问题与社会调节的历史变迁。由于作为社会史研究对象的社会生活，是社会经济、政治、文化诸种因素综合作用的体现；社会史的任务便应以社会生活的历史演变为中心和中介，连接和沟通历史科学的各种专史，从而有助于历史科学形成纵横交错的网络式整个系统。(《为社会史正名》，《光明日报》1986年9月10日)

陆震指出，社会史的学科对象是人类各种社会群体和个体的社会生活活动及其方式，即生活方式的演变过程与具体规律。从这个意义上也可以说，社会史就是社会生活史。具体地说，社会史的学科对象，从社会生活活动的内容、进程、结果、变迁等方面看，可分以下数项：(1)人们各种社会生活活动，诸如谋生、物质消费、家庭、交往等活动的具体内容、行为模式和演变过程；(2)人们在社会生活活动中发生的相互关系，即各种具体的人际关系、社会关系及其变迁；(3)人们在社会生活活动中置身其内的各种社会群体及其发展变化；(4)人们在社会生活活动中角色的变动、在社会各层次间的升降，即社会流动的历史状况；(5)人们在社会生活活动中形成的文化观念体系与精神心理结构，包括成文规范、风尚习俗、观念体系等以及它们的变化过程；(6)人们在社会生活活动中依据和造就的物质条件、文化设施及其变迁历程。(《关于社会史研究的学科对象诸问题》，《历史研究》1987年第1期)

李晓东认为，社会历史是由两个方面组成的：一是社会形态史，包括社会经济、政治制度、社会组织结构、阶级关系、意识形态及社会发展规律；一是社会生活史，包括物质生活、政治生活、经济生活、文化生活和在社会生活中表现出的社会心理以及与社会生活相关的社会问题。目前人们所理解的"社会史"，实际上就是社会生活史。汪征鲁则主张，从属于历史唯物主义的人类社会形态发展史可简称之为"社会史"，作为历史学研究和复制对象的人类社会历史亦可称之为"社会史"，于是便出现了与前者概念在内涵和外延上都有很大差异的另一个"社会史"。如果二者并行使用,势必引起语义上的相悖与研究上的混乱。因此,莫如将作为历史学分支的"社会史"易名为"社会生活史",这样更符合历史学各专史的分类惯例和性质,更具有自身的特异性,因而也就更具有科学性。(宋德金:《开拓研究领域,促进史学繁荣——中国社会史研讨会述评》,《历史研究》1987年第1期)

《南京大学学报》编辑部文章指出,按照国际上比较流行的说法,社会史就是社会关系的历史,就是社会结构的历史,就是日常生活的历史,就是私人生活的历史,就是社会团结与冲突的历史,就是独立分散的或相互依赖的社会团体的历史。从这个定义出发可以明确:社会史主要是研究历史上的各种社会关系、社会结构、社会团体、社会生活状况以及它们的运动体系。从社会史学家研究的实际状况和社会现实的需要可以看出,下述内容应是社会史研究的重要范畴和课题:即历史人口(包括人口的数量、质量、构成、繁衍与流动等);社会组织与结构,如血缘团体(包括氏族、部落、家庭、家族、宗族等)、地域团体(包括村寨团体、同乡团体、乡土观念等)、职业团体(包括同业行会、商会、劳动组合等);阶级与阶层;政党与公开或秘密的结社;军阀与土匪;社会习俗与风尚(包括衣食住行、节令、娱乐);社会思潮;社会生态环境;社会的控制与调节;以及各地区的社会变迁等。(《要重视和加强社会史的研究》,《南京大学学报》1988年第1期)

从上列的争论可以看出,尽管各家对社会史的命名不同,对社会史研究的对象与范畴的界定也不尽一致,有的宽泛,有的狭窄,但是细绎各家主张却是大同小异,因为各家无不承认,社会史主要任务是研究社会生活。笔者坚信,只要有了这个前提,中国社会史研究的前景就会无比乐观,其势将如百川入海,殊途共归,最终必然形成波澜壮阔、水天一色的雄浑气象。

2. 开展社会史研究的方法和意义

如何开展社会史研究？研究社会史的意义何在？对于这两个问题，在近年来的讨论中，各家意见比较一致，相辅相成，可谓"英雄所见略同"。这里，各选几种较有代表性的见解略作介绍。

（1）如何开展社会史研究？

石谭认为，社会史是把社会学研究的理论与方法应用于历史学研究的学科。根据西方社会史的发展利弊，在中国社会史研究中有两个基本原则必须遵循：第一，对历史要多视角、多方位地透视，要采取多途径的方法组合，不能太拘谨、偏狭和固守于一隅；第二，要把社会学的理论、概念、范畴与历史学的具体特点有机结合起来，创造出中国式的社会史体系。当前，要做扎实、刻苦的工作，既要学习领会社会学的理论、概念、范畴，又要研究历史学理论，更要选好中国社会史上几个突破点，理论结合实际，作较为深层的开掘。社会学与历史学纵横交叉，互相渗透，彼此融和，必将相得益彰。(《社会史学研究方法评析》，《西北大学学报》1986年第4期）

中国社会科学院历史研究所《中国古代社会生活史》课题组主张，社会史研究除了要以马克思主义理论为指导、充分考虑中国历史发展的一系列特点外，还应提倡多样化的研究方法：第一，吸取与社会生活有关学科的研究成果，如烹饪、服饰、建筑等方面知识，以深化认识；第二，吸取一些概念，从而更准确、更深刻、更全面地说明社会生活的现象与本质，如社会学中的群体、社区、邻里、社团等；第三，运用心理学方法、计量方法、历史比较方法、文化语言学方法、文化人类学方法、民俗学方法等；第四，借鉴国外社会史研究的优秀成果。（浦斯：《中国古代社会生活史讨论会简记》，《中国史研究动态》1987年第12期）

刘志琴认为，社会史研究必须与文化史研究密切结合，同步发展。她强调，社会史和文化史是近代史学起飞的双翼，命运相济、盛衰相连，是这两门学科发展的共同趋势。这主要表现在，社会史的繁荣往往以文化论争为先导,文化史的深入又有赖于在社会史领域内发展。社会问题与文化问题的交错、重叠、伴生,已成为常见的规律性现象。由于社会史与文化史研究的终极对象都是人,因而从根本上决定了这两门学科的依存关系。社会史是以社会生活的发展和社会问题为基本内容,它的特点在于突出社会的主体——人,围绕人的生存、发展的环境、习俗、生活、群体结构、文化观念的变迁来进行研究。换言之,以研究人为主体的社会史的最高宗旨,是研究社会文化特质的形成、变易和流向的变迁史。从这个意义上说,社会史实际上是文化的社会史,文化史则是社会的文化史。这两个领域最宽广关系又最密切的学科区别在于:文化史是从文化的要素、结构和功能上认识文化现象,融合社会、思想和文化人类学的成果,揭示社会文化的形态和特质;社会史则从社会的构成和生活方式上认识社会现象,融合文化和社会学的成果,揭示社会文化的形态和特质(《社会史的复兴与史学变革》,《史学理论》1988年第3期)。

(2)研究社会史的意义何在?

《历史研究》评论员文章指出,在历史唯物主义指导下,复兴和加强社会史研究,可以进一步改变我国史学研究多年形成的内容狭窄、风格单调的状况,另辟蹊径,促进史学的改革和创新,突破流行半个多世纪的经济、政治、文化三足鼎立的通史、断代史等著述格局,从研究社会生活入手,开拓和填补鼎足之下的边缘地带和空白区域,同时再以社会生活的演变为中介,连接和沟通鼎立的"三足",复原历史的本来面貌,使之血肉丰满,容光焕发,改变史学以往那种苍白干瘪的形象,使之更加充实和完善。这种别开生面的研究,还有助于通过生动具体、纷纭复杂的历史现象,深刻揭示历史演变的真实过程和不同层次的发展规律,检验和纠正过去应用历史唯物主义研究历史所产生的公式化、简单化缺陷。这种新的探索和研究,还可以锻炼和提高史家的理论思维能力,为丰富和发展历史唯物主义,提高我国马克思主义史学研究水平创造条件(《把历史的内容还给历史》,《历史研究》1987年第1期)。

前引的陆震文章也强调,社会史研究的复兴,将通过它对历史发展的丰富性和多样性揭示,以及对历史发展的具体形象、多侧面、全方位的立体复现,显示其重大的学术意义,它将为哲学社会科学各学科的发展提供坚实的基础和有利的条件。首先,它会大大扩展历史学研究领域,深化史学各分支对各自学科对象的理解与认识,成为史学从单调贫乏的宏观研究和一般规律中走出来,真正开展全面研究社会历史的转机。其次,社会史研究提供的历史图景,也将大大拓展社会学、民族学、民俗学以至政治学、经济学、法学、伦理学等各学科的视野,有力推动社会科学各学科的发展。再次,社会史研究提供的成果,还将充实、丰富、验证和说明历史唯物主义与科学社会主义理论所揭示的社会发展的一般规律,使一般规律变得具体、生动和深刻;同时,也为从大量历史资料和具体规律中概括新的一般认识提供可能。而这些又都将促进历史唯物主义和科学社会主义理论的发展。

前引《南京大学学报》编辑部文章又指出,更重要的是,开展社会史研究,将有助于全面深刻的认识我国的国情和民情,为四化建设提供重要的借鉴,为社会主义的精神文明建设服务。前引冯尔康的文章也认为,开展社会史研究,可以总结历史上社会生活领域发展变化的具体规律,指明其演变方向,供现代人参考,提高对生活方式的选择判断能力。从现实出发,社会史研究方向的选择,似应同批判封建主义残余相联系、相结合,使上上下下的国人对中国传统制度、风俗、习惯都能有正确认识,以利移风易俗,消除封建主义残余,加速四化建设,推进社会主义精神文明。开展社会史研究的现实意义,似乎可以概括为:提供人民社会生活历史渊源的资料,以便使党和国家在四化建设中,对人民社会生活规范作出正确决策,制定和调整某些具体政策,促进史学与政治、与群众的联系。

近十年来,人们在探讨中国社会史研究当中理论问题的同时,又将研究的触角伸向了社会史涵盖的各个领域,属于或近似社会史内容的论文如雨后春笋,不胜枚举。冯尔康等编著的《中国社会史研究概述》(天津教育出版社,1988年),对此已有详细介绍,故不赘述。这里,仅就大陆史家撰写的有关中国古代社会史的专著扼要地作些介绍,虽然挂一漏万,但亦能以斑窥豹。

在全面研究断代的社会生活方面,林剑鸣等著的《秦汉社会文明》(西北大学出版社,1985年),比较详细地叙述了秦汉时期的市政、人口、商业与市民生活,式样繁多的服饰,饮食结构与炊具、食俗,宫室苑囿、民居与家具,水陆交通与车舆、关禁、邮驿,具有浓厚迷信色彩的阴阳五行、方士方术与谶纬,形形色色的祭祀活动,以及婚丧礼俗与精神风貌。韩养民的《秦汉文化史》(陕西人民教育出版社,1986年),在叙述服饰、饮食、丧葬、节日、婚嫁、礼仪等风俗的同时,更侧重于精神生活的披露,对斑斓多彩的杂技乐舞,仪态万千的绘画、雕塑和建筑艺术,以及足球、击剑、射箭、摔跤、赛马、围棋、投壶、导引(气功)等竞技活动用力尤勤。刘志远等编著的《四川汉代画像砖与汉代社会生活》(文物出版社,1983年),则别开生面,通过画像砖的图案揭示了汉代社会生活的几个侧面,其中包括郡县生活,城市、商业和水陆交通,地主官吏生活以及舞乐百戏、神话等。

在社会结构研究方面,在以往研究阶级结构的基础上,出现了一些研究等级和阶层的专著。何龄修等著的《封建贵族大地主的典型——孔府研究》(中国社会科学出版社,1981年)和杨学琛等著的《清代八旗王公贵族兴衰史》(辽宁人民出版社,1986年),是研究贵族的两部专著。前者以大量的档案材料,论述了孔府贵族大地主的形成和贵族地主政权,田产,地租剥削,各种人户,商业、高利贷和屯、义集行税剥削,寄生性消费和农业再生产,孔氏宗族和族权统治,庙、佃户的反抗斗争等内容;后者系统地叙述了以努尔哈赤的子孙和勋贵功臣组成的八旗王公贵族的形成、发展和衰落,以及这个集团权势和庄园的演变,这个集团的阶级性质和对有清一代政治、经济、军事、文化、民族关系的影响。李季平的《唐代奴婢制度》(上海人民出版社,1986年)和韦庆远等著的《清代奴婢制度》(中国人民大学出版社,1982年),是研究奴婢的两部专著。前者论述了奴隶制残余形态在唐代的遗留,唐代奴婢的类别和名色,唐代奴婢的来源、役使、地位和待遇,唐代奴婢反奴役反压迫的斗争;后者论述了清代蓄奴之风,以及清代奴婢的渊源与发展过程,清代奴婢的来源、役使、所受压迫与反抗斗争。刘泽华等著的《士人与社会》(天津人民出版社,1988年)和郭绍林的《唐代士大夫与佛教》(河南大学出版社,1987年),是两部研究古代知识分子的专著。前者对先秦时期的知识分子,即与知识、道德、智能为伍从事脑力劳动和精神生产的士,就其起源、类分、追求、社会影响、历史作用、自身弱点等问题进行了分析;后者对唐代士夫,即以修习儒家著作而安身立命的文人和文人出身的武官与佛教的关系进行了论述,着重分析了佛教对士大夫思想和著述的影响以及士大夫对佛教的宣传、捍卫和改造等作用,还探讨了士大夫崇信佛教的原因。研究古代妇女的专著和资料有:高世瑜的《唐代妇女》(三秦出版社,1988年),将有唐一代的妇女划分为后妃,宫人,公主,贵族、宦门妇女,平民劳动妇女,商贾妇女,妓优、姬妾、家妓,奴婢,女尼、女冠、女巫等十个阶层,依次叙述了她们的身份地位、生活遭遇和心理状态;又分别叙述了唐代妇女在文学、乐舞、书画、杂技和政治、军事、科技、学术、宗教、体育、社交等领域的业绩,以及她们的爱情、婚姻与贞节观,伦常礼法与家庭生活,装饰与审美等思想意识,从而概括出了"唐代妇女风格"。王宗宇等著的《漫话后妃》(河南人民出版社,1985年),专就禁锢于朱红宫墙之内后妃们方方面面的生活境遇和复杂错综的心态作了叙述。黄汉清等评注的《女诗人诗选》(广西人民出版社,1986年),是近年出版的一部研究古代妇女生活的资料。选编者通过对历代233位女诗人的335首诗词的评注,揭示了古代妇女对苦难遭遇的血泪控诉和对封建礼教的愤怒抗争,以及对美满婚姻的向往和对自由幸福生活的渴望。袁闾琨等编著的《太监史话》(河南人民出版社,1984年),对我国古代历史的一个特殊阶层——心理和生理双重变态的太监进行了剖析,通过八个王朝50多名太监在政治生活中举足轻重的作用,评论了这种奇特的太监制度。

在血缘群体研究方面,婚姻和家庭是历来引人瞩目的课题。近些年在这方面的专著有:史凤仪的《中国古代婚姻与家庭》(湖北人民出版社,1987年)和彭卫的《汉代婚姻形态》(三秦出版社,1988年)。这两部专著各有千秋,前者以法律制度为中心,分别从经济基础和上层建筑(包括政治、法律、礼制、宗教、风俗等)透视了中国古代婚姻家庭的各种规范、制度,如婚姻的形式、范围、人数、年龄、禁忌、程序、效力、消亡等,以及亲属关系、父母子女关系、宗族制度和家庭制度等,勾勒了古代婚姻家庭的形态和流变,论述了古代婚姻家庭与宗法制度、儒家礼制的关系。后者截取两汉时期这一历史剖面,运用跨学科综合研究方法,从汉代婚姻关系中的等级状况、地缘结构、婚龄构成、基本步骤、妇女的家庭地位和社会地位、原始婚俗、法律规定、婚姻思想与观念等方面,分析和探讨了中国古代婚姻家庭与社会治乱等诸多因素的关系。与婚姻家庭紧密相关的研究专著有:王玉波的《历史上的家长制》(人民出版社,1984年)和李晓东的《中国封建家礼》(陕西人民出版社,1986年)。前者论述的是作为中国奴隶制和封建制政治统治基础的家长制,对家长制的产生、发展、瓦解过程,及其与夫权、父权、族权、君权的关系进行了分析;后者系统地介绍了中国等级森严的封建家庭和名目繁多的家庭礼仪,揭露了尊尊敬祖的祖孙之礼、承顺恭孝的亲子之礼、长幼有序的兄弟之礼、授受不亲的闺媛之礼、柔顺屈从的夫妻之礼、唯命是听的婆媳之礼和尊卑分明的主仆之礼等伦理道德对人性的摧残与压抑。

关于社区研究:邓云乡的《燕京乡土记》(上海文化出版社,1986年),是一本记叙古老都城北京旧时乡土民俗的专著。全书按岁时风物、胜迹风景、市廛风俗、饮食风尚等四个部分。分别就历史上京城习俗的各个方面,联系历史变迁和生活经历,以富于情致的笔调作了饶有兴味的叙述。林正秋的《南宋都城临安》(西泠印社,1986年),则对南宋都城临安的历史作了全面介绍,内容涉及皇宫与官署、都市布局与交通、西湖胜景与园林建筑、人口与家庭、环卫管理与社会治安、文化娱乐与风俗人情等,既有记事式叙述,又有精彩的考辨。王可宾的《女真国俗》(吉林大学出版社,1988年)和宋德金的《金代的社会生活》(陕西人民出版社,1988年),是两部研究辽金时期生活在中国东北白山黑水地区的女真人社会生活的专著。前者论述全面系统,从婚姻的形式、缔结、本质特点和析居合种、家庭内奴婢、父权统治下的家庭等方面论述了女真人的婚姻家庭,从姓氏谱、氏族部落集团结构、军事民主制、国家最高权力机构勃极烈制和社会基层组织猛安谋克制等方面论述了女真人的氏族社会制度,从命名方式、继承制度以及服饰、饮食、居住、生祀、丧葬、拜见、节庆、竞技、歌舞、博艺、信仰等方面论述了女真人的生活习俗。后者介绍简洁明了,从皇帝贵族、士农工商、饮食衣着、住所交通、婚丧礼俗、宗教信仰、文娱体育、岁时风俗等方面展示了金代女真人特有的生活习俗。

关于人口和移民研究:梁方仲的《中国历代户口、土地、田赋统计》(上海人民出版社,1980年),是一部具有重要学术价值的工具书,它为人们研究中国古代人口提供了翔实可靠的资料。张敏如的《中国人口思想简史》(中国人民大学出版社,1982年),是一部简明、系统叙述我国人口思想的专著,重点介绍了自春秋战国至五四运动时期几十位思想家和政治家的人口思想与人口政策,诸如人口再生产必须与物质资料再生产相适应、农业人口与非农业人口比例必须合理、调剂人口密度、加强户口管理、重视人口调查统计等,以及这些思想和政策产生的历史背景和社会意义。葛剑雄的《西汉人口地理》(人民出版社,1986年),是一部研究西汉人口增长、分布和迁移的专著,论述了西汉各地区、各阶段的人口变化,从人口政策、婚姻与生育、净繁殖率、家庭规模、农业生产和粮食产量等方面考察了人口增长率,还论述了西汉人口的地理分布和构成这种分布的自然、经济、政治、历史、社会等原因,以及关中、西北、东南、西南、东北等地区人口迁移及其特点和社会影响。田方等主编的《中国移民史略》(知识出版社,1986年),是一部研究我国古代移民的专著,对自西汉至明清各代的人口移动,按历史阶段作了提纲挈领的概略论述。它不仅披露了历朝通过军垦民屯进行人口迁移的史实,而且还论述了移民的历史作用,如巩固边防、拱卫京师、强兵足食、振兴农桑、扩大耕地、调节人口布局和密度、安置复员士兵等,并从正反两面探讨了历代移民的历史经验。

关于生活方式和社会习俗研究的论著较多,现归纳几个方面略加介绍:

沈从文的《中国古代服饰研究》(香港商务印书馆,1981年)、周锡保的《中国古代服饰史》(中国戏剧出版社,1984年)和上海戏曲学校中国服装史研究组的《中国历代服饰》(学林出版社,1984年),是三部系统研究古代服饰的专著。这三部专著图文并茂,各具特色。沈著着重从工艺美术角度加以研究,周著则从历史角度叙述服饰起源、类别和演变,并附论与服饰有关的礼仪风俗,上海戏校研究组更以群籍、实物以及陶俑、壁画、彩塑、石雕、砖刻、名画等综合研究,再现历代各类服饰。王云英的《清代满族服饰》(辽宁民族出版社,1985年)和安旭主编的《藏族服饰艺术》(南开大学出版社,1988年),是两部论述少数民族服饰的专著。前者叙述了清代服饰的发展演变,完整地记述了清代前期的衣冠制度,重点突出了满族服装的历史作用。后者追溯了藏族服制的源流,论述了藏装演变和地域差异,并从艺术角度对藏族服饰作了评述。

杨文骐的《中国饮食民俗学》(展望出版社,1983年)和王仁兴的《中国年节食俗》(北京旅游出版社,1987年),是两部研究饮食的专著。前者叙述了中国古老的饮食风俗,以及饮食与宗教、文学、娱乐的关系;后者除了介绍中国饮食习俗的特点、源流及与传统文化的关系外,重点介绍了饺子、元宵、粽子、月饼和腊八粥等年节食俗产生的背景、发展流变和各地的一些独特习俗。

在研究岁时节日的专著中,罗启荣等编著的《中国年节》(科学普及出版社,1983年)和《中国传统节日》(科学普及出版社,1986年),李竹青的《中国少数民族的节日与传统》(北京旅游出版社,1985年),分别对中国各民族的传统节日,如春节、元宵、清明、端午、七夕、中秋、腊八、三月街节、泼水节、火把节、望果节、那达慕大会、古尔邦节等的历史传说,活动内容,以及这些节日所反映的生活习俗、文化特点、道德风尚、宗教观念等作了叙述。孙景琛等著的《北京传统节令风俗和歌舞》(文化艺术出版社,1986年),分别辑录了元、明、清各代北京地区不同节令的风俗活动,还重点介绍了与节令相关的各种形式和内容的歌舞艺术特点。王骧的《江苏岁时风俗谈》(江苏古籍出版社,1985年),则专门介绍了江苏地区的岁时风俗。研究与岁时节日相联系的文体娱乐专著有,叶大兵的《中国百戏史话》(浙江人民出版社,1985年);傅起凤等著的《中国杂技》(天津科学技术出版社,1983年),李秀芳等著的《中国古代体育史》(人民体育出版社,1984年)等。

在研究丧葬制度的专著中,杨宽的《中国古代陵寝制度史研究》(上海古籍出版社,1985年),对中国古代陵寝制度作了系统研究。该书分三编:上编阐述了从春秋战国之际至明清时代陵墓的起源与变迁,以及历代陵寝制度与身份等级制度的关系;中编论证了陵寝制度的若干具体问题,如先秦墓上建筑、墓祭的起源和祭坛的设置、上冢的礼俗、墓前建筑群的演变、墓碑的起源与发展等;下编记叙了先秦、秦汉的陵寝和陵园布局。罗哲文等著的《中国历代帝王陵寝》(上海文化出版社,1984年),先概括叙述灵魂观念的产生与墓葬的起源、陵墓建筑形制、埋葬制度、祭祀礼仪、殉葬器物等问题,后按年代顺序逐一介绍从黄帝陵到清东、西陵等著名陵区的地面、地宫建筑特征和艺术风格,以及从帝王陵寝流变所反映的社会沧桑。

在研究原始宗教和民间信仰的专著中,朱天顺的《中国古代宗教初探》(上海人民出版社,1982年),系统地探讨了中国古代原始宗教,从自然崇拜、鬼魂崇拜、占卜与巫术之类迷信等方面,论述了天上诸神(日、月、星、云、风、雨、雷、电等)的产生与发展,地上自然神(地、山、河川等)崇拜和演化,动物神与图腾崇拜,鬼魂崇拜与祖先崇拜,前兆迷信与古代占卜,以及古代宗教的社会影响。宗力等著《中国民间诸神》(河北人民出版社,1986年),收录了历史上在民间影响较大的二百余种神祇,按照古代宗教意识的发展规律,依其起源性质划分10类,对各类神祇的原型和演变过程,以及出现的社会背景、在民间的影响等逐一作了叙述。喻松青的《明清白莲教研究》(四川人民出版社,1987年),结合时代背景,就明清时期白莲教系统的民间秘密宗教各教派的产生、渊源、宗旨、信仰、群众基础、组织网络、活动方式等进行了历史的分析。秋浦主编的《萨满教研究》(上海人民出版社,1985年),则探讨了我国北方阿尔泰语系一些民族(满、鄂温克、鄂伦春、赫哲、锡伯、蒙古等族)普遍信仰的萨满教产生,以及它在发展过程中打上的阶级烙印,最终为一神教所代替的历史命运,并将这种原始宗教同汉族和南方民族信仰的原始宗教进行了比较,还论述了宗教消亡的条件和时间问题。

从以上列举的著作来看,虽然各家水平不一,但就总体而言,近十年的中国社会史研究,不论是广度还是深度,都超过了以往任何一个时期。这十年,由于史家理论思维能力普遍提高和研究视野日益开阔,人们已经不满足于孤立地描述社会现象或就事论事,而是力求用马克思主义的理论和方法探索社会现象的内在联系并揭示其本质,科学阐释社会现象何以存在及对历史进程产生何种影响。尤其可喜的是,在当前中外史学交流的背景下,史家正立足于这一坚实基础广辟蹊径,有的研究者试图运用社会学、心理学、文化人类学、遗传学、计量史学等理论和方法进行研究(如彭卫的《汉代婚姻形态》),有的研究者则借助民族学、民俗学、近代民族社会调查的理论和方法从事研究(如王可宾的《女真国俗》),而且这些尝试均已初见成效。不言而喻,这必将推动中国社会史研究百尺竿头,更进一步。

三、关于深入开展研究之我见

从近十年史学研究的发展趋势可以预测,在今后的相当长时间里,中国社会史仍是热门的研究课题,它将吸引越来越多的史家向着新的广度和深度进军。依笔者之见,史家在明确中国社会史研究的对象和范畴以后,向新的广度进军并不难,只要肯花气力钩沉探微,开拓扩展,就会不断进入柳暗花明的境地。难的是向新的深度进军。近十年的研究实践证明,理论和方法是实现这一宏伟目标的关键。"工欲善其事,必先利其器。"倘若理论和方法对头,研究将事半功倍;反之,则事倍功半。鉴于此,笔者拟就今后深入开展中国社会史研究的理论和方法问题略陈管见。

1. 马克思主义的理论和方法,是研究中国社会史的指南

这是因为唯物史观认为,构成人类历史的社会生活纷繁复杂,各种因素交互作用、制约和依存,使社会形成一个有机联系的整体。所以,唯物史观从来未把社会生活轻率地归结为单一的经济方面的活动,尽管它坚持一切社会变迁和政治变革的终极原因在于各个时代经济的观点。同时,唯物主义者即马克思主义又"最

先提出不仅要分析社会生活的经济方面而且必须分析社会生活的各个方面"。(列宁:《什么是"人民之友"以及他们如何攻击社会民主主义者》,《列宁选集》第1卷第28页)"分析社会生活的各个方面",正是社会史研究的初衷。

基于这样的认识,马克思主义创始人在著述中从不把人类的生活方式排斥在自己的研究视野之外,总是按照社会存在决定社会意识的原理,把生活方式同生产方式紧密联系起来,考察生产力与生产关系、经济基础与上层建筑的矛盾斗争,剖析各种社会形态,阐述历史发展规律。马克思在《经济学手稿》第三章《相对剩余价值》中,曾引用一份《工厂视察员报告》里的论断:"近年来,任何一种机械发明都不像'珍妮'纺纱机和精梳纺纱机的创造,在生产方式上,并且归根到底,在工人生活方式上,引起那样大的改变。"并对此加以肯定和引申说:"这里,正确地表达了实际的联系。'机械发明'。它引起'生产方式上的改变',并且由此引起生产关系上的改变,因而引起社会关系上的改变,'并且归根到底'引起'工人生活方式上'的改变。"(《马克思恩格斯全集》第47卷第501页)可见,在马克思看来,生活方式在历史发展中并非无足轻重的琐屑小事,而是综合体现生产力和生产关系以及各种社会关系变化的标志。诚然,马克思主义创始人没有专门阐述社会史研究的系统理论,但在他们的著作中却不乏社会史的内容。只要我们重温一下马克思的《资本论》、《路易·波拿巴的雾月十八日》,恩格斯的《家庭、私有制和国家的起源》、《德国农民战争》、《英国工人阶级状况》等名著,就会从中得到重要的教益和启迪。

尤其耐人寻味的是,马克思主义的理论和方法所展示的威力,已经和还在使西方的非马克思主义史学家以至社会史家竞相折腰。享有国际声誉的当代英国著名史学家杰弗里·巴勒克拉夫说:"1930年以后,马克思主义的影响广泛扩展,即使那些否定马克思主义历史解释的历史学家们(他们在苏联以外仍占大多数),

也不得不用马克思主义的观点来重新考虑自己的观点。这时历史学家所面临的任务,正像查尔斯·韦伯斯特爵士所说的,是应付马克思主义的挑战。然而,这次不是'否定他对历史思想所做出的贡献',而是'用我们逐渐积累起来的而他却完全不知道的关于过去的大量证据'去对他的历史解释'进行新的分析'。"(《当代史学主要趋势》,上海译文出版社1987年版第32页)法国以研究社会史称著于世的"年鉴派"代表人物雅克·勒高夫更是直言不讳:"在许多方面,如带着问题研究历史、跨学科研究、长时段和整体考察等,马克思是新史学的大师之一。"(《新史学》,《再现过去:社会史的理论视野》第117—118页)

2. 在唯物史观指导下,注意吸收有关学科的理论和方法,进行跨学科的综合研究

如前所述,社会史是一门囊括社会上万事万物、且与许多学科交叉的边缘学科,因此,单靠以往流行的关于生产力与生产关系、经济基础与上层建筑、阶级结构与阶级矛盾等理论和方法进行研究,已经不能适应形势发展的需求了。这就要求史家必须调整知识结构,扩大研究视野,博采众长,运用社会学、文化人类学、心理学、文化语言学、历史地理学、人口学、统计学、民族学、民俗学等学科的理论和方法进行跨学科的综合研究。其中,对民族学和民俗学所保存的"活的社会化石",更要予以特殊的重视。因为历史上在中原地区业已消失的"国俗风土",会在边陲的少数民族中长期留存。"所谓中国失礼,求之四夷者也。"(《后汉书·东夷列传》)譬如,《史记·孔子世家》云,叔梁纥"与颜氏女野合而生孔子"。何谓"野合"?千百年来注家蜂起,相互凿枘,不得其解。然而,如从文化人类学、民族学和民俗学的角度加以考察,这一千古之谜便将贻然冰释,迎刃而解。原来,"野合"并不神秘,无非是带点群婚制的"朦胧的记忆",未经明媒正娶、自由结合的婚姻而已。(李衡眉:《孔子的出生与古代婚俗》,《孔子研究》1988年第4期)这种

研究不仅无悖于唯物史观,而且可为补充。因为以批判、继承、开放、发展为特征的马克思主义思想体系,所以能赢得"世界历史性的意义","是因为它并没有抛弃资产阶级时代最宝贵的成就,相反地却吸收和改造了两千多年来人类思想和文化发展中一切有价值的东西。"(列宁:《论无产阶级文化》,《列宁全集》第4卷第362页)

  3. 坚持宏观研究与微观研究相结合,防止只见树木不见森林,只罗列现象不探讨规律

  同史学其他分支的研究一样,社会史研究无疑要从微观研究入手,并以微观研究为基础,但却不可长期停留在微观研究的水准上,要适时地把微观研究上升到宏观研究,并回过头来指导微观研究,即"从具体上升到抽象",再"从抽象上升到具体"。如此循环往复,螺旋上升。切忌只见树木,不见森林;只罗列现象,不探讨规律。譬如,研究古代婚姻,决不可仅仅限于诠释《仪礼·士昏礼》中规定的贵族青年男女订婚与结婚的系列仪式,诸如从纳采、问名、纳吉、纳征、请期、陈馈、亲迎到成礼、妇见舅姑、舅姑飨妇、飨送者、庙见等,或将这套繁文缛节简单解释为纯粹血缘关系的传宗接代,如《礼记·昏义》所言:"婚礼者,将合二姓之好,上以事宗庙,下以继后世也。"而是要把这些社会现象同家庭、宗族、阶级、国家、"四权"(君权、族权、夫权、神权)等社会关系连在一起,对其起源和流变进行系统的探究,对"婚礼者,礼之本"给以历史唯物主义的解释。摩尔根的《古代社会》的价值所在,不是他罗列了多少鲜为人知的早期社会现象,而是他通过婚姻、氏族、家庭等社会生活方式,理清了人类早期历史发展的基本脉络,探索出一些规律性的东西。所以,恩格斯在《家庭、私有制和国家的起源》第一版序言中,才称赞摩尔根的伟大功绩是,"在北美印第安人的血族团体中找到了一把解开古代希腊、罗马和德意志历史上那些极为重要而至今尚未解决的哑谜的钥匙。"(《马克思恩格斯选集》第4卷第

2页)

临近本文结尾,笔者想起了马克思的一句至理名言:"现代历史著述方面的一切真正进步,都是当历史学家从政治形式的外表深入到社会生活的深处才取得的。"(《马志尼和拿破仑》,《马克思恩格斯全集》第12卷第405页)这是何等发人深省呵!有志于繁荣祖国史学研究的同行们,让我们沿着唯物史观指引的航向,向着"社会生活的深处"奋力游弋,再次争取史学著述的"一切真正进步"吧!

(原载《社会科学战线》1989年第3期)

中国人口质量研究的定向历程

朱国宏

中国人口质量研究主要始于近代。在此之前，人口质量的有关论述散见于历代思想家的言论篇章之中。作为一种思想，中国人口质量的有关观点发轫甚早，最远可追溯至先秦时代。其中，老聃(老子)有关人口质量的论述在时间上较之古希腊思想家柏拉图还要早一百多年①。先秦以迄，人口质量的有关论述在卷帙浩繁的历史文献中时有所见。其内容涉及人口质量的诸多东西，如遗传观点、胎教观点、教化观点、体质观点等。② 可以说，中国人口质量思想是丰富的，并不乏真知灼识，是一座有待进一步深入发掘的智慧宝库。在历史文献中关于人口质量的见解时隐时现，若断若连，没有明显的传承脉络，更重要的是，没能形成人口质量的概念。因此，不妨将这些思想看作人口质量研究的基础或始发状态。

始于近代的中国人口质量研究经历了三个不连续的历史时期：一、本世纪初至30年代末，为人口质量研究的开端时期；二、50年代中后期，为人口质量研究的传承时期；三、70年代末至今，为人口质量研究的发展时期。其间，30年代末至50年代初和50年代末至70年代末的两次中断，分别由战争和政治原因所使然。人

---

① 参见拙作：《先秦时期我国人口素质思想述评》，载《安徽人口》1987年第2期。
② 参见拙作：《从历史的角度看中国人口素质理论的发展》，载《人口科学》丛刊第8辑1987年12月。

口质量研究这种间断波动特征反映了近代以来中国人口学发展的曲折历程。事实上,人口质量研究正是随人口学的兴起崛起,也随人口学的中断而间断。与人口质量研究三个不连续历史时期相对应的,正是中国人口学发展的三次热潮,第一次以"人满之患"论争为特征,第二次以"人口"与"人手"之争为特征,第三次则以人口爆炸和人口控制的讨论为特征。可以说,人口质量研究的时代特征是中国人口学发展历程的写照,而人口质量研究的崛起和发展正是中国人口学研究的产物。所以,考察中国人口质量研究的定向历程,必须和中国人口学发展演变联系起来。兹将三个时期的人口质量研究分别考察如次。

一、近代中国人口质量研究的开端

中国人口学是在近代开始的,一般以1918年陈长蘅的《中国人口论》一书面世为始点标志,[①]由此而始,中国人口研究进入了一个全新的阶段:集中发表了一批有关人口问题的论著和调查报告;涌现了一批以人口问题为研究方向的人口学者;形成了独立于学术界的人口学界,引发了近代以来第一次人口问题讨论热潮……初步形成了具有现代社会科学特征的中国人口学,人口质量研究正是在这一全新的人口研究阶段中开始的。

近代中国人口学缘起于"人满之患"论争,而"人满之患"论争又与近代西方人口学说的东渐相联系。近代东渐的西方人口学说的主要代表是马尔萨斯的人口论。产生于18世纪末的马尔萨斯人口论,东渐到中国,最初见于美国传教士丁韪良和中国人汪凤藻

---

① 陈长蘅:《中国人口论》,商务印书馆1918年版。

移译的福塞特(H. Faswcett)所著《富国策》一书①。该书作为中国第一部西方经济学著作的中译本,1880年面世,即引起轰动,接连再版,并于1890年重译,连载于梁启超主持的《时务报》上,流播甚广。马尔萨斯人口论的传播,在中国思想界引起了极大的震动,并引发了一场以"人满之患"为焦点的人口问题大论争。

值得玩味的是,和马尔萨斯人口论类似的观点中国早已有之,却长期湮没于卷帙浩繁的历史文献中,无人问津,直至人口问题论争开始后始被重提,并被冠以"东方的马尔萨斯"称号。这位"东方的马尔萨斯"就是清人洪亮吉②。洪亮吉的"治平说"类似于马尔萨斯的"人口论";洪亮吉的"民数论"类似于马尔萨斯的"级数论";洪亮吉的"天地调剂之法"和"君相调剂之法"类似于马尔萨斯的"自然抑制"和"积极抑制";而洪亮吉的《治平篇》和《生计篇》却比马尔萨斯的《人口论》早5年问世③。然而,洪亮吉的学说被湮没了,马尔萨斯的学说却引起了轰动。究其原因,除了马尔萨斯的学说更具有"科学性"之外,主要与当时的时代背景有关。洪亮吉的学说问世时,中国人口已突破3亿大关,人口形势渐趋严峻,但时为乾隆盛世,人口问题危机尚未完全显露出来,因而其学说未能引起足够注意。而马尔萨斯人口论东渐时的中国,一方面,人口增长已突破4亿大关,由人口增长引起的问题不断显露和深化;另一方面,鸦片战争后,外扰内患之下,中国国力已趋衰弱,人

---

① 丁韪良和汪凤藻首译的《富国策》一书,由同文馆于光绪6年(即1880年)印行。该书作者福塞特对马尔萨斯的人口论颇为推崇,书中多处提及其学说,是为马尔萨斯人口论在中国的首次亮相。马尔萨斯的著作《人口原理》(1798)在当时被译作《民数论》。

② 洪亮吉的人口观点直到20世纪初由《论中国治乱由于人口之众寡》一文重申,始为世人所知。该文刊载于《东方杂志》第1卷第6号,1904年6月。

③ 马尔萨斯的《人口论》(《人口原理》)初版于1798年问世,而洪亮吉的《治平篇》和《生计篇》则写于清乾隆58年(即1793年),比马尔萨斯早5年。

民生活水平日降。有识之士由对中国社会经济问题的关注而转向对其成因的探究,马尔萨斯学说的移译,适时地成为中国社会经济问题的最好诠释。正是在这种情势之下,马尔萨斯学说引起了思想界的轰动,并围绕人口问题展开了"人满之患"的论争。

"人满"典出于《管子·霸言篇》:"人众而不理,命曰人满。"所谓"人满之患",就是人口众多的忧患,由人口众多而患无可立锥之地。近代中国是否已经到了人满为患的地步呢?立论者无疑是确信的,并以马尔萨斯的学说为理论依据,力陈其弊害,其极致者,甚至连中国历史上的治乱循环也被归之于人口之寡与众①。用廖仲恺的话来形容,就是,"对于国家社会里悲惨的状况,不认为自家的责任,却想归咎于天然不可抗力。所以开口就说什么'人满之患',闭口就说什么'中国不得了,为的是这人满的缘故'。"②与立论者相反,如廖仲恺、孙中山、李大钊、陈独秀等人,并不认为中国的问题在于"人满",而在于社会制度、科学技术落后……至于"人满之患",按照廖仲恺的说法,"'人满之患'终归是一句傻话罢了。人满的患,在中国是不成问题的"③。

不论是否承认"人满之患",都无法避开中国人口增长迅速、人口庞大这一事实。因此,论争双方的分歧不过在于对解决中国社会经济问题的落脚点有不同看法而已,而对于人口众多的弊害,多数思想家还是认同的。正是在此基础上,由陈长蘅导先河的近代人口学研究,不再着眼于"人满之患"的是非论争,而着眼于现实中国人口问题的调查研究和寻求对策上。尽管对于中国现实的

---

① 其代表如谭嗣同所言,历史上治乱相仍,"治而有乱",其间最大的原因莫过于"人满"。参见谭嗣同:《仁学》,中华书局1958年版。本世纪初还有专文讨论治乱循环与人口众寡的关系,参见前引《论中国治乱由于人口之众寡》一文。

② 参见廖仲恺:《中国人民和领土在新国家建设上之关系》,载《廖仲恺集》(修订本),中华书局1983年版。

③ 参见廖仲恺:《消费合作概论》,载《廖仲恺集》(修订本),中华书局1983年版。

人口问题的看法仍因对"人满之患"的不同认识而有悲观和乐观两种观点。

着眼于中国现实人口问题研究,近代人口学者提出了节制生育以控制人口增长的观点。其代表人物陈长蘅因此而极力鼓吹"生育革命"。他所谓的"生育革命",包含两项内容,一是节育,即控制人口增长;另一是优生,即提高人口质量,亦即他所说的"生育革命和淑种运动"。他说:"一面要限制(天公)随意移民到我们乌托邦里来,以减轻我们人口的压迫,一面也要要求'天公'多送一些健全优秀的孩子,少送一些劣弱低能小孩子到我们乌托邦来,以增进我们种族的健康。所以我们还望大家一致欢迎'节孕'与'优生'两个'并蒂连理'的大运动。"①可以说,陈长蘅的"节孕"和"优生"并举已经包含了被列为当今中国基本国策的"控制人口增长,提高人口质量"的雏形。只是,陈长蘅没有明确提出"人口质量"概念。

明确提出"人口质量"概念是近代另一位著名人口学者陈达。在他那里,"人口质量"就是"人口品质"。他说:"人口数量是与人口品质处于反对地位的。"②这一观点比诸陈长蘅又进了一步。在陈达那里,"人口品质"不只是优生,更重要的是教育。以优生和教育为主要内容的人口质量观与后来的人口质量区分为身体素质和文化素质的观点是一脉相承的。更为值得注意的是,陈达所提出的"限制人口的数量,改善人口的品质"口号,与今天的基本国策内容几乎毫无二致。因此,可以说,由陈长蘅提出的提高人口质量的观点,到陈达那里,已初步形成了相当完整的人口质量的概念。

由上,可以认为,现代意义上的人口质量研究是从陈达的《人

---

① 参见陈长蘅:《三民主义与人口政策》,商务印书馆,1930年版,第3章。
② 参见陈达:《人口问题》,商务印书馆,1934年版,第308页。

口问题》开始的,而其前身陈长蘅的"淑种运动",即强调通过优生来提高人口质量。通过优生来提高人口质量的观点又追溯至唐才常那里。唐才常主张用"通种"的方法来提高人口质量,即"进种"、"强种"①。而"种"之说又源自薛福成的人种贵贱之说,所不同的是,唐才常不同意薛福成关于"大抵中国之民,皆神明之胄,最为贵种"②的观点,而认为,"夫通种者,进权之权舆也;进种者,孔、孟大同之微者也"③。可见,人口质量概念形成的脉络大致是:人种贵贱——通种——淑种——改善人的品质。在这一脉络中,人口质量被逐步加深认识,并最终形成了人口质量概念。在薛福成那里人口质量的差异已被认识,只是,不正确地理解为人种贵贱的差异。唐才常进了一步,不仅认识到人口质量差异,还试图用"通种"的方法来改善人口质量,尽管这种"通种"设想是不切实际的。到陈长蘅那里,已经正确地认识到优生是改善人口质量的一条重要途径,并认识到提高人口质量和控制人口增长(优生和节孕)是必须同时并举的关系,只是,他的认识仍不全面,其优生之说也带有前人"择种留良"的痕迹。而在陈达那里,不仅形成了比较全面的人口质量观念,而且试图从理论上来说明改善"人口品质"与限制人口增长的关系。应用到现实上,还提出了改善"人口品质"的途径与方法。可以说,到陈达那里,人口质量概念已经正式提出,并有了人口质量问题的初步研究,是为人口质量研究的开端。

可惜的是,人口质量研究刚刚开端,就被抗日战争的烽火所阻断。和人口学研究一起,人口质量研究直至新中国建立后的50年

---

① 唐才常:《通种说》,载湖南省哲学社会科学研究所编《唐才常集》,中华书局1980年版。
② 参见薛福成:《檀香山土人日耗说》,载《庸庵文外编》卷1。
③ 唐才常:《通种说》,载湖南省哲学社会科学研究所编《唐才常集》,中华书局1980年版。

代始被重续、传承,而进入现代人口质量研究时期。

二、现代中国人口质量研究的传承

1949 年建国后,中国进入了休养生息的建设时期。一方面经过长时期的战争之后,中国人口增长问题已不那么突出;另一方面,全国人民都在以极大的热情建设一个新中国。在这样的情势下,潜在的人口问题危机显然是不易被察觉的,即使察觉,也不是警告的时候。事实上,作为新中国敌人的艾奇逊,当时就指出了中国人口问题,并将中国革命的发生归之于"人多"。毛泽东为此专门撰文批驳了他的论调。他说:"西方资产阶级经济学家如像马尔萨斯者流所谓食物增加赶不上人口增加的一套谬论,不但被马克思主义者早已从理论上驳斥得干干净净,而且已被革命后的苏联和中国解放区的事实所完全驳倒。"[1]他认为,"中国人口众多是一件极大的好事","一个人口众多、物产丰盛、生活优裕、文化昌盛的新中国,不要很久就可以到来,一切悲观论调是完全没有根据的",其根本方法就在于"革命加生产"[2]。

毛泽东虽然也注意到中国"人口众多"这一事实,但他并不悲观。因为,他预期,通过"革命加生产"可以解决"人口众多"的问题。应该说,这是一种乐观的判断。

然而,这种乐观的判断很快被蒙上一层阴影。一方面"革命加生产"所产生的效果似乎不如预期的那么大,另一方面已经是"众多"的人口正迅速地在继续膨胀。1953 年 6 月 30 日举行的第

---

[1] 引自毛泽东:《唯心历史观的破产》,载《毛泽东选集》第 4 卷,人民出版社,1966 年版,第 1448—1449 页。

[2] 引自毛泽东:《唯心历史观的破产》,载《毛泽东选集》第 4 卷,人民出版社,1966 年版,第 1448—1449 页。

一次全国人口普查表明,在短短的几年间,中国人口已由刚解放时所估计的"四万万五千万"增加到6亿余人,每年净增人口数之巨大大出乎意料。在这种情况下,人口问题开始引起警觉。1954年国务院召开了节育问题座谈会,1955年党中央又发出了"关于控制人口的指示",1956年的"全国农业发展纲要"要求:"除了少数民族的地区以外,在一切人口稠密的地方,宣传和推广节制生育,提倡有计划地生育子女,使家庭避免过重的生活负担,使子女受到较好的教育,并且得到充分就业的机会",1957年,毛泽东在第11次最高国务会议上强调,"人类要控制自己,做到有计划地增长"。对于人口问题,毛泽东本人也从非常乐观的态度转向了谨慎的乐观态度,而正是这一转向,引发了50年代人口问题的大讨论,最终形成了"人口"与"人手"之争。

随着毛泽东和政府对人口问题的关注和重视,一批在近代涌现出来的中国人口学者纷纷著言立说,分析中国人口问题,为国家和政府制订人口政策献计献谋,他们之中有陈长蘅、陈达、费孝通、吴景超、马寅初、邵力子等。这些人口学者大多积多年的研究而著作,力陈人口过多的弊害,一时间竟使人口问题成了新中国面临的最大棘手问题。中国人口质量问题也再度被提出。

这一期间提出并讨论人口质量问题的主要是马寅初。马寅初对人口问题的关注始于1954年,是年,他当选为浙江省的全国人民代表大会代表,多次以政协常委和人大代表的身份去浙江各地视察。视察中,他逐渐发现了人口问题的严重性,并开始对人口问题展开研究。1955年,根据在浙江、上海等地的调查材料,写了一份题为"控制人口与科学研究"的发言稿,准备在一届人大二次会议上提出,后因反对意见太多而未果。1957年毛泽东强调"人类要控制自己,做到有计划地增长",在3月2日召开的最高国务会议上,马寅初再度提出"控制人口"的主张,受到毛泽东的肯定。此后他多次就"控制人口"问题发表讲话。1957年6月,马寅初写成"新人口论",先是作为提案提交一届人大四次会议,后于7月5日在《人民日报》上全文发表,系统阐述了他在人口问题上的见解和主张①。

正是马寅初的《新人口论》,再度提出了人口质量问题。在《新人口论》中,马寅初力陈人口增长过快的恶果。他认为,人口发展必须同国民经济发展相适应,并在量上保持一定的比例关系,不然的话,就会出现许多不相适应的"矛盾"。他从中国实际情况出发列举了人口发展和国民经济发展不相适应的"九大矛盾",其中第八个矛盾就是"人口质量低于发展生产之间的矛盾"②。

马寅初为什么要提出人口质量问题呢?因为,在他看来,人口问题不单纯是数量问题,也有质量问题。而中国存在的人口问题不只是人口数量多、增长快的问题,也有人口质量低的问题。他说:"我国人口的数量和质量之两不相称,几乎无人不知。"③由此,他建议:"必须大力提高人口质量,提高人类的健康水平和知识水平。"④在马寅初的《新人口论》中,"提高人口质量"是和"积极发展生产"、"控制人口数量"并列的解决中国人口问题的三条根本途径之一。

从思想理论史的角度考察,马寅初对于人口质量的上述看法,与30年代陈达的人口质量观是类似的,甚或可以说是一脉相承的。首先,马寅初关于人口质量与人口数量的关系的看法和陈达所说的二者处于"反对地位"并无二致。其次,马寅初关于人口质量所包含的内容的看法,与陈达的看法也是相似的,二者都包括身体素质和文化素质两个部分。最后,对于"提高人口质量"在解决

---

① 参见杨勋、徐汤莘和朱正直:《马寅初传》,北京出版社,1986年版,第187—201页。
② 参见马寅初:《新人口论》,北京出版社,1979年版。
③ 参见马寅初:《新人口论》,北京出版社,1979年版。
④ 参见马寅初:《新人口论》,北京出版社,1979年版。

中国人口问题中的作用的认识也是相似的。马寅初所指出的三条根本途径,在陈达那里,就是他所说的"三条大路";"(1)免费教育的推广,(2)人民入款的增加,(3)生育节制"。① 其中第1条"大路"相当于"提高人口质量",第2条"大路"相当于"积极发展生产",第3条"大路"相当于"控制人口数量"。所不同的是,马寅初没有使用陈达的"人口品质"术语,而采用了后来被多数人所接受的"人口质量"一词。此外,马寅初对人口质量问题的论述比陈达更为全面,也更有针对性,他是在系统阐述他的中国人口问题观点中论述人口质量的。

不过,总的来说,马寅初对于人口质量的研究在范围和深度上,和陈达的研究相去无几。由于他着眼于讨论中国人口问题,而人口问题在当时的燃眉之急首先是人口控制问题。所以,他的人口理论主要是为了说明人口控制的重要性和迫切性,而人口质量问题不过是他考察人口问题时的发现,并未展开具体的探讨和研究,仅仅作为其总体考察的一个组成部分。正因为如此,在这里,我们将马寅初的"人口质量观"称作为近代人口质量研究的传承,而不是发展。

应该说,由《新人口论》而始,人口问题的讨论有可能被引向深化,而人口问题讨论的深化势必引致人口质量研究的深化。在当时,不仅一批近代涌现的老一辈人口学者纷纷著言立说讨论人口问题,而且有一部分年轻的学者开始从事人口问题研究。1957年已经出现了人口学研究方兴未艾的势头。遗憾的是,学术讨论很快被引向政治上的是非争论。先是批评《新人口论》,后是论辩"人口"与"人手"的关系。由于政治的介入,学术讨论转变为一边倒的舆论攻击,人口问题成了政治问题。到1960年,连人口学研究也成了禁区。

---

① 参见陈达:《人口问题》,商务印书馆,1934年版。

正是这样,人口质量研究刚刚得以传承,还来不及展开就被扼杀了。同样地,人口质量研究的命运在这一时期也和人口学研究本身的命运休戚与共,当人口学研究成为禁区后,人口质量研究也就自然而然地终止了。这种局面直至70年代末始被再次打破。

三、当代人口质量研究的发展

中国人口学研究再度兴起时,已是70年代末,以1978年全国第一届人口科学讨论会的举行为标志。在此之前,一些人口学者已在酝酿着复兴人口学研究。1977年,在国务院的支持下,全国人口理论学习座谈会在汕头举行。再往前追溯,早在1974年,北京经济学院率先成立了全国第一个人口研究室,并有学者出席同年在布加勒斯特举行的世界人口会议,尽管在该次大会上中国代表仍坚持反对西方国家关于控制人口的主张。所有这些,其实都为1978年以后人口学研究的全面复兴奠定了基础。之所以将1978年看作人口学复兴的始点,是因为该年度中国共产党召开了具有历史转折意义的十一届三中全会,从此理论界迎来了拨乱反正的时代,同年举行的全国人口科学讨论会则标志着人口学禁区的冲破。此后,1979年,马寅初被平反,《新人口论》出版;1981年中国人口学会正式成立……一系列的事件表明了人口学研究迎来了一个大发展时期。

正是在这一人口学研究的大发展时期,人口质量研究也再度兴起,并迎来相应的发展时期,这一发展时期,依其研究特征大致可划分为三个阶段:第一阶段从70年代末到80年代初,为人口质量问题的再提出阶段;第二阶段从80年代初到80年代末,为人口质量研究的高潮阶段;第三阶段从80年代末至今,为人口质量研究的深化阶段。

复兴后的人口学首先面临的是严峻的人口增长态势。与50

年代末人口学研究中断形成鲜明对照的是,60年代中国人口增长形成了前所未有的高峰,人口增长率高达2%以上,这一态势直到70年代计划生育开展始告疲软。但是,良机已被贻误,到70年代末中国人口已逾9亿,几乎是刚解放时的一倍,比50年代末增加3亿。也正是因为如此,人口学研究刚复兴时,有人提出了"错批一人,误增三亿"的说法。毫无疑问,复兴后的人口学界面临的当务之急是如何从理论上解释人口控制问题,如何为人口政策的制订提供理论依据。所以,70年代末至80年代初的人口学研究主要围绕着人口控制问题而展开,许多重要的研究也是为人口控制献计献策而设。譬如1979年刘铮等学者向中央提交的一份著名的研究报告,就是有关控制人口方面的建议。[1]

但是,人口控制问题的深化势必要涉及人口质量问题。和50年代末马寅初的研究相仿,人口质量问题的再提出也和人口控制问题研究相联系,即在强调"控制人口增长"的同时,提出"提高人口质量"的问题。这一时期的人口质量研究正是从"提高人口质量"这一问题开始,这可以从当时发表的诸多人口质量研究的论文中窥见一斑。在70年代末80年代初发表的一系列人口质量研究论文中,直接冠以"提高人口质量"之名的就占90%以上,如当时发表的比较有代表性的:张纯元、杨德清、温应乾等人的论文。[2]对于"提高人口质量"问题的探讨,一般从两个方面展开,一是从人口数量与人口质量关系方面展开,另一是从提高人口质量与实

---

[1] 参见刘铮、邬沧萍和林富德:《对控制我国人口增长的五点建议》,载《人口研究》1980年第3期。

[2] 参见张纯元:《提高人口质量加速四化进程》,载《经济科学》1980年第4期;杨德清,刘永佶:《努力提高我国人口质量》,载《人口与经济》1980年第2期;温应乾等:《试论提高我国人口质量问题》,载《人口研究》1980年第1期。

现四个现代化关系方面展开①。而这两个方面又都与马寅初在50年代末提出的人口质量观一脉相承，前者就是马寅初关于人口有数量问题也有质量问题的继续，而后者则是马寅初关于提高人口质量与积极发展生产的关系在新时代的阐发。因此，可以说，70年代末80年代初，人口质量研究实际上是马寅初人口质量观的再提出。

从80年代初开始，随着人口学研究的深化，人口质量研究也不断扩展，逐渐成为人口学的一个专门领域，在这一领域里，伴随着人口学研究的兴盛，逐渐演化为人口质量研究的高潮。这一高潮一直持续到80年代中后期。

之所以说80年代是人口质量研究的高潮阶段，是基于以下事实的判断：首先，从80年代初开始，人口质量研究逐渐成为人口学的一个独立的专门领域，吸引了为数甚多的研究者，引发了前所未有的研究热潮，人口质量研究呈现方兴未艾的态势；其次，众多研究者发表了数以百计的研究论文，其数量之多，涉及面之广都是从未有过的，不仅如此，还有以人口质量为研究对象的专著问世，如梁中堂等人的《人口素质论》、陈剑的《人口素质概论》等，这些论著的问世，标志着人口质量研究进入了一个新的历史阶段；再次，以人口质量为专题的各种规模不一的学术讨论会接二连三地召开，推动了人口质量研究的广泛深入进行；第三，人口质量研究突破了人口学范围，而介入经济学、心理学、社会学、优生学等领域，在"七五"期间人口质量研究还被列为国家重点研究项目，从多学科的角度进行合作研究；最后，从研究内容上看，人口质量研究已大大扩展了原先的内容。"提高人口质量"无疑还是一个重要的

---

① 参见张怀宇:《试论我国人口发展中的数量与质量问题》，载《学术研究辑刊》1980年第2期；魏永理:《试论我国人口数量与质量》，载《兰州大学学报》1980年第3期；冯绍湘:《提高人口质量与加快四化建设》，载《四川大学学报》1980年第3期。

研究课题①,人口质量与人口数量的关系和人口质量与实现四个现代化的战略意义也仍然是重要的研究内容②。但是,除此之外,人口质量的研究内容还涉及到人口质量概念的范畴规定问题、人口质量的衡量及其指标体系问题、教育与人口质量关系问题、优生与人口质量关系问题、智力投资与人口质量关系问题、心理健康与人口质量关系问题、遗传与人口质量关系问题等③。由此引出了许多研究中的疑难问题,如人口质量概念的定义问题、人口质量的分类问题、人口质量的衡量指标问题等。这些疑难问题又引发了各种不同的观点,不同观点的讨论在一定程度上形成了人口质量问题的争鸣热潮。可以说,在这一阶段,人口质量研究已经全面展开,并开始了广泛的讨论,这使得人口质量研究产生了一批为数可观的研究成果。

到80年代后期,人口质量研究的高潮出现疲势,部分原因在于许多研究者为人口控制上的生育率波动所吸引而转向人口控制问题研究,而更为主要的原因却在于,已有的人口质量研究由于几个关键问题迟迟得不到有效的解决而陷入困难,这些关键问题主要是:人口质量在社会科学中究竟是什么样一个概念,其范畴的内涵和外延到底怎样?人口质量应当是"两分法"还是"三分法"?

---

① 参见熊新新:《也谈提高人口质量》,载《人口学刊》1981年第4期;杜午禄《试论提高人口质量问题》,载《人口与经济》1985年第3期。

② 参见胡蕴珠:《提高人口素质与控制人口数量的关系》,载《人口动态》1983年第6期;张纯元:《试论社会经济发展与人口质量提高的辩证关系》,载《贵州大学学报》1985年第2期。

③ 参见边燕杰:《关于人口质量的范畴属性和内容》,载《人口研究》增刊1981年;罗振国《试论考核人口质量的指标》,载《人口学刊》1983年第2期;陈剑:《略论人口素质》,载《人口学刊》1985年第5期;吴忠观:《试论人口质量》,载《人口杂志》1985年创刊号。

人口质量应当如何衡量,其指标体系和衡量方法究竟有哪些?……①由于这些问题未能形成比较一致的看法,以致于一方面许多研究仍停留在上述问题的讨论上而不能引向深入,另一方面,人口质量也成为一个悬而未决的问题,亟须从理论上和实践上加以探讨。

由于人口质量研究在基本问题上未能取得相对一致的看法,因此,从80年代末开始,一些研究者试图撇开概念本身的纷争,转而从已有的认识出发,面向现实进行实证性的研究。譬如在人口质量分类上,"两分法"和"三分法"始终相持不下,因而,一些研究者转而从已取得的共识基础上,在"两分法"范围内,对中国人口质量的现状进行描述性分析,试图由此而引出中国人口质量存在的问题和对策②。这种实证性的统计分析,尽管仍然没有解决人口质量研究中的基本问题,但将人口质量研究深化了,即不再局限于概念争论,而是从实际出发探讨人口质量问题。这方面的研究至今仍在进行着,并构成人口质量研究的主体。

(原载《社会科学战线》1995年第4期)

---

① 参见拙作:《人口素质的人口学意义》,载《西北人口》1988年第2期;刘克发:《人口质量问题疑义》,载《人口研究》1988年第6期。
② 参见拙作:《现代化与中国人口素质》,载《人口研究》1990年第5期;许金声:《人口素质与经济发展》,载《人口研究》1991年第4期。

中国社会学一百年

韩明谟

一、中国社会学的产生和发展的历史起点与分期

中国之有社会学,究竟始于何时,过去大多认为可以从严复于1903年翻译出版了英国早期社会学家斯宾塞的《群学肄言》一书算起;这些年来经学者们进一步认真考证,认为康有为1891年在长兴学舍所讲的群学就是社会学,这样,中国社会学产生的最早时间距今已一百多年了。

也许有人说:"当时康有为所讲的群学,不是货真价实的西方社会学,而是把一鳞半爪的社会学常识和中国传统的群的观念柔合起来,构成一种'不中不西、即中即西'(梁启超语)的所谓'新学'而已,离西方社会学的原型甚远。"[①]这点,我觉得要请后来人一方面持原谅的态度,一方面还要实事求是地、历史地看待问题。所谓持"原谅"态度,就是要考虑到一个学科产生的最初启蒙阶段,不应过高要求它的专业化水平。所谓历史地看待问题,就是要把问题摆在当时的历史中去考察。清朝末年的中国知识分子,如康有为等,企图从中西思想中寻找救国救民的道理,融合而成一种新的见解,名曰:"群学",实是一种创造。没有这种独立自主的创

---

① 陈树德:《中国社会学的历史反思》,《社会学研究》1989年4期。

造精神,何谈学问?所谓"不中不西,即中即西"一语,并不一定要理解为贬义,其实际语意也许可以理解为"不像中国的,也不像西方的;而又像中国的,又像西方的。"如果这种理解是对的,说它是"融合中西"的成品,有何不可!我说这话,也非毫无根据。因为梁氏是主张"中学为体,西学为用"的。他说:"舍西学而言中学者,其中学必为无用;舍中学而言西学者,其西学必为无本。无用无本,皆不足以治天下,虽庠序如林,逢掖如鲫,适以蠹国,无救危亡。"①显然,梁氏是赞美"即中即西"的。

如果说中国社会学已有一百多年的历史,那么这一百多年的发展过程,能不能找到几个不同的发展阶段呢?我觉得这完全是可以的。因为社会学发展的坎坷历史,的确经过了几个不同的阶段。但究竟可以分为几个阶段,又因各家的观点不同,分法各异。本文根据史实和过去的分类,认为中国社会学发展的历史,可以大致分为五个时期,即:

第一阶段　发轫期　1891~1910年　持续20年

第二阶段　幼苗期　1911~1927年　持续17年

第三阶段　成长期　1928~1951年　持续24年

第四阶段　停滞期　1952~1978年　持续27年

第五阶段　恢复期　1979年至今

这里需要声明的是,所谓历史的分期,只是为了说明学科发展历程的方便才作出的。事实上,历史的发展总是连续不断,往往很难把时间划分开来的,不过是一定时期有某些重点而已。再者,如上的分期,其基本思路是从社会历史的大背景下,结合了中国社会学自己发生发展的历史特点以及与其他相关学科的关系来考虑的。这种思路的根据是:任何学科的发生发展,往往都是与这个学

---

① 李兴华、吴嘉黄编:《梁启超选集》(上),《西学书目表后序》,上海人民出版社,1984年版,第38页。

科发生发展时期的社会历史进程,特别是这个学科所在地、所在社会历史进程中某些特定的历史条件相关联的,并且也一般地与它同时代的一些其他相关学科的发展相关联的。中国社会学的发生发展,与中国近代逐步沦为半殖民地半封建社会,中国人民起来抗击帝国主义的侵略和推翻封建地主王朝的统治而掀起的一次又一次的革命是分不开的。一门社会科学,像社会学,它是社会的上层建筑的一部分,是特定的历史情况的反映。因此,社会学的内容,一定程度体现为文学家所说的"时代的脉搏"。

二、发轫期的两簇社会学火花

阐述中国社会学早期的历史,许多人都喜欢称那段历史为"输入期"。我的视角则宁愿多看看自己的力量。所谓"外因是变化的条件,内因是变化的根据,外因通过内因而起作用。"[①]如果能从我们的内因上多探讨些情况,也许对了解那段历史,更能贴近实情,而不是局限在一些"输入"的表面现象上。

说那时中国已经有了社会学,那是言过其实;说那时已经有些先行人物,热心鼓动宣传,并迸发出一些社会学的火花,这确是历史的事实,这就是康有为的"社会改良"思想和康有为、梁启超、严复等的"群学"概念。

康有为的社会改良思想,集中在他的《大同书》中。在长兴里万木草堂的四年教学中,康氏基本上完成了他的三部著作:《新学伪经考》、《孔子改制考》和《大同书》(《大同书》全部完成是在戊戌政变以后)。这些著作就是他当时教学中重要的教材,并为他所领导的维新运动提供了一些重要的理论根据。他的《大同书》早在1884年"法军震羊城"时就开始写作,但根据他"思必出位,

---

① 《毛泽东选集》第1卷,人民出版社,1952年版,第291页。

行必素位"(思考必须客观,行为必须诚恳)的认真态度,他长时间"秘不示人"。在万木草堂教学时,虽然把它传授给学生,但不准学生们往外宣传。梁启超在《清代学术概论》中说:"居一年,乃闻所谓《大同书》者,喜欲狂,锐意谋宣传,有为谓非其时,但不能禁也……后此万木草堂学徒多言大同矣。"

康有为的大同学说,是他利用今文经的公羊学说和《礼记·礼运》的大同思想,柔合欧洲空想社会主义、资产阶级民主思想和达尔文进化论,幻想出的一个所谓"无邦国,无帝王,人人平等,天下为公"的大同社会。梁启超说:"先生之哲学,社会主义派哲学也。"先生"谓之实行者,不如谓之理想者"正是此意。其整个学说系统,理论轮廓,梁启超在《康南海传》中,有较详阐释。

大同学说的全部内容,不是本文叙述的范围,但其中论述的理想之家族与理想之社会,应该说属于社会学的范围。关于理想之社会,据梁启超回忆,康氏提出具有"特色"的"社会改良"计划十六条,其条目是:(A)进种改良,(B)育婴及幼稚教育,(C)教育平等,(D)职业普及,(E)劳作时间减少,(F)说教,(G)卫生,(H)养病,(I)养老,(J)土地归公,(K)公立事业,(L)遗产处置,(M)奖励名实,(N)刑罚,(O)男女同权,(P)符号划一。梁氏对每一条都作了具体翔实的说明。如第一条"进种改良",他说:"欲造大同之世界,不可不使人类有可以为大同公民之资格,故改进良种为最要焉。……先生之议,以为女子平日当受完全之教育,不待也矣。而又必定市廛乡宅之地,使各有别。凡后室不许在城市工场尘溷之地,使其有清淑之气。而政府又别置各种旅馆于山明水秀之诸地,以为士女行乐之所,令其受生之始,已感天地清明之气。及妇人之有身也,即入公立之胎教院……他日胎教之学日精一日,则人种自日进一日。又凡废疾者……若经名医认其有遗传恶种之患,则由公局饮以止产药,无俾育兹稂莠。如是则种必日良矣。"①这不是一条上好的国家优生政策吗?虽然其说词今天看来有些欠科学,但不能过度苛求清末人的水平。统观各条社会改良计划,其中很多条目,都是传统社会学应用研究的主要课题。据此,说从《大同书》中迸发出社会学的火花,不是毫无根据的!

社会学在当时本有两个名称,一曰群学,一曰社会学。谭嗣同于1896年著《仁学》一书,即提出"社会学"。稍后,章太炎于1902年翻译出版日本学者岸本能武太著《社会学》,中文书名就定为《社会学》。但为什么康有为、梁启超、严复却大倡"群学"而不言"社会学"?我认为,如果按照当时的历史情况,可以说倡言群学是适应了时代潮流,能够起到鼓励中国人救亡图存、团结御敌的功效,对国家、社会的进步能够起到促进作用。

群学的群字,来源于我国古代思想家荀子。在《荀子》一书的《王制》、《富国》篇中,都有论及。《王制》篇中说:人"力不若牛,走不若马,而牛马为用,何也?曰:人能群,彼不能群也。人何以能群?曰:分。分何以能行?曰:义。故义以分则和,和则一,一则多力,力多则强,强则胜物……故人生不能无群。群而无分则争,争则乱,乱则离,离则弱,弱则不能胜物……"。《荀子》中的这段话,可以名之曰"合群论",论点有三:一是人力不若牛,走不若马,为什么牛马反而为人所用?这是由于人能合群,牛马不能合群。二是人为什么能合群,因为人有自己的"礼义法度",人有社会制度,人有文化来管理自己。三是人为什么有了制度,有了文化就能战胜万物,这是因为有了制度和文化,就能和谐相处,团结一致,强大力量,向前发展。《荀子》中这一段话,论证得虽不尽合理,却称得上是精辟的社会学理论,是中国文化引为骄傲之处。无怪乎英国著名的社会人类学家卜朗(Radcliff - Brown)1936年就曾说过:

---

① 梁启超:《饮冰室文集》。

"社会学的老祖宗应当是中国的荀子。"①因此严复说:"故学问之事,以群学为要归。唯群学明而后知治乱盛衰之故,而能有修齐治平之功。呜呼!此真大人之学矣!"②为了宣扬这个"大人之学",严复在翻译《群学肄言》时,其文笔古雅而情深,文章并可琅琅成诵。这就可以一扫那些大人(士大夫)睨视西洋文章经济远不如我,只是洋枪洋炮较好的看法。文笔古雅,就能传入那些大人、士大夫的书斋。章太炎虽于1902年翻译出版了日本岸本能武太的《社会学》,但他思想中仍是称颂群学的,因此他也说出了康、梁、严复等的同样看法,他说:"知群之道,细若贞虫,其动翎翎,有部曲进退,而物不能害。"③蜜蜂那样的小虫,知道了合群,就像军队那样,别的动物就不敢危害它们,何况人乎!

三、栉风沐雨的社会学幼苗

中国社会学的产生、成长与整个国家的命运风雨同舟。它在推翻清朝帝制,军阀混战,五四运动,国共合作进行第一次国内革命战争等一幕幕惊心动魄的暴风骤雨中,艰难地破土发芽,长出一些不同色彩的幼苗。

在辛亥革命前,清朝朝廷为了抵抗以孙中山为首的资产阶级革命派的压力而不得不采取一些所谓实行宪政的措施。"广修学校"便是其中重要的一条。在所办的一些新型高等学校中,就有了社会学课程的设置计划。据查,最早考虑设置社会学一类课程的是京师政法学堂。该校在1906年(光绪三十二年十二月二十日)"奏定京师政法学堂章程"中,在政科政治门第一学年课程表

---

① 费孝通在北京大学"文化人类学高级研讨班上的讲话",1995年7月。
② 严复:《原强》。
③ 章太炎:《原变》,载《訄书》。

内,设有社会学 2 小时。到 1910 年(宣统二年十一月十九日)在该校改订的"政法学堂章程"中,政治门及经济门课程表内,第 1 学年均设有社会学 2 小时,第 3 学年均有工业政策和社会政策 4 小时。接着,就在这一年,我国近代最早的新型大学"京师大学堂"(1898 年——光绪二十四年——创立)在它的"分科大学第一学年学科课程表"里,其中政治科政治学门第 1 学年课程时刻表说明第四条有:"社会学、政治地理及伦理学,均与政治诸学科极有关系,""均拟于补助课中增入讲授。"所增加的这三门课程,系于第 2 学年及第 4 学年中讲授。到了 1911 年(宣统三年六月),京师大学堂在"改正政法科课程表"的补助课中,第 3 学年又有社会学 2 小时。①

从此可知,在当时清朝政府所办的新型高等学校中,已正式开设社会学一类的课程。但这类课程,虽然从课程表里看是开设了,而是否实际开设,何人所教,用什么教材或课本,其详情尚有待考证。至于京师以外各大学,如上海的南洋公学、天津的中西学堂或也已设置了社会学一类的课程,唯均尚无可考。唯知美国基督教会在上海所办的圣约翰大学于 1908 年开始设置社会学课程;由美国人孟(Arthur Monn)担任讲授,采用白芝浩(Waltor Bagehof)的《物理与政治》(Physics and politics)为教材。可知在辛亥革命前,还没有中国人自著的社会学书籍,少数学校虽设置了社会学课程,但详情尚待进一步追询。

到了 1912 年(民国元年),京师大学堂正式改名为国立北京大学。第一任校长就是积极介绍外国社会学著作的严复。北京大学文科中国哲学与西洋哲学门,均设有社会学课程。但迄今为止,能够证实已开课的时间,要到 1916 年秋。这年该校开讲了第一班

---

① 均见"京师大学堂旧档",转引自孙本文《当代中国社会学》,胜利出版公司,1948 年版,第 17 - 18 页。

社会学,由康保忠教授担任,自编讲义,印发学生参考。一般认为,这是中国人自己在大学讲授社会学的开始。除设置课程外,专门在大学设置系科,培养专业人才的,首推美国基督教会在上海开办的沪江大学。该校于1913年(民国二年)设置了社会学系,由美国教授讲课。另外,在科学研究方面,最早的要算1915年发表的陶孟和与梁宇皋合著的《中国乡村与城市生活》一书。这是作为一个中国社会学者第一次用英文发表的研究中国的书。也可以说,这是中国人自己出版的第一本社会学著作。

早期的中国社会学与日本、美国和前苏联有特殊的关系。日本明治维新后,努力向西方学习,取得了很大成效。中国广大革命进步人士和有志青年纷纷东渡日本,学习革命真理和富国强兵的本领,一时形成潮流。1907年留学日本的已逾万人,其中也有不少是因为反对清朝政府而逃亡到日本的。这些对中国封建社会感到面临绝境而东渡日本就近探求新的出路的留学生和政治逃亡人士,相继翻译了日本社会学著作,传入国内,一时颇为热闹。最早要数前面已经提到的章太炎1902年翻译出版的日本岸本能武太的《社会学》一书。接着,1907年汤一颚翻译出版了日本建部豚吾著《普通理论社会学纲领》,书名为《社会学》。但值得注意的还是欧阳钧编译的《社会学》,这书是根据日本人远藤隆吉的社会学讲义,并参照了其他著作编译而成。全书十三章,持心理学派思想,在当时是比较新颖的。同时这本书在社会学研究方法上也有较全面和新鲜的论点。书中所举研究方法有五:即经验观察、单位研究、网罗无遗、抽象研究与综合为一。大致上相当于现在所讲的访问法、个案调查、普查、归纳与综合等。可知已相当完备。另外还有几本,不再赘述。

中国社会学与美国有着更加广泛的关系。一为美国教会在中国所办的高等学校中开办的社会学系,二为退回庚子赔款,开办留美学校,设置社会调查研究机构。这两方面的措施,对中国社会学的生长起到了更加深远的影响。一直到建国前夕,有22所大学或独立学院设置了社会学系或历史社会学系、社会事业行政学系。其中有10所是教会学校,而美国教会所办的就占了8所。它们是:金陵大学、燕京大学、沪江大学、岭南大学、华西大学、东吴大学、齐鲁大学和金陵女子文理学院。其中前4所早于20年代就设立了社会学系。

"退款办学"首先是美国发起的。早在1906年,美国公理会牧师明恩溥(A·H·Smith)向美国总统罗斯福提出建议,将中国对美国的庚子赔款"退还"给中国一部分,以此款或息金作为每年派遣中国学生就学美国的经费。罗斯福同意后,从赔款中提出约1000万美元逐年"退还"给中国,这就是开办清华大学的前身——清华留美学堂以及组成"中华文化教育基金董事会"的经费来源。"退款办学"的目的,可以当时美国伊里诺大学校长詹姆士给美国总统罗斯福的一份"备忘录"中,那句最要害的结语为代表:"为了扩展精神上的影响而花一些钱,即使从物质意义上说,也能够比用别的方法获得更多。商业追随精神上的支配,比追随军旗更为可靠。"①语意充分暴露了区别于老牌帝国主义武装侵略的新帝国主义美国,企图用"精神上的支配"的糖衣炮弹来进行文化侵略的意图。在商业上美国达到了一定的目的,可是在利用留美的中国知识分子来统治中国为美国效劳的企图上却落了空。就社会学而言,那些留美学生,不论是否使用过庚款,绝大多数都是爱国的。他们都是兢兢业业地把自己的所学贡献给祖国的建设和发展的。他们对中国社会学的产生和成长,都作出了应有的贡献。这些人物有:陈翰笙、孙本文、吴文藻、陈达、吴景超、吴泽霖、潘光旦、李景汉等。

中国社会学的萌动出土,幼苗成长,也与1917年俄国的十月

---

① 《清华大学史稿》,中华书局,1981年版,第3页。

革命有着密切的关系,因为马克思主义真正比较广泛地传播于中国,促使中国社会学得到肥料与阳光雨露,更加茁壮起来,是在十月革命以后的事。李大钊1920年在《马克思的历史哲学》一文中说:"纵观人间的过去者便是历史,横观人间的现在者便是社会,所以可把历史和历史学与社会和社会学相对而比论。"在李大钊的心目中,研究"人间的现在者"便是社会学,把社会学研究领域看得太宽。他在1920年八卷四号的《新青年》上撰文《唯物史观与现代史学上的价值》说:"唯物史观是社会学上的一种法则,是卡尔·马克思和恩格斯1848年在他们合著的《共产党宣言》里所发见的。"在这里他又把唯物史观作为社会学的一种法则,与社会学又分不开了。接着,1922年,共产党人瞿秋白又到上海大学创办社会学系。他所讲的社会学,就是马克思主义的辩证唯物主义和历史唯物主义。

至此,可以说中国社会学初期的产生和成长,特别是在五四运动之后的成长,由于中国社会环境的动荡不安,知识分子对科学与民主、思想解放的追求,加上日本、美国和俄国十月革命传来的社会学的不同思潮影响,从它的幼苗起就是在各种政治、社会、思想矛盾的激流中,栉风沐雨地逐步成长的。

四、成长期的三条枝干

中国社会学经过了清末康、梁、严复等的提倡,经过了辛亥革命的催化,又经过了划时代的五四运动的风雨滋润,到了30年代末期,已经长出青翠的嫩枝绿叶,并发育出几条粗壮的枝干,直至1951年新中国建国初期的院系调整,取消了社会学。我们把这段30至40年代社会学繁茂阶段称之为"成长期"。

三条枝干中第一条是高等院校和科研、文化出版部门社会学的发展,第二条是马克思主义社会学的发展,第三条是"乡村建设运动"的发展。对于这样的看法,也有不同意见,认为范围不应该包括得这么宽,只论及"学院派"社会学就可以了。对于这样的意见,早在建国前就已存在。孙本文在他的《当代中国社会学》一书开头就申明:"本书认为唯物史观的著作不属于纯正的社会学,故凡以此种观点所编的书籍,概从割爱。"①相反,马克思主义社会学也不承认学院派社会学。胡绳在 1986 年 4 月 26 日举行的中国社会学会常务理事扩大会议上说:"解放前,马克思主义者是不讲社会学的。……这是因为,那时从西方传入中国的社会学,总的说来,是在保持原有社会制度的前提下,研究如何解决社会问题,如何稳定社会秩序。"这种互不承认的偏激,发展到极端,就演出 50 年代以后中国索性取消了社会学。但是作为历史的回顾,实事求是地看待历史,我们就不能只承认学院派的社会学或者相反。其实,这个问题在解放前也已经很明确。费孝通说:"一直到第二次世界大战的发生,中国社会学依旧分离经院理论、实验区的调查和社会主义者教条性的实践的三条碰不上的平行线上。"②当时燕京大学社会学系主任赵承信说:"中国社会学主要的有'两大主流',即'文化学派'和'辩证唯物论派'。"③虽然费孝通把当时的马克思主义社会学不恰当地称为"社会主义者教条性的实践",但却肯定了经院理论、实验区的调查和社会主义的实践这三条平行线。虽然赵承信认为"被唯物论者目为布尔乔亚社会学的才是中国社会学的正宗",但仍肯定了辩证唯物论是两大主流的一派,

---

① 孙本文:《当代中国社会学》。
② 费孝通:《中国社会学的成长——为日本社会学年会报写》,《社会研究》第 7 期,天津《益世报》1947 年 10 月。
③ 赵承信:《中国社会学的两大派》,《社会研究》第 23 期,天津《益世报》,1948 年 1 月。

"对于青年学生影响很大。"①因此,说成长期的中国社会学可以分为三条枝干是符合历史事实的。

三条枝干中,一条被人们认为最普通的枝干,就是高等院校和科学研究系统的社会学。在这个系统中,前已言之,至解放前夕,已有22所学校设置了有关的学系。在这些学系中担负教学任务的讲师以上的教师约有一百四十人。在学制、课程设置上已逐步完备和定型化。学会、教材、杂志出版物也都达到了一定的水平。学科分支也逐步齐全。但就整个学科水平说,尚未出现过一个令人倾倒的理论思想体系或独树一帜的学派。学者们的学术研究不过是各有侧重。其中较突出的并有代表性的,我认为应该推文化和心理论者孙本文、生物论者潘光旦、人口论者陈达、社区论者费孝通四人。

孙本文是那个时代社会学者中"穷经皓首"的代表,他博览中外社会学群书,著作最丰。其代表作是《社会学原理》和《社会心理学》。他的著作理论体系较完整,但资料和论点属于自己的很少。潘光旦一生致力于优生学、儒家社会思想和家庭问题,其主要贡献是对中国古代社会思想的整理和挖掘,晚年对土家族和畲族进行研究并作出重大贡献。陈达则一生主要进行人口和劳动问题的实际调查研究,是解放前中国人口研究的权威,也是人口普查实验研究的开拓者。他最重视数据,著作中充分体现"靠资料立论,用数字说话"的精神。在人口问题上提出生存竞争与成绩竞争并重的理论,和"对等的更替"的计划生育原则。费孝通的贡献是把文化人类学的调查研究方法,用自己的实践移植到社会学中来,实现了社区研究的具体化,开创了"社会学的中国学派"的先声。社区研究的理论与实践,在80年代社会学恢复以来,得到了空前的

---

① 赵承信:《中国社会学的两大派》,《社会研究》第23期,天津《益世报》,1948年1月。

发展。他的"小城镇发展模式"理论与"中华民族多元一体格局"的形成论,是目前中国社会学在学术上领先的成就。

　　成长期的第二条枝干是马克思主义社会学的发展。这主要包括解放区的社会调查研究的发展和1927年至1937年间中国思想学术界掀起的中国社会性质问题论战、中国社会史论战和中国农村社会性质论战,以及在学院系统中持马克思主义观点的社会学者,如李达、许德珩等的教学科研活动。解放区的社会调查是在革命战争的艰难岁月里进行,为制定党的路线、方针、政策服务的。以毛泽东同志为首的解放区的社会调查,充实和发展了马克思主义社会学研究的世界观、方法论,并提供了一套社会调查研究的理论和具体方法。三次论战的社会学意义是弄清中国究竟是什么性质的社会,而中国的前途究竟应往何处去的问题。在学院系统中持马克思主义观点的社会学者,如李达,他的著作和活动对中国社会学中马克思主义观点的建立,起到了一定的推动作用。李达出版的《社会学大纲》,据说毛泽东同志曾阅读了十遍,并作了详细的眉批,向延安哲学研究会和抗日军政大学推荐,指出这是中国人写的第一部马克思主义的教科书,并称李达是"真正的人"。

　　第三条枝干是30年代火热进行的乡村建设运动。它是企图以农村复兴来取代农村土地革命的农村改良运动。参加的先后约有600多个团体,其中主要有梁漱溟领导的山东乡村建设实验区、晏阳初领导的定县平民教育实验区、江苏全省的民众教育实验区和陶行知领导的乡村教育运动。他们各有一套乡村建设理论和实际做法。这些活动并不全部等于社会学的活动,有的近于欧洲空想社会主义者的活动。但无论是从他们的理论还是影响看,都显示出中国社会学当时的时代特色,并丰富了中国社会学成长期中,特别是在应用方面的内容。例如梁漱溟的"中国的建设必走乡村建设之路,必走振兴农业,以引发工业之路",乡村建设的目的是要建设一个以伦理为本位的社会等等,都是中国农村社会学当时深入探讨的主题。因而,乡村建设的理论与活动,实际上是促进了中国农村社会学的发展。

五、社会学之被取消并非咎由自取

建国后从1951年至1952年,高等学校进行了全面的院系调整,各校社会学系两年内逐步被撤销。至此,教学与科学研究活动被迫完全停止了。至1957年,人口学者陈达教授应中央宣传部和中科院哲学社会科学部邀请,两次组织社会学家座谈关于建立人口问题研究机构问题。可是不久反右运动开始,这些活动被认为是从人口问题上"打开向党进攻的缺口",是反党反社会主义的复辟活动,因此所有参加人口问题座谈会的人,都被划成了右派。从此,人口问题、社会学成了危险的禁区。但社会学之被取消,目前有一种看法认为是咎由自取。比如有一本社会学概论教科书中说:"社会学自身在学科理论研究方面的不足,不能不说是导致它被取消的原因之一。"这种说法,至少是混淆了学术与政治的界限,并歪曲了当时的史实。在这个问题上,1979年3月的一次社会学座谈会上,胡乔木同志的讲话是正确的。他说:"否认社会学是一门科学,用非常粗暴的方法禁止它存在、发展、传播,无论从科学的还是政治的观点来说,都是错误的,是违背社会主义的根本原则的,是同中国共产党和毛泽东同志的思想背道而驰的。"胡乔木同志说出了问题的实质。

社会学在它被取消的二十余年中,虽然它的活动基本上是停滞了,但事实上也并非百分之百的中断。社会学的一些研究领域,在某些新的土壤中还是在那里生长繁殖,并得到不少发展的。最显著的就是民族学的研究。民族学事实上是在社会学和人类学的基础上于解放以后重新形成的学科。一些社会学的教学和科研人员转到这方面来。中国社会科学院民族研究所、中央和地方的民族学院里,许多业务领导和骨干研究人员,都是原来学社会学的。

当然,说社会学之被取消并非咎由自取,并不能理解为社会学的理论研究已经很够了。社会学自己永远要勉励它的专业人员寻求自己的不足。作为一个中国社会学的专业人员更要把过去的坎坷引以为戒,在新的征途上多作努力,永不灰心。

六、中国社会学重建后十六年来的发展

中国社会学自1979年3月恢复以来已走过16年的路程。16年对于一个人说,他还是一个孩子,那么对于一个备受劫难的学科说,更说不上成熟。因此,真正说来,过去16年还是一个打基础的阶段,好比一个剧团,还是在组建、选角儿、搭戏台的阶段,而今后才是挂牌唱戏,并且要唱大戏的阶段。

用什么样的标准来衡量社会学的发展呢?用什么样的标志来记录社会学学科发展的成就呢?我们不妨借用费孝通的"五脏六腑"说,来比较形象地回答这一问题。

所谓五脏六腑,是借用中医学的理论。中医学以心、肝、脾、肺、肾为五脏,以胃、胆、三焦、膀胱、大肠、小肠为六腑。五脏六腑说用到社会学上只是个比喻的说法。费孝通说:"一个学科的建立,至少要包括五个部分,即:学会组织、专业研究机构、各大学的社会学系、图书资料中心、出版物。这五个部分建设起来后,这个学科就初具规模了。"[①]我们姑且以这五个方面的情况,来检阅一下社会学学科建设的成绩。可以名之曰社会学学科的"五脏":

(一)学会组织 它是学科的群众性组织。它的成员,最初不仅包括学科的专业人员,也包括支持这门学科的人。特别是在社

[①] 费孝通:《社会学的探索》,载《费孝通社会学文集》,天津人民出版社,1985年版,第27页。

会学重建恢复时期,更需要社会上的支持力量。全国性的学会有中国社会学会、中国社会心理学会、中国青少年犯罪研究会、中国婚姻家庭研究会。中国社会学会下两级学会有乡村社会学会、教育社会学会等。全国(不包括台湾,下同)已有23个省、自治区、直辖市,6个计划单列市建立了社会学会。

(二)专业研究机构　除中国社会科学院社会学研究所外,有26个省、自治区和直辖市的社会科学院建立了社会学研究所(室),9所大学建立了社会学研究所,还有民间的社会调查研究所两个,接受机关或企业委托的社会调查研究项目。专业研究机构在社会学的研究上起着带头、协调、交流和组织的作用,承担国家或地方分配的科研课题,直接为国家建设服务。

(三)各大学社会学系　全国有15所高等学校设置了社会学系(或专业),在校博士、硕士和研究生班的学生约一百六十人,本科生约九百人,已为国家和社会输送研究生约一百五十人,本科生约三百人。在专业设置上,除社会学专业外,北京大学和吉林大学还设置了社会工作与社会管理专业。这是为适应我国现代化发展提出的新需要而设置的。

(四)图书资料中心　这项工作还没有很好地开始。各研究部门、各大学社会学系都有自己的小型图书资料中心,但都很不完备且互不通信息。在管理、运作手段上也较落后。因此,创造条件建设一个现代化的图书资料中心还是必要的。这所中心在对外交流中也会起到积极的作用。

(五)出版物　包括刊物、丛书、教材和通俗读物,目前有公开出版的社会学刊物6种,内部不定期出版物10种。社会学丛书有天津、浙江、山东3家人民出版社的3套丛书。另外在一些其他丛书中,也还有一定比例的社会学书籍。

根据《中国社会学年鉴》1979～1989和1989～1993年两本书的统计,十四年来发表的有关社会学论文至少已有3600篇,出版的书籍已有五百余种(包括翻译的书籍在内)。就论文说,综论与理论两项合起来的比重要占全部论文的四分之一,而婚姻与家庭,青年、老年和妇女方面的占到36%,其他的如城乡社会学、社会心理学也是研究的重点。就书籍说,理论同样占到总数的四分之一,其次为婚姻家庭,再次则为社会学方法、城乡社会学、社会心理学。但可以一提的是社会学辞书也出版了17种,"辞书热"过去在出版界曾盛行一时,社会学也适逢时令。

现在再谈六腑。所谓六腑,是说一个社会学系应当能开出六门基础课程。它们是:社会学概论、社会调查研究方法、社会心理学、城乡社会学、社会人类学、国外社会学说。社会学概论和社会调查研究方法是基本的基本,经过多年来的努力,加上原来较有基础,可说基本上已经初具规模,即教材、大纲、参考文献等已较完备。其次是社会心理学,已有比较适合中国学生学习的教材。城乡社会学可以分成城市和乡村两方面考虑,目前仍缺乏具有中国城乡特点的教材。社会人类学的教材,目前可说仍处于空白状态。最后,关于国外社会学学说、资料和书籍已经不少,但理想的观点正确、资料全面的教材尚且缺如。就培养一个符合要求的社会学专业人才说,这六腑还要作较大的努力。

五脏六腑的说法,不过是从学科和学系发展的条件,提供一种衡量的方法,既不全面,也看不出质量。因此有必要从学科的学术成就来进一步说明16年来社会学发展的情况。按学科分类说,我们大致在社会学理论、社会调查研究方法、城乡社会学、婚姻家庭问题、社会发展与社会现代化研究五个方面作出了较大的成就,获得了较多的成果。此外我们在社会心理学、社会工作和社会保障、部门(或曰分支)社会学三个多环节的领域中获得了较多的发展。为篇幅计,我们只好割爱,不能把这16年来的突出成就,一一作出说明。现在结合前述一百年来不同阶段的情况,可以概括看到中国社会学的历史发展具有一些明显的特征。这些特征是:

(1) 为国为民,为建设社会主义的主体性

中国社会学从它萌芽、襁褓时期起就强调独立自主,强调学术思想的主体性。这种主体性是中华民族悠久的传统文化与一百多年来饱受外国侵略产生的反抗情绪结合起来自然而然的学术上的反映。社会学虽然是从国外引进的,但中国学者一直强调自身发展的主体性,强调社会学中国化、本土化,强调"建设具有中国特色的,社会主义的社会学。"

(2) 基于传统哲学观点的应用性

受中国传统哲学观点的影响,中国知识分子思想主流不尚空谈。早期的社会学,康有为把它归之为"经世之学";中期的社会学,具有强烈的反帝反封建、救国救民的精神,可以名之曰"拯救中国之学";恢复以来的社会学,可以名之曰"建设社会主义之学"。

(3) 研究工作的群体性

科研体制与工作方法在一定程度上体现了社会制度的特征。16年来社会学研究充分体现了群体性。例如雷洁琼教授领导的"中国五城市家庭研究"是组织了京、津、沪、宁、蓉五城市所属许多单位的专业人员完成的。费孝通教授领导的"小城镇研究",自1983年开始,得到江苏等十余省市专业队伍的分工合作,集体研究,协同攻关,取得空前成就。

(4) 社会学知识和观点的扩散性与普及性

社会学恢复时间不长,但已广泛影响到各个学科,产生了诸如医学社会学、军事社会学、文艺社会学、历史社会学等。各校社会学概论的听讲人数都在几千人次。广播、电视各种所谓"热线"节目,大都用社会学的观点和材料来解答人们社会生活中的疑难问题。

(5) 以马克思主义、毛泽东思想为指导的科学性、创造性

中国社会学的研究和发展如果有什么优势的话,那首先就是

我们有了马克思主义。许多学者都在自觉不自觉地吸取马克思主义的阳光雨露,解放思想,独立思考。目前中国社会正在急遽地巨变过程中,也是中国社会学者深入实际,调查研究,施展才能的最好时机。这是中国社会学发展的黄金时代。时代呼唤着中国社会学兴旺发达,走向世界。

(原载《社会科学战线》1996年第1期)

社会心理学百年进程

方 文

一、社会心理学的发展阶段

依据社会心理学学科理智力量的逐渐累积以及它在科学共同体内地位的逐渐上升,而不是学科内学派的更替或研究主旨的变换,我们可以采纳一种更为合理的学科历史发展的整体观,而把社会心理学的百年历史确定为依次更替的四个发展阶段:学科成形时期(19世纪末至20世纪20年代初);学科合法性的建立(20年代至30年代);战争及战后的飞速发展期(40年代至60年代中期);学科自我批判意识的兴起,它以所谓的"社会心理学危机论"为先导(60年代末至今)。

1. 学科成形时期

Aronson(1993)乐观地展望未来的历史学家,尤其是科学史家会得出这样的结论:20世纪开始的标志是科学方法首先被用来研究人类自身的社会生活[①]。对于社会心理学的中心论题——人性的社会本质,或者说社会的持续与个体独特性之间的悖论——的探求,虽然可以上溯至《圣经·旧约》的作者、老庄,以至古希腊的

---

① Aronson, E., and Pratkanis, A. R. (eds) 1993 Social Psychology, (3 vols in all) Edward Elgar Publishing Limited. Vol. 1, px Ⅱ.

贤哲,但这些前科学的探求更是基于安乐椅的沉思、内省(观照自己内心的情感)、权威(如牧师、小说家、诗人或剧作家)的诉求,以及有意无意的观察。它们作为富于启迪的智慧宝库汇集成为社会心理学久远的理智渊源[1]。但只有实验方法的介入才被认为是科学社会心理学的开始[2]。正因为如此,Triplett (1897), Moade (1920), F. Allport (1924) 等一批先驱实验家的功绩才如此巨大,社会心理学由于他们创造性的工作才开始奠基于坚实的基础之上;也正因为如此,我们难以独断地界定社会心理学的元年,因为它是一个动态累积的过程,而不只是以 1908 年两本社会心理学教科书的出版作为标志。我们可以把 1897 年第一个社会心理学实验报告的发表至 1924 年 F. Allport 社会心理学专著的出版界定为社会心理学的成形时期。

2. 作为一门新学科合法性的建立

新学科合法性的建立有赖于整个科学共同体的认可,而这种认可又基于几条现实的标准。概括地说,这种新学科已有其独特的研究对象,以及一套与之相适应的研究方法体系;一定数量有固定收入的职业研究人员,以及相对稳定的研究机构;学科本身独特的出版物如杂志、期刊及书籍;正规的培养计划如规范的博士、硕士及本科教育,它们为该学科提供可靠的后备力量。在这些要素当中,一定数量的职业研究人员最为重要。通过他们的工作,该学科在理论建构及经验材料方面累积研究成果。与之相关,他们具备完善的学术自信心及学科自我意识。就社会心理学而言,他们开始自称为,同时也被科学共同体认为社会心理学家。在较短的时间内,F. Allport (1924) 和 L. Murphy (1931) 能够收集及组织

---

[1] 方文 1994 作为理论聚点的社会行为研究,《心理科学》第 4 期。
[2] Hollander, E. P. 1981 Principles and Methods of Social Psychology (4th ed). N. Y.: Oxford. PP10 – 13.

一千多个社会心理学的实验报告,这些报告集中于社会知觉和学习、侵犯、态度、模仿和动机①。稍后不久,Sherif(1935)发表了有关团体规范的经典研究;Thurstone 等人开始设计有效的态度测量工具;Newcomb 开始了著名的贝宁顿研究;而受到严格训练的 G. H. Mead 则开始在社会学系中产生独创性的影响。所有这些都改变了社会心理学从业者对这门学科的看法,改变了这门学科在社会中的地位,并且第一次使社会心理学作为科学共同体共识的学科的合法性得以建立。

3. 战争期间及战后的飞速发展

第二次世界大战以及之前的欧洲政治动乱给予社会心理学以剧烈的影响。Cartwright(1979)指出如果选择影响这门学科的最大人物,那一定是阿道夫·希特勒②。这种影响在几个方面表现出来。第一是纳粹德国巨大的知识分子天才群的迁移,就社会心理学而言,Lewin 及其所倡导的崭新的学术传统因此注入美国社会心理学;其次,为了适应战争的需要,大量的社会心理学家被政府招募,从而得以进行广泛的应用研究,如从士兵士气、舆论、劝说到心理战。社会心理学与社会现实及社会问题的密切关联也因此开始给社会心理学家自身及广大公众留下深刻印象。关注社会问题并且有能力帮助解决社会问题,从而使社会心理学能够成为"救世良方",也第一次成为社会心理学家自身过于乐观的自信,以及公众过于乐观的期望。

战后初期是社会心理学发展史中最富于创造力的阶段,四种新的因子被注入这个领域中,而它们也都植根于战争期间③。

---

① Aronson: E. et al 1993 op cit. px Ⅱ.
② Cartwright,D. 1979 Contemporary Social Psychology in Historical Perspective. Social Psychology Quarterly 42:82-93.
③ Festinger,L. (ed) 1980 Retrospections on Social Psychology. Oxford Univ. Press, PP242-243.

（1）战争期间，为了适应战争的需要，如建立国民士气，克服沮丧情绪，探明国内公民有关战争的意向及态度，以及实施有效的军事管理，需要设计新颖有效的研究工具，因此，发明抽样调查技术。广泛地用于研究现实问题，如投票模式，对现实的及想像的危机的反应，以及公民政治态度；还被用来研究实验室及课堂之外的许多社会心理问题，成为实验方法的有效补充。

（2）战后，以 Hovland 所领导的耶鲁小组从战前有关人类学习的实验研究转向社会影响、社会劝说及社会交往的实验研究。他们对于交往者的可信度、劝说效果的保持，以及劝说中的首因及近因效应进行了创造性的探讨。

（3）在加州大学，逃离纳粹迫害而迁往美国的德国科学家 Adorno 和 Frankel-Brunswik 把人格定向带入社会心理学。其研究成果《权威人格》(The Authoritarian Personality)(1950) 试图解释发生于欧洲劫难背后的人格特征，并因此加强了人格心理学和社会心理学的传统联系。

（4）在团体动力学研究中心，开始了对行动研究的强调。他们主张社会心理研究应定位于社会问题，从而导致了国立训练实验室以及大批敏感性训练小组或人际关系训练小组的建立。

如果说战争期间的社会心理学应用研究专注于社会问题是外界使然，那么，从行动研究开始，伴随 Lewin 传统渐渐壮大的影响，关注社会问题开始成为社会心理学家的自我意识及自我社会责任感。

继承战后初期生机勃勃的研究传统，社会心理学在 50 年代至 60 年代初期取得重大进展。社会心理学理智探险的触觉涉及广泛的主题，从社会认知及劝说，合作竞争及冲突，人格与社会行为的关联，领导行为与群体的凝聚力到组间关系、社会化及亲社会行为。这是社会心理学取得伟大进步的时期，尽管在这一段时间认知定向逐渐取代行为主义定向而占据社会心理学的中心舞台。社会心理学自信地步入其成年期。

社会心理学从成形到成年的发展进程中,我们可以概括几条有用的线索,它们可以为观照60年代后期社会心理学的遭遇提供良好的解释视角。第一,作为学科理智进展的方法基础,实验程序扮演了主要的角色——这是观照社会心理学发展的内部线索;第二,现实的社会环境亦给社会心理学以剧烈的影响。社会环境中突发的社会问题呼唤有强烈社会责任感的社会心理学家对它们进行解释、说明以致预防。公众也期望社会心理学家能够扮演社会工程师的角色。因此社会心理学的命运在一定意义上也和社会现实相关联。一言以蔽之,社会心理学学科内的理智进展与学科外的社会现实刺激作为两条有用的线索共同构成社会心理学命运的观照坐标。

二、社会心理学自我批判意识的兴起

生机勃勃的社会心理学事业在60年代后期遭遇到剧烈的挫折,承受来自学科内外两方面的打击。Rosenthal所主持的一系列研究证实了存在实验者(包括教师)的期望效应[①];而Orne则发现了社会心理学实验中存在"需求特征",或者说"成为好被试的角色扮演"。他们的研究从社会心理学内部对实验的有效性提出质疑。

而两件突发的外界事件对社会心理学亦具有不幸的后果。第一是普遍增长的对伦理问题的关注,并进而引发有关社会心理研究尤其是实验研究的伦理争论;第二是在广泛的西方社会动乱(如巴黎五月风暴、越南战争、种族冲突)的背景下兴起的学生激

---

① Rosenthal, R., and Jacobsen, L. 1968 Pygmalion in the Classroom: Teacher Expectation and Pupils' Intellectual Development. N. Y.: Holt. Rinehart and Winston.

进运动,以及对研究与这些困难问题如此密切的学科领域的社会价值的普遍质疑。在这些严重的社会问题面前,社会心理学再也无法重现其往昔曾经有过的光荣与辉煌,在许多方面表现出力不从心。"社会工程师"的自信心及公众的期望降到最低点。作为学科内外因素剧烈互动的结果,社会心理学发展史中一个新的阶段——一种彻底审查社会心理学的方法论及理论生成的学科自我批判时代开始了。

社会心理学学科自我批判意识的兴起,实质上一开始就受到误解,在一定程度上也受到误导。它以"社会心理学危机"面孔率先登场。60年代末70年代初的社会心理学教科书,杂志及期刊中充塞种种危机论的悲观论调,甚至有的更为激进——"解构社会心理学"[1]。在种种危机论调的背后,都缺乏对"危机"含义精确的界定及理解。"危机论"与库恩《科学革命的结构》有着千丝万缕的联系。无法理解库恩教授这本粗糙的著作为何发生如此巨大的影响。但事实是,库恩以后,各门学科文献中充塞着有关"范式","危机"及"范式转换"等新鲜名词。契合着库恩的思路,社会心理学家一种普遍的不适及焦虑便在"危机"这条通道上宣泄出来。

"危机",究其真正含义,乃是事物发展过程中的极度危险或困难时刻。"社会心理学的危机"乃是意味着社会心理学研究连续性的突然断裂,或者主宰研究的基础的突然崩溃。而就社会心理学而言,这两者都没有发生。剥落种种"危机论"的悲观主义的面纱,其实质在于社会心理学家自觉的学科批判及反省,表征了他们对于这个领域理智进步的不满,或者对于这个领域主导问题的感觉的缺失。它在一定意义上是对洋洋自得的社会心理学的清醒剂,也在一定程度上表征社会心理学离完善的发展还有一定距离。

---

[1] Parker, I., Shotter, J. (eds) 1990 Deconstructing Social Psychology. Routledge.

社会心理学所兴起的自我批判意识焦点集中在两个方面：一是彻底审查社会心理学赖以发展的方法论基础即实验程序；二是挑战美国社会心理学的霸主地位，以开创社会心理学的世界本土化运动。它们共同构成社会心理学的最近发展趋向及整体脉络。如果说"危机论"严重损害了作为科学的社会心理学的学科尊严，那么社会心理学自我批判意识的兴起则是社会心理学走向理智成熟的严正标志。

三、趋势之一：审查实验程序

由于实验处在社会心理学的中心地位，因此社会心理学批评意识的矛头首先指向实验，严厉审查实验尤其是实验室实验是否可以继续充当人类社会心理及社会行为研究的赖以信赖而坚实的基础。可以把形形色色的审查纳入几类范畴，逐一进行评价。

1. 实验被试的代表性

Posenthal 注意到人类的行为科学仍局限于以二年级大学生作为被试，他们/她们一方面在心理学课程中注册，另一方面作为自愿者参与实验研究。很显然大学生被试作为一个样组并不能指征整个的人类群体，或者说他们/她们并不具有代表性。因此，以之为对象的实验发现及结果的社会心理学理论也没有多少代表性[1]。

另一位第一流的理论家 Gergen 则发现实验的意义随着历史进程的改变而改变，因为它们与特定的文化或历史情境相关联。因此实验只能抓住瞬时的社会现实，而基于瞬时的社会现实的理

---

[1] Rosenthal, R., and Rosnow, R. L. 1969 The Volunteer Subject, pages 59 - 118 in Rosenthal, R. et al(eds) Artifact in Behavior Research. N. Y.: Academic Press. PP59 -60.

论建构则会随着时间而改变。因此几年或几十年前的实验结果会和今天的大不一样,而今天的又会与以后的大不一样。作为结果,以大学生被试为样组的社会心理研究就只能专注于共时分析,而抛弃了丰富多彩的历史内涵[1]。

上述批评确实中肯而深刻,但目前仍没有更为合理的选择来替换。大学生被试固然缺乏代表性,但考虑到他们/她们对实验程序的领悟能力,实验研究的费用,实验过程的管理等诸多环节,采用其作为被试仍有突出的优点。

2. 实验情景的人工性

一些批评家注意到作为缩微实在的实验情景固然精致地模拟了自然的社会情景,但毕竟还是抛开了活生生的社会互动的丰富内容。Harré 等批评实验情景破坏了社会互动的自然本质,使置于实验情景中的被试有倾向作出符合该情境的社会行为,因此,以实验结果为基础而作出的概括化是不精确的[2]。

实质上,上述批评基于对两类关系的混淆:实验室外被试行为的合法性以及实验室内所观察到的行为的合法性。只有两种情形值得讨论:或者现实世界中的行为合法性与表征在实验室中的合法性全然不同,或者实验室外的行为不能依据实验室中所发现的规律来解释。就第一种情形而言,还没有证据证实人类在实验室内外表现显著不同;但有一点是明确的,实验室是真正意义上人类社会现实的一部分。而在第二种情形下,没有人会拒绝承认实验室是在现实中的且是现实的一部分,尽管是特殊的一部分,因此研究者应从特殊的角度研究社会心理的特殊品质。因此,毫不奇怪,我们在实验室中花费许多精力、财力和时间来探求特例以发现其

---

[1] Gergen, K. J. et al (eds) 1984, Historical Social Psychology, Hillsdale, N. J.: Lawrence.

[2] Harre, R. 1979 Social Being: A Theory for Social Psychology. Oxford: Basil Blackwell.

所隐含的更为一般的原则（如情侣关系作为人际关系的特例，它不同于其他关系如工作关系，但它也有研究的价值）。因此，Duck 指出实验室研究更是一种富于创造性的研究方式，它是作为理智探险追求智慧的社会心理学有别于常识的根本所在[①]。

Aronson 等则从另外的角度为实验室研究进行辩护。他们区分出两类现实性：实验现实性（elperimental realism）和生活现实性（mundane realism）[②]。如果一个实验对被试有影响，迫使他/她认真对待并进入到实验程序中，那么这个实验就已具有实验现实性；而实验室情景与外部世界通常所发生的事件之间的相似性程度，则是生活现实性。因此对实验情景并没有反映真实的现实情景的指责在于混淆了两类现实性。一个处在现实情景中的对象并不会具有 Milgram 的实验情景中那种紧张不安的反应。但这种行为在 Milgram 的被试身上所发生的则是真实的——尽管日常生活中并不会发生类似事情。因此这种推论是可靠的：如果现实世界中真的发生类似情况，Milgram 的实验结果则可以精确而合理地说明人们对它将如何反应。

至于 Rosenthal 等所发现的实验者期望效应以及 Orne 所发现的需求特征，也不再构成对实验程序的有效攻击了。因为进一步研究证实了这些因素作为系统误差存在于所有的人—人互动情景中。其重要意义在于提醒研究者在实验设计、统计处理及结果解释诸多环节上采取更为明辨而审慎的态度。

3. 实验的伦理学

社会心理研究具有两方面的特征。它既是科学的，因此必须

---

① Duck, S. 1980 Taking the Past to Heart: One of the Futures of Social Psychology? pages 212–236 in Duck, S. et al (eds) The Development of Social Psychology. Academic Press. PP215–217.

② Aronson, E. et al 1985 Experimentation in Social Psychology. in Lindzey, G., and Aronson, E. (eds) Handbook of Social Psychology Vol. 1. Hillsdale, N. J.: Erlbaum.

满足获取科学知识的一切正当标准与要求;它同时又是人文的,因此必须满足种种伦理标准及要求。在绝大多数情况下,社会心理研究特别是实验研究会干扰被试的权利及福祉,尽管这绝对不是社会心理学家的本旨及兴趣所在。因此,社会心理学家面临两种权利的选择:研究及获取知识的权利,以及被试的自我决定(self-determination)、隐私及尊严的权利。中止一项有计划的研究项目,因为它干扰了被试的福利是对第一种权利的限制;而发展一项研究而不顾伦理学上的考虑则是对第二种权利的限制。而这则构成社会心理研究的伦理困境[1]。

社会心理学实验研究中触发伦理论争始于 Milgram 所主持的服从研究[2]。它在许多方面受到严厉的批评。第一,被试最初受到欺骗,并且以为自己在对他人施加痛苦;第二,被试本人受到伤害,体会到极度的不安及紧张;第三,当被试最终明了实验目的及结果后,他们/她们被巨大的罪恶感所吞没,就像他们/她们对他人真的实施了电击;第四,实验会破坏被试以后生活中对权威信任的能力及信心;第五,被试没有从这个实验中有任何收益。因此该类实验绝不应该实施[3]。虽然 Milgram 后来对这些指责有所反应[4],但这些争议本身仍是有效的,且具有重要的意义。

由 Milgram 的服从实验所激发,加之原来存在的一些伦理问题,如欺骗,被试可能受到的伤害,隐私的侵犯,日益受到社会心理

---

[1] Nachmias, C. F., and Nachmias, D. 1992 Research Methods in the Social Sciences, (4th ed.) St. Martin's Press. P78.

[2] 参看 Milgram, S. 1963 Behavioral Study of Obedience. Journal of Abnomal and Social Psychology, 67:371-378. 也可参看任何一本 1963 年以后出版的中文、外文社会心理学教科书。

[3] Baumrind. D. 1964 Some Thoughts on Ethics of Research: after Reading Milgram's Behavioral Study of Obdience. American Psychologist 19:421-423.

[4] Milgram, S. 1977 The Individual in a Social World: essays and experiments. Addison-Wesley Publishing Corupany. PP139-146.

学和其他社会科学家的极大关注,公众也抱有极大兴致,以致政府的政策制定及立法亦参与其中,最终形成了一系列研究操作规范及职业伦理信条[①]。

(1)采用知情同意的被试(informed subject)

在研究过程中,被试只要被置于足够的危险之中;或者被要求暂时放弃或者损害其个人权利,知情同意(informed consent)是绝对基本的。被试有权知道他/她正被要求作为实验志愿者,也有权以任何理由在任何时候拒绝参与或者终止一项实验,无论这种理由是否充分。研究者无权向任何一个潜在的志愿者(prospective volunteer)隐瞒任何可能影响被试是否愿意参与某一研究的任何事实。决定只能由被试自愿作出,研究者不能以种种方式如提问、解释或逃避解释以及提供虚假信息剥夺被试自愿作出决定的权利。如果个体没有心理能力(mentalability)来实施自我决定,如孩子、心理病人、昏迷病人,推定同意——即由对之负有责任的个体来代替他们/她们来作出决定也是基本的。

知情同意(包括推定同意)并不是禁止有危险成分的社会科学(包括社会心理学)研究,它只是意味着被试有权知道他们/她们的卷入在任何时候都是自愿的,并且事先获得有关利益、权利及危险的全部准确的解释。

(2)欺骗的补救措施

在许多实验研究中,主试有时不得不向被试甚至是实验助手隐瞒研究的真实意图,否则,研究结果由于定势及期望而产生系统误差而干扰了研究的准确性。因此在这类不得不采用欺骗这种策略的研究中,被试在实验结束后必须得到有关实验意图全部准确的说明及解释。当然,这个问题在具体操作中异常复杂。一方面是知情同意,另一方面在一些研究中不得不实施欺骗策略。社会

---

① 参看方文 1995 社会行为研究的伦理学,《自然辩证法通讯》第 2 期。

科学家,包括社会心理学家的最低义务是让公众意识到此类问题的存在,并且在采用欺骗策略时保持异常谨慎的态度。

(3)隐私的保护

被试在知情同意的基础上参与研究,在很多情形下又会遭遇到另外一类受到普遍关注的问题:私人隐私的侵犯。因此两类措施即匿名和保密被发展出来。匿名(anonymity)要求把个体的身份与其所给予的私人信息相区分。这样在涉及到最为敏感的信息时,研究者就无法把特定的信息与特定的被试相匹配,因此也就保证了被试的隐私。而当研究者在某些研究中能够把有关被试的隐私与被试身份相匹配时,保密(confidentiality)就成为一项辅助措施。因此,在个人隐私信息有可能危害被试权益时,被试应当被告知:除非由法院或法庭传票以索取有关信息,否则在任何情况下,研究者应有严格的职业道德义务去保证保密的承诺。

不停息的新的研究还会不断地触发新的伦理问题。当碰到新的伦理问题而又没有现存的规律或规则可循时,得失框架给我们提供一个判别尺度。如果从一项研究中所获比所失更大,此项研究是否还值得实施?是否应该改变计划或研究策略以降低对被试的损害?总之,社会心理研究的伦理问题应该不断地在杂志中,在培养计划中以及在公众论坛上不断地予以审查及讨论,以期激励研究者及公众对之保持清晰的注意力。

在近期一项有关"危机"文献的经验研究中,Vitelli 抽样研究了四份最具权威性期刊所发论文在方法论,被试群组,及欺骗的使用等方面在15年内(1970~1985)的趋向[①]。四份期刊是《社会心理学杂志》(Journal of Social Psychology),《人格和社会心理学杂志》(Journal of Personality and Social Psychology),《应用社会心

---

① Vitelli, R. 1988 The Crisis Issue. Assessed: An Empirical Analysis. Basic and Applied Social Psychology 9: 301-309.

理学杂志》(Journal of Applied Social Psychology),及《人格与社会心理学学刊》(Social Psychology Bullelin)。结果表明,在这15年的社会心理学研究中,实验室实验仍占优越地位,但同时非实验方法如调查及问卷的使用有显著增加;跟非大学生被试相比,大学生被试仍占主宰地位;同时,欺骗策略的使用则显著的下降,而这主要归功于非实验方法使用率的显著上升。

对实验程序的严厉审查并没有动摇它在社会心理学研究中的基础地位,而只是使之利用更为合理、更为有效。所谓的"危机"或者"研究范式"的转换根本就不存在,更不用说发生。因此,我们可以说社会心理学的主流仍是实验社会心理学。并且这种局势还一直得到一系列制度上的支撑。权威出版物的编辑更偏好设计及控制严密的实验报告;同时它还得到社会心理学这门学科基础结构的支撑:如充裕而完备的实验室,精致先进的研究器材,快速有效的数据处理系统,以及一大批受过严格训练的研究人员。

尽管如此,有关实验程序的自我批判意识的兴起已经使许多社会心理学家意识到实验方法的独断性,意识到应该对其他方法资源予以更多的宽容、耐心及信心。我曾以研究者对整个研究进程的控制程度或称之为研究的内在效度与逆向对象自我觉知程度或称为研究的外在效度作为两轴,构造了一种社会心理学方法体系的评价框架①,参见255页图:

在这个评价框架中,实验室实验具有最高的内在效度,但以最低的外在效度作为代偿;现场观察具有最高的外在效度,但以最低的内在效度作为代偿。而理想的方法即同时能满足最高的内在效度及最高的外在效度现在还没有发现,也许永远不能发现。对内在效度——外在效度一方的重视是以另一方的损失为代偿。因此,我们应该避免用一种方法去取代或者贬低另一种方法。偏好

---

① 方文:《重审实验》,《社会学研究》1955年第2期。

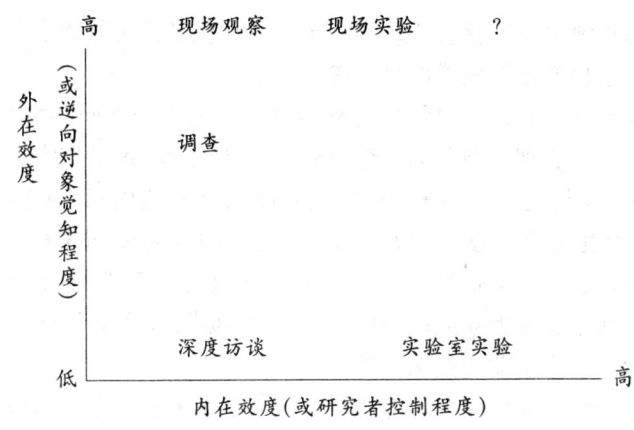

(参考 Hollander, E. P. 1981 和 Shaver, K. J. 1981)

不同方法的研究者应该携手合作,应该意识到只能在具体的研究情景中才能评价不同方法的优劣,同时也会在具体的研究情景中考虑替换方法或者方法组合的可能性。果真如此,社会心理学会走向更为健康的发展历程。

四、趋势之二:社会心理学本土化运动

依据不同国别对现代社会心理学这门学科贡献程度及影响力的大小而定,社会心理学在全球的发展是不平衡的,有的处在学科影响力的中心,向外输出其理论、方法及技术;有的处在学科边缘,更多地接受他人的影响。就这种学科发展的不平衡状态而言,社会心理学与其他学科如数学或物理一样,无可厚非;但这仅是问题的一个方面。问题的另一方面在于社会心理学的发展又被公认为依附于具体国别的社会文化传统,主旨是为了处理及解释具体国别的社会问题及社会现实。因此,纯粹学术发展水平上的不平衡又被蒙上一层有关具体国别文化优劣的意识形态之争。因此,社会心理学中的学科霸权及反霸权就构成社会心理学的世界图景:

中心与边缘之争。社会心理学本土化运动就是在这种背景下兴起的社会心理学最新发展的另一趋势。

Moghaddam 依据对学科的影响力及创造力的不同,而把心理学包括社会心理学划分为三个世界。美国社会心理学作为主流构成第一世界,处于学科影响的中心;以欧洲发达国家(包括前苏联)为代表的社会心理学处于第二世界;而发展中国家(包括中国)的社会心理学则处在第三世界[1]。而社会心理学的(世界)本土化运动则表现为欧洲社会心理学的"反叛",以及第三世界社会心理学本土化运动的意识觉醒。

三个世界在生成及传播心理学知识方面存在着巨大的差异,并最终界定了主流心理学的形态。第一世界是心理学的主要生产国,并且向第二及第三世界输出这些知识,而同时又很少受后者的影响。以职业研究人员及出版物的多寡就可以直观地表征它们在生产及传播心理学知识能力上的差异。美国约有 13 600 名心理学家在大学环境中工作,与之相比,22 个最大的英联邦国家(包括英,加及澳)的学院心理学家(academic psychologists)的总和只占前者的 19.7%[2]。与研究人员的多少相关联,心理学出版物亦由美国所主宰。这种主宰状态就是在跨文化心理学领域中亦存在,而跨文化心理学被认为依附于本国文化传统的心理学家提供了更为广阔的天地。在 Triandis 主编的六卷本共 51 章的《跨文化心理学手册》中,33 位作者是美国人,17 位来自第二世界,而广大的第三世界只有 1 人[3]。由于前苏联的资料空缺,具体数字也许会有差别,但不会影响整体轮廓。

---

[1] Moghaddam, F. M. 1987 Psychology in the Tnree World. American Psychogist 42:912 – 920.

[2] Ibid.

[3] Triandis, H. C. et al (eds) (1980 – 1981) Handbook of Cross – cultural Psychology. Vol. 1 – 6. Boston: Allyn and Bacon.

面对这种社会心理学的权力分层,第二及第三世界的心理学家尤其是社会心理学家在自我意识上面临剧烈的挑战。一种重建自身的社会心理学的努力,一种批判美国社会心理学的霸权的本土化运动开始了。

1. 欧洲的社会心理学本土化运动

重建与欧洲现实相对应且与美国不同的欧洲社会心理学本土化运动始于 60 年代末,其主要代表为 Tajfel, Israel, Moscovici 及 Harré。其运动的最初实践上的成果是于 1969 年成立了"欧洲实验社会心理学协会"(European Association of Experimental Social Psychology);1971 年创刊了《欧洲社会心理学杂志》(European Journal of Social Psychology),并于同年开始发行《欧洲社会心理学专著》(European Monographs in Social Psychology)。随后不久又创立了"欧洲社会心理学实验室"(European Liaboratory of Social Psychology)。

欧洲社会心理学家的努力在一些方面开始取得一些成效。他们/她们致力于研究主流社会心理学相对忽视的一些主题,如合作与冲突、组间关系以及政治意识形态。近年来又有一些志同道合的研究者聚集在 Billig 及 Parker 周围,开始采纳一种后现代主义的研究策略,运用话语分析技术(discourse analysis)来研究一些现实问题①。但从整体上,他们/她们的努力之于第一世界的影响仍很小,声音仍很微弱,基本方法论仍是实验定向的。

作为社会心理学自我批评意识的一部分,欧洲社会心理学本土化运动致力于重建另一种独特的社会心理学,其结果并不是很乐观的。就其研究方法论而言,它并没有跳出主流社会心理学的界限;而就其研究内容而言,倒是部分实现了其最初的诺言。而最为明显的进步则是创建了欧洲社会心理学研究的一些基础结构,从研究组织到实验室及出版物。

---

① Burman, E., and Parker, I. (eds) 1993. Discourse Analytic Research. Routledge Press.

2. 第三世界本土心理学的呼声

第三世界的社会心理学处于纯粹的边陲地位，少有发言权。这种境况是令人沮丧的。伴随民族文化意识的觉醒，以及对处于主宰地位的殖民话语的不满，一种本土化社会心理学运动在70年代初开始了，它对第一及第二世界构成现在还难以最终评判的挑战。

总体而论，本土心理学目前在目标、策略及达到目标的手段诸方面仍是不清楚的，也没有统一的行动纲领，无法超越本土化与全球化的困境。更多地它是基于感情的层面，而不是基于理性的分析。

本土化运动的基础是关注心理学在自身国别的社会发展中应该扮演的角色，其研究取向是应用型的。目前而论，第三世界国家之间已有一些有关心理学发展的信息交换，也举行了一系列国际会议，把来自第三世界的学者汇聚在一起，商讨心理学对于第三世界发展的潜在贡献。这包括于1995年8月在广州召开的国际会议，其主题是"亚太地区的心理学和社会发展"。然而实际情况并不乐观，落后的社会心理学在帮助解决及理解发展问题时仍力不从心。

就取得的成果而论，本土心理学目前贡献于整个心理学宝库的仍远远没有预期的那样多。作为一种少数群体的运动，它最为重要而可贵之处是一种自我意识的觉醒。近期兴起的女权心理学（feminist psychology）呼应了本土化运动。女权心理学家作为同样的少数群体，也对第一及第二世界中的男性优势群体的统治地位发起挑战。女权心理学在心理学文献中已产生建设性的影响。性歧视语言（sexist language）逐渐被取消，而代之以中性或无性语言（sexless language），在一切涉及第三人称的地方，双性他/她（He/She）或他们/她们是必要的。

五、结语：走向健康发展的社会心理学

社会心理学百年进程展示了人类智慧活动所具有的尊严、困

惑及暂时的挫折。它从开初过于夸大自足的意象中解脱出来,走向健康及成熟。它开始以更为现实而明智的态度重新审视其在科学共同体中的地位,在社会生活中应承担的角色,在处理及解释社会现实问题时应承担的义务及自身固有的局限。社会心理学自身不能也不应该充当济世良方,它只能从一个角度增进对人类社会的理解。现实社会中许多严峻问题如核战争的危险、人口爆炸、生态污染、贫富对立及种族冲突,不仅仅是社会心理问题。解决这些问题需要全人类不懈的努力。社会心理学家不可能代替其他学科的学者,而应向其他学科学习,丰富其视界,增加其宽容的信心。

社会心理学在自我批判及反省中会走向完善。对实验程序的审查已经使社会心理学家从实验的独断的迷雾中苏醒过来,更为公正地对待整个方法体系。一个方法多元的时代已经开始;社会心理学世界图景的不均衡发展已经唤醒有良知、有责任感的社会心理学家意识到文化背景之于社会心理及社会行为的影响,意识到中心及边缘地带的学者各自的社会责任。社会心理学也迈向更多对话及交流的合作时代。

我们摒弃有关"社会心理学危机论"的悲观论调。因为科学发展的连续性是由忠诚的学者的持续努力所支撑,绝对不会出现全世界社会心理学家集体罢工的时刻。虽然会有短暂的理智上的犹豫,沮丧,但它们很快会被更为旺盛的探索热情所取代,所超越。

对终极存在及真理的追求作为一种必不可少的信念,连同对丰富多彩的现实生活及问题的关注,支撑着人类的理智努力。从这个意义上,作为学科的社会心理学的自我审查及反省是个永不终结的理智过程。社会心理学就是在这种永不间断的自我批判中走向进步。

(原载《社会科学战线》1997年第2期)

社会资本在经济发展中的重要地位和潜在功能

——关于社会资本的社会学研究综述

赵子祥

总结西方发达国家经济发展的重要经验,一个共同的特点是:在重视科技领先的同时,大力运作文化资本,注重挖掘人力资本,充分发挥社会资本的潜在功能,统称为"三本战略"(The strategics of three capital)。

从中国长远的经济发展来看,文化(产业)资本、人力(人才)资本、社会(潜能)资本,既可成为中国可持续发展的巨大动力,也可成为长期困扰中国发展的一大障碍。因而,各地在文化强省的战略下,应积极把本地区的文化、人力、社会资源合理配置,充分调动起来,深化战术思维,强化战略思维;淡化官场思维,强化市场思维,细化形象思维,强化非物质思维。其中,社会资本的潜在功能,即作为一种文化的内驱力,在无形的积累、运作和交换中发挥巨大的经济效益。

一、社会资本的界定和理论认识

早在1980年,法国著名社会学家皮埃尔·布迪厄(P·Boordieu)在一本叫作《社会科学研究》的杂志上发表了题为"社会资本随笔"的短文,正式提出社会资本这个概念,并把它界定为"实际和潜在资源的集合,这些资源与相互默认或承认的关系所组成的持久网络有关,而且这种关系或多或少是制度化的。"到了1988年,美国社会学家科尔曼(James S·Colemen)随后发表题为"社会资本在人力资本创造中的作用"一文,指明要发挥人力资本的作用需要借助社会资本的人际网络功能。

社会资本作为一个经济学术语,传统上被理解为与个人资本相对应的纯粹经济学的概念。目前这个概念虽然尚没有一个权威性的统一定义,但目前许多学者基本上认同哈佛大学教授普南特的定义,即把它理解为"能够通过协调的行动来提高社会效率的信任、规范和网络"。普特南在对美国社区的研究中发现,几十年来,美国人与其社区的联系减弱了,对公民选举和政府的承诺不感兴趣,同时参加社团活动的积极性也降低了,所以他认为美国的社会资本下降了,美国人的公民心消失了,这是一种美国公民精神的衰落。

从经济学意义上研究社会资本,许多经济学家都高度肯定了社会资本的经济学意义。他们多以创新、制度经济学、经济发展和国家政策等方面研究社会资本。他们发现当各方面都以一种信任、合作与承诺的精神来把特有的技能和财力结合起来时,就能得到更多的回报,也能提高生产率。有的学者认为,在新经济中,社会资本已经成为科技创新的一个关键因子,它是公司建立有效合作关系,政府将某些科技职责下放到地方的关键所在,政府需要制定一系列政策措施,培养企业间的互相沟通与信任,加快科技创新步伐,促进生产力的发展。

弗兰西斯·福山也从经济的发展和社会的繁荣方面研究社会资本的概念,他认为经济学家分析时除了应考虑传统的资本和资源外,也需要考虑相对社会资本的实力;企业或社会团体中人们之间的彼此信任,蕴藏着比物资资本和人力资本更大而且更明显的价值;高度信任的社会,组织创新的可能性更大。这对于组建企业集团,促进大规模生产极为有利。

由于社会资本这一概念已为各学科的社会科学家所广泛认同,它也被政治学家用来作为解释经济增长和社会稳定现象的一个关键因素。由于社会资本强调集体行为和组织行为的重要性,强调信任、规范和网络关系的重要性,因而本身对社会稳定和社会发展有十分重要的意义。按照美国政治学家普特南的定义,社会资本首先是由公民的信任、互惠和合作有关的一系列态度和价值观构成的;其次,社会资本主要体现在那些将朋友、家庭、社区、工作及公私生活联系起来的人格网络;第三,社会资本是社会关系和社会结构的一种特征,它有助于推动社会行动和搞定事情。总之,社会资本是继金融资本、人力资本、产业资本、生态环境资本及信息技术资本之外的又一种无形的文化网络资本。

二、国内有关社会资本研究的理论贡献

国内关于社会资本及相关研究从1988年开始大致可分三个方面:一是比较宽泛的经济与文化关系的研究;二是从制度经济学角度研究制度、规范以及网络对于经济发展的意义;三是直接以社会资本为对象的社会网络关系作用的理论研究。所有这些研究都不同程度地注意到了:文化(包括信任、规范、制度、传统、网络、形象等)对于经济和社会发展,具有十分重要的推动作用。大家一致称其为"文化力"。如有的研究者把企业形象建设模式引入政府工作和城市建设,开始了有关地区形象建设和城市形象建设的研究和实践。有的研究者看到,中国的大量传统文化遗产作为一种重要的文化资源,对于推动地区经济和社会发展具有重要的引导作用;有的则注意到,社会网络或"缘"(包括地缘、业缘、血缘、族缘、人缘等)是一种重要资源,即通过一种文化纽带的连接,对于推动地区的经济发展意义重大;有的以制度、规范、礼仪、信任和形象的角度,研究宏观和微观领域中的投资环境和发展环境。国

内外重大项目的招商和大型会展均离不开社会资本的成功运作。

对于社会资本的研究,以经济学家樊刚的《中华文化、理性化制度与经济发展》一文颇具代表性。他认为:许多成功的华人经济仍然是以中小型家庭企业为主,难以形成大型的"经理资本主义"企业;而华人经济成功的地方(如"东亚模式"或"海外华人经济"),迄今为止一定程度上都得益于某种外在制度起到了"理性化制度约束"的稳定作用,从而弥补了华人文化的缺陷。例如在巴黎,联系密切的华人商业圈中很少发生成员之间的欺诈行为,因为违规者将面临警告和驱逐的危险。另外,在以色列,商业与产业间的"有机团结"与合作精神,避免了许多企业间的不正当竞争的发生。

真正在国内提出研究社会资本理论并有成就者,应首推中国社科院的张其仔博士。他把社会资本简单地定义为社会网络。因为未来社会就是一个网络社会,网络社会的崛起使地球村缩短了时空距离,传统意义上的面对面交流已被现代网络交流所取代。试图通过他的研究,探讨社会资本对厂商行为、对经济增长、对劳动力转移、对技术创新及制度创新的影响。

社会资本之所以能引来众多学科、各国学者的关注与潜心研究,归纳起来有以下几点理由:

首先,人们在注重有形资本研究的同时,开始注重无形资本,尤其是人力资本以外的无形资本的研究,因为影响一个国家或一个区域经济和社会发展的不仅仅是经济因素,还有社会组织、社会传统、社会制度以及道德、规范等文化因素。例如,在对经济较发达地区与相对落后的地区进行比较,人们也不会否认,影响一些地区发展滞后的原因并非是物质原因,而是思想观念、传统习俗以及与此相关的其他社会资本方面的赤字所造成的。这种社会资本的赤字主要表现为:思想观念滞后、制度创新乏力、政府效率低下、官员腐败、公民缺乏信任感、社会缺少秩序和规范,等等。所有这一切,就是影响一个地区发展落后的重要原因,不论你投入多少人力和物力,如果不首先改变它的社会资本状况,要想有较大发展,可以说是难以想像的。这就是为什么有的贫困地区能够迅速转变,有的贫困地区却一直陷入困境?为什么有的农村能有效地使用了扶贫基金,而有的却把资金侵吞或浪费掉了。

其次,社会学研究的主要对象是社会,经济学的对象主要是经济,两者结合一起,即产生了一个新的学科——经济社会学。经济社会学研究社会资本主要是考虑它的功能和效用问题,除理论层面之外,社会学能通过大量的实证研究,说明社会资本在社会经济中的作用和影响力。例如,在对市场运行的认识上,古典经济学家早就认识到市场伦理的重要性,即成功的市场运作,不能仅仅依靠"看不见的手",还需要道德和其他理念的支持,如诚信。重视经济因素的同时,还要重视众多非经济因素的影响,这些非经济因素的本身,很大一部分就是社会资本。

再次,政治学研究社会资本是想找到一条走向善治的理由。如政府的功能、公民的参与、制度的创新、社会的规范和社会的信任、社会凝聚力等等,都是当前政治学研究的重大课题。例如如何通过社区或自发性的社会组织的粘合作用重振公民精神,提高公民的参与竞争等就是其中的价值所在。例如,东亚经济的发展带来的理论提示:整个社会在经济发展目标上达成了共识;以家庭为中心的社会伦理观和社会关系结构的一致性;国家和社会(政府和群众)之间保持着相对和谐的关系。

这里所讲的社会资本主要是指作为政府或一级组织和部门如何挖掘社会组织的潜能,为社会经济发展服务和振兴公民精神道德的正向功能。但也不排除个人或小团体利用手中的社会资源为己谋私的负向功能。如有人用社会网络来界定社会资本,就有"消极网络"出现,犯罪团伙也是网络,就不能把犯罪团伙当作社会资本。还有人简单地认为网络就是关系,"走关系"、"拉关系",

这正是社会缺乏理性化制度的重要原因之一,因此不能简单地说关系就是资本。

消极社会资本还表现在特定的群体中排斥圈外人;严格的规范和特殊的关系网络有时也限制了个人的发展和创造力;在社会资本的交换中由于有人过度期待回报和功利性过强,有时会产生权钱交易、损公肥私、不讲原则等现象的产生等。甚至许多人把打麻将和吃吃喝喝都当作社会资本积累的手段。值得注意的是,在汉语同字开头的词中:同事、同学、同门、同乡、同志等,不仅深刻地揭示了社会资本在中国特定的文化背景下的深刻含义,而且他们也是社会资本主要的载体,如运用不当,则会产生众多负面效应。

三、社会资本理论研究的应用

社会资本理论研究的应用主要反映在以下几个方面:

第一,正确运用好社会资本的载体。

尽管社会资本是无形的,但它有众多载体,比如家庭、关系网络、社会信仰、信任和互惠方式、惯例等。同时,在类形学上,社会资本可以分为个人拥有的社会资本(家庭关系、个人资历、学历、职务、权力及社会地位等)、组织拥有的社会资本(部门的职能、权威、权力,资源分配及相关法规政策的制定等)以及整个共同体或集团拥有的社会资本。此外,由于个人所处的社会地位不同,拥有的资源不同(不仅包括经济资源,而且包括权力资源、继承的资源以及社会文化资源等),控制的社会资本也有所不同。如社会资本中的象征资本,是指某种具有超凡魅力的个人品质(声望和地位)或占有特殊的实体品质(名牌和古董)。这些社会资本无法相互取代,但可以相互交换。

第二,发掘传统资本的积极效用,增加现代社会资本的规模。

中国社会文化传统的特殊性,决定了社会资本在应用上的谨慎性。中国社会资本的基础是家庭,大部分社会关系是血缘、地缘关系的延伸和扩展。因而首先要保护公民权利,同时要培养公民意识和公民精神,提倡公民对公共事务的参与意识;其次,在发展现代市场经济的同时,推动公民社会的发展,扩大民间组织的广泛性和行动的有效性;最后,建构新的社会资本更需要政治权力积极、有效、合法的参与,为社会资本的扩张提供健全的制度环境,推动新型社会资本的产生和稳定。

第三,注重社会资本对经济发展的促进作用。

许多经济——社会学家对经济增长的东亚地区的研究证明密集的社会资本对该地区发展的重要性。那里有一种新形式的"网络资本主义",这些网络常常是以家庭或像海外华人社团那样联系密切的种族社群为基础,他们培养了信任,降低了交易成本,并且加速了信息的流动和创新。因此说社会资本可以转化为金融资本。他们当中常有人通过社会资本能够直接获得经济资源(如补助性贷款、投资窍门、保护市场);他们能够通过与专家和有学识的个人接触提高自己的文化资本。

第四,诚信关系网络有利于企业做大做强。

行业集团和企业间的紧密合作,互相支持靠的是社会资本即企业和管理者间长久以来保持的友好关系和业务往来的诚信所维系。一旦这种关系网络被破坏,将会造成一种不信任感,相互制肘、降低工作效率,以及合作双方被繁琐的合同条文和无休止的谈判所纠缠。很显然,许多能互惠互利的合作机会被浪费了。例如,美国政府制定科技政策的原则,即搞好社会资本建设,鼓励企业间开展合作研究。政府通过推进合作研究可以减少科研资金的重复投入,缩短了研究的时间,成功率高,又可避免研究成果被一家公司垄断,政府则从一项研究成果中得到多家公司的回报。

除上述四点社会资本理论应用研究外,还有许多学者应用社会资本概念,对职业分化作用的研究;对包工头职业地位获取过程与社会关系网络的研究,以及对私营企业家和社会资本(背景)与企业成功关系的研究等等都取得了重要发现。同时,对非政府组织(NGO)中的社会团体、非营利部门及社会中介组织在社会、经济、政治中的地位和作用进行研究也取得深入进展。因为伴随网络社会的发展,一个全球的公民社会即将到来,政府的职能和干预将越来越小,社会资本的地位和潜在的经济功能,以及对社会经济发展的促进作用,随之将日益显现。

参考文献

李惠斌、杨雪冬主编:《社会资本与社会发展》,社会科学文献出版社,2000年版。

张其仔:《社会资本论——社会资本与经济增长》,社会科学文献出版社,1999年版。

钟涨宝等:《社会资本理论评述》,《社会》2001年第10期。

莱斯特·M·萨拉蒙等著,贾西津等译:《全球公民社会——非营利部门视野》,社会科学文献出版社,2002年版。

(原载《社会科学战线》2003年第5期)

新时期师生关系研究述评

张 健

师生关系是学校中最基本，也是最主要的人际关系，它包含十分丰富的社会、伦理、教育、哲学和心理等方面的内容。良好的师生关系有利于教育教学工作的顺利进行，有利于学生身心健康地成长，也有利于校园文化的建设。因此，长期以来师生关系问题一直是教育理论和实践关注的热点，也是世界性教育教学改革的重要方面。本文以1980~2001年我国主要教育理论期刊所发表的有关"师生关系研究"的论文为依据，对这一时期内有关师生关系的前沿问题和发展趋向做一综述。

一、对已有研究结果的分析

笔者对1980~2001年在中国人民大学报刊复印资料《教育学》、中央教科所《教育研究》、山西省教科所《教育理论与实践》等3本教育理论期刊上所发表的论文进行了数据统计，论文总数为15 373篇（不含《教育学》转载《教育研究》、《教育理论与实践》重复的论文）。其中关于教师问题的489篇，关于学生问题的312篇，专门研究师生关系问题的226篇，占论文总数的1.5%。在这226篇当中论述师生教学关系的148篇，道德关系的19篇，情感关系的35篇，师生关系实（试）验的15篇，研究综述的9篇。

从总体上看，师生关系问题属于教育理论研究的热点之一，个别观点引起了教育理论界的广泛争论,如"教学过程中师生的主客体关系问题"。但师生关系领域的大多数问题未受到关注。

从数量上看,专门探讨教师问题或学生问题的论文相对较多,但这类研究往往侧重于对教师和学生分别解析,关注他们各自的特点,对二者之间的相互关系较少探讨。

从师生关系研究本身来看,教学角度的研究数量最多,质量较高。而对师生之间的心理关系、道德关系、文化关系、法律关系、经济或政治关系的探讨过少,甚至无人问津。

从研究方法上说,经验总结和纯理论分析是大多数研究者惯常使用的方法,实(试)验性研究占的比例很小;宏观研究较多,微观研究较少。

以上研究结果与首都师大田国秀同志所做的调查大致雷同。[①] 下面对已有研究内容的主要方面作一综合(所涉及内容不只限于上述3本理论期刊)。

二、师生关系研究的热点问题

1. 主体参与的教学研究

在教学中发挥学生主体性,特别是在课堂教学中如何发展学生的主体性问题是近年来有关师生关系研究的主要议题,内容涉及:教学主体的主动参与;师生主体性;合作学习与交往。[②] 其中主体参与作为发展性教学的重要特点和策略,是目前我国教育界关于"师生关系"问题争论的最热点。

[①] 相关论述可参见田国秀:《1980年以来我国教育界关于师生关系问题研究的评述》,《上海教育科研》2000年第7期。

[②] 刘志军:《主体教育理论与实验的跨世纪探索——全国第三届主体教育理论与实验学术研讨会综述》,《教育研究》1999年第4期。

有人基于对学生在课堂教学中主体参与情况的调查和分析，提出学生的主体参与不应是作为教师组织教学的附属手段，而应是师生平等基础上的学生主动的活动；主动参与不是以课堂答问为形式的表面文章，而是促进学生思维、情感等方面发展的师生思维同步、情感共鸣的活动。有人在分析学生主动参与的基本过程及其主动参与状态和参与度的基础上，提出了有效参与的基本条件，以及教师在教学中促进学生主体参与的若干教学策略。

在教学中发展学生的主体性是人所共知的主体教育实验目的所在，但在实验研究过程中发现，造成学生主体性发展不够充分的原因主要在于没有充分发挥教师在教学中的主体性。在教学中要真正发挥师生的主体性，关键在于教师，教师应在转变教学观念的基础上突破教材因素、评价因素和传统习惯的束缚，改变教师的角色，关注教师的指导方式等。也有人基于师生主体性的发挥，提出主体教育的课堂教学两条原则：学生主动和教师指导相统一的原则，问题主线与活动主轴相统一的原则。

最近，一些学者研究认为，主体参与就是通过教师采取各种教学措施，调动学生的积极性、主动性和创造性，使全体学生积极主动地投身到教学过程中来，达到自主学习、掌握知识、发展能力、促进学生主体性发展的教学方法。还有人认为，主体参与是教学中培养学生主体意识，发展学生主体能力的重要途径。许多中小学基层工作者已经意识到主体参与在教学中的重要性，他们认为没有学生的主体参与，主体性的培养是不可能落到实处的。学生主体参与的前提是教师的主动参与，教师只有以饱满的热情去进行教学的创造、表现，学生的参与热情才能够被充分调动起来。有些主体教育实验校教师根据自身体会认为，要培养学生的主体性，首先要培养他们的主动参与意识和参与能力。学生参与教学的程度如何，直接影响着教学的成效。教师要引导学生参与教学的各个环节，使他们在参与教学中确立创新精神。平等、和谐的师生关系是学生主动参与教学的重要前提;要调整课堂教学结构,为学生创设主动参与的有效机制;要激发学生兴趣,营造参与氛围;要注意让学生分层参与。教师要不断缩小与学生在时空上的距离,要给足时间让学生参与,鼓励他们大胆质疑。①

当前比较流行的主体参与形式有:"创设情景——初步参与,引导自学——独立参与,组织交往——合作参与,精讲解疑——深入参与"。②

2. 主体教育的德育深化研究

随着主体教育理论研究与实验的深入开展,人们发现,学生主体性的发挥是一个全方位的系统工程,教学研究是开展主体教育研究的重要领域,但它并不是主体教育研究的全部。无论从学生全面发展的角度,还是从世界性教育改革的趋势看,对学校德育的研究都是教育研究的重要领域,因此对主体教育的德育的深化研究逐渐提到了主体教育研究与实验的议事日程。

南京师范大学鲁洁教授的报告《人对人的理解:道德教育的基础——对当代道德教育转型的思考》③,从"道德教育的理论与实践是品德形成的基础"、"人对人的理解"、"为什么人对人的理解是品德形成的基础"、"建立在理解基础上的当代道德教育"等几个方面对道德教育的基础、品德的生成等问题进行了分析,激起了教育理论与实践界的思考,为主体教育德育提供了新的视野。

有人认为,基于对德育过程的两种理论——转化理论和生成理论的分析,提出主体德育的本质应是引导情境中道德学习主体

---

① 有关论述可参见王升:《全国主体教育实验第四届年会综述》,《教育研究》2000年第2期。
② 有关论述可参见王升:《全国主体教育实验第四届年会综述》,《教育研究》2000年第2期。
③ 鲁洁:《人对人的理解:道德教育的基础——对当代道德教育转型的思考》,全国主体教育实验第四届年会会议材料。

的自主建构过程观。并在理论分析的基础上提出了欣赏型德育的基本构想,具体表现为三个方面:(1)教师是参谋或伙伴的师生观;(2)德育情境审美化的课程观;(3)在"欣赏"中完成价值选择能力和创造力的培养的过程观。①

也有人提出,为使德育从"防范控制型"向"自主建构型"转变,应作到以下三个方面:(1)营造"同化模拟式"的德育环境;(2)设计"阶段渐进式"的德育内容;(3)构建"主体参与式"的德育方法。还有人从道德主体构建出发,提出一系列的主体德育模式:师生层面的合作型德育模式,班级层面的参与式班队会模式,学校层面的践行、体验式的德育模式和社会层面少先队工作社区化模式。

3. 主体性课堂教学评价

主体教育实验工作者们一直在主体教育思想的指导下,致力于课堂教学改革,并取得了很大成绩,但是在如何评价课堂教学,即如何衡量一节课是一堂好课的问题上,则产生了诸多分歧。为保证主体性课堂教学质量,促使主体教育实验进一步健康稳定地发展,许多主体教育实验人员都迫切希望制订一个科学合理的评价标准,作为评价课堂教学的标尺,课堂教学评价问题由此成为近年来有关师生关系问题研究的热点之一。

在1999年的全国第三届主体教育理论与实践学术研讨会上,来自"全国主体教育理论与实验协作组"中的10所实验学校提供了一些主体教育课堂教学评价标准。从所提供的10个评价标准来看,虽然确立标准的思路不尽相同,但在评价内容上却有很大的相似性,即都强调了"主动参与"、"合作学习"、"尊重差异"、"体验成功"等发展性教学策略,同时还在师生关系和谐、重视教师和

---

① 刘志军:《主体教育理论与实验的跨世纪探索——全国第三届主体教育理论与实验学术研讨会综述》,《教育研究》1999年第4期。

学生的创造性方面有较大的一致性。有人认为在主体性课堂教学中,教学目的和教学任务的规定应具有变通性;甚至有人认为课堂教学目标的确定应由教师和学生共同确定,人为规定的每节课的教学任务并不是神圣不可侵犯的,关键在于教师能够对教材内容的真正把握以及对主体性的正确理解的前提下敢于放开,在此基础上通过学法指导,使学生对所学内容融会贯通,促进学生知识、能力和个性的共同发展和提高。①

此外,新型师生关系的管理途径的探讨与尝试、主体教育课程的研究等问题也是当前师生关系问题研究的热点。

三、师生关系问题研究的争议之处

1. 师生关系的表述

与教育理论研究中的其他问题相比,师生关系问题的研究表现出较大的随意性和不规范性,这首先表现在师生关系的定义上。相当多的论文、教科书和专著在研究师生关系时不明确交代师生关系的定义,而代之以简单的一句话或一大段叙述性解释。在已有的研究成果中,较为完整的定义有以下几个。②

"师生关系(teacher - student relation),是指教师和学生在教育教学过程中结成的相互关系,包括彼此所处的地位、作用和相互对待的态度等"。③

"师生关系就微观而言,主要指师生之间在教育过程中所发生的直接交往和联系。包括为完成教育任务而发生的工作关系,

---

① 刘志军:《主体教育理论与实验的跨世纪探索——全国第三届主体教育理论与实验学术研讨会综述》,《教育研究》1999年第4期。
② 相关论述可参见田国秀:《1980年以来我国教育界关于师生关系问题研究的评述》,《上海教育科研》2000年第7期。
③ 《中国大百科全书》,中国大百科全书出版社,1985年版,第320页。

以满足交往而形成的人际关系,以组织结构形式表现的组织关系,以情感认识等交往为表现形式的心理关系。"①

"师生关系是教师与学生在教育过程中为完成一定的教育任务,以'教'和'学'为中介而形成的一种特殊的社会关系,是学校最基本的人际关系。"②

"师生关系,是指教师和学生在教育教学过程中,通过相互影响和作用而形成和建立起来的一种特殊的人际关系。"③

"师生关系,是教师和学生为实现教育目标,以其独特的身份和地位通过教与学的直接交流活动而形成的多性质、多层次的关系体系。其中以教育与被教育、促进与发展为最高核心层次,由它制约着师生间的管理关系、人际关系、伦理关系等。"④

"师生关系,顾名思义就是指教师与学生之间的关系,它可以从广义和狭义的多重意义上来理解。广义的师生关系是指社会上个体之间的相师相学的关系。……狭义的师生关系特指只有在学校教育机构中才存在的,通过各种教育活动形成和表现出来的教师与学生之间的关系。"⑤

从上述几个定义可以看出,研究者们的理论假设、研究视角、关注重点有所不同,表明人们对师生关系的理解存在着分歧。当然,它们之间也具有明显的共同点。

(1) 主张师生关系以教育教学活动为前提,强调了师生关系是教育活动中特有的,不能等同于一般的社会关系。这是师生关

---

① 南京师范大学教育系编:《教育学》,人民教育出版社,1987年版,第140页。
② 许高厚主编:《现代教育学》,北京师范大学出版社,1995年版,第109页。
③ 李谨瑜:《论师生关系及其对教学活动的影响》,《西北师范大学学报》(哲学社会科学版)1996年第3期。
④ 姜智:《师生关系模式及其选择》,北京师范大学申请学位论文,未公开发表。
⑤ 范寅虎:《学校教育中的师生关系之我见——兼与孙喜亭教授商榷》,《教育理论与实践》2001年第3期。

系的特殊性所在。(2)将教学活动视为师生关系的核心,"现今师生观的立足点和归宿点是围绕着教学任务及实现这一脉络展开的,师生关系等同于或近似地等同于教与学的关系。"①由此决定了师生关系的研究大多限定在课堂领域,一定程度上造成了师生关系研究的片面化和简单化,削弱了课堂以外的师生关系的研究。(3)在师生关系与教育目标的关系上,师生关系被定位于手段和工具,为一定的教育目标服务。人的因素处于次要地位,事的因素处于主要地位。这是我国教育界长期坚持的学科中心主义的教育观的反映。(4)"关于师生关系的论述却常常流于一般化和公式化,即把特殊的师生关系单纯当作一般的社会关系或人际关系,并把复杂的师生关系简单化。"②将师生关系归属于社会关系或人际关系,并没有错。但如果简单地套用社会关系或人际关系研究方法来界定和论述师生关系,就无法体现师生关系的特殊内涵。

2. 教学中师生双方的地位

教学主客体关系问题的实质在于探究教学过程中师生双方的地位,在最近20年里,我国学者对这一问题进行了深入细致的研究。著述围绕谁是主客体、教学主客体的规定性等问题展开了热烈的讨论,观点异彩纷呈。尽管教学主客体问题研究的阶段性特征并不十分明显,但从整体研究历程上看,依稀可见三个相对独立的阶段。③

(1)争鸣阶段。这一阶段的时间在1979~1988年左右。在这个阶段中,论者们各抒己见,提出多种教学主客体观点。其中有:教师为主体,学生为客体;教师为客体,学生为主体;教师与学

---

① 胡尔纲:《角色理论与师生关系初探》,《教育理论与实践》1987年第6期。
② 陈桂生:《"教育学视界"辨析》,华东师范大学出版社,1997年版,第232页。
③ 李长吉、林澍峻:《教学主客体研究:盘点与梳理》,《教育理论与实践》2001年第5期。

生均为主体;教师有时为主体,有时为客体;学生有时为主体,有时为客体等。几乎教师与学生、主体与客体间的各种组合形式都已被研究者纳入思考之列。具体说来,除了过去的"教师主导、学生主动"说外,还出现了"教师唯一主体论"、"学生唯一主体论"、"双主体论"、"主导主体说"等,目前我们熟悉的论点,都可以在这一时期找到其原型。

(2) 反思与扩展阶段。这一阶段的时间在 1989～1994 年左右。1989 年左右,我国教育理论界开始对 10 年来的教育理论与实践进行深刻的反省,这是新时期以来第一次回顾与展望。在这一学术背景下,教学主客体问题的研究也由上一阶段的观点纷呈、百家争鸣进入反思与扩展时期。教学主客体问题上所有存在的论争不外乎是概念之争与观点之争。在概念之争上,表现为:对概念多种含义中各执一端之争,类似于"白马非马";无实质分歧,只是不同视角之争,类似于"树在房前"与"房在树后";正误之争,这是论争的价值体现。在观点之争上,表现在如下几种观点之间:教师唯一主体论,学生唯一主体论,师生双主体论,其中双主体论可分为主导主体说、主导主动说、轮流主客体说、双主体从说、三体——双中心人物说、滑移位错说、同时主客体说等。① 而有的学者则对教学主客体问题的讨论进行了方法论分析。②

(3) 主体凸显期。这一阶段的时间是从 1995 年到现在。教学主客体问题的实质意蕴是探讨和确立教学中的主体地位,伴随主体教育理论的逐渐兴起,教学主客体问题研究的主流转入对主体问题的探究,教学中的课题逐渐被淡化。这一时期围绕教学主体,研究者重点探讨了教学主体的含义、性质、特征、发挥作用的途径、方式等问题,并就主体性、主体间性等进行了相当深入的考察。

---

① 参见,李长吉:《教学主客体关系问题三论》,《上海教育科研》2000 年第 4 期。
② 乔冰:《教育及教学主体问题讨论的方法论分析》,《教育评论》1994 年第 1 期。

与此同时,仍有一些研究者坚持教学主客体这一基本命题,继续了对教学主客体问题的追问,并取得了一些新的成果。

总之,20年的教学主客体问题研究囊括了教学本体论、认识论、实践观、价值论等不同层面的主客体问题,涉及到哲学、心理学、生理学、社会学、逻辑学、系统论等不同学科,运用了哲学思辨、逻辑演绎、历史、比较等方法,形成了多种多样、百花齐放的观点。

3. 师生关系的分类

师生之间既有直接又有间接联系,既有为工作而建立的关系又有一般的人际关系,既有正式的关系又有非正式的关系。每一种关系中会因人的需求的不同,工作要求的不同,或是环境的不同,使同一种关系呈现不同的程度。由此看来,师生关系构成了一个复杂的关系体系,分类研究是探讨师生关系的常见办法。

有人将师生关系分为4个层次,道德关系居于最高层次,教育关系是核心,心理关系是基础和条件,私人关系是上述3种关系的补充。[①]

有学者主张:教学过程中的师生相互关系是社会认识关系与人际心理关系的综合,前者为后者提供了具体的环境与方向,后者为前者创造出根据与条件。[②]

有人认为:师生关系既是一种特殊的社会关系,又是一种特定的"心理交流"的关系。前者表现为师生的伦理关系,是靠社会道德观念与道德规范来维持的,是社会道德风尚的重要组成部分;后者表现为师生的心理关系,在教育和教学的实践过程中,师生间相互的认知、感情、信赖状态等,是对教育教学起决定作用的因素。[③]

还有人把师生关系分为4类:教学关系、心理关系、个人关系

---

① 章康有:《师生关系面面观》,《徐州师范学院学报》1989年第2期。
② 胡尔纲:《角色理论与师生关系初探》,《教育理论与实践》1987年第6期。
③ 冷冉:《论师生关系》,《教育研究》1981年第3期。

和伦理关系。教学关系是核心;心理关系表明师生之间的心理距离;个人关系主要受个性特征影响,具有充分的情感特征;伦理关系是师生关系体系中的最高层次的关系形式,对其他关系形式具有约束和规范作用。[①]

上述观点基本涵盖了师生关系的各种类别,为人们理解和协调师生关系提供了一定的理论根据。存在的问题是:

(1)分类标准混乱。多数研究没有提供明确的分类标准,类别之间存在明显的交叉或重叠。

(2)学科归属不明确。师生关系是一个多学科的研究课题,任何单一学科的研究取向都无法将其阐述清楚。分类研究体现了多学科的研究取向,但各种分类归属于哪个学科领域却是模糊的。

(3)分类结果过于抽象。也许是理论研究的需要,人们倾向于将师生关系分门别类,但每一类别具体限定的含义是什么并不十分清楚。

四、师生关系研究的趋向

明了师生关系研究与发展的趋向,对于教育理论与实践工作者在错综复杂的情形中把握行动方向,是非常必要的。

1. 师生关系走向民主

针对二元对立的师生关系,以及长期以来束缚师生关系的哲学认识论根源、文化伦理背景。青年学者徐洁提出了"当代师生关系的理性构想——民主、平等、对话式师生关系"。[②] 这种观点

[①] 李谨瑜:《论师生关系及其对教学活动的影响》,《西北师范大学学报》1996年第3期。

[②] 徐洁:《民主、平等、对话:21世纪师生关系的理性构想》,《教育理论与实践》2000年第12期。

在教育理论与实践界基本得到共识。

只有民主、平等、对话的师生关系才是真正的符合人性的师生关系,这里的民主与平等包括知与情两方面。从知的角度看,教师与学生只是知识的先知者与后知者的关系,二者并不存在尊卑关系,教师不应以知识的权威者自居,并因此而对学生存有偏见或歧视,这样会造成师生关系的对立;从情的角度看,学生与教师一样,在人格上是独立的,每一个学生都有着自己丰富的内心世界和独特的情感表达方式,都需要教师的理解和尊重。而知与情二者的统一构成师生双方各自完整的人格。师生之间的对话是建立在师生平等关系基础上的。这里的对话不仅仅是指师生双方狭隘的语言交流,而且是指师生双方各自向对方的精神敞开和彼此接纳,是一种真正生命意义上的精神平等与沟通。这种沟通围绕着双方知的发展和情意的培养来进行,通过这种沟通,师生双方都获得自己对于世界与人生的理解,在人格上都走向一个新的成熟阶段,双方都获得发展。

建立民主、平等与对话的新型师生关系,对广大教育工作者提出的要求是:树立现代人学观;凸显学生的主体性;树立教育发展观念,健全教育法规。

2. 研究方法走向行动

我国教育学研究基本选取的是宏观视角,把教育放在社会大背景下,关注的是教育与经济、教育与政治、教育与社会发展的关系。多数情况下不直接研究师生关系,而是在探讨教师的社会地位、教师劳动特征等问题时,间接涉及师生关系问题。这样一种研究视角决定了我们的研究方法往往是抽象的、演绎的,从理论到理论,脱离实际的现象较为突出。

以"教学过程中师生主客体关系的论争"为例,1980～2001年直接参与讨论的文章近300篇,论争的起因在于推动教育观念的转变,但实际的论争却变成了一场哲学味道颇浓的纯理论推理。

概念的界定、哲学基础的分歧成了讨论的中心。其结果是理论界争得轰轰烈烈，实践者表现无动于衷。这样一种结局除了表明我们的研究观念存在问题外，最突出的问题是研究方法单一、保守。

师生关系问题是一个贴近实践，充满个体化，而且极为具体、多变的现实问题。偏重抽象思辨的理论研究无法揭示它的丰富内涵。要想反映师生关系的真实性，必须采用实证的、具体的、情景性的行动研究。通过长期的跟踪调查、实地观察、个人访谈，掌握大量第一手的材料，在此基础上归纳整理，形成结论。可喜的是，我国的一些研究者已开始尝试多样化的研究方法，南京师范大学的吴康宁、程晓樵等学者，在研究课堂中的师生相互关系时，采用的主要方法就是观察、访谈、数据统计和情景分析。这是多样化研究师生关系问题的良好开端。

更为可喜的是，一些学者和基层单位开始尝试"行动研究"。比如，华东师范大学年轻学者唐思群、屠荣生，从教育社会心理学视角阐述了"师生沟通的艺术"，提出"师生沟通的口语技巧"、"积极聆听的艺术"、"师生体态语透视"等独特、实用的观点；再如，一些基层单位也开展的行动研究，并取得了实效，具有代表性的实验研究作品有：蒋增琦、孙中强《"主体、和谐、发展"教学模式》、姚晓明《小学生主动学习的指导策略研究实验报告》、长沙市课题组《主体性教育区域改革实验研究》、史根东《主体教育思想及其实践——兼论中学 JIP 实验的设计与实施》，武汉四十九中《"主体性学校管理体制模式"研究报告》。

3. 研究中心趋向"问题"

从学科归属的角度看，我们把师生关系问题划归教育学范畴，恐怕没有人提出异议。但师生关系问题是归属于某个专题，还是独立成章，现有的研究并未梳理清楚。我们发现在近百种教育学专著和教科书中，对师生关系问题的处理很随意。有的设专章详细论证，有的将其归到教师问题中顺便提及，还有一些根本不涉及师生关系问题。

借鉴西方的研究成果,我们发现,对师生关系问题涉及较多的是教育社会学和教育心理学。教育社会学的研究对象往往有宏观与微观之分,师生关系问题属于它的微观研究领域。以课堂中的师生人际关系为主要研究对象,以社会学中的互动理论为理论基础,侧重于分析师生人际关系模式以及教师期望、教师特征与教学风格如何影响学生的自我发展和学业成绩。教育心理学的研究同样将师生关系限定在课堂范围,以心理学中的学习理论为基础,侧重于分析师生关系对教学过程、教学进度和教学效果的影响。显而易见的是,上述两类研究都将师生关系局限在课堂范围,较多探讨师生之间的教学关系。无论是研究范围还是研究内容都显得比较狭窄。我国学者的研究并未超越这一思路。

教育现实中的师生关系内容十分丰富。师生之间除了具有教和学的工作关系以外,还存在着受道德原则制约的伦理关系、受法律规范约束的法律关系。市场经济的建立,经济规律的影响日益普及,使得师生之间具有了明显的利益关系,并在此基础上赋予师生关系一定的政治内涵。文化学研究表明,多数情况下师生之间是两代人之间的关系,代际文化决定了师生之间存在着文化关系。此外师生之间还具有管理与被管理的关系,满足一般交往需要的人际关系,等等。

教育学分支学科发展日益丰富,先后涌现出教育伦理学、教育管理学、教育经济学、教育政治学、教育人类学、教育环境学等多种边缘学科。但师生关系问题在这些学科中的位置并不明确,或是重叠研究,或是无人问津。有学者撰文指出,教育理论研究正在从"学科体系时代"走向"问题取向时代",未来的研究将以问题为中心,形成多学科共同攻关的态势。师生关系问题的研究恰好适应了这一研究方向。以师生关系为核心,各学科从各自的理论角度研究师生关系的不同侧面应该是未来研究的基本走向。

4. 研究视角走向比较

比较一般有历史发展的比较(纵向)和国内外同行的比较(横向)。

专门从历史的角度研究师生关系的学术成果,当推《中国教育两难问题》一书。该书设专章回顾和总结了中国教育史上的师生关系。书中认为:"中国的传统教育过分抬高教师的权威地位和作用,由此也形成了专制色彩浓厚的师生关系,并带有宗法制的父权至上精神。""教师权威的松动和重视学生的自主性,是近现代西方教育思想传入之后发生的。""新中国建立之初,在师生关系上有向传统复归的趋势,重视教师的主导作用和集体学习。""文化大革命期间,教师地位一扫而光,随着政治斗争的演进,教师成了被专政的对象。""十一届三中全会以来,人们开始了对师生关系的学术性探讨,有意识地明确了教学过程中教师与学生的地位关系。"[①]

改革开放以来,西方教育思想大量引入,推动了比较教育研究的发展和深化,师生关系问题的比较研究也呈现出勃勃生机。相当多的研究成果译介了赫尔巴特的"教师中心主义"教育观、杜威的"儿童中心主义"教育思想、罗杰斯的"以学生为中心"的教学原则、还有前苏联的"合作教育学"理论。另外理论界通过介绍不同教育流派的主张,明确了师生关系方面的两种基本倾向。进步主义教育,存在主义教育和人本主义教育基本主张以学生为主,倡导"学生中心"。要素主义教育和永恒主义教育基本倾向于"教师中心"。

对师生关系进行微观研究是我们所欠缺的。通过中西方教育思想的比较研究,我们学到了一些西方学者的研究手法和角度。

---

① 扈中平、陈平升:《中国教育的两难问题》,湖南教育出版社,1995年版,第221—266页。

"在现代美国和西方国家中,师生关系理论一般不主张以教师中心或是以学生中心,而是着眼于师生相互影响的过程与方式并根据有关的理论建立师生关系模式。""美国及西方一些国家流行的现代师生关系研究的模式大致有两种:一种是相互作用模式,另一种是社会体系模式。"① 相互作用模式中有代表性的有李威特的"小团体沟通模式"、贝尔斯的"师生相互作用过程模式"、佛兰德斯的"师生交互使用模式。"社会体系模式又可分为"班级师生社会体系"和"班级师生关系模式"。近年来,我国学者南京师范大学的吴康宁、程晓樵等人对课堂师生相互作用模式进行了一系列的跟踪调查和现场观察。他们的研究手法和成果与国际先进水平已十分接近。

对近二十年的研究成果进行综述和评价,不是一件容易的事。限于笔者本人的学识和水平,定有挂一漏万的缺陷。但是教育实践中的大量的师生关系问题,促使我们认真总结经验,思考发现问题,并在此基础上拓展新的研究。

(原载《社会科学战线》2003 年第 3 期)

---

① 张武升:《外国现代师生关系理论的构建与发展》,《教育评论》1989 年第 6 期。

中国民族学的回顾与展望

林耀华 庄孔韶

中国民族学有自己的特色、自己的风采。他从一股清澈的泉源走来,虽历经坎坷,却脚踏实地,如今正走在通向未来的征途中。为了赢得中国民族学的光明前途,我们应对中国民族学画一个轮廓,做出恰当的估计,既不渲染成就,也不掩饰不足,并不断校正前进的方向。为此,确实有许多值得落笔之处。

一、正源

首先是正源。当古埃及第 19 王朝金字塔中绘有闪人、南方黑人、西方白人等族别图像的时候,从我国殷商甲骨文中也已能约略了解一些古代民族的族称、礼仪、祭祀与战争的状况。所以,关于古代民族的记述发端久矣。及至希罗多德的《历史》和司马迁的《史记》面世,用现代的观点而论,可以说是两千多年前在世界上两个重要文化中心出现的最著名的历史、民族学记述。汉唐以后,中国各族人民之间以及同四邻扩大交往,遂使各类有关民族的著述应运而生,《吴越春秋》、《越绝书》、《华阳国志》、《蛮书》、《大唐西域记》、《佛国记》等,真是不胜枚举。到了所谓"地理大发现时代",漂洋过海的欧洲探险家们并不知道中国的郑和七下西洋已远及非洲东海岸。随行人员马欢著有《瀛涯胜览》、费信的《星搓胜览》和巩珍的《西洋藩国志》,也都堪称硕果,仅就这七次旅行的意义以及文字记述亚非史地、民族面貌的双重成就看,在当时世界上也是无与伦比的。

地理发现时代为欧洲民族学创立奠定了基础。18世纪开始出现了一些比较民族学著作,如法国之主教神父拉菲托(J. F. Lafitau 1670~1740)著《美洲土著居民的风俗与古代民族习俗的比较研究》(1724)一书,对印第安人文化习俗做了详尽考察,他的结论是,美洲土著居民的社会制度与原始人落后的发展阶段是相适应的。然而,民族学作为一门独立的学科,并提出自己特有的研究对象、任务和方法,还是在19世纪中叶以后。

19世纪中叶是西方资本主义发展的"黄金时代",一些主要资本主义国家向世界各地搜寻原料、占据市场。当时主要研究落后民族的民族学也得到迅速发展的机会。西方主要国家纷纷建立专门(或兼)从事民族研究的组织。如1838年法国"巴黎民族学会",1842年美国的"美洲民族学会",1843年英国的"民族学会",1845年俄国的"地理学会",1869年德国的"人类学、民族学和原始社会协会"等。这些机构陆续组织考察队到殖民地和边远地区调查,除详尽记录各民族的现实社会现象、生活方式和文化习俗外,还搜集文物。此后,实地调查和田野工作逐渐成为民族学的主要研究方法。搜集文物与建立民族学博物馆也开始成为民族学研究的一个组成部分。

这期间,先后出现一批专业民族学家以及民族学专著、调查报告。这批民族学家当时在以达尔文为代表的生物进化论影响下,提出了人类社会与文化的进化思想,从而被称为进化学派。主要代表人物有美国的摩尔根、英国的泰罗、麦克伦南、瑞士的巴霍芬,以及俄国的科瓦列夫斯基等人。他们认为各民族社会和文化发展的程度尽管不同,但都遵循着相同的途径前进,都经历或将经历大体相同的发展阶段。马克思和恩格斯曾阅读过这派学者的很多著述,对他们的观点多次加以评论,对他们的社会进化的共同主题给予了肯定。

其实,马克思早在19世纪40年代,为了研究资本主义制度,阐明资本主义必然灭亡并为社会主义、共产主义取而代之的社会发展规律,探索了前资本主义的社会经济形态,正如恩格斯所说的,马克思研究任何事物都考虑它的历史起源和它的前提,这样才能了解社会现象全面的发生发展过程。1845~1846年马克思恩格斯合写的《德意志意识形态》开宗明义叙述了历史唯物主义的基本原理,论证了人们的社会存在决定人们的社会意识,特别阐述了生产力和生产关系发展的客观规律,他们还提出决定人类历史关系的三个因素:第一,生产物质生活资料是一切历史的基本条件;第二,人类满足需要的活动和已经获得的为满足需要用的工具又引起了新的需要;第三,人类自身的生产,即增殖,后来恩格斯在《家庭、私有制和国家的起源》再次强调了这个理论,并将其归纳为两种生产,即生活资料以及生产工具的生产和人类自身的生产即种的繁衍。他还在全书中贯穿了两种生产论的基本理论。唯物史观的这一重要理论构成了科学的民族学的基本原则。

的确,马克思从创建科学社会主义理论之始,就对人类原始时代的历史给予高度重视。特别到了晚年,马克思发现了许多有价值的关于原始时代的民族学著作,经过他的分析、摘录、评注的书刊的作者有摩尔根、菲尔、梅因、拉伯克、莫尼、梭姆、荷斯被塔利尔、科瓦列夫斯基、古朗士、班克罗夫特、毛勒等人。马克思最为赞扬摩尔根的论述,认为《古代社会》尤其重要,摩尔根是进化学派中的杰出人物。他把物质生产的发展和技术的进步作为人类进化的原因,指出了氏族制度在原始社会的基本核心作用、共产制的性质与意义,并触及了当时社会的未来改造问题,从而获得了唯物主义的结论。马克思把《古代社会》一书作了详细摘要,调整了书的结构,补充了必要的材料,并加上重要的评语与评注,从而大大地提高了摩尔根著作的价值,并终于使《摩尔根〈古代社会〉一书摘要》及马克思若干篇民族学笔记(见克莱特《卡·马克思民族学笔记》L. Krader, The Ethnological Notebooks of Karl Marx,荷兰,1974年第二版)成为马克思主义民族学的光辉代表作。

恩格斯发现了马克思对摩尔根著作所做的十分详细的摘录内容,认为他曾打算把该书介绍给读者。当时,恩格斯就写信给考茨基,说"摩尔根在他自己的研究领域内独立地重新发现了马克思的唯物主义历史观,并且最后还对现代社会提出了直接的共产主义的要求。他根据野蛮人的,尤其是美洲印第安人的氏族组织,第一次充分地阐明了罗马人和希腊人的氏族,从而为上古史奠定了牢固的基础"(《马克思恩格斯选集》第4卷第443页)。恩格斯从而认为有必要写一部专门的著作,并把这看作是执行马克思的"遗言",于是《家庭、私有制和国家的起源》一书便随后于1884年问世。迄今刚好一百周年。该书根据马克思的摘要和批语、摩尔根提供的事实资料,加上他自己对欧洲古代各民族历史所做的研究和新补充的材料,做了透彻的阐述。该书还因对民族学所涉猎的广泛课题发表了带有指导性的真知灼见,又被誉为"马克思主义的第一部民族学著作"(杨堃:《回忆周总理关于民族学的一次谈话》《社会科学战线》1978,4,第226页)。的确,我们认为马克思和恩格斯从辩证唯物主义和历史唯物主义出发,根据大量资料,写成马克思主义民族学论著,从此,马克思主义的民族学就诞生了!

二、中国民族学之路(一)

中国自古以来就是多民族大家庭,但是,旧日以中央王朝正史为主线的历史文献从来没有给予地方少数民族史志以显著地位,只是作为正史的点缀。长期封建社会的各朝代,在世界上一直处于相对封闭的状态,在国内,少数民族地区同内地也一直处于相对隔绝状态。镇抚结合,以服王统,完全是封建政权采取的与生产力相适应的政策。谈到生产力,我们可以说,长期以来自给自足的自然经济占主导地位,尚未获得巨大的生产力去开拓边疆,因此,少数民族历来被忽视,仅仅有一些学者、旅人、流官有意无意地记录了少数民族地区的物产与风习,但这些记录在过去只是一种死的民族志,当时它极少有可能作为促进社会发展的知识与依据,始终得不到利用。然而在国外,当西方资产阶级向不发达民族地区掠夺的殖民时代,海外民族学派却相继建立,民族学的应用也随传教士、探险者伸入到中国的少数民族地区。清与民国的中央政权竟没有足够的力量对付外来的政治、军事、经济与文化侵略与渗透。那些带有殖民色彩的西方民族学园地却陆续在中国的边地树起了"篱笆"。

西方资产阶级的"开拓"需要民族学,被压迫民族的富强也需要民族学。随着19到20世纪此起彼伏的民族解放运动以及许多有识之士怀着为自己国家繁荣的抱负,开始认识到民族学研究的迫切性。在清末以后,西方民族学流派的观点通过我国留学生相继传到国内,起初只是介绍一些著作,如有贺长雄的《族制进化论》(1902),甄克思《社会通诠》(1903),斯宾塞《群学肆言》,民族学专著有林纾、魏易合译的《民种学》。民族学一词正式介绍始于蔡元培。1926年,他的《说民族学》一文在《一般》杂志上正式提出"民族学"名称。对我国近代民族学的发展,蔡氏不遗余力地加以倡导,1928年任中央研究院院长后,在社会科学研究所下分法制学、经济学、社会学、民族学四个组,并亲自兼任民族学组主任。该组先后对广西瑶族、台湾高山族、黑龙江赫哲族、湘西苗族等做了民族调查,写出了第一批关于少数民族的著作、论文,使国人不仅对社会学,而且对民族学有了新的注意。民族学从此输入中国并为后来在学校与科研机构立足奠定了基础。

从20世纪起,西方民族学各派代表作陆续译成汉文;有摩尔根的《古代社会》、泰罗的《人类学》、弗雷泽的《巫术》、卫斯特马克的《人类婚姻史》、罗维的《初民社会》、《文明与野蛮》、鲍亚士的《人类学与现代生活》、杜尔干的《社会学方法论》、《社会分工论》、马凌诺斯基的《文化论》等。在各派之中,英、美的功能学派、美国的历史学派、法国的杜尔干社会学年刊学派对中国的民族学影响较大。中国的功能学派尤是后来居上,并形成自己的理论体系和研究方法。然而各学派都竭力使自己的主张在中国实施,力图应用于"边疆政治"中。解放前,由政府和学术机构、基金会组织的若干个边民考察团,到少数民族地区收集资料,这些调查为国民党政府边政的推行提供了依据。其中有些调查报告对解放前边疆少数民族做了客观的记述,虽带有不同流派观点的烙印,仍不失为可资借鉴的民族学研究资料。

中国民族学会成立于1935年,这比欧美晚了近一个世纪。但民族学科研与教学毕竟是开展起来了。民族学课程以介绍西方民族学为主,辅以中国少数民族专题,开设有关课程的如清华、燕京、辅仁、中法、中央、金陵、复旦、中山、岭南、云南、华西等大学。抗日战争期间,高等院校与民族学者云集中国西南、西北,一些民族学者分别深入民族地区和汉族农村做实地调查研究,出版了一些专著与报告,并对当今的中国民族学研究产生了一定的影响。

三、中国民族学之路(二)

笼统地说,中国接受民族学是从西方传来的两种体系,一是马克思主义的;一是资产阶级的。欧洲资产阶级同无产阶级对垒,代表两个阶级利益的民族学当然也是对峙的。在资产阶级政权扶植下,欧洲资产阶级民族学尽管门派不同,但多数是为殖民政策直接或间接服务的。然而这并不排除进化学派以及一些较正直的资产阶级学者同情被压迫民族,并在研究方法与成果上的巨大贡献。当马克思主义的民族学产生之日就开始确立了他的强大生命力,出现了像拉法格一类的著名民族学家,但马克思主义者尚未获得政权的情况下,没有可能利用行政与教育手段培养自己的民族学家。然而,西方的马克思主义著作对中国的有识之士具有特别的吸引力,1924年蔡和森编写的《社会进化史》实际上介绍了恩格斯《家族·私有制和国家的起源》的全部内容;三年后李鹰扬又把该书译出,题为《家族私有财产及国家之起源》。郭沫若于1929年写的《中国古代社会研究》就是根据恩格斯和摩尔根有关原始社会史的基本理论,解释我国古籍中的记载,包括原始社会和奴隶社会。按郭老的说法,这本书的性质"可以说就是恩格斯的《家族、私有财产及国家之起源》的续编"。上述作品对宣传马克思主义民族学起了一定作用。

新中国民族学的发展,是和中国共产党领导全国各族人民进行革命和建设的实践密切联系的。党和毛泽东同志把马克思主义普遍真理同中国革命、建设实践相结合,取得了辉煌成就。在统一的多民族国家里,民族学研究也必须同全国各族人民的社会发展密切联系才有出路。从而,新中国的民族学具有了本身的鲜明特色:其一,继承马克思主义民族学的宗旨,同时批判地吸取西方民族学中有用的东西;其二,为各族人民的繁荣与社会进步服务。

解放后,首先在中国少数民族的识别工作中取得了很大成绩。过去,在中国古籍中少数民族的称谓杂乱纷繁,加上解放前反动统治阶级实行民族压迫政策,使不少民族被迫更改、隐瞒自己的民族成分;因此,我国究竟有多少民族,谁也无法准确答复。解放初期,由于贯彻党的民族平等政策,少数民族纷纷公开自己的民族成分,要求成为民族大家庭中的成员,仅云南省就上报了二百六十余个族称,因没有科学的依据,群众自报的族称中既有自称、又有他称,包括支系名称、职业、农作名称,为此党和政府投入大量人力物力,进行大规模民族识别工作,首先要弄清待识别单位是汉族还是少数民族,再弄清是单一民族还是少数民族支系,最后方可确定民族成分。这一工作关系到民族团结及贯彻民族平等政策,而且还与实行民族区域自治、行使民族自治权力,发展民族政治、经济、文化一系列问题都有密切关系。

开展民族识别工作,需要把马列主义民族问题理论关于民族形成原则同族称单位的具体情况相结合进行分析。当时除对那些历来被公认的少数民族外,对全国各地提出的一大批新族各进行调查研究,民族识别工作从此成了民族学工作者在建国初的一大杰作。例如三百余万彝族分布在四个省:云南、四川、贵州、广西,地方族称便有一百余个。我们通过语言分析,追溯四省广大区域内历史上各单位的迁移变化,经济生活的不平衡性,加上文化风俗、心理状态的比较研究,认为这些不同地方族称单位均为单一民族——彝族。在科学分析基础上,依照"名从主人"的原则,确立了统一族称——彝,从而保证了彝族人民当家作主的权利。民族识别工作的结果,国务院于1956年公布了我国当时有51个少数民族,后来增加了普米族、门巴族、珞巴族,截止到目前,最晚确认的是云南的基诺族,至此,全国共有55个少数民族。通过科学研究和民族自愿原则决定民族成分,这是中国民族学研究的创举,已引起国际民族学界的注意并获得了很高评价。

我们进行了史无前例的大规模民族学调查。民族学的研究方法主要是用实地调查方法,以及利用各种文字资料研究世界各地处于不同发展阶段的民族共同体,其重点在社会调查,实地考察少数民族社会经济文化状况,加以分析做出结论。

1950~1956年期间,民族学工作者在参加中央派赴各少数民族地区的访问团或工作队的工作中发现,必须初步了解各少数民族社会经济发展阶段、阶级与民族关系等,方能为制订民族政策和促进民族繁荣提供知识与依据。我国各少数民族存在社会经济发展是不平衡性。占全国人口6%的55个少数民族有各种不同的社会形态。总的说,解放前,大约有三十多个少数民族共三千余万人,保存着封建地主经济,其中有些民族在不同程度上发生了一些资本主义因素。另外还有四百万人保存有早期封建制度即封建农奴制,约有一百万人保存着奴隶制度;约七十万人保存着原始公社制或残余形态。针对这种情况,我们以马克思主义关于社会发展阶段的理论判断各民族的社会发展进程,勾画各民族社会经济、文化结构的历史断面,并分别不同情况决定各民族向社会主义过渡的不同方针与方式。例如我国解放前保存有原始公社制残余的少数民族向社会主义直接过渡的方针即是根据列宁关于建立无产阶级专政性质的政权后,落后民族在本国先进民族帮助下,经过一定发展阶段可以过渡到社会主义的论述确定的。其他民族地区存在奴隶制、农奴制、半殖民地半封建制等也因有马克思主义关于社会发展阶段理论为共同依据,使许多学者的分析研究成果获得较为一致的肯定。例如1955～1957年在云南少数民族地区进行了民主改革。对原始公社制地区,由于土地占有不集中,不必再把重分土地作为一个运动阶段。而是在逐步废除民族间和民族内部某些特权基础上,开展互相合作运动,逐步直接地向社会主义过渡。对处于奴隶制、农奴制地区,采取"和平协商"方式改革,在废除封建主和奴隶主所有制前提下,对民族上层采取赎买政策,也就是消灭这些阶级同时又团结、教育、改造其人的方针。因此云南省少数民族地区民主改革取得了伟大胜利。正是1950～1955年民族学调查为1957年完成民主改革工作奠定了科学基础。

1956年以后,在全国人大民委直接领导下,又组织了空前规模的民族社会历史调查。到1958年该调查工作已扩大至16个省区,参加者达千人。这项大规模的调查研究工作,除大批民族学工作者外,还有历史学者、语言学者以及许多学科的社会科学工作者参加了这项工作。通过调查研究和协作,从1959年起,陆续写出了少数民族简史、简志和地方自治概况三套丛书的初稿,累积调查资料(包括印刷稿与手稿)近三千万字。这些作品用活生生的事例证明了马克思主义关于社会发展规律的学说,为少数民族走向社会主义提供了科学根据,与此同时还收集了大量少数民族文物,摄制了反映少数民族社会形态和风俗习惯的电影。具有重要科学价值。

1950年周恩来总理亲自批示筹建中央民族学院,随后又在几个省(区)建立了九所地方民族学院。并在民族院校,中山、云南、复旦、北京、厦门大学开设民族学课程或专业。中央民族学院开设了民族学研究班。这些大学生、研究生后来分配到全国各地,许多人现在已成为民族学研究的骨干,为党的民族事业做出了很多成绩。

经过50～60年代的协作与努力,全国民族学工作者开始在工作中运用马列主义、毛泽东思想,掌握马克思主义民族学理论与研究方法,并借鉴了苏联与西方民族学的有益成分,初步建立了新中国的民族学,确定了指导思想与研究对象,为中国式的民族学体系奠定了坚实的基础。

四、新的起点

十年内乱已成过去。

在新形势下,党的民族事业需要中国民族学开创新的里程碑,为民族团结、民族平等和各民族的共同繁荣贡献力量。特别是党的十一届三中全会以来,广大民族学工作者在四项基本原则指引下旗开得胜,获得了喜人的成绩,民族学园地呈现了欣欣向荣的局面。

(1)确定了民族学独立学科的地位。继五届人大开始明确提出要积极开展民族学研究之后,1979年5月在昆明举行的全国民族研究规划会议上，发起成立中国民族学研究会筹委会。经过一年多筹备工作，终于在1980年10月在贵阳举行的首届全国民族学学术讨论会上正式成立了中国民族学研究会。1980年6月在北京召开了全国第一届世界民族研究讨论会并成立中国世界民族研究会。1981年5月在厦门召开首届全国人类学学术讨论会，并正式成立中国人类学学会。这是迄今为止影响较大的三大全国性民族研究学术团体。在我国国民经济和社会发展的六五计划（1981～1985）中也明文强调了民族研究的重要性。1982年胡乔木同志在一次重要会议上认为，民族学与社会学、历史学等学科"都能找到各自直接应用的对象"。这便为民族学和相应学科与团体的学术研究起了促进作用。我国北方、南方两大学会（民族学、人类学）近800名会员（多数是双重会员）以极大的兴趣探讨民族学与人类学的研究范畴，并对建立中国式的马克思主义民族学、人类学表现了很大热情。民族学、人类学同行们在三中全会后心情舒畅、各抒己见，比以往更加拓宽了民族学、人类学的专题研究范围。同时，各学会都开辟了学术园地，除了学会定期（或不定期）刊物，全国各哲学社会科学版刊物都辟有民族学专栏，或给以这类论文以重要地位。

鉴于我国是多民族国家以及与当前的开放政策相适应，迫切需要有一大批民族学专长的行政、科研人员。由于党和国家、地方的大力扶助，曾被迫解散的民族院校与研究机构重新恢复，研究人员归队，民族学、人类学专业课不仅在民族院校里设立也扩大至不少综合性大学（学院），广州中山大学和中央民族学院已分别成立人类学系、民族学系。培养专业博士生、硕士生的工作也已着手进行。

从中央到省、市、自治区和基层单位，提高了对民族工作的认识，注意收集文物、举办民族风俗展览、筹建民族学博物馆以及组织民族学讲习班等，对培养民族学专门人才、抢救民族文化遗产、促进民族地区社会发展,起了一定的作用。

(2)在五六十年代大规模民族学调查基础上,继续进行有组织的地区性民族学田野调查。其中有贵州民族研究所等六单位组成的贵州月亮山区域考察队和西南六江流域民族综合科学考察队,他们跋山涉水,克服重重困难,获得了可观的第一手民族学资料。此外,更多的是由各单位研究人员以小组形式进行边疆与内地少数民族的专题民族学调查,其成果大多发表在学会刊物或社会科学版刊物。

目前民族识别工作已大体完成,尚有一些遗留问题,由各省、自治区逐步调查、分析解决。自1979年基诺族被国务院核准为单一民族——第56个民族后,又对僜人、夏尔巴人、临高人、克木人、本人、阿克人、解刀人、卡老人、白马人、八甲人等民族单位做了调查与识别工作,相信以后能分别做出恰如其分的识别结论。

(3)近年来民族学研究获得了丰硕成果。列为国家重点项目的《中国大百科全书·民族》卷民族学分支条目,在全国各地专业与教学人员共同努力下,注意质量、反复推敲炼句,目前全部258个词条,已基本定稿待印。

1979年,在国家民委直接领导下,组织了《民族问题五种丛书》编辑委员会,总结并补充历来少数民族的社会历史调查、语言调查的经验和材料,陆续编写出版《中国少数民族》、《中国少数民族简史丛书》、《中国少数民族语言简志丛书》、《中国少数民族自治地方概况丛书》、《中国少数民族社会历史调查资料丛刊》五种。到目前为止,五种丛书已发行和定稿、即将发行的已有85种,这一工作正继续进行。编写五种丛书,是党的一项重要民族工作,也是我国民族研究的重点内容,它广泛介绍我国各少数民族地区风物、文化习俗、历史传统以及当代的巨大变化。五种丛书出齐将有助于各族人民充分认识中华民族历史文化是各族人民共同创造的,各族人民在祖国大家庭中互相依存,谁也离不开谁的真理。五种丛书对于加强民族团结、激发各族人民的自尊心、爱国心,同心同德建设现代化起着重要的教育作用,同时本身又不失为重要的学术著作。

各有关学会根据各自的条件,陆续出版了学会刊物。《民族学研究》辑刊、《人类学研究》、《世界民族研究会论文集》,由于出版周期长,另有为数不少的民族学论文登载在各地社会科学版刊物上。同时借《民族学通讯》、《中国人类学会通讯》、《世界民族研究通讯》沟通各地学者的研究信息;各院校、各地方民族研究单位也不定期出版论文集,为推动全国民族研究起了重要作用。

总的来讲,近年来民族研究的论文、专著在数量与质量上都有提高。以中国民族学研究会第二届学术讨论会(西宁会议)为例,与会代表170余名,共提交论文158篇;中国人类学会第二届学术讨论会(上海会议)与会代表136人,提交论文与资料140余篇。体现了民族学、人类学研究的喜人景象。国内公开发表的民族学论文从数量上,均保持了逐年增长的势头,论文质量也较之学会成立时有所提高。

民族学中有关原始社会的专著表现了不同的侧重与风格。中华书局1984年版《原始社会史》(林耀华主编)侧重中国、兼论世界、考古学、人类学、民族学等多学科有关内容兼收并蓄,是建国以来我国出版阐述原始社会最为详尽的一部专著。《中国原始社会史话》(黄淑娉等)则以中国为主题、考古与民族学资料丰富。前者为研究性专著,后者是理想的知识性丛书。《中国原始社会史》(宋兆麟等)的特点是考古、文物资料翔实;《世界上古史纲》(世界上古史纲编写组)上、下册则引用了最新的世界性考古材料,有独到的见解;上述几种专著对研究原始社会与民族学的同志具有重要参考价值。

近年来各地着手编纂《民族学概论(基础)》一类的专著或教科书。杨堃先生的《民族学概论》最先出版,内容涉及民族学来龙去脉,研究范畴和调查方法,是民族学工作者目前能见到的唯一一部公开出版读物。同时我们也期待着北方、南方各大学、研究机构与学者个人已脱稿的同类著作早日问世。《林惠祥人类学论著》是林先生考古学、人类学、民族学、民俗学综合论集,语言朴素,学术性强,特别在目前人类学民族学著作甚少的情况下,林惠祥先生的这一遗著值得我们借鉴。田昌五《古代社会形态研究》论及中国古代氏族、部落、民族、亚洲古代社会结构及国家形成的特点,作者长于以马列主义观点解释中国古代社会,有独到之处。

属于少数民族专论或综合论著(论集)的有《鄂伦春社会的发展》(秋浦)、《彝族社会历史调查研究文集》(刘尧汉)、《凉山彝族奴隶社会》(李绍明等)、《永宁纳西族的阿注婚姻和母系家庭》(詹承绪等)、《永宁纳西族的母系制》(严汝娴、宋兆麟)、《云南少数民族社会调查研究(上、下)》(宋恩常)、《西藏风土志》(赤烈曲扎)、《民族与社会》(费孝通)、《民族学研究》(林耀华)、《父系家族公社研究》(林耀华、庄孔韶)、《中国八个民族体质调查报告》(中国人类学会编)等。如果不是因为印刷工作缓慢出版周期长,全国各地出版社还应有几十部民族学著作尽早问世。

国内学者的民族学著作目前数量不算多,但已有了良好开端。还应提到的是精装大开本《中国少数民族》是解放以来介绍我国各民族的最权威的知识性著作,适于国内外希望了解中国民族概况的人士阅读。可以作为该书补充读物的还有《中国少数民族常识》,它以问答形式生动地回答了有关中国各民族大量令人感兴趣的问题,通俗易懂,知识性强,引人入胜。

这几年民族学参考与辅助读物(包括译著、工具书等)为数甚众。译著如《国外民族学史》、《东亚南部民族史》、《美洲土著的住房与宅居生活》、《澳大利亚和大洋洲各族人民》、《拉丁美洲各族人民》、《法兰克人史》、《历史》、《高卢战记》、《非洲的种族》、《古代历史》、《原始人》、《原始思维》、《日本社会》、《世界史纲》、《非洲狩猎民族游牧民族》，以及介绍世界民族风俗的书籍多种。工具书参考书有《世界族名译名手册》、《苏联主要民族手册》、《世界地名译名手册》、《少数民族民俗资料》、《民族工作参考手册》、《国外人类学》、《国外民族学概况》等。最近一些出版社、杂志社与民族学界合作，选择和编写介绍各国民族学著作，为中国民族学的资料积累做了有益的工作。

五、民族学研究述评和前瞻

我国民族学研究虽起步较晚，但成绩显著。解放后大规模民族社会历史调查的特点是投入了大量人力和物力，同时尽可能地进行多学科协作，无论在调查的范围与调查的深度来讲都是解放前不能比拟的。由于少数民族社会发展较快，在80年代阅读50年代的调查报告可以有三个感觉：(1)那些如今早已逝去的民族文化特点因有当年详细调查记录而愈觉珍贵，否则单凭今天的调查与询问去追忆过去，将难于对过去做出更准确的判断；(2)因缺少民族学知识与素养，某些遗留下来的调查报告略嫌简单，如今则难于弥补；(3)幸好今日仍有许多民族特点的民族地区正期待我们去深入考察，为了吸取以往的经验教训，应大力普及民族学调查方法，事实表明办讲习班的方式是卓有成效的。

我们有必要总结一下我国民族学研究的成就与问题。

(1)关于用马克思主义原理指导民族学研究问题。我们当前的共同愿望是，经过几届民族学会议，能够逐渐摸索出一条适合我国国情的民族学发展道路，建立以马克思主义为指针的、具有中国特色的民族学体系(包括理论基础与方法)。这虽不是一日之功，但我国民族学界业已打下了良好基础，即解放35年，广大民族学工作者在党的领导下，学习钻研马克思主义、毛泽东思想已蔚然成风，并能在学术研究中不断运用科学的马克思主义指导工作。我们有一项突出成绩,就是以马克思主义关于社会发展阶段的理论判断各民族的社会发展进程,勾画了各民族社会经济、文化结构的历史断面,并分别不同情况决定各民族社会向社会主义过渡的不同方针和方式。现在正继续以马克思主义为指针,研究民族地区现代化的途径,应用民族学有了新的发展机会与前景。中国的广大版图以及全世界都可以成为老、中、青民族学工作者的用武之地;然而不应忘记,新老一代同行都必须在学习专业的同时,学好马克思主义,把中国民族学提到一个新水平。

中国民族学的民族社会形态研究历来受到重视,其中原始社会形态研究又较为深入一些,几乎原始社会进程的每一阶段都有专文论述,这是当前中国民族学的一大特色。

以往对原始社会分期问题投入不小的力量,1983年12月南昌会议便是重视分期问题的体现。分期问题应既有科学性,又有概括性。例如有的学者颇下功力地推敲经典著作的本意,结合最新人类学、考古学材料,提出了明朗的阶段划分,并在专著和教科书中详细加以论述,这是应肯定的。不过并非排斥其他不同的分期设想。其主要分歧在于如何理解经典作家的有关论述,多数歧见则是划分的标准不同,划分的角度不同所致。鉴于存在众说纷纭的分期法,有的学会认为:应提倡"百家争鸣"的方针,在比较中发展原始社会分期理论。这是正确的态度。然而应注意如下问题:1. 自从60年代将哲学概念引入原始社会分期讨论,却意想不到地产生了一利一弊:既有益于对经典著作论述的理解,又造成了分期法新的立论方式(这当然是个人的思想方法所致),例如出现了对人、猿概念、或猿或人,亦猿亦人,广义的人、狭义的人,广义的劳动、狭义的劳动,使用工具与制造工具的区别和对由此及彼过渡的理解的争议等等,不一而足。几乎每一个阶段都因对过渡性的理解不同而产生分期的多样性,这便容易导致旷日持久的争论,尽管这种争论并非完全没有益处;2. 在原始社会分期讨论中,批判地利用七八十年代体质人类学、民族学、人类(群体)遗传学等学科的新成果,探讨并建立新的分期根据,这一方面则嫌不足。同时对国外学术界的不同观点缺少学术论争,因此削弱了分期立论的对比性,其中尤以原始婚姻形态、母系与父系社会关系的见解上为甚,我国学术界不少人从考古遗址,民族学实例论证母系向父系社会转化的规律性,倒是颇值得进行综合论述,然而应指出对这种转化的论述重点不在于争辩是"自然而然的"转化还是"在反抗中"转化的自圆其说之中,而在于这种转化的本质何在。

关于原始社会各种社会组织和各种公社形态一向是国内外学者感兴趣的课题。但一个多世纪以来对于各类社会组织亲属共同体的范畴及谱系划分形成了一些约定俗成的术语。当上个世纪人们对氏族概念还不清楚的时候,关于家族大小的区分也是个恼人的难题,现在则有了新的变化。民族学工作者应了解这一情况。一些完全从科学性、严密性与纯技术性上规定术语及术语含义的统一(或大体统一),将有助于使学者们能以通行的术语找到交谈或论述的共同语言与基础。如果术语不统一则妨碍民族学研究的顺利进行,减少许多不必要的注释与说明。例如50年代独龙族调查报告中就有过"大家族公社"和"家族公社"两种术语的含义含混的运用;近年来在民族学界因某个少数民族母系社会有关亲属共同体名称上进行的争论,也是由于没有掌握民族学通行术语以及生造称谓引起的。其实,这个问题基本上是一个技术性问题,但不了解这一知识就是一大缺陷,很是影响多年辛苦调查获得的成果,因为这将造成如下后果:珍贵而翔实的民族学调查材料同错误的分类与判断并存,不能不认为这是令人可惜的。近年来我国社会学界开始介绍并运用一些亲属共同体方面的术语,民族学界也开始有人注意这一问题。近年来世系群与宗族术语的提出,就是这一问题深化研究的反映。我们将在最近的一本学术专著中涉及一部分亲族共同体的含义,其规定的范畴以及中外文对应关系,并对几个少数民族的社会组织及有关亲属共同体做出新的判断与解释,并希冀能对民族学界同行的研究工作有所补益。

有的论文曾对原始公社的瓦解问题的不同意见做过很好的总结。近年来有人提出,母系制向父系制过渡并不等于原始公社瓦解的开始,早期父系公社仍是原始公社原则的体现者,私有制产生一般来说晚于父系制度。也有人认为,私有制在母系制后期就产生了。关于农村公社的历史地位,一般认为是原始社会向阶级社会的过渡形态。但也有人指出,这不符合马克思的原意。不能把从原生社会形态向次生社会形态的过渡理解为只是原始社会向阶级社会的过渡,因为原始公社的瓦解虽然伴随私有制萌芽,但并不一定是以私有制代替公有制为基础。我们认为,产生上述多种意见,除了因对经典著作不同理解的原因,还应注意在学术论证中要掌握社会发展规律与民族社会地区性发展特点的辩证统一的理论,否则以偏概全,不仅有孤证之嫌,而且争论也将永无休了。

关于民族社会形态,我们还应注意微观研究。一个民族并非都是单一的社会形态。例如,笼统地讲瑶族处于封建社会发展阶段,并不能说明广西、云南部分瑶族地方共同体的社会形态,这就是社区研究的重要性所在。我们曾这样表达民族共同体微观研究的必要性:这如同欣赏一座雕像,不仅应着眼于造型,而且应推敲其细部。因此,我们全体民族学工作者都应在这方面多下工夫,民族学研究才能深入。只有这样,在最终总结一个民族社会结构的全貌时,才能得出宏观上的中肯的、令人信服的结论。

(2)民族学与现代化的关系问题,直截了当地说,是民族学如何为现代化服务的问题。当然,民族学应有理论研究,应有不一定与现代化建设有直接联系的课题研究,但民族学如何为现代化服务是刻不容缓的重要内容。我们是发展中的社会主义国家,少数民族地区的社会经济文化发展相对讲更落后一些,这样,少数民族社会发展要尽快地赶上去,除了引进内地先进生产技术,还需要运用民族学知识使生产力的进步同不同民族地区的文化传统相适应,不这样决不能促成民族地区的稳固的发展。例如云南省某山地民族,世代聚集居住在山区,与其他民族相对隔绝,以刀耕火种农业为主要生计。几年前,曾一度硬性划出70%的山林为国有林,另有农场、公路也在山区占有林地。虽说农场的组建与公路设施都属社会发展项目,划出自然保护区也是为了减少刀耕火种对经济林木的破坏。但有一点考虑不周,即忽视了少数民族的具体建议。其实,上述三项内容的实施完全可以在征询该民族的意见后获得更好的选择。事实证明,筑路计划(包括勘察、选择路段)仅仅考虑技术条件是不够的,还应使山区民族真正看到交通线路的选择确实结合了当地社会发展与便利。此外还应看到发展农场并非是发展山区经济最好办法,当前退耕还林政策的初步成功恰恰是不在农场而是在民间。尤其是划定自然保护区一项不仅应着眼于植被覆盖率,还应对当地民族人口发展,口粮与能源需求量等加以预测,方能最后确定划分面积。总之,要为少数民族地区的未来发展留有余地,如果自然保护区划得过大,会使少数民族兄弟无所措手足。影响民族经济文化发展的主动权,终将不利实施自然保护法。其实,上述列举的这个山区民族在历史上一向有有序地游耕以确保山区生态平衡的传统耕种方式,在目前个别地区尚不能完全禁绝刀耕火种(仅限定在小范围内)的情况下,有序的游耕传统还有一定的参考价值。山区民族有能力管的应由他们自己管,实施自然保护法切记忽视山区民族的支持与协助,没有这种支持与协助,只凭少数护林队员的努力是无济于事的。要制订民族地区发展计划和自然保护计划,自然科学工作者和社会科学工作者(主要是熟悉地方民族的民族学工作者)都应参加进去,形成咨询常规,以利协调自然保护区划同民族经文化发展的关系。

四化建设中的成就往往能促进少数民族建立新的文化传统,民族学工作者应密切注意与研究这一转化过程。例如,云南勐海县勐满公社是少有的未建佛寺的公社之一。当一些地区群众用公积金和集资办法修建佛寺时,勐满公社则用公积金引水灌溉并将金属水管引入村寨各户,以自来水取代了肩挑取水,生活大大改观。公社领导还注意智力投资,盖学校、抓文化,使适龄青少年入学率提高;还制订了用科学手段发展生产力的初步计划(例如科学种田和发展当地地热资源等),当人们看到本公社生产生活水平都大大超过了周围一些地区时,教育了少数民族群众,已绝少有热衷于修建佛寺和赕佛的人了。公社的学校教育事业的发展为传播社会主义新文化开辟了理想的前景。难道上述变迁真像叙述的这样简单吗?不,在这个历史上小乘佛教传播地区出现如此的新气象,单凭一般的经验介绍一下是不够的,因为一般的经验介绍常常只是就事论事。而民族学者触及此事则不然,民族学需要在调查中追究地区民族文化传统与特征,从现象到本质进行文化变迁的因素分析,这就不能只论及建立自来水系统的好处了。可见,等待着民族学者做的研究项目很多(应该是去主动地发现),同时,为有关领导机构提供制订新政策新方针的依据的机会也很多,而民族学者提出的依据常常是有分量的。所以说,民族学研究同民族地区的发展与繁荣息息相关,只不过一些同志没有意识到罢了。四个现代化离不开民族学,也离不开民族学者。我们期待着民族学会、人类学会的研究论文集中有更多的以四化为题的研究论文,这当然不是指空泛议论的官样文章。

民族学的新发展不排斥科学的新进展,就是说,我们在国外民族学五花八门的流派与理论面前,在相邻与边缘学科的新假说面前,应由"拿来主义"转为选择与借鉴,对旧有的理论应结合科学新发展加以综合评价。例如生物与人类进化研究,人类学、民族学界一向重视达尔文主义学说的有关理论。今天我们应如何评价达尔文学说呢?我们认为,从思想上看,达尔文的进化论以雄辩的事实与原理论证了生物进化,他主张进化的动力在于自然界内部,生命自然界完全是在自然规律的支配之下,这就给神创论、唯心论以致命打击,从而达尔文的进化论为马克思主义哲学提供了重要的自然科学基础。从学术上看,恩格斯把达尔文的进化论看成是19世纪自然科学的三大发现之一,并把达尔文学说和马克思发现人类历史发展规律相提并论。一个世纪以来,正是在进化论思想指引下,生态学、遗传学、分类学、形态学才获得新发展。生态学的产生与进化论密切联系,它是由重视生物与环境关系研究的直接产物,遗传学也受到进化论的深刻影响而迅速提高研究水准。然而,限于当时科学水平,达尔文对遗传与变异的本质一无所知,他还支持拉马克关于获得性能直接遗传的观点,而这一假说作为科学上的普遍规律至今得不到充分证明。现代进化论如今发展了多种学说,其中从群体水平、分子水平上研究生物与人类进化是一种新进展。有的学说吸收了达尔文学说的精华,阐明了进化过程中内因(遗传、变异)和外因(环境选择)、偶然性(遗传突变)和必然性(选择)的辩证关系;丰富了达尔文的选择论,进一步揭示了生物与人类进化的机制。实际上,从猿到人是从一个物种进化到另一个物种,因此突变、选择与隔离的三要素研究已开始深入到人类早期社会发展研究之中。当然也毕竟影响到看待从猿到人的体质改造、群体关系与婚姻的变迁,以及人类自我意识产生的多种课题中,也进一步影响到当代民族学、人类学中的社区研究、婚姻行为与优生研究等方面。看来,目前在民族学、人类学界应有人来接触这方面的问题,参与研究与评论,因为这类研究能沟通旧理论与新理论之间的联系,因此有其特有的重要性。总的来说,我们希望民族学、人类学对早期社会组织和对现代民族社会家族、婚姻研究新的进展,要脚踏实地地做学问,而不是一味抄袭、移植或生搬硬套外来理论。正如前面我们所述,对新理论、新科学进展要选择、借鉴和发展。因此,每个同志知识面要宽些、眼界要广些、社会调查要深入些。调查历史最好兼顾现状,研究文化最好兼顾经济,既为重拟民族社会历史作出贡献,又为民族学发展献计献策,可谓一举两得。反之,没有马克思主义,不注意民族学、人类学新进展,固步自封,想当然地进行推论,只能对中国民族学发展起不良作用。

在谈到中国民族学的来龙去脉以及评价建国以来的成就与问题时(因篇幅限制不能面面俱到),我们因有以上尽量不回避不足之处的背景分析,从而获得了展望未来的前提。概括地说,只有坚持马克思主义指导原则;加强国内外以及相邻学科之间的学术交流与切磋;不要门户之见,尊重科学与知识;注重民族学的普及与提高相结合;不断向更广泛的研究课题进军;提高理论与应用民族学论文和专著的数量与质量,逐步建立一个有水平的、公正的学术评论系统,中国民族学才能常有建树,日日更新,在新的历史时期的贡献才更大,中国民族学研究才能做出世界性的贡献。

(原载《社会科学战线》1985年第1期)

兵家军事思想研究二十年回顾

霁 虹

中国古代战争频繁,积累了丰富的军事斗争经验,历代论兵之书如林垂史,是我国传统文化的重要组成部分。十一届三中全会以来,随着改革开放的不断深入,思想观念的解放,国学热的兴起,兵家文化研究呈现出前所未有的繁荣景象。学者们研究的触角涉及兵家文化的方方面面,而军事思想是兵家文化的主体,研究成果尤为深入细腻,引人注目,本文拟对此作简要回顾和总结。

一、关于军事战略战术思想

对于兵家战略理论的总体把握,学术界普遍认为《孙子兵法》奠定了兵家战略理论的基础框架,后世兵家在战略理论方面有所发挥和延伸,然一直未突破《孙子兵法》的理论框架。①

对于《孙子兵法》战略思想基本内涵的理解,学术界的说法很多。刘思起将孙子战略思想概括为"七胜",即先胜、知胜、全胜、速胜、守胜、制胜、因胜。② 傅尚逵将孙子的战略思想归纳为非危

---

① 于泽民:《战略理论的奠基之作——〈孙子兵法〉》,收入《孙子新探》,解放军出版社,1990年版。
② 《〈孙子〉的战略思想》,《中国军事科学》1988年第3期。

不战、非利不动、非得不用、不战而屈人之兵四项原则。① 吴如嵩认为《孙子兵法》的战略内涵体现在两个层面上,一是关于维护和保障国家利益的指导思想,一是关于战略决策和战略指挥的指导思想。具体而言,即以"无恃其不来"为指导的战备观,以"兵以利动"为指导的国家利益观,以"称胜"为指导的综合国力观,以"伐谋伐交"为指导的策略观。②

关于"不战而屈人之兵"的"全胜"战略思想的研究,是学术界对兵家战略思想乃至整个兵学文化讨论最为集中的问题。

1. "全胜"战略的起源

学者们研究的角度不一,得出的结论也各异,主要有以下几种观点:其一,"全胜"战略源于春秋时期兼并战争的实践经验和孙武对战争本质的认识。③ 其二,战争的发展,使孙子萌发了否定用战争取胜的思想,所以孙子"不战"思想首先得益于战争本身的发展。④ 其三,当时社会的某些思想文化价值观对孙子的影响也是一个重要因素,诸如传统兵学、儒学、道家文化等。⑤ 其四,从春秋时代总的历史趋势来看,孙子"全胜"思想是诸侯争霸、列国兼并形势下的产物,同时又是当时和平与发展的转折时期的产物。⑥

2. 全胜战略的主要内容

学者们的看法比较集中,普遍认为其指导思想是不通过直接交战而使敌人屈服。其实施原则是威加于敌,自保而全胜,上兵伐

---

① 《〈孙子〉战略思想探要》,《社会科学辑刊》1980年第2期。
② 吴如嵩:《论〈孙子〉的战略指导思想》,收入《孙子新探》,解放军出版社,1990年版。
③ 程建国:《论"不战而屈人之兵"》,《军事思想论丛》1988年。
④ 王笑天:《孙子"不战"思想探源》,《孙子学刊》1993年第4期。
⑤ 王笑天:《孙子"不战"思想探源》,《孙子学刊》1993年第4期。
⑥ 吴如嵩:《论〈孙子〉的战略指导思想》,收入《孙子新探》,解放军出版社,1990年版。

谋,其次伐交,兵不钝而利可全等。① 于汝波提出理解"全胜"的内涵,不仅要注意"全"的空间含义,也要注意它的时间内涵。"必以全争天下",既是争取眼前的整体利益,又是立足不败的长远之虑。②

3. 对全胜战略思想的总体评价。关此,学术界展开了激烈的争论

一种意见认为,《孙子》的"不战而屈人之兵"是所谓的大战略,这种大战略可以称之为"全胜战略"。它其实只是一种理想的境界而已。从这个意义上说,《孙子》无疑是具有唯心主义杂质的,这是我们应当批判的糟粕。但是,虽然以不用任何代价就取得完全的胜利是空想的,但是尽可能以小的代价去夺取较大的胜利却是可能实现的。③

另一种意见认为,孙子的"不战而屈人之兵""全胜"战略思想无论是在当时还是在今天均具有重大价值,它是孙子战略理论中的精华之一,是战略理论发展史上的创造,也是孙子之所以不朽的主要原因之一。大多数学者持此见,然他们中间又有所分歧。施芝华④、王保存⑤等认为:"不战而屈人之兵"全胜战略思想是《孙子兵法》的精髓。根据有三:(1)"不战而屈人之兵"全胜战略是孙子战略思想的初衷和真谛。(2)"不战而屈人之兵"全胜战略是高于并指导军事战略的最完善的战略。(3)"不战而屈人之兵"全胜

---

① 高锐:《孙子"不战而屈人之兵""全胜论"新探》,收入《孙子新探》,解放军出版社,1990年版;黄朴民:《对"不战而屈人之兵"评价要实事求是》,收入《孙子新论集粹》,长征出版社,1992年版。
② 于汝波:《略谈〈孙子兵法〉的仁诈辩证统一思想》,收入《孙子新论集粹》,长征出版社,1992年版。
③ 吴如嵩:《析"不战而屈人之兵"》,《中国军事科学》1988年第2期。
④ 施芝华:《论孙子"不战而屈人之兵"全胜战略思想》,收入《孙子新论集粹》,长征出版社,1992年版。
⑤ 王保存:《"不战而屈人之兵"与信息化战争》,收入《孙子探胜》,军事科学出版社。

战略是"抑战"、"遏战"的一方良药。黄朴民①、于泽民②等对此提出异议。他们认为：首先，在《孙子兵法》中，"不战而屈人之兵"的"全胜战略"思想并不居主导地位，"战胜策"才是《孙子》主体思想所在。其次，后人对《孙子》的继承和发展中，"不战而屈人之兵"不占主导地位，人们对《孙子》认识和推崇的重点，是放在孙子的"战胜策"上。第三，在中外古今战争史上，"不战而屈人之兵"的思想价值并未占据主导地位。所以既不能说"不战而屈人之兵"全胜战略是《孙子兵法》的精髓，也不能说"不战而屈人之兵"全胜战略是《孙子》战略思想的初衷和真谛。他们认为，这种说法是脱离历史条件以及《孙子》思想体系本身而对孙子"全胜策"的任意拔高。

进入90年代以后，学术界对兵家战略思想的研究日趋专深。如刘春志在《〈孙子〉的战略决策思想浅析》③一文中就孙子军事决策的层次划分、基本原则、运作程序进行了系统的梳理论述。倪齐生、陈力《略论孙子的战略地理思想》④则从地缘战略的角度，探讨了孙子的战略地理思想。

兵家战术思想或军事技术思想也是学者们关注的重要内容。他们认为无具体的战术技巧，再精妙完美的战略、谋略思想都无法付诸实施。兵家战术技巧种类繁多，灵活多样，就其总体操作而言，基本遵遁以下几个原则：(1)虚实相间，(2)奇正相生，(3)因敌制胜，(4)致人而不制于人，(5)藏形造势，(6)用间。学者们还认为，对兵家有些战术思想，不能仅仅把它当作一种战术原则，应当从战略的角度加以考察。譬如"奇正相生"，刘传益认为，对这一

---

① 黄朴民：《对"不战而屈人之兵"评价要实事求是》，收入《孙子新论集粹》，长征出版社，1992年版。
② 于泽民：《〈孙子〉"全胜略"的缘起及现代再兴》，《孙子学刊》1995年第2期。
③ 收入《孙子新论集粹》，长征出版社，1992年版。
④ 收入《孙子新论集粹》，长征出版社，1992年版。

思想不仅要从战术上研究,而且还应从战略上理解,这样才能正确理解孙子本意,才能制定出出奇制胜的战略。①

二、关于军事谋略思想

重智尚谋是兵家文化的一个主要特点。兵家谋略思想受到学术界乃至社会各界的广泛关注。邵汉明主编的《中国文化精神》所概括出的兵家文化四个基本精神之一即为谋略意识。② 李兴斌在关于何为《孙子兵法》精髓的探讨中,力排众议提出:与避实击虚说、战争哲学说、不战而胜说、致人而不制于人说相比较,《孙子兵法》之伐谋思想更应该是其精髓所在。③ 并在另一篇文章中进一步指出:《孙子兵法》构建了中国古代谋略学的基本框架,使中国谋略学大致形成自己的体系,从而使之成为我国古代军事学的一个重要分支学科。④

考察学术界关于古代军事谋略思想的研究,可以发现一个突出的特点,即学者们谈兵家谋略必谈兵家诡道。

1. 诡道的内涵和性质

史美珩将诡道的内涵归结为两方面的内容。一是指兵家在用兵问题上故弄玄虚,诡称神道。这方面的内容随着历史的前进、科学的发达,必将逐步退出历史的舞台。二是指兵家在用兵之中的权谲诡诈之谋,"多方以误之"、"误人而不误于人"。⑤

张连城认为诡道就其性质而言,它是兵家权谋的合理内核,只

---

① 刘传益:《〈孙子〉"奇正相生"思想的学术价值》,《军事历史》1988年第3期。
② 邵汉明主编:《中国文化精神》商务印书馆,2000年版,第181页。
③ 李兴斌:《〈孙子〉精髓新解》,收入《孙子研究新论》,新华出版社,1992年版。
④ 李兴斌:《简论〈孙子兵法〉对中国古代军事谋略学的构建》,收入《孙子探胜》,军事科学出版社。
⑤ 史美珩:《古典兵略》,辽宁教育出版社,1993年版,第263页。

要有战争就会有诡道,诡道必将与战争伴随始终,这是由战争这一事物区别于其他事物的特殊规定性决定的。他同时还指出,诡诈与诡道有着本质的区别。从某种意义上说,前者只是后者的初级阶段。如果前者只属于行为学的话,那后者则属于哲理思辨方面的探讨,是上升到规律的认识。而这正是中国古代兵家对于世界军事学的巨大贡献。①

2. 诡道思想的历史考察

学者们认为,在战争中行使诡道思想相传始于黄帝轩辕氏,史籍中最早有明确记载使用诡诈计谋的是吕尚,《孙子兵法》是中国古代兵书中对诡道讲的最明确的书。此后《孙膑兵法》也有较集中论述,其他兵家乃至诸子之论兵之作也有分散论述,汉魏以后有了创新和发展。总之,中国古代兵家对于兵之"诡道",无论是理论还是实践,都有不断的发展,已经形成了一个系统而完整的理论体系。②③

3. 诡道与仁

一些学者认为,兵家文化不仅重视"诡道",同时也讲仁。于汝波谈到:《孙子兵法》是讲仁的,这里所说的仁,主要是指其进步的民本思想和人道主义。这个仁不在其表,而在其里。这一思想渗入并制约着它的战争观、谋略思想、治军原则等,是构建其军事理论的指导思想之一。④《中国文化精神》也论及:我们通过对兵家文化的全面考察可以看出,"仁"在兵家文化中占有重要位置。

---

① 张连城:《先秦兵法思想与现代市场经济》,中国广播电视出版社,1999年版,第129页。
② 张连城:《先秦兵法思想与现代市场经济》,中国广播电视出版社,1999年版,第131—135页。
③ 史美珩:《古典兵略》,辽宁教育出版社,1993年版,第263页。
④ 于汝波:《略谈〈孙子兵法〉的仁诈辩证统一思想》,收入《孙子新论集粹》,长征出版社,1992年版。

以"仁"为本在兵家文化中的许多方面都有所体现。以"仁"为本,以诈为用,把"仁"与"诈"有机地结合起来这才符合兵家文化的基本精神。① 应该说,学者们以上看法是客观、全面的。认为兵家文化只诈不仁的观点自古有之,从某种意义上说,古代兵书在历史上的命运多舛,很大程度是因为多数的人只看到"兵者诡道也",而完全漠视兵家文化中"仁"的因素。学者们同时强调,对于"仁"在军事行动中的作用要给予正确评价,不能估计过高。而且兵家之"仁"与儒家之"仁"有所不同。于汝波认为其目的相背、内容和地位各异,对仁、诈关系看法不同。②《中国文化精神》以为其主体旨趣不同,实现途径不同。③ 两者之论,各有千秋。

三、关于军事经济思想

兵家文化中蕴含着丰富的军事经济思想。由于古代生产力水平低下,他们的军事经济也即国家经济,军事后勤也即国家后勤,军事后勤与国家经济紧密相连。所以兵学界对古代军事经济和军事后勤思想的考察往往是交叉进行的。

1. 经济与战争的关系

学者们认为,兵家对军事经济实力的重视程度绝不亚于他们对战争谋略的重视。从某种意义上说,军事经济实力原则是兵家在军事活动中的指导原则。他们对军事经济实力的权衡、筹措、积累、保护贯穿于战略决策、战术部署、战役决战的始终。④ 房立中等人进一步阐述说:在《孙子兵法》中,军事经济问题是"庙算"的

---

① 邵汉明主编:《中国文化精神》商务印书馆,2000年版,第195页。
② 于汝波:《略谈〈孙子兵法〉的仁诈辩证统一思想》,收入《孙子新论集粹》,长征出版社,1992年版。
③ 邵汉明主编:《中国文化精神》商务印书馆,2000年版,第195页。
④ 邵汉明主编:《中国文化精神》商务印书馆,2000年版,第172页。

基本内容,军事经济实力是作战的物质基础,军事经济条件是造成"形"和"势"的首要前提,军事经济环境是选用地形的必要条件,军事经济设施是"军争"的主要目标。①

2. 孙子的军事后勤思想

唐武文等人认为孙子把丰富系统的军事后勤思想融会于整个军事理论中,将后勤问题贯穿于军事思想的全部过程,在不同层次的军事理论中,强调不同侧面不同重点的后勤思想,把后勤问题置于战争的各个环节之中,与战略、战术原则相配合加以研究,这是孙子军事后勤思想的特色。② 至于孙子军事后勤思想的主要内容,郝洪儒在《〈孙子兵法〉是军事后勤学形成的典型代表》一文中进行了详细梳理,他指出《孙子兵法》关于军事后勤思想的论述,主要有以下几个内容:(1)阐明了后勤在战争中的重要地位和作用。(2)阐明了"后方供应"与"取之于敌"相结合的补偿原则。(3)强调了军队后方安全及补给问题。(4)论述了后勤业务保障的主要问题。(5)论述了对后勤组织编制的看法。(6)从战略角度提及国君和将领如何组织指挥运用后勤。③

3. 因粮于敌

因粮于敌是兵家重要的军事后勤思想,许多学者专门撰文予以阐述,其中尤以李斌等人的《因粮于敌是孙子重要后勤思想》④一文阐述最为系统、深入。首先,作者提出对于因粮于敌,我们不能简单地从字义上去理解,而应当从产生这种思想的社会历史背景以及包含的深刻内容上去理解。其次,因粮于敌作为一条原则

---

① 房立中、唐武文、杨少俊等:《略论〈孙子兵法〉的军事经济思想》,收入《孙子新论集粹》,长征出版社,1992年版。
② 唐武文、孙深田:《略论孙子的军事后勤思想》,收入《孙子新探》,解放军出版社,1990年版。
③ 《后勤学术》,1985年第5期。
④ 收入《孙子新探》,解放军出版社,1990年版。

或一种思想,本身还具有方法论的意义。第三,作为战略家的孙子,当他所提出的因粮于敌的后勤思想付诸实施的时候,就已成为一种战略——既是后勤战略,又是军事战略。

4. 称胜

"称"与今天的军事经济术语相对照,相当于综合国力的概念。兵法有云:"一曰度,二曰量,三曰数,四曰称,五曰胜。地生度,度生量,量生数,数生称,称生胜。"学者们认为"称胜"有两个层面的含义:(1)综合国力是战争胜负的决定性因素。(2)军队的发展必须与综合国力有限度地协调发展。① 笔者以为,称胜理论有着丰富的思想内涵和深厚的中国传统文化底蕴,从某种意义上说,它是一种军事经济思想,也是我国古代军事战争观的一个具体折射,即重战而不好战,备战不穷兵黩武,凡战有备而来。

四、关于军事管理思想

兵家军事管理思想十分丰富,并且形成了一整套完整的管理思想体系。学术界对此的研究集中于以下几个方面:

1. 决策管理

"决策"一词首先出现于管理学科之中,狭义是根据预定的目标做出行动的决定,广义是包括实施重大行动前必须进行的一切活动。杨坚康指出,无论是狭义还是广义,孙子用一个"计"字全部涵盖了。具体表现为孙子以安国全军为决策的立足点,以合利而动作为决策的出发点,以全争胜为决策的目标,以知己知彼为决策的依据,以因变制宜为决策的原则,可以说现代决策管理之原理

---

① 邵汉明主编:《中国文化精神》商务印书馆,2000年版,第174页。

和程序,都反映在《孙子·计篇》。①

2. 组织管理

现代管理学强调组织管理的目的性和层级性,组织结构的作用在于提高效率、沟通关系、稳定情绪、统一行动几个方面。朱延年认为,人类社会最早形成的严密组织莫过于军队,现代管理学所强调的组织的目的性、层级性和作用在《孙子》一书中均有阐述,具体表现为军事行动中的目的统一原则,层级幅度原则,指挥统一原则,立章取法原则,精兵简政原则等。②

3. 人事管理

人是管理活动的主体。古代军队的人事管理思想集中表现为治军思想,学者们对此展开了不同角度和侧面的研究。徐建从内容上总结了中国古代治军理论,将之归结为以下几项带有规律性的原则和方法,一是居安思危,常备不懈。二是选任良将,荐才纳贤。三是信赏明罚,严明军纪。四是教诫为先,严格训练。五是爱兵恤卒,理兵励气。六是将为楷模,严于律己。七是改革创新,精良装备。③ 赵海军则从发展史的角度对中国古代治军理论进行了全方位的梳理。他指出中国古代治军理论奠基于孙子,形成于吴子,而完备于明代。中国历史上第一个完备的治军理论体系是由吴子来完成的。吴子的治军思想体现了先秦治军理论的最高水平,对后世也产生了深远的影响。战国以后,治军思想虽仍有些发展,但作为理论体系而言,都没有突破吴子建立的模式,这一情况直到明代才出现了根本的改观。明代在治军理论尤其是练兵方面取得了突破性的发展,不但表现为内容的突破,更表现为体系的完

---

① 杨坚康:《〈孙子兵法〉管理思想论析》,收入《孙子兵法及其现代价值》,军事科学出版社,1999年版。
② 朱延年:《〈孙子兵法〉中的管理思想》,《政治学研究》1987年第3期。
③ 徐建:《中国古代治军思想述要》,《孙子学刊》1993年第4期。

善。①

此外,闫勤民还谈到,可以将《孙子·用间》篇看作是孙子的管理信息学。② 厉平提出,《孙子兵法》"与众相得"一语高度概括了感情管理的中心内容,可以简称之为"相得论"。以"相得论"为主要内容的感情管理思想,阐明了严爱相济的观点,把感情亲近的"软管理"同禁令刑罚的"硬管理"有机结合起来。③

五、关于军事伦理思想

由于中国传统文化伦理本位的整体价值取向,使得我国古代的军事伦理思想非常丰富。然而学术界专门从事军事伦理思想研究的人并不多,就现有研究成果来看,除李妙根《西汉军事伦理思想四题》④、朱少华《〈武经总要〉的军事伦理思想》⑤等少数几篇文章外,就以王联斌教授的研究成果最多,他所撰写的系列论文,如《论孙子军事伦理思想》、《〈司马法〉的军事伦理思想》、《〈尉缭子〉的军事伦理思想》(与人合撰)、《孙膑的军事伦理思想》、《〈六韬〉的军事伦理思想》、《诸葛亮的军事伦理思想》、《唐代兵书及其军事伦理思想》、《宋代兵书及其军事伦理思想》、《明代兵书及其军事伦理思想》⑥等堪称一部中国古代军事伦理思想史。尤其是他的近作《中华武德史》,系孙璞方主编的《中华武德宝典》的首卷,学术界给予了高度的评价,谓之"填补了中国的伦理史、军事史上的一项空白","在中国伦理史或道德文明史上,可以称得上

---

① 赵海军:《孙子学通论》,国防大学出版社,2000年版,第137页。
② 阎勤民:《论〈孙子〉的战略管理体系》,《晋阳学刊》1987年第2期。
③ 厉平:《〈孙子〉的军事管理思想》,《军事历史》1987年第3期。
④ 《军事历史研究》,1996年第3期。
⑤ 《军事历史研究》,1997年第3期。
⑥ 以上王联斌教授系列论文均发表于《军事历史研究》,1992年~1998年。

是一部具有里程碑意义的成就卓著的力作。"① 在该书中作者首先对武德的内涵作了明确界定,武德,即是用武、从武之性,它主要有两大部分组成:(1)是武德实践;(2)是武德思想,亦称军事伦理思想。其次作者阐明了武德的结构体系,将之概括为一个核心和六大规范。再次,作者清理了我国武德文化的历史分期和发展轨迹。最后作者概括了武德文化的基本特征。

六、关于军事心理思想

基于中西方战争传统的根本差异,相对于西方而言,我国古代兵家非常重视在战争中使用攻心战术,在长期的军事斗争实践中形成了丰富的军事心理战术思想。刘向阳对孙子的军事心理思想体现在战争指导方面的观点进行了集中阐述,他认为主要有四点:(1)注重战争准备中的心理战。(2)注意控制战争中将帅的情感因素。(3)注重庙算中的心理观察。(4)主张心理制胜,"不战而屈人之兵"。② 温金权、于汝波对孙子心理战的基本内涵进行了全面揭示:(1)"不战而屈人之兵"是孙子心理战的战略法则。(2)攻其不备、出其不意是孙子心理战的战术原则。(3)以示形为核心、以暗示为本质、以致敌错觉为目标是孙子谋略心理战的理论结构。(4)对敌实施心理攻击和打击敌人士气是孙子心理战的原则。③ 黄宝生认为,孙膑的军事心理思想主要体现为:(1)注重心理的效用,强调人和。(2)注重错觉在战争中的作用,强调用假象

---

① 杨炳安:《批判・继承・丰富・发展——评〈中华武德史〉》,《军事历史研究》1999年第2期。
② 刘向阳:《浅析〈孙子〉的军事心理思想》,《孙子学刊》1992年第4期。
③ 温金权、于汝波:《孙子兵法的心理战略论及其指导意义》,收入《孙子新论集粹》,长征出版社,1992年版。

迷惑敌人。(3)注重情感和意志的作用,强调鼓励士气。① 尤其不可忽略的是杜波、文家成主编,军事科学出版社1997年4月出版的《不战而屈人之兵——中国古代心理战思想及其运用》一书,是研究中国古代军事心理思想方面的力作。该书对中国古代心理战思想的基本原理、产生和发展、内容和特点、基本规律和思维方式、战略学术价值和现代运用价值进行了全面系统的分析,鞭辟入里,见解颇高。

应该说,近二十年来学术界对兵家军事思想的研究是取得了巨大成就的,但也存在着不尽如人意之处,譬如,兵家军事思想的研究在内容结构上存在着明显的不均衡性。绝大多数的研究成果是以《孙子兵法》为研究对象的。对《孙膑兵法》、《吴子兵法》、《尉缭子》也有一定程度的涉猎,而对其他兵法典籍的研究则为数寥寥。我们认为这是由《孙子兵法》在兵家文化中的绝对主体地位决定的,但是对其他兵家军事思想研究的忽略,则难免影响兵家文化研究的丰富性和全面性。仅就《武经七书》而言,各书的内容既有相互重叠的部分,又有可以相互补充的部分。《司法马》集中反映了春秋以前的战争观念、战争行为规范和军事制度,《三略》是西汉黄老道家与兵家理论相结合的产物。《六韬》主要包括治国、治军和作战指导三方面的内容。所以加强《孙子兵法》以外其他兵学典籍的军事思想乃至其他思想的研究是有必要的。

(原载《社会科学战线》2003年第1期)

---

① 黄宝生:《论孙膑的军事心理思想》,《孙子学刊》1992年第4期。

论解决争端的国际法原则和方法的百年发展

——纪念第一次海牙和会一百周年

余敏友

国际争端是现代国际生活中不可回避的客观事实。解决国际争端是现代国际法的一项重要职能。国际法中有关解决国际争端的内容日益丰富,且已成为现代国际法学的一个分支——国际争端解决法。1899年,第一次海牙和平会议,产生的专门规范国际争端解决活动的第一个多边国际公约至今已一百年。

宏观考察国际争端解决法的发展历程,总结百年来国际法在解决争端方面的实践经验与教训,是本文的主要任务。笔者愿以本文献给联合国"国际法十年"和第一次海牙和平会议一百周年。

一、国际法上各种复杂多变的争端

迄今为止,国际法文献对于一般国际法所涉及的国际争端,依据其起因和性质分为如下四类:第一,法律争端,又称"可裁判争端"(justiciable dispute, 更确切的汉译是"应受法院审判的争端"),即:争端当事方的各自要求根据国际法是受法律承认与保护的权益并且可以通过法律方法解决的争端;第二,政治争端,又称"不可裁判争端"或"不应受法院审判的争端"(non-justiciable dispute),即:争端当事方的各自要求起因于重大政治利益并且不能或有关当事方不愿意通过法律方法而只能以政治方法解决的争端;第三,混合争端,即:争端当事方的各自要求兼具上述两类争端特性的既可以法律方法也可以政治方法解决的争端;最后,事实争端,即:争端当事方的各自要求起因于它们对某项事实、事项或情况的真相的争执因而可采取调查、和解之类方法解决的争端。上述分类法依据的是有关争端本身所涉及的起因和性质的最重要成分,对于探讨切合各种不同的国际争端的实际特点的相应解决方法,它在国际法理论与实践上过去曾起过而且至今仍然在发挥重大的作用。同时,国际法理论和实践证明,上述各种争端之间的界限绝非静止、绝对、永恒不变的。因此,有必要寻求与不断变化的国际争端相应的更加合理可行的分类方法。

寻求国际争端的解决,历来为国际法的一项重要职能。从国际法角度看,国际争端的解决,就是根据国际不法行为受害者的要求,以终止非法行为、履行应尽义务,恢复原状、赔偿损害、道歉、宣告法律权利和义务,以及其他救济方式,纠正国际不法行为。为此,一般国际法提供了三类规范与规则:第一、确定国际行为合法与非法以及各项权利与义务内容的各种实体法;第二、断定不法行为之存在及其法律后果的国际责任法;第三、调控国际责任之履行及其他法律后果的规范与规则。第三类规范与规则主要包括国际求偿、争端解决程序、强制执行与制裁等方面的具体规范与规则。

二、国际法上解决争端的原则
——从动辄诉诸武力到和平解决

在英文的国际条约及其他国际文献中,强国或大国常被称为"powers"。超级大国的称谓则是"superpower"。在国际政治关系中,国家之间的关系总被视之为一种权力游戏(a power game)。国际法则不时被视为这种权力游戏的规则。战争不仅被传统国际法认为是国家的合法对外政策工具,甚至即便在1928年《非战公约》生效前,也仍被视为一种正当、合法和有效的国际关系手段。各国凭借战争这种自助方法,寻求强制执行其权利及表示其对任何既存国际法规则的理解。威胁国际法律秩序稳定性的因素几乎无处不在。因为在不可能具有解决国际争端最高权威的统一的超国家机构的国际社会中,争端各方为了寻求有利于自己的解决条件,可能动辄采用武力手段,如军事示威、平时封锁,甚至战争等。因而,和平通常只是中小国家暂时屈服于大国霸权的副产品。

当然,这种传统国际法认可的武力解决争端方法,已为现代国际法所摈弃。1928年的《非战公约》,谴责用战争来解决国际纠纷,并宣布在国际关系中废除以战争作为实施政策的工具,规定一切争端和纠纷只能用和平方法解决。自第二次世界大战结束以来,国际法上已经出现了和平解决法律或政治争端的一种普遍性义务(a general duty)。[1] 例如,《联合国宪章》不仅宣布和平解决国际争端是处理国家间关系的一项重要原则,而且明确规定在国家间关系中不得"使用武力"或"以武力相威胁",还具体设计了可供各成员国选择的和平解决争端的各种方法。[2] 在其整个维持和平安全机制中,《联合国宪章》给予和平解决国际争端制度而非强制执行安排以优先地位。[3]《联合国宪章》的上述规定,对国际法的发展具有重大深远的意义。因为武力被禁止,从而使和平解决争端必然成为国际法上的一项基本原则,从而在理论及实践上动摇了传统的战争法规及中立法规,从而使国家及国家公务人员的国际责任发生了重大变化,从而为审判战犯制度奠定了基础,从而促进了国际社会关于侵略定义的制定,从而有助于集体安全制度

---

[1] Antonio Cassese, *International Law in A Divided World*(1986), Clarendon Press. P. 200.
[2] 见《联合国宪章》第6章,第8章和第14章等有关条款。
[3] Oscar Schachter, *International Law in Theory and Practice*, ©1991 Martinus, P. 184.

和维持和平部队的发展,从而加强了国际法的作用。① 在半个多世纪的实践中,联合国丰富和发展了国际法上和平解决国际争端的制度。联合国和平解决争端制度包括:谈判,调查,调停,和解,仲裁,司法解决,利用区域安排,维持和平行动,联大、安理会、秘书长介入争端解决等。西方个别学者认为,联合国,作为一个世界性国际组织,确立了一项新的国际法规则,即一项重要国际争端(其继续存在如有可能危及国际和平与安全的维护)不仅仅是争端当事各方之间的事项,而且是关系整个国际社会的公共问题(a public matter)。这样,不管当事方愿意与否,他们都必须接受这样的事实:即该争端得在联合国机构安理会或大会进行辩论,如果有关联合国机构认为这种辩论是为了国际和平。国际争端当事各方虽然不得被迫寻求联合国的协助,但却不得不容忍联合国的干预。② 这不仅是联合国对传统国际法的一个重大挑战,也是国际法在争端解决制度方面的一个划时代的突破。上述分析表明:和平解决国际争端制度,是随着国际组织的产生和发展而迅速成为现代国际法的重要组成部分的。甚至可以说,这是在国际争端解决方面国际组织对一般国际法的一个重大发展。

尽管和平解决国际争端已被公认为是一项具有强行法性质的现代国际法基本原则,但是对于一般国际法上是否存在和平解决国际争端的强制性义务,国际法的理论与实践远未作出积极、肯定、明确的回答。有人认为,一般国际法上并不存在以具体程序解决国际争端的义务,通过正式法律程序解决争端都有赖于争端各方的同意;③国际社会现实表明,强制解决争端还是一项纯粹合意

---

① 梁西主编:《国际法》,武汉大学出版社1993年第一版,第22页。
② A. Ross, *The United Nations : Peace and Progress* (New York,1966), P. 190.
③ Ian Brownlie, *Principles of Public International law* (3rd. ed.) (1979) Clarendon Press. P. 705.

性的契约义务。① 为此,弄清和平解决国际争端原则的具体含义是非常必要的。

根据《联合国宪章》、1970年《国际法原则宣言》、1982年《关于和平解决国际争端的马尼拉宣言》及其他国际法文献,笔者认为,和平解决国际争端原则至少包括下列内容:

第一、所有国际争端必须且只能以和平方法解决;任何争端当事国不得因为争端的存在或者一项和平解决争端程序的失败,而使用武力或以武力相威胁;

第二、任何国际争端的解决必须依据国际法和正义原则且不得危及国际和平、安全及正义;除遵守国际法基本原则外,还必须受可适用于争端当事国的普遍性条约、区域性条约和双边条约以及国际习惯法等的规范的拘束;

第三、国际争端应在主权平等和自由选择方式原则的基础上及早地、迅速地及公平地实现完全的解决(definitive solution)。在寻求这种解决时,争端当事各方有权自由选择和协议选择适合于有关争端的性质和情况的和平解决争端的具体方法;有义务善意履行其所缔结争端解决协定的各项义务;并有义务在未能以任一和平方法达成解决的情况下继续以其商定之其他和平方法寻求争端之解决;

第四、在寻求国际争端的和平解决时,争端当事各方及其他国家均不得采取可能使情况恶化的任何行为。为此,有关各方以协议方式达成的或者处理该争端的机关作成的临时预防措施,均不得损害争端当事各方的权利、要求或立场。

综上所述,和平解决国际争端原则表明,一项国际争端的解决过程和结果必须是和平的,至于采取何种具体和平解决方法,则是选择性的,但必须用尽和平解决方法。

---

① J. Sette-Camara, "Methods of Obligatory Settlement of Disputes" in M. Bejaoui(ed.), International Law: Achievements and Prospects, Pp519 – 543, © UNESCO, 1991.

三、国际法上解决争端的强制方法(coercive means)[①]

国际争端的强制解决方法,包括武力的强制方法和非武力的强制方法,就是指争端当事一方以强制性措施迫使争端当事另一方同意或者接受其所希望的争端解决结果。传统国际法所认可的解决争端的强制性措施有反报、报复、平时封锁、干涉和战争等。如前所述,现代国际法摈弃了传统国际法中的武力解决争端方法,但并不排除非暴力的自助(non-violent self-help)和非武力的对抗性措施(non-forcible counter-measures)。《联合国宪章》对和平自助措施未作任何具体规定,一般国际法允许在一定条件及不违背相称性和必要性原则的前提下可以采取非武力对抗性措施。在现代国际法的发展中,非暴力自助和非武力对抗措施已成为迫切需要严格规范与管制的重要行为。因为,法律愈多,违法机会就愈多,那些感到受害而没有其他补救手段的国际实体诉诸这两种措施的可能性也就愈大。一方面,贸易禁运、冻结资产、中止条约义务、驱逐外侨等事件经常成为大众传播媒介报道的热点。另一方面,对抗措施的行使及其与和平解决争端、单方面报复或制裁、强制执行国际法以及国际责任等的关系,又是现代国际法理论与实践中较为混乱的重大问题。例如,目前,联合国国际法委员会,在起草国家责任法法典草案中,正讨论把争议解决程序的使用作

---

① 在英文国际法文献中强制解决方法有各种不同的表述,如"compulsive means"(汉译为强迫方法)、"coercive means"(汉译既可为"强迫方法"又可为"强制方法")及"methods of compulsory or obligatory settlement of disputes"(中文一般译为"强制解决争端方法",但是英文原文中的"compulsory or obligatory settlement of disputes",既可以理解为含有诉诸某一解决方法的义务,又可以理解为接受根据争端当事各方相互同意参与解决争端之第三方所作决定的拘束力的义务。笔者认为,较贴切的译文应该是"法定义务性的解决争端方法")。从解决国际争端的国际法规范的形成与发展来看,与汉语"强制方法"最贴切的英文应该是 coercive means。

为确定合法报复的条件。对此,存在着最高纲领派(maximalists)、最低纲领派(minimalists)和中间派(middle course)的三种观点。最高纲领派认为,只有在用尽所规定的争议解决程序后才能采取单方面对抗措施。相反,最低纲领派认为,国家责任法法典应删除争议解决程序作为采取单方面对抗措施的条件,而应把争议解决留待"国际程序法"。中间派则认为,判断自己的实体法权利且在许可范围及限度内诉诸单方面对抗措施,是国家的至高无上的权力,但是,为了减轻受害国反应行动的任意性或武断性所固有的危险,国家责任法法典应要求受害国采取争议解决程序。现任特别报告员盖特努·阿兰乔－芮兹(Gaetano Arangio-Ruiz)的建议案,就是最高纲领派的集中体现。该建议案把争议解决程序作为对抗措施合法性的强制条件。它主要涉及对抗措施采取前后的两个阶段。在采取对抗措施之前,除所规定的例外情况①外,第一,受害国应向违法国通知其采取单方面对抗措施的意图;第二,受害国必须用尽一般国际法、联合国宪章及其为缔约方的其他国际争端解决文件所规定的所有友好解决程序。在采取对抗措施之后,违法国和受害国均可诉诸调解、仲裁和国际法院等第三方解决程序,以确定"报复措施"和"反报复措施"的合法性。对此建议案,既有表示强烈反对的,也有表示完全赞成的,联合国国际法委员会目前正在继续观察各方的反应。②

四、国际法上解决争端的和平方法(peaceful methods)

与国内法不同,国际法没有强有力的执行机制。国际法主要

---

① 这些例外是:1. 违法国对选择与实施可运用的程序不提供善意的合作;2. 受害国采取的临时保护措施;3. 受害国对违法国不执行有关国际机构所决定的保护命令所采取的任何措施。
② 见 Oscar Schachter, "Dispute Settlement and Countermeasures in the International Law Commission", (1994) Vol. 88, *The American Journal of International Law*, Pp471-477.

通过谋求合意与调解的制度来运行。国际违法行为通常被视为国际争端的原因。在处理国际违法行为方面，国际法不可能借助国内法那样的强制执行机制，而只能求助各种争端解决方式。尽管国际不法行为受害者诉诸非武力自助与对抗性措施仍然是国际关系中的一种不可避免的现象，但是通过外交渠道、谈判、和解、仲裁、司法和国际组织等和平方法，则是纠正国际违法行为的主要手段，从而使和平解决国际争端成为现代国际法中对付国际不法行为的一种最重要的方式。《联合国宪章》也证实了这一点。宪章的优先重点是和平解决争端而不是强制执行法律。这不仅是宪章起草时大国的意图，而且至今仍然是大国奉行的首要政策。50多年来，甚至在国际违法行为明显遭到世界绝大多数国家谴责时，大国也尽可能避免采取强制措施。当然，冷战终结后对伊拉克入侵科威特采取的强制行动是唯一的例外。

所谓和平方法，就是武力以外的解决国际争端方法。一般国际法把解决国际争端的和平方法分为政治（或外交）的解决方法和法律的解决方法。并且认为，法律的解决方法，主要适用于法律性质的争端；政治的解决方法，主要适用于非法律性质的争端。根据《联合国宪章》及其他国际法文献，在现代国际法中，和平解决国际争端的方法主要有三大类：首先，"实力取向"方法或外交方法（包括没有第三方介入的谈判与协商和有第三方介入的调停、斡旋、调查及和解）；其次，"规则取向"方法或法律方法，即：国际仲裁和国际司法；第三，国际组织的解决途径，即：联合国系统及其他各种国际组织所提供的解决该组织内外的国际争端的机制。

（一）"实力取向"方法

"实力取向"方法意味着在谈判解决和寻求妥协的过程中直接地或隐蔽地借助当事各方的实力。一方在讨论、谈判或其他争端解决方法中利用自己的实力对另一方施加影响。例如，在国际贸易谈判中，进口大国的贸易谈判代表可能巧妙地以各种方式向不发达出口国表示,该大国给予该发展中国家的发展援助、贸易优惠或军事援助的延长以该国家"自愿"限制其竞争性产品,如纺织品、农产品、钢铁等的出口为条件,小国可能在大国的胁迫下让步。① 不难看出,所谓"实力取向"方法,其实就是解决争端的外交方式或政治方式,它通常包括谈判、斡旋、调停、调查、和解等具体方法。在国际法文献中,这种方法有时也被称为反法律方法(anti-legalistic approach),或者非裁判性解决方法(non-adjudicatory means of settlement),或者实用主义方法(pragmatist approach)。

总的来说,"实力取向"方法既有优点也有缺点。其主要优点是:程序灵活,适用范围广(任何争端均可以此种方法解决);争端当事国的主权能得到充分的尊重和体现,当事各方能自始至终控制争端解决过程并有接受或拒绝一项解决方案的自由,可以同时或今后采用其他和平解决争端方法;具有避免对当事各方国际声誉造成消极影响的"输赢情势"的可能性,受法律因素影响小而受政治气候影响大,结果往往与各方实力有直接关系。归根结底,其优越性就在于:有关各方通过直接或间接谈判能较好地维护主权。其致命弱点是:它依赖于被告的同意和善意,双边解决可能依据当事各方的实力而非其争端的是非曲直,并且对法律规则及其统一、多边解释具有弱化效果。② 而且,结果缺乏稳定性和预见性。当然,这些优缺点在谈判、斡旋、调停、调查、和解等方法上的具体表现,则呈现出较大的差异性。对此特分述如下。

在现代国际法文献中,谈判(negotiation)常常与协商相提并论,

---

① Petersmann, Emst-U, "The GATT Dispute Settlement System and The Uruguay Negotiations on its Reform", in: Petar Sarcevic & Hans van Houtte(ed.), *Legal Issues in International Trade*, (1990. Martinus) P. 55.

② 同注⑦, P$_p$548 – 59.

尽管二者共性不少,①但在一定意义上说,谈判无疑是最古老和最重要的国际合作方法之一。不仅谈判是解决当代任何国际争端的最普通和最重要的和平手段,而且国际法本身就发源于谈判。凡与争端解决有关的国际法文献几乎都确认,在解决国际争端的和平方法中,谈判是最常用的首选方法。② 谈判的形式、范围、深度、强度甚至效果,可能因时因地因人因事而有极大的差异。但是,在确定某项实际争端是否真正存在以及所涉问题的广度与深度方面,谈判的作用举足轻重。谈判不仅是其他外交方法的基础,而且经常被视为其他所有和平解决争端方法的先决条件。甚至在解决武装冲突时,交战各方通常被促请以谈判结束战争并以其他和平方法解决争执。与和平解决争端的法律方法相比较,谈判是争端当事各方直接交涉以谋求相互接受之解决结果的一种政治解决方法。它不拘泥于严格的程序规则;在解决争端活动中,有关各方自己决定谈判的所有具体事项;尽管缺乏程序法规则,但谈判各方必须尊重国际法基本原则,特别是信守禁止使用武力并以不得危及国际和平安全与正义的方法解决争端的义务、尊重各国主权平等和禁止干涉的义务;而且,谈判应具有善意、乐于妥协以及认真听取他方意见等特征。③ 总

---

① 王铁崖主编:《国际法》(95 规划现代化高等学校法学教材),法律出版社 1995 年第 1 版,第 573 至 575 页。
② 有人认为,谈判还可作为其他和平解决争端程序的最后阶段甚至解决争端的唯一程序。参见叶兴平著《和平解决国际争端》,武汉测绘科技大学出版社,1994 年 1 月第 1 版,第 216 至 237 页。
③ 一般认为,根据国际实践,和平解决争端的外交方法可以说有下述特点:第一,争端当事各方或争端当事各国直接会晤并一起行动;第二,争端当事各方具有具体的争执对象,这可能起因于国际关系的各不同领域并且具备或不具备司法性质;第三,争端当事各方具有以外交方法包括法律安排和平解决其争端的共同目标;第四,谈判以一切形式(书面、口头、双边和多边等)且在所有级别或阶段均可进行。参见 Walter Poeggel & *Edith Oeser*, "*Methods of Diplomatic Settlement*", in M. Bejaoui(ed), *International Law: Achievements and Prospects*, P_p 511 – 517, © *UNESCO*,1991.

的来说,谈判的最大特点在于:整个过程通常排除第三方的介入,尽可能充分地体现与尊重争端当事各方的独立意志与合意。但是,国际实践表明,除依条约承担以谈判或首先以谈判解决国际争端的义务外,习惯国际法中不存在各国有以谈判或首先以谈判解决其国际争端的义务。因为,谈判的下列缺陷足以排除它成为习惯国际法上强制性的或第一位的和平解决争端程序:它既不能保证客观公正地确定有关事实,又不能使第三方对争端施加起缓和作用的影响,也不能阻止提出可能加剧争端的言过其实的要求,更不可能保证公平的解决条件,因为争端当事方中的强者通常对弱者施加压力;甚至几乎无法确保争端的圆满解决,因为争端的任何一方均可随时选择不让步。[1]

斡旋与调停、调查与和解,被统称为第三方参与解决国际争端的非裁判性方法或外交方法。斡旋(good offices)与调停(mediation)是指在争端当事各方本身不能或不愿以谈判或协商解决争端时,第三方善意主动地向它们提供沟通渠道,促使它们直接进行谈判或协商。理论上,斡旋与调停既有联系也有区别。其区别在于:斡旋是第三方本身不参加谈判而只是主动促成争端当事各方之间的直接谈判;调停则是第三方不仅主动提出建议推动争端当事方谈判,而且本身直接参与争端当事各方之间的谈判,促成它们实现妥协与和解。二者的共同点在于:第三方既不能把自己的意见或建议强加于争端当事各方,也不对斡旋或调停的结果承担任何法律义务;争端当事各方对争端的解决保持完全的自由,不因斡旋或调停的进行而承担任何法律义务,它们的同意和信任是斡旋与调停奏效的必备条件。尽管二者的作用相同而且对政治方面的需要与压力都很敏感,但对于争端当事各方来说,斡旋比正式调

---

[1] Report of the Special Committee on Principles of International Law concerning Friendly Relations…,1984,*UN Juridical Year Book* 1984,P. 65.

停可能更合口味。这对于没有外交关系或者外交关系已经完全断绝的争端当事各方尤为如此。当然,在国际现实生活中,斡旋与调停不可能决然分开,斡旋也可能包括调查事实,甚至有时涉及向争端当事各方提出有关程序或解决条件方面的建议。

调查与和解和斡旋与调停,既有共性,又有差异。一方面,灵活性与对环境的适应性是它们的共同特征;另一方面,调查与和解远比斡旋与调停正式和规范。相比较而言,调查与和解具有更为明确的程序性规则。调查(enquiries)又称"查明事实"(fact-finding),系指第三方根据争端当事各方同意,通过听取争端当事各方的意见、询问证人、收集证据、查看现场等方法,对造成国际争端的基本事实进行核实与查明,而最终向争端当事各方或有关机构提出调查报告,以促成争端的解决。调查通常主要适用于基本事实不清的国际争端,而且只是一种促使争端当事各方间接谈判的手段。根据争端当事各方在争端发生前所缔结的条约或在争端发生后所达成的协议的具体规定,调查可以由常设调查委员会或者临时调查委员会进行;调查者既可以是从有关国际组织专家登记簿中选择的数人组成的调查委员会或调查小组,也可以是独任调查员。调查委员会及其职权范围、调查方法与程序、调查地点与调查结果,一般均由有关条约或协议予以具体规定。调查结果一般是调查委员会或调查员出具的调查报告。根据有关调查委员会或调查员的职权范围,调查报告通常是对争端当事各方毫无法律拘束力的事实报告,但也可能包含对争端当事各方有权威说服力的有关事实的结论性意见。和解(conciliation or reconciliation)又称调解,是争端当事各方根据条约或协议将有关争端提交给一个由若干人组成的委员会,并由委员会查明事实,提出报告和建议,促使争端当事各方达成协议,解决争端。和解程序是调停与调查两种程序的合成品,因为:第一,这种程序始于争端当事各方依条约或协议设立的常设或特设委员会受理有关争端。首先,和解委员会的组成通常由有关国际公约或双边条约作出具体明确的规定。和解委员会成员一般为3或5人,争端当事各方各指定1或2人,第3或第5人由争端当事双方协商指定或由争端当事各方已指定的2或4名和解员共同指定或由争端当事双方授权的第三方指定。其次,和解委员会受理争端的法律依据有二:(1)争端当事各方在争端发生后一致同意达成的建立和解委员会的特设协议,(2)争端当事各方在争端发生前所缔结的有关条约的争议解决安排或和解条款。① 根据特设协议开始的和解程序,是任择性质的和传统形式的和解;根据第二种法律依据开始的和解程序,则是新近国际法实践中出现的一种具有一定强制色彩的和解。即:根据有关条约的争议解决安排或和解条款,应争端当事国任一方单方面提出的请求,和解即可开始,而不必征得争端当事国另一方的同意,并且,争端当事国另一方有义务接受和解。这种调解或和解,尽管不产生具有法律拘束力的决定,但就只需一方请求即可开始调解另一方不得反对(即便反对,反对也无效)而且有义务接受调解来说,它是强制性的。第二,和解程序包括对争端的调查。调查是和解的前提。和解委员会得用调查或其他方法搜集一切与争端有关的必要资料,在争端当事各方同意后到与争端有关地区实地调查,听取争端当事各方的陈述,审查其权利主张和反对意见。召集并听取证人和专家的陈述,举行听证会。第三,和解程序的终结,以和解委员会提交包括调查结论与争议解决建议在内的正式报告为标志。该报告应分发给争端当事各方甚至有关国际组织。在国际实践中,双边和解委员会的正式报告被争端当事各方一致同意作为终局性裁定接受者,不乏其例。但是,原则上,和解委员会无权作出具有法律拘束力的解决争议的决定,除非与和解委员会职权

---

① 例如:《维也纳条约法公约》、《国家在条约方面继承的维也纳公约》、《联合国海洋法公约》及若干人权领域的国际公约均有此类规定。

范围有关的法律文件另有规定。因此,一般说来,争端当事各方在国际法上没有义务必须接受和解委员会的调查结果及建议。这就使和解委员会决定的法律效力成为理论与实践中的一个重要问题。对此,西方有些学者认为,根据和解决定的建议性质应该予以维持的原则,在以后涉及该问题的国家行为之有效性的法律程序中,应该对和解委员会报告予以适当考虑;和解委员会的调查结果,尽管不具有最终的和完全的权威性与确定性,但应该视为与该项法律和事实有关的证据。由此看来,鉴于争端当事各方在法律上可以无视和解委员会的调查结果与建议,和解常常看来提供了一种可以接受的介于谈判与有拘束力的仲裁或司法解决办法之间的中间途径(an acceptable middle way between negotiation and binding arbitral or judicial settlement)。① 总的来说,除前面所指出的差异外,和解不同于调查之处主要在于,和解在调查基础上提出解决争议的建议,促使争端当事各方达成协议。和解有别于调停之处主要在于,调停是第三方就解决争端的方法、程序提出建议并主持或参加谈判,促成争端当事各方自己讨论和寻求解决争端的办法;和解则是在和解委员会客观公正调查的基础上谋求争端当事各方接受和解委员会所建议的解决办法。此外,和解程序的规则远比调停和调查两种程序明确具体,在某些方面的详尽程度几乎接近于仲裁程序。与仲裁或司法程序相比较,和解程序虽然也有一定的期限,但它赋予公平原则较大的适用空间,不必严格拘泥于法律规则;和解委员会的裁定与建议也没有仲裁裁决或司法判决那样的法律拘束力。诚然,在解决国际争端的实践方面,和解程序实际上所起的作用一直相当有限。

(二)"规则取向"方法

"规则取向"方法意味着争端各方根据他们所同意的规则进

---

① Oscar Schachter, *International Law in Theory and Practice*, © 1991 Martinus, P. 216.

行谈判或在谈判不能解决时依照有关第三方的决定解决争端。[①]
尽管调停、调查与和解等第三方程序也得遵循一定的原则或规则,但是,实际上西方学者所讲的"规则取向"方法,就是通常所指通过仲裁和法院解决争端的法律方法。一般认为,法律方法具有下列主要特点:(1)适合于解决法律争端和混合型争端;(2)虽然也可在争端当事各方同意的前提下根据公允及善良原则裁判,但原则上必须严格依据既定的法律规则解决争端;(3)具有比较完备的组织机构和相当完善稳定的规则,尤其是程序方面的规则;(4)争端当事各方受仲裁裁决和司法判决的拘束,并负有诚实执行裁决或判决的义务;(5)仲裁裁决和司法判决具有终局效力,争端当事各方一般不再诉诸其他任何争端解决方法,因此是和平解决国际争端的最后手段。

具体而论,仲裁(arbitration)是指争端当事各方一致同意把它们之间的国际争端交付自己选任的仲裁员裁判并承诺接受其裁决的一种解决争端方法。它具有如下重要特征:第一,争端当事各方自愿接受管辖。也就是说,争端当事各方通过仲裁协议或条约中的仲裁条款自愿把争端交给自己选任的仲裁员,仲裁员在争端当事各方协议规定的权限范围内依据争端当事各方选择的法律作出裁决。第二,仲裁裁决对争端当事各方有拘束力,争端当事各方有义务执行裁决。这是仲裁与上述解决国际争端的调停、调查与和解等第三方政治解决方法的根本区别。第三,仲裁裁决的依据是争端当事各方选择的法律,而不是一般的道德规范、社会习俗和世俗是非标准。

一般说来,国际法学上所指的司法体制,或司法解决(judicial settlement),通常是指利用国际法院与裁判庭(international courts

---

[①] Jackson, J. H., *Restructuring The GATT System*. (1990, Royal International Affairs) P. 52-53.

and tribunals)的司法职能和平解决国际法主体之间实际发生的国际争端的制度。也就是说争端当事各方把争端交给一个已事先成立的、由独立法官组成的国际法院或国际法庭,后者根据国际法对争端当事各方作出具有法律拘束力的判决。按照国际法文献中出现的通行解释,国际法院与裁判庭都是根据国际条约由独立的法官组成的常设司法机构,其任务是根据国际法和事前确定的程序规则裁断国际争端,并作出对争端当事各国有约束力的判决。国际司法机构一般具有下列基本特征:第一、建立在国际条约的基础之上,没有国内法院那样的强制管辖权。第二、以法官独立为核心的司法独立,保证公正的决定。第三、法官依据争端当事各方之间有效的一般国际法和条约所产生的客观规则,确定可适用的法律;只有适用国际法的法院与裁判庭才有资格称为国际法院与裁判庭。第四、争端当事各方在法律的适用和法院的诉讼活动中一律平等。第五、有一套既定的适宜于所受理的争端的标的物的程序与规则。第六、判决具有拘束力;没有作出约束性裁决的权力,便不成其为国际法院与裁判庭。第七、争端当事各国通常需负担一定的费用。[①] 与仲裁相比较,司法解决具有下列鲜明特点:首先,法院或法庭是固定的和事先组成的,而仲裁法庭的组成大多是临时性的;其次,法院或法庭的法官不是由争端当事各方选派,而是由有关国家事先和定期选举产生,且有一定任期;仲裁法庭的仲裁

[①] Christian Tomuschat, International Courts and Tribunals, in: Bernhardt (ed.), Encyclopedia of Public International Law [Instalment 1 (1981) P. 92-98]; Hermann Mosler, Judgments of International Courts and Tribunals, in: Bernhardt (ed.), Encyclopedia of Public International Law [Instalment 1 (1981) P. 111 – 112]; Helmut Steinberger, Judicial Settlement of International Disputes, in: Bernhardt (ed.), Encylopedia of Public International Law [Instalment 1 (1981) P. 120-133]; H. W. A. Thirlway, Procedure of International Courts and Tribunals, in: Bernhardt (ed.), Encyclopedia of Public International Law [Instalment 1 (1981) P. 183-187].

员则是由争端当事各方为特定的案件而逐案专门选任。再次,法院或法庭审判案件适用国际法,仲裁法庭则适用争端当事各方一致同意选定的法律或其他规则。最后,法院或法庭的判决对争端当事各方具有法律拘束力,争端当事各方负有必须服从和执行判决的法律义务,仲裁裁决则完全依赖有关当事方的善意遵守和执行。[①]

一般说来,法律方法或"规则取向"方法,对于国际争端的解决,既有一定的长处也有相当的局限性。一方面,这种方法有助于当事各方获得与其接受的长期义务和利益一致的、规则取向的、有约束力的解决决定,并能避免外交方法固有的弱点,具有较大的稳定性和预见性;另一方面,这种方法也有灵活不足、耗时过长、费用太高、曝光过度从而易于伤害国家之间友好关系的弱点。对此,国际法工作者与各国政府官员的侧重点大相径庭。总的来说,国际法工作者比较强调法律方法的长处,政府官员则对法律方法的缺陷十分戒备。正如奥斯卡·萨赫特(Oscar Schachter)所言,"在多数或许绝大多数法律工作者看来,确定一项国际义务是否已被违背、如果已被违背、接着会有什么后果的适当方法,就是能产生一项有拘束力判决的司法程序。在比较传统的国际法律职业界,这种偏爱尤为明显。即便他们承认外交及其他解决方法有很大价值,他们内心所渴望的是更实质性的东西。法院和仲裁庭最有能力提供此种实质性的东西,因为它们在精神上是'法律卫士',蓄意不动感情地作出判决或裁决,至少在理论上不为政治方面和感情方面的要求所动。在认真细致地分析事实与法律问题后才作出判决,争端当事各方有充分的机会提出理由和权利要求,等等,这些均为法律实质内容增添了准确性和坚实性。人们不难理解国际

[①] 王铁崖主编:《国际法》(95规划现代化高等学校法学教材),法律出版社1995年第1版,第582至594页。

法律工作者之所以如此看重自己的职业并感到骄傲,是因为他们视国际法院与国际仲裁庭为法律程序的心脏。"[1]在一定意义上说,杰克逊教授就是一个比较典型的代表。他认为,"在'实力取向'与'规则取向'这两种方式中,谈判和私了是解决争端的主要手段;关键是争端各方认为什么是'谈判筹码'(bargaining chips)。在各方所接受的调整相互经济关系的规则的范围内,一种能预知将就这些规则的实施进行谈判的制度,看来有若干理由应优先予以考虑,仅有规则是不够的。当问题是解释或适用这些规则(与制订新规则相比)时,争端各方认识到如果谈判陷入僵局,设计一种接替他们公正适用或解释这些规则的争端解决机制是必要的。如果没有这种制度,那么,当事各方本能上就会转而凭借其各自的'实力地位'。"[2]与国际法律工作者相反,各国政府的态度则是比较矛盾的。在官方声明中,它们承认裁判在解决国际争端中有一定作用甚至十分必要。但是,国际记录表明,与各国政府有关的法律争端,诉诸仲裁或法院者,实际上屈指可数。之所以如此,是因为下述多种原因:首先,政治官员不愿失去对他们可以通过谈判或政治压力解决的案件的控制,外交官天生偏好外交手腕,政府领导人看重劝说、策略和灵活性。他们通常喜欢随机应变,使其规则适应已经发生了变化的环境而不是恪守既定规则。其次,国家不想冒败诉的风险,在利害攸关或者缠诉于微不足道的小型案件时,尤为如此。第三,国际裁判机关不能提供足够充分的信心,裁决或判决结果不能左右争端当事各方,在有些法官被视为对有关争端当事国有政治偏见或者持敌视态度时,尤为如此。最后,绝大多数政

---

[1] Oscar Schachter, *International Law in Theory and Practice*, ⓒ 1991 Martinus, P·217-218.

[2] Jackson, J. H. "Governmental Dispute in International Trade Relations: A Proposal in the Context of GATT" 13(1979) *J. of World Trade Law*, Pp3-4.

府官员认为,法律在本质上维持现状,法院对于正义或者变革的要求反应迟钝;国际法太富于韧性或者过于零碎以致不能承受真正的司法判决;在某些情况下,法律问题只是错综复杂的政治情势中的一个因素(甚至有时是一个无关大局的因素),对它予以单独处理或者孤立对待,不仅是不明智的或者是徒劳的,而且有时是不合理的和不现实的。对于争端当事各方向国际仲裁或者司法机关提交案件,这些因素均产生了相应的消极影响,从而推动了近十年来西方在解决国际争端方面的(尤其是在解决国际商事争议方面)"选择性争议解决"(alternative dispute resolution, ADR)运动。值得注意的是,近些年来,一方面,订有以国际法院或者国际仲裁机关解决争议的条款的国际条约日益增多,另一方面,实际交付国际司法或仲裁程序的案件为数甚少。[①] 在一定意义上说,这些条款事实上已成为促使有关国家开展谈判或者调解的一种重要诱导因素,而潜在的司法补救可能性与威慑力则进一步促成了有关国际争端的解决。

实际上,在解决国家间国际贸易争端时,各国倾向于不同程度地交叉或混合使用"实力取向"方法和"规则取向"方法。在理论上讲,解决争端的外交方法和法律方法的目的,在于设计可供争端当事方选择用于不同情况的各种方法,以便最大限度地创造解决争端的机会。实践中,在某些国际组织或协定中究竟采用哪种方法并非没有争论。例如,在关贸总协定存续期间,关于关贸总协定争端解决制度是循"法律方法"还是"外交方法",一直存在着激烈的争论,甚至世界贸易组织也未能平息这种争论。

[①] 1990 年以来,联合国国际法院受理的案件大大增加,但是一些案件难以按时审结。见 Peter H. F. Bekker. *The 1995 Judicial Activity of the International Court of Justice*, 90 AM. J. INTL L. 328(1996); Robert Y. Jennings, *The International Court of Justice After Fifty Years*, 89 AM. J. INTL L. 493, 494(1995).

(三)国际组织

关于国际组织解决争端,迄今为止,在国际法文献中,它有下述几种不同的含义:第一,通过国际组织这种"集体性质的第三方"解决国际组织内外各种国际争端的制度;第二,专门以解决国际争端为宗旨的国际组织及其制度,例如,联合国国际法院、欧洲人权法院、解决外国人与东道国国际投资争端华盛顿中心等国际争端解决机构及其制度;第三,解决国际组织内争端的制度。必须指出的是,政治性国际组织与经济技术性国际组织所要解决的争端,有一定的区别。对于政治性国际组织而言,和平解决国际争端是其主要职能,其所有活动都直接或间接与此有关。这类国际组织负有解决其会员国之间可能产生的任何争端的义务,而不只限于解决与其组织章程或者其所通过的规章条例的适用和解释有关的争端或分歧。因为,政治性国际组织的宗旨是维持和平。而维持和平至少包括两方面的任务:首先,防止冲突;其次,和平解决已经发生的争端与冲突。联合国、美洲国家组织、非洲统一组织和阿拉伯国家联盟等普遍性与区域性政治性国际组织的法律与实践,都证实了这一点。经济技术性国际组织的宗旨是国际经济技术合作,相比较而言,促进争端的解决只是其附带任务。尽管解决国际争端是其日常管理工作的组成部分,但是这些国际组织只解决与其组织章程或其所通过的规章条例的适用与解释有关的争端或分歧。与政治性国际组织解决"内外"国际争端相比较,经济技术性国际组织所解决的争端只是"内部"争端,因而它们在解决争端方面只起比较有限的作用。归纳起来,总的说来,国际组织不仅丰富了国际争端的概念及内容,而且赋予了国际争端新的特征,还推动和促进了争端的和平解决;并继承和发展了一般国际法上的和平解决国际争端程序①,创立了对争端解决结果积极进行监控的机制。冷战终结以来所出现的世界性多边争端解决机制,在这方面的表现尤其突出。

五、冷战终结以来解决争端的国际法的新动向

1989年,柏林墙倒塌,莫斯科事态的发展标志着冷战的结束。从冷战噩梦中醒来的世界,发现国家无法充分有效地解决现实中的许多老问题和面临的新挑战。一方面,许多暴力、苦难和非正义以及人类对自然造成的难以承受的影响所包含的危险,对有关各国甚至整个人类的前途都构成威胁。另一方面,各国的相互依存度更广泛、深刻、有力了,人民的空前解放和强大促使国家的作用和焦点向人民转移。世界需要具有一种新的远见,把各国及其人民动员起来,在休戚相关和命运与共的领域扩大和加强合作,通过多边行动落实致力于共同目标的各项承诺,在更广泛的领域②内承担集体责任,推动人类走向全球法治的新时代。在这种时代背景下,解决争端的国际法出现了一些新的发展与变化。仅就争端解决的程序与方法而言,解决国际争端的强制方法、和平方法(实力取向方法、规则取向方法和国际组织方法)不仅进一步发展与完善,而且各种争端解决方法已开始出现一定程度的整合。具体地说,这种整合动向主要表现为:法律方法与政治方法的有机结合,和平方法与强制行动的"先礼后兵",国际组织把强制方法、实

---

① 关于国际组织对法律方法的发展,见余敏友"论国际组织对解决国际争端的法律方法的若干重大发展",《法学评论》1998年,第三期。

② 这些领域包括安全(不仅指军事意义上的安全,而且包括经济、社会和生态方面的安全,还应包括国家的安全、人民的安全和地球的安全),持续发展,促进民主、平等和人权,人道主义活动。详见(瑞典)卡尔松,(圭)兰法尔主编:《天涯若比邻——全球治理委员会的报告》,中国对外翻译出版公司1995年版。

力取向方法和规则取向方法合而为一。在这方面,联合国的解决国际政治争端制度、《联合国海洋法公约》的解决国际海洋争端制度、世界贸易组织的解决国际贸易争端制度[1],可以说是三个极为重要的标志。尽管三者各有特点,但是它们的共性至少表明解决争端的国际法发展的如下规律性特征:由"实力取向"走向"规则取向",是解决争端的国际法发展的大趋势;从解决争端到预防与管理争端,是解决争端的国际法的目标取向;强制手段与和平方法的互补结合,政治方法与法律方法的对立统一,传统的国家间方法与国际组织协调联合,是国际争端解决程序与方法发展的积极方向;国际争端解决机制的有效性和多样性与世界统一适用的国际法制度与规范所要求的和谐一致与系统性之间的良性动态平衡,[2]是衡量解决争端的国际法健康发展的一个主要标准。

(原载《社会科学战线》1998 年第 5 期)

---

[1] 关于世界贸易组织争端解决机制,详见余敏友,"论我国对世界贸易组织争议解决机制的对策",《中国法学》1996 年第 5 期。

[2] 见, Jonathan I. Charney, *Third Party Dispute Settlement and International Law*, 36 Columbia Joumal of Transantional Law 64 – 89(1997)。

后 记

2004年，我们编辑出版了《〈社会科学战线〉创刊25周年精华集》。《精华集》分哲学卷、经济卷、文学卷、历史卷和综合卷，计175万字。《精华集》的出版，受到所收文章的作者及广大读者的普遍欢迎，并在学界和刊界产生良好反响。其时，我们已然产生了编辑出版《20世纪中国学术回顾》一书的念头。

进入2005年，我们将这一设想付诸实施。众所周知，20世纪对于中国人来说，是一个波澜壮阔、可歌可泣的世纪；对于中国文化和中国学术来说，则是一个起伏迭荡、异彩纷呈的世纪。在这刚刚过去的百年里，中国文化和中国学术经历了从批判继承到创新发展、从感性认知到理性升华的艰难历程，一句话，经历了从传统到现代的嬗变。特别是进入新时期以来，中国学术界伴随时代的脚步出现空前的繁荣，各个学科都取得飞跃性的发展，成绩斐然。总结百年来中国学术大起大落、几起几落的复杂历程，展望新的世纪中国学术的发展走向，成为摆在中国学人面前的一项重要使命。早在上个世纪90年代，各个不同学科的许多有识之士即有意识地开展了这样一项非常有意义的工作。《社会科学战线》适应这一需要，陆续发表了大量学术回顾和展望之类的作品，这些作品涉及哲学、伦理学、文化学、心理学、美学、经济学、政治学、文学、考古学、历史学、宗教学、社会学、教育学、民族学、军事学、法学等等众多领域，在一定程度上体现了中国学人的学术追求和学术理想，再现了中国学人百年来的心路历程。我们感到很有必要将这些作品集中起来，结集出版，以为世纪纪念，以为人们进一步的研究提供某种参考和借

鉴，以为新的世纪中国学术新的进展起一点铺垫的作用。

　　本书由吉林省社会科学院院长、《社会科学战线》社长邴正教授、《社会科学战线》主编邵汉明研究员策划并主编，共分三卷，计近百万字。分卷主编依次是：上卷——于德钧，中卷——王玉华，下卷——朱志峰。《战线》的历任主编王慎荣研究员、关德富研究员、周惠泉研究员、赵鸣岐研究员任本书顾问。

　　在本书的编选和出版过程中，《战线》编辑部的其他同志（包括王卓副主编、李华副编审、尚永琪副研究员、王永平博士、马妮女士、马捷女士、陈家威先生）也都付出了不同程度的辛劳；吉林人民出版社的胡维革社长、尹峰文编审等给予了大力支持；入选本书作品的众多作者给予了友好的配合。在此，谨致编者真诚的感谢。

编　者

2005 年 6 月 28 日

主　　编：	邴　正　邵汉明		
责任编辑：	尹峰文	封面设计：	启　聿
出版发行：	吉林人民出版社		

（中国·长春人民大街4646号　邮政编码：130021）

印　　刷：	东北师范大学印刷厂		
开　　本：	203mm×140mm　1/32		
总印张：	38.25	总字数：	950千字
标准书号：	ISBN 7 - 206 - 03471 - 3		
版　　次：	2005年7月第1版		
印　　次：	2005年7月第1次印刷		
印　　数：	1—1500册		
总定价：	90.00元	本卷定价：	26.00元

如发现印装质量问题，影响阅读，请与印刷厂联系调换。